U0924376

世界文学名著名译典藏

战争与和平（一）

[俄罗斯] 列夫·托尔斯泰◎著　高植◎译

長江出版傳媒　长江文艺出版社

图书在版编目（CIP）数据

战争与和平 ：全四册 /（俄罗斯）列夫·托尔斯泰著；高植译. -- 武汉 ：长江文艺出版社，2018.6（2024.1 重印）
（世界文学名著名译典藏）
ISBN 978-7-5702-0303-1

Ⅰ. ①战… Ⅱ. ①列… ②高… Ⅲ. ①长篇小说－俄罗斯－近代 Ⅳ. ①I512.44

中国版本图书馆 CIP 数据核字（2018）第 062080 号

责任编辑：李婉莹　　　　责任校对：毛季慧
封面设计：刘　垒　　　　责任印制：邱　莉　　胡丽平

出版：长江出版传媒｜长江文艺出版社
地址：武汉市雄楚大街 268 号　　　邮编：430070
发行：长江文艺出版社
电话：027—87679360
http://www.cjlap.com
印刷：长沙鸿发印务实业有限公司

开本：880 毫米×1230 毫米　1/32　　印张：47.625
版次：2018 年 6 月第 1 版　　2024 年 1 月第 2 次印刷
字数：1195 千字

定价：168.00 元（全四册）

宏阔深邃：硝烟与微笑铸成的史诗

列夫·托尔斯泰。《战争与和平》。我又一次捧读，依依不能释卷，笔和纸相对凝望，哦，应该写点东西。

沉甸甸四卷，大珠小珠130余万字，扑面而来的是硝烟、马蹄响、“乌拉”声和微笑、曼舞曲、多情泪裹挟着白桦林涛、伏尔加河浪，站成一部彰显人道主义和博爱精神的光辉而永恒的主题思想的史诗。

这一主题思想的确立，基于作者从原型——在意大利佛罗伦萨所遇见的一位远亲谢·格·沃尔康斯基身上，捕捉到十二月党人被流放至西伯利亚的空气稀薄和风雪尖厉，岩壁的洞穴中、土地的裂缝里透析的对祖国的忧虑和热爱、对奴隶的关注和深切同情，于是灵感跳跃迸溅着立意的火花。再则，作者1847年退学回乡在自己领地上作改革农奴制的尝试，后来又在高加索服役，参加过克里米亚战争，1857年出国，资本主义社会矛盾叠叠，却苦于找不到消弭社会罪恶的药方，只好亟亟呼吁人们按照“永恒的宗教真理”生活：这一切生活基础和个人情感，作者将其上升为鞭挞淫邪的匕首和怜惜别人的泪水。

高尔基评价说：“不认识托尔斯泰，不能认识俄罗斯。”而我试着续仿一句：不认识俄罗斯19世纪初叶的历史，不能认识托尔斯泰的《战争与和平》。1805年，1812年，两个历史节点、两次拿破仑的兽性蹂躏，戳痛了俄罗斯民族的心脏，切割了俄罗斯军民的命运，然而无论是弯腰还是仰首，无论是哭泣还是微笑，无论是反击还是退守，俄国人民的心与力集聚、凝练成一体，男女老少保家卫国的同仇敌忾，使法国军队的进攻举步维艰、拿破仑信誓旦旦的征服变为长恨叹息。不凡的托尔斯泰展现了这一幅历史画卷，打开个人视界和现实肌肤以及历史辙痕，并相互激活，因此每一页史诗中不仅有保罗金诺战役的戎马仗剑，莫斯科撤退的铁血奔流，有重建家园的荷锄抡锤，也有对时代精神深度和思想力量的揭示：战后的俄国，“要解决自己的社会走向问题，有必要回到这段历史中去，回到这段历史当中那种上下一起努力的奋斗当中去”。

国势峥嵘的前后二十年的风和雨，俄法横贯千里路的云和月，从皇帝、统帅到士兵、市民、农夫、教徒等各个社会阶层的概况，尤其是总司令部、骑兵团、俘虏营、教堂、舞池、庄园、村落、晚宴、命名日、洗礼仪式等场景，为作品的主题思想提供了真实存在的依凭、承载，爱国、忠诚、自由、平等、亲情、友爱等人性思想意义，得以在社会交往、道德实践、劳作公务中艺术地震荡、拓宽、深邃生发。仅以作品中所述 1810 年元旦的前夜，叶卡捷琳娜二世时代的一名大官举办的舞会为例，至尊登场的有外交使团的官员和国王、宫廷女官佩龙斯龙娅——罗斯托夫家族跻身彼得堡上流社会的引路人，必须出席的有罗斯托夫伯爵及其夫人、尼古拉、娜塔莎、索尼娅，还有安德烈公爵、彼埃尔公爵、阿纳托利、海伦小姐、鲍里斯等。上至皇室宫廷，再至四大家族，下至侍从、仆人、车夫，高低贵贱贫富尊卑聚会又散场，生产出交集和新的生活、新的思想。

的确，《战争与和平》的主题思想含义宏阔深邃，而承担这一含义的又离不开作品中 559 个人物形象。他们从作者真切、虚构、奔放、细腻的笔尖跃然纸上，迎接兵荒马乱、波澜壮阔的历史时代，驻足，凝视，“前行”的自强，“转身”的自省，率性而隐忍地在聚光灯下争先恐后，有时也于幽暗处“制造”一些心灵的卑下、畏缩，从而使读者感受到透过纸背的丰富而复杂的扩张、收缩。

精神力点。1812年11月5日。黄昏。一切情况表明敌人已经四下逃散，不可能也不会有战斗。总司令部门前，俄罗斯军队“独立扬新令，千营共一呼”的总司令库图索夫“环顾一下四周，下巴朝着士兵们迅速地摆动着”，“我知道你们很艰苦……要忍耐，不会久了……让我们把客人送走……对你们的功绩，沙皇不会忘记你们的……”他的嗓音点亮了将士的爱国热情，绽放了将士的胜利微笑；他的言辞温情而辛辣、亲切而冷峻。我们从中看到了一个令俄罗斯民族刻心铭骨的身影，以磐石般的忠诚、泣血般的担当，肩扛民族的重托砥砺向前。又如玛丽娅小姐，自惭形秽，很少得到别人的爱，哥哥吻别已有身孕的妻子赶赴前线，嫂子死于难产，小侄儿嗷嗷待哺，老父亲中风而谢世，接踵而至的家庭变故把她从日常生活撕下来，跌进了一种孤独、忧郁的陌生的生活里，她接受小草的邀请、落叶的问候，彳亍，隅守的隐喻，含有一些超越阅历和年龄的东西：爱祖国，爱亲人，爱敌人，就像自己爱上帝一样来爱别人！小说第四卷第一部第15章写到哥哥因腹部中弹随救护站转移途中偶遇罗斯托夫一家，弥留之际，玛丽娅小姐由于虔敬的感动，哥哥“死亡的隐秘既简单又庄严”；小说的尾声，她与尼古拉琴瑟和鸣，相夫教子的时光在窗前、门口、周身萦绕，同样在读者的心田潺潺地蜿蜒。

辐射力点。安德烈是作者倾心泼墨的核心人物。腰间一柄利剑，马上一樽烈酒，安德烈和着寒光、林涛痛饮男子的豪气，点燃且保持一个青年的激情、渴望，身为信使，他恪尽职守，利益和幸福抛在脑后；身为侍从，他冲进枪林弹雨，擎起引领全营前进的血染的军旗；辗转数月，回到家里，为了结痂的伤疤和影响他的视军人荣誉高于一切的老父亲，再次服役，做了库图索夫的副官，战地考察，撰写未来战争的推测；谢绝库图索夫的挽留，又一头扎进士兵堆里。一个革命军中马前卒的尚武精神、报国赤诚，皇上、司令、战友和圣乔治勋章与他相拥。当然，他有铮骨，也有柔肠，以爱为圆心，一节一节地牵拉着妻子、父亲、妹妹、幼儿，链接着娜塔莎的眼睛、彼埃尔的事业，也无法扯断与阿纳托利的情仇恩怨。毫不夸饰地说，海伦小姐充任了作品中社会关系网络的动力系统的传送带，掣动了故事情节的曲折发展，拽捏了许多人物的性格趋向。她血管里烙印了库拉金宫廷家族虚荣、贪婪、狡黠、毫无节制的基因，长相俏妍，雪白的臂膀、发亮的头发、深V蕾丝内衣和浓烈的香味经常出入舞厅、剧院、茶会上，衍生的资本恭恭敬敬地赐予每个人，即便祖国山河破碎之时，也不忘把自己给交际场所增添的色彩化作暴富、攀高枝、令人钦美的楼梯，以致彼埃尔公爵娶了她，做了这个“美丽的动物”的牺牲品，安德烈公爵与娜塔莎的订婚之约因她怂恿、帮衬已婚的弟弟阿纳托利诈恋娜塔莎而被解除，亲王、显贵双双醉倒于她的蜜汁潋滟的眼波，她在承认不可能（做三个男人的妻子）的前提下拥抱既成事实的可能，促成心病而香消玉殒。

转捩力点。生活如四季气候，人物性格也不断发生变化，或者由好变坏，或者由坏变好。彼埃尔的性格成长史即是如此。他是别祖霍夫伯爵的私生子，继承了生父的大头家产之后，有些眩晕，遇事以直观“悟得”，不用思维组织，匆忙、草率地与海伦结婚，随后钱财哗哗地流进岳父瓦西里公爵囊中；对不检点的妻子失望、诅咒，他的情感慢慢地倾向玛丽娅、娜塔莎，向往找到属于自己的爱情，又不敢迈前一步；努力拿自己内心的光，去照明所接触的人们的内心，加入共济会，行善、改良的愿望总与现实生活落差太大；莫斯科传来使人不安的战争消息，对拿破仑的彻骨痛恨，唤醒了他沉闷、落魄的灵魂，细心研究拿破仑与“六百六十六”的关联，决计去宣传爱国主义、永久和平，亲历战火硝烟，“做一个兵就行！”全心全意体会士兵的感情，购买手枪，暗藏于背心里，混进民夫团，隐姓埋名于俘虏队，窥机刺杀拿破仑，未果，慈悲为怀，“他们也是人啊！”罗曼·罗兰说：“不朽的女性对于优秀的男子素来是一种激励的力量。”小说结尾，彼埃尔被“不朽的女性”娜塔莎的天使般形秀心美所感召，从天际、空中踩落大地；娜塔莎也窥见彼埃尔真正的善，抛弃他身上不完善的东西，让心底涌起的爱涨成波澜。

作者“从成吨的语言矿藏里熔炼出”（马雅可夫斯基语）质朴、简练的词句，不雕饰，不夸张，收到了生活的管涌、情感的闪电、哲理的星空簇拥而至的艺术效果。

作品的叙述语言（是指叙述小说的故事、情节、环境、冲突、过程等的语言）体现了形象性、哲理化等美学特征。1805 年 11 月 20 日九点光景，侍从罗斯托夫受巴格拉季翁将军指派，策马奔去请示库图索夫撤去在普拉茨村一场战斗的要求，驰至普拉茨高地前的山坡上，“可以看见，火枪的硝烟仿佛沿着山坡互相追逐，来回地奔腾，火炮的浓烟滚滚，渐渐散开，连成一片。可以看见在硝烟中刺刀闪耀的地方，一群群步兵和随带绿色弹药箱的炮兵的细长的队伍行进着。”作者顺着主人公初次执行命令的心路和视线，将火枪的硝烟拟人化，像有生命的东西在“追逐”“奔腾”，形象生动，继而与火炮的浓烟相比，突出火炮的猛烈、威力大，再从色、光、动等元素描绘步兵和炮兵协同作战的镜头，忙碌而不慌乱。类似这样的笔墨作品中触目皆是，我们不禁感佩托尔斯泰能够于轻捷、灵动、素淡的话语中镶嵌别致的精神景深、观照方式。服从于“人道主义和博爱精神”主题，作品的叙述语言往往借用象征等技巧与之相谐的侧重、呈示。譬如保罗金诺战役前夜，法国皇宫总督前往拿破仑在瓦卢耶瓦的行宫，转送皇后娘娘赐予拿破仑的礼物——一幅肖像画：“一个相貌俊美的鬈发男孩（拿破仑的儿子，被称为罗马王），眼神有点像西斯廷圣母中嫉妒的眼神，他正在玩木棒接球游戏”，其中象征体（木棒、球）与被象征体（权杖、地球）之间在性质、作用、效果等角度的内在关联，读者可从情节、画面内容中藉助联想和回味找到——有其父必有其子，凭着拿破仑的伟大来预示儿子的伟大，互为映衬，拿破仑的主宰全球、征服人类的野心昭然若揭，“奇特”二字了得；肖像画不排除启蒙、人道、慈爱等情绪，但是反道德化、非道德化、专制、强权、杀戮、毁灭等是主基调，这符合现实处境、人物性格和情节走势，形象与理性互渗，宽恕与批判共存，不虚“真切”者也。

作品的人物语言。在硝烟与微笑之间，托尔斯泰经由人物个性化的对话建构话语世界，对读者呼吸、发声、交谈。大战在即，志愿驰骋疆场的安德烈与父亲的对话：“‘如果我知道你的行为不像我的儿子，我就会感到汗颜。’他突然用那尖嗓儿叫了一声。‘爸爸，您可以不对我说这样的话。’儿子带有微笑地说道。‘我还有求于您，’安德烈说，‘如果我被敌人打死，如果我将来有个儿子，……请您照拂一下。’‘不把儿子交给老婆吗？’老年人大笑起来。他们沉默不言……‘辞别已经完毕……你走吧！’他忽然说道，‘你走吧！’他把书斋门打开，提高嗓门怒气冲冲地喊道。”请允许我平复心中强烈的现场感。儿子微笑请求，有泪滑入喉结；父亲强忍的催促和周围的夜色一起折进了“尖嗓儿”“大笑”“沉默不言”“怒气冲冲地喊道”。语去言来的对碰，父子俩的骨肉情谊和阿尔泰山一样的信托、正义和忠贞、珍爱和牺牲、古风和新锐，叩心撞怀。

揽一缕清风，把耳旁的的尘埃、心田的落叶打扫干净，再来聆听人物的内心独白。大型舞会上，娜塔莎与安德烈跳了一曲后，副官和一些年轻人纷纷邀请她跳舞，她想拒绝，手又不听使唤地搭在舞伴肩上，并递送安德烈“微微一笑”“我很想休息一下，和您坐在一起，我疲倦了，可是您知道，他们都在选我做舞伴，我感到高兴，我感到幸运，我喜爱所有的人，我和您都懂得这一切。”娜塔莎，清澈的名字，情窦初开，年轻英俊的舞伴飘云的手伸过来，她想在自己最芳华的时候活得“满面通红”“幸运”一些，像小溪那样爱耳边的蜜语和岸边的灯火，像阳光那样爱林中的白桦和果脯气息，但是“微笑”更有分量的意指还是落在对安德烈的凝视、关注上。最后一个舞伴把她放开，爱的真谛犹如心花灿烂。

《战争与和平》，每一次阅读它，都是一次身心的洗涤、光合作用。因为它是一部区别于浮躁年月的畅销书的史诗经典，没有时间性的，超越空间地域，其间“创造一种形式来对抗野蛮，以秩序对抗分裂”（庞德语）。赘陈上述浅见，以飨读者！

上海市建平中学　毛承延

前 言

1

本书是依据莫斯科国家出版局 1941 年版的原书（四册）翻译的。

翻译时先后借助毛德和迦纳特的英译本。毛德译本的注释大都借移在译文里。

为了保持原书的面目，对白中的外国文和引用的外国文都尽量保留，大体上照原文附注译出，但凡是篇幅稍长，占一页以上的，即从略。有些句子里，法文和俄文混杂难分，甚至俄文名词前用了法文冠词，难以处理，只好在紧连着的译句里重复若干已译出的字。

人物中妇女姓氏的字尾全照原样。你您二字在原文的对白中表示关系的亲疏和感情的深浅，全照原样。书中的军下单位是军团，军团下单位是师。在度量衡方面，一律译音，如皆夏其那（俄亩），独俄里，仿照英里之为哩，用了个里字。

毛德英译本 1943 年版的一篇附注和史事年表，附译于下（见 2，3）。

2

——开头几章的附注——

战争与和平第一卷写俄军在奥地利对抗法军的战争，以奥斯特理兹战役为收场。

在雾月十八日（一七九九年十一月九日）政变之后，拿破仑由革命执政内阁中的将军，一变而为法国的元首，名义是第一执政。三年后，他成了终身职的元首，又二年（一八〇四年十二月），他做了法国皇帝。在一七九六——一七九七年，他在第一次意大利战争中，已经借坎坡·福米阿条约使他自己成了北意大利和莱茵河右岸的主人，并借一八〇〇年第二次意大利战争巩固了、提高了他的地位。起初他并没有遭到严重的反对。邻邦普鲁士与奥地利的土地受他的掠夺，但已一再挫败，对他惧怕，并且由于瓜分波兰，他们取得了失地的补偿。

只有两个重要的敌手对抗拿破仑，即是英国与俄国。年轻的沙皇，亚力山大一世，明白了拿破仑的野心对欧洲的危险，但是由于普奥两国不愿参加，并且在起初行动谨慎，所以拿破仑最初准备进攻英国。他占领了英国的属国汉诺佛，一八〇三年在布伦建立了一个巨大的设防的阵地，他在这里集中了一个军。他和西班牙联合，预备了一个大舰队掩护“布伦远征”，并使侵英成为可能。海军上将微尔涅甫本应统率舰队进入海峡，可是他的努力没有成功，他的舰队于一八〇五年被纳尔逊在特拉法加角击毁了。一八〇四年曾发生了一件事，它对欧洲各国朝廷有了巨大的影响，促使他们反对拿破仑。关于卡杜达—皮歇格鲁反对拿破仑的共谋的调查，显露了他们和布尔朋皇室的勾结，并被误认和皇室的后裔，L. A. M·德·布尔朋·康代，翁歧安公爵有关。拿破仑派法国骑宪兵在巴登领土中捉拿公爵，他们秘密地渡过莱茵河，把他押到巴黎附近的芬森城堡，在这里，他被法国军人们所组成的委员会在压力之下做了非法的审判，之后被枪毙了。

欧洲各国的朝廷无不谈论“正义者的殉难”，但是只有亚力山大一世是采取行动的元首。俄国大使撤离巴黎，法国大使离开彼得堡。战争与和平开始时，一八〇五年六月（译者按为七月）在安娜·涉来尔的客厅中的谈话，充满了因为这个杀害事件而对拿破仑的愤慨。他被称为凶手、基督叛徒、暴君，没有人说他是皇帝，虽然他在半年之前就登位了。他们甚而不称他拿破仑，只称他保拿巴特（Bonaparte）或甚至布奥拿巴特（Buonaparte），这暗示他不是法国人，而是科西加人，含有讽刺之意。

在一八〇五年六月，这个“恶徒”的恶行增多，引起欧洲的反感。最初，在三月间，他组成了意大利王国，在米兰自行加冕为意大利王，稍迟，把热那亚共和国并入法国，并组成卢卡小王国，他把这个小王国给了他的妹妹绮丽莎和妹丈。在本书的开头，这些事件是作为新闻加以叙写的。

安娜·涉来尔希望发西利公爵说出俄国要同法国打仗。她的预料是对的。亚力山大一世与欧洲其他国家所进行的谈判快要成功了。这年三月，诺佛西操夫所谈判的条约和英国订立了，它的目的是在强迫拿破仑从汉诺佛和意大利撤退他的军队，并承认荷兰与瑞士的独立。五月，文村盖罗德被派赴奥地利，提出英、俄、瑞典、奥地利、那不勒重新联合作战的计划。迟疑不决的普鲁士几乎被迫参加了。这个计划的详情见一卷一部二十三章中老保尔康斯基和安德来公爵的谈话。

拿破仑得悉反对他的各项准备，并想要破坏这个联合，出乎意料地要同英国议和。英国请亚力山大做居间人，后者派诺佛西操夫到巴黎去做他的代表。但六月间诺佛西操夫抵达柏林时，听到热那亚已被侵占，便未去巴黎。战争此刻是不可避免了，它不久就爆发了，然而普鲁士（普国大臣们好格维兹和哈尔顿堡均被提及）仍然没有参加。

在这部小说的初稿中，托尔斯泰提到皮阿托利神甫的真名，但后来改为莫利奥神甫，给了他更重要的任务。皮阿托利曾经做过阿丹·擦尔托锐斯基的教师，是亚力山大一世的朋友和顾问，在那个时期，他和亚力山大有密切的接触。皮阿托利的永久和平的计划，有一个时候，引起了彼得堡的兴趣，俄国在这个计划中处于重要的地位。它对于亚力山大后来神圣同盟的计划有点影响，应该列在那许多渐渐酿成国际联盟的计划与建议之内。

书中所写的老保尔康斯基公爵是影射托尔斯泰的外祖父，H. C·福尔康斯基，他是叶卡切锐娜女皇时代的将军。托尔斯泰的母亲是他的独生女。福尔康斯基没有儿子，小说中安德来公爵是托尔斯泰创造出来的典型，他把他自己的若干方面和他的哥哥塞尔该·托尔斯泰的若干特质附丽在这个典型上。托尔斯泰的另一方面在小说中分给了彼埃尔。

3

——重要历史事件年表——

一八〇五年（第一卷第二部）

旧历	新历	
十月十一日	十月二十三日	库图索夫在不劳诺检阅一个团。不幸的马克到临。
十月二十三日	十一月四日	俄军渡恩斯河。
十月二十四日	十一月五日	战斗在阿姆世太顿。
十月二十八日	十一月九日	俄军渡多瑙河。
十月三十日	十一月十一日	在丢任施坦击败莫尔提页师。
十一月四日	十一月十六日	拿破仑自射恩不儒恩致书牟拉。射恩格拉本战役。

一八〇五年（第一卷第三部）

十一月十九日	十二月一日	阿斯忒拉里兹（Ostralitz）军事会议。
十一月二十日	十二月二日	奥斯特理兹（Austerlitz）战役。

一八〇六年（第二卷第一部）

一八〇七年（第二卷第二部）

一月二十七日	二月八日	普鲁士——爱劳战役。
六月二日	六月十四日	佛利德兰战役。
六月十三日	六月二十五日	皇帝相会于提尔西特。

一八〇九——一八一〇（第二卷第三部）

一八一〇——一八一一（第二卷第四部）

一八一一——一八一二（第二卷第五部）

一八一二年（第三卷第一部）

五月十七日	五月二十九日	拿破仑离德来斯登。
六月十二日	六月二十四日	拿破仑渡聂门河入俄境。
六月十四日	六月二十六日	亚力山大派巴拉涉夫见拿破仑。
七月十三日	七月二十五日	巴夫洛格拉德骠骑兵在奥斯特罗夫那参战。

一八一二年（第三卷第二部）

八月四日	八月十六日	阿尔巴退支在斯摩棱斯克听到远处射击声。
八月五日	八月十七日	炮轰斯摩棱斯克。
八月七日	八月十九日	保尔康斯基老公爵离童山赴保古恰罗佛。
八月八日	八月二十日	库图索夫任总司令。
八月十日	八月二十二日	安德来公爵的纵队和童山平齐。
八月十七日	八月二十九日	库图索夫到达擦锐佛—萨伊密锡指挥军队。尼考拉·罗斯托夫到保古恰罗佛。
八月二十四日	九月五日	涉发尔既诺堡的战役。
八月二十六日	九月七日	保罗既诺的战役。

一八一二年（第三卷第三部）

九月一日	九月十三日	库图索夫下命撤退穿过莫斯科。

一八一二年（第四卷第二部）

十月六日	十月十八日	塔路齐诺的战役。
十月六七八日	十月十八十九二十日	法军离莫斯科。
十月十二日	十月二十四日	马洛·雅罗斯拉维次的战役。
十月二十一日	十一月二日	哥萨克兵在维亚倚马掳掠法军。

一八一二年（第四卷第三部）

十月二十八日至十一月二日	十一月九日至十四日	法军在斯摩棱斯克。

一八一二年（第四卷第四部）

十一月四日至六日	十一月十六日至二十日	克拉斯诺的战役。
十一月九日	十一月二十一日	桼伊领后卫到达奥尔沙。
十一月十四日至十六日	十一月二十六日至二十八日	渡柏来西那河。
十一月二十三日	十二月五日	拿破仑在斯摩尔高尼离弃军队。
十二月六日	十二月十八日	拿破仑到达巴黎。

一八一三——一八二〇（尾声第一部）

目录

Contents

第一卷

第一卷

Part One

第一部

1

“Eh bien，mon Prince，Gênes et Lucques ne sont plus que des apanages，des，de la famille Buonaparte. Non，je vous préviens，que si vous ne me dites pas，que nous avons la guerre，si vous vous permettez encore de pallier toutes les infamies，toutes les atrocités de cet Antichrist（ma parole，j'ycrois）—je ne vous connais plus，vous n'êtes plus mon ami，vous n'tes plus［哦，公爵，热那亚和卢卡①不过是布奥拿巴特②家的领地了。可是，我要警告您，假使您不告诉我，我们已经有了战争，假使您还敢掩饰这个基督叛徒的一切罪恶，一切暴行，（我确实相信，他是基督叛徒）——我就要和您绝交，您就不是我的朋友，您就不是］我的忠实的仆人，comme vous dites.［像您所说的了。］哦，您好，您好。Je vois que je vous fais peur［我知道，我吓着您了,］坐

① 毛注：热那亚于一八〇五年并入法国，卢卡于同年改为侯国，受拿破仑辖制。

② 这是拿破仑的姓，本书中有两种拼法，B后有u的，如此处所译；B后无u的，译为保拿巴特。

下来谈谈吧。”

这话是著名的安娜·芭芙洛芙娜·涉来尔在一八〇五年七月接待第一个来赴晚会的达官要人发西利公爵时所说的。她是玛丽亚·费道罗芙娜太后的女官和心腹。安娜·芭芙洛芙娜咳嗽了几天，照她说，是患感冒（感冒在那时是新字眼，只有少数人采用）。那天早晨穿红号衣的听差所分送的请柬中，一律写了这样的话：

“Si vous n'avez rien de mieux à faire，M. le comte（或 mon prince），et si la perspective de passer la soirée chez une pauvre malade ne vous effraye pas trop，je serai charmée de vous voir chez moi entre 7 et 10 heures. Annette Scherer.

［伯爵（或公爵）先生，假使您没有更重要的事情，并且假使赴可怜的病妇的晚会这个期望，不太使您感到怪异，则今晚七时至十时倘蒙您光临舍下，无任欢迎。

安娜·涉来尔。］”

“Dieu，quelle virulente sortie！［呵呀，多么厉害的责难哦！］”进房来的公爵回答，一点儿也没有因为这样的接待感到不安。他穿着绣花的朝服，长筒袜，低口鞋，佩着几颗明星勋章，扁平的脸上带着明朗的表情。

他说的法语是那么文雅，他的语调是那么温和宽厚，那种法语不但是我们的先辈用来说话，而且是用来构思的，而那种语调又是在社交界和朝廷里阅历深久的要人所特有的。他走到安娜·芭芙洛芙娜的面前，向她俯下洒过香水的光亮的秃头，吻了她的手，然后安闲地坐到沙发上。

“Avant tout，dites moi，comment vous allez，chère amie？［亲爱的朋友，首先，您告诉我，您的身体怎样？］让我放心。”他说，没有改变他的声音和语调，在语调的礼貌与同情里却可以体味到他的漠不关心，甚至讥讽。

“当你精神痛苦的时候，身体怎么会好呢？在这样的时候，一个有感觉的人能够不焦心吗？”安娜·芭芙洛芙娜说，“我希望您一个晚上都在我这里，行吗？”

“那么英国大使馆的庆祝会呢？今天是星期三。那里我一定要到一下的”公爵说，“我女儿要来找我，陪我一道去的。”

“我以为今天晚上的庆祝会取消了。Je vous avoue que tout es ces fêteset tous ces feux d’artifice commencent à devenir insipides. [我认为这一切的庆祝会和放焰火都要变得无味了。]”

“要是他们知道了您想要这样，他们就会把庆祝会取消了。”公爵说，好像一个开足了发条的时钟，习惯地说着连他自己也不想令人相信的话。

“Ne me tourmentez pas. Eh bien，qu’a-t-on décidé par rapport à la dépeché de Novosilzoff？Vous savez tout. [不要挖苦了。哦，关于诺佛西操夫①的紧急公文，他们作了什么决定呢？您全都知道。]”

“怎样向您说呢？”公爵用冷淡的没精打采的语气说，“Qu’a-t-on décide？On a décidé que Buonaparte a brûlé ses vaisseaux，et je crois quenous sommes en train de brûler les nôtres. [他们作了什么决定呢？他们断定了，布奥拿巴特已经破釜沉舟，我觉得，我们也要破釜沉舟了。]”

发西利公爵说话总是懒洋洋的，好像是演员在说老戏中的道白。反之安娜·芭芙洛芙娜·涉来尔虽然四十岁了，却还是十分兴奋而冲动的。

做一个热情的女子，成为她的社会职责了，有的时候，她虽然不愿意这样，却为了不辜负熟人的希望，她又做了热情的人。那不断地流露在她脸上的、被约制的笑容，虽然和她的憔悴的容貌不相称，却像流露在被溺爱的孩子们的脸上一样，表示她一向知道她的可爱的短处，这短处她既不愿意，也不能够，并且还觉得不需要矫正。

在关于政治问题的谈话中，安娜·芭芙洛芙娜激动起来了。

“啊，您不要和我说到奥地利了！也许，我什么都不明白，但是奥地利从来没有希望过战争，现在也不希望战争。奥国出卖了我们。只有俄罗斯应该做欧洲的救星。我们的仁君知道他的崇高的使命，

① 毛注：诺佛西操夫是一八〇五年缔结英俄同盟的人。

并且会忠实于他的使命，就是这一点是我所相信的。我们的仁德的非凡的圣君要负起世界上最伟大的使命。他是这么贤良高贵，上帝不会离弃他的。他要完成他的使命——消灭革命的祸患，这祸患现在以这个凶手和恶棍为代表，比从前更加可怕了。我们应该单独地为正义者的血去复仇。……我问您，我们能够信托谁？……英国是商业的脑筋，不会了解、而且不能够了解亚力山大皇帝精神的伟大。英国拒绝从马尔太撤退。英国想要看出并且还在寻找我们行为内里的动机。他们向诺佛西操夫说了什么呢？……什么也没有。他们没有了解，他们也不能够了解我们皇帝的自我牺牲的精神，他自己一无所求，只想要为世界谋取幸福。他们保证了什么呢？什么也没有。就是已经保证的，也不会实现的！普鲁士已经声明了，保拿巴特是不可征服的，整个的欧洲毫无力量反对他……哈尔顿堡和好格维兹①的话，我一个字也不相信。Cette fameuse neutralitéprussienne，ce n'est qu'un piège. ［这个臭名昭著的普鲁士中立，只是一个圈套罢了。］我只相信上帝，相信我们的可爱的皇帝的崇高的使命。他要拯救欧洲！……”她忽然停止了，对于自己的激动露出嘲弄的笑容。

“我觉得，”公爵微笑着说，“假使派您去代替我们可爱的文村盖罗德，您一定会胁迫普鲁士王同意的。您有这样好的口才。您可以给我一点茶吗？”

“马上就来了。A propos，［顺便提一下，］”她又镇静下来说，

“今天我有两位很有趣的客人，一位是 Le，vicomte de Motcmart，il est alliéaux Montmorency par les Rohans，［莫特马尔子爵，他由于罗罕家的关系也和蒙摩润斯家沾亲，］那是法国的最好的家族之一。这个人是一个真正的善良的侨民。另一位是 L'abbé Morio［莫利奥神甫］：您知道这个大智大慧的人吗？皇帝接见过他，您知道吗？

“啊！我很高兴会见他们，”公爵说，“告诉我，”他接着说，似乎是刚刚想起了什么，并且说得特别地漫不经心，而他所问的却正

① 毛注：哈尔顿堡是普鲁士的首相，好格维兹是当时的普鲁士外交大臣。

是他莅会的主要目的，“L’impératrice-mère［太后］想要任命冯克男爵做维也纳使馆的一等秘书，是真的吗？C’est un pauvre sire，ce baron，à ce qu’ilparait.［这位男爵，他好像是一个无足轻重的人。］”发西利公爵希望任命他的儿子补这个缺，别人也正努力在请托玛丽亚·费道罗芙娜太后替男爵谋得这个缺。

安娜·芭芙洛芙娜几乎是闭着眼睛，表示她也罢，别的人也罢，都不能批评太后所愿意或者所高兴做的事情。

“Monsieur le baron de Funke a été recommandé à L’impératricemère par sa soeur.［冯克男爵先生已经由太后的妹妹推荐给太后了。］”她只用冷淡的忧郁的口气说。在安娜·芭芙洛芙娜提到太后的时候，她脸上忽然显出了深厚的诚挚的忠诚崇敬的表情，并且夹杂着一种忧郁的神色，她每次在谈话中提到她的高贵的女保护人的时候，都是这样的。她说，太后陛下对冯克男爵表示了beaucoup d’estime［很看重］，然后她的脸上又流露着忧郁的神色。

公爵漠不关心地沉默着。安娜·芭芙洛芙娜，具备着她所特有的宫廷妇女的伶俐和敏捷，想要一方面责备公爵，因为他竟敢那样批评推荐给太后的人，一方面又安慰他。

“Mais à propos de votre famille，［顺便提一提您府上的事，］”她说，“您知道不知道，您的女儿自从露面以后，fait les délices de tout le monde. On la trouve belle，comme le jour.［就引起了整个社交界的好感。大家都认为她漂亮极了。］”

公爵鞠躬一下，表示敬意和感激。

“我常常想，”安娜·芭芙洛芙娜，沉默了片刻之后，又继续说，她向公爵凑近着，并且向他亲切地微笑着，似乎借此表示政治的社交的谈话已经结束，而知心的谈话现在开始了，“我常常想，人生的幸福有时候分配的多么不公平。为什么命运给了您两个这样好的孩子，两个这样可爱的孩子？你的小儿子阿那托尔不算在内，我不喜欢他，”她竖起她的眉毛不容辩说地加上这一句，“但是您，确实，还不如别人那样赏识他们，所以您不配做他们的父亲。”

她兴高采烈地微笑了一下。

“Que voulez-vous? Lafater aurait dit que je n'ai pas la bosse de la paternité.［您看怎么办呢？拉法代要说我没有长一个父爱的瘤了。］”公爵说。

“不要开玩笑了。我要同您说正经话。您知道，我不满意您的小儿子。这是机密的话，”（她的脸上露出忧郁的表情，）“有人在太后面前说到他，并且可怜您……”

公爵没有回答，但她沉默着，富有意味地望着公爵，等待回话。发西利公爵皱了皱眉。

“我怎么办呢？”他终于说了，“您知道，为了他们的教育，凡是父亲所能做的我都做了，但是他们两个都成了 des imbéciles［傻瓜］。依包理特至少还是安分的傻瓜，但阿那托尔却是不安分的傻瓜，这是唯一的区别。”他说，比平常更不自然更兴奋地微笑着，因此他嘴边上的皱纹特别醒目地表现了意外粗鲁和令人不愉快的地方。

“为什么像您这样的人要养孩子呢？假使您不是一个做父亲的，我便没有一点地方能够责备您了。”安娜·芭芙洛芙娜沉思地抬起眼睛说。

“Je suis votre 忠实的仆人，et à vous seule je puis l'avouet.［我是您的忠实的仆人，并且我只能向您一个人承认。］我的孩子们——ce sont les entraves de mon existence.［他们是我身上的累赘。］这是我的不幸。我对自己就是这么说的。Que voulez vous?［您看怎么办？）……”他沉默了，用手势表示着他对残酷的命运的屈服。

安娜·芭芙洛芙娜沉思了一下。

“您从来没有想到替您的放荡的儿子阿那托尔娶亲吗？据说，”她说，“老姑姑们都有 la maine des mariages［替人做媒的嗜好］。我自己还没有感觉到这种弱点，但是我心目中有一个 petite personne［小姑娘］，她和父亲在一起很是可怜，她是 une parente à nous，une princesse，［我们的亲戚，是一位公爵小姐，］保尔康斯卡雅。”

发西利公爵没有回答，然而他具有交际家所特有的那种敏捷的理解力和好记性，他点了点头，表示他在考虑这番话。

“哦，您知道吗？阿那托尔一年要花我四万卢布，”他说，显然不能抑制他的不快的思绪，他沉默了一会，“假使这样下去，五年以后怎么办呢？Voilà l'avantage d'être père. ［这就是做父亲的好处。］您的那位公爵小姐，她有钱吗？”

“她的父亲很有钱，而且吝啬。他住在乡下，您知道，他就是有名的保尔康斯基公爵，是在前朝皇帝的时候退役的，绰号叫作‘普鲁士王’。他是很聪明的人，却有点古怪脾气，令人难受。La pauvre petite est malheureuse，comme les pierres. ［那位可怜的小姐是非常地不幸。］她的哥哥是库图索夫的副官，就是新近和 Lise ［莉萨］·灭益宁结婚的，他今天晚上也要到我这里来。”

“Ecoutez，chère Annette，［听我说，亲爱的安娜，］”公爵说，忽然抓住了对方的手，又因为什么缘故把她的手向下拉着，“Arrangezmoi cette affaire et je suis votre 最忠实的奴仆 à tout jamais（奴辈，comme mon 村长 m'écrit des 报告：硬音的 Π）。［替我进行这件事吧，我永远是您的最忠实的奴仆（奴辈，像我的村长在报告中所写的：硬音的 Π）。］① 她是名媛，又有钱，这都正是我所需要的。”

他用他所特有的那种随便的亲昵的优雅的动作，握住女官的手，吻了一下，吻了之后，他一面摇着女官的手，一面躺到靠背椅上，望着别处。

“Attendez，［别忙，］”安娜·芭芙洛芙娜一面说，一面考虑着，“我今天晚上要同 Lise（La femme du jeune 保尔康斯基）［莉萨（小保尔康斯基的妻子）］谈一下。或者这件事可以办得成。Ce sera dans votre famille，que je ferai mon apprentissage de vieille fille. ［为您府上，我要去学习做点老姑姑的事情了。］”

2

安娜·芭芙洛芙娜的客厅里渐渐地人多起来了。彼得堡的最上流的显贵都来了，他们的年龄和性格各不相同，但他们的社会阶层

---

① 仆人，原文 paé，写成 paıı，末尾子音相似，故译为奴仆与奴辈。原文是法语夹俄语，［……］中的译文只得重复一部分已译出的字。

却是一样的。发西利公爵的女儿——美人爱仑也来了，她是来找她的父亲一同去赴大使馆的庆祝会的。她穿着舞会的礼服，佩着女官徽章。年轻的、矮小的保尔康斯卡雅公爵夫人也来到了，她是有名的La femme la plus séduisante de Pétersbourg［彼得堡的最迷人的妇人］，上个冬季结婚的，现在因为有孕不赴盛大的交际场所，却仍然参加小规模的晚会。发西利公爵的儿子依包理特带着他所介绍的莫特马尔一同来了。到会的还有莫利奥神甫和许多别的客人。

“您还没有见过吗?”或者：“您不认识ma tante［我的姑母］吗?”安娜·芭芙洛芙娜向每个赴会的客人这么说，并且极其庄严地领他们走到打着高高的蝴蝶结的、矮小的老太婆面前，她是在客人刚刚开始来到的时候就从另一个房间里蹒跚着走出来的。安娜·芭芙洛芙娜慢慢地把视线从客人身上移转到ma tante［我的姑母］身上，叫了他们每个人的名字，然后走开。

所有的客人都顾全了礼节，问候了这个谁也不认识的、谁也不感兴趣的、谁也不需要的姑母。安娜·芭芙洛芙娜带着忧郁的严肃的神情，关心地注视着他们的问候，默默地赞许着。Ma tante［我的姑母］向每个客人说了同样的话，问候客人的健康，说到自己的健康，说到太后陛下的健康，“谢谢上帝，太后现在好些了。”所有的来到她面前的人，为了礼貌的关系，没有表示匆忙，却带着完成繁重任务后的轻快之感离开老太婆，一个晚上再也不到她跟前去了。

年轻的保尔康斯卡雅公爵夫人在绣金的天鹅绒袋子里带来了她的针凿。她的美丽的长了一点儿淡淡的黑毫毛的上唇，遮不住她的牙齿，但上唇张开时显得更加可爱，有时候上唇向下和下唇抿到一起时，显得尤其可爱。十分动人的妇女总是这样的，她的缺点——上唇很短，嘴张开一半——好像是她的特别的独有的美。大家看到这位十分健康的、活泼的、美丽的、未来的母亲，都觉得愉快，她是那么轻易地转动着她的沉重的身子①。年老的人和烦恼愁闷的年轻人，同她在一起，谈了一会儿之后，都觉得自己变得和她一样愉

① 意指怀孕。

快了。谁和她说了话，看见了她说每句话时鲜艳的笑容，和不断地露出来的明亮皓白的牙齿，便以为今晚上她自己是特别可爱。每个男子都这样想。

矮小的公爵夫人，在手臂上挂着针黹袋子，踏着迅速的小步子，蹒跚着绕过桌子，然后，靠近银茶炊，得意地理着衣裳，坐到沙发上，仿佛她所做的一切都是她自己和她四周的人 partie de plaisir［所乐意的事］。

“J'ai apporté mon ouvrage. ［我把我的针线带来了。］”她打开着她的袋子，向着大家说。

“您看啊，Annette，ne me jouez pas un mauvais tour. ［安娜，不要拿我开这么大的玩笑了，］”她向女主人说，“Vous m'avez écrit, que c'était une toute petite soirée；voyez comme je suis attifée. ［您写信告诉我，说这是很小的晚会，您看，我穿得这样随便。］”

于是她伸开两只手臂，让人看她的镶花边的、银灰色的、华丽的、紧贴着胸脯的下边有一条宽缎带的衣服。

“Soyez tranquille，Lise，vous serez toujours la plusjolie. ［您放心，莉萨，您永远是最漂亮的。］”安娜·芭芙洛芙娜回答。

“Vous savez，mon mari m'abandonne，［您知道，我的丈夫要丢开我了，］”她用同样的语气向一个将军继续说，“il va se faire tuer. ［他是自己去找死。］”她又向发西利公爵说，“Dites moi，pourquoi cette vilaine guerre. ［您告诉我，为什么要有这个万恶的战争。］”她不等到回答，又转向发西利公爵的女儿，美丽的爱仑。

“Quelle délicieuse personne que cette petite princesse! ［这位矮小的公爵夫人，是多么可爱的人儿!］”发西利公爵轻轻地向安娜·芭芙洛芙娜说。

在矮小的公爵夫人到后不久，来了一个魁伟的胖胖的年轻人，他剪短了头发，戴着眼镜，穿着浅色的时髦的裤子，棕色的燕尾服，和高褶领。这个胖胖的年轻人是叶卡切锐娜朝代鼎鼎有名的大官而此刻在莫斯科快要去世的别素号夫伯爵的私生子。他还没有在任何地方服务过，他是在国外受教育的，刚从外国回来，是初次入交际场。安娜·芭芙洛芙娜向他点头招呼，这是对待她客厅中社会地位最低的人的礼节。虽然是用低级的礼节，但是看见了进来的彼埃尔，安娜·芭芙洛芙娜的脸上便显出了不安和恐惧的神色，好像是在看到什么太大而又和地方不相称的东西的时候那么恐惧。虽然彼埃尔确实比客厅中的其他的男子们高大一点，但她的这种恐惧的神色只是因为彼埃尔的神情和客厅中所有的人都不相同，他聪明而又害羞，留神而又自然。

"C'est bien aimable à vouls，monsieur Pierre，d'être venu voir une pauvre malade，［承蒙您来看可怜的病人，彼埃尔先生，盛情可感啊。］"安娜·芭芙洛芙娜把他领到姑母的面前，一面惊恐地和姑母互使眼色，一面向他说着。

彼埃尔低声地说些不可解的话，并且继续用眼睛搜寻着什么。他愉快地高兴地，好像是向亲密的朋友一样地，向矮小的公爵夫人鞠躬着，微笑了一下，然后走到姑母面前。安娜·芭芙洛芙娜的恐惧不是无故的，因为彼埃尔没有听完姑母关于太后健康的话就走开了。安娜·芭芙洛芙娜惊惶地用话止住他：

"您不认得莫利奥神甫吗？他是很有趣的人……"她说。

"是的，我听说过他的永久和平计划，这是很有趣的，但是未必可能……"

"您觉得是这样吗？……"安娜·芭芙洛芙娜说，只是为了要说点什么，再去招待客人。但彼埃尔做出了相反的无礼举动。在先前他没有听完姑母的话就走开，现在又用话阻止了需要离开他的女主人。他垂着头，撑开两只长腿，开始向安娜·芭芙洛芙娜证明为什么他认为神甫的计划是幻想。

"我们以后再谈吧。"安娜·芭芙洛芙娜微笑着说。

她离开了这位不善处世的年轻人，又去尽她的主人之责，继续谛听着注视着，预备到谈话不起劲的地方去帮忙。好像纱厂的监工，向工人们分配了工作，在厂房里来回地走着，发觉了纺锤的停顿或失常的、摩擦的、太大的声音，便赶快去约制住机器或使它恢复正常的转动，同样的，安娜·芭芙洛芙娜也在她的客厅里来回地走着，走到沉默的或者说话太多的小团体那里，说一句话，或者把客人调动一下，使谈话的机器重新做着不快不慢的正常的运动。但在这一切的关心照顾中仍然看出她对于彼埃尔的特别恐惧。当他去听莫特马尔那里的谈话，走到有神甫在说话的别的小团体那里去的时候，她总担心地注视着他。彼埃尔是在国外受教育的，安娜·芭芙洛芙娜的这次晚会是他在俄国第一次见到的。他知道这里聚集着彼得堡的所有的知识分子，他的眼睛好像在玩具店里的小孩的眼睛那样地流盼着。他总是怕漏掉他可以听到的聪明的谈话。他望着聚集在这里的各人的自信的文雅的表情，等待着特别聪明的言论。最后，他走到莫利奥神甫那边去了。他觉得这里的谈话有趣，于是他停下来，等着机会说出他自己的想法，年轻人都欢喜这样。

3

安娜·芭芙洛芙娜的晚会正起劲。各方面的纺锤不快不慢地、不停地响着。坐在 ma tante［我的姑母］旁边的，只有一个面部消瘦的，哭得眼肿的，在这个漂亮的交际场中有点不相称的老太太，除了她们，所有的客人们分成了三个小团体。在第一个小团体里，男客较多，中心是神甫：在第二个年轻的小团体里，中心是发西利公爵的小姐——美人爱仑，和容貌美丽的、面色红润的、矮小的，由于怀孕而显得太胖的保尔康斯卡雅公爵夫人：在第三个小团体里，中心人物是莫特马尔和安娜·芭芙洛芙娜。

子爵是一个很好看的年轻人，有温良的容貌和文雅的风度，虽然以名士自居，但由于良好的教养，他谦和地让他所在场的这个团体利用他一下。安娜·芭芙洛芙娜显然是在用他招待她的客人们。好像聪明的饭馆老板，把那块倘若被人在肮脏的厨房里看见了便不要吃的牛肉，做成了极其精美的食品，安娜·芭芙洛芙娜在这天的晚会里，先把子爵后把神甫当作极其精美的珍馐招待了她的客人们。在莫特马尔的小团体里，他们立即谈到翁歧安公爵的被害①。子爵

① 毛注：翁歧安公爵被控参与暗杀拿破仑事件，判罪，于一八〇四年三月二十一日在文生纳被杀害。

说，翁歧安公爵是死于他自己的宽宏大量，而保拿巴特的愤恨是有些特别的原因的。

“Ah! voyons. Contez-nous cela, vicomte. [哦！是了。给我们谈谈这件事情吧，子爵。]”安娜·芭芙洛芙娜说，愉快地感觉到“Contez-nous cela, vicomte. [给我们谈谈这件事情吧，子爵。]”这句话里带有 à la Louis XV [路易十五的语调]。

子爵鞠了一躬表示遵命，并且文雅地微笑了一下。安娜·芭芙洛芙娜让客人在子爵四周形成了一个圈子，并且邀请大家都来听他讲故事。

“Le vicomte a été personnellement connu de monseigneur, [子爵本人认识公爵，]”安娜·芭芙洛芙娜低声地向一个客人说，“Le vicomte est un parfait conteur, [子爵非常会说话，]”她向另外一个客人说，“Comme on voit l'homme de la bonne compagnie, [我们立刻就看得出他是上等社会里的人。]”她向第三个客人说，于是子爵好像是热碟里的撒着绿菜叶的煎牛肉，在最精美而于他有利的情况下被端给了客人们。

子爵正要开始讲他的故事，并且机灵地微笑了一下。

“到这边来，chère Hélène, [亲爱的爱仑，]”安娜·芭芙洛芙娜向美人公爵小姐说，她坐在稍远的地方，形成另一个团体的中心。

爱仑公爵小姐微笑着，她带着她进客厅时所有的那种老是不变的绝色佳人的笑容，站立起来。她的绣了藤条与青苔的白色舞服轻轻地响着，她的白肩膀、亮头发和钻石都闪耀着，她在让路的男客们当中穿行着，她没有看任何人，却向所有的人微笑着，似乎是亲切地让每个人都有权利去欣赏她的漂亮的身材、丰满的肩膀、时髦的露出很多的胸膛和脊背，仿佛是随身带着舞厅里的光彩，一直地走到安娜·芭芙洛芙娜的面前。爱仑是这样的可爱，她不但没有丝毫媚态的痕迹，而且相反，她似乎为了她的无疑的、太迷人的美丽而觉得惭愧。她似乎想要减少而又不能减少她的美丽对人的吸引力。

“Quelle belle personne! [多么美丽的人儿！]”看见她的人都这么说。

当她坐在子爵的面前、并且用那同样不变的笑容看他的时候，子爵好像是被什么不同寻常的东西引起了诧异，耸了耸肩，垂下了眼睛。

“Madame，je crains pour mes moyens devant un pareil auditoire.［夫人，我在这样的听众面前，真担心我的本领。］”他微笑着鞠躬着说。

公爵小姐把一只袒露的丰满的手臂搭在小桌上，觉得没有答话的必要。她微笑地等候着。在说故事的全部的时间里，她端正地坐着，时而看看自己的轻轻地搭在小桌上的丰满美丽的手臂，时而看看更美丽的胸膛，理着胸前钻石的项链。她理了几次衣服的皱裥，在故事动人的时候，她回头看安娜·芭芙洛芙娜，并且立刻露出女官脸上那样的表情，然后又带着鲜明的笑容，觉得安心了。在爱仑之后，矮小的公爵夫人也离开了茶桌。

“Attendez-moi，je vais prendre mon ouvrage，［等我一下，我要拿我的针线］”她说，“Voyons，à quoi pensez-vous？［喂，您在想什么？］”她向依包理特公爵说，“Apportez-moi mon ridicule.［把我的提袋拿给我。］”

公爵夫人微笑着，和大家说着，忽然之间引起了座次的变动，然后她坐下来，愉快地理着衣服。

“我现在很舒服。”她说，并且请求子爵开始讲，然后她又着手做她的针黹。

依包理特公爵把提袋给了她，跟在她背后，并且把椅子向她移得很近，在她身边坐下来。

Le charmant Hippolyte［这位可爱的依包理特］引人注意的是他异常像他的姐姐美人儿，而更引人注意的是，虽然相像，他却非常难看。他的面貌和他姐姐的一样，但姐姐总是流露着愉快的、自足的、青春的、不变的笑容，和身材的古希腊式的异常美丽；弟弟却相反，同样的脸上笼罩着愚笨的神色，而且老是不变地表现出自信和暴躁，身体又瘦又弱。他的眼睛、鼻子和嘴，全都缩皱着，仿佛是在做着捉摸不定的讨厌的怪相，而手和脚总是显出不自然的样子。

“Ce n’est pas une histoire de revenants? ［这不是鬼怪的故事吗?］”他在公爵夫人旁边坐下来，连忙把有柄眼镜架到眼睛上，然后才说，似乎没有这个眼镜他便不能开口。

“Mais non，mon cher. ［完全不是的，我亲爱的。］”说故事的人说，吃惊地耸着肩膀。

“C’est que je déteste les histoires de revenants. ［因为我不欢喜鬼怪的故事。］”依包理特用那样的语气说着，看得出，他是先说了话，然后才明白自己的话是什么意思。

由于他说话时所表现的自信，没有人能够了解他所说的话是很聪明还是很笨。他穿着深绿色的常礼服，像他自己所说的 cuisse de nymphee ffrayée ［受惊的仙女大腿］① 色的裤子，长筒袜和低口鞋。

子爵很动人地说着当时流行的传述，就是翁歧安公爵秘密地到巴黎去会 M- lle George ［绕枝小姐］② 并且碰见了保拿巴特，他也享受到这个著名女伶的青睐。拿破仑在那里碰见了公爵之后，偶然地发作了他所患的昏厥症，落在公爵的掌握之中，公爵并没有乘机危害他，但拿破仑后来反弄死公爵，报复公爵的宽宏大量。

故事很动人很有趣，特别是说到情敌忽然互相认出了对方的时候，妇女们都似乎兴奋起来了。

“Charmant! ［好极了!］”安娜·芭芙洛芙娜问询地转头望着矮小的公爵夫人说。

“Charmant! ［好极了!］”矮小的公爵夫人低语着，把针插在针凿上，好像表示故事的有趣和优美使她停下了工作。

子爵重视这种沉默的赞美，感激地微笑了一下，又开始要向下说：但这时候安娜·芭芙洛芙娜——她始终注视着那个令她觉得可怕的年轻人——看见他同神甫说得太起劲太响亮，便连忙赶到危险

---

① 这里是描写依包理特说话毫无意义。仙女原意是司花卉、泉水、树林、山岳的女神。

② 毛注：绕枝小姐本人后来在本书中出现。她是演悲剧的名女伶，曾是拿破仑的情妇。她于一八〇八年赴彼得堡，表演颇受欢迎，娜塔莎后来在爱仑的客厅中听到她的嗓音。

地方去帮忙。果然，彼埃尔和神甫谈起了政治均势问题，神甫显然对于这个年轻人的单纯的激昂发生了兴趣，在他面前说出了自己心爱的理论。他们俩太兴奋地太随意地一边听着一边谈着，这使得安娜·芭芙洛芙娜很不高兴。

“方法是欧洲的均势和 droit des gens [人民权利]，”神甫说，“要有一个强大的国家，像那据说以野蛮著名的俄国，大公无私地，领导着以求欧洲均势为目的的联盟，才可以拯救世界！”

“您怎样去获得这个均势呢？”彼埃尔正开始说，但是这时候，安娜·芭芙洛芙娜已经走来，严厉地望了望彼埃尔，问那个意大利人对于当地的天气觉得如何。意大利人的脸色顿然改变了，并且做出虚假得令人不快的、和悦的表情，这显然是他和妇女们说话时所惯有的。

“我有荣幸在这里承蒙接待，被你们的社交界的，尤其是妇女们的聪明和教养弄得那么迷惑，以致我还没有工夫想到天气。”他说。

安娜·芭芙洛芙娜没有放松彼埃尔和神甫，为了照顾的方便，把他们合并到大团体里面去了。

这时候客厅里来了一个新客人。这个新客人是年轻的安德来·保尔康斯基公爵，矮小的公爵夫人的丈夫。保尔康斯基公爵是身材不高而极漂亮的年轻人，具有明确而冷静的面貌。他的全身，从疲乏而厌倦的目光到缓慢整齐的脚步，显出了他和矮小活泼的妻子的极其鲜明的对照。显然客厅里的客人们不但是他所认识的，而且还那么使他觉得讨厌，他觉得连看他们一眼，听他们说话也是讨厌的。在所有的这些令他讨厌的面貌中，他的漂亮妻子的面貌，似乎最使他厌烦。他带着有损美丽面貌的皱蹙，掉转身背着她。他吻了安娜·芭芙洛芙娜的手，然后眯着眼，看了看全体的客人。

“Vous vous enrôlez pour la guerre, mon prince? [您要从军打仗去了吗，公爵？]”安娜·芭芙洛芙娜说。

“Le général Koutouzoff, [库图索夫将军，]”保尔康斯基好像法国人一样，把重音放在后面的音节‘索夫’上说，“a bien voulu de moi pour aide-de-camp…… [要我做副官……]”

“Et Lise，votre femme？［那么，您的妻子莉萨呢？］”

“她到乡下去住。”

“您怎么可以把您的漂亮的妻子从我们这里带走呢？”

“安德来，”他的妻子用她向别人说话时的那种同样娇媚的语气向他说，“子爵向我们说的绕枝小姐和保拿巴特的故事，是多么有趣啊！”

安德来公爵垂下眼睑走开了。彼埃尔从安德来公爵一进客厅时，就没有从他身上移去喜悦的友爱的目光，这时走到他的身边，拉住他的手臂。安德来公爵没有回头看，皱蹙着面孔，表示厌烦有人拉他的手臂，但是看见了彼埃尔的笑脸，便笑出了意外和蔼愉快的笑容。

“嗬！……怎么您也到大交际场里来了！”他向彼埃尔说。

“我知道您要来，”彼埃尔回答，“我要到您那儿去吃晚饭，”他低声地补充说，免得打搅在说话的子爵，“行吗？”

“不行，不行！”安德来公爵带着笑声说，从握手上让彼埃尔知道这是无须问的。

他想要再说几句，但这时候发西利公爵和他的女儿站起来要走，男客们起身让路了。

“请您原谅，亲爱的子爵，”发西利公爵一面向这个法国人说，一面亲热地拉住他的袖子，把他按住，要他不要起身，“使馆里倒霉的庆祝会使我不能奉陪，并且打断您。”他又向安娜·芭芙洛芙娜说，“我很可惜，要离开您的精彩的晚会。”

他的女儿爱仑公爵小姐轻轻地按住衣褶，从椅子当中走过，笑容更鲜艳地呈现在她的美丽的脸上。当她从彼埃尔身边走过时，彼埃尔用着几乎是惊讶的狂热的目光看着这美人。

“很漂亮。”安德来公爵说。

“很漂亮。”彼埃尔说。

发西利公爵走过的时候，抓住彼埃尔的手臂，并且转向安娜·芭芙洛芙娜。

“替我教训教训这只熊，”他说，“他在我家里住了一个月，这是我第一次在交际场中看见他。年轻人最需要的，莫过于聪明妇女的社交团体了。”

4

安娜·芭芙洛芙娜微笑了一下，并且答应了照顾彼埃尔，她知道彼埃尔的父亲和发西利公爵算起来是亲戚。先前和 ma tante［我的姑母］坐在一起的老太太连忙地站起来，在前厅里赶上了发西利公爵。她的脸上没有了刚才所有的假装的兴趣。她的善良的哭得眼肿的脸上只显出了不安和恐惧。

“我的保理斯的事，公爵，您向我说吧，怎么样了？”她在前厅赶上他说，（她把保字的音说的特别重）“我不能在彼得堡再住下去了。告诉我吧，有什么消息我可以带给我那可怜的孩子呢？”

虽然发西利公爵是勉强地并且几乎是不恭敬地听着老太太说，甚至显得不耐烦，她却讨好地动人地向他微笑着，并且拉住他的手臂，不让他走开。

“您向皇上说一句，并不费事，他却可以直接调到禁卫军里去了。”她请求着。

“请您相信，凡是我能办的，我都去办，公爵夫人，”发西利公爵回答，“但是我很难请求皇上，我还是劝您托高里村公爵去找路密安采夫，这是最好的办法。”

老太太名叫德路别兹卡雅公爵夫人，她的家庭是俄国的最好家庭之一，但是她家境贫穷，早已脱离了交际场所，并且失去了从前的人事关系。她现在到这里来，是为了要替她的独生子在禁卫军里找一个工作。就是为了要会见发西利公爵，她不请自到地来赴安娜·芭芙洛芙娜的晚会，就是为了这个，她听了子爵的故事。发西利公爵的话使她大吃一惊，她那张从前很美丽的脸上显出了怒容，但是这只经过了一刹那的时间。她又微笑了一下，把发西利公爵的手臂抓得更紧。

“请您听我说，公爵，”她说，“我从来没有求过您，我将来绝不再求您，我从来没有向您提过我父亲和您的交情。但是现在，我请求您，看上帝的情面，替我的儿子把这件事办一下吧，”她连忙补充说，“我要把您认作我的大恩人。请您不要生气，您答应我吧。我求过高里村，他拒绝了我。Soyez le bon enfant que vous avez ètè. ［请您好心待人，就像从前一样吧。］”她说，极力想要微笑，可是她的眼眶里却含着泪。

“爸爸，我们要迟到了，”爱仑公爵小姐等在门边，向后转过她那长在具有古典美的肩上的美丽的头，说。

但情面在社会上是一种资本，应该节省，不让它消耗。发西利公爵知道这一点，并且认为，假使他开始替那些央求他的人去请求别人，他不久便不能为自己去请求别人了，因此他很少运用他自己的情面。可是对于德路别兹卡雅公爵夫人的事，在她的新的诉述之后，他感觉到一种良心的责备。她向他提起了这件事实：他初入官场时就是她父亲提携的。此外，他还从她的态度上看出她正是那种妇女，特别是那种做母亲的妇女，她们一旦心里有了什么念头，不到满足了她们的期望，是绝不罢休的，并且如若不然，便准备做每天不断地纠缠，甚至于哭闹。这最后的考虑使他动摇了。

“亲爱的安娜·米哈洛芙娜，”他在声音里带着素常具有的亲昵和烦闷的语气说，“要我做到您所希望的事，几乎是不可能的，但是为了要向您表示我是多么爱您，多么尊重您的过世的父亲的英灵，我一定要去做那不可能的事：把您的儿子调到禁卫军里去，我向您保证。您满意了吧？”

“亲爱的公爵，您是大恩人，我对您不再期望别的了，我知道您是多么厚道。”

他想要走开。

“等一下，还有两句话。Une fois passé aux gardes ［一旦调到禁卫军以后］……”她迟疑了一下，“您同米哈伊·伊拉锐诺维支·库图索夫①很好，您把保理斯介绍给他做副官。那时我就安心了，那时候

① 毛注：库图索夫在一八〇五年已享有军事盛名。他曾在叶卡切锐娜女皇朝参与土耳其战争，与苏佛罗夫一同夺下奥恰考夫及伊斯马伊尔要塞，但受重伤，失去一眼。在彼得堡总督任内违忤亚力山大，失意居乡三年，此时起用，率领大军五万人协助奥地利。

就……”

发西利公爵微笑了一下：“这个我不能答应。您不知道，自从库图索夫做了总司令以后，有多少人纠缠他。他亲自向我说的，莫斯科的太太们商量好了，都要把儿子给他做副官。”

“不行，您答应吧，我不让您走，亲爱的，我的恩人……”

“爸爸！”美人又用同样的语调说，“我们要迟了。”

“好吧，au revoir，［再见，］再会。您看见了吗？”

“那么您明天向皇上说吗？”

“一定的，可是找库图索夫的事情，我不能答应。”

“不行，您要答应，您要答应，发西利，”安娜·米哈洛芙娜跟在他后边说，面上带着少女的媚笑，这在从前大概是她所素有的，但现在却和她的憔悴的面容很不调谐了。

她显然是忘记了她的年纪，习惯地拿出了她的全部旧有的女性的手段。但是当他刚刚走出门的时候，她的脸上又显出了先前的冷淡做作的表情。她回到小团体里，子爵还继续在说话。她又做出听讲的样子，等着机会走开，因为她的事已经办完了。

“但是对于 du sacre de Milan［米兰的加冕礼］这幕最近的喜剧，您的感想如何呢？”安娜·芭芙洛芙娜问，“Et la nouvelle comédie des peuples de Gênes et de Lucques，qui viennent présenter leurs voeux à M. Buonaparte. M. Buonaparte assis sur un trône，et exauçant les voeux desnations！Adorable！Non，mais c'est à en devenir folle！On dirait，que le monde entier a perdu la tête.［还有这个新近的喜剧：热那亚和卢卡的人民向布奥拿巴特先生请愿，布奥拿巴特先生坐在宝座上，答应了各国人民的要求。对于这个，您的感想如何呢？这真妙极了！这简直是教人发昏。我们可以说全世界的人都发疯了。］”

安德来公爵对直地望着安娜·芭芙洛芙娜的脸，微微冷笑了一下。

“Dieu me la donne，gare à qui la touche，［上帝赐我的王冠，他人慎勿触动，］”他说，（这是保拿巴特在加冕时所说的话。）他补充说，“On dit qu'il a été très beau en prononçant ces paroles，［据说，他

说这句话的时候是很好看的，]”又用意大利语重复了这句话：“Dio mi ladona，guai a chi la tocca.”

“J'espére enfin，[总之，我希望，]”安娜·芭芙洛芙娜继续说，“que ça a été la goutte d'eau qui fera déborder le verre. Les souverains ne peuvent plus supporter cet homme，qui menace tout. [这事做得太过火了。各国的君王都再也不能容忍这个威胁各国的人了。]”

“Les souverains? Je ne parle pas de la Russie，[各国的君王吗？我并没有说俄国，]”子爵恭敬但失望地说，“Les souverains，madame! Qu'ont ils fait pour Louis XVII，pour la reine，pour ma-dame Elisabeth? Rien，[各国的君王，他们为路易十七世，为皇后，为爱丽莎白夫人做了什么呢？什么也没有，]”他激动地继续说，“Et croyez-moi，ils subissent la punition pour leur trahison de la cau-se des Bourbons. Les souverains?] Ils envoient des ambassadeurs com-plimenter l'usurpateur. [相信我吧，他们受到了欺骗布朋王朝的报应了。各国的君王吗？他们派了使臣去庆贺这个篡位者。]”

于是他轻蔑地叹了口气，又改变了他坐着的姿势。依包理特公爵从有柄眼镜里向子爵望了很久，在子爵说这话的时候突然转过身，朝着矮小的公爵夫人，要了她的针，在桌上用针画着，开始向她说明康代家的纹章。他带着那么庄重的神情向她说明着这种纹章，好像是公爵夫人请他说的。

“Bâton de gueules，engrêlé de gueules d'azur-maison Condé. [有线条的柱子，镶着蔚蓝色的绝条——康代家的房子。]”① 他说。

公爵夫人微笑着听他说。

“假使保拿巴特在法国的王位上再坐一年，”子爵继续说着未完的话，他带着那样的神情，好像是在谈一个他比所有的人都熟悉的问题，他不听别人的话，只顺着他自己的思路在说，“事情就要不可收拾了。法国社会，我的意思是说上层社会，将永远被阴谋、暴力、

---

① 毛注：依包理特的话是不可翻译的无意义的话。他的其他言行都是极蠢的。

放逐和屠杀所毁灭，并且……”

他耸了耸肩膀，并且摊开双手。彼埃尔被谈话引起了兴趣，正想说点什么，但监视着他的安娜·芭芙洛芙娜插上去说了。

“亚力山大皇帝，”她带着一提起皇家就显出的忧郁说，“表示过，他要让法国人民自己去选择他们的政体。我觉得，无疑的，从暴君手里解放出来的整个国家，将要投入合法的国王的怀抱里，”安娜·芭芙洛芙娜说，极力想对保皇党的侨民表示亲切。

“这是靠不住的，”安德来公爵说，“Monsieur le vicomte［子爵先生］以为事情已经不可收拾，这是十分对的。我以为恢复旧政体是很困难的。”

“据我所听说的，”彼埃尔红着脸，又插言了，“几乎是全体的贵族都倒到保拿巴特那边去了。”

“这是保拿巴特派的人说的，”子爵没有望着彼埃尔说，“现在很难知道法国的舆论。”

“Bonaparte l’a dit.［这是保拿巴特说的。］”安德来公爵嘲笑地说。(显然是他不欢喜子爵，他虽然没有望着子爵，他的话却是反对子爵的。)

在短时的沉默之后，他引用拿破仑的话说：“‘Je leur ai montré lechemin de la gloire, ils n’en ont pas voulu; je leur ai ouvert mes antichambres, ils se sont précipités en foule……’ Je ne sais pas à quel point il a eu le droit de le dire［‘我向他们指示了光荣之路，他们不愿走：我为他们开了接待室，他们却拥挤进来……’我不知道他有什么权利说这种话。］”

“Aucun,［一点也没有,］”子爵回答，“自从公爵被杀之后，连最偏袒的人也不再把他看作英雄了。Si même ça a été un héros pouqrcertaines gens,［即使在某些人看来，他是英雄,］”子爵向着安娜·芭芙洛芙娜说，“depuis l’assassinat du duc il y a un martyr de plus dans Ie ciel, un héros de moins sur la terre.［在公爵被杀之后，天上多了一个殉道者，地上少了一个英雄。］”

安娜·芭芙洛芙娜和别人还不及用笑容来称赞子爵的这些话，

彼埃尔又突然插言了，安娜·芭芙洛芙娜虽然预觉他要说些不得体的话，却已经止不住他了。

"翁歧安公爵的被害，"彼埃尔先生说，"是政治的需要。我正是在这件事上看见了拿破仑的精神的伟大，就是，他不怕独自担负这件事的责任。"

"Dieu! mon dieu! [哎哟！我的天！]"安娜·芭芙洛芙娜用恐怖的低语说。

"Comment, M. Pierre, vous trouvez que l'assassinat est grandeur d'âme. [怎么，彼埃尔先生，您认为暗杀是精神的伟大。]"矮小的公爵夫人微笑着说，把针黹向自己面前拉近。

"啊！哦！"几个人同时说。

"Capital. [好极了。]"依包理特公爵用英语说，并开始在膝盖上拍着手掌。

子爵只耸了耸肩膀。彼埃尔严肃地从眼镜上边望着听话的人。

"我这么说，"他不顾一切地继续说道，"因为布朋皇室逃避了革命，让人民陷于无政府的状态：只有拿破仑一个人能够了解革命，战胜革命，并且为了大众的利益，他不能因为一个人的生命就停下来。"

"您不到那张桌子上去吗？"安娜·芭芙洛芙娜说。

但是彼埃尔没有回答，却继续说着。

"不，"他愈益激动地说，"拿破仑伟大，因为他超于革命，压制了革命的坏倾向，保存了一切好的东西——公民平等，言论出版自由——就是因此，他获得了权力。"

"是呀，假使他得到了权力，不利用它去杀人，却把权力交给合法的国王，"子爵说，"那时候，我就叫他伟人。"

"他不能够这么做。人民给了他权力，只是为了他可以使他们脱离布朋皇室，并且因为人民把他看作伟人。革命是伟大的事业。"彼埃尔先生继续说，从这种不顾一切地无礼的插言里，表现着他的极端的年轻和急于表现一切的愿望。

"革命和弑君是伟大的事业吗？……在这以后……您不到那张桌

上去吗？”安娜·芭芙洛芙娜重复说。

“Contract social.《社会契约》。①”子爵带着温和的笑容说。

“我不是说弑君，我说的是观念。”

“是呀，抢劫、残杀和弑君的观念。”又插入了一个讽刺的声音。

“这些，当然，都是极端的事，但是重要的地方不在这里，重要的地方却是人权，解脱偏见，公民平权，拿破仑充分保存了所有的这些观念。”

“自由，平等，”子爵轻蔑地说，似乎终于决定了，要认真地向这个青年指出他的言论的一切错误，“这些响亮的字眼，早已成为可耻的话了。谁不爱自由、平等？连我们的救主也宣传了自由、平等。在革命以后，人民果然是更幸福吗？正相反。我们需要自由，但是拿破仑把它毁灭了。”

安德来公爵微笑着，时而看看彼埃尔，时而看看子爵，时而看看女主人。在彼埃尔最初发言时，安娜·芭芙洛芙娜，虽然是有社交的经验，却吃了一惊。但是当她看到，虽然彼埃尔说了亵渎的话，子爵却没有发火，并且认为要压制这些话已不可能的时候，她便集中精力，联合了子爵，攻击彼埃尔了。

“Mais，mon cher m-r Pierre，[但是，亲爱的彼埃尔先生，]”安娜·芭芙洛芙娜说，“一个伟人可以杀死一个公爵，总之，杀死一个不经审判没有犯罪的普通人，您怎样解释呢？”

“我要问，”子爵说，“Monsieur［先生］怎样解释雾月十八日呢？② 难道那不是欺骗吗？C'est un escamotage，quine ressemble nullement à la manière d'agir d'un grand homme.［那是一种欺骗，一点也不像伟人的行为。］”

“还有被他杀死的非洲俘虏呢？”③ 矮小的公爵夫人说，“这很可

---

① 法国十八世纪思想家卢梭的作品。

② 毛注：十一月九日（法国革命历），拿破仑以政变推翻法国革命政府，因而做了执政。

③ 毛注：此处是指拿破仑镇压埃及反抗时的残暴。

怕！”于是她耸了耸肩膀。

“C'est un roturier，vous aurez beau dire.［随便您怎么说，他是一个暴发户。］”依包理特公爵说。

彼埃尔先生不知道先回答哪一个，看了看所有的人，微笑了一下。他的微笑不像别人的似笑非笑。反之，当他微笑的时候，立刻便没有了庄严的甚至是有些沉郁的脸色，而显出另外一种幼稚的、良善的，甚至愚笨的，并且似乎是求饶的面容。

和他初次见面的子爵，明白了这个雅各宾党徒一点也不像他的话那样可怕。大家都沉默着。

“你们要他同时回答各位吗？”安德来公爵说，“还有一点，我们应该在政治家的行为里，分别出来什么是私人的行为，什么是统帅的，或者皇帝的行为。我以为是这样的。”

“是的，是的，当然啦。”彼埃尔接上去说，由于替他解围而高兴起来了。

“我们不能不承认，”安德来公爵继续说，“拿破仑在阿尔考拉桥上，在雅发的医院里他伸手给患瘟疫的人的时候，是伟人……但别的行为是难以辩护的。”

安德来公爵显然是想要减轻彼埃尔言语的失当，站起身来预备走开，并且向他的妻子做了一个暗示。

依包理特公爵忽然站立起来，做着手势挽留着大家，请他们再坐一下，说道：

“Ah！aujourd'hui on m'a raconté une anecdote moscovite，charmante：il faut que je vous en régale. Vous m'excusez，vicomte，il faut que je raconte enrusse. Autrement on ne sentira pas le sel de l'histoire.［啊！今天有人告诉我一桩莫斯科的逸事，很有趣：我一定要奉告诸位。请您原谅，子爵，我一定要用俄语来讲，不然便体味不到故事的精彩了。］”

于是依包理特公爵开始用俄语讲，他的发音好像是在俄国住过大约一年的法国人的俄语发音那样。大家都留下来了，依包理特那么兴奋地固执地要大家注意听他的故事。

“在莫斯科有一位太太，une dame. 她很吝啬。她需要两个跟车的 valets de pied［随从］，并且要有很高的个子。这是她的爱好。她有 unefemme de chambre［一个侍女］，也是高个子。她说……”

依包理特公爵在这里停了一下，显然是费力地在思索。

“她说……对了，她 à la femme de chambre［向侍女］说：‘丫头，穿上 livrée［号衣］，站到车厢后边去，跟我一道去 faire des visites［拜客］。’”

这时候依包理特早在别人之先扑哧一声，哈哈大笑，这引起了别人对他不好的印象。但是有些人微笑了一下，其中有老太太和安娜·芭芙洛芙娜。

“她坐车出门了。忽然起了一阵狂风。侍女的帽子刮掉了，长头发披散下来了……”

在这里他再也忍不住了，开始发出断断续续的笑声，在笑声中说出：

“于是大家都知道了……”

逸事就这样地结束了。虽然不明白为什么他要说这件事，并且为什么一定要用俄语来说，但安娜·芭芙洛芙娜和别人还是称赞了依包理特公爵的社交礼貌，他这样愉快地结束了彼埃尔先生的不愉快的无礼貌的乱说。在这个逸事之后，谈话分散为琐屑的无关重要的闲谈，谈到下次的和上次的跳舞会、演剧、以及谁和谁要在什么时候什么地方见面。

5

客人们向安娜·芭芙洛芙娜感谢了她的 charmante soirée［迷人的晚会］，便开始告辞了。

彼埃尔笨拙、肥胖，是一个宽肩大汉，双手又大又红：如人们所说的，他不会进交际场，更不会出交际场，就是说，他不知道在临走之前说点特别愉快的话。此外他还是心不在焉的。他站起来，没有拿起自己的帽子，却抓住一顶有将官花翎的三角形帽子，他拿在手里，抚弄着花翎，直到那个将军要他把帽子送回去。他的心不在焉，不会进交际场，在交际场中不善谈吐，这一切都由他的善良、单纯和谦恭的态度弥补起来了。安娜·芭芙洛芙娜向他转过身来，以基督教徒的温和，对他的言谈表示着宽恕，向他点了点头，说道：

“我希望和您再见，但我还希望您改变您的意见，我的亲爱的彼埃尔先生。”

当她说这话时，他没有回答，只是鞠躬了一下，又向大家微笑了一下，这笑容并未表达什么，除非是说：“意见是意见，但是你们知道，我是一个多么良善的出色的人。”大家和安娜·芭芙洛芙娜都不自觉地感觉到这一点。

安德来公爵走进了前厅，把肩膀移近替他披大衣的听差，漠不关心地听着他的妻子和依包理特公爵谈话，公爵也走到前厅来了。依包理特公爵靠近美丽的有孕的公爵夫人站着，从有柄眼镜里向她老盯着。

“进去吧，Annette，［安涅特，］您要受凉了，”矮小的公爵夫人向安娜·芭芙洛芙娜告别时说，她又低声地加上这一句，“c'est arrêté.［就这么决定了。］”

安娜·芭芙洛芙娜已经和莉萨谈过了她要替阿那托尔和矮小的公爵夫人的小姑做媒的事。

“亲爱的朋友，我依仗您了，”安娜·芭芙洛芙娜也低声地说，“您写信给她，并且告诉我，comment le père envisagera la chose，Au revoir.［她父亲对这件事是什么看法，再会。］”于是她从前厅走出去了。

依包理特公爵走到矮小的公爵夫人前面，把面孔向她凑近着，开始向她低声地说了些什么。

两个听差——一个是公爵夫人的，一个是他自己的——拿着披肩和斗篷站立着，等待他们把话说完，并且带着那样的神情听着他们所不了解的法语，仿佛是他们了解所说的话，却不愿表示出来。公爵夫人像素常一样，带着笑容说着，带着笑声听着。

“我很高兴，我没有到大使馆去，”依包理特公爵说，“很无聊……这是很愉快的晚会，是不是，愉快得很?”

“他们说跳舞会很好，”公爵夫人噘着有毫毛的嘴唇回答，“社交界所有的美丽的妇女都要到那里去的。”

“并不是所有的，因为您没有到那里去，并不是所有的。”依包理特公爵带着快乐的笑声说，并且夺了听差手里的披肩，甚至把他推开，然后自己开始把它向公爵夫人身上披着。由于粗笨，或者是有意（没有人能够辨别），披肩已经披好了，他还好久没有放下手臂，似乎是要搂抱这位年轻的太太。

她优雅地，但仍然微笑着，闪开身体，转过头来，瞥了瞥她的丈夫。安德来公爵的眼睛闭着，他显得那么疲倦而有睡意。

“您准备好了吗?”他把目光看着别处问他的妻子。

依包理特公爵连忙披上时髦的齐到脚跟下边的斗篷，这斗篷绊着他的脚，他跟着公爵夫人跑到台阶上，听差正在扶她上马车。

“Princesse, au revoir. [公爵夫人，再会。]”他大声说，他的舌头和他的两脚一样地错乱着。

公爵夫人提起衣服，坐到马车的黑暗处：她的丈夫在理佩剑：依包理特公爵借口效劳，却妨碍了大家。

“让开一下，先生，”安德来公爵用俄语向挡路的依包理特公爵冷淡地、不快地说。

“我等您，彼埃尔。”安德来公爵的同样的声音亲切地、温柔地说。

车夫动身了，马车轮子辗响了。依包理特公爵，断断续续地笑着，站在台阶上等候着子爵，他曾应许了送子爵回家。

“Eh bien, mon cher, votre petite princesse est très bien, très bien, [哦，亲爱的，您的矮小的公爵夫人是很漂亮，很漂亮，]”坐在马车里的子爵向依包理特说，“Mais très bien. [确实很漂亮。]”他吻了吻他的手指头。“Et tout-à-fait française.（完全像法国妇女。）”

依包理特扑哧一声笑起来了。

“Et savez-vous que vous êtes terrible avec votre petit air innocent, [您可知道，您的样子很天真，却是个可怕的人物，]”子爵继续说，

“Jeplains le pauvre mari, ce petit officier, qui se donne des airs de prince régnant. [我可怜那不幸的丈夫，那个做出摄政亲王的样子的小军官。]”

依包理特又扑哧一声笑起来，边笑边说：

“Et vous disiez, que les dames russes ne valaient pas les dames françaises, Il faut savoir s'y prendre. [您常说，俄国妇女不如法国妇女。我们应该知道怎样应付她们。]”

彼埃尔坐车先到了安德来公爵家，就像他家里的人一样，走进安德来公爵的书房，立刻习惯地躺在沙发上，从书架上取下了一册随手摸到的书（这是恺撒的《笔记》），身子靠在臂肘上，把书翻到中间读了起来。

“您对涉来尔小姐做了什么？她现在要害重病了。”安德来公爵走进书房，擦着又小又白的手说。

彼埃尔全身翻转过来，使沙发响了一下，向安德来公爵抬起兴奋的面孔，微笑了一下，摇了摇手。

“哦，那个神甫很有趣，但是他没有把问题弄明白。……在我看来，永久的和平是可能的，但我不知道，怎么说这句话。……可不是用政治均势……”

安德来公爵显然对于这种抽象的谈话不感兴趣。

“我亲爱的，随便在哪里想到什么就说什么是不行的。”安德来公爵在片刻的静默之后，问他，“可是您到底决定了什么呢？您要做骑卫军军官呢，还是外交官呢？”

彼埃尔把双腿盘曲着，在沙发上坐起来。

“您可以想象到的，我还是不知道。我两样都不喜欢。”

“但你一定要决定一行，你的父亲期待着呢。”

彼埃尔在十岁的时候，就被充任教师的一个神甫带到国外，一直住到二十岁。当他回到莫斯科的时候，他的父亲解聘了神甫，并且向这个年轻人说，“现在你到彼得堡去，看看情形，选一行职业。我什么都同意。这是给发西利公爵的信，这是给你的钱。写信来把一切告诉我，我什么都帮助你。”彼埃尔选择职业已经三个月了，但是什么也没有决定。安德来公爵就是向他说到他的择业的问题。彼埃尔摸了摸自己的额头。

“但他一定是共济会会员。”他说，意思是指他在晚会里所见的神甫。

“这都是废话，”安德来公爵又阻止了他的话，“我们顶好还是谈谈正事。你到骑兵禁卫军里去过吗？……”

“没有，我没有去过，但是这正是我所想到的，我要同您说。现在的战争是反对拿破仑的。假若这是为自由的战争，我便能了解它，我便最先从军。但帮助英国、奥国，去反对世界上最伟大的人……这是不对……”

安德来公爵听到彼埃尔的幼稚的话只耸了耸肩膀。他做出了对于这种荒谬的话不能回答的样子，但是确实，对于这个单纯的问题，除了安德来公爵所作的回答而外，也难作别的回答。

“假使每个人只为他自己的信念去打仗，就没有战争了。”他说。

“那就好极了。”彼埃尔说。

安德来公爵冷笑了一下：

“很可能，这是极好的，但这是永远不会有的……”

“那么，为什么您要去打仗呢？”彼埃尔问。

“为什么？我不知道。是应该如此的，并且我去……”他停了一下，“我去，是因为我在这里所过的生活，这个生活对我不适合！”

6

在隔壁的房间里有了妇女的衣服的响声。安德来公爵好像是刚醒过来，把身子抖擞了一下，他的脸上露着他在安娜·芭芙洛芙娜客厅里所有的那样的表情。彼埃尔从沙发上放下了双腿。公爵夫人进了房。她已经换了一件家常的但同样漂亮鲜艳的衣服。安德来公爵站立起来，很客气地为她挪动着椅子。

“我常想，为什么，”她像平常一样，用法语说，并且赶快地、费力地坐到椅子里，“为什么安娜·芭芙洛芙娜不出嫁？你们这些messieurs［先生们］不娶她，是多么笨哦。您原谅我这话，但您并不了解妇女们。彼埃尔先生，您是一位多么欢喜争论的人！”

“我还在同您的丈夫争论，我不明白他为什么想要去打仗？”彼埃尔向公爵夫人说，一点儿也没有青年男子和青年妇女交谈时所常有的那种拘束。

公爵夫人打了一颤。显然，彼埃尔的话使她激动了。

“啊，这正是我所要说的！”她说，“我不明白，简直不明白，为什么男子没有战争便不能生活？为什么我们女子不希望这种事情，不需要这种事情呢？哦，凭您讲理吧。我总是向他说：他在这里是叔叔的副官，处于最显赫的位置。大家都知道他，并且很尊重他。有一天，在阿卜拉克生家，我听见一位太太说：‘c’est ça le fameux prince André？［他就是有名的安德来公爵吗？］’Ma parole d'honneur！［说的是真话！］”她笑了一下。“他处处受人欢迎。他要做一个侍从武官是很容易的。您知道，皇上很垂爱地同他说过话。我同安娜说过，这是很容易办到的。您觉得怎样？”

彼埃尔望了望安德来公爵，看出他的朋友不高兴听这些话，便没有回答。

“您什么时候走？”他问。

“Ah！ne me parlez pas de ce départ，ne m'en parlez pas. Je ne veux pas en entendre parler.［啊！不要和我说到他这次的出发，不要和我说。我不愿听到这话。］”公爵夫人用她在客厅里和依包理特说话时那样随便轻佻的语气说，这语气对于家里的人显然是不适合的，而彼埃尔就好像是家里的人一样。“今天，我想到这一切亲爱的关系都要断绝了……还有，安德来，你知道，”她富有深意地向她丈夫眨了眨眼，“J'ai peur，j'ai peur！［我怕，我怕！］”她颤动着脊背，低声地说。

她的丈夫用那样的神情望她，好像注意到除了他和彼埃尔之外，还有别人在房间里，因而觉得惊异，他用质问的口气冷淡、客气地同他的妻子说话。

“你怕什么？莉萨？我不明白。”他说。

“原来男人都是自私的，他们都是，都是自私的！天晓得为什么，他要任意丢开我，把我孤单单地关在乡下。”

“是同我父亲和妹妹在一起，不要忘记了。”安德来公爵低声说。

“没有了我的朋友们，还是等于孤单单的……他还教我不要怕。”

她的语气已经在抱怨了，上唇噘起来了，使她的脸上增加着不快的，像松鼠般的，野物的表情。她沉默着，似乎觉得不该在彼埃尔面前说到她的怀孕，而这正是问题的要点。

“我还是不明白，de quoi vous avez peur. ［你怕什么。］”安德来公爵没有把眼睛从他的妻子身上挪开，慢慢地说。

公爵夫人脸红了，并且失望地向上举了举她的双手。

“Non，André，je dis que vous avez tellement，tellement changé……［嗬，安德来，我说你是大大地，大大地改变了……］”

“你的医生要你早点睡，”安德来公爵说，“你该去睡了。”

公爵夫人没有说话，她的有毫毛的短唇突然发抖了。安德来公爵，站立起来，耸了耸肩膀，在房里走了一个来回。

彼埃尔惊异地单纯地从眼镜上边时而看他，时而看公爵夫人，并且动弹了一下，似乎他也要站立起来，但又改变了主意。

“彼埃尔先生在这里，这有什么关系，”矮小的公爵夫人忽然说，并且她的美丽的面孔忽然带着眼泪皱蹙起来了：“我早就想要和你说，安德来，你为什么对我大大地改变了？我对你做了什么？你去从军，你不可怜我。为什么？”

“莉萨！”安德来公爵只说了这一声，但在这一声里又有恳求，又有威胁，而主要地，是相信她要懊悔她自己所说的话，但她连忙地继续说道：

“你对待我，就像对待病人或者小孩一样了。我全知道。半年前你是这样的吗？”

“莉萨，我请你不要说了，”安德来公爵语气更加强硬地说。

彼埃尔在他们谈话时越来越兴奋了，他站起身来，走到公爵夫人面前。他似乎不忍看见她的泪容，并且自己也想哭了。

“放心吧，公爵夫人。您觉得这样，因为……我向您保证，我自己也经验过……为什么……因为……啊，请您原谅，外人在这里是多余的……啊，放心吧……再见……”

安德来公爵拉住了他的胳膊。

“不要走，等一下，彼埃尔。公爵夫人很贤惠，不会不让我同你过一晚的。”

“啊，他只替他自己设想。”公爵夫人没有约制她的愤怒的眼泪，低声地说。

“莉萨。”安德来公爵冷淡地说，把声音提高到那样的调子，表示已经忍无可忍了。

公爵夫人的美丽的小脸上的愤怒的松鼠般的表情，忽然变为动人的令人同情的恐怖表情，她皱着眉用美丽的眼睛瞥了瞥丈夫，她的脸上显出胆怯的认错的表情，好像一只迅速而又无力地摇着下垂的尾巴的狗的表情。

“Mon dieu，mon dieu！［我的天呀，我的天呀！］”公爵夫人说，一手提起衣褶，走到丈夫面前，吻了他的前额。

“Bonsoir，Lise.［再见，莉萨。］”安德来公爵站起身来说，客气地吻着她的手，好像是吻外人的手一样。

朋友们沉默着。彼此都不愿开口。彼埃尔向安德来公爵看了几下，安德来公爵用小小的手拭着前额。

“我们吃饭去吧。”他叹着气说，站起身来，向门口走着。

他们走进了富丽堂皇的簇新的餐室。从餐布到银器、瓷器、玻璃器，一切都具有年轻夫妇的家庭里所特有的簇新气象。在夜餐的当中，安德来公爵把手臂搭到桌上，好像一个人早就心中有事，忽然决心要表示出来一样，他带着彼埃尔从来未曾看见他有过的那种神经质的激动的表情，开始说道：

“绝不要，绝不要结婚，我的好朋友，这是我给你的劝告：除非到了你认为你已经尽了你所能的时候，除非到了你不再爱你所选择的女子的时候，除非到了你把她看清楚了的时候，你绝不要结婚，不然你就要犯那严重的不可纠正的错误。老了，到了一点用处也没有的时候，你便结婚。……不然，就要失掉你的一切美好的高贵的东西。一切都要浪费在琐事上了。是的！是的！是的！不要那样惊讶地望着我。假使你结了婚，还要你的前途有希望的话，那么，你就会处处觉得，对于你一切都完了，一切都关闭了，除非是在客厅里，在那里，你和宫廷仆役以及白痴是一个样的。……何必结婚呢！……"

他猛力地摇了摇手。

彼埃尔取下了眼镜，他的面孔因而变了样子，显得更加良善了，他惊奇地看着他的朋友。

"我的妻子，"安德来公爵继续说，"是贤良的妇女。她是一个那样少有的妇女，男人娶了她，对于自己的名誉，可以放心：但是，我的上帝啊，只要我现在是未结婚的人，什么东西我都肯牺牲！我向你这个唯一的第一个人说这些话，因为我爱你。"

安德来公爵说这些话的时候，和先前靠着坐在安娜·芭芙洛芙娜家的圈椅里、眯着眼、从牙齿缝里说法语的那个安德来更不相同了。他的冷淡的面孔上的每块肌肉都发生了神经质的兴奋的颤动，先前似乎是熄灭了生命之火的眼睛，现在发出了炯炯的闪亮的光辉。显然在平常的时候他愈显得没有生气，在激怒的时候他愈有精力。

"你不明白，为什么我要说这话，"他继续说，"但这就是全部的生活经历。你说到保拿巴特和他的事业，"他说，但是彼埃尔并不会说到保拿巴特，"你说到保拿巴特：但是保拿巴特，当他工作着，一步一步地向他的目标前进时，他是自由的，他心中没有别的，只有他的目标，并且他达到了他的目标。但是你要把你自己和女人纠缠在一起，你便像一个戴镣的犯人，失去一切的自由了。并且你的所有的希望和精力，只是使你苦恼，使你懊悔。客厅、谈天、跳舞会、虚荣、琐事——这个蛊惑的圈子我跳不出去。我现在去打仗，去参与空前的伟大战争，我却什么也不明白，什么也不适宜。Je suis très amiable et très caustique，[我又很和蔼，又很苛刻，]"安德来公爵继续说，"并且在安娜·芭芙洛芙娜家里，他们都听着我说话。这种无谓的社交界，没有它我的妻子便不能生活，而且这些妇女们……你要能够知道 toutes les femmes distinguées [所有的这些出色的妇女]

和一般的妇女是什么样的人，那就好了！我的父亲说得对。处处自私、虚荣、愚笨、浅薄——这就是在她们露出真正面目时候的妇女。你在交际场中看见她们，她们似乎有点内容，但是什么，什么，什么也没有！你不要，不要结婚，我的好朋友，你不要结婚。”安德来公爵结束了。

“我觉得好笑的是，”彼埃尔说，“您认为您自己，您自己是无用的人，认为您的生活是腐化的生活。您却有无限的，无限的前途。并且您……”

他没有说出“您是什么”，但他的语调已经表示出来，他是多么尊重他的朋友，并且对于他的前途抱着多么大的期望。

“他怎么能够说这样的话？”彼埃尔心里想。彼埃尔认为安德来公爵是十全十美的模范，正因为安德来公爵高度地具备了彼埃尔所没有的那些美德，而这些美德可以最切近地称作“意志力”。彼埃尔总是惊讶安德来公爵应付各种人物的镇静的态度，他的异常的记忆力，他的博学（他阅读一切，知道一切，对于一切都有他的见解），尤其是他的工作与学习的能力。虽然彼埃尔常常诧异安德来缺少哲学玄想的能力（彼埃尔却富有这种能力），他并不把这看作他的短处，却当作他的长处。

甚至在最好的、最友爱的、最单纯的关系中，阿谀或称赞也是不可少的，正如同要使轮子转得滑溜，膏油是不可少的。

“Je suis un homme fini，［我是一个已经完结的人了，］”安德来公爵说，“为什么要说到我呢？让我们来说你吧。”沉默了片刻，对自己的一些快慰的念头微笑了一下，他又说。

这笑容立刻反映在彼埃尔的脸上。

“干吗要说我呢？”彼埃尔说，在嘴上带着无忧无虑的快乐的笑容。“我是什么样的人？Je suis un bâtard！［我是一个私生子！］”他立刻面色深红。显然他是费了很大的劲才说出这句话的。“Sans nom，sans fortune［没有名分，没有财产］……哦，确实的……”但他没有说完“确实的”是什么。“现在我是自由的，我觉得很好。但是我并不知道我应该怎么着手。我想要好好地和您商量一下。”

安德来公爵用善良的眼睛望着他。但在他的友好的亲切的目光里，仍然表现了他自己的优越感。

“我看重你，特别是因为，你是我们整个的社交界中唯一的活人。你很好。你想要做什么，你就选择什么，这是没有关系的。你随便到哪里都好，但是有一点：你不要再去看库拉根那一类的人，过那种生活。这是于你不适宜的：这一切的酒宴，骠骑兵的生活，和一切……”

“Que voulez-vous，mon cher，[您看怎么办呢，我亲爱的，]”彼埃尔耸着肩膀说，“les femmes，mon cher，les femmes！[女人们，我亲爱的，女人们！]”

“我不了解，”安德来回答，“Les femmes comme il faut，[正派的女人们，]又是一回事，但是库拉根家那种女人们，les femmes et le vin，[女色和酒，]我不了解！”

彼埃尔住在发西利·库拉根公爵的家里，参加过他的儿子阿那托尔的放纵的生活，那个阿那托尔就是他们预备替他娶安德来公爵的妹妹使他改邪归正的人。

“您知道吗，”彼埃尔说，似乎忽然有了一个快乐的思想，“真的，我早已想到这一点。过着这种生活，我什么也不能够决定、不能够思索。头痛了，钱没有了。今晚上他邀我去，我不去。”

“你能向我发誓，不再去了吗？”

“我发誓！”

彼埃尔离开他朋友家里的时候，已经是夜里一点多钟了。那是一个彼得堡七月的无云的夜。彼埃尔坐在一辆雇用的马车里，心想回家。但是离家愈近，他愈觉得在这个更似暮晚或清晨的深夜里不能睡觉。① 在空空的街道上可以看得很远。在中途彼埃尔想起了，今天晚上阿那托尔·库拉根那里要凑成素常的赌局，赌后照例是狂饮，然后，用彼埃尔所欢喜的一种娱乐来收场。

---

① 七月里彼得堡的夜是极短的。

“到库拉根那里去也好。”他想。

但他立刻想起了他向安德来公爵所发的不到库拉根那里去的誓言。可是，像这种情形是所谓意志薄弱的人所常有的，他立即又那样热烈地希望再过一次他那么熟悉的放纵生活，于是他决定了去。并且立刻他的头脑里又有了一种思想，就是他的誓言是无所谓的，因为在向安德来公爵发誓以前，他也向阿那托尔公爵发过誓要去，最后他想，这些誓言都是照例的事情，没有任何确定的意义，特别是假使一个人想到他明天会死，或者他会发生什么非常的事变，则名誉和不名誉的问题都没有了。彼埃尔常常有这样的思想，它消灭他的一切决心和意向。他到库拉根那里去了。

到了禁卫骑兵营房里阿那托尔所住的大屋子的台阶前，他跨上有灯的台阶，上了楼梯，走进一道敞开的门。外室里没有人，空酒瓶，斗篷，套鞋，都零乱狼藉，酒气弥漫，可以听到远处的话声和叫声。

赌局和夜餐已经结束，但客人们还没有散。彼埃尔脱掉斗篷，走进第一个房间，房里有残剩的餐肴和一个听差，他以为没有人看到他，偷偷地在喝酒杯里的剩酒。从第三个房间里传来喧嚣，笑声，熟悉的叫声，和熊嗥。八九个年轻人不安地挤在敞开的窗口。三个人在玩弄一只小熊，其中有一个人牵着链子拖熊吓别人。

“我赌司梯芬司一百！”有一个人叫着。

“注意，不要手扶呀！”另一个人叫着。

“我赌道洛号夫！”第三个人叫，“库拉根，你来分手！”①

“嘿，放掉小熊吧，这里在打赌呢。”

“一口气喝，不然算输。”第四个人叫着。

“雅考夫，拿瓶酒来，雅考夫！”主人亲自呼喊，他是一个高高的漂亮的人，只穿着一件薄衬衫，胸前敞开着，站在大家的当中。“等一下，诸位。彼得路沙来了，”他向着彼埃尔说，“亲爱的朋友。”

另外一个有明亮蓝眼的、身材不高的人的声音，在所有的这些

① 毛注：俄国人打赌时双方握手，由第三者做见证人分手。

酒醉的声音当中，因为他的清醒的音调，特别令人注意，这声音在窗口叫道，“到这里来，分手呀！”这人是道洛号夫，是塞妙诺夫团的军官，又是有名的赌徒和决斗家，同阿那托尔住在一处。彼埃尔微笑着，愉快地环顾着。

“我毫不明白。是怎么一回事？”他问。

“等一等呀，他还没有喝醉。拿瓶酒来。”阿那托尔说，于是从桌上拿了一只杯子，走到彼埃尔面前。

“你先喝酒。”

彼埃尔开始一杯一杯地喝着，皱眉望着那些又挤在窗口的醉酒的客人们，听着他们的谈话。阿那托尔给他倒酒，并且告诉他说，道洛号夫同在场的一个英国海军军官司梯芬司在打赌，就是，道洛号夫要坐在三层楼的窗口上，把脚垂在窗外，喝一瓶甜酒。

阿那托尔把最后的一杯酒拿给彼埃尔，说：“哎，把它全喝了，不然我不放你走！”

“不，不喝了。”彼埃尔推开着阿那托尔说，然后走到窗口。

道洛号夫抓住英国人的手，并且清楚明白地说出打赌的条件，主要的是向着阿那托尔和彼埃尔说的。

道洛号夫是一个中等身材的人，有鬈曲的头发和明亮的蓝眼睛。他的年纪大约二十五岁。他和所有的步兵军官一样，没有留胡子，他的嘴，是他脸上最动人的一部分，全露在外边，嘴的线条是异常美妙地弯曲着。上唇的当中好像尖锐的楔子，很有力地垂在紧凑的下唇上边，两边的嘴角上似乎永远地浮现着笑意，这一切，连同那坚强傲慢而伶俐的目光，产生了这样一种效果，就是令人不能不注意他的面孔。道洛号夫是个没有钱的人，没有任何人事关系。虽然阿那托尔一年花几万卢布，但是道洛号夫和他住在一起，却能过得使所有的认识他们的人对道洛号夫比对阿那托尔更加尊重，甚至也使阿那托尔自己更尊重他。道洛号夫会做各种赌博，几乎总是赢钱。无论他喝多少酒，他从来没有失去过他的清醒的头脑。库拉根和道洛号夫都是那时候彼得堡恶少浪子中的著名人物。

一瓶甜酒已经拿来了。使人不能坐到窗子外边侧壁上的窗棂，正由两个听差在拆除，他们显然被四周绅士们的意见和叫声弄得又发急又胆怯了。

阿那托尔带着得意扬扬的样子走到窗口。他想破坏些什么东西。他推开了听差，扳了扳窗棂，却扳不动。他敲碎了一块玻璃。

“你来吧，大力士。”他向彼埃尔说。

彼埃尔抓住横档，扳了一下，啪的一声，就在破裂的地方把橡木档子扳下来了。

“全下掉，不然他们以为我要扶的。”道洛号夫说。

“英国人吹牛……啊？……好吗？”阿那托尔说。

“好。”彼埃尔望着道洛号夫说。道洛号夫拿着一瓶甜酒，走到窗前，从窗子里可以看见天光和交融在天空里的曙色和晚霞。

道洛号夫拿着一瓶甜酒，跳上窗台。

“听着！”他站在窗台上向着房里边叫喊。大家都沉默了。

“我打赌。”（他说法语，好让英国人听懂，但是他的法语说得并不很好。）“我赌五十块金卢布，”① 他又向着英国人加上一句，“您要赌一百吗？”

“不要了，就是五十。”英国人说。

“好，赌五十块金卢布，我要喝一整瓶甜酒，坐在窗口上一口气喝完，就在这个地方，”（他俯下了头，指了指窗外倾斜的凸缘，）“什么也不扶，……就这样吗？”

“很好。”英国人说。

阿那托尔转过身来对着英国人，抓着他的晚礼服的扣子，向下看着他（这个英国人身材短小），开始用英语向他重述打赌的条件。

“等一下！”道洛号夫在窗子上敲着瓶喊叫着，要别人向他注意。“等一下，库拉根，听我说。假若别人也这样做，我给他一百块金卢布。明白吗？”

英国人点了点头，并没有让人明白他是否有意接受这个新的打赌。阿那托尔没有放开英国人，虽然英国人点头让人知道他已经明

---

① 毛注：当时此币一枚合十卢布。

白了一切，阿那托尔仍然把道洛号夫的话向他译成了英语。一个在晚间输了钱的、年轻的、瘦瘦的禁卫骠骑兵军官，爬到窗台上，伸了伸头向下看。

“呜！……呜！……呜！……”他望着窗外人行道的石板说。

“不要做声！”道洛号夫喊着，把这个军官从窗前推开，这年轻人绊着马刺，笨拙地跳回房当中来了。

道洛号夫把酒瓶放在窗台上，好顺手拿到它，然后他小心地慢慢地爬上窗子。他垂下两腿，伸开双手抵着窗子的两边，让自己试了试。他坐好了，放下了双手，向右又向左移动了一下，然后拿起了酒瓶。阿那托尔拿来两支短蜡烛，放在窗台上，但天色已经大亮了。道洛号夫的穿白衬衫的脊背和鬈发的头被烛光从两边照亮。大家拥挤在窗口。英国人站在前面。彼埃尔微笑着，没有说话。在场的人当中一位年纪最大的，带着惊恐愤怒的面色，忽然挤到前面去，想要抓住道洛号夫的衬衫。

“诸位，这是傻事，他会跌死的。”这位较有理智的人说。

阿那托尔阻止了他。

“不要动，你骇了他，他要跌死的。啊？……那时候怎么办呢？……啊？”道洛号夫转过头来，又用双手抵着，让自己坐正着。“假使再有人来麻烦我，”他慢慢地从紧抿的薄唇里吐出话来，“我马上就把他从这里掼下去。哦！……”

说了“哦！”他又转过头去，放下了手，拿起酒瓶，送到嘴边，把头向后仰着，把一只空的手向上举着，保持身体的平衡。一个在捡碎玻璃片的听差，停了手，弯着腰，眼睛盯在窗子和道洛号夫的脊背上。阿那托尔站得挺直，大瞪着眼。英国人噘起嘴唇，在一边观看。那个刚才阻止他的人跑到房角落里，躺在沙发上，脸向着墙。彼埃尔蒙了脸，那淡淡的，被遗忘的笑容还在他的脸上，虽然他的脸上此刻显出了惊骇和恐怖。大家沉默着。彼埃尔从眼上拿开了手。道洛号夫仍然原样地坐着，但是他的头向后仰着，使脑后鬈发碰上了衬衣领子，拿酒瓶的手颤抖着，并且很费劲地越举越高。酒瓶显然快空了，同时举得更高了，使他的头更向后仰了。“为什么这样久?”彼埃尔想。他似乎觉得已经过去了半点多钟。忽然道洛号夫的背向后动了一下，他的一只手臂剧烈地发抖，这颤抖足以使他的坐在倾斜的凸缘上的身体滑下去。他向下滑了一下，他的手和头紧张地颤抖得更厉害了。他举起了一只手，想抓窗棂，但是又放下了。彼埃尔又蒙了眼睛，心里说绝不再放开了。忽然他觉得四周有了骚动。他瞥了一眼：道洛号夫站在窗台上，他的脸苍白而愉快。

“空了!”

他把酒瓶抛给英国人，英国人敏捷地把酒瓶接住。道洛号夫从窗上跳下来了。他发出了强烈的甜酒气味。

“好极了！好汉！这才算得打赌！您真见鬼哦!”大家都叫起来。

英国人掏出钱袋，数着钱。道洛号夫皱着眉，不做声。彼埃尔跳上了窗台。

“诸位！谁愿和我打赌？我也照样办,”他忽然大叫着，“不要打赌，就是这样。叫人拿瓶酒来。我来做……叫人拿酒来。”

“让他做，让他做!”道洛号夫微笑着说。

“你怎么？疯了吗？谁会让你干的？你就是在楼梯上，头也要发昏了。”大家都这么说。

“我要喝完，拿瓶甜酒来!”彼埃尔带着坚决的酩酊的姿态拍着桌子大叫着，然后向窗子上爬着。

他们拖他的手臂，但他是那么有力，走近他身边的人都被他推得很远。

“不行，你们那样是劝不住他的,”阿那托尔说，“等一下，我来哄他。听着，我和你打赌，但是要在明天才行，现在我们大家要到×××去。”

“我们去,”彼埃尔大叫，“我们去……我们带小熊一起去……”

于是他抓住小熊，抱着它举起来，开始和小熊在房里打转。

7

发西利公爵履行了他在安娜·芭芙洛芙娜家晚会中向德路别兹卡雅公爵夫人所许的诺言，她是为了她的独生子保理斯去请求他的。保理斯的事曾经奏禀了皇上，并且皇上破例地把他调到塞妙诺夫禁卫团里去做准尉。安娜·米哈洛芙娜虽然有过很多次的奔走和请求，但是保理斯却没有被派做库图索夫的副官或侍从。在安娜·芭芙洛芙娜家晚会后不久，安娜·米哈洛芙娜便回到莫斯科，直接到了她的有钱的亲戚罗斯托夫家，她在莫斯科时就住在他家，她心爱的保理斯也从小就在他家受教育，并且住了多年，最近才从军，并且又立即调为禁卫军的准尉。禁卫军已经在八月十日从彼得堡出发，她的儿子，留在莫斯科备置服装，要在通达拉德西维洛夫①的大道上去赶上他的队伍。

罗斯托夫家在庆祝两个娜塔丽的命名日，母亲和小女儿同名。从早晨起，六马车载着贺客们到厨子街上全莫斯科闻名的罗斯托娃伯爵夫人的大房子，不断地来去。伯爵夫人和美丽的大女儿陪着前后不断的贺客们坐在客厅里。

伯爵夫人是个东方式瘦脸的妇人，年纪大约四十五岁，养了十二个子女，显然是因为养育子女而憔悴了。她的举动和言语的迟缓，是由于体力的衰弱，却增加了她的令人起敬的庄严态度。安娜·米哈洛芙娜·德路别兹卡雅公爵夫人，好像是自家的人一样，也坐在那里，帮同招待并陪客谈话。年轻的儿女们都在后房，觉得无需出来招待客人。伯爵②迎客、送客，邀所有的客人都来吃饭。

“我自己，还代两个亲爱的过命名日的人，非常非常感谢您，machére［我亲爱的］或，mon cher［我亲爱的，］”他向男女宾客一律称呼亲爱的，并且没有丝毫差别地称呼那些比他地位较高或较低的人，“记着，您准来吃饭。不然您便教我不痛快了，mon cher.［我亲爱的。］我代表全家奉请您，ma chère［我亲爱的。］”他那丰满快乐而剃刮干净的脸上带着同样的表情，带着同样的紧捏的握手，和一再的迅速的鞠躬，没有例外没有差别地说这些话。伯爵送了客人，便立刻回到仍然坐在客室里的男女宾客面前：他向前移动一张

① 毛注：是一边境市镇，援奥的俄军须由此进入加里西亚。

② 毛注：他是作者祖父伊里亚·A·托尔斯泰的写真，他的妻子很像作者祖母Ⅱ·H·托尔斯泰伯爵夫人。

椅子，带着热爱生活和善于生活的神情，得意地伸开双腿，把手放在膝盖上，庄严地摇动着身体，推测天气，谈论健康问题，有时说俄语，有时说很糟的但自以为是的法语，然后又带着疲倦但坚决要顾全礼节的神情，理着光头上稀疏的灰发，起身去送客人，又邀请吃饭。有时，从前厅回来时，他穿过花房和听差房，走到大理石的大餐厅，那里有人在摆设八十座位的餐桌，他望着拿银器和瓷器的、搬动桌子的、铺缎子台布的听差们，把世家出身的替他管理一切事务的德米特锐·发西利耶维支叫到面前，说："哎，哎，米清卡，当心，一切都要很好。对了，对了，"他满意地望着摆开的大餐桌说，"最重要的是招待周到。这就对了……"他满意地叹着气，又走进了客厅。

"玛丽亚·勒福芙娜·卡拉基娜和小姐到!"伯爵夫人的高大的出门的跟班，跨进客厅的门，用低音通报。伯爵夫人沉思了片刻，从那个有她丈夫画像的金鼻烟盒里嗅了一点鼻烟。

"这些拜访把我累坏了，"她说，"好吧，我只最后接见她一个人了。她太拘礼了。请，"她用忧悒的声音吩咐听差，似乎是说，"哎，你们把我累死了!"

一个高高的、胖胖的、神情骄傲的太太，和她的圆脸的带笑的女儿，拖着窸窣地响的衣裙，走进了客厅。

"Chère comtesse, il y a si longtemps……elle a été alitée, la pauvreenfant……au bal des Razoumowsky……et la comtesse Apraksine……j'ai étési heureuse……［亲爱的伯爵夫人，这样久了……她害病了，可怜的姑娘……在拉素摩夫斯基的跳舞会上……阿卜拉克西娜伯爵夫人……我是这么高兴……］"这些生动的妇女的声音，彼此打断着，并且夹杂着衣裙的窸窣声和椅子的移动声。于是那样的谈话开始了，谈得恰好让客人在第一次停止的时候便站起身来，响动着衣裙，说："Je suis biencharmée, la santé de maman……et la comtesse Apraksine［我很愉快，妈妈的健康……阿卜拉克西娜伯爵夫人］……"于是又响着衣裙，走到前厅，穿上外套或斗篷，坐车走了。谈的是当时本城的重要新闻，谈到著名的富翁、叶卡切锐娜朝代的美男子，老别素号夫伯爵的病状，还谈到他的私生子彼埃尔，他在安娜·芭芙洛芙娜的晚会中的举止是那么失礼。

“我很同情那个可怜的伯爵，”女客人说，“他的身体那么坏，现在又为了儿子苦恼，这要送他的命了！”

“这是怎么回事？”伯爵夫人问，似乎不明白客人指的是什么，虽然她已经听过别素号夫伯爵苦恼的原因大约十五次了。

“这就是现代教育！在国外的时候，”女客人说，“这个年轻人就没有人照管，现在，在彼得堡，听说，他做出了那样可怕的事，教警察把他驱逐了。”

“说吧！”伯爵夫人说。“他交错了朋友，”安娜·米哈洛芙娜公爵夫人插言说，“发西利公爵的儿子，和他，和一个叫道洛号夫的，据说，天晓得他们干了些什么。他们都吃了苦头。道洛号夫贬为兵士，别素号夫的儿子被驱逐到莫斯科来了。阿那托尔·库拉根的父亲设法掩饰了他的事情，但他也从彼得堡被驱逐了。”

“那么，他们干了些什么呢？”伯爵夫人问。

“他们简直是强盗，特别是道洛号夫，”女客人说，“他是玛丽亚·依发诺芙娜·道洛号娃那么一位高贵太太的儿子。干了什么事呢？您想吧！他们三个人从什么地方弄到了一只熊，带在车子上，带到一个女伶的家里去了。警察去制止他们。他们捉住警察，把他和熊背靠背绑着，把熊抛在莫益卡运河里，熊背上驮着警察游水。”

“好呀！ma chère，［亲爱的，］警察的样子一定好看极了。”伯爵叫着，笑得要死。

“啊！多么可怕！这件事有什么可笑的，伯爵！”

但太太们自己也忍不住笑出声了。

“他们好容易才救起了这个倒霉的人，”女客人继续说，“就是基锐尔·夫拉济米罗维支·别素号夫伯爵的儿子，他玩耍得那样聪明！”她补充说，“人家说他的教养那么好，又聪明。这就是外国教育造就出来的。我希望这里没有人接待他，尽管他有钱。有人要把他介绍给我。我断然地拒绝了：因为我有女儿们。”

“您为什么要说这个年轻人是那样有钱呢？”伯爵夫人问，转身避开着女儿们，她们立刻做出没有听见的样子。“原来他养的全是私生子。好像……彼埃尔也是私生子。”

女客人摇了摇手。

“我想，他有二十个私生子。”

安娜·米哈洛芙娜在谈话中插言了，显然是想要表示她的关系和她对于一切社会情形的熟悉。

“是这么回事，”她意味深长地低声地说，“基锐尔·夫拉济米罗维支伯爵的名誉是大家知道的。他数不清他有多少儿子，但这个彼埃尔却是他最宠爱的。”

“就在去年，这个老人还是多么好看哦！”伯爵夫人说，“我没有看见过更好看的男子了。”

“现在他改变的很多了，”安娜·米哈洛芙娜说，“哦，像我所说的，”她继续说，“发西利公爵，因为公爵夫人的关系，是全部财产的直系承继人，但父亲很爱彼埃尔，关心他的教育，呈文给皇上……所以没有人知道，假使他死了。”（他病得很凶，随时会死，Lorrain［劳兰］医生从彼得堡来了，）“是谁承继这笔大财产，是彼埃尔还是发西利公爵。四万个农奴和无数的钱。这一切我知道得很清楚，因为这是发西利公爵亲自向我说的。基锐尔·夫拉济米罗维支是我母亲的从表兄。他是替保理斯施洗的。”她加上这话，好像一点也没有对这事加以重视。

“发西利公爵昨天到了莫斯科。有人告诉我，他是来视察的。”女客人说。

“是的，但是，entre nous，［我们说句机密的话，］”公爵夫人说，“这不过是借口。他是听说基锐尔·夫拉济米罗维支病得很凶，特地来看他的。”

“但是，ma chère［亲爱的，］这个笑话好极了，”伯爵说，看到年长的女客人不在听他说，便转向小姐们说，“我想，警察的样子是多么好看哦！”

他模仿着警察怎样挥手，又笑出洪亮的、低音的笑声，这笑声使他颤动着整个丰满的身体，就像那些一向吃好饭，尤其是喝好酒的人们笑的一样。"那么，请到我们这儿吃饭。"他说。

8

沉默来临了。伯爵夫人望着女客人，愉快地微笑着，然而并不隐瞒，假使女客人此刻站起身来告辞，她一点也不觉得难受。女客人的女儿已经探询地望着母亲，在整理衣服了，忽然隔壁房间里传来了几个男女向着房门跑来的脚步声，碰椅子和倒椅子声，然后一个十三岁的女孩子，在短纱裙下藏着什么，跑进了房，在房当中停住。显然，她是无意地信步地跑到这里来的。同时在门口出现了一个有红衣领的大学生，一个禁卫军的军官，一个十五岁的女孩，和一个肥胖的红腮的穿童装的男孩。

伯爵跳起来，摇摇晃晃地张开两臂，抱着跑进房来的女孩。

"啊，她来了！"他带着笑声大叫着，"过命名日的！"Ma chére，[我的亲爱的]，过命名日的！"

"Ma chère，il y a un temps pour tout，[我的亲爱的，什么事都有一个时候的，]"伯爵夫人说，装着严厉的样子。她又向丈夫说，"你总是溺爱她，Elie.［依利。］"

"Bonjour，ma chère，je vous félicite，[好吗，我的亲爱的，我恭贺你，]"女客说了，又向母亲说，"Quelle dèlicieuse enfant！[多么讨喜欢的孩子！]"

她是个黑眼睛、大嘴、不美丽、但十分活泼的女孩子，她的童年的、袒露的肩膀因为跑得太快而滑脱了挂肩，她的黑发向后梳，细瘦的手臂袒露着，小腿上穿着镶花边的长筒裤和低口鞋。她到了那种可爱的年纪，要说她是孩子，她已经是少女，要说她是少女，她还是孩子。她从父亲手里挣出来，跑到母亲身边，毫不注意她的严厉的斥责，把泛红的脸藏在母亲的花边披肩里，并笑起来了。她笑着，上气不接下气地说到她从小裙子下边取出来的玩偶。

"您看见了吗？……小娃娃，米米……您看。"

娜塔莎①不能够再说别的了（她觉得一切都好笑）。她倒在母亲的怀里，并且笑得那么高声响亮，使大家，甚至使拘礼的女客，都忍不住地笑起来了。

“哎，去吧，你这个丑样儿，去吧！”母亲假作生气地推着女儿说。她向女客说：“这是我的小女儿。”

娜塔莎把她的脸从母亲的花边披肩里抬起了一会儿，含着快乐的眼泪，抬头看了看母亲，又把脸藏了起来。

女客人不得不欣赏这个家庭情趣，觉得应该感受一下。

“您说，我的亲爱的，”她向娜塔莎说，“这个米米是您的什么人呢？是您的女儿，对吗？”

娜塔莎不喜欢女客人这种对儿童说话的迁就的语气。她没有回答，却严肃地望着女客人。

这时候，全体的幼辈：安娜·米哈洛芙娜公爵夫人的儿子——做军官的保理斯，伯爵的大儿子——大学生尼考拉，伯爵的十五岁的甥女索尼亚和小儿子彼得路沙②，都在客厅里，显然都极力想要他们每个面孔上还流露着的兴奋和快乐不越出礼貌的范围。可以看出，在他们急忙地跑出来的后边房间里，他们的谈话，比这里关于城市的琐闻、天气和阿卜拉克西娜伯爵夫人的谈话更加有趣。他们不时互相看看，几乎不能忍住他们的笑声。③

两个青年，一个是大学生，一个是军官，从小是朋友，他们年

---

① 娜塔莎是娜塔丽的爱称。

② 这是彼得的爱称，即后面的彼恰。

③ 毛注：托尔斯泰描写罗斯托夫家幼辈，用到他自家的传说和他对妻子拜尔斯家的印象。他用自己的父亲的特征描写尼考拉·罗斯托夫，甚至用了他父亲的名字（尼考拉·伊里奇）。他描写索尼亚，是摹绘他心爱的姨母塔琪安娜·阿列克三德罗芙娜·叶高斯基，像家庭传说中她年轻时的那个样子。小说中索尼亚和尼考拉的关系，正是现实生活中塔琪安娜·阿列克三德罗芙娜和他父亲的关系。韦娅是摹绘他的大姨子莉萨·拜尔斯，娜塔莎是摹绘他的小姨子塔琪安娜·拜尔斯，加上一点他自己妻子的影子。罗斯托夫家的气氛颇显出拜尔斯家的特色。

龄相同，都好看，但彼此并不相似。保理斯是高高的金发的少年，他的美丽的沉着的脸上有匀称的细致的线条：尼考拉是不高的鬈发的青年，脸上有直率的表情。他的上唇已经有了黑毫毛，他整个的脸上表现着冲动和热情。尼考拉一进客厅，脸色便红了起来。看得出，他在找话说却找不出来：保理斯，正相反，立刻便找到话说，沉着地开玩笑说，这个玩偶米米在鼻子未破之前还是小姑娘的时候他就认识她，在他认识她的五年之间她变老了，并且她头上的脑壳打破了。说了这话，他瞥了瞥娜塔莎。娜塔莎把脸避开了他，看了看她的弟弟，他眯着眼，不出声地笑得发抖，她不能再克制住自己了，她跳起来，尽她的快腿的最大速度跑出了房间。保理斯没有笑。

“好像是，您要出门了吗，妈妈？要马车吗？”他微笑着向母亲说。

“是的，去，去，吩咐预备吧。”她微笑着说。

保理斯悄悄地走出门，去找娜塔莎。胖胖的小孩子愤怒地跟在他们后边跑着，好像是因为他的事情被打搅了而恼怒。

9

幼辈中，除了伯爵夫人的大女儿（她比妹妹大四岁，她的举动已经和成人一样了）和女客人的小姐之外，只有尼考拉和甥女索尼亚留在客厅里。索尼亚是一个苗条娇小的褐色女子，柔媚的眼睛上罩着长长的睫毛，浓黑的发辫在头上绕了两圈，脸上的皮肤，特别是袒露着的细瘦的然而有肌肉的美丽的手臂上和颈子上的皮肤，是黄色的。由于行动的平稳，娇小四肢的柔软灵活，以及几分狡猾和谨慎的态度，她好像是一只美丽而未成熟的小猫，这只小猫就要长成美丽的猫儿。她显然觉得，她应该用笑容来表示她注意大家的谈话，但是不自主地，她的眼睛，流露着那样的少女的热情的崇拜，从密密的长睫毛下边望着就要去从军的 cousin［表兄］，以致她的笑容不能有片刻的工夫欺骗任何人，并且看得出，这只猫蹲着，只是为了要更加有力地跳起来，在她和表兄，就像保理斯和娜塔莎那样，一跑出这个客厅的时候，就去玩耍。

“是的，我亲爱的，”老伯爵指着他的尼考拉向女客人说，“现在他的朋友保理斯做了军官，他因为友谊关系不愿离开他，他要离开大学校和我这个老头子，去服兵役了，我亲爱的。已经替他在档案部里谋了一个位置，一切都弄好了。”伯爵疑问地说，“这就是友谊吗?”

“但是，据说，已经宣战了。”女客人说。

“他们早就说了，”伯爵说，“他们还要说了又说，说个不停。Ma chère，[我亲爱的，] 这就是友谊啊!”他重复说，“他要去做骠骑兵了。”

女客人不知道说什么是好，摇了摇头。

“完全不是因为友谊，”尼考拉红了脸，好像是由于可羞的诽谤，否认地说，“完全不是因为友谊，我不过是觉得服兵役是我的天职。”

他看了看表妹和年轻的女客人：她们俩都带着赞许的笑容望着他。

“今天巴夫洛格拉德骠骑兵团的舒柏特上校要到我们家来吃饭。他是在这里休假的，要带他一道去。怎办呢?”伯爵说，耸着肩膀，嘲笑地说着那显然给他许多烦恼的事情。

“我已经向您说过了，爸爸，”儿子说，“假使您不肯让我去，我就不去。但是我知道，除了去服兵役，我做什么事都不适宜，我不是外交家，不是官吏，不知道掩饰我心里的情感。”他说，仍旧带着美少年的媚态望着索尼亚和年轻的女客人。

小猫用眼睛盯住他，似乎时时刻刻都准备去玩，并表现她的猫性。

“哦，哦，好!”老伯爵说，“他总是有火气。……保拿巴特把他们的头都弄昏了，都想到他怎样从一个尉官变成了皇帝。哦，哦，但愿如此哦。”他补充说，没有注意到客人的嘲讽的笑容。

年长的人开始谈到保拿巴特。卡拉基娜的女儿尤丽转向年轻的罗斯托夫：

“多么可惜，星期四您没有到阿尔哈罗夫家去。没有您，我觉得很没趣。”她向他亲切地微笑着说。

被阿谀的年轻人，带着少年人的媚态的笑容向她靠近了一点，并且和微笑的尤丽单独地谈话，根本没有注意到，这个无心的微笑，好像一把嫉妒的刀，刺进了脸红的装作微笑的索尼亚的心。在谈话的当中他回头看了她一眼。索尼亚热情而愤怒地看了他一眼，她几乎不能控制眼睛里的泪，维持嘴上的假装的微笑，于是站起身来，从房里走出去了。尼考拉的活泼精神完全消失了。他等到了谈话的初次停顿，带着不安的脸色，走出房去找索尼亚。

“这些年轻人的心事都摆在外边了！”安娜·米哈洛芙娜指着出去的尼考拉说。她又加上一句：“Cousinage-dangereux voisinage.［表亲是危险的亲。］”

“是的，”伯爵夫人，在那随着幼辈们一同射进客厅的阳光消失之后，仿佛是回答那个并无人问然而一向盘踞在她心里的问题，说道，“为了现在对他们的欢喜，有过多少的痛苦，多少的操心啊！就是现在，也确实是担心多，快乐少，总是叫人担心，总是叫人担心！正是这样的年纪，对于青年男女有许多危险。”

“一切都要看教育如何。”女客人说。

“是的，您说得很对，”伯爵夫人继续说，“谢谢上帝，直到现在，我总是儿女的朋友，我得到他们的完全的信任。”伯爵夫人说，重蹈着许多父母的错误，以为他们的儿女对于他们没有秘密。“我知道，我总是女儿们的第一个 confidente［知己］，我知道，尼考林卡，是个容易激动的人，即使他顽皮（男孩子是不能不顽皮的），也绝不像那些彼得堡的公子哥儿们那样。”

“是的，他们都是顶好的顶好的孩子。”伯爵附和着，他一向解决困难问题的时候，总说一切是顶好。“您看，他想当骠骑兵！但您又有什么办法呢，我亲爱的！”

“您的小女儿是个多可爱的孩子哦！”女客人说，“就像火药！”

“是的，就像火药，”伯爵说，“她就像我！她的声音这样好：虽然是我的女儿，我也要说实话，她可以成为一个女歌唱家，是莎乐美尼第二①。我们聘了一个意大利人教她。”

“不太早了吗？据说，在这个年纪就学唱，对于嗓音是有害的。”

“啊，不，哪里太早！”伯爵说，“我们的母亲可不是十二三岁就结婚的吗？”

“她现在已经爱上了保理斯了！您觉得她怎样？”伯爵夫人微笑着望着保理斯的母亲说，并且显然是在回答一个总是萦绕在心的念头，她继续说，“哎，您明白，我若严格地管她，禁止她……上帝晓得，他们会暗下做些什么，”（伯爵夫人的意思是他们会要接吻，）“但现在我知道她说的每个字。她晚上总要自动地跑到我这里来，告诉我一切。也许是我放纵她：但，确实，这样似乎要好一点。我管大女儿很严格。”

“是的，我受的教育完全不同。”美丽的大女儿，韦娍伯爵小姐微笑着说。

但笑容并不像通常那样地使韦娍的面孔变得好看：反之，她的面孔变得不自然，而且显得讨厌。大女儿韦娍，又美丽，又聪明，读书很好，教养也好，她的声音可爱，她所说的话是真实而得当的，但奇怪的是，女客人和伯爵夫人，回头看了看她，似乎是诧异着，她为什么说了这话，并且她们都觉得不舒服。

“人对于顶大的儿女们总是太精明了，希望把他们造成非常的人才。”女客人说。

“何必隐瞒呢，我亲爱的！伯爵夫人对韦娍实在太精明了，”伯爵说，“哦，那又何妨呢！她仍然是很好的。”他满意地向韦娍映着眼睛补充说。

客人们答应来吃饭，站起身来告辞了。

“这算什么礼节！尽是坐，尽是坐。”伯爵夫人送走了客人时，这么说。

---

① 毛注：一八〇五年莎乐美尼是莫斯科的德国班子的头牌坤伶。“她生在俄国，只有她的声音是意大利的，她说俄语像土著一样，教养极好，拉提琴，弹钢琴，跳舞，都美妙之至。”

10

当娜塔莎出了客厅跑走时，她只跑到了花房里。她停留在花房里，谛听着客厅里的谈话，等候着保理斯出来。她已经开始有点不耐烦了，因为他还不立刻出来，她跺了跺脚，想要哭了，这时候，她听到那个年轻人的不快不慢的彬彬有礼的脚步声。娜塔莎迅速地跑到花桶之间藏匿起来。

保理斯站在房当中，回顾了一下，用手拍去制服袖子上的灰点，又走到镜子前面，注视着他的美丽的面孔。娜塔莎屏声息气，从她的隐藏处向外窥探着，等着看他要做什么。他在镜子前面站了一会儿，微笑了一下，向通外面的门走去。娜塔莎想叫他，但又改变了主意。她心里说："让他找吧。"保理斯刚出去，面色发红的索尼亚就从另外一道门里走了进来，含着泪，愤怒地低诉着什么。娜塔莎刚要动步向她面前跑去便控制了自己，停留在隐藏处，好像是在一顶隐形帽子①下边，观看着世界上所发生的事情。她感觉到一种特别新鲜的乐趣。索尼亚低诉着什么，向客厅的门回头望着。尼考拉从门里走出来了。

"索尼亚！你怎么啦？怎么能够这样？"尼考拉向她面前跑着说。

"没有什么，没有什么，不要管我！"索尼亚啜泣着说。

"啊，我知道是怎么回事。"

"您知道，那更好。到她那里去吧。"

"索尼亚！听我说一句！怎能够因为幻想就使得我和你自己这么苦恼呢？"尼考拉抓住了她的手说。

索尼亚没有抽开她的手，不再流泪了。

娜塔莎不动弹、不透气，把发亮的眼睛从她的隐藏处向外面望着。"现在要发生什么事呢？"她想。

"索尼亚！世界上的一切我都不需要！只有你是我的一切，"尼考拉说，"我要向你证明的。"

---

① 童话中的隐形帽子，戴了它的人，即不被人看见。

“我不喜欢你这么说。”

“好，我不再说了，请你原谅，索尼亚！”他把她拉到自己面前，吻了她一下。

“啊，多么有趣呀！”娜塔莎想，当索尼亚和尼考拉走出去时，她跟在他们后面，把保理斯叫到她面前来了。

“保理斯，到这里来，”她带着意味深长的狡猾的神情说。“我给你看一样东西。到这里来，到这里来。”她说着，领他走进花房，到了她先前在花桶间躲藏的那个地方。

保理斯微笑着跟她走。

“一样什么东西？”他问。

她为难了一下，向四周看了一看，看到抛在花桶上的木偶，把它拿到了手里。

“您吻一下小娃娃。”她说。

保理斯用注意的亲切的目光望着她的兴奋的脸，没有回答。

“您不愿吗？那么，到这里来，”她说，向花枝里面走了一点，抛开了玩偶，“靠近一点，靠近一点！”她低声说。

她抓住这个军官的袖口，在她的泛红的脸上显出了严肃和恐惧的神色。

“您愿意吻我一下吗？”她低声地几乎听不见地说。她皱着眉望着他，微笑着，并且兴奋得几乎要流泪了。

保理斯脸红了。

“您多么可笑！”他低头向着她说，更加脸红了，但是他等待着，没有做出什么动作。

她忽然跳上一只花桶，于是她站得比他高，用双手抱住他，她的细小袒露的手臂搂住他颈子上边，然后仰了仰头，把乱发摆到脑后，在他的嘴唇上吻了他一下。

她朝花桶另外一边的花盆之间溜出去，垂了头，站立着。

“娜塔莎，”他说，“您知道我爱您，但是……”

“您爱我吗？”娜塔莎插言问。

“是的，我爱您，但是请您记着，我们不要做刚才那样的事了……再过四年……那时，我就要向您求婚。”

娜塔莎思索了一下。

“十三，十四，十五，十六……”她在纤细的手指上计算着说，“好！一定的吗？”

高兴和满意的笑容映在她的兴奋的脸上。

“一定的！”保理斯说。

“永远的吗？”小女孩说，“到死不变吗？”

于是她拉住他的手臂，带着幸福的面容，和他缓缓地并肩地走进起居室。

11

伯爵夫人由于接见宾客，弄得那么疲倦，她吩咐了不再接见任何客人，并且命令守门的人一定要邀请所有的还要来道贺的①客人们吃饭。伯爵夫人想要单独地和她幼年时代的朋友安娜·米哈洛芙娜公爵夫人谈心，伯爵夫人自从她由彼得堡回来以后，还不曾好好地接待过她。安娜·米哈洛芙娜带着她的哭肿了的然而愉快的脸，把她的椅子向伯爵夫人的椅子更加凑近了一点。

“我对你要十分坦白，”安娜·米哈洛芙娜说，“我们老朋友们，在世的已经很少了！因此我是这样重视你的友谊。”

安娜·米哈洛芙娜看了看韦娍，停住了。伯爵夫人紧握了一下她的朋友的手。

“韦娍，”伯爵夫人向着显然不是心爱的大女儿说，“你怎么一点儿也不懂事？难道你不知道你在这里是多余的吗？到妹妹们那里去吧，或者……”

美丽的韦娍轻蔑地微笑了一下，显然一点也不觉得难受。

“假使您早向我说，妈，我早就走了。”她说过，便向自己的房里走去。

① 毛注：俄国风俗，在出生、订婚、结婚，其他喜事时，以及在节日、圣日（或命名日）、生日，均正式道贺。

但走过起居室时，她看见两对男女对称地坐在两道窗子前面。她停下来，轻蔑地微笑了一下。索尼亚靠近尼考拉的身边坐着，他在抄写他第一次所作的诗赠给她。保理斯和娜塔莎坐在另一个窗口，当韦媲进来时，便不做声了。索尼亚和娜塔莎带着自疚而又快乐的面孔看了看韦媲。

看看这些在恋爱的女孩子，是愉快而动人的，但是她们的样子显然没有引起韦媲的愉快的感觉。

"我向您请求过多少次，"她说，"不要拿我的东西，您有您自己的房间。"她从尼考拉手里拿开了墨水瓶。

"等一下，等一下。"他蘸着笔说。

"你们总是做事不是时候，"韦媲说，"你们跑进客厅，弄得大家都替你们难为情。"

虽然她的话是十分正确，或者正因此，却没有人回答她，他们四个人只是面面相觑。她拿着墨水瓶在房里滞留着。

"在你们这样的年纪，在娜塔莎和保理斯当中，和你们两个人当中，能够有什么样的秘密呢？都是些愚蠢的事！"

"啊，与你有什么相干，韦媲？"娜塔莎低声地辩驳着。

显然，这一天她对所有的人都比寻常更和善更亲切。

"很蠢，"韦媲说，"我替您难为情。好大秘密哦！"

"各人有各人的秘密。我们并不干涉你和别尔格。"娜塔莎生气地说。

"我认为您并没有干涉，"韦媲说，"因为我的行为从来没有过不对的地方。可是我要告诉妈妈，您是怎样对待保理斯的。"

"娜塔丽·依利尼施娜对待我很好，"保理斯说，"我不能埋怨什么。"他说。

"您不要说了，保理斯，您是这样的一个外交家。"（外交家这个名词在孩子们当中很流行，含有他们对于这个名词所赋予的特殊意义，）"简直教人讨厌了，"娜塔莎用愤慨的发抖的声音说，"为什么她要麻烦我呢？"

"你永远不会了解这个的，"她向韦媲说，"因为你从来没有爱过谁，你没有心肝，你只是 Madame de Genlis①［让理夫人］”（这个很刺耳的诨名是尼考拉送给韦婀的）“你的最大的乐事就是对别人做不愉快的事。你尽管同别尔格去调情吧。”她迅速地说。

“但我却绝不至于在客人面前向一个年轻人献殷勤……”

“哦，你达到目的了，”尼考拉插言说，“向大家说了不愉快的话，扰乱了大家。我们到育儿室里去吧。”

四个人像一群受惊的鸟，都站立起来，走出了房间。

“你们向我说了些不好听的话，我没有向人说什么。”韦婀说。

“Madame de Genlis！Madame de Genlis！［让理夫人！让理夫人！］”门外的带笑的声音说。

美丽的韦婀引起了大家那么大的气愤和不愉快，她微笑了一下，并且显然没有为了那些对她所说的话而感到难受，走到镜前，整理她的领巾和头发。她望着自己的美丽的面孔，似乎变得更冷静更镇定了。

客厅里还在继续谈话。

“Ah！Chère［啊，亲爱的，］”伯爵夫人说，“我的生活 toutn'est pas rose.［并不全然称心。］难道我没有看到，du train，quenous allons，［照我们这样过活下去，］我的家产便维持不久了吗？这都是因为俱乐部和他的好心肠。我们住在乡里，难道就安静吗？演戏、打猎，还有别的，天晓得。但是为什么要说到我自己呢！那么，你是怎样安排这一切的呢？我常常对你觉得奇怪，Annette，［安娜，］你这样年纪，一个人坐车子到莫斯科，到彼得堡，会所有的大臣，所有的要人，知道应付一切的人，我觉得奇怪！那么，这是怎么安排的呢？可是这些事我一点也不会。”

“啊，我心爱的！”安娜·米哈洛芙娜公爵夫人回答，“上帝不要你知道：一个寡妇，没有接济，而又有一个十分心爱的儿子，是多么困难。什么都要学会，”她有点儿骄傲地说，“我的讼事把我教会

① 毛注：让理夫人是当时法国教育作家和小说作家。她的小说是上流社会的故事，优美完善，娜塔莎因为讨厌她的拘泥礼节，便用作韦婀的诨名。

了。假使我需要会什么要人，我便写个字条：‘Princesse une telle［某某公爵夫人］要会某某，’我自己雇车去两次，三次，四次，许多次，一直到我达到了我的目的为止。他们对我是什么想法，我一概不管。”

“那么，你是替保任卡①求谁的呢？”伯爵夫人问，“你瞧，你的儿子已经做了禁卫军的军官，但是尼考卢施卡②却去当见习官③。没有人替他帮忙。你是求谁的？”

“求发西利公爵的。他心肠很好。他立刻就答应了，他呈报了皇帝，”安娜·米哈洛芙娜得意地说，完全忘记了她为了达到目的而忍受的屈辱。

“发西利公爵变老了吗？”公爵夫人问，“自从我们在路密安采夫家一同串演过戏以后，我就一直没有看见过他。我想他忘记我了。”伯爵夫人微笑地提起，“Il me faisait la cour.［他追求过我。］”

“他还是那样，”安娜·米哈洛芙娜回答，“又亲切又客气。Les grandeurs ne lui ont pas tourné la tête du tout.［他的地位并没有使他看不起人。］他向我说，‘我抱歉，我能替您做的事太少了，亲爱的公爵夫人，您吩咐吧。’啊，他是一个很不凡的人，很好的亲戚。但是，Nathalie。［娜塔丽］，你知道我对于儿子的爱。我不知道，为了他的幸福，有什么事是我不会去做的。但是我的家境是那样坏，”安娜·米哈洛芙娜愁闷地压低声音说，“是那样坏，使我现在处在最可怕的境况中了。我的不幸的讼事耗尽了我所有的一切，没有一点儿进展。你可以想象得出，我这里，à la lettre，［实实在在，］是一文没有了，我不知道要用什么去替保理斯置服装。”她取出手帕，哭起来了：“我需要五百卢布，但是我只有一张二十五卢布的钞票。我处在这样的境况中……我现在唯一的希望是在基锐尔·夫拉济米罗维

① 保理斯的爱称。

② 尼考拉的爱称。

③ 毛注：见习官是志愿从军的富家子弟，非正式军官，却有军官地位。

支·别素号夫伯爵的身上了。假使他不愿接济他的教子——你知道他是替保理斯主持洗礼的——不给一点东西维持他，那么我的一切的奔走都要落空了：我没有法子去替他置服装。”

伯爵夫人流出了眼泪，沉默地思索了一会。

“我常常想，也许，这是罪过，”公爵夫人说，“我常常想：基锐尔·夫拉济米罗维支·别素号夫伯爵在这里独自儿过活……这一大笔财产……他为什么要活呢？生活对他是拖累，但保理斯才开始生活。”

“他一定要留一点东西给保理斯的。”伯爵夫人说。

“天晓得，chère amie！［亲爱的朋友！］这些富翁要人是那么自私的人。但我还是马上就要带保理斯去看他，我要坦白地说出是什么回事。随便他们怎样地看待我，当我的儿子的命运就靠着这个的时候，我实在觉得一切都无所谓了。”公爵夫人站起身来。“现在是两点钟，你们四点钟吃饭，我还来得及走一趟。”

于是，安娜·米哈洛芙娜带着善于利用时间的干练的彼得堡贵妇的举止，派人把儿子找来，和他一同走进了前厅。

“再见，我亲爱的，”她向送她到门口的伯爵夫人说，“祝我成功吧。”她避开儿子低声地说。

“您到基锐尔·夫拉济米罗维支伯爵家去吗，我亲爱的？”从饭厅里走到前厅来的伯爵说，“假使他要好了一点，您就邀彼埃尔到我这里来吃饭。他到我家来过的，和孩子们跳过舞。您一定要邀他，我亲爱的。我们要看看，塔拉斯今天怎样显他的本领。他说，奥尔洛夫伯爵家①没有举行过我们家今天这样的宴会。”

12

“我亲爱的保理斯，”当他们所乘的罗斯托娃伯爵夫人的马车，

---

① 毛注：这是阿列克塞·奥尔洛夫伯爵，曾参与一七六二年的宫廷革命，这促成彼得三世之死和叶卡切锐娜女皇即位。他在一七七四年土耳其战争中立功，嗣后留居莫斯科，举行舞会酒宴，广交好客，在十九世纪初年，他是莫斯科最著名的人物。

走过了铺草秸的街道，驶进基锐尔·夫拉济米罗维支·别素号夫伯爵家的大院子时，安娜·米哈洛芙娜公爵夫人向她的儿子说："我亲爱的保理斯，"母亲从旧斗篷里伸出了手，羞怯地亲热地放在儿子的手上说，"你要对他亲热、关心。基锐尔·夫拉济米罗维支伯爵到底是你的教父，你将来的命运就靠在他身上。记住这个，我亲爱的，你要显得可爱一点，你是知道怎样……"

"假若我知道，这里面除了卑屈而外，还会有别的……"儿子冷淡地回答，"但是我答应了你，我为了你要这么做。"

虽然是车子停在大门前，看门的望了望母子两人（他们不要通报，在两行壁龛里的雕像之间一直走进了玻璃门廊），意味深长地看了看旧斗篷，问他们要看谁，是要看公爵小姐们还是伯爵，当他知道了是要看伯爵，他说伯爵大人今天病况更坏，什么人也不接见。

"我们可以走了。"儿子用法语说。

"我亲爱的！"母亲又摸着儿子的手臂，用恳求的声音说，似乎这一摸可以安慰他或鼓励他。

保理斯沉默着，没有脱军大衣，疑问地望着母亲。

"亲爱的，"安娜·米哈洛芙娜用温和的声音向看门的说，"我知道基锐尔·夫拉济米罗维支病很重……我就是因此来的……我是他的亲戚……我不会打搅他的，亲爱的……我只要会见发西利·塞尔盖维支公爵。他是住在这里的。请你去通报一下。"

看门的不高兴地扯动了通上边的铃索，并且转过身去。

"德路别兹卡雅公爵夫人要会发西利·塞尔盖维支公爵。"他向那个从楼上跑下来，在楼梯当中的转弯处向下探望的，穿长筒袜、低口鞋、和常礼服的用人大喊着说。

母亲理平了染过色的绸衣的皱褶，照了照墙上的威尼斯大镜子，然后踏着磨蚀了后跟的低口鞋，在梯毡上轻快地向上走。

"Mon cher，vous m'avez promis. [我亲爱的，你答应了我的。]"她说，又用手触儿子，鼓励着他。

儿子垂了眼，镇静地跟着她走。

他们进了大厅，这里有一道门通发西利公爵所住的房间。

当母子两人走到大厅当中，正要向那个在他们进来时跳立起来的老用人问路时，有一道门的紫铜把柄转动了，发西利公爵像在家里那样地穿着天鹅绒上衣，佩着一颗星章，送着一位漂亮的黑发的男人，走了出来。这男人是彼得堡著名的医生，Lorrain。[劳兰。]

“C'est donc positif？[那么，这是真的吗？]”公爵问。

“Mon prince，‘Errare hummanum est’，mais……[我的公爵，‘人孰无过’，但是……]”医生说，在r上发着喉音，用法语发音说着拉丁成语。

“C'est bien，c'est bien.[很好，很好。]……”

注意到安娜·米哈洛芙娜母子两人，发西利公爵便鞠躬一下送别了医生，然后，沉默地，却带着疑问的神色，走到他们的面前。儿子注意到母亲的眼中忽然露出了深沉的悲哀，便淡淡地微笑了一下。

“哦，我们又在多么伤心的情况下会面了，公爵……哦，我们亲爱的病人怎么样了？”她说，似乎没有注意到那冷淡的、不敬的，向她注视着的目光。

发西利公爵疑问地，迷惑地望了望她，又望了望保理斯。保理斯恭敬地鞠了躬。发西利公爵没有答礼，转身向着安娜·米哈洛芙娜，用头和嘴唇的动作回答了她的问题，表示对于病人的希望是极少的。

“果真的吗？”安娜·米哈洛芙娜叫着说，“啊，多么可怕！想起来可怕……这是我的儿子，”她指着保理斯补充说，“他想要亲自感谢您。”

保理斯又恭敬地鞠了躬。

“您相信，公爵，母亲的心绝不会忘记您为我们所做的事。”

“我高兴我能够为您效一点儿劳，我亲爱的安娜·米哈洛芙娜，”发西利公爵理着领巾说，在这里，在莫斯科，他在态度和声音中，对于受他恩惠的安娜·米哈洛芙娜，比在彼得堡，在安娜·涉来尔的晚会里，显出了更多的自尊的样子。

“您要努力好好服务，要做一个值得尊敬的人，”他向保理斯严厉地说，“我很高兴……您是在这里休假的吗?”他用冷淡的语气问。

“大人，我是等候命令去就新的职务。”保理斯回答，显出他既对于公爵的严厉的语气没有恼怒，也不想加入谈话，却那么安详而恭敬，使公爵注意地看了看他。

“您和母亲住在一起吗?”

“我住在罗斯托娃伯爵夫人的家里，”保理斯说，又加上，“大人。”

“就是在娶娜塔丽·沈升娜的依利亚·罗斯托夫家。”安娜·米哈洛芙娜说。

“我知道，我知道，”发西利公爵用单调的声音说，“Je n'ai jamaispu concevoir, comment Nathalie s'est décideé à épouser cet ours malléché! Un personnage complétement stupide et ridicule. Et joueur à ce qu'on dit. [我从来不能够明白娜塔丽怎么会决定了嫁这个脏熊！一个十足的愚蠢而可笑的人。据说他还是一个赌徒。]”

“Mais très brave homme, mon prince. [但他是个很厚道的人，公爵。]”安娜·米哈洛芙娜动人地微笑着说，好像她知道罗斯托夫应得这种批评，但要求他同情这个可怜的老人。

“医生们怎么说的?”沉默了一会，公爵夫人在她的哭肿了的脸上带着深沉的悲哀又问。

“希望很小。”公爵说。

“我为了他对我和保理斯的一切恩惠，很想再感谢叔叔一次。C'estson filleul. [他是他的教子。]”她用那样的语气说，好像这个消息应使发西利公爵极为高兴。

发西利公爵想了一下，皱了皱眉。安娜·米哈洛芙娜明白了，他怕她是别素号夫伯爵遗产的竞争者。她连忙使他放心。

“假若不是因为我对叔叔的真爱和忠诚，”她说，特别确信而又不经心地说“叔叔”这个字，“我知道他的性格，高贵，爽直，但是只有公爵小姐们在他身边……她们还年轻……”她垂下了头，低声地问：“他尽了他最后的责任吗，[①] 公爵？这最后的时间是多么宝贵

① 毛注：即是受膏油礼。

啊！似乎情形不能再坏了，假如他是这样的不好，一定要替他准备了。公爵，我们女子，”她温柔地微笑了一下，“总是知道怎样说这些话的。我一定要见他。无论这使我多么难受，但是我已经受苦受惯了。”

公爵显然明白了她的意思，并且如同在安娜·涉来尔的晚会中一样，明白了要脱离安娜·米哈洛芙娜是很困难的。

“这个见面会不会使他痛苦，亲爱的安娜·米哈洛芙娜，”他说，“让我们等到晚上吧，医生料到要有危机。”

“但是公爵，在这样的时候，是不能等的。Pensez，il y va du salut de son âme……Ah，c'est terrible，les devoirs d'un chrétien［您想想看，这是拯救他的灵魂的事情……啊，可怕呀，一个基督徒的这些责任］……”

里面房间的一道门打开了，伯爵的甥女、公爵小姐们当中的一个走了出来，她带着闷闷的冷淡的面色，她的长腰和短腿显得极不相称。

发西利公爵转身向着她。

“啊，他怎样了?”

“还是那样。您希望怎样，这些吵声……”公爵小姐好像望生人一样地回头望着安娜·米哈洛芙娜说。

“Ah，chère，je ne vous reconnaissais pas，［啊，亲爱的，我不认识您，］”安娜·米哈洛芙娜带着快乐的微笑说，轻脚轻步地向伯爵的甥女面前走去。“Je viens d'arriver et je suis à vous pour vous aider à soignermon oncle. J'imagine，combien vous avez souffert.［我刚刚到的，我是来帮同您侍候我的叔叔，我晓得，您是多么痛苦。］”她同情地睁大着眼睛说。

公爵小姐没有回答，甚至也没有微笑，立刻走出去了。安娜·米哈洛芙娜脱下手套，占领着她所夺得的阵地，在靠背椅子里坐下来了，并且邀发西利公爵坐在她的身边。

“保理斯，”她向儿子说，并且微笑了一下，“我去看伯爵，看叔叔，此刻你去看彼埃尔，我亲爱的，不要忘了向他说，罗斯托夫家邀请他。他们叫他去吃饭。我想，他不会去的吧？”她向着公爵说。

“相反，”公爵说，他显然是不高兴，“Je serais très content si vousme débarrassez de ce jeune homme，［只要您能使我脱离这个年轻人，我就很高兴了，］……他在这里。伯爵一次也没有问到他。”

他耸了耸肩。用人领着年轻人下了楼，又上了另一个楼梯去看彼得·基锐洛维支。

13

彼埃尔在彼得堡始终没有能够选定自己的职业，并且确实因为荒唐的行为，被驱逐到莫斯科来了。罗斯托夫伯爵家所说的事件是真的。彼埃尔曾经参与捆绑警察和小熊的事。他是在几天之前来到的，照平常一样，住在自己父亲的家里。虽然他料想他的事情已经被莫斯科方面知道了，他父亲身边的一向对他不好的妇女们或许利用这个机会引起伯爵生气，他还是在到达的那天来到他父亲这边的屋里。走进公爵小姐们通常起居的客厅，他问候了两个在做刺绣的和一个在出声读书的妇女们。她们是三个人。顶大的是整洁的长腰的严厉的女子，就是那个出去看见安娜·米哈洛芙娜的，她在读书：两个年轻的，都面色红润而美丽，彼此的分别只是一个在嘴唇上有一个小痣，这使她很美，她们俩都在做刺绣。彼埃尔被她们当作了死人或害瘟疫的人。顶大的公爵小姐停止了读书，把惊惶的眼睛沉默地望着他：第二个，无痣的，也做出同样的表情：最小的，有痣的，她有快乐的爱笑的性格，低头对着刺绣，遮藏着笑容，这笑容大概是她所预见到的当前景状的可笑处所引起的。她向下拉了毛线，低着头，好像是在辨别花样，几乎不能抑制她的笑声。

“Bonjour，ma cousine，［表姐，您好，］”彼埃尔说，“Vous ne me reconnaissez pas？［您不认识我吗？］”

“我认识您太清楚了，太清楚了。”

“伯爵的身体怎样？我能看他吗？”彼埃尔像平常一样笨拙地问，但是并不发窘。

“伯爵在身体上和精神上都痛苦，好像您所关心的事，就是要增加他精神上的痛苦。”

“我能看伯爵吗？”彼埃尔又问。

“哼！……假使您想要弄死他，一下弄死他，那么，您可以看他。奥尔加，您去看看，舅舅的肉汁预备好了没有，时候快到了。”她说，借此向彼埃尔表示她们忙，忙于使他父亲安适，而他显然只忙着使他不安。

奥尔加出去了。彼埃尔站了一会，看了看表姐妹们，鞠了一躬，说：

“那么我到自己房里去了。能够看他的时候，您再告诉我吧。”

他走出去了，在他后边，那有小痣儿的表妹发出了响亮而不太高的笑声。

发西利公爵是第二天到的，住在伯爵家里。他把彼埃尔叫到面前，向他说：

“Mon cher，si vous vous conduisez ici，comme à Pétersbourg，vous-finirez très mal，c'est tout ce que je vous dis.［我亲爱的，假使在这里的行为像在彼得堡一样，您的结果是很坏的，这是我要向您说的一切。］伯爵病得很重，很重，您根本用不着去看他。”

从此以后，他们没有打扰彼埃尔，而他也单独地整天待在楼上他自己的房间里。

当保理斯来看他的时候，他正在自己的房里来回地走，有时停在角落里，向墙壁做威胁的姿势，好像是用剑在刺杀不可见的敌人，并且从眼镜上边严厉地凝视着，然后又在房里走动着，说些不清楚的话，耸着肩，举着臂。

“L' Angleterre a vécu，［英国完了，］”他皱着眉，并且用一只手指指着什么人说，“M. Pitt comme traître à la nation et au droit des gens est condamné à［庇特先生是国家和人民权利的叛徒，他被判了］……”这时他设想自己就是拿破仑，并且完成了加莱海峡危险的横渡，征服了伦敦，他还来说出庇特的罪状——便看见了一个年轻的、体格匀称的、美丽的军官进房来看他。他站住了。彼埃尔在保理斯还是十四岁的少年时便和他分别了，完全记不得他了，虽然如此，他却带着他所素有的迅速而热情的态度握他的手，并且友爱地微笑了一下。

“您记得我吗?”保理斯带着愉快的笑容镇静地说，“我和母亲来看伯爵，但他似乎不好过。”

“是的，他好像是病了。他们总是打搅他。”彼埃尔回答，极力要想起这个青年是谁。

保理斯觉得彼埃尔认不出他，但是认为无需介绍他自己，并且没有感觉到一点不安，对直地望着他。

“罗斯托夫伯爵请您今天到他家去吃饭。”他在彼埃尔觉得不舒服的、很长久的沉默之后向他说。

“啊！罗斯托夫伯爵！”彼埃尔高兴地说，“那么您是他的儿子，依利亚。您看，我乍见面的时候，没有认出您来。您还记得，我们同 m-me Jacquot ［若果夫人］坐车上麻雀山吗……很久了。”

“您弄错了，”保理斯从容不迫地，带着大胆的、有点儿嘲笑的笑容说，“我是保理斯，是安娜·米哈洛芙娜·德路别兹卡雅公爵夫人的儿子。罗斯托夫家的父亲叫依利亚，儿子叫尼考拉。我不认识什么 m-me Jacquot ［若果夫人］。”

彼埃尔摆手摇头，好像有蚊子或蜂子向他身上在飞。

“啊，怎么一回事！我全弄混乱了。在莫斯科有这么多的亲戚！您是保理斯……是的。那么，我们现在说清楚了。那么，您对于部洛涅远征是什么想法呢?假使拿破仑渡过了海峡，英国人不是很糟吗?我觉得远征是很可能的。但愿维尔纳夫不要疏忽！”①

保理斯并不知道部洛涅远征的事，他不看报纸，并且是第一次听到维尔纳夫的名字。

“我们在莫斯科对宴会，闲谈比对政治更加关心，”他用镇静的嘲笑的语调说，“我不知道也不想到这种事。莫斯科最关心的是闲谈，”他继续说，“现在大家谈到您，谈到伯爵。”

---

① 毛注：维尔纳夫是一八〇五年法国征英舰队司令。是年十月他的旗舰被掳。

彼埃尔露出了善良的笑容，似乎在为他的交谈者担心，怕他会说出他要懊悔的话来。但是保理斯对直地望着彼埃尔，露骨地、明显地、冷淡地说着。

“在莫斯科，除了闲谈，就没有别的事干，”他继续说，“大家都在关心，伯爵要把财产遗留给谁，不过他也许要活得比我们都久，这是我诚心希望的……”

“是的，这都是很痛心的，”彼埃尔插言说，“很痛心的。”

彼埃尔仍然怕这位军官会无心地说出令他自己不自在的话来。

“您一定以为，”保理斯微微地脸红着说，却没有改变他的声音和姿态，“您一定以为，大家所关心的只是要从富翁那里得到点什么。”

“正是如此。”彼埃尔想。

“但是为了避免误会，我正要向您说，假使您要把我和我的母亲也算在这种人里面，您就大错了。我们很穷，但至少，我替自己说：正因为您的父亲有钱，我不认为我是他的亲戚，我和我的母亲都绝不会去请求什么，去从他那里取得什么。”

彼埃尔好久不能够明白这话的意思，但当他明白时，他从沙发上跳起来，以他所特有的迅速而又笨拙的动作，抓住保理斯的手，并且脸红得远比保理斯厉害，带着羞惭和恼怒的混杂情绪，开始说话了。

“啊，这才奇怪！难道我……谁能够想到……我很知道……”

但保理斯又打断他的话：

“我高兴，我说出了一切。也许您觉得不愉快，请您原谅我，”他安慰着彼埃尔说，以免彼埃尔安慰他，“但我希望我没有得罪您。我有一个常规，直说一切……那么要我传达什么呢？您要到罗斯托夫家吃饭去吗？”

保理斯，显然是完成了自己的艰巨的任务，自己脱离了困难的地位，让别人处在那种地位上，自己又变得十分愉快了。

“不，您听我说，”彼埃尔安静下来说，“您是一个异常的人。您刚才所说的，很好，很好。当然您不认识我了。我们这么久没有见面……还是小孩的时候……您可以猜想我……我了解您，很了解。我是不会这么做的，我没有这种勇气，但这是极好的。我很高兴，我认识了您。”他停了一下，微笑着说，“奇怪，您以为我会怎样！”他笑起来了。“但这有什么要紧呢？让我们更加熟识吧。就请这样吧。”他握了保理斯的手。“您可知道，我还没有一次看到伯爵。他不叫我去……我可怜他，他这个人……但是有什么办法呢？”

“您以为拿破仑能够渡过他的军队吗？”保理斯微笑着问他。

彼埃尔知道保理斯想要更换话题，并且和他意思一样，开始说明部洛涅远征的利弊。

听差来请保理斯到公爵夫人那里去。公爵夫人要走了。彼埃尔为了更加接近保理斯，答应了去吃饭，亲切地从眼镜上边望着他，用劲地握了他的手。……他走后，彼埃尔又在房中走动了很久，他不用想象的剑刺杀不可见的敌人了，却微笑着回想这个可爱的、聪明的、坚决的年轻人。

这是在青年初期，特别是在孤独的时候所常有的情形，他对于这个年轻人感觉到不知所以的亲切，并且下了决心，一定要和他做朋友。

发西利公爵送别公爵夫人。公爵夫人把手帕放在眼上，她的脸上有了泪痕。

“这是可怕的！可怕！”她说，“但无论要我付多大的代价，我也要尽我的责任。我要来守夜。让他这样是不行的。每一分钟都是宝贵的。我不明白为什么公爵小姐们要延宕。也许上帝要帮助我找出一个方法来使他有准备！……Adieu，mon prince，que le bon Dieu vous soutienne.［再见，公爵，愿上帝帮助您。］……”

“Adieu，ma bonne.［再见，我的亲爱的。］”发西利公爵回答，转身离开她。

“啊，他的病况可怕，”当他们又坐上车时，母亲向儿子说，“他几乎认不出人了。”

“妈妈，我不知道他对于彼埃尔是什么态度？”儿子问。

“遗嘱上要说明一切的，我亲爱的，我们的命运靠它……”

“但是您为什么以为他要遗留点东西给我们呢？”

“啊，我的亲爱的！他那么有钱，我们这么穷！”

“哦，这并不是充分的理由，妈。”

“啊呀！我的天！他的病多么凶啊！”母亲叫起来了。

14

当安娜·米哈洛芙娜和儿子去看基锐尔·夫拉济米罗维支·别素号夫伯爵的时候，罗斯托娃伯爵夫人用手帕蒙着眼，独自坐了很久。最后，她按响了铃子。

“您怎么啦，亲爱的，”她向那个使她等了几分钟的女仆愤怒地说，“您不想做了，是吗？那么我就替您另找一个地方。”

伯爵夫人被她的朋友的悲伤和不体面的贫穷弄得心绪缭乱，因此有了脾气，而脾气总是用她对于女仆的“亲爱的”和“您”这种称呼来表现的。

“饶恕我吧。”女仆说。

“请伯爵到我这里来。”

伯爵像平常一样，带着几分自疚的神情，摇摆着走到妻子面前。

“哦，亲爱的伯爵夫人儿！多么好的 sauté au madère［马德拉酒煎］山鸡啊，我亲爱的！我尝了一下，我为塔拉斯①花一千卢布不是白花的。他值得！”

他坐到妻子旁边，英俊地把胳膊支在膝盖上，搔着白头发。

“您有什么吩咐，伯爵夫人儿？”

“是这回事，我亲爱的——你这里是什么脏迹子？”她指着他的背心说。“大概是油迹，”她微笑着补充说。“是这回事，伯爵，我要钱用。”

她的脸色显得发愁了。

---

① 毛注：这个厨子是一个家奴。通常家奴是连同财产出卖的，但有训练者，可以单独出卖。塔拉斯大概是在英国俱乐部跟外国师傅学烹调的。当时一千卢布可买八个或十个普通家奴。

“啊，伯爵夫人儿！……”伯爵掏着皮夹，慌忙起来了。

“我要很多钱，伯爵，我要五百卢布。”她取出麻纱手帕，替丈夫拭背心。

“马上，马上就有。哎，谁在那里？”他用那样的声音喊叫，这只是那些相信他们所叫的人会立刻应声而至的人们才有的。“把米清卡叫来！”

米清卡是良家子弟，在伯爵家里受教养的，现在管理伯爵的全部家务，他轻脚轻步地走进房来。

“是这回事，我亲爱的，”伯爵向进房来的恭敬的青年说。“替我拿……”他思索了一下，“是的，七百卢布，是的。当心，不要像上次那样拿来破旧的脏的，要拿好的，给伯爵夫人。”

“是的，米清卡，费心，要干净的。”伯爵夫人愁闷地叹着气说。

“大人，要什么时候送来？”米清卡说，“大人知道……”注意到伯爵开始呼吸困难而迅速——这一向是就要发火的征兆，他补充说，“但是，不要烦心，我忘记了……要马上就拿来吗？”

“是，是，就是，拿来。交给伯爵夫人。”

当这个青年走出去时，伯爵微笑着说：“这个米清卡是我的宝贝哦。他没有办不到的事情。那是我不能忍受的。什么都办得到。”

“啊，金钱，伯爵，金钱，世界上因为它有了多少苦恼哦！”伯爵夫人说，“但这笔钱我很需要。”

“您，伯爵夫人儿，是著名会用钱的。”伯爵说，吻了妻子的手，又走进书房去了。

当安娜·米哈洛芙娜从别素号夫家回来时，伯爵夫人面前已经有了钱，全是新钞票，放在桌上的手帕下边，安娜·米哈洛芙娜注意到伯爵夫人因为什么而心神不安。

“哦，怎么样，我亲爱的？”伯爵夫人问。

“啊，他的病况是多么可怕呀！认他不出了，他病得那么重，那么重，我在那里只待了一会儿，两句话也没有说……”

“安涅特，看上帝情面，不要拒绝我。”伯爵夫人从手帕下取着钱，忽然红着脸说，这在她的中年、消瘦、庄严的面孔上显得很奇怪。

安娜·米哈洛芙娜立刻明白了是什么一回事，并且为了在适当时间灵便地搂抱伯爵夫人，她已经弯着腰了。

“这是我给保理斯的，给他置服装……”

安娜·米哈洛芙娜已经抱了她并且哭了。伯爵夫人也哭了。她们哭，因为她们是朋友：因为她们有好心肠：因为她们从小是朋友，却为金钱这样庸俗的事烦心：还因为她们的青春都过去了。……但两人的眼泪都是愉快的。

15

罗斯托娃伯爵夫人已经和女儿们同大部分的客人坐在客厅里了。伯爵把男客们领进了书房，把他的为玩赏而收集的土耳其烟斗给他们看。他时时地走出来问：她来了没有？他们是在等候玛丽亚·德米特锐叶芙娜·阿郝罗谢摩娃，① 她在交际场中绰号叫作 le terrible dragon［可怕的蛟龙］，她不是因为财富与地位而有名，而是因为她的思想的正直和言语的坦白直率。皇室和全莫斯科和全彼得堡都知道玛丽亚·德米特锐叶芙娜，这两个城市的人都对她感到惊奇，私下笑她粗野，说她的逸闻，然而大家都没有例外地同样地尊敬她、害怕她。

在充满烟气的书房里，大家谈到已经在宣言书里宣布的战争，谈到征兵。宣言书还没有人看到，但都知道它是发表了。伯爵坐在两个吸烟谈话的客人中间的躺椅上。伯爵自己不吸烟，不说话，只时而向这边，时而向那边点头，显然满意地看着吸烟的人，听着他所引起的两旁的客人的争论。

这两个说话的人当中的一个是文官，有一副打皱的、消瘦的、显得暴躁的、剃光的面孔，他虽然年纪大了，却穿得像最时髦的年轻人一样：他就像在自己家里一样，盘腿坐在躺椅上，把琥珀的烟

① 毛注：这人是实在有的，在莫斯科很有名。托氏把她的教名娜塔丽亚改为玛丽亚。在小说中用到她的不只托氏一人。

嘴深深地含在口里，接连地吸着烟，并且闭着眼。这人是年老的单身汉沈升，是伯爵夫人的堂兄，莫斯科的交际界都称他为“恶舌”。他似乎是对于交谈者表示赏光。另一个气色旺盛、面颊红润的禁卫军军官，面孔洗得、衣服扣得、头发梳得无可指责，在嘴当中含着琥珀烟斗，红唇轻轻地吸进烟气，再从美丽的口中吐出烟圈。这人是塞妙诺夫团里的军官别尔格中尉，保理斯就要同他一道到团里去，娜塔莎曾经用他嘲弄姐姐韦娅，说别尔格是她的未婚夫。伯爵坐在两人之间注意地听着。除了他很欢喜的“波斯顿”牌外，伯爵最心爱的事情就是听人说话，特别是在他能够挑动两个饶舌的人的时候。

“哦，那么，老兄，mon très honorable［我的很尊贵的］阿尔房斯·卡尔累支，”沈升嘲笑着说，混合着（这是他的言语的特点）最普通的俄国民间方言和漂亮的法国成语，“Vous comptez vous faire des rentes sur l’état，［您想要从政府里获得俸金，］您想要从连里获得薪饷吗？”

“不是，彼得·尼考拉益支，我只是想说明，在骑兵里的利益远不如在步兵里。那么，彼得·尼考拉益支，您现在想想看我的情形……”

别尔格说话向来很精确、镇静、恭敬。他的谈话总只是关于他自己，当别人说到与他直接无关的事情的时候，他总是安然地沉默着。他能够这样沉默几个小时，自己既不感觉到，也不引起别人丝毫的不安。但是谈话一和他本人有关时，他就显然满意地滔滔地说起来。

“您想想看我的情形，彼得·尼考拉益支：我要是在骑兵里，就是中尉阶级，四个月也收入不到二百卢布，但现在我收入二百三十，”他带着高兴的愉快的笑容，望着沈升和伯爵说，似乎他显然觉得，他的成功总是所有其余的人们的最大的心愿。

“此外，彼得·尼考拉益支，调入了禁卫军，我可以更受人注意，”别尔格继续说，“并且在步兵禁卫军里，空缺常常有。您再想想看，我能够用这二百三十卢布做些什么。我要留下一点，还常常寄一点给父亲。”他吐着烟圈，继续说。

“La balance y est. ［收支相抵了。］……comme dit le proverbe［成语说］德国人能够在斧头上找到油水。”沈升说，把琥珀烟斗换到嘴的另外一边，向伯爵睒了睒眼。

伯爵哈哈大笑了。别的客人们看见沈升在谈话，走来旁听。别尔格没有注意到嘲笑，也没有注意到别人的淡漠，继续说到，由于调到禁卫军里，他比军事学校的老同学高了一级，说到在战时，连长会被打死，而他在连中官阶最高，很容易当连长：说到团里的人都欢喜他，他的父亲满意他。别尔格显然是，说着一切，很为高兴，似乎并没有想到，别人也可以有他们自己的兴趣。但他所说的一切的话是那么稳重可爱，他的青年人自我主义的天真是那样明显，以致他说服了他的听众。

“好，老兄，您无论是在步兵里、在骑兵里，是处处顺利的，我敢保证。”沈升从躺椅上拿下腿子，拍着他的肩膀说。

别尔格高兴地微笑了一下。伯爵和跟在他背后的客人们走到客厅里去了。

那正是宴会前的那段时间，集聚在一起的客人们没有开始作长谈，等候着被邀请去吃小食①，同时又觉得必须走动着而不沉默，以便表示他们一点也不是急着要上席。主人们时时向门口望着，有时互相地望望。客人们极力想要凭这种目光猜出他们还在等什么人，或是什么东西，重要的迟到的亲戚，或是尚未预备好的菜。

彼埃尔正在饭前来到了，并且笨拙地坐在客厅当中最先碰到的靠背椅上，阻挡了大家的路。伯爵夫人想要使他说话，但他却天真地从眼镜里边看四周的人，似乎在找谁，并且用单音的字回答伯爵夫人的一切问题。他使人不舒服，只有他一个人没有注意到这个。大部分客人知道他和熊的故事，好奇地看着这个高大、肥胖、沉静的人，不明白这样一个笨拙而斯文的人怎么会和警察开那样的玩笑。

① 毛注：小食通常包括腌鲰，腌鲞，奶酪等食物及小杯酒料等。通常是放在旁边的桌上，目的在引起筵席前的胃口。

"您来了不久吗?"伯爵夫人问他。

"Oui, madame.[是的,夫人。]"他一面回答,一面回头望着。

"你没有看见我丈夫吗?"

"Non, madame.[没有,夫人。]"他极不得体地微笑了一下。

"您最近是在巴黎吗?我觉得很有趣。"

"很有趣。"

伯爵夫人和安娜·米哈洛芙娜交换了眼色。安娜·米哈洛芙娜明白了是要请她来应付这个青年,于是坐到他的身边,开始说到他的父亲,但是正如同对于伯爵夫人一样,他只用单音字回答她。客人们都在互相交谈。

"Les Razoumovsky……ça a été charmant……Vous êtes bienbonne……La comtesse Apraksine[拉素摩夫斯基家……那好极了……您这样的厚道……阿卜拉克西娜伯爵夫人]……"在座的都这样说。伯爵夫人站起来,走进了大厅。

"是玛丽亚·德米特锐叶芙娜吗?"她的声音从大厅里传来。

"是她。"传来了女子的粗声的回答,接着,玛丽亚·德米特锐叶芙娜走进了房。

所有的小姐们,甚至太太们,除了最老年的,都站起来了。玛丽亚·德米特锐叶芙娜站在门边,她高大肥胖,高抬着她的有白发绺的五十岁的头,环顾着客人们,她似乎是要卷袖子,从容地理着衣服的宽袖子。玛丽亚·德米特锐叶芙娜总是说俄语。

"祝贺亲爱的过命名日的人和她的孩子们。"她用沉重的高大的声音说,压倒了所有的别的声音。"你这个老作孽,"她向吻过她的手的伯爵说,"我看,你在莫斯科觉得无聊了吧?没有地方带狗打猎吗?但是,老先生,怎么办呢?这些小鸟儿们就要长大了……"她指着女孩子们,"无论你愿不愿,总得要找女婿了。"

"我的哥萨克兵好吗?"(玛丽亚·德米特锐叶芙娜总是叫娜塔莎哥萨克兵)她说,抚摩着大胆地、愉快地来吻她的手的娜塔莎。"我知道她是坏丫头,但我欢喜她。"

她从大提袋里取出一副梨形的琥珀耳饰，给了面色红润的、带着命名日的喜气的娜塔莎，立刻又转过身来向着彼埃尔。

“哎，哎！好先生！走近一点，”她用装作柔和的响亮的声音说。“走近一点，好先生……”

她凶狠地把袖子卷得更高了一点。

彼埃尔从眼镜上边天真地望着她，走到她面前去了。

“走近点，走近点，好先生！在你父亲得势的时候，我是向他说真话的唯一的人，我也应该对你这样的。”

她不做声了。大家沉默着等候下文，觉得这只是序论。

“好孩子，不用说的！好孩子！……他父亲躺在病床上，他却会开心，把警察放在熊背上。丢脸，先生，丢脸！最好你去打仗吧。”

她转过身，把手递给伯爵，伯爵几乎忍不住笑声……

“那么，入席吧，我想，到了时候了吗？”玛丽亚·德米特锐叶芙娜说。

伯爵和玛丽亚·德米特锐叶芙娜走在前面，后面是伯爵夫人，她由骠骑兵上校陪着，他是个有用的人，尼考拉就要跟他去入团的。然后是安娜·米哈洛芙娜和沈升。别尔格递了一只胳膊给韦娥。带笑的尤丽·卡拉基娜和尼考拉走到桌前。在他们后边还有别的对偶，排满了全厅，在大家之后，是单独的孩子们和男女教师们。仆人们开始走动了，椅子响动起来了，音乐队开始奏乐了，宾客们入座了。在伯爵家庭音乐队的乐声之后，是刀叉声，客人们谈话声，和仆人们的轻轻的脚步声。在餐桌的一端，伯爵夫人坐在主座上。右边是玛丽亚·德米特锐叶芙娜，左边是安娜·米哈洛芙娜和其他的女客人。在另一端坐着伯爵，左边是骠骑兵上校，右边是沈升和其他的男客人。在长桌当中的一边坐着成年的幼辈：韦娥和别尔格并坐，彼埃尔和保理斯并坐；另一边坐着小孩子们和男女教师们。伯爵从玻璃杯、酒瓶和水果碟子的后边时时观望妻子和她的有蓝缎条的高帽子，并且热心地为左右的人斟酒，也没有忘掉他自己。伯爵夫人也没有忘记主妇的责任，她从菠萝的后边向丈夫投射富有含义的目光，他的秃顶和面孔的红色，在她看来，和他的白发成了强烈的对照。在妇女们的那一端，进行着不高不低的谈话：在男客们的这一端，大家声音越说越高，特别是那个骠骑兵上校，他吃得喝得那么多，面色越来越红，以致伯爵拿他做了别人的榜样。别尔格带着亲切的微笑和韦嫩说，爱情不是地上的而是天上的情感。保理斯向新友彼埃尔说了桌子对面客人们的姓名，并和坐在对面的娜塔莎交换眼色。彼埃尔说话很少，察看着许多新的面孔，吃了很多。开始是两种汤，他选了 à la tortue［甲鱼汤］。从鱼包，直到松鸡，他没有遗漏过一道菜，他也没有放过一种酒。仆人拿着裹布的酒瓶从邻座客人的肩头神秘地举起来，说着“干马代拉酒”，或“匈牙利酒”，或“来因酒”。他拿起有伯爵姓名头一个字母的、摆在每套食具之前的、四个玻璃酒杯当中最先摸到的一个，满意地饮着，带着越来越可爱的样子望着客人们。娜塔莎坐在他的对面，望着保理斯，正如同十三岁的女孩子们那样地望着她们刚刚第一次接吻过的，她们所爱的男孩子。她的这种目光也时而对着彼埃尔，这个可笑的活泼的女孩子的目光使他不知道为什么想要发笑。

尼考拉坐得离索尼亚很远，在尤丽·卡拉基娜的旁边，又带着同样的不自觉的笑容和她说了什么。索尼亚陪同微笑着，但显然是因为嫉妒而痛苦，她的脸色时而发白，时而发红，全力地倾听着尼考拉和尤丽在说什么。女教师不安地环顾着，好像准备着，假使有谁想要侮辱孩子们，便要同谁吵架。德国男教师极力想要记住各种菜肴，甜食和酒，以便在信中详细地把一切告诉在德国的家庭，但是因为拿着裹布的酒瓶的仆人越过了他而极其愤慨。德国人皱了皱眉，极想做出他并不想吃这种酒的样子，但他愤慨，因为没有人想要明白他需要酒不是为了过瘾，不是由于饕餮，而是由于诚恳的求知欲。

16

在酒席台的男客们的那一头，谈话越来越起劲了。上校说到宣战的诏书已经在彼得堡发表，他所看到的一份，已经在那天由急使送来给总司令了。

“究竟为什么我们要同保拿巴特打仗呢？”沈升说，“Il a déjà rabattu le caquet à l’Autriche. Je crains，que cette fois ce ne soit notre tour. [他已经压下了奥地利的气焰。我怕这一次要轮到我们了。]”

上校是个肥胖、高大、急躁的德国人，显然是一个热心服务者和爱国者。他愤慨沈升的话。

“因为这个，亲爱的先生，”他说，把母音“挨”说成“爱”，把软音说成硬音。① “这原因是皇帝知道的。他在诏书中说的，他不能漠视那威胁俄国的危险，为了帝国的安全，帝国的尊严，和同盟的神圣，”他因为什么缘故，特别强调“同盟”这个字眼，好像问题的整个要点就是这个字眼。

于是凭着他所特有的丝毫不错的对于公文的记忆力，他重述了诏书中的引言：“‘……皇帝所希望的唯一不变的目的，是在欧洲建立基础巩固的和平，因此决定把一部分军队调到国外，作新的努力，以达此目的。’”

“就是为了这个缘故，亲爱的先生。”他说完了，装模作样地喝着一大杯酒，并且望着伯爵，等待赞许。

“Connaissez vous le proverbe：[您可知道这个成语：] ‘叶饶马，叶饶马，你还是坐在家，好好纺你的纱！”沈升皱着眉微笑着说。“Cela，nous convient à merveille. [这话对我们非常适用。] 苏佛罗夫是能手，但他们也把他打得 à plate couture [大败]，现在我们的苏佛罗夫之流的人物在哪里呢？Je vous demande un peu. [我只问您这一点。]”他说，不断地从俄语转到法语。

“我们一定要战斗到最后的一滴血，”上校拍着桌子说，“为我们的皇帝而死，那时一切都好了。我们要尽可能地少讨论。”他特别拖长声音说“可能”，说完之后，他又转向伯爵。“这是我们老骠骑兵的意见，就是这样了。您有什么意见呢，年轻人，年轻的骠骑兵？”他向着尼考拉说，尼考拉听到了在谈战事，便丢开了谈话的女对手，用眼睛注意地看着上校，用耳朵注意地听着上校说。

---

① 这是描写德国人说俄语。译文从简。

“我完全同意您，”尼考拉回答，他十分激动了，那么坚决地不顾一切地转动着碟子，移动着玻璃杯，好像他此刻就遭遇了巨大的危险，“我相信，俄国人应该去死或者战胜，”他自己也和别人一样，在话已说出之后，觉得这些话对于这个场合是太热情、太夸大，因此是不适宜的。

“C' est bien beau ce que vous venez de dire，［你刚才所说的好极了，］”坐在他身边的尤丽叹着气说。

索尼亚，在尼考拉说话时，全身打颤，脸红到耳根，红到耳后，红到颈子和肩头。

彼埃尔听着上校的话，同意地点头。

“这好极了。”他说。

“真正的骠骑兵，年轻人。”上校又拍了拍桌子说。

“你们在那儿吵什么？”忽然从桌子那头传来了玛丽亚·德米特锐叶芙娜的低沉的声音。“你为什么拍桌子？”她向骠骑兵说，“你对谁发脾气？你真以为法国人在你面前了吗？”

“我说真话。”骠骑兵微笑着说。

“都是关于战争，”伯爵在桌子那边说，“你知道我的儿子要去了，玛丽亚·德米特锐叶芙娜，我的儿子要去了。”

“我有四个儿子在军队里，但我并不心痛。一切都是上帝的意志：你会寿终正寝的，在战争中上帝会饶恕你的。”玛丽亚·德米特锐叶芙娜的低沉的声音毫不费力地传遍了全桌子。

“那是真的。”

谈话又集中在两处——妇女们在桌子的这一头，男子们在另一头。

“你不要问，”小弟弟向娜塔莎说，“我知道你不要问的！”

“我要问。”娜塔莎回答。

她的脸忽然发红，表示着不顾一切的愉快的决心。她把目光向坐在对面的彼埃尔看了一下，要他倾听，然后欠起身子，向母亲说：

“妈妈！”她的孩子的胸部声音传遍了全桌。

“你有什么事？”伯爵夫人惊惶地问，但是，在女儿的脸上看出了这是顽皮，便向她严厉地摇手，用头向她做出威胁的禁止的姿势。

谈话都停止了。

“妈妈！是什么甜菜?”娜塔莎的从容的声音说得更坚决了。

伯爵夫人想要皱眉，却不能够。玛丽亚·德米特锐叶芙娜伸着一只肥胖的手指恐吓着。

“哥萨克兵。”她威胁地说。

大部分的客人望着年老的人们，不知道对这样的顽皮应该采取什么态度。

“我教你当心!”伯爵夫人说。

“妈妈！是什么甜菜?”娜塔莎又大胆地、顽皮地、愉快地叫着，相信她的顽皮会被人嘉纳的。

索尼亚和肥胖的彼恰笑得抬不起头。

“你看，我问了。”娜塔莎低声向小弟弟和彼埃尔说，她又看了彼埃尔一眼。

“冰布丁，但是不给你吃。”玛丽亚·德米特锐叶芙娜说。

娜塔莎知道没有可怕的地方，因此也不怕玛丽亚·德米特锐叶芙娜。

“玛丽亚·德米特锐叶芙娜！什么样的冰布丁?我不欢喜冰淇淋。”

“胡萝卜冰淇淋。”

“不，什么?玛丽亚·德米特锐叶芙娜，什么?”她几乎叫起来了。“我要知道!”

玛丽亚·德米特锐叶芙娜和伯爵夫人笑起来了，客人们也都跟着笑。他们不是笑玛丽亚·德米特锐叶芙娜的回答，却是笑这个女孩子的不可思议的勇敢和伶俐，她能够并且敢那样地对待玛丽亚·德米特锐叶芙娜。

娜塔莎直到客人告诉她这是菠萝冰淇淋时才罢休。在冰食之前，斟了香槟酒。音乐又奏起来了，伯爵吻了伯爵夫人，客人们立起来祝贺伯爵夫人，隔着桌子和伯爵、和孩子们碰杯，并彼此碰杯。仆人们又奔忙起来了，椅子又响动起来了，客人们按照进来时同样的次序，却带着更红的脸，回到客厅里和伯爵的书房里去了。

17

几张波士顿牌桌摆开了，人也凑齐了，伯爵的客人们分散在两个客厅里，在起居室和图书室里。

伯爵把牌插成扇子形，费劲地抑制着饭后睡觉的习惯，对一切都发笑。小辈们，受伯爵夫人的怂恿，都聚集在大钢琴和竖琴旁。尤丽应大家的要求，在竖琴上首先奏了一个有变调的曲子，然后又同别的女孩子一道请求著名的有音乐才能的娜塔莎和尼考拉唱歌。娜塔莎，被人当作大人看待，显然很因此骄傲，同时又觉得害羞。

“我们唱什么呢？”她问。

“唱《泉水曲》，”尼考拉回答。

“哦，快些吧。保理斯，到这里来，”娜塔莎说，“索尼亚在哪里？”

她回顾了一下，看见她的朋友不在房里，便跑出去找她。

娜塔莎跑进了索尼亚房里，没有找到她，又跑到育儿室去找，索尼亚也不在那里。娜塔莎明白了，索尼亚一定是在走廊的箱子上。走廊的箱子是罗斯托夫家幼年女辈的悲伤的场所。果然，索尼亚压着自己的细薄的红色的衣服，脸向下躺在箱子上保姆的脏污的条纹布羽毛床垫上，用手蒙了脸在啜泣，颤动着她的袒露的肩膀。娜塔莎的在命名日整天喜悦活泼的面孔忽然改变了，她的眼睛不动了，然后她的粗颈子打颤了，嘴的两角下垂了。

“索尼亚，你怎么？怎么，你有什么事，呜呜呜！……”于是娜塔莎张开了大嘴，显得极丑，她不知道什么缘故，只是因为索尼亚在哭，她也像小孩一样地号哭着。索尼亚想要抬起头来，想要回答，但是她不能够，并且更向里边埋藏着她的脸。娜塔莎坐在蓝色羽毛床垫上，搂抱着她的女友哭着。索尼亚鼓起了精神，坐了起来，开始拭泪、说话了。

“尼考林卡再过一个星期就要走了，他的……公文……到了……他自己向我说的……但我还是不该哭……”（她出示了她拿在手里的纸：纸上有尼考拉所写的诗句，）“我不该哭，但你不能够……没有人能够明白……他的心是多么好。”

她又要哭了，因为他的心是那么好。

“你很好……我不嫉妒……我爱你，也爱保理斯，”她说，稍微提起了精神，“他可爱……你们不会遇到阻碍。但尼考拉是我的表兄……必须……总主教自己①……就是这样也不行。况且，假使她告诉妈妈……”（索尼亚把伯爵夫人当作并称为母亲）“说我是破坏尼考拉的前途，说我没有心肝，说我忘恩负义，当真……凭上帝……”（她画着十字）“我那么爱她，爱你们全体，只除了韦娜一个人。……为什么呢？我对她做了什么事情呢？我是这样的感激你们，我愿意牺牲一切，但我却没有东西……”

索尼亚不能向下说了，又把她的头藏在手里和羽毛床垫上。娜塔莎开始心安了，但是在她的脸上看得出来，她了解她的朋友的悲哀的深重。

“索尼亚！”她忽然地说，似乎猜中了表姐伤心的真正原因。“大概，韦娜饭后和你说了什么吗？是吗？”

“是的，这些诗句是尼考拉自己写的，我还抄了些别的，她在我的桌子上看见了它们，她说她要给妈妈看，她说我忘恩负义，她说妈妈绝不会让他娶我，但是他要娶尤丽。你知道，他怎样地和她整天……娜塔莎！……为什么？……”

于是她又开始哭得比先前更加伤心。娜塔莎扶起了她，抱着她，并且含泪地微笑着，开始安慰她。

“索尼亚，你不要相信她的话，亲爱的，不要相信她的话。你记得，我们和尼考林卡三个人饭后在起居室里怎么说的，你记得吗？我们还决定了将来的一切。我已经记不清是怎么说的，但你记得，一切都是很好的，一切都是可能的。沈升舅舅的一个兄弟娶了表姐妹，我们是更远的表亲。保理斯说这是很可能的。你知道，我把一切都向他说了。他是那么聪明、那么好，”娜塔莎说……“你，索尼

① 毛注：俄国教会风俗，表亲结婚须有特许。

亚，不要哭，最亲爱的，心爱的，索尼亚。”她吻了她，出声地笑了。“韦媲可恶，不要介意她！一切都会很好的，她不会向妈妈说的，尼考林卡自己要向她说的，他并不想娶尤丽。”

她吻了她的头。索尼亚坐起来了。小猫活泼起来，眼睛发光了，它似乎准备了就要摇尾巴，蹬着轻柔的爪子跳起来，并且又像小猫所应有的那样开始玩弄线球了。

“你以为是这样吗？真的吗？”她说，迅速地整理着衣裳和头发。

“的确，真的！”娜塔莎一面回答，一面替她的朋友理着盘辫下边脱出的硬发绺。

于是她们两人都笑起来了。

“那么，我们去唱《泉水曲》吧。”

“我们去吧。”

“你知道，坐在我对面的那个胖胖的彼埃尔是那么可笑！”娜塔莎忽然站住了说，“我很快活！”

于是娜塔莎顺着走廊跑去。

索尼亚拂去了细毳，把诗句藏在颈子下边的胸骨突出的怀里，带着发红的脸，用轻柔愉快的脚步，跟着娜塔莎从走廊上向起居室跑去。年轻的人们应客人们的请求，唱了四人合唱的《泉水曲》，这歌大家都很欢喜，然后尼考拉唱了他新学会的一个歌。

良夜月光下，
怡然自想象：
世上有个人，
还在把你想！
她用美丽手，
弹奏金竖琴，
热情的和声，
向你传心音！
幸福即日来，
呜呼友命殒！

于是她又开始哭的比向前更加伤心，娜塔莎扶起来她，开始安慰她。

他还没有唱完最后的字句，年轻人们已经准备在大厅里跳舞了，音乐台上的乐师们在踏脚、在咳嗽了。

彼埃尔坐在客厅里，沈升和刚从国外回来的彼埃尔谈着令彼埃尔觉得无聊的政治问题，还有别人也加入了这个谈话。音乐演奏时，娜塔莎走进客厅，一直走到彼埃尔面前，笑着，红着脸说：

“妈妈叫我请您跳舞。”

“我怕跳错了步子，”彼埃尔说，“但是假使您愿意做我的教师……”

于是他把肥胖的手臂低垂着，递给清瘦的小姑娘。

当舞伴散开而乐师们调整乐器时，彼埃尔和他的小女伴坐了下来。娜塔莎觉得十分幸福：她和大人跳舞，和从国外回来的人跳舞。她坐在大家注意的地方，像大人一样，和他说话。她手里有一把扇子，这是一个小姐给她拿着的。她完全依照社交妇女的姿势（天知道她什么时候从什么地方学会的），扇着扇子，隔着扇子微笑着，和她的舞伴谈话。

“她怎样，怎样？您看，您看！”老伯爵夫人走过大厅时，指着娜塔莎说。娜塔莎红了脸，笑起来了。

“哦，您干吗？妈妈？哦，您何必这样？有什么奇怪的地方？”

在第三次的苏格兰舞的当中，伯爵和玛丽亚·德米特锐叶芙娜在玩牌的那个客厅里的椅子响动了，大部分尊贵的客人和年纪大的人，在久坐之后伸着腰，把钱夹和皮包向衣袋里放着，走到大厅的门口去了。玛丽亚·德米特锐叶芙娜和伯爵走在前面，两人都带着快乐的面色。伯爵照芭蕾舞的样式，献着开玩笑的殷勤，把弯曲的手臂递给玛丽亚·德米特锐叶芙娜。他挺直了身躯，他的脸上显出特别英俊狡猾的笑容，当他们刚刚跳完苏格兰舞的最后一节时，他便向乐师们拍手，向音乐台叫起来，向第一小提琴手说：

“塞妙恩！你知道《丹尼·古柏》吗？”

这是伯爵所喜爱的舞蹈，是他在年轻的时候跳的。（严格地说来，《丹尼·古柏》是英格兰舞中的一节。）①

“你们看爸爸，”娜塔莎向全厅的人叫着说（完全忘记了她和大人跳过舞），把她的鬈发的头弯到膝盖，把她的响亮的笑声充满了全厅。

确实，所有在舞厅里的人，都带着快乐的笑容，望着快活的老伯爵，他和身材比他还高的、威严的女伴玛丽亚·德米特锐叶芙娜站在一起，弯着两只手臂，随着拍子摆动着，并且挺起了肩膀，向外转动了腿子，轻轻地踏着脚跟，在圆脸上带着愈益扩大的笑容，要观众们准备看下面的东西。《丹尼·古柏》的愉快而刺激的声音，好像轻快的《特来巴克舞曲》② 一样地刚刚发出，大厅的所有的门口都忽然挤满了奴婢们——一边是男的，一边是女的——他们都带着笑脸来看快活的主人。

“看我们的主人呀！像一只鹰啊！”保姆在一道门口大声说。

伯爵跳得很好，并且自己也知道，但他的女伴却全然不会跳，也不想跳得好。她的高大的身躯直立着，有劲的手臂下垂着（她把提袋交给了伯爵夫人），只是她的严厉然而美丽的脸在跳舞。伯爵摆动着他那整个圆圆的身体，玛丽亚·德米特锐叶芙娜只动着她的越来越微笑着的脸和颤动的鼻子。但是，要说越来越兴奋的伯爵是用他那出人意外的灵活的旋转和轻轻地跳跃吸引了观众，则玛丽亚·德米特锐叶芙娜是在旋转和踏拍子时，用她那弯起双臂和抖动肩膀的动作产生了同样的效果，由于她的肥大的身材与素常的严肃，引起了每个人的重视。舞跳得越来越起劲。别的对舞者们不能再引起、也不力求引起人们的注意了。大家都注意着伯爵和玛丽亚·德米特锐叶芙娜。娜塔莎拉拉所有在场的人的袖子和衣服，要他们看她的爸爸，其实，他们本来就一直目不转睛地盯着这一对跳舞的人。伯

---

① 毛注：英格兰舞是一种对面舞，有许多舞节，各有奇怪而任意的名称。这是托尔斯泰从他的家庭传说中获知的。

② 一种古农民舞。

爵在舞会的间歇时深深地换气，向乐师们挥手喊叫，要他们奏快一点。奏得越快，越快，越快，伯爵旋转得越灵活，越灵活，越灵活，有时用脚尖，有时用脚跟，环绕着玛丽亚·德米特锐叶芙娜旋转，最后把他的女伴转到她的位子前，在娜塔莎所领头的雷鸣的掌声和笑声中，向后举起柔软的腿，低下流汗的头和笑脸，用右手划了一圈，跳了最后的一步。两个跳舞的人停下来了，费劲地呼吸着，用细麻纱手帕拭着脸。

“在我们那时候便是这样跳的，ma chère.（我的亲爱的。）”伯爵说。

“啊，那才是《丹尼·古柏》!”玛丽亚·德米特锐叶芙娜费力地喘着气，卷着袖子说。

18

当罗斯托夫家的人，在乐师们因为疲倦而奏错的音乐声中，大厅里跳起了第六个英格兰舞，而疲倦的仆人们和厨子们准备夜饭时，别素号夫的病第六次发作了。医生们宣布了没有复原的希望，他们替病人施行了无言的忏悔礼和圣餐礼，他们作了涂油礼的准备，屋里出现了在这种时候所常有的忙乱和惊慌。在屋外，抬棺材的人挤在大门口，避让着那些来到的车辆，等待着办理伯爵的有排场的安葬。莫斯科的卫戍司令不断地派副官来探听伯爵的病况，这天晚上他亲自来和叶卡切锐娜女皇朝代的著名的贵官别素号夫伯爵诀别。

华丽的接待室里坐满了人。当卫戍司令独自和病人会面半小时之后从病房里走出时，大家都恭敬地站起来，他轻轻地回答别人的敬礼，力求赶快穿过医生们、神甫们和亲戚们向他注视的那些目光。发西利公爵这几天消瘦了、苍白了，他陪送着卫戍司令，好几次低声地向他重述着什么。

送走了卫戍司令，发西利公爵独自坐到大厅里的椅子上，高高地架着腿，把胳膊支在膝盖上，用一只手蒙住眼睛。这样坐了一会儿，他站起来，用惊恐的目光环顾着，踏着非常急速的步子穿过长走廊，到屋子后边去看顶大的公爵小姐。

在灯光暗淡的房间里，人们用高低不一的低语交谈着，每次有人出入病房的门时，他们便沉默下来用充满怀疑与期望的眼睛望着濒死的人的、发出微微响声的房门。

“人寿的期限，”一个年老的神甫向一个坐在他身边的、单纯地听他说话的太太说，“期限定了，便不能超过。”

“我想涂油礼不太迟吧？”这个太太问着，又说出他的教会的职衔，她好像对于这件事没有自己的任何意见。

“夫人，这是伟大的圣礼啊。”神甫回答，用手摸着光头，头上有几缕向后梳的半白的头发。

“这人是谁？是卫戍司令本人吗？”房间的另一端有人问，“多么年轻啊！……”

“六十多岁了！呀，说伯爵认不清人了吗？要举行涂油礼吗？”

“我知道有一个人受了七次涂油礼。”

二公爵小姐带了眼泪从病房里走出来，坐在劳兰医生的旁边。他把胳膊搭在桌上，庄严地坐在叶卡切锐娜画像下边。

“Très beau，［很好，］”医生回答关于天气的问题说，“très beau，princesse，et puis，à Moscou on se croit à la compagne.［很好，公爵小姐，并且，在莫斯科，人觉得是在乡下一样。］”

“N'est-Ce-pas?［不是吗？］”公爵小姐叹着气说，“那么，可以给他喝了吗？”

劳兰思索了一下。

“他吃了药吗？”

“吃了。”

医生看了看表。

“拿一杯开水，放 une pincée［一小撮］，”（他用细手指表示了 une pincée 是多少）“de cremortartari［酒石英］……”

“纵来没又过，”德国医生向副官说，“在第三次发作衣后还能浩着的。”①

---

① 医生说的音不准，此句应为“从来没有过……以后还能活着的。”

“他原是多么生气勃勃的人！”副官说，“这笔财产要给谁呢?”他低声地补充说。

“当然会有人的。”德国人微笑着说。

大家又向着门看了一下，门响了一声，二公爵小姐备好了劳兰医生所吩咐的药水，送进病房去了。德国医生走到劳兰的面前。

“还能拖到明天早晨吗?”德国人说着很糟的法语问他。

劳兰抿紧了嘴唇，严肃地否定地在鼻子前面摇着一只手指。

“今天夜里，不会再迟。”他低声地说，然后，因为他能够明白地知道并说出病人的情况，带着有礼貌的自满的笑容走开了。

这时候发西利公爵推开了公爵小姐的房门。

房里是光线暗淡的，只有两盏灯点在圣像前，香锭和花发出很好的香气。全房陈设了小巧的家具——小碗橱，小书柜，小桌子。在屏风后边，可以看见高高的羽毛床垫上的白被。一只小狗叫起来了。

“啊，是您，表兄吗?”

她站起来，理了理头发，她的头发总是那样异常光滑，甚至现在也如此，好像头发和头是一块东西做成的，并且是打了蜡的。

“有了什么事情吗?”她问，“我是那么害怕。”

“没有什么，还是照旧一样，我只是来同你谈一件事情，卡姬施。”公爵说，疲倦地坐到她所让出来的安乐椅上。“但是，你这里多么暖啊，”他说，“那么，坐到这里来，causons.［我们谈谈吧。］”

“我想，没有发生什么事吗?”公爵小姐说，带着她的经常不变的像石头那样严厉的面部表情，坐在公爵对面，准备着听。

“我想要睡觉，表兄，我却睡不着。”

“哦，怎么样，我的亲爱的?”发西利公爵抓住了公爵小姐的手，并且习惯地把它向下拉着说。

显然，这个“哦，怎么样”是关于他们俩不用说就明白的那些事情的。

公爵小姐的腰又直又硬，和腿部比较起来显得太长，她用突出的灰眼睛对直地没有表情地望着公爵。她摇了摇头，叹了口气，望着圣像。她的姿势可以看作是悲哀和忠实的表情，可以看作是疲倦和希望赶快休息的表情。发西利公爵把这种姿势当作疲倦的表情。

他说，“你以为我轻松吗？Je suis éreinté, comme un cheval de poste，[我累得就像一匹驿马了，]但我还是必须和你谈一下，卡姬施，是很重要的事。”

发西利公爵沉默了，他的腮开始神经质地忽而左边打颤，忽而右边打颤，增加了他脸上不愉快的表情，这表情是发西利公爵在客厅里的时候从来不会表现过的。他的眼睛也和寻常不同：时而傲慢地嘲笑地注视着，时而惊恐地环顾着。

公爵小姐用骨瘦的手把小狗捧在膝上，注意地望着发西利公爵的眼睛，但是可以看得出，即使要她沉默到第二天早晨，她也不会用问题来打破沉默。

“您知道，我的亲爱的公爵小姐和表妹，卡切芮娜·塞妙诺芙娜，”发西利公爵继续说，显然是带着内心的冲突在继续说他的话，“在现在这样的时候，我们应该把一切都想一想。必须想到将来，想到你们……我爱你们全体，好像爱我自己的孩子一样，这是你知道的。”

公爵小姐还是那么无神地不动地望着他。

“最后，还必须想到我的家庭，”公爵继续说，愤怒地推开小桌子，没有望她，“你知道，卡姬施，你们马芒托娃三姐妹，还有我的内人，只有我们是伯爵的直系继承人。我知道，我知道，你说到了、想到了这种事，是多么苦痛。我的心情也并不轻松，但我的亲爱的，我有五十多岁了，我必须对于一切有所准备。我派了人去找彼埃尔，伯爵对直地指着彼埃尔的画像，要他到自己面前去，你知道吗？”

发西利公爵询问地望着公爵小姐，但是他不能明白，她是在考虑他向她所说的话，或者只是望着他……

“我只为一件事情不断地祈祷上帝，表兄，”她回答，“求上帝可怜他，让他的高贵灵魂安静地离开这个……”

“是的，正是这样，”发西利公爵不耐烦地继续说，拭着秃顶，又愤怒地把推开的小桌子向自己面前拖着，“但，总之……总之，问题在这里，你自己知道，去年冬天伯爵写了遗嘱，在遗嘱里他没有把一切财产指定给他的直系继承人，给我们，却给了彼埃尔。”

“他写的遗嘱真不少！”公爵小姐镇静地说，“但是他不能够遗留给彼埃尔。彼埃尔是一个私生子。”

“我的亲爱的，”忽然发西利公爵说，把小桌子拖到自己面前，激动起来，开始迅速地说着，“但假使伯爵写了信给皇帝，要求承认彼埃尔是儿子，怎办呢？你明白，按照伯爵的功绩，他的请求会被批准……”

公爵小姐微笑了一下，就像那些自认对于所谈的事比交谈的人知道更多的人微笑的一样。

“我还要向您说，”发西利公爵抓住她的手继续说，“信已经写了，虽然没有送出去，皇帝却知道这件事。问题只在这封信销毁了没有。假若没有，那么一旦一切完结，”发西利公爵叹了口气，借此使她明白他说一切完结是什么意思，“他们打开伯爵的文件的时候，遗嘱和信就要送给皇帝，他的请求一定会批准的。彼埃尔作为嫡子，就要得到一切了。”

“我们的份儿呢？”公爵小姐问，那么讽刺地微笑着，好像任何事情都会发生，只是这件事不会有的。

“Mais, ma pauvre Catiche, c'est clair, comme le jour. [但，我的可怜的卡姬施，这是像光天化日一样地明白。] 那时候只有他一个人是一切财产的合法的继承人，你们却得不到一点东西。你应该知道，我的亲爱的，这个遗嘱和信是不是写了、是不是毁了。假使因为什么缘故，它们被遗忘了，那么你应该知道它们在哪里，把它们找出来，因为……”

“岂有此理！”公爵小姐插言说，讽刺地微笑着，没有改变她的眼睛的表情。“我是女子，您以为我们都愚蠢，但是我知道，私生子不能继承……”她补充说，“un bâtard! [一个私生子！] ”以为这个译名会断然地向公爵证明他的话没有根据。

“怎么你到底还不明白，卡姬施！你那么聪明：你怎么不明白——假使伯爵写了信给皇帝，在信里要求承认他的儿子是嫡子，那么彼埃尔就不是彼埃尔，而是别素号夫伯爵了，那时候，他便按照遗嘱得到一切——你怎么不明白呢？假使这个遗嘱和信没有毁掉，那么，除了这样的安慰：你是有德行的人 et tout ce qui s'en suit［以及德行的一切后果］，你便什么也得不到了。这是一定的。"

"我知道遗嘱已经写了，但我还知道它是无效的，您似乎把我当作一个十足的傻瓜，表兄。"公爵小姐带着妇女们以为她们在说聪明的辛辣的话的时候所有的那种表情说。

"我亲爱的卡切芮娜·塞妙诺芙娜公爵小姐，"发西利公爵不耐烦地说，"我到你这里来不是为了要和你争论，而是把你看作亲戚，善良的、好心的、真正的亲戚，谈谈你自己的利益。我向你说上十遍了，假使给皇帝的信和那件于彼埃尔有利的遗嘱是在伯爵的文件之内，那么，你，我的亲爱的，和你妹妹们都不是继承人了。假使你不相信我，那么是相信专家了：我刚才和德米特锐·奥努弗锐支谈过。"（这人是家庭法律顾问）"他也这么说。"

显然公爵小姐的思想忽然有了改变，她的薄薄的嘴唇发白了（她的眼睛还是照旧那样），在她说话时，她的声音发生了显然是她自己没有料到的那种轰响。

"这倒是很好的，"她说，"我没有想要过什么，也不想要什么。"

她从膝上抛下了小狗，理好了衣服的皱褶。

"这就是对于那些为他牺牲了一切的人们的谢意和感激，"她说，"好极了！很好！我什么也不需要，公爵。"

"但你不是一个人，你还有妹妹。"发西利公爵回答。

但公爵小姐没有听他说。

"是的，我早就知道这个，但是我忘记了，除了卑鄙、欺骗、嫉妒、阴谋，除了忘恩负义，最黑心的忘恩负义，我在这个屋子里不能够期望任何别的东西了……"

"你知道不知道这个遗嘱在哪里？"发西利公爵问，他的腮比先前颤动得更厉害了。

"是的，我做了傻瓜，我还是相信人，爱他们，牺牲我自己。只有那些卑鄙恶劣的人才得成功。我知道这是谁的阴谋。"

公爵小姐想要站起来，但公爵抓住她的手臂。公爵小姐显出对于全人类忽然感到失望的神情，她愤怒地看着她的交谈者。

"还有时间，我的亲爱的。你记着，卡姬施，这一切都是在发火、生病的时候偶然地做的，后来就被忘记了。我的亲爱的，我们的责任是要纠正他的错误，是要减少他临终的痛苦，不让他做出这样的不公平的事，不让他临死的时候觉得他还使那些人不幸……"

"那些为他牺牲了一切的人，"公爵小姐接上去说，又挣扎着要站起来，但是公爵没有放开她，"他从来不知道赏识这个。不，mon cousin.［表兄，］"她又叹着气说，"我要记住，在这个世界上，不能够期望酬报，在这个世界上没有荣誉、没有正义。在这个世界上应该狡猾凶狠。"

"哦，voyons，［哦，］你镇静一点，我知道你的好心肠。"

"不，我的心肠坏。"

"我知道你的心，"公爵重复说，"我重视你的友谊，并且希望你对我也是这样的态度。你镇静点吧，parlons raison，［我们好好地谈谈吧，］现在还有时间——也许是一天，也许是一小时，把你关于遗嘱所知道的一切告诉我吧，最重要的是它在哪里，你应该知道。我们现在就拿遗嘱给伯爵看。他一定把它忘记了，并且想要把它毁掉。你知道，我的唯一希望——是虔敬地完成他的意志，我就是为了这个到这里来的。我到这里来只是为了帮助他和你们。"

"现在我统统明白了。我知道这是谁的阴谋。我知道。"公爵小姐说。

"问题不在这里，我的心爱的。"

"这人是您的 protégée［被保护人］，您的可爱的安娜·米哈洛芙娜公爵夫人，这样的人就是要做我的婢女我也不接受，这个卑鄙恶劣的女人。"

"Ne perdons point de temps，［我们不要耽误时间了。］"

"啊，您不要说了！去年冬天她硬闯到这里来，向伯爵说了关于我们的那样恶劣、那样卑鄙的话，特别是说到索斐——我不能重复说的——因此伯爵生了病，有两个星期不愿见我们，我知道，他就是在那个时候写了那个恶劣卑鄙的文件，但是我觉得这个文件是没有效力的。”

“Nous y voila，[问题就在这里了，] 你为什么没有早向我说？”

“在他的镶花公文夹里，他把公文夹放在枕头下边。现在我知道了，”公爵小姐说，没有回答他的话，“是的，假使我有罪过，大罪过，那只是我对于那个贱女人的仇恨，”公爵小姐几乎是叫起来说，完全举止失常了，“为什么她硬闯到这里来？但我要向她说出一切，一切。时候要到了！”

19

当接待室里和公爵小姐房间里正在说这些话的时候，彼埃尔（他是被找来的）和安娜·米哈洛芙娜（她觉得应该陪他来）所坐的马车进了别素号夫伯爵的院子。当车轮在窗下铺着的草秸上轻轻地响着时，安娜·米哈洛芙娜向她的同伴说了些安慰的话，发现他在车子的角落里打盹，便将他唤醒。彼埃尔醒来，跟安娜·米哈洛芙娜下了车，这时才想到那等待着他的事：和将死的父亲的会面。他注意到，他们没有把车赶到大门，却赶到后门口。当他走下车踏脚时，两个穿小市民衣服的人连忙从门口跑到墙的暗处去了。彼埃尔站住了，看到两边墙下的暗处还有几个同样的人。但安娜·米哈洛芙娜，听差，车夫，他们一定也看见了这些人，却都不去注意他们。可见，是必须那样的，彼埃尔自己这么决定之后，便跟着安娜·米哈洛芙娜走去。安娜·米哈洛芙娜连忙地上了光线幽暗的狭窄的石楼梯，催促着落在她后面的彼埃尔，他虽然毫不明白为什么他必须去见伯爵，更不明白为什么要走后边的楼梯，但是从安娜·米哈洛芙娜的确信与匆忙上看来，他自己认为这是绝对必要的。在楼梯的当中，他们几乎被几个提桶的、脚步声很重、迎面跑下来的仆人们撞倒。这些仆人们靠着墙，让彼埃尔和安娜·米哈洛芙娜走过去，看到他们一点也不表示惊异。

“这里是到公爵小姐们住处的吗?”安娜·米哈洛芙娜问他们当中的一个。

“是这里,”仆人大胆地高声地回答,好像现在什么事都可以随便了,“左边的门,太太。”

“也许伯爵没有叫我去,”彼埃尔上到楼梯口时说,“我还是到自己房里去吧。”

安娜·米哈洛芙娜停了一下,以便和彼埃尔并肩着走。

“Ah, mon ami! [啊,我的朋友!]”她像早晨对于她的儿子一样,用同样的姿势摸着他的手说,“croyez, que je souffre, autant que vous, mais soyez homme. [您相信,我是和您一样的难受,但是您做一个堂堂男子吧。]”

“当真,我要去吗?”彼埃尔从眼镜上边亲切地望着安娜·米哈洛芙娜说。

“Ah, mon ami, oubliez les torts qu'on a pu avoir envers vous, pensez quec'est votre père……peut-être à l'agonie. [啊,我的朋友,您要忘掉那些或许对您所做的错误,要记住,他是您的父亲……也许他快要死了。]”她叹了口气说,“Je Vous ai tout de suite aimé comme mon fils. Fiez vous à moi, Pierre. Je n'oublierai pas vos intérêts. [我一向就爱您像爱我自己的儿子一样。您相信我,彼埃尔。我不会忘记您的利益的。]”

彼埃尔一点也不明白,但他更加深深地觉得这一切是应该如此的,于是他顺从地跟着已经开了门的安娜·米哈洛芙娜。

这道门通后边的外室。公爵小姐的老仆人坐在角落里打袜子。彼埃尔从来没有到过屋子的这部分,甚至没有想到这部分的存在。安娜·米哈洛芙娜向那个用盘子托着水壶的驱赶他们的女仆(称她亲爱的和好姑娘)问到公爵小姐们的健康,拉着彼埃尔在走廊上向前走。走廊上左边的第一道门通公爵小姐们的卧房。拿水壶的女仆在匆忙中(这时候屋里一切的事情都显得匆忙)忘记了关门,彼埃尔和安娜·米哈洛芙娜从门口走过时,不觉地向房里瞥了一下,顶大的公爵小姐和发西利公爵坐得很近,正在交谈。看见了走过去的人，发西利公爵做出不耐烦的动作，向后闪开，公爵小姐跳起来，在关门时，带着不顾一切的姿势，用全身的力量把门砰然一推。

这个姿势是那样地不像公爵小姐平常的镇静，表现在发西利公爵脸上的恐惧是那样地不合乎他的尊严，以致彼埃尔停下来，从眼镜上边疑问地看了看他的女领导人。安娜·米哈洛芙娜没有表示惊异，她只淡淡地微笑了一下，叹了口气，好像表示这一切正是她所预料的。

“Soyez homme，mon ami，c'est moi qui veilleral à vos intérêts.［做一个堂堂男子，我的朋友，我要保护您的利益。］”她这么说，回答了他的目光，在走廊上面走得更快了。

彼埃尔不明白这是怎么一回事，更不知道 veiller à vos intérêts［保护您的利益］是什么意思，但他觉得这一切是应该这样的。他们从走廊上走到连着伯爵接待室的、灯光幽暗的大厅。这是彼埃尔从大门进来时所熟悉的清静而陈设华丽的房间之一。但是连这个房间的当中也有一只空澡盆，有水溅在地毯上。有一个仆人和一个拿香炉的教堂随从踮脚向他们迎面走来，却没有注意他们。他们走进彼埃尔所熟悉的那间有两扇向着花房的意大利式窗子、有叶卡切锐娜的巨大半身像和全身画像的接待室。接待室里原来的那些人，几乎都坐在原来的位子上，在低声交谈。大家停住了说话，看了看进门的安娜·米哈洛芙娜和她的哭肿的苍白的脸和低头顺从地跟随着她的、肥胖高大的彼埃尔。

安娜·米哈洛芙娜的脸上流露出紧要关头来到了的表情：她带着彼得堡的那种能干太太的神气，把彼埃尔带在身边，比早上更大胆地走进房间。她觉得，因为她带来了临终的人所要会见的人，所以接见她是靠得住的。她迅速地环顾了一下房间里所有的人，看见了伯爵的忏悔神甫，她不像是鞠躬，却似乎是忽然把身体缩小了，用小小的快步子走到忏悔神甫面前，恭敬地先后接受了两个神甫的祝福。

“谢谢上帝，您赶到了，”她向一个神甫说，“我们所有的亲属们是这样的担心。”她压低了声音说：“这个青年是伯爵的儿子。多么可怕的时候呀!”

说了这些话，她走到医生面前去了。

“Gher docteur，［亲爱的医生，］”她向他说，“ce jeune homme est le fils du comte……y a-t-il de l’espoir?［这个青年是伯爵的儿子……还有希望吗?］”

医生沉默着，迅速地抬起眼睛和肩膀。安娜·米哈洛芙娜也同样地抬起肩膀和眼睛，几乎是闭了眼睛，叹了口气，离开医生，向彼埃尔面前走去。她特别恭敬地、亲切而忧郁地向彼埃尔说话。

“Ayez con fiance en sa miséricorde，［相信上帝的慈悲，］”她向他说，又向他指了指一张小沙发，让他坐下来等候她，她自己不声不响地向大家所注视的那道门走去，在发出几乎听不见的开门声后，走进了房间。

彼埃尔决心处处顺从他的女领导人，向她指给他的小沙发走去。安娜·米哈洛芙娜刚刚进去，他便注意到，房间里所有的人的目光都带着超过好奇与同情的神色注视着他。他注意到大家在低声交谈，并且似乎是畏惧地、甚至是卑屈地用眼睛指点他。他们向他表示了向来没有表示过的尊敬：一个他不认识的、在和神甫谈话的太太从她自己位子上站起来让座位给他：一个副官拾起彼埃尔掉下的手套递给了他：医生们当他走过他们面前时，都恭敬地沉默着，并且向两边闪开，给他让路。彼埃尔最初想要坐在另外一个地方，免得麻烦那位太太，想要自己拾起手套，并且从一点也不挡路的医生们身边走过去，但他忽然觉得这是不适宜的，他觉得，在这天夜里，他是一个应该完成大家期待于他的、某种可怕的仪式的人，因此他应该接受他们的效劳。他沉默地接过副官递给他的手套，坐在那太太的位子上，把自己的大手放在对称的高耸的膝盖上，带着埃及塑像的单纯姿势，并且心中认定了，这一切正是应该如此的，而且他今天晚上，为了要自己不慌张，不做蠢事，应该不按照他自己的意思而行动，而必须使他自己完全顺从那些领导他的人的意志。

不过两分钟，发西利公爵穿着长袍，挂着三颗星章，庄严地高高地抬着头走进房间。他似乎从早晨起又消瘦了，当他环顾全房，看见彼埃尔时，他的眼睛似乎比寻常更大了。他走到他面前，抓住他的手（这是他从来没有做过的），并且把它向下拉，似乎他想要试试看抓得紧不紧。

“Courage, courage, rnon ami. Il a demandé à vous voir. C'est bien［提起精神，提起精神，我的朋友，他要看您。这很好］……”他想走开。

但彼埃尔觉得必须问：“身体怎样……”他感到为难了，不知道称将死的人为伯爵是否妥当，他觉得称他为父亲是难为情的。

“II a eu encore un coup, il v a une demi-heure. ［半小时前他又有了一次发作。］又是一次发作。Courage, mon ami［提起精神，我的朋友］……”

彼埃尔的思想是那么混乱，以致他把“发作”这个字当作某种物体的“打击”。他迷惑地望着发西利公爵，后来才明白疾病的转剧叫作“发作”①。发西利公爵一边走着，一边同劳兰说了几句话，然后踮脚走进门。他不善于用脚尖行走，全身笨拙地颤动着。顶大的公爵小姐跟在他后边，再后是神甫和教堂随从，仆人们也走进了门。从门那边传来了搬东西的声音，最后，安娜·米哈洛芙娜仍然带着苍白的、但坚决地要履行职责的面孔跑出来，摸了摸彼埃尔的手臂说：

“La bonté divine est inépuisadle. C'est la cérémonie de l'extrême onction qui va commencer. Venez.［上帝的慈悲是不尽的，这是最后的涂油礼，就要开始了。来吧。］”

彼埃尔进了门，踏上软地毡，看到那副官，那不相识的太太，和几个仆人——都跟他进来了，似乎现在已经无需请求准许就可以进房了。

20

彼埃尔很熟悉这个大房间，房间里由许多柱子和一个拱门分隔

① 原文 YДар 有这两种意思。

着，墙上挂着波斯绒毡。在柱子后边的一部分，一边是一张高高的红木床，在绸幕下面，另一边是有圣像的大架子，这一部分被红光照得很明亮，好像教堂在晚祷时那么明亮。在明亮的像架边饰下边有一把长躺椅，椅上有雪白的、无皱的、显然是新换的枕头，彼埃尔所熟悉的、他父亲别素号夫伯爵的庄严的身躯躺在椅子上，浅绿色的被盖到他的腰部，他的宽额上的白发好像狮子头上的鬣毛，他的美丽的又红又黄的脸上有他所特有的那种高贵的深皱纹。他正躺在圣像下边，两只肥大的手臂被人从被下边拿出来，放在被上。在掌心向下的右手拇指与食指之间被放进了一支蜡烛，一个老仆人在椅子旁边躬着腰把它扶在他的手里。神甫们站在椅子旁边，他们穿着庄严的闪亮的道袍，散开的头发披在道袍上，手拿点着的蜡烛，慢慢地严肃地祈祷着。两个年轻的公爵小姐站在他们背后不远的地方，拿着手帕捂在眼上：大姐，卡姬施，站在他们前面，带着愤怒的坚决的神情，没有一刻让眼睛离开圣像，似乎是向大家说，假使她回头看，她自己是不负责的。安娜·米哈洛芙娜在脸上显出温顺、悲哀、宽恕的表情，和那个陌生的太太站立在门边。发西利公爵站在门的另一边，靠近躺椅，站在一只雕花的、天鹅绒的椅子的后边，他把椅背转过来对着他，把拿蜡烛的左手搭在椅背上，用右手画着十字，每当他的手指碰到前额时，他总把眼睛向上看。他的脸表示着安宁的虔敬，和对于上帝意志的顺从。似乎他的脸在说：“假使你们不了解这种心情，你们就更糟了。”

在他后边站立着一个副官和医生们、男仆们，好像在教堂里一样，男女分开。大家都沉默着画十字，只听到诵读祷文声，抑制的低沉的歌声，以及在沉默时的换腿声和叹气声。安娜·米哈洛芙娜，带着那种表示她知道该怎么办的自命不凡的样子，穿过房间，走到彼埃尔面前，给了他一支蜡烛。他把蜡烛点着，因为注视四周的人，分散了他的注意力，他开始用那只拿蜡烛的手画十字。

顶小的、面色红润的、爱笑的、有一颗痣的公爵小姐索斐望着他。她微笑了一下，用手帕遮着脸，好久没有放开，但是看见了彼埃尔，她又笑起来了。她显然觉得，她看见了他就不能不笑，但又不能够约制自己不看他，于是为了避免这种诱惑，她轻轻地走到一根柱子后边去了。在祈祷的当中，神甫们的声音忽然停止了，神甫们低声地互相说了些话：扶伯爵的手的那个老仆人站起来向妇女们说了什么。安娜·米哈洛芙娜走上前，向病人弯下腰来，在背后做手势要劳兰到她跟前去。法国医生手里没有拿蜡烛，他靠柱子站着，带着外国人的恭敬的态度，这表示虽然宗教信仰不同，他却明白目前所做的仪式的全部意义，甚至赞同它——他踏着年富力强的人的没有响声的步子，走到病人面前，用他的又细又白的手指从绿色的被上拿起伯爵的那只空手，然后，侧着头，开始切脉，并且思索了一下。他们给病人喝了一点东西，在他身旁忙了一阵，然后又各人回到各人的地方，祈祷礼又开始了。在祈祷间断的时候，彼埃尔注意到发西利公爵离开椅背，并且带着那样的神情，表示他知道应该怎么办，并且假使别人不了解他，他们就更糟了，他没有走到病人面前，却从他身边走过，走到顶大的公爵小姐那里，和她一同向卧房的里面，向绸幕下边的高床那里走去。公爵和公爵小姐两人都离开床边到后边的门外去了，但在祈祷结束前，他们先后回到了各人的地方。彼埃尔对于这事并不比对于其他的一切更加注意，在他自己的心中断然地认定了，今天晚上在他面前所发生的这一切，是绝对必要的。

祈祷的歌声停止了，传来了神甫的声音，他恭敬地祝贺病人接受了圣礼。病人仍旧没有生气地、不动地躺着。大家在他的四周骚动起来了，有了脚步声和低语声，而安娜·米哈洛芙娜的低语声比所有的低语声都高。

彼埃尔听到她说：

"一定要移到床上去，这里断不能够……"

病人被医生们、公爵小姐们和仆人们那样地围绕着，以致彼埃尔不能再看见他的那个有白的长头发的又红又黄的头部，这个头，是彼埃尔在祈祷的全部时间之内一直注视着的，虽然他还同时看着别人的面孔。彼埃尔凭了躺椅四周的人们的小心动作，猜出他们是抬起了并且在移动将死的人。

“扶住我的手臂，不然他要掉下来了。”他听到了仆人之中一个人的惊惶的低语，“从下边扶住……再来一个人。”许多声音说，于是仆人们的费力的呼吸和移动的脚步更加急促起来了，似乎是他们所抬的重量是他们的体力不能胜任的。

抬的人——安娜·米哈洛芙娜也在内——从这个青年的面前经过，他在刹那之间，从他们的脊背和颈项后边，窥见了仆人们托着病人的腋下抬着病人，看见了病人的高高的肥胖的敞开的胸脯，宽大的肩膀，和白色鬈发的、狮子般的头。这个头有异常宽大的前额和颧骨，美丽的色情的嘴，庄严冷静的目光，没有因为死亡的接近而变相。这个头还是和三个月前伯爵要他到彼得堡去的时候他所看见的一样。但是这个头现在因为抬的人的脚步不齐而无能为力地摆动着，冷冷的淡漠的目光不知道要停在什么东西上。

在高床的旁边人们忙碌了几分钟，然后抬病人的仆人们散去了。安娜·米哈洛芙娜触了触彼埃尔的手臂，向他说：venez.［来吧。］彼埃尔和她一同走到床前，病人被他们按照庄严的姿势放在床上，显然这个姿势是和刚才举行的圣礼有关的。他躺着，他的头高高地枕在枕头上。他的手对称地伸在绿色绸被上，手掌向下。当彼埃尔走近时，伯爵对直地望着他，但伯爵的目光里的思想与意义是凡人不能了解的。或者是这个目光并没有什么意义，不过是，因为既有眼睛，眼睛总要看着什么地方：或者是这个目光有很多意义。彼埃尔站住了，不知道做什么好，疑问地回头看了看他的女领导安娜·米哈洛芙娜。安娜·米哈洛芙娜用眼睛向他做了一个匆忙的暗示，望着病人的手，用嘴唇向手上送着飞吻。彼埃尔为了不碰到他，小心地伸出颈子，执行了她的劝告，吻了骨骼宽阔而有肌肉的手。伯爵的手和他脸上的肌肉都一点没动。彼埃尔又疑问地望望安娜·米哈洛芙娜，探问现在他该做什么好。安娜·米哈洛芙娜用眼睛向他示意着床边的扶手椅。彼埃尔顺从地坐到椅子上，继续用眼睛探问着他做得对不对。安娜·米哈洛芙娜赞同地点了点头。彼埃尔又采取了埃及塑像的对称单纯的姿势，他显然是在忧虑他的笨重肥胖的身躯占据了那么大的空间，并且运用全部的力量使自己显得愈小愈好。他望着伯爵。伯爵仍望着彼埃尔在站立时面部所在的地方。安娜·米哈洛芙娜在她的态度上显出她感觉到父子会面的最后时刻的动人的意义。这样过了两分钟，彼埃尔觉得过了有一小时。忽然在伯爵面部的厚肌肉与皱纹上出现了抽搐。抽搐加剧了，美丽的嘴歪斜了（直到此刻彼埃尔才明白他父亲离死是多么近），从歪斜的嘴里发出了含糊的沙沙声。安娜·米哈洛芙娜细心地望着病人的眼睛，极力要猜出他需要什么，她时而指彼埃尔，时而指饮料，时而低声地疑问地叫发西利公爵的名字，时而指被。病人的眼睛和脸表示了不耐烦。他费了劲，要看那站在床头不动的仆人。

“他想要转到那边去。”那仆人低声说，站起身来要把伯爵的重身躯翻过去对着墙。

彼埃尔站起来帮助仆人。

当他们翻转伯爵时，他的一只手无能为力地拖在后边，他做了徒然的努力要把它举过来。或者是伯爵注意到彼埃尔望他这只无生气的手臂时的恐怖的目光，或者是什么别的思想此时闪过了他的将死的头脑，他看了看不顺从的手臂，和彼埃尔脸上的恐怖表情，又看了看手臂，他的脸上显出了和他的面色那么不适称的、微弱的、可怜的笑容，好像是嘲笑他自己的无能为力。看到这个笑容，彼埃尔忽然感觉到胸口的颤抖和鼻子的酸痒，泪水迷糊了他的眼睛。病人被翻转了面向墙。他叹了口气。

“Il est assoupi，［他打盹了，］”安娜·米哈洛芙娜说，注意到来换班的公爵小姐，“Allons.［我们走吧。］”

彼埃尔走出去了。

21

接待室里除了发西利公爵和顶大的公爵小姐，已经没有别人了，他们坐在叶卡切锐娜画像下边，兴奋地谈着什么。他们一看见彼埃尔和他的女领导，就不做声了。彼埃尔觉得：他看见公爵小姐藏匿了什么东西并且低声说了：

“我不愿看见这个女人。”

“Catiche a fait donner du thé dans le petite salon，[卡姬施吩咐在小客厅里摆茶,]”发西利公爵向安娜·米哈洛芙娜说。“Allez，ma pauvre [去吧，我的可怜的] 安娜·米哈洛芙娜，prenez queque clhose，autrement vous ne suffirez pas. [吃点东西吧，不然您会支持不住的。]”

他没有向彼埃尔说话，只是同情地捏了捏他的手臂。彼埃尔和安娜·米哈洛芙娜走进了 petit salon [小客厅]。

“Il n'y a rien qui restaure，comme tasse de cet excellent thé russe après une nuit blanche，[在熬夜之后，没有东西能像一杯很好的俄国茶这样地提神了,]”劳兰带着克制的兴奋表情边说边喝着没有把柄的中国细瓷杯子里的茶，他站在小圆客厅中的桌旁，桌上有茶具和冷的夜餐。所有的这天夜里在别素号夫伯爵家的人，为了增加他们的精力，都聚集在桌子四周。彼埃尔很清楚地记得这个有镜子和小桌子的小圆客厅。在伯爵家举行舞会时，彼埃尔不会跳舞，却爱坐在这间有镜子的小房间里，注视着穿舞服的、在袒露的肩上戴着宝石和珍珠的妇女们，她们从这个房间走过时，对着明亮的镜子照看着自己的姿容，这些镜子一再反映出她们的倩影。现在这个同一的房间里只暗淡地点了两支蜡烛，在一只小桌子上狼藉地放着茶具和餐碟，半夜里，各种各样的并不快乐的人坐在房间里低声地交谈着，在每一个动作、每一个字眼上表示没有人能够忘掉卧房里现在所发生的和将要发生的事情。彼埃尔虽然很想吃东西，却没有吃。他询问地回头看他的女领导，看见她又踮脚走进发西利公爵和顶大的公爵小姐坐着的接待室里。彼埃尔认为这也是必要的，于是，稍停片刻，又跟她走去。安娜·米哈洛芙娜站在公爵小姐的旁边，两人同时兴奋地低声地说着：

“公爵夫人，告诉我吧，什么是该做的，什么是不该做的。”公爵小姐说，显然是和她砰然关上她的房门的时候一样地兴奋。

“但，亲爱的公爵小姐，”安娜·米哈洛芙娜一面温[illegible]服地说，一面阻挡着卧房的道路，不让公爵小姐过去，“在可怜的叔叔需要休息的时候，这对于他不是太痛苦吗？当他的灵魂已经准备……时候，说到人世的事情……”

发西利公爵坐在靠背椅上，照惯常的姿势，高高地腿架着腿。他的腮猛力地抽搐，在松下时，似乎下边胖一点，但他的样子好像是并不注意这两个妇人的谈话。

“Voyons, ma bonne［啊，我亲爱的］安娜·米哈洛芙娜，laissez faire Catiche.［让卡姬施去吧。］您知道伯爵是多么欢喜她。”

“我还不知道这个文件里写的是什么，”公爵小姐向发西利公爵指着她手里的镶花公文夹说，“我只知道真正的遗嘱是在他的书桌里，这只是一个被他忘掉的文件……”

她想要绕过安娜·米哈洛芙娜，但安娜·米哈洛芙娜跳了一步，又阻挡了她的路。

“我知道，亲爱的、好心的公爵小姐，”安娜·米哈洛芙娜一面说，一面用手抓住了公文夹，并且抓得那样紧，显然她不会马上放手的，“亲爱的公爵小姐，我求您，我恳求您，可怜他吧。Je vous en conjure［我恳求您］……”

公爵小姐沉默着。只听到用力争夺公文夹的声音了。显然是，假使她要说话，便要说出对于安娜·米哈洛芙娜是很不体面的话。安娜·米哈洛芙娜抓得很紧，但是，虽然如此，她的声音却保持着全部的甜蜜的坚决而又温和的语气。

“彼埃尔，到这里来，我亲爱的。我觉得，他在家庭会商中不是多余的人，不是吗，公爵？”

“您为什么不做声，表兄？”公爵小姐忽然叫得那么高，以致客厅里的人都听到了她的声音并且吃惊了。“此刻，天晓得是谁敢在这里干涉，在将死的人的房门口争吵，您为什么不做声？女阴谋家！”她恶毒地低声说，并且运用全身的力量争夺公文夹。

但安娜·米哈洛芙娜向前走了几步，以免放松了公文夹，并且换了手。

“噢！”发西利公爵责备地惊讶地说。他站起来了。“C'estridicule. Voyons.［这是可笑的！哦，］放手吧。我告诉您。”

公爵小姐放了手。

"您也放手!"

安娜·米哈洛芙娜却没有听他的话。

"您放手，我告诉您。我负全责。我要去问他。我……这样可以使您满意了吗?"

"但，公爵，"安娜·米哈洛芙娜说，"在这样伟大的圣礼之后，让他安静一会儿吧。现在，彼埃尔，说说您的意见吧。"她向年轻人说，他走到他们面前，惊讶地望着公爵小姐的愤怒的没有一点礼貌的面孔和发西利公爵的抽搐的腮。

"记着，您要负一切的责任，"发西利公爵严厉地说，"您不知道您在干什么。"

"下贱的女人!"公爵小姐大叫着，突然冲到安娜·米哈洛芙娜面前夺取公文夹。

发西利公爵低了头，摊开双手。

这时候，彼埃尔注视了很久的那道门，那道可怕的门，那么轻轻地开关的门，迅速地大声地打开了，砰的一声撞到了墙，二公爵小姐从门里跑出来，并且拍了拍手。

"您在干什么!"她不顾一切地说，"Il s'en va et vous me laissezseule! [他要死了，您让我一个人在那里!]"

大公爵小姐丢下了公文夹。安娜·米哈洛芙娜迅速地弯了腰，拾起所争夺的东西，跑进了卧室。大公爵小姐和发西利公爵恢复了镇静，跟随着她。几分钟后，大公爵小姐带着苍白冷淡的脸和咬着的下唇，最先走出来。看见了彼埃尔，她的脸上显出不可抑制的愤恨。

"是的，现在您高兴吧，"她说，"这个给您等到了。"于是她呜咽着，用手帕蒙了脸，从房里跑出去了。

发西利公爵跟在公爵小姐后边走出来。他蹒跚着走到彼埃尔所坐的沙发前，倒在沙发上，用手蒙了眼。彼埃尔注意到他的脸色发白，他的下颌跳动并且打颤，好像是在发寒热。

"嗬，我的朋友!"他抓住彼埃尔的胳膊说，他的声音里带着诚恳和软弱，这是彼埃尔在他的声音里从来没有觉察过的。"我们犯过多少罪过，我们受过多少欺骗，这都是为了什么？我已经五十多岁了，我的朋友……你知道我……一切，一切都只要一死就完结了。死是可怕的。”他流泪了。

安娜·米哈洛芙娜最后走出来。她踏着轻轻的慢慢的脚步走到彼埃尔面前。

“彼埃尔！……”她说。

彼埃尔疑问地望着她。她吻了年轻人的额，她的眼泪沾湿了他的脸。她沉默了一会。

“Il n'est plus［他不在了］……”

彼埃尔从眼镜上边望着她。“Allons，je vous reconduirai. Tâchez de pleurer. Rien ne soulage comme les larmes.［我们走吧，我陪您去。您哭哭看。没有东西像眼泪这样地给人安慰。］”

她领他进了黑暗的客厅，客厅里没有人能够看见他的脸，彼埃尔因此觉得很高兴。安娜·米哈洛芙娜离开了他，当她回来时，他已经把头伏在手臂上沉沉入睡了。

第二天早晨安娜·米哈洛芙娜向彼埃尔说：

“Oui，mon cher，c'est，une grande perte pour nous tous. Je ne parle pas de vous. Mais Dieu vous soutiendra，vous êtes jeune et vous voilà à la tête d'uneimmense fortnne，je l'espère. Le testament n'a pas été encore ouvert. Je vous connais assez pour savoir que cela ne vous tournera pas la tête，mais cela vous impose des devoirs，et il faut être homme.［是的，我亲爱的，这是我们大家的重大损失。我不是说您。但上帝会帮助您的，您年轻，我希望，您现在就做这个巨大家业的主人。遗嘱还没有打开。我很了解您，并且相信，这不会教您冲昏头脑的，但这在您身上加了许多责任，您一定要做一个堂堂男子。］”

彼埃尔沉默着。

“Peut-être plus tard je vous dirai，mon cher，que si je n'avais pas été là，Dieu sait ce qui serait arrivé. Vous savez，mon oncle avant-hier encore me promettait de ne pas oublier Boris. Mais il n'a pas eu le temps. J'espère，mon cher ami，que vous remplirez le désir de votre père.

[也许晚一点我要向您说，亲爱的，假使我不在那里，天晓得会发生什么事情。您知道，我的叔叔前天应许了我，说他不忘记保理斯。但他来不及了。我希望，我亲爱的朋友，您完成您父亲的愿望。]”

彼埃尔一点也不明白，却沉默着，羞得脸红，望着安娜·米哈洛芙娜公爵夫人。和彼埃尔谈话之后，安娜·米哈洛芙娜坐车到罗斯托夫家去睡觉了。早晨醒来时，她向罗斯托夫家和所有的相识的人说了别素号夫伯爵逝世的详情。她说，伯爵死的正如同她希望她自己死的那样：说，他的死不但是动人的，而且是有教益的，父子的最后会面是那么动人，她一想到这个就要流泪：说，她不知道在这个可怕的时候，是父亲的还是儿子的举动更好：父亲在最后的时候想起了所有的事和所有的人，他向儿子说了那样动人的话，儿子彼埃尔，教人看见他就觉得难过，他很伤心，虽然如此，却极力掩饰他自己的悲哀，以免苦恼他的将死的父亲。她说：“C'est pénible, mais cela fait du bien, ça élève l'âme de voir des hommes, comme le vieux comte et sou digne fils.［这是痛苦的，但这是有教益的，看到像老伯爵和他的高贵的儿子这样的人，便会提高人的心灵。］”关于公爵小姐和发西利公爵的行为，她虽不赞成，却也说到，但是极秘密地，低声地说到。

22

在童山，尼考拉·安德来维支·保尔康斯基公爵的田庄，他们天天盼望年轻的安德来公爵和公爵夫人来到，但这种期望并没有破坏老公爵家中严格的生活秩序。陆军上将①尼考拉·安德来维支公爵，社交场中的绰号是 le roi de Prusse［普鲁士王］，自从被巴弗尔②皇朝谪放乡居以后，就深居简出地和女儿玛丽亚公爵小姐和她的女伴 M-lle Bourienne［部锐昂小姐］住在童山。在新皇朝中，虽然准许

① 毛注：这原是陆军元帅的官衔，在叶卡切锐娜女皇朝时，凡最高第三级将官皆用此官衔。

② 或译保罗。

了他入都城，他还是深居简出地住在乡里，他说，假使有谁需要看他，那么就从莫斯科走一百五十里①到童山来吧，他却不需要任何人、任何东西。他常说，人类的罪恶只有两种：懒惰与迷信，而美德也只有两种：勤劳与智慧。他亲自担任女儿的教育，为了发展她这两种主要的美德，他教她代数学和几何学的课程，把她的全部生活安排在不断的工作中。他自己也不断地工作：写他自己的回忆录，演算高级数学，在车床上车烟壶，在花园中工作，管理他的田庄上不断地建造的房屋。因为勤劳的主要条件是规律，所以规律在他的生活方式中达到了最高度的精确性。他是在一定不变的情况下上桌吃饭，不仅是在同一点钟，而且在同一分钟。对待他身边的人们，从女儿到仆人，公爵是既苛刻而又一味地求全责备的，因此，他不须残忍，便会引起别人对他的畏惧与尊敬，而这是连最残忍的人也难以办到的。虽然他已经退休，目前在政治上没有任何势力，他的田庄所在的本省的每一个长官都认为自己有来拜访的义务，并且正如同建筑师、园丁或玛丽亚公爵小姐一样，要在高大的接待室等候公爵在规定的钟点出房。当书房的极大的门打开，戴了敷粉假发的老人的矮小身材出现时，接待室中的每一个人都感觉到同样的尊敬，甚至畏惧。公爵的手又瘦又小，白色的浓眉垂挂着，有时当他皱眉时，这眉毛便遮蔽了他的聪明而又显得年轻的、明亮的眼睛中的光芒。

在年轻夫妇到家那天的早晨，玛丽亚公爵小姐照例地在一定的钟点来到接待室向父亲请早安，并且恐怖地画十字，默诵祷文。她每天进来，每天祈祷着这例行的会面能够顺利。

坐在接待室中带白粉假发的老仆人轻轻地站起来，低声地说："请进。"

从门那边传来了车床的有节奏的声音。公爵小姐胆怯地推了推没有声音的容易打开的门，站在门口。公爵在车床上工作，回头看了一下，又继续做他的工作。

---

① "里"用来暂代"俄里"。

大书房中摆满了显然经常要用的东西。大桌子和桌上的书籍与计划，高玻璃书橱和橱门上的钥匙，站立写字的高桌子和桌上面的一册敞开的稿本，旋转的车床，和摆好的工具以及散在周围的削片——这一切表示经常的各种各样有规律的活动。从公爵的穿银花鞑靼式靴子的小脚的运动上，从他的露筋的瘦手的坚强压力上，可以看到公爵仍然具有矍铄老年的坚强耐久的力量。他踏动了几转，把脚从车床的踏板上拿开，拭了拭凿子，把它放入车床上的皮口袋中，然后走到桌边，叫女儿来。他从来不祝福自己的孩子们，他只伸出他的今天尚未剃刮硬胡碴的腮，严格地而又注意地亲爱地看她一眼，说：

"你好吗？……哦，坐下吧！"

他拿了他亲手写的几何学稿本，用脚把他的椅子勾到自己身边。

"明天的！"他迅速地找出那一页，一面用粗指甲从某一段划到另一段，一面说。

公爵小姐低头对着桌上的稿本。

"等一下，你有一封信。"老人忽然说，从挂在桌子上边的口袋里取出了一封女子手迹的信，抛在桌上。

公爵小姐看见了这封信，脸上发红了。她连忙拿起这封信，低头看信。

"爱洛意丝①寄的吧？"公爵问，在冷笑中露出仍然坚固的黄牙齿。

"是的，尤丽寄的。"公爵小姐胆怯地望着他，胆怯地微笑着说。

"我要放过两封信，第三封信我是要看的，"公爵严厉地说，"我怕您写些无意义的话。我要看第三封的。"

"就看这封吧，爸爸。"公爵小姐脸色更红，向他递着信说。

"第三封，我说的，第三封。"公爵简短地大声说，推开着信，把胳膊搭在桌上，把几何图解的稿本拿到自己面前。

---

① 毛注：公爵爱好讽刺。他知道这信是尤丽写的，却提到卢梭的小说《尤丽或新爱洛意丝》，这书是重理性的公爵所轻视的。

"嗯，姑娘。"老人开始说了，靠近女儿，低头对着稿本，把一只手臂放在公爵小姐所坐的椅背上，所以公爵小姐觉得自己周身都沉浸在父亲的烟气和老年的腐蚀性的气味中，这是她久已闻惯的。"那么，姑娘，这些三角形是相等的，请看，ABC 角……"

公爵小姐惊恐地看了看父亲的靠她很近的明亮的眼睛，她的脸上红了一阵，显然是她不了解，并且是那么害怕，以致这恐怖使她不能了解父亲的下面全部的解释，虽然这些解释是很明白的。无论这是先生的过失还是学生的过失，但每天都要重复这个同样的事情：公爵小姐的眼睛模糊了，她看不见东西，听不清东西，只觉得严父的瘦脸靠近她，感觉到他的呼吸和气味，只想到怎样赶快走出这间书房，在她自己的房间里去自由地了解习题。老人发了脾气：把他自己所坐的椅子吱一声推开又拖拢，努力约制自己不发火，但几乎每次都发火、申斥、并且有时抛开稿本。

公爵小姐回答错了。

"啊，简直是笨蛋！"公爵大叫了一声，推开稿本，迅速地掉转了头，但立刻又站起身，来回走了一趟，用手摸了摸公爵小姐的头发，又坐下了。

他把椅子靠近了桌子，又继续解释。

当公爵小姐拿了有指定功课的稿本，把它合起来，准备走开时，他说："不行，公爵小姐，不行。算学是很重要的功课，我的小姐。我不想要你像我们的那些笨姑娘。习惯成自然。"他用手拍了拍她的腮，"它会赶掉你头脑中的愚笨。"

她想要走开，他做个手势止住了她，从高桌子上拿了一册未裁边的新书。

"这又是你的爱洛意丝寄给你的什么《神秘之钥》①。宗教的书。我不干涉任何人的信仰……我翻了一下。拿去。好，去吧，去吧。"

他拍了拍她的肩膀，自己在她后边关了门。

---

① 毛注：这是爱卡尔卲生（1752—1803）所作的《自然神秘之钥》，一八〇五年，俄文译本读者甚多，特别是共济会员。

玛丽亚公爵小姐带着悲哀的惊恐的表情回到自己的房里，她常常带着这种表情，使她的不好看的病容的脸更加不好看，她坐到自己的写字台前，台手上摆了些小巧的画像，乱堆着稿本和书本。公爵小姐是那样的凌乱，相反的公爵是那样的整齐。她放下几何稿本，急切地拆开了信。这信是公爵小姐的从小的最亲密的朋友寄来的，这个朋友就是那个祝贺罗斯托夫家命名日的尤丽·卡拉基娜。

尤丽的法文信上写的是：

“亲爱的宝贵的朋友，别离是多么难受而可怕的事情啊！我常常想：我的生活和幸福的一半是在您身上，虽然空间把我们分开，我们的心却被那些解不开的结子联结在一起，我的心反抗命运，虽然有各项娱乐和消遣在我身边，我却不能克制我们分别以后在我心坎里所感觉的某种潜隐的忧愁。为什么我们不能够像上个夏季在您书房里的蓝沙发上，在密谈的沙发上那样地在一起呢？为什么我不能像三个月以前那样，在您的那么文雅、娴静而明达的目光中取得新的道德力量呢？我是多么爱您的目光，而此刻当我写信给您时，我仿佛看到了您的目光。”

看到这里，玛丽亚公爵小姐叹了口气，看了看竖在她右边的穿衣镜。镜子映出她的丑陋的虚弱的身躯和瘦脸。一向忧郁的眼睛现在特别失望地望着镜子里的形影。“她在恭维我，”公爵小姐想，回过头来，继续向下看。但尤丽并没有恭维她的朋友，确实，公爵小姐的又大又深又明亮的眼睛（似乎有温暖的光线从她的眼睛射出）是那么好看，虽然她的面孔不美丽，她的眼睛却常常显得比一双美丽的眼睛还动人。但公爵小姐从来没有看见过自己眼睛的美丽表情，就是在她不想到她自己的时候，她的眼睛里所有的那种表情。和所有的人一样，她一照镜子的时候，她的脸上就出现了紧张的、不自然的、丑陋的表隋。她继续读下去：

“全莫斯科的人只谈到战争。我的两个哥哥，一个已经在国外，一个在禁卫军里，禁卫军正要向边境开拔。我们亲爱的皇帝已经离开了彼得堡，并且听说要让他的贵体去冒战争的危险。上帝让这个破坏欧洲和平的考尔西卡怪物①被天使②收服了吧，这位天使是全能的上帝慈悲地安排给我们做君主的。不要说我的哥哥了，这个战争还使我失去了我最珍视的友谊。我是说年轻的尼考拉·罗斯托夫，他富有热情，无所事事，他已经离开大学从军去了。哦，亲爱的玛丽，我要向您承认，虽然他极年轻，他的离家从军对于我却是一大痛苦。上个夏季我向您提到的这个青年是那么高贵，有那么多真正的青年精神，这在我们这个时代，在二十岁的人当中是少有的。特别是他那么坦白而热诚。他是那么纯洁、富有诗意，我和他的关系，虽然是暂时的，却是我的经受了那许多痛苦的、可怜的心灵中的一种最甜蜜的安慰。有一天，我要告诉您我们的分别，以及我们在分别时所说的一切。这一切都还历历在目……啊！亲爱的朋友，您是幸福的，您不知道这些剧烈的快乐和剧烈的痛苦。您是幸福的，因为后者通常比前者更加强烈！我很清楚，尼考拉伯爵还太年轻，不能对于我有超过朋友的关系。但这种甜蜜的友谊，这些如此富有诗意而纯洁的关系，正是我心中所需要的。我们不要再说到这个了。近来全莫斯科所注意的重大新闻，是老别素号夫伯爵的死和他的遗产。您想吧，三位公爵小姐只得到很少的东西，发西利公爵一无所得，而彼埃尔先生继承了一切，并且他还被承认为嫡子，因此他成了别素号夫伯爵，成了俄国最大财产的主人。据说发西利公爵在这整个事件中扮演了很卑鄙的角色，他很失望地回彼得堡去了。

“我要向您承认，关于遗产和遗嘱这一切事情，我知道得很少，我所知道的，便是自从我们所知道的叫作彼埃尔先生的这个青年立刻成为别素号夫伯爵并成为俄国最大财产之一的主人之后，我很有趣地注意到，有待嫁的闺女的母亲们，以及小姐们本人，对于这个人的语气和态度都改变了，我附带说一句，这个人在我看来，总似乎是一个可怜的人。他们两年来高兴地替我找了些我大都不认识的求婚者，现在莫斯科的婚事闲谈把我做了未来的别素号夫伯爵夫人。

① 指拿破仑。

② 指俄皇。

但您知道得很清楚，我丝毫也不希望这个。顺便谈谈婚事吧，您知道，新近大家的姑母安娜·米哈洛芙娜极秘密地向我说了关于您的婚事的计划。这不是别人，正是发西利公爵的儿子阿那托尔，他们要替他娶一个有钱而出众的女子使他安下心来，他的父母选择了您。我不知道您对于这事有什么看法，但我觉得我应该事先通知您。据说他是很漂亮而很荒唐的，这是我所能知道的关于他的一切。

“谈得很多了。我写完了第二页，妈妈派人来找我到阿卜拉克生家去吃饭了。读一读我寄给您的神秘的书，这书在我们这里很流行。虽然这本书里有许多地方是人类脆弱的理性难以了解的，这却是一本极好的书，读了它使人平静并使心灵高尚。再会。我敬候令尊大人安福，并问部锐昂小姐安好。我诚心诚意地拥抱您。

尤丽。”

“又及：告诉我您哥哥和他的娇小妩媚的妻子的消息。”

公爵小姐沉思了一会，沉思地微笑了一下（这时她由于眼睛发亮而容光焕发，完全变了样），然后忽然站起来，踏着沉重的步子走到桌前。她拿了一张纸，她的手开始迅速地在纸上移动着。她写了下面的法文的回信：

“亲爱的宝贵的朋友。您十三日的来信给了我很大的快慰。您还爱我，我的诗意的尤丽。您所痛恨的别离，对您并没有起那通常的作用。您怨诉别离。我失去了一切我的亲爱的人，假使我敢诉述，我要说些什么呢？嘀！假使我们没有宗教来安慰我们，生活便是很悲惨的了。当您向我说到您对那个青年的情感时，为什么您以为我的态度是严峻的呢？关于这种事，我只对于我自己严格。我了解别人的这种情绪，即使我未曾经历过，我不能赞同那些情绪，我也不指责它们。似乎我只觉得，基督徒的爱，对于别人的爱，对于仇敌的爱，比起一个青年的美丽眼睛在像您这样诗意的多情的少女心中所能引起的情感，更有价值，更甜蜜，更美丽。

“别素号夫伯爵逝世的传言在您的信之前我们已经有所风闻，我父亲很悲伤。他说伯爵是大时代的最后第二个代表，而现在应该轮到他了，但他要尽力使他这一轮尽可能来得迟些。愿上帝使我们避免这个可怕的不幸！我不能赞同您对于彼埃尔的意见，我和他从小就相识。我似乎觉得他有一颗极好的心，这是我对于人们所最重视的美德。关于他的继承与发西利公爵所扮演的角色，对于双方都是悲惨的。啊！亲爱的朋友，我们神圣的救主说过，骆驼穿过针孔，要比要富人进入天国容易，这句话是十分正确的，我可怜发西利公爵，但我更可怜彼埃尔。他这样年轻，担负了这么多财产，他要受到多少引诱呀！假使有人问我，我在世界上最需要什么，我要说，我愿比最贫穷的乞丐还贫穷。万分感谢，亲爱的朋友，感谢您寄给我的这册在你们当中那么风行的书。然而，因为您还向我说，在许多好东西之中，还有一些别的东西是人类脆弱理性所不能了解的，我觉得，阅读不可了解的因而是不能给人益处的书籍是用不着的。我从来不能了解某些人的那种爱好：他们因为酷嗜神秘书籍而搅乱了他们的思想，这些书籍只增加他们精神上的怀疑，激起他们的幻想，给他们一种和基督教徒的简朴完全相反的夸大性格。让我们读《使徒书》和《福音书》吧。我们不要企图在这些书中寻找神秘的东西，因为当我们还有肉体躯壳，在我们和永恒之间形成不可穿透的幕帐时，我们这些可怜的罪人怎么能够了解天意的可怕而神圣的秘密呢？我们还是只让我们自己来研究伟大的原则吧，这是我们神圣的救主为了在地上领导我们而留给我们的，让我们努力去遵守并顺从这些原则，让我们相信，我们愈限制我们脆弱的人类理性的活动，我们愈得上帝的欢喜，上帝拒绝一切不是他所给的知识，我们愈不想要钻研他所不愿让我们知道的东西，他将愈迅速地用他的圣灵把它展示给我们。

“我父亲没有同我谈到婚事，但他只向我说接到了一封信，他等候发西利公爵来拜访。关于我的结婚计划，亲爱的宝贵的朋友，我要告诉您，我以为结婚是我们必须遵从的一种神圣制度。假使全能的上帝一旦赋予我做妻和母的责任，无论我觉得多么艰巨，我也要努力尽可能忠实地去完成它，而不自寻烦恼：去考察我对于天意给我做丈夫的那个人的情感。

“我接到哥哥的一封信，他说他要带嫂嫂到童山来。这是一个短时间的乐事，因为他就要离开我们去参与不幸的战争，上帝知道我们是如何、并为何卷入了战争。不但是在你们那里，在人事和社交界的中心，大家只谈到战争，而且在这里，如同城市居民通常对于乡村所设想的，在这些田野工作和自然界的平静之中，也听到了并且痛苦地感觉到了战争的谣传。我父亲只说到进军和转移，这些事我全不懂，前天我在村道上做日常的散步，我看到一件伤心的事……是我们这里征集的一队新兵要去入营……应该看看这些离家的人的母亲、妻子、儿女们的情形，听听两方面的啼哭声。好像人类忘记了他的宣传亲爱和恕罪的神圣救主的规律，人类把互相屠杀的技术当作自己的最大美德。

“再会，亲爱善良的朋友：愿我们神圣的救主和他的至上圣母把您庇佑在他们的神圣的万能的保护之下。

玛丽。”

“Ah，vous expédiez le courrier，Princesse，moi j'ai déjà expédié le nien. J'ai écrit à ma pauvre mère.［啊，您要寄信，公爵小姐，我的信已经寄过了。我是写给我的可怜的母亲的。］”带笑的部锐昂小姐用迅速的可爱的悦耳的声音说，用喉部发着r音，把全然不同的一种轻率愉快而自足的世界带到玛丽亚公爵小姐的聚神的、悲伤的、忧郁的气氛中。

“Princesse. il faut que je vous prévienne，［公爵小姐，我必须告诉你，］”她压低着声音补充说，“le prince a eu une altercation，altercation，［公爵有了争吵，争吵，］”她特别用喉部发着r音，满意地听着她自己说，“une altercation avec Michel Ivanoff. Il est de très mauvaise humeur，très morose. Soyez prévenue，vous savez……［和米哈伊·依发诺维支争吵。他的脾气很不好，很不高兴，您当心，您知道……］”

“Ah chère amie，［哦，亲爱的朋友，］”玛丽亚公爵小姐回答，“Je vous ai prié de ne Jamais me prévenir de l'humeur dans laquelle se trouve mon père. Je ne me permets pas de le juger，et je ne voudrais pas que les autres le fassent.［我请求过您永远不要向我说到我父亲是什么样的心情。我不许我自己批评他，我也不愿意别人做这样

的事。]”

公爵小姐看了看表，看到她应该去弹大钢琴的时间已经过了五分钟，她带了惊恐的面色走进起居室。按照日常的规定，在十二点与二点之间，公爵休息，公爵小姐弹大钢琴。

23

白发的老仆人坐在前厅里一面打盹，一面听着大书房中公爵的鼾声。在屋子的遥远的地方，从关着的门那边，传来了丢赛克长曲中重复了二十遍的困难的乐节。

这时有一辆四轮轿车和一辆四轮半篷车来到台阶前，安德来公爵下了四轮轿车，扶了矮小的妻子下车，让她走在前面。戴假发的白发齐杭，从前厅的门里伸出头来，低声地说公爵在睡午觉，又连忙地关了门。齐杭知道，公爵儿子的来家以及任何特殊的事件，都不得破坏日常秩序。显然安德来公爵和齐杭一样，很知道这个，他看了看表，似乎是要考察，在他离家的期间，他父亲的习惯是否有了改变，确信了没有改变，他便转向他的妻子。

“再过二十分钟他就要起来了。我们看玛丽亚公爵小姐去吧。”他说。

矮小的公爵夫人在这个时期长胖了，但她的眼睛和有毫毛的、带笑的短唇，在她说话时，照旧是愉快可爱地翘起来。

“Mais c'est un palais，[啊，这是宫殿，]”她环顾着四周，带着人们称赞跳舞会的主人时的那种表情向丈夫说，“Allons，vite，vite！[走吧，快点，快点！]……”她环顾着，向齐杭、丈夫和陪送的仆人微笑着。

“C'est Marie qui s'exerce？Allons doucement，il faut la sur-prendre。[是玛丽在练习吗？我们轻轻地走，要让她吃一惊。]”

安德来公爵带着有礼貌的、愁闷的表情跟着她。

“你老了一点了，齐杭。”他一面走着，一面向吻过他的手的老仆人说。

在传出大钢琴声的房间前面，从边门里跳出来了一个漂亮的金发的法国女子，部锐昂小姐，她似乎是欢喜得忘形了。

“Ah！quel bonheur pour la princesse！［哦！公爵小姐要多么高兴啊！］”她说，“Enfin！Il faut que je la prévienne.［到底，哦！我应该先告诉她。］”

“Non，non，de grâce…… Vous êtes M-lle Bourienne，je vous connais déjà par l'amitié que vous porte ma belle-soeur，［不，不，请不要……您是部锐昂小姐，由于我的小姑和您的友谊，我已经知道您了，］”公爵夫人说，和法国女子接吻着，“Elle ne nous attend pas！［她不会料到我们来的！］”

他们走到起居室的门口，门里传出一遍一遍重复的乐句。安德来公爵站住了，皱了皱眉，似乎是料到什么不愉快的事。

公爵夫人走进去了。乐节中断了，传出来了叫声，玛丽亚公爵小姐的沉重的脚步声、接吻声。当安德来公爵进去时，只在安德来公爵结婚时短时地见过一次的公爵小姐和公爵夫人还互相抱着，用嘴唇亲热地吻着随便碰到的地方。部锐昂小姐站在他们旁边，把手放在心上，虔诚地微笑着，显然是同等地又准备哭又准备笑。安德来公爵耸了耸肩，并且好像音乐的爱好者听到错音时那样地皱了皱眉。两个妇女彼此放开了，然后，好像恐怕要迟缓了似的，又互相攫住了手，开始吻手，把手放开，然后又互相吻脸，然后，完全出乎安德来公爵意外，两人开始流泪，又开始接吻。部锐昂小姐也开始流泪了。安德来公爵显然觉得不舒服，但两位女子却觉得她们流泪是那样自然的事，似乎她们并不认为，这个会面可以不是这么样的。

“Ah！chère！……Ah！Marie！……［啊！亲爱的！……啊！玛丽！……］”忽然两个妇女开始说话了，并且笑起来了。“J'ai，rêvécette nuit……nous ne nous attendiez donc pas？……Ah！Marie. Vous avez maigri……Et vous avez repris……”［我昨天夜里梦见……您没有料到我们吧？……啊！玛丽，您瘦了……您长胖了……］”

“J'ai tout de suite reconnu madame la princesse.［我立刻就认出了公爵夫人。］”部锐昂小姐插言说。

"Et moi qui ne me doutais pas! [而我却没有想到!] ……"玛丽亚公爵小姐大声说,"Ah! André, je ne vous voyais pas. [啊! 安德来,我没有看到您。]"

安德来公爵和妹妹手拉手接了吻,并且向她说,她还是从前那样的 pleurnicheuse [好哭的女孩子]。玛丽亚公爵小姐向哥哥转过身来,她的此刻显得美丽的明亮的大眼睛射出的亲爱、温暖、文雅的目光,她含泪地望着安德来公爵的脸。

公爵夫人不停地说话。有毫毛的短上唇时时忽然下伸,在必要时碰到鲜红的下唇,然后又把嘴唇张开,在牙齿和眼睛上露出鲜明的笑容。公爵夫人说到他们在斯巴斯卡山所遇到的失事,这在她现在的情况中对于她是危险的,然后她又立刻说到她把所有的衣裳都丢在彼得堡,说天晓得她在这里要穿什么,又说安德来完全变了,说基蒂·奥邓曹娃嫁了一个老头子,又说有一个 pour tout de bon [门当户对] 的人要向玛丽亚公爵小姐求婚,但是她说,这件事我们以后再谈吧。玛丽亚公爵小姐仍旧沉默地望着哥哥,在她的美丽的眼睛里又是爱又是愁。看得出,她心中现在有了与嫂嫂言语无关的、自己的思绪。在嫂嫂的关于彼得堡上次节日的叙述当中,她向哥哥说:

"你一定要去打仗吗?安德来?"她叹了口气说。

莉萨也叹了口气。

"而且就是明天。"哥哥回答。

"Il m'abandonne ici, et Dieu sait pourquoi, quand il aurait pu avoir de l'avancement [他要把我丢在这里,天晓得为什么,在他能够升官的时候] ……"

玛丽亚公爵小姐没有听完,继续着她自己的思绪,望着嫂嫂,把亲切的眼睛向她的肚子示意着。

"真的吗?"她说。

公爵夫人的脸色改变了。她叹了口气。

"是的,真的,"她说,"啊! 这很可怕……"

莉萨的嘴唇垂下来了。她把面庞贴近小姑的脸,又突然地流泪了。

“她需要休息了，”安德来公爵皱着眉说，“是不是呢，莉萨？领她到你房里去吧，我要去看爸爸。他怎样？还是一样吗？”

“一样，完全一样，我不知道，你觉得怎样？”公爵小姐高兴地回答。

“同样的钟点吗？在小道上散步，上车床，都还一样吗？”安德来公爵带着几乎察觉不出的笑容问她，这笑容表示他虽然敬爱他的父亲，他却明白父亲的弱点。

“同样的钟点和车床，还有数学和我的几何学的功课。”玛丽亚公爵小姐高兴地回答，好像她的几何学的功课也是她的生活中一件最快乐的事。

等待老公爵起身的那二十分钟过去了，这时候，齐杭来叫年轻的公爵去见他的父亲。为了表示欢迎儿子的来到，老人在自己生活方式中做了一件例外的事：他吩咐了在他饭前穿衣的时候，让儿子进自己的房间。公爵总是穿旧式的服装，穿卡夫袒①并且头发打粉。当安德来公爵（没有带着他在交际场中所有的那种侮慢的表情和态度，却带着他和彼埃尔谈话时所有的那种兴奋的面孔）进父亲的房时，老人坐在化妆室里宽大的山羊皮的椅子上，披着梳头罩衫，头对着齐杭的手。

“啊！战士来了！你想把保拿巴特打败吗？”老人说，在齐杭手中的发辫所许可的范围内摇着打粉的头，“你要好好地应付他，不然他马上就要使我们变成他的臣民了。你好！”他把自己的腮伸给儿子吻。

老人在饭前的午睡之后，心情很好。（他常说，饭后的睡觉是银的，饭前的睡觉是金的。）他高兴地从悬垂的浓眉下边侧视他的儿子。安德来公爵走上前，在向他指示的地方吻了父亲。他没有回答他父亲所爱说的那些话题——对于当代军人的嘲笑，特别是对于保拿巴特的嘲笑。

---

① 卡夫袒是一种农民长袍。

“是的，爸爸，我来到您这里，还带了有孕的媳妇。”安德来说，用兴奋而恭敬的眼睛注意着父亲脸上的每一部分的动作。“您的身体怎样？”

“孩子，只有傻子和浪子才身体不好，你知道我：我从早到晚都有事做，有节制，当然身体好了。”

“谢谢上帝。”儿子微笑着说。

“上帝和这件事无关。好，你说吧，”他继续说，回转到自己爱谈的题材上，“德国人怎样按照你们的新科学，所谓战略，教你们同保拿巴特打仗。”①

安德来公爵微笑了一下。

“让我想一想吧，爸爸，”他微笑地说，这笑容表示父亲的弱点并不妨碍他尊敬他、爱他，“我还没有住定呢。”

“废话，废话，”老人摇摆着发辫，试试看它是否编得紧，并且抓住儿子的手，大声说，“媳妇的住处预备好了。玛丽亚公爵小姐会领她去，告诉她，和她谈个不休的。这是女人们的事。我欢喜她。坐下来，说吧。米海生的军队我知道，还有托尔斯泰的……同时的登陆……南边的军队要做些什么呢？普鲁士，中立……这我知道。奥地利怎样呢？”他一面从椅子上站了起来，在房中走动着，一面说，齐杭跟他跑着，向他递着服装的各部分。“瑞典怎样呢？他们要怎样渡过波美拉尼亚呢？”

安德来公爵，鉴于父亲的坚持的要求，开始说明预料的战役的作战计划，起初他勉强地说着，但后来，他越说越兴奋，不觉地在谈话当中，习惯地从俄语转到法语。他说，要有九万多军队去威胁普鲁士，使她放弃中立，加入战争，这个军队的一部分要在施特拉尔松德和瑞典的军队会师，又有二十二万奥军要联合十万俄军在意大利和来因作战，要有五万俄军和五万英军在那不勒登陆，总共要有五十万军队从各方面向法军进攻。老公爵对于所说的话没有表示

① 毛注：这是指文村盖罗德的三面进攻法军的计划。英、俄、瑞典军自北路进攻。俄、奥军中路。俄、英军南路。

丝毫兴趣，似乎他不在听，并且一面继续走动着一面穿衣服，有三次突然地打断了他。有一次他打断了他的话，叫着："白的！白的！"

这意思是齐杭没有把他所要穿的背心拿给他。另外一次，他站住了，问："她快要生产了吗？"谴责地摇了摇他的头，说，"不好！继续说吧，继续说吧。"

第三次是当安德来公爵结束他的叙述时，老人用老年人的假嗓子唱起来："Malbroug s'en va-t-en guerre. Dieu sait quand reviendra. [马尔不路克要去从军。上帝知道他何时转回程。]"①

儿子只微笑了一下。

"我并没有说，这个计划是我所赞成的，"儿子说，"我只是向您说出事情的实况。拿破仑已经做出了他的计划，并不比这个计划坏。"

"那么，你并没有向我说出新的东西。"然后老人沉思地迅速地自言自语："Dieu sait quand reviendra. [上帝知道他何时转回程。]到饭厅里去吧。"

24

在规定的钟点，打过粉、刮过胡髭的公爵走进饭厅，他的媳妇，玛丽亚公爵小姐，部锐昂小姐，和公爵的建筑师都在那里等候着，建筑师由于老人的古怪脾气而被允许同桌吃饭，虽然按照他的地位，这个无足轻重的人是不能够指望有此荣幸的。公爵在生活中坚决地维持阶级的差别，甚至很少准许省里的重要官员同桌吃饭，却意外地拿那个常常在角落里用方格手帕擤鼻子的建筑师米哈伊·依发诺维支来证明，一切的人都是平等的，并且屡次教导女儿说，米哈伊·依发诺维支没有一点儿地方不如你我。在饭桌上公爵向无言的米哈伊·依发诺维支说话的次数最多。

在这间和家里的一切房间同样地极其高大的饭厅里，家里的人和站在每把椅子后边的仆人们都在等候公爵进来，手臂上搭着餐布

① 毛注：这是法国名歌的起头两句。

的司膳看着餐桌的布置，向听差眨着眼，不断地用不安的眼睛看看挂钟，又看看公爵所要进来的门。安德来公爵望着保尔康斯基公爵家系图的新的大金框子，和挂在对面的，一个同样大小的，戴王冠的在位的公爵粗劣画像的框子，这像显然是家庭画师的手笔，① 那个公爵一定是柔锐克的后代，保尔康斯基家族的始祖。安德来公爵望着这个家系图，摇着头，带着人们看到一幅相像得可笑的画像时所有的那样的神情，发出了笑声。

"这完全是他的作风啊！"他向走到他面前来的玛丽亚公爵小姐说。

玛丽亚公爵小姐惊异地看了看哥哥。她不明白他在笑什么。她父亲所做的一切，都引起她的毫无问题的崇敬。

"人人都有他的弱点，"安德来公爵继续说，"用他的大智 donner dans ce ridicule！［做这样可笑的事情！］"

玛丽亚公爵小姐不能够了解哥哥批评的大胆，并且准备反驳他，这时候从书房里传来了大家所期待的脚步声，公爵像平常走路一样迅速愉快地走进来，似乎是有意地用他的匆忙的举止和严格的家庭秩序来做对照。正在这时候，大钟敲了两点，客厅里另一个钟响应着清朗的声音。公爵站住了，生气勃勃的明亮的严厉的眼睛，从悬垂的浓眉下边望了望大家，然后停在年轻的公爵夫人的身上。年轻的公爵夫人这时所感觉到的情绪，好像朝臣在皇帝上朝时所感觉到的那种情绪，就是老人在身边所有的人的心中所引起的那种畏惧与恭敬的情绪。他摸了摸公爵夫人的头，然后又不灵便地拍了拍她的后颈。

"我高兴，高兴看见你。"他说，然后注意地看了看她的眼睛，迅速地走开，坐上了自己的位子。"坐下，坐下！米哈伊·依发诺维支，坐下。"

他向媳妇指示了他身边的位子。仆人替她移动了椅子。

"咳，咳！"老人说，望着她的圆腰，"你太急了，不好！"

---

① 毛注：大地主的农奴中常有画家、音乐家等人才。

他冷冷淡淡地、不愉快地笑起来了，像他平常一样，他只用嘴唇笑，而不是用眼睛笑。

“一定要走动，走得愈多愈好，愈多愈好。”他说。

矮小的公爵夫人没有听，或者是不愿听他的话。她沉默着，显得局促不安。公爵问到她的父亲，于是公爵夫人开始说话了，并且微笑了一下。他向她问到共同相识的人，公爵夫人更加活泼了，开始纵谈了，向公爵传达别人的问候，报告城市的闲谈。

“La comtesse Apraksine，la pauvre，a perdu son mari，et elle a pleuré les larmes de ses yeux.［可怜的阿卜拉克西娜伯爵夫人死了丈夫，把眼泪都哭干了。］”她说，越来越活泼了。

她越来越活泼，公爵越来越严厉地望着她，他似乎充分地研究了她，对她有了明确的概念，便忽然转过身去，向米哈伊·依发诺维支说话。

“哦，米哈伊·依发诺维支，我们的布奥拿巴特要倒霉了。安德来公爵，（他总是在第三者的面前这么称呼儿子）向我说过，他们集合了什么样的兵力对付他！我同您总认为他是一个无用的人。”

米哈伊·依发诺维支实在不知道，什么时候“我同您”说过关于保拿巴特的这些话，但是他知道，是需要他引起公爵所爱好的话题，他惊异地看了看小公爵，不知道还要发生什么事情。

“他是我的大策略家！”公爵指着建筑师向儿子说。

谈话又转到了战争，保拿巴特，以及现在的将军们和官员们。似乎老公爵不但相信，所有的当时的人士都是不知道军事和政治常识的小孩，保拿巴特是无足轻重的法国小子，他得到成功，只是因为没有波巧姆金和苏佛罗夫之流的人反对他，而且相信，欧洲没有政治的困难，没有战争，只有傀儡戏，当时的人在这里面表演着，装作是在建功立业。安德来公爵愉快地容忍了父亲对于新人物的嘲笑，并且显然高兴地引起父亲说话，并且听着他说。

“似乎从前的一切都是好的，”他说，“苏佛罗夫自己不是陷在莫罗所布置的圈套里不能够出来吗？”

“谁告诉你这话的？谁说的？”公爵叫起来了，“苏佛罗夫！”他抛掉碟子，碟子被齐杭灵活地接住了。“苏佛罗夫……想想看，安德来公爵。两个人：腓得烈和苏佛罗夫……莫罗！假使苏佛罗夫是行动自由的，莫罗便要被俘，但他的手被御前军事香肠烧酒参议院①束缚住了。魔鬼也要觉得为难的！您到了那里，您就会知道这些御前军事香肠烧酒参议院是什么样的！苏佛罗夫不能应付他们，米哈伊·库图索夫怎么能应付呢？不，亲爱的，”他继续说，“您和您的将军们对付不了保拿巴特，一定要用法国人，让他们同类相残。德国人巴仑②被派到美国的纽约去找法国人莫罗，”他说，意思是指那年邀请莫罗来俄国服务的事。“怪事！……难道波巧姆金，苏佛罗夫，奥尔洛夫之辈是德国人吗？不是，孩子，或者是你们都发了疯，或者是我老糊涂了。上帝保佑您，我们看是怎样吧。布奥拿巴特成了他们的伟大的军事领袖！嗯姆！”

“我并不是说，那些计划都是好的，”安德来公爵说，“但是我不明白，您怎么能够那样地批评保拿巴特。您要笑就笑吧，但保拿巴特仍然是伟大的军事领袖。”

“米哈伊·依发诺维支！”老公爵叫建筑师，建筑师正在吃烤肉，希望他们忘记他。“我不是向您说过布奥拿巴特是伟大策略家吗？他现在也这样说。”

“是的，大人。”建筑师回答。

公爵又发出了一声冷笑。

“布奥拿巴特是生来的幸运儿。他的军队是极好的。他首先攻打德国人。只有懒惰的人才不打德国人。自从有世界以来，大家都打德国人。德国人却不打别人，只是自相残杀。他在德国人的身上获得了他的荣誉。”

公爵开始分析着在他看来是保拿巴特在战争中甚至在政事中所犯的一切错误。儿子没有辩驳，但显然是，无论向他提出了什么理

---

① 这是老公爵对奥国军事参议院的轻蔑的称呼。

② 毛注：巴仑是巴夫尔（即保罗）朝的彼得堡总督，他曾参与暗杀巴夫尔事件。此处有讽刺之意。

论，他还是像老公爵一样地一点也不会改变他自己的意见。安德来公爵听着，抑制着自己不加辩驳，并且不禁诧异着，这个老人，独自在乡间，深居简出地住了这许多年，怎么能够那么详细、那么精确地知道并且批评近年来欧洲的一切军事和政治情况。

“你以为我这个老人不知道现在的局势吗?”他结束了，“我可是关心的！夜晚我睡不着觉。那么，你的这个伟大军事领袖在哪里证明了他的本领呢?”

“说来话长了。”儿子说。

“你到你的布奥拿巴特那里去吧。M-lle Bourienne，voilà encore un admirateur de votre goujat d'empereur！[部锐昂小姐，这里又有一个您的流氓皇帝的崇拜者！]”他用漂亮的法语说。

“Vous savez，que je ne suis pas bonapartiste，mon prince.［公爵，您知道我不是保拿巴特派的人。］”

“Dieu sait quand reviendra［上帝知道他何时转回程］…”公爵用假嗓子哼着，用更显著的假嗓子笑了一下，然后离开桌子。

矮小的公爵夫人，在全部争论时间和其余吃饭的时间里沉默着，并且惊恐地时而看玛丽亚公爵小姐，时而看公公。在他们离开桌子之后，她拉住小姑的手臂，把她牵到另一个房间里。

“comme c'est un homme d'esprit，votre père，［您父亲是一个多么聪明的人，］”她说，“c'est à cause de cela peut-être qu'il me fait peur.［也许是因为这个缘故我怕他。］”

“啊，他是那么仁慈！”公爵小姐说。

25

安德来公爵要在第二天傍晚起程。老公爵没有改变自己的生活秩序，饭后回到自己的房里去了。矮小的公爵夫人在小姑的房里。安德来公爵穿了一件没有肩章的旅行衣，在他所住的房间里和听差在收拾行李。他亲自察看了马车和箱子的放置，便吩咐了套马。房间里只留下了安德来公爵一向随身所带的东西：小提箱，大的银器餐具箱，两把土耳其手枪和一柄剑，这剑是父亲的礼物，是从奥恰考夫①带回来的。安德来公爵的这一切的旅行用品都是很整齐的：都崭新，干净，有布套，有带子仔细地捆绑着。

在起程和生活改变的时候，能够考虑自己行为的人们，通常是怀着严肃的心情。在这个时候，通常是检查过去，计划将来。安德来公爵的面孔是很沉思的、很亲切的。他把手放在背后，在房中从这个角落到那个角落来回迅速地走动着，望着前面，沉思地摇头。他是怕去打仗呢，还是舍不得离开妻子呢——也许两者都是——但显然他不愿别人看见他有这样的情形，他听到门廊上的脚步声，连忙放下了手，站到桌边，好像是在绑紧箱套，做出素常的镇静的和不可看透的表情。这是玛丽亚公爵小姐的沉重的脚步。

"我听说你吩咐人套马了，"她喘着气说（她显然是跑来的），"我很想和你单独地谈一下。上帝知道，我们又要分别多少时候。我来了，你不生气吗?"她又说，"你改变了很多，安德柔沙。"似乎是解答自己的问题。

她说"安德柔沙"这个名字时，微笑了一下。显然，她自己想起来觉得奇怪，这个严肃的美丽的男子就是那个童年的伙伴，瘦瘦的顽皮的孩子安德柔沙。

"莉萨在哪里?"他问，只用笑容回答她的问题。

"她那样疲倦，在我房里的沙发上睡着了。Ax，André！Quel trésor de femme vous avez，[啊，安德来！你的妻子多么好啊，]"她说，坐到哥哥对面的沙发上，"她完全是小孩子，那么可爱的、愉快的孩子。我是那么欢喜她。"

安德来公爵沉默着，但是公爵小姐注意到他脸上流露出来的讽刺而轻视的表情。

"我们应该宽恕小的弱点，谁没有弱点呵！安德来！你不要忘记她是在社交界里教养长大的。所以她现在的处境并不快乐。我们应该设身处地想想每个人的处境。Tout comprendre，c'est tout pardonner.

---

① 毛注：一七八八年俄将苏佛罗夫所下之土耳其城。

［了解一切，即是宽恕一切。］你想想看，她这个可怜的人，离开了她所习惯的生活，现在要和丈夫分开，独自住在乡间，在她这样的情况中，① 她会觉得怎么样呢？这是很痛苦的。”

安德来公爵望着妹妹微笑着，好像在我们听着似乎是被我们看透了的人们说话的时候那样地微笑着。

“你住在乡间，不觉得这个生活可怕。”他说。

“我又是一回事了。为什么说到我！我不希望，也不能够希望别种生活，因为我不知道别种生活。你想想看，安德来，要年轻的社交妇女，在人生的最好的年华，埋没在乡下，孤单单的，因为爸爸总是忙，而我……你知道我……对于过惯社交生活的妇女，我是一个没有 en ressources ［应付才干］的人。只有部锐昂小姐……”

“您的部锐昂，我很不欢喜她。”安德来公爵说。

“啊，不！她是很可爱、很善良，尤其是很可怜的女子。她没有一个，没有一个亲人。但是老实说，我不但不需要她，而且讨厌她。你知道，我一向是不善交际的人，现在尤其如此。我爱孤独……爸爸很欢喜她。她和米哈伊·依发诺维支——两个人，他总是对他们俩亲切、和善，因为他们俩都受过他的恩惠，好像斯特因所说的：‘我们爱人们，与其说是为了他们对我们所做的好事，毋宁说是为了我们对他们所做的好事。’父亲领来了她这个 sur le pavé ［无家的］孤儿。她很善良。爸爸欢喜她诵读的方法。她每天晚上读书给他听。她诵读得很好。”

“哦，说真话，玛丽，我以为，父亲的性格有时候使你痛苦吧？”安德来公爵忽然地问。

玛丽亚公爵小姐起初诧异了一下，后来又怕这个问题了。

“我？！……我？！……我痛苦？！”她说。

“他总是严厉，现在我觉得他变得令人难受了。”安德来公爵说，显然是为了困惑或者试探他的妹妹，故意那么轻轻地指责他的父亲。

“你一切都好，安德来，但是你有一种思想上的骄傲，”公爵小

① 意指怀孕。

姐说，她遵循着自己的思路，而不是顺着谈话的线索在说，“这是大大的罪过。我们怎么能够批评父亲呢？即使是可能的，但是像爸爸这样的人，除了 vénération［尊敬］以外，还能引起什么别的情绪呢？我和他在一起是那样的满意、幸福。我只希望你们和我一样的幸福。”

哥哥不相信地摇头。

“只有一件事我觉得痛苦，我向你说实话，安德来：这就是父亲对于宗教问题的意见。我不明白，一个这样大智大慧的人怎么会看不到像光天化日一样明亮的东西，并且会有这种的错误想法。这是我的唯一不幸。但就是在这方面，近来，我看到一点好转的样子。近来他的嘲笑不那么毒辣了，他接见了一个修道士，和他谈了很久。”

“好，我的亲爱的，我恐怕您同修道士是枉费心机了。”安德来公爵讽刺地然而和善地说。

“Ah！mon ami，［啊！我亲爱的，］我只恳求上帝，我希望他听到我的话，安德来，”她在片刻的沉默之后又羞怯地说，“我对你有一个很大的请求。”

“什么，亲爱的？”

“不，你要答应我，你不拒绝。这对你没有一点麻烦，也没有一点委屈的地方。但是你会使我心安的。你答应吧，安德柔沙。”她说，把手伸在提袋里，在里面握着什么东西，但是没有拿出来看，好像她所拿的东西，正是她的请求的对象，在他答应了执行请求之前，她不能把那件东西从提袋里拿出来。

她用请求的目光羞怯地望着哥哥。

“即使是要我有很大的麻烦……”安德来公爵回答，似乎是在猜测这是怎么一回事。

“你爱怎么想就怎么想吧！我知道，你是和父亲一样的。随便你怎么想法，但是你替我做这件事吧。请你做吧！我父亲的父亲，我们的祖父，在所有的战争中都挂着它……”她还是没有从提袋中取出她所拿着的东西。“那么，你答应我吗？”

“当然。是怎么一回事？”

“安德来，我用这个圣像祝福你，你要答应我，你绝不把它取下来。……答应吗？”

“假使它没有两普特重，① 不拖断我的颈子……为了使你满意……”安德来公爵说，但同时，他看到妹妹脸上对于这个笑话的痛苦表情，他后悔了。他又说：“我很高兴，确实很高兴，亲爱的。”

“它要违反你的意志，救你，可怜你，把你带到它面前去，因为只有它有真理和安宁，”她用兴奋得打颤的声音说，并且用严肃的姿势，在哥哥面前，双手捧着精致的银链上的小小的、椭圆形的、古老的、银边的、黑脸的救主圣像。

她画了十字，吻了圣像，递给了安德来公爵。

“请，安德来，为了我……”

她的大眼睛里发出善良的、羞怯的光芒。这对眼睛照亮了她的病容的消瘦的脸，使她的脸变美了。她哥哥要接小圣像，但她阻止了他。安德来明白了，画了十字，吻了圣像。他的脸色同时是亲切的（他受了感动），又是嘲笑的。

“Merci，mon ami. ［谢谢你，我亲爱的。］”

她吻了吻他的额头，又坐到沙发上。他们沉默着。

“像我同你所说的，安德来，你要像你平常一样地厚道宽大。不要严厉地批评莉萨，”她开始说，“她是那么可爱、那么善良，她的处境现在是很痛苦的。”

“玛莎，似乎我没有向你说过，我为了任何事情责备过我的妻子，或者不满意她。你为什么向我说这些话？”

玛丽亚公爵小姐的脸上发红，并且沉默着，似乎是觉得自己不对。

“我没有向你说过，但是有人向你说了。我为这件事很难过。”

玛丽亚公爵小姐的额上、颈上、腮上红得更厉害了。她想要说话，但说不出来。她哥哥猜中了：矮小的公爵夫人在饭后哭了，说

① 一普特约合十六公斤，或三十七磅。

她预感到不幸的生产，她觉得害怕，她埋怨自己的命运，抱怨公公和丈夫。哭后，她睡觉了。安德来公爵对妹妹觉得抱歉。

“你听我说，玛莎，我不能责备，我不会责备过，也永远不会责备我妻子的任何地方，我也不能因为我对她的任何地方责备我自己，无论我是在什么样的环境里，永远是如此的。但假使你想要知道真相……想要知道，我是幸福的吗？不是。她是幸福的吗？不是。为什么是这样？我不知道……”

说着这些话的时候，他站起身来，走到妹妹面前，低下头来，吻了她的额头。他的美丽的眼睛闪耀着智慧的、善良的、不常见的光芒，但他没有望着妹妹，却从她头上望着敞开的门外的黑暗。

“我们到她那里去吧，应该辞别了。或者，你一个人去把她叫醒，我马上就来。彼得路沙！”他叫他的听差，“到这里来搬吧。这个放在位子上，这个放在右边。”

玛丽亚公爵小姐站起来向门口走去。她站住了。

“André，si vous avez la foi，vous vous seriez adressé à Dieu，pour qu'ilvous donne l'amour，que vous ne sentez pas，et votre prière aurait été exaucée. [安德来，假使您有信心，您就向上帝祈祷，求他给您您所感觉不到的爱，您的祈祷会被接受的。]”

“是的，也许如此！”安德来公爵说，“去吧，玛莎，我马上就来。”

在到妹妹房间去的途中，在连接两幢屋子的走廊上，安德来公爵遇到了嫣然微笑的部锐昂小姐，在这天这是第三次，她带着热情而单纯的笑容在僻静的过道上遇到他。

“Ah! je vous croyais chez vous. [哦！我以为您在自己的房间里。]”她为了什么缘故红着脸、垂下眼睛说。

安德来公爵严厉地看了她一下。安德来公爵的脸上忽然显出了怒容。他没有回答她，不望着她的眼，却那么轻视地望着她的额和发，以致法国女子红了脸，没有说话，就走开了。当他走到妹妹的房间时，公爵夫人已经醒了，她的愉快的声音，匆忙地说着一句一句的话，从敞开的房门里传出来。她那样地说话，好像是在长久的抑制之后，她想要补偿损失的时间。

“Non，mais figurez-vous，la vieille comtesse Zouboff avec de fausses boucles et la bouche pleine de fausses dents，comme si elle voulait défier les années［不，您想吧，年老的苏保发①伯爵夫人配了假鬈发和满口的假牙齿，好像是要不顾她的年纪］……哈哈哈，玛丽！”

他妻子的关于苏保发伯爵夫人的这句同样的话、和同样的笑声，安德来公爵已经在别人面前听过大约五次了。他轻轻地走进房。肥胖而面色红润的公爵夫人，拿着针黹坐在安乐椅上，不停地说话，说着她的彼得堡回忆，甚至说些空话。安德来公爵走到她面前，摸她的头，问她在旅途的疲倦之后，是否休息够了。她回答了他，继续说着她的话。

六马的篷车停在台阶前。屋外是黑暗的秋夜。车夫看不见车杠了。仆人们拿着灯笼在台阶上忙碌着。大屋子里的灯光透过了大窗子。家奴们拥挤在前厅里，等着和小公爵道别，全家的人在大厅里：米哈伊·依发诺维支，部锐昂小姐，玛丽亚公爵小姐和公爵夫人。安德来公爵被召到父亲的书房里去了，他想单独地和儿子道别。大家都在等候他们出来。

当安德来公爵走进书房时，老公爵带了老光眼镜，穿着白色宽袍，他除了对于儿子，接见别人是不穿它的，他正坐在桌上写字。他回头看了一下。

“要走了吗?”他又开始写着。

“来辞行的。”

“吻我这里，”他指了他的腮，“谢谢，谢谢!”

“您为什么谢我呢?”

“因为你不误时，不守在妇女的裙边。职务重于一切。谢谢，谢谢!”他继续写着，因此墨水从沙沙响着的笔上溅下来。他又说，“你若需要说什么话，就说。”他补充说，“这两件事我可以一阵做的。”

---

① 毛注：苏保发上半段的“苏不”是牙齿的意思，这里有点嘲讽。

“关于媳妇……我很惭愧，把她留给您照管……”

“干吗说废话？说你要说的吧。”

“在媳妇生产的时候，您派人到莫斯科去请接生的……让他到这里来。”

老公爵停住了，好像不明白，用严厉的眼睛注视着儿子。

“我知道，假使自然不帮忙，没有人能帮忙，”安德来公爵说，显然心乱了，“我承认，在无数的情形中，只有一个是不幸的，但这是她同我的幻想。有人向她说了什么。她在梦中梦见了，她怕。”

“嗯……嗯……”老公爵低声地哼着，继续写着，“我要照办。”

他签署了名字，忽然迅速地转身对着儿子，笑起来了。

“坏事情，啊？”

“什么坏事情，爸爸？”

“妻子！”老公爵简短地意味深长地说。

“我不明白。”安德来公爵说。

“但是没有办法，亲爱的，”老公爵说，“他们都是这样的，你不能解退婚姻的，你不要怕，我不同别人说，你自己知道。”

他用小小的骨瘦的手抓住儿子的手，抖了一下，用明快的似乎要把人看穿的眼睛对直地看了看儿子的脸，又发出了冷淡的笑声。

儿子叹了口气，在这个叹气声中承认父亲了解他。老人继续折信，封信，用他所惯有的迅捷动作，把火漆、封印和纸一一地抓起来又抛开了。

“怎么办呢？她美丽！我要一切照办，你放心吧。”他在封信的时候急促地说。

安德来沉默着：因为他的父亲了解他，他觉得又愉快又不愉快。老人站起来，把信交给了儿子。

“听着，”他说，“不要为媳妇担心：凡是能做到的，都要做到的。现在你听着：把这封信交给米哈伊·伊拉锐诺维支①。我信上写了，要他在适当的地方用你，不留你久当副官：卑贱的职务！

① 即库图索夫。

你向他说，我想念他、欢喜他。写信告诉我，他怎么接待你。假使他好，你就服务。尼考拉·安德来维支·保尔康斯基的儿子用不着在别人的照顾之下做事的。哦，现在到这里来吧。"

他说得那么快，以致他说出的话都不到半句，但他的儿子却惯于听懂他的话。他把儿子带到写字台前面，把盖子打开，抽出一个抽屉，取出一册他的雄劲的长体的紧凑的手笔所写的稿本。

"大概我要死在你之先。注意，这是我的备忘录，我死后，你把它交给皇帝。现在这里是当铺证券①和信：这是给写苏佛罗夫战史的人的奖金。把它送到学院里去。这里是我的言论，我死后，你自己读一下，你会得到益处的。"

安德来没有向父亲说，他一定还要活很久。他觉得，这话是不需要说的。

"我都会办的，爸爸。"他说。

"好，现在，再会吧！"他把手给儿子吻，并且抱他。"记着这件事，安德来公爵：假使你打死了，我老人要觉得痛心的……"他突然地沉默着，又忽然用尖锐的声音继续说，"假使我知道你的行为不像尼考拉·保尔康斯基的儿子，我会……丢脸！"他大声说。

"您用不着向我说这话的，爸爸。"儿子微笑着说。

老人沉默着。

"我还想求您一件事，"安德来公爵继续说，"假使我打死了，假使我有了儿子，您不要让他离开您，像我昨天向您说的，让他在您面前长大……烦您的神了。"

"不把他交给媳妇吗？"老人说，笑起来了。

他们无言地面对面站立着。老人明快的眼睛对直地注视儿子的眼睛。老公爵的面孔下部的什么地方打颤了。

"辞过行了……走吧！"他忽然说，"走吧！"他用发怒的高大的声音叫着，打开着书房的门。

"什么事，什么事？"公爵夫人和公爵小姐问，她们看见了安德

---

① 毛注：当铺是当时的国家机构，发行有利息的证券。

来公爵，和穿白宽袍、戴老光眼镜、没有戴假发、怒声大叫的老人在门口张了一会儿的身躯。

安德来公爵叹了口气，没有回答。

“哦。”他向着妻子说。这个“哦”的声音显得是冷淡的嘲笑，似乎他在说：“现在您表演您的笑剧吧。”

“André，déjà！［安德来，已经！］”矮小的公爵夫人脸色发白，恐惧地望着丈夫说。

他抱住她。她叫了一声，昏厥地倒在他的肩上。

他小心地抽出她所依靠的肩膀，看了看她的面孔，并且当心地扶她坐在扶手椅上。

“Adieu，Marie.［再会，玛丽。］”他低声地向妹妹说，和她手拉手地接了吻，然后快步地走出房。

公爵夫人躺在扶手椅上，部锐昂小姐摩擦着她的颞颥。玛丽亚公爵小姐扶着嫂嫂，仍然用流泪的美丽的眼睛望着安德来公爵走出去的门，为他画十字。书房里传来了老人一再重复的愤怒的擤鼻子的声音，好像放枪一样。安德来公爵刚刚走出，书房的门就迅速地打开了，穿白宽袍的老人的严肃的身躯向门外看了一下。

“走了吗？哦，好的！”他说，愤怒地看了看昏厥的矮小的公爵夫人，斥责地摇了摇头，砰然一声关上了门。

第二部

1

在一八〇五年十月，俄国的军队驻扎在奥地利大公国的许多乡村和城市里，并且还有新的部队从俄国开来，驻扎在不劳诺要塞附近，骚扰着那一带的百姓。总司令库图索夫的总司令部就在不劳诺。

一八〇五年十月十一日，刚到不劳诺的步兵中的一个团，扎在离城半英里的地方，等候总司令的检阅。虽然是在非俄罗斯的地方和环境里（果园、石墙、瓦顶、遥遥在望的山），虽然有非俄罗斯的人民好奇地望着兵士们，这个团却有任何俄国的团在俄国中部任何地方准备受检阅时的完全相同的样子。

在行军最后一日的晚间，接到了命令，总司令要检阅在行军中的这个团。虽然命令的文字在团长看来是不明了的，并且发生了问题，命令的文字是什么意思：是不是照行军状态呢？——在营长会议中决定了让这个团照检阅状态，理由是礼节过分总比礼节不够的好。于是兵士们，在二十里的行军之后，没有闭眼睛，整夜地补缝、刷擦，副官和连长们再三地报告人数，调配人数：于是到了早晨，这个团已经不是散开的无秩序的群众，像昨天最后行军那样的，却成了有组织的两千人的团体，人人知道他的地位，他的任务，每个人身上的每个扣子和带子都是整整齐齐的，并且非常清洁。不仅外表上是整洁的，并且假使总司令愿意看一下军装的里面，他便可以在每个人的身上看到同样的清洁衬衣，在每个背囊里找到合乎规定数目的物品，如兵士们所说的，“钻针肥皂，一应俱全”。只有一件事，关于这个是没有人能够放心的。这就是兵士的靴子。半数以上的人的靴子都破了。但是这个缺点不是由于团长的过失，因为虽然有过多次的要求，奥国的官厅却没有把靴子发给他，而这个团却走了一千里。

团长是一个年老的、性急的、白眉毛和白胡须的，肥胖的将军，他的身体从胸前到背后，比两肩之间还要宽。他穿了一套崭新的、有折痕的军服，厚厚的金色肩章好像不是横着而是站立在他的肥胖的肩头上。团长的神情好像是一个人正高兴地做着生活中的一件最隆重的事。他把脊背微微弯曲着，在行列的前面走着，并且走的时候，每一步颤动一下。显然团长是在欣赏他的团，为这个团而高兴。并且他全部的精神只注意在团上，但虽然如此，他的颤动的步伐似乎在说，在军事兴趣之外，社交生活的兴趣和女性在他心中占着同样的地位。

“哦，米哈益洛·米特锐支老兄，”他向一个营长说，（营长微笑着走上前，显然他们俩都是高兴的，）“我们大忙了一夜。但是，我看，这个团不算坏吧……啊？”

营长明白了这愉快的嘲讽，笑起来了。

“就是在皇后草场①上也不会被赶走的。”

“怎么？”团长说。

这时候，有两个骑马的人在散布了信号兵的通往城里的道路上出现了。前面的是副官，后面的是哥萨克兵。

副官是由总司令部派来的，要向团长证实昨天的命令里没有说明白的那一点，就是，总司令希望看到这个团完全像行军时的情形那样——穿大衣，背行囊，不要有任何准备。

---

① 毛注：在彼得堡的聂瓦河畔，后来叫作战神场的检阅场。

库图索夫那里昨天从维也纳来了一个御前军事参议院的人员，他带来了建议，要求他尽可能地赶快和斐迪南大公和马克的军队会师，而库图索夫并不认为这个会师有利，在支持自己意见的别的理由之外，他还想要向奥国将军指出从俄国开来的军队的悲惨的情况。他就是要想带着这个目的去检阅这个团，所以，这个团的情况越坏，总司令越会觉得满意。虽然副官不知道这些详情，但他向团长传达了总司令的不可违背的要求，要兵士穿大衣，背行囊，如若不然，总司令会不满意的。

团长听过了这些话，垂了头，沉默地耸了耸肩，并且带着性急的姿势摊开了两手。

“惹出麻烦来了！”他说，“我向您说了的，米哈益洛·米特锐支，照行军状态，就是穿大衣，”他谴责地向营长说，“啊，我的上帝！”他加上一句，坚决地走上前。“诸位连长！”他用惯于下令的声音喊叫，“诸位曹长！……他快到了吗？”他向一个来到的副官说，面上带着显然是对于他所说到的人而有的肃然起敬的表情。

“要隔一个钟头吧，我想。”

“我们来得及换衣服吗？”

“我不晓得，将军……”

团长亲自走到行列前，下令重行换上大衣。连长们跑回各连，曹长们忙碌起来（大衣并不很好），顷刻之间，原先整齐肃静的四方形队动荡了、散开了，并且有了话声。兵士们向各方面跑来跑去，把肩膀从后面向上一耸，从头上卸下背囊，拿出大衣，然后把手臂高举着，伸进袖筒里。

半小时后一切又恢复了先前的秩序，只是四方形队从黑色变成了灰色。团长又用颤抖的步伐走到这个团的前面，远远地望着他们。

“这究竟是怎么回事？这是怎么回事！”他停下来喊叫，“叫第三连连长来！……”

“第三连连长去见将军！连长去见将军！第三连去见长官！……”这是行列间发出的声音，然后一个副官跑着寻找那迟缓的军官。

当热烈的叫声，传讹着喊成“将军去见第三连”，传到目的地的时候，被召的军官从连后边出现了，虽然他已经年纪大了，没有跑步的习惯，却笨拙地碰着靴头子，慢跑着向将军走去。上尉的脸上显出了那样的不安，好像是小学生被叫起来复述他没有读熟的功课一样。他的红鼻子上（显然是因为贪酒）出现了斑点，他的嘴也神经质地抽搐着。上尉喘气走来，在快要走到时放慢着脚步，这时候团长从头到脚地看了看上尉。

“您马上要叫您的兵士们穿裙子了！这是怎么回事？”团长伸出下巴喊叫着，指着第三连里的一个兵，他穿了一件和别人的大衣颜色不同的布大衣。“您到哪里去了？我们在等候总司令，您却离开了自己的地方？啊！……我要教训您不许在检阅的时候叫兵士穿上袍子！……啊！……”

连长用眼睛注视着长官，把他的两个手指尽是向帽边紧贴着，好像他现在认为只有这种“紧贴”可以拯救他。

“哦，您为什么不做声？您那里穿得像匈牙利人的是谁？”团长严厉地嘲讽着。

“大人……”

“哦‘大人’，干什么？大人！大人！但是大人干什么？没有人晓得。”

“大人，他是道洛号夫，贬做兵的军官……”上尉低声地说。

“他是贬做元帅，还是贬做兵呢？要是兵，就应当穿规定的军装，和大家一样。”

“大人！您自己在行军的时候准许他的。”

“我准许的？我准许的？你们年轻人总是那样的，”团长说，稍微冷静了一点，“我准许的？谁向您说了什么，您就……”团长沉默了一会，“谁向您说了什么，您就……什么？”他说，又发火了，“请您把士兵们穿合适了吧……”

团长回顾着副官，用颤抖的脚步向着队伍走去。显然他的发火是他自己觉得满意的，并且在队伍里走过的时候，他想要找出别的发怒的口实。因为一个未擦的徽章，他责备了一个军官，因为行列不整齐，他责备了另一个军官，然后他走到第三连。

“你怎么站的？你腿在哪里？腿在哪里？”团长距离穿蓝大衣的道洛号夫还隔五个人的时候，在声音里带着痛苦的表情喊叫。

道洛号夫慢慢地伸直了弯曲的腿，把明亮傲慢的目光对直地望着将军的脸。

“为什么穿蓝大衣？脱下……曹长！换他的……废……”他未及说完这个字眼。

道洛号夫急忙地说！“将军，我一定执行命令，但我不应该忍受……”

“队伍里不要说话！不要说话，不要说话！……”

“不应该忍受侮辱，”道洛号夫大声地、响亮地说。

将军的和兵的目光交遇了。将军沉默着，愤怒地向下拉着绷紧的绶带。

“请您换一下吧，我请求您。”他走开时说着。

2

“来了！”这时信号兵大声喊叫。

团长脸色发红，跑到他的马前，用颤抖的双手握住缰勒，将身体跨上马鞍，正了姿势，抽出指挥刀，带着快乐的坚决的面孔，把嘴歪斜地张开着，准备喊叫。全团沙沙地响了一阵，就像鸟雀理羽毛似的，然后又肃静了。

“立——正！”团长用惊心动魄的声音喊叫，这声音表示他对于自己的高兴，对于团的严厉，对于就要来到的总司令的欢迎。

在宽阔的、两旁种树的、未铺平的大道上，来了一辆疾驰的六马的高大的蓝色的维也纳车子，弹簧轻轻地响着。随从们和克罗特人的卫队在车后驰骋着。在库图索夫的旁边坐了一个穿白色军服的奥国将军，在黑色的俄国军服当中这军服是稀奇的。马车停在这个团的前面。库图索夫和奥国将军低声说着什么，然后库图索夫沉重地踏着脚步，从车踏板上走下来，微笑了一下，完全好像是没有这两千个屏声息气望着他和团长的兵。

命令声发出了，这个团又带着叮当的声音颤动了一下，行了举枪礼。在死般的寂静中可以听到总司令的微弱的声音。这团兵喊叫："祝大——大——大人康健！"大家又安静了。起初，当这个团运动时，库图索夫不动地站立着，后来，库图索夫和白衣将军一同由随从们陪伴着在行列间走着。

由于团长把眼睛凝视着他，挺着腰，偷偷地走近，向总司令行礼，由于他的身子向前倾斜着，跟随着将军们在行列间走过，几乎不能抑制颤抖的动作，由于他在总司令说每句话和做每个动作时都跟在后面——可以看出，他尽部下的责任，比起尽官长的责任更加高兴。由于团长的严格和努力，这个团的状况比其他同时来到不劳诺的团要好。落伍和生病的只有二百一十七人。除了靴子，一切都很好。

库图索夫走过各行列，有时站住，向他在土耳其战争中认识的军官们说些亲切的话，有时也向兵士们说话。他注视着他们的靴子，几次悲伤地摇头，带着那样的表情把这个情况向奥国将军指出，好像他并不为这件事责备任何人，但不能不看到这个情形是多么坏。团长在总司令每次说话时，都跑上前去，恐怕遗漏了总司令所说的关于这个团的每一句话。在库图索夫后边跟随着大约二十个随从，相隔得很近：每句低声说出的话都可以听到。随从先生们彼此谈话，有时发出笑声。最靠近总司令的是一个漂亮的副官。他是保尔康斯基公爵。他旁边是他的同事聂斯维次基，他是个高大的、极其肥胖的参谋官，有一张善良的带笑的漂亮面孔和一双湿润的眼睛。聂斯维次基看着他身旁那个黑脸的骠骑兵军官，几乎忍不住笑。那骠骑兵军官没有微笑，没有改变凝视的眼睛的表情，带着严肃的面色，望着团长的背，模仿他的每一个动作。每次团长的身体颤抖着向前倾斜时，那骠骑兵军官的身体也同样地、完全一样地颤抖着向前倾斜。聂斯维次基发出笑声，并且用胳膊捣别人，要他们看这可笑的人。

库图索夫慢慢地、颓唐地从成千双眼睛前面走过，这些眼睛都瞪着，向长官注视着。到了第三连，他忽然停住。随从们没有料到他会停步，不觉地向他靠近了。

“啊，齐摩亨！”总司令说，认出了那个为了蓝大衣受斥责的、红鼻子的上尉。

似乎是，在团长斥责他时，没有人能够把身子挺得比齐摩亨更直。但在总司令向他说话时，上尉把身体挺得那么直，好像，总司令向他再看一会儿，上尉便不能忍受了，库图索夫显然明白了他的情况，并且只希望他好，因此连忙地掉转身。在库图索夫肥胖的因伤而破相的脸上闪过了一丝察觉不出的笑容。

“又是一个在依斯马伊尔的同事，”他说，“是一个勇敢的军官！你满意他吗？”库图索夫问团长。

团长没有感觉到他的举动好像在镜子里一样地被骠骑兵军官反映着，他颤抖了一下，走上前回答：

“很满意，司令大人。”

“我们都不是没有弱点的。”库图索夫说，微笑着离开他。“他信奉巴库斯①。”

团长害怕他会为了这件事受责备，没有回答。骠骑兵军官这时注意到红鼻子上尉的面孔，凹进去的肚皮，并且那么酷似地模拟他的面孔和姿势，以致聂斯维次基忍不住笑声。库图索夫转过头来了。显然是这个军官能够如意地控制他的面部：在库图索夫转头时，这个军官已经做过了嘴脸，接着做出最严肃的、恭敬的、天真的表情。

第三连是最后的一连，库图索夫思索了一下，显然是在回想什么。安德来公爵从随从里走出来，用法语低声说道：

“您叫我提起这个团里的贬做兵士的道洛号夫。”

“道洛号夫在哪里？”库图索夫问。

道洛号夫已经换了灰色兵士大衣，未料到有人叫他。这个金色头发的、明亮的蓝眼的、模样好看的兵从行列中站出来了。他走到总司令面前，举枪致敬。

“有什么申诉吗？”库图索夫微微皱着眉问。

“这是道洛号夫。”安德来公爵说。

---

① 巴库斯是酒神。

“啊!”库图索夫说，“我希望这个教训可以纠正你，你要好好地服务。皇帝仁德。假使你有功，我不会忘记你的。”

他把一双明亮的蓝眼睛像他望团长时那样大胆地望着总司令，好像是要用眼睛的表情撕破那个把总司令和兵士隔得那么遥远的虚礼之幕。

“我只要求一件事情，大人，”他用响亮的、坚决的、从容的声音说。“要求给我一个机会改过、证明我对于皇帝陛下和俄罗斯的忠诚。”

库图索夫转过身。在他的脸上闪过了当他离开齐摩亨上尉时那样的眼部的笑容。他转过身，皱了皱眉，好像是要借此表示：道洛号夫向他所说的一切，他能向他说出的一切，是他早已、早已知道的，这一切已使他厌烦，这一切完全不是他需要听到的。他转身向马车走去。

这个团分散成许多连，向不劳诺附近的指定的驻扎处开去，他们希望在这里得到靴子、衣服，在艰难的行军之后在这里休息一下。

“您不怀恨我吗，卜罗号尔·依格那齐支?”团长骑马赶上了向驻扎地前进的第三连，跑到走在前面的齐摩亨上尉的身边说。团长的脸上，在快乐顺利的检阅之后，显出了不可压制的高兴。“皇家的职务……不能不……有时在检阅中说一点性急的话……我先道歉，您知道我……他很满意!”他向上尉伸出了手。

“不用提了，将军，恕我冒昧!”上尉回答，鼻子更加发红，并且微笑着，露出了在依斯马伊尔被枪托打落的两颗门牙的豁子。

“您转告道洛号夫先生，我不会忘记他的，他可以安心。但是请您告诉我，我想问一声，他怎样，他的行为如何?大体上……”

“他在职务上很周到，大人……但是他的性格……”齐摩亨说。

“哦，他的性格怎么样?”团长问。

“一天一个样，大人，”上尉说，“他有时聪明，显得有教养，对人和善。有时又像是一只野兽。在波兰他几乎杀死一个犹太人，若要想知道……”

“是的，是的，”团长说，“我们还是应该同情不幸的青年。您要知道，他有大背景……所以您……”

“就是了，大人。”齐摩亨说，用笑容使人觉得他明白了长官的希望。

“对啦，对啦。”

团长在队伍的行列中找到了道洛号夫，便勒住了自己的马。

“到第一次交战的时候，就有肩章了。”他向他说。

道洛号夫回头看了一下，没有说什么，也没有改变嘲讽带笑的嘴部表情。

“好，这就好了，”团长继续说，“我要给每人一杯伏特加酒，”他又说得让兵士们都听得见，“谢谢大家！谢谢上帝！”于是他越过了这一连，向另一连驰去。

“哦，他，真是好人，我们是能够和他处得好的，”齐摩亨向他身旁的低一级的军官说。

“总之，是个红心王！……”（团长绰号叫红心王牌）低一级的军官笑着说。

长官在检阅后的快乐心情传给了兵士们。这个连快活地走着。各方面有兵士们的交谈声。

“他们说库图索夫瞎了一只眼，是吗？”

“怎么不是！一只眼完全瞎了。”

“不……老兄，比你眼睛还好些。靴子和裹腿①，他都看见了……”

“老兄，当他看我的腿的时候……哦！我想……”

“那个和他一起的是奥国人，好像是他身上涂了粉笔灰。好像白面粉。我敢说，他们一定是像擦枪一样擦他！”

“哎，费介绍武！……他说过什么时候开仗呢？你站得很近吗？都说布奥拿巴特本人在不路诺佛。”

“布奥拿巴特在那里！听那个傻瓜胡说吧！有什么他不知道！现在普鲁士造反了。你知道奥国在平定它。平定了它以后，就要同布

① 毛注：俄军用长布条裹脚和腿，代替袜子。

奥拿巴特开仗了。他说布奥拿巴特在不路诺佛！你明明是傻瓜。你多听别人说吧。”

“那些鬼军需们！看，第五连转弯进村子了，他们煮粥了，我们还没有走到住处。”

“给我一点饼干，小鬼。”

“你昨天给我烟卷的吗？对了，老兄。好，好，上帝保佑你。”

“我们可以在这里休息了，不然，我们还要空着肚子走五里。”

“德国人给我们马车坐，那多么好。坐车走，你看，好极了！”①

“但这里，弟兄们，人都穷极了。那里好像都是波兰人，都是俄国臣民，现在，弟兄们，碰到真正德国人②了。”

“歌手们上前！”上尉喊叫。

从各行列中跑出来了大约二十人在连的前面。领唱的鼓手向歌手们转过脸来，挥动了手臂，唱出冗长的军歌，开头是：“天刚黎明，太阳方升……”结尾是：“于是，弟兄们，光荣归于父库图索夫和我们……”这支歌是在土耳其编的，现在在奥国唱，唯一的更改是在“父卡明斯基”的地方换了“父库图索夫”。

这个年约四十的漂亮的严肃的鼓手，照兵士那样地唱出了最后的字句，挥动了手臂，好像是向地上抛掉了什么东西，他向唱歌的兵士们严厉地看了一下，皱了皱眉。然后，相信所有的眼睛都注视在他身上了，他好像是用双手小心地举起什么不可见的宝贵物品，在头上举了几秒钟，又忽然不顾一切地把它抛掉，唱：

啊，我的门廊，门廊！

“我的新门廊……”二十个声音接着唱，敲响板的人虽有军械的

---

① 毛注：俄军于旧历八月十三日自拉德西维洛夫起程，两月时光，方到达战地附近。奥军进行亦甚慢。奥军以为拿破仑在部洛涅准备侵英，却在九月间突然发觉他已到达来因。此时库图索夫相隔甚远，他的军队立即获得车辆运送，每天可行三十英里，而步行则为十四至二十里。

② 这里的德国人实是奥国人。

担负，却敏捷地跳到前面，脸对着全连倒走着，摇动着肩膀，好像用响板在威胁着什么人。兵士们随着拍子挥动着他们的手臂，踏着大步子，步伐不觉地合着拍子。从连的后边，传来了车轮声，弹簧声，和马蹄声。库图索夫和他的随从们正回城去。总司令做了个手势，要兵士们继续自由地行走，他的脸上和所有随从们的脸上都表示了对于歌声的满意，对于跳舞的兵士们的神态以及对于连中快乐地活泼地行走的兵士们的满意。在马车从旁经过的连的右翼第二行，那个蓝眼的兵，道洛号夫，不觉地惹人注目。他特别活泼地优美地合着歌的拍子行走着。他带着那样的表情望着骑马走过的人们，好像是他在可怜所有的在这时候没有和这连兵士同走的人们。库图索夫随从中模拟团长的那个骠骑兵少尉，落在马车后面，骑马走到道洛号夫面前。

骠骑兵的掌旗官热尔考夫曾经有一个时期在彼得堡属于道洛号夫所领导的那个荒唐团体。但热尔考夫在国外看到道洛号夫是一个兵，便认为用不着招呼他。现在在库图索夫和贬做兵士的军官谈话之后，他带了老友的高兴的样子向他说话了。

“亲爱的朋友，你怎么样？”他夹在歌声中说，使马的步伐合着兵士们的步伐。

“我怎么样？”道洛号夫冷淡地回答，“就像你看见的这样。”

雄壮的歌声，对于热尔考夫说话时的轻松愉快的语气，对于道洛号夫回答时的有意冷淡，给予了特别的意义。

“那么同长官处得怎么样？”热尔老夫问。

“很好，都是好人。你怎么钻进了司令部？”

“我是随从，我当值。”

他们沉默了一会。

“她从右手衣袖上放鹰飞去……”歌声唱着，不觉地唤起着英勇愉快的情绪。假使他们不是在歌声中说话，他们的谈话大概是另外一个样子了。

“奥国打败了，是真的吗？”道洛号夫问。

“鬼知道他们，他们这么说。”

“我很高兴。”道洛号夫简短明了地回答，好像是歌声要求如此。

“那么，随便哪天晚上，到我们这里来打法饶牌。”热尔考夫说。

“您的钱太多了吗?”

“你来。”

“不行，我发过誓。不复了职，我不吃酒、不赌钱。”

“那么，要到第一次的交战……”

“那时就明白了。”

两人又沉默了一会。

“假使你需要什么，你就来，司令部里的人都可以帮忙的……”热尔考夫说。

道洛号夫冷笑了一下。

“你最好不要烦神。我需要什么，我不去请求，我要自己拿。”

“没有关系，我不过……”

“哦，我也不过。”

“再见。”

“祝你康健……”
……飞得又高又远
到我故乡……

热尔考夫刺了他的马，马兴奋地把蹄子踏动了三次，不知道用哪一只先走，待镇静了之后，便放步奔腾，越过了这连兵，并且仍旧合着歌的拍子，赶上了马车。

3

库图索夫检阅回来，偕同奥国将军，走进自己的房间，然后叫来了一个副官，吩咐他把关于开到的军队的情形的一些文件，以及指挥前锋的军队的斐迪南大公寄来的信交给他。安德来·保尔康斯基公爵带了所要的文件来到总司令的房间。库图索夫和奥国参谋部人员坐在摊开着计划的桌子前。

“啊……”库图索夫回头望着保尔康斯基说，好像要用这句话教副官等一等，然后他用法语继续说下去。

“我所能说的，将军，”库图索夫带着令人愉快的优美的表情和音调说，那音调使人不得不听着每个从容说出的字眼。库图索夫显然也高兴听他自己说话。“我所能说的，将军，就是，假使事情是取决于我个人的愿望，法兰西斯皇帝陛下的意志便早已执行了，我便早已和大公会师了。请您相信我的话，要我把最高的军事指挥权交给比我更有学问更有本领的将军——这种人在奥国是很多的——从我身上卸去一切繁重的责任，在我个人倒是一件快事。但是形势比我们更有力量，将军。”

库图索夫带着那样的表情微笑了一下，好像是说：“您有充分的权利不相信我，您相信我也罢，不相信我也罢，在我都是无所谓的，但是您没有理由对我这样说。全部问题就在这里。”

奥国将军现出不满意的神色，但他不能不用同样的语调回答库图索夫。

“相反，”他用埋怨的愤怒的语气说，这语气是那样违反他话中阿谀的意向，“相反，大人参与共同作战，这是极受陛下重视的：但我们以为，目前的迟缓使光荣的俄军和他们的总司令失去了他们在战事中经常得到的荣誉。”他结束了显然是预先准备好的词句。

库图索夫鞠了一下躬，没有改变他的笑容。

“但我相信是那样的，并且根据最近斐迪南大公阁下惠寄给我的信函，① 我以为，像马克将军这样有本领的副总司令所指挥的奥军，现在已获得决定的胜利，不再需要我们的帮助了。”库图索夫说。

将军皱了皱眉头，虽然没有关于奥军失败的确实消息，却有了许多的情况证实了这个流传的不利的消息，因此库图索夫对于奥军

① 毛注：托尔斯泰采用了俄国战史家米哈益洛夫斯基·大尼列夫斯基的著作中引证的一封真实信件中的一段。在这全部小说中，托尔斯泰是很小心地根据史实。关于法国方面他采用了提埃尔的著作，此外，他还参考许多别的权威著作、私人信件，他自己及别的参战人士的回忆录。这些私人资料有时使他改正了历史家们的错误。

胜利的假定很像是嘲讽。但库图索夫还是带着那样的表情，温雅地微笑着，那表情好像在说，他有权利作这个假定。确实，最近他接到的马克自军中寄来的信函，向他报告了胜利和军队的最有利的战略地位。

“把那封信拿给我，”库图索夫向安德来公爵说，“请看。”于是库图索夫嘴角上带着讽刺的笑容，向奥国将军读了斐迪南大公来信中如下的一段：

“Wir haben vollkommen zusammengehaltene Kräfte nahe an 70000 Mann，um den Feind，wenn er den Lech passirte，angreifen und schlagen zu können，Wir können，da wit Meister von Ulm sind，den Vortheil，auch von bejden Ufern der Donau Meister zu bleiben，nicht verlieren：mithin auch Jeden Augenblick，wenn der Feind den Lech nicht passirte，die Donauübersetzen，uns auf seine Communika-tions-Linie weffen，die Donau unterhalb repassiren und dem Feinde，wenn er sich gegen unsere treue Allirte mitganzer Macht wenden wollte，seine Absicht alsbald vereiteln. Wir werden auf solche Weise den Zeitpunkt，wo die Kaiserlich-Russische Armee ausgerüstet sein wird，muthig entgegenharren，und sodann leicht gemeinschaftlich die Möglichkeit finden，dem Feinde das Schicksal zuzubereiten，so er verdient. [我们有全部集中的兵力，约七万人，若敌人渡雷赫河，我们即攻击并打败他们。因为我们已经控制了乌尔姆，我们也不能失去控制多瑙河两岸的优势，并且假定敌人不渡雷赫河，我们可以随时渡过多瑙河，攻击敌人的交通线，从下游再渡多瑙河，假如敌人企望以全力攻击我们忠实的同盟者，我们将立即粉碎敌人的计划。这样一来，我们将安心地等待着帝俄军队完成装备，然后，我们很容易在一起找到机会，为敌人准备他所应得的命运。] ”

库图索夫读完了这一段，深深地叹了口气，并且注意地亲切地望着奥国参谋部的人员。

“但是总司令大人，你知道这个聪明的格言：准备万一。”奥国将军说，显然是希望结束笑话，进行正事。他不觉地回头看了看副官。

“对不起，将军，”库图索夫打断了他的话，也对安德来公爵转过头来，“这么办，我的好孩子，你到考斯洛夫斯基那里去把我们侦探们的情报都拿来。这两封信是诺西提兹伯爵寄来的，这封信是斐迪南大公阁下寄来的，还有，”他一面说，一面给了他几个文件，“根据这些，用法文明白地写出一个 memorandum，一个备忘录来，说明我们所有的关于奥军行动的一切消息。做好了就交给这位大人。”

安德来公爵点了点他的头，表示他不仅一开始就明白了库图索夫所说出的话，并且明白了库图索夫要向他说的话。他收集了文件，向两个人鞠了一躬，轻轻地在地毡上走着，进了接待室。

虽然安德来公爵离开俄国没有多久，他却在这个时候改变了很多。在他的面部表情上、在动作上、在步态上，几乎看不到了从前的做作、疲倦和懒惰，他好像是一个人没有时间想到自己在别人心中产生的印象，却忙于愉快的有趣的事务。他的面部显出他越来越满意他自己和四周的人，他的笑容和目光是越来越愉快而吸引人了。

库图索夫是他在波兰赶上的，很亲切地接待他，答应了照顾他，显出他和别的副官们不同，把他带到维也纳，给他更重要的任务。库图索夫从维也纳写信给他的老同事，安德来公爵的父亲说：

“您的儿子，”他在信上说，“由于他的勤勉、坚定、和踏实，很有希望成为一个出众的军官。有这样的助手在我身边，我认为我自己是幸运的。”

安德来公爵在库图索夫司令部里，在同僚之间，以及在全军之中，正和在彼得堡的社交界里一样，有两种完全相反的声誉。有些人，小部分的人，认为安德来公爵和他们自己，和所有其他的人不同，期待他有伟大的成就，听他的话，羡慕他，并且模仿他，对于这些人，安德来公爵是率直可亲的。别的人，大部分的人，不欢喜安德来公爵，认为他是高傲、冷淡、可厌的人。但对于这种人，安德来公爵知道怎样对待他们，使他们尊敬他甚至怕他。

安德来公爵带了文件，从库图索夫的房间走进接待室，走到值日的同事考斯洛夫斯基副官面前，他正拿着一本书坐在窗口。

“是什么事，公爵？”考斯洛夫斯基问。

“奉命写备忘录，说明我们为什么不前进。”

“为什么呢？”

安德来公爵耸了耸肩。

“马克没有消息来吗？”考斯洛夫斯基问。

“没有。”

“假使真的他打败了，就该有消息来了。”

“也许。”安德来公爵说，向着外边的门走去。

但正在这个时候，一个穿礼服的、高大的，显然是刚到的奥国将军和他迎面地、迅速地走进接待室，砰然关闭了门，这人用黑巾扎了头，颈上挂了玛丽亚——泰利撒勋章。安德来公爵站住了。

“库图索夫大将呢？”刚到的将军用粗硬的德语发音迅速地说，一面向两旁看着，一面不停地向房间的门口走去。

“大将有事。”考斯洛夫斯基说，连忙走到不相识的将军面前，阻挡了房门的道路，“怎么去通报呢？”

不相识的将军轻蔑地低头向下看了看考斯洛夫斯基的矮身材，似乎是诧异他们竟会不认识他。

“大将有事。”考斯洛夫斯基镇静地又说一次。

将军的脸沉下来，他的嘴唇震动并且发抖了。他取出笔记簿，用铅笔迅速地写了什么，撕下一页，递给考斯洛夫斯基，快步地走到窗前，投身在椅子上，看了看房里的人们，似乎是在问：他们为什么望他？然后将军抬起头，伸出颈子，似乎想说什么，但立刻，又似乎是不经心地开始低声地哼着什么，发出奇怪的声音，这声音立刻便中断了。房间的门开了，库图索夫在门口出现了。扎了头的将军，好像是躲避危险，向前低着头，用瘦腿大踏快步地走到库图索夫面前。

“Vous voyez le malheureux Mack①. [您看这不幸的马克。]”他用不连贯的声音说。

库图索夫站在房门口，他的脸上有好一会儿完全没有动。然后，一道皱纹，好像波浪一样，荡过了他的脸，他的前额又平了，他恭敬地点了点头，闭了闭眼，沉默地让马克从他身边走过去，自己顺手关了背后的门。

先前已流传的关于奥军失败和全军在乌尔姆投降的消息现在证实了。在半小时之内，便派出副官们带着命令到各方面去了，这证明，直到现在尚未作战的俄军立刻就要和敌人相见了。

安德来公爵是那种稀有的参谋人员，他把主要的兴趣放在战争大势上。他看见了马克，听到了他的失败的详情，他明白战役的一半已经失败了，他明白了俄军处境的困难，并且清楚地设想了军队所要遭遇的事情，以及他在军中所要担任的角色。他想到自大的奥地利所受的耻辱，想到也许在一星期之内他便要看见并参与苏佛罗夫以后第一次的法俄会战，他不禁感觉到兴奋的快乐的情绪。但是他怕保拿巴特的天才或许比俄军全部的勇敢还有力量，同时他又不能容许他的英雄受到耻辱。

安德来公爵因为这些思想而兴奋着、激怒着，要到自己的房间里去写信给他父亲，他每天写信给他父亲。他在走廊上遇到他的同房的聂斯维次基和诙谐家热尔考夫，他们像平常一样，在笑什么。

“你为什么这样不高兴?”聂斯维次基问，注意到安德来公爵的发亮的眼睛和苍白的面孔。

“没有可以高兴的地方。”安德来·保尔康斯基回答。

在安德来公爵遇见聂斯维次基和热尔考夫时，从走廊的另一端迎面走来了奥国将军施特绕黑（他在库图索夫司令部里掌管俄军军粮）和一个昨天到此的奥国参谋部人员。在宽阔的走廊上有足够的地方让将军们宽绰地从三位军官的身边走过去，但热尔考夫用胳膊

① 毛注：Baron Karl Mack von Leiberich（1752—1828）在乌尔姆指挥奥军。

推着聂斯维次基，用急促的声音说：

“来了！……来了！……让开，让路！请让路！”

将军们带着希望避免麻烦的礼节的神情走过来。在诙谐家热尔考夫的脸上忽然显出了似乎是他不能约制的、愚蠢的快乐的笑容。

“大人，”他走上前用德语向奥国将军说，“我有荣幸祝贺您。”他低了低头，好像小孩们学跳舞一样，笨拙地向后移了一只腿又向后移了另一只腿。

参谋部的将军严厉地看了看他，但注意到笨拙笑容的认真，他不能不对他注意了一下。他眯了眯眼，表示他在听。

“我有荣幸庆贺，马克将军到了，他很好，只是在这里有一点伤。”他笑容焕发地指着自己的头说。

将军皱了皱眉，转过身向前走去。

“Gott，wie naiv！［天哪，他多么单纯！］”他走开了几步，愤怒地说。

聂斯维次基大笑着搂抱安德来公爵，但保尔康斯基面色更加苍白，带着怒容，把他推开，转身向热尔考夫。被马克的样子，他失败的消息，以及关于俄军当前任务的思索所引起的盛怒，在他对于热尔考夫的不合时宜的嘲讽的气愤中找到了发泄。

“假使您，阁下，”他厉声地说，下颌微微地打颤，“想做小丑，我不能不让您做，但是我告诉您，假使您下次再敢当我面轻佻，我就要教训您放规矩些。”

聂斯维次基和热尔考夫是那样地诧异此番的发火，以致他们沉默地瞪着眼望保尔康斯基。

“有什么关系，我不过是庆贺他们。”热尔考夫说。

“我不和您开玩笑，请您住口！”保尔康斯基大声说，拉住聂斯维次基的胳膊，离开了热尔考夫，热尔考夫不知道回答什么是好。

“哦，你是怎么回事，老兄！”聂斯维次基劝慰地说。

“怎么回事？”安德来公爵说，因为兴奋而站住，“你该明白，我们或者是军官，为皇上为祖国服务，为共同的成功而欢喜，为共同的失败而悲伤：或者是仆役，不关心主人的事。Quarante mille hommes massacrés et l'armée de nos alliés détruite, et vous trouvez là le mot pour rire, [四万人打死了，我们的同盟国的军队损失了，您却借这个来说笑话，]”他说，似乎是用这几个法文字句在加强他的意见“C'est bien pour un garçon de rien, comme cet individu, dont vous avez fait un ami, mais pas pour vous, pas pour vous. [对于一个无足重轻的人，像您所结交的那个人，这是可以的，但对于您，这是不行的，对于您，这是不行的。]”安德来公爵注意到热尔考夫还可以听见，用俄语加了一句，“只有小孩们才能那么开心，”他用法语的发音说“小孩们”。

他等了一会儿，看这个骑兵掌旗官是否要回答什么，但是掌旗官转过身，离开了走廊。

4

巴夫洛格拉德骠骑兵团驻扎在离不劳诺两英里的地方。尼考拉·罗斯托夫在一个骑兵连里当见习官，这一连驻扎在一个德国的村庄，叫作萨曾柰克。村庄上最好的房子分配给了骑兵连长皆尼索夫上尉，整个的骑兵师都知道他叫作发西卡·皆尼索夫。罗斯托夫见习官，自从在波兰赶上队伍以后，就和骑兵连长住在一起。十月十一日，就是在总司令部里所有的人都因为马克失败的消息而骚动的那一天，连部里的行军生活还是平静如常的。皆尼索夫整夜地赌牌输了钱，当罗斯托夫一清早办了粮秣，骑马回转时，他还没有回家。罗斯托夫穿了见习官的制服，扯了扯马，走到台阶前，用年轻敏捷的姿势拿开了一只腿，在镫上站了一会儿，好像不愿下马，最后，跳了下来，唤侍从兵。

“啊，邦大任考，心爱的朋友，”他对一个向他马前直奔而来的骠骑兵说，“遛马去，好朋友。”他友好地快乐地和蔼地向他说，就像善良的年轻人在快乐的时候对于一切人那样的。

“就是，老爷。”乌克兰人快活地摆着头回答。

“当心，好好遛马！”

另一个骠骑兵也向着马跑来，但邦大任考已经把缰勒从马头上抛过去了。显然是见习官给的酒钱多，侍候他是有好处的。罗斯托夫抹了抹马颈，又抹了抹马臀，然后停留在台阶上。

“好极了！它要长成一匹多么好的马哟！”他低声地说，于是微笑着，握着佩刀，响着靴刺，跑上台阶。房主德国人，身穿背心，头戴尖帽，手拿着打扫粪污的叉子，从牛圈里向外看。德国人一看到罗托斯夫，他的脸色便立刻明朗了。他快活地笑了一下，眏了眏眼：“Schön，gut Morgen! Schön，gut morgen! ［早安，早安!］”他说，显然是乐于问候这个年轻人。

“Schon fleissig! ［已经干活啦!］”罗斯托夫带着那还留在他的兴奋面孔上的快乐友爱的笑容说，“Hoch Oesterreicher! Hoch Russen! Kaiser Alexander hoch! ［奥国人万岁！俄国人万岁！亚力山大皇帝万岁!］”他重复着德国房主所常说的话，向德国人说。

德国人笑起来了，走出了牛圈的门，脱了尖帽，在头上挥了挥，喊叫：“Und die ganze Welt hoch! ［全世界万岁!］”

罗斯托夫自己也和德国人一样，在头上挥了挥帽子，笑着喊叫：“Und Vivat die ganze Welt! ［全世界万岁!］”虽然打扫牛圈的德国人，和办过草秣回来的罗斯托夫都没有任何特别高兴的理由，两个人却都带着快乐的欣喜和弟兄的友爱的心情互相望了望，摇了摇头表示互相亲爱，便微笑着分开了——德国人进了牛圈，罗斯托夫进了皆尼索夫所住的村舍。

“主人怎样了?”他问皆尼索夫的侍从兵拉夫如施卡，他是全团闻名的无赖。

“他从昨天晚上起，就不在家。一定是输了，”拉夫如施卡回答，“我现在晓得了，假使他赢了，他便早早地回来夸口，假使早上还不回来，就是输了——回来要发脾气了。要喝咖啡吗?”

“拿来，拿来。”

十分钟后拉夫如施卡把咖啡拿来了。

“来了!”他说，“现在要倒霉了。”

罗斯托夫从窗口看出去，看见了回家的皆尼索夫。皆尼索夫身材不高，有一副红脸，两只明亮的黑眼，黑虬须，鬈头发。他穿着敞开的骑兵外套，松垂的有褶的宽裤子，脑后戴着皱了的骑兵帽。他愁闷地垂头走到台阶前。

“拉夫如施卡，”他大声愤怒地叫着，发出含糊不清的r音，“来脱衣服，蠢货!”

“是的，我就来了。”拉夫如施卡的声音回答。

“啊，你已经起来了。”皆尼索夫走进房说。

“早就起来了!”罗斯托夫说，“我已经出去办了草秣，看见了马帝尔德小姐。”

“当真的！老兄，我昨天晚上输得好像个狗儿子!”皆尼索夫大叫着，“多么倒霉！多么倒霉！……你刚走了我就倒霉了。哎，茶!”

皆尼索夫皱了皱眉，好像是要微笑，露出短而坚固的牙齿，开始用手指短小的双手搔了好像森林般的稠密的黑头发。

“鬼把我带到了那个老鼠那里!”（老鼠是一个军官的诨名）他一边说，一边用双手擦着他的额和脸，“你想吧，他一张牌，一张牌，一张牌也不给我赢!”

皆尼索夫接住递给他的点着的烟斗，握在拳头里，并且继续叫着，把它在地板上敲了一下，冒出了火星。

“他输单注子，赢双倍的注子，他输单注子，赢双倍的注子。”

他散落着烟的火星，熄灭了烟斗，随手一丢。他沉默了一会，忽然用明亮的黑眼睛愉快地看了看罗斯托夫。

“要是有女人就好了。但这里，除了吃酒，就没有事情做了。要是马上打仗就好了……”

“谁在那里?”他听到了门外的大靴的停止声、响亮的马刺声和恭敬的咳嗽声，便向着门外问。

“是曹长!”拉夫如施卡说。皆尼索夫把眉毛皱得更紧了。

“糟了，”他说，抛开一只装着几枚金币的钱袋，“罗斯托夫，亲爱的，数一下，还剩多少，把钱袋塞在枕头底下吧。”他说，便接见曹长去了。

罗斯托夫拿了钱，开始机械地一面分类，把新钱和旧钱分别地叠成小堆，一面计数。

“啊！切李亚宁！你好！我昨天晚上受骗了。”这是从另一个房间传来了皆尼索夫的声音。

“在谁那里？在培考夫那里，在老鼠那里？……我知道。”另一个尖细的声音说，然后切李亚宁中尉走进了房，他是本连中的一个矮小军官。

罗斯托夫把钱袋塞在枕头底下，握了向他伸来的小而湿的手。切李亚宁是为了什么缘故在开拔之前从禁卫军里调来的。他在团里行为很好，但大家都不欢喜他，尤其是罗斯托夫不能容忍他，不能隐藏他对于这个军官的无故的厌恶。

“哦，年轻的骑兵，我的白嘴鸦侍候您怎样？”他问。（白嘴鸦是切李亚宁卖给罗斯托夫的小马。）

中尉从来不看同他说话的人的脸，他的眼睛不断地从这一件东西移到另一件东西上。

“我看见了您今天骑马……”

“很好，是好马，”罗斯托夫回答，不过这匹马，他用七百卢布购买的，却不值这一半的价钱。他又说，“左前蹄有点儿跛了……”

“蹄铁破了！这没有关系。我要教您，我要告诉您，钉什么样的掌子。”

“好，请说吧。”罗斯托夫说。

“我要说的，我要说的，这不是秘密。但是您要为这匹马感谢我的。”

“那么我叫人把马牵来！”罗斯托夫说，希望逃避切李亚宁，于是走出去叫人牵马。

在门廊上，皆尼索夫拿着烟斗，在门槛上躬着腰，坐在曹长的对面，曹长在报告事情。看到罗斯托夫，皆尼索夫皱了皱眉，又一面把拇指从肩膀上边向切李亚宁所坐的房间指示着。一面皱了皱眉，并且憎恶地颤抖了一下。

“嗬，我不喜欢那个人。”他说，并不在意曹长的在场。

罗斯托夫耸了耸眉，似乎说：“我也不欢喜，但是有什么办法呢！”他下了命令，又回到切李亚宁那里。

切李亚宁还是照他在罗斯托夫离开他的时候那样懒洋洋地坐着，擦着又小又白的手。

“有这样讨厌的人们。”罗斯托夫走进房时这么想。

“那么，您叫人牵马了吗?”切李亚宁立起来，漫不经心地环顾着说。

“叫过了。”

“我们自己去吧。我来只是要问皆尼索夫昨天的命令。皆尼索夫，您接到了吗?”

“还没有接到。您到哪里去?”

“我要在这里教这个年轻人怎样上马掌子，”切李亚宁说。

他们走下台阶，进了马厩。中尉说过了怎样钉马蹄铁，便回到自己的住处去了。

当罗斯托夫回来时，桌上放了一瓶伏特加酒和香肠。皆尼索夫坐在桌前，用笔在纸上画着。他愁闷地看了看罗斯托夫的脸。

“我在写信给她。”他说。他把胳膊搭在桌上，手拿着笔，显然是因为他能够预先地说出他想写的一切而高兴，他把信中的意思向罗斯托夫说了。

“你知道，我的朋友，”他说，“我们不恋爱的时候，便是在睡觉。我们是尘世的儿女……但是恋爱了，我们就是上帝，就好像在创世的第一日那样纯洁……又是谁?滚他的蛋!没有工夫!”他向着一点也不畏怯地走到他身边的拉夫如施卡大叫。

“是谁呢?你自己要他来的。曹长来要钱的。”

皆尼索夫皱了皱眉，想喊叫什么，却又不做声了。

“糟糕的事，”他向自己说，“钱袋里还剩多少钱?”他问罗斯托夫。

“七个新的，三个旧的金币。”

“啊，糟糕!为什么站着，死人，找曹长来!”皆尼索夫向拉夫如施卡大叫。

“皆尼索夫，请你借我的钱用，你晓得我有钱。”罗斯托夫红着脸说。

“我不喜欢向自己的朋友借钱，不喜欢。”皆尼索夫说。

“假使你不在同事的情分上拿我的钱用，你便是教我难受了。真的，我有钱。”罗斯托夫又说。

“还用不着。”于是皆尼索夫走到床前，在枕头下边掏钱袋。

“你放在哪里？罗斯托夫？”

“在下边枕头底下。”

“可是没有。”皆尼索夫把两个枕头抛到地上，没有钱袋。

“真是怪事！”

“不要忙，你没有弄掉下来吗？”罗斯托夫一面说，一面把枕头一一捡起来抖着。他拿起被褥来抖。还是没有钱袋。

“我没有忘记吧？没有，我还觉得，你常把它当宝贝一样放在头底下，”罗斯托夫说，“我就是把钱袋放在那里。它哪里去了？”他问拉夫如施卡。

“我没有进来。你放在那里，就一定在那里。”

“但是没有……”

“您总是这样的，到处抛，又好忘记。在口袋里看看。”

“没有，我没有把它当作宝贝，”罗斯托夫说，“但是我记得，是放在这里的。”

拉夫如施卡搜索了全床，看了床下，看了桌下，搜索了全房，然后站在房当中。皆尼索夫沉默地注意拉夫如施卡的行动，当拉夫如施卡惊讶地摊开双手，说它什么地方也不在的时候，他回头看了看罗斯托夫。

“罗斯托夫，你不是小孩子……”

罗斯托夫感觉到皆尼索夫目光在看他，便抬起眼睛，但立刻又低下来了。他全身的似乎锁在喉下什么地方的血涌上了他的脸和眼睛。他不能换气了。

“房里除了中尉和你们自己，没有别人。一定是在这里什么地方。”拉夫如施卡说。

“好，你这个鬼东西，好好去找，”皆尼索夫脸色发紫，带着威胁的姿势冲到听差的面前，忽然地吼起来，“把钱袋找到，不然我就抽你。抽你们所有的人!”

罗斯托夫避免着皆尼索夫的目光，开始扣了外衣，佩上军刀，戴上帽子。

“我告诉你，一定要你把钱袋找出来。”皆尼索夫，摇着侍从兵的肩膀，把他抵到墙上，大吼着。

“皆尼索夫，让他去，我知道谁拿去的。”罗斯托夫向门口走着，没有抬起眼睛来说。

皆尼索夫站住，想了一下，显然是明白了罗斯托夫指谁而言，便抓住了他的手臂。

“胡说!”他那样地大叫，以致他的脉管，同绳子一样，在他的颈子和额头上暴起来了，“我向你说，你发疯了，我不许你这样。钱袋就在这里，我要撕掉这个浑蛋的皮，钱袋就会在这里找到的。”

“我知道，是谁拿的。”罗斯托夫声音颤抖地说，向门口走去。

“我向你说，不许你做这件事。”皆尼索夫一面大声说，一面向见习官冲去，要阻挡他。

但是罗斯托夫挣出自己的手臂，并且带着那样的怒气，正面地、坚决地注视着皆尼索夫的眼睛，好像皆尼索夫是他的最大的敌人。

“你明白你在说什么吗?”他用颤抖的声音说，“除了我，没有人到这个房间里来过。所以，假使不是这样，那么……”

他没有把话说完，就从房间里跑出去了。

“啊，你和所有的人都该死。”这是罗斯托夫所听见的最后的话。

罗斯托夫到了切李亚宁的住处。

“老爷不在家，到司令部里去了。”切李亚宁的侍从兵向他说。诧异着见习官的不安的脸色，侍从兵又说:“发生了什么事吗?”

“没有什么。”

“差一点儿就会见了。”侍从兵说。

司令部离萨曾柰克三里。罗斯托夫没有回家，便上了马到司令部去了。在司令部所驻扎的村庄里有一家军官们常常光顾的食店。罗斯托夫到了食店:在门口看见了切李亚宁的马。

中尉坐在食店的第二个房间里，面前有一碟香肠，一瓶酒。

“啊，您也来了，年轻人。”他微笑着，扬起了眉毛说。

“是的。”罗斯托夫说，好像说出这个字是费了大劲，他坐在邻近的桌上。

两人都沉默着，房间里坐着两个德国人和一个俄国军官。大家都沉默着，只听到碟上的刀声，和中尉的嚼食声。切李亚宁吃完饭的时候，从衣袋里取出一个双层的钱袋，用他的向上翘着的弯曲的又白又短的手指，打开环口，取出一枚金币，并且扬起眉毛，把钱给了侍者。

“请快点吧。”他说。

金币是新的。罗斯托夫站起来，走到切李亚宁跟前。

“让我看看钱袋。”他用低微的，几乎听不见的声音说。

切李亚宁，带着逃避的目光，但仍然抬起眉毛，把钱袋递给了他。

“是的，很好的钱袋……是的……是的……”他说，忽然脸色发白了，他又说，“您看吧，年轻人。”

罗斯托夫把钱袋拿在手里，看看钱袋，又看看里面的钱，又看切李亚宁。中尉习惯地环顾着四周，似乎忽然变得很快活。

“假使我们到了维也纳，我要把所有的钱都在那里花掉，但现在，在这些恶劣的小地方，没有地方用钱，”他说，“好，给我吧，年轻人，我要走了。”

罗斯托夫没有做声。

“您要做什么？也吃饭吗？他们给客人吃得很好，”切李亚宁继续说，“给我吧。”

他伸手去抓钱袋。罗斯托夫放了钱袋。切李亚宁拿了钱袋，开始把它放进马裤的口袋里，他的眉毛漫不经心地扬起，他的嘴微微张开，似乎是说：“是的，是的，我把自己的钱袋放进衣袋里，这很简单，这件事和任何人都不相干。”

“怎样，年轻人？”他说，叹了口气，从扬起的眉毛下边看了看罗斯托夫的眼睛。

在俄顷之间，一种目光以电光的速度，从切李亚宁的眼睛里射进罗斯托夫的眼睛，又射回来，射去，又射回来。

“您到这里来，”罗斯托夫抓住切李亚宁的手臂说。他几乎把他拖到了窗口，“这是皆尼索夫的钱，你把它拿来了……”他低声向他耳朵里说。

“什么？……什么？……您怎敢？什么？……”切李亚宁说。

但是这话声就像是悲惨的绝望的呼叫和求饶。罗斯托夫刚刚听到这话声，就从他心里边滚去了怀疑的重石。他觉得快乐，而同时又可怜这个不幸的站在他面前的人，但他一定要把已经开始的事做得彻底。

“上帝知道这里的人会想到什么，”切李亚宁一面抓着帽子，向一间小的空房间里走着，一面低声地说，“一定要说明……”

“我知道这件事，我要证明这件事。”罗斯托夫说。

“我……”

切李亚宁的惊惶的苍白的脸上的全部肌肉都开始颤动了，他的眼睛仍然不安地逃避着，却是向着地下，没有抬起来看罗斯托夫的脸，并且发出了啜泣声。

“伯爵！……不要毁坏一个年轻人……这就是那倒霉的钱，您拿去……”他把钱抛在桌上，“我有老父，母亲！……”

罗斯托夫躲避着切李亚宁的目光，拿了钱，没有说一个字，就走出了房间。但是他在门口停住了，又转回了身。

“我的上帝，”他眼里含着泪说，“您怎能够做这样的事？”

“伯爵。”切李亚宁向见习官挨近着说。

“不要碰我，”罗斯托夫退避着说，“假使您需要钱用，把这钱拿去。”他把钱袋抛给了他，从食店里跑出去了。

5

当天晚上，在皆尼索夫的住处，骑兵连的军官们有了一场兴奋的谈话。

“但是我向您说，罗斯托夫，您一定要向团长道歉，”一个身材高大的、白头发和大胡子的、皱脸上有粗大线条的骑兵上尉向面色绯红的、激动的罗斯托夫说。

基尔斯清上尉曾经两次为了不名誉的事贬为兵士，两次复官。

“我不许任何人讲我说谎！”罗斯托夫大吼着，“他向我说，我说谎：我向他说，他说谎。事情就是这样的。他可以每天叫我值班，把我监禁，但是没有人能够教我道歉，因为，他是团长，假使他认为向我赔罪是不值得做的事，那么……”

“但是您等一下，老兄，您听我说，”骑兵上尉安闲地摸着长胡子，用他的低音插言，“您当别的军官的面向团长说有一个军官偷了……”

“当别的军官的面说话，我并没有错。也许是不该当他们的面说的，但是我不是外交家。我是因此进骠骑兵的，我想这里用不着机巧，但是他向我说我是说谎……所以要让他向我赔罪……”

“这很好，没有人以为您是懦夫，但是问题不在这里。您问问皆尼索夫，见习官要求团长道歉，这像什么话。”

皆尼索夫咬了咬胡子，带着愁闷的神情听着谈话，显然是不愿参与。对于上尉的问题，他否定地摇头。

“您当军官们的面向团长说了这样的丑事，”上尉继续说，“保格大内支（他们称团长为保格大内支）责备了您……”

“他没有责备我，只是说我说谎。”

“对了，您向他说了蠢话，应当道歉的。”

“办不到！”罗斯托夫叫起来。

“我没有想到您这样，”上尉严肃地厉声地说，“您不愿道歉，但是您，老兄，不只是对他，而且是对全团，对我们全体做的不对，完全怪您。是这样的：假使您想了一想，和人商量了一下，怎样处理这件事情，那就好了，但是您在军官们的面前，信口地说出来了。现在团长怎么办呢？他要把军官交付审判并且侮辱全团吗？因为一个坏蛋，全团要受耻辱吗？在您看来，是这样的吗？在我们看来，不能这样的。保格大内支是个好汉，他向您说，您说谎。这是不愉快的，但是有什么办法呢，老兄，是您自找的。现在，他们要了结这件事情，您却因为傲气，不愿道歉，还想要全部说出来。因为您得值班您就生气，但是您向一个年老的正派的军官道歉，那有什么关系！无论保格大内支是怎么样的，他仍然是一个正派的、勇敢的老上校，您生气，但是侮辱全团，与您无关吗？”上尉的声音开始打颤了。“您阁下在团里不一定待多久，今天在这里，明天又到别处做副官去了，别人说：‘巴夫洛格拉德团的军官里面有贼！’您不在乎。但是我们就不同了。是不是呢，皆尼索夫？我们是不同的吗？”

皆尼索夫仍然不做声，动也不动，偶尔用明亮的黑眼睛望望罗斯托夫。

“您觉得您自己的骄傲是宝贵的，不愿道歉，”上尉继续说，“但是我们老兵们，我们在团里长大的，愿上帝让我们在团里死，我们觉得团的名誉是宝贵的，保格大内支了解这一点。嘀，多么宝贵呵，老兄！但这是不好的，不好的！无论您发火不发火，但我总是要说真话。这是不好的！”

上尉站起来，离开了罗斯托夫。

“真的，见鬼！”皆尼索夫跳起来大叫，“哦，罗斯托夫！哦！”

罗斯托夫脸色发红又发白，望望这个军官，又望望那个军官。

“不是，诸位，不是……你们不要以为……我完全明白，你们那样看我便是错了……我……对于我……我……为了团的名誉……但怎么办呢？我要在事实上表现，并且对于我，军旗的光荣……好，没有关系，真的，我不对！……”泪水涌在他的眼睛里。“我不对，完全是我不对！……那么，你们还要怎样呢？……”

“就是这样了，伯爵。”上尉转过身来，用大手拍着他的肩膀，大声地说。

“我告诉你，”皆尼索夫大声说，“他是顶好的人。”

“那更好，伯爵，”上尉又说，好像是为了他的认错而开始称他的爵位，“去道歉吧，大人，是的，去吧。”

“诸位，我什么事都可以办到，谁也不会再听到我说一句话的，”罗斯托夫用恳求的声音说，“但是我不能够道歉，我确实办不到，不能像你们所希望的那样！我怎能够像小孩子一样去道歉、去求饶呢？”

皆尼索夫笑起来了。

“您这样更不好。保格大内支是好记仇的，您要为您的固执付出代价。”基尔斯清说。

“凭上帝，不是固执！我不能够向您说我是怎么样的心情，我不能……”

“好吧，随您怎样，”上尉说，“那么，要怎样处理那个浑蛋呢？”他问皆尼索夫。

“他告了病假，明天就要下令除名了。”皆尼索夫说。

“只能说是病，不能够有别的说法了。”上尉说。

“无论是病不是病，他可不要碰见我。我要杀了他！”皆尼索夫残忍地叫着。

热尔考夫走进了房。

“你怎么来的？”军官们忽然问进来的人。

“要打仗了，诸位。马克和他的全军投降了。”

“胡说！”

“我亲自看见的。”

“怎么？你看见了活的马克吗？有手有脚吗？”

“要打仗！打仗！为了这个消息，给他一瓶酒喝吧。你怎么到这里来的？”

“又被派回到团里来了，为了那个鬼，为了马克。奥国将军控告了我。我为马克的到来庆贺他……罗斯托夫，你怎么啦？洗了澡吗？”

“哦，老兄，我们这样的混乱已经两天了。”

团部副官进来了，证实了热尔考夫带来的消息。下了命令第二天前进。

“要打仗了，诸位！”

“好，谢谢上帝，我们停得太久了。”

6

库图索夫向维也纳撤退，并且破坏了队伍后边的因河（在不劳诺）和特劳恩河（在林兹）上的桥梁。十月二十三日，俄军渡恩斯河。俄军的行李车、炮兵和各纵队，在这天中午从桥的两边穿过恩斯城。

那天是秋季的温暖的雨天。辽阔的远景，从俄军的护桥的各炮兵连所据守的高地上展开，有时忽然被斜雨的纱幕遮住，有时忽然扩张，在太阳光下可以清晰地看见远处的景物，好像涂了油漆那样地闪耀着。在下边可以看见小城和白屋、红顶、教堂和桥梁，在桥的两边拥挤地流动着大群的俄军。可以看见多瑙河湾的许多船只、一个岛屿和一个有公园的城堡，它的四周环绕着恩斯河注入多瑙河的流水，可以看见多瑙河的险峻的有松林遮蔽的左岸，和绿色树顶与蓝色峡谷的神秘的远景。修道院的尖塔耸立在似乎人迹未到过的荒野的松林那边。在前面更远的山上，在恩斯河的彼岸，可以看见敌人的骑哨。

在高地上的大炮之间，一个指挥后卫军的将军和一个随从军官，站在前面，用望远镜在观察地形。再后边一点，聂斯维次基坐在炮架尾上，他是总司令派到后卫队里来的。跟随聂斯维次基的哥萨克兵把背囊和酒瓶递给了他，聂斯维次基邀军官们吃包子和真正的甜茴香酒。军官们快乐地环绕着他，有的跪着，有的盘腿坐在湿草上。

“是的，这位奥国公爵倒不是傻瓜，在这里造了一座城堡。地方好极了。你们为什么不吃，诸位先生？”聂斯维次基说。

“多谢多谢，公爵，”军官里一个人回答，他满意地和这样一个重要的参谋人员谈话，“地方好极了。我们就是从公园旁边走过的，看见两只鹿和那么华丽的房子哦！”

“您看，公爵，”另一个军官说，他很想再拿一个包子，但是觉得难为情，因此他装作观察地形的样子，“看啦，我们的步兵已经到了那里了。在那里，在牧场上，在村庄那边，有三个人在拖什么东西。他们要抢光那个城堡。”他显然赞同地说。

“就是，就是，”聂斯维次基说，“不，但我所希望的，”他又说，在美丽的湿润的嘴里嚼着包子，“就是到那个地方去一下。”他指着在山上可以望见的有尖塔的修道院。他微笑了一下，他的眼睛眯着，并且发亮。“那是多么好哦，诸位先生！”

军官们笑起来了。

“至少要吓一下那些女修士们了。据说，有年轻的意大利姑娘们。真的，我愿意拿出五年的生命！”

“她们也觉得无聊啊，”一个更勇敢的军官笑着说。

这时，站在前面的随从军官向将军指点了什么，将军在望远镜里观望。

“嗬，对了，对了，”将军愤怒地说，从眼睛上拿下了望远镜，耸着肩膀，“对了，就要在他们渡河的时候攻击他们了。他们为什么在那里耽搁着？”

肉眼可以看到那边的敌人和敌人的炮队，炮队里冒出乳白色的烟。冒烟之后便传来了遥远的炮声，并且可以看到我们的军队向渡河处在急进。

聂斯维次基喘着气，站立起来，然后微笑着走到将军面前。

“大人要不要吃点什么？”他说。

“坏事了，”将军说，没有回答他，“我们的军队太迟缓了。”

“要不要我去呢，大人？”聂斯维次基说。

“是的，请您去一下，”将军说，又重复着已经详细发过一次的命令，“告诉骠骑兵，要他们最后渡河，并且要照我所命令的，烧桥，并且他们还要检查一下桥上的燃烧材料。”

“很好，”聂斯维次基回答。

他喊了看马的哥萨克兵，吩咐了他收拾背囊和酒瓶，于是把他的笨重身体轻易地跃上马鞍。

“真的，我要去找女修士们了。”他向微笑地望着他的军官们说，然后顺着曲折的小道骑马下山去了。

“那么，上尉。打一炮，看看它打多远！”将军向炮兵军官说，“您要解除愁闷呀。”

“炮手们就位！”军官下了命令。

俄顷之间，炮手们离开营火愉快地跑来，开始上炮弹。

“一！”命令发出了。

第一号炮手敏捷地跳开了。炮发出了铿锵的震耳的声音，榴弹嗞嗞地飞过山下我军的头上，打的离敌人还很远，烟尘指出了落下和爆炸的地方。

听到这个声音，兵士和军官的脸上都高兴起来了，大家站立起来，忙着观看下边我军的显然可见的了如指掌的运动，和前面的迫近的敌人的运动。这时，太阳从云里完全出现了。孤单射击的美丽声音，和明亮太阳的光线混合组成了一个单独的、兴奋的、愉快的印象。

7

桥顶上已经飞过了两颗敌人的炮弹，桥上发生了拥挤。聂斯维次基公爵下了马，在桥的正中，把他的肥胖的身躯紧贴着桥栏。他微笑着回头看他的哥萨克兵，他牵着两匹马的缰勒，站在他后边，相隔几步。聂斯维次基公爵刚刚想要向前移动，兵士们和行李车又挤他，又把他挤到桥栏边，而他除了微笑，什么办法也没有了。

“你是怎么了，我的老兄！”哥萨克兵向照管一辆运输车的辎重兵说，这个兵向着拥挤在车轮和马匹旁边的步兵里硬挤，“你是怎么了！不要挤，等一下，你看，将军要过去。”

但是辎重兵没有注意到提起将军，向阻挡他的进路的兵士们大叫：

“哎！老乡们！向左边靠一下，等一下！”

但是老乡们，肩挤着肩，刺刀交碰着刺刀，并且成了一个紧密的人群。没有间断地在桥上移动。聂斯维次基公爵从桥栏上向下望了一望，看见恩斯河中急流的潺潺的低低的波浪，在桥柱旁汇合着，回漩着，转折着，互相追逐。他向桥上望了一下，看见了单调的波浪般的兵士们，无数的肩带、有遮布的高顶帽、背囊、刺刀、长枪，帽子下边宽颚凹腮的脸和没精打采的疲倦的神情，以及在桥板的黏泥上边行走的腿。有时，在兵士们的单调的波浪之间，有一个穿大衣的军官带着和兵士们不相同的神情挤过去，好像是恩斯河波浪中的白沫的浪峰；有时，步行的骠骑兵，侍从兵或居民，好像在河中旋转的碎片一样，被桥上步兵的波浪卷过去：有时连里的或军官的堆得很高的盖着皮蓬的行李车，四面都被人包围着，好像是浮在河中的木头一样从桥上流过去。

“你看，他们就像是破堤的水，”一个哥萨克兵失望地停下来说，“你们那边还有很多人吗？”

“多极了！”一个从旁边走过去的穿破大衣的开心的兵，睐着眼说过，就不见了，在他后面走过去另一个老兵。

“他要是，（他——敌人）现在向桥上轰，”一个老兵向同伴愁闷地说，“你就要忘记抓痒了。”

这个兵走过去了。在他后边，另一个兵坐在行李车上过来了。

“见鬼，你把裹腿布放哪里去了？”一个侍从兵跟车子跑着，一边在车子后面摸索着，一边说。这个兵也和行李车走过去了。

在他们后面来了一些快活的显然是喝醉了酒的兵士们。

“怎么他，好人儿，用枪托打他的牙齿……”一个兵快乐地伸开着手臂说，他的大衣高高地掖起来。

“对了，这正是好滋味的火腿。”另一个哈哈地笑着回答。

他们也走过去了，所以聂斯维次基不知道谁的牙齿被打，而火腿是和什么有关。

“哎，他们急起来了。他打来了一个炮弹，他们以为，要把他们都打死了。”一个军曹愤怒地责难说。

“它从我这里飞了过去，叔叔，一颗炮弹哦，”一个年轻的大嘴的兵士说，几乎忍不住笑声，“我骇呆了。真的，我是那么害怕，真倒霉！”这个兵说，似乎夸耀他受了惊骇。

这个兵也走过去了。在他后边有一辆行李车，和一直到现在所走过去的车辆都不同。这是一辆双马的德国大货车，似乎是装载了全屋的家具，在德国人所赶的大货车的后边，系了一条好看的有大乳袋的花母牛。在羽毛床垫上坐了一个妇人和一个吃乳的婴儿，一个老妇，和一个年轻的面色红润的德国姑娘。显然是，由于特别的许可，这些搬家的居民才得通过的。所有兵士们的眼睛都注视在那妇人身上，当货车一步一步走过时，兵士们所有的注意力只落在两个妇女身上。在所有的面孔上几乎是同样的对于妇女的淫念的笑容。

“呃，香肠①，也逃走了！”

“把女的卖给我吧。”另一个兵向着德国人说，把“女的”说得很高，德国人低下眼睛，愤怒地惊恐地大步地走着。

“哎，她穿得那样漂亮！该死的！”

“那么你住到她们家去吧，费道托夫！”

“我见识过的，老兄！”

“您哪里去？”吃苹果的步兵军官问，也半微笑着望着那美丽的女子。

德国人闭了眼表示他不懂。

“你想要，就自己拿吧。”军官一面说，一面向那姑娘递着苹果。

那姑娘微笑了一下，拿了苹果。聂斯维次基和桥上所有的人一样。在他们经过的时候，一直没有把眼睛离开妇女。在他们走过去了的时候，又来了同样的兵士们和同样的谈话，最后大家都停住了。这种事是常有的，拖行李车的马在桥口发野了，所有的人都不得不等待着。

“为什么站住了？没有秩序！”兵士们说。“向哪里挤？该死！不等一下。假使他烧桥，就更糟了。看，军官被挤住了。”停止的群众在各方面说，他们互相顾盼着，仍然向前面桥口挤去。

回头看了看桥下恩斯河水，聂斯维次基又忽然听到迅速地临近的新奇的声音……是什么大东西，窜进水里的东西。

“你看它落到哪里去了。”一个站在附近的兵向这个声音回顾着，严厉地说。

“它鼓励我们赶快走过去。”另一个兵不安地说。

人群又走动了。聂斯维次基明白了这是炮弹。

“哎，哥萨克兵，把马给我！”他说，“现在，你们让开！让开！让路！”

他费劲地走到马前。他一面不停地喊叫，一面向前走动。兵士

① 香肠指德国人。

们挤紧了让路给他，但他们又那么挤他，以致挤了他的腿。这是不能怪他身边的那些人的，因为别人更猛烈地挤他们。

“聂斯维次基！聂斯维次基！你这个家伙！”这时打后边传来了沙哑的声音。

聂斯维次基回头看了一下，看见十五步外被运动的步兵的活动人群所隔开的发西卡·皆尼索夫的又红又黑的乱发的脸，他的尖帽覆在脑后，外衣英武地搭在肩头。

“你叫他们这些该死的东西让路。”皆尼索夫大叫，显然是在发火，他的黑得像炭的瞳仁在血红的眼白中间闪耀着、转动着，在他的和面部一样红的光着的小手里挥动着未出鞘的指挥刀。

“哎！发夏！”聂斯维次基高兴地回答，“你在干什么？”

“骑兵连不能通过，”发西卡·皆尼索夫大叫，愤怒地露出他的白牙齿，刺动着他的美丽的黑马沙漠浪人，黑马把碰到刺刀的耳朵竖起来，喷着鼻子，从衔铁旁边向四周溅出唾沫，把蹄子响亮地踏在桥板上，好像，它准备好了，假使骑的人允许，它便跳过桥栏。

“这是什么？他们像羊！完全像羊！过去……让路！……站在那里！该死的，你和货车！我要用刀砍你！”他大叫，果然抽出了指挥刀，开始挥动着。

兵士们带着惊恐的脸色相拥挤，于是皆尼索夫和聂斯维次基会合了。

“怎么你今天没有吃醉？”聂斯维次基等皆尼索夫走到面前时问他。

“他们不给我们吃酒的时间！”发西卡·皆尼索夫回答，“他们把这团人整天拖到这里，拖到那里。打仗——就打仗好了。但是鬼知道这是怎么一回事！”

“你今天多么漂亮！”聂斯维次基望着他的新外套和鞍垫说。

皆尼索夫微笑了一下，从军刀的佩囊里取出香气四溢的手帕，送到聂斯维次基的鼻子前面。

“哦，我要去打仗了！我剃了胡须，刷了牙，洒了香水。”

随带着哥萨克兵的聂斯维次基的威风的身躯，和挥动着军刀、拼命喊叫的皆尼索夫的坚决，是那样地生了效，他们冲到了桥的那边，止住了步兵。聂斯维次基在桥口找到了上校，他就是要把命令传达给上校的，他完成了自己的任务，便骑马回转。

皆尼索夫开了道路，站在桥的入口处。他大意地约制着要追逐同类的、踏着蹄子的公马，望着向他迎面走来的骑兵连。在桥板上发出了清晰的蹄声，好像是有几匹马在奔跑，于是骑兵连，军官在前，四人一排，在桥上展开了，开始走到那边的岸上去了。

停下来的步兵，拥挤在桥边的被踏烂的泥泞上，怀着特别恶意的冷淡和嘲讽的情绪，望着清洁的、漂亮的、从他们身边整齐地走过去的骠骑兵，这种情绪是不同的兵种彼此相遇时通常所有的。

“漂亮的哥儿们！只该放在波德诺文斯基街的！”

“他们有什么用！只是去陈设的！”另一个说。

“步兵不要踢起灰尘！”一个骠骑兵嘲讽着，他身下的马跳跃了一下，把泥块溅到了一个步兵身上。

“你要是带背囊走两站路，你的编绦都要磨破了，”那个步兵用袖子擦着脸上的泥说，“你不像人，却像鸟雀骑着马！”

“西金，要让你骑在马上，那一定是个好骑手。”一个骑兵伍长嘲笑一个消瘦的、被背囊的重量压弯了腰的兵。

“拿根棍子放在腿当中，你便有一匹马了。”骠骑兵回答着。

8

其余的步兵像通过漏斗一样地挤在桥口，急忙地过了桥。终于行李车都过去了，不再拥挤了，最后的一营上桥了。只有皆尼索夫的一连骠骑兵留在桥的那边对着敌人。从对面山上可以远远看见的敌人，从下面的桥上还不能看见，因为在河流所经过的山谷那里，地平线被对面半里之内的高地阻断了。前面是荒地，在这里有我们的几队侦察的哥萨克兵在巡逻。忽然在对面道路高处出现了穿蓝外衣的军队和炮兵。他们是法军。有一小队侦察的哥萨克兵缓驰下山了。皆尼索夫骑兵连中所有的军官和兵士，虽然极力想要说别的事，看别的东西，却不断地只想到山上的东西，并且不停地望着在地平线上出现的黑点点，他们认出了这是敌军。午后的天气又晴朗了，太阳明亮地向多瑙河及环绕多瑙河的黑山头上倾落着。没有风声，从山上时时传来号声和敌人的叫声。在骑兵连和敌人之间，除了少数的骑兵斥候，一个人也没有了。空旷的平地，大约三百沙绳①宽，把他们彼此分开了。敌人停止了射击，因此那分隔对敌两军的、严厉的、恐怖的、不可接近、不可捉摸的界线，是更明显感觉到了。

“越过这条界线，好像越过生死的界线的一步，便是——不可知、痛苦和死亡。那里是什么？那里是谁？那里，在田地树木，和照着阳光的屋顶那边？没有人知道，没有人想要知道，越过这条线是可怕的，却又想要越过它，并且知道，迟早是要越过这条线的，并且会知道在线的那边是什么，正如同不可避免地会知道死的那边是什么。但自己是强壮、健康、愉快、兴奋的，并且四周环绕着同样健康的、兴奋激动的人们。”每个看见敌军的人，即使不是这么想，却是这么感觉的，这种感觉使人对于这时所发生的一切，获得特别光明、快乐、敏锐的印象。

在敌人的山坡上出现了发炮的烟，一颗炮弹嗞嗞地响着，从骠骑兵连的头上飞过去了。站在一起的军官们散到各处去了。骠骑兵们小心地开始排列马匹。骑兵连里沉默无言。大家都望着前面的敌人，望着连长，等候命令。飞过去了第二个，第三个炮弹。显然他们是在轰击骠骑兵，但炮弹有节奏地迅速地嗞嗞响着，飞过了骠骑兵的头上，落在后边的地方。骠骑兵们没有回顾，但是全连士兵，听到每个飞弹的声音，便好像是听到命令一样，带着一模一样而又各种各样的脸，当炮弹从头上飞过时，屏声息气，在脚镫上立起，然后再坐下。兵士们没有转头，互相侧视，好奇地看着同伴的反应。从皆尼索夫到号兵，在每个面孔上，在嘴唇和下颌之间，显出了同样的斗争、激怒与兴奋的表情。军需官皱了皱眉，望着兵士们，好像表示要处罚他们。见习官米罗诺夫在每颗炮弹飞过时都要低一低头。罗斯托夫骑着马站在左翼，在腿子不健全的然而美丽的白嘴鸦

① 一沙绳约合2.13米。

身上，具有小学生被人叫来在大家面前受测验而他相信他要显本领时那种高兴的样子。他明朗地愉快地环顾所有的人，好像在请大家注意他在炮弹之下是多么镇静。但在他的脸上，那同样的表示某种新奇、严肃的东西的神色，却违反他的意志，流露在他的嘴边。

“谁在那里弯腰？米罗诺夫见习官！不行呀，您望着我！”皆尼索夫大声喊叫。他不能够站在一个地方，他骑在马上，在骑兵连前来回走动。

发西卡·皆尼索夫的塌鼻子的、黑黑的、汗毛很多的脸，和他的矮小的结实的身材，和他的青筋暴起的、汗毛很多的、短指头的手——他在手中拿着指挥刀的把子——都像平常一样，特别是像他在晚间饮过两瓶酒之后的时候。他只是比平常面色更红，他把乱发的头好像鸟雀饮水时那样地向上仰了一仰，用他的短小腿子把马刺凶狠地刺了刺善良的沙漠浪人的肚皮，他坐在鞍上好像是要向后倒的样子，奔腾到骑兵连的另一翼，然后粗声喊叫着，要他们注意他们的手枪。他骑马到了基尔斯清面前。上尉骑在宽大强壮的马上，慢慢地来迎接皆尼索夫。长胡须的上尉是同平常一样地严肃，只是他的眼睛比平常更明亮。

“怎样？”他向皆尼索夫说，“不得打仗了。你看，我们又要退了。”

“鬼知道他们在做什么！”皆尼索夫埋怨着，“啊！罗斯托夫！”他向见习官喊叫，看到了他的快乐面孔，“好！你等到了。”

他赞同地微笑了一下，显然是喜欢这个见习官。罗斯托夫觉得自己十分幸福。正在这时候，指挥官在桥上出现了。皆尼索夫向他面前驰去。

“大人！让我们攻击吧！我要打退他们。”

“这真是攻击哦，”指挥官用苦恼的声音说，好像是因为讨厌的苍蝇而皱着眉，“为什么您留在这里？您知道，两翼在退却了。把骑兵连带回去。”

骑兵连过了桥，出了射程，没有损失一个人。担任斥候的第二连也在他们后边过来了，最后的哥萨克兵都从河的对岸退过来了。

两个巴夫洛格拉德的骑兵连过了桥，先后地上山了。团长卡尔勒·保格大内支·舒伯特①骑马赶上了皆尼索夫的骑兵连，慢步地走得离罗斯托夫不远，一点也没有注意他，虽然，在关于切李亚宁的冲突之后，这是他们第一次见面。罗斯托夫觉得自己在前线上是在这个人的掌握中，并且此刻觉得自己是对不起他，没有把眼睛离开团长的强健的脊背，金发的后脑，和红颈项。罗斯托夫有时觉得保格大内支只是装作不注意，而保格大内支此刻整个的目的是要考验这个见习官的勇气，于是他挺起胸膛，愉快地环顾着，有时他觉得，保格大内支故意骑马走在附近，向他表示自己的勇敢。有时他想，他的敌人此刻故意派这个骑兵连去做拼命的攻击，为了处罚他——罗斯托夫。有时他想，在攻击之后，保格大内支要走到他面前，大度地向受了伤的他伸出和好的手。

巴夫洛格拉德骠骑兵们所认识的高肩膀的热尔考夫（他离开他们的团不久）骑马走到团长的身边。热尔考夫在总司令部被开革后，没有留在团里，他说他不是在前线上做苦工的笨瓜，而当他在总司令部时，他不做事，却有更多的薪水，于是他在巴格拉齐翁公爵那里谋得传令官的位置。他是带着后卫指挥官的命令来见他的旧长官。

“上校，”他忧郁地严肃地向罗斯托夫的敌人说，并且盼顾着他的同事们，“命令：停下来，烧桥。”

“命令谁的？”上校闷闷地问。

“上校，我也不知道命令谁的，”骑兵掌旗官严肃地回答，“公爵只向我说：‘你去向上校说，要骠骑兵赶快回去，把桥烧掉。”

在热尔考夫之后，一个随从军官带着同样的命令骑马来到骠骑兵上校的面前。在随从军官之后，胖大的聂斯维次基骑了哥萨克兵的马驰来，马几乎驮不动他了。

“啃，上校，”他还在奔驰着便大声说，“我告诉您烧桥，但现在有人把话传错了，他们都在那里发疯了，什么事也弄不明白。”

上校从容地止住了他的团，向着聂斯维次基说：

---

① 毛注：在俄军中服务的德国人之一，托氏描写他说恶劣的俄语。

“您向我说到引火材料，但是关于烧桥，您一个字也没有说到。”

“可是，阁下，”聂斯维次基停下来，脱下便帽，用肥胖的手抹着汗湿的头发说，“放置引火材料的时候，我怎么没有说烧桥呢？”

“我不是您的‘阁下’，参谋先生，您没有向我说烧桥！我知道我的职务，严格执行命令是我的习惯。您说烧桥，但是谁烧，我凭神灵说我不知道……”

“嗬，总是这样的，”聂斯维次基挥了挥手说，“你怎么到这里来的？”他向热尔考夫问。

“为了同样的事啊。但你湿透了，让我来替你扭干吧。”

“您说的，参谋先生……”上校继续用愤慨的语气说。

“上校，”随从官插言说，“您要赶快，不然敌人就要运来霰弹大炮了。”

上校沉默地看了看随从军官，肥胖的参谋，热尔考夫，并且皱了皱眉。

“我要烧桥的！”他用庄严的语气说，好像是要借此表示，虽然他遇到这一切的麻烦，他还是要做他所应做的事。

上校用健壮的长腿蹴了蹴马，好像罪过全在马，他走到前边，命令第二连，就是罗斯托夫在皆尼索夫下面服务的那一连，回到桥上去。

“哦，果然是这样的，”罗斯托夫想，“他想要考验我！”他的心收缩了，血涌上了他的脸。“让他看看，我是不是懦夫。”他想。

在骑兵连的全体兵士的快乐面孔上，又出现了他们在炮弹之下时所有的那种严肃神色。罗斯托夫眼不移开地望着他的敌人，团长，希望在他的脸上找出他自己的假设的证实，但上校一次也没有看罗斯托夫，却像平常在前线一样，显得严厉而庄重。命令发出来了。

“赶快！赶快！”他身边的几个声音叫着。

骠骑兵们让军刀碰着缰勒，响着靴刺，匆忙地下了马，他们自己也不知道他们要做什么。骠骑兵们画了十字。罗斯托夫已经不望着团长了，他没有工夫。他惧怕，心惊胆战地，怕落在骠骑兵的后边。当他把马交给牵马兵时，他的手颤抖着，他觉得他的血呼呼地向心里涌。皆尼索夫在马上转身向后，喊着什么，从他身边走过去了。罗斯托夫，除了在他四周奔跑的，碰着靴刺、响着军刀的骠骑兵，什么也没有看见。

“担架!”后边的声音在喊。

罗斯托夫没有想到，要担架是什么意思：他奔跑着，只极力要跑在一切人的前面，但正在桥上，他没有看他的脚下边，他踏上了粘湿的、踏烂了的泥土，滑了一下，手贴地跌倒了。别的人跑到他前面去了。

“走两边，上尉。”他听到了团长的声音，团长骑马走到前面，带着得意愉快的面色，停在桥的附近。

罗斯托夫在马裤上拭着泥污的手，回头看了看他的敌人，想要再向前跑，以为他向前线跑得愈远，便是愈好。但是保格大内支，虽然没有望，也没有认出罗斯托夫，却向他叫着：

“谁在桥当中跑？走右边！见习官，回来!”他愤怒地喊叫，又向着骑马到桥板上来夸耀勇敢的皆尼索夫说话。

“为什么冒险，上尉！您还是下马吧，”上校说，“哎？炮打该死的，”发西卡·皆索尼夫在鞍上转身回答。

这时聂斯维次基，热尔考夫和随从军官一同站在射程之外，有时望着拥集在桥边的一小群头戴黄色高顶帽、身穿深绿色镶扁绦外衣和蓝色马裤的人，有时望着对岸，望着远远而来的蓝色外衣和一群有马的人，这些马很容易被认作炮。

“他们烧不烧桥呢？是谁先到？是他们跑到那里烧桥，还是法国人来到霰弹射程之内打死他们？”这是那一大队战士当中每个心惊胆战的人不觉地自问的问题，他们俯视着桥梁，在明亮的夕阳中望着桥梁和骠骑兵们，望着对岸带着刺刀和炮前进的蓝制服。

“嗬！射得到骠骑兵了，”聂斯维次基说，“现在他们在霰弹射程以内了。”

“他不该带那么多人。”随从军官说。

“对的，”聂斯维次基说，“派两个勇敢的去，也是一样的。”

“嗬，大人。”热尔考夫插言说，他的眼睛一直盯着骠骑兵，但他仍然带着那种天真的态度说话，从这种态度上无法看出他是不是在认真地说话。“嘀，大人！您这是怎啦！派两个人去？那谁给我们夫拉济米尔勋章和勋绶呢？但是，即使他们受到密集的射击，还是可以提请嘉奖骑兵连，他自己得到勋绶。我们的保格大内支是懂得规矩的。”

“嘀，”随从军官说，“这是霰弹！”

他指着法军的炮，炮都从炮架上卸下来，赶快拖开了。

法军方面，在有炮的那些人群里冒出了一缕烟，然后第二缕烟，第三缕烟，几乎是同时冒出的，并且在第一声炮声传来的时候，又冒出了第四缕烟。两声连续地传来之后，又是第三声。

“嘀，嘀！”聂斯维次基好像因为剧痛，抓着随从军官的手臂哼着。“您看，倒下了一个，倒下了，倒下了！”

“好像是两个吧？”

“假使我是沙皇，我绝不打仗！”聂斯维次基掉转身说。

法军的炮又迅速地上了弹。穿蓝外衣的步兵向桥上跑着。又冒烟了，但是时间的间隔的不一样，霰弹在桥上碰击爆炸了。但这一次，聂斯维次基不能够看到桥上所发生的是什么事情。桥上冒起了浓烟。骠骑兵烧桥成功了，而法国的炮兵此刻射击他们，不是为了阻止他们，而是因为炮已经拖来，总得对人轰击一番。

在骠骑兵回到牵马兵那里之前，法军已经放射了三发霰弹。两发没有打准，霰弹打过去了，但最后一弹落在骠骑兵的当中，打倒了三个人。

罗斯托夫，挂念着他和保格大内支的关系，留在桥上，不知道如何是好。没有人可以被他刀斩（他总是设想战争是如此的），他也不能够帮助烧桥，因为他不像别的兵士们，他没有带一根草。他站着环顾着，忽然桥上好像有了撒胡桃的声音，离他最近的一个骠骑兵，嚷了一声，倒在桥栏上了。罗斯托夫和别人一同跑到他面前去了。又有人喊：“担架兵！”四个人抓住这个骠骑兵，开始把他抬起来了。

“呵呵呵！……把我放下吧，看在基督的面上。”伤兵喊叫着，但他们仍然把他抬起来，放在担架上。

尼考拉·罗斯托夫转过身来，好像在找寻什么，他望着远处，望着多瑙河的水，望着天和太阳。天是多么美丽，多么蔚蓝、宁静、而遥远啊！夕阳是多么明亮而壮丽哦！在遥远的多瑙河里的水闪烁得多么亲切而灿烂啊！更美丽的是多瑙河那边遥远的蓝色的山峦，修道院，神秘的峡谷，顶上弥漫着烟雾的松林……那里又宁静又幸福……"只要我能在那里，我便什么，什么也不需要了，什么也不需要了，"罗斯托夫想，"只在我的心中和这个太阳光下有那么多幸福，而这里……呻吟、痛苦、恐怖和这种不可知，这种匆忙……他们又在这里喊叫了，又都向回跑了，我要和他们一阵跑，它，死亡，就在这里，就在这里，在我头上，在我周围……俄顷之间——我便永远看不见这个太阳，这个河水，这个峡谷了！……"

这时，太阳开始藏到云里去了，在罗斯托夫前面出现了许多别的担架。对于死亡和担架的恐怖，对于太阳和生命的爱惜——这一切混合成为一个痛苦而恐怖的感觉。

"主上帝！你在天上，救我，恕我，保佑我！"罗斯托夫向自己低语着。

骠骑兵们跑回到牵马兵那里，话声更高也更镇静了，担架看不见了。

"哦，老兄，闻到火药味了吗？……"发西卡·皆尼索夫的声音在他耳边喊叫。

"一切都完了？但我是懦夫，是的，我是懦夫，"罗斯托夫想，于是深深叹着气，从牵马兵的手里接过来瘸着一条马腿的白嘴鸦，开始上马了。

"那是什么——霰弹吗？"他问皆尼索夫。

"是的，就是！"皆尼索夫叫喊着，"你们是好汉！但事情却糟糕！攻击才是有趣的事，杀人像斩狗一样，但是在这里，糟透了，他们射击你们好像是打靶子一样。"

于是皆尼索夫走到离罗斯托夫不远的一群人那里，他们是团长，聂斯维次基，热尔考夫和随从军官。

“但是，好像谁也没有注意到。”罗斯托夫自己想着。确实，没有人注意到，因为这个未上过火线的见习官第一次所体验到的情绪是每个人所熟悉的。

“这是您的战斗报告的材料，”热尔考夫说，“你看，他们要升我做少尉了。”

“您报告公爵，说我烧了桥。”上校得意地愉快地说。

“但是假使他问到损失呢？”

“不值得一提的事！”上校低声地说，“两个骠骑兵受伤。一个当场阵亡。”他显然高兴地说，响亮地说出漂亮的字眼“当场”，不能够约制他的快乐的微笑。

9

库图索夫所指挥的三万五千俄军，既被保拿巴特所指挥的十万法军所追赶，又受到居民的仇视。俄军对同盟军失去信心，感到军需的缺乏，一面被迫在一切预料之外的战争条件下去作战，一面赶快地顺着多瑙河后退，在被敌人追上的地方停下来，只在为了撤退而不损失辎重这种必要的时候，才用后卫战作抵抗。在拉姆巴赫，阿姆世太顿，和美尔克发生了战事，但，虽然俄军在作战时具有被敌人所承认的勇敢和顽强，这些战事的结果却只是更快的退却。在乌尔姆免于被俘而在不劳诺和库图索夫会合的奥军，现在和俄军分离了，库图索夫只剩下了力量薄弱、极度疲乏的军队。要想保卫维也纳是不可能的了。库图索夫放弃了攻击性的、根据新的科学原则——战略——而周密计划的战争，这个计划是库图索夫驻防维也纳的时候奥国参谋部交给他的，库图索夫现在所有的唯一而几乎不可达到的目的，就是不要像马克在乌尔姆那样地损失军队，而与从俄国开来的军队会师。

十月二十八日，库图索夫率领军队渡到多瑙河左岸，第一次停留下来，让多瑙河横隔在自己与法军主力之间。三十日，他攻击多瑙河左岸莫尔提页的师，将它击溃。俄军在这个战斗中，第一次获得了胜利品：军旗，大炮和两名敌将。在两周的退却之后，俄军第一次停留下来，并且在战斗之后，不仅守住了阵地，而且打退了法军。虽然军队是衣履破碎，极度疲乏，因为落伍、受伤、死亡、疾病而减弱了三分之一的力量，虽然病号和伤兵，带着库图索夫的要敌人对他们有人道待遇的信，留在多瑙河彼岸：虽然克累姆斯的大医院和改为医院的大屋子不能容纳所有的病号和伤兵——虽然有这一切，但是守住了克累姆斯和对莫尔提页的胜利，大大提高了士气。在全军之中，在总司令部里，流传着最可喜的然而不确实的谣言：说到臆测的、从俄军开来的纵队的临近，说到奥军所得的胜利，和惊慌失措的保拿巴特的退却。

安德来公爵在会战时，是在阵亡的奥国将军施密特的身边。他的坐骑受了伤，他的手臂受到子弹的轻伤。为表示总司令的特别垂青，他被派遣去把这次胜利的消息送给奥国宫廷，奥国宫廷此刻已经在不儒恩，不在受法军威胁的维也纳了。在会战的夜间，安德来公爵，兴奋然而并不疲倦，（虽然他的体格看起来并不强健，安德来公爵却能忍受身体的疲倦，远为超过许多最强健的人，）带了情报从道黑图罗夫那里骑马到克累姆斯见了库图索夫，当夜就被派遣到不儒恩去做信使。派充信使的意义，在赏赐之外，还是晋升前的重要的步骤。

夜色黑暗，却有星光，道路在昨天会战的时候所降落的白雪之间是黑色的。安德来公爵在驿车里颠簸着，时而回想着此番战役的印象，时而高兴地设想着他将用胜利的消息所产生的印象，回忆着总司令和同僚的送别，他体验到那样的一种情绪，好像是一个人等待了很久，终于等到了所期望的幸福的开端。他一闭眼，他的耳朵里便听到枪炮的声音，这声音和车轮声以及胜利的情绪混合在一起。时而他开始想象着：俄军奔跑，他自己被杀，但他赶快地清醒过来，似乎是庆幸地重新认清了，并没有这回事，而相反的，是法国人逃跑了。他重新想起了胜利的全部详情，在会战时自己镇定的勇气，于是安了心，打盹了……在黑暗的有星的夜之后，明亮的、愉快的早晨来到了。雪在阳光中融化着，马迅速地奔跑，在大路两边同样地闪过了各种新的森林、田地、村庄。

夜色黑暗，却有星光，道路在昨天会战的时候所降落的白雪之间是黑色的。

在一个驿站上，他越过了一列俄国伤兵车。管理运送的俄国军官，躺在第一辆小车上，大声地叫着，用粗话骂一个兵。一列长长的德国运货车，每辆上面坐着六个以上面色苍白，身上扎裹、衣服脏污的伤兵，在石头道路上颠簸。他们当中有的在说话（他听到了俄语），有的在吃面包，伤最重的沉默着，怀着带病的孩子般的淡漠的心情，望着从他们身边疾驰而过的信使。

安德来公爵吩咐了停车，问了一个兵士，他们是在什么战役中受伤的。

"前天在多瑙河上。"兵士回答。

安德来公爵拿出钱袋，给了兵士们三个金币。

"给大家的。"他向着走来的军官说。

"祝你们恢复健康，弟兄们，"他又向兵士们说，"还有许多要做的事呢。"

"那么，副官先生，有什么消息呢？"军官问，显然是希望攀谈起来。

"好消息，向前赶！"他向车夫喊着，奔驰到前面去了。

当安德来公爵到达不儒恩时，天色已经很黑了，他看见了四周的高屋，商店里的、房屋窗牖里的和街灯的灯光，在街道上轰轰走过的华丽车辆，以及繁华的大城的气氛，它对于刚刚离开军营生活的军人总是那么有魅力的。安德来公爵，虽然是在疾驰和熬夜之后，但是到达宫廷时，他觉得自己比昨天更有精神。只是他的眼睛里闪耀着火热的光，思想极迅速而明确地变换着。他又历历在目地回想着会战的全部详情，但已不是紊乱的而是确定的扼要叙述的形式，这是他打算向法兰西斯皇帝报告的。他又清楚地想象着他们可能向他问到的偶然问题，以及他对他们所要作的回答。他料想，他们会立刻把他传见皇帝。但是在宫廷的大门口有一个官员跑出来迎接他，知道了他是信使，便领他走到另一道大门口。

"从走廊向右，在那里，Euer Hochgeboren，［大人，］您会找到值班的侍从武官，"官员向他说，"他会领您去见陆军大臣。"

值班的侍从武官，迎接了安德来公爵，要他稍待，自己去报告陆军大臣。五分钟后，侍从武官回来了，并且特别恭敬地俯下身，让安德来公爵走在他前面，领他经过走廊，到了陆军大臣在办公的房间。侍从武官似乎是想要用他的周到的礼貌来防止俄国副官对他表示亲密。

当安德来公爵走进陆军大臣办公室的门时，他的高兴情绪大大地低落了。他觉得自己受了侮慢，这侮慢的感觉在顷刻之间变成了他所不自觉的、毫无根据的遭受轻视的感觉。他的敏捷的头脑也在顷刻之间向他提出了一个观点，根据这个观点，他也有权利轻视侍从武官和陆军大臣。他想："他们闻不到火药气味，一定以为获得胜利是很容易的！"他的眼睛轻蔑地半闭着，他特别缓慢地走进陆军大臣的房间。他看见陆军大臣坐在大桌子前面，并且在头两分钟没有注意走进房间的人，这时候这种感觉更加强烈了。陆军大臣把他的鬓角斑白的光头低俯在两支蜡烛之间，一面阅读公文，一面用铅笔画着。他在开门以及在听到脚步声时，都没有抬起头来，直到看完了公文。

"把这个拿去，发出去。"陆军大臣递着公文，向自己的副官说，还是没有注意信使。

安德来公爵觉得，或者是在陆军大臣所关心的一切事件之中，库图索夫军队的行动最不能引起他注意，或者是他要使俄国信使有这个感觉。"但这在我是完全无所谓的。"他想。陆军大臣集拢了其余的公文，把四边理齐，然后抬起头来。他有聪明的特异的头。但是在他转向安德来公爵的那一瞬间，陆军大臣脸上聪明的坚决的表情，显然是习惯地自觉地改变了：他脸上有了笨拙、虚伪而不隐藏自己虚伪的笑容，好像是一个人在他先后接见了许多请求者的时候所有的那种笑容。

"是库图索夫大元帅那里来的吗？"他问，"我希望，是好消息吗？和莫尔提页打过仗吗？胜利吗？正是时候！"

他接了那件写给他的紧急文书，开始带着悲戚的表情阅读着。

"啊，我的上帝！我的上帝！施密特！"他用德语说，"多么不幸，多么不幸！"

看完了紧急文书，他把它放在桌上，看了看安德来公爵，显然是在思索什么。

“啊，多么不幸哦！您说，那是决定性的战斗吗？但是莫尔提页没有被俘。”他思索了一下，“我很高兴，您带来了好消息，虽然施密特的死是胜利的重大代价。当然，陛下愿意见您，但是不在今天。谢谢您，休息去吧。明天在检阅后的朝会上。但我会通知您的。”

在谈话时消去的笨拙笑容，又在陆军大臣的脸上出现了。

“再见，我很感谢您。皇帝陛下大概很愿意见您。”他重述，然后点了点头。

当安德来公爵走出宫廷时，他觉得，胜利所带给他的一切兴趣和快乐，现在都被他留了下来，交在大臣和恭敬的副官的淡漠的手里了。他的全部的思想忽然改变了：他觉得会战变成陈久遥远的回忆了。

10

安德来公爵在不儒恩住在他的友人俄国外交官俾利平①那里。

“啊，亲爱的公爵，没有更受欢迎的朋友了！”俾利平出来迎接着安德来公爵说。“弗让次②，把公爵的东西送进我的卧室里去！”他向引导保尔康斯基的用人说，“怎样，您做了胜利的信使吗？好极了。我在家害病，像您看到的这样。”

安德来公爵洗了脸、穿了衣服之后，走进外交官的华丽书房，坐在为他预备好的菜饭前。俾利平安静地坐在炉边。

安德来公爵不但是在旅途之后，而且是在失去一切清洁华丽的生活享受的行军之后，感觉到在他自小所习惯的、华丽的生活环境中的休息的愉快。此外，他觉得愉快的，是在奥国人的接待之后，

① 毛注：俾利平大概是一部分绘写A.M·高尔恰考夫的，他自一八五六年后曾主持外交政策多年。据说他“爱上了墨水瓶”，他制作警语的能力大于主持外交事务的本领。

② 原文弗让次及奥皇法兰西斯皆为Франп。

他虽不用俄语说话（他们说法语），却同俄国人说话，他以为，这个人也有俄国人此刻所特别强烈地感到的对于奥国人的共同的反感。

俾利平是一个大约三十五岁的独身男子，和安德来公爵属于同一个社交团体。他们在彼得堡原就相识，但在安德来公爵上次和库图索夫住在维也纳的时候，他们更加亲密。正如安德来公爵是年轻人，在军界里有远大的前途，俾利平在外交界更有前途。他还是年轻的人，但已经不是年轻的外交官，因为他从十六岁起，即开始服务，曾驻巴黎，哥本哈根，现在在维也纳担任相当重要的职务。外交大臣和俄国驻维也纳大使都认识他，器重他。他不属于那些大多数的外交官，他们只须具有消极的品质，不做某种事情，并且为了要做很好的外交官而说法语，他属于这样的一些外交官们，他们喜欢工作并且善于工作，他虽然懒惰，却有时整夜坐在写字台前。无论工作性质是什么样的，他都做得同样地好。他所关心的不是这个问题："为什么?"而是这个问题："怎么样?"外交事务的内容是什么，他觉得无关紧要，但是巧妙地、准确地、华丽地起草通告，备忘录，或报告——使他感到巨大的乐趣。俾利平的服务受人重视，不仅是因为他善于起稿，还因为他在上流社会中的举止和谈话的技巧。

俾利平只是在谈话能够漂亮而风趣的时候，才像他爱工作那样地爱谈话。在交际场中，他不断地等待机会说点惊人的话，并且他只在这种时候才加入谈话。俾利平的谈话总是充满了独特的、机智的、完善的、引起共同兴趣的词句。这些词句是在俾利平内心的实验室里准备的，好像是有意具备了便于携带的性质，好让不重要的社交人物容易记住，把它从这个客厅里带到那个客厅里。确实，据说，les mots de Bilibine se colportaient dans les salons de Vienne，[俾利平的警句流行在维也纳的交际场中，] 常常对于所谓重大的事发生影响。

他的消瘦、憔悴、黄色的脸上全是深深的皱纹，这些皱纹好像总是仔细地洗得很清洁，好像沐浴后的指尖一样。这些皱纹的活动是他的脸上的主要表情。时而他的额上现出深的皱折，眉毛向上抬起，时而眉毛垂下来，他的腮上显出深的皱纹。深凹的小眼睛总是对直地愉快地望人。

“好，现在告诉我你们的功绩吧。”他说。

保尔康斯基用最谦逊的形势报告战况，没有一次提到他自己，他又说到陆军大臣的接待。

“lls m'ont reçu auec ma nounelle, comme on chien dans un jeu dequilles. [他们接待我和我的消息，好像接待一只玩九柱戏时的狗一样。]① ”他结束了他的话。

俾利平微笑了一下，消去了面上的皱纹。

“Cependant, mon cher, [但是，我亲爱的，] ”他说，远远地望着自己的指甲，抬起着左眼睑说，“malgré la haute estime que je professe pour le 正教的俄军, j'a Voue que Votre Victoire n'est pas des plus Victorieuses. [虽然我对于正教的俄军有崇高的敬意，我却认为你们的胜利不是最胜利的。] ”

他继续用法语说，只在他要用俄语轻蔑地加重语势时，他才说俄国话。

“怎么回事？你们用全军攻击只有一师兵力的不幸的莫尔提页，而这个莫尔提页却从你们手中逃脱了！胜利在哪里？”

“但，严格地说，”安德来公爵回答，“我们还是可以不夸口地说，这比在乌尔姆好一点儿……”

“你们为什么不替我们抓住一个，即使是一个将军呢？”

“因为一切的经过并不像所预料的那样，并不像在检阅时那么有规律。像我向您说过的，我们预料在上午七时绕到敌人后方，但在下午五时还没有到。”

“为什么你们没有在上午七时到？你们应该在上午七时到的，”俾利平微笑着说，“本来应该在上午七时到的。”

“为什么您没有用外交方法开导保拿巴特，使他觉得最好是离开热那亚呢？”安德来公爵用同样的语气说。

---

① 毛注：法国成语。中译者注：意思是听到消息，并不欢迎。

“我知道，”俾利平插言说，“您以为坐在炉边的沙发上，抓住元帅们是很容易的。这是真的，可是，为什么你们不抓住他呢？您不要惊异，不但陆军大臣，并且至尊的法兰西斯皇帝兼国王陛下也不会为了你们的胜利很高兴的，就是我，俄国大使馆的可怜的秘书，也不觉得有任何特别的高兴，不必给我的弗让次一个银币，给他一天假，让他带他的情人在卜拉特尔街上去耍，来表示我高兴……不过这里没有卜拉特尔街……”

他对直地望着安德来公爵，忽然把他的皱纹从额上消去了。

“现在轮到我问您‘为什么’了吧，我亲爱的？”保尔康斯基说，“我向您承认我不明白，也许这里有外交的奥妙，是我的贫乏的智力不能了解的，但我不明白：马克丧失全军，斐迪南大公和卡尔勒大公没有一点活人的模样，并且接连着犯错误，最后，只有库图索夫获得了真正的胜利，破坏了法军无敌的声望，而陆军大臣居然不想知道详情！”

“正因为这个缘故，我亲爱的。Voyez-Vous，mon cher，[您知道吗，我亲爱的，] 乌拉！为沙皇，为俄国，为正教乌拉！Tout ça est bel et bon，[这都是极好的，] 但我们，我是说，奥国宫廷，和你们的胜利有什么关系呢？您若带给我们关于卡尔勒大公或斐迪南大公胜利的好消息——您知道 un archiduc vaut l’autre [这个大公和那个大公是不相上下的] ——即使是对于拿破仑的一个救火队的胜利，这又是一回事了，我们要鸣炮的。但是这种事似乎是故意做来刺激我们的。卡尔勒大公什么事也没有做，斐迪南大公自己丢脸。你们放弃了维也纳，不再保卫它，comme si vous nous disiez：[好像您对我们说：] ‘上帝保佑我们，上帝保佑你们，和你们的都城。’我们大家所欢喜的一个将军，施密特：你们让他中了子弹，却庆贺我们胜利！……您要承认，比您所带来的消息更惹人生气的东西，是想不出的了。C’est comme un fait exprès，comme un fait exprès. [这好像是有意的，好像是有意的。] 此外，假使你们获得了真正光荣的胜利，即使是卡尔勒大公获得了胜利，这对于战争的大局会有什么改变呢？现在已经迟了，维也纳已经被法军占领了。”

“怎么占领了？维也纳被占领了？”

“不但被占领了，而且保拿巴特在射恩不儒恩了①，并且伯爵，我们亲爱的夫尔不那伯爵要到他那里去接受命令了。”

保尔康斯基，在旅途的劳顿和途中的见闻之后，在大臣的接见之后，特别是在饭后，觉得他不明白他所听到的话的全部意义。

“今天早晨利克顿腓尔斯伯爵在这里，”俾利平继续说，“他给我看了一封信，信里详细地描写了法军在维也纳的检阅。Le prince Murat et tout le tremblement［牟拉亲王和所有的震动］②……您知道你们的胜利不是很可喜的事，您不能像救世主那样被接待的……”

“确实，我并不在意，一点也不在意！”安德来公爵说，开始明白了他的克累姆斯会战的消息，比之奥国首都被占领的这种事件，确是没有什么重要了。“维也纳是怎么被占领的？桥和著名的 tête du pont［桥头堡］，和奥扼斯伯公爵呢？我们听说奥扼斯伯公爵保护维也纳。”他说。

“奥扼斯伯公爵在这边，我们的河这边，保卫我们，我觉得，他保卫得很坏，但他仍然是保卫我们。但维也纳是在那边。不，桥还没有失陷，我希望不至于失陷，因为桥已经埋了地雷，并且有了炸桥的命令。不然的话，我们就早已在保希米亚山中，您和你们的军队要在夹攻之下过痛苦的日子了。”

“但这仍然不能算是战争已经结束了。”安德来公爵说。

“但我以为它是结束了。这里的要人们都这么想，但是不敢说这话。它会像我在战争的开始所说的，战事不是你们 échauffourée de Dürenstein［在丢任施坦的射击］③ 决定的，全然不是火药决定的，而是发明火药的人决定的，”俾利平说，重复着他的 mots［警语］之一，放松了他额上的皱纹，并且稍停。“问题只在这里，就是亚力山

① 毛注：这是奥国皇帝在维也纳的夏宫。

② 毛注：在托氏家庭中，“震动”是一向讽刺地用来表示正式庆祝时的喧闹的。在此书完成后许多年，托氏信中尚有这样的句子：“总督的来到和所有的震动。”

③ 毛注：对莫尔提页的胜利。

大皇帝和普鲁士国王的柏林会议要决定什么。假使普鲁士加入联盟，on forcera la main à l'Autriche，［他们便要强迫奥国，］便会有战争。假使不然，则要点就只在这里，就是准备在何处订立新 Campo Formio［卡姆波·福密俄条约］① 的条款。"

"但他是一个多么非凡的天才啊！"安德来公爵忽然把自己的一只小手握成拳头，在桌上捶了一下，大声说，"这个人多么幸运啊！"

"Buonaparte?［布奥拿巴特吗?］"② 俾利平疑问地说，皱着额头，借此使人觉得马上便要有 un mot［警语］了。"Buonaparte?［布奥拿巴特吗?］"他说，把 u 字说得特别重。"但是我想现在，他在射恩不儒恩替奥国制定法律了，il faut lui faire grâce de l'u.［我们应该让他少掉这个 u。］我决定做一次革新，称他 Bonaparte tout court.［简称他保拿巴特。］"

"不，不要说笑话了，"安德来公爵说，"你当真以为战争结束了吗?"

"我是这么想。奥国吃了亏，这是它不习惯的。它要报复的。它吃了亏，因为，第一个省被劫，on dit le 正教的俄军 est terrible pour le pillage，［据说正教的俄军抢得很凶，］——军队溃散，首都失陷，这一切都是 pour les beaux yeux du 萨地尼亚陛下，［为了萨地尼亚陛下③的美丽眼睛，］因此——entre nous，mon cher［说句机密的话，我亲爱的］——我凭我的本能知道我们受骗了，我凭我的本能知道他们和法兰西的来往，以及和平方案，单独订立的秘密和约。"④

"这是不可能的！"安德来公爵说，"这太卑鄙了。"

"Qui vivra verra.［我们活着就会知道的。］"俾利平说，又放松

---

① 毛注：一七九七年之法奥和约。

② 毛注：Buonaparte 是意大利文拼缀，本书中人物如此称呼时，有反对拿破仑之意。

③ 毛注：在柏林会议中，普鲁士坚持要下最后通牒，要拿破仑赔偿萨地尼亚国王，遭拿破仑拒绝，复慑于奥国之败，未做抵抗。

④ 毛注：奥皇实际上是向拿破仑提议休战，拿破仑回文提出侮辱的条件，奥皇没有接受。

皱纹，表示谈话完结。

当安德来公爵走进为他预备的房间，穿着清洁的衬衣，躺在羽毛床垫和又香又暖的枕头上时，他觉得，他带来情报的那个会战是离他很远很远了。和普鲁士的联盟，奥地利的欺骗，保拿巴特的新胜利，法兰西斯皇帝明天的上朝、阅兵、和接见——这种种，引起了他的注意。

他闭了眼，但是立刻，他的耳朵里便听到了炮声、枪声、车轮声，展开的毛瑟枪兵的单人行列又从山上下来了，法军在射击，他觉得他的心在跳动，他和施密特并排着骑马前进，子弹愉快地在他四周嗞嗞地响着，于是他感觉到他自幼不会经历过的，增加到十倍的生活乐趣。

他醒了……

"是的，有过这一切！……"他向自己快乐地儿童般地微笑着说，于是他睡了一个酣沉的青年的觉。

11

第二天，他醒得很迟。回顾着过去的印象，他首先想起，今天他要去觐见法兰西斯皇帝，想起陆军大臣，恭敬的奥国侍从武官，俾利平，以及昨晚的谈话。为了入朝觐见，他穿了好久没有穿过的全副礼服，他气色旺盛、活泼、漂亮，吊着一只手臂，走进俾利平的房间。房间里有四个外交界的人。依包理特·库拉根是使馆的秘书，保尔康斯基原来和他相识，俾利平把他介绍给了别人。

在俾利平这里的人，是年轻、有钱、快乐的社交人物，他们在维也纳，也在这里，组成一个特殊的团体，俾利平是这个团体的首领，并且称他们为我们自己的人——les nôtres。这个几乎全是外交官组成的团体，显然，有它自己的上流社会的兴趣，这和战争和政治无关，但和某些妇女，和官场的事务有关。这些先生们，显然乐意地在他们的团体中接待安德来公爵，就像他们自己的人一样，（这是他们对于少数人的荣誉。）由于礼节，并作为开始谈话的题目，他们向他问了几个关于军队与会战的问题，然后谈话又转为不连贯的愉快的笑话和闲谈了。

“但特别好的，”有一个人说到同僚外交官的不幸事件，“特别好的是，大臣直接向他说，派他到伦敦去就是升官，他对这件事应该这么看法的。您可想得出他这时候的样子吗？……”

“但最坏的，诸位，我要向你们揭露库拉根的秘密，那个人不幸，这个当·璜，这个可怕的人却利用这一点！”

依包理特公爵躺在安乐椅上，把腿架在扶手上。他笑起来了。

“Parlez-moi de ça.［告诉我这件事吧。］”他说。

“嗬，你是当·璜！嗬，你是蛇！”许多声音说。

“您不知道，保尔康斯基，”俾利平向安德来公爵说，“法军（我差一点儿就说出了俄军）所有的暴行，和这个人在女人当中所做的事情比较起来，就算不上什么了。”

“La femme est la compagne de l'homme.［女人是男人的侣伴。］”依包理特公爵说，开始在有柄眼镜里望着自己的跷起的腿。

俾利平和我们自己的人望着依包理特的眼睛，哈哈大笑了。安德来公爵看出这个依包理特是这个团体里的小丑，他不得不承认，他几乎为了自己的妻子嫉妒他。

“不，我一定要用库拉根来招待您一下，”俾利平向保尔康斯基低声地说，“当他谈到政治的时候，他妙极了，您应当看看那副自尊的样子。”

他坐到依包理特旁边，在额头上起了些皱折，便和他谈到政治。安德来公爵和别人站在两人的周围。

“Le cabinet de Berlin ne peut pas exprimer un sentiment d'al-liance,［柏林的内阁不能表示对于联盟的意见，］”依包理特富有含意地望着大家，说起来了，“Sans exprimer……comme dans sa dernière note……vous comprenez……vous comprenez……et puis si sa Majesté l'Empereur ne déroge pas au principe de notre alliance……［没有表示……如同在它的最近的照会里……你明白……你明白……此外，除非皇帝陛下放弃我们的联盟的原则……］”

“Attendez, je n'ai pas fini［等一下，我没有说完］……”他抓着

安德来公爵的手臂向他说，“Je suppose que l'intervention sera plus forte quela non-intervention. Et［我以为干涉比不干涉强。并且］……”他沉默了一会。“On ne pourra pas imputer à la fin de non-recevoir notre dépêche du 28 novembre. Voilà comment tout cela finira.［最后，我们不能怪我们的十一月二十八日的紧急文书被拒绝。这件事就是要这样结束的。］”

他放开保尔康斯基的手臂，借此表示他现在完全结束了。

“Demosthènes, je te reconnais au caillou que tu as caché dans ta bouche d'or!［代摩斯代涅,① 我从你藏在金嘴里的石子认识了你!］”俾利平说，他的厚蓬蓬的头发得意地摆动着。

大家都笑了。依包理特笑得声音比别人都高。他显然是觉得难受了，喘息了，但他忍不住他的粗野的笑声，这笑震动了他的一向没有表情的脸。

“那么，这么办，诸位，”俾利平说，“保尔康斯基是我家里的客人，现在是在不儒恩，我想要尽可能地用这里生活上的一切的乐事招待他。假若我们是在维也纳，这就容易办了，但是在这里，dans ce vilain trou morave［在这个讨厌的莫拉夫小地方,］这要难一点了，我要请你们大家帮忙。Il faut lui faire les honneurs de Brün.［我们应当对他尽不儒恩的地主之谊。］你们担任看戏，我担任交际，你，依包理特，不用说——女人。”

“我们应该让他看看阿美丽，她好标致啊!”一个我们自己的人吻着手指尖说。

“总之,”俾利平说，“我们应该使这个血腥的军人注意到更人道的事情。”

“我恐怕不能叨扰你们的款待了，诸位，现在是我应该出门的时候了。”保尔康斯基看着表说。

“到哪里去?”

“去见皇帝!”

---

① 代摩斯代涅，公元前的384—322年，雅典名演说家。

"呵！呵！呵！"

"好，再见，保尔康斯基，再见，公爵，早点来吃饭，"大家的声音说，"我们要照应您。"

"您和皇帝陛下说话的时候，要尽可能地多称赞供给军需和行军路线的有条理。"俾利平送保尔康斯基到外厅时向他说。

"我本想称赞，但是就我所知道的，我不能够这样办。"保尔康斯基微笑着回答。

"好，总之，尽可能地多说话。他极愿意接见人，但是他自己不爱说话，也不会说话，您就会知道的。"

12

在朝会上，法兰西斯皇帝只注神地看了看站在奥国军官之间指定地位上的安德来公爵的脸，向他点了点自己的长头。但在朝会之后，昨天的侍从武官恭敬地向保尔康斯基说皇帝要接见他。法兰西斯皇帝站在房间当中接见他。在开始谈话之前，使安德来公爵诧异的是，皇帝好像慌乱了，不知道说什么是好，并且脸红了一下。

"您说吧，会战是什么时候开始的？"他急促地问。

安德来公爵回答了。在这个问题之后，还提了别的同样简单的问题："库图索夫好吗？他离开克累姆斯有多久？"，等等。皇帝带着那样的神情说话，好像他的唯一的目的，只是在问一定数量的问题。十分明显，对于这些问题的回答不能使他发生兴趣。

"会战是几点钟开始的？"皇帝问。

"我无法报告陛下，前线的会战是几点钟开始的，但在丢任施坦。我所在的地方，军队是下午五点钟以后开始攻击的，"保尔康斯基说着，活泼起来了，并且以为他能够乘机正确地叙述一番他在心中早已准备好了的、他所见所闻的一切情形。

但皇帝微笑了一下，打断了他的话。

"有多少里？"

"从哪里到哪里，陛下？"

"从丢任施坦到克累姆斯？"

“三里半，陛下。”

“法军退出了左岸吗？”

“据侦察员报告，最后的一批在夜里乘木筏渡过了河。”

“在克累姆斯的粮草够用吗？”

“粮草还未达到那个数额……”

皇帝打断了他的话：

“施密特将军是在几点钟被打死的？……”

“大约是七点钟。”

“七点钟。很惨！很惨！”

皇帝对他表示感谢，并且鞠了躬。安德来公爵走出来，立刻便被朝臣们从四周包围起来了。亲切的眼睛从各方面看他，并且听到了亲切的话声。昨晚的侍从武官怪他为什么不住在宫里，并且要把自己的屋子给他住。陆军大臣走来，带了皇帝颁赐给他的三等玛丽亚·泰利撒勋章来贺他。皇后的侍从官请他去见皇后陛下。女大公也希望见他。他不知道对谁答话，思索了好几秒钟。然后，俄国大使拉了他的肩膀，领他走到窗口，开始向他说话。

和俾利平所说的相反，他所带来的消息被愉快地接受了。决定了举行感恩祈祷。库图索夫被赐赠了玛丽亚·泰利撒大十字勋章，并且全军受到了赏赐。保尔康斯基接到了各方面的邀请，他必须在整个的上午去拜访奥国的显要。在下午四时许，安德来公爵拜访完毕后，回到俾利平家，腹拟着给父亲的信稿，向他报告会战和不儒恩之行。在俾利平的屋子的台阶前，停着一辆装了半车物品的小车，俾利平的仆人弗让次费力地拖着衣箱走出门。

在他回到俾利平家之前，安德来公爵到书店去为行军期间储购了书籍，在书店里逗留了好久。

“这是怎么回事？”保尔康斯基问。

“Ach，Erlaucht！[啊，大人！]”弗让次费力地把衣箱向小车上拖着说，“Wirziehen noch weiter. Der Böseuicht ist schon uieder hinter uns her！[我们要走得更远了。那个浑蛋又跟在我们的脚后了！]”

“什么？什么？”安德来公爵问。

俾利平出来迎接保尔康斯基。在俾利平的一向镇静的脸上有了兴奋的气色。

“Non，non，avouez que c'est charmant，［哦，哦，您要承认这真妙极了，］”他说，“cette. histoire du pont de Thabor.［这个塔宝桥的事件。］（桥在维也纳。）Ils l'ont passé sans coup férir［他们不过抵抗就过来了。］”

安德来公爵一点也不明白。

“您从哪里来的，您不知道全城的车夫都知道的事吗？”

“我从女大公那里来的。我在那里没有听到什么。”

“您没有看见到处都在收拾行李吗？”

“我没有看见。……但，这是怎么回事？”安德来公爵不耐烦地问。

“是怎么回事？是这回事，法国人过了奥扼斯伯所守的桥，桥没有炸毁，所以牟拉现在顺大道向不儒恩跑来了，他们今天明天就要到这里。”

“这里？既然埋了地雷，怎么没有炸桥呢？”

“我就要问您这个。这没有人知道，连保拿巴特自己也不知道。”

保尔康斯基耸了耸肩。

“假使他们过了桥，那便是，军队毁灭了：军队要被切断的。”他说。

“问题就在这里了，”俾利平回答，“您听着。法国人进了维也纳，我向您说过了。一切都很好。第二天，就是昨天，元帅先生们：牟拉，兰恩和白利尔骑了马向桥上来了。（注意，三个都是加斯科恩人。）有一个说：‘诸位，你们知道，塔宝桥埋了地雷，又加埋了地雷，在前面有可怕的 tête du pont［桥头堡］，和一万五千军队，他们奉命炸桥，不让我们过去。但假使我们占领了这座桥，我们的皇帝拿破仑陛下要乐意的。我们三个人去占领这座桥吧。’另一个人说：‘我们去，’于是他们出发了，占领了桥，过了桥，现在领了全军在多瑙河这边直扑我们，你们，和你们的交通线了。”

“不要说笑话了。”安德来公爵忧郁地严肃地说。

这个消息对于安德来公爵是又可悲又可喜的。他一听到了俄军处在这种绝望的境地，就想到他正是注定了要把俄军救出这种境地的人，这个图隆①现在来了，它要把他从无名官员的阶层里提拔出来，为他开辟第一条到达光荣的路。他听着俾利平说话，已经想到，他到了军中之后，要在军事会议里提出唯一的能够拯救军队的意见，他要单独一个人奉命执行这个计划。

"不要说笑话了。"他说。

"我不是说笑话，"俾利平继续说，"没有别的比这更真实更悲惨了。这几位先生单独来到桥上，举起白手帕，向长官保证说，这是停战，而他们，元帅们，是来和奥扼斯伯公爵作谈判的。值班的军官让他们上了 tête du pont［桥头堡］。他们向他说了一千种加斯科恩人的胡说八道：他们说，战争已经结束了，法兰西斯皇帝已经决定了和保拿巴特相会，他们希望会见奥扼斯伯公爵，等等的话。军官派人去找奥扼斯伯，这几个先生抱住军官们说笑话，坐在炮上，这时，一营未被发现的法军来到桥上，把装着燃烧材料的袋子抛到水里，来到了 tête du pont［桥头堡］。最后中将自己，我们可爱的奥扼斯伯·封·毛忒恩公爵，出现了。'亲爱的敌人！奥军的杰才，土耳其战争的英雄！仇恨完结了。我们可以互相握手了……拿破仑皇帝非常想要认识里奥扼斯伯公爵。'总之，这些先生们，难怪他们是加斯科恩人，他们向奥扼斯伯公爵说了那些漂亮话，他是那样地被他和法国元帅们如此迅速的亲密所吸引，那样地被牟拉的外衣的式样和鸵鸟花翎所眩惑，qu'il n'y voit que du feu，et oublie celui qu'il devait faire，faire sur l'ennemi！［他只看到他们的火，忘记了他自己的应该向敌人打出的火！］"虽然说得有声有色，俾利平却没有忘记在这警语之后稍停，让它有时间被人欣赏。"这营法军跑上桥头堡，塞了炮口，把桥占领了。哦，但最好的地方，"他继续说，他的兴奋因为他的故事有趣而缓和着，"是在这里，看守这门炮的军曹——他们是要

① 毛注：图隆于一七九三年受共和党入侵时，拿破仑在此大露头角。译者注：图隆或译都隆，土伦，是法国的军港。

凭这门炮的信号放地雷炸桥的——这个军曹，看见法军跑到桥上，便想要放炮，但兰思推开了他的手。这个军曹，显然是比自己的将军聪明，他走到奥扼斯伯面前说，‘公爵，他们在骗您，法国人来了！’牟拉看到，假使让军曹说话，事情便糟了。他带着做作的惊异（他是真正的加斯科恩人）向奥扼斯伯说：‘我看不出这是世界上那么被称赞的奥军纪律，’他说，‘您让下级的人向您这样说话！’C'est génial. Le prince d'Auersperg se pique d'honneur et fait mettre le sergent aux arrèts. Non，mais avouez que c'est charmant toute cette histoire du pont de Thabor. Ce n'est ni bêtise，ni lâcheté. ［这是天才！奥扼斯伯公爵觉得有失尊严，便下令拘押这个军曹。哦，您要承认这桥的事件是妙极了，这既不是愚蠢，又不是卑鄙。］……"

"C'est trahison peut-être. ［这也许是叛变。］"安德来公爵说，鲜明地想象着灰大衣，伤兵，火药烟，子弹声和等待着他的光荣。

"Non plus. Cela met la cour dans de trop mauvais draps，［也不是。这使朝廷处于很困难的地位，］"俾利平继续说，"Ce n'est ni trahison ni lâcheté，ni bêtise，cest comma à Ulm，［这既不是叛变，又不是卑鄙，也不是愚蠢，这好像在乌尔姆，）……"他似乎思索了一下，在寻找适当的词句："c'est……c'est du Mack. Nous sommes mackés. ［这是……这是马克式。我们马克化了。］"他说，觉得自己说了 un mot ［一个警语］，一个新鲜的 mot ［警语］，这个 mot ［警语］要被重复地说的。额上颦蹙到现在的皱纹迅速地松开了，表示满意，于是他微笑着，开始看着自己的指甲。

"您到哪里去呢？"他忽然向站起来要到房间里去的安德来公爵说。

"我要走了。"

"到哪里去？"

"到军队里去。"

"你不是还要住两天的吗？"

"但现在我马上就要走了。"

于是安德来公爵吩咐了关于上路的事，便到他的房间里去了。

“您听我说，我亲爱的，”俾利平走进他的房，向他说，“我想到了您的事。您为什么要走呢？”

并且为了证明这个理由是不能反驳的，他脸上的皱纹完全消失了。

安德来公爵疑问地望着他的交谈者，没有回答。

“您为什么要走？我知道，您以为此刻，在军队有危险时，骑马跑回军队，是您的责任。我明白这个，moil cher，c’est l’héroisme.［我亲爱的，这是英雄主义。］”

“一点也不是的。”安德来公爵说。

“但您是 un philosophe［一个哲学家］，您要做一个十足的哲学家，要从另一方面看事，并且您就会明白，您的责任，相反地，是当心您自己。把这事让其他不再适宜于做别的事的人……您没有奉命回去，这里并没有放您走，所以，您可以留在这里，和我们一同走，到我们的不幸的命运要带我们前去的地方去。据说，他们要到奥尔牟兹去。奥尔牟兹是一个很可爱的城。我们一同舒舒服服地坐我的马车去。”

“不要说笑话了，俾利平”。保尔康斯基说。

“我由衷地友好地向您说。您想想看。现在，当您可以留在这里的时候，您到哪里去？为什么要去？等待着您的，两者必有其一，”他皱了左鬓角上的皮，“或者是您没有回到军中，便已经媾和，或者是库图索夫全军的失败和耻辱。”

于是俾利平松了皱纹，觉得他的两端论法是不能反驳的。

“这个我不能论断，”安德来公爵冷淡地说，心里却想，“我要去救军队。”

“Mon cher，vous êtes un héro.［我亲爱的，您是一个英雄。］”俾利平说。

13

当天晚上，辞别了陆军大臣，保尔康斯基就回军队去了，他自己也不知道，在哪里找得到他的军队，并且怕在赴克累姆斯的途中，被法军俘获。

在不儒恩，所有的和朝廷有关系的人都收拾了行装，而且笨重的东西已经向奥尔牟兹在运送了。在爱塞斯道夫附近，安德来公爵上了俄军所走的道路，他们的速度极快，秩序极坏。道路是那样地被行李车所阻塞，以致马车不能通过。又饥饿又疲倦的安德来公爵，向哥萨克兵队长要了一匹马和一个哥萨克兵，骑马追越着行李车辆，去寻找总司令和他自己的行李车。关于军队情况的最不好的谣言在途中传到了他耳朵里，无秩序地奔跑的军队的情形证实了这些谣言。

“Cette armée russe que l’or de l’Angleterre a transportée des extrémités de l’univers, nous allons lui faire éprouver le meme sort（le sort de l’arméed’Ulm）.［用英国的金钱从地角上运来的俄军，我们要使它受到同样的命运（在乌尔姆的军队的命运）。］”他想起了保拿巴特在交战前向自己军队所下的命令里的话，这些话同时引起了他对于天才英雄的惊叹，自尊心受到损害的感觉，和对于光荣的希望。“假使除了死亡，一无所余呢？”他想，“假使是必要的那有什么关系！我一定要做得不比别人坏。”

安德来公爵轻蔑地望着这些走不尽的、混乱的军队，行李车，辎重车，大炮，接着又是运送车，各种各样的运送车，互相追赶着，并且三四辆并排，阻塞着泥泞的道路。从各方面，从前面和后面，从耳朵能听到的地方，传来车轮声，运输车的、小车的、炮车的轰轰声，马蹄声。鞭子的噼啪声，车夫的叫声，兵士的、侍从兵的、军官的詈骂声。在路边上，他不断地时而看到倒在地上的破了皮和未破皮的马：时而看到破碎的运送车，上面坐着孤独的兵士们在等待着什么：时而看到落伍的兵，他们成群地往附近的村庄里去，或者从村庄里拖出家禽、羊、草秸，或装满了东西的袋子。在上坡和下坡的地方，人群更是拥挤，并且有不断的呼叫声。兵士们在及膝的泥淖中走动着，手推着炮和车辆，鞭子响着，马蹄滑着，挽革破断了，胸脯都喊得挺起来了。领导行军的军官们，在行李车之间骑着马，时而上前，时而退后。他们的声音在全体的喊叫中是不易听到的，在他们的脸上可以看得出，他们对于制止这种混乱的可能是觉得失望了。

“Voilà le cher [这就是可爱的] 正教的军队。”保尔康斯基想，回忆着俾利平的话。

他骑马走到一队运送车那里，希望向他们当中的人探问总司令在什么地方。和他正对面地，来了一辆异样的单马的车子，显然是士兵们用人家的东西凑成的，看来是介乎载车，单马篷车，与轻便蓬车之间的样子。有一个兵在赶车，在皮篷之下有一个女子坐在车帷后边，她身上裹着披巾。安德来公爵骑马走到他们那里，正要向兵士发问时，坐在车中的女子拼命的叫声引起了他的注意。率领车辆的军官打了这辆车子上赶车的兵士，因为他想要越过别的车子，他的鞭子落在车帷上。女子尖声地喊叫。看见了安德来公爵，她从车帷底下把头探出来，并且挥动着从披巾下边伸出的瘦手，喊叫：

“副官！副官先生……看上帝的情面……保护我……这要变成怎么样子了？……我是第七轻骑兵团军医的妻子……他们不让过去，我们落后了，失了同阵的人……”

“我要把你打成肉饼，退回去！”愤怒的军官向士兵大叫，“和你的贱女人一同退回去。”

“副官先生，保护我。这是什么意思。”医生的妻子说。

“请您让这辆车子过去吧。您没有看见这是妇女吗？”安德来公爵骑马向军官面前走着说。

军官看了看他，没有回话，又转向兵士：“我来赶你……回去！……”

“让他们过去，我向您说的。”安德来公爵紧抿着嘴唇又说。

“你是什么人？”军官忽然带着醉汉的狂怒向他说，“你是什么人？你，（他特别刺耳地说你字）是长官，是吗？这里我是长官，不是你。你，回去，”他重复说，“我要把你打成肉饼。”

这个字眼显然是军官欢喜说的。

“他给了小副官一个大霉头。”后边的声音说。

安德来公爵知道这个军官是在发无故的酒疯，在这种情形中，人们是不知所云的。他知道，他替车中医生的妻子的说项，会使他招致世界上他所最怕的东西，即是所谓 ridicule（嘲笑），但他的本能向他说了别的话。那个军官还未及说完最后的字句，安德来公爵便带着因大怒而变色的面孔骑马走到他面前，举起鞭子。

“让——他——们——过——去！”

军官挥了挥手，连忙地跑开了。

“全是因为这些人，因为这些参谋人员，才有这一切的混乱，”他低语着，“随便您怎么办吧。”

安德来公爵没有抬起眼睛，匆忙地离开了称他为救命恩人的医生的妻子，并且厌恶地回想着这场受气情景的极细的详情，向前面的那个村庄奔驰而去，他听说，总司令在这个村庄里。

他进了村庄，下了马，向第一个人家走去，打算休息一会儿，吃点东西，把这一切痛心的，使他苦恼的思想清理一下。“这是一群恶棍，不是军队，”他想，向第一个屋子的窗前走着，这时一个熟悉的声音叫了他的名字。

他回头看了一下。从小窗子里探出了聂斯维次基的漂亮的面孔。聂斯维次基在潮湿的嘴里嚼着什么，挥着手，叫他进去。

“保尔康斯基，保尔康斯基！你听不见吗？赶快来。”他喊叫。

安德来公爵进了屋，看到聂斯维次基和另一个副官在吃东西。他们连忙地向保尔康斯基问了这个问题：“有没有什么消息？”在他们的为他所如此熟悉的面孔上，安德来公爵看出了惊惶与不安的表情。这表情在聂斯维次基一向带笑的脸上特别显著。

“总司令在哪里？”保尔康斯基问。“在这里，在那个屋子里。”副官回答。

“那么，和平同投降是真的吗？”聂斯维次基问。

“我要问您。我一点也不知道，我费了大劲才来到您这里。”

“我们的事，老兄，成个什么样子！可怕！老兄，我错了，我们笑马克，我们自己却要更加糟糕了，”聂斯维次基说，“可是你坐下来，吃点东西吧。”

“现在，公爵，您找不到行李车和任何东西了，你的彼得，上帝知道他在哪里。”另一个副官说。

“总司令部在哪里?”

“我们要在兹那依姆过夜。”

“我把我所需要的一切驮在两匹马上,”聂斯维次基说,“他们替我弄了极好的驮包。至少可以逃过保希米亚山。很糟糕。老兄,但,你怎么样?大概是不好过,你那样的打颤,”看到安德来公爵好像触到了蓄电池那样地打颤,聂斯维次基这么问他。

“没有什么。”安德来公爵回答。

他这时候是想起了刚才和医生的妻子和运输军官的相遇。

“总司令在这里做什么?”他问。

“我一点也不明白。”聂斯维次基说。

“我只明白一点,一切是可恶,可恶,可恶。”安德来公爵说过,便到总司令所住的屋子去了。

走过库图索夫的马车,走过侍从们的和大声互相谈话的哥萨克兵士们的疲倦的坐骑,安德来公爵进了门廊。如他们向安德来公爵所说的,库图索夫自己和巴格拉齐翁和威以罗特在这个农舍里。威以罗特是代替那打死的施密特的奥国将军。在门廊里,矮小的考斯洛夫斯基蹲在一个书记的前面。书记卷了制服的硬袖,在翻转的桶上迅速地写字。考斯洛夫斯基脸色憔悴——他显然是夜间也没有睡觉。他看了看安德来公爵,连头也没有向他点一点。

“第二行……写了吗?”他继续向书记口授着说,“基也夫的掷弹兵,波道尔斯克的……”

“不要急,大人。”书记望着考斯洛夫斯基,不恭地、愤怒地说。

这时,可以听到门那边库图索夫的兴奋的不满的声音,被别的不相识的声音打断着。由于这些话声,由于考斯洛夫斯基看他时不注意,由于疲劳的书记的不恭,由于书记和考斯洛夫斯基蹲在桶旁的地上,离总司令那么近,以及由于牵马的哥萨克兵们在屋外窗下大声地笑——由于这一切,安德来公爵觉得,一定发生了什么严重的不幸的事情。

安德来公爵迫切地向考斯洛夫斯基发出一些问题。

“等一下,公爵,”考斯洛夫斯基说,“给巴格拉齐翁的作战命令。”

“投降呢？”

“没有这回事，下了作战的命令了。”

安德来公爵向传出话声的门前走去。但是正在他想要开门的时候，房里的话声沉默了，门打开了，胖脸钩鼻子的库图索夫在门口出现了。安德来公爵正站在库图索夫的对面，但是从总司令一只好眼的表情，可以看到，思索与焦虑那么有力地吸引了他的注意力，以致他的视线好像是被遮住了。他对直地望着他的副官的脸，却没有认出他。

“好，完了吗？”他向考斯洛夫斯基说。

“马上就完了，大人。”

巴格拉齐翁是一个矮小的、消瘦的中年人，有一副东方式的、坚决的、没有表情的面孔，他跟在总司令后边走出来。

“我有荣幸来谒见。”安德来公爵声音够高地重复说，递给他一封信。

“啊，从维也纳来的吗？好。等一下，等一下！”

库图索夫和巴格拉齐翁走到台阶上。

“好，公爵，再见，”他向巴格拉齐翁说，“基督保佑你！祝你立大功。”

库图索夫的脸忽然动情了，泪水在他的眼睛里出现了。他用左手将巴格拉齐翁拉到面前，用戴戒指的右手，用显然习惯的姿势，替他画十字，并且把胖腮伸给他，但巴格拉齐翁却吻了他的颈子。

“基督保佑你！”库图索夫重复说，然后走到车前，“你和我坐一起。”他向保尔康斯基说。

“大人阁下，我想在这里会有点用处。让我留在巴格拉齐翁公爵的支队里吧。”

“坐上来，”库图索夫说，注意到保尔康斯基迟迟不上车，又说，“我自己需要，自己需要好军官。”

他们坐上马车，沉默地走了几分钟。

“我们还有很多，很多的事情，”他带着老年人的富有远见的表情说，好像是明白了保尔康斯基心里的一切，“假使明天他的支队能够回来十分之一，我就要感谢上帝了。”库图索夫说，好像是在自言自语。

安德来公爵望了望库图索夫，他的眼睛不觉地看到半阿尔申①之外库图索夫的鬓前洗净的疤痕，在依斯马伊尔战役中一粒子弹从这里穿破了他的头，他看到他的空眼窝。“是的，他有权利那么镇静地说到这些人的毁灭！”保尔康斯基想。

“就是因此我请求派我到那个支队里去。”他说。

库图索夫没有回答。他似乎已经忘记了他所说的话，坐着沉思。过了五分钟，在马车的柔软弹簧上平稳地颠宕着，库图索夫向安德来公爵说话了。他的脸上没有了兴奋的痕迹。他带着轻淡的讽刺：向安德来公爵问到他和皇帝会面的详情，他在朝廷里听到的对于克累姆斯战役的批评，以及几个共同认识的妇女。

14

库图索夫在十一月一日接到侦察员的谍报说，他所指挥的军队几乎是陷于进退维谷的境地。侦察员报告，力量强大的法军，过了维也纳桥，正向着库图索夫和俄国开来的军队之间的交通线在推进。假使库图索夫决定留在克累姆斯，则拿破仑的十五万军队将切断他和各方面的交通线，包围他的四万疲乏的军队，而他将处于马克在乌尔姆的境地。假使库图索夫决定放弃那条连接俄国开来的军队的交通线，则他必须不走大道，退入保希米亚山中陌生的地区，防御着优势的敌军，而放弃与部克斯海夫顿会合的一切希望。假使库图索夫决定从克累姆斯顺大道到奥尔牟兹去和俄国开来的军队会合，他便要冒过了维也纳桥的法军抢先占领这条道路的危险，并且这么一来，便要带着全部辎重与运输队，在行军中被迫作战，要和力量超过他两倍的、并且是在两面包围他的敌人作战。

库图索夫选择了最后的办法。

① 半阿尔申合〇．三五六米。

据侦察员报告，法军过了维也纳桥，以强行军向库图索夫退路上的、在他前面一百多里的兹那依姆前进。在法军之前到达兹那依姆——就是大有拯救军队的希望：让法军在他之先到达兹那依姆——就准是使全军受到类似乌尔姆战事的耻辱，或全部覆灭。但带领全军在法军之先到达，是不可能的。法军自维也纳到兹那依姆的道路，比俄军自克累姆斯到兹那依姆的道路，又短又好。

在接到消息的夜间，库图索夫派了巴格拉齐翁的四千前卫军从克累姆斯—兹那依姆大道上，向右走山路开往维也纳—兹那依姆大道。巴格拉齐翁必须不休息地前进，停止时，要面对维也纳背向兹那依姆，并且假使能够在法军之先到达，则他必须尽可能地阻挡他们。库图索夫自己率领全部辎重向兹那依姆前进。

巴格拉齐翁，带领饥饿的，穿破鞋的兵士，在暴风雨的夜间，在没有道路的山间走了四十五里，丢下了三分之一的兵在路上，正在从维也纳开往号拉不儒恩的法军之前数小时，到达了维也纳—兹那依姆道略上的号拉不儒恩。库图索夫率领着他的运输队，还要走整整的几昼夜，才能到达兹那依姆，因此，为了拯救军队，巴格拉齐翁必须以四千饥饿疲乏的兵士，把在号拉不儒恩相遇的全部敌军阻挡几个昼夜，这显然是不可能的。但奇怪的幸运使不可能的事成为可能。法军不战而夺得维也纳桥，这个欺骗的成功，引起了牟拉试图同样地欺骗库图索夫。牟拉在兹那依姆道路上遇到了巴格拉齐翁的薄弱的支队，以为这就是库图索夫的全军。为了确实地击溃这个军队，他等待后边维也纳道路上的部队，并且他抱着这个目的，提议停战三日，而停战的条件是双方军队既不变更他们的阵地，也不离开他们的地方。牟拉保证说，和平谈判已在进行，为了避免无谓的流血，他提议停战。在前哨线上的奥国将军诺西提兹伯爵相信了牟拉的军使的话，并且退却了，暴露了巴格拉齐翁的支队。另一个军使来到俄军前哨线，说明了同样的和平谈判的消息，并且向俄军提议停战三日。巴格拉齐翁回答说，他不能接受或拒绝停战，并且派副官带了提议停战的报告去见库图索夫。

对于库图索夫，停战是赢得时间，给巴格拉齐翁的疲乏的支队休息，让运输队和辎重（它们的行动是瞒着法军的）向兹那依姆哪怕是前进一站的唯一方法。停战的提议，使拯救军队有了唯一的意外的可能性。库图索夫接到了这个消息，立刻派身边的侍从武官长文村盖罗德到敌方军营里去。文村盖罗德不但要接受停战，并且要提出投降的条件，而同时库图索夫派了副官们回去催促全军的运输队在克累姆斯—兹那依姆道路上的行动尽量加快。巴格拉齐翁的疲乏饥饿的支队，单独地掩护运输队和全军的运动，必须不动地停在力量八倍于它的敌军面前。

库图索夫的预料都应验了：投降的提议并没有任何约束，却能让他的一部分运输队有时间走过去，而牟拉的错误一定会很快地被发觉。保拿巴特，在号拉不儒恩二十五里以外的射恩不儒恩，一接到牟拉的报告以及停战与投降的计划，就识破了计策，写了下面的这封信给牟拉：

致牟拉亲王。号拉不儒恩，一八〇五年，雾月二十五日，上午八时。

我不能找出话来，向你表示我的不满。你只指挥我的前卫队，你没有权利不得到我的命令就停战。你使我损失了战争的成果。你要立刻撕毁停战协定，进攻敌人。你要向他们宣布，签署这个投降书的将军没有权柄做这件事，只有俄国皇帝有这个权利。

可是，假若俄国皇帝批准了上述条约，我就批准，但这只是一种策略。进攻！毁灭俄军……你能够夺取他们的辎重和大炮。

俄国皇帝的侍从武官是一个骗子……军官们没有权，便一钱不值，这个人也没有……奥国人在过维也纳桥的事上受骗，你却让你自己受了皇帝的侍从武官的骗。

拿破仑。

拿破仑的副官带了这封威吓的信，策动马匹尽全力地向牟拉驰奔而去。拿破仑不相信他的将军们，恐怕放走了落网的牺牲品，亲自率领了全部的卫队向战场前进。而巴格拉齐翁的四千支队，愉快地架起营火，烘干了衣服，烤火取暖，煮了三日来的第一顿粥，支队中没有一个人知道或者想到他们当前的事情。

15

安德来公爵向库图索夫坚持了自己的要求，在下午四点钟以前，来到格儒恩特，见了巴格拉齐翁。拿破仑的副官还没有来到牟拉的支队里，会战还没有开始。在巴格拉齐翁的支队里他们不知道战事的大势，他们谈到和平，却不相信和平的可能。他们谈到会战，也不相信会战的迫近。

巴格拉齐翁知道保尔康斯基是得宠的亲信的副官，特别优厚地客气地接待他，向他说，大概今天明天要有会战，并且给了他充分的自由，在会战的时候他可以在他身边，或者是在后卫队里监察退却的秩序，“这也是很重要的”。

“然而今天，大概不会有战事的。”巴格拉齐翁说，好像是在安慰安德来公爵。

“假使他是一个寻常的参谋官、为了十字勋章而派来的公子哥儿，那么，他在后卫队里也可以获得奖赏，但是假使他想和我在一起，就让他这样……假使他是勇敢的军官，那是有用的。”巴格拉齐翁想。安德来公爵没有回答，要求准许他巡视阵地，明白军队的部署，以便一旦接到任务时，他知道到哪里去。支队的值班军官是一个漂亮的男子，穿得很华丽，在食指上戴了一个钻石戒指，他喜欢讲法语，但讲得很糟，他自愿引导安德来公爵。

在各方面可以看到被雨打湿的、面带愁容的、好像在找寻什么的军官们，和从村庄里拖出门板、木凳、及栅栏的兵士们。

“公爵，我们不能够阻止这些人的，”参谋官指着那些人说，“官长们放纵他们。看看那边，”他指了指随军商人的帐篷，“他们聚集在这里，坐在这里。今天早晨我把他们都赶出去了，您看，又坐满了。公爵，我一定要去吓吓他们。一会儿工夫。”

“我们一同去吧，我想吃点干酪和面包。”安德来公爵说，他还不曾有工夫吃饭。

“您为什么不早说呢，公爵？要是说了，我就请您吃东西了。”

他们下了马，走进随军商人的帐篷。几个军官，带着发红的疲乏的脸，坐在桌上吃喝。

“哦，这是什么回事，诸位！”参谋官用那种谴责的语气说，好像已经把同样的话说过了几次，“你们要知道，这样地离开职守是不行的。公爵下过命令，不许再有人这样。哦，是您，上尉。”他向一个矮小、肮脏、消瘦的炮兵军官说，这个军官没有穿靴子，（他把靴子交给了随军商人去烘，）只穿着袜子，站在进来的人面前，很不自然地微笑着。

“嗬，屠升上尉，您怎么不害臊？”参谋官继续说，“我觉得，您身为炮兵军官，应当树立榜样，但是您没有穿靴子。他们要放警报了，可是您没有穿靴子，倒觉得很舒服。”参谋官微笑了一下。“请你们回到自己的地方去吧，诸位，你们全体，全体。”他命令地补充说。

安德来公爵看了屠升上尉一眼，不禁微笑了一下。屠升沉默地微笑着，轮流地移动着未穿靴子的脚，疑问地用聪明的、善良的大眼睛时而看看安德来公爵，时而看看参谋官。

“兵士们说，不穿靴子更舒服。”屠升上尉微笑着羞怯地说，显然是希望采用说笑话的语气使他摆脱他的难堪的境地。

但他还没有把话说完，便觉得，他的笑话不受欢迎，而且并不可笑。他发慌了。

“请你们走开吧。”参谋官极力维持着尊严说。

安德来公爵又看了看炮兵军官的矮小身躯。他的身体上有点特别的，全然不是军人气派的，有些滑稽然而极其引人注意的地方。

参谋官和安德来公爵上了马，再向前走。

他们过了村庄，不断地追上并遇见步行的各部队的兵士们和军官们，看见了左边的红色的、用刚掘的、新鲜的泥土正在建筑的工事。几营兵士，不顾寒风，只穿了单衫，好像是一群白蚂蚁，在工事上走动，一锹一锹的红色泥土被看不见的人从土垒下不断地抛出。他们骑马走到工事那里，视察了工事，又向前走。在这道战壕的那边，他们遇到几十个不断地被接替的、跑开战壕的兵士。他们不得不捏住鼻子，刺马疾驰，以便离开这些厕坑的臭气。

“Voilà l'agrément des camps，monsieur le prince. [这就是野营的乐趣，公爵先生。]”值班的参谋官说。

他们上了对面的山。在这个山上已经可以看见法军。安德来公爵停下来，开始观察阵地。

“我们的炮兵连是在那里，”参谋官指示着最高点说，“就是那个不穿靴子的怪人指挥的，在那里可以看得见一切，我们去吧，公爵。”

“我十分感谢，现在我一个人去了。”安德来公爵说，希望离开这个参谋官，“请您不要再麻烦了。”

参谋官留下来了，安德来公爵独自乘马前去。

他向前走得愈远，愈接近敌军，军队是愈有秩序，愈快乐。最没有秩序和最不振作的地方是安德来公爵早晨所越过的，在兹那依姆附近的和法军相隔十里的那个运输队。在格儒恩特也曾感觉到几分惊慌和恐怖。但是安德来公爵离法军的前哨愈近，我军的神情显得愈有自信。穿大衣的兵士们排成行列，曹长和连长在点人数，用手指推着每班最末一个兵士的胸前，叫他举手：散在全部地面上的兵士们，拖了木头和枯枝在搭盖棚子，快乐地微笑着交谈着：穿衣的和光身的兵士，坐在营火旁边，在烘衬衫和裹腿，或是聚集在粥锅和伙夫旁边，刷靴子和大衣。有一个连已经做好了饭，兵士们带着贪馋的面孔看着冒烟的锅，等待着军需中士用木碗送样品给那个坐在自己棚子前的一个木块上的军官去尝试。

在另一个较为幸运的连里，(因为不是每个连都有伏特加酒）兵士们拥挤着站在一个麻面宽肩的曹长旁边，曹长斜举着一只酒桶，把酒注进轮流伸来的水桶盖里。兵士们带着虔敬的面孔把盖子举到口边，喝下了酒，然后舐着嘴唇，用大衣袖子拭着嘴，带着快活的面孔离开了曹长。所有的面孔都是那么镇静，似乎这一切不是发生在敌人的前面，在那一定要在战场丢下至少半个支队的交战之前，却似乎是在本国的什么地方等待安静的宿营一样。安德来公爵经过了轻骑兵团，到了基也夫掷弹兵队里，英勇的兵士们在做着同样的和平的事情，距离那高大的、和其他棚子不同的、团长的棚子不远，他来到一排掷弹兵那里，在他们面前躺着一个光身的人。两个兵抓住他，两个兵用柔软的树枝抽他，一下一下地打在他的光背上。被处罚的人不自然地喊叫着。肥胖的少校，在这排兵的前面来回走着，没有停步，也没有注意叫声，说道：

“偷窃是兵士的耻辱，兵士们应当诚实、高尚、勇敢，假使要偷自己的弟兄，他便没有名誉，是下流。再打！再打！”

于是，又听到了啪啪的抽打，和拼命的做作的喊叫。

“再打，再打！”少校重复说。

一个青年军官，面上带着迷惑与痛苦的表情，离开被打的人，疑问地望着骑马而来的副官。

安德来公爵来到最前线，在前线上骑马走过。我军与敌军的哨兵线在左右翼相隔很远，但在中央，在早晨军使们来往之处，哨兵线相隔得那样近，彼此可以互相看见面孔、互相谈话。除了在这个地方担任前哨的兵士们以外，两边都有许多好奇的兵，他们取笑着，观看着奇怪的彼此觉得生疏的敌人。

从一清早起，虽然有命令禁止兵士到前哨去，官长们却不能赶回那些好奇的兵士。在前哨上的兵士们，好像是一些观看什么稀奇事物的人，现在不看法国人了，却注视着那些来到的人，并且，百无聊赖地等候换班。安德来公爵停下来观察法军。

“看啊，看啊。”一个兵士指着一个俄国毛瑟枪兵向他的同伴说。这枪兵是和一个军官来到前哨的，正和一个法国掷弹兵在迅速地热烈地谈话。“你看，他唧咕得多么好！法国人也赶不上他。你看，谢道罗夫！”

“等一下，听着。啊，好哇！”谢道罗夫回答，他被认为是说法语的能手。

他们笑着所指的兵是道洛号夫。安德来公爵认出了他，于是停下来听他说话。道洛号夫是和他的连长从他们的团所驻扎的左翼来到前哨的。

“好，再说，再说！”连长怂恿着，把身子向前弯着，力求不要漏掉任何一个他所听不懂的字。“请你再说。他说的什么？”

道洛号夫没有回答连长，他和法国掷弹兵发生了热烈的争论。他们当然是谈到战争了。法国人把奥国人和俄国人弄混了，他证明俄国人打败了，并且从乌尔姆逃走了：道洛号夫证明俄国人没有打败，并且打败了法国人。

“我们奉命要把你们赶出这里，我们就要赶的。”道洛号夫说。

“可是你们要当心，你们不要连你们的哥萨克兵都被俘虏了。”法国掷弹兵说。

旁观的和旁听的法国人都笑了。

“我们要教你们跳舞（on vous fera danser），好像你们在苏佛罗夫的时候跳的那样。”道洛号夫说。

“Qu’est-ce qu’il chante？［他在唱什么？］”一个法国人问。

“De l’histoire。ancienne，［古代史，］”另一个说，他猜测那谈话是关于从前的战事，“L’Empereur va lui faire voir à votre Souvara，comme aux autre。［皇帝要指教你们的苏发拉，像他指教别的人一样］……”

“保拿巴特……”道洛号夫正要开始说，但法国人打断了他。

“不是保拿巴特，是皇帝！Sacré nom［神圣名字］……”他愤怒地大叫。

“鬼要剥你的皇帝的皮！”

并且道洛号夫用俄语粗野地发出兵士的咒骂，便扛了枪走开了。

“我们走吧，依凡·卢基支。”他向连长说。

“就是那样说法国话，”前哨上的兵士们说，“你来一下，谢道罗夫。”

谢道罗夫睒了睒眼，向着法国人，开始越来越快地说些不可解的字。

“卡锐——马拉——塔法——萨非——牟代——卡斯卡。”他一面胡说，一面极力要对他的声音赋予一种有声有色的腔调。

“啊，呵呵！哈，哈，哈，哈！呼！呼！”兵士们当中发出了那么健康的快活的大笑声，它不觉地传染了哨线那边的法国人，好像是，在大笑之后，应该卸掉枪弹，炸掉军火，大家赶快散开，各自回家了。

但枪还是上了子弹，防舍内和战壕内的炮口还是威胁地对着前面。卸了炮车的大炮，还是如旧地互相面对着。

16

从右翼到左翼走过了军队的全部阵线之后，安德来公爵上山到了炮兵连那里，据参谋官说，从这里可以看见全部的战场。他在这里下了马，站在四尊卸了炮车的大炮当中顶边上一尊的旁边。一个炮兵步哨在炮的前边走动着，他正要向军官立正，但由于向他所做的暗示，又恢复了他的均匀的单调的步子。在炮的后边是炮车，再后一点，是绳索和炮兵们的营火。左边离顶边上的炮不远，是一个新搭的棚子，棚子里面传出来了军官的热闹的谈话声。

确实，在炮兵连的前面展开了几乎全部俄军的和大部分敌军的配置。正对着炮兵连，在对面山坡的地平线上可以看见射恩格拉本村庄，在左边和右边，在三个地方，可以分别出营火烟气中的法国军队，显然，大部分的法军是在村庄里和山那边。在村庄左边，在烟气中，有点东西好像是炮兵队，但是肉眼不能够看得清楚。我们的右翼扎在很陡的高地上，这高地控制着法军阵地。我们的步兵扎在附近，并且在顶边上，可以看到龙骑兵。在中央，在屠升的炮兵连所在的地方，在安德来公爵视察阵地的地方，是到达我们和射恩格拉本之间的那条河的最平缓最直接的起伏山坡。左边我们的军队靠近树林，那里有我们的伐木的步兵的营火在冒烟。法军的阵线比我们的宽，显然是，法军能够很容易地从两边包围我们。在我们阵地的后边是很深很陡的山谷，骑兵和炮兵是很难由这里退却的。安德来公爵把胳膊搭在炮身上，取出记事簿，为自己绘了一个军队配置图。他用铅笔写了两点意见，打算向巴格拉齐翁提出。第一，他想要把全部炮兵集中在中央。第二，把骑兵撤退到山谷的后边。安德来经常在总司令身边，注意大军的运动，和一般的调遣，并且经常研究战役的历史记载，对于当前的这个战事，他不觉地在大体上考虑着未来的战况的发展。他只想到下面这种巨大的可能性："假使敌人攻击右翼，"他对自己说，"基也夫掷弹兵和波道尔斯克轻骑兵一定要守住阵地，直到中央的预备队达到他们那里。在这个时候，龙骑兵可以从侧面袭击，打退他们。假如敌人攻击中央，我们就把中央的炮兵连扎在这个高地上，并且在它的掩护下，我们撤退左翼，成梯队退至山谷。"他独自判断着……

在他留在炮兵连的大炮旁边的整个时间里，他一直听着棚子里说话的军官们的声音，但是正好像那种常有的事情一样，他们所说的话他一句也没有听懂。可是，忽然棚子里的话声的那样诚恳的语调引起了他的注意，他不觉地倾听起来了。

"不，亲爱的！"一个愉快的并且似乎是安德来公爵所熟识的声音说，"我要说的是：假使我们能够知道，死后是什么样的，那么，我们当中就没有人怕死了。就是这样的，亲爱的。"

另一个更年轻的声音打断他：

"但是，怕不怕，都是一样——你逃不了。"

"你还是怕！哎，你们是聪明人，"第三个豪爽的声音说，打断了双方的话，"你们，炮兵，是很聪明的，因为你们能够带着一切，有喝的，有吃的。"

说话豪爽的人笑了，他显然是步兵军官。

"你还是怕，"第一个熟识的声音说，"人怕不可知的事，本来就是这样的。虽然是说灵魂要上天堂……但是我们知道，天堂是没有的，只有空气。"

豪爽的话声又打断了炮兵军官的话。

"好，请我吃点您的药草酒吧，屠升。"他说。

"啊，他就是在随军商店里没有穿靴子的那个上尉。"安德来公爵想，欣然地辨别出来了那个愉快的发哲学议论的声音。

"吃药草酒是可以的，"屠升说，"但还是要想到来生……"他没有说完。

这时候，空中响起一阵嗞嗞声，它越来越近，越快越清晰，越清晰越快，于是，一颗炮弹，好像没有说完它所要说的一切，便訇然落在棚子附近的土中，用超人的力量，炸翻了土地。土地好像是因为可怕的轰击而呻吟。

在同一顷刻，矮小的屠升歪衔着短烟斗，从棚子里最先冲出来，他的善良聪明的脸有些发白。在他的后边走出了那个说话豪爽的人，一个勇猛的步兵军官，他边跑边扣着衣服，向自己的连里跑去。

17

安德来公爵骑在马上，留在炮兵连那里，望着飞出炮弹的那门大炮的烟。他的眼睛扫过广大的地区。他只看见，先前不动的法国军队在移动，而左边果真是炮兵。在那里烟还未散。两个骑马的法国人，大概是副官，向山上奔驰。有两个清晰可见的敌军的小纵队向山下移动，大概是为了增援前线。第一炮的烟还未消散，又出现了烟，打出第二发了。会战开始了。安德来公爵掉转了坐骑，驰回格儒恩特去寻找巴格拉齐翁公爵。他听到背后的炮击是越来越密、越来越响了。显然，我军开始回击了。下边，在军使们走过的地方，发出了步枪的射击声。

勒马华带了保拿巴特的严厉的信刚刚来到牟拉这里，羞惭的牟拉，想要补救自己的过失，立刻调动他的军队攻击中央并包围俄军的两翼，希望在黄昏之前，在皇帝来到之前击破他前面的不足重视的支队。

“它开始了！它来了！”安德来公爵想，觉得血液向他心里涌的更快了。“但是我的图隆在什么地方？要怎样表现它呢？”他想。

他走过在一刻钟前吃粥喝酒的各连之间，看见处处是同样的排队拿枪的兵士们的迅速运动，并且在所有的面孔上，他看到他心中所有的那种兴奋情绪。“它开始了！它来了！又可怕又可喜！”每个兵士和军官的脸上似乎这么说。

还未到达在建筑中的工事，他在暗淡秋日的暮色中看见了许多骑马的人向他走来。最前面的，穿着斗篷，戴着羊皮尖帽，骑在白马上。这人是巴格拉齐翁公爵。安德来公爵停下来等候他。巴格拉齐翁公爵停住了自己的马，认出了安德来公爵，向他点了点头。安德来公爵向他报告着所见的情形时，他仍然向前面望着。

这个表情："它开始了！它来了！"也甚至流露在巴格拉齐翁的坚强的、棕色的脸上，脸上有一双半闭着的、无光彩的、好像是有睡意的眼睛。安德来公爵不安地好奇地望着这个没有表情的脸，他想要知道：这时候这个人有思想有感觉吗？他在思考什么呢？他感觉到什么呢？

"在这副没有表情的面孔后边，是不是有点什么呢？"安德来公爵一面望着他，一面问自己。巴格拉齐翁公爵点了点头，表示同意安德来公爵的话，并且带着那样的表情说了"很好"，好像所发生的一切以及向他报告的一切，正是他已经预料到的。安德未公爵因为驰奔太快而喘气，把话说得很快。巴格拉齐翁公爵用他的东方发音特别缓慢说话，好像是在暗示，用不着发急。但是他刺动了他的坐骑，向屠升的炮兵连缓驰而去。安德来公爵和随从们一同跟他驰去。走在巴格拉齐翁后边的是：一个随从军官，公爵的私人副官热尔考夫，一个传令兵，骑着美丽的短尾马的值班参谋官，和一个文官——审计官，他是由于好奇心而请求来观战的。审计官是一个圆脸的胖子，他带着单纯的快乐的笑容环顾着四周，在马上摇荡着。他穿着绒大衣，骑在辎重队的马鞍上，在骠骑兵、哥萨克兵和副官之间显出了很奇怪的样子。

"他想看看会战，"热尔考夫指着审计官向保尔康斯基说，"但是他的心窝里已经痛起来了。"

"好，您不用说了。"审计官带着鲜明的、单纯的，同时又是狡猾的笑容说，好像他觉得他成为热尔考夫嘲笑的对象，是很荣幸，好像他有意要极力显得比实际上更愚蠢。

"Très drôle, mon monsieur prince！[很新奇，我的公爵先生！]"值班参谋官说。（他记得在法文里"公爵"这称号有个特别说法，但是他不能够说得正确。）

这时候，他们正要到达屠升炮兵连那里，一个炮弹打在他们的前面。

“落下的是什么？”审计官天真地微笑着说。

“法国薄饼。”热尔考夫说。

“他们就是用这个射击你们吗？”审计官问，“多么可怕哦！”

他似乎是高兴得心花怒放了。他刚刚说完他的话，便又传来了一个意外的可怕的嗞嗞声，这声音忽然停止，钻进了什么柔软的东西上，于是扑通响了一声——在审计官左边后方不远的一个哥萨克兵和他的马一同倒在地上了。热尔考夫和值班参谋官把身体伏在马鞍上，把马掉转了头。审计官停在哥萨克兵的对面，注意地好奇地望着他。哥萨克兵死了，他的马还在挣扎。

巴格拉齐翁公爵眯着眼，回头看了一下，看到了混乱的原因，漠不关心地掉转了头，好像是说：哪有工夫管闲事！他停了马，带着良好骑手的姿态，微微弯了弯腰，解开绊在斗篷上的指挥刀。指挥刀是旧式的，不像现在所佩用的那样。安德来公爵想起这个故事，就是苏佛罗夫在意大利把自己的指挥刀赠给了巴格拉齐翁，这时候他觉得这个回忆是特别愉快的。他们骑马到了保尔康斯基观察战场时所去过的炮兵连那里。

“谁的炮兵连？”巴格拉齐翁问站在弹药箱边的炮手。

他问：谁的炮兵连，但实际上他是问：你们在这里不害怕吗？炮手懂得这个。

“屠升上尉的，大人！”红发的、脸上有雀斑的炮手挺直着身子，用愉快的声音大叫着。

“好的，好的，”巴格拉齐翁说，思索着什么，骑马经过炮车，走到尽头的那尊炮前。

当他到达的时候，这尊炮打出了炮弹，震动着他和随从们的耳朵，并且立刻笼罩着大炮的烟气里，可以看见炮兵们扶着炮，匆忙地用着劲，把炮推到原先的地方。一个宽肩的魁梧的第一号炮手，拿着炮刷，跳到轮旁，撑开了双腿。第二号用发抖的手把炮弹放进炮口。一个矮小的驼背的人，军官屠升，没有注意到将军，用他的小手遮在眼睛上边监视着，向前跑去，在炮架尾上绊了一下。

“再高两格，就合式了。”他用尖细的声音喊叫着，他极力想在声音里加上和他身躯不相称的威武。“第二号！”他尖声地喊，“射击，灭德维皆夫。”

巴格拉齐翁喊叫了军官，于是屠升跑到将军面前，畏怯又笨拙地放了三只手指在帽檐上，完全不像军人行礼，却像是神甫祝福。虽然屠升的炮是被指定了射击山谷的，他却把燃烧弹打在前面看得见的射恩格拉本村上，在村庄前面有大量的法军在移动。

没有人命令屠升向何处射击，用什么射击，他和他所很尊敬的曹长萨哈尔晴考商量之后，决定了最好是烧掉那个村庄。巴格拉齐翁对军官的报告说了一声“好！”于是开始察看展开在他面前的全部战场，好像在思索什么。在右边，前进的法军相隔最近。在基也夫团驻扎的高地的下边，在小河流过的山峡里，发出了惊心动魄的、砰砰的步枪声，更右边一点，在龙骑兵的那边，随从官向公爵指示着一个在包围我军侧翼的法军纵队。左边的地平线被附近的森林遮断了。巴格拉齐翁公爵下令从中央调两个营去增援右翼。随从官大胆地提醒公爵说，调走了这两个营，大炮便没有掩护了。巴格拉齐翁转向随从官，用呆板无光的眼睛沉默地望了望他。安德来觉得随从官的意见是正确的，并且确实没有什么话可说。但是这时候，在山峡里的团长派他的副官骑马驰来，送来了消息，说大量的法军下山了，说他那团兵没有了秩序，要退到基也夫掷弹兵那里去了。巴格拉齐翁点了点头表示同意和赞许。他骑马慢步地向右边走去，派了副官到龙骑兵那里去传达攻击法军的命令。但派去的副官，半小时后，带了消息回来，说龙骑兵团长已退到山谷那边去了，因为有强大的炮火向他攻击，他白白地损失了部队，所以把射击兵们赶快开到森林里去了。

“好！”巴格拉齐翁说。

当他离开炮兵连时，在左边森林里也发出了射击声，并且因为左翼太远，不能亲自及时赶到，巴格拉齐翁公爵便派热尔考夫到那里去告诉老将军，就是那个在不劳诺把他的团给库图索夫检阅的人，要他尽可能地赶快退到山谷的那边，因为左翼也许不能够长久地阻住敌人。关于屠升和掩护他的那个营都被忘却了。安德来公爵细心地听巴格拉齐翁公爵同官长们说的话以及他所发的命令，并且诧异地发觉他并未发出任何命令，而巴格拉齐翁公爵只是极力想要显出，由于必然、偶然以及个别官长们的意志所发生的一切，即使不是由于他的命令，却是合乎他的意思的。由于巴拉格齐翁公爵所表现的机敏，安德来公爵注意到，虽然事件的发生是出于偶然，而与指挥官的意志无关，但他的在场却发生了极大作用。指挥官们带着不安的脸色骑马来到了巴格拉齐翁公爵面前，就镇静了，兵士和军官们愉快地向他敬礼，在他面前变得更活跃，并且显然，在他面前夸耀着他们自己的勇敢。

18

巴格拉齐翁公爵骑马到了我军右翼最高点之后，开始下山了，山下有砰砰的射击声，而且由于火药的烟，什么都看不见。他们愈向山峡下边走去，他们看见的东西愈少，却愈觉得接近真正的战场。他们开始遇见伤员了。有一个头上流血的、没有帽子的兵，由两个兵扶着胳膊拖着走。他的喉咙呼呼响着，他吐着血。显然是子弹打进了他嘴里或喉咙里。他们所遇见的另一个兵，没有枪，独自勇武地走着，大声地呻吟着，因为新伤而挥着手，血从他的手上，好像从瓶子里一样，流在他的大衣上。他的脸色显得是恐惧多于疼痛。他是刚才受伤的。过了路，他们开始顺陡坡往下走，在山坡上他们看见几个人躺在地上，他们遇见一群兵士，其中有些是不曾受伤的。兵士们深深地喘着气上山去了，并且不顾将军在场，大声地谈着，把手臂挥动着。在前面的烟里，已经看见了成行的灰色大衣，有一个军官看见了巴格拉齐翁，便喊叫着，跟在成群地后退的兵士们的后边跑着，要他们回转。巴格拉齐翁骑马到了行伍前，在行伍中时而那里时而这里发出迅速的枪声，掩盖了谈话与命令声。全部的空气里弥漫着火药的烟。士兵们的脸都染了火药烟，并且兴奋。有的在捅枪杵，有的在药池里加火药，从袋子里取出火药，还有的在射击。但他们是向谁在射击，由于没有被风吹去的火药烟而无法看清。愉快的吱吱声和嗞嗞声响得很密。“这是什么?”安德来公爵想，骑马到了这群兵士面前，“这不会是前线的，因为他们挤在一起！这不会是攻击的，因为他们不在动。这不会是一个方阵，因为他们不是那样排列着的。”

团长是一个样子瘦弱的老人，带着愉快的笑容，他的眼睑遮了他的老眼一大半，却增加了他的温和的气色，他骑马走到巴格拉齐翁公爵面前，并且好像主人欢迎贵宾般地接待他。他报告巴格拉齐翁公爵说，他的一个团受到法国骑兵的攻击，虽然这个攻击被打退了，但他的团却损失了过半的人。团长说这个攻击被打退，以为这个军事名词是指他的部队里所发生的事件而言的，但是他自己确实不知道，在这半小时内，在他所指挥的部队里发生了什么，并且不能够确实地说出是攻击被打退了，还是他的一团兵被攻击打溃散了。他只知道，在战斗开始时，炮弹与霰弹开始飞入他的全团之内，并且打死了人，后来有人喊叫“骑兵”，于是我军开始射击。直到此时他们还在射击，但已不是对于看不见了的骑兵，而是对于出现在山下的并且在射击我军的法国步兵。巴格拉齐翁公爵点了点头，表示这一切完全是他所希望和预料的。他转向副官，命令他去把他们刚才从旁经过的第六轻骑兵团的两个营从山上领下来。此刻巴格拉齐翁公爵脸上所发生的变化使安德来公爵吃惊了。他的脸上表现着一个在热天跑了最后的步子而准备跳水的人所有的那种专注的幸福的决心。没有了那睡意沉沉的呆板无光的眼睛，也没有了那做作的深思的神色：圆圆的刚毅的鹰眼，欣喜地并且有点儿轻蔑地看着前面，显然是并没有看在什么东西上，虽然，在他的动作里还有先前的迟缓和节制。

团长劝巴格拉齐翁公爵，要他回去，因为这里太危险了。“赏光，大人，看上帝情面吧!”他为了求得赞助而看着随从官说，随从官却走开了。“哦，请看吧!”他要他注意他们四周不停地嗞嗞的、呼啸的、吱吱的弹雨。他用那种请求而又谴责的语气说，好像一个木匠向拿起斧头的绅士说：“这是我们弄惯了的事情，您却会弄得手上生泡的。”他那样地说，好像子弹不会打死他自己，他的半闭的眼睛在他的言语上加了更多的令人信服的表情。参谋官附和了团长的劝说，但是巴格拉齐翁公爵没有回答他们，只下了命令停止射击、重新排队，以便让出地方给开来的两个营。在他说话的时候，遮蔽了山峡的烟云，好像是被一只不可见的手推动着一样，被刮起的风从右边吹到左边，于是对面的山和在山上移动的法军都在他们前面显露出来了。所有的眼睛都不自觉地注视着这个向他们走来的、在斜坡上蜿蜒行动的法军纵队。已经可以看见兵士的毛茸茸的帽子：已经可以分辨军官和兵士：可以看见他们的军旗在杆上招展了。

“走得多好哦。”巴格拉齐翁随从中有人说。

纵队的前锋已经下到山坳里了。战斗就要发生在这边的山坡上……

我方已经参战的这个团的其余的兵士，匆忙地排着队，开到右方去了。从他们后边开来了整齐的第六轻骑兵团的两个营，冲散着一些落后的兵。他们还没有走到巴格拉齐翁身边，但是已经听到全体兵士的沉重的合着拍子的脚步声。走在左翼的最靠近巴格拉齐翁的连长，是一个圆脸的身材匀称的男子，带着呆笨的快乐的面色，他就是在屠升之后从棚子里跑出来的那个人。除了他要英勇地走过指挥官的面前，他显然此刻并不在想什么。

他带着检阅时的那种自满，轻快地踏着他的强壮的腿，好像是在滑行一样，他不费丝毫的气力，挺直着身躯，用这种轻快对照着兵士们的那沉重的、合着他的步伐的脚步。他在腿旁挂着一柄无鞘的窄细的刀（一柄不像武器的小弯刀），有时侧顾指挥官，有时回顾后方，伶俐地转动着他的整个强壮的身躯，没有走乱他的脚步。似乎他全部的精神只注意在用最好的姿势走过指挥官的面前，并且自以为这件事他做得很不错，他得意了。“左……左……左”似乎每隔一步便内心这么说，而一排排为背囊和枪所压累的兵士，带着各种严肃的面孔，合着这个拍子行走着，好像这几百兵士里每一个人每隔一步便内心这么说：“左……左……左……”一个胖少校喘息着，乱了脚步，绕过了路上的一丛灌木：一个落队的兵，喘息着，因为自己的落队而带着惊恐的面孔，跑着追赶他的那个连：一颗炮弹，震动着空气，飞过巴格拉齐翁公爵和随从们的头上，并且合着拍子："左……左……左……！"落在纵队中。

"靠拢！"连长喊出威武的声音。兵士们成半圆形在落弹的地方从什么东西的旁边绕过去，一个年老的骑兵，侧翼的军曹，在死者的旁边停了一下，便又去追赶着自己的行列，独脚跳了一下，换了脚，合上了步子，并且愤怒地回顾了一下。"左……左……左……"似乎是从可怕的沉默与同时落地的单调的脚步声里发出来的。

"好极了，弟兄们！"巴格拉齐翁公爵说。

"为了……哟——呵——呵——呵……"在行列中发出来。一个走在左边的愁闷的兵，回顾了一下巴格拉齐翁，带着那样的神情喊叫着，好像是说："我们自己知道。"另一个兵没有回顾，好像恐怕分心，张开嘴，喊叫着走过去了。

下了命令停步并卸下背囊。

巴格拉齐翁绕过从他身旁走过去的行列，下了马。他把马缰交给了哥萨克兵，脱了斗篷交给他，伸了伸腿，戴正了头上的帽子。法军纵队的先锋，由军官率领着，在山下出现了。

"上帝保佑！"巴格拉齐翁用坚决的响亮的声音说，他转身向前线看了片刻，轻轻摇动着双臂，用骑兵的笨拙的脚步，好像是很费力地，在不平的地面上向前走。安德来公爵觉得有什么不可克服的力量领他前进，并且感觉到巨大的幸福。

法军已经逼近了，和巴格拉齐翁并行的安德来公爵已经清楚地辨出了法兵的子弹带，红肩章，甚至他们的面孔。（他清楚地看见一个年老的法国军官，他的向外弯曲的腿穿着软皮靴，他抓着灌木，困难地向山上走。）巴格拉齐翁公爵未下新的命令，却仍旧沉默地走在行伍的前面。忽然在法军当中发出了第一枪，第二枪，第三枪……在全部散乱的敌军行列里冒出了烟，射出了子弹。我们的人有几个倒下了，其中有那个圆脸的，那么快活地小心地行走的军官。但在发出第一声枪声的这一俄顷之间，巴格拉齐翁回顾了一下，喊出："乌拉！"

“乌拉——啊——啊！”我军战线上发出了冗长的叫声，于是我军超越着巴格拉齐翁公爵并互相超越着，成了散乱的然而快乐兴奋的人群，向山下混乱的法军冲去。①

19

第六轻骑兵团的攻击掩护了右翼的撤退。在中央，被遗忘的屠升炮兵连烧掉了射恩格拉本村，这个攻击行动阻止了法军的运动。法军扑灭了被风扇起的火，给了俄军退却的时间。中央的穿过山谷的退却是匆忙而嘈杂的，但军队撤退时，并未混乱队形。但是由阿索夫及波道尔斯克的步兵以及巴夫洛格拉德的骠骑兵所组成的左翼，因为同时受到兰恩指挥下的优势法军的攻击与包围，队形混乱了。巴格拉齐翁派了热尔考夫带了命令去见左翼的将军，要他立刻退却。

热尔考夫还没有从帽子边上把手拿开，便敏捷地刺了马奔驰了。但他刚刚离开巴格拉齐翁，他的勇气就没有了。他产生了不可克服的恐怖，他不能够到危险的地方去。

到了左翼的军队那里，他没有到前面在战斗的地方去，却到将军与军官们不会在的地方去找他们，因此没有传达命令。

左翼的指挥权按资格属于那个在不劳诺受库图索夫检阅的步兵团团长，道洛号夫即在这个团里当兵。极左翼的指挥权属于巴夫洛格拉德骠骑兵团团长，罗斯托夫在这个团里服务，因此发生了误会。两个指挥官互相大发脾气，并且正当右翼早已作战而法军已开始进攻时，这两个指挥官还忙于谈判，谈判的目的只是互相侮辱。骑兵团和步兵团对于目前的战事都毫无准备。各团里的人，自兵士到将军，都没有期待会战，却安闲地忙于平时的事务：骑兵里的人忙于

---

① 原书注：这里所发生的攻击，即是如提埃尔所说的：“Les russes se conduisirent vaillament，et chose rare á la guerre，on vit deux masses d’infanterie marcher resolument l’une contre l’autre sans qu’aucune des deux céda anant d’être abordée. [俄国人行动英勇，而且这是战争中少有的事，两群步兵坚决地互相迎战，在交锋前各不相让。]”拿破仑在圣·爱仑拿岛上说：“quelques bataillons russes montrèrent de l’intré pidité [这几营俄兵显出无畏精神。]”

喂马，步兵里的人忙于搜集木料。

“但是他的官衔比我高，”骠骑兵上校，是个德国人，红着脸向一个骑马走来的副官说，“让他想要怎么办就怎么办。我不能够牺牲我的骠骑兵。号手！吹退却号！”

但形势紧急了。炮弹和枪弹混合地在右边和中央响着，法军兰恩的穿外套的射击手们已越过了磨坊的水堤，在这边两个步枪射程的地方排队了。步兵将军用颤抖的步子走到马前，上了马，把身子挺得很直很高，到了巴夫洛格拉德骠骑兵团长那里。团长们带着恭敬的鞠躬和藏在心中的怒火彼此会面了。

“还是这么说，上校，”将军说，“我不能把一半的人留在森林里，我求您，我求你，”他重复说，“占据阵地，准备攻击吧。”

“我请您不要干涉别人的事，”上校发火地回答，“假使您是骠骑兵……”

“我不是骑兵，但我是俄国的将军，假使您不知道这个……”

“全知道，大人，”上校忽然叫起来了，刺动着坐骑，并且脸色赤红，“假使您愿意到前线去，您就会看到这个阵地没有一点用处了。我不愿意损失我的团来使您乐意。”

“您这太过分了，上校。我并不注意我自己的乐意。我不许人说这话。”

将军把上校的提议当作挑战，挺起了胸膛，皱了皱眉，和他一同骑马到前线去了，似乎他们的全部冲突，必须在那里，在前线上的炮火下，才得解决。他们到了前线，几个子弹从他们头上飞过，他们沉默地停住了。前线上没有可看的东西，因为从他们先前站立的地方，可以明白地看出，在灌木和山谷间，骑兵不能作战，并且法军在包围俄军的右翼。将军和上校严厉地富有意义地互相望着，好像两只要斗的公鸡，徒然期待着对方的怯懦的迹象。两人都经过了考验。因为没有话可说，并且双方皆不愿让对方有借口说他先走出火线，假使不是在这时候，在森林里，几乎是在他们后面，发出了步枪声和混杂的叫声，他们或许在这里停留很久，互相考验勇气的。法军在攻击森林里面拾取木料的兵士们，骠骑兵已经不能和步兵一同撤退了。他们被法军在左边切断了退路。现在，虽然地势不利，他们却不得不攻击，为他们自己打出一条道路。

罗斯托夫在服役的那连骠骑兵，刚刚上了马，便遇到了敌军。又像在恩斯桥上一样，在骑兵连和敌人之间没有任何人，在他们之间又横着那条可怕的未知与恐怖的界线，它好像一条隔开生与死的界线，把他们隔开。所有的人都感觉到这条界线，而是否要跨过并且怎样跨过这条界线的问题使他们都坐立不安了。

上校到了前线，愤怒地回答了军官们的问题。他是一个不顾一切地坚持自己的意见的人，他发了一个命令。没有人说出什么确定的话，但是在骑兵连里却传播了关于攻击的流言。排队的命令发出了，然后出鞘的刀声霍然地响了。然而还是没有人动。左翼的军队，步兵和骠骑兵，觉得长官自己不知道怎么办，而长官的犹豫也传染给兵士们了。

“赶快，赶快吧。”罗斯托夫想，觉得体验攻击的乐趣的时间终于来到了，关于这个他从骠骑兵伙伴们那里听了很多。

“上帝保佑你们，兄弟们，”皆尼索夫发出叫声，“慢跑，前进。”

前排里的马臀开始移动了。白嘴鸦扯动了缰绳，自己跑动了。

罗斯托夫从右边看见了自己骠骑兵的最前几排，在前面更远的地方，他看见了一个黑的线条，他看不清楚那是什么，但他以为那是敌人。可以听到射击声，但是很遥远。

“加快！”传来了命令声，于是罗斯托夫感觉到他的白嘴鸦蹲下臀部，纵身奔腾。

他预测着它的动作，于是他越来越高兴了。他注意到前面有一棵树。这棵树起初是在前面，在那条似乎那么可怕的界线当中。但此刻，他越过了这条线，不仅没有任何可怕的东西，而且一切都越来越愉快、越来越活泼了。“啊，我要怎么斩他？”罗斯托夫抓着剑柄想着。

“乌拉——啊——啊！——”许多声音同时吼叫起来了。

“哦，现在无论来的是谁，”罗斯托夫想，策动着白嘴鸦，追越着别人，让它疾奔。前面已经可以看到敌人了。忽然有什么东西好像大鞭子一样鞭打了这一连。罗斯托夫举起军刀，准备向下砍去，但这时候，在前面奔驰的兵士尼基清考离开了他，于是罗斯托夫觉得，好像在梦里一样，他继续以非常快的速度前进，而同时却又留在原处。一个相识的骠骑兵邦大尔丘克从后边向他奔来，愤怒地看了看他。邦大尔丘克的马猛然闪开，他从旁边绕过去了。

"这是怎么一回事？我不在动？我跌下来了，我被打死了……"在刹那之间罗斯托夫问了又回答。他已经单独在原野上了。失去了运动的马匹与骠骑兵的脊背，他只看到四周不动的土地与残株。他的下边有温暖的血。"不，我受伤了，我的马被打死了。"白嘴鸦想用前蹄站立起来，但又跌下来，压住骑者的腿。马头上流血了。马挣扎着，却不能站立起来。罗斯托夫想站起来，却也倒下了：他的佩囊绊在鞍子上。哪里是我军，哪里是法军——他不知道。他四周没有任何人。

他抽出腿，站立起来。"那条分明隔开两军的界线此刻在哪里，在哪一边呢？"他问自己，却不能回答，"我是不是发生了什么不幸的事情呢？这种事情是常有的吗？在发生这种事情的时候应该怎么办呢？"他一面起立着，一面问自己：这时候他觉得有什么多余的东西挂在他的麻木的左臂上。他的手腕好像不是他自己的。他看着手，徒然地寻找着手上的血迹。"呀，有人来了，"他快乐地想，看见了几个人向他跑来，"他们会帮助我的！"在这些人前面跑着的，是一个戴着奇怪的高顶帽，穿蓝色大衣，面色晒黑，有钩鼻子的人。后边有两个人跑着，再后边是很多的人。当中有一个人说了些异国的、非俄语的话。在后边的戴着同样的高顶帽的、同样的人当中，有一个俄国骠骑兵。他们抓住他的手臂，他们在他后边，牵了他的马。

"一定是我们的人被俘虏了……是的。难道他们也要捉我吗？这些人是谁？"罗斯托夫还在想，不相信他自己的眼睛。"莫非他们是法国人吗？"他望着逼近的法国人，虽然在片刻之前，他骑马奔驰只是为了要追上这些法国人，杀死他们，但现在他觉得他们的逼近是那么可怕，他不相信自己的眼睛了。"他们是谁？他们为什么跑？难道是向我这里跑吗？难道他们是向我这里跑的吗？为什么？杀我吗？

我，每个人所那么爱的我吗?”他想起了母亲、家人、朋友对他的爱，他似乎觉得敌人杀他的意念是不可能的。“但也许会杀死我的!”他站了十多秒钟，没有移动地方，也不明白自己的处境。最前面那个钩鼻子的法国人跑得那么近，已经可以看见他脸上的表情了。这个人横执着刀，屏着气息，轻快地向他跑来，他的兴奋陌生的面孔使罗斯托夫惊恐了。他拿起手枪，没有射击，却把它抛给了法国人，尽力向着灌木跑。他奔跑着，没有了他上恩斯桥时那种怀疑与冲突的情绪，却有着兔子逃避猎狗时的情绪。为他的青春幸福生活而有的一种单纯的恐怖情绪，完全支配了他。他迅速地跨跃着田沟，就像他在捉迷藏游戏中奔跑的时候那么猛急地，在田地上飞奔，偶尔回转他的苍白、善良、年轻的脸。恐怖的冷颤穿过了他的脊背。“不，最好不要望。”他想，但是跑到灌木前，他又回头望了一下。法国人落在后边，正当他回顾的时候，最前面的人刚把跑步变为步行，并且转身向后边的同伴大叫着什么。罗斯托夫停住了。“不是那回事，”他想，“他们不会想要杀死我的。”但这时，他的左手是那么沉重，好像有两普特的重量挂在它上边。他不能再向前跑了。法国人也停住了，并且在瞄准。罗斯托夫眯了眯眼，弯了弯腰。一粒子弹，又一粒子弹，嗖嗖地从他身边飞过去了。他鼓起最后的力量，用右手托着左手，跑到灌木那里。在灌木中有俄国射击手。

20

在森林中突然被攻击的步兵团从森林里跑出来了，各连互相混杂，成了许多无秩序的人群，退却了。一个兵在惊恐中说出了在战争中是可怕的，无意义的话：“被切断了!”这话和恐怖情绪一同传给了全体的人。

“被包围！被切断！失败了!”奔跑的人们喊叫着。

团长，在他听到后边的枪声和喊叫时，立刻明白了他的团发生了什么可怕的事，并且想到他是一个服役多年毫无过失的模范军官，或许被长官认为他应负疏忽职守或调度无方的责任，他是那样地吃惊，以致他在俄顷之间，忘记了那个不服从的骑兵上校，和他自己的将军的尊严。尤其是，完全忘记了危险，和自卫本能，他抓住鞍桥，刺动坐骑，在纷纷的，但幸而没有打中他的弹雨中，向自己的团飞奔而去了。他只希望一件事，明白问题的要点在哪里，假使错误是在他这方面，不管是什么错误，他都要加以纠正或补救，让他这个服役二十二年，从未受过责备的模范军官不至于负这个错误的责任。

他侥幸地在法军之间飞奔过去，奔驰到森林后边的田地那里，我军正跑着穿过这个森林，不听命令，下山去了。决定会战成败的士气动摇的时候来到了：要么是这些没有秩序的兵士群众，听从他们指挥官的声音：要么是他们回头向他看一看，跑得更远。虽然有兵士们一向觉得那么可怕的团长的拼命的呼喊，虽然有团长的狂怒的、发紫的、变了样子的脸，虽然有指挥刀的挥舞，兵士们还是奔跑着、交谈着，向空放枪，不听命令。决定会战成败的士气动摇，显然是达到恐怖万状的地步了。

将军由于喊叫和火药烟而咳嗽起来了，绝望地停住了。似乎一切都完了。但这时候，攻击我军的法军，没有显见的原因，忽然向回奔跑，从森林的边际不见了，在森林中出现了俄军射击手。这是齐摩亨的一连，只有这一连在森林中保持了纪律，埋伏在森林里的沟壕中，突然地攻击法军。齐摩亨那样拼命地喊叫着向法军冲去，并且是那么疯狂地、如醉地、坚决地，只拿着一把刀，向敌人扑去，以至法军来不及定神，就抛下武器逃跑了。和齐摩亨并排奔跑的道洛号夫迎面地打死一个法国兵，最先抓住一个投降的军官的领子。逃跑的俄国兵又回转了，各营集合起来了，几乎要把俄军右翼截为两段的法军在俄顷之间被打回去了。后备军有了时间会合，逃跑的被止住了。团长和爱考诺摩夫少校站在桥边，让撤退的各连从他身边走过，这时候有一个兵跑到他面前，抓住他的脚镫，几乎要靠到它上面去了。这个兵穿着蓝布大衣，没有背囊和高顶帽，他的头包扎着，肩上背了一个法国弹囊。他的手里拿着一把军官的刀。这个兵脸色发白，他的蓝眼睛傲慢地望着团长的脸，他的嘴却微笑着。虽然团长正在向爱考诺摩夫少校发命令，却不能不注意这个兵。

“大人，这是两件战利品，”道洛号夫指着法国指挥刀和弹囊说，“我俘虏了一个军官。我止住了那一连兵。”道洛号夫因为疲倦而费力地喘气：他说话时时停顿。“全连可以做见证，请您记住，大人！”

“好，好！”团长说过，又转向爱考诺摩夫少校。

但道洛号夫没有走开，他解开手巾，拿在手里，指了指凝在头发里的血。

“刺刀的伤，我是留在前线的。请您记住，大人。”

屠升的炮兵连被遗忘了，直到战事完结时，巴格拉齐翁公爵，还听到中央的炮声，才派了值班的参谋官，又派了安德来公爵到那里去命令炮兵连赶快退却。在屠升的大炮附近的掩护部队，在作战当中，奉了谁的命令退却了，但是炮兵连还继续射击，没有被法军俘虏，只是因为法国人不能料想到，四门无人掩护的炮会有射击的勇气。相反，由于这个炮兵连的猛烈轰击，敌人以为在这里，在中央，集中了俄军主力，敌人两次试图攻击这一点，但两次都被单独地留在这个高地上的四门大炮的霰炮轰击回去了。

在巴格拉齐翁公爵刚刚离开之后，屠升就把射恩格拉本村烧着了。

“看，他们乱了！烧了！看烟！好妙啊！好极了！烟！烟！”炮手们兴奋地说。

所有的大炮不待命令都向着失火的地方射击。好像是在互相督促，兵士们每次打出一炮，都喊叫着：“好妙啊！这才像样儿！瞧，你……好极了！”被风扇动的火迅速地蔓延着。法军纵队，出了村庄，又回去了，但是，好像为了报复这个失败，敌人在村庄右边架了十门大炮，开始向屠升射击了。

由于火所引起的孩子般的欢喜，以及因为向法军射击成功而有的兴奋，我们的炮兵直到两颗炮弹以及接连着的四颗炮弹落在大炮之间，并且一颗炮弹打倒两匹马，另一颗炮弹打掉弹药车车夫的一只腿的时候，才注意到这个炮兵队。但是一度提起的精神并没有松弛，只是改变了性质。马匹由后备炮车上别的马匹替换了，受伤的被抬走了，四门大炮转身对着敌方十门大炮的炮兵队。有一个军官，屠升的同事，在战争的开始被打死了，在一小时内，四十个炮手当中损失了十七，但是炮兵们还是愉快而活泼。他们两次看到法军出现在下边，距离他们不远，他们立即用霰弹射击敌人。

那个动作无力而笨拙的短小的人，不断地要他的侍从兵，像他所说的，为这事再来一斗烟，他从烟斗里散出火星，跑上前，用小手遮着眼，望着法军。

“打掉他们，弟兄们！”他说，自己抓住炮轮子，转动螺钉。

屠升在烟气中被不断的、每次都使他颤动的炮声震聋了耳朵，总不放下他的短烟斗，从这门炮跑到那门炮那里，时而瞄准，时而计算炮弹，时而命令调换并解开死伤的马匹，用他的无力的、尖锐的、迟疑的声音喊叫着。他的脸色越来越兴奋。只在打死或打伤了人的时候，他才皱着眉，并且转身背着打死的人，向那些像素常一样迟缓地抬起伤兵或尸体的人愤怒地喊叫着。兵士们，大都是漂亮的青年，（在炮兵连里总是如是，他们比他们的军官高两个头，宽一倍），好像是在困难处境中的孩子们一样望着他们的长官，他脸上的表情不变地反映在他们的脸上。

由于这种可怕的吼声、喧嚣，以及必须注意与活动，屠升没有感觉到丝毫不快的恐怖情绪，而他会被打死或受重伤的这种思想，他也一点都没有想到。反之，他却越来越愉快了。他仿佛觉得，他看见敌人以及放第一炮的那个时候，即使不是昨天，也是很久的时候了，而他所站立的这块地方，是他早已熟识的，家乡的地方。虽然他想到一切、考虑一切，做了最好的军官处在他的地位上所能做到的一切，他却怀着那种类似热病昏迷或醉汉酩酊的心情。

他四周的大炮的震耳的声音，敌人炮弹的嗖嗖声与碰击声，淌汗的、脸红的，在炮旁忙碌的炮手们的样子，人血马血的景象，敌人那方面的烟楼的情景（在烟楼之后，每次都飞来炮弹，打在地上，打中了人，打中了炮，或者打中了马），——这一切的景色，在他心中构成了他的幻象世界，这世界造成他此时的喜悦。敌人的炮在他幻想中不是大炮，而是烟斗，一个不可见的吸烟的人从烟斗里吐出间断的烟缕。

“看，又冒烟了，”屠升低声地向自己说，这时候，从山上冒出一缕烟，被风向左吹成一长条，“现在当心炮弹——我们要打回去。”

“您吩咐什么，大人？”站在他旁边、听到他咕噜了什么的一个炮兵下士问。

“没有什么，一个榴弹……”他回答。

“来吧，我们的马特维夫娜。”他向自己说。马特维夫娜在他的幻想中是旁边的一尊旧式的大炮。他觉得法兵在他们自己的炮旁边好像蚂蚁一样。第二门大炮的第一号炮手，一个漂亮的酒徒，在他的幻想世界中是“叔叔”，屠升望他的次数最多，并且满意他的每个动作。山下时而沉寂时而猛烈的步枪射击声，在他看来，好像是谁的呼吸声。他倾听着这些声音忽而沉寂忽而猛烈。

“看，她又喘气了，喘气了。”他低语说。

他想象着自己是一个身体魁梧的力士，用双手向法兵在抛掷炮弹。

“好，马特维夫娜，老太婆，不要背叛我。”他说，离开大炮，这时候在他的头上有生疏的不相识的声音在叫：

“屠升上尉！上尉！”

屠升惊恐地回顾了一下。这人就是那个在格儒恩特把他赶出商店的参谋官，他用喘气的声音向他喊：

“您怎么哪，疯了吗？两次命令您退却，您……”

“他们找我做什么？……”屠升自己想着，恐怖地望着长官。

“我……没有什么……”他把两个手指贴着帽边说。“我……”

但是参谋官没有说完他所要说的一切。飞得很近的一颗炮弹使他忽然把头一低，在马上躬着腰。他沉默着，他刚刚还要说什么，就有一颗炮弹使他停住了。他掉转马头跑开了。

“撤退！全部撤退！”他远远地喊叫。

兵士们笑起来了。一分钟后一个副官带着同样命令来到了。

这人是安德来公爵。到了屠升的大炮所在的地方，他最先看见的，是一匹解除了马具的断腿的马，它在一匹套着马具的马旁嘶叫着。血从它的腿上好像从泉口里一样向外流。在炮车之间躺着几个死尸。当他快要到达时，炮弹连续地向他飞来，他觉得一阵神经的震颤穿过他的脊背。但是一想到他害怕，便又鼓起了他的精神。“我不会害怕的，”他想，在大炮间慢慢地下了马。他传达了命令，没有离开炮兵连。他下了决心，要亲自从阵地上把大炮移开带走。他和屠升在可怕的法军炮火之下，在尸体间行动着，忙着移动大炮。

“刚才来了一个长官，他逃走得很快，”一个炮兵下士向安德来公爵说，“和大人不一样。”

安德来公爵没有同屠升谈话。他们两人是那样地忙，好像彼此没有看见。当他们把四门中两门完好的炮套上炮车下山的时候（丢了一门破炮和一门独角炮①），安德来公爵走到屠升面前。

“好，再会。”安德来公爵向屠升伸着手说。

“再会，亲爱的，”屠升说，“可爱的人！再会，亲爱的。”屠升含着眼泪说，泪水不知何故突然涌进了他的眼睛里。

21

风息了，黑云低垂在战场上，在地平线上和火药烟混合着。天色黑暗了，火光却在两处显得更加明亮。炮声变弱了，但步枪的噼啪声在后边和右边越来越密、越来越近了。屠升带了他的大炮，一路绕越着、遇见着伤员，刚刚出了火线，向山谷撤退时，便遇见了长官和副官们，其中有参谋官和两次被派、却没有一次到达屠升的炮兵连那里的热尔考夫。他们互相打断着，发出并传达着命令，要他如何前进、向何处前进，并且责备他、批评他。屠升没有下任何命令，并且沉默着，怕说话，因为听到每个字，他自己不知道为什么，他就准备流泪，他骑着他的炮队马匹走在后边。虽然是有了命令丢弃伤员，却还有许多伤员跟在军队后边，要求坐到炮上去。那个英武的步兵军官，就是在交战前从屠升的棚子里跑出来的那个人，在肚子上中了弹，躺在马特维夫娜的炮架上。山下一个面色苍白的

① 毛注：独角炮是一种滑膛的前膛炮，唯炮口渐渐窄小。

骠骑兵见习官，用一只手托着另一只手，走到屠升面前，要求坐到炮上去。

“上尉，看上帝面子，我的手臂扭伤了，”他羞怯地说，“看上帝的情面吧，我不能走了。看上帝的情面吧！”

看得出来，这个见习官要求坐车已经不止一次了，并且是处处遭了拒绝。他用迟疑的可怜的声音请求着。

“叫他们给我坐吧，看上帝的情面。”

“让他坐上，让他坐上，”屠升说，“你放一件大衣在下边，叔叔，”他向他所心爱的一个兵说，“受伤的军官到哪里去了？”

“搬走了，他完结啦。”有谁回答。

“扶他坐上去。坐下吧，亲爱的，坐下吧。垫一件大衣，安托诺夫。”

这个见习军官是罗斯托夫。他用一只手托着另一只手，面色苍白，下颌因为剧烈的痉挛而打颤。他们让他坐在马特维夫娜上面，这正是搬走了军官死尸的那门大炮。在垫着的大衣上有血，这血玷污了罗斯托夫的马裤和手臂。

“怎么，您受伤了吗，亲爱的？”屠升走到罗斯托夫所坐的炮那里说。

“不是受伤，是扭伤了。”

“为什么炮架上有血？”屠升问。

“大人，那个军官染的。”炮兵一面回答，一面用他的大衣袖子擦着血迹，好像是为了大炮的不清洁而抱歉。

他们借步兵的协助，费力地把大炮拖上山，到了根特斯道夫村，停下来了。天色已经是那么黑，在十步之外便不能辨别士兵的军装，射击声开始沉寂了。忽然在右边附近的地方又有了喊叫声和子弹声。子弹已经在黑暗中发光了。这是法军最后的攻击，居住在各村舍的兵士们有了回击。大家又都冲出了村庄，但屠升的大炮不能移动，于是炮兵们、屠升和见习官都默默相觑，等待着他们的命运。射击声开始沉寂了，从横街里涌出了兴奋地谈话的兵士们。

“没有伤吗，彼得罗夫？”有一个人问。

“我们给了他们一场打击，老兄。现在他们不来捣乱了。”另一个说。

“什么也看不见，他们射击自己的人！看不见，黑了，弟兄们。没有喝的吗？”

法军最后一次被打退了。在完全的黑暗中，屠升的炮，被嘈杂的步兵好像框子般地围绕着，又向前移动了。

在黑暗中他们好像是一条不可见的忧郁的河，朝着一个方向在流动，嗡嗡地发出低语声、谈话声、马蹄和轮辗声。在一般的喧嚣声中。伤兵在黑夜里的呻吟和话声，比一切其他的声音更加清晰。他们的呻吟好像充满了那包围军队的全部黑暗。他们的呻吟和夜的黑暗融为一体了。过了片刻，在运动的人群中发生了骚动。有人骑了白马和随从经过那里，经过时说了什么话。

“他说了什么？现在我们到哪里去呢？停下来，是吗？他感谢我们，是吗？”各方面发出急切的问题，全部运动的人群开始挤紧（显然是前面的人停住了），并且有了传闻，说是下令停止。都停在所走的泥泞道路的中心。

火燃起了，话声更加清晰了。屠升上尉向炮兵连下了命令，派了一个兵替见习官去寻找裹伤所或医生，他自己坐在兵士们在路上所升的营火旁。罗斯托夫也挨到火边来了。由于疼痛、寒冷、潮湿而有的烧热痉挛，使他全身发抖。瞌睡不可压制地来了，但他因为无处安放的手臂的剧痛不能入睡。他时而闭着眼，时而望着似乎炎炎炫目的红火，时而望着盘腿坐在他附近的屠升的弯曲虚弱的身躯。屠升的良善而聪明的大眼睛同情地怜悯地注视着他。他知道，屠升是一心一意地想要帮助他而又无能为力。

各方面传来了步行经过的、赶车经过的、以及坐在他们四周的步兵们的步声和话声。话声、步声、马蹄踏在泥泞中的声音，远近各处木柴的燃炸声——合成一种震动的嘈杂声。

他们此刻已经不是一条不可见的、像先前那样在黑暗中流动的河，却好像是一个在暴风雨后的黑暗的海在波动着，并且渐渐地平静了。罗斯托夫感觉滞钝地望着听着他面前和四周所发生的事。一个步兵走到营火前，蹲下来，把手伸在火上，掉转了脸。

“没有关系吧，老爷？”他问询地向着屠升说，“我失掉了我的连，老爷，我不知道在哪里。倒霉！”

一个包扎了腮的步兵军官和这个兵士一同来到营火前，向屠升说话，请他下令把炮移动一点，让运输车过去。在连长之后有两个兵跑到营火前。他们拼命地咒骂并互相殴打，互相争夺着一只靴子。

“哪里话，你拾的！哟，你能干！”一个兵哑声地叫。

之后，一个消瘦的、苍白的、用染血的绑腿布裹着颈子的兵走来，用愤怒的声音向炮兵要水。

“为什么，一个人要死得像狗一样？”他说。

屠升吩咐了把水给他。之后，跑来了一个愉快的兵，为步兵索取引火的柴。

“给步兵一点着火的柴吧！祝你们幸运，老乡们，谢谢你们的火种，我们要加利奉还。”他说，在黑暗中带走了红红地燃烧着的柴。

在这个兵之后，四个兵在大衣里抬着什么沉重的东西，从火旁走过。其中之一绊了一下脚。

“啊，该死的，把柴放在路上。”他抱怨着。

“他完结了，为什么要抬他？”其中之一说。

“滚您蛋！”

于是他们带着所抬的东西在黑暗中不见了。

“怎么样？痛吗？”屠升低声问罗斯托夫。

“痛。”

“大人，去见将军。他在这里的一家农舍里。”一个炮兵下士走到屠升面前说。

“我就来了，亲爱的。”

屠升站起来，扣着大衣，理着衣服，离开了营火……

离炮兵的营火不远，巴格拉齐翁公爵坐在为他预备的农舍里吃饭，和聚在他那里的几个部队指挥官谈着话。这里有眼睛半闭的贪馋地啃着羊骨头的老人：二十二年来无可指责的，因为一杯伏特加酒和饭食而脸红的将军：戴印记指环的参谋官：不安地望着大家的热尔考夫和面色苍白的、抿着嘴唇的、眼睛火热地发光的安德来公爵。

农舍的角落里靠着一面夺得的法国军旗，审计官带着单纯的面孔在摸弄旗布，并且迷惑地摇头，也许是因为军旗的样式确实使他发生兴趣，也许是因为没有替他备饭，他饿着肚皮看人吃饭觉得难受。在邻近的农舍里，有一个被龙骑兵俘虏的法国上校。我们的军官围绕着他、看他。巴格拉齐翁公爵感谢了各部队指挥官，问战争的详情和损失。在不劳诺受检阅的团长向公爵报告说，战事一开始，他就从森林中退出，集合了伐木的兵，让法军从他面前走过之后，他带了两个营作白刃战，打垮了法军。

“大人，当我看到第一营已经混乱的时候，我站在路上想：‘我要让他们过来，用全营的火力迎战。’我就是这么做了。”

团长是那么想要做这件事，他那么惋惜没有做成这件事，以致他觉得，这正是实际上所发生的一切。但，也许，确实是如此吗？在这种混乱的时候，谁能够区别是什么发生了，什么没有发生呢？

“大人，我要顺便说一句，”他继续说，想起道洛号夫和库图索夫的谈话以及他和被贬为兵的人最后的相会，“被贬为兵的道洛号夫当我的面俘虏了一个法国军官，他特别有功。”

“大人，我在那里看到巴夫洛格拉德骠骑兵的进攻，”热尔考夫插言，不安地环顾着。他这天根本没有看见骠骑兵，只听见步兵军官说到他们，“他们冲破了两个方阵，大人。”

对于热尔考夫的话有几个人微笑了一下，他们和素常一样，等着他闹笑话，但是，注意到他所说的也有助于我军今天的光荣，便做出严肃的神情，然而许多人都很清楚地知道热尔考夫所说的是谎话，毫无根据。巴格拉齐翁公爵转向老上校。

“诸位，我感谢你们所有的人，步兵、骑兵、炮兵，全都作战英勇。怎么会在中央丢下了两门大炮呢？”他问，用眼睛找着谁。（巴格拉齐翁没有问到左翼的大炮，他已经知道，在战事刚开始的时候，那里所有的大炮都放弃了。）“好像我派您去的。”他向值班参谋官说。

“一门打坏了，”值班参谋官说，“但另一门，我不知道，我始终在那里发命令，最后才离开……那里打得很剧烈，这是真的。”他恭敬地补充说。

有谁说，屠升上尉也住在这个村庄里，并且已经派了人去找他。

“但是您到过那里的。”巴格拉齐翁公爵向着安德来公爵说。

“是的，我们差不多在一起去的。”值班参谋官说，向保尔康斯基亲切地微笑着。

“我没有荣幸看见您。”安德来公爵冷冷地不连贯地说。

大家都沉默着。

屠升在门口出现了，畏怯地从将军们的背后挤进来。在拥挤的农舍里绕过将军们，屠升和素常一样，在长官面前显得不安，他没有看见旗竿，绊在上面了。有几个声音笑起来了。

“怎么放弃了一门炮？”巴格拉齐翁问，皱了皱眉，这与其说是对上尉的毋宁说是对发笑的人的，其中以热尔考夫的声音最大。

屠升直到此刻，才在严厉的长官面前，极恐怖地想到自己丢了两门炮，却还活着的罪状和耻辱。他是那么不安，以致直到这时，他才想到这件事。军官们的笑声更使他迷惑了。他下颌打颤地站在巴格拉齐翁的面前，只说出：

“我不知道……大人……没有兵了……大人。”

“您可以从掩护部队里调！”

没有掩护部队，虽然这是的确的事实，屠升却没有说，他怕因此牵涉了别的军官，于是沉默着，眼睛不动地、对直地望着巴格拉齐翁的脸，好像一个发慌的小学生望着考试人的眼睛一样。

沉默的时间很久。巴格拉齐翁公爵显然是不愿严厉，却找不出话来说，别人又不敢插言。安德来公爵皱着眉望着屠升，他的手指痉挛地动着。

“大人，”安德来公爵用尖锐的声音打破了沉默，“承您派我去到屠升上尉的炮兵连。我到了那里，看到三分之二的人马打死了，两门大炮打坏了，根本没有什么掩护的部队。”

巴拉格齐翁和屠升现在同样聚精会神地望着忍住气却又激动地

说话的保尔康斯基。

“假使大人准许我表达我的意见，”他继续说，“那么我们今天的胜利，主要的是由于这个炮兵连的活动，和屠升上尉同他的全连的英勇坚毅的精神。”安德来公爵说后，不待回答，就站起来，离开了桌子。

巴拉格齐翁公爵望了望屠升，显然不愿意表示自己不相信保尔康斯基的尖锐的意见，同时又觉得自己不能完全相信他的话，便向屠升点了点头，说他可以走了。安德来公爵跟在他后边出去了。

“谢谢，亲爱的，你救了我。”屠升向他说。

安德来公爵看了看屠升，没有说什么，就离开了他。安德来公爵觉得悲哀而痛苦。这一切是那么奇怪，那么不像他所希望的那样。

“他们是谁？他们为什么在这里？他们需要什么？这一切何时完结？”罗斯托夫想着，望着他面前变化的影子。手臂上的疼痛变得越来越难受了。瞌睡不可抵抗地来了，红圈子在他的眼睛里跳动，那些声音和面孔的印象和孤独之感和痛苦的感觉，混合在一起了。是他们，这些兵，伤的和未伤的兵——是他们在拥挤他、在压他、在扭他的筋、在烧他的扭伤的手臂和肩膀上的肉。为了逃避他们，他闭了眼睛。

他打盹了一会儿，但在这短促的瞌睡时间里，他梦见无数的东西：他梦见了他的母亲和她的大白手，梦见索尼亚的细瘦的肩膀，娜塔莎的眼睛和笑声，皆尼索夫和他的声音及胡须，切李亚宁，以及切李亚宁和保格大内支的全部事件。这全部事件正和这个有尖锐声音的兵士是同样的东西，这全部事件和这个兵士那么痛苦地、执拗地拖他、挤他，并且一同向一边曳他的手臂。他试图脱离他们，但是他们没有把他的肩膀放松一秒钟，放松一发丝。假使他们不拖它，它便不痛，它便完好了，但是没有办法逃避他们。

他睁开眼睛向上看。黑色的夜幕悬在火光上一阿尔申①的地方。

① 一阿尔申约合〇·七一公尺，二市尺许。

在这火光里飞着飘落的雪花。屠升没有回来，医生没有到。他是单独一个人。只有一个兵此刻裸体坐在火那边烘着他的又瘦又黄的身躯。

“没有一个人需要我！”罗斯托夫想，“没有一个人帮助我、可怜我，然而我从前在家里的时候，我强壮、愉快、被爱。”他叹了口气，并且不觉地随着叹气声呻吟起来了。

“什么地方痛吗？”那个兵问，他在火上抖着自己的衬衣，没有等待回答，便嗯了一声，又说：“今天损失了多少人啊——多极了！”

罗斯托夫没有听兵士说。他望着飘在火上的雪花，想起了俄国的冬季和温暖的、明亮的家，茸茸的皮衣，疾驰的雪车，健康的身体，以及全部的家庭亲爱和关心。“而我却为什么到这里来了？”他想。

第二天，法军没有重新攻击，巴格拉齐翁的支队的残余和库图索夫的军队会师了。

第三部

1

发西利公爵不再三考虑他的计划。他尤其不想到为了自己的利益而对别人做有害的事。他只是一个社交界的人物，在社交界获得了成功，并且在成功里养成了习惯。随着环境，随着他和人们的接触，他心中经常地形成各种计划和打算，他自己从来没有好好地弄明白过这些计划和打算，但它们组成了他的整个的生活兴趣。在他心中经常出现的不是一个两个而是几十个这样的计划和打算，其中有的是仅仅开始出现一下，有的达到目的，有的自行消灭了。例如，他并不向自己说："这个人现在有势力，我一定要获得他的信任和友谊，通过他去替我谋得特别津贴。"也不向自己说，"现在彼埃尔有钱，我一定要引诱他娶我的女儿，向他借来我所需要的四万卢布。"但是他遇见了有势力的人，并且他的本能立刻向他说，这个人或许有用，于是发西利公爵和他接近，并且在第一个机会当中，没有预备，就本能地阿谀他，和他亲近，说出他自己所需要的东西。

彼埃尔在莫斯科受到他的笼络，发西利公爵替他谋得了少年侍从的官职，在那时这官职相当于政府顾问。① 他坚持要这个年轻人和他一同到彼得堡去并且住在他家里。好像是漫不经心的，而同时又无疑地相信是应该这样的，发西利公爵为了要彼埃尔娶他的女儿，做了一切必要的事情。假若发西利公爵预先考虑了他的计划，他的态度便不能够那么自然，在他和所有比他地位较高或较低的人们的关系上，便不能够那么坦率和亲密了。有什么东西经常地吸引他接近比他更有权更有钱的人，并且他具备了这种罕见的本领，在必须并且能够利用别人的时候，他能抓住最恰当的时机。

彼埃尔意外地成了大财主和别素号夫伯爵，在新近的孤独和安闲之后，他觉得自己是那样地被人包围、那样地忙碌，只有在床上的时候才能够独自安居。他必须签署文件，和官厅来往，这些事情的意义他并不明白地了解，他必须向总管事问点什么，去看莫斯科乡下的田庄，接见许多人，这些人从前不把他当作人，而现在假使他不愿意接见他们，他们便觉得丢脸而难过了。所有的这些各种各样的人——商人、亲戚、朋友——对于年轻的继承人都抱着同样的友好奉承的态度，他们所有的人都显然无疑地相信彼埃尔的高尚的美德。他不断地听到这种话："您是非常厚道"，或者"凭您的极好的心肠"，或者"您自己是那么纯洁，伯爵……"或者"假若他是像您这样的聪明"，等等，所以他开始当真相信自己是非常厚道、非常聪明，尤其是在他的心坎里，他总是觉得，他确实很厚道很聪明。甚至从前对他怀着恶意和显然怀着敌意的人们也变得亲切和善了。那么有脾气的、长腰身、头发像木偶那样光滑的、最大的公爵小姐，在葬仪之后来到彼埃尔的房里。她低着眼睛，脸不停地泛红，向他说，她很惋惜他们当中过去的误会，而且现在她并不认为她有权利要求什么，除了要求准许她在她所遭受的打击之后，在这个屋里多住几个星期，这里是她那么所心爱的，并且她在这里作了那么多牺牲。她不能够约制她自己，在讲这些话的时候淌眼泪了。彼埃尔，因为石像般的公爵小姐能够这样改变而受了感动，抓着她的手，请

① 毛注：政府顾问为文武十一品中之五品官。

她原谅，他自己却不知道是为了什么。从这天起，公爵小姐开始替彼埃尔织条子围巾，对他完全改变了态度。

“为她做一做这件事吧，mon cher；［亲爱的；］她毕竟是替过世的人受了许多苦。”发西利公爵向他说，为了公爵小姐的利益，给他一个文件，要他签字。

发西利公爵认为这块骨头，三万卢布的支票，毕竟是应该抛给可怜的公爵小姐的，这样她便不想说出发西利公爵参与镶花公文夹的事情了。彼埃尔签了这张支票，从那时起，公爵小姐变得更善良了。年幼的妹妹们对于他也变得亲切了，特别是最小的、美丽的、有痣的公爵小姐，她看见他时，常常用她的笑容和窘态使彼埃尔感到不安。

彼埃尔似乎觉得，所有的人都爱他，这是那么自然，并且似乎觉得，假使有谁不爱他，这是那么不自然，以致他不能不相信他四周人们的诚实。此外，他没有时间问他自己，这些人们是诚实或不诚实。他总是没有闲时，他总是觉得自己是在温柔而适意的陶醉中。他觉得自己是某种重要的、总体的行动的中心：觉得他们总是对他有所期望：觉得假使他不做什么，他便要使许多人悲伤，令许多人失望，假使他做了这桩和那桩，则一切都好——于是他做了别人要他做的事情，但人们期望中的好事似乎还是没有做。

在起初的时候，发西利公爵，最能操纵彼埃尔的事和彼埃尔本身。自从别素号夫伯爵逝世后，他便不曾把彼埃尔放出他的手心，发西利公爵的样子好像是一个被事情忙坏了的、疲倦的、苦恼的人，但他由于同情心，不能丢开这个无能为力的青年，après tout，［总之，］不能丢开他朋友的儿子，那么大财产的继承人，让命运和浑蛋们去任意摆布。在别素号夫伯爵死后，他住在莫斯科的那几天，他或者请彼埃尔去见他，或者自己去见彼埃尔，用那种疲倦而有把握的语气，向他指示应该要做的事情，似乎他每次都要附带地说：

“Vous savez, que je suis accablé d'affaires et que ce n'est que par pure charité, que je m'occupe de vous, et puis vous savez bien, que ce que je vous propose est la seul chose faisable.［您知道，我被事情忙坏

了，只是为了纯粹的同情，我才关心您，并且您很知道，我向您所说的，是唯一可以做的事情。]”

“我亲爱的，我们明天终于要走了。”有一天，他闭着眼睛，用手指摸弄着彼埃尔的胳膊，用那样的语气向他说，似乎他所说的，是他们早已决定了的，并且不能再有变更了。

“我们明天走，我让你坐在我的马车里。我很高兴。我们在这里一切重要的事情都办完了。我早就应该回去了。你瞧，这是大臣寄给我的。我替你向他请求过，你被派到外交界，并且被任命为少年侍从。现在外交界的门径向你打开了。”

虽然说这话时的疲倦而有把握的语气很有力量，可是为自己的职业考虑了这么久的彼埃尔还想说点什么。但发西利公爵用那种深沉的低声打断他，这声音使人不能插言，这是他在必须绝对说服的时候所用的。

“Mais, mon cher，[但是，我的亲爱的，]我做了这件事，是为了我自己，为了我的良心，用不着感谢我的。从来没有人抱怨过别人太爱他，并且，你是自由的，你明天就可以离开这里的。到了彼得堡就会明白一切的。你早该摆脱这些可怕的回忆了。”发西利公爵叹了口气。

“就这么办了，我心爱的。让我的跟班坐你的车子走。啊，是的，我几乎忘了，”发西利公爵补充说，“你知道，亲爱的，我和你的父亲有些往来账，所以我得到了锐阿桑田庄上的东西，我要保留的。这是你不需要的。我们以后再算吧。”

发西利公爵所说的“锐阿桑田庄上的东西”是彼埃尔的农奴的几千卢布的免役税，这是发西利公爵留给他自己的。

在彼得堡，也和在莫斯科一样，人们温柔亲爱的气氛包围着彼埃尔。他不能拒绝发西利公爵为他求得的官职，或者，毋宁说是头衔（因为他什么都不做），而朋友，邀请，以及社交事务是那么多，以致彼埃尔比在莫斯科更感到迷惑、忙碌，以及一种总是将要来到但从未实现的幸福。

他从前的独身的友辈之中，有许多人不在彼得堡。禁卫军出征去了。道洛号夫被贬为兵，阿那托尔在军中，在外省，安德来公爵在国外，因此彼埃尔既不能像他从前所喜欢的那样消磨他的夜晚，又不能偶尔向一个被他尊重的年老的友人在亲密的谈话中吐露心事。他所有的时间都消磨在宴会和跳舞会上，主要地是在发西利公爵家，——和他的妻子、肥胖的公爵夫人，和他的女儿、美人爱仑在一起。

安娜·芭芙洛芙娜·涉来尔也和别人一样，对彼埃尔改变了态度，社交界对他的看法早就改变了。

从前，彼埃尔在安娜·芭芙洛芙娜面前总是觉得他说的话是不适宜的、不聪明的、多余的：觉得他的言语，当他在自己心中作准备时，似乎是聪明的，可是他一说出口，便变得愚蠢了，反之，依包理特的最没有意义的话却显得是聪明而亲昵的。现在，只要是他所说的话，总是charmant［漂亮］。即使安娜·芭芙洛芙娜没有这么说，他却看得出，她想要这么说，并且只是由于考虑到他的谦虚而克制不说。

在一八〇五年与一八〇六年间的初冬，彼埃尔接到安娜·芭芙洛芙娜通常的粉红色的请柬，另外附了一句：“Vous trouverez chez moi la belle Héléne, qu'on ne se lasse jamais voir.［你将在我这里看见美丽的，人们永远看不厌的爱仑。］”

看到这里，彼埃尔第一次觉得，在他与爱仑之间形成了某种为别人所承认的关系，这个思想立刻使他吃惊了，仿佛是在他身上加上了他不能完成的义务，同时又使他高兴，好像这是一个有趣的假定。

安娜·芭芙洛芙娜的晚会还是和第一次一样，只是这一次她款待来宾的新奇之物不是莫特马尔，而是新近从柏林来的外交家，他带来了一些最近的详细消息：关于亚力山大皇帝驻跸波兹达姆，以及两位至尊的朋友为了维护正义事业、反对人类的仇敌而在那里宣誓缔结不解除的同盟。安娜·芭芙洛芙娜带着忧悒的神色接待彼埃尔，显然，这是由于这位青年新遭的丧痛，由于别素号夫伯爵的死（大家总是觉得应该使彼埃尔相信，他由于他几乎不认识的父亲的逝世是极哀伤的）——这忧悒恰似在提到最尊贵的玛丽亚·费道罗芙娜皇后时她所表现的那种最高尚的忧悒。彼埃尔因此觉得荣幸。安娜·芭芙洛芙娜用她的惯常的本领安置了客厅里的各个团体。外交官参加了大的团体，发西利公爵和几个将军们也在这个团体里。另一个团体是在小茶桌旁。彼埃尔想加入第一个团体，但安娜·芭芙洛芙娜——带着司令官在战场上有了成千上万的好主意而无暇执行它们的时候所有的那种激动的心情——看到彼埃尔，便用手指碰碰他的袖子。

“Attendez，j'ai des vues sur vous pour ce soir. ［等一下，今天晚上我替你作了安排。］”

她回头看了看爱仑，向她微笑了一下。

“Ma bonne Hélène，il faut，que vous soyez charitable pour ma pauvre tante，qui a une adoration pour vous. Allez lui tenir compagnie pour 10 minutes。［我亲爱的爱仑，您应该同情我的可怜的姑母，她是爱慕您的。您去陪她十分钟吧。］为了不让您觉得很无趣，可爱的伯爵在这里，他不至于拒绝跟您做伴。”

美人到姑母那里去了，但安娜·芭芙洛芙娜还把彼埃尔留在身边，她显出那样的神情，似乎她必须做最后必要的指示。

“她是绝妙的人，是不是？”她向彼埃尔说，指着轻盈地走去的庄严的美人。“Et quelle tenue！［多么好的举止啊！］这样年轻的姑娘，便有那样的聪明才智，那样十分美妙的态度！这是从心里发出来的！谁有了她，谁就幸福！有了她，最不爱交际的丈夫也会不知不觉在社交界占有最光荣的地位。对不对？我只想知道您的意见。”于是安娜·芭芙洛芙娜放走了彼埃尔。

彼埃尔诚恳地、肯定地回答了安娜·芭芙洛芙娜关于爱仑的风度美妙的问题。假如他有时想到爱仑，便正是想到她的美丽，和她在社交场中非常缄默、庄重、镇静的本领。

姑母在自己的角落里接待这两个年轻人，但是她似乎想要隐藏她对于爱仑的爱慕，并且宁愿表现她对于安娜·芭芙洛芙娜的恐惧。她注视着她的侄女，仿佛是问，她对于这两个人应该怎么办。安娜·芭芙洛芙娜离开他们的时候，又用手指触了触彼埃尔的袖子说：

J'espére，que vous ne direz plus qu'on s'ennuie chez moi.［我希望你不要再说在我这里觉得无聊了。］”她并且看了看爱仑。

爱仑带着那样的神情微笑一下，好像是说，她不承认，有谁看见了她还能不被她迷惑的。姑母咳嗽了几声，咽下了唾沫，然后用法语说她很欢喜看见爱仑，然后她带着同样的面色向彼埃尔说了同样的欢迎的话。在无趣的常断的谈话中途，爱仑转头看了看彼埃尔，并且用她向一切人们微笑时所有的那种鲜明的、优美的笑容，向他微笑了一下。彼埃尔是那么习惯了那种笑容，它对他所表现的意义是那么少，以致他毫不注意这个笑容。这时姑母说到彼埃尔的亡父别素号夫伯爵所收集的鼻烟壶，并且出示了她自己的鼻烟壶。爱仑公爵小姐要求看一看画在鼻烟壶上的姑母丈夫的肖像。

“这大概是维奈斯做的。”彼埃尔说，提到著名的细小画像家。他一面在桌子上弯着腰接鼻烟壶，一面听着别的桌上的谈话。

他欠起了身，想走过去，但是姑母直接地从爱仑的背后把鼻烟壶递给他。爱仑向前弯腰让地方，并且微笑着回头看了一下。她像往常去赴晚会时那样，穿着时髦的前后领口都开得极低的衣服。她的上半身，在彼埃尔看来，总好像是大理石的一样，离他的眼睛是那么近，他的近视的眼睛不自觉地辨别出了她的肩膀和颈子的生动的美，并且离他的嘴唇是那么近，他只要微微把头低一下，便可以触到她。他感觉到她身体的温暖、香水的芬芳，听到她动作时的胸衣声。他没有看见她的和衣服合成一个整体的大理石般的美丽，他只看见并且感觉到她的只被衣服所遮蔽的身体的全部魔力。并且一旦看见了这个，他便不能有别的看法，正如同我们不能够恢复一度被说明的错觉一样。

“您真的到现在还没有注意到我是这 么美吗？”似乎爱仑这么说，“您没有注意到我是女子吗？是的，我是女子，我可以属于任何人，也可以属于您。”她的目光这么说。就在这个时候彼埃尔觉得，爱仑不但能够，而且应该做他的妻子，觉得这是非如此不可的。

他此刻是那么确切地知道这个，就仿佛他戴了花环站在她旁边时所知道的一样。这件事如何实现？何时实现？他不知道，他甚至不知道这是不是一件好事（他甚至觉得因为某种缘故这是不好的），但他知道，这件事是要实现的。

彼埃尔垂下了眼睛，又抬起眼睛，想要重新把她看作一个对他是疏远而陌生的美人，就像从前每天他所看见的那样，但是他已经不能够这么办了。他不能够，正如一个人，先前在雾中看野草，把它当作树，现在发现了是草，不能够再把它看作树。她靠他非常近。她已经支配了他。在他与她之间，除了他自己的意志的障碍，已经没有任何障碍了。

“Bon，je vous laisse dans votre petit coin. Je vois，que vous y êtes très bien. ［好吧，我让你留在你的小角落里。我知道你在那里很好。］”安娜·芭芙洛芙娜的声音说。

于是彼埃尔恐惧地回想着，他是否做了什么应受责备的事，红着脸，回顾了一下。他似乎觉得，别人都和他一样地知道他心里的事情。

过了一会儿，当他走到大团体那里时，安娜·芭芙洛芙娜向他说：

“On dit que vous embellissez votre maison de pétersbourg. ［听说你在修理你的彼得堡的住宅了。］”

（这是真的：建筑师向他说这是必要的，而彼埃尔，自己不知道为什么，便修理他的彼得堡的大房子了。）

“C’est bien，mais ne déménagez pas de chez le prince Basile. Il est bon d’avoir un ami comme le prince，［这很好，但是不要从发西利公爵家里搬出去。有公爵这样的朋友是很好的，］”她说，向发西利公爵微笑着，“J’en sais quelque chose. N’est-ce pas？［关于这个，我是知道一点儿的。是不是？］您还这么年轻。您需要别人的劝告。您不要怪我利用老年人的权利。”她沉默着，正如同妇女们一向在她们说了自己年纪的时候那样地沉默着期待什么。“假若您结婚的话，那是另一回事了。”然后她一眼瞥了瞥他们两个人。彼埃尔没有望爱仑，爱仑也没有望他。但是她靠他还是非常近。

他低语着什么，并且脸红了。

回到家里，彼埃尔好久睡不着觉，回想着他所发生的事。他发生了什么呢？没有什么。他只晓得，这个女子是他从小所认识的，当别人向他说到爱仑是个美人时，他无心地说道：“是的，她漂亮。”——他晓得，这个女子可以属于他。

“但是她愚蠢，我自己常说的，她愚蠢，”他想，“在她所引起的我的心情之中，有点丑恶的地方，有点不对的地方。我听说，她的哥哥阿那托尔爱过她，她也爱过他，并且有了一件丑闻，因此他们把阿那托尔送走了。她的哥哥是依包理特……她的父亲是发西利公爵……这是不好的。”他想，正当他这么考虑的时候（这些考虑还是不完全的），他发觉自己在微笑，并且觉得，另一串的想法从第一串中浮起来了，他同时又想到她是毫不足取，又幻想着她会成为他的妻子，她会爱他，她会变得完全不同，而他所想的所听到的关于她的一切，或许是不确实的。于是他又看见她并不是什么发西利公爵的女儿，却是看见了她的只被灰色衣服遮盖着的全身。“但是，为什么从前我的脑子里没有过这种思想？”于是他又向自己说，这是不可能的：他似乎觉得，在这个婚姻中有点丑恶的，不自然的，不光荣的地方。他想起她从前的言语和目光，以及那些看见他们俩在一起的人们的言语和目光。他想起安娜·芭芙洛芙娜向他说到房子时的言语和目光，想起发西利公爵和别人的上千的这种暗示，于是他恐怖了，他怕他已经使他自己不得不去做那显然是不好的、并且是他不应该做的事情。但同时，当他向自己表现这个决心时，在他心中另一方面浮出了她的形象和她的全部的女性美。

2

一八〇五年十一月发西利公爵必须出差去视察四省。他替自己谋得了这个差使，以便同时视察他自己的情况混乱的田庄，并且把他的儿子阿那托尔，从他的团所驻扎的地方找来，和他一同顺道去见尼考拉·安德来维支·保尔康斯基公爵，以便使他的儿子娶这个老富翁的女儿。但在出差和办理这些新的事务以前，发西利公爵必须和彼埃尔把事情解决，彼埃尔近来确实整天在家，即是在他所寄居的发西利公爵的家里，在爱仑面前显得可笑、兴奋、愚笨（像恋爱的男子应有的那样），但是还没有求婚。

“Tout ça est bel et bon, mais il faut que ça finisse. [这一切都是很好的，但这件事应该解决。]”发西利公爵有一天早晨带着忧愁的叹息声向自己说，觉得彼埃尔是那么欠他的情，（哦，基督保佑他！）在这件事上却做得很不好。“年幼……轻浮……好，上帝保佑他，”发西利公爵想，满意地感觉到自己的善良，“mais il faut que ça finisse. [但是这件事应该解决。] 后天是辽利娜①的命名日，我要请几位客人，假如他不明白他所应该做的事，那么这还是我的事了。是的，我的事。我是她的父亲！”

在安娜·芭芙洛芙娜的晚会之后的那个睡不着觉的兴奋的夜里，彼埃尔断定了和爱仑结婚是不幸福的，他应该逃避她，并且走开，可是在那个决定的一个半月之后，彼埃尔还没有离开发西利公爵的家里，并且恐怖地感觉到，在别人的心目中他和她的关系是一天比一天深，他不能恢复他从前对她的看法，他不能离开她，并且觉得这是可怕的，但是他却必须和她缔结自己的终身大事。也许他可以控制他自己，但是发西利公爵家没有一天没有晚会（他很少招待客人），假使彼埃尔不愿破坏大家的兴致，不愿辜负大家的期望，他便不得不到场。发西利公爵在那些少有的居家的时候，常常走过彼埃尔身边，向下拉他的手，漫不经心地把他刮光的有皱纹的腮伸给他吻，或说，“明天再见”，或说，“来吃饭，不然我就看不见你了”，或说，“我是为你留下来的”，等等。但是虽然在发西利公爵为他留下来的时间里（他这么说的），他并没有向他说过两句话，彼埃尔却觉得自己不能够辜负他的期望。他每天向自己说同样的话：“总之，应该了解她，并且弄明白：她是什么样的人？是我从前错了，还是现在错了呢？不，她不愚蠢，不，她是顶好的姑娘！”他有时向自己说，“她从来没有做过错事，她从来没有说过愚蠢的话。她说话很

---

① 爱仑的爱称。

少，但她所说的，总是简单而明了的，所以她不愚蠢。她从来不害羞，现在也不害羞。所以她不是坏女子！”他常常在她面前开始说出自己的考虑或思想，每次她回答他时，或者是用简短的随口说出的意见，表示她不感兴趣，或者是用沉默的笑容与目光，极具体地向彼埃尔显示出她的优越。她认为一切的谈论和这种笑容比较起来都是胡说八道，她是对的。

她总是带着高兴的、信任的、单单对他而有的笑容和他说话，在那笑容中有比那一向装饰她面孔的、对一般人的笑容更加重要的东西。彼埃尔知道，大家只等待他最后说一句话，跨过某一条界线，并且他知道，他迟早要跨过这条界线，但是一想到这个可怕的步骤，便有某种不可了解的恐怖袭击他。在这一个半月之间，他觉得自己被拖得越来越接近这个令他惧怕的深渊，在此期间，彼埃尔向自己说上了千次：“但这是怎么回事？需要决心！难道我没有决心吗？”

他想要下决心，但又恐怖地觉得，在这件事情上，他没有决心，这决心他知道是他所具有的，并且确实是有的。彼埃尔属于这一类的人，他们只在他们觉得自己十分纯洁的时候才有力量。自从那天他在安娜·芭芙洛芙娜家弯腰看鼻烟壶时所感觉到的那种欲望支配了他以来，对于那个冲动的一种不自觉的罪恶之感，毁坏了他的决心。

在爱仑的命名日，发西利公爵家里，像公爵夫人所说的，有最亲密的亲戚朋友的小团体吃夜饭。所有的这些亲戚和朋友都体会到，过命名日者的命运就要在这天决定。客人坐下来吃夜饭了。库拉基娜公爵夫人，这位肥胖的、从前是美丽的、庄严的妇人，坐在女主人的位子上。在她的两边坐了最尊贵的客人——一位老将军和他的妻子，和安娜·芭芙洛芙娜·涉来尔：在桌端坐着较为年轻的，次要的客人，还有自家的人，彼埃尔和爱仑，也并排着坐在那里。发西利公爵没有吃：他带着愉快的心情，绕着桌子走动，时而在这个客人旁边，时而在那个客人旁边坐下。他向每个人说点很随便的、愉快的话，只除了彼埃尔和爱仑，似乎他没有注意到他们在场。发西利公爵提起了大家的精神。蜡烛明亮地点着，银器和玻璃器，妇女们的首饰，和肩章上的金银，都闪耀着光辉：穿红袍的侍仆们在桌子四周走动着，有了餐刀、玻璃杯、碟子的声音，和桌旁几处谈话的兴奋的声音。可以听到一个年老的侍从官在桌端向年老的男爵夫人肯定地说出他对她的火热的爱情，和她的笑声：在另一端他们谈到某一玛丽亚·维克托罗芙娜的不幸。在桌子当中，发西利公爵吸引了每个人的注意。他在嘴唇上带着诙谐的笑容，向妇女们说到最近——星期三——的枢密会议，在会议中塞尔盖·库倚米支·维亚倚米齐诺夫，新任彼得堡军务总督——接到了并宣读着亚力山大·巴夫诺维支皇帝从军中寄来的当时有名的诏书，在诏书里，皇帝向塞尔盖·库倚米支说，他接到了各方面的人民表示效忠的声明，而彼得堡的声明尤其使他满意，并且说他引以为豪的是他有荣幸做这个国家的元首，他要极力使自己无愧于这种光荣。这道诏书开头的话是："塞尔盖·库倚米支！从各方面向我传来消息"。云云。

"那么，除了'塞尔盖·库倚米支'就没有别的了吗?"一个太太问。

"是的，是的，再没有一发丝儿了，"发西利公爵笑着回答。"'塞尔盖'库倚米支……从各方面，从各方面。塞尔盖·库倚米支……'可怜的维亚倚米齐诺夫不能再向下念了。他几次从头念起，但刚刚念出'塞尔盖'……"就啜泣了……'库……倚米……支'——有眼泪了……于是'从各方面'被哭声遮盖了，他不能再向下念了。又是手帕，又是'塞尔盖·库倚米支'，'从各方面'，又是眼泪……所以后来请了别人宣读。"

"库倚米支……从各方面……眼泪……"有人笑着重复说。

"不要恶毒，"安娜·芭芙洛芙娜在桌子的另一端用手指向他威胁了一下说，"C'est un si brave et excellent homme notre bon Viasmitinoff.[我们的善良的维亚倚米齐诺夫，他是那么高贵卓越的人。]"

大家笑得很厉害。在桌子上端的上座那里，似乎大家都愉快，并且怀着各种兴奋的心情，只有彼埃尔和爱仑沉默着，几乎是并排地坐在桌子的下端，在两人的脸上约制着鲜明的笑容，这与塞尔盖·库倚米支无关——而是害羞的笑容，是为了他们自己的心情而有的。尽管别人说话、发笑、诙谐，尽管别人很有胃口地吃来因酒、煎菜和冰食，尽管别人避免看见这一对男女，尽管别人显得对他们俩不关心、不注意，但是由于某种原因，由于偶尔投给他们的目光，令人觉得，关于塞尔盖·库倚米支的趣事、笑声、菜肴——这一切都是虚伪的，而这整个团体的全部注意力只集中在这一对男女的身上——在彼埃尔和爱仑身上。发西利公爵表演了塞尔盖·库倚米支的啜泣，同时又瞥了瞥女儿，而当他发笑的时候，他脸上的表情说："是了，是了，情形很好，今天一切都要决定了。"安娜·芭芙洛芙娜为了 notre bon Viasmitinoff [我们的善良的维亚倚米齐诺夫] 用手指威胁他，但在她此刻向彼埃尔瞥了一下的眼睛里，发西利公爵看出了，她在祝贺他的将来的女婿，祝贺他的女儿的幸福。老公爵夫人带着愁闷的叹息向邻座的妇人敬酒，并且愤怒地看了看女儿，似乎这一声叹息是说："是的，现在我同您什么都没有了，只有吃甜酒了，我亲爱的，现在是年轻人幸福得那么大胆而旁若无人的时候了。""我所说的一切是多么愚蠢啊，好像我对它发生兴趣似的，"外交官望着爱人们的幸福的脸，想着，"这才是幸福！"

在那些维系这个团体的、无关重要的、琐屑的、人为的兴趣之中，加进了美丽、健康、年轻男女互相倾慕的单纯的感情。这种合乎人情的感情，压倒了一切，并且驾凌在他们的一切做作的低语之上。笑话是不愉快的，新闻是无趣的，而热闹显然是做作的。不但他们，而且在桌旁侍候的仆役们，都似乎感觉到同样的心情，并且望着美人爱仑和她的容光焕发的脸，望着彼埃尔的红色的、肥胖的、幸福的、不安的脸，竟忘记了他们的任务。似乎烛光只集中在这两个幸福的脸上。

彼埃尔觉得他是全体的中心，这个地位使他又高兴又难受。他好像是一个专心注意在某种事情上的人。他没有清楚明白地看见、了解或听见任何东西。只有不连贯的思想和现实生活的印象偶尔在他心中突然地闪过。

"所以一切都完了！"他想，"这一切是怎么发生的？这么快！现在我知道了，不是为她一个人，不是为我一个人，而是为了所有的人，这是不可避免地要实现的。他们都那么期待这个，那么相信这是会实现的，以致我不能够，不能够令他们失望。但是这件事将要如何实现呢？我不知道，但是，这是要实现的，一定要实现的。”彼埃尔想着，望着正在他眼前闪耀的肩膀。

有时，他忽然因为什么缘故觉得害羞。为了他一个人吸引了大家的注意，为了他在别人目光中是幸福的人，为了他这个巴黎式的丑脸儿的人占有爱仑，他觉得不安。“但是，确实，那是永远如此的，那是一定要如此的，”他安慰着自己，“可是我为这件事做了什么呢？这是什么时候开始的？我和发西利公爵一同从莫斯科来的。那时候还是什么事也没有。那么，我为什么不住在他家里呢？后来，我和她玩牌，拾起她的提袋，和她坐车出去。这是什么时候开始的，这一切是什么时候发生的？”此刻他靠近她坐着，好像是她的未婚夫，他听见、看见、感觉到她的接近，她的呼吸，她的动作，她的美丽。有时，他忽然觉得，不是她，而是他自己非常漂亮，觉得他们正是因此而那么望着他，并且他，因为大家的惊奇而觉得幸福，他挺起胸膛、抬起头，为自己幸福而高兴。忽然他听到谁的声音，一个熟人的声音，第二次向他说了什么。但彼埃尔是那么聚精会神，以致弄不明白别人对他所说的话。

“我问你，你什么时候接到保尔康斯基公爵的信的？”发西利公爵第三次问，“你是多么心不在焉，我亲爱的。”

发西利公爵微笑着，彼埃尔看到，所有的人，所有的人都向他和爱仑微笑着。

“即使你们都知道，那又有什么关系，”彼埃尔向自己说，“哦，那有什么关系呢？这是事实。”于是他自己发出温顺的儿童般的微笑，爱仑也微笑了。

“你什么时候接到的？从奥尔牟兹寄来的吗？”发西利公爵重复说，他似乎是为了解决争端，需要知道这个。

“怎么能够谈到、想到这样的琐事呢？”彼埃尔想。

“是的，从奥尔牟兹寄来的。”他叹了口气回答。

饭后彼埃尔领着他的女伴跟着别人进了客厅。客人们开始散去，有几个人没有向爱仑道别便走了。好像是不愿使她离开她的重要的工作，有几个人到她面前来了一会儿，便赶快离开，不许她送。外交官忧闷地沉默着，走出客厅。他觉得他的外交事业，和彼埃尔的幸福比较起来，只是虚荣了。老将军，当他的妻子向他问到他的腿部情况时，向她愤怒地抱怨了。“你这样的老傻瓜，”他想，“你瞧，爱仑·发西莉叶芙娜到了五十岁还是美人。”

“似乎觉得，我可以祝贺您了，”安娜·芭芙洛芙娜向公爵夫人低语并且用劲地吻她，“假使不是头痛，我便留在这里了。”

公爵夫人没有回答，她对女儿幸福的妒忌使她苦恼。

彼埃尔在客人辞别时，独自和爱仑在他们坐着的小客厅里留了好久。在以前一个半月之间，他常常独自和爱仑在一起，但从未向她说到过爱情。现在他觉得这是不可避免的，但他又不能下决心走这最后的一步。他觉得害羞，他似乎觉得，在这里，在爱仑的身边，他是占据着别人的地位。“这种幸福不是为你的，”一种内心的声音向他说，“这种幸福是为那些人的，他们没有你所有的东西。”

但是他必须说点什么，于是他开始说话了。他问她是否满意今天的晚会。她和素常一样，单纯地回答说，这天的命名日是她的最快乐的日子。

最亲近的亲戚当中，还有人未走。他们坐在大客厅里。发西利公爵踏着懒洋洋的脚步走到彼埃尔面前。彼埃尔站起来，说时间已经很迟了。发西利公爵严厉地疑问地望着他，似乎他所说的是奇怪得使人不能够听懂的。但，接着，严厉的表情改变了，于是发西利公爵向下拉彼埃尔的手，使他坐下，并且亲切地微笑了一下。

“怎样，辽利娜?”他立刻用那种不经心的、惯有的、亲切的语气向女儿说，这语气是从小即爱儿女的父母们所素有的，但在发西利公爵，这种语气只是由于模仿别家父母们而揣摩出来的。

于是他又转向彼埃尔。

“‘塞尔盖·库倚米支，从各方面’。”他一面说，一面解着背心的顶上边的扣子。

彼埃尔微笑了一下，但是从他的笑容上可以看得出，他明白，不是塞尔盖·库倚米支的趣事现在使发西利公爵发生兴趣，而发西利公爵也晓得，彼埃尔知道这一点。发西利公爵忽然咕噜了什么，就走出去了。彼埃尔似乎觉得，连发西利公爵也发窘了。这个年老的、社交界的人的窘态感动了彼埃尔，他向爱仑回顾了一下——而她，似乎也发窘了，并且她的目光似乎是说："哦，这是您自己的错。"

"我一定不可避免地要走这一步了，但是我不能够，我不能够，"彼埃尔想，于是又说到不相干的事，说到塞尔盖·库倚米支，问到这个趣事的是什么内容，因为他没有听清楚。爱仑微笑着回答说，她也没有听清楚。

当发西利公爵进客厅时，公爵夫人低声地同一个老太太谈着彼埃尔。

"当然，C'est un parti très brillant，mais le bonheur，ma chère，[这是很美满的一对儿，我亲爱的，但幸福，]……"

"Les mariages se font dans les cieux.［婚姻是天定的。］"老太太回答。

发西利公爵，好像没有听太太们说话，走到远远的角落里，坐在沙发上。他闭了眼睛，好像在打盹。他的头正要向下垂，可是他又清醒了。

"阿丽娜，"他向妻子说，"Allez voir ce qu'ils font.［去看看他们在做什么。］"

公爵夫人走到门前，带着富有意义而又似乎漠不关心的神情从门口走过，向客厅里瞥了一下。彼埃尔和爱仑仍然坐着在谈话。

"还是那样。"她回答了丈夫。

发西利公爵皱了皱眉，把嘴歪了一下，他的腮带着他所特有的、不愉快的、粗鲁的表情，颤动了一下，他抖了抖身子，站立起来，把头向后一仰，用坚定的脚步，经过太太们面前，走进小客厅里去了。他快步地、高兴地走到彼埃尔面前。公爵的脸是非常地得意扬扬，以致彼埃尔看见了他的脸便惊恐地站起来了。

"谢谢上帝！"他说，"我的内人向我说了一切！"他一手抱着彼埃尔，一手抱着女儿。“我亲爱的孩子……辽利娜！我很，我很高兴。”他的声音打颤了，“我爱你的父亲……她要成为你的好妻子……愿上帝保佑你们！……”

他搂抱女儿，然后，又搂抱彼埃尔，并且用有年老气味的嘴唇吻了他。泪水果真湿了他的腮。

“公爵夫人，到这里来呀。”他喊叫。

公爵夫人来了，也淌眼泪了。老太太也用手帕拭眼泪。他们吻了彼埃尔，彼埃尔也把美丽的爱仑的手吻了好几次。过了一会儿大家又让他们俩留在一块儿了。

“这一切都是应该如此的，不能有别的样儿的，”彼埃尔想，“所以用不着问，这是好是坏。好，因为它是确定的了，没有了从前的恼人的怀疑。”彼埃尔沉默地抓着他的未婚妻的手，望着她的美丽的一起一伏的胸脯。

“爱仑。”他出声地说，又停止了。

“在这种时候我们总得说些特别的话。”他想，但他想不起来，他们在这种时候所要说的究竟是什么。他看了看她的脸。她靠他更近了。她的脸发红了。

“啊，去掉这个……这个……”她指着他的眼镜说。

彼埃尔摘去了眼镜，他的眼睛，在人们摘去眼镜时所有的一般的眼光异常之外，还显出了惊恐和怀疑。他想要低头吻她的手，但她带着头部的迅速而粗鲁的动作，截获了他的嘴唇，把她自己的嘴唇贴上他的嘴唇。她脸上的变了样的、不好看的、慌张的表情使彼埃尔吃惊了。

“现在已经太迟了，一切都完了，但是我爱她。”彼埃尔想。

“Je vous aime！［我爱你！］”想起在这种时候所应该说的话，他这么说了，但这句话的声音显得那么软弱无力，以致他替自己觉得害羞了。

一个半月之后，他结婚了，并且如人们所说的，成了美丽妻子与数百万家业的幸福的拥有者，住在彼得堡的新装修的别素号夫伯爵家的大房子里。

3

尼考拉·安德来维支·保尔康斯基老公爵在一八〇五年十二月接到发西利公爵的信说，他要同儿子一道来拜访。（“我要出差视察，当然，为了拜访您，我的敬爱的恩人，我觉得一百里路说不上是绕道，”他在信上这么说，“我的阿那托尔要伴我上路，他是到军营中去的，我希望您准许他亲自向您表示像对他父亲那样对您所抱的深厚敬意。”）

“那么用不着把玛丽带出去了：求婚的人们要亲自上门了。”矮小的公爵夫人听到这话，不当心地说。

尼考拉·安德来维支公爵皱了皱眉，没有说什么。

在接信之后两星期，有一天晚上，发西利公爵的仆人们先到了，他自已和儿子是第二天到的。

老保尔康斯基一向瞧不起发西利公爵的为人，近来，因为发西利公爵在新皇朝巴弗尔和亚力山大的时候有了高官厚禄，更加瞧不起他了。现在由于这封信和矮小的公爵夫人的暗示，他明白了是怎么回事，而对于发西利公爵的瞧不起，在尼考拉·安德来维支公爵的心中，变成恶意的轻视了。他说到他的时候总是哼鼻子。在发西利公爵要到的那天，尼考拉·安德来维支公爵是特别不高兴，并且有脾气。或者是因为发西利公爵要到，他才有脾气，或者是因为他有了脾气，才特别不高兴发西利公爵来到，但总之，他是有脾气，齐杭早晨就劝了建筑师不要带报告去见公爵。

“您听，他怎么在走，”齐杭说，要建筑师注意公爵的脚步声，“他用脚跟在走……那么我们知道……”

但是，和寻常一样，在早晨九点钟前，公爵身穿貂皮领的天鹅绒皮大衣，头戴貂皮帽，出门散步。头天晚上落了雪。尼考拉·安德来维支公爵经常散步走过的、到花房的路径已经扫过了，在被扫的雪上可以看到扫帚的痕迹，有一把锹插在路旁脆弱的雪堆上。公爵皱着眉，沉默着，走过花房，下房和厢房。

“雪橇可以通过吗？”他问陪他回家的、可敬的、在面貌和态度上与主人相似的管家。

“雪深，大人。我已经叫人扫除大道了。”

公爵点了点头，走到台阶前。“谢谢你，主啊，”管家想，“公爵的脾气过去了！”

“车子不容易通过，大人，”管家补充说，“听说，大人，有一个大臣要来见大人。”

公爵向管家转过身来，用皱蹙的眼睛注视着他。

“什么？大臣？什么大臣？谁吩咐的？”他用尖锐的、粗暴的声音说，“你们不替我的女儿公爵小姐扫路，却替大臣扫路！我没有大臣们！”

“大人，我以为……”

“你以为！”公爵咆哮着，他越说越快越不连贯了，“你以为……强盗们！坏蛋们……我要教训你以为，”于是他举起手杖，向阿尔巴退支挥去，假若不是管家不自觉地躲开这一击，便打到他了。“你以为！……坏蛋们！……”他急促地叫着。

但是，虽然阿尔巴退支，因为自己大胆——躲开打击——而恐惧着，走到公爵面前，恭顺地垂着秃头，或者，也许，正因此，公爵继续叫着：“坏蛋们！……把雪扔回路上去！……”却没有再举起手杖，疾步地回房间里去了。

在饭前，公爵小姐和部锐昂小姐知道了公爵有脾气，站着等候他：部锐昂小姐的光辉的脸似乎是说：“我一点也不知道，我是像平常一样。”而玛丽亚公爵小姐则面色苍白、显得恐惧、垂着眼睛。使玛丽亚公爵小姐最感痛苦的，是她知道，在这种时候，她应该做得和部锐昂小姐一样，但是她不能这么做。她觉得：“我要做得好像是没有注意到，他便要以为，我对于他没有同情；我要显得我也苦恼，有脾气，他便要说（这是常有的），我丧气了。”等等。

公爵看了看女儿的恐惧的脸，哼了哼鼻子。

“蠢人……或者傻瓜！”他低语着。

“那一个不在这里！他们对她说了坏话。”他想到不在饭厅里的矮小的公爵夫人。

“公爵夫人在哪里？”他问，“藏起来了吗？……”

“她身体不好，”部锐昂小姐愉快地微笑着说，“她不得出房了。在她的情况中，这是当然的。”

“哼！哼！嘿！嘿！”公爵低语着，在桌前坐下来了。

他觉得碟子不干净：他指了指污点，便把碟子一甩。齐杭接住碟子，递给了司膳。矮小的公爵夫人不是不舒服，但她是那么不可克制地惧怕公爵，以致听到了他有脾气，她便决定了不出房。

“我为了胎儿害怕，”她向部锐昂小姐说，“天晓得，恐惧会产生什么结果。”

总之，矮小的公爵夫人住在童山，经常对老公爵怀着恐惧和她所不自觉的厌恶，因为恐惧是那么占优势，以致她不能感觉到厌恶。在公爵方面也有厌恶。但它被轻视所掩盖了。公爵夫人在童山住惯了以后，特别欢喜部锐昂小姐，和她整天在一起，请她在自己的房中过夜，常常同她说到公公，并且批评他。

Il nous arrive du monde，mon prince，［有客人要到我们这里来了，公爵，］”部锐昂小姐说，用红润的手打开白餐巾。“Son excellence le prince Kouraguine avec son fils，à ce que j'ai entendu dire？［库拉根公爵大人和他的儿子，我听说的？］”她探问地说。

“哼，这个大人是一个后生小子……是我派他差事的，”公爵愤怒地说，“他儿子为什么要来，我不明白。莉萨维塔·卡尔洛芙娜公爵夫人和玛丽亚公爵小姐也许知道，我不知道，他为什么要把他的儿子带到这里来。我不需要他来。”他望了望面色发红的女儿。

“不好过，是吗？是怕阿尔巴退支这个蠢材今天所说的那个大臣吗？”

“不，mon père.［爸爸。］”

部锐昂小姐的话题虽然没有获得成功，但她没有停止。她说到花房，说到新开的花的美丽，于是公爵在用汤以后变得和气了。

饭后他去看媳妇。矮小的公爵夫人坐在小桌子旁和女仆玛莎在闲谈。她看见了公公，便脸色发白。

矮小的公爵夫人改变了很多。她现在与其说是美，毋宁说是丑了。她的腮凹下去了，嘴唇向上撅起，眼睛陷下去了。

“是的，有一点累赘”她回答了公公的问题，公公问她觉得如何。

“你不需要什么吗？”

“不，merci，mon père.［谢谢，爸爸。］”

“哦，好的，好的。”

他出去了，走到仆人房前。阿尔巴退支垂头站在仆人房里。

“路堵起来了吗？”

“堵起来了，大人，看在上帝情面上，饶恕我吧，只是因为我的愚蠢。”

公爵打断了他的话，并且发出了不自然的笑声。

“哦，好的，好的。”他伸出了手给阿尔巴退支吻，然后回书房去了。

晚上发西利公爵到了。车夫们和仆人们在说成了“达道”① 的大道上去迎接他，在故意铺了雪的路径上叫喊着，把他的马车和雪橇拖到厢房。

发西利公爵和阿那托尔被招待在个别的房间里。

阿那托尔脱了大衣，手叉着腰，坐在桌前，微笑着，用他的美丽的大眼睛漫不经心地凝视着桌子角。他把他的全部生活看作连续不断的娱乐，这种娱乐是别人为了某种缘故为他负责安排的。现在，对于访问怪癖老人和富而丑的女继承人，他也是这么看法。这一切，照他的预料，或许是结果很好的，很有趣的。“假使她很有钱，为什么不娶她呢？这是绝不碍事的。”阿那托尔想。

他按照他的习惯，细心地、讲究漂亮地刮了脸，洒了香水，并且带着天生的、善意的、得意的表情，高抬着美丽的头，走进了父亲的房。发西利公爵身边有两个侍仆忙着在替他穿衣服，他自己兴奋地回顾了一下，愉快地向进来的儿子点了点头，似乎他说：“对了，我正需要你这样！”

① 这是描写他们把大道的音说差了。

“不，不是说笑话，爸爸，她很丑吗？啊？”他用法语问，好像是继续着在途中谈过不止一次的问题。

“不要说了，废话！最重要的，是你在老公爵面前，要极力显得恭敬、懂事。”

“假使他要胡说八道，我就走开，”阿那托尔说，“我不能容忍这种老头儿们。啊？”

“记住，你的一切全靠这件事来决定了。”

这时候女仆们的房间里不但知道了大臣和他儿子的到来，而且详细地谈到了两人的外表。玛丽亚公爵小姐独自坐在房间里，徒然地想要压制内心的激动。

“为什么他们写了信，为什么莉萨向我说到这事？但这是绝不可能的！”她照着镜子，向自己说，“我要怎么进客厅呢？即使他令我满意，我自己现在也不能和他在一起。”

一想到她父亲的目光，她便觉得恐怖了。

矮小的公爵夫人和部锐昂小姐已经从女仆玛莎那里听到了必要的情报：大臣的儿子是一个多么漂亮的红腮黑眉的男子，他的父亲是多么费力地提腿上楼梯，而他却像一只鹰，一步三级地跟在他后边跑着。得到了这些消息，矮小的公爵夫人和部锐昂小姐便来到公爵小姐的房里，她们的生动谈话的声音还在走廊那里便听得见了。

“Ils sont arrivés，Marie，［他们已经到了，玛丽，］您知道吗？”矮小的公爵夫人说，摇摆着她的肚子，沉重地落座在安乐椅子里。

她没有穿她早晨所常穿的外衣，却穿了一件最好的衣服。她的头发用心地修饰了，她的脸上带着兴奋的表情，这却没有遮盖她的憔悴的、惨白的面容。她做了她在彼得堡交际场中所常做的装饰，这更显出她变得很丑了。在部锐昂小姐身上也有了不显目的绝妙的装饰，这在她美丽的、鲜嫩的脸上，增加了更多的吸力。

“Eh bien. et vous restez comme vous êtes，chère princesse？［哦，你就是你这个样子了吗，亲爱的公爵小姐？］”她说。“On va venir annoncer，que ces messieurs sont au salon，il faudra descendre，et vous ne faites pas un petit brin dé toilette！［他们就要来报告，这些先生们已在

客厅里了，我们就要下楼，你却一点也没有装扮！]”

矮小的公爵夫人从椅子上站起来，按铃唤女仆，并且急忙地愉快地着手设计玛丽亚公爵小姐的服装、并执行这个计划。玛丽亚公爵小姐觉得自己的尊严被损伤了，因为求婚者的来临使她兴奋，而更使她觉得难受的，是她的两个女友都不认为是可以不这样的。要向她们说，她替自己和她们觉得难为情，这便是泄露了自己的兴奋，若是拒绝她们所提议的服装，便要引起不断的嘲笑和坚持。她的脸发红了，美丽的眼睛没有了光彩，她脸上布了红霞，并且带着她脸上常常有的、那种丑陋的、忍受牺牲的表情，她顺从了部锐昂小姐和莉萨的主张。两个女子十分诚意地尽力使她美丽。她是那么丑，以致她们都不会想到和她竞争，因此她们十分有诚意地着手替她打扮，她们带着女性所有的那种单纯的固执的信念，以为服装可以使得面孔美丽。

“不，我亲爱的，真的，这件衣裳不好看，”莉萨远远地斜视着公爵小姐说：“叫人去把你的栗色天鹅绒的衣服拿来。确实啊！你知道，也许一生的命运就要决定了。但这一件太淡了，不好看，不好看！”

不是衣服不好看，而是公爵小姐的脸和全身不好看，但部锐昂小姐和矮小的公爵夫人没有感觉到这一点，她们还以为，若是在向上梳的头发上放一条蓝色缎带，把蓝色颈巾从棕色衣服上垂下来，等等，便一切都好了。她们忘记了，惊惶的面孔和形象是不能改变的，因此，她们纵然改变了这个面孔的外形和装饰，这个面孔本身仍然是可怜而丑陋的。玛丽亚公爵小姐顺从地接受了两三次的修改，然后，当她的头发向上梳好（这种梳妆完全改变了并且损坏了她的面貌），戴上了蓝颈巾、穿上华丽的天鹅绒衣服时，矮小的公爵夫人在她身旁绕了两次，用小手时而理好衣褶，时而拉起颈巾，并且歪着头，时而从这边望望，时而从那边望望她。

“不行，这样不行，”她拍了拍手，坚决地说。“Non，Marie，décidément ça ne vous va pas. Je vous aime mieux dans votre petite robe grise de tous les jours. Non，de grâce，faites cela pour moi.［不行，玛

丽，这对你绝对不适合。我最爱你穿平常所穿的灰色的衣服。不，请你替我这么办吧。] 卡恰，”她向女仆说，“把银灰色的衣裳拿来给公爵小姐，部锐昂小姐，你看看，我来怎样办。”她预感着艺术家的喜悦，微笑着说。

但是当卡恰取来了所需要的衣服时，玛丽亚公爵小姐仍然不动地坐在镜子前面，望着自己的脸，在镜子中她看见了，她的眼睛里有泪，她的嘴打颤，她快要哭泣了。

“Voyons, chère princesse, [哦，亲爱的公爵小姐，]”部锐昂小姐说，“encore un petit effort. [再稍微努点力。]”

矮小的公爵夫人，拿了女仆手中的衣服，走到玛丽亚公爵小姐面前。

“哦，现在我们要做得简单、合适。”她说。

她，部锐昂小姐，卡恰，三个人的声音，合成了一个愉快的喋喋声，好像鸟雀的啾啾声一样，卡恰还为着什么发出笑声。

“Non. laissez-moi, [不，不要管我了吧，]”公爵小姐说。

她的声音说得那么严肃而痛苦，以致鸟雀的啾啾声立即停止了。她们看了看那双美丽的大眼睛明亮地恳求地望着她们，眼睛里充满着泪水和思想，于是她们明白了，坚持是无用的，甚至是残忍的。

“Au moins changez de coiffure, [至少要改一改头发的样子，]”矮小的公爵夫人说，“Je vous disais, [我向你说过的，]”她谴责地向着部锐昂小姐说，“Marie a une de ces figures, auxquelles ce genre de coiffure ne va pas du tout. Mais du tout, du tout. Changez de grâce. [玛丽的面孔是一点也不适合这种发妆的，一点也不，一点也不。请你改一改吧。]”

“Laissez-moi, laissez-moi, tout ça m'est parfaitement égal, [不要管我了吧，不要管我了吧，我觉得反正都是一样，]”几乎不能约制眼泪的声音回答着。

部锐昂小姐和矮小的公爵夫人不得不承认，玛丽亚公爵小姐这样打扮是很丑的，还不如平常那样；但是已经太迟了。她带着她们所知道的那种表情，那种又有思想又有悲伤的表情望着她们。这种表情没有引起她们对于玛丽亚公爵小姐的恐惧（她没有引起过任何人的恐惧）。但是她们知道，当她脸上显出这种表情时，她便沉默着，并且她的决心是不可动摇的。

“Vous changerez，n’est-ce pas？［你是不是要改一下呢？］”莉萨说，当玛丽亚公爵小姐没有回答时，莉萨走出了房。

只剩下玛丽亚公爵小姐一个人了。她没有执行莉萨的愿望，并且不但没有改变发妆，而且也没有在镜子里看一看她自己。她无能为力地垂下她的眼和手，沉默地坐着思索。她想象着一个丈夫，一个男子，一个强壮的、有权力的、不可思议的、有吸力的人物，他忽然把她带进一个全然不同的、他自己的、幸福的世界。她想象着在她自己怀里的、她自己的小孩，好像她昨天在奶妈的女儿那里看见的小孩那样。丈夫站在旁边，亲切地望着她和小孩。“但不，这是不可能的！我太丑了。”她想。

“请去喝茶。公爵马上就要出来了。”女仆的声音在门外说。

她清醒过来了，并且对她所想的事感到惧怕了。她站起来，在下楼之前，走进了祈祷室，于是注视着被灯光照亮的救主大圣像的黑面容，叠着手在圣像前站了几分钟。玛丽亚公爵小姐的心中有一种苦恼的怀疑。她能够有爱情的欢乐，对于男子的尘世爱情的欢乐吗？在结婚的幻想中，玛丽亚公爵小姐幻想到家庭幸福和小孩，但她的主要的、最有力的、最秘密的幻想乃是人世的爱情。她愈要极力隐瞒别人，甚至她自己，这情绪愈强烈。“我的上帝，”她说，“我要怎样在我的心中压下这些魔鬼的念头呢？我要怎样永久地拒绝邪恶的幻想，才好安心地执行你的意志呢？”她刚刚说出这个问题，上帝已经在她自己的心中回答她道：“不要为自己希求任何东西，不要寻觅、不要焦急、不要欣羡。人类的将来和你的命运是你不应该知道的：但你得这样地生活，就是要对一切有所准备。假使上帝要在婚姻的责任上考验你，你便准备执行他的意志。”怀着这种安慰的思想（但她还是希望实现她的被禁止的尘世的幻想），玛丽亚公爵小姐叹了口气，画了十字，走下楼，既不想到她的衣服，又不想到她的发妆，也不想到她要怎样走进客厅，要说什么。这一切和上帝所注定的，比较起来，能算得上什么呢？没有上帝的意志，人的头上不会落掉一根发丝。

4

当玛丽亚公爵小姐进房时，发西利公爵已经和他的儿子在客厅里，和矮小的公爵夫人和部锐昂小姐在交谈了。当她踏着脚跟，用沉重的步子走进房时，男子们和部锐昂小姐站立起来，矮小的公爵夫人向男子们指着她说："Voilà Marie！［玛丽来了！］"玛丽亚公爵小姐看见了大家，并且详详细细地看见了。她看见了发西利公爵的脸，这脸在见到公爵小姐时严肃了片刻，但马上又微笑着，看见了矮小的公爵夫人的脸，她好奇地注视着客人们脸上看玛丽给予了他们什么样的印象。她还看见了部锐昂小姐和她的缎带，美丽的脸，以及从未有过的、向他注视着的、兴奋的目光，但是她不能够看见他。当她进房时，她只看见了一个巨大的、鲜明的、美丽的东西向她移动。发西利公爵首先走到她面前，她吻了他的向她手上低垂着的秃头，并且回答了他的话，说，相反地，她记得他很清楚。然后阿那托尔走到她面前。她还没有看见他。她只感觉到一只温柔的手紧握着她的手，她几乎接触到他的白额，在额上是洒过香水的美丽的黄头发。当她望了望他的时候，他的美丽使她吃惊了。阿那托尔把右手的大拇指插在制服的扣着的扣子下边，向前挺起着胸膛，把脊背向里缩着，他轻摆着一只伸在后边的腿，头微微下垂，沉默地，愉快地望着公爵小姐，显然他心里完全没有想到她。阿那托尔不敏捷、不伶俐、不善于说话，但是在另一方面，他有一种为社交界所看重的本领——就是他的镇静和绝不改变的信心。一个没有自信的人，在初次和人相识的时候沉默着，并且表示，他觉得这种沉默的不合宜，希望找点话说，那结果是不好的，但是阿那托尔沉默着，摆着腿，愉快地注意着公爵小姐的发妆。显然是他能够那么镇静地沉默很久。"假使有谁觉得这种沉默不舒服，那么您就说话，但我却不想说。"似乎他的面色这么说。此外阿那托尔和妇女相处的时候还有一种态度，最能引起妇女的好奇、畏惧甚至爱念——那就是他傲慢地感觉到自己的优越。似乎他的态度向她们说："我认识你们，我认识你们，但为什么要和你们惹麻烦呢？你们真高兴哦！"也许他遇见了妇女们，并不这么想（他大概是不想的，因为他通常很少思索），但他的神情和态度显得是那样的。公爵小姐感觉到这个，并且仿佛是她想要向他表明，她不敢想要引起他注意，她便转身向着老公爵。谈话的内容是共同的、生动的，这是由于矮小的公爵夫人的声音和她的白齿上边翘起的、有毫毛的嘴唇。她用多言的、愉快的人们所常用的那种玩笑的态度接待发西利公爵，这是假定：在他们自己和受这样接待的人之间，有一些久已存在的笑话和一些愉快的、不全部为人知道的、有趣的回忆，而其实并没有这种回忆，在矮小的公爵夫人和发西利公爵之间正是没有这种回忆。发西利公爵甘愿地采用了这种语气，矮小的公爵夫人引起了她所几乎不认识的阿那托尔也回忆这种从未有过的可笑的事件。部锐昂小姐也参加了这种共同的回忆，甚至玛丽亚公爵小姐也满意地觉得自己被牵入了这种愉快的回忆中。

"那么，至少，我们现在要充分地向您领教了，亲爱的公爵，"矮小的公爵夫人向发西利公爵说，当然是用法语，"在这里不像我们在安涅特家的晚会里那样了，您在那里总是跑走。您记得 ceete chère Annette？［那亲爱的安涅特吗？］"

"啊，但您可不要像安涅特那样地向我说到政治！"

"还有我们的小茶桌呢？"

"啊，是的！"

"您为什么总不到安涅特家去？"矮小的公爵夫人问阿那托尔。"啊！我知道，我知道，"她眏了眏眼说，"您的哥哥依包理特，向我说到过您的事。啊！"她用手指向他吓唬着，"我还知道您在巴黎的胡闹！"

"但是，他，依包理特，没有告诉你吗？"发西利公爵说，转向他的儿子，并且抓着矮小的公爵夫人的手臂，好像她要跑走，而他刚好抓住了她，"他没有告诉你，他，依包理特自己，是怎样为可爱的公爵夫人而憔悴，她怎样 le mettait à la porte？［轰他出门的吗？］"

当玛丽亚公爵小姐进房时，发西利公爵已经和他的儿子在客厅里。

“Oh! C’est la perledes femmes，princesse! [哦！她是妇女中的珍宝，公爵小姐!] ”他向公爵小姐说。

部锐昂小姐那方面，听人谈到巴黎，便不放过机会，也加入了这个共同回忆的谈话。

她冒昧地问阿那托尔离开巴黎是否很久，他是否欢喜这个城。阿那托尔极乐意地回答了法国女子，并且微笑着，望着她，同她谈到她的祖国。看见了美丽的部锐昂小姐，阿那托尔便认定，在这里，在童山，不会觉得无聊的。“很不错!”他想，望着她，“这个 demoiselle dé compagnie [陪伴的小姐] 很不错。我希望，她嫁我的时候，带了她一道，”他想，“la petite est gentille. [这个小东西很漂亮。] ”

老公爵在书房里从容不迫地穿衣服。他皱着眉，思索着他应该怎么办。这些客人的来到使他发火了。“发西利公爵和他的儿子在我看来是什么人？发西利公爵是一个空虚的吹牛皮的人：他的儿子应当还好。”他向自己低语着。使他生气的，是这些客人的来临，在他心中引起了那个未决的、经常地被压制的问题——关于这个问题，老公爵总是欺骗他自己。这个问题就是，他是否决定有一天要和玛丽亚公爵小姐分离，把她交给一个丈夫。公爵从来不敢直接向自己提出这个问题，他预先知道，假若提出了，他便要公正地回答这个问题，而“公正”所要损伤的，不仅是情感，而且是他的生活的可能。虽然他似乎不看重她，但没有玛丽亚公爵小姐的生活，在尼考拉·安德来维支公爵，是不堪设想的。“她为什么要结婚呢？”他想，“当然，是要做不幸福的人。莉萨嫁了安德来（更好的丈夫现在似乎是难以找到的了），她难道满意她的命运吗？并且谁会为了爱情娶她呢？她又丑，又不伶俐。人会为了关系，为了财产而娶她。老处女们不能过活吗？却是更幸福哦!”尼考拉·安德来维支公爵穿衣服的时候这么想，而同时，这个一向被延搁的问题需要立即解决。发西利公爵把他的儿子带来，显然是企图提议婚事，也许今天或明天，他将要求直接的回答。门第，社会地位，是相当的。“那么，我不反对，”公爵向自己说，“但要他配得上她。这就是我们所要注意的。”

“这就是我们所要注意的，”他出声地说，“这就是我们所要注意的。”

于是，他像平常一样，用健爽的步子走进客厅，用眼睛迅速地看了看大家，注意到矮小的公爵夫人的衣服的更换，部锐昂的缎带，玛丽亚公爵小姐的难看的发妆，部锐昂小姐和阿那托尔的笑容，以及女儿在大家谈话中的孤单。“她打扮得好像个傻瓜！”愤怒地看了看女儿，他想，“不晓得羞，他连睬也不愿睬她！”

他走到发西利公爵的面前。

“啊，好吗，好吗？我很高兴看见您。”

“为了亲爱的朋友，七里路算不上是绕道！”发西利公爵像平常一样地，迅速、自信、亲密地说。“这是我的第二个孩子，请你垂爱关照。”

尼考拉·安德来维支公爵看了看阿那托尔。

“好孩子，好孩子！”他说，“好，来吻我吧，”他把腮伸给他。

阿那托尔吻了老人，好奇地十分镇静地望着他，等待着，看他是否就要做出他父亲所料的怪事。

尼考拉·安德来维支公爵坐到沙发角落里他坐惯的地方，向自己面前替发西利公爵拖了一张椅子，指了椅子要他坐，开始问到政事和新闻。他似乎是在注意地听发西利公爵的话，却不断地瞥着玛丽亚公爵小姐。

“那么，他们已经从波兹达姆写信来了吗？”他重复了发西利公爵最后的话。忽然，他站起来，走到女儿面前。

“你是为了客人们这样打扮的吗，啊？”他说，“好，很好。你在客人面前梳新式的头，我在客人面前向你说，以后不许你再敢没有我的准许就换衣裳。”

“这要怪我，爸爸。”矮小的公爵夫人红着脸插言。

“您可以随便怎样，”尼考拉·安德来维支公爵在媳妇面前两足并齐，鞠躬着说，“但是她用不着把自己弄丑，她已经是那样丑了。”

他又坐到自己的地方，不再注意那被他奚落得流泪的女儿。

“相反，这种发妆很适合公爵小姐。”发西利公爵说。

“好，世兄，小公爵，您叫什么？”尼考拉·安德来维支公爵向阿那托尔说，“到这里来谈谈，我们认识认识。”

“瞧吧，现在笑话开始了。”阿那托尔想，微笑着在老公爵旁边坐下来。

“哦，对了，我亲爱的，我听说，您是在国外受教育的。不像我和你父亲是由教会执事启蒙的。告诉我，我亲爱的，您现在是在骑兵禁卫军里服务吗？”老人问，靠近地注意地看着阿那托尔。

“不，我调入军队了。”阿那托尔说，几乎忍不住笑声。

“啊！好事呀。那么，我亲爱的，您想报效皇帝和祖国吗？这是战争的时候。这样的好汉子应当服役，应当服役。那么，是上前线吗？”

“不是的，公爵。我们的团开走了。我另外派了差。我派了什么差，爸爸？”阿那托尔带着笑声向着父亲说。

“他服役得好极了，好极了。我派了什么差！哈哈哈！”尼考拉·安德来维支公爵笑起来了。

阿那托尔笑的声音更高了。忽然，尼考拉·安德来维支公爵皱了皱眉。

“好，去吧。”他向阿那托尔说。

阿那托尔微笑着又走到妇女们面前。

“你把他送在国外受教育的吗，发西利公爵？啊？”老公爵向发西利公爵说。

“我为他尽了我最大的努力，我要向您说，那里的教育远比我们的好。”

“是的，现在一切都不同了，一切都要时新。这孩子了不起！了不起！哦，到我房里去吧。”

他拉了发西利公爵的手臂，领他进了书房。

发西利公爵和老公爵单独在一起时，立刻向他说明了他的愿望和希望。

“为什么你以为，”老公爵愤怒地说，“是我要留着她，我不能离开她？你想一想吧！”他愤怒地说。“就是明天我也行的！我只要告诉你，我想好好地认识我未来的女婿。你知道我的原则：一切公开！

我要明天当你面问她：她若愿意，就让他住下来。让他住下来，我要看一看的。”公爵哼了哼鼻子，“让她出阁，在我是无所谓的。”他用他和儿子分别时的那种尖锐的声音咆哮起来。

“我老实向您说，”发西利公爵用狡猾的人相信在明察的交谈者面前无需狡猾的那种语气说，“您是看得透人的。阿那托尔不是天才，却是一个正派的善良的孩子，极好的儿子和亲戚。”

“啊，啊，那很好，我们就会知道的。”

对于好久不和男子们来往的，孤单的妇女们，总是有这样的感觉，尼考拉·安德来维支公爵家的三个妇女，在阿那托尔出现时，同样地觉得，她们的生活直到现在为止说不上是生活。她们思想、感觉、观察的能力，俄顷之间，都增加到十倍，似乎她们的生活，直到此时为止，是在黑暗中过的，而忽然被新的、富有意义的光辉照亮了。

玛丽亚公爵小姐完全没有想到，并且忘记她的面孔和发妆了。那个或许做她丈夫的人的美丽开诚的脸，吸引了她的全部注意。她觉得他良善、勇敢、坚决、有男子气并且有胸襟。她相信这个。关于未来家庭生活的许许多多的幻想，不断地出现在她的想象中。她赶走着并且极力掩藏它们。

“但是我对他不太冷淡吗？”玛丽亚公爵小姐想，“我极力约制我自己，因为在我的心坎里，我觉得我已经和他太接近了，但是他并不知道我对他所想的一切，并且或许以为我不中意他。”

于是玛丽亚公爵小姐极力想要却又不会对新客人显得殷勤。

“La pauvre fille！Elle est diablement laide！［可怜的姑娘！她丑得多么厉害！］”阿那托尔想到她。

部锐昂小姐也被阿那托尔的来临引起了极度的兴奋，她另有一种想法。当然，这个没有确定社会地位、没有亲戚朋友甚至没有祖国的美丽年轻的女子，并不想毕生侍候尼考拉·安德来维支公爵，读书给他听，以及做玛丽亚公爵小姐的友伴。部锐昂小姐久已期待着一个俄国公爵，他能够立刻赏识她的比丑陋的、服装不称的、不灵巧的俄国公爵小姐优越的地方，并且爱上她，把她带走，而这种俄国公爵终于来到了。部锐昂小姐有一个故事，这是她从姑母那里听来并由她自己编完的，她爱在自己的想象中重复这个故事。这个故事是说一个女子受人引诱，她的可怜的母亲，sa pauvre mère，出现在她面前，责备她不结婚便献身于男子。部锐昂小姐常常在她的想象中向“他”，引诱者，说这个故事时，她自己感动得落泪。现在这个“他”，真正的俄国公爵出现了。他要把她带走，然后ma pauvre mère［我可怜的妈］出现了，于是他娶了她。当部锐昂小姐和他谈到巴黎的时候，她的头脑里便如是地拟定了她的未来的身世。不是各种打算在指导部锐昂小姐（她甚至没有一分钟考虑她所要做的事），而是这一切早已在她心中准备好了，现在只是结合在出现的阿那托尔身上而已，她希望并且极力想要尽可能地讨他欢喜。

矮小的公爵夫人，好像一匹老战马，听到了号声，便忘掉了自己的情况，不自觉地准备去做习惯的卖弄风情的奔腾，她并没有任何秘密的动机或冲突，只感到单纯的轻浮的愉快。

虽然阿那托尔在妇女们面前，通常采取一种对妇女们的纠缠感到厌烦的态度，但他看到自己对于这三个妇女的影响，便感到虚荣的满足。此外，他对于美丽的、挑逗性的部锐昂小姐，开始感到那种热烈的、兽性的情绪，这情绪常常极其迅速地支配了他，推动他去做最粗野的最大胆的行为。

茶后，大家进了起居室，他们请公爵小姐奏大钢琴。阿那托尔笑着、高兴着，站在部锐昂小姐旁边，对着玛丽亚公爵小姐，撑着胳膊。他的眼睛望着玛丽亚公爵小姐。她又苦恼又高兴地激动着，感觉到他的目光在看她。她所心爱的鸣奏曲把她带入了最亲密的诗意的境界，而她所感觉到的向她注视的那目光，对于这个世界，增加了更多的诗意。阿那托尔的目光，虽然注视着她，却不是注意她的，而是注意部锐昂小姐的脚部的动作，这时候他正用自己的脚在琴下边触她的脚。部锐昂小姐也望着公爵小姐，在她的美丽的眼睛里面也有那为玛丽亚公爵小姐觉得新奇的，惊恐、高兴与希望的表情。

“她多么爱我！”玛丽亚公爵小姐想，“现在我是多么幸福，并且将来和这样的朋友和这样的丈夫在一起，我会是多么幸福哦！他会做我的丈夫吗？”她想，不敢看他的脸，却仍然感觉到注视在她身上的那个目光。

晚上，在饭后大家开始分散时，阿那托尔吻了公爵小姐的手。她自己不知道，她怎样获得了这个胆量，但她对直地看了看那个向她的近视眼凑近着的美丽的面孔。离开公爵小姐之后，他又去吻了部锐昂小姐的手，（这是非礼的，但他那么有把握地，很自然地做了这一切，）部锐昂小姐脸红了一下，惊惶地看了看公爵小姐。

“Quelle délicatesse！［多么周到！］”公爵小姐想，“难道阿美丽（部锐昂小姐的名字）以为，我会嫉妒她，我会不看重她对我的真情与忠实吗？”她走到部锐昂小姐面前，用力地吻她。阿那托尔要去吻矮小的公爵夫人的手。

“Non，non，non！Quand votre père m'écrira，que vous vous con-duisez bien，je vous donnerai ma main à baiser. Pas avant.［不，不，不！等你父亲写信给我，说你的行为好了的时候，我就让你吻我的手。要到那时候才行。］”

于是，她向他举起一只手指，微笑着，走出了房。

5

大家分散了，除了阿那托尔一躺上床就立刻睡着了以外，这天晚上别人都很久没有睡着。

“他果真会做我的丈夫吗？就是他这个陌生的、美丽的、善良的男子，主要的是——善良的。”玛丽亚公爵小姐想，于是她心中发生了几乎从未有过的恐惧。她不敢回顾，她似乎觉得有人站在屏风后边，在黑暗的角落里。这个人便是他——魔鬼，而他就是那个有白额头、黑眉毛、红嘴唇的男子。

她按铃唤来了女仆，要女仆睡在她的房里。

部锐昂小姐这天晚上在花房里徘徊了很久，空等着什么人，有时向谁微笑着，有时因为 pauvre mère（可怜的母亲），责备她堕落的那些想象的话而感动得下泪。

矮小的公爵夫人向女仆抱怨说床不舒适。她既不能侧着睡，又不能俯着睡。所有的姿势都是难受的、不舒服的。她的肚子妨碍着她。它偏偏在这天晚上比平常更加妨碍她，因为阿那托尔的出现使她清楚地想起了没有怀孕的时候，那时一切都是轻松而愉快的。她穿着睡衣，戴着睡帽，坐在靠椅上。瞌睡沉沉的，头发凌乱的卡恰，咕噜着什么，第三次拍打着、翻转着沉重的羽毛床垫。

“我向你说的，这全是凸凸凹凹的，”矮小的公爵夫人一再地说，“我自己是高兴睡觉的，所以这不是我的错。”她的声音打颤了，好像一个要哭的孩子一样。

老公爵也没有睡。齐杭在瞌睡中听到，他在愤怒地走动并且哼鼻子。老公爵似乎觉得他为女儿受了侮辱。这侮辱是最痛苦的，因为这不是和他自己有关，而是和另一个人，和他比爱自己还要钟爱的女儿有关的。他向自己说，他要考虑这整个的问题，并且要弄明白，什么是对的和应当作的，但是他未能如此，他只是更加激怒了他自己。

“随便来了个什么人——她便忘记了父亲和一切，跑上楼，梳了头，摇尾乞怜，举动失常了！她高兴抛弃父亲了！她知道我会注意到的。哼……哼……哼……我不是看到，那个傻瓜只望着部锐昂的吗？(一定要把她赶走!）她怎么这样地没有自尊，连这一点也不知道！即使不是为她自己，至少为了我，她也要有自尊！一定要使她明白，这个傻瓜没有想到她，只是望着部锐昂。她没有自尊，但我要使她明白这小……”

老公爵知道，要向女儿说她犯了错误，说阿那托尔存心和部锐昂小姐调情，他便要损伤玛丽亚公爵小姐的自尊心，而他的目的(不与女儿分离的愿望）便会达到，因此他对这件事放心了。他叫了齐杭，开始脱衣服。

“鬼把他们带来了！”在齐杭把短睡衣披上他的干瘦衰老的身躯和长了白毛的胸脯时，他这么想，“我没有叫他们来。他们来扰乱我的生活。我的生活所余无几了。”

“滚他们的蛋！”在他的头还被短睡衣蒙着的时候，他低语着。

齐杭知道公爵有时出声表达自己思想的习惯，因此带着神色不变的脸，迎接着从短睡衣下边出现的疑问的发怒的面色。

“他们睡了吗?”公爵问。

齐杭和一切好仆人们一样，本能地知道主人的思想的方向。他猜中了这是问发西利公爵和他的儿子。

“都睡了，熄了灯了，大人。”

“没有用的，没有用的……”公爵迅速地低语着，然后把脚伸进靸鞋，把手伸进了宽袍，向他睡觉的长沙发走去。

虽然在阿那托尔和部锐昂小姐之间没有说什么，但是关于pauvre mère［可怜的母亲］出现之前的那个艳事的第一部，他们是完全彼此了解了，他们明白，他们需要秘密地互相说出许多心事，因此他们从早上起就寻找单独见面的机会。在公爵小姐按照惯常的钟点去见父亲的时候，部锐昂小姐在花房里和阿那托尔相会。

玛丽亚公爵小姐这天特别惊慌地走到书房门前。她似乎觉得，不但大家知道她的命运要在今天决定，而且知道她对于这件事的想法。她在齐杭的脸上和发西利公爵跟班的脸上看到这种表情，这个跟班拿着热水在走廊上遇见了她，向她深深地鞠躬。

老公爵这天早晨对于女儿的态度是极其亲切而小心的。这种小心的表情，玛丽亚公爵小姐很知道。这种表情是他的脸上在那样的时候所有的，就是在他因为玛丽亚公爵小姐不懂得数学习题而恼怒地把他的干枯的手握成拳头，并且站立起来，离开她，低声地把同样的话重复几次的时候所有的。

他立刻提到正事，称着“您”，开始说话。

“他们向我提出了您的婚事，”他不自然地微笑着说，“我想，您已经料想到了，”他继续说，“发西利公爵来到此地，并且带来了他的学生，”（由于某种缘故，尼考拉·安德来维支公爵称阿那托尔为学生）“并不是为了我的美丽的眼睛。他们昨天向我提到您的婚事。因为您知道我的原则，我让您自己过问这件事。”

“我要怎样了解您的话呢，爸爸?”公爵小姐说，脸色发白又发赤。

“怎样了解!”父亲愤怒地咆哮,“发西利公爵看中你做他的媳妇,替他的学生向你提议婚事。就是这样地了解。怎么了解?……我倒要问你。”

“我不知道您觉得怎样,爸爸。”公爵小姐低声说。

“我?我?与我何干?让我站在旁边吧。不是我要出嫁。您怎样?这就是我想要知道的。”

公爵小姐看出父亲不赞同这件事,但同时又想到,她一生的命运就要现在决定或者永不决定。她垂下眼睛,避免父亲的目光,在这种目光的影响之下,她觉得,她不能思想,只能习惯地服从,于是她说:

“我只希望一件事——执行您的意志,”她说,“但是假使必须说出我的愿望……”

她来不及把话说完。公爵打断了她的话。

“好极了!”他喊叫起来,“他要娶你和你的妆奁,顺便还要娶部锐昂小姐。她做他的妻子,你却……”

公爵止住了。他注意到这些话对于女儿所发生的影响。她垂了头准备要哭了。

“哦,哦,我说笑话,说笑话,”他说,“记住这一点,公爵小姐:我坚持我的原则,女子有充分的选择权。我给你自由。记住这一点:你的决定关系你一生的幸福。用不着说到我。”

“但是我不知道,……爸爸。”

“不用说了!他是奉命的,他不仅仅是可以娶你,他还可以娶任何人的,但你有选择的自由……回到你的房里去吧,想一想,过一个钟头再到我这里来,并且当他面说:愿不愿。我知道你要祷告。好,请祷告吧。但最好是想一想。去吧。”当公爵小姐神志迷迷糊糊地,已经蹒跚着走出书房时,他还叫着,“愿不愿,愿不愿,愿不愿!”

她的命运决定了,并且是幸福地决定了。但是父亲说到部锐昂小姐的话——这个暗示是可怕的。假定说,这是不确的,但这仍然是可怕的,她不能不想到这个。她穿过花房对直地向前走,没有看见也没有听见什么，忽然部锐昂小姐的熟识的低语声唤起了她的注意。她抬起眼睛，在两步之外的地方看见了阿那托尔，他搂抱着法国女子并且在向她低语。阿那托尔的漂亮的面孔上流露着可怕的表情，他回头看了看玛丽亚公爵小姐，在第一秒钟的时候没有来得及放开部锐昂小姐的腰，她还没有看见公爵小姐。

“谁在那里？什么事？等一下！”似乎阿那托尔的脸上这么说。玛丽亚公爵小姐无言地望着他们。她不能明白这个。最后，部锐昂小姐叫了一声，跑走了。阿那托尔带着愉快的笑容向玛丽亚公爵小姐鞠躬，似乎在请她笑这个奇隆的偶然事件，然后，耸了耸肩，走进了通往他的住房的门。

过了一小时，齐杭来唤玛丽亚公爵小姐。他找她去见老公爵，还说，发西利·塞尔盖维支公爵也在那里。在齐杭来的时候，公爵小姐坐在自己房间里的沙发上，把流泪的部锐昂小姐抱在她的怀里。玛丽亚公爵小姐轻轻抚摸着她的头。公爵小姐的美丽的眼睛，流露着素常的镇静的光芒，亲切地同情地望着部锐昂小姐的美丽的小脸儿。

“Non, princesse, je suis perdue pour toujours dans votre coeur.［哦，公爵小姐，我在你的心里是永远地完了。］”部锐昂小姐说。

“Pourquoi? Je vous aime plus que jamais,［为什么？我比从前更爱你，］”玛丽亚公爵小姐说，“et je tâcherai de faire tout ce qui est en mon pouvoir pour votre bonheur.［我要为你的幸福去做我所能做的一切。］”

“Mais vous me méprisez, vous si pure, vous ne comprendrez jamais cet égarement de la passion. Ah, ce n'est que ma pauvre mère……［但你轻视我，你是这么纯洁，你绝不会明白情感的冲动。哦，只是我的可怜的母亲……］”

“Je comprends tout,［我全明白，］”玛丽亚公爵小姐忧悒地微笑着回答，“您放心，我亲爱的。我要到父亲那里去了。”她说过就走出去了。

当玛丽亚公爵小姐进房时，发西利公爵一条腿高高地架着另一条腿坐着，手拿着鼻烟壶，面带着深受感动的笑容，好像感动到了极点，好像自己在惋惜并且嘲笑自己的敏感。他连忙地捏了一撮鼻烟凑近鼻子。

“Ah，ma bonne，ma bonne，[哦，我亲爱的，我亲爱的，]”他站起来握住她的双手说。他叹了口气，补充说：“Le sort de mon fils est en vos mains. Decidez，ma bonne，ma chère，ma douce Marie，que j'ai toujours aimée. comme ma fille. [我儿子的命运操在你的手里。决定吧，我的亲爱的、善良的、文雅的玛丽，我一向爱你就像爱我的女儿一样。]”

他退开了。真正的泪在他眼睛里出现了。

“哼……哼……”尼考拉·安德来维支公爵哼鼻子。“公爵替他的学生……他的儿子向你提议婚事。你愿意不愿意做阿那托尔·库拉根公爵的妻子？你说：愿不愿！”他大声说，“然后我替我自己保留表示意见的权利。是的，我的意见，只是我的意见，”尼考拉·安德来维支公爵对着发西利公爵说，回答着他的恳求的表情。“愿不愿？”

“我的愿望，爸爸，是永远不离开您，永远不让我的生活离开您的生活。我不愿出阁。”她用美丽的眼睛瞥了瞥发西利公爵和父亲，坚决地说。

“废话，胡说！废话，废话，废话。”尼考拉·安德来维支公爵皱着眉大声地说，抓了女儿的手，把她拉到自己面前，但没有吻她，只把自己的额头向她的额头低垂着，刚好碰上她的额头，并且那样地捏着他所握的手，以致她皱了皱眉、叫了一声。

发西利公爵站起来。

“Ma chère，je vous dirai，que c'est un moment que je n'oublierai jamais，jamais，mais，ma bonne，est-ca que vous ne nous donnerez pas un peu d'espérance de toucher ce coeur si bon，si généreux. Dites，que peut-être……L'avenir est si grand. Dites：peut-être。[我亲爱的，我要告诉您，这个时候是我永远不会，永远不会忘记的，但是，我亲爱的，您不让我们有一点儿打动这么仁慈宽宏的心肠的希望吗？说吧，也

许……来日方长。说吧：也许会。]”

“公爵，我所说的，就是我心里的一切。我感谢您给我的这个荣幸，但我绝不做您的儿子的家室。”

“好，完结了，我亲爱的。我很高兴看见你，很高兴看见你。回自己房里去吧，公爵小姐，去吧，”老公爵说，“我很高兴，我很高兴看见你。”他搂抱着发西利公爵说。

“我的天职是另外一种，”玛丽亚公爵小姐想到她自己，“我的天职——是要为另一种幸福，为爱与自我牺牲的幸福而觉得幸福。无论我付出多么大的代价，我要为可怜的阿美丽谋幸福。她那么热情地爱他。她那么热情地忏悔。我要做到一切，使她和他结婚。假使她没有钱，我便给她钱，我要请求父亲，我要请求安德来。她做了他的妻子的时候，我将是那么幸福。她是那么不幸，人地生疏，孤单单的，没有依靠！我的上帝呀，假使她能够那么忘掉她自己，她一定会热烈地爱他啊！也许，我会做同样的事情！……”玛丽亚公爵小姐想。

6

罗斯托夫家好久没有接到尼考卢施卡①的消息了，在仲冬的时候伯爵才接到一封信，他从姓名地址上认出了儿子的笔迹。接到了这封信，伯爵惊惶地匆忙地踮脚跑进自己的房里，极力不使人注意，把门关闭了，开始看信。安娜·米哈洛芙娜知道他接到信（她总是知道家中所发生的一切），轻轻地走进伯爵的房里，发现他拿了一封信在手里，又哭又笑。

安娜·米哈洛芙娜虽然境况转好，却还住在罗斯托夫家。

“Mon bom ami？[是我那亲爱的吗？]”安娜·米哈洛芙娜疑问地忧伤地说，准备用任何方式表示同情。

伯爵哭得更凶了。

“尼考卢施卡……信……伤了……受……受……我亲爱的……伤

① 即尼考拉的爱称。

了……我心爱的……伯爵夫人儿……升为军官了……谢谢上帝……怎样告诉小伯爵夫人儿呢？……”

安娜·米哈洛芙娜坐到他旁边，用她的手帕拭去他眼睛上和落在信上的泪和她自己的泪，读了信，安慰了伯爵，并且决定了，她在吃饭喝茶之前使伯爵夫人有所准备，茶后，假使上帝帮助她，她便说明一切。

在整个吃饭的时间，安娜·米哈洛芙娜说到战事的消息，说到尼考卢施卡，她问了两次，是什么时候接到了他最后的信的，虽然她是早已知道，她并且提示，也许今天很容易地会接到信。每次听到了这些提示的时候，伯爵夫人便不放心，并且不安地时而望望伯爵，时而望望安娜·米哈洛芙娜，安娜·米哈洛芙娜用最不明显的方法，把谈话转到不重要的话题上。娜塔莎在全家之中，最善于察觉音调、目光和面情里的含意，从吃饭的开始便倾耳注听，并且知道了，在父亲与安娜·米哈洛芙娜之间有了什么事情，关于哥哥的什么事情，而安娜·米哈洛芙娜是在做准备。虽然是大胆（娜塔莎知道她的母亲对于一切有关尼考卢施卡的消息是多么敏感），她却不敢在吃饭的时间发问，并且因为心绪不安，她在吃饭的时候没有吃什么，却在椅子上转动着，不听女教师的指示。饭后，她直冲地追赶安娜·米哈洛芙娜，在起居室里跑着冲到她面前，抱着她的颈子。

“姑妈，亲爱的，告诉我，是什么事？”

“没有什么，我亲爱的。”

“不，心爱的、亲爱的、亲爱的桃子，我不走，我知道，您晓得这件事。”

安娜·米哈洛芙娜摇摇头。

“Vous êtes une fine mouche，mon enfant. ［你是一个伶俐鬼，我的孩子。］”她说。

“尼考林卡来了信吗？一定是的！”娜塔莎大叫着，在安娜·米哈洛芙娜的脸上看出了肯定的回答。

“但是为了上帝，你要格外小心。你知道，这会怎样地惊动你的妈妈。”

“我会，我会格外小心的。但是您说。不说吗？好，我马上去说。”

安娜·米哈洛芙娜用简短的话向娜塔莎说了信的内容，而条件是她不向任何人说。

“我起誓，”娜塔莎画着十字说，“我不向人说。”然后她立刻跑到索尼亚那里去了。

“尼考林卡……伤了……有信……”她得意地欣喜地说。

“尼考拉！”索尼亚只能说出这个，立刻脸色发白了。

娜塔莎看见了哥哥受伤的消息对于索尼亚所发生的影响，第一次感觉到这个消息的痛苦的一面。

她冲到索尼亚怀里，搂抱她，哭起来了。

“伤得很轻，但是升做军官了，他现在好了，他自己写的信。”她含着泪说。

“显然的，你们女子，都是好哭宝，”彼恰说，踏着坚定的大步子在房中踱着，“我很高兴，确实很高兴，哥哥那么有功。你们都是好哭宝——什么都不懂。”

娜塔莎含泪微笑了一下。

“你没有看信吗？”索尼亚问。

“没有看，但是她说，这都过去了，他已经是军官……”

“感谢上帝，”索尼亚画着十字说，“但是也许，是她骗你。我们到妈妈那里去吧。”

彼恰沉默地在房中徘徊着。

“假使我处在尼考卢施卡的地位上，我要杀死更多这样的法国人，”他说，“他们是这样的野兽！我要杀死他们那么多人，把他们堆成一个小堆子。”彼恰继续说。

“不要说了，彼恰，你真是个傻瓜！……”

“我不是傻瓜，那些为不相干的事情哭的人，才是傻瓜。”彼恰说。

“你记得他吗？”在片刻的沉默之后，娜塔莎忽然地问。

索尼亚微笑了一下。

“我记得尼考拉吗?”

“不，索尼亚，你是那样地记得他吗，记得清楚，记得一切吗?”娜塔莎带着用力的姿势说，显然，希望对于自己的话给予最严肃的意义。“我记得尼考林卡，我记得，”她说。“但我记不得保理斯。一点也记不得……”

“怎么?你记不得保理斯了吗?”索尼亚惊讶地问。

“不是说，我记不得他——我知道，他是怎样的，但不是像我记得尼考林卡那样地记得他。他，我闭了眼睛便能记得，但是记不得保理斯（她闭了眼睛），不，什么也没有!”

“啊，娜塔莎，”索尼亚说，得意地严肃地望着她的女友，好像她认为，她不配听她所要说的话，又好像她是向另外一个不能和她说笑话的人在说。“我一旦爱上了你的哥哥，无论是我、无论是他发生了什么事，我终生不会停止爱他的。”

娜塔莎那好奇的眼睛惊讶地望着索尼亚，沉默着。她觉得，索尼亚所说的话是对的，索尼亚所说的那种爱情是有的，但娜塔莎还不曾体验过类似的事情。她相信，这是可能的，但是她不了解。

“你要写信给他吗?”她问。

索尼亚思索了一下。怎样写信给尼考拉，以及是否需要写信——这个问题曾经苦恼了她。现在，当他已经做了军官，又是受伤英雄的时候，提醒他，让他想起她，并且好像是使他想起他自己对她所负的义务，这是不是妥当?

“我不知道，我想，假使他写信给我，我便写。”她红着脸说。

“你写信给他不觉得害羞吗?”

索尼亚微笑了一下。

“不。”

“我写信给保理斯要害羞的，我不要写。”

“但是你为什么害羞呢?”

“我不知道。我觉得不自在、难为情。”

“我晓得，她为什么觉得难为情，”彼恰说，娜塔莎刚才的话触怒了他，“因为她爱上了那个戴眼镜的胖子，”（彼恰这样地称呼他的同名者①，新别素号夫伯爵，）“现在又爱上这个唱歌的，”（彼恰说的是那个意大利人，娜塔莎的唱歌教师，）“她就是因此觉得难为情。”

“彼恰，你这蠢货。”娜塔莎说。

“不比你更蠢，姑娘。”九岁的彼恰说，他俨然好像是一个老旅长。

伯爵夫人在吃饭时，由于安娜·米哈洛芙娜的暗示已有了准备。她回到了自己房里，坐在圈臂椅中，没有把眼睛离开那个画在鼻烟壶上的儿子的小像，并且泪水汪在眼睛里。安娜·米哈洛芙娜拿了信，踮脚走到伯爵夫人的房门前，站住了。

“不要进去，”她向跟在她背后的老伯爵说，“迟一下。”于是她关了背后的门。

伯爵把耳朵贴在钥匙眼里，开始谛听。

起初他听到淡漠的谈话声，然后只听到安娜·米哈洛芙娜的声音，她说了很长的话，然后是喊叫声，然后是沉默，然后又是两个声音用喜悦的音调一同说话，然后是脚步声，于是安娜·米哈洛芙娜替他把门打开。在安娜·米哈洛芙娜的脸上流露着那种自豪的表情，好像一个外科医生施行了困难的手术，让观众进去欣赏他的本领。

“C'est fait！［办好了！］”她向伯爵说，用胜利的姿势指着伯爵夫人，伯爵夫人一手拿着有画像的鼻烟壶，一手拿着信，把她的嘴唇时而贴着信，时而贴着鼻烟壶。

她看见了伯爵，向他伸开手臂，搂抱着他的秃头，又从秃头上边望着信和画像，并且为了再把信和画像贴上嘴唇，她把秃头稍微推开了一点。韦婉、娜塔莎、索尼亚和彼恰走进房来，读信开始了。信中简短地描写了尼考卢施卡所参与的行军和两次会战，说他升为

---

① 彼恰为彼得的爱称，即小彼得之意，而彼埃尔是法文的（Pierre）的音译，即是俄文的彼得，故作者称彼埃尔是彼恰的同名者。彼得按原文发音应译为漂特尔。

军官，并且说，他吻妈妈和爸爸的手，求他们祝福，他吻韦媲、娜塔莎、彼恰。此外他致候射林先生，邵斯夫人，他的老保姆，此外，他请求他们替他吻亲爱的索尼亚，他仍旧爱她，仍旧挂念她。听到了这话，索尼亚是那样脸红，以致泪水涌进了她的眼眶。她不能忍受那些向她注视的目光，跑进大厅，她一面跑着，一面旋转着，把自己的衣服飘展起来像一只气球，脸红着，微笑着，坐到地板上。伯爵夫人流泪了。

“您为什么哭呢，妈妈？”韦媲说，“照他所写的看来，我们应当欢喜，不要哭的。”

这是十分对的，但伯爵，伯爵夫人，娜塔莎——都谴责地望了望她。“她像个什么样的人了！”伯爵夫人想。

尼考卢施卡的这封信念了数百遍，那些自认值得去听一听这封信的人，都必须到伯爵夫人那里去：她不让这封信离开她的手。教师们、保姆们、米清卡、几个知交都来了，伯爵夫人每次都带着新的喜悦读这封信，每次都在信里发现她的尼考卢施卡的新的美德。她觉得那是很奇怪的，非常的，可喜的事，她的儿子——这个儿子，二十年前用他的娇小的四肢在她肚里几乎感觉不到地动着，这个儿子，她曾为了他和姑息小孩的伯爵争吵，这个儿子，他先学说 груша（梨），后学说 ǒaóa（农妇），这个儿子，现在在外国，在陌生的环境中，成了英勇的战士，没有帮助和领导，他独自在那里做他的堂堂男子的事业。全世界的历代经验，指出孩子们不知不觉地从摇篮里长大成人——这对于伯爵夫人是不存在的。他的儿子在长大成人的每一阶段中的生长，在她看来是那么非凡，似乎无数的人从来都不是同样地长大起来的。正如同在二十年前，她不相信，这个活在她心脏下边什么地方的小生物有一天会哭、会吃奶、会说话，现在她也不相信，这个同样的生物会变成那么强壮、勇敢的男子，变成模范的儿子和军官，从这封信上看来，他现在是这样的。

“多么好的笔调啊，他描写得多么动人啊！”她读着信中描写的部分说，“多么好的心灵啊！关于自己，只字不提……只字不提！说到一个皆尼索夫，但他自己，一定，比他们所有的人都勇敢。一点儿没有提到自己的痛苦。多么好的心肠！这才像是他啊！他多么怀念大家啊！一个人也不忘记。我总是，总是说，在他还是那么大的时候，我总是说……”

他们准备了一个多星期，写了底稿，抄腾了全家写给尼考卢施卡的信，在伯爵夫人的督促和伯爵的张罗之下，他们集齐了新任的军官在衣服和装备上所必需的钱和各项东西。安娜·米哈洛芙娜，是一个很会办事的妇人，她能够为她自己和儿子通信的事在军队中找到了特别的关照。她有了机会把自己的信寄给统率禁卫军的康斯丹清·巴夫洛维支大公。罗斯托夫家以为，“俄国驻外禁卫军”是十分确定的地址，认为，假使信到了统率禁卫军的大公那里，便没有理由不送到巴夫洛格拉德团，这个团一定是在附近的地方，因此他们决定把信和钱由大公的信使送给保理斯，保理斯一定会把信和钱送给尼考卢施卡。有老伯爵、伯爵夫人、彼恰、韦娅、娜塔莎和索尼亚寄给他的信，最后，还有六千卢布的治装费和伯爵寄给儿子的各种东西。

7

十一月十二日，库图索夫的野战军，在奥尔牟兹的附近扎营，准备第二天由俄、奥两国的皇帝检阅。刚从俄国开来的禁卫军，在奥尔牟兹十五里外的地方宿夜，要在第二天上午十时前，一直开到奥尔牟兹的野外去供检阅。

这天尼考拉·罗斯托夫接到保理斯的信，通知他说，依斯马伊洛夫团①在奥尔牟兹十五里外的地方宿夜，说保理斯等他去把信和钱交给他。罗斯托夫这时特别需要钱用，这时，军队在作战之后回来了，驻扎在奥尔牟兹附近，货物齐备的随军商人和奥国犹太人，充满了军营，供给各种引诱物。巴夫洛格拉德团的骠骑兵举行了许多次的酒会，以及庆贺因为战功受到奖赏的祝宴，并且常常到奥尔

① 毛注：第一卷中写保理斯在塞妙诺夫团服务，此处似是本书中托氏的很少的疏忽之一。

牟兹去，到新来的匈牙利女人卡罗林那里去，她在那里开设了一个有女招待的馆子。罗斯托夫不久之前庆祝了自己升任骑兵掌旗官，买了皆尼索夫的坐骑沙漠浪人，欠了同事们和随军商人们一身的债务。接到保理斯的信之后，罗斯托夫和一个同事骑马来到奥尔牟兹，在那里吃了饭，喝了一瓶酒，独自骑马到禁卫军的兵营去寻找他幼年的友伴。罗斯托夫还没有来得及购置服装。他穿着一件脏污的挂了一个兵士十字勋章的见习官的上装，和同样脏污的破皮里子的马裤，挂了一柄有结子的军官指挥刀：他所骑的马是顿省种的，是在作战中从哥萨克兵手里买的：皱了的骠骑兵的帽子雄赳赳地歪戴在头后边。到了依斯马伊洛夫团的兵营，他想到，他要怎样用他的经过火线的、作过战的骠骑兵的样子使保理斯和他的所有的在禁卫军里的同事们吃惊。

禁卫军在全部行军中好像是在旅行一样，炫示着他们的整洁和纪律。他们的每日行军是短程的，他们的背囊是用车辆运送的，奥国当局替军官们在各站预备了精美的饭菜。队伍带着音乐队进城出城，并且奉大公的命令，在全部行军中（禁卫军引以为豪的）兵士要步伐整齐，军官们也要各人在自己的地位上步行。保理斯在全部行军的时间里步行，并且和别尔格同行同住，别尔格此刻已经是连长了。别尔格在行军期间做了连长，凭他的勤勉和精细获得了长官的信任，他把他的经济事务也处理得很如意，保理斯在行军期间认识了许多可以对他有用的人，并且由于他带来了彼埃尔的介绍信，结识了安德来·保尔康斯基公爵，他希望借他的帮忙在总司令部里谋得一个位置。别尔格和保理斯，在昨天的行军之后有了休息，穿得清洁整齐，坐在他们所住的清洁房子里，围着圆桌子下象棋。别尔格在双膝之间夹着冒烟的烟斗。保理斯，一面以他所特有的准确动作，用细而白的手指把棋子垛成一个尖塔，一面等候别尔格走棋，并且望着他的对手的脸，显然是在思索棋局，因为他总是只想到他正在做着的事情。

“那么，您怎么解救这个局面呢？”他说。

“我们来想想办法。”别尔格回答，他摸到卒子，又放了手。

这时候门开了。

“到底在这里，找到他了，”罗斯托夫叫着，“别尔格也在这里！哦，你，白地桑房，阿来库涉道黑米。①”他叫着，模拟着保姆的话，他和保理斯从前常常嘲笑过这句话。

“哎哟！你改变得多么大哟！”保理斯站立起来迎接罗斯托夫，但站起时，并未忘记把倒下的棋子扶住放在原处，他想搂抱他的朋友，但尼考拉闪开了他。带着年轻人特有的心情——即是怕走旧路，不模仿别人，希望用新方法，用自己的方法表现自己的情绪，但是不要像老人们常常虚伪地所表现的那样——尼考拉希望在他和朋友见面时做一点特别的事情，他想捏一捏、推一推保理斯，但只是不吻他，不像大家所做的那样。保理斯，相反，镇静地、友爱地搂抱罗斯托夫吻了三次。

他们将近半年没有见面了，在年轻人刚刚走上了人生道路的那个年纪，两人都发现了对方的巨大的改变，就是他们初入仕途时的那种社会的全新的反映。在他们上一次的见面之后，两人都改变了很多，两人都想要赶快互相说出他们所发生的改变。

“啊你们，这些该死的擦地板的人！干净、漂亮，好像是从欢宴中回来的，不像我们这些当兵的罪人。”罗斯托夫用保理斯觉得新奇的上低音，带着作战军人的态度，指着他的沾了泥的马裤说。

主妇德国女人听到罗斯托夫的大声音，从门里伸头张望。

“啊，她漂亮吗？”他眏了眏眼说。

“你为什么那样叫！你要吓坏她们了，”保理斯说，“我没有料到你今天来，”他补充说。“我昨天才托一个朋友，做库图索夫副官的，保尔康斯基把信交给你。我没有想到他那么快就带给了你……哦，你怎么样？已经上过火线了吗？”保理斯问。

罗斯托夫没有回答，抖了抖挂在军服绶带上的圣·乔治十字勋章，指着自己的被包扎的手臂，微笑着看了看别尔格。

“像你看到的这样。”他说。

---

① 这是法文“孩子们，上床睡觉吧！”的俄文音译。

“当真的，是的，是的！”保理斯微笑着说，“我们也有了很好的行军。你当然知道太子总是骑马跟着我们的团，所以我们有种种的方便和种种的好处。在波兰有多么好的招待哦！多么好的宴会和跳舞会啊！我无法向你形容。太子对于我们所有的军官都很优厚。”

于是两个朋友互相叙谈，一个说到骠骑兵的欢宴和作战生活，另一个说到在皇家人员指挥下供职的痛快和利益，等等。

“啊，禁卫军！”罗斯托夫说，“哦，听我说，叫人弄点酒来吧。”

保理斯皱了皱眉。

“假使你一定想要的话。”他说。

于是他走到床边上，从干净的枕头底下取出钱袋，派了人去办酒。

“对了，我要把钱和信给你。”他补充说。

罗斯托夫拿了信，把钱抛在沙发上，把两只胳膊搭在桌上，开始看信。他看了几行，愤怒地看了看别尔格。罗斯托夫碰上了他的目光，便用信遮了脸。

“啊，他们带给您很多的钱，”别尔格望着沉重的压进沙发里的钱袋说，“可是我们是靠饷过日子的，伯爵。我来向您说说我自己……”

“听我说，我亲爱的别尔格，”罗斯托夫说，“当您接到家信，并且遇到一个自己的人，您想和他谈谈一切，碰巧我在那里的时候，我便立刻走开，不妨碍您，您听着，走开，请吧，随便哪里，随便哪里……滚开！”他大叫着，立刻又抓住他的臂膀，亲善地望着他的脸，显然极力想要减轻他言语的粗暴，补充说，“您不要生气，亲爱的，您知道，我是像对老朋友那样地说心里的话。”

“啊，没有关系，伯爵，我很明白。”别尔格说，站起来，用喉音咕噜着什么。

“您到房主人家去吧：他们叫您去。”保理斯补充说。

别尔格穿上最干净的，没有脏迹和污点的军服，站在镜前，把两鬓向上捋起，好像亚力山大·巴夫诺维支的样子，并且凭罗斯托夫的神色，确信他的服装已被注意，便带着愉快的笑容走出了房。

“啊，我是怎样的一头畜生啊！”罗斯托夫读着信、低语着。

“为什么？”

“哦，我是怎样的一只猪啊，我从来没有写过信，那样地使他们害怕。啊，我是怎样的一只猪啊！”他重复说，忽然脸红了。“那么，您派加夫锐洛弄酒去了吗？好的，我们来喝一点！”他说。

家信中附来了一封给巴格拉齐翁公爵的介绍信，这是老伯爵夫人听了安娜·米哈洛芙娜的话，托朋友弄到的，她寄给儿子，要他按照地址送去，并且利用这封信。

“多么无聊！我不需要！”罗斯托夫说，把信抛到桌下去了。

“你为什么把它抛掉？”保理斯问。

“一封什么介绍信，我要这信有什么用！”

“为什么没有用？”保理斯说，拾起了信，看着姓名地址，“这封信对你是很有用处的。”

“我什么也不需要，我不要做任何人的副官。”

“为什么不？”保理斯问。

“那是听差的职务！”

“你还是那样的一个幻想家，我明白了。”保理斯摇着头说。

“你还是那样的一个外交家。嘿，但这是不相干的话。……哦，你怎样？”罗斯托夫问。

“就是你看到的这样。直到现在一切都好，但是我要承认，我很希望去做副官，不留在前线上。”

“为什么？”

“因为既然入军界服务，就要尽可能地努力达到光荣的前程。”

“哦，对了！”罗斯托夫说，显然是在想着别的事。

他注神地、疑问地望着朋友的眼睛，显然是白白地在寻找某项问题的解答。

老人加夫锐洛送酒来了。

“现在要不要找阿尔房斯·卡尔累支来呢？”保理斯说，“他能陪你喝，我不行的。”

“去叫，去叫！哦，这个德国人怎样？”罗斯托夫带着轻蔑的微笑说。

“他是很好，很好的，诚实可爱的人。”保理斯说。

罗斯托夫又注神地看了看保理斯的眼睛，叹了口气。别尔格回来了，三个军官之间的谈话在酒瓶旁活跃起来了。禁卫军军官们向罗斯托夫说到他们的行军，说到他们在俄国、在波兰、在国外怎样受人重视。说到他们的指挥官大公的言行，他的仁慈与暴躁的逸事。别尔格，像寻常一样，在事情和他个人无关时，沉默着，但是谈到大公的暴躁的逸事时，他欢欣地说到，当大公在加利西阿视察各团，因为行动不整齐而发火时，他怎样地和大公说了话。他在脸上带着愉快的笑容说到，大公很是发火，骑马走到他面前，大叫“阿尔瑙特①！”（阿尔瑙特——是太子发怒时的口头禅）并且要传见连长。

“您相信吗，伯爵，我一点也不害怕，因为我知道我是对的。您知道，伯爵，我不是说大话，我可以说，我记得住全部的军队命令，我还记得法规，好像我记得‘我们在天上的父’② 一样。因此，伯爵，在我的连里绝没有疏忽的地方。所以我的良心是很安的。我走出来了。”（别尔格站起来，当面表演：他是怎样把手举到帽边，走了出来的。确实，要在脸上表现更多的恭敬与自满，是很难的了。）“他已经骂了我，就这么说吧，骂了，骂了，这不是骂得很轻，却是骂得厉害极了，就这么说吧，骂‘阿尔瑙特’，骂‘鬼’，骂‘流放西比利亚’，”别尔格敏锐地微笑着说。“我知道我是对的，因此我不做声：对不对，伯爵？他叫着，‘怎么，你哑了，啊？’我还是不做声。您怎么想法呢，伯爵？在第二天的命令里没有提起这事：这就是心里不慌的好处。这个办法是对的，伯爵。”别尔格说，吸着了烟斗，吐着一个个的烟圈。

“是呀，这好极了。”罗斯托夫微笑着说。

但是保理斯看到罗斯托夫预备取笑别尔格，巧妙地转移了话题。

---

① 毛注：阿尔瑙特是土耳其人对阿尔巴尼亚人的称呼。

② 这是祷告文的起首。在《新约·马太福音》第六章第九节。

他请罗斯托夫告诉他们，他是怎样地并且是在什么地方受伤的。这是罗斯托夫所乐意的，于是他开始说着，越说越起劲。他向他们说了他在射恩格拉本的战斗，和参战的人们平常说到会战时的说法完全一样，即是，如同他们所希望的那样，如同他们听别人所说的那样，要说得尽量动听，但实际上完全不是那样的。罗斯托夫是诚实的青年，绝不存心说谎。他开头想要说出一切，正如实际上所发生的那样，但不知不觉地、不由自主地、不可避免地流为说谎了。假使他向这两个听话的人说了事实，则他们——他们和他自己一样，已经听过许多次关于进攻的故事，并且对于什么是进攻已经有了确定的概念，并且期待同样的故事——或者是不相信他，或者是，更坏，以为罗斯托夫没有遇到报告骑兵攻击的人们通常所遇到的事情，这是罗斯托夫自己的错。他不能那么简单地向他们说，大家都骑马疾驰，他从马上跌下来，手臂脱臼，并且拿出全身力气，跑进森林里，躲避一个法国兵。此外，要照实际的情形说出一切，则必须约制他自己，只说到发生过的事。说实话是很困难的，年轻人很少能够这样的。他们希望他说的是，他怎样地极其兴奋，忘乎所以，好像一阵暴风似的飞进了方阵：怎样冲杀进去，左砍右斩：他的军刀怎样地尝了肉味，以及他怎样地困乏无力，坠下马来和这一类的话。于是他向他们说了这一切。

在故事的当中，当他说到“你想象不到，在进攻的时候你会感觉到多么奇怪的狂怒”的时候，保理斯所等待的安德来·保尔康斯基公爵走进了房。安德来公爵，欢喜照拂年轻人，因为别人求他提拔而感到得意，他对保理斯态度很好，保理斯昨天曾经使他觉得满意，他希望满足这个年轻人的希望。他被库图索夫派来送公文给太子，顺便来看这个年轻人，希望和他单独会面。进房时看见了作战的骠骑兵在叙述战功（安德来公爵讨厌这种人），他亲善地向保理斯微笑了一下，皱了皱眉，向罗斯托夫眯着眼，微微地鞠了躬，疲倦地懒懒地坐到沙发上。他觉得碰见这种讨厌的人是不愉快的。罗斯托夫察觉了这个，脸红了。但是他没有介意：这是个不相干的人。但是看了看保理斯，他看到，他也似乎为了作战的骠骑兵觉得难为情。虽然安德来公爵的语调是不愉快的、嘲讽的，虽然罗斯托夫从作战军人的观点上轻视司令部的所有的副官，显然进房的人也是这一类的人，虽然如此，罗斯托夫却觉得自己狼狈了，他脸红了一下，沉默着。保理斯问，司令部里有什么新闻，关于我们的计划有什么可告的不致泄露机密的事？

“大概要进军的。”保尔康斯基回答，显然不愿在生人面前说得更多。

别尔格乘这个机会特别恭敬地探问，是不是像他所听说的，现在作战的连长的粮草津贴要发双倍？对这个问题安德来公爵微笑着回答说，他不能够谈论这样重要的政府命令，于是别尔格高兴地笑起来了。

“关于您的事，”安德来公爵又向保理斯说，“我们迟一迟再说。”他又看了看罗斯托夫，“检阅过后您来看我，我们要尽可能地去办。”

安德来公爵向房间里环顾了一下，转向罗斯托夫，没有注意他的小孩般的、不可遏制的、变成了愤怒的窘态，说：

“似乎您是在说射恩格拉本战事吧？您在那里吗？”

“我在那里的。”罗斯托夫愤怒地说，好像希望借此侮辱这个副官。

保尔康斯基注意到骠骑兵的态度，觉得有趣。他有点儿轻蔑地微笑了一下。

“是呀！关于这个战事现在有了许多故事！”

“是的，许多故事！”罗斯托夫大声地说，把他的忽然怒气冲冲的眼睛时而望望保理斯，时而望望保尔康斯基，“是的，许多故事，但是我们的故事是那些在敌人炮火下面的人的故事，我们的故事有意义，不是司令部公子哥儿们的故事，他们是不干事得奖赏的。”

“您以为我是那一种人吗？”安德来公爵镇静地、特别和蔼地微笑着说。

一种奇怪的愤怒情绪和他对于这个人的沉着而有的敬意，这时候在罗斯托夫的心中合而为一了。

“我不是说到您，”他说，“我不认识您，并且我承认，我不希望认识。我是说一般的司令部里的人员。”

“这是我要向您说的话，”安德来公爵的声音沉着有力地打断他的话，“您想要侮辱我，并且我也承认：假使您没有自尊的话，这是很容易办到的，但是您要知道，这件事的时间和地点都选择得极其不好。一两天之内，我们都要参与大规模的、更严重的决斗，此外，德路别兹考说他是您的老友，我的面貌不幸使你看了不高兴，这丝毫也不能怪他。可是，”他站起来说，“您知道我的姓，知道在哪里找我：但是您不要忘记，”他补充说，“我丝毫也不认为我自己，也不认为您受了侮辱，我比您年纪大，我的意思是这件事听它去了。那么，在星期五，在检阅之后，我等您，德路别兹考，再见。”安德来公爵说完，向两人鞠了躬，走出去了。

罗斯托夫，直到安德来已经走出去时，才想起了应该回答的话。因为他没有把这话说出来，他更加发怒了。罗斯托夫立刻叫人带马，向保理斯冷淡地告别之后，便骑马回去了。他明天是要到总司令部去向那个装腔作势的副官挑斗呢，还是真让这件事罢休呢？——这个问题一路上苦恼着他。他忽然愤怒地想到，在他看见了这个矮小、虚弱、骄傲的人在他的手枪射程之内显得惊恐万状的时候，他要觉得多么高兴，他又忽然惊讶地觉得，他是多么殷切地希望和他所仇恨的这个副官成为朋友，这种殷切的心情是他对于他所认识的任何人从未有过的。

8

在保理斯和罗斯托夫会面的第二天，新从俄国开来的和随同库图索夫出征回来的俄军以及奥军举行检阅。两个皇帝——俄国皇帝和皇太子，奥国皇帝和大公①——检阅了八万联军。

漂亮的整齐清洁的军队从清晨就开始移动，在要塞前的原野上排着队形。有时，成千的腿子、刺刀和招展的军旗运动着，遵照军

---

① 奥国皇太子称大公。

官们的命令，停止、转弯，按一定的间隔排成队形，绕过穿别种制服的、别的同样的步兵集团：有时，穿蓝色、红色、绿色花边军服的，漂亮的骑兵骑着黑色、棕色、灰色的马，发出有节奏的蹄声与刀枪声，在他们面前，有穿绣花制服的军乐队：有时，炮兵带着在炮车上颤动的、擦净的、明亮的大炮的铜器声和火绳杆的气味，展开着，在步兵与骑兵之间蠕动着，分散在指定的地位上。不但将军们穿了全副的礼服，挂了饰带和全部勋章，他们的肥胖的和消瘦的腰束得不能再紧，颈子被硬领撑得发红：不但搽发油、穿漂亮衣服的军官们，而且每个兵，带着洗净的、剃光的、气色旺盛的脸，和擦得不能再亮的武器，每匹马料理得如同缎子一样地毛色发光，润湿的鬣上的每根鬃毛有条不紊——他们都觉得，就要发生一件不是儿戏的、重大的、严肃的事情。每个将军和兵士都觉得自己的渺小，觉得自己是这个人海中的沙粒，同时又感觉到自己的力量，感到自己也是这个巨大的整体的一部分。

一清早就开始了紧张地忙碌和活动，在十点钟的时候，一切都准备就绪了。队伍在广大的原野上排列好了。全军排成三个横队。前面是骑兵，当中是炮兵，后边是步兵。

在各部队之间，好像有一条街道宽的空隙。这个大军的三部分：库图索夫的野战军（在它的右翼的最前面是巴夫洛格拉德骠骑兵），从俄国开来的作战部队和禁卫军，奥军，彼此分得很明显。但他们都在统一的指挥之下，按照同一的次序，排成同样的横队。

好像风吹树叶一样地发出了一片兴奋的低语声：“来了！来了！”又发出了一阵惊惶的声音，于是在所有的部队里掠过了波浪般的最后准备的骚动。

在前面，从奥尔牟兹那边出现了一群渐渐逼近的人。这时候，虽然是无风的天气，却有一阵微风掠过军队，轻轻地吹动了矛缨，吹动了下垂的军旗扑着旗杆。似乎是军队自己用这种轻微的运动在表现他们对于皇帝们驾临的欢喜。发出了一个声音：“立正！”然后，好像黎明时的鸡，在各个角落里重复着这个声音。于是，全体安静了。

在死般的静寂中只听到马蹄声。这是皇帝们的侍从。皇帝们骑马到了侧翼，于是发出了第一骑兵团的吹着进行曲的号声。似乎不是号手们在吹，而是军队本身，由于皇帝们的驾临，高兴地发出这种乐音。在这些声音之中，只有亚力山大皇帝的年轻的、和善的声音，可以清晰地听到。他说了慰问的话，于是第一团大呼："乌拉！"那样震耳地、连续地、高兴地呼叫着，以致他们自己也畏惧他们这个大团体的人数与力量。

罗斯托夫站在库图索夫军队的前面的行列里，皇帝最先来到这里。罗斯托夫感到这个军队中每个人所感觉到的同样情绪——忘我精神，骄傲地感觉到力量强大，对于造成这番盛典的人物的热烈的倾心。

他觉得，这个人的一句话便可以使这个巨大团体（他是这巨大团体中一粒渺小的沙子）去赴汤蹈火，去犯罪，去死，或者去做最伟大的英雄事业，所以他对于这句就要说出的话，不能不抖颤而心跳了。

"乌拉！乌拉！乌拉！"各方面喊叫着，并且一个团接着一个团用进行曲欢迎皇帝，然后又是"乌拉！……"进行曲，又是"乌拉！乌拉！！"这些声音越叫越有力，越增多，并且会合成为震耳的呼吼。

当皇帝还未来到时，每个团沉默不动，好像是没有生命的躯体：但是皇帝一来到那里，那个团就有了生气，并且呼喊着，喊声和皇帝已经检阅过的全线的呼吼合成一体。在这些声音的可怕的、震耳的吼叫中，在不动的、好像在方形队中变成了石头的部队中，漫不经心地、但对称地，尤其是，自由地，走过了几百个骑马的侍从，在他们前面是两个皇帝。这整个的广大人群的制约而热烈的注意力完全集中在他们身上。

美丽的年轻的亚力山大皇帝，穿了禁卫骑兵制服，戴了三角形帽，帽的边檐向前，他的可爱的脸和嘹亮的不高的声音吸引了全体的注意力。

罗斯托夫站在号手的附近，用敏锐的眼睛遥远地认出了皇帝，并且看着他走近。当皇帝到了距离二十步的地方，而尼考拉清晰地、极详细地看见了皇帝的美丽、年轻、快乐的面孔时，他感觉到从来不曾感觉过的那种亲切与狂喜的情绪。他似乎觉得皇帝的一切——每一特征，每一动作——都是有魔力的。

皇帝停在巴夫洛格拉德团前，用法语向奥国皇帝说了什么，并且微笑了一下。

看见了这个笑容，罗斯托夫自己也不禁开始微笑着，感觉到他对于皇帝的更强烈的爱的激动。他想要用什么方法表现他对于皇帝的爱。他知道这是不可能的，于是他想哭了。皇帝叫了团长，向他说了几句话。

“我的上帝！假使皇帝向我说话，我会怎么样呢！”罗斯托夫想：“我要高兴死了！”

皇帝向军官们说：

“你们大家，诸位先生们，”（罗斯托夫觉得每个字都好像是天上的声音）“我诚心诚意感谢你们。”

假使他那时能够为他的皇帝去死，罗斯托夫是多么幸福啊！

“你们获得了圣·乔治军旗，要无愧于这些军旗。”

“哦，死吧，为他死吧！”罗斯托夫想。

皇帝又说了几句话，罗斯托夫没有听到，然后兵士们尽力地大叫：“乌拉！”

罗斯托夫也向鞍子弯着腰，用尽了力气大叫，希望用这个叫声损伤他自己，只要能够充分表现出他对皇帝的狂喜。

皇帝在骠骑兵前面站了几秒钟，似乎有所犹豫。

“皇帝怎么能够犹豫呢？”罗斯托夫想，但后来罗斯托夫甚至觉得这种犹豫也是庄严的，有魔力的，正如同皇帝所做的一切一样。

皇帝的犹豫只有一刹那的时间，皇帝的脚，穿着时髦的尖头窄鞋，脚触到了他所骑的截尾的栗色马的鼠蹊，皇帝的戴白手套的手挽起缰勒，于是他走动了，由副官们跟随着，他们好像一个无规律地波动着的人海。他越走越远了，在别的团的前面时停留，最后，罗斯托夫只能从环绕皇帝的侍从们后边看见他的白羽翎了。

罗斯托夫看见了保尔康斯基在侍从先生们之中，懒懒地、疏忽地骑在马上。罗斯托夫想起了昨天和他的争吵，于是出现了这个问题——应该不应该要他决斗。“当然，不应该，”罗斯托夫此刻想着……“在现在这样的时候，值得想到、说到这种事吗？在这样的热爱、狂喜、自我牺牲的时候，我们一切的争吵与侮辱有什么意思呢？现在我爱一切的人，宽恕一切的人。”

当皇帝几乎走过了所有的团时，军队开始用分列进行式走过他的身边，罗斯托夫骑在从皆尼索夫手里新买的马沙漠浪人的背上，走在自己骑兵连的后边，即是，单独地完全在皇帝的面前走过。

罗斯托夫，杰出的骑手，还未走到皇帝面前，便用马刺把沙漠浪人刺了两下，顺利地使它做着那种发狂的疾驰，这种疾驰是沙漠浪人在兴奋时所常有的。沙漠浪人似乎也感觉到皇帝对它注视的目光，把发沫的长鼻子向胸脯弯曲着，竖起尾巴，好像在空气中飞腾而不触到地面，优美地高高地跳着，更换着腿子，姿势绝妙地跑过去了。

罗斯托夫自己，把腿向后缩着，把肚子向里凹着，觉得自己和马成为一体，带着皱蹙的然而幸福的面孔，如同皆尼索夫所说的，像魔鬼一样，从皇帝面前驰过去了。

“巴夫洛格拉德兵，好汉们！”皇帝说。

“我的上帝啊！假使他此刻叫我向火里跳，我是多么幸福啊！”罗斯托夫想。

检阅完毕时，新来的以及库图索夫部下的军官们，开始各自成群地聚在一起，开始谈到奖赏，谈到奥军和他们的服装，谈到他们的前线，谈到保拿巴特，谈到他现在要遭遇的厄运，特别是在爱森的军团要开到，而普鲁士加入我们这边的时候。

但是在各个人群中，他们主要地是谈到亚力山大皇帝，他们叙述了他的每句话，形容了他的每个动作，并且为他而狂喜。

大家只希望一件事：在皇帝的领导之下，赶快去迎击敌人。在皇帝自己的指挥之下，他们绝不会不打败任何敌人的！罗斯托夫和大部分军官，在检阅之后都这么想。

在检阅之后，大家对胜利的信心，比在两次胜利的会战之后可能有的信心还要大。

9

在检阅的第二天，保理斯穿了最好的军装，听了同事别尔格预祝他成功，然后骑马到奥尔牟兹去看保尔康斯基，希望利用他的厚意，为自己谋得最好的位置，尤其是要人身边的副官位置，他觉得这是军中特别有吸引力的位置。“罗斯托夫是很舒服的，他的父亲一次寄给他一万卢布，他能够说他不向任何人低头，不做任何人的听差：可是我呢，除了我的头脑，我什么也没有，我必须建立自己的事业，不放过机会，却利用他们。”

这天他在奥尔牟兹没有找到安德来公爵。但是，总司令部，外交团体，两个皇帝和随从们、朝臣们、近侍们，都在奥尔牟兹，这里的外观，只是更加使他希望属于这个上层社会。

他不认识任何人，虽然他有漂亮的禁卫军制服，但所有的这些高级文武官员，坐着华丽的马车，戴着花翎，佩着绶带与勋章，在街中来往着，好像都是高不可测地在他这个禁卫军小军官之上，他们不但不希望而且不能够承认有他这个人。他在库图索夫总司令的司合部里探问保尔康斯基，这里所有的副官们甚至侍役兵们都那样地望着他，好像是他们要使他明白，很多像他这样的军官们，常常来到这里走动，已经使人很厌烦了。虽然如此，也许正因此，在第二天，十一月十五日，他在饭后又到奥尔牟兹来了，进了库图索夫所住的屋子，访问保尔康斯基。安德来公爵在家，保理斯被领进大厅，这里从前大概是常跳舞的，现在却摆了五张床，各项家具：一张桌子，几把椅子和一架大钢琴。一个副官，靠近门，穿了波斯式外套，坐在桌前写字。另一个，红润肥胖的聂斯维次基，躺在床上，把手臂放在头下，和一个坐在他旁边的军官在笑。第三个在大钢琴上奏维也纳华尔兹舞曲，第四个靠在大钢琴上伴唱着。保尔康斯基不在这里。看见了保理斯，这些先生们当中没有一个人变更他的地位。那个写字的人，保理斯向他问话的，厌烦地转过身来向他说，保尔康斯基在值班，假使他需要看见他，便由左边的门进接待室。

保理斯道了谢，走进接待室。接待室里有上十个军官和将军们。

在保理斯走进来时，安德来公爵轻蔑地眯着眼（带着那种特别的顾全礼貌的疲倦的神情，这明显地表示，假如这不是我的责任，我连一分钟的话也不同您说），听一个年老的有许多勋章的俄国将军在说话，这个将军几乎是踮着脚，站得挺直，紫脸上带着军人的、谄媚的表情，向安德来公爵在报告什么。

“很好，请等一下。”他用俄语向这个将军说，却带着法语的发音，这是在他想要轻蔑地说话时所有的情形，并且，看见了保理斯，安德来公爵便不再注意将军（将军央求地跟在他背后跑着，要求他再听一点），带着愉快的笑容转向保理斯，对他点头。

保理斯这时候已经明白地了解了他从前所推测的事情，即是，在军队中，除了军纪中所规定的、团里大家共知的、他也知道的那种服从与纪律，还有别的更基本的服从，它使这个紧束腰带的紫脸将军恭敬地等候着，而这时候，上尉安德来公爵却为了自己的高兴，宁愿和德路别兹考准尉去谈话。保理斯比任何时候都更坚定地下了决心，以后不再按照那种成文的军纪去服务，却要按照这个未成文的服从律去服务。他现在觉得，只是因为他被介绍给了安德来公爵，他便已经比这个将军立刻高了一等，而这个将军在别种情形下，在前线上，有权力消灭他这个骑兵准尉。安德来公爵走到他面前，拉了他的手。

“我很抱歉，昨天您没有找到我。我整天的在应付德国人。我们陪威以罗特去审核战斗部署。德国人一旦讲究精确——便没有完结的时候！”

保理斯微笑了一下，好像他明白了安德来公爵所提到的事情，就像是他明白了人人共知的事情一样。但他是第一次听到威以罗特这个姓，甚至“战斗部署”这个名词。

“怎么样，我亲爱的，您还想当副官吗？我一直在想着您的事。”

“是的，”保理斯说，不觉地为了什么缘故而脸红，“我想请求总司令，库拉根公爵替我写了一封信给他，我想请求，只是因为，”他似乎道歉地补充说，“我恐怕禁卫军不作战。”

“好的，好的，一切我们再谈，”安德来公爵说，“让我去报告了这位先生的事，我就听您调遣了。”

当德来公爵去报告紫脸将军的事情时，这个将军，显然没有采取保理斯关于不成文的服从律的各种利益的见解，用眼睛盯着这个妨碍他和副官说话的放肆的准尉，以致保理斯觉得很不舒服。他转过身来，不耐烦地等待着安德来公爵从总司令的房间里回来。

“听我说，我亲爱的，我想过了您的事，”当他们走进有大钢琴的大厅时，安德来公爵说。“您用不着去见总司令，”安德来公爵说，“他要向您说一大套客气话，要您到他那里去吃饭，”（保理斯想，为了按照“未成文的服从律”去服务，这是不坏的，）“但从此便不会再有下文了，我们副官和传令官快有一营了。但是我们要这么办：我有一个好朋友，道高儒考夫公爵，是一个侍从武官长，一个极好的人，虽然您也许不知道这个，但事实是这样，现在库图索夫和他的参谋人员和我们大家都同样的不重要：现在一切都集中在皇帝手里，所以我们要到道高儒考夫那里去一下，我需要去看他，我已经向他说到您，所以我们要看看，他能不能把您安插在他的身边，或者任何靠近太阳的地方。”

安德来公爵，当他须得引导青年，帮助他取得社会成就时，总是特别起劲。在这种帮助别人的借口之下——他由于自尊心，自己从来不接受别人的帮助——他接近了这个给人成就的也吸引着他的环境。他极其情愿替保理斯帮忙，同他去见道高儒考夫公爵。

当他们走进皇帝们以及随员们所住的奥尔牟兹宫殿时，已经是晚上很迟的时候。

就在这天举行了一个军事会议，全部御前军事参议院人员和两位皇帝都出席了。在这个会议里，违反老将军们库图索夫和施发曾堡公爵的意见，决定了立即进攻，并且和保拿巴特作大会战。当安德来公爵带了保理斯到皇宫来寻找道高儒考夫公爵时，军事会议刚刚结束。总司令部里全体的人都还醉心于今天少壮派的意见取得胜利的军事会议。主张还等待什么而不进攻的缓战派的意见，那么一致地被压下去了，他们的理由被进攻确有利益的那些无疑的证明驳倒了，以致会议中所谈的未来的会战，以及无疑的胜利，好像已经不是将来的事，而是过去的事了。一切利益都在我们这方面。我方大军集中在一处，无疑地超过拿破仑兵力：军队受到两个皇帝驾临的鼓舞，极想作战：要发生战事的战略地点是指挥军队的奥国将军威以罗特熟悉无遗的：（好像是侥幸的机会造成的，奥军去年演习的地点正是现在就要和法军打仗的这个原野）当前的地形是他们熟悉得无微不至的，并且绘在地图上了，而显然力量已被削弱的保拿巴特是毫无准备。

道高儒考夫，是最热心的主攻派之一，刚刚从会议上回来，疲倦，困乏，而又兴奋，并且夸耀所得的胜利。安德来公爵介绍了他所照顾的军官，但是道高儒考夫公爵恭敬地热烈地握了手，却没有向保理斯说话，显然他忍不住不说出那时候使他极感兴趣的那些思想，他用法语向安德来公爵说话。

“哦，我亲爱的，我们打了多么大的一个胜仗啊！但愿它的结果也是那样的胜利。但，我亲爱的，”他不连贯地兴奋地说，“我要承认我对不起这些奥国人，特别是对不起威以罗特。多么精确，多么详细，多么好的地形知识，多么细心地预料到一切可能性，一切条件，一切最小的细节啊！哦，我的亲爱的，比我们所处的境况更为有利的境况，是想象不出的了。有了奥军的精确和俄军的勇敢合在一起——您还能想要什么别的呢？”

“那么，攻击是最后决定了吗？”保尔康斯基问。

“您知道，我亲爱的，我觉得，保拿巴特简直没有主意了。您知道，今天接到一封他写给皇帝的信。”道高儒考夫意义深长地微笑了一下。

“原来如此！他信里写了些什么？”保尔康斯基问。

“他能写出什么呢？特拉地锐地拉①，云云，目的只是要争取时间。我敢向您说，他是在我们的手心里了，这是千真万确的！但最有趣味的，”他说，忽然善意地笑起来，“是这件事，没有人想得出

① 这是代表法文的一些字音。

怎样称呼他。假若不称执政，他当然不是皇帝，那么，在我看来，就称保拿巴特将军。”

“但是不承认他是皇帝，称他保拿巴特将军，在两者之间是有差别的。”保尔康斯基说。

“问题就在这里了，”道高儒考夫笑着，迅速地插上说，“您知道俾利平，他是很聪明的人，他建议称呼他：‘人类的暴君和仇敌。’”

道高儒考夫愉快地大笑起来了。

“没有别的称呼了吗？”保尔康斯基问。

“但是俾利平仍然想到了适当的称呼，他是个又敏捷又聪明的人。……”

“是怎样的称呼呢？”

“致法国政府的首长，Au chef du gouvernement français，”道高儒考夫公爵庄重地满意地说，“不是很好吗？”

“好，但是他要很不高兴了。”保尔康斯基说。

“当然，很不高兴！我的哥哥认识他，他在巴黎和他——现在的皇帝——吃过许多次饭，他向我说过，他没有看见过更老练更狡猾的外交家了。您知道，他兼有了法国人的伶俐和意大利人的表演技能！您知道保拿巴特和马尔考夫伯爵的逸事吗？只有马尔考夫伯爵一个人会应付他。您知道手帕的故事吗？有趣极了！”

于是多话的道高儒考夫，时而向着保理斯，时而向着安德来公爵，说到保拿巴特是怎样地想要试验马尔考夫，我国的大使，故意地在他前面掉下手帕，停下来，望着他，也许是希望马尔考夫替他效劳，又说到马尔考夫也立刻把自己的手帕掉在旁边，他拾起自己的手帕，却没有拾保拿巴特的手帕。

“Charmant，［妙极了，］”保尔康斯基说，“但是，公爵，您听我说，我到您这里来，是为这个青年作请求的。您明白吗？……”但安德来公爵还未说完，便有一个副官走进房来，召道高儒考夫去见皇帝。

“啊！多么麻烦呵！”道高儒考夫说，连忙站起来，和安德来公爵，和保理斯握手。“您知道，为了您，为了这位可爱的青年，我很高兴去尽我一切的力量。”他带着好意、诚恳、活泼、轻率的表情，又和保理斯握了一次手。“但您知道……下一次！”

保理斯想到自己接近了上层权力，便兴奋起来了，他觉得他此刻已经接近了上层权力。他觉得自己在这里接触了那些发条，它们领导大团体的一切的巨大运动，而他在自己的团里，觉得自己是这大团体中一个微小的俯首帖耳的无足重轻的分子。他们跟道高儒考夫公爵走上了走廊，遇见了一个穿文官制服的矮子，从道高儒考夫走进去的、皇帝房间的那道门里走出来，他有一张聪明的脸，一个显然凸出的下颌，这没有损害他的美丽，却使他的表情凸显出特别的灵活与机警。这个矮子，好像是对知己的友人一般，对道高儒考夫点了点头，把注意的冷淡的目光凝视着安德来公爵，向他对直地走来，显然是期望安德来公爵向他鞠躬或让路。安德来公爵一样也没有做，他脸上表示了怒气，于是这个年轻的矮子转过身，顺走廊的旁边走过去了。

“这人是谁？”保理斯问。

“这是一个最卓越的但我最不欢喜的人。他是外交大臣，阿丹·恰尔托锐夫斯基公爵。”

“就是这些人，”当他们走出皇宫时，保尔康斯基带着不能压制的叹息说，“就是这些人在决定各国人民的命运。”

第二天，军队出发了，直到奥斯特理兹战役的时候，保理斯没有再看见保尔康斯基和道高儒考夫，在依斯马伊洛夫团里还留了些时候。

10

在十一月十六日的黎明，皆尼索夫的骑兵连——它属于巴格拉齐翁的支队，尼考拉·罗斯托夫在这个连里服务，——照他们说，从宿营的地方开拔去打仗，在别的纵队的后边大约走了一里，便在大路上被阻止了。罗斯托夫看见，哥萨克兵，第一和第二骠骑兵连，步兵各营，和炮兵，从他身边走到前面去了，巴格拉齐翁将军和道高儒老夫将军和副官们骑马走过去了。他，和从前一样，在交战之前所感觉到的一切恐惧，他用来压制这种恐惧的一切内心冲突，关于他要凭骠骑兵的精神在这个战役中显身扬名的一切幻想，——都落了空。他们的骑兵连留在后备队，尼考拉·罗斯托夫无聊地乏味地过了这一天。在上午九点钟以前，他听到前面的射击声、乌拉声，看见抬回后方的伤兵（人数不多），最后，看见在一百个哥萨克兵①当中押送着整队的法国骑兵。显然，战事已经结束了，并且虽然规模不大，却是顺利的。回转的兵士们和军官们谈到光荣的胜利，谈到维绍城的占领，和整个法国骑兵连的被俘。在夜间的严寒之后，日间是明朗的、有阳光的，并且秋日愉快的光辉配合了胜利的消息，这消息不仅由参战的人们的谈话，而且还由罗斯托夫身边来往走过的兵士、军官、将军、副官们脸上的高兴表情，表达了出来。罗斯托夫更加痛心了，他白白地经受了会战前的一切恐惧，把这个愉快的日子消磨在闲散无事中了。

"罗斯托夫，到这里来，我们来喝酒解闷吧！"皆尼索夫喊叫，他带着一个酒瓶和一些食品坐在路边。

军官们环绕在皆尼索夫的酒瓶旁边，喝着讲着。

"又带一个来了。"军官中有一个人说，指着一个由两名哥萨克兵押着步行的被俘的法国龙骑兵。

有一个哥萨克兵牵着俘虏的高大的美丽的法国马。

"马卖掉吧！"皆尼索夫向哥萨克兵呼叫。

"好，大人……"

军官们站起来，围绕着哥萨克兵和被俘的法国人。这个法国骑兵是一个年轻的阿尔萨斯人，带着德语的发音说法语。他兴奋得不能透气，脸色发红，听到了法语，便立即和军官们说话，时而向这个人说，时而向那个人说。他说，他本来可以不被俘的；他说，他被俘，不是他自己的错，而是伍长的错，伍长派了他去抢马衣；他说，他向伍长说过，那里有俄国人。他在每句话上加一句话说："Mais qu'on ne fasse pas de mal à mon petit cheval.［但是不要损害我的

① 毛注；哥萨克兵连是一百个骑兵。

小马。］”并且抚摩他的马。显然是，他不很明白，他在什么地方。他有时饶恕自己被擒，有时设想着他的长官在他面前，并且表现他的军人的纪律和对于职务的关心。他把法军的那种和我们格格不入的、愉快活泼的气氛带到我们的后备队里来了。

哥萨克兵把马卖了两个金币①，罗斯托夫，接到了钱，现在是军官中最富的人了，他买了这匹马。

“Mais qu'on ne fasse pas de mal à mon petit cheval. ［但是不要损害我的小马。］”当这匹马交给骠骑兵时，那个阿尔萨斯人好心地向罗斯托夫说。

罗斯托夫微笑着，让那个龙骑兵放了心，并且付了钱给他。

“走！走！”哥萨克兵说，触着俘虏的手臂，要他向前走。

“皇帝！皇帝！”这声音忽然在骠骑兵之间发出来了。

大家奔跑、忙碌起来了，罗斯托夫看见后边路上来了几个在帽子上插着白羽翎的骑马的人。俄顷之间，大家都回到了各人的地位上等待着。

罗斯托夫不记得，也不晓得，他怎样跑回到自己的地方，上了马。由于不曾参与战斗而有的懊悔，他在看厌了的人群当中的无聊的心情，都在顷刻之间没有了，任何关于他自己的思想，都在顷刻之间消失了：他的心里充满着因为皇帝的临近而有的快乐。他自己觉得，单是这次的临近便补偿了这一天的损失。他好像一个情人在他等到了他所期待的会面的时候那样的快乐。他不敢回头看，也没有回头看，便狂喜地感觉到他的临近。他感觉到这个，不只是凭了临近的一队人马的蹄声，他感觉到这个，是因为，由于皇帝的临近，他四周的一切变得更光明，更高兴，更有意义，更有节日之感。罗斯托夫心目中的太阳越来越近了，在他四周散射出慈和庄严的光辉，他此刻已经觉得自己被这种光辉所包围，他听到了他的声音——那个亲善的、镇静的、尊严的，然而又是那么简单的声音。好像是为了符合罗斯托夫的心情，有了死一般的寂静，在寂静中发出了皇帝

① 原文 ЧерВоНen 是五或十卢布的金币。

的声音。

“Les huzards de Pavlograd? [这是巴夫洛格拉德骠骑兵吗?]”他疑问地说。

“La réserve, sire! [是后备队，陛下!]”另一个声音回答，这个声音在那个说了“这是巴夫洛格拉德的骠骑兵吗?”的不是凡人的声音之后，显得是很凡俗了。

皇帝和罗斯托夫平齐着，停住了。亚力山大的脸比较三日前举行检阅时更美丽了。它显出了那样的愉快和年轻，那样天真的年轻，好像是十四岁的孩子的活泼，而同时这仍然是尊严的皇帝的脸。皇帝回头看骠骑兵连时，他的眼睛偶然和罗斯托夫的眼睛交遇了，在他的眼睛上停留了不过两秒钟。不管皇帝是否明白了罗斯托夫心中的事情，(罗斯托夫觉得，皇帝明白了一切) 无论如何，他是用自己的蓝眼睛在罗斯托夫的脸上看了两秒钟 (它们射出慈柔的温和的光)。然后他忽然抬起眉毛，急剧地用左脚刺马，向前疾驰而去了。

年轻的皇帝不能压制他的亲自参战的欲望，不顾朝臣们的一切谏劝，在十二点钟离开他所跟随的第三纵队，向先锋队驰奔而去。有几个副官，还没有到骠骑兵那里，便遇见了他，向他报告了战事胜利的消息。

战事只是俘获一个法国骑兵连，却被当作对于全部法军的光荣胜利，因此皇帝和全军，特别是在战场上的火药烟还未散去时，就相信法军已被打败，并且被迫退却了。在皇帝骑马过去了几分钟后，巴夫洛格拉德骠骑兵师奉令前进。在维绍，一个小小的德国①城市，罗斯托夫又看见了皇帝。城内的广场上，在皇帝来到之前有过激烈的战斗，躺着几个未及抬走的死尸和伤员。皇帝有文武侍从环绕着，骑着栗红色的截尾的马，不是检阅时的那一匹马。他向一边弯着腰，用优美的姿势把金的长柄眼镜凑上眼睛，望见一个面孔向下躺在地上的、没有帽子的、头上有血迹的兵。这个伤兵是那么肮脏、粗野、

① 这个小城在莫拉维亚。本书中有些地方的“德国”并不是一八七一年后的德国，而是德国以外的地方，大都是“奥国”的地方。

可嫌，以致罗斯托夫为了他接近皇帝而感到愤慨了。罗斯托夫看见，皇帝的拱起的肩膀好像是打冷战一样地颤抖了一下，他的左腿抽搐着用马刺踢马肚皮，这匹有训练的马漠然地回头望着，没有移动。一个跳下马来的副官托着那伤兵的胳膊，把他扶起来，开始把他放在抬来的担架上。伤兵呻吟起来了。

“轻一点，轻一点，不能轻一点吗？”皇帝说过，就骑马走了，显然他比那个濒死的兵更加痛苦。

罗斯托夫看见了泪水充满皇帝的眼睛，听到他离开时用法语向恰尔托锐夫斯基说：

“战争是多么可怕的事情，多么可怕的事情！Quelle terrible chose，que la guerre！”

前锋的军队驻扎在维绍的前面，是在敌人的前哨的视线之内，敌人在一整天里带着最稀少的射击向后退却。皇帝的感谢传达到了前锋，允许了奖赏，并且分散了双份的伏特加酒给兵士们。露营的燎火的燃炸，兵士的歌声，都比昨天夜里更加愉快了。皆尼索夫这天夜晚庆祝自己升为少校，罗斯托夫已经喝得很多，在酒宴结束时，他提议干杯祝皇帝的健康，但“不是我们的君主皇帝，像大家在正式宴会上所说的那样，”他说，“而是祝君主，仁慈的、有魔力的、伟大的人物的健康，我们来干杯祝他健康和对法军的确实胜利！”

“假使我们早就作战，”他说，“不让法军过来，像在射恩格拉本那样的，现在，他在前线的时候，情况会怎么样呢？我们都要死，我们都要高兴地为他死。是吗，诸位？也许，我说得不对，我喝得太多了，但我是这么感觉，你们也是这么感觉的。祝亚力山大一世健康！乌拉！”

“乌拉！”军官们热烈的声音喊叫着。

年老的骑兵上尉基尔斯清叫得热烈而且诚恳，不亚于二十岁的罗斯托夫。

当军官们干了杯把酒杯砸碎时，基尔斯清又斟了别的杯子，并且只穿着衬衣和马裤，拿着酒杯，走到兵士的燎火那里，向上挥了挥手，带着尊严的姿势，站在燎火的光中，他有长长的白胡须，敞开的衬衣露出了他的白胸脯。

“弟兄们，祝我们的君主皇帝健康，祝对敌人胜利，乌拉！”他用英勇的、老年的、骠骑兵的上低音喊叫着。

骠骑兵们挤在一起，用洪亮的喊叫声一致地响应着。

在夜间很迟大家都已分散的时候，皆尼索夫用他的短小的手，拍了拍他的爱友罗斯托夫的肩膀。

“因为在行军中您没有可以爱上的人，所以您爱上了皇帝。”他说。

“皆尼索夫，你不要开玩笑，”罗斯托夫大叫着说，“这是那么高尚的、那么优美的情绪，那么……”

“我相信，我相信，亲爱的，我同意，我赞成……”

“不，你不会明白的！”

于是罗斯托夫站起来，走到燎火之间徘徊着，幻想着死是多么幸福，——不是在救皇帝性命（他简直不敢幻想到这个）的时候死去，而只是在皇帝的眼前死去。他确实是爱上了沙皇，爱上了俄国军事的光荣和对未来胜利的希望。不仅他一个人在奥斯特理兹会战前的那些可纪念的日子里感觉到这种情绪：俄军中十分之九的人在这时候都爱上了他们的沙皇和俄国军事的光荣，不过没有他那么热烈而已。

11

第二天皇帝留在维绍。随从御医维利埃被召了几次去看他。在总司令部和附近的军队里流传了这个消息，说皇帝御体违和。据侍从的人说，他没有进食物，这天夜里也睡得不好。违和的原因是死伤的景状对于皇帝的敏感的心灵发生了强烈的刺激作用。

在十七日黎明，有一个法国军官被人从前哨带到维绍来了，他是打着休战旗来的，要求谒见俄皇。这个军官是萨发利。皇帝刚刚睡着，所以萨发利必须等候。中午的时候，他谒见了皇帝，一小时后，他偕同道高儒考夫公爵到法军的前哨去了。

据说，派遣萨发利的目的是建议亚力山大皇帝和拿破仑皇帝会面。使全军高兴而骄傲的是，拒绝了亲自的会面，维绍战事中的胜利者道高儒考夫公爵，代表皇帝，被派遣同萨发利一道和拿破仑作谈判去了，假使这个谈判的目的，——竟出乎意料——是真正希望获得和平。

傍晚道高儒考夫回来了，直接去见皇帝，单独在皇帝那里留了很久。

十一月十八日和十九日，军队又向前作了两日的行军，敌军的前哨在短时的射击之后便向后退却了。在军队的最上层，从十九日中午开始了强烈的、匆忙的、兴奋的活动，一直继续到次日，十一月二十日的早晨，在这天发生了可纪念的奥斯特理兹会战。

在十九日中午以前，运动、兴奋的谈话，来往跑动，以及副官的派遣，只限于皇帝的行辕：在同日的中午以后，这个运动达到了库图索夫的总司令部和各纵队指挥官的司令部。晚间，这个运动由副官们带到全军的所有的角落和部分，在十九日到二十日的夜间，八万联军的团体从宿营的地方起来，发出嘈杂的话声，好像一个九里路长的行列，向前摇荡着、移动着。

早晨从皇帝行辕里开始的并推动其他一切部分的那个集中的运动，好像是巨大塔钟里的中心轮盘的最初的运动。一个轮子迟缓地转动着，第二个、第三个轮子转动着，于是别的轮子、滑轮、小齿轮越来越快地转动着，钟的奏鸣开始，人物跳出，并且指针不快不慢地移动，表示运动的结果。

正如同钟表的内部结构一样，在军事机构里，一旦发作的运动也不可约制地要产生最后的结果，并且同样地，那些没有被推动的部分，在运动达到之前，是冷淡地静止着的。轮子在轴上响着，轮齿衔套着，转动的滑轮因为迅速而发出声音，附近的轮子却仍然安静不动，好像它准备这样不动地停一百年，但时间到了——杠杆套住了，于是轮子服从着运动，发出响声，转动着，加入了一致的活动，而活动的结果与目的却是它所不知道的。

好像在时钟里一样，无数的各种轮盘和滑车的复杂运动的结果，只是那表示时间的指针的迟缓而均匀的运动：十六万俄军和法军的全部复杂的人类运动，——这些人的一切情感，愿望感，懊悔、屈辱、痛苦以及骄傲、恐惧、狂喜的情绪冲动——其结果只是奥斯特理兹会战，即所谓三帝会战的失败，即是人类历史钟面上世界历史指针的迟缓移动。

安德来公爵这天值日，不离身地随着总司令。

晚间六点钟以前，库图索夫来到皇帝的行辕，在皇帝那里停留不久，便去见宫内大臣托尔斯泰伯爵。

保尔康斯基利用这个时间，去找道高儒考夫探问军事的详情。安德来公爵觉得库图索夫因为什么而烦恼不满，觉得总司令部的人员们不满意他，并且觉得，皇帝行辕里所有的人对他说话的语气都显出他们知道了别人不知道的事情，因此他想要和道高儒考夫谈谈。

“啊，您好，我亲爱的，”道高儒考夫说，他同俾利平坐着在吃茶，“明天要有贺宴了。您的老头子怎样？心绪不好吗？”

“我不要说他心绪不好，但我似乎觉得，他想要别人听听他的意见。”

“但别人在军事会议里听过他的意见了，在他要说有意义的话的时候，别人还要听的，但是现在，当保拿巴特最怕大战的时候，要延迟、要等待什么，——是不行的。”

“是的，您看见了他吗？”安德来公爵说，“那么，保拿巴特怎样呢？他给了您什么印象？”

“是的，我看见了他，并且我相信，他对大战是最怕不过了，”道高儒考夫重复说，显然，他重视这个一般的结论，这是他根据他和拿破仑的会面所下的，“假使他不怕会战，他为什么要要求这个会面，要进行谈判，并且，尤其是，要后退呢？后退是那么违反他全部的作战方法的。相信我：他害怕，害怕大战，他的时限到了，我敢这么说。”

“但是告诉我，他是什么样儿的人呢？哦？”安德来公爵又问。

“他是一个穿灰大衣的人，很希望我称他‘陛下’，但令他失望的是，他没有得到我的任何称呼。他就是这样的人，没有别的了。”道高儒考夫回答，微笑着回顾俾利平。

“虽然我十分尊敬老库图索夫，”他继续说，“假若现在，当他确实在我们手心里的时候，我们等待着什么，因此给他机会逃走或者欺骗我们，我们便是太好了！不，我们一定不要忘记了苏佛罗夫和他的原则：不要使自己处于被攻击的地位，要使自己去攻击。您要相信，在战争中，年轻人的精力，常常比老年的迟疑不决者①的经验，能够指出更可靠的途径。”

“但是我们要在什么样的阵地上攻击他呢？今天我到前哨上去过，不能判定他把他的主力放在什么地方。”安德来公爵说。

他想要向道高儒考夫公爵说出他自己所拟的攻击计划。

“啊，这都是完全无关紧要的，”道高儒考夫迅速地说，站起来，在桌上打开地图，“一切万一的事都预料到了，假使他在不儒恩……”

于是道高儒考夫公爵迅速地含糊地说出威以罗特侧翼运动的计划。

安德来公爵开始反驳，并且证明自己的计划：它可以和威以罗特的计划同样的好，但它的缺点是，威以罗特的计划已经采用了。安德来公爵刚刚开始说明那个计划的缺点和自己计划的优点，道高儒考夫便没有再听他说，并且没有望着地图，却心不在焉地望着安德来公爵的脸。

“可是库图索夫那里今天还有一个军事会议，您可以在那里把这一切都说出来。”道高儒考夫说。

“我就这么办。”安德来公爵说，离开地图。

“你们为着什么在操心呢，诸位？”俾利平说，他直到此时都是带着愉快的笑容听着他们谈话，而现在，显然，准备说笑话了。“无论明天是胜是败，俄国军事的光荣是靠得住的。除了你们的库图索夫，没有一个俄国人是纵队指挥官，指挥官们是：Herr general Wimpfen，le comte de Langeron，le prince de Lichtenstein，le P ince de

① 毛注：这是因为 Quintus Fabius Maximus Verrucosus 的谨慎的战术而给予他的绰号。

Hohenloe et enfin prsch……prsch……et ainsi de suite, comme tous les noms polonais, [维姆卜芬将军先生，兰惹隆伯爵，利克顿施泰恩公爵，好亨洛公爵，最后卜尔施……卜尔施①等等波兰的名字。]”

“Taisez vous, mauvaise langue, [您不要说了，恶舌头，]”道高儒考夫说，“不对，现在已经有两个俄国人了，米洛拉道维支和道黑图罗夫，还要有第三个，阿拉克捷夫公爵，但他是个神经衰弱的人。”

“但我想，米哈伊·依拉锐诺维支已经出来了，”安德来公爵说，“祝诸位先生幸福、成功，”他补充说，和道高儒考夫及俾利平握了手，便走出去了。

回去以后，安德来公爵忍不住问沉默地坐在他身边的库图索夫，问他对于明天的会战是什么想法。

库图索夫严厉地望了望他的副官，沉默了片刻，回答说：

“我想，会战要失败的，我向托尔斯泰伯爵说了这话，请他去传达这话给皇帝。你想，他回答了我什么话？‘Eh, mon cher général, jé me mêle de riz et des cotelettes, mêlez vous des affaires de la guerre. [哎，我亲爱的将军，我管的是米和肉，你管你的军事吧。]’是的……这就是他给我的回答！”

12

夜晚九时许，威以罗特带了他的计划来到库图索夫的住处，军事会议就要在这里举行。各纵队指挥官都被召集到总司令部来了，除了不来赴会的巴格拉齐翁公爵，都在指定的时间到会了。

威以罗特是预定会战的全权指挥人，他的活跃与急忙，和不满的、打盹的库图索夫形成鲜明的对照，库图索夫是勉强地扮演着军事会议主席和领导的角色。显然，威以罗特觉得自己是这个已经不可约制的运动的首脑。他好像一匹拖车的马，拖着车子向山下奔跑。是他拖车，还是车推他，他不知道，但他用最大的速度拖着车向前

① 毛注：这个波兰指挥官是卜尔惹倍涉夫斯基将军。

跑，没有时间考虑这个运动会有什么结果。威以罗特这天晚上两度到敌军前线亲自视察，两度觐见俄皇和奥皇做报告和说明，并在他的办公室里口授德文的作战命令。他现在疲倦地来到库图索夫这里。

显然，他忙得甚至忘记了对总司令要有礼貌：他打断他的话，说话又快又不清楚，不望着交谈者的脸，不回答向他提出的问题。他身上溅了污泥，他带着可怜、困乏、惶惑、同时又自恃、骄傲的神情。

库图索夫住在阿斯忒拉里兹附近的一个贵族小城堡里。他们聚集在做总司令的办公室的大厅里：有库图索夫自己，威以罗特和军事会议的人员。他们在吃茶。他们只等巴格拉齐翁公爵来开会。八点钟之前，巴格拉齐翁的传令官带来消息，说公爵不能出席。安德来公爵进来向总司令报告这事，并承蒙库图索夫事先许可他列席会议，留在房间里。

“既然巴格拉齐翁公爵不来，我们就可以开会了，”威以罗特说，匆忙地从他的位子上站起来，走到桌前，桌上放着一幅不儒恩区域的大地图。

库图索夫穿着未扣的制服，他的胖颈子好像获得解脱似的，凸出在衣领上，他坐在安乐椅上，把一双肥胖老迈的手对称地放在扶手上，几乎睡着了。听到威以罗特的声音，他费力地睁开他的独眼。

“是，是，请吧，不然就迟了。”他说，点了点头，又垂了头，闭上眼睛。

假使在起初的时候，出席会议的人以为库图索夫是装睡，那么，在以后宣读时，他鼻子里发出的声音便证明，这时候总司令的事情，比他要表示他轻视战斗部署或任何事情的愿望，远为重要：他的事情是满足人类的不可压制的要求——睡眠。他真的睡着了。威以罗特，带着忙得不能损失片刻辰光的那种姿态，看了看库图索夫，并且确信他睡着了，他拿起了文件，开始大声地单调地宣读未来会战的战斗部署，它的标题他也读出来了：

“攻击考拜尔尼兹及索考尔尼兹后方敌军阵地的战斗部署，一八

○五年十一月三十日。"①

这个战斗部署很复杂、很难解，它的原文是这么开始的：

"Da der Feind mit seinem linken Fluegel an die mit Wald be-deckten Berge lehnt und sich mit seinem rechten Fluegel laengs Kobelnitz und Sokolnitz hinter die dort befindlichen Teiche zieht，wir im Gegentheil mit unserem linken Fluegel seinen rechten sehr debordiren，so ist es vortheilhaft letzteren Fluegel des Feindes zu attakiren，besonders wenn wir die Doerfer Sokolnitz und Kobelnitz im Besitze haben，wodurch wir dem Feind zugleich in die Flanke fallen und ihn auf der Flaeche zwischen Schlapanitz und dem Thuerassa-Walde verfolgen koennen，indem wir dem Defileen von Schlapanitz und Bellowitz ausweichen，welche die feindliche Front decken. Zu diesem Endzwecke ist es noethig……Die erste Kolonne marschirt……die zweite Kolonne marschirt……die dritte Kolonne marschirt……［因为敌军左翼驻扎在有树木的山上，敌军右翼在池塘后方沿考拜尔尼兹及索考尔尼兹向前伸展，反之，我军左翼包抄了敌军右翼，所以攻击敌人右翼于我有利，特别是，假如我军能占领索考尔尼兹及考拜尔尼兹两村庄，就可以攻击敌人的侧翼，在施拉巴尼兹及丢拉萨森林之间的平原上追赶敌军，同时避免通过掩护敌军前线的施拉巴尼兹及培洛维兹之间的狭道。为了这个目的，必须……第一纵队前进……第二纵队前进……第三纵队前进……］云云。"威以罗特宣读着。

似乎将军们都勉强地听着这个难解的战斗部署。金发的高大的部克斯海夫顿将军背靠墙站着，把眼睛停在点着的蜡烛上，似乎没有听甚至不希望别人以为他在听。正对威以罗特坐着的，是那个胡须翘起和肩膀耸起的、面色红润的米洛拉道维支，他按照军人姿势，把双手放在膝盖上，肘部朝外，他的明亮的睁开的眼睛注视着他。他坚持地沉默着，望着威以罗特的脸，直到这位奥国参谋总长沉默时，才把眼睛离开他。这时米洛拉道维支富有含义地环顾着别的将

① 毛注：按照俄国旧历，则为十一月十八日。

军们。但是凭着这个富有含义的目光，不能够说他同意还是不同意，满意还是不满意这个战斗部署。坐得靠威以罗特最近的，是兰惹隆伯爵，他的法国南方人面孔的狡猾的微笑在全部宣读时间里一直没有离开他，他望着自己的细手指在迅速地转动着一个有画像的金鼻烟壶的角。在一个最长的句子当中，他停止了鼻烟壶的转动，抬起头，在薄嘴唇的角上带着不愉快的礼貌，打断了威以罗特，想要说什么，但是奥国将军没有停止宣读，愤怒地皱了皱眉，动了动胳膊，好像是说："等一下，等一下您再向我说您的意思，现在请您看着地图，听着。"兰惹隆带着迷惑的表情抬起眼睛，回头看了看米洛拉道维支，好像是在寻找说明，但是遇见了米洛拉道维支的富有含义的却并不表示什么意义的目光，他丧气地垂了眼，又着手转动鼻烟壶了。

"Une leçon de géographie. ［一堂地理课。］"他说，似乎是自言自语，但又高得可以让人听见。

卜尔惹倍涉夫斯基，表现着恭敬而庄严的礼貌，用手贴着耳朵向着威以罗特，显出专心注意的样子。身体矮小的道黑图罗夫，显出专心的谦逊的样子，坐在威以罗特正对面，俯首看着打开的地图，谨慎地研究着战斗部署和他所不知道的地区。他几次要求威以罗特重述他未听清楚的话和难懂的村庄名称。威以罗特应了他的请求，道黑图罗夫写了下来。

在一小时以上的宣读完结时，兰惹隆又停止了转动鼻烟壶，没有望威以罗特，也没有看任何人，开始说到执行这个战斗部署是如何困难，在这里面，敌人的阵地是假定知道了，但这个阵地也许是我们不知道的，因为敌人是运动着的。兰惹隆的反驳是有根据的，但显然，这个反驳的目的，主要的是希望使威以罗特将军——他那么自信地好像是向小学生们一样地读他的战斗部署——觉得，他不是和傻瓜们在处事，而是和可以教他军事知识的人们在处事。

当威以罗特的单调的声音停止时，库图索夫睁开了他的独眼，好像是一个磨工，在磨盘的催眠声停止时醒过来了，他听了兰惹隆所说的话，他好像是说："你们还在做这些蠢事情！"又赶快地闭了眼，把头垂得更低。

兰惹隆力求尽可能恶意地损伤威以罗特的军事计划主稿人的虚荣心，证明保拿巴特很容易进行攻击，而不遭受攻击，因此将使这全部的战斗部署完全无用。威以罗特对于一切的反驳都用坚决、轻视的笑容作回答，显然这是对于一切反驳所预先准备的，不管他们向他说的是什么。

"假使他能攻击我们，他今天就做过了。"他说。

"所以，您以为他没有力量吗？"兰惹隆说。

"他最多有四万人。"威以罗特带着医生看到巫婆想要告诉他诊治方法时所有的那种笑容回答。

"照这样看来，他等候我们的攻击，是自取灭亡，"兰惹隆带着狡狯的讽刺的微笑说，又回顾着附近的米洛拉道维支，希望得到他的赞助。

但是米洛拉道维支，显然，此时并没有想到将军们所争论的事情。

"Ma foi，[真的，]"他说，"明天我们要在战场上看到一切了。"

威以罗特又流露着那样的笑容，好像是说：他觉得可笑而奇怪的是，他遭到了俄国将军们的反对，他还要证明一下那个不但是他自己所深信的，而且也是他使皇帝相信的东西。

"敌人熄了灯火，并且敌营里发出了不断的喧嚣，"他说，"这是什么意思？或者是他们在退却，这是我们应当害怕的唯一的事，或者是他们在变换阵地。"（他冷笑了一下）"但是即使他们占据了丢拉萨阵地，他们只是使我们避免很多的麻烦，我们的军事部署，连最细微的地方，仍然是有效的。"

"为什么会这样呢……"安德来公爵说，他早已等待着机会表示他的疑惑。

库图索夫醒了，费劲地咳嗽着，并且回头看了看将军们。

"诸位，明天的，不如说是今天的战斗部署（因为快有一点钟了）是不能改变了，"他说，"你们已经听到了，我们都要尽我们的责任。在交战之前没有什么更加重要……”（他停了一下）“比睡一个好觉更加重要了。”

他做出了要站起的样子。将军们鞠了躬，散去了。已经过了半夜。安德来公爵走出来了。

这个军事会议在安德来公爵心中留下了不明了的、不愉快的印象，他未能如愿地在会议上表示自己的意见。谁是对的：是道高儒考夫和威以罗特，还是库图索夫、兰惹隆和不赞同这个攻击计划的别人，——他不知道。“但是难道库图索夫不能够当面向皇帝说出自己的意见吗？难道这不能够有别的办法吗？难道因为朝廷和个人的原因而必须拿几十万人的生命和我的，我的生命去冒险吗？”他想。

“是的，很可能的，我明天要被打死的。”他想。但是，在想到死的时候，忽然在他的想象中出现了整串的最久远的和最亲密的回忆：他想起了他和父亲和妻子的最后分别：他想起他对她的爱情的初期：想起她的妊娠，他开始为她和他自己觉得难受了，于是在神经质的柔情的激动的心情中走出了他和聂斯维次基所同住的农舍，开始在屋前徘徊着。

那一夜有雾，月光从雾里神秘地透出来。“是的，明天，明天!”他想，“明天，也许，我一切都要完结了，这一切的回忆都不会再有了，这一切的回忆对我不再有任何意义了。明天，也许，甚至确实是明天，我预感到，我终于要第一次表现我所能做的一切。”他想象到会战，它的损失，集中在一点的战事和所有的指挥官们的迟疑。于是那个幸福的时间——他所期待很久的图隆——终于向他显现了。他坚决地、明了地向库图索夫、威以罗特和皇帝们说出了他的意见。大家都诧异他的考虑的正确，但是没有人想要执行他的意见，于是他带了一团，一师，提出了条件，不让任何人干涉他的指挥，于是他领了这个师到了决定性的地点，独自获得胜利。“而死亡和痛苦呢?”另一个声音说。但是安德来公爵没有回答这个声音，继续幻想着他的胜利。下一次会战的战斗部署是他一个人做的。名义上他只是库图索夫军中的值日官，但他单独地做了一切。下一次会战是他一个人打胜的。库图索夫撤职了，任命了他……“那么，以后怎样呢？”另一个声音又说，“以后怎样呢，假使在它之前你有十次没有受伤、被打死或受骗：那么，以后怎样呢？”①——“那么，以后怎样……”安德来公爵回答自己，“我不知道以后怎样，不想要知道，也不能知道：但是假使我想要这个、想要光荣、想要被人们知道、想要被他们爱，那么，我想要这个，我只想要这个，我只为这个而生活，这不是我的过错。是的，只是为了这个！我绝不向任何人说到这个，但是，我的上帝！假使我什么都不爱，只爱荣誉，只爱人们的爱，我要怎么办呢？死、伤、丧失家庭，——没有一样是我觉得可怕的。虽然我有许多宝贵的、亲爱的人——父亲、妹妹、妻子，我最宝贵的人，但是，为了片刻的光荣，对人们的胜利，为了我不认识也不会认识的人们对我的爱，为了这里这些人的爱，我会立刻放弃所有的最宝贵的人，虽然这似乎是可怕而不合情理的，”他一面这么想，一面听着库图索夫院子里的话声。在库图索夫的院子里可以听到收拾行李的侍从兵们的声音：有一个声音，也许是车夫的声音，在取笑库图索夫的老厨子，安德来公爵认识他，他叫齐特。那个声音说：“齐特，齐特吗？”

“哦！”老人回答。

“齐特，你去摩洛齐特②。”说笑话的人说。

“呸，你这该死的！”被侍从兵和仆役们的笑声所盖住的声音说。

“我所爱和所重视的仍然只是对于他们所有的人的胜利，我重视那个神秘的力量和光荣，它在雾里面正悬在我的头上！”

13

罗斯托夫这天夜里带了一排兵在巴格拉齐翁支队前面的侧翼哨兵线上。他的骠骑兵成双地散布在哨兵线上：他自己骑马在哨兵线

---

① 毛注：关心托尔斯泰生活的读者们，应注意，关于人的最大努力与最大希望为死亡所阻碍的思想，即安德来公爵此时所想到而又逃避的思想，就是写了这一章的十六年后，使他自己的人生观发生革命的那个思想。见《忏悔录》第三章。

② 摩洛齐特是“打谷”的音译。

上巡逻，极力克制着那不可抵抗地向他侵袭的瞌睡。在他后边，可以看到在雾中朦胧地燃烧着的我军燎火的广大区域：在他前面是雾气沉沉的黑暗。罗斯托夫虽然注视着这个雾气沉沉的远方，他却看不见东西：有什么东西忽而变灰，又似乎忽而发黑：忽而在应是敌人所在的地方，好像有火光闪烁：忽而他觉得，只是什么东西在他的眼睛里发亮。他闭了眼睛，在他的想象中，忽而出现了皇帝，忽而出现了皆尼索夫，忽而出现了莫斯科的回忆：他又连忙睁开眼睛，在他前面很近的地方他看见了他的坐骑的头和耳朵，有时在相隔六步的地方他看见骠骑兵们的黑影子，但远处仍然是雾气沉沉的黑暗。“为什么？很可能的，”罗斯托夫想，“皇帝遇到我，好像他对任何军官一样地对我下命令，他说：‘你去看看，那里是什么。’许多人说，他就是这样完全偶然地认识了一个军官，把他放在自己身边。嗬，万一他要把我放在她的身边，怎么办呢？嗬，我要怎样地保护他，我要怎样地向他说一切的事实，我要怎样揭去他的骗子们的假面具哦！”于是罗斯托夫，为了生动地想象他对皇帝的热爱与忠诚，替自己设想了一个敌人或者一个骗子德国人，他不仅要痛快地杀死他，而且要当着皇帝的面打他的嘴巴。忽然远远的一个叫声惊醒了罗斯托夫。他震动了一下，睁开了眼睛。

“我在哪里？是的，在哨兵线上：口令和答号——车杠，奥尔牟兹。多么讨厌哦，我们的骑兵连明天要做预备队……”他想。“我要请求去作战。这也许是我看见皇帝的唯一的机会。是的，现在快要换班了。我再巡逻一次，回去时，我要去看将军，向他请求。”他在鞍上坐正了，催动了坐骑，要再巡逻一次他的骠骑兵们。他似乎觉得天色明亮些了。在左边可以看见斜陡的被照亮的山坡和对面的像墙壁那么陡峭的黑色山冈。在这个山冈上有一个白色点子，罗斯托夫不晓得这是什么：是森林中被月光照亮的空地呢，是积雪呢还是一些白屋呢？他甚至觉得，在这个白点子上有什么东西在动。“一定是雪——这个点子，一个点子——une tache［法文音译：云塔施］，”罗斯托夫想，“但这不是塔施［意译：点子］……”

“娜塔莎，妹妹，黑眼睛。娜……塔施卡。（当我向她说我看见了皇帝，她要惊讶的！）娜塔施卡……挂上塔施卡①……”——“靠右边，大人，这里有矮树，”一个骠骑兵的声音说，罗斯托夫是瞌睡沉沉地从他身边走过的。罗斯托夫抬起了几乎垂到马鬃上的头，在骠骑兵旁边站住了。年幼的儿童的瞌睡不可抵抗地困住了他。“但是，我想了什么呢？——不要忘记了。我要向皇帝怎么说呢？不，不是那个——那是明天。是呀，是呀！娜塔施卡，进攻……攻我们，——什么人？骠骑兵们。嘀，有胡髭的骠骑兵……这个有胡髭的骠骑兵在特维埃尔斯卡雅街上走过，我还想到他，正在顾尔埃夫家对面……老顾尔埃夫……哎，出色可爱的皆尼索夫！是的，这都是无关紧要的。现在重要的事是皇帝在这里。他怎样地望我，想向我说什么，但是他不敢。……不，是我不敢。但这是无关紧要的，重要的是——不要忘记了我所想到的重要的事情。对了，那——塔施卡②，那斯——图比其③。是的，是的，是的。那很好。”他又把头垂到马颈子上去了。他忽然觉得，有人向他射击。“什么？什么？什么！……斩死！……什么？”罗斯托夫说，醒过来了。在他睁眼的那一片刻，罗斯托夫听到，前面敌人的地方有成千的声音的长吼。他的马和他身边骠骑兵的马听到这些叫声都竖起耳朵。在发出叫声的地方，有一个火光燃着又熄灭了，然后又是一个火光，于是在山上法军的全线里都点起了火光，叫声也越叫越响亮了。罗斯托夫听到了法国话的声音，但他不能辨别。声音太多太大了。只听到啊啊啊和呃呃呃呃！

“这是什么？你看是什么？”罗斯托夫向站在他旁边的骠骑兵问，“这是敌人那边的，是吗？”

骠骑兵没有回答。

“怎么，你没有听见吗？”罗斯托夫等候回答等了很久，又问。

---

① “塔斯卡”意思是“皮囊”。“娜塔斯卡”意思是挂上皮囊。“娜塔施卡”和“娜塔莎”发音相近。这句和前面的“塔施”都是描写睡意沉沉时的意识。

② 可作娜塔莎或挂上皮囊解。

③ 可作攻击或打击我们解。

“谁知道呀，大人。”骠骑兵勉强地回答。

“按照地方，那一定是敌人吧？”罗斯托夫又说。

“也许是敌人，也许没有什么，”骠骑兵低声说，“黑夜里啊。嘿！站好！”他向身下站立不安的马喊叫。

罗斯托夫的马也动起来了，它听着声音、看着火光，在冰地上踏蹄子。叫声越叫越大，合成了一个共同的呼吼，这呼吼只有几千人的军队才可以产生。火光大概是顺着法军营地的阵线，越展越长了。罗斯托夫已经不想睡了。敌军愉快得意的呼叫对他发生了刺激的作用。罗斯托夫现在已经清晰地听到：Vive l'empereur！l'empereur！［皇帝万岁！皇帝！］

“不会远的，大概就在河那边。”他向他身边的骠骑兵说。

骤骑兵只叹了口气，没有回答，并且愤怒地咳嗽。在骠骑兵的哨兵线上传来了迫近的驰步的马蹄声，在黑夜的雾中忽然出现了一个骠骑兵军曹的影子，好像一只大象一样。

“大人，将军们来了！”军曹骑马到罗斯托夫面前说。

罗斯托夫，仍然回头望着火光与叫声，和军曹一同骑马去迎接几个骑马顺着前线行走的人。有一个人骑着白马。巴格拉齐翁公爵和道高儒考夫公爵和副官们出来观看敌营中的火光和叫声这个奇怪的现象。罗斯托夫到了巴格拉齐翁面前，做了报告并且和副官们在一起，听着将军们所说的话。

“您相信我，”道高儒考夫公爵向巴格拉齐翁公爵说，“这不过是诡计而已：敌人退却了，下令在后卫里燃火、呼叫、欺骗我们。”

“未必，”巴格拉齐翁公爵说，“我傍晚还看见他们在那个山冈上，假使他们退却，他们要退出这个地方的。军官先生，”巴格拉齐翁公爵向罗斯托夫说，“敌人侧翼哨兵还在那里吗？”

“傍晚是在那里的，但现在我不知道，大人。要不要我带骠骑兵们去看一下呢？”罗斯托夫说。

巴格拉齐翁停住了，没有回答，极力想在雾中看出罗斯托夫的脸。

“好的，去看看。”沉默了一会，他说。

“是，大人。”

罗斯托夫刺了马，叫来了军曹费德清考和两个骠骑兵，命令他们跟随着他，骑马下山向着有继续呼喊声的方向驰步而去了。罗斯托夫独自和三个骠骑兵向这个神秘的、危险的、在他之前无人去过的、雾气沉沉的远方走去，他觉得又惧怕又愉快。巴格拉齐翁在山上大声向他喊叫，叫他不要过河，但是罗斯托夫装作没有听见他的话的样子，没有停下来，向前越走越远，不断地出现错误，把矮树当作大树，把水沟当作人群，并且不断地发觉自己的错误。骑马驰行着下了山，他已经看不见我军和敌军的火光，但是听到法军的叫声更高更清楚了。在山谷中，他看到前面的东西像是河流，但当他走近时，他认出了这是一条道路。上了路，他犹豫不决地勒住了马：顺着道路走呢，还是穿过去，由黑的田野上到山上去呢。顺着雾中明亮的道路走是较为安全，因为辨别路上的人是较为容易。“跟我走!”他说，穿过了道路，开始向山上急奔，向晚间法军哨兵所站的地方奔去。

“大人，这里有敌人!”后边的一个骠骑兵说。

罗斯托夫还没有来得及看清那忽然在雾中出现的黑东西是什么，便有了一道火光，一发射击声，子弹好像抱怨着什么，高高地射入雾中，便听不见了。另一枪没有射出，但药池里冒出了火光。罗斯托夫掉转了马，向回急奔。在不同的时间间隔里，又响了四次枪声，子弹在雾中发出不同的音调。罗斯托夫勒住了马缓步地走着，马和他一样地因为枪声觉得高兴。“好，再放！好，再放!”一个愉快的声音在他心里说。但是枪声没有了。

快要走到巴格拉齐翁的面前时，罗斯托夫又放马奔腾，把手举在帽边，到了他面前。

道高儒考夫仍然坚持自己的意见，以为法军退却了，并且只是为了欺骗我们才散布火光的。

“这是证明什么呢?”在罗斯托夫走到他们面前时，他说，“他们可能是退却了，留下了哨兵。”

“显然他们还没有全走，公爵，”巴格拉齐翁说，“等到明天早晨吧，我们明天就会知道一切了。”

“山上还有步哨，大人，还是在晚间那个地方，”罗斯托夫报告着，向前躬着身子，把手举在帽边敬礼，不肯约制他的由于骑马侦察、尤其是枪声所引起的愉快的微笑。

“很好，很好，”巴格拉齐翁说，“谢谢你，军官先生。”

“大人，”罗斯托夫说，“我可以请求您吗？”

“什么事？”

“我们的骑兵连指定了明天做后备队，请您准许把我调到骑兵第一连里去。”

“姓什么？”

“罗斯托夫伯爵。”

“啊，很好！留在我这里做传令官吧。”

“是伊利亚·安德来伊支的儿子吗？”道高儒考夫问。

但是罗斯托夫没有回答他。

“那么我就指望这样了。大人。”

“我要下命令的。”

“明天，很可能，要派我送信给皇帝，”他想，“谢谢上帝！”

敌军的叫声和火光是因为这个缘故：就是当他们向军队宣读拿破仑的文告的时候，皇帝自己骑着马在巡视露营。兵士们看见了皇帝，点着秸束，喊叫：“Vive l'empereur！［皇帝万岁！］”跟在他后边奔跑。拿破仑的文告如下：

“兵士们！俄军来进攻我们，替奥国乌尔姆的军队复仇。他们就是被你们在号拉不儒恩①击溃的军队，就是被你们从那时候一直追到此地的军队，我们所守的阵地是坚强的，当他们从右翼包抄我时，他们的侧翼就暴露给我了！兵士们！我要亲自指挥你们各营。假使你们凭你们惯有的勇敢，把混乱和失败带给敌人的行伍，我就离开火线，但假使胜利有片刻的怀疑，你们就要看到你们的皇帝去受敌

① 毛注：号拉不儒恩会战即是托尔斯泰所说的射恩格拉本。这两个地方是在一起。

人最初的攻击，因为胜利是一定没有怀疑的，特别是在事关法国步兵荣誉问题的今天，而步兵的荣誉是国家荣誉所不可少的。

不要在抬伤兵的借口之下混乱了行列！要人人充分地抱着这个思想，就是我们一定要打败这些英国的雇工，他们是被那对我国的仇恨所鼓动的。这个胜利将要结束我们的战役，我们可以回到冬季的住处了，在那里我们要会合此刻正在法国组织的新军，那时我要订的和约是对得起我的人民、对得起你们和我自己的。

拿破仑

14

在早晨五点钟的时候天色还完全是黑暗的。中央的部队，后备队和巴格拉齐翁的右翼的军队还没有开动：但左翼上，步、骑、炮兵各纵队已经有了动作，并且开始起身了，他们应该首先从高地上下去攻击法军的右翼，并且按照战斗部署，把敌军赶入保希米亚山中。他们把一切的残余的东西都抛在火里，燎火的烟刺痛了他们的眼。天气又寒冷又黑暗。军官们匆忙地吃茶吃早饭，兵士们吃着干粮，踏着脚步使身上发暖，拥挤在火的四周，把木棚的残余、椅子、桌子、车轮、盆桶、一切多余而不能带走的东西，都抛进了火里。奥国纵队向导们在俄军中走动着，担任了进攻的前驱。奥国军官刚刚走到团长住处的附近，这个团就开始行动了：兵士们跑着离开燎火，把烟斗藏在靴筒里，把行李放在车上，拿了枪，排了队。军官们扣上衣服，挂上军刀和弹囊，一边喊叫着，一边在行列的旁边行走：运输兵和侍从兵们套了马、搬了东西，并且捆绑了车辆。副官们、营长们、团长们上了马，画了十字，向留在后面的运输兵发出最后的命令、指示和差遣，于是成千脚步的单调的声音响动了。各纵队走动了，却不知道是到哪里去，又因为四周的人群、烟气、变浓着的雾，不能看见他们所离开的地方和他们所要去的地方。

兵士在运动中被他的团好像水手被他的船那样地环绕着、限制着、领导着。无论他走多么远，无论他走到多么奇怪的、生疏的、危险的地方，在他四周，时时处处都是同样的伙伴、同样的行列、同样的曹长依凡·米特锐支、同样的连里的狗如其卡、同样的官长，好像在水手四周，时时处处都是他的船上的甲板、樯桅、索缆。兵士很少希望知道他的船所在的地点，但在交战之日，在军队的精神世界里大家听到了一种严厉的声音，上帝知道，这是怎么会有的，是从哪里来的，这声音表示某种有决定性的、严肃的东西就要来到，并且唤起他们的罕有的好奇心。在交战之日，兵士们兴奋地力求知道团的兴趣以外的东西，谛听着、注视着，并且急切地探问他们四周正在发生的是什么。

雾变得那样浓，以致虽然天色发白，却看不见十步以外的东西。矮树好像是巨大的乔木，平地好像是削壁和斜坡。在任何地方，在各方面，都可以碰到十步以外看不见的敌人。但是各纵队在同样的雾里走了很久，下山又上山，经过花园和围垣，走过新的、不知道的地方，没有在任何地方遇到敌人。相反，兵士们知道在前面、在后面、在各方面，我们俄军的各纵队是朝着同一方向在走。每个兵士的心中觉得高兴，因为他知道他所去的地方，就是还有许多许多我们的人所去的不知道的地方。

“你看，库尔斯克的兵走过去了。”行伍中有人说。

“啊哟，好极了，我的弟兄们，我们有那么多的人聚在一起！昨天晚上我看见，一排火光，看不见边。总而言之——就像莫斯科！”

虽然没有纵队指挥官来到行伍间和兵士们说话，（纵队指挥官们，如同我们在军事会议上所看见的那样，都有脾气并且不满意所做的事情，因此，他们只是执行命令，没有关心到鼓励士气）虽然如此，兵士们却像平常去作战、特别是去进攻的时候一样，愉快地走着。

但是，在浓雾中走了约莫一小时，大部分的军队应该停止了，在行列之间传播了一种由于混乱和错误而引起的不快之感。怎样传播了这个感觉，这是极难制定的，但无疑的是，它异常确实地传播了，并且迅速地、不易察觉地、不可制约地流传了，好像山谷里的水一样。假使俄军是单独的，没有同盟军，则也许要很多的时候，这个混乱的感觉，才能变为普遍的感觉，但现在，他们特别满意地、很自然地把混乱的原因归于愚蠢的德国人①，大家都相信，是爱吃香肠的人造成了这个有害的混乱。

“我们为什么停止？阻塞了道路吗？或者我们已经碰见法军了吗？”

“没有，没有听到。不然，就已经开火了。”

“那样地催我们前进，前进了——又毫无意义地站在田野上，都是该死的德国人造成了混乱。这些愚蠢的鬼！”

“我要让他们到前面去。可是，他们要挤在后面。现在我们站在这里挨饿了。”

“哦，我们快要能通过了吗？据说骑兵阻了路。”一个军官说。

“唉，那些该死的德国人，不认识自家的地方，”另一个军官说。

“你们是哪一师的？一个副官骑马来了大声地问。

“十八师的。”

“那么你们为什么在这里？你们早该在前面了，现在你们要到晚上才走得到了。”

“多么愚蠢的命令啊！他们自己也不知道他们在做什么。”军官说过就走开了。

然后一个将军骑马走过，用非俄语愤怒地、大声地说了什么。

“塔发——拉发，他咕噜什么，你辨别不出的，”一个兵说，模拟着骑马走去的将军，“我要枪毙他们，这些坏蛋们！”

“命令我们在九点钟以前到达地所，但是我们还没有走到一半。就是这样好的命令！”各方面重复着。

军队开动时的精力旺盛的心情，开始变为对于愚蠢的指挥以及对于德国人的懊恼与愤怒了。

---

① 毛注：俄国兵认为奥国人和非俄语的人都是德国人。俄语“德国人”有哑巴的意思，哑巴不能说话，所以我们不能了解他。

混乱的原因就是：在奥国骑兵开往我方的左翼时，高级指挥官发现我军中央离右翼太远，命令所有的骑兵向右边调动。几千骑兵在步兵前面调动，步兵不得不等候着。

前面一个奥国纵队向导和一个俄国将军发生了冲突。俄国将军大叫，要求骑兵停止，奥国人说明，这不能怪他，要怪高级指挥官。这时军队站住了，觉得无聊，情绪低落。在一小时的耽搁之后，军队终于又向前移动，开始下山了。雾在山上消散着，在山下边，在军队所要去的地方，还是很浓。前面，在雾里，发出了一个枪声，又发出了一个枪声，起初在不同的时间间隔里不连续地：特拉他……他特，后来便是越来越连续而频繁，于是开始了号德巴赫小河的战斗。

俄军没有估计到在小河下边遇见敌人，却在雾中意外地遇到了敌人，没有听到高级指挥官们鼓励的话，带着散布在军中的时间太迟的感觉，特别是，在浓雾里看不见前面和四周的东西，因此俄军懒懒地、迟缓地向敌人还击，向前进了，又停止下来，没有适时地接到长官们和副官们的命令，而他们在雾中在不熟悉的地方乱走，找不到他们自己的部队。下了山的第一、第二、第三纵队便是这样开始了战斗。第四纵队扎在卜拉村高地，库图索夫自己在这个纵队里。

在下边战事开始的地方还有浓雾：上边明朗了，但是还看不出前面所发生的事情。全部敌军，是如我们所料的，在我们十里之外，还是就在那一带的雾里——在八点钟之前没有人知道，是上午九时。浓雾好像海一样地散布在低地，但是在施拉巴尼兹村，在高地上，在拿破仑被元帅们环绕着所站立的地方，已经完全开朗了。他头上是明亮的蓝天，巨大的日球，好像一个巨大空心的红色浮球一样，在乳白色雾海上摇荡着。不但全部法军，而且拿破仑自己和参谋人员，并不在小河那边，不在索考尔尼兹村和施拉巴尼兹村的低地那边，不在我们企望占据阵地并开始战斗的地区那边，他们却在这边，那样地接近我军，拿破仑可以用肉眼辨别出我军的骑兵和步兵。拿破仑站在元帅们稍前的地方，骑着灰色小阿拉伯马，穿了蓝色军大衣，就是他在意大利战役中所穿过的那件军大衣。他沉默地望着各山冈，它们好像是雾海中浮起来的，俄军正远远地在那些山冈上边移动，他倾听着山谷中的射击声。他的那时还是瘦瘦的脸上，没有一片肌肉颤动，明亮的眼睛不动地注视在一个地方。他的预料证实了。俄军一部分已经下到了山谷里，向池沼和湖那里走去，一部分退出了卜拉村高地，而这里正是他想要攻击并且认为是要害之地的。他在雾里面看见，在卜拉村村庄旁边两山之间的深谷里，俄军各纵队闪亮着刺刀，顺着一个方向，向山谷移动，各纵队先后隐没在雾海中。据他在头天晚间所得到的情报，根据夜间在前哨上所听到的车轮声和脚步声，根据俄军各纵队运动的混乱，根据种种的理由，他明白地看出了联军以为他在前面很远的地方，看出了在卜拉村附近移动的各纵队是俄军的中央，而中央已经充分地被削弱了，不能够顺利地攻击他。但他还是没有开始战斗。

这天是他的纪念日——他的加冕礼的周年纪念日。天亮之前他睡了几小时，他骑了马走到田野上，他健康、愉快、精神充沛并且带着那种快乐的心情，好像一切都是可能的，一切都会成功。他停着不动，望着在雾上边可以看见的高地，他的冷脸上有了那种特殊的、感到自信应得的幸福的神色，就像在恋爱中的幸福少年的脸上所常有的那样。元帅们站在他背后，不敢分散他的注意力。他时而望着卜拉村高地，时而望着从雾中浮出来的太阳。

当太阳完全从雾里升起，把闪耀的光芒洒照在田野和雾上的时候（好像他只是等待着这个来开始战斗），他把手套从美丽的白手上脱下来，用手向元帅们作了暗示，并且下令开始战斗。元帅们偕同副官们向各方面疾驰而去，几分钟后，法军主力迅速地向卜拉村高地开去：俄军正逐渐地撤出了这里，向山谷的左边开去。

15

八点钟库图索夫骑马到卜拉村去，他走在米洛拉道维支第四纵队的前面，这个纵队应该到已经下山的卜尔惹倍涉夫斯基和兰惹隆两纵队的地方去接防。他问候了最前面的一团的将士们，下了前进的命令，借此表示，他想要亲自率领这个纵队。到了卜拉村村庄，他停住了。安德来公爵，在总司令的一大群随从之中，站在他后边。安德来公爵觉得自己兴奋、愤怒同时又有约制又镇静，好像一个人在长久期待的时刻就要来到时那样的。他坚决地相信今天是他的图隆之日或阿尔考拉桥①之日。这件事将如何实现，他不知道，但他坚决地相信这一定会实现的。关于我军的地点和情况，凡是我军中任何人可能知道的，他都知道。他自己的战略计划，显然现在无需想到去执行，已经被他忘记了。现在，已经采用了威以罗特的计划，安德来公爵考虑到各种可能发生的偶然事件，并且作着新的考虑，在这里面可以用到他的考虑敏捷和他的坚决精神。

在左边下方的雾里，可以听到看不见的军队之间的放枪声。安德来公爵觉得会战就要集中在那里，他们就要在那里遇到阻碍，“我将要被派到那里去，”他想，“带一个旅或一个师，在那里，我要手拿着军旗向前走，击碎我前面的一切。”

安德来公爵不能淡漠地望着走过的各营的军旗。望着军旗，他老是想着：也许这就是那个军旗，我要拿着它走在军队的前面。

早晨在高地上，夜雾消失了，浓霜在变露水，在山谷里仍然弥漫着好像乳白的海一样的雾。在这山谷里的左边看不见东西，我军下到那里去了，并且从那里飞来了枪声。在高地之上是深色的明朗的天空，右边是巨大的日球。在前面远方，在雾海彼岸，可以看见高耸的有树木的山冈，敌军大概就在那里，因为在那里可以看见什么东西。右边，禁卫军正进入雾区，响着蹄声和车轮声，有时闪着刺刀的光：左边，在村庄的那边，同样的骑兵团体走过去，隐没在雾海里了。步兵在前面和后面移动着。总司令站在村口，让军队从他身边走过。库图索夫这天早晨显得又困乏又愤怒。从他身边经过的步兵没有命令便停止了，显然是因为前面有什么东西阻止了他们。

“告诉他们，总之，成营纵队绕过村庄，”库图索夫愤怒地向一个骑马而来的将军说，“怎么您不明白，阁下，亲爱的大人，在我们

---

① 毛注：地在凡罗那省，拿破仑于一七九六年败奥军于此。

去攻击敌人的时候，不能够在村庄的窄狭街道里通过的。”

“我提议过，在村庄外边排队的，大人。”将军回答。

库图索夫苦笑了。

“您这很好哇，把前线暴露在敌人的眼前！很好！”

“敌人还很远，大人。按照战斗部署……”

“战斗部署！”库图索夫愤怒地大声地说，“这是谁向您说的？……请您照命令您的去做吧。”

“是了，大人。”

“亲爱的，”聂斯维次基向安德来公爵低声说，“le vieux est d'une humeur de chien. [老家伙是大不高兴。]”

一个穿白军服的，帽上有绿色羽翎的奥国军官骑马跑到库图索夫面前，代表皇帝来问：“第四纵队加入作战了没有？”

库图索夫，没有回答他，转过了身，他的目光偶然地落在他旁边安德来·保尔康斯基公爵的身上。看见了保尔康斯基，库图索夫缓和了目光里愤怒的苛刻的表情，好像是觉得，现在所发生的事情不是他的副官的错。他还是没有回答奥国副官，却向保尔康斯基说：

“Allez voir, mon cher, si la troisième division a dépassé 1e village. Diteslui de s'arrêter et d'attendre mes ordres. [你去看看，我亲爱的，第三师过了村庄没有。叫他们停下来，等我的命令。]”

安德来公爵刚刚出发，他又止住了他。

“Et demandez-lui, si les tirailleurs sont postés, [问问看，射击兵是不是配置好了，]”他补充说，“Ce qu'ils font, ce qu'ils font! [他们在干什么，他们在干什么！]”他向自己低语着，仍旧没有回答奥国军官。

安德来公爵骑马疾驰去执行他的任务。

他赶上了所有的走在前面的各营，止住了第三师，并且确信了在我军各纵队之前确实没有射击兵。前面那个团的团长，因为总司令命令他派出射击兵，很是惊异。团长站住了，充分地相信在他前面还有别的军队，敌人绝不会在十里之内的。确实，在他前面，除了向前斜倾的、罩着浓雾的空地，什么也看不见。用总司令的名义命令他补救疏忽之后，安德来公爵驰马回去了。库图索夫仍然站在原来的地方，他在鞍子上老态龙钟地支着胖身躯，闭了眼，费力地打呵欠。军队不再移动，放下了枪站立着。

“好，好，”他向安德来公爵说，然后转向一个将军，这将军拿了表在手里说，应该是移动的时候了，因为左翼各纵队已经下山了。

“我们还来得及，大人，”库图索夫一面打呵欠一面说，“我们来得及！”他又说。

这时，在库图索夫后面，可以听见远处各团的敬礼声，这声音顺着前进的俄军各纵队的全部展开的阵线而迅速地逼近了。显然是，接受敬礼的那个人骑马走得很快。当库图索夫背后那一团兵士们喊叫时，他向旁边移动了一点，皱了眉回顾了一下。顺卜拉村来的道路上好像有一连穿着各种颜色制服的骑手在驰奔。其中有两个人并排地在其余的人前面疾驰。一个身穿黑军服，头戴白羽翎，骑栗色截尾马，另一个穿白军服，骑黑马。他们是两位皇帝和侍从们。库图索夫，带着在前线的老军人的架势，向站立的军队发令“立正”，于是敬着礼，向皇帝们面前走去。他整个的身姿和态度都忽然改变了。他做出不假思索的唯命是听的下属的样子。他带着做作的恭敬的样子走上前去敬礼，这显然是令亚力山大皇帝不愉快的。

这不快的印象，好像晴空中的残雾一样，只在皇帝的年轻的快乐的脸上闪了一下就没有了。在违和之后，他这天比在奥尔牟兹原野上稍微瘦了一点，保尔康斯基在国外是在奥尔牟兹第一次看见他的，但是在他的美丽的灰眼里仍然有魅力地混合着尊严与温和，在他的薄唇上仍然可以表现各种表情，主要的是善良、天真、年轻的表情。

在奥尔牟兹的检阅中，他似乎较为庄重，而在这里他似乎较为愉快、较有精力。他疾驰了三里，微微地脸红，他勒住了马，安适地叹了口气，回头看了看侍从们的和他一样的年轻而兴奋的脸。恰尔托锐夫斯基，诺佛西操夫，福尔康斯基公爵，斯特罗加诺夫和别人，都是衣服华丽、愉快、年轻的人，骑着美丽的、饲养良好的、生气勃勃的、只微微发汗的马，站在皇帝后边，交谈着、微笑着。

法兰西斯皇帝，一个面色红润的、长脸的青年，挺直地坐在俊美的黑马上，面色忧虑地、从容不迫地环顾四周。他召来一个白衣服的副官，问了他什么。“大概是问他们几点钟出发的，”安德来公爵想着，注视着他的旧相识，带着忍不住的笑容，想起他的觐见。在皇帝们的侍从中有从俄、奥禁卫军和作战部队中遴选出来的年轻的传令官。在他们当中，有马师们牵着沙皇的披着绣花马衣的、俊美的后备马匹。

好像一阵野外新鲜空气忽然从敞开的窗子里吹进了窒息的房间，这群骑马跑来的漂亮的青年也把青春、活力与胜利的信念吹进了库图索夫的不愉快的参谋人员中。

“您为什么不开始呢，米哈伊·伊拉锐诺维支①？”亚力山大皇帝急忙地向库图索夫说，同时恭敬地看了看法兰西斯皇帝。

“我在等待，陛下，”库图索夫回答，恭敬地向前鞠躬着。

皇帝向前侧着耳朵，微微地皱眉，表示他没有听清。

“我在等待，陛下，”库图索夫重复说，（安德来公爵注意到，库图索夫的上唇，在说“我在等待”时，不自然地打颤。）“各纵队还没有全部集合，陛下。”

皇帝听清了，但这个回答显然没有使他满意，他耸了耸弯曲的肩膀，看了看站在附近的诺佛西操夫，好像是用这种目光抱怨库图索夫。

“要晓得，我们不是在皇后检阅场上，米哈伊·伊拉锐诺维支，在那里，部队不到齐了，是不开始检阅的，”皇帝说，又看了看法兰西斯皇帝的眼睛，好像是请他，即使不参加，至少要听听他所说的话，但法兰西斯皇帝继续环顾着，没有听。②

---

① 毛注：这是库图索夫的教名和父名，这样的称呼在俄国，比称姓更为普遍。

② 毛注：库图索夫和亚力山大的谈话是一字不易地从米哈伊洛夫斯基·大尼列夫斯基的著作中摘录的，下节中描写战争的段落也是这样的。托尔斯泰在这里第一次表示米洛拉道维支想要模仿牟拉，这在本书后边还一再提及。

“就是因此我没有开始，陛下，”库图索夫用响亮的声音说，好像预料到他的话可能不被听到，他的脸上有什么东西又颤抖了一下，“我没有开始，陛下，就是因为我们不是在检阅，不在皇后检阅场上，”他清晰地、明白地说。

在皇帝的侍从中，在所有的忽然互相看了看的脸上，流露了埋怨和谴责。“他虽然年老，他却不应该，毫不应该这样地说话，”这些面孔这么表示。

皇帝凝视地注意地看了看库图索夫的眼睛，等着看他是否还要说什么。但是库图索夫那方面，恭敬地低着头，也似乎是在等待着。经过了大约一分钟的沉默。

“可是，陛下，假使陛下有命令，”库图索夫抬起头说，又把语气变为先前笨拙的、不假思索的、唯命是听的将军的语气。

他触动了他的马，召来了纵队指挥官米洛拉道维支，向他下了命令前进。

军队又走动了，诺夫高罗德团的两个营和阿卜涉让团的一个营经过皇帝身边向前面移动了。

当阿卜涉让营走过时，脸色红润的米洛拉道维支，没有穿大衣，穿了军服，佩了勋章，有大花翎的帽子斜戴在头上，帽边向着前后，① 他猛力向前驰奔，并且在皇帝面前突然勒住了马，英武地敬礼。

“上帝保佑你，将军。”皇帝向他说。

“Ma foi：sire，nous ferons ce que qui sera dans notre possibilité，sire［我保证，陛下，我们要去做我们所能做的一切，陛下。］”他愉快地回答，然而他的恶劣的法语发音却引起了皇帝侍从们不少的嘲讽的微笑。

米洛拉道维支迅捷地掉转他的马，停在皇帝后面不远的地方。阿卜涉让的兵士们，因为皇帝的在场而兴奋，踏着英勇的轻快的步

① 这种帽子是两面的，戴在头上时，两面的帽边可以向着前后，也可以向着左右。参看第四卷第四部附注。

伐，走过皇帝们和他们的侍从们面前。

“弟兄们！”米洛拉道维支用高大、自信、愉快的声音呼叫着，显然，射击声，会战的期待，从皇帝身边轻快地走过的苏佛罗夫时代的同事们、英勇的阿卜涉让兵士的样子，使他那么兴奋，以致他忘记了皇帝的在场。“弟兄们，这并不是你们一定会占领的第一个村庄！”他喊叫着。

“我们愿意尽力。”士兵们呼喊。

皇帝的马因为意外的叫声惊骇了一下。这匹马，曾经在俄国的多次检阅中驮过皇帝，现在，在奥斯特理兹田野上也驮着他的主人，忍受着他左腿的无意打击，因为射击声而耸起耳朵，正如同它在彼得堡阅兵场上所做的一样，不明白它所听到的这些枪声的意义，不明白法兰西斯皇帝黑马在旁的意义，也不明白骑在它背上的人这天所说、所想、所感觉的一切东西的意义。

皇帝微笑着，向侍从中的一个人指示着勇敢的阿卜涉让兵士们，向他说了什么。

16

库图索夫由副官们陪着，在步枪骑兵的后边，骑马缓行着。

在纵队的末尾走了半里，他停在一个孤独荒凉的屋子旁边，这屋子大概是一个旅店，在两路口的附近。两条路都通山下边，军队在两条路上走着。

雾开始消散了，大约在两里之外，已经可以模糊地看见对面高地上的敌军。下边左方的射击声更清晰了。库图索夫停住了，和一个奥国将军在谈话。安德来公爵，站在后边一点的地方，望着他们，并且转向一个副官，希望借用他的望远镜。

“看啊，看啊，”这个副官说，他并不是望着远处的军队，却是望着他前面山下的军队，“这是法军！”

两个将军和副官们开始急抓一个望远镜，互相争夺着。所有的面孔都忽然变色了，都显出了恐怖。他们以为法国人在两里之外，但法军却忽然意外地在我们面前出现了。

“这是敌人吗？……不！……但是，您看吧，敌人……一定的。……这是怎么一回事？”各人的声音说。

安德来公爵用肉眼看见下边右方密集的法军纵队向山上阿卜涉让兵迎面而来，离库图索夫站立的地方不过五百步。

“时机到了，决定的关头来到了！我们的任务来到了。”安德来公爵想，然后打了马，走到库图索夫的面前。

“一定要叫阿卜涉让兵停下来，”他大叫着，“大人！”

但是正在这个时候，一切都被烟气遮蔽了，附近发出了射击声，在安德来公爵两步之外一个幼稚的惊惶的声音喊出：“哦，弟兄们，完蛋了！”这声音好像是命令。大家听到了这个声音，都拔步逃跑了。

混乱的、数目逐渐加多的人群，跑回到五分钟之前军队从皇帝身边走过的地方来了。不但要使这个人群停止是困难的，而且要自己不跟着这个人群向回跑也是不可能的。保尔康斯基只是力求不离开他们，他环顾着、迷惑着，不明白他面前所发生的是怎么一回事。聂斯维次基脸红得不同寻常，带着愤怒的神色向库图索夫大声地说，假使他不马上走开，便一定要被俘了。库图索夫站在原来的地方，没有回答，取出了一条手帕。他的腮上流血了。安德来公爵挤到他面前去了。

“您伤了吗？”他问，不能约制下颌的颤抖。

“伤不在这里，却在那里！”库图索夫把手帕按在受伤的腮上，指着奔跑的士兵说。

“止住他们！”他大叫着，同时又大概相信不能够止住他们，便刺马向右边走去。

又有一群拥上前来的逃跑的兵包围了他，带他向回走。

军队那么密集地向回跑，以致一旦卷在这样的人群之中，便难以脱身。有人大叫：“走呀！为什么阻挡我们？”有人在那里转过身向空中放枪；有人打库图索夫所骑的马。库图索夫费了大劲才从人群潮流中向左边走出来，他和少了一半以上的侍从们向附近的炮声那里走去。安德来公爵从逃跑的人群中挤出，力求不要离开库图索夫，看见了山坡烟气中有一个俄国炮兵连还在射击，看见法军向他们冲去。俄国步兵站在稍高的地方，既不前进去协助炮兵，又不随同逃跑的兵向后退。一个将军骑着马离开步兵，来到库图索夫面前。库图索夫的侍从只剩下四个人了。大家都面色发白，无言地面面相觑。

“叫这些坏蛋停住！”库图索夫喘息着，指着逃跑的兵向团长说，但是就在这一瞬间，似乎是对他这句话的谴责，一阵子弹，好像一群鸟雀一样地，嗞嗞地从步兵团和库图索夫的侍从的上边飞过去了。

法军在攻击炮兵连，看见了库图索夫，便向他射击了。随着这排枪声，团长抱他自己的腿了，有几个兵倒下来了，拿军旗站立着的上士放掉了军旗，旗子晃荡了一下，倒下来了，挂在附近几个兵士的枪上。兵士们没有等命令即开始射击。

“呵呵呵嘿！”库图索夫失望地哼着，环顾了一下，“保尔康斯基！”他用他的因为觉得自己年老无力而发抖的声音低低地说。“保尔康斯基，”他指着溃散的一营兵和敌人，低声地说，“这是怎么回事？”

但在他说完这句话之前，安德来公爵已经感觉到自己的喉咙里涌起了羞耻与愤怒之泪，从马上跳下来，向军旗那里跑去。

“弟兄们，前进！”他用儿童般的尖锐声大叫。

“它来了！”安德来公爵想，抓住了旗杆，欢欣地听着显然正是向他射击的子弹嗞嗞声。有几个兵倒下来了。

“乌拉！”安德来公爵大叫了一声，双手费劲地拿着那沉重的军旗，他向前奔跑，无疑地相信全营都要跟着他跑。

果然，他只单独地跑了几步。一个兵动了，另一个兵动了，全营的兵大呼“乌拉！”向前奔跑，并且越过了他。营中的军曹，跑来抓住安德来公爵手中的因为沉重而摇晃的军旗，但他立即被打死了。安德来公爵又抓住军旗，拖着旗杆，和全营的兵一同向前跑。他看见了前面我军的炮兵，其中有的在战斗，有的丢了炮向他迎面跑来：他看见法国步兵在夺炮兵马匹，在掉转大炮。安德来公爵和全营离大炮只隔二十步了。他听到头上不断的子弹嗞嗞声，在他的左右两边，兵士们不停地哼着倒下。但他没有看他们，他只注视着他前面所发生的事，看着炮兵连。他清楚地看见了一个红发的炮兵，戴着打歪了的帽子，拖着炮帚的一端，一个法国兵拖着炮帚的另一端。安德来公爵还清楚地看见了这两个人的慌张而又愤怒的表情，他们显然不明白他们所做的事情。

“他们在做什么？”安德来公爵想，看着他们，“红发的炮兵在没有武器的时候为什么不跑呢？为什么法兵不刺他呢？法国人想起了刺刀并且要刺他的时候，他便来不及跑了。”

果然，另一个法国兵，横拿着枪，跑到在争斗的士兵们面前，红发的炮兵还不明白他要遭遇的事情，胜利地夺回了炮帚，他的命运就要决定了。但安德来公爵没有看到这是怎么结束的。他似乎觉得，附近的兵士中有人举起硬棒猛力地打他的头。这并不很痛，但最糟的就是，这个疼痛分散了他的注意力，使他看不清他所看着的事情。

“这是什么回事？我倒下了吗？我的腿子站不稳了，”他想着，并且仰着跌倒了。他睁开了眼睛，希望看见法国兵和炮兵的斗争是怎么结束的，想要知道红发的炮兵是否被杀死了，大炮是被夺去还是被保全了。但他没有看见任何东西。在他头上，除了天，崇高的天，虽不明朗，然而是高不可测的、有灰云静静地移动着的天，没有别的了。“多么静穆、安宁、严肃呵，完全不像我那样地跑，”安德来公爵想，“不像我们那样地奔跑、喊叫、斗争：完全不像法兵和炮兵那样地带着愤怒惊惶的面孔，互相争夺炮帚，——云在这个崇高无极的天空移动着，完全不像我们那样的哦。为什么我从前没有看过这个崇高的天？我终于发现了它，我是多么幸福啊。是的！除了这个无极的天，一切都是空虚，一切都是欺骗。除了天，什么、什么都没有了。但甚至天也是没有的，除了静穆与安宁，什么也没有。谢谢上帝！……”

17

在巴格拉齐翁的右翼上，战斗在九点钟还未开始。巴格拉齐翁公爵，不愿同意道高儒考夫的开仗的要求，只希望卸却自己的责任，向道高儒考夫提议派人去向总司令请示。巴格拉齐翁知道，由于两翼之间几乎十里的距离，假使派去的人不被打死（打死是很可能的），并且即使他找到了总司令（而这是极难的），他在天晚之前是来不及回转的。

巴格拉齐翁用他的毫无表情的、带着睡意的大眼睛看了看随从们，罗斯托夫的小孩子般的脸，由于兴奋与希望而不禁神色失常，最先映入他的眼帘。他派了他去。

“假使我在遇见总司令之前遇见陛下，怎么办呢，大人?”罗斯托夫说，把手举在帽边。

“您可以报告陛下。”道高儒考夫说，连忙地打断了巴格拉齐翁。

从前哨下班之后，罗斯托夫在天亮之前睡了几小时，他觉得自己愉快、勇敢、果决、动作灵活，相信自己的幸运，并且有这样的心情：觉得一切都似乎是轻易的、愉快的、可能的。

他的全部希望都在这天早晨实现了：有了大会战，他参与了这个会战：此外，他做了最勇敢的将军的传令官：此外，他奉了使命去见库图索夫，也许会见到皇帝本人。早晨天气明朗，他所骑的马是善良的。他的心是高兴而快乐的。接到了命令以后，他放纵了马，顺着阵线急奔。起初他顺着巴格拉齐翁军队的阵线前进，他们还未作战，不动地站立着，然后他走进乌发罗夫骑兵所守的阵地，在这里他已看到了移动，和准备作战的迹象，过了乌发罗夫的骑兵，他便清楚地听到前线枪炮射击的声音。射击声越来越猛烈。

在早晨的新鲜的空气中，已经不像先前那样在不均匀的间隔中发出两三枪声，然后是一二炮声，而是在卜拉村前面的山坡上可以听到排枪射击声，夹杂着那么密的炮弹声，有时几个大炮声彼此分别不清，混合成为一个共同的吼声。

可以看到，斜坡上的枪烟好像互相追赶着在奔跑，炮烟团团地冒起、散开然后又互相混合。由于烟中刺刀的闪光，可以看见运动的步兵团体，和带着绿色弹箱的炮兵的狭窄阵线。

罗斯托夫在小山上把马停了一会，想看看发生了什么事，但是无论他怎样地集中注意，他却什么也不能够了解，他不能够明白所发生的事：烟里面有人在动，有军队的行列在前面和后面移动，但是，为什么？是谁呢？到何处去呢？却不能明白。这种情形和这些声音不仅引不起他任何沮丧或畏怯情绪，且反之，增加了他的毅力和决心。

“哦，再来，再来！”他在心中向这些声音说，又纵马顺着阵线奔驰，向已经作战的军队区域愈进愈深了。

“那里情形将要如何，我不知道，但一切都会很好的！”罗斯托夫想。

经过了奥军的部队，罗斯托夫注意到，这个阵线后边的一部分（这是禁卫军）已经作战了。

“这样更好！我要就近地看看。”他想。

他几乎是顺着前线在走。几个骑马的人向他奔来。他们是我方进攻之后回转的、一群没有秩序的宫廷禁卫矛枪骑兵。罗斯托夫避开了他们，不禁注意到其中之一在流血，然后他又向前奔驰。

“这事与我无关！”他想。

他骑马向前走了不到几百步，便从左边来了一大群骑黑马、穿白色华丽制服的骑兵，他们横越全部的田野，向他对直地驰步而来，要穿过他的路线。罗斯托夫纵马飞腾，以便让开这些骑兵的路线，假使他们还照着原来的步伐前进，他便避开他们了，但他们增加了速度，有几匹马已经在奔跑了。罗斯托夫听到他们的马蹄声和兵器声越来越清晰，看见他们的马、他们的身躯甚至面孔越来越清楚了。这是我们的禁卫骑兵，去进攻向他们迎战的法国骑兵。

禁卫骑兵奔驰着，但仍然约制着他们的马。罗斯托夫已经看见了他们的脸，听见了一个放纵他的纯种的马全力飞腾的军官喊着命令：“进攻，进攻！”罗斯托夫恐怕被撞倒，或者被卷带去攻击法军，尽他的马所能有的力量，顺着前线疾驰，但还是来不及避让他们。

顶边上的禁卫骑兵，一个麻面大汉，看到罗斯托夫在他前面，一定不可避免地要和他相撞，愤怒地皱了皱眉。假使不是罗斯托夫想到把鞭子在禁卫骑兵的马的眼睛前面抽了一下，他一定会把罗斯托夫和他的沙漠浪人撞倒，(罗斯托夫觉得他自己和这些大汉和马匹比较起来是那样渺小而软弱。) 黑色、沉重、高大的马惊了一下，翕贴了耳朵，但麻面的禁卫骑兵用大马刺猛刺马腹，马摆了摆尾巴，伸直了颈子，跑得更快了。禁卫骑兵们刚刚穿过罗斯托夫面前，他已经听到他们的呼喊："乌拉!"他回顾了一下，看见他们的最前列已经和挂红肩章的、外国的，大概是法国的骑兵混在一起了。他不能够再看到什么别的了，因为在这以后，大炮立刻在什么地方开始了射击，一切都被烟气罩住了。

在禁卫骑兵越过了他并消失在烟气中的时候，罗斯托夫迟疑了一下：他要跟他们疾驰呢，还是到他应该去的地方去呢。这就是使法军吃惊的禁卫骑兵的光荣的攻击。罗斯托夫后来听到这件事觉得可怕，——在这群魁梧、漂亮的人当中，在所有的这些灿烂的、骑千金之马的、富有的、年轻的、从他身边疾驰而过的军官和见习官当中，在攻击之后，只剩下了十八个人。

"我何必羡慕他们，我的机会还未失去，我也许马上就可以看到皇帝!"罗斯托夫想，又向前疾驰。

和禁卫步兵平齐时，他注意到炮弹飞过他们头上，落在他们旁边，他注意到这个，与其说是因为他听到炮弹声，毋宁说是因为他看见了兵士们脸上的不安，军官们脸上不自然的、军人的严肃。

在禁卫步兵团的一个行列的后边走过时，他听到了一个声音在呼喊他的名字。

"罗斯托夫!"

"什么?"他回答，没有认出保理斯。

"哦，我们到前线来了! 我们的团进攻了!"保理斯带着第一次上火线的年轻人们所有的那种快乐的笑容说。

罗斯托夫停住了。

"果真吗?"他说，"哦，怎样了?"

"把他们打退了。"保理斯兴奋地说，他变得多话了，"你可以想象得出吗?"

于是保理斯开始说到禁卫军如何进了阵地，看见了前面的军队，以为他们是奥国人，忽然由于这些军队所放出来的炮弹，发觉了他们自己是在前线上，于是不得不意外地加入了战斗。罗斯托夫没有听完保理斯的话，就刺了他的马。

“你到哪里去？”保理斯问。

“送信去给陛下。”

“他来了！”保理斯说，在他听来，罗斯托夫是要见“殿下”，而不是见“陛下”。

于是他向他指示了大公，大公在他们百步之外，戴着盔帽，穿禁卫骑兵的上装，耸起肩膀，皱着眉毛，向穿白衣服的、脸色发白的奥国将军大声叫着什么。

“但这是大公，我要去见总司令或者皇帝！”罗斯托夫说，正要刺他的马。

“伯爵，伯爵！”别尔格叫着，他和保理斯一样兴奋，从另一方面跑来，“伯爵，我右手伤了，”他指着流血的、用手帕包裹的手，“我留在前线。伯爵，我左手拿剑，伯爵，我们封·别尔格全家都是武士。”

别尔格还在说什么，但是罗斯托夫没有听完，就走开了。

经过了禁卫军和一段空地，罗斯托夫为了不再像他在禁卫骑兵攻击时那样地走上前线，便顺着后备队的阵线前进，远远地绕过了枪炮声最激烈的地方。忽然，在前面，在我军的后方，在他绝没有料到会有敌人的地方，他听到了很近的枪声。

“这是怎么回事？”罗斯托夫想。“敌人在我军的后方吗？不可能的！”罗斯托夫想，但忽然感到一种为他自己、为全部战事结果而有的恐怖惊惶。“但是，无论怎样，”他想，“现在已经绕不过去了。我一定要在这里找到总司令，假使一切都毁灭了，我也应该和大家一同毁灭。”

罗斯托夫向卜拉村村庄后边被各兵种所占据的地方走得愈远，他所忽然感觉到的凶兆愈被证实了。

“这是怎么回事？这是怎么回事？向谁在射击？谁在射击？”罗斯托夫问，他遇到了跑着的、横截他的去路的俄、奥兵士的混乱人群。

“鬼晓得他们！把所有的人都杀死了！一切都完了！”逃跑的人群用俄语、德语、捷克语回答他，他们也和他一样不明白那里所发生的事。

“杀死德国人！”有一个人喊叫。

“鬼来抓他们这些奸贼！”

“Zum Henker diese Russen！……［这些该死的俄国人！……］”一个德国人也低语着。

有几个伤兵在路上走。咒骂、呼叫、呻吟，混成了一个共同的嘈杂声。射击声开始低息了，罗斯托夫后来知道，这是俄军和奥军互相射击。

“我的上帝！这是怎么一回事？”罗斯托夫想。“在这里，皇帝可以在任何时候看见他们……但不，这一定只是少数的坏人。这就要完结的，这不是那回事，这是不可能的，”他想，“但愿赶快，赶快走过他们面前！”

失败与逃跑的思想不能够进入罗斯托夫的脑子。虽然在他奉命去寻找总司令的那个地方，正在卜拉村山上，他看见了法国的大炮和军队，他却不能，也不肯相信这个。

18

罗斯托夫奉命在卜拉村村庄附近寻找库图索夫和皇帝。但是，这里不但没有他们，而且没有一个指挥官，只有各种混乱的军队人群。他催策已经疲倦的马，以便赶快越过这些人群，但他愈向前走，人群愈是混乱。在他所走的大路上拥挤着许多篷车，各种轿车，俄国和奥国的、受伤和未受伤的各种兵士。这一切在法国炮兵从卜拉村高地打来的炮弹的凄惨声中嘈杂着，混乱地骚动着。

“皇帝在哪里？库图索夫在哪里？”罗斯托夫问着他所能止住的所有的人，但不能得到任何一个人的回答。

最后，他抓住一个兵的领子，强迫他回答。

“哎！老兄！他们早已向前逃跑了！”那兵回答了罗斯托夫，因为什么而发出笑声，并且挣脱着身子。

丢开了这个显然喝醉了酒的兵，他止住了一个要人的侍从兵或马夫的马，开始盘问这个人。这个侍从兵向罗斯托夫说，皇帝在一小时前被人用马车飞快地从这条路上运走了，说皇帝受了重伤。

“不可能的，”罗斯托夫说，“一定是别人。”

“我亲自看见的，”这个侍从兵带着自信的嘲笑说，“我现在当然认识皇帝了，我在彼得堡，就像看见您这样地，看见过他许多次。他面色苍白地坐在马车里。他们赶着四匹黑马多么快哦！我的天，从我旁边轰轰地走过去的！我当然认识御马和依利亚·依发内支了，我看，依利亚除了替皇帝不会替别人赶车的。”

罗斯托夫放了他的马，想要向前走。一个受伤的军官，从他身边走过，向他说话了。

“喂，您要找谁？”军官问，“总司令吗？他被炮弹打死了，在我们的团前面被炮弹打进胸脯打死的。”

“没有打死，是伤了。”另一个军官更正。

“是谁？库图索夫吗？”罗斯托夫问。

“不是库图索夫，他叫什么，——哦，那都是一样，活的人剩下不多了。您就到那里去，到那个村庄上去，所有的指挥官都聚集在那里，”这个军官指着高斯提拉代克村庄说，然后从他身边走过去了。

罗斯托夫骑马慢步行走，不知道，他现在为了什么并且为了找谁要向前走。皇帝负了伤，战事失败了。现在不能不相信了。罗斯托夫顺了指示给他的，可以远远看见尖塔和教堂的方向走去。他为什么还要着急呢？即使是皇帝和库图索夫还活着没有受伤，他现在要向他们说什么呢？

“走这条路哦，大人，走那条路马上就会被打死的，”一个兵向他大声说，“走那条路要被打死的！”

“嗬！你说什么！”另一个说，“他到哪里去？那条路近一点。”

罗斯托夫思索了一下，正向那个据说他会被打死的方向走去。

“现在反正是一样了：假使皇帝已经打伤了，难道我还要当心自己吗?”他想。他进了那个区域，从卜拉村跑走的人大都就死在那里。法军尚未占领这个区域，而受伤的和活的俄国兵早已离开那里了。在原野上，在每一皆夏其那①的地方倒着十个或十五个打死的受伤的人，好像耕好了的土地上的肥料堆。受伤的人三三两两地爬在一起，可以听到他们的悲惨的、有时在罗斯托夫看来是虚伪的呻吟和喊叫。罗斯托夫放马驰行着，免得看见这些痛苦的人，他觉得害怕。他害怕，不是为了他自己的生命，而是为了他所需要的那种勇气，并且他知道，他没有勇气看到这些不幸的人的景状。

法军已经停止射击这个散布着死尸和伤员的原野，因为这里已经没有好好的活人了，但看到一个从这里骑马走过的副官，又把炮对着他，向他射出几个炮弹。听到这些咝咝的、可怕的声音，看到四周的死尸，这些见闻在罗斯托夫心中合成了一种恐怖与自怜的印象。他想起了母亲最近的信。他想：“假使她看见我现在，在这里，在这个原野上和许多向我射击的炮，她会有怎样的感觉呢?”

在高斯提拉代克村，有从战场上退下来的、虽然混乱但大体上还有秩序的俄军。法军炮弹打不到这里，步枪射击声也很遥远了。这里每个人都已经清楚地知道并且谈到会战失败了。罗斯托夫无论问谁，谁都不能告诉他，皇帝在哪里，库图索夫在哪里。有的说皇帝受伤的消息是正确的，有的说不是的，并且这样地说明这个散布开了的错误的传闻，说，和皇帝侍从中的人来到战场上的宫内大臣托尔斯泰伯爵确实是面色苍白、惊惶万状，坐了皇帝的车子从战场上跑回来了。有一个军官向罗斯托夫说，在村庄后面的左方他看见了一个高级指挥官，于是罗斯托夫骑马到那里去了，他不再希望找到任何人，却只要对自己消除良心的不安了。走了大约三里，经过了最后的俄军，罗斯托夫看见，在掘了壕沟的菜园旁边，有两个骑马的人对着壕沟站立着。一个人的帽上有白羽翎，罗斯托夫觉得有点儿相识：另一个不相识的，骑着美丽的栗色的马（罗斯托夫好像认识这匹马），走到壕沟前，用马刺刺了马，并且放松缰勒，轻轻地

---

① 一皆夏其那即一俄亩，约合一·〇九二五公顷，十七、七八中亩。

从壕沟上跳进了菜园。只有一点泥土被马的后蹄从沟边上踏落下来。他迅速地掉转马头，又跳过壕沟，恭敬地向有白羽翎的骑马的人说话，显然是劝他做同样的行动。那个骑马的人的样子是罗斯托夫觉得相识的，并且因为什么缘故，不禁吸引了罗斯托夫的注意，他的头和手做了拒绝的姿势，由于这个姿势罗斯托夫立刻认出了他所哀怜的、他所崇拜的皇帝。

“但是这不会是他，独自在旷野上的！”罗斯托夫想。这时候，亚力山大转过头来，于是罗斯托夫看见了那么清楚地留在他记忆中的、可爱的容貌。皇帝面色苍白，双腮下瘪，双眼下凹；但他的容貌却更美丽、更温雅。罗斯托夫觉得幸福，确信皇帝受伤的消息是不对的。他觉得幸福，因为他看见了他。他知道他可以、甚至应当一直走到他那里去，向他报告道高儒考夫命他报告的事情。

但是好像一个在恋爱的青年，当那巴望的时刻终于来到并且他单独和他在一起的时候，他发抖了，不能自主了，不敢说出他在许多夜里所梦想要说的话，却惊惶地环顾着，寻找帮助或延宕和逃跑的机会，现在，罗斯托夫得到了他在世界上所最巴望的时机，却不知道如何去接近皇帝，并且他想到了成千的理由：认为这是不方便的，不合体统的，不可能的。

“怎么！我似乎高兴我有了机会利用他的孤独和丧气。在这个悲伤的时候，不相识的面孔也许对他是不愉快而痛苦的，此外，现在单单是看见了他我便心发慌、口发干，我还能够向他说什么呢？”他曾在自己的想象中对皇帝说了无数的言语，现在没有一句能想得起来了。那些话大部分是为了完全不同的情况而说的，那些话大部分是预备在胜利与凯旋时说的，特别是在他受了伤躺在死床上的时候说的，那时候，皇帝感谢他的英勇行为，而他快要死，向皇帝表示他的在行动中得到证明的爱。

“况且，现在已经快是下午四点钟，会战已经失败，我怎能请求皇帝对右翼下命令呢？不，我绝对不应该到他那里去，不应该妨碍他的沉思。宁愿死一千次，也不要受到他的不好的目光、不好的意见，”罗斯托夫下了决心，内心悲伤地失望地乘马走开了，不断地回顾着仍然犹豫地站在那里的皇帝。

当罗斯托夫作着这些考虑并且悲伤地离开皇帝时，封·托尔上尉偶然地来到同一的地方，他看见了皇帝，一直走到他面前，要为他效劳，帮助他步行走过壕沟。皇帝想要休息，并且觉得自己不适，坐在苹果树下，托尔站在他旁边。罗斯托夫在远处又嫉妒又懊悔地看见封·托尔热情地和皇帝说话很久，显然皇帝流了泪，用手蒙了脸，并且握了托尔的手。

“我本是可以处在他的地位上的！”罗斯托夫想到他自己，几乎忍不住他对皇帝的命运的同情之泪，十分绝望地骑马向前走，不知道他现在要向哪里去，为什么要去。

他觉得他自己的软弱是他悲伤的原因，因而他更加感到绝望了。

他本能够……不仅能够，而且他应该走到皇帝那里去。这是他向皇帝表示忠心的独一无二的机会。而他没有利用这个……“我做了什么？”他想。于是他掉转了马，驰回他看见皇帝的地方，但是在壕沟那边现在已经没有人了。只有几辆行李车和马车走过。罗斯托夫从一个车夫口里知道了库图索夫的司令部在附近的村庄里，行李车就是向那里去的。罗斯托夫跟着他们走。

在他前面的是库图索夫的马师，牵着一匹披了马衣的马。在马师后边是一辆行李车，在行李车后边有一个老家奴步行着，他头戴尖帽、身穿羊皮袄、两腿向外弯。

“齐特，啊，齐特！”马师说。

“干吗？”老人漫不经心地回答。

“齐特，你去摩洛齐特！”

“哎，傻瓜，呃！”老人说，愤怒地唾了一口。

不做声地走了一会儿之后，这个笑话又开始了。

在下午五点钟之前，会战在各点上都失败了。有一百多尊大炮落在法军手中了。

卜尔惹倍涉夫斯基和他的军团放下他们的武器了。别的纵队，损失了大约一半的人，成了无秩序的、混乱的人群向后退却。

兰惹隆和道黑图罗夫的残余军队，混合在一起，拥挤在奥盖斯特村附近的池沼的岸上和堤上。

六点钟前，在奥盖斯特堤上只听到法军的激烈的炮击，法军在卜拉村高地的斜坡上设了许多炮位，射击我们撤退的军队。

道黑图罗夫和别人在后卫集合了几个营，向追赶我军的法国骑兵射击。天色渐渐地黑了。在狭窄的奥盖斯特堤上，这许多年来，戴着便帽的老磨工，拿着钓竿，安静地坐在堤上钓鱼，他的孙子，卷起了衬衣袖子，把银色的摆动的鱼放进水罐：在这个堤上，这许多年来，莫拉维亚人们穿着蓝外衣，戴着毛茸茸的帽子，安静地赶着他们的装运小麦的双马车，并且身上沾染了面粉，带着变白的车子，从这个堤上赶过去，——就在这个狭窄的堤上，现在，在运送车和大炮之间，在马蹄之下和车轮之间，麇集了许许多多因为死亡恐怖而面色难看的人，他们互相拥挤着，自己快要死，从将死的人身上踏过，并且互相杀死，只是为了向前走几步而被同样地杀死。

每隔十秒钟，便飞过一颗炮弹，压缩着空气，或是在这密集的人群中，炸开一颗榴弹，炸死人，并且溅了血在附近的人身上。

道洛号夫臂上负了伤，和他的连里（他已经是军官）上十个兵士步行着，他的团长骑着马，他们便是全团里剩下来的人。他们被人群驱迫着，挤进了堤口，面面受挤，停止下来了，因为在前面有一匹马倒在大炮下面，人群在拖这匹马。一颗炮弹打死了他们后边的人，另一颗炮弹落在前面，溅了血在道洛号夫身上。人群拼命地前进，互相拥挤，移动了几步，又停下来了。

“走过这一百步，一定会得救：再站两分钟，一定会死。”每个人都这么想。

道洛号夫站在人群中央，向堤边挤去，撞倒了两个兵，跑到遮了池面的滑溜的冰上。

“走这边！”他喊叫着，在冰上跳着，冰在他下边喳喳响着，“走这边！”他向着拖大炮的人们喊叫，“受得住！……”

冰承受得住他，但动摇着发出喳喳响声，显然是，不用说在大炮或人群的下边，就是在他一个人的下边，冰也快要破裂了。他们望着他并且向岸边拥挤，还不敢走到冰上去。团长骑马站在堤口，向道洛号夫举了手，张了嘴。忽然一颗炮弹那么低低地从人群的头上呼呼地飞过，使得人人都弯了腰。有什么东西扑通一声跌到湿的东西里边去了，这个将军从马上跌到血泊里去了。没有人看一看这个将军，也不想扶他起来。

“到冰上去！从冰上走！走！过去！你没有听见吗！走！”在炮弹打中了将军之后，忽然发出了无数的声音，他们自己也不知道在喊什么，并且为什么在叫。

在后面的一尊要拖到堤上的炮，拖到冰上去了。成群的兵士开始从堤上跑到结冰的池面上。在最前面的一个兵士的脚下，冰冻破裂了，他的一只脚落到水里去了。他想拔出来，却陷到腰了。附近的兵士们退缩了，一个赶炮车的兵止住了他的马，但是在后边仍然听到叫声：“到冰上去，为什么停下来，走，走！”人群中发出了恐怖的叫声。环绕着大炮的兵士们向马挥手并且打马，要它们转身向前走。马匹离开岸上了。步兵脚下的冰冻破了一大块，冰上大约四十个人，有的向前跑，有的向后跑，互相地撞沉水里去了。

炮弹仍旧有规律地响着，打在冰上、水中，而打在挤满堤上、池上、岸上的人群里的最多。

19

安德来·保尔康斯基公爵躺在卜拉村山上，就是他手拿旗杆倒下的地方。他流着血，失了知觉，发着低微的、可怜的、小孩般的呻吟。

傍晚时他停止了呻吟，完全安静了。他不知道他的昏迷经过了多久。忽然他又觉得自己是活着的，感到头部火烧的、撕割的疼痛。

“我直到现在才知道的，今天才看见的那个崇高的天，它在哪里？”这是他的第一个思想。“这种痛苦我也不曾知道过，”他想，“是的，我直到现在，什么、什么也不知道。但我是在哪里？”

他开始倾听，听到临近的马蹄声，和说法语的话声。他睁开了眼睛。在他头上又是那同样的崇高的天和升得更高的浮云，在浮云之间可以看见蔚蓝的天穹。他没有掉转头，也没有看那些从蹄声与话声上判断起来，是骑马来到他面前停下来了的人。

骑马来的人是拿破仑和伴随他的两个副官。拿破仑骑马从战场上走过，下了最后命令，要加强那射击奥盖斯特堤的炮兵，他看着留在战场上的死伤的人。

“De beaux hommes! ［很好的人!］”拿破仑说，望着一个打死的俄国掷弹兵，这兵脸贴地，脖子发黑，肚子向下，远远地伸着一只已经僵硬的手，躺在地上。

“Les munitions des pièces de position sont épuisées sire,［阵地上的炮弹用完了，陛下,］”这时，一个副官从射击奥盖斯特的炮兵那里骑马跑来说。

“Faites avancer celles de la réserve,［到预备队里去取,］”拿破仑说，又走了几步，在安德来公爵面前停住了，安德来公爵仰面躺着，身旁有丢下的旗杆（军旗已经被法军拿去做胜利品了）。

“Voilà une belle mort! ［这是光荣的死!］”拿破仑望着安德来·保尔康斯基说。

安德来公爵明白这是说他的，而且这是拿破仑说的。他听到他们用Sire［陛下］称呼这个说话的人。但是他听到这些话声，好像听到苍蝇的嗡嗡声一样。他不但不对这些话发生兴趣，而且也没有注意，立刻就把他的话忘记了。他的头发烧，他觉得他流血过多，快要死了，他看见了头上遥远的、崇高的、永恒的天。他知道这是拿破仑——是他心目中的英雄，但是这时候，他觉得，拿破仑，和当时在他的内心与那崇高、无极、有飞云的天空之间所发生的东西比较起来，是那么一个渺小、不重要的人。这时候，无论是谁站在他的身边，无论说到他什么，这一切在他都无关紧要了，他只高兴有人站在他身边，他只希望这些人帮助他，使他回生，他觉得生命是那么美好，因为他此刻对生命的了解是全然不同了。他鼓起了全部的力量，想要动弹一下，发出声音。他无力地动了动他的腿，发出自怜的、微弱的、疼痛的呻吟。

“啊！他是活着的,”拿破仑说，“把这个年轻人抬起来，送到裹伤站去!”

他开始倾听，听到临近的马蹄声，和说法语的话声。

说了这话，拿破仑骑马去迎兰恩元帅，他走到皇帝面前，脱了帽子，微笑着庆祝胜利。

安德来公爵记不得别的事情了。由于放上担架、行动时的颠簸、在裹伤站用探针检查伤处所引起的剧痛，他失去了知觉。直到这天傍晚，当他和别的受伤的、被擒的俄国军官被送入医院时，他才恢复了神志。在这次移动中，他觉得自己的神志稍微好了一点，能够旁顾，甚至可以说话了。

他神志清醒时所听见的第一句话，是一个法国运输军官匆促地所说的话：

“应当停在这里，皇帝马上就要经过这里：他欢喜看见这些俘虏先生们。”

“今天有那么多的俘虏，差不多是全部的俄军了，也许他看厌了这些俘虏了。”另一个军官说。

“不见得！这个人，据说，是亚力山大皇帝全部禁卫军的总指挥。”第一个军官说，指着一个穿白色禁卫骑兵制服的受伤的俄国军官。

保尔康斯基认出了来卜宁公爵，他在彼得堡的交际场中遇见过他。在他旁边站着另外一个军官，也是一个受伤的、十九岁的禁卫骑兵军官。

保拿巴特骑马奔来，勒住了马。

“谁是高级官？”看见了俘虏们，他说。

他们提出了上校，来卜宁公爵。

“您是亚力山大皇帝禁卫骑兵团长吗？”拿破仑问。

“我带领骑兵连。”来卜宁回答。

“您的团光荣地尽了职。”拿破仑说。

“伟大统帅的称赞是军人最好的奖赏。”来卜宁说。

“我愿意给您这个奖赏，”拿破仑说，“您旁边的这个年轻人是谁？”

来卜宁公爵说了苏黑切林中尉的名字。

拿破仑看了他一下，微笑着说：

“Il est venu bien jeune se frotter à nous. [他太年轻了，不能够和我们多事的。]”

“年轻是并不妨碍勇敢的。”苏黑切林用不连贯的声音低语着。

“回答得漂亮，”拿破仑说，“年轻人，您前途远大!”

为了排列全部的俘虏，安德来公爵也被抬到前面，送到皇帝的眼前，他不能不引起皇帝对他的注意。拿破仑显然想起了，他在田野上看见过他，他用同样的 jeune homme——年轻人——这个称呼向他说话，在他的记忆中，他第一次也曾这么称呼安德来公爵。

“Et vous，jeune homme? [您呢，年轻人?]”他向他说，“您觉得怎样，mon brave? [我的好汉?]”

虽然五分钟前安德来公爵还能向抬他的兵士们说几句话，他现在却把他的眼睛直视着拿破仑，沉默无言了。……他觉得，和那崇高的、公正的、仁慈的、他所看见的、所了解的天空比较起来，拿破仑所关心的一切兴趣，这时候是那么无关紧要，他心目中的英雄本人以及他的琐屑的虚荣与胜利的喜悦，是那么渺小，——以致他不能回答他了。

和那种严格的、神圣的思想比较起来，一切都显得是那样的无用而不重要，这种思想是由于流血过多而身体虚弱，由于痛苦、由于死亡的接近所引起来的。望着拿破仑的眼睛，安德来公爵想到伟大是无关紧要的，想到生命是无足重轻的，生命的意义是人所不能了解的，他想到死亡是更不足道了，死亡的意义是活人不能够了解、不能够说明的。

皇帝没有等待回答，便转过身，走的时候，向一个长官说：

“要他们注意这些先生们，把他们抬到我的露营里去，让我的拉莱医生看他们的伤。再见，来卜宁公爵。”于是他刺了马，疾驰而去了。

在他的脸上显出自满与快乐的气色。

抬安德来公爵的兵士们，看到并且取走了玛丽亚公爵小姐挂在哥哥身上的金圣像，这时看见了皇帝对俘虏们所表示的善意，又赶快还出了圣像。

安德来公爵没有看到是谁，是怎样替他重新挂上的，但是在军服外边的胸口上忽然出现了细金链上的圣像。

“那就好了，”安德来公爵看了看他妹妹那么热情地、虔敬地为他挂上的圣像，这么想着，“假使一切都像玛丽亚公爵小姐所设想的那么明白而简单，那就好了。要能知道今生在什么地方寻找帮助，死后在那边，在坟墓的那边会遇到什么，那是多么好哦！假使我现在能够说：‘主，可怜我吧！’……我便是多么幸福而安宁呵！但我要向谁说这话呢？是向那个还不明确的、不可了解的、我不但不能称呼而且甚至不能用言语表达的力量——那个伟大的万有或无物，”他向自己说，“还是向这个上帝，就是玛丽亚公爵小姐缝在这个小吉祥袋子里的上帝呢？没有任何东西是确实的，除了我所了解的一切是无关重要的，那不可了解的然而重要的东西是伟大的，此外什么都没有了。”

担架向前移动了。他又在每次的颠簸中感觉到难以忍受的痛苦，烧热更厉害了，他开始昏迷了。关于父亲、妻子、妹妹、未来儿子的幻象，他在会战的前夜所感觉到的柔情，矮小的无足轻重的拿破仑的身材，尤其是，那崇高的天，——这一切是他昏迷幻象的主要根据。

他想起了童山的安静生活和平静的家庭幸福。他正在享受这种幸福的时候，忽然出现了矮小的拿破仑和他的无情的、狭窄的、因为别人不幸而快乐的目光，于是发生了怀疑、痛苦，于是只有天允许给他安宁。黎明的时候，一切的幻象都混乱了，化合成为没有知觉与没有记忆的混乱与黑暗，据拿破仑的医生拉莱的意见，结果大概是死亡而不是复原。

“C'est un sujet nerveux et bilieux，［他是一个神经质的胆汁质的人，］”拉莱说，“Il n'en rechappera pas.［他不得复原了。］”

安德来公爵，和其他的无法挽救的伤员在一起，留下来给当地居民去照顾了。

世界文学名著名译典藏

战争与和平（二）

[俄罗斯] 列夫·托尔斯泰◎著　高植◎译

長江出版傳媒 | 长江文艺出版社

目录

Contents

第二卷

第二卷

Part Two

第一部

1

一八〇六年初，尼考拉·罗斯托夫休假回家。皆尼索夫也要回家到福罗涅示去，罗斯托夫劝他一起到莫斯科去并且住在他家里。皆尼索夫在终点的前一站遇到了一个同事，和他喝了三瓶啤酒，在快到莫斯科时，虽然道路坎坷不平，他却挨着罗斯托夫，躺在驿站雪橇的铺板上沉睡不醒，而罗斯托夫愈接近莫斯科，心情就愈是急切。

“快到了吗？快到了吗？唉，这些街道，小铺，面包招牌，街灯，车辆，多么讨厌！”当他们在城门口检查了休假证，进了莫斯科时，罗斯托夫这么想。

“皆尼索夫，我们到了！他睡着了。”他边说，边把自己的整个身子向前探去，好像他希望用这种姿势来增加雪橇的速度。

皆尼索夫没有作声。

“这里是十字路口的拐角，车夫萨哈尔常常停在这里；这就是萨哈尔，还是那匹马。这就是我们常来买姜饼的小铺子。快到了吗？哎！”

“去哪一家？”车夫问。

“就到这条街尽头的那幢大房子，你怎么没有看见！那是我们的家，”罗斯托夫说，“那就是我们的家！皆尼索夫！皆尼索夫！我们马上就要到了。”

皆尼索夫抬起头，咳了一声，什么也没有回答。

“德米特锐，”罗斯托夫向驾驶台上的听差说，“那就是我们家的灯火吗？”

“正是。您父亲的书房里的灯亮着。”

“他们还没有睡觉吗？啊？你是怎么想的？你千万不要忘记马上就把我的新衣服拿给我。”罗斯托夫说，同时摸摸刚长出来的唇髭。

“哎，快跑呀，”他向车夫大声说，“醒醒吧，发夏。”他向皆尼索夫说，皆尼索夫的头又垂了下来。

“哦，赶快跑，赏你三个卢布酒钱，快跑！”当雪橇离大门口只隔三家时，罗斯托夫大叫着。他似乎觉得，马不在跑动。最后雪橇从右边向大门驶去；罗斯托夫看见了头顶上熟识的、泥灰脱落的飞檐，台阶和人行道上的柱子。雪橇还没有停妥他便跳了下来，跑进门廊。屋子里依然冷清清，显得毫无生气，好像有谁走进来和它毫不相干似的。门廊里没有人。“我的上帝！大家都好吗？”罗斯托夫想，他呆呆地站了一会，立刻又顺门廊和熟识的、弯曲的楼梯向前跑去。门把柄依然如旧，伯爵夫人常常因为它不干净而发怒，门依然轻松地打开了。前厅里点着一支蜡烛。

老米哈益洛睡在大箱子上。出门的跟班卜罗考非，他的力气真大，可以把马车从后边抬起来，他正坐着编草鞋。他看了看打开的门，他原是那么睡意蒙眬，对一切都漠不关心，现在突然变得又惊又喜。

“哎哟，亲爱的！小伯爵！”他认出了小主人，大叫着，“这是怎么回事啊？我亲爱的？”于是卜罗考非激动得发抖，向客厅的门冲去，大概是要去通报，但显然又改变了主意，转过身来低头吻小主人的肩膀。

“都好吗？”罗斯托夫抽出一只手，问道。

“谢谢上帝！谢谢上帝！他们刚刚吃过晚饭！让我看看您吧，

少爷!”

“一切都很好吗?”

“谢谢上帝，谢谢上帝!”

罗斯托夫完全忘记了皆尼索夫，他不愿叫人先去通报，扔掉皮袄，便踮起脚跟跑进黑暗的大厅。那些牌桌和用布套子套住的大烛台都原封未动；但已经有人看见了年轻的主人，他还没有来得及跑进客厅，便有一个人好像暴风一样从旁边的门里直冲出来，抱住他，吻他。第二个第三个人同样地从第二道第三道门里跑出来；又抱他，又吻他，又是叫喊，流下高兴的泪水。他分不清谁是爸爸，谁是娜塔莎，谁是彼恰。大家都同时叫喊、说话、吻他。只有他的母亲不在内——他想起来了。

“我是不知道……尼考卢施卡……我亲爱的!”

“这就是他……我们的……我亲爱的，考利亚……他变了样啦!蜡烛没了！沏茶呀!”

“吻吻我吧!”

“亲爱的……还有我呢。”

索尼亚、娜塔莎、彼恰、安娜·米哈洛芙娜、韦娅和老伯爵都一一同他拥抱；男女仆人挤满了房间，叫喊着，惊叹着。

彼恰抱着他的腿，叫着：“还有我呢!”

娜塔莎让他的头低下一点，吻遍了他的整个面孔，然后从他身边跳开，抓住他上衣的边，像只山羊那样在原地跳跃着，尖声地叫着。

大家那爱怜的眼睛里都闪耀着高兴的泪水，大家都想同他接吻。

索尼亚脸红得像块红布，也抓住他的胳膊，用她那幸福的目光注视着他的眼睛，期待着他的眼睛看她。索尼亚已经过了十六岁，她很美丽，特别是在这个幸福的、欣喜若狂的、活跃的时刻。她微笑着，目不转睛地、屏息凝神地望着他。他感激地瞧了瞧她；但他还在期待着、寻找着什么人。老伯爵夫人还没有出来。但是此刻听到门口的脚步声了。步子走得那么快，不可能是他母亲的脚步。

然而这却是母亲，她穿着他不在家的时候新做的、他没有看见过的衣服。大家放开他，于是他朝母亲走去。当他们走到一起时，她倒在他的怀里号啕大哭起来。她不能抬起头来，只把脸贴在他的上衣的冰冷的饰条上。皆尼索夫悄悄地走进房间，站在那里，一面望着他们，一面拭自己的眼睛。

“发西利·皆尼索夫，您儿子的朋友。”他向伯爵自我介绍地说，伯爵疑问地望着他。

“非常欢迎，我认识，我认识，”伯爵说，跟皆尼索夫又接吻又拥抱，“尼考卢施卡信上写过……娜塔莎、韦娅，这就是皆尼索夫。”

许多同样幸福的、高兴的面孔转向头发蓬乱的皆尼索夫，并且围住了他。

“亲爱的，皆尼索夫！”娜塔莎大叫，欣喜若狂地跑到他面前，又拥抱，又接吻。大家都被娜塔莎的举动弄得局促不安。皆尼索夫也脸红了，微微地笑了笑，抓起娜塔莎的手吻了一下。

皆尼索夫被领进了为他预备的房间，罗斯托夫全家的人都在起居室里聚集在尼考卢施卡的身边。

老伯爵夫人坐在他旁边，一直抓住他的手，不时地吻着；其余的人挤在他们周围，注意着他的每个动作，每句话，每个眼神，并且用欣喜的、爱怜的眼睛盯着他。他的兄弟姊妹们争吵着，互相争夺靠他最近的地方，并且争着替他端茶，拿手巾，取烟斗。

罗斯托夫因为他们对他所表示的亲近觉得很幸福；可是会面的最初时刻是那么幸福，以致他觉得现在的幸福太少了，他还期待着更多、更多、更多的幸福。

第二天早晨，远道回来的人一直睡到将近十点钟。

在外边房间里堆放着军刀、挎包、佩囊、打开的箱子和肮脏的靴子。两双有马刺的、擦干净的靴子刚刚放在墙边。仆人送来了脸盆架、刮胡子的热水和刷干净的衣服。房间里散发出烟草和男人的气味。

“喂，格锐施卡，给我烟斗！”发西卡·皆尼索夫的哑嗓子大叫着，“罗斯托夫，起来吧！”

罗斯托夫揉揉睁不开的眼睛，把毛发蓬乱的头从热乎乎的枕头上抬起来。

“怎么，晚了吗？”

“时间不早了，快十点钟了。”娜塔莎回答说。隔壁房间里传来了浆过的衣服的窸窣声、女孩们的低语声和笑声。在微微打开的门缝里闪过了缎带、黑发、一个个含笑的脸和一样蓝色的东西。这是娜塔莎、索尼亚和彼恰，他们来看看他们起来了没有。

“尼考林卡，起来！”又从门外传来娜塔莎的声音。

“马上就起来。”

这时彼恰在外边房间里看见一把军刀并把它抓起来，高兴得像小孩子看见哥哥从军那样，可是忘了让姊妹们看见未穿好衣服的男人是不合适的，就把门打开了。

“这是你的军刀吗？”他大声说。

姑娘们躲开了。皆尼索夫惊惶地把自己毛茸茸的腿藏进被里，望着他的伙伴求助。彼恰进门后，门又关上了。门外发出了笑声。

“尼考林卡，就穿着睡衣出来吧。”娜塔莎的声音说。

“这是你的军刀吗？”彼恰问，“或许这是您的吧？”他带着讨好的敬意问脸色黝黑的有胡子的皆尼索夫。

罗斯托夫连忙穿了鞋，穿上睡衣走了出去。娜塔莎穿了一只有马刺的靴子，正在穿另一只。当他走出房间的时候，索尼亚在打旋，刚想撒开裙摆蹲下来。她们俩都穿着同样的蓝色的新衣服，显得娇艳、红润、愉快。索尼亚跑开了，而娜塔莎抓住哥哥的手，拉他进了起居室，于是他们开始谈话。他们来不及互相询问成千上万的只有他们俩感兴趣的琐事。娜塔莎在他对自己说每一句话时都发笑，不是因为他们所说的话觉得可笑，而是因为她感到快活，她抑制不住用笑声表现出来的喜悦心情。

“啊，多么好，好极了！”她对一切都这么说。

罗斯托夫觉得，在大家相爱的温暖的感受中，半年来①第一次在

① 原文是一年半。按罗斯托夫是一八〇五年夏从军，一八〇六年初回家，应是半年。

他心中和脸上露出了那种孩子般的笑容，这笑容是他在离家之后从未有过的。

“不，你听着，”她说，“你现在完全是大人了吗？我非常高兴，你是我的哥哥。”她摸了摸他的唇髭，“我想知道，你们男子是什么样的人。是和我们一样吗？是不是呢？”

“为什么索尼亚跑开了？”罗斯托夫问。

“是啊，这说来话长了！你同索尼亚怎么说话呢？称你呢，还是称您呢？①”

“要看情形如何。”罗斯托夫说。

“请你称她‘您’，我以后再向你讲这道理。”

“现在讲又会怎么样呢？”

“好吧，我现在告诉你。你知道，索尼亚是我的好朋友，那样好的朋友，我为她烙了我的臂膀。你看看这里。”她卷起细纱袖子，在又瘦又长的柔软的胳膊上、肩膀下面靠近腋下的地方（这地方连舞衣也能遮住）露出了一块红色的伤疤。

“这是我烙的，为的是向她证明我对她的爱。我不过是把一把尺在火里烧烫了，在这里贴了一下。”

在从前的书房里，罗斯托夫坐在扶手上放着小垫子的沙发上，望着娜塔莎那对灵活、热情的眼睛，他又回到了那种家庭的童年的世界，这世界，除了对他，对别人便没有任何意义，但它给了他一种最大的人生乐趣；而用尺烙胳膊表示爱，在他看来，不是无意义的：他明白这个，也不觉得惊奇。

“就是这些吗？没有别的吗？”他问。

“我们是那么要好，那么要好！用尺烙胳膊是件蠢事；但我们永远是朋友。她爱上了谁，便会永远爱下去；而我不懂得这种爱，再说知道了也马上会忘记的。”

“还有别的呢？”

---

① 称“你”是表示较为亲近和随便的关系；称“您”是较为客气的正式称呼。

“的确，她那么爱我和爱你。”娜塔莎忽然脸红了，“你记得，在你出门以前……她说你要忘记这一切的……她说：我要永远爱他，但我让他自由。真的，这是极好的，高尚的！对不对？是不是很高尚？是吗？”娜塔莎那么严肃地兴奋地问，以致看得出来，她现在所说的话，是她从前含着泪常说的。

罗斯托夫想了一下。

“我决不收回自己的话，”他说，“况且，索尼亚是那样妩媚，要放弃自己的幸福，那不是一个大傻瓜吗？”

“不，不，”娜塔莎大声说，“这件事我和她已经谈过了。我们知道你会这么说的。但这是不行的，因为你明白，假使你这么说——你认为自己受到诺言的约束，那么就好像是她故意这么说了。那么你还是不得不娶她。这根本不是那么回事。”

罗斯托夫看出，这一切是她们深思熟虑过的。索尼亚的美丽昨天晚上已经使他惊讶。今天，他瞥见她一眼，觉得她更加美丽了。她是个十六岁的迷人的姑娘，显然是热烈地爱着他（对于这一点他没有片刻的怀疑）。罗斯托夫想，为什么他现在不爱她，甚至不娶她呢？但……现在他还有那么多别的乐事和兴趣！“是的，她们把这事考虑得很周到，”他想，“我还是要做个自由的人。”

“那好极了，”他说，“我们以后再谈吧。啊，我多么替你高兴哟！”他补充说。“你怎么，对保理斯没有变心吗？”哥哥问。

“真是蠢话！”娜塔莎笑着大声说，“我既没想他，也没想什么人，也不想要认识什么人。”

“哎哟！那么你要干什么呢？”

“我吗？”娜塔莎问，幸福的笑容使她的面色明朗了，“你见过Duport［迪波尔］吗？”

“没有。”

“没有见过著名的舞蹈家迪波尔吗？所以你不明白。我就要做这样的人。”娜塔莎弯着手臂，拉起裙子，好像跳舞时一样，她向一边跑了几步，转了一圈，跳起来两脚拍了一下，并拢脚，然后踮着脚尖，走了几步。

“看我站着！看呀，”她说，但是她用脚尖站不住了，“这就是我所要做的！我决不出嫁，我要做一个舞蹈家。但是不要向人说。”

罗斯托夫那样高声愉快地大笑，以致皆尼索夫在房里感到羡慕，娜塔莎也忍不住，和他一同笑起来了。

“哦，好不好呢？”她还在说。

“好。你已经不想嫁保理斯了吗？”

娜塔莎脸色发红了。

“我谁也不想嫁。我看见了他，要亲自向他这么说。”

“哎呀！”罗斯托夫说。

“这都是废话，”娜塔莎继续说，“皆尼索夫好不好呢？”她问。

“他好。”

“好，再见吧，去穿衣服吧。皆尼索夫，他可怕吗？”

“为什么可怕？”尼考拉问，“不，发西卡是非凡的。”

“你叫他发西卡吗？……奇怪。他是很好吗？”

“很好。”

“好吧，赶快来吃早茶。我们在一起吃。”

娜塔莎站起来，好像女舞蹈家一样地用脚尖走出了房间，但她那样地微笑着，只有幸福的十四岁①的姑娘们才那样微笑的。在客厅里遇见了索尼亚时，罗斯托夫脸红了。他不知道怎样对待她。昨天晚上，在见面的最初的高兴的时候，他们互相接吻，但今天他们觉得不能够这样做了。他觉得，大家连母亲和姐妹们，都疑问地望着他，并且注意着他怎样对待她。他吻她的手时，称她“您——索尼亚”。但是他们的目光交遇时，互相称“你”，并且温柔地互相接吻。她的目光请求他原谅她竟敢由娜塔莎的居间向他提起他的诺言，并且感谢他对她的爱情。他的目光感谢她给他自由，并且向她说，无论怎样，他决不会不爱她的，因为不爱她是不可能的。

“但那是多么奇怪啊，”韦婉趁大家静默的时候说，“索尼亚和尼

① 原文“十五岁”，但一卷一部八章叙写娜塔莎十三岁，索尼亚十五岁，本章前面既说索尼亚是十六岁，则娜塔莎应是十四岁，因为时间只有半年。

考林卡现在互相称呼‘您’，好像陌生人一样了。”

韦媙的话是对的，和她的所有的话一样；但和她的大部分的话一样，这话使大家都觉得不舒服，不仅索尼亚、尼考拉和娜塔莎不自在，而且老伯爵夫人也脸红得好像小姑娘一样，她恐怕儿子对索尼亚的爱情会妨碍儿子的美满的姻缘。

皆尼索夫令罗斯托夫吃惊，穿了新军服，擦了发油，打了香水，在客厅里显得和他在打仗时一样的漂亮，他对于女子和绅士的殷勤是罗斯托夫料想不到的。

2

尼考拉·罗斯托夫从军中回到了莫斯科，被家里的人当作最好的儿子、英雄和一直看不够的尼考卢施卡；被亲戚当作可爱的、可喜的、有礼貌的青年；被朋友当作漂亮的骠骑兵中尉、娴熟的舞蹈家、莫斯科的最好的择配对象之一。

罗斯托夫家的交游遍及全莫斯科；老伯爵今年的钱是充足的，因为所有的田庄都再典押了，所以尼考卢施卡能够很愉快地度日，养了自己的赛跑的马，穿着最时新的、在莫斯科没有人穿过的马裤，最时髦的、头子极尖的、带着小银马刺的靴子。罗斯托夫回到家里，在短时期内适应了旧日生活环境之后，感觉到心情很愉快。他觉得，他已经长得很大并且成人了。经文考试失败时的失望，为了付车费向加夫锐拉借钱，以及索尼亚的偷吻——他想起这一切，好像想起他的无限遥远的童年一样。现在他做了骠骑兵中尉，穿着镶银边的上衣，佩挂兵士的圣·乔治勋章，和著名的、上了年纪的、受人尊敬的骑手们在一起训练他自己的赛跑的马了。他有一个相识的太太住在林荫大道，他晚间去看过她。他在阿尔哈罗夫家跳舞会里领导美最佳舞①，和卡明斯基元帅谈到战事，赴英国俱乐部②，和一个四

① 一种波兰双人舞。

② 毛注：这是莫斯科富人贵族的聚会处，直到一九一七年才终止。在政治上没有大的活动，不过是不满意朝廷的人发表意见的地方而已。

十岁的上校称“你”，这人是皆尼索夫介绍给他的。

在莫斯科他对于皇帝的热情稍微冷淡了，因为他在这个时期没有看见皇帝。但他仍然常常说到皇帝，说到他对皇帝的爱，使人觉得，他并未说出一切，在他对于皇帝的情感里有些地方不是每个人可以了解的；但同时他也全心全意地怀着当时莫斯科一般人士对亚力山大·巴夫诺维支皇帝的崇拜心，当时莫斯科称皇帝为“天使的化身”。

在罗斯托夫回到军队之前，在莫斯科的这次短时逗留中，他没有接近索尼亚，却反而和她疏远。她很美丽、可爱，并且显然是热烈地爱他；但他现在是在青年时期，在这段时期似乎有许多事情要做，以致他没有工夫关心这样的事，并且年轻人怕受束缚——他重视自己的自由，这是他在许多别的事情上所需要的。这次在莫斯科的时候，当他想到了索尼亚，他便对自己说：“唉！将来还有、并且现在也有许多像她这样的女子，她们是在什么地方，我还不认识她们。在我需要的时候，我还有足够的时间想到爱情，但是现在我没有工夫。”此外，他还觉得在妇女团体中有侮辱他的男性尊严的地方。他赴跳舞会，赴妇女团体，他是假装这样做的，是违反自己的意志的。赛马，英国俱乐部，和皆尼索夫的痛饮，到某一个地方去——这是另一回事：这是勇敢的骠骑兵所应做的。

三月初，伊利亚·安德来伊支·罗斯托夫老伯爵忙着筹备在英国俱乐部欢迎巴格拉齐翁公爵的宴会。伯爵穿着宽服在大厅里来回走着，向俱乐部的账房和著名的庖长费克齐斯特吩咐着关于欢迎巴格拉齐翁公爵的宴会上的龙须菜、鲜胡瓜、杨梅、犊肉、鱼等事。从这个俱乐部成立时，伯爵便是会员和理事。俱乐部委托他筹备欢迎巴格拉齐翁的庆祝会，因为能够这样阔绰地、好客地筹备宴会的人很少，特别是因为，假使筹备宴会需要钱的时候，能够并且愿意掏腰包的人是更少。俱乐部的厨子和账房带着愉快的面孔听着伯爵的吩咐，因为他们知道，无论替谁办理数千卢布的宴会，都没有替他办理时那么有利可图。

“要注意，甲鱼汤里要有鸡冠儿，鸡冠儿，你记着！”

“那么冷菜是三道吗？”厨子问。

伯爵想了一下。

“不能再少了，三道……蛋黄酱一道。”他一面说，一面屈着一只手指。

“那么，要用大鲟鱼吗？”账房问。

“怎办呢，就是价钱贵也要用。啊，我的天，我几乎忘记了。我们的酒席一定还要一道别的开席的菜。啊，我的天！”他抓头了，“谁替我去拿花呢？米清卡！啊，米清卡！你骑马赶到莫斯科郊外的田庄去，”他向被他唤来的管家说，“你赶快到莫斯科郊外的田庄去，吩咐花匠马克谢姆卡立刻派家奴们做事。你说，把花房里的东西都搬到这里来，用毡子裹起来。要在星期五搬二百盆到这里来。”

他又发出了其他的各项吩咐，正要到伯爵夫人那里去休息，但他又想起了重要的事，便回转身，叫回厨子和账房，又开始吩咐。门外传来了男子轻微的脚步和马刺的声音，于是英俊的、面色红润的、有黑黑的小胡子的年轻伯爵走了进来，他显然是休息够了，并且在莫斯科的安逸生活中身子保养得很好。

“啊，我的孩子，我的头发昏了，”伯爵说，对儿子微笑着，好像有点儿难为情，“你来帮点儿忙就好啦！我们还要歌手。我们的乐队是有了，茨冈人①歌手要不要呢？你军队里的弟兄们喜欢这个。”

“真的，爸爸，我想巴格拉齐翁公爵准备射恩格拉本会战的时候，还没有您现在这样忙。”儿子微笑着说。

老伯爵装作要发怒的样子。

“好，你会说，你来试试！”于是老伯爵又转向厨子，厨子带着聪明的、恭敬的脸色，注意地亲切地望着父亲和儿子。

“年轻人成个什么样子了，啊，费克齐斯特？”他说，“笑我们老头儿了！”

“是的，大人，他们只要吃好的，但是筹备一切，安排宴席，都不是他们的事了。”

---

① 茨冈人即是吉卜赛人。

“不错，不错！”伯爵大声说，并且愉快地抓住儿子的双手，大声说道，“哦，怎么样，我抓住你了！你马上就坐双马雪橇，到别素号夫伯爵那里去，你说，伊利亚·安德来伊支伯爵派我来借鲜杨梅和鲜凤梨。这是别人那里弄不到的。他自己若不在家，你就进去，向公爵小姐们说，并且你就从那里到杂耍场去，车夫依巴特卡知道，你在那里找茨冈人依牛施卡，他就是那天在奥尔洛夫伯爵家跳舞的那个人，你记得，就是穿白色哥萨克衣服的，你把他带来，带到我这里来。”

“还要把他的茨冈姑娘带到这里来吗?”尼考拉笑着说。

“哦！哦……”

这时，安娜·米哈洛芙娜无声无息地走进来，脸上带着她一向所有的那种又能干又关心的，同时又是基督徒般温顺的神情。虽然每天安娜·米哈洛芙娜看到伯爵穿宽服，但每次他都在她面前发窘，并且为了衣服请她原谅。

“没有关系，伯爵，亲爱的，”她温顺地闭着眼说，“我要去看彼埃尔·别素号夫伯爵，”她说，“小别素号夫到了，伯爵，我们现在要从他的花房里弄到一切。我也需要去看他。他把保理斯的信带给我了。谢谢上帝，保理斯现在做参谋了。”

因为安娜·米哈洛芙娜替他分担了一部分事务，伯爵很高兴，并且吩咐了为她预备小马车。

“您告诉别素号夫，要他来。我要替他定座。他会和妻子一起来吗?”他问。

安娜·米哈洛芙娜抬起眼睛，她的脸上显出了深愁。

“啊，我亲爱的，他很不幸，”她说，“假使我们所听的话是真的，这是可怕的。当我们为他的幸福高兴的时候，我们哪里会想得到！这个年轻的别素号夫，他是那么崇高的天使般的人物！是的，我由衷地可怜他，我要尽我的力量给他安慰。”

“是怎么回事?”罗斯托夫老小同声地问。

安娜·米哈洛芙娜深深地叹了口气。

“道洛号夫，玛丽亚·依发诺芙娜的儿子，”她神秘地低语说，

“据说，完全败坏了她的名誉。彼埃尔照顾他，邀他住在彼得堡他的家里，现在……她到这里来了，那个无赖跟着她，”安娜·米哈洛芙娜说，希望表示她对彼埃尔同情，但在不自觉的语调和似笑非笑中流露了她对无赖——她这么称呼道洛号夫——的同情，“据说，彼埃尔为这件不幸的事伤心极了。”

“哎，但你还是向他说，要他到俱乐部来，会解闷的。这是一个盛大的宴会。”

第二天，三月三日，下午一时许，二百五十名英国俱乐部会员和五十名来宾等候贵宾，奥地利战役的英雄巴格拉齐翁公爵来赴宴。

最初，在接到奥斯特理兹会战的消息时，莫斯科方面迷惑了。那时，俄国人是那么惯于胜利，在接到失败消息时，有些人简直不相信，又有些人寻找某种异常的理由来解释那样奇怪的事件。在英国俱乐部里，聚集了所有的著名的、有可靠消息的、有威信的人，当消息在十二月中开始传来时，他们决不谈到战争和最近的失败，好像大家议定了对这件事保持缄默。领导谈话的人，如拉斯托卜卿伯爵、尤锐·乌拉齐米饶维支·道高儒考夫公爵、发卢耶夫、马尔考夫伯爵、维亚率姆斯基公爵都不在俱乐部里露面，却在他们家中，在他们亲密的小团体里；而随声附和的莫斯科人们（伊利亚·安德来伊支·罗斯托夫属于这一类的人）有个短时期，对于战事没有确定的意见，并且没有领导的人。莫斯科人们觉得有了什么不好的事，而谈论这些坏消息是困难的，因此最好是沉默。但过了一些时候，好像陪审员们走出会议室一样，在俱乐部发表意见的首领们又出现了，说的话又明白而确定了。他们找出了俄军失败这种难以置信的、闻所未闻的、不可能的事件的原因，于是一切都明白了，于是在莫斯科的每个角落里他们开始说着同样的话。这些原因是：奥国人的叛变，低劣的军粮，波兰人卜尔惹倍涉夫斯基和法国人兰惹隆的奸诈，库图索夫的无能和（偷偷地说的）皇帝的年轻与没有经验，他相信无能的、无足轻重的人们。但军队，俄国的军队，他们说，是不寻常的，并且作出了英勇的奇迹。士兵们，军官们，将军们——都是英雄。但英雄中的英雄是巴格拉齐翁公爵，他的荣誉是在于射恩格拉本战事和从奥斯特理兹的撤退，从那里只有他一个人把他的纵队整齐地撤出，并且一整天打退了力量超过自己一倍的敌人。巴格拉齐翁在莫斯科被选为英雄，还有一个原因，就是他和莫斯科方面没有关系，他是外人。他们在他身上表示了他们欢迎一个作战的、简单的、没有背景与阴谋的，却与意大利远征的回忆以及苏佛罗夫的名字有关系的俄国军人。此外，给他这种光荣，是表示不满意、不赞成库图索夫的最好方法。

“假使没有巴格拉齐翁，il faudrait l'inventer.［就应该创造一个这样的人来。］”诙谐家沈升模仿伏尔泰的话说。没有一个人说到库图索夫，有些人低声地责备他，说他是朝廷里的轻浮的人，是个老淫夫。

全莫斯科都重复道高儒考夫公爵的这句话：“做土坯，做土坯，要沾一身泥。”提起过去的胜利，安慰我们的失败，并且重复着拉斯托卜卿伯爵的话，对法国兵要用夸张的话刺激他们去打仗，对德国人要用逻辑的证明，使他们相信逃跑比前进更危险；但对俄国兵只需压制他们，要他们镇静！大家都在不断地谈论着我们士兵们和军官们在奥斯特理兹所表现的若干英勇事迹的新传说。有的救了军旗，有的一手杀死五个法国兵，有的独自装五门大炮的炮弹。不认识别尔格的人说到他，说他右手受了伤，左手拿着刀前进。关于保尔康斯基他们没有说到什么，只有很熟识的人们惋惜他死得这么早，留下了有孕的妻子和脾气古怪的父亲。

3

三月三日，英国俱乐部的每个房间都有谈话的嘈杂声，俱乐部的会员和宾客们，穿着军服和礼服，还有人头发打粉，身穿卡夫丹①，他们好像一群在春天乱飞的蜂子，到处走动着，或坐，或立，或聚，或散。头发打粉的，穿低口鞋、长筒袜和号衣的听差们，站在每道门前，聚精会神地窥视会员与宾客的每一动作，以便随时趋

① 卡夫丹是一种农民长袍。

前侍候。在座大部分的人是年长的受人尊敬的人，都有宽大的自信的面孔，肥胖的手指，坚决的动作和声音。这一类的宾客和会员坐在一定的坐惯的地方，分成一定的惯常的小团体。在座一小部分的人是临时的宾客——多半是年轻人，其中有皆尼索夫、罗斯托夫和道洛号夫；道洛号夫现在又是塞妙诺夫团的军官了。在青年们的脸上，特别是军官们的脸上，有那种对于老人们的又傲慢又尊敬的表情，它似乎是向老辈说："我们准备尊敬并且尊重你们，但是你们还得记住，将来是我们的!"

聂斯维次基是老会员，也在这里。彼埃尔奉妻子的命令留着长头发了，不戴眼镜了，穿了时髦的衣服，却带着忧悒丧气的神情在大厅里走动。在这里和在别处一样，许多崇拜他的财富的人围绕着他，他带着傲视一切的习惯和心不在焉的轻视的态度对待他们。

按年龄，他应该属于年轻的一辈，按财富和关系，他属于年长的贵宾的那一伙，因此他在两方面走来走去。几个最重要的老人成了各团体的中心，甚至不相识的人也恭敬地走来听名人的谈话。几个较大的团体是在拉斯托卜卿伯爵、发卢耶夫和那锐施金的四周形成的。拉斯托卜卿说到俄军如何被逃跑的奥军所挤散，不得不用刺刀为他们自己在逃跑的人群中开辟道路。

发卢耶夫确信地说，乌发罗夫从彼得堡派来调查莫斯科方面对于奥斯特理兹战事的意见。

在第三个团体里，那锐施金说到奥国军事参议院的会议，在会议上苏佛罗夫好像雄鸡一样地大声叫着回答奥国将军们的蠢话。站在那里的沈升想说笑话，说库图索夫显然还不能从苏佛罗夫身上学会这种不难的本领——叫得像雄鸡一样；但老人们严厉地看了看这个说笑话的人，使他觉得，今天这里连说到库图索夫也是不相宜的。

伊利亚·安德来伊支·罗斯托夫伯爵穿着软靴，焦虑地、忙碌地在餐厅与客厅之间来往着，匆匆地、完全同样地招呼着他所全部认识的、重要的与不重要的人，有时他的眼睛寻找着他的体格匀称的、年轻的儿子，高兴地把目光落在他的身上，向他眏眼。小罗斯托夫和道洛号夫站在窗前，他认识道洛号夫才不久，却很看重他的友谊。老伯爵走到他们面前，和道洛号夫握手。

“请到舍下来玩，你认识我的勇敢的孩子……一同在那里，一同做英雄事业……啊！发西利·依格那齐支……你好，老先生。”他转向走过身边的老人说，但是还不及寒暄完毕，大家都骚动了，一个跑进来的听差，带着惊惶的面色报告：“到了！”

响起了铃声，理事们赶上前去了。散在各房的宾客，好像锹上抖下来的黑麦，挤成一堆，停在大客厅里，在正厅的门前。

巴格拉齐翁在过道的门口出现了，没有戴帽子，没有挂佩刀，按照俱乐部的习惯，都交给司阍了。他没有戴羊皮帽，也没有鞭子搭在肩头，像罗斯托夫在奥斯特理兹会战的前夜所见的那样，却穿着瘦小的新军服，佩了俄国和外国勋章，左边胸前佩着圣·乔治星章。他显然是正在赴宴之前剪了头发，修了胡须，这反而损害了他的面貌。他脸上有一种单纯的节庆的神色，这连同他的坚决、英武的容貌，甚至使他脸上有了几分喜剧的表情。和他同来的别克列邵夫和费道尔·彼得罗维支·乌发罗夫停在接待室的门口，让他这个主要的客人走在他们前面。巴格拉齐翁局促了一下，不要他们向他敬礼；他们在门口耽搁了一下，但巴格拉齐翁终于走在前。他羞涩地、不自然地走在接待室的嵌木地板上，不知道把他的双手放在哪里是好；要他在火线上的田野里行走，如同他在射恩格拉本在库尔斯克团的前面那样地行走，他倒觉得更习惯、更容易些。理事们在正厅的第一道门前迎接他，向他说了几句话，说他们看到这样高贵的客人，是多么高兴，并且好像被他吸引了一样，不等他回答，便围了上去，领他进了大客厅。客厅的门口，由于会员与宾客拥挤，是无法通过的，他们互相拥挤，并且都力求从别人肩头上望见巴格拉齐翁，好像是看稀有的野兽一样。伊利亚·安德来伊支伯爵比大家更起劲，他笑着说：“请让一让，亲爱的，请让一让，请让一让。”一面推开人群，领客人们进了客厅，让他们坐到当中的沙发上。要人们、最尊贵的会员们，围住了新来的客人们。伊利亚·安德来伊支伯爵又在人群中推开道路，走出客厅，过了一会儿又拿了一个大银盘子和另一个理事一同出现了，他把这个银盘子送到巴格拉齐翁公爵面前。盘子上放了一首印成的颂扬英雄的诗。巴格拉齐翁看见了盘子，惊惶地回顾了一下，好像是在求助。但所有的眼睛都要求他接受。巴格拉齐翁觉得自己是在他们的支配之下，坚决地用双手接了盘子，并且愤怒地谴责地望着送盘子给他的伯爵。有人殷勤地拿开巴格拉齐翁手中的盘子（好像不然他便会这样一直拿到晚上，这样端着走上餐桌）并要他注意这首诗。巴格拉齐翁好像是说："好，我来读。"把疲倦的眼睛注视着纸，带着精神专注的严肃的面色，开始阅读。作诗的人拿了这首诗，诵读起来了。巴格拉齐翁公爵低下头听着①。

你带光荣给亚力山大皇朝，
保护我们的皇帝安居皇宫，
你是个可怕的指挥，善良的人士，
国家的栋梁，战场上的英雄。
连侥幸的拿破勒翁②
凭经验认识了巴格拉齐翁，
不敢再扰乱伟大的俄国人……

但他还没有读完诗句，声音洪亮的管家便喊叫着："酒席准备好了！"门开了，餐厅里响亮地送出波兰曲的音调："发出了胜利的吼声，勇敢的俄国人欢腾。"于是伊利亚·安德来伊支愤怒地看了看还在读诗的作者，便向巴格拉齐翁鞠躬。大家站起来了，都觉得宴会比诗更重要，于是巴格拉齐翁又在别人之前走到餐桌前。巴格拉齐翁坐在首座上，在两个同名的亚力山大——别克列邵夫与那锐施金——之间，这么做的意义是暗示皇帝的名字。三百个人按照官衔与地位在餐厅里坐下了，愈重要的人愈靠近主要的客人。这就像哪里的地势愈低，哪里的水愈深一样地自然。

① 毛注：这里的诗是用很坏的俄文作的。

② 乃拿破仑原文之音，因此句与下句押韵，故译如此。

快要开席的时候，伊利亚·安德来伊支把他的儿子介绍给了公爵。巴格拉齐翁认出了他，说了几句不连贯的、不自如的话，正如同他这天说的所有话一样。当巴格拉齐翁公爵和他的儿子说话时，伊利亚·安德来伊支伯爵高兴地、骄傲地打量着所有的人。

尼考拉·罗斯托夫、皆尼索夫和新相识的道洛号夫几乎是一同坐在桌子的当中。彼埃尔和聂斯维次基公爵并排坐在他们对面。伊利亚·安德来伊支伯爵和别的理事们，坐在巴格拉齐翁的对面，他招待公爵，把他自己作为莫斯科盛意的化身。

他的努力没有白费。他主办的酒席和挑选的瘦肉、菜肴都是精美的，但直到席终他才完全放心。他向司膳睐眼，低声吩咐侍从，并且有些兴奋地等着每一道他所知道的菜。一切都好极了。在上第二道菜大鲟鱼时（看到这个，伊利亚·安德来伊支因为高兴和羞涩而脸红了），听差们开始拔出瓶塞，斟香槟酒。在这道给人相当好感的菜之后，伊利亚·安德来伊支伯爵和别的理事们交换了目光。“还有许多干杯，这才刚开始！”他低声说，拿了杯子，站起来。大家沉默着，等着他要说的话。

“祝我主皇帝健康！”他大声呼叫，同时他的善良的眼睛被高兴与狂喜的泪水浸湿了。同时乐队奏出：“发出胜利的吼声。”大家都从位子上站起来，大呼“乌拉”，巴格拉齐翁也用他在射恩格拉本战场上同样的声音大呼“乌拉”，年轻的罗斯托夫的狂喜的声音在三百人的声音中叫得最高。他几乎要流泪了。“祝我主皇帝健康，”他大吼着，“乌拉！”他一口气干了杯，就把杯子抛到地上去了。许多人仿效他。高声的喊叫持续了很久。叫声停止时，侍从们捡起了破碎的玻璃杯，大家又开始坐下来，一面对于他们自己的叫声微笑着，一面交谈着。伊利亚·安德来伊支又站起来，看了看他的碟子旁的字条，提议干杯祝我们上次战争中的英雄彼得·依发诺维支·巴格拉齐翁身体健康，伯爵的蓝眼睛又被泪水浸湿了。三百个声音又大呼“乌拉”，而代替音乐的是唱歌班唱出巴佛尔·依发诺维支·库图索夫①的颂诗：

对俄国人的妨碍都是空，
勇敢是胜利的保证，
我们有巴格拉齐翁，
把一切敌人都踏在脚跟……

唱歌班刚唱完，便是接连不停的干杯，这使得伊利亚·安德来伊支伯爵越来越受感动，并且大家砸碎了更多的酒杯，呼声叫得更高了。他们干杯祝别克列邵夫、那锐施金、乌发罗夫、道高儒考夫、阿卜拉克生、发卢耶夫健康，祝理事们健康，祝主持人健康，祝全体会员健康，祝全体来宾健康，最后单独干杯祝宴会筹备人伊利亚·安德来伊支伯爵健康。在这次干杯时，伯爵掏出手帕，蒙了脸，大哭起来了。

4

彼埃尔坐在道洛号夫和尼考拉·罗斯托夫的对面。他像平常一样，贪馋地吃了很多，喝了很多。但那些和他熟识的人，看出他今天有了很大的变化。他在整个宴会的时间里沉默着，并且眯眼皱眉，环顾四周，或者眼睛呆滞不动，显出完全心不在焉的样子，用手指拭鼻梁。他的脸色沮丧而忧悒。他似乎没有看见、没有听到身边所发生的任何事情，却在想着一件痛苦而未能解决的问题。

这个未解决的、使他苦恼的问题——是他的表姐，在莫斯科的公爵小姐透露了道洛号夫和他的妻子的亲密关系，今天早晨他又接到一封匿名信，这信带着一切匿名信所共有的下流的嘲讽，说他戴着眼镜却看不见东西，说他的妻子和道洛号夫的关系只对他一个人才是秘密。彼埃尔绝对不相信公爵小姐的暗示和那封匿名信，但他现在怕看见坐在对面的道洛号夫。每次，当他的目光和道洛号夫的

① 毛注：这是一个诗人，不是那位将军。

美丽傲慢的眼睛偶然相遇时，彼埃尔便觉得，他的心中升起了一种可怖的丑恶的东西，于是他赶快地转过了头。彼埃尔不觉地想起了他的妻子过去的一切和她同道洛号夫的关系，他知道得很清楚，假使这件事和他的妻子无关，则信中所说的兴许是真的，至少兴许似乎是真的。彼埃尔不禁想起了，战后复职的道洛号夫回到彼得堡并且去看他。道洛号夫利用他和彼埃尔酒肉朋友的关系，一直来到他的家里，彼埃尔留他住下，借钱给他。彼埃尔想起了，爱仑微笑着表示她不满意道洛号夫住在他们家里，道洛号夫厚颜无耻地向他称赞他妻子的美丽，以及他从那时直到他来到莫斯科，没有片刻离开他们。

“是的，他很漂亮，”彼埃尔想，“我知道他。他所特别乐意的事。就是侮辱我的名誉、嘲笑我，正因为我为他出力，照顾他，帮助他。我知道，我懂得，在他看来，这件事对他的欺骗增加了什么样的意味，假使这是真的。是的，假使这是真的；但我不相信，我没有权利相信，并且不能相信。”他想起道洛号夫在残忍无情时的面部表情，例如，他把警察和熊绑在一起抛入水中的时候，或者在他无故地向人挑斗的时候，或者在他用枪打死驿差的马的时候。当他望道洛号夫的时候，这种表情常常出现在道洛号夫的脸上。“是的，他是一个暴徒，”彼埃尔想，“杀人在他看来是不算一回事的，他一定觉得大家怕他，他一定欢喜这样。他一定以为我也怕他。”彼埃尔想，“确实我怕他，”在产生这些思想时，他又觉得，他的心中升起了一种可怕的、丑恶的东西。道洛号夫、皆尼索夫和罗斯托夫此刻坐在彼埃尔的对面，似乎很愉快。罗斯托夫愉快地和他的两个朋友——一个是雄壮的骠骑兵，一个是著名的莽汉和无赖——交谈，并偶尔嘲笑地望望彼埃尔，在这个宴会上，他的心事重重的、精神涣散的、体格魁梧的样子是令人吃惊的。罗斯托夫恶意地望着彼埃尔，第一，因为在他骠骑兵的目光中，彼埃尔是一个非军人的富翁，美人的丈夫，总之，像是一个老太婆；第二，因为彼埃尔在心事重重、精神涣散时没有认出罗斯托夫，没有回答他的敬礼。当他们开始干杯祝皇帝健康时，彼埃尔沉思着没有站起来，没有举杯。

"您怎么啦?"罗斯托夫向他大声地说，用狂喜而愤怒的眼睛望着他。"难道您没有听到：祝我主皇帝健康吗?"

彼埃尔叹了口气，顺从地站起来，干了杯，等到大家坐下时，他带着善良的笑容对着罗斯托夫。

"啊，我没有认出您。"他说。

但罗斯托夫没有工夫注意到这个，他在大呼"乌拉"。

"你为什么不睬他呢?"道洛号夫向罗斯托夫说。

"他那家伙，傻瓜。"罗斯托夫说。

"我们应该巴结美人们的丈夫。"皆尼索夫说。

彼埃尔没有听到他们在说什么，但是知道他们是说他。他脸红了，掉转了头。

"哦，现在祝美人们健康。"道洛号夫说，他带着严肃的表情，但在嘴边上带着笑容，拿着酒杯转向彼埃尔。

"祝美人们健康，彼得路沙，祝她们的情人们健康。"他说。

彼埃尔垂下了眼睛，喝了杯里的酒，没有望道洛号夫，也没有回答他。仆人分发库图索夫的颂诗，放了一张在彼埃尔面前，把他当作较为尊贵的来宾。他正要接过来，但是道洛号夫把身子从桌上探过来，从他手里夺了过去，开始阅读。彼埃尔瞥了瞥道洛号夫，他的眼睛又垂了下来：那可怕的、丑恶的、在整个宴会的时间里使他苦恼的东西，升了起来，支配了他。他把整个肥胖、高大的身躯从桌上探过去，大喊着：

"您怎敢拿!"

聂斯维次基和右边邻座的人，听到这个叫声，看出是对谁发的，都惊惶地连忙望着别素号夫。

"算了吧，算了吧，您在干什么?"许多人惊惶地低低地说。道洛号夫用明亮、愉快、严厉的眼睛望了望彼埃尔，并且带着那样的笑容，好像是说："我就喜欢这样。"

"我不给。"他清晰地说。

彼埃尔脸色发白，嘴唇打战，夺回了这张纸。

"您……您……流氓……我要和您决斗。"他说，然后推开了椅子，在桌旁站起来了。

在彼埃尔做出这样的举动，说出这句话的俄顷之间，他觉得，这一昼夜使他苦恼的、关于妻子罪状的问题，是最后地、无疑地、肯定地解决了。他恨她，并且永远地和她破裂了。虽然皆尼索夫劝罗斯托夫莫干预这件事，罗斯托夫却同意了做道洛号夫的监场人，饭后同彼埃尔的监场人聂斯维次基谈判决斗的条件。彼埃尔回了家，而罗斯托夫、道洛号夫及皆尼索夫在俱乐部里听茨冈人和其他歌手唱歌，一直待到深夜。

“明天在索考尔尼基再见。”道洛号夫和罗斯托夫在俱乐部台阶上分手时说。

“你心里镇静吗？”罗斯托夫问。

道洛号夫站住了。

“你知道，我要用两句话向你说明决斗的全部秘密。假使你去决斗，你就写遗嘱，给父母写一封信，假使你想到你会被打死，你便是一个傻瓜，并且一定要失败；可是你去决斗，你带着尽可能迅速而准确地杀死对手的决心，那么一切都好了。像我们考斯特罗马的猎熊的人向我说的，他说：‘谁不怕熊呢。但你看见了一只熊，恐惧就没有了，但愿熊不要逃走了！’我也就是这样的。A demain，mon cher！［明天见，亲爱的！］”

第二天上午八时，彼埃尔和聂斯维次基来到索考尔尼基森林，看到道洛号夫、皆尼索夫和罗斯托夫已经到了。彼埃尔的神情好像是在专心地考虑着一些和目前事件毫无关系的事情。他的憔悴的脸发黄，他显然这天夜里没有睡。他精神涣散地环顾着，并且好像是由于炫目的太阳，眯着眼睛。他所考虑的两件事情完全吸引了他的注意：一件是他妻子的罪过，经过无眠的一夜，对于这个已经没有丝毫怀疑了，一件是道洛号夫的无罪，道洛号夫没有任何理由要尊重一个与他无关的人的荣誉。“也许我处在他的地位上，我会做同样的事情，”彼埃尔想，“甚至确实我会做同样的事情；那么为什么要有这个决斗，这个屠杀呢？或者我打死他，或者他打中我的头、我的肘、我的膝盖。从这里走开，逃跑，把我自己藏匿到什么地方去吧!”这念头来到了他的心里。但正当他产生这些念头的时候，他带着特别镇静的、心不在焉的、引起旁观者的尊敬的神情，问道:“快了吗?准备好了吗?”

当一切都准备完毕，剑都插在雪地里作为双方界限，手枪已经实弹的时候，聂斯维次基走到了彼埃尔面前。

“伯爵,”他用畏怯的声音说，“假使我在这个重要的时候，很重要的时候，我不向您说出全部的事实，我便是没有尽我的责任，辜负您选我做监场人时您对我的信任和尊敬了。我以为这件事没有充分的理由，不值得为这件事流血……您是不对的，您火气太大了……”

“啊，是的，非常愚蠢……”彼埃尔说。

“那么请您让我转达您的歉意，我相信我们的对手会愿意接受您的道歉,”聂斯维次基说（他好像别的参与这事的人一样，好像此类事件中所有的人一样，不相信事情已经到了真正决斗的时候),“伯爵，您知道，承认自己的错，较之把事情弄到不可收拾的地步，是远为高尚的。双方都不伤体面。让我去说……”

“不行，还有什么说的呢!”彼埃尔说，“反正一样……那么，准备好了吗?”他补充说，“您只要向我说，向哪里走，向哪里射击。”他说，不自然地温和地微笑着。

他拿起手枪，开始询问射击的方法，因为他从来不曾拿过枪，但他不愿承认这件事。“啊，对了，我知道，我不过是忘记了。”他说。

“说不上道歉，什么都谈不到。”道洛号夫向皆尼索夫说，皆尼索夫在那方面也作了和解的尝试，道洛号夫也走到了指定的地点。

决斗的地点选定在停雪橇的道路八十步以外的地方，在松林中一小块空地上，地面上遮盖着因为数日来的解冻而在融化的雪。对手们站在空地的边际，彼此相隔四十步。监场人们量着步子，在又湿又深的雪地上踏着，留下足迹，从他们所站的地方，走到聂斯维次基与皆尼索夫的两把剑插得相隔十步表示界限的地方。是化雪的天气，还有雾；在四十步以外便什么也看不见了。三分钟内一切都准备好了，但他们仍然拖延不动。大家都沉默着。

5

“哎，开始吧！”道洛号夫说。

“好。”彼埃尔说，仍然微笑着。

情形是可怕的。显然是，这件事开始得那么轻率，已经无法挽回了，这件事自动地进行着，已非人们的意志可以控制，并且一定要做下去的。皆尼索夫最先走到界限那里，宣布：

“因为对手们拒绝和解，那么就请开始吧！拿手枪，听到‘三’就动步。”

“一！……二！三！……”皆尼索夫愤怒地大叫之后，走到边上去了。

两人在踩出来的道路上走着，越走越近，在雾中彼此相认着。对手们走到界限那里，谁愿开枪，就有权利开枪。道洛号夫走得很慢，没有举起手枪，把明亮发光的蓝眼睛注视着对手的脸。他的嘴像平常一样，带着类似微笑的表情。

“我想要开枪，就能开枪了。”彼埃尔说。听到三，他快步地走上前，越出了道路，踏到完好的雪地上。彼埃尔拿着手枪，向前伸出右手，显然是怕用这支手枪打死自己。他小心地把左手放到后边，因为他想用它支持右手，但他知道这是不行的。彼埃尔走了六步，从路上走到雪地上，看了看脚下，又迅速地看了看道洛号夫，并且如他所学的，弯了手指，开了枪。彼埃尔绝没有料到这样大的响声，他因为自己的射击颤抖了一下，然后又对自己的这种感觉微笑了一下，便站住了。因为雾气而特别浓厚的硝烟，在最初片刻，遮住了他的视线；但他所期待的另一枪声却没有发出。只听到道洛号夫的急速的脚步声，在烟气中出现了他的身影。他一手叉着左腰，一手抓着下垂的手枪。他的脸发白。罗斯托夫跑到他面前，向他说了什么。

“不……不，”道洛号夫从牙齿缝里说，“不，没有完。”又踉踉跄跄地、摇摆不定地走了几步，走到剑那里，倒在剑旁的雪地上。

他的左手上有血，他在衣服上把左手擦了一下，便用左手支持着他自己。他的脸发白，皱着眉，打战了。

“请……”道洛号夫开始说，但他不能一下说出来，“请吧。”他费力地说。

彼埃尔不忍看到他的啜泣，向道洛号夫跑去，想要越过界限之间的那块空地，但是道洛号夫大叫：“回到界限那里去！”于是彼埃尔明白了是怎么回事，在自己的剑那里停住了。他们只相隔十步。道洛号夫把头垂到雪地上，贪婪地咬雪，又抬起头，纠正了姿势，缩起了腿坐着，寻找着稳定的重心。他吞进了一口冷雪，含在嘴里；他的嘴唇发抖，但仍然微笑着；他的眼睛在他鼓起最后气力时愤怒地费力地闪耀着。他举起手枪，开始瞄准。

“到边上去，用手枪掩护您自己。”聂斯维次基说。

“掩护您自己！”连皆尼索夫也不能克制，向对方大声说。

彼埃尔带着同情与懊悔的温和微笑，无能为力地伸开臂和腿，把他的宽胸脯正对道洛号夫站立着，悲伤地望着他。皆尼索夫、罗斯托夫和聂斯维次基眯了眼。同时他们听到了枪声和道洛号夫的怒吼。

“偏了！”道洛号夫叫着，脸向下无力地躺在雪地上。

彼埃尔抱了头，转过身，走进树林，走在很深的雪地上，并且大声地说着不可理解的话。

“蠢……蠢！死……谎……”他皱着眉重复着。

聂斯维次基叫他站住，送他回家去了。

罗斯托夫和皆尼索夫送走了受伤的道洛号夫。

道洛号夫沉默着，眼闭着，躺在雪橇上，人问他什么，他概不回答；但是进了莫斯科以后，他忽然清醒了，并且困难地抬起头来，拉住坐在身旁的罗斯托夫的手。道洛号夫脸上完全改变的和突然流露出的兴奋温柔的表情令罗斯托夫诧异了。

“怎样？你觉得怎样？”罗斯托夫问。

“不好受！但问题并不在这里。我的朋友，”道洛号夫用断续的声音说，“我们在哪里？我们在莫斯科，我知道。我没有关系，但我害死了她，害死了……这件事她受不了。她受不了……”

“谁呀？”罗斯托夫问。

“我的母亲。我的母亲，我的天使，我所崇拜的天使，母亲。”道洛号夫紧握着罗斯托夫的手，流泪了。

当他稍为镇静时，他向罗斯托夫说明，他和母亲住在一起，假使他母亲看见他要死，她是忍受不了的。他求罗斯托夫到他母亲那里去，使她有所准备。

罗斯托夫先去执行了这个任务，令他大大惊异的，是他知道了道洛号夫，这个暴徒莽夫道洛号夫，在莫斯科是和老母及驼背的姐姐住在一起的，而且竟是最温情的儿子和兄弟。

6

彼埃尔近来很少和妻子单独见面。在他们的彼得堡和莫斯科的家里经常是宾客满座。在决斗之后的夜晚，像他惯常的那样，他没有回卧室，却留在他父亲的大书房里，别素号夫伯爵就是在这里逝世的。

他躺在沙发上，想要睡觉，以便忘掉他所经历的一切事情，但是他办不到。他的心中，突然出现了那样的一阵情绪、思想和回忆，使他不但不能睡觉，而且不能坐着不动，并且不得不从沙发上跳起来，在房中快步地走来走去。他时而想象着她在新婚后的样子，她的袒露的肩膀和疲倦、热情的目光，但立刻又想象着她身旁道洛号夫的英俊、傲慢、坚决、嘲讽的，像在宴会上所看见的那副面孔，然后又是道洛号夫的那副苍白、发抖、痛苦的，像他转过身来跌倒在雪地上时的那副面孔。

“发生了什么呢？”他问自己，“我杀死了她的情人，是的，我杀死了自己妻子的情人。是的，是这么回事。为什么？我怎么会做出这样的事？”内在的声音回答：“因为你娶了她。”

“但是我的过错在哪里？”他问，“是在你娶了她，却不爱她；是在你欺骗了自己和她。”于是他清楚地想起在发西利公爵家晚饭后的那个时间，他那时说出了这句很难出口的话：“Je vous aime.［我爱你。］”“全是因为这个！我那时就觉得了，”他想，“我那时便觉得，这是不对的事，觉得我没有权利做这件事。就是这样发生的。”他想起了蜜月，并且为了这个回忆而脸红了。特别清楚而屈辱可羞的，是他想起了有一天，在婚后不久，在正午十二时前，他穿着绸宽服从卧室走进书房，并且在书房里碰见了总管家，他恭敬地鞠躬，看彼埃尔的脸，又看他的宽服，并且微笑了一下，好像是用这个笑容来表示他对主人的幸福所持的恭敬同情的态度。

“我有过多少次夸耀她，夸耀她的绝色，她的社交才能，”他想，“我夸耀过我的房子，她在这里招待全彼得堡的人，我夸耀她的难以接近的性格和美丽的容貌。这就是我所夸耀的地方！我那时想到，我并不了解她。在我想到她的性格时，我对自己说过多少次，我没有了解她，我没有了解她那种习以为常的镇静和满意，她没有任何爱好和欲望，那是我的错，而全部的答案就是这句可怕的话：她是一个堕落的女人。我向自己说了这句可怕的话，于是一切都明白了！”

“阿那托尔常来向她借钱，吻她裸露的肩膀。① 她不给他钱，但是让他吻她自己。她的父亲，在说笑话的时候，常常唤起她的嫉妒；她却带着镇静的笑容说，她决不会愚蠢到嫉妒的地步。她常常这样说到我：‘他想做什么，就让他做什么吧。’有一天我问她是否感觉到怀孕的征兆。她轻蔑地笑起来，并且说，她不是傻瓜，她不要小孩，说她决不替我生小孩。”

然后他想起她的思想的粗鲁和直率，她所特有的言语的鄙俗，虽然她是在最高级贵族社会中长大的。“我并不那么傻……你自己去试试看……Allez vous Promener.［你走开吧。］”她常常这么说。彼埃尔常常看到她在年老和年轻男女面前的成功，却不能够明白，为什么他不爱她。“是的，我从来没有爱过她，”彼埃尔向自己说，“我知道，她是堕落的女人，”他向自己重复说，“但是我不敢承认

① 毛注：托尔斯泰在初稿中写明了爱仑和她的兄弟有犯罪的关系，但后来他更改了，只留了一些暗示。

这个。”

“现在道洛号夫，他在那里坐在雪地上，并且勉强地微笑着，也许他要死了，用一种虚伪的英勇的口气回答我的忏悔！”

彼埃尔属于这一类的人，他们虽有所谓外在的性格的弱点，却不去找人把自己的忧愁告诉他。他独自忍受着自己的忧愁。

“一切都怪她，一切都怪她一个人，”他向自己说，“但这有什么关系呢？为什么我把自己同她联结在一起呢？为什么我向她说：Je vousaime［我爱你］呢？这是一句谎话，并且比谎话更坏，”他向自己说，“我有过错，应当忍受……什么？名誉的败坏，生活的不幸吗？唉，都不相干，”他想，“名誉的败坏也罢，荣誉也罢，一切都是有条件的，一切都不是由我决定的。”

“他们杀死路易十六，因为他们说他卑鄙，说他是一个罪犯，”彼埃尔心里想，“从他们的观点上来说，他们是对的，正如同那些为他殉难，并尊他为圣人的人也是对的。后来他们杀死罗伯斯庇尔，因为他是暴君。是谁对，是谁错？没有谁对，也没有谁错。但是活着的时候，你活吧；明天你会死的，正如同我在一小时前也会死的那样。我们的生命，和永恒比较起来，不过是一瞬，何必自寻烦恼呢？”

但是在他觉得自己因为这种考虑而心绪宁静时，他忽然想起了她，想起他极热烈地向她表示虚伪爱情的那些时候的她，于是他觉得血在向他心中涌去，他不得不又站起身来，走动着，或者击碎或者撕毁他随手碰到的东西。“为什么我向她说 Je vous aime［我爱你］呢？”他仍旧向自己重复着。把这个问题重复到十次时，他脑子里想起了莫利哀的话：“Mais que diable allait-ilfaire dans cette galère？［但他究竟为什么自寻烦恼呢？］”于是他笑他自己了。

夜间他唤来了听差，吩咐他收拾行李到彼得堡去。他不能和她住在一个屋子里。他不能设想，他现在应怎样和她说话。他决定了明天走，并且留一封信给她，向她说明他要永远和她分开的意思。

早晨，当听差送咖啡进房时，彼埃尔躺在褥榻上，手里拿一本打开的书睡着了。

他醒了，惊惶地顾盼了很久，不明白他是在什么地方。

“伯爵夫人派我来探问，大人是不是在家。”听差说。

但彼埃尔还来不及决定怎样回话，伯爵夫人自己已经穿着白绸绣银花的宽服，带着未加修饰的头发（两条粗大的辫子在她美丽的头上绕了两圈 en diadème［好像冠冕一样］），镇静地庄严地走进房；只在她的大理石般的、有些凸出的前额上有一条愤怒的皱纹。她带着不可动摇的镇静，没有当听差的面说话。她知道了决斗，并且是来说这件事的。她一直等到听差放下了咖啡走了出去。彼埃尔畏怯地从眼镜上边看她，就好像一只被群犬包围的兔子，缩着耳朵，在敌人面前继续躺着一样，他试图继续读书：但是他觉得，这是无意义的、不可能的，于是他又畏怯地看了看她。她没有坐下，带着轻视的笑容望着他，等候着听差走出去。

“这是怎么回事？您做了些什么？我问您！”她严厉地说。

“我？我怎么？”彼埃尔说。

“您现在成了勇士了！好，您回答，这个决斗是为了什么？您要用它证明什么？是什么？我问您。”

彼埃尔在沙发上沉重地翻转身，张开了嘴，但是不能回答。

“假使您不回答，我就向您说吧……”爱仑继续说，“您相信他们向您所说的一切。他们向您说……”爱仑笑了一下，“说道洛号夫是我的情人，”她用法语说，用她的粗鲁的坦率的言语说出“情人”这个字眼，和说任何别的字眼一样，“您就相信！但您用这个证明了什么？您用这个决斗证明了什么？证明了：您是一个傻瓜，que vous êtes un sot，这件事大家都知道了！这会有什么结果呢？结果是，我要成为全莫斯科的笑柄；结果是，大家都说，您喝醉了酒，神志昏迷的时候，向一个被您无故地嫉妒的人挑斗，”爱仑的声音越来越高，并且越来越兴奋了，“这个人在各方面都比您好……”

“嗯……嗯……”彼埃尔哼着，皱着眉，没有望她，一动也没有动。

“为什么您会相信，他是我的情人呢……为什么？因为我欢喜同他在一起吗？假使您更聪明、更可爱些，我就更欢喜和您在一起了。”

“不要同我说……我求您。”彼埃尔哑声地低语。

“为什么我不说呢！我能说，我敢说，有了像您这样的丈夫的妻子，很少不找情人（des amants）的，但是我没有做这样的事。”她说。

彼埃尔想要说什么，用惊奇的眼睛向她看了一下，又躺下了，她不明白他眼睛的表情。他这时感到肉体上的痛苦：他的胸口被压，他不能透气。他知道，他应该怎么做才能结束这个痛苦，但是他想要做的事是太可怕了。

“我们最好分开吧。”他吞吞吐吐地说。

“分开，也好，可是您要给我财产，”爱仑说，“分开，用这个来威胁我！”

彼埃尔从沙发上跳起来，摇摇晃晃地向她面前冲去。

“我要杀死你！”他大叫，用他自己还不曾知道的力量，从桌上抓起大理石板，向她走近一步，对她挥举起来。

爱仑的脸色显得可怕，她大叫一声，从他面前逃开了。他父亲的性格在他身上表现出来。彼埃尔感觉到愤怒的魔力和乐趣。他掷下石板，将它砸碎，并且伸出手臂，向爱仑面前扑去，用那样可怕的声音大叫“滚开”，全家的人都恐怖地听到了这个叫声。假使不是爱仑从房里跑出去了，上帝知道这时候彼埃尔会做出什么举动来。

一星期后，彼埃尔委托他的妻子管理他在大俄罗斯的全部田庄，这是他财产的大部分，他独自到彼得堡去了。

7

童山那里接到奥斯特理兹会战和安德来公爵阵亡的消息之后，已经两个月了，虽然有通过使馆的一切信件与一切的调查，却没有找到他的尸体，俘虏名单里也没有他。对于他的亲属最不好的地方，就是还有这种希望：他会被当地居民从战场上救起来，也许他独自躺在异国的什么地方，或者正在复原，或者即将死去，不能够寄出他自己的消息。老公爵从报上最先知道奥斯特理兹的失败消息，报上像平常一样，极简单而含糊地说到俄军在光荣的战事之后不得不撤退，而且撤退是十分有秩序。老公爵从这个官方消息中明白了我军被打败了。在带来奥斯特理兹失败消息的报纸之后一星期，来了一封库图索夫的信，向公爵报告他儿子的遭遇。

“您的儿子，我亲眼看见，”库图索夫信上说，“手执军旗，冲在团的前面，英勇地倒下，对得起他的父亲和他的祖国。我与全军都很抱憾，直到现在还不知道——他是不是还活着。我用这个希望安慰自己和您，希望您的儿子还活着，因为不然，他便要列在战场上所找到的军官当中，我已由军使获得了他们的名单。”

老公爵晚间很迟的时候独自在房中接到了这个消息，第二天，他还像平常一样，出门作早晨的散步；但他对于管家、园丁和建筑师都沉默着，虽然是有怒气，却没有向任何人说什么。

当玛丽亚公爵小姐在惯常的时间进他的房时，他站在车床旁车零件，但是和通常一样，没有回头看她。

“啊，玛丽亚公爵小姐！”忽然他不自然地说，并且扔掉了凿子。(轮子因为惯性还在旋转。玛丽亚公爵小姐很久之后还记得这个渐渐消失的轮盘声，这声音在她的记忆中和后来所发生的事混淆在一起了。)

玛丽亚公爵小姐走到他面前，看见他的脸，她的心情忽然沉重起来了。她的眼睛再也看不清楚了。从她父亲的脸上，从他的不悲伤、不颓丧、但愤怒而不自然地抽动着的脸上，她看出，有一种可怕的不幸要落到她的头上，并且会使她痛苦，这是生活中最大的不幸，她还不曾经历过，这是无法弥补的无法理解的不幸，是她所爱的人的死。

“爸爸！安德来吗?”公爵小姐说，她虽然不那么娇艳，不那么灵活，却由于悲哀和激动而显得极其妩媚，以致她父亲不能忍受她的目光，啜泣一声，转过身去。

“我得到了消息。他不在俘虏名单里，也不在阵亡人员里。库图索夫写信来的，”他尖声地大叫，好像是要用这叫声赶走公爵小姐，“他被打死了！”

公爵小姐没有跌倒，没有昏厥。她已经脸色发白，但是当她听到这话时，她的脸色变了，她那明亮美丽的眼睛里有什么东西在发光。似乎是一种喜悦，最崇高的喜悦，与人世的悲欢无关的喜悦，淹没了她心中的巨大的悲哀。她忘记了对父亲的一切恐惧，走到他面前，抓住他的手，把他向自己面前拉着，抱住他的瘠瘦的青筋暴起的颈子。

“爸爸，”她说，“不要背着我，我们一起哭吧。”

“浑蛋，下流坯！”老人大叫，把脸避开她，“毁了军队，毁了人们！为什么？去吧，去吧，去告诉莉萨。”

公爵小姐无力地在父亲旁边的椅子上坐下，哭泣起来。她回想起哥哥当时带着温柔而又傲慢的神情，同她和莉萨告别时的模样。她回想起他温柔而可笑地挂上圣像时的情景。“他信仰上帝了吗？他对自己不信仰上帝感到后悔了吗？他现在是在那里吗？是不是在那里，在永久安宁和幸福的净土上吗？”她想。

“爸爸，告诉我，是怎么回事？”她含着泪问道。

“去吧，去吧，他打仗打死了，死在俄国最优秀的人们和俄国的光荣被葬送的战场上了。去吧，玛丽亚公爵小姐。去告诉莉萨。我就来。”

当玛丽亚公爵小姐从父亲那里回来时，矮小的公爵夫人正在做针黹，她怀着孕妇所特有的那种内心幸福平静的神情，看了看玛丽亚公爵小姐。显然她的眼睛并没有在看玛丽亚公爵小姐，似乎是在朝身子里看——看她自己——看她自己身子里面正在发育的那种幸福的神秘的东西。

“玛丽，”她说，离开绣架向后仰靠着，“把你的手放到这里来。”她抓住公爵小姐的手放在自己的肚子上。

她的眼睛有所期待地微笑着，她那有毫毛的嘴唇噘着，小孩般的幸福地老是噘着。

玛丽亚公爵小姐在她面前跪下来，把脸藏在嫂嫂的衣褶里。

“这里，这里——听见吗？我觉得很奇怪。你知道，玛丽，我会很爱他的。”莉萨说，用明亮幸福的眼睛望着小姑。

玛丽亚公爵小姐不能抬头：她在流泪。

“你怎么了，玛莎？”

“没有什么……我觉得难过……为安德来难过。”她一面说，一面在嫂嫂的膝盖上擦着眼泪。

早晨玛丽亚公爵小姐几次三番要使她的嫂嫂有所准备，但每次要开口却先流泪了。流泪的原因是矮小的公爵夫人不知道的，但这却使她不安，虽然她是不大细心的人。她没有说什么，但是她不安地环顾着，寻找着什么。在午饭前老公爵走到她的房里，她一向怕他，他现在带着特别不安的愤怒的脸色，一句话没有说，又走出去了。她望了望玛丽亚公爵小姐，然后，带着孕妇们所特有的那种专心注意自己身体内部的眼睛表情，想了一下，便忽然流泪了。

“接到了安德来的什么消息吗？”她说。

“没有，你知道，消息还不能够来，但爸爸着急，我觉得可怕。”

“那么，没有什么吗？”

“没有什么。”玛丽亚公爵小姐说，用目光炯炯的眼睛坚决地望着嫂嫂。

她决意不向她说，并且劝父亲把这可怕的消息隐瞒到嫂嫂分娩以后，分娩期就在这几天之内了。玛丽亚公爵小姐和老公爵各用各的方法忍受了、隐藏了各人的悲伤。老公爵不怀希望了：他断定，安德来公爵是被打死了，虽然他派了一个官员到奥地利去调查儿子的踪迹，他却为他在莫斯科定了一个纪念碑，打算竖在他的花园里，并且他向大家说，他的儿子死了。他竭力不改变从前的生活方式，但他的体力衰退了。他走路减少，饮食减少，睡眠减少，身子一天比一天弱了。玛丽亚公爵小姐怀着希望。她好像是为活人一样地为哥哥祈祷，并且时时刻刻期待着他回家的消息。

8

“Ma bonne amie！［我亲爱的！］”三月十九日上午早饭后矮小的公爵夫人说，她的有毫毛的上唇，由于旧习惯向上噘着；但是因为自从接到可怕的消息那天以后，全家的人，不但在笑容中，而且在话声中，甚至步伐中，都带着悲哀，矮小的公爵夫人受了大家情绪的影响而不知道原因，所以她现在的笑容更加使人想到心中的悲哀。

“Ma bonne amie，Je crains que le fruschtique（comme dit 福卡——厨子）de ce matin ne m'aie pas fait du mal.［我亲爱的，我恐怕是今天早晨的 Frushtique,① 像厨子福卡说的，使我不舒服。］”

“你怎么啦，我心爱的？你脸发白了。啊，你脸很白。”玛丽亚公爵小姐惊惶地说，用沉重而柔软的步子跑到嫂嫂的面前。

“小姐，要不要找玛丽亚·保格大诺芙娜来呢？”在场的一个女仆说。（玛丽亚·保格大诺芙娜是附近县城里的产婆，在童山已经住了两星期。）

“好的，好的，”玛丽亚公爵小姐接上说，“也许，就是的。我就去。Courage，mon ange！［不要怕，我的天使！］”她吻了莉萨，想要走出房。

“啊，不是，不是！”在苍白之外，矮小的公爵夫人的脸上还显出了小孩般的对于不可避免的肉体痛苦的恐怖。

“Non，c'est l'estomac……dites que c'est l'estomac，dites，Marie，dites……［不是，这是胃病，你就说是胃病，说，玛丽，说……］”公爵夫人小孩般地、痛苦地、任性地，甚至有几分矫揉造作地一面流泪，一面扭着她的小手。

公爵小姐跑出房去找玛丽亚·保格大诺芙娜。

“Mon Dieu！Mon Dieu！Oh！［我的上帝！我的上帝！哦！］”她听到了她背后的这个话声。

产婆已经带着意味深长的镇静的脸色向她迎面走来，拭着她的一双又肥又白的小手。

“玛丽亚·保格大诺芙娜！好像是，开始了。”玛丽亚公爵小姐说，用惊惶的睁得大大的眼睛望着产婆。

“啊，谢谢上帝，公爵小姐，”玛丽亚·保格大诺芙娜说，却没

---

① 毛注：应为 Frühstück，早餐之意。

有加快她的步伐，“你们，姑娘们，用不着知道这些事情。”

“医生怎么还没有从莫斯科来呢？”公爵小姐说。（依照莉萨和安德来公爵的愿望，他们事前曾派人到莫斯科去请产科医生，时刻盼望着他来到。）

“没有关系，公爵小姐，不要心焦，”玛丽亚·保格大诺芙娜说，“没有医生也会很好的。”

五分钟后，公爵小姐在自己房里听到有人在抬沉重的东西。她窥探了一下，仆役们为了什么缘故把安德来公爵书房中的皮沙发抬到卧室里去。在抬沙发的人们的脸上有严肃的宁静的神情。

玛丽亚公爵小姐独自坐在她的房中，听着屋里的声音，有时在别人走过时，把门打开，注视着走廊上的动静。几个妇人轻轻地走进卧室，又走出来，她们回头看看公爵小姐，就转身走了。她不敢问，关了门，回到自己房中，有时坐在她的扶手椅子里，有时拿起祈祷书，有时跪在神龛前。使她不快而吃惊的，是她觉得，她的祈祷并没有使她的心情平静下来。忽然她的房门轻轻地开了，她的扎着头巾的老保姆卜拉斯考维亚·萨维施娜在房门口出现了，由于公爵的禁止，她几乎从来没有进过这间房。

“玛盛卡，我来陪你坐一会，”保姆说，“我把公爵的结婚蜡烛带来了，点在圣像的前面，我的天使。”她叹了口气说。

“哎，我多么高兴啊，保姆。”

“上帝慈悲啊，亲爱的。”

保姆把镶金花的蜡烛点在神龛前，带着在编织的袜子坐在门边，玛丽亚公爵小姐拿了书开始阅读。只是在听到脚步声或说话声时，她才惊恐地疑问地，而保姆镇静地相互望望。屋子的每个角落里，都充满着玛丽亚公爵小姐坐在自己房中所感觉到的那种情绪，并且支配着所有的人。由于这种迷信：知道产妇痛苦的人愈少，则产妇受苦愈少，所以大家都极力装作不知道；没有人谈到这件事，但所有的人除了在公爵家里一贯如此的庄重、恭敬和很有礼貌之外，都共同显出一种焦虑不安的心情，以及感觉到一种伟大的、神秘的、此时正在进行的事情。

在女仆的大房间里听不到笑声。在男仆的房里，所有的仆人都坐着，沉默着，随时准备着。在家奴的房里点了火把和蜡烛，都没有睡觉。老公爵踏着脚跟，在书房里走来走去，并且派了齐杭去向玛丽亚·保格大诺芙娜探问有什么情况。

“只说，公爵派我来问：‘有什么情况？’回来把她所讲的话告诉我。”

“去报告公爵，开始生产了。”玛丽亚·保格大诺芙娜说，富有含意地看了看派来探讯的人。

齐杭去报告了公爵。

“很好。”公爵说，随手关上了门，于是齐杭不再听到书房中半点儿声音了。等了一会，齐杭走进书房，好像是要剪蜡烛芯。看到公爵躺在沙发上，齐杭望望他，看见他的烦恼的脸，摇摇头，无言地走到他面前，吻了他的肩膀，没有剪蜡烛芯，也没有说他为什么进来，就走出去了。世界上最庄严的神秘继续在进行着。傍晚已过，夜晚来到。对于神秘的事的期待和心情的不安，没有减弱，却加强了。没有人睡觉。

是那样的一个三月之夜，好像冬季还未过去，又狂暴地激怒地刮起了风雪。他们派遣了一群备换的马到大路上，去迎接那位从莫斯科来的随时就会到达的德国医生，又派遣了一群骑马的人带了灯笼到道路转弯处去，以便领他通过凹坑和雪地里的水洼。

玛丽亚公爵小姐早已放下了书本，她沉默地坐着，用她的明亮的眼睛注视着保姆的起皱的、每一个细部她都熟悉的脸上，注视着她的头巾下边露出的白发绺和她颚下松弛的皮。

保姆萨维施娜手拿着在编织的袜子，低声地说着她自己也听不到的、自己也不了解的、她已经说过上百次的话，说已故的公爵夫人怎样在基锡涅夫生玛丽亚公爵小姐的，那时只有一个摩尔大维阿的农妇代替产婆。

“上帝慈悲，医生是决不需要的。”她说。

忽然一阵风吹在外窗已经卸下的一扇窗子上（遵照公爵的意思，

百灵鸟一啼鸣，每个房间就下掉一层窗子)，① 吹开一个未闩好的窗闩，吹动了绸帘子，吹进了冷风和雪，吹熄了蜡烛。玛丽亚公爵小姐打了一颤；保姆放下了在编织的袜子，走到窗前，伸出头去抓吹开的窗子。冷风吹起她的巾角和露出来的白发绺。

“公爵小姐，亲爱的。有人从大路上来了！”她说，抓住窗子，却没有关上，“带着灯笼，大概是医生……”

“啊，我的上帝！谢谢上帝！”玛丽亚公爵小姐说，“我一定要去迎接他：他不懂俄国话。”

玛丽亚公爵小姐披上肩巾，跑去迎接来人。当她穿过前厅时，她在窗子里看见一辆马车和许多灯笼停在大门前。她走上楼梯。在栏杆的柱子上有一支蜡烛在风里流蜡。仆人菲利普，面色惊惶，手里另外拿着一支蜡烛，站在下面的楼梯口。再下边一点，在楼梯转弯的那边，可以听到穿暖靴走来的脚步声。玛丽亚公爵小姐觉得，有一个很熟悉的声音在说什么。

“谢谢上帝！”这个声音说，“父亲呢？”

“上床睡了。”管家皆密亚恩的声音在楼下回答。

后来这个声音又说了什么，皆密亚恩回答了什么，然后穿暖靴的加快地朝着楼梯上看不见的转弯处走去。

“这是安德来！”玛丽亚公爵小姐想，“不是，这是不可能的，这是太不寻常了。”她想，并且正当她这么想着的时候，在拿蜡烛的仆人所站的地方出现了安德来公爵的面孔和身躯，他穿着皮大衣，领上有雪。是的，这是他，但他又苍白又消瘦，他的脸上带着和以前不同的、非常柔和然而兴奋的表情。他走上楼梯，搂抱妹妹。

“您没有接到我的信吗？”他问，没有等待回答——回答是得不到的，因为公爵小姐说不出话了——就回转身，又和跟在他背后的产科医生（他们是在最后一站上遇到的）快步地走上楼梯，又搂抱妹妹。

---

① 毛注：为温暖计，俄国冬季窗子是双层的。但妨碍空气流通。故天气稍暖时，即除去一层窗子。

“多么奇怪的命运啊!”他说，“亲爱的玛莎。”于是脱下了皮大衣和套靴，向公爵夫人的住房走去。

9

矮小的公爵夫人戴着白睡帽，靠在枕头上（她的痛苦刚刚过去)。她的一绺绺的黑发垂在她的发烧、发汗的腮上；上唇长了黑毫毛的、红润的、美丽的小嘴张开着，她高兴地微笑着。安德来公爵走进房间，站在她面前，在她所躺的沙发的脚头。她的小孩般的明亮的眼睛，惊惶地、兴奋地停在他身上，没有改变眼睛的表情。“我爱你们所有的人，我没有对任何人做过坏事，为什么我受痛苦呢?您帮助我吧。”她的表情这么说。她看见了丈夫，但她不明白他此刻出现在她面前的意义。安德来公爵绕过沙发，吻她的额头。

“我心爱的，”他说，这种称呼是他从来没有向她说过的。“上帝慈悲……”

她疑问地、小孩般地、谴责地望望他。

“我期待你的帮助，可是也没有得到，也没有得到你的任何帮助!”她的眼睛这么说。她没有诧异他的来到；她也没有明白，他已经回家了。他的来到，对于她的痛苦和痛苦的减轻，毫无关系。疼痛又开始了，于是玛丽亚·保格大诺芙娜劝安德来公爵到房外去。

产科医生进了房。安德来公爵走出去了，遇见玛丽亚公爵小姐，又走到她面前去了。他们低声谈话，但谈话常常停住。他们等待着、倾听着。

“Allez, mon ami.［去吧，亲爱的。］”玛丽亚公爵小姐说。

安德来公爵又要去看自己的妻子，坐在隔壁的房间里，等候着。一个妇人带着惊惶的脸色，从卧房里走出来，看见了安德来公爵，便慌乱起来。他用手蒙了脸，这样地坐了好几分钟。在门那边发出了可怜的、无能为力的、痛苦的呻吟声。安德来公爵站起来，走到门前，打算开门。有谁抓住了门。

“不行，不行!”里边的人惊惶地说。

他开始在外面的房里走来走去。叫声停止了，又过了几秒钟。

忽然一个可怕的叫声在隔壁的房里传出来了——这不是她的叫声，她不能这么喊叫的。安德来公爵跑到门前；叫声停止了，传出了婴儿的啼声。

“为什么带了一个小孩子在里面？”安德来公爵在第一秒钟这么想，“小孩吗？他是什么样的？……为什么那里有小孩？是小孩出世了吗？”

当他忽然明白了这啼声的可喜的意义时，眼泪憋住了他的呼吸，他把双臂支在窗台上，啜泣，流泪，好像小孩们哭的一样。门开了。医生卷了衬衫的袖子，没有穿上衣，脸色发白，下颚打战，走出房间。安德来公爵要向他说话，但是医生慌乱地看他一眼，一句话也没有说，从他身边走过去了。一个妇人跑出来了，看见了安德来公爵，便在门口迟疑着。他走进了妻子的房。她死了，还照五分钟前他看见她的时候那样地躺着，虽然眼睛不动，腮部苍白，但是在那个上唇长着毫毛的、美丽的、小孩般的脸上，还有同样的表情。

“我爱你们所有的人，没有对任何人做过坏事，你们对我做了什么呢？”她那有魅力的、可怜的、死人的脸庞说。在房角落里，玛丽亚·保格大诺芙娜的发抖的白手里，有什么微小的红色的东西呼噜了一声，啼叫了一声。

两小时后，安德来公爵轻步地走进父亲的房。老人已经知道了一切。他就站在门口，门一打开，老人便无言地用老迈的粗硬的手臂，像钳子一样，抱住儿子的颈子，并且哭得就像小孩一样。

三天之后替矮小的公爵夫人举行了入殓仪式；安德来公爵走到放棺材的台阶上和她接吻永诀。甚至在棺材里，虽然眼睛闭着，她的脸部还是那样的。“啊，你们对我做了什么呢？”她的脸部仍然这么说。安德来公爵觉得，他的心里若有所失，并且觉得，对于那个他不能补救、不能遗忘的罪过，他是要负责的。他流不出眼泪。老人也走上前吻她的如蜡的小手，这只手在她的胸口宁静地搭在另一只手上，他也觉得她的脸部在说：“唉，你们对我做了什么呢？是为了什么？”看到这张脸，老人愤怒地掉转了身。

又过了五天，他们替小公爵尼考拉·安德来伊支行了洗礼。当神甫用鹅毛在婴儿打皱的红色手掌和脚掌上涂油时，奶妈用下颏夹着襁褓。

充当教父的祖父战栗地抱着婴儿绕过锡的洗礼盆，生怕失手把婴儿掉下来；他把婴儿递给了教母玛丽亚公爵小姐。安德来公爵因为恐怕淹死婴儿而心慌，坐在另一个房间里，等候仪式完毕。当奶妈把婴儿带出的时候，他高兴地看了看婴儿，奶妈向他说，抛在洗礼盆中的蜡和婴儿头发没有沉下，却浮起来了，他赞同地点了点头。①

10

罗斯托夫参与道洛号夫和别素号夫决斗的事，由于老伯爵的努力而暗中了结了，并且罗斯托夫没有如他所料想的被贬为士兵，反被任命为莫斯科总督的副官。因此他不能随同全家的人到乡下去，为了新职务整个的夏天留在莫斯科。道洛号夫复原了，罗斯托夫在他复原的时候和他特别友好。道洛号夫住在自己的母亲那里养病，母亲是热切地疼爱他的。老妇人玛丽亚·依发诺芙娜，也因为他和费佳的友情而爱他，常常向他说到自己的儿子。

“是的，伯爵，在我们现在的这个腐化的社会里，他是太高尚了，心地太纯洁了，”她说，“没有人爱美德，大家都不能容忍。您说，伯爵，在别素号夫那方面是对的吗，是光荣的吗？费佳有高尚的精神，爱他，就是现在也决不说出对他不好的话。在彼得堡闹了许多笑话，和警察的恶作剧不是他们在一起干的吗？可是，为什么别素号夫没有关系，费佳却要负一切的责任呢？他受了多大损失啊！我们知道，他复职了，但他们怎能不让他复级呢？我想，像他这样的祖国的勇敢的子孙是不多的。现在怎么办呢——这个决斗！这些人有感觉、有荣誉吗！知道他是独子，要他决斗，那样对直地向他放枪！好吧，上帝可怜我们。为了什么呢？啊，在我们这个时候，

① 毛注：俄国风俗，受洗时，由神甫剪小孩头发一撮连蜡投水，如蜡与发浮起，即是吉祥。

谁没有阴谋呢？啊，假使他是那样地嫉妒，我是明白的，他应该早一点表示出来，可是这已经有一年了。啊，要他决斗，以为费佳因为欠他的钱就不打他！多么卑鄙！多么恶劣！我知道，你了解费佳，我亲爱的伯爵，相信我，这就是我真心喜欢你的原因。很少的人了解他。他是那样一个高贵的神圣的人！”

道洛号夫在复原期间，常常向罗斯托夫说些断然料想不到他会说出来的话。

“他们认为我是坏人，我知道，”他说，“让他们说吧。除了我所爱的人，我不关心任何人；但对于我所爱的人，我是那样爱他，我会为他舍命，但是其余的人，假使妨碍我，我便毁灭他们。我有一个我所敬重的亲爱的母亲，两三个朋友，其中有你，对于其余的人，我只是在他们有用或有害的时候才会注意。几乎所有的人都是有害的，尤其是女子。是的，我亲爱的，”他继续说，“我遇见过可爱的、善良的、高尚的男子；但是女子，都是出卖的动物——伯爵夫人们也罢，或者厨娘们也罢，反正一样——除此而外，我还没有遇到过别样的女子。我还没有遇到过我在妇女当中所寻求的那种天使的纯洁和虔诚。假使我找到了这种女子，我便可以为她舍命。但是这些！……”他做了轻视的手势，“你相信我，假使我还珍重我的生命，那只是因为我还希望遇到这种圣人，她会使我复生，涤清我，提高我。但你不了解这个。”

“不然，我很了解。”罗斯托夫回答，他受了他的新朋友的影响。

秋天罗斯托夫一家回到莫斯科来了。在冬初皆尼索夫也回来了，住在罗斯托夫家里。尼考拉·罗斯托夫在莫斯科所过的一八〇六年的初冬，是他和他全家最幸福最愉快的一个时期。尼考拉带了许多年轻人来到父母的家里。韦娅是二十岁的美女；索尼亚是十六岁的姑娘，像初开的花朵那么艳丽；娜塔莎半是少女，半是孩子，有时像孩子一样地有趣，有时像少女一样地娇媚。

这时候在罗斯托夫家有一种特别的爱情气氛，在有很年轻、很美丽的姑娘们的家庭里这是常有的事。每个青年来到罗斯托夫家，看到这些年轻的、容易感染的、为了什么缘故（也许是为了自己的幸福）而微笑着的、少女的面孔，看到这种兴奋的奔忙，听到年轻女性的那种不连贯的、但对大家亲切的、对一切有所准备的、充满希望的话声，听到这些不连贯的、有时是歌唱、有时是音乐的声音，便感觉到那种准备恋爱与期待幸福的情绪，就像罗斯托夫家青年男女们所感觉到的一样。

道洛号夫是罗斯托夫最先带来家的青年人之一，除了娜塔莎，全家的人都欢喜他。为了道洛号夫，她几乎同哥哥吵嘴。她坚持说他是坏人，说在他和彼埃尔·别素号夫的决斗中，彼埃尔是对的，道洛号夫是错的，说他是令人讨厌的，矫揉造作的。

“我用不着去了解什么！”娜塔莎坚决地、固执己见地大声说，“他心坏，没有感情。可是我欢喜你的皆尼索夫，他是浪子也罢，是什么也罢，但我仍然欢喜他，所以我了解。我不知道要向你怎么说；他的一切都是有打算的，但是我不欢喜这样。皆尼索夫……”

“啊，皆尼索夫是全然不同的。”尼考拉回答，使人觉得，就连皆尼索夫和道洛号夫比较起来也算不了什么。“应当明白，这个道洛号夫有多么好的心肠，应当看见他和他母亲在一起的时候，他的心肠有多好！”

“这个我还不知道，但是和他在一起，我觉得不舒服。你知道，他爱上了索尼亚吗？”

“多么蠢的话……”

“我确实相信，你就会明白的。”

娜塔莎的预言得到了证实。不喜欢结交妇女的道洛号夫开始常常来到他们家里，并且他为谁而来的问题，立刻这样地解答了（虽然没有人说到它），他是为索尼亚而来的。索尼亚虽然从来不敢说这个，她却知道，并且在道洛号夫每次出现时，她的脸红得像红缎子一样。

道洛号夫常常在罗斯托夫家吃饭，从来没有错过机会去看他们家的人所看的戏剧，并且常常到约盖勒家的青年跳舞会去，罗斯托夫家的人总是去参加的。他对索尼亚表示特别的注意，并且用那样的目光看她，不仅她看到这种目光就要脸红，而且老伯爵夫人和娜塔莎看到这种目光也要脸红。

显然，这个强壮奇怪的男子受了这个肤色黝黑的优美的女子对他所发生的不可抵抗的影响，这女子却爱着另一个人。

罗斯托夫发现了道洛号夫与索尼亚之间新的关系；但是他没有向自己断定这个新的关系是什么。“她们总是爱着什么人。”他这样地想到索尼亚和娜塔莎。但他对索尼亚和道洛号夫不像从前那样自然，他开始很少在家了。

在一八〇六年秋，大家又开始比上年更起劲地谈到对拿破仑的战争。政府下了命令，不但要在每千人中征十名新兵，并且还要征九名民团。到处都在诅咒保拿巴特，在莫斯科大家只谈到迫近的战争。对罗斯托夫家说来，对于战争的种种准备的关心，仅仅是尼考卢施卡决不同意留在莫斯科，他只等候皆尼索夫休假期满，就同他一道在圣诞节之后回到团里去。即将到来的离别不仅不妨碍他娱乐，而且还鼓励他娱乐。他把大部分时间用在家庭以外的地方，用在宴会上、晚会上和跳舞会上。

11

在圣诞节后第三天，尼考拉在家吃饭，这是他近来很少有的事。这是盛大的饯别宴，因为他和皆尼索夫要在主显节①后回团。大约有二十人吃饭，其中有道洛号夫和皆尼索夫。

罗斯托夫家里爱情的空气和恋爱的气氛从来不曾像在圣诞节这几天给人的感觉这样强烈。“抓住幸福的时机，使自己去爱，自己被爱！只有这个才是世界上真实的东西，其他都是不足道的。我们在这里只忙着这一件事。”这个气氛这么说。

尼考拉像平常一样，跑伤了两对马，来不及到一切他应该去的和邀请他去的地方去，正在吃饭之前回到家里。他一进门，便注意到、感觉到家中爱情气氛浓厚，但此外，他还注意到在场的几个人

① 俄历一月六日。

之间所有的异常的窘态。索尼亚、道洛号夫、老伯爵夫人，都特别兴奋，娜塔莎也有一点儿兴奋。尼考拉明白了，在吃饭之前索尼亚与道洛号夫之间一定发生了什么事情，他带着他所特有的同情心，在吃饭的时候，对他们俩都很温和、很谨慎。就在这个节期的第三天晚上，约盖勒（跳舞教师）家里要举行一个跳舞会，他在这个节期中为他的所有的男女学生举行了好几次跳舞会。

“尼考林卡，你到约盖勒家去吗？请你去吧，”娜塔莎向他说，“他特地请你去，发西利·德米特锐支（这是指皆尼索夫）也去。”

“听了伯爵小姐的命令，我有什么地方不去的！”皆尼索夫说，他在罗斯托夫家里戏谑地以娜塔莎的情人自居，“我准备跳 pas de châle［披肩舞］。”

“假使我来得及。但是我答应了阿尔哈罗夫，他们有一个晚会。”尼考拉说。

“你呢？”他向道洛号夫说。但是他刚刚问了这话，他就注意到这是不该问的。

“是的，也许……”道洛号夫冷淡地愤怒地回答，看了看索尼亚，并且皱了皱眉，又用他在俱乐部宴会上看彼埃尔时的同样目光看了看尼考拉。

“有了什么事情。”尼考拉想，因为道洛号夫在饭后立刻便走了，于是他更加相信这个推测。他叫来了娜塔莎，问她是怎么回事。

“我正在找你，”娜塔莎跑到他面前说，“我说过的，可是你不肯相信，”她得意扬扬地说，“他向索尼亚求过婚了。”

虽然尼考拉近来不大关心索尼亚，但是当他听到这话时，他似乎觉得他的心里失掉了什么东西。道洛号夫对于没有嫁奁的孤女索尼亚是一个适当的、在某些方面是一个良好的配偶。从老伯爵夫人和社交界的观点看来，她是不能够拒绝他的。所以当他听到这话时，尼考拉的第一个心情是对索尼亚的愤怒。他准备要说：“好极了，不用说的，她应该忘记小孩子的诺言，接受他的求婚。”但他还来不及说出这话，娜塔莎已经说：

“你可以想想看！她拒绝了，完全拒绝了！”停了一会，她补充说，“她说，她爱另外一个人。”

尼考拉想：“是的，我的索尼亚只能这样做!”

“妈妈虽然请求了她许多次，她都拒绝了，我知道，假使她说了什么，她就不会变的……”

“妈妈居然要求过她!”尼考拉谴责地说。

“是的，”娜塔莎说，“你知道，尼考林卡，不要生气；但我知道，你不会娶她的。我知道，上帝知道为什么，我确实知道，你不会娶她的。”

“啊，你决不会明白这个的，”尼考拉说，“但我一定要同她说一说。这个索尼亚是多么妩媚哦!”他微笑着补充说。

“她是多么妩媚啊！我叫她来看你。”然后娜塔莎吻了哥哥，便跑开了。

一分钟后索尼亚进来了，显得惊惶、窘迫、歉疚。尼考拉走上前，吻了她的手。这是在他回家后他们第一次单独地谈话，说到他们的爱情。

“索斐，”起初他畏怯地说，后来渐渐勇敢起来，“假使您想要拒绝一个不仅是出色的、有益的配偶，而且是顶好的、高贵的人……他是我的朋友……”

索尼亚打断了他的话。

“我已经拒绝了。”她赶快地说。

“假使您是为了我而拒绝他，我恐怕我……”

索尼亚又打断了他。她用请求的惊恐的目光望着他。

“尼考拉，您不要向我说这话。”她说。

“不，我一定要说。也许在我这方面是 suffisance［自大］，但最好还是说。假使您为我而拒绝，我应该向您说全部的真情。我爱您，我相信，我最爱您……”

“我觉得这已经够了。”索尼亚面色发红地说。

“不，我爱过一千次，我还要爱，不过我不曾对于任何人有过我对您这样的友谊、信任和爱情。并且我还年轻。可是妈妈不愿意这件事。总之，我没有答应什么。我请您考虑一下道洛号夫的请求。”

他说，困难地说出朋友的姓。

“不要向我说这话。我不想要什么。我爱您，像爱哥哥一样，我要永远爱您，我不再需要别的了。”

“您是天使，我配不上您，但我只怕会令您失望。”

尼考拉又吻了一次她的手。

12

约盖勒的跳舞会，是莫斯科最愉快的跳舞会。母亲们望着她们的 adolescentes［少女们］踏着新学会的舞步，这么说；跳得快要跌跤的 adolescentes［少女们］和 adolescents［少男们］自己这么说；带着惠然光临的态度到这里来的成年男女们这么说，并且认为这种跳舞会是最愉快的。这年，在这种跳舞会中促成了两次姻缘。两个美丽的高尔恰考娃公爵小姐找到了求婚者，并且结了婚，使得这种跳舞会更加出名。这种跳舞会的特色，是没有主人与主妇，而有按照跳舞规则弯下身子微微鞠躬的、像羽毛那样轻盈飞舞的、善良的约盖勒，他向所有的来宾收门票；还有一点是，只有那些像第一次穿长袍的十三四岁的姑娘们那样希望跳舞与娱乐的人才赴这种跳舞会。除了很少的例外，大家都是，或者似乎是很美丽的：他们都那样狂喜地微笑着，他们的眼睛都那样地发光。有时最好的女生们甚至跳 pas de châle［披肩舞］，而其中最好的是娜塔莎，她是以优美著名的；但在这最后一次的跳舞会中，他们只跳苏格兰舞、英格兰舞，以及刚风行的美最佳舞。约盖勒借用了别素号夫家的大厅，据大家说，这次舞会很成功。有很多美丽的姑娘，罗斯托夫家的姑娘们是最美丽的。她们俩是特别快乐而高兴。这天晚上，索尼亚因为道洛号夫的求婚、自己的拒绝和对尼考拉的表白而感到得意，在屋里打转打旋，使得女仆无法梳好她的头发，现在她显然地流露着不能抑制的欢喜。

娜塔莎是同样地感到得意，因为她第一次穿长裙去参加真正的跳舞会，她是更加高兴。她们俩都穿白色的有粉红缎带的纱长裙。

娜塔莎一进舞场的时候，便发生爱情。她不是单对某一个人发生了爱情，而是对所有的人发生了爱情。在她看人的时候，她看见了谁，便爱上了谁。

“嗬，多么好啊！”她不断地跑到索尼亚面前说。

尼考拉和皆尼索夫在大厅里走动着，亲切地、赏光地望着跳舞的人。

“她多么可爱，一定会成为美人的。”皆尼索夫说。

“谁？”

“娜塔莎伯爵小姐。”皆尼索夫回答。

“她跳得多好，多么优美！”沉默了一会，他又说。

“你说谁呢？”

“说你的妹妹。”皆尼索夫生气地说。

罗斯托夫微笑了一下。

“Mon cher comte；vous êtes l'un de mes meilleuIs écoliers，i1 faut que vous dansiez，［我亲爱的伯爵；你是我最好的学生当中的一个，你应该跳舞的，］”矮小的约盖勒走到尼考拉面前说，“Voyez combien de jolies demoiselles.［你看有多少美丽的小姐。］”他用同样的请求向皆尼索夫说，他也曾做过他的学生。

“Non，mon cher，je ferai tapisserie，［不，我亲爱的，我在旁边观看吧，］”皆尼索夫说，“您不记得，我在您这儿功课学得多么坏吗？……”

“啊，不是！”约盖勒说，赶快地安慰着他说，“您只是不用心，但您有才能，是的，您有才能。”

音乐队奏起了新近流行的美最佳舞曲。尼考拉不能拒绝约盖勒，邀了索尼亚跳舞。皆尼索夫坐到老太婆们旁边，把臂肘支在佩刀上，用脚踏着拍子，一面看着跳舞的青年们，一面愉快地说着什么，引得老太婆们发笑。约盖勒最先和他的最得意的、最好的学生娜塔莎跳舞。约盖勒轻轻地、温柔地踏着穿低口鞋的脚，最先同羞涩的、小心地踏着步子的娜塔莎飞过了大厅。皆尼索夫一直凝神地看着她，并且带了那样的神情用刀打拍子，这神情明白地说，他不跳舞，只是因为不想跳舞，而不是因为不能跳舞。在舞节的当中，他把走过身边的罗斯托夫唤到面前来了。

“那完全不对，”他说，“这就是波兰的美最佳舞吗？但她跳得好极了。”

尼考拉知道皆尼索夫甚至在波兰也以善跳波兰的美最佳舞而著名，他跑到娜塔莎面前去了。

“去邀请皆尼索夫。他会跳！跳得好极了！”他说。

又轮到娜塔莎的时候，她站起来，迅速地踏着她的有蝴蝶结的低口鞋，畏怯地独自穿过大厅，跑到皆尼索夫所坐的角落里。她看见大家都向她望着，期待着。尼考拉看见皆尼索夫和娜塔莎带笑地争执着什么。皆尼索夫在拒绝，但高兴地微笑着。他跑到他们面前去了。

“请，发西利·德米特锐支，”娜塔莎说，“请去跳吧。”

“唉，别请我吧，伯爵小姐。”皆尼索夫说。

“哎，不要说了，发夏。”尼考拉说。

“他们好像是在劝我小猫儿发西卡。”皆尼索夫诙谐地说。

“我整个晚上唱歌给您听。”娜塔莎说。

“仙女对我什么事都做得出！”皆尼索夫说，然后解下了他的军刀。他从椅子后边走出来，紧握着女舞伴的手，仰着头，伸开一只腿，等着拍子。只有当他骑马和跳美最佳舞时才看不见他的矮小的身材，他显得那样英勇，正如他自己所设想的那样。等到了拍子，他胜利地诙谐地侧面看了看他的女舞伴，突然踏动一只脚，好像皮球一样，富有弹性地从地上跳起，然后带了他的女舞伴绕着圈子飞舞着。他用一只脚毫无声息地飞过客厅的一半，似乎没有看见站在面前的许多椅子，对直地向椅子冲去；但忽然，碰响马刺，撑开双腿，用脚跟站住脚，这样地站了一秒钟，便带了马刺的铿锵声，把双脚落在一处，迅速旋转，然后用左脚碰着右脚，又绕着圈子飞舞。娜塔莎料得到他所要做的动作，并且自己不知道是怎么样的，就跟随着他——听从着他。他有时使她忽而在他右手上打旋，忽而在他左手上打旋，有时他跪下一膝，使她在自己四周打旋，然后又跳起来，那样猛急地向前冲，好像他有意要一口气穿过所有的房间；有时又忽然停止，然后又跳出新的意外的舞步。当他敏捷地使他的女伴在她位子前打了一旋，并且碰响马刺，在她面前鞠躬时，娜塔莎连屈膝礼也没有向他行。她迷惑地微笑着注视他的眼睛，好像不认识他。

“这是怎么回事？”她问。

虽然约盖勒不承认这是真正的美最佳舞，但所有的人都称赞皆尼索夫的技艺，他不断地被邀请，于是老人们微笑着说到波兰，说到过去的好时代。皆尼索夫跳舞跳得脸红了，用手帕拭着脸，坐在娜塔莎旁边，在其余跳舞时间里，一直没有离开她。

13

跳舞会之后，罗斯托夫有两天没有在自己家里看见道洛号夫，也没有在他家里找到他；第三天他接到了他的便函。

“我由于您所知道的原因不愿再到您府上去，并且就要回军队里去了，因此今天晚上我邀请朋友们举行告别宴——到英国旅馆来吧。”

在十点钟前，罗斯托夫离开他和他家里人以及皆尼索夫在看戏的戏院，如约地到英国旅馆去了。他立刻被引进道洛号夫这天夜晚在旅馆中所订的最好的房间里。

有二十来人聚集在桌子四周，道洛号夫坐在桌子前两支蜡烛之间。桌上有金币和钞票，道洛号夫做庄。在他的求婚和索尼亚的拒绝之后，尼考拉便没有看见他，并且一想到他们将如何见面，他便觉得不安。

道洛号夫那明亮的冷静的目光，在罗斯托夫还在门口时就看见了他，好像等了他很久。

“我们好久不见了，”他说，“谢谢你的光临。我马上就要把牌发完，依牛施卡和歌舞团要来的。”

“我去找过你。”罗斯托夫红着脸说。

道洛号夫没有回答。

“你可以赌。”他说。

罗斯托夫这时想起有一次和道洛号夫所谈的奇怪的话。“只有傻瓜赌钱才靠运气。”道洛号夫那时说的。

“或者是你怕同我赌吗？”道洛号夫此刻说，好像是猜中了罗斯托夫的思想，并且微笑了一下。

在这个笑容里面，罗斯托夫看见了他在俱乐部宴会上以及在别的时候所有的那种心情，好像是道洛号夫厌倦了日常的生活，觉得必须用一种奇怪的、大都是残忍的行为来逃避它。

罗斯托夫觉得不舒服；他在心里寻找笑话来回答道洛号夫的话，却没有找到。但他还没有来得及这么做，道洛号夫已经对直地望着罗斯托夫的脸，缓慢地、一字一顿地对他说，以便让大家都听到他的话：

“你记得，我同你说过赌钱的事……想要凭运气赌钱的人是傻瓜。赌钱应该有把握，我要试试看的。”

“凭运气呢，还是要有把握呢？”罗斯托夫想。

“是的，你最好不赌，”他补充说，拍响了一副新打开的纸牌，又说，“下注，诸位！”

道洛号夫把钱向前移了一下，准备发牌。罗斯托夫坐在他旁边，起初没有赌。道洛号夫不时地看他一眼。

“你为什么不赌呢？”道洛号夫说。

很奇怪，尼考拉觉得不能不拿牌了，他下了一个小注子，开始赌牌。

“我身上没有带钱。”罗斯托夫说。

“我相信你！”

罗斯托夫放了五卢布在牌上输了，又下又输了。道洛号夫“杀了”，就是说，连赢了罗斯托夫十副。

“诸位，”发了一会儿牌，他说，“请把钱放在牌上，不然我会算错的。”

有一个赌的人说，他希望能够相信他。

“可以相信的，但我恐怕弄错；请把钱放在牌上吧，”道洛号夫回答，“你不要踌躇，我和你以后再算。”他向罗斯托夫补充说。

赌博继续着，茶房不停地分送香槟酒。

罗斯托夫所有的牌都输了，他输了八百卢布的账。他本来要在一张牌上写八百卢布，但是当茶房给他送香槟酒时，他改变了主意，又写了通常的数目，二十卢布。

“放手，”道洛号夫说，不过他似乎看也没有看罗斯托夫，“你快要赢回去了。我输给了别人，但是赢了你。也许是你怕我吗？”他又说。

罗斯托夫顺从了，仍旧写了八百的注子，把他从地上捡起的破角的红心七放在桌上。他后来记得很清楚。他在红心七上面用粉笔头写了清楚的端正的数目字八百，然后把它放在桌上。他喝干了一杯递给他的暖香槟，对道洛号夫的话微笑一下，望着道洛号夫拿着一副牌的手，提心吊胆地等候着翻红心七。这张红心七的输赢，对于罗斯托夫是关系很大的。在上个星期日，伊利亚·安德来伊支伯爵给了儿子两千卢布，虽然他从来不愿向儿子说到金钱的困难，却向他说，这是在五月之前最后的一笔钱了，因此他求儿子这一次要节省一点。尼考拉说，他觉得这钱太多了，并且保证说他在春季里不再要钱了。现在这笔钱只剩一千二百卢布了。所以红心七不仅有关一千六百卢布的输赢，而且是关系到是否食言的问题。他提心吊胆地望着道洛号夫的手，并且想：“哦，赶快把这张牌发给我吧，我就要拿帽子，坐车回家同皆尼索夫、娜塔莎、索尼亚吃晚饭了，我一定决不再拿牌了。”这时候，他的家庭生活，和彼恰的玩笑，和索尼亚的谈话，和娜塔莎的合唱，和父亲玩纸牌，甚至厨子街上家里的舒适的床铺，都那么生动地、明确地、富有魅力地在他心中出现了，好像这一切都是老早以前的、业已丧失的、没有被他重视过的幸福。他不能设想，一种倒霉的机会会使七发在右边，不发在左边，会夺去他这全部新近了解的和新近体会的幸福，会使他遭受未曾经验的、尚不明确的重大的不幸。这是不可能的，但他仍然提心吊胆地等着道洛号夫的手的动作。这双宽厚的、红色的、在袖子下面露出毫毛的手把这副牌放下了，接过了送来的杯子和烟斗。

“那么你不怕和我赌吗？”道洛号夫又说，然后好像是要说一个愉快的故事一样，他放下了牌，靠到椅背上，开始带着笑容慢慢地说道：

“是的，诸位，有人向我说，在莫斯科散布了一种谣言，说我是骗子，因此我劝你们对我要更加当心。”

“喂，发牌吧！”罗斯托夫说。

“啊，莫斯科的流言！”道洛号夫说，然后微笑着拿起了牌。

“啊！”罗斯托夫把双手举到头发上，几乎叫起来了。他所需要的七是在顶上边，是这副牌里的第一张。他输得付不出钱了。

“你还是不要轻举妄动吧。”道路号夫说，瞥了罗斯托夫一眼，继续发着牌。

14

过了一个半钟头，大部分赌钱的人对于他们自己的赌博不感兴趣了。

全部的兴趣集中在罗斯托夫一个人身上。他输的已经不是一千六百卢布，而是一长列的数字，他计算过有一万卢布，但现在，他模糊地推想，已经加到一万五千卢布了。但事实上，这笔账已经超过两万。道洛号夫没有听也没有说故事；他注视罗斯托夫的双手的每一个动作，偶尔地向他输的账上扫一眼。他决定继续赌博，直到这笔账达到四万三千卢布时才歇。他确定了这个数目，因为四十三是他的年龄与索尼亚年龄的总和。罗斯托夫用双手托着头，坐在写了许多数字的、滴了酒的、堆着牌的桌子前。一个苦恼的印象一直在他头脑里：这双宽厚的、红色的、在袖子下面露出毫毛的手，这双他又爱又恨的手，把他控制住了。

“六百卢布，么，角，九……赢回来是不可能的！……在家里是多么愉快啊……纸牌，加倍或清账……这是不可能的！……他为什么对我这样做呢？……”罗斯托夫一面想着，一面回忆。有时他在牌上写了很大的注子，但道洛号夫拒绝和他赌这个数目，却自己定了一个数目。尼考拉依从了他，并且有时祷告上帝，像他在战场上、在恩斯河桥上祷告时一样；有时他猜想，那张牌，在桌下一堆弯曲的牌中落到他手里的第一张牌，会拯救他；有时他算计衣服上扁条的数目，打算把全部所输的钱放在点数相同的一张牌上，此刻他时而望望别的赌钱的人求援，时而望望道洛号夫那张冷淡的脸，并且极力想要看透他心里的事情。

“他当然知道，输的这笔钱对我意味着什么。他会不会希望我毁灭呢？要知道，他是我的朋友呀。我爱他……但这不是他的错；在他幸运的时候，他要做什么呢？这也不是我的错，”他向自己说，“我什么错事也没有做。难道我杀了谁，侮慢了谁，对谁存过恶意吗？为什么有这可怕的不幸呢？这是什么时候开始的？刚才不久，我来到桌子这里，心想赢一百个卢布去替妈妈在命名日买一瓶酒，然后就回家。我本是那么幸福，那么自由，那么愉快！我那时并不知道我是多么幸福！那是什么时候失去的，这个新的可怕的情形是什么时候开始的？这个改变有什么迹象？我同样地一直坐在这个地方，坐在这个桌子旁边，同样地选牌放牌，同样地望着这双宽厚的灵活的手。这是什么时候发生的，发生了什么？我健康、强壮，我依然如旧，仍然在同样的地方。不，这是不可能的！确实，一定不会出什么事的。”

他脸红了，全身发汗，虽然房里并不热。他的脸色又可怕又可怜，特别是因为他无可奈何地想要显得镇定。

输的数目达到了四万三千卢布这个严重的总数。罗斯托夫准备了一张牌，折了牌角表示加倍或抵消刚刚记账的三千卢布，这时道洛号夫把这副牌拍一下，把牌推开，拿起粉笔，开始用清晰有劲的笔法，快快地写下罗斯托夫欠账的总数，写的时候碎裂着粉笔灰。

“吃饭了，是吃饭的时候了！茨冈人来了！”

果然，一群黑皮肤的男女茨冈人，从寒冷的外面走进来，用茨冈人的语言说着什么。尼考拉明白，一切都完了；但他用淡漠的声音说：

“怎么，不来了吗？我准备了一张顶好的小牌。”好像最使他感兴趣的是赌博本身的乐趣。

“一切都完了，我完了！”他想，“现在，子弹打进脑袋……只有这一条路了。”同时他用愉快的声音说：

“哎，再赌一张小牌吧。”

“好。”道洛号夫回答，已经算出了总账。“好！来二十一个卢布。”他说，指着那超过四万三千整数的二十一，于是拿起了牌，准备发。罗斯托夫顺从地扳开牌角，没有写他准备要写的六千，小心地写了二十一。

“这在我横竖一样，”他说，“我只想要知道，是你赢还是我赢那个十。”

道洛号夫开始认真地发牌。啊，罗斯托夫现在多么恨这双手，这双短指的、红色的、在袖子下边露出毫毛的、把他握在掌心里的这双手……十发给他了。

“你的账是四万三千，伯爵。”道洛号夫说，伸着腰从桌前站起。“坐得这么久，疲倦了。”他说。

“是的，我也倦了。”罗斯托夫说。

道洛号夫好像是提醒他，他是不该开玩笑的，打断他说：

“我什么时候收钱呢，伯爵？”

罗斯托夫脸红了，把道洛号夫叫进另外一间房里。

“我不能马上全数给你，你要拿期票。”他说。

“听着，罗斯托夫，”道洛号夫微笑着，看着尼考拉的眼睛，清楚地说，“你知道这句话：‘在爱情中幸运，在赌博中不幸。’你的表妹爱你。我知道。”

“啊！觉得自己是这样地在这个人的掌握中，是可怕的。”罗斯托夫想。罗斯托夫明白，这个输钱的消息对于父母是多么大的打击，他明白，避免了这一切是多么幸福，并且明白，道洛号夫知道他可以使他避免这个耻辱和苦恼，而现在却想要像猫捉老鼠那样地要弄他。

“你的表妹……”道洛号夫想要说，但尼考拉打断了他的话。

“我的表妹同这件事毫无关系，用不着说到她！”他愤怒地大声说。

“那么什么时候收钱呢？”道洛号夫问。

“明天。”罗斯托夫说过，便从房里走出去了。

15

说“明天”并维持有体面的话语是不难的；但是独自回家，看见妹妹、弟弟、母亲、父亲，自己认错，索取他在保证之后无权要求的钱——这是可怕的。

家里的人还没有睡。罗斯托夫家的幼辈，从戏院里回来了，吃了夜饭，坐在大钢琴前。尼考拉一进大厅，便笼罩在爱情的、富有诗意的气氛中，这种气氛在这年冬天充满了他们的家，并且现在，这种气氛在道洛号夫的求婚和约盖勒的跳舞会之后，好像暴风雨前的空气一样，在索尼亚和娜塔莎的四周更加浓厚了。索尼亚和娜塔莎穿着在戏院中所穿的蓝色的衣服，很美丽，并且都知道自己美丽，都幸福地微笑着站在大钢琴边。韦婉和沈升在客厅下将棋。老伯爵夫人等着儿子和丈夫，和住在她家的老贵族妇人玩“排心思”牌。皆尼索夫眼睛明亮，头发蓬乱，一条腿向后屈着，坐在大钢琴旁边，动着他的短手指，奏着和音，转动眼睛，用他的细小、沙哑但正确的声音唱他自己所作的诗《女妖》，他试着为这诗配乐。

女妖，你说，是什么劲，
引我重理抛弃的弦琴？
你在我心中燃起了什么热情，
是什么欢乐在我指间流进？

他用热情的声调唱着，他的玛瑙般的黑眼睛注视着又惊惶又快乐的娜塔莎。

“好极了！好极了！”娜塔莎大叫着，“再唱两句。”她说，没有注意到尼考拉。

“他们一切照常。”尼考拉想，望着韦婉和母亲跟老妇人坐着的客厅。

“啊！尼考林卡来了！”娜塔莎跑到他面前去了。

“爸爸在家吗？”他问。

“我多么高兴啊，你来了！”娜塔莎说，没有回答他，“我们多么快活。发西利·德米特锐支还要为我留一天，你知道吗？”

“没有，爸爸还没有回来。”索尼亚说。

“考考，你来了，到我这里来，亲爱的！”伯爵夫人在客厅里的声音说。

尼考拉走到母亲面前，吻了她的手，然后无言地坐在她的桌边，开始望着她摆牌的手。大厅里仍然传来了笑声和劝娜塔莎唱歌的喻快的声音。

“啊，好，好，”皆尼索夫大声说，“现在用不着推辞，轮到您唱barcarolla［船歌］了，我求您。”

伯爵夫人瞥了瞥沉默的儿子。

“你有什么事？”母亲问尼考拉。

“啊，没有什么，”他说，好像他已经厌烦了这种老是同样的问题，“爸爸快回来了吗？”

“我想，快回来了。”

“他们一切照常。他们一点都不知道！我该怎么办呢？”尼考拉想，又走进有大钢琴的大厅里。

索尼亚坐在大钢琴前奏皆尼索夫特别爱好的船歌序曲。娜塔莎准备唱歌了。皆尼索夫用热情的眼睛望着她。

尼考拉开始在房间里来回走着。

“他们为什么要叫她唱歌？她怎么能唱歌？并没有可以开心的事情！”尼考拉想。

索尼亚弹了序曲的第一个和音。

“我的上帝，我是一个没落的没有名誉的人。我现在唯一要做的事，是把子弹打进脑袋，不是唱歌了，”他想，“走开吗？但是到哪里去呢？反正一样，让他们唱吧！”

尼考拉继续在房里徘徊着，愁闷地望着皆尼索夫和姑娘们，躲避着他们的目光。

“尼考林卡，您有什么事情？”索尼亚向他注视着的目光这么问。她立刻看出了，他有什么事情。

尼考拉避开了她。娜塔莎凭她的敏感也立刻注意到哥哥的情形。

虽然她注意到他，但是她自己此时是那么愉快，离苦恼、忧愁、谴责是那么遥远，以致她有意欺骗她自己（这是年轻人常有的事)。"不行，我现在觉得很愉快，我不能因为同情别人的苦恼而给自己带来不快，"她这么感觉，并且向自己说，"不是，我一定弄错了，他一定是同我一样地快活。"

"哦，索尼亚。"她说，走到大厅的当中，她认为这里的音响最好。她抬起头，无力地垂下两臂，好像跳舞的人们所做的一样，用有力的姿势把脚跟踮起来向前走着，走到房间的当中停下来了。

"这就是我!"她似乎这么说，回答跟在她背后的皆尼索夫的热情目光。

"她在高兴什么?"尼考拉想，望着妹妹，"她怎么不觉得没趣，不觉得羞耻?"

娜塔莎唱出第一个音符，她音域宽广，唱起来胸脯挺起，眼睛露出严肃的表情。她在这时候没有想到任何人，没有想到任何事情，从带笑的嘴里唱出声音，这些声音是任何人可以用同样的时间间隔和同样的音程唱出来的，但是这些声音有一千次使您听了心里觉得不舒服，而在第一千零一次却使您感动得流泪了。

娜塔莎在这年冬天第一次开始认真地唱歌，特别是因为皆尼索夫非常欢喜她的唱歌。她现在不像小孩那样地唱歌了，在她的歌里已经没有了她从前所有的那种可笑的小孩的努力，但是据听过她唱歌的内行鉴赏家说，她唱得还不很好。"未经训练，但是嗓音极好，应当训练。"大家都这么说。但他们通常是在她的声音停了很久之后才说这话。当这个未经训练的声音带着不合规律的舒气和紧张的过门在唱时，甚至内行鉴赏家也不说什么，只欣赏着这个未受训练的声音，只希望再听听这个声音。她的声音里表现了她的处女的纯洁，她还不知道自己的才能，她的柔和的声音尚未锻炼，它们和她的唱歌艺术的缺陷那样地混在一起，以致看来要改变这个声音里的任何东西而不损害这个声音，是不可能的。

"这是怎么回事?"尼考拉听到了她的声音，睁大着眼睛想着。"她发生了什么事情? 她今天唱得多好!"他想。忽然他觉得，全世界都聚精会神地期待着下一乐音与下一乐节，而且世界上的一切分成了三个拍子：“Oh，mio crudele affetto［啊，我的残忍的爱情］……一，二，三……一，二，三……一，二，三………一……oh，mio crudele affetto［啊，我的残忍的爱情］……一，二，三……一。唉，我们这种无意义的生活！”尼考拉想，“这一切，不幸，金钱，道洛号夫，怨恨，名誉——这一切都没有意义……但这是真实的……哦！娜塔莎，哎，亲爱的！哎，我亲爱的……她要怎样唱这个si呢？唱了！谢谢上帝！”他自己没有注意到，他也在唱了，为了加强这个si，唱了高音的第二度音程和第三度音程。“我的上帝！多么好！难道是我唱了吗？多么幸福啊！”他想。

啊！这个第三度音程颤抖得多么好，罗斯托夫心中某种最好的东西大受感动了。这种东西与世界上的一切无关，高过世界上的一切。输钱，道洛号夫，诺言，算得了什么！……全是无意义的！人可以杀人，偷窃，而他仍然是幸福的……

16

罗斯托夫已经好久不曾像今天这样感觉到音乐的乐趣了。但娜塔莎刚刚唱完了船歌，他又想起了现实。他没有说什么，走出去，下楼回到自己的房间里去了。过了一刻钟，愉快的满意的老伯爵从俱乐部回来了。尼考拉听到他坐车到家，便去迎接他。

“哎，快活吗？”伊利亚·安德来伊支说，高兴地骄傲地向儿子微笑。

尼考拉想要说“是的”，但是他不能够：他几乎要哭了。伯爵在点烟斗，没有注意到儿子的情形。

“哎，不可避免的！”尼考拉第一次又是最后一次这么想。忽然，好像他只是要求坐马车进城一样，用那种使他自己也觉得十分讨厌的、不经意的语调，向父亲说了：

“爸爸，我来找你有事情。我几乎忘记了。我需要点钱。”

“哦！”父亲说，他的心情是特别愉快，“我向你说过那是不够的。要多少？”

“很多。”尼考拉脸红着，带着愚蠢的、漫不经心的笑容说，这笑容是他后来很久还不能宽恕自己的。“我输了一点钱，就是说，很多，是非常多，四万三千卢布。”

“什么？输给谁的？……胡说！”伯爵大声说，忽然像老人们中风那样地红了颈子和后项。

“我答应了明天付。”尼考拉说。

“啊！……”老伯爵说，摊开双手，软弱无力地在沙发上跌坐下来。

“没有办法！谁没有过这种事情呢！”儿子用随便的大胆的语气说，同时他在心里认为自己是坏蛋，是贱人，用自己整个的生命也不能够赎自己的罪过。他想要吻父亲的手，跪下来求他宽恕，但是他用漫不经心的，甚至粗暴的语气说，任何人都会发生这种事情的。

伊利亚·安德来伊支伯爵听到儿子这些话，垂下眼睛，并且寻找着什么，慌乱起来了。

“是的，是的，”他说，“困难，我怕，难以筹到……谁没有过！是的，谁没有过……”伯爵向儿子脸上瞥了一眼，从房里走出去了。尼考拉原来想会遭到拒绝，一点也没有料到是这样的。

“爸爸！爸……爸！”他跟在他背后叫着，哭泣着，“饶恕我！”他抓住父亲的手，把嘴唇贴上去，并且流泪了。

在父亲和儿子说话时，母亲和女儿也有了重要的谈话。兴奋的娜塔莎跑到母亲面前。

“妈妈！……妈妈！……他向我……”

“向你什么？”

“向我，向我求婚。妈妈！妈妈！”她叫着。

伯爵夫人不相信自己的耳朵。皆尼索夫求婚。向谁？向这个小女娃娜塔莎，她不久之前还玩木偶，现在还在读书。

“娜塔莎，够了，胡说！”她说，还希望这是笑话。

“怎么胡说！我向您说实情，”娜塔莎生气地说，“我来问您怎么办，您却说：‘胡说’……”

伯爵夫人耸耸肩膀。

“假使是真的，皆尼索夫先生向你求了婚，那么你向他说，他是傻瓜，这就完了。”

“不是，他不是傻瓜。”娜塔莎愤慨地严肃地说。

“那么你想要怎么样呢？你们现在在恋爱了。好，你爱上了他，那么你就嫁给他！”伯爵夫人又生气又带笑地说，“上帝保佑你！”

“不是，妈妈，我没有爱他，我以为我没有爱他。”

“那么就这样向他去说。”

“妈妈，您发火了吗？您不要发火，亲爱的，我有什么地方错了吗？”

“不是，那是怎么回事，我亲爱的？你愿意我去同他说吗？”伯爵夫人微笑着说。

“不，我自己去，您只要教我一下。这在您是不费事的，”她补充说，回答着她的笑容，“您要是看见了他怎样向我说这话，那就好了！其实我知道，他并不想要说这话，他是偶然说的。”

“但还是应该拒绝的。”

“不，不必。我是那么可怜他！他是那样的可爱。”

“嗯，那么接受他的求婚吧。是该结婚的时候了。”母亲生气地讽刺地说。

“不，妈妈，我多么可怜他。我不知道，我要怎么说。”

“好，不用你去说，我去说。”伯爵夫人说，因为别人竟敢把这个小小的娜塔莎当作大人而发火。

“不，完全用不着，我自己去说，您在门口听。”于是娜塔莎穿过客厅跑进大厅，皆尼索夫仍旧坐在大厅里大钢琴前的椅子上，用手蒙了脸。

他听到她的轻柔的脚步，跳起来了。

“娜塔莎，”他说，快步地走到她面前，“决定我的命运吧。它在您的手里！”

“发西利·德米特锐支①，我很同情您！……不，您是这么

① 毛注：称教名和父名比称姓更亲切、更客气。

好……但那是不行的……这……我要永远这样爱您。”

皆尼索夫低头吻她的手，但她听到了奇怪的、她不了解的声音。她吻了他的黑色的蓬乱的鬈发的头。这时候听到了伯爵夫人的衣服发出的迅速的窸窣声。她走到他们面前来了。

“发西利·德米特锐支，我谢谢您给我们的光荣，”伯爵夫人用狼狈的、但皆尼索夫听来觉得严厉的声音说，“但是我的女儿太年轻了，我觉得，您是我儿子的朋友，您要先向我说。若是那样，您不致使我一定拒绝您了。”

“伯爵夫人！……”皆尼索夫眼睛下垂着，面带歉意地说，他还想要说点什么，却口吃了。

娜塔莎不能够无动于衷地看见他那么可怜。她开始大声地哭泣了。

“伯爵夫人，我对不起您，”皆尼索夫继续用不连贯的声音说，“但您知道，我那样崇拜您的女儿和你们全家，我愿意把我的性命丢掉两次……”他望望伯爵夫人，看见了她严厉的脸……“好，再见，伯爵夫人。”他说。吻了她的手。没有回顾娜塔莎，便用迅速的坚决的步子从房里走出去了。

第二天，罗斯托夫送别了皆尼索夫，他在莫斯科一天也不想留了。他所有的莫斯科朋友在茨冈人那里欢送他，他记不得他们怎样把他送上雪橇，他怎样走过了前三站。

在皆尼索夫走了以后，罗斯托夫等候着老伯爵不能一时筹足的钱，在莫斯科不出门户地又住了两星期，大部分时间是待在姑娘们的房里。

索尼亚对他比从前更亲切、更忠心了。她似乎是想要向他说，他输钱倒是好事，因此她现在更加爱他了；但尼考拉现在认为自己是配不上她的。

他在姑娘们的本子上抄诗句和乐谱，直到最后把四万三千卢布全部寄完，收到了道洛号夫的收条，没有辞别任何朋友，在十一月①底起程追赶已经在波兰的团去了。

---

① 十一章开首提到圣诞节。此处十一月，疑系一月之误。

第二部

1

彼埃尔和妻子进行了谈判之后，便启程到彼得堡去了。在托尔饶克驿站上没有马，或者是站长不愿意供给马匹。彼埃尔不得不等候。他没有脱衣服，躺在圆桌前的皮沙发上，把穿着暖靴的大脚搁在圆桌上，沉思着。

“箱子要搬进来吗？要预备床吗？要茶吗？”他的听差问。

彼埃尔没有回答，因为他什么也没有听见，什么也没有看见。他在上一站就开始沉思了，并且继续想着同一个问题——那样重要的一个问题，以致他一点也没有注意到他身边所发生的事。他不但没注意他到彼得堡的早晚，或者这个驿站上有没有供他休息的地方，而且他觉得，和现在他心里的思想比较起来，他将在这个站上停留数小时，或停留一辈子，反正都是一样了。

站长夫妇，他的听差，一个卖托尔饶克花边的农妇，都走进房来想要效劳。彼埃尔没有改变跷起的两脚的位置，从眼镜上边望着他们，他不明白，他们需要什么，他也不明白，他们没有解决他所思索的那些问题，怎么还能生活下去。自从那天，他在决斗之后从索考尔尼基森林回到家里，并且过了第一个苦恼的睡不着觉的夜晚以后，这些同样的问题便一直盘踞在他心里；而此刻，在孤独的旅途中，它们特别强有力地吸引了他的注意。无论他开始想到什么，他总是回到了那些同样的问题上来。这些问题他既不能解决，又不能停止去思索。好像是那钉住他整个生命的主要螺旋钉在他的头脑中松脱了。这个螺旋钉不能再向前转，也不能拿下来，它钉不牢任何东西，总是在同地方转动着，而要它停止转动是不可能的。

站长走进来，开始卑躬屈膝地请求大人再等两个钟头，两个钟头以后，无论如何他要替大人预备好驿马。站长显然是说谎，只是想要获得旅客额外的钱。“这是好是坏呢?”彼埃尔问自己，“这对于我是好，对于别的旅客是不好，对于他自己这是不可避免的，因为他没有吃的；他说，有一个军官因此打他。那军官打他，因为他必须赶路。我对道洛号夫打枪，因为我觉得自己受了侮辱。人们杀死了路易十六，因为人们认为他是罪犯，一年以后，别人又杀死了那些杀他的人，也是为了某种缘故。什么是坏，什么是好?应该爱什么，恨什么?为什么生活?我是什么?什么是生，什么是死?什么力量在支配这一切?”① 他问自己。对于这些问题当中的任何问题都没有回答，除了一个不合逻辑的、和这些问题全然无关的回答。这个回答是：“你要死了——一切都要完了。你死了，你就知道一切，或者不再发问了。”但死也是可怕的。

托尔饶克的女小贩用尖锐的叫声喊售她的物品，特别是一双羊皮靸鞋。“我有成百的卢布，无处去花，她却穿着破皮袄，站在这里畏怯地望着我，”彼埃尔想，“她为什么需要钱?钱果然能够增加她一点幸福和心地的安宁吗?世界上有什么东西能够使她和我不再受罪恶和死亡的支配吗?死亡，它将要结束一切，它在今天或者明天就会来到——比之永恒，就像是在顷刻之间了。”于是他又拧紧着那不能钉牢任何东西的螺旋钉，可是这螺旋钉仍然在同一的地方转动着。

① 毛注：这是一八六四年写的，这些问题在十四年后引起托氏自己的生活危机，使他写了《忏悔录》。

他的仆人给了他一册裁了一半的书，Mme Souza［苏萨夫人］①的书信体小说。他开始看到某一 Emilie de Mansfield［阿美丽·德·曼斯腓尔特］的痛苦和为贞操的奋斗。“当她爱他的时候，”他想，“她为什么要反抗她的引诱者呢？上帝不能在她心中安排违反上帝意志的动机。”我的从前的妻子不奋斗，也许她是对的。什么也没有找到，什么也没有发现，”彼埃尔又向自己说，“我们只能够知道这一点，就是我们什么都不知道。这是人类智慧的最高阶段。”

他觉得，他自己心中的一切和四周的一切都是混乱的、无意义的、可憎的。但在这种对于四周一切的憎恶中，彼埃尔找到了他自己的一种可望而不可即的愉快。

“我冒昧请求大人让一点儿地方给这位先生。”站长走进来说，他领来了另一个也因为马匹缺乏而耽搁下来的旅客。这个旅客是一个矮小的、肩骨宽阔的、黄脸的、有皱纹的老人，在他的明亮的、不纯然灰色的眼睛之上是悬垂的白眉。

彼埃尔把腿从桌上拿下来，站起身，躺到为他预备的床上，偶尔看一下进房的人，这人带着愁闷疲倦的神情，没有望彼埃尔，费力地由仆人帮着脱衣服。他的身上剩下一件破旧的、南京布面的羊皮袄，瘦得皮包骨的脚上穿着毡靴，这个旅客坐到沙发上，把他的头靠在椅子靠背上，看了看别素号夫，他的头在颞颥部位很大、很宽，头发剪得很短。他的目光中的严厉、智慧、敏锐的表情使彼埃尔吃惊了。他想要和这个旅客说话，但是当他准备和他说说道路问题时，那个旅客已经闭上了眼睛，合上布满皱纹的老年的手，有一只手指上戴着一个大铁戒指，戒指上面有一个骷髅头的形象。他动也不动地坐着，或者是在休息，或者，在彼埃尔看来，是在深沉地安静地思考。旅客的仆人是一个满脸皱纹的、也是黄脸的老人，没有胡子，没有长须，这显然不是因为剃刮过了，而是从来没有生长过。灵活的老仆人打开了食具盒子，布置了茶桌，搬来一个沸腾的

① 毛注：苏萨夫人（1761—1836）的小说《阿美丽与阿尔房斯》（*Emilie et Alphonse*）是在一七九九年写的。

茶炊。当一切都准备妥当时，这旅客睁开眼睛，靠近桌子，替自己倒了一杯茶，又替没有胡须的老人倒了一杯递给了他。彼埃尔开始觉得不安，觉得同这个旅客攀谈是必要的，甚至是不可避免的。

那仆人拿回一只空的、底向上的杯子①和一块未吃完的糖，问他还需要什么。

“不要什么。把书给我。”旅客说。

那仆人把书递给了他，旅客注意地阅读着，彼埃尔觉得这是一本宗教书。彼埃尔望着他。旅客忽然拿开了书，夹了个书签在书里，合了书，又闭上了眼睛，把手臂搭在椅子靠背上，照先前的姿势坐着。彼埃尔望着他，还没有来得及转过头去，老人已经睁开眼睛，用坚决严厉的目光直盯着彼埃尔的脸。

彼埃尔觉得自己发窘了，想要避开这个目光，但是那双明亮的老人的眼睛不可抵抗地吸引了他的注意。

2

“假若我没有认错人的话，那么我是在和别素号夫伯爵说话，我觉得很荣幸。”旅客从容地大声地说。

彼埃尔沉默着，疑问地从眼镜上边望着交谈者。

“我久仰了，阁下，”旅客继续说，“并且听到您所遭遇的不幸。”他似乎强调最后的字眼，好像他说，“是的，不幸，不管您叫它什么，我知道，您在莫斯科遭遇的事，是不幸。”他说，“阁下，我对您的事很是惋惜。”

彼埃尔脸红了，赶快从床上放下腿，向老人弯下身子，不自然地羞怯地微笑着。

“我不是由于好奇心向您提到这个，阁下，而是由于更重大的理由。”他沉默着，目光一直盯着彼埃尔，并且在沙发上移动了一下，用这个动作请彼埃尔坐到他旁边去。彼埃尔不愿和这个老人谈话，

---

① 毛注：俄国农奴及农民通常覆杯表示不再需要。为了节省，茶内亦不放糖，仅在喝茶时口衔一块。

但他不觉地依从了他，走上前，坐在他身边。

“阁下，您不幸，”他继续说，“您年轻。我老了，我愿尽我的力量帮助您。”

“啊，是的，”彼埃尔带着不自然的笑容说，“我很感激您……请问您是从哪里来的？”

旅客的脸色是不和善的，甚至是冷淡而严厉的，虽然如此，这个新相识的人的言语和面孔，却对彼埃尔发生了不可抵抗的吸引力。

“假使您因为什么缘故不愿同我说话，”老人说，“那么阁下，您就向我说。”他忽然发出了意外的像父亲那样慈爱的笑容。

“不不，一点也不，正相反，我很高兴和您认识。”彼埃尔说。他又看了一下新相识的人的手，靠近地看清了他的戒指。他看见了戒指上的骷髅头像——共济会①的标志。

“请问，”他说，“您是共济会员吗？”

“是的，我是共济会员，”旅客说，愈益深透地注视着彼埃尔的眼睛，“我自己并且代表他们向您伸出会友的手。”

“我恐怕，”彼埃尔微笑着说，他时而由于共济会员的热情而对该会抱有信任的态度，时而又对共济会员的信仰嘲笑一番，觉得这是平平常常的，“我恐怕，我非常不了解，该怎么说呢，我恐怕，我对于世界的看法和您的看法正相反，使我们不能够互相了解。”

“我知道您的看法，”共济会员说，“您所说的那种看法，您觉得是您的思索的收获，其实它是大部分人的看法，是骄傲、懒惰和无知的必然结果。请阁下原谅我，假使我不知道这个，我便不同您说了。您的看法是一种可怜的谬误。”

“同样地，我可以假定您是在谬误之中。”彼埃尔微笑着说。

“我决不敢说我知道真理，”共济会员说，他语气的肯定和坚决

---

① 共济会于一七六〇年在俄国创立。该会的宗旨是从英格兰和苏格兰传来的，但因为有改革政治的嫌疑，在叶卡切锐娜朝代被禁止。它在亚力山大一世朝代兴盛，但在尼考拉一世朝代又遭受严禁，这时任何秘密组织都不得活动。

愈益使彼埃尔惊讶了，“没有人能够独自得到真理：只有用一块一块的石头，由无数代的人，从我们的始祖亚当直到我们现在的人，共同参与，才能建立那座庙宇，这座庙宇应当是伟大上帝的适宜的居所。”共济会员说，然后闭上了眼睛。

“我应当向您说，我不相信，不……相信上帝。”彼埃尔抱歉地费力地说，觉得他必须说出真话。

共济会员注意地望了望彼埃尔，微笑了一下，好像一个百万富翁听到一个穷人向他说，而这个穷人，连五个可以使他幸福的卢布也没有的时候微笑的一样。

“是的，阁下，您不认识他，”共济会员说，“您不能够认识他。您不认识他，因此您不幸。”

“是的，是的，我不幸，”彼埃尔同意，“但是我要怎么办呢？”

“阁下，您不认识他，因此您很不幸。您不认识他，但他却在这里，他在我的心里，在我的话里，他在您的心里，甚至在您刚才所说的亵渎的话里！”共济会员用严厉的打战的声音说。

他沉默着，叹了口气，显然是在力求平静下来。

“假使没有他，”他低声说，“阁下，我和您就不会说到他了。我们说到什么，说到谁呢？您否认谁呢？”忽然他带着严峻的和得意的权威口气说，“假使没有他，谁创造他的？为什么您有这个概念，认为这样的一个不可理解的上帝是有的呢？为什么您和全世界都认为这个不可思议的上帝——这个万能的、永恒的、威灵无限的上帝——是有的呢？……”他停住了，并且沉默了很久。

彼埃尔不能并且不愿打破这沉默。

“他是有的，但了解他是困难的。”共济会员又说，没有望彼埃尔的脸，却望着前面，用他的一双因为内心的激动而不能保持宁静的年老的手翻着书页。“假使他是一个人，你怀疑了他的存在，我便可以把这个人带到你面前来，抓住他的手，指给你看。但我这样一个无足轻重的凡人，怎么能够把他的万能、他的永恒、他的恩惠给一个瞎子看，或者一个因为没看见他不了解他，也不看见、不了解自己的卑鄙与罪恶，因而闭上眼睛的人呢？”他停了一下。“你是谁？

你是什么人？你幻想自己是聪明人，因为你能够说出这些亵渎的话，”他带着忧悒的轻视的嘲笑说，“小孩子玩弄造得巧妙的钟表机件，因为他不明白钟表的用途，所以他敢说他不相信造钟表的工匠，你比这样的小孩还要愚蠢，还要不懂事。认识他是困难的。许多世纪以来，从我们始祖亚当直到现在，我们为了这种认识而努力，但是距离我们的目的，还是无限的遥远；但在我们对他不了解时，我们只看到自己的弱点和他的伟大……”

彼埃尔带着不安的心情，用明亮的眼睛望着共济会员的脸，听他说，不问他，也不打断他的话，却真诚地相信这个陌生人对他所说的话。或者是他相信共济会员说的话中那聪明的理论，或者是他像个小孩子一样，相信共济会员的信念与热诚的声调，相信那有时使共济会员的话声几乎中断的颤抖，或者是他相信那双明亮的、老年的、抱着这种信念长大的眼睛，或者是他相信共济会员全身所显现的、和他自己的颓丧与失望比较起来特别使他惊讶的那种镇静、坚决和对自己使命的认识——总之，他真诚地想要相信，并且真的相信了，感觉到了心中那种宁静、焕然一新和回到生活中来的喜悦。

“他不是靠理智来理解，而是凭着生活来理解的。”共济会员说。

“我不明白，”彼埃尔说，恐惧地感觉到自己心中产生的怀疑。他怕交谈者的各项理由模糊不清和软弱无力，他怕自己不相信他。“我不明白，”他说，“为什么人类智慧不能理解您所说的知识。”

共济会员露出温雅的、慈父般的笑容。

“最高的智慧和真理就像是最纯洁的液体，我们希望把它吸收到自己心中，”他说，“我能够在肮脏的血脉里容纳这种纯洁的液体并来判断它的纯洁吗？只有借本身内部的清洗，我才能够使这种获得的液体保持一定程度的纯洁。”

“是的，是的，是这样的！”彼埃尔高兴地说。

“最高的智慧不是单独建立在理性上的，不是建立在那些人世的物理、历史、化学等科学上的，理性的知识是分成了这些部门的。最高的智慧只有一个。最高的智慧只有一种科学——整体的科学，这科学解释整个宇宙，以及人在宇宙中的地位。要自己获得这种科学，就必须清洗并革新自己内心的‘自我’，因此，在认识之前，必须信仰，并使自己趋于完善。为了达到这些目的，在我们心里透进了上帝的光，它叫做良心。”

“是的，是的。”彼埃尔表示同意。

“用你精神的眼睛看看你内心的自我，并且问问你自己，你是否满意你自己。你单单由智慧领导着，你获得了什么？你是什么？阁下，您年轻、富裕、聪明、有教养。您用这些给予您的优越条件做了什么呢？您满意您自己的生活吗？”

“不，我恨我的生活。”彼埃尔皱着眉说。

“你恨它，那么就改变它，清洗你自己，并且你将由于纯洁而获得智慧。阁下，您看看您的生活吧。您的生活是怎么过的呢？是在放荡的酒宴和淫乱中过的，从社会上获得一切，却没有东西给社会。您获得了财产。您怎么利用它的呢？您对于别人做了什么呢？您想到过您的成千成万的奴隶，您在物质上和精神上帮助过他们吗？没有。您利用他们的劳力，过放荡的生活。这就是您所做的。您选择了一种对于别人有益的职业吗？没有。您在闲逸中度过您的生活。后来您结婚了，阁下，负起了领导一个年轻妇女的责任，您又做了什么呢？阁下，您没有帮助她寻找真理的道路，却把她引入了欺骗和不幸的深渊。有人冒犯了您，您便开枪打他，您还说您不认识上帝，说您恨自己的生活。阁下，这里没有奇妙的地方！”

在这些话之后，共济会员似乎因为长篇大论而疲倦了，又把手臂靠到沙发的背上，闭上了眼睛。彼埃尔望着那个严厉的、面色不变的、老迈的、几乎没有生气的脸，并且无声地动了动嘴唇。他想要说：是的，过的是卑鄙、闲逸、淫乱的生活——但他不敢打破沉默。

共济会员沙哑地、老态龙钟地咳了一声，唤了一声仆人。

“马匹怎么样了？”他问，没有望彼埃尔。

“他们带来了替换的马，”仆人说，“您不休息了吗？”

“是的，叫他们套车。”

“难道他不说完一切，不应许帮助我，就走开，丢下我一个人吗？”彼埃尔想，垂下了头，站起来，开始在房中走动，偶尔望一望共济会员。“是的，我没有想到这个，我过了可鄙、腐化的生活，但我既不欢喜，也不想要过这种生活，”彼埃尔想，“但这个人知道真理，假使他愿意，他能够用真理启发我的。”彼埃尔想要而又不敢把这话向共济会员说。

这个旅客用习惯的老年人的双手收拾了他的东西，便开始扣他的羊皮袄。做完了这些事，他转向别素号夫，并且用恭敬的语调，淡漠地向他说：

“请问阁下，您现在到哪里去？”

“我？……我到彼得堡去，”彼埃尔用孩子般的、犹疑不决的声音说，“我谢谢您。我完全同意您。但您不要以为我是那么坏。我诚心诚意希望做那样的一个人，就像您想要我做的那样；但我从来没有获得任何人的帮助……但是，首先我自己要负一切的责任。帮助我吧，指教我吧，也许，我要……”彼埃尔不能再向下说了。他开始嗅鼻子了，并且把身子转过去了。

共济会员沉默了很久，显然在考虑什么。

“只有上帝给人帮助，”他说，“阁下，我们的教会所能给您的那种帮助，是会给您的。您到彼得堡去，把这个交给维拉尔斯基伯爵（他拿出本子，在一页四折的大纸上写了几句话），让我向您进一个忠告。您到了首都，把最初的时间用在隐居独处和自我批评上，不要再走生活的老路。现在我祝阁下旅途快乐，”他说，看见他的仆人走进了房，“一路顺风……”

彼埃尔从站长的簿子上知道了这个旅客是奥西卜·阿列克塞维支·巴斯皆夫①。巴斯皆夫在诺维考夫时代便是最有名的共济会员和马丁主义者②。在他走了之后，彼埃尔好久还没有躺下睡觉，也没

① 毛注：БаЗпеев是托尔斯泰借用的历史人物Позпеев，相差两个字母。

② 毛注：诺维考夫（1744—1818）是一个从事教育的俄国共济会员。马丁主义者是一七八〇年成立的俄国共济会员的一个团体。

有问到马，在驿站的房间里来回走着，回想着他的荒唐的过去，并且带着生活革新的狂喜之情，设想着自己的幸福的、无可指责的、良好的将来，他觉得这是很容易的。他似乎觉得，他过去是荒唐的，只是因为他偶尔忘记了做善良的人是多么好。在他心里，从前的怀疑一点儿痕迹也没有了。他坚决地相信，在美德的道路上，以互相扶助为目的而团结起来的人们的友爱是可能的；他觉得共济会便是这样的。

3

彼埃尔到了彼得堡，没有让任何人知道他的到来，也没有到任何地方去，他开始整天阅读托马·开姆彼斯的著作，这本书不知道是谁寄给他的。彼埃尔读这本书的时候，不断地体会着一件事；他体会着他直到现在还不曾知道的一种快乐，就是相信奥西卜·阿列克塞维支向他所启示的臻于至善之境的可能，以及人们之间积极的友爱的可能。在他到后一星期，彼埃尔在彼得堡交际场中仅仅相识的年轻的波兰伯爵维拉尔斯基，有一天晚上，带着道洛号夫的监场人去看他时所有的那种正式的庄重的样子，走进他的房间，随手关上了门，确信房间里除了彼埃尔没有别人，便向他说话：

“伯爵，我负着一个使命并且带着一项建议来看您，”他向他说，没有坐下，“我们会里一个地位很高的人申请准许您在定期之前入会，并且提议要我做您的保证人。我认为执行这个人的意志是神圣的义务。您愿不愿由我保证加入共济会呢？”

这个人的冷淡、严厉的声音使彼埃尔吃惊了，彼埃尔几乎总是在跳舞会里看见他在最出色的妇女当中带着殷勤的笑容。

“是的，我愿意。”彼埃尔说。

维拉尔斯基点了点头。

“还有一个问题，伯爵，”他说，“对这个问题，我请您不要作为一个未来的共济会员，却作为一个正直的人（galanth omme），十分诚实地回答我：您抛弃了自己从前的信仰，信仰上帝了吗？”

彼埃尔想了一下。

“是的……是的……我信仰上帝。”他说。

“既然如此……”维拉尔斯基开口说，但彼埃尔打断了他的话。

“是的，我信仰上帝。”他又说了一次。

“既然如此，我们可以去了，”维拉尔斯基说，“用我的马车吧。”

维拉尔斯基一路默默无言。彼埃尔问，他应当作什么，他应当如何回答；对于这些问题，维拉尔斯基只说，比他更有资格的弟兄们要试试他，而彼埃尔除了说实话，便不需要别的了。

他们进了会所的大屋子的门，走过了一道黑暗的楼梯，进了一个明亮的小外房。在这里，他们没有仆人的帮忙，脱了皮外套。他们从外房走进另一个房间。有一个服装奇怪的人在门口出现了。维拉尔斯基走到他面前，用法语向他低声说了几句，然后走到一个小衣橱那里，彼埃尔看见了橱里面有他从来没有看见过的衣服。维拉尔斯基从橱里取出了一条毛巾，把它蒙在彼埃尔的眼睛上，在脑后打了结，结子把他的头发扎得很痛。然后他把他的面孔向下一扳，吻了他一下，然后拉住他的手，引他向前走。彼埃尔因为头发扎在结里觉得疼痛，他因为疼痛而皱眉，又因为某种羞耻而微笑。他垂着手臂，皱着眉，微笑着，他的庞大的身躯，踏着摇摇摆摆的、畏怯的步子跟着维拉尔斯基移动着。①

维拉尔斯基领他走了大约十步，停住了。

“假使您毅然地决定了加入我们的会，”他说，“那么，无论您发生了什么事，您都应该勇敢地忍受。”（彼埃尔用点头作肯定的回答）“您听到敲门声的时候，您就放开眼睛，”维拉尔斯基补充说，“祝您勇敢，成功。”于是维拉尔斯基同彼埃尔握了手，便走出去了。

剩下他一个人，彼埃尔还是继续那样地微笑着。他耸了两次肩，

---

① 毛注：托氏所描写的仪式，是根据他在莫斯科卢密安采夫博物馆所看的书籍与手稿。一八六六年秋，他写信给他的妻子说：“喝过咖啡，我到卢密安采夫博物馆，坐到三点钟，阅读很有趣的共济会的手稿，我不能告诉你为什么这个阅读使我丧气，整天不能释然。使我痛心的是，所有的那些共济会员都是傻瓜。”托氏同情他们的目的，但认为他们的方法是无用的。

把手举到手巾那里，好像是要把它摘掉，但他又放下了手。他觉得，他蒙住眼睛所过的那五分钟好像是一小时。他的手麻木了，脚站不住了；他觉得身子疲倦了。他感觉到各种各样的最复杂的情绪。他惧怕他所要遭遇的事情，更怕表现出他的恐惧。他很想知道要发生什么，有什么东西要向他启示；但他觉得最高兴的，是那个时间来到了，就是说，他终于踏上了革新和积极善良生活的途径，这是他在遇见奥西卜·阿列克塞维支之后所梦想的。

响起了沉重的敲门声。彼埃尔拿下了眼睛上的毛巾，向四周看了看。房间里是墨黑的，只在一个地方，在一个白的东西里边，点了一盏小灯。彼埃尔走近了些，看见这盏小灯是在黑桌上，桌上有一本打开的书。这是本《福音书》；那个有一盏小灯点在里边的白的东西，是一个有窟窿和牙齿的头颅骨。彼埃尔读了《福音书》的第一句“太初有道，道与上帝同在”，绕过桌子，看见一个巨大的、盛满了东西的、打开着的箱子。这是一个有骨骼的棺材。他毫不诧异他所看见的东西。他希望开始过全新的生活，和从前完全不同的生活，他期待着一切不寻常的东西，比他所看见的东西更加不寻常的东西。头颅骨、棺材、《福音书》——他觉得，这都是他所期待的，他还期待更多的东西。他极力要使自己产生激动的情绪，他环顾着四周。“上帝，死亡，爱情，人类友爱”，他向自己说，把这些话和一些模糊的、然而是欣喜的概念联结在一起。门开了，有人走进来了。

在微弱的、但彼埃尔已经习惯了的光线里，走进来一个矮小的人。这人站住了，显然他是从亮处来到暗处的；然后，他踏着小心的步伐，向桌子那里移动着，把一双戴皮手套的小手放在桌子上。

这个矮小的人穿了白皮围裙，遮着他的胸部和大腿，他的颈子上戴了项圈之类的东西，在项圈里边凸出又高又白的绉领，环绕着他的从下边被照亮的长脸。

“您为什么到这里来的？”进来的人听到彼埃尔所发出的沙沙声，便向着他说，“您不相信光明的真理，并且没有看见光明，您为什么来到这里？您想要从我们这里获得什么？是智慧、美德、教育吗？”

在不相识的人把门打开走进房时，彼埃尔感觉到一种畏惧和崇敬的心情，好像他幼年时期在忏悔时所感觉的那样；他觉得自己是面对着一个对生活情况完全陌生，而对人类的友爱是很重视的人。彼埃尔带着一颗跳得影响呼吸的心，向前靠近指导员（共济会中为请求入会的人作准备的人叫做指导员），彼埃尔走近了些，认出这个指导员是一个熟人，是斯摩力亚尼诺夫，但是他想到进来的人是熟人，便觉得痛心，他觉得进来的人只是一个会员和善良的导师。彼埃尔好久不能说话，因此指导员不得不重述他的问题。

“是我……我……想要革新。”彼埃尔费劲地说。

“很好，”斯摩力亚尼诺夫说，立即又继续说，“您明白我们的神圣教会帮助您达到您的目的的方法吗？……”指导员镇静地迅速地说。

“我希望……领导……帮助……革新。”彼埃尔说，他的声音打颤，出言困难，这是由于兴奋，由于他不习惯用俄语说抽象的事物。

“您对于共济主义是什么看法呢？”

“我以为，共济主义是有善良目的的人们的 fraternité ［博爱］与平等。”彼埃尔一面说，一面因为他的话不合乎这时候的严肃气氛而觉得羞耻。“我以为……”

“很好。”指导员迅速地说，显然是十分满意这个回答。“您在宗教里寻找过达到您的目的的方法吗？”

“没有，我认为那个目的是不正确的，没有照着它去做。”彼埃尔说得那么轻，指导员没有听见，并且问他说了什么。“我从前是一个无神论者。”彼埃尔回答。

“您寻找真理，为了在生活中遵守它的规律；因此您寻找智慧和美德。是不是？”指导员稍停之后这么问。

“是的，是的。”彼埃尔承认。

指导员清了清喉咙，把戴手套的双手叠在胸前，然后开始说话。

“现在，我要向您宣布我们的教会的主要目的，”他说，“假使这个目的和您的目的相符，那么您就进我们的会，于您有益。我们的教会的第一个主要目的，和我们的教会所依据的，而且任何人的力量都不可能摧毁的基础，就是保存某种重要的神秘并把它留传后世……它是从最古的时候，甚至是从最初的一个人留传给我们的，也许人类的命运就决定于这个神秘。但是因为这种神秘是这样的性质，就是除非它本身有了长时间的、勤勉的清洗工作的准备，是没有人能够知道能够利用它的，所以不是任何人能够希望迅速地获得它的。因此我们有第二个目的，就是尽可能地准备我们的会员，用那些曾经努力寻求这种神秘的人传授给我们的那些方法，来改造他们的心，清洗他们，启发他们的智慧，并因此而使他们能够得到这种神秘。第三点，在清洗、改造我们的会员的时候，我们要努力改造全人类，在我们会员中为人类找出虔敬与美德的榜样，并因此我们要尽全部的力量反对那支配世界的罪恶。您把这考虑一下，我再到您这里来。”他说过之后，走出了房。

“反对那支配世界的罪恶……”彼埃尔重复着，并且想象着他将来在这一方面的活动。他想象着那些和他自己两星期前是一样的人们，于是他在心里向他们说着教训劝导的话。他想象到堕落的不幸的人们，他将要用语言与事实帮助他们；他想象到压迫者，他将拯救被他们压迫的人。在指导员所提出的三个目的之中，最后的一个——改造人类——特别投合彼埃尔的旨意。指导员所提到的那种重要的神秘，虽然引起他的好奇心，但在他看来并不是首要的；第二个目的，自身的清洗与革新，并不引起他的兴趣，因为这时候他快乐地觉得他自己已经完全革除了从前的罪恶，只准备做一切的善事了。

半小时后，指导员回来向请求入会的人说明七德，这相当所罗门神庙的七级，这是每个共济会员必须在自己心里培养的。七德是：（一）谨慎，保守教会的秘密，（二）服从上级的会员，（三）良善行为，（四）对人类的爱，（五）勇敢，（六）慷慨，（七）对死亡的爱。

“第七，”指导员说，“要极力常常想到死亡，使您自己觉得死亡不是可怕的敌人，而是朋友……它将把那在美德的努力中疲倦了的灵魂，从不幸的生活中解放出来，把它带到有酬报与安宁的地方。”

“是的，是应该这样的，”彼埃尔在指导员说了这些话之后走出去让他独自沉思时，这么想着。“这是应该这样的，但我还是那么软弱，我爱自己的生命，它的意义直到现在才渐渐向我展示。”但是彼埃尔一面用手指数着，一面想起其余五种美德，他觉得，他的心里已经有了：勇敢，慷慨，良善行为，对人类的爱，特别是服从，这在他看来并不是美德，而是幸福。（他现在是那样高兴，他去除了自己的专横，并且使他的意志服从那些知道无疑的真理的人。）第七种美德彼埃尔忘记了，并且怎样也想不起来了。

指导员第三次回来较快，并且问彼埃尔，他的意图是否还坚定，是否决定了使他自己接受一切向他所提的要求。

“我决心去做一切。”彼埃尔说。

“我还得向您说明，”指导员说，“我们的教会不只是用文字宣扬它的教义，并且还用别的方法，这些方法，对于真正寻求智慧与美德的人，较之仅用文字的说明，也许更起作用。这个会堂想必已经用它的为您所见的陈设，比用文字更加启发了您的心，假使您的心是诚实的；您也许在以后的入会仪式中会看到同样的启发。我们的教会模仿古代的社团，这些社团是用象形文字展示它们的教义的。”指导员说，“象形文字是某种不可感觉的东西的名称，这种东西具有和表象相类似的各种性质。”

彼埃尔很想知道什么是象形文字，但他不敢说。他沉默地听指导员说，根据这一切，他觉得试验就要开始了。

“假使您坚决，我便要替您举行入会礼了，”指导员说，向彼埃尔走近了些，“为表示慷慨，我要求您把您的所有的贵重东西都给我。”

“但我身上没有东西。”彼埃尔说，以为是要求他交出他所有的一切。

“您身上所带的东西：表、钱、戒指……”

彼埃尔赶快取出了钱袋、表，好久不能够从他的肥胖手指上取下他的结婚戒指。这事做完后，指导员说：

“为表示服从，我请您脱衣服。”

彼埃尔照指导员的指示脱了燕尾服、背心和左脚的靴子。共济会员打开他右边胸脯上的衬衣，并且弯着腰，把他左腿上的裤筒提到膝盖的上边。彼埃尔还想要赶快脱掉右脚的靴子，卷起裤脚，免得这个不相识的人找麻烦，但共济会员向他说，无须如此——并且给了他一只趿鞋穿在他的左脚上。彼埃尔带着孩子般的羞涩、怀疑、自我嘲笑的笑容——这是出乎他的本意而在他的脸上出现的——垂着手，撑开腿，站在会友指导员的对面，等候他的新命令。

“最后，为表示诚实，我要求您向我说明您的主要的嗜好。”他说。

“我的嗜好！我有许多嗜好。”彼埃尔说。

“那最使您在美德的道路上动摇不定的嗜好。”共济会员说。

彼埃尔沉默着，寻找着回答的话。

“酒？贪食？闲逸？懒惰？暴躁？怨恨？女色？”他思索着他的过错，在心中衡量着它们，不知道哪一种占优势。

“女色。”彼埃尔用低低的几乎听不见的声音说。

共济会员在这个回答之后好久没有动，没有说话。最后他走到彼埃尔面前，拿起放在桌上的手巾，又蒙住了他的眼睛。

“我最后一次向您说：把您的全部注意力集中在您自己身上，制约您的情绪，不要在嗜好中寻找幸福，却要在您心中去找。幸福的泉源不在外面，却在我们的心里……”

彼埃尔已经在他心中感觉到这种使他精神爽快的幸福泉源，它使他的心灵中洋溢着幸福和感情。

4

不久之后，到黑暗的房间里来找彼埃尔的，不是先前的指导员了，而是保证人维拉尔斯基，彼埃尔听声音认出了是他。对那些关于他的意图是否坚决的新问题，彼埃尔回答说：

“是的，是的，我同意。”于是，带着鲜明的、孩子般的笑容，敞开着胖胸脯，摇摆地畏怯地踏着一只穿靴子、一只穿趿鞋的脚，随着维拉尔斯基抵在他的光胸脯上的剑向前走着。他从房内被领到走廊上，向后一转又向前一弯，最后被领到会堂的门前。维拉尔斯基咳嗽了一声，他们用共济会的敲槌声回答了他，于是门在他们前面打开了。有谁的低沉的声音（他的眼睛还是扎着的）向他提出了问题；他是谁、在何处何时出生，等等。后来他还是扎着眼睛，又被领到别的地方去了。并且在他行走的时候，有人用比喻向他说到他的巡拜的辛苦，说到神圣的友爱，说到世界的永恒的创造者，说到勇气，他必须有勇气去忍受困苦与危险。在这个巡拜的时间里，彼埃尔注意到，随着槌子和剑所敲出的各种声音，他有时被称为“请求入会者”，有时被称为“受苦者”，有时被称为“要求入会者”。在他被领到某种物体前面的时候，他注意到，在他的领导人之间发生了迟疑与困惑。他听到，在他四周的人们之间发生了低声的争执，有一个人坚持要领他走过某一个地毯。然后，有人拿他的右手，放在某种东西的上边，并且命令他用左手拿着一副圆规放在左胸前，教他重述着别人所读的文字，宣读忠于教规的誓言。然后，熄灭了蜡灯，点着了火酒，这是彼埃尔从气味上闻出来的，有人说，他可以看见小光了。有人解了他的蒙眼布，于是彼埃尔在微弱的火酒灯光中，好像在梦中一样，看见了几个人，他们穿了和指导员一样的围裙，站在他对面，拿着剑对住他胸口。他们当中有一个穿了有血迹的白衬衣的人。看见了这个，彼埃尔把胸脯对着剑向前移动，希望这些剑刺进他的身子。但剑都缩回去了，立刻他的眼又被扎起来了。

“现在你看见了小光。”一个声音说。然后又点了蜡灯，有人说，他可以看见完全的光，于是又去掉他的蒙眼布，十多个人一起说道：“sic transit gloria mundi.［尘世荣华如此消逝。］”

彼埃尔开始渐渐地恢复镇定，看看他所在的房间和房间里的人。在铺了黑布的长桌四周，坐了大约十二个人，都穿了像他先前所看见的那种衣服。有几个人是彼埃尔在彼得堡的交际场中认识的。

在主席座位上坐了一个不相识的年轻人，颈子上挂了一个特殊的十字架。在他的右边坐着意大利神甫，两年前彼埃尔在安娜·芭芙洛芙娜家看见过他。那里还有一个极重要的官员和一个从前在库拉根家做过教师的瑞士人。他们都严肃地沉默着，听着主席的话，主席手里拿着一个槌子。墙里面有星形的光；在桌子的一边有一个小地毯，它上面有各种图案，在另一边是祭坛之类的东西，它上面有《福音书》和头颅骨。在桌子四周有七个很大的好像教堂里所用的灯台。两个会友把彼埃尔领到祭坛前，把他的双脚摆开成一直角，命令他卧倒，说他一定要爬在庙门前。

“他应当先接受铲子。”一个会友低声说。

“啊！请不要做声。”另一个说。

彼埃尔没有服从，用慌张的近视的眼睛向四周看了一下，忽然他发生怀疑了。“我在哪里？我在做什么？他们不在笑我吗？我想起这个不觉得惭愧吗？”但这种怀疑只经过了一刹那的时间。彼埃尔看了看四周人们的严肃的面孔，想起他所经历的一切，于是明白了半途停顿是不行的。他对自己的怀疑感觉恐惧，力求恢复先前的虔敬心，向庙门跪下来了。果然，他有了比先前更强烈的虔敬心。他跪伏了一会，有人命他站起来，也替他穿上了和别人一样的白皮围裙，在他手里放了一把铲子和三双手套，然后会长向他说话。他向他说，他要努力不让任何东西染污围裙的洁白，它象征坚强与纯洁；然后，关于尚未说明的铲子，他向他说，他要用这把铲子铲除他心中的罪恶，宽厚地用它铲平别人的心。然后，关于第一双男手套，会长说，它们的意义是彼埃尔不能够知道的，但是一定要保管它们；关于第二双男手套，会长说，是要他在聚会的时候戴的；最后，关于第三双女手套，他说：

“亲爱的会友，这双女手套也是要给您的。把它送给您所最尊敬的女子。用这个礼品向那被您选作女会员的人证明您心地的纯洁。”沉默了片刻，他补充说：

“但要注意，亲爱的会友，不要把这双手套戴在不洁的手上。”

在会长向他说这最后的话时，彼埃尔觉得会长慌乱了一下。彼埃尔更慌乱了，像孩子们那样地脸红得要落泪，开始不安地环顾着，于是出现了令人不舒服的沉默。

这种沉默被一个会友打破了，他把彼埃尔领到地毯那里，开始照稿本向他读出地毯上边的一切图像的解释，日，月，一个槌子，一把测锤，一把铲子，一块粗石头，一块方石头，一根柱子，三扇窗子，等等的解释。然后有人向彼埃尔指定了他的座位，向他指示了会的各种暗号，向他说了口令，最后准许他坐下了。会长开始读规章。规章很长，彼埃尔由于欣喜、兴奋和惭愧，不能了解他所读的东西。他只听到最后的条文，这是他还记得的。

“在我们的庙宇中，我们不承认其他的差别，”会长宣读，“除了善恶之间的差别。不要造成足以破坏平等的任何差别。飞奔援助会友，无论他是谁；劝导迷途的；扶起跌倒的；对于会友不要怀存任何恶念或仇恨。要亲切，有礼貌。在人人的心中烧起德行的火焰。和你的邻人共享幸福，永远不要让嫉妒扰乱那纯洁的快乐。饶恕你的敌人，不要对他复仇，只可以对他做好事。这样地执行最高法则，你将重新找到你所失去的从前的尊严的痕迹。”

他念完了，站起来搂抱彼埃尔，并且吻他。

彼埃尔眼睛里含着欣喜的泪花，向四周看了一下，不知道怎样回答他四周熟人们的庆贺和恢复旧交的问候。他不承认有任何熟人；他只把所有的这些人看作会友，他急想要和他们一同工作。

会长敲了敲槌子，大家都坐到位子上去了，有一个人读了关于会员必须谦虚的训诫。

会长提议会员应尽最后的义务，于是一个叫做“捐款收集者”的大官开始走到会友们的面前。彼埃尔想要在捐册上捐出他所有的钱，但是他怕因此显得骄傲，于是只认捐了和别人同样多的钱。

聚会结束了。回到家里时，彼埃尔似乎觉得，他是从数十年的长途旅行中回来的，他完全改变了，并且完全脱离了从前的生活方式和习惯。

5

在入会的第二天，彼埃尔坐在家里，读着一本书，努力探究着一幅方图的意义，它一边象征上帝，另一边象征道德，第三边象征物质，第四边象征混合物。有时他丢开书本和方图，在他的想象中替自己拟订新的生活计划。昨天在会所里有人向他说，决斗的消息已经传到皇帝那里，彼埃尔最好是离开彼得堡。彼埃尔打算到他在南方的田庄上去，在那里照管他的农奴。他高兴地计划着这个新生活，这时发西利公爵忽然走进了他的房。

“我亲爱的，你在莫斯科做了什么？你为什么同辽利亚争吵呢？我亲爱的，你误会了，”发西利公爵走进房说，“我全知道，我可以确实向你说，爱仑没有对不起你的地方，正如同基督对犹太人一样。”

彼埃尔想要回答，但他打断了他的话。

“为什么你不直截了当地找我，就像找朋友一样呢？我全知道，我全明白，”他说，“你所做的，正是一个看重自己名誉的人所应当做的；也许太急切了，但我们不要讨论这件事。你要想一下，在全社会的目光中，甚至在朝廷的目光中，你将把她和我置于何种地位，”他压低了声音补充说，“她住在莫斯科，你住在这里。记住，我亲爱的，”他把彼埃尔的手向下拉着，“这只是一个误会；我希望，你自己也这么想的。我们立刻写信去，她会到这里来的，一切都会说明白的，不然，我要告诉你，你会感到痛苦的，我亲爱的。”

发西利公爵令人感动地看了看彼埃尔。

“我从可靠的方面知道了，皇太后对于这件事情很关心。你知道她对爱仑很垂爱的。”

彼埃尔几次要说话，但一方面发西利公爵不让他说，另一方面彼埃尔怕开始用断然地拒绝和反对的语气说话，他果断地决定要用这种语气回答他的岳父。此外，他还想起了共济会的规章：“要亲切有礼貌。”他皱了皱眉，红了脸，站起来又坐下，费力地强使自己做他平生最困难的事——当面向人说出不愉快的话，说出别人料想不到的话，无论这个人是谁。他是那样地惯于服从发西利公爵的漫不经心的自以为是的语气，以致现在他觉得他不能反抗这个语气；但他觉得，他现在所说的话关系到他将来的命运：他将走上从前的老路，还是走共济会员们那样动人地给他指出的新路？他坚信他可以在这条新路上获得新生。

“我亲爱的，”发西利公爵玩笑地说，“向我说：‘是。’我就自己写信给她，我们就要宰小肥牛了。”但发西利公爵还没有说完他的笑话，彼埃尔脸上已经露出他父亲那样的暴怒，没有望交谈者的眼，低声说道：

“公爵，我并没有请您来，走吧，请走!”他跳起来，替他开了门。

“走吧，走!”他又说，他不相信他自己，却对发西利公爵脸上所表现的那种迷惑和恐惧的表情感到高兴。

“你怎么了？你害病了吗？”

“走开!”颤抖的声音又说了一次。于是发西利公爵没有听到任何说明，不得不走开了。

一星期后，彼埃尔辞别了新朋友共济会员们，留给了他们巨额的捐款，便到他自己的田庄上去了。他的新会友们交给他几封给基辅和奥德萨两地共济会员的信，并且答应写信给他，指导他从事新的活动。

6

彼埃尔和道洛号夫的事情暗下了结了，虽然当时皇帝对决斗处理得很严，但双方当事人和监场人都没有受罚。可是决斗的事，被彼埃尔夫妇的分离所证实，在社交界里传播开了。彼埃尔，在他是私生子时，大家都垂爱地庇护地看待他，在他是俄罗斯帝国最好的择配对象时，大家都关心他赞扬他，在他结婚以后，在大闺女们和母亲们对他无所期望时，他在社交界的声誉便大大低落了，尤其是因为他不善于并且不愿意讨得社交界的好感。现在大家认为这事情只怪他一个人，都说他是一个糊涂的嫉妒者，和他父亲一样，常常大发脾气。但在彼埃尔走了以后，爱仑回到彼得堡时，她所有的朋友不但都热诚地接待她，而且还因为她的不幸都带着恭敬的态度接待她。在谈话涉及她丈夫时，爱仑做出尊严的表情，这是她凭她特有的机敏而学会的，虽然她并不明白它的意义。这种表情是说，她决定毫无怨言地忍受她的不幸，而她的丈夫是上帝给她的折磨。发西利公爵更加公开地表示他的意见。在谈话涉及彼埃尔时，他便耸耸肩膀，并且指着额头，说：

“Un cerveau fêléje-je le disais toujours.［有点精神错乱——我总是这么说的。］”

“我老早就说过，”安娜·芭芙洛芙娜说到彼埃尔，“我那时候，在大家之前说过（她坚持自己的优先权），说他是一个疯狂的少年，被现代的堕落的思想弄坏了。别人都称赞他的时候，他刚从国外回来的时候，您记得，有一天在我家的晚会上，他装作马拉①的样子，我那时候便说过这话。结果怎样？我那时便不赞成这件婚事，早料到一切要发生的事情。”

安娜·芭芙洛芙娜在无事的日子，在自己家里照旧举行像从前一样的晚会，这种晚会只有她一个人有本领举行，在这些晚会里，第一，是聚集了“la crême de la véritable bonne société，la fine fleur de l'éssence intellectuelle de la société de Pétersbourg［真正上流社会的菁华，彼得堡社交界优秀知识分子的花朵］”，如同安娜·芭芙洛芙娜自己所说的。除社交界的精选的优秀分子之外，安娜·芭芙洛芙娜的晚会还有一个特色，就是在她的晚会里，安娜·芭芙洛芙娜每次都要向她的客人们介绍一个新的、有趣的人物，并且表明彼得堡宫廷正统主义者心情的政治温度表上的度数，没有任何别的地方，像在她的这些晚会里表现得那么清楚明白。

一八〇六年末，已经接到了所有的关于拿破仑在耶拿和奥扼尔斯泰特消灭普鲁士军队，以及关于普鲁士要塞大部分失陷的不幸的详细情报，我们的军队已经开入普鲁士，并且开始了我们和拿破仑的第二次战争，这时候，安娜·芭芙洛芙娜在自己家里举行晚会。La crême de la véritable bonne société［真正上流社会的菁华］包括迷人的、不幸的、被丈夫抛弃的爱仑；莫特马尔；刚从维也纳回来的迷人的依包理特公爵；两个外交官；姑母；一个在交际场中被人简单地称为 un homme de beaucoup de mé rite［很有德行的人］的年轻

① 马拉（1743—1793），法国雅各宾党的首领之一。

人；一个新任命的女官和她的母亲；还有几个不甚著名的人。

在这次晚会里，安娜·芭芙洛芙娜给客人推荐的新人物是保理斯·德路别兹考，他充任专使，刚从普鲁士军中来到此地，并且做了一个很重要的人的副官。

政治温度表在这个晚会里对宾客显示的度数如下：欧洲的君主和将军们，为了引起我和我们大家的不快与苦恼，无论怎样极力姑息保拿巴特，我们对保拿巴特的态度是不会改变的。我们并不停止表示我们对于这个问题的坦率的意见，我们只能向普鲁士国王和别的君王们说："这于您更不利了。Tu l'as voulu，George Dandin.［是你想要这样的，绕治·当丹①。］"我们所能说的，没有别的了。

这就是政治温度表在安娜·芭芙洛芙娜的晚会上所显示的。保理斯是准备介绍给客人的人物，当他进客厅时，几乎所有的人都到了，安娜·芭芙洛芙娜所领导的谈话，是关于我国和奥地利的关系，以及我国和奥地利联盟的希望。

保理斯身材魁伟，面色红润，显得很有神采，穿了华丽的副官制服，自由自在地走进客厅，并且合乎礼貌地被领着去问候了姑母，然后加入了大团体。

安娜·芭芙洛芙娜把瘦小的手伸给他吻，把他介绍给几个他不认识的人，并且向他低声地说着每一个人的情况。

"Le prince Hippolyte Kouraguine-charmant jeune homme. M-r Kroug chargé d'affaires de Kopenhague-un esprit profond，［依包理特·库拉根公爵——可爱的青年。克如格先生，从哥本哈根来的代办——一个高深的智士，］"简单地说，"M-r Shittoff，un homme de beaucoup de mérite.［锡托夫先生，一个很有德行的人。］"这是指那个叫这个名字的人而说的。

保理斯在服役期间，由于安娜·米巴芙洛芙娜的设法、他自己的趣味，以及他所特有的谨慎性格，获得了军队中最有利的地位。他做了一个极重要的人的副官，在普鲁士担负了极重要的使命，并且充任专使从那里刚刚回来。他十分精通他在奥尔牟兹感到满意的、

① 毛注：见莫里哀吾剧《统治·当丹》。

那不成文的规定。根据这个规定，一个准尉能够大大地高过一个将军；根据这个规定，为了在军界上的成功，所需要的不是努力，不是工作，不是勇敢，不是恒心，而是只需要善于结交那些可以给他酬报的人。并且他常常诧异，他自己成功迅速，而别人不能了解这个。由于这个发现，他全部的生活方式，他和旧友们的一切关系，他所有的未来计划，都完全改变了。他没有钱，但他把所有的钱都用来使他自己穿得比别人更好；他宁愿失去自己的许多享受，却不肯让自己乘坏马车，或者穿着旧军服出现在彼得堡的街道上；他只接近并设法认识那些比他地位高，并且因此能对他有用的人；他爱彼得堡，并且轻视莫斯科。关于罗斯托夫家以及关于他对娜塔莎的孩子般的爱情的回忆——是他觉得不愉快的，他自从到了军队以后，没有一次去看过罗斯托夫家的人。他认为进安娜·芭芙洛芙娜的客厅就是他在军界的重要的升迁，在这里他立刻明白了自己的任务，让安娜·芭芙洛芙娜利用他所具有的兴趣，他注意地观察着每一个人的面孔，并且估计着和他们每一个人接近的利益与可能。他坐在美丽的爱仑的旁边指定给他的座位上，听着大家的谈话。

“Vienne trouve les bases du traité proposé tellement hors d'atteinte. qu'on ne saurait y parvenir même par une continuité de succès les plus brillants. et elle mêt en doute les moyens qui pourraient nous les procurer. C'est la phrase authentique du cabinet de Vienne.［维也纳认为拟议中条约的各种基础是办不到的，就是一连串最光荣的胜利也不能得到它们，并且他们怀疑我们会得到它们的方法。① 这是维也纳内阁实际所说的话。］”丹麦的代办说。

“C'est le doute qui est flatteur!［怀疑是阿谀!］”l'homme à l'esprit profond［高深的智士］微笑着说。

“Il faut distinguer entre le cabinet de Vienne et l'Empereur d'Autriche,［我们必须对维也纳的内阁和奥国皇帝有所区别,］”莫

① 毛注：托氏在这里跑到实际事件的前面去了。俄普之间《巴顿斯坦条约》在一八〇七年四月才有的。

特马尔说，“L'Empereur d'Autriche n'a jamais pu penser à une chose pareille，ce n'est que le cabinet qui le dit. [奥国皇帝决不会想到这样的事，只是内阁说了这话。]”

“Eh，mon cher vicomte，[哎，我亲爱的子爵，]”安娜·芭芙洛芙娜插言说，“L'Urope！[欧洲！]”（她因为某种缘故说 L'Urope，好像这是她同法国人说话时她所能说出来的法语的特别微妙处。）“L'Urope ne sera jamais notre alliée sincère. [欧洲决不会做我们忠实的联盟者。]”

然后安娜·芭芙洛芙娜将谈话转到普鲁士国王的勇敢与坚决的行动上，以便引导保理斯加入谈话。

保理斯注意地听着每个说话的人，等着轮到他说，但同时他不时地向他旁边的美人爱仑看了几下，她也带着笑容向俊秀的年轻副官看了几次。

说到普鲁士的情况时，安娜·芭芙洛芙娜极其自然地要求保理斯向他们说到他的格罗高旅行，以及他所看见的普鲁士军队的情形。保理斯不慌不忙，用地道的法语，说了极多的有趣的关于军队和朝廷的详情，在他说话的全部时间里，他极力避免表示他自己对于他所说的各项事实的意见。在相当的时间里保理斯吸引了大家的注意，于是安娜·芭芙洛芙娜觉得她招待客人的新奇人物被全体客人满意地接受了。爱仑对于保理斯的谈话表示了最大的兴趣。她有几次向他问到旅途中的某些详情，好像她极其注意普鲁士军队的情况。他刚说完，她就带着惯有的笑容向他说：

“Il faut absolument que vous veniez me voir. [你一定要来看我。]”她用那样的语调说，好像由于他不能知道的某些理由，这是十分必要的。

“Mardi entre les 8 et 9 heures. Vous me ferez grand plaisir. [星期二的八点到九点之间。你会使我非常高兴的。]”

保理斯答应了实现她的愿望，并且想要同她谈话，这时安娜·芭芙洛芙娜把他叫走了，借口是姑母希望听他说话。

“您当然认识她的丈夫吧？”安娜·芭芙洛芙娜闭上了眼睛，用忧悒的姿势指着爱仑说，“啊，她是那么不幸的妩媚的妇女！不要在她面前提到他，请您不要说。这会使她太难受！”

7

当保理斯和安娜·芭芙洛芙娜回到大团体那里时，依包理特公爵的话正吸引着大家的注意。

他在椅子上把身子向前探着说：

“Le Roi de Prusse！［普鲁士国王！］”他说了这个，便笑起来了。大家都向他望着。

“Le Roi de Prusse？［普鲁士国王吗？］”依包理特问，又笑起来了，又镇静地严肃地向后坐到椅子里边。安娜·芭芙洛芙娜等了他一会，但是因为依包理特似乎坚决地不愿再说，她便开始说到不信上帝的保拿巴特怎样在波兹达姆偷走了腓得烈大帝的剑。

“C'est l'épée Frédéric le Grand，que je……［这是腓得烈大帝的剑，这个我……］”她开始说，但依包理特插话打断她：

“Le Roi de Prusse［普鲁士国王］……”大家刚刚向他注意时，他又道歉，不做声了。安娜·芭芙洛芙娜皱了皱眉。莫特马尔，依包理特的朋友，毅然决然地向他说：

“Voyons à qui en avez-vous avec votre Roi de Prusse？［哦，您的普鲁士国王怎么样呢？］”

依包理特笑起来了，好像是他对自己的笑声感到惭愧。

“Non，ce n'est rien，je voulais dire seulement……［没有，没有什么，我只想说……］”（他想要重述他在维也纳所听到的一个笑话，他整个晚上都在准备说这个笑话。）“Je voulais dire seulement que nous avons tort de faire la guerre pour le roi de Prusse.［我只想说，我们为普鲁士国王打仗是错误的。］”①

保理斯谨慎地微笑了一下，他的笑容可以被人看做是对笑话的

① 法语中“为普鲁士国王”是一句成语，意思是“无报酬”“无益”“无效果”。意译是“我们为了无益之事去打仗是错误的”。

嘲笑或者称赞，这是要看各人对这个笑话的看法而定的。大家都笑了。

“Il est très mauvais，votre jeu de mot. très Spirituel，mais injuste，［你这笑话很不好，它很俏皮，但是不公正，］”安娜·芭芙洛芙娜用打皱的手指向他指点着说.“Nous ne faisons pas la guerre pour le roi de Prusse，mais pour les bon principes. Ah，le méchant，ce prince Hippolyte！［我们不是为了普鲁士国王打仗，而是为了正义。啊，这个依包理特公爵，他多么恶毒！］”她说。

谈话整晚没有停，谈的主要是关于政治新闻。晚会将结束，当他们谈到皇帝所赐的奖赏时，谈话是特别生动。

“我们知道，上年 NN 得到了一个有画像的鼻烟壶，”l’homme à l’ésprit profond［这个高深的智士］说，“为什么 SS 不能得到同样的奖赏呢？”

“Je vous demande pardon，une tabatière avec le pottrait de l’Empereur est une récompense，mais point une distinction，［我请您原谅，一个有皇帝画像的鼻烟壶是一件赏品，但不是一种殊荣，］”外交官说，“un cadeau plutôt.［毋宁说是一件礼物。］”

“Il y eu plutôt des antécédents，je vous citerai Schwarzenberg.［有过一些先例的，我可以向您举出施发曾堡。］”

“C’est impossible.［这是不可能的。］”另一个人回辩。

“打赌。Le grand cordon，c’est différeng［勋绶，这是另外一回事］……”

当大家站起来要走时，整个晚上谈话很少的爱仑，又用亲善的富有含意的命令的语气要求保理斯在星期二去看她。

“这对于我是很必要的。”她带着笑容望着安娜·芭芙洛芙娜说，安娜·芭芙洛芙娜带着在她说到她的崇高的女恩人时所有的那种忧戚的笑容，支持了爱仑的愿望。

似乎由于保理斯在这个晚会中所说的关于普鲁士军队的几句话，爱仑忽然发觉了有和他见面的必要。她似乎是答应了他，当他在星期二来到时，她将向他说明这个必要。

保理斯星期二晚间进了爱仑的华丽的客厅，没有得到明白的解释，为什么他必须来到。这里有其他客人，伯爵夫人很少同他说话，直到他吻她的手告别时，她才带着一副奇怪的没有笑容的脸，突然低声地向他说：

“Venez demain diner……le soir. Il faut que vous veniez……Venez! [明天来……吃饭……晚上。你一定要来……来呀!]”

在这次来彼得堡的时候，保理斯成了别素号夫伯爵夫人家里亲密的人。

8

战争爆发了，战场靠近俄国的边境。到处都在咒骂保拿巴特是人类公敌；乡村里在征集民团和新兵，并且从战争舞台上传来了互相矛盾的消息，它们时常是虚假的，因此，有各种不同的误解。

保尔康斯基老公爵、安德来公爵和玛丽亚公爵小姐的生活，从一八〇五年以来大大改变了。

老公爵在一八〇六年被任命为全俄民团的八个总司令之一。老公爵的老迈衰弱，在他认为他的儿子已被打死的时候，是特别明显，他虽然衰老，却认为不应该拒绝皇帝亲自任命的职务，并且这个重新开始的活动，鼓起了并增强了他的精神。他经常地出巡他所管辖的三个省；他在履行职责时精细到拘泥的程度，对待下属严厉到残忍的程度，他亲自过问最琐细的事情。玛丽亚公爵小姐已经不再跟她父亲学数学了，她只在早晨，当父亲在家时，带着奶妈和小尼考拉公爵（祖父这么叫他）到他的书房里去。吃奶的尼考拉公爵、奶妈以及保姆萨维施娜住在过世的公爵夫人的房里，玛丽亚公爵小姐每天把大部分时间花在育儿室，尽她的力量，担当起小侄儿的母亲的职责。部锐昂小姐似乎也热情地爱这个小孩，玛丽亚公爵小姐常常牺牲自己，把照料小天使（她这么叫她的侄儿）以及和他戏耍的乐趣让给她的女友。

在童山教堂祭坛的附近是矮小的公爵夫人坟墓上的小礼拜堂，在小礼拜堂里有一个从意大利运来的大理石纪念碑，碑上是一个张开翅膀准备升天的天使。天使有微微噘起的上唇，仿佛是要微笑，有一天安德来公爵和玛丽亚公爵小姐从小礼拜堂走出时，都认为很奇怪，这个天使的脸不禁使他们想起了亡妇的脸。但更奇怪而安德来公爵没有向妹妹说的，是雕刻家在天使的脸上偶然刻出的表情上，安德来公爵看到了同样的温和责备的言语，好像他那时候在亡妻脸上所看到的一样："啊，您为什么对我做了这件事？……"

在安德来公爵回家后不久，老公爵便和儿子分居了，给了他保古恰罗佛田庄，这是离童山四十里的大田庄。一部分是因为和童山相连的那些痛苦的回忆，一部分是因为安德来公爵觉得自己不能经常忍受父亲的坏脾气，一部分是因为他需要独居一处，于是安德来公爵便接受了保古恰罗佛田庄，在那里盖房子，并且把大部分时间用在那里。

安德来公爵在奥斯特理兹战役之后，毅然决定了永远不再服役；在战争开始、人人都要服兵役时，他为了躲避现役，在父亲的部下担任征集民团的职务。在一八〇五年的战役之后，老公爵和儿子似乎互相易地而处了。老公爵因为事务活动而兴奋，对目前的战事抱着最好的希望；反之，安德来公爵却没有参与战事，并且暗自懊悔没有参与战事，他只看到坏的方面。

一八〇七年二月二十六日，老公爵动身出巡去了。像通常那样，安德来公爵在父亲出门时，留在童山。小尼考卢施卡生病已经四天了。送老公爵的车夫从城里回来，带来了公文和书信给安德来公爵。

听差拿着信，没有在书房里找到年轻的公爵，便走到玛丽亚公爵小姐的住处；在那里也没有找到他。听差听说，公爵到育儿室里去了。

"请大人，彼得如沙带来了公文。"看护的一个女仆，向着安德来公爵说，他坐在儿童的小椅上，皱着眉头，用发抖的手从药瓶里把药水滴在有半杯水的杯子里。

"什么事？"他愤怒地说，不留心手抖了一下，从瓶里滴出了过多的药水在杯子里。他把杯里的药水倒在地上，又要了水。女仆给了他。

房里有一张幼儿的小床，两只箱子，两把椅子，一张桌子，一张幼儿小桌子，一张小椅子，安德来公爵就坐在这张小椅子上面。窗子上都挂了帘子，桌上点了一支蜡烛，有一册硬封面的乐谱遮挡着烛光，使它照不到小床上。

"我亲爱的，"玛丽亚公爵小姐站在床边向哥哥说，"最好等一下吧……迟一点……"

"啊，不要说了吧，你总是说蠢话，你总是要等待，等待成这个样子了。"安德来公爵愤怒地低声说，显然是要刺伤他妹妹的心。

"我亲爱的，真的，最好不要弄醒他，他睡着了。"公爵小姐用请求的声音说。

安德来公爵站起来，拿着杯子，踮着脚走到小床那里。

"或许真的不要弄醒他吗？"他犹豫不决地说。

"随便你吧——真的……我想……不过随便你怎么办吧。"玛丽亚公爵小姐显然因为自己意见的胜利而胆怯、怕羞了。她要哥哥注意那低声唤他的女仆。

他们俩看护发烧的小孩，已经有两夜没有睡觉了。在这几天之内，他们不相信家庭医生，等着已经派人到城里去请的医生，他们时而试用这种治疗法，时而试用那种治疗法。他们因为不眠而脸色憔悴了，并且十分焦急，他们互相推诿令人苦恼的责任，互相谴责，彼此争吵。

"彼得如沙带来了你爸爸的文件。"女仆低声说。

安德来公爵走出去了。

"怎么回事！"他发火地说。他听到了父亲传来的口头命令，接过了寄给他的信件和父亲的信，又回到育儿室去了。

"怎样了？"安德来公爵问。

"还是那样，看上帝的面子，等一下吧。卡尔勒·依发内支总是说，睡眠比一切都重要。"玛丽亚公爵小姐叹了口气，低声说。

安德来公爵走到小孩那里，摸试着他。他正在发烧。

"您同您的卡尔勒·依发内支，都滚开！"他拿了滴过药水的杯子，又走到床前去了。

“安德来，不行的！”玛丽亚公爵小姐说。

但他愤怒地同时痛苦地向她皱了皱眉，拿着杯子，对小孩弯下了腰。

“我要这样，”他说，“啊，我请你，给他吃吧。”

玛丽亚公爵小姐耸了耸肩，但是依从地接了杯子，叫来了保姆，开始喂药。小孩啼叫起来并且发出沙哑的声音。安德来公爵皱起了眉，抱了头，走出房间，坐在邻房的沙发上。

信还都在他手里。他机械地打开信，开始阅读。老公爵在蓝纸上用粗大长体的书法，有时用简写，写了下面的信：

“此时从专使方面获得极可喜的消息，如其不假。似乎别尼格生在爱劳对保拿巴特获得了全胜。① 在彼得堡人人欢喜，慰劳品不断地往军队里送。虽然他是德国人——我却庆贺他。科尔切夫的司令官，某一汉德锐考夫，我不明白他在做什么：直到现在增加的人和军需还没有到。立刻骑马到他那里去说，假如一星期内不把一切办妥，我就要斩他的头。关于普鲁士——爱劳会战我又接到撇清卡寄来的信，他参加了这个会战——全是真的。在不该干涉的人不干涉的时候，就是德国人也能打败布奥拿巴特。据说，他逃跑时极其狼狈。注意，立刻骑马到科尔切夫去执行！”

安德来公爵叹了口气，拆开了另外一个信封。这是俾利平寄来的两页写得密密麻麻的信。他没有看，把信折了起来，又读父亲的信，末尾一句是：“立刻骑马到科尔切夫去执行！”

“不行，请您原谅，我现在要等小孩病好了才去。”他想，然后走到门边，向育儿室里窥视了一下。

玛丽亚公爵小姐仍旧站在小床边，轻轻地摇着小孩。

“但是他还写了什么不快的事呢？”安德来公爵回想着父亲信中的内容，“是的。正在我不服兵役时，我们对保拿巴特打了胜仗。是的，是的，他总是嘲讽我……哦，让他说吧……”于是他开始阅读俾利平的用法文写的信。他看着，连一半也没有看明白，他看信，

---

① 毛注：这是一月末的普鲁士——爱劳会战，算不了胜利。

只是为了不再想到他专心而痛苦地想得太久的那件事情，哪怕一分钟不想到它也是好的。

9

俾利平现在在总司令部里担任外交的职务，虽然他用法文写信，运用法国笑话和法国成语，但他却带着纯粹俄国式的大胆的自责和自嘲，描写了全部战役。俾利平在信上说，他的外交上的 discrétion［谨慎］使他苦恼，又说他很高兴，他有安德来公爵这样可靠的通信人，他能够向他倾吐他心里对军中所发生的事情的积愤。这封信写得很早，是在普鲁士——爱劳会战之前写的。

“在我们的奥斯特理兹的伟大的胜利之后，你知道，我亲爱的公爵，”俾利平在信上说，“我就从未离开过总司令部。确实，我对于战争感到兴趣，并且觉得很满意。我在这三个月内所看见的事情简直是难以置信的。

“我 ab ovo［从头］说起。‘人类的公敌’，你知道，攻击普鲁士人。普鲁士人是我们的忠实同盟者，他们在三年之内只欺骗了我们三次。我们帮助他们。但结果是，‘人类的公敌’毫不注意我们漂亮的言论，并且没有让他们来得及结束已经开始的检阅，便无礼地野蛮地猛攻普鲁士人，在反掌之间把他们打得大败，并且他自己住进了波兹达姆宫。

“普鲁士国王写信给保拿巴特说，‘我很希望陛下在我宫中受到你所满意的招待，并且我已在环境所许可的范围里尽了一切的努力以求达到这个目的。但愿我能成功！’普鲁士将军们夸耀他们对法国人的礼貌，在初次招降时便投降了。

“格洛高的卫戍司令部有一万人，他问普鲁士国王，假使他被招降，他该怎么办……这都是实实在在的。

“总之，我们希望只用我们的打仗姿态来吓唬他们，但结果，是我们自己卷入了战争，并且是在我们自己的边境上，‘同’普鲁士国王在一起‘为普鲁士’国王打仗。我们万事齐备，只缺少一件小事，就是总司令。因为他们觉得，奥斯特理兹的胜利，假使不是总司令年轻，便更有决定性了，所以他们审查了八十岁的老将们，并且在卜罗骚罗夫斯基和卡明斯基之间选择了后者。这位元帅像苏佛罗夫那样，坐一辆有篷的木车子来到我们这里，并且受到人们欢声雷动的迎接。

“四日，彼得堡的第一个信使到了。信件送进元帅的房里去了，他喜欢亲自过问一切事情。他叫我帮同检信，把写给我们的信检出来。元帅看着我们做，并且等着寄给他的信件。我们找了，却没有他的信。元帅不耐烦了，亲自检信，发现了皇帝寄给T伯爵、B公爵和别人的信件。于是他发了一次很大的脾气。他对每个人、每件事发火，拿了这些信，拆开它们，看了皇帝给别人的那些信。

“‘啊，他们这样地对待我！不信任我！啊，派人监视我！好吧，你们滚开！’

“于是他写了有名的当日命令给别尼格生将军。

“‘我伤了，不能骑马，因此不能指挥军队了。您把您的溃败的军团带到了普尔土斯克！这个军团暴露在这里，没有燃料，没有粮秣，因此一定要想办法，又因为您昨天亲自向部克斯海夫顿伯爵说的，您一定要退到我国的边境，那么您今天就执行吧。’

“他写信给皇帝说，‘由于我屡次骑马，我有了鞍伤，加之我以前的旅途劳顿，这便使我完全不能骑马指挥这样庞大的军队，因此我把这个指挥权交给了资历仅次于我的将军部克斯海夫顿伯爵，并且把我所有的参谋人员和隶属人员派到他那里去了，我向他建议，假使粮食不够，便向普鲁士内部撤退，因为据奥斯忒曼和塞德摩来兹基两个师长的报告，粮食只够维持一天，有些团连一点粮食也没有了，而农人所有的粮食都吃光了；我自已要留在奥斯特罗林卡的医院里，直到复原的时候。关于这一点，我要敬呈上听，假使军队在目前露营中再过半个月，则春间便没有一个健康的兵了。’

“‘请准许这个老人解职还乡吧，他是那样的负辱蒙羞，他不能够完成派他来做的这件伟大光荣的事业。我要在这里的医院里等候您的恩准，免得我在军中担任书记而不是司令官的职务。我离开军队，对军队不会发生丝毫的影响，只不过像一个瞎子离开军队那样。

在俄国有上千的像我这样的人。’

“元帅向皇帝发脾气，并且处罚我们全体；这不是很合逻辑的吗？

“这是第一幕。以后的事情，当然是更加有趣而好笑了。在元帅离开之后，我们觉得，我们是面对着敌人，并且一定要打仗了。部克斯海夫顿因为资历的关系，是总司令，但是别尼格生将军完全不是这个看法；尤其因为他和他的军团面对着敌人，他想利用这个机会，像德国人所说的，‘aus eigener Hand［独立自主地］’打一仗。他打了一仗。这就是普尔土斯克会战，它被人认作一次伟大的胜利，但在我看来，完全不是的。你知道，我们文官，有一种判定会战胜败的很坏的方法。在战后退却的，便是失败，这就是我们的说法。根据这个理由，是我们在普尔土斯克会战中失败了。总之，我们在战后退却了，但我们派了信使到彼得堡去报告胜利的消息，并且别尼格生将军没有把指挥权交给部克斯海夫顿，希望从彼得堡方面获得总司令的地位，作为他的胜利的酬报。在这个等待时期，我们开始了一些很有趣的特创性的军事调动。我们的目的并不是像应该的那样避开或攻击敌军，而只是逃避因为资历的关系应该做我们的长官的部克斯海夫顿将军。我们那么努力地追求这个目标，甚至在我们渡过无法涉水的河流时，我们烧掉桥梁，隔开我们的敌人，这敌人现在不是保拿巴特，而是部克斯海夫顿。由于使我们能够逃避他的那种巧妙调动的结果，部克斯海夫顿将军几乎遭受到优势敌军的攻击并且几乎被俘。部克斯海夫顿追赶我们，我们急忙逃跑。他刚要渡到我们这边岸上，我们又渡回那边岸上去了。最后我们的敌人部克斯海夫顿追上我们，并且攻击我们。两位将军都发火了。甚至于部克斯海夫顿方面发出了挑斗，别尼格生方面癫痫突然发作。但正在紧急关头，传达我们普尔土斯克胜利消息的信使，从彼得堡带回了我们的总司令的任命，于是我们的第一个敌人部克斯海夫顿被消灭了。我们可以想到第二个敌人保拿巴特了。但是正在这时候，我们面前出现了第三个敌人，这就是‘正教的军队’，他们大声疾呼地要求面包、肉品、饼干、草秸和别的东西！仓库空虚，道路不能通行。正教的军队开始抢劫了，并且抢劫得那么厉害，这与上次战役相比你是丝毫也不能想象的。一半的军队散了，成了一个个小团伙，蹂躏四乡，杀人放火。居民整个地破产，医院住满了病人，处处是饥荒。甚至总司令部也两度受到抢劫者的攻击，总司令不得不亲自要了一营兵赶走他们。在一次这种攻击中，他们把我的空箱子和我的宽服都抢走了。皇帝想要授权各师长枪毙抢劫者，但我害怕，这要使得一半的军队枪毙另一半的军队了。”

安德来公爵开头只是随便看看，但后来不觉地，他所看的东西越来越引起他的注意了（虽然他知道，应该相信俾利平到什么样的程度），看到这个地方，他揉皱了信，抛掉了。使他发怒的事情，不是他在信中所看的事情，而是那个对他陌生的地方的生活竟能激动了他。他闭上了眼睛，用手擦额头，好像是要赶掉他对于他所看的东西的兴趣，然后他倾听着育儿室里的动静。忽然他似乎听到，门那边有一种奇怪的声音。他觉得恐惧；他怕在他看信的时候，小孩发生了什么事情。他踮着脚走到育儿室的门口，把门推开。

在他进门的时候，他看见了保姆面色惊惶地藏匿着什么东西，不让他看见，而玛丽亚公爵小姐已经不在床前了。

“我亲爱的。”他似乎觉得，他听到了背后玛丽亚公爵小姐失望的低语声。就像人们在长时间的不眠和长久的紧张之后所常有的那样，他感觉到无缘无故的恐惧：他想到小孩死了。他所见所闻的一切，都似乎向他证实了他的恐惧。

“什么都完了。”他想，并且额上冒出了冷汗；他茫然若失地走到小床前，相信他会发现床是空的，保姆是在藏匿死了的孩子。他打开帐子，他的惊惶的、发花的眼睛好久没有找到小孩。最后他看见他了：面色红润的小孩，四肢伸开，横躺在床上，头在枕头下边，在梦中咂着嘴唇，并且均匀地呼吸着。

安德来公爵发现了小孩，就好像宝贝失而复得一样高兴起来。他弯下了腰，像妹妹教他的那样，用嘴唇试探小孩是否还在发烧。娇嫩的额头是潮湿的；他用手摸了摸头——连头发也湿了：小孩淌了很多的汗。他不但没有死，而且现在，显然是危机已经过去，正

安德来公爵看了看妹妹。

在复原了。安德来公爵想要把这个小小的、孱弱的人物抓起来，搂紧着，贴在自己的胸前；但他不敢这么做。他站在他面前，望着他的头、伸在被外的小手和小腿。他听到身旁的低语声，在床帐的下面出现了一个影子。他没有回顾，却仍然一面望着小孩的脸，一面听着他的均匀的呼吸。黑暗的影子是玛丽亚公爵小姐，她不声不响地走到床前，掀起帐子，在她的背后放了下来。安德来公爵没有回顾便知道是她，向她伸出了手。她握住了他的手。

“他发汗了。”安德来公爵说。

“我就是来告诉你这个的。”

小孩在睡眠中微微动了一下，微笑了一下，把额头在枕上擦了一下。

安德来公爵看了看妹妹。玛丽亚公爵小姐明亮的眼睛，在床帐的暗淡的光线里，因为眼睛里含着快乐的泪，比寻常更加明亮。玛丽亚公爵小姐向哥哥伸着头，吻了他，轻轻地碰了床帐。他们互相作了警戒的手势，仍旧站在床帐的暗淡的光线里，好像不愿离开这个使他们三个人和整个世界相隔绝的地方。安德来公爵，在帐纱上碰乱了头发，最先离开了小床。

“是的，现在留给我的，只有这一件事了。”他叹了口气说。

10

彼埃尔加入了共济会不久之后，带着一份亲自草拟的计划书，拟定了他在自己田庄上应该做的事情，便到基辅省去了，那里有他的大部分的农奴。

到了基辅，彼埃尔把所有的管事都召集到他的总账房里，向他们说明自己的意向和期望。他向他们说，他要立刻采用各种办法把他的农奴从奴隶制度下完全解放出来，在这之前，他的农奴不该有过分的工役负担，妇女们养育小孩期间不该被派去做苦工，农奴们应该得到帮助，处罚应是规劝的而不是肉刑的，在每个田庄上应设立病院、救济院和学校。有几个管事（其中有些不大识字的管事）惊惶地听了他的话，认为话中的意思是年轻的伯爵不满意他们的管理和中饱金钱；有的，在开头的一阵恐惧之后，便对彼埃尔的含糊发音，和他们没有听到过的新字眼感到兴趣；有的，只要听到主人说话声，便觉得满意；还有的，最聪明的，包括总管事在内，他们从这些话里明白了，为了达到他们自己的目的，他们应当怎样应付主人。

总管事对于彼埃尔的各种意向表示了很大的同情；但他提出，除这些改革之外，必须处理那些弄得很糟的一般的事务。

虽然彼埃尔·别素号夫伯爵有巨大的财产，但是自从彼埃尔获得这笔财产，并且据说每年获得五十万卢布的收入以来，他反而觉得，和从前过世的伯爵每年给他一万卢布的时候比较起来，他是拮据得多了。他大约地估计到如下的预算。为各田庄付给土地银行大约八万卢布；莫斯科郊外田庄和莫斯科的房子的维持费，以及公爵小姐们的费用大约三万卢布；用在津贴方面的大约一万五千卢布，给慈善院的钱同样是一万五千卢布；寄给伯爵夫人的赡养费是十五万卢布；债务的利息大约七万卢布；两年来已动工的一个教堂的建筑费每年大约一万卢布；还有其余的，大约十万卢布，他自己不知道是怎样花掉了的，他几乎每年都要负债。此外，总管事每年写信报告火灾，或歉收，或工厂和作坊必须翻建。所以彼埃尔眼前的第一件事，就是处理实际问题，而在这方面他是最没有才干和兴趣的。

彼埃尔每天要和总管事商谈事务。但他觉得，这是无补于事的。他觉得，他的意见是和事务毫不相干的，和事务既没有联系，对事务也没有推进。一方面，总管事就最坏的地方来说明情况，向彼埃尔说明必须偿还债务、必须用农奴的劳力做新的工作，而这是彼埃尔不赞同的；另一方面，彼埃尔要求他们进行农奴解放工作，对于这件事，总管事提出了必须先付土地银行的债款，因此迅速做这项工作是不可能的。

总管事没有说，这件事是完全不可能的；但是他提议，要出卖了考斯特罗马省的森林，出卖了河流下游的土地以及克利姆的田庄以后，才能办这件事。但这一切的交易，在总管事的话里，牵涉着那样复杂的手续，诸如禁令的取消、呈请、许可，等等，以致彼埃尔没有了主张，只向他说：

“是的，是的，就这么办吧。”

彼埃尔没有那种使他能够亲自处理事务的实际的耐性，因此他不爱问事，只在管事的面前，极力装出他是问事的样子。管事在伯爵面前也极力装模作样，认为这些计划对于主人是极有用，而对于他自己却是很麻烦的。

彼埃尔在基辅碰见了一些熟人；不相识的人们赶快和他结交，并且热烈地欢迎新来的富人，本省最大的地主。对于彼埃尔的最大弱点——他在入会时所承认的那个弱点——来说，各种引诱还是那样强大，以致彼埃尔不能抗拒它们。彼埃尔整天、整周、整月的生活又像在彼得堡那样忧虑地、忙碌地消磨在晚会、宴会、午餐、跳舞会里，使他没有思索的时间。彼埃尔没有过他希望要过的新生活，仍旧过着他从前的那种生活，只是换了一个环境而已。

在共济会的三项使命之中，彼埃尔承认他没有实行的是这一项：它规定每个共济会员要做道德生活的模范；在七项德行之中，他完全缺少两样：善良行为和对死亡的爱。他这样地安慰他自己，认为他实行了另一项使命——人类的改造，认为他有了别的德行——对于别人的爱，尤其是他的慷慨。

一八〇七年春，彼埃尔决定了回彼得堡去。在回去的路上，他打算视察他所有的田庄，并且亲自考查一下他的命令执行到了什么程度，以及上帝托付给他而他所力求施与恩惠的农奴们的情况如何。

总管事虽然认为年轻的伯爵的一切念头几乎都是于自己、于他、于农奴无益的狂想，却作了若干让步。虽然他还认为解放农奴的工作是不可能的，却在各大田庄上照管建造学校、医院和救济院的大房子；为了主人的来到，他在各处筹备了欢迎会——不是豪华隆重的欢迎会，他知道彼埃尔不欢喜这样，而是那种宗教式的感谢的欢迎会，奉献神像以及面包与盐的欢迎会，照他对主人的了解，正是这种欢迎会才会感动伯爵，欺骗伯爵。

南方的春天，在维也纳式车子里舒适迅速的旅行，道路的幽静，都使彼埃尔高兴。那些田庄他都未曾到过，它们是一个比一个佳丽；

各处的农奴都显得富裕，并且动人地感谢对他们所施的恩惠。处处有欢迎会，它们虽然使彼埃尔局促不安，却在他的心坎里唤起了欣喜的情绪。在这一个地方，农民向他献面包、献盐，以及彼得和保罗的圣像，并且要求他准许他们为了尊敬他的守护神彼得与保罗，①为了表示他们的爱以及对于他所施的恩惠的感激，用他们自己的钱在大教堂里建立一个新歌祷堂。在另一个地方，妇女们带着哺乳的婴儿欢迎他，感谢他把她们从繁重工作中解放出来。第三个田庄上，有一个被孩子们环绕着的挂十字架的神甫来欢迎他，由于伯爵的恩典，他在教这些孩子认字和教义。在所有的田庄上，彼埃尔亲眼看见了按照同一计划正在建筑的和已经建成的医院、学校、救济院的砖墙房子，这些地方不久就要开办了。彼埃尔在每个地方看到管事的报告说，农奴的劳役比以前减少了，并且听到穿蓝色衣服的农奴代表的动人的感谢词。

但是彼埃尔不知道，在那个有人向他献盐、献面包并在建筑彼得与保罗歌祷堂的地方，是一个做买卖的村庄和圣·彼得日的集场②，歌祷堂是村上欢迎他的富农们早已开始建筑的，而这个村上十分之九的农民却是极其贫困的。他不知道，因为奉他的命令不再派喂奶的妇女做劳役，这些喂奶的妇女却在自家的田地上做更苦的工作。他不知道，这个挂十字架的、迎接他的神甫设置了苛捐杂税在压迫农奴，而环绕在神甫身旁的学生们是父母们含着泪让神甫带去以后再用很多的钱赎回的。③ 他不知道，砖房子由他的农奴们按照计划在建筑，这增加了农奴们的劳役，而劳役只是在纸面上减少了。他不知道，在总管事向他指出的遵照他的意志把田租减少三分之一的地方，农奴的劳役增加了一半。因此彼埃尔非常高兴在各田庄的旅行，并且完全恢复了他离开彼得堡时的那种慈善心肠，并且写了

① 毛注：俄国教会于同日纪念圣·彼得和圣·保罗。所以他们都是彼埃尔［彼得］的守护神。

② 毛注：歌祷堂是农民常谈起的，可以吸引附近各村庄之人来赴集场，于当地农民也有益。

③ 毛注：儿童在农民自垦田地上的工作，对于农民是宝贵的。

热情的信给他的导师会友，这是他对会长的称呼。

“这是多么容易啊，做这么多的善事，需要的努力并不多啊，”彼埃尔想，“我们为这些事所费的精神并不多啊！”

他为他们对他所表示的感激而高兴，但接受时，又觉得羞耻。这种感激使他想起了，他还能够为这些淳朴善良的人做多少事情。

总管事，是一个极其愚蠢而又奸诈的人，完全看透了聪明然而单纯的伯爵，并且像耍弄傀儡一样地耍弄他，他知道这些预先准备的欢迎会对于彼埃尔所发生的影响，更断然地向他证明，农奴解放是不可能的，尤其是不必要的，农奴们本来就是十分幸福的。

彼埃尔在内心赞同总管事的意见，就是说，他难以设想更幸福的农民了，并且上帝知道，在他们获得自由时，他们会发生什么事情；彼埃尔虽然很勉强，却还坚持着认为这是正当的事情。总管事保证尽力去执行伯爵的意志；他明明知道，伯爵不但绝不会检查：是否为了出卖了森林与田庄，为了从土地银行赎回它们，采用了种种的办法，并且大概伯爵也绝不会问到，也不会知道：新盖的房子是空闲在那儿的，并且农奴们仍旧以劳力与金钱的形式付出别家的农奴们所付的一切，即拿出他们所能拿出的一切。

11

带着最愉快的心情从南方旅行回来时，彼埃尔实现了他的夙愿：就是去访问他的朋友保尔康斯基，他已有两年没有看见他了。

保古恰罗佛是在风景并不佳丽的、地势平坦的地区，四周是田地和已伐的、未伐的枞林和桦林。地主的庄院是在沿大路的村庄的尽头，在新掘的水塘后边，塘里满是水，塘边还没有长出草；村庄坐落在幼林当中，林间有几株大松树。

庄院包括一个打谷场、附属房屋、马厩、一个浴室、一个厢房和一座还未完工的、半圆形正面的、大砖房子。在房子的四周是一片新辟的花园。围墙和大门都是坚固的、崭新的；在一个棚子下面有两架救火筒和一只绿漆的水槽；路径都是笔直的，桥都是结实的、有栏杆的。处处给人以整洁和有条有理的印象。他所遇见的家奴们，回答公爵住在哪里这个问题时，指了指塘边新盖的小屋子。安德来公爵的老听差安唐，扶彼埃尔下了车，说公爵在家，领他进了清洁的小前厅。

彼埃尔和他的朋友在彼得堡最后一次的见面，是在那样华丽的环境里，现在这个小而清洁的屋子的朴素令彼埃尔感到惊异了。他赶快地走进了还有松木气味的、尚未涂刷的小厅，还要再向前走，安唐却踮着脚跑上前敲门了。

“什么事?”传来了不快的、尖细的声音。

“有客人。”安唐回答。

“请他等一下。”于是听到了推动椅子的声音。

彼埃尔快步走到门前，面对面地碰见了走出房的、皱着眉的、变老了的安德来公爵。彼埃尔抱住了他，摘下了眼镜，吻他的腮，然后凑近地望着他。

“我料想不到，我很欢迎。”安德来公爵说。

彼埃尔没有说什么，他瞪着眼，惊异地望着他的朋友。安德来公爵所发生的变化使他诧异。安德来公爵的言语是亲切的，在嘴唇上和脸上带着笑容，但是他的目光没有神采，死气沉沉；安德来公爵虽然明明地想要那么办，却无法使他的眼中显出令人愉快的光芒。在彼埃尔还没有看惯的时候，使他惊讶并且感到疏远的，不是他的朋友消瘦了、苍白了、变老了，而是他的这种目光和他的额上的皱纹，表示他对于某一问题的长久的专心注意。

在久别重逢时，他们的谈话好久还不能够转到一定的话题上，像这样的情况是常有的；他们简短地问答着那些事情，而这些事情，他们自己知道，需要很长时间的。最后，谈话开始渐渐转入在先前零碎地提到的话题，在关于过去的生活、关于未来的计划、关于彼埃尔的旅行、关于他的事务、关于战争等的问题上。彼埃尔在安德来公爵的神色中所看出来的那种发呆与颓丧，现在在他听彼埃尔说话时所流露出的笑容中，显得更加明显了，尤其是在彼埃尔兴奋地、高兴地说到过去或者未来的时候。似乎安德来公爵想要但又不能够打断他所说的话。彼埃尔开始觉得，在安德来公爵面前说到自己的热情、幻想、对幸福与善良的希望，是不相宜的。他羞于说出他的新的共济主义的思想，这些思想，因为他最近的旅行，在他心里显得特别活跃。他克制着他自己，生怕自己显得单纯；同时，他忍不住地想要赶快向他的朋友表示，他现在完全是另外一个彼埃尔了，比在彼得堡时好得多了。

“我不能够向您说，我在这个时期经历了多少事情。我连自己也认不出自己了。”

“是的，从那个时候起，我们变了很多很多。”安德来公爵说。

“那么您呢？”彼埃尔问，“您的计划怎样？”

“计划吗？”安德来公爵讽刺地说，“我的计划吗？”他重复说，好像是诧异这种字眼的意义。“就是你看见的这样，我在盖屋子，我想来年完全搬来……”

彼埃尔沉默着，凝神地注视着安德来公爵变老了的脸。

“不是，我问，”彼埃尔说，但安德来公爵打断他的话。

“但是为什么说到我呢……向我说说，向我说说你的旅行，和你在自己田庄上所做的一切。”

彼埃尔开始叙述他在自己许多田庄上所做的事情，竭力掩饰他自己参加并正在做的那些改革工作。安德来公爵几次向彼埃尔提示了他所应说的话，好像彼埃尔所做的，是早已共知的往事。他不但听着不感兴趣，而且甚至好像是为彼埃尔所说的话感到惭愧。

彼埃尔在朋友面前觉得不安，甚至感到难受。他沉默起来了。

“正是这样，我亲爱的，”安德来公爵说，他显然在客人面前也觉得难受和拘束了，“我不是在这里过宿，我只是来看看的。我今天又要到妹妹那里去。我要把你介绍给她。不过你似乎认识她。”他说，显然是在应酬客人，他觉得他现在和客人毫无共同之处了。“我们饭后就去。现在你想要看看我的地方吗？”

他们出去了，一直走到吃饭的时候，谈着政治新闻和共同相识的朋友们，好像是彼此并不亲密的人一样。安德来公爵只在他说到他所盖的新庄园和房子时才有几分生气和兴趣，但是，就在这时，在建筑架上，当安德来公爵向彼埃尔说到房子将来布局时，他在谈话的当中忽然停止了。“可是这里一点儿有趣的地方也没有。我们去吃了饭就动身吧。”

在吃饭时，话题转到彼埃尔的婚姻上去了。

“我听到这件事的时候，我很诧异。”安德来公爵说。

彼埃尔脸红了，就像每次听人说到这事时他脸红的那样，他急速地说：

“我有朝一日再向您说，这一切是怎么发生的。但是您知道，这一切都结束了，并且永远结束了。”

“永远吗？”安德来公爵说，“没有东西是永远的。”

“但是您知道这一切是怎样结束的吗？您听到决斗的事了吗？”

“听到了，你也经历了这样的事。”

“有一件事，我要感谢上帝，就是，我没有打死这个人。”彼埃尔说。

“为什么呢？”安德来公爵说，“杀死恶狗也是件很好的事。”

“不，杀人是不好的，不对的……”

“为什么不对呢？”安德来公爵再问，“什么是对的，什么不对——这是人不能够判断的。人在任何事情上，都没有像在判断是非的时候那样总是有错，并且还要有错的。”

“对于别人有害的事就是不对。”彼埃尔说，高兴地觉得在他来到这里之后，安德来公爵是第一次兴奋起来，开始说话，并且想要说出那使他成为现在这样的一切。

“谁向你说的，什么事是对别人有害处的事？”他问。

“害处吗？害处吗？”彼埃尔说，“我们都知道，什么是对自己有害的事。”

“是的，我们知道，但是我自己所感到的那种损害，我对别人是做不出来的。”安德来公爵说，越来越兴奋，显然是希望向彼埃尔说出他对于事物的新的看法。他用法语说：“Je ne connais dans la vie que deux maux bien réels：c’est le remord et la maladie. Il n’est de bien que l’absence de ces maux.［我只晓得生活中有两种很确实的祸害：就是懊悔和疾病。唯一的幸福就是没有这两种祸害。］只要避免这两种祸害，为自己而生活：这是现在我的全部人生观。”

“但是对别人的爱呢？自我牺牲呢？”彼埃尔说，“不，我不能同意您的话！只是不做有害的事、不懊悔而活着吗？这是不够的。我这样地生活过，我为自己而生活，我毁坏了自己的生活。直到现在，当我在生活时，至少当我极力（由于谦虚，彼埃尔纠正了自己的话）要为别人而生活时，直到现在，我才明白了一切的人生幸福。不，我不同意您的话，而且您也并不相信您所说的话。”

安德来公爵无言地望着彼埃尔，并且嘲讽地微笑着。

“你就会看见我的妹妹玛丽亚公爵小姐的。你同她会合得来的，”他说，“也许，你觉得你自己是对的，”沉默了片刻，他继续说，“但是每个人都是按照他自己的方式而生活的：你为你自己生活过，你说你因此几乎毁坏了你自己的生活，直到你开始为别人而生活时，你才知道了幸福。但我所经历的正是相反。我为了荣誉生活过（其实什么是荣誉呢？那种同样的对别人的爱，为他们做点事情的愿望，要得到他们的称赞的愿望）。所以我为了别人生活过，并且不是几乎而是完全毁坏了自己的生活。自从我只为我自己而生活时，我变得更加心安了。”

“但是只为您自己而生活是什么意思呢？”彼埃尔问，显得兴奋起来了，“还有您的儿子、妹妹和父亲呢？”

“他们都算是我自己，不是别人，”安德来公爵说，“但别人，邻人们，如同你和玛丽亚公爵小姐所说的 le prochain［邻人］，这是错误和祸害的主要的根源。Le prochain 就是你的基辅的农奴们，你想要对他们做善事的。”

他用嘲笑的挑衅的目光看了看彼埃尔。他显然是在挑逗彼埃尔。

“您在说笑话，”彼埃尔说，越来越兴奋，“我希望做点好事情，并且做了一点（我做得很少、很差），这会有什么错误和害处呢？不幸的人们、我们的农奴和我们一样的人们，他们长大，并且将要死亡，对于上帝和真理，除仪式和无意义的祈祷之外，便没有别的理解，他们将要得到一种信仰，这种信仰给人以安慰，使他们信仰来生、报复、酬报、安慰，这会有什么害处呢？人们生病将死，在物质上能够那么容易地帮助他们的时候，他们得不到帮助，我给他们医生、医院、养老院，这有什么害处和错误呢？农夫和带小孩的农妇，日夜没有休息，我给他们休息和闲暇，难道这不是具体的、不是无疑的福利吗？”彼埃尔急促而发音含糊地说，“我做了这样的事，虽然做得不好，做得不多，但我为了这个还做了点事情，而您不但不能使我相信，我做得不好，而且也不能使我相信，您自己不是这么想。而主要的是，”彼埃尔继续说，“我知道，并且确实知道，做这种善事的乐趣，是唯一的确实的生活幸福。”

“是的，假使是这么说法，那么这又是一回事了，”安德来公爵说，“我盖房子，开辟花园，但你盖医院。这两种事情都能够消磨时光。什么是对，什么是善——不要让我们，还是让知道一切的人去判断吧。好，你想要讨论，”他补充说，“那就说吧。”

他们从桌旁走开，坐在当作露台的台阶上。

“好，让我们来讨论吧，”安德来公爵说，“你说到学校，”他继续说，弯着一个手指，“教育，等等，这就是，你想要使他，”他说，指着一个从他们身边走过的、脱帽的农奴，“脱离他的畜生的状况，使他有精神的需要，但是我觉得，唯一可能的幸福，就是畜生的幸福，而这正是你想要剥夺他的。我羡慕他，你却想要使他变成我这样，但是你没有给他像我这样的资产。你说到另外一件事：减轻他的工作。在我看来，体力的劳动对于他是那么必要，是他的那么重要的生存条件，正如同脑力的劳动对于你和我一样。你不能够不思考。我夜里两点多钟上床睡觉，各种各样的思想来到我的脑子里，我睡不着，我辗转反侧，直到早晨才能睡着，因为我在思考，不能不思考，正如同他不能不犁田、不割草一样；不然他便要进酒店；或者生病了。正如同我受不了他的可怕的体力的劳动，我做了一个星期就会死的，同样的他也受不了我的身体的懒惰，他会发胖，会死的。第三点——你说的是什么呢？”安德来公爵屈起了第三个手指。

“哦，是的，病院，医药。他患急病，他要死了，你为他放血，把他治好。他要做十年残废人，拖累所有的人。让他死掉，要简单痛快得多了。别的农民会生出来的，他们这种人是很多的。假若你舍不得损失一个多余的苦工——我是这样地看他的，你因为爱他，想要把他的病治好，那便不同了。但他并不需要这个。况且医药能把人治好，这简直是空想！”他愤怒地皱了皱眉，对彼埃尔背转了头说，“杀死他们，对啦！”

安德来公爵那么明白清楚地说出他的思想，显然，他已经不止一次想到这个，并且他好像一个久不说话的人那样乐意地、迅速地说着。他的见解愈悲观，他的目光愈有神采。

“啊，这是可怕的，可怕的！”彼埃尔说，“我不明白，一个人怎么能够怀着这样的思想过生活。不久之前，在莫斯科，在旅途中，我也有过这样的时候，但是那时候我是那么消沉，我好像不在生活，我觉得一切都可恨……尤其是恨我自己。那时候，我不吃饭，不洗脸……那么，您是怎么样呢？”

“为什么不洗脸呢，这是不清洁的，”安德来公爵说，“正相反，我们应该努力使我们的生活尽量地痛快。我活着，这不是我的过错，所以我应该把我这一生过得极好，不妨碍别的人。”

“但是使您怀着这种思想过生活的是什么呢？我们坐着不动，不做事情……”

“生活并不让人安宁。若是我不做事情，我就高兴了，但这里，一方面，当地的贵族对我赏光，选我做代表，① 我极力避免了。他们不能明白，我没有那种必要的条件，没有这个职务所必需的那种惯常的、好意的、忙忙碌碌的俗气。后来是这里的这个房子，这是必须盖起来的，为了有一角之地让自己可以安静下来。现在是民团。”

“为什么您不在军队里服役呢？”

“在奥斯特理兹之后！”安德来公爵愁闷地说，“不，我很感谢你，我向自己发过誓，我决不在作战的俄军中服役。即使保拿巴特驻扎在这里，在斯摩棱斯克，威胁着童山，我也不，就是在那时候，我也不在俄军中服役。好，我向你说过这样的话，”安德来公爵继续

---

① 毛注：贵族代表为一区之贵族及地主之正式代表人。

说，恢复了镇静，“现在，民团，父亲是第三区的总司令，我的唯一避免军役的办法，就是在他下面做事。”

“那么您是在服役吗?”

“我在服役。”

他沉默了一会。

“那么您为什么要服役呢?”

“是为了这个。我父亲是他那时代最卓越的人物之一。但是他老了，他虽然不一定是残忍，但他的性格太好动了。因为他惯于施展无限的权力，他是可怕的，现在皇帝给了他做民团总司令的这种权力。假使两星期前，我要迟到了两个钟头，他便要在尤黑诺夫绞死书记员了。”安德来公爵微笑地说，“所以我服役，因为除了我没有人能够影响我的父亲，我有时使他避免了那些事后要使他苦恼的行为。”

“啊，您明白了!”

“是的，mais ce n'est pas comme vous l'entendez，[但这并不像你所了解的那样，]”安德来公爵继续说，“我一点也不曾希望，现在也不希望对于这个偷民团的靴子的坏蛋书记员做善事；我甚至很愿意看见他被绞死，但我替我父亲难过，这又是为我自己的。”

安德来公爵越来越兴奋了。当他极力向彼埃尔证明，在他的行为中，从来没有对别人做善事的愿望的时候，他的眼睛火热地发光。

“啊，你还想要解放你的农奴，”他继续说，“这是很好的，但这对于你（我觉得你没有鞭打过任何人，也没有送过人到西伯利亚去），尤其是对于你的农奴，并没有好处。假使殴打他们，鞭打他们，送他们到西伯利亚去，我想，他们的情形并不因此更坏。在西伯利亚他们能够过同样的畜生的生活，他们身上的伤痕会好的，他们会和从前一样的幸福。但这是那样的地主们所需要的，他们道德沦丧，使自己懊悔，压制自己的懊悔，并且因为他们能够公正地或不公正地处罚别人而变得残酷。我就可怜这样的人，我愿意为这样的人解放农奴。也许你没有看到，但是我看到了，有些好人，是在无限权力的传统中受教养的，在他们变得愈益暴躁的年代里，他们变得残忍、野蛮，他们知道这个，但是他们不能克制他们自己，并且变得越来越不幸。”

安德来公爵说得那么激动，以致彼埃尔不觉地想到，这些思想是他的父亲在安德来公爵心中引起来的。他没有回答他。

“我所痛心的就是这个——人类尊严，良心的安宁，纯洁，不是农奴们的脊背和额头；脊背和额头，无论你怎么打，无论你怎么剃①，还是同样的脊背和额头。”

“不对，不对，一千个不对！我绝不同意。”彼埃尔说。

12

傍晚安德来公爵和彼埃尔坐上篷车，到童山去。安德来公爵不时地瞧瞧彼埃尔，偶尔说几句，打破沉默，表示他的心情很好。

他指着田地，向他说到自己农事的改革。

彼埃尔愁闷地沉默着，回答得极为简单，并且显得是沉浸在自己的思想中。

彼埃尔以为安德来公爵是不幸的，以为他是错误的，以为他不知道真正的光明，觉得他，彼埃尔，应该来帮助他，开导他，唤醒他。但是彼埃尔刚刚想到要怎么说，要说什么，他便预感到，安德来公爵要用一句话、一个理由来打消他的说教中的一切，于是他怕开口，怕使他的最心爱的神圣的东西受到可能的嘲笑。

“不，为什么您以为，”彼埃尔忽然开口了，低着头，做出牛要触角的样子，“为什么您以为是那样的呢？您不应该有那种想法的。”

“我有什么想法呢？”安德来公爵诧异地问。

“关于生活，关于人类的使命的想法。这是不可能的。我也常常这么想，并且我得救了，您知道是什么吗？是共济主义。不，您不要笑。共济主义——不是一个宗教仪式的教派，像我从前所想的那样；共济主义是人性的那些最好最永久方面的唯一的最好的表现。”

① 毛注：地主可以流放农奴到西伯利亚去，去时，农奴的头发须剃去一边，假如逃跑，可以很容易地被捉回来。

于是他开始照他所理解的向安德来公爵说明共济主义。

他说，共济主义是摆脱了政治与教会束缚的基督教教义；是平等、友善与爱的教义。

“只有我们的神圣的会才有人生的真义，其余一切都是梦，”彼埃尔说，“您要明白，我亲爱的，在这个联盟会之外，一切都充满了欺骗与虚伪，并且我同意您的话，就是对于一个有智慧的善良的人，除了像您这样只极力不要妨碍别人，过完一生，便没有别的了。但是您要接受我们的基本信条，加入我们的会，把您自己交给我们，让我们领导您，您便会像我所感觉到的一样，立刻感觉到，自己是这个伟大的不可见的链条的一部分，它的开端隐藏在天上。”彼埃尔说。

安德来公爵无言地望着前面，听着彼埃尔说。有几次他因为车轮的声音没有听清，向彼埃尔问了他没有听到的地方。由于安德来公爵眼睛里燃烧着的特别光芒，由于他的沉默，彼埃尔知道，他的话没有白说，安德来公爵不会打断他，也不会笑他的话的。

他们到了一条漫溢的河前，他们必须用渡船渡过去。当车、马都上了船之后，他们也上了渡船。

安德来公爵把手臂倚在船栏上，沉默地望着在夕阳中闪耀的漫溢的河水。

“那么您对于这个怎么想呢？”彼埃尔问，“您为什么不作声？”

“我怎么想吗？我在听你说。这都是很好的，”安德来公爵说，“但是你说：加入我们的会，我们要向你指出人生的目的、人类的使命和管理世界的法规。可是我们是谁呢？人们吗？为什么您知道这一切？为什么我一个人看不见您所看见的东西呢？您在地上看到善与真的王国，但是我却看不见它。”

彼埃尔打断了他的话。

“您相信来生吗？”他问。

“来生吗？”安德来公爵重复说，但是彼埃尔没有给他回话的时间，并且重复一遍用以反对他，尤其是因为他知道安德来公爵从前无神的信念。

“您说，您不能够在地上看到善与真的王国。我也没有看见，并且假使要把我们的生活看作一切的终结，是看不见它的。在地上，就是在这个地上（彼埃尔指了指田野），没有真理——一切是欺骗与祸害；但在宇宙中，在整个的宇宙中有真理的王国，我们现在是地上的孩童，永远是整个宇宙的孩童。我不是在自己心中感觉到，我是这个巨大、和谐的整体的一部分吗？我不是觉得，在这不可胜数的芸芸众生之中，我是一环，是低级生物和高级生物之间的一级，而神，您愿说是最高的权力也行，就是表现在他们当中的吗？假使我看见，清楚地看见从植物到人类的这个阶梯，那么，我为什么要假定，这个阶梯在我这里中断，而不再向前伸、向前去呢？我觉得，我不但不会消灭，因为宇宙间万物不灭，而且我要永远存在，并且是一向存在。我觉得，在我之外，在我之上，有许多神灵，在这个世界上有真理。”

“是的，这是赫德①的学说，”安德来公爵说，“但亲爱的，不是这个在说服我，而是生与死在说服我。说服我们的，是我们看见的我们所亲爱的人，这人和我们自己的生命结合在一起，我们对不起这个人，并且希望纠正自己（安德来公爵的声音打颤了，把头转过去了），却忽然这个人受苦，受难，不复存在……为什么？不能够没有回答！并且我相信，回答是有的……就是这个在说服我，就是这个说服了我。”安德来公爵说。

“正是，正是，”彼埃尔说，“这不就是我所说的吗？”

“不是。我只说，使人相信来生是必要的，不是理论，而是这个，当你和一个人手牵手地走进生活时，忽然这个人在那里消失了，到没有的地方去了，而你停留在这个深渊边上，向那里面看。于是我也看了一下……”②

---

① 毛注：J. G. Von Herder（1744—1803）德国著作家、哲学家。

② 毛注：安德来公爵的经验和思想正是托尔斯泰在他哥哥死后他自己的经验和思想。参看他写给诗人费特的信，在《托氏生活：前五十年》二一四至二一五页有这封信的引文。

“那么，这就对了！您知道，有个那里，有个某人吗？那里就是来生。某人就是上帝。”

安德来公爵没有回答。车和马早已上了对岸，已经套好了，太阳已经在地平线上隐没了一半，暮霜像星样地凝结在渡口的水泽上，但彼埃尔和安德来仍旧站在渡船上说话，令听差、车夫和渡船夫都惊异了。

“假使是有上帝，有来生，那么便有真理，有德行；并且人类的最大的幸福就是努力得到它们。我们一定要生活，一定要爱，一定要相信，”彼埃尔说，“我们不但是今天生活在这块土地上，而且过去也生活在，并且还要永远生活在那里，在整体之中。”他指了指天空。

安德来公爵把手臂凭倚在渡船栏杆上站立着，听着彼埃尔说话，眼睛一直望着太阳在泛滥的蓝色河水上的红色反光。彼埃尔沉默着。有了绝对的寂静。渡船早就停泊了，只有河流的水波在船底上打出微弱的浪声。安德来公爵似乎觉得，波浪的汩汩声在附和彼埃尔的话说：“这是真的，相信这个吧！”

安德来公爵叹了口气，用明亮的、小孩般的、温柔的目光，看了看彼埃尔的发红的、得意扬扬的但对最要好的朋友感到羞怯的面孔。

“是的，但愿如此！”他说，“可是，我们要上车去了。”安德来公爵补充说，于是他跨下渡船，看了看彼埃尔向他所指的天空，在奥斯特理兹战役之后，他第一次看见了那个崇高的、永恒的、他躺在奥斯特理兹田野上所看见的天空；并且他心里的沉睡了很久的、最好的东西，忽然在他的心灵中醒来，这使他感到又高兴又年轻了。这种情绪，在安德来公爵一回到习惯的生活环境时，便立刻没有了，但是他知道，他不会加以发扬的这种情绪是在他的心里。和彼埃尔的见面，是安德来公爵生活上的新纪元，从这个时候起，虽然他的生活依然如旧，但是他的内心却焕然一新。

13

当安德来公爵和彼埃尔来到童山住宅的前面门口时，天快要黑了。在他们刚要到达的时候，安德来公爵微笑着，要彼埃尔注意后面台阶上所发生的骚动。一个弯腰的、背着布囊的老妇人和一个矮小的、穿黑衣服的、长头发的男人，看见来到的车子，拔腿就向回跑。两个妇人跟他们跑出去，一共四个人，一面回头看着车子，一面惊惶地跑到后面的台阶上去了。

“他们是玛盛①的上帝的人，”安德来公爵说，“我们来了，他们以为我的父亲来了。就是这一件事，她不服从父亲：父亲吩咐把这些巡拜者赶走，她却接待他们。”

“但是这些上帝的人是什么人?”彼埃尔问。

安德来公爵没有来得及回答他。仆人们出来迎接他们，于是他问老公爵在哪里，是否快要回来了。

老公爵还在城里，他就要回来了。

安德来公爵领彼埃尔到了他自己的住处，这是他父亲的家里经常替他准备着的；他自己到育儿室去了。

“我们去看看我的妹妹，”安德来公爵回到彼埃尔这里时说，“我还没有看见她，她现在藏起来了，和她的上帝的人坐在一起。她活该，要发窘的，你就会看到她的上帝的人。C'est curieux，ma parole.［这实在是很奇怪的。］”②

“Qu'est ce que c'est que［什么是］上帝的人?”彼埃尔问。

“你就会明白的。”

当他们进去看她时，玛丽亚公爵小姐确实发窘并且脸上发红了。在她的舒适房间里，有些小灯点在圣像龛前，在茶炊后边的沙发上，有一个长鼻子、长头发、穿修士服的年轻人和她并排坐着。旁边的

---

① 玛盛是玛丽亚的爱称。

② 毛注：玛丽亚和上帝的人的关系是托氏根据家庭传说和他幼年的亲身观察而写的。

椅子上坐着一个皮肤起皱的、清瘦的老妇人，在她的孩子般的脸上现出温顺的表情。

“André, pourquoi ne pas m'avoir prévenu? [安德来，为什么不事先通知我?] ”她温和地责备说，她像母鸡站在小鸡前一样站在她的巡拜者们的面前。

“Charmée de vous voir. Je suis très contente de vous voir. [我很乐意看见您。我看见您很高兴。] ”在彼埃尔吻她的手时，她向他说。玛丽亚公爵小姐从小就认识他，现在他和安德来的友谊，他和妻子的不幸，尤其是他那善良淳朴的脸，使她对他产生了好感。她用美丽明亮的眼睛望着他，似乎在说：“我很欢喜您，但请您不要嘲笑我的朋友。”

在互相寒暄一番之后，他们坐下了。

“啊，依发奴示卡也在这里。”安德来公爵微笑着说，一边朝年轻的巡拜者点点头。

“安德来!”玛丽亚公爵小姐恳求地说。

“Il faut que vous sachiez que c'est une femme. [你要知道，这是一个女人。] ”安德来对彼埃尔说。

“André, au nom, de Dieu! [安德来，看在上帝的面上!] ”玛丽亚公爵小姐重复了一遍。

显然，安德来公爵对于巡拜者们的嘲笑和玛丽亚公爵小姐对于他们白费气力的袒护，是他们之间经常采取的固定不变的态度。

“Mais, ma bonne amie, [但是，我的亲爱的,] ”安德来公爵说，“Vous devriez au contrairc m'être reconnaissante de ce que. j'explique à Pierre votre intimité avec ce jeune homme. [相反，你应该感谢我，我向彼埃尔说了你和这个年轻人的亲密关系。] ”

“vraiment? [真的吗?] ”彼埃尔说，好奇地、严肃地（玛丽亚公爵小姐因此特别感激他）从眼镜上边望着依发奴示卡的脸，而他知道谈话是关于他的，用狡猾的目光望着大家。

玛丽亚公爵小姐为她的朋友而显出的局促不安，是完全不必要的。她们一点也不怕羞。老妇人垂下了眼睛，但侧视着进来的人，她把茶杯底向上放在茶托上，把嚼过的糖块放在旁边，镇静地、不动地坐在扶手椅里，希望别人再给她一杯茶。依发奴示卡拿着茶托喝了点茶，皱着眉，用狡猾的、女性的眼睛望着年轻的男人们。

“你到过哪里呢？基辅吗？”安德来公爵问老妇人。

“是的，大人，”老妇人饶舌地回答，“在圣诞节我有荣幸在圣像龛前领受了神圣的、天上的圣餐。我现在，大人，是从科利亚逊来的，那里显现了伟大的神恩。”

“什么，是依发奴示卡和你一起去的吗？”

“我一个人去的，施主，”依发奴示卡极力压低声音说，“我直到尤黑诺夫才碰见佩拉盖尤示卡……”

佩拉盖尤示卡打断了她的同伴的话；她显然想要说出她所看见的东西。

“在科利亚逊，大人，伟大的神恩显现了。”

“什么？新的圣骨吗？”安德来公爵问。

“算了吧，安德来，”玛丽亚公爵小姐说，“不要说了，佩拉盖尤示卡。”

“不……你怎么啦，小姐，为什么不说呢？我喜欢他。他厚道，是上帝的选民，他是我的施主，给了我十个卢布，我记得。我在基辅的时候，傻先知基柔沙向我说（他是一个真正的圣人，冬夏都赤脚走路），为什么你不到你的地方去，到科利亚逊去，显灵的神像、上帝的圣母在那里显现了。听了这话，我便告别了巡拜者们，走了……”

大家沉默着，只有老妇人吸着气，用不高不低的声音说着。

“我到了那里，大人，有人向我说：伟大的神恩显现了，圣油从圣母的腮上流下来了……”

“好了，好了，以后再说吧。”玛丽亚公爵小姐红着脸说。

“让我问她，”彼埃尔说，“你亲自看见的吗？”他问。

“当然，大人，我亲自看见的。脸上有那样的光，好像天上的光，圣油从圣母腮上不住地滴下来，不住地滴下来……”

“要知道，这是欺骗哦！”彼埃尔注意地听了老妇人的话，单纯地说。

“啊，大人，你说什么?”佩拉盖尤示卡恐怖地说，向着玛丽亚公爵小姐求援。

“他们骗人。”他重复说。

“主耶稣基督啊!”女巡拜者画着十字说，“啊，不要说了，大人。有一个将军不相信，他说：‘修道士们骗人。’他说过这话，眼就瞎了。他梦见了基辅洞窟修道院里的圣母来向他说：‘你要相信我，我就治好你。’所以他开始要求：带我到她那里去吧。这是我向你说的真正的事实，我亲自看见的。他们把他这个瞎子一直带到她那里，他到她面前，趴下了说：‘把我治好吧!’他说：‘我要把沙皇给我的东西给你。’我亲自看见的，大人，一颗星章放进圣像里去了。你看怎样?他的眼复明了。你那样说，是罪过。上帝要惩罚你的。”她训诫地向彼埃尔说。

“星章怎么会进到圣像里去呢?”彼埃尔问。

“他们把圣母升为将军了吗?”安德来公爵微笑着说。

佩拉盖尤示卡顿然脸色发白，把双手拍了一下。

“大人，大人，你的罪过，哦!你有儿子的!”她说，脸色忽然从苍白变为深红了。

“大人，你说了什么话!上帝饶恕你!”她画了十字，“主啊，饶恕他吧。哎哟，这是怎么回事?”她向玛丽亚公爵小姐说。她站起来，几乎要哭，她开始整理她的行囊。显然，她又恐惧，又惭愧，因为她在能够说出这样话的人家接受了恩施，同时她可惜，她现在必须放弃这家的恩施。

“您何必这样呢?”玛丽亚公爵小姐说，“您到我这里来干什么的?”

“唉，我不过是说笑话，佩拉盖尤示卡，”彼埃尔说，“Princesse, ma parole, je n'ai pas voulu l'offenser, [公爵小姐，我说真话，我并不想要得罪她，] 我只是那么说说的。你不要以为有什么意思，我是说笑话，”他羞怯地微笑着说，想要弥补自己的过错，“这全是我的错，但他只是说笑话的。”

佩拉盖尤示卡不相信地停住了，但是彼埃尔脸上有了那么诚意忏悔的表情；并且安德来公爵那么温顺地时而望望佩拉盖尤示卡，时而望望彼埃尔，以致她渐渐地心安了。①

14

女巡拜者心安了，她又被引起了参加谈话，她许久地说到阿姆非洛嘿神甫，说他过着那么神圣的生活，以致他的手上发出了香气，又说到她所相识的几个修道士，在她最近到基辅去巡拜时，给了她墓穴的钥匙，说她随身带了干粮，在墓穴里和圣徒们过了两天。“我向这一个圣骨祈祷、致敬，又走到另一个圣骨跟前。我睡了一会，我又去吻圣骨；啊，是那样的寂静，那样的幸福，叫人不想再走出来，到上帝的世界里来了。”

彼埃尔注意地严肃地听着她说。安德来公爵走出了房。在他之后，玛丽亚公爵小姐留下了上帝的人喝茶，便把彼埃尔领到客厅里去了。

“您很厚道。”她向他说。

“啊，我实在不想得罪她，我很了解并且非常尊重这种情绪。”

玛丽亚公爵小姐无言地望着他，并且温雅地微笑了一下。

“您知道我早就认识您，我爱您就同爱我的弟兄一样，”她说，“您觉得安德来身体怎么样？”她赶快地问，不让他有时间回答她的亲切的话，“他使我很不放心。他的身体在冬天好些，但是上年春天，伤又复发了，医生说，他应该出门去医治。在精神方面我也很替他担心。他没有我们妇女这样的性格，我们可以受苦，用眼泪排遣自己的苦恼。他却在自己心里忍受着苦恼。今天他愉快高兴了，但这是您的来到对他发生了影响，他很少有这样的情形。您要能劝他到国外去，那就好了！他需要活动，这种平平静静的生活是对他

① 毛注：此种女巡拜者常数月数年甚至终生参拜各处圣地，行乞四方，在俄国甚为普遍，其中亦有残废及神经失常之人。他们常得信士们——如玛丽亚公爵小姐——的布施。

不好的。别人没有注意到，但是我知道。”

十点钟前，仆役们听到老公爵的车子来到的铃声，都跑到台阶上去了。安德来公爵和彼埃尔也到台阶上去了。

“这是谁？”下车时，看见了彼埃尔，老公爵问。

“噢！我很欢迎！吻我吧！”认出了刚才没有认出的青年是谁，他说。

老公爵心情很好，对彼埃尔很亲切。

在夜饭之前，安德来公爵回到父亲书房时，看到老公爵和彼埃尔在热烈地争论着。彼埃尔论证着，将来有一个时候，不会再有战争。老公爵戏弄地，但并不发怒地和他辩驳。

“把血从血管里放出来，把水放进去，那时候就没有战争了。老太婆的胡说八道，老婆子的胡说八道。”他说，但仍然亲切地拍拍彼埃尔的肩膀，然后走到桌前。安德来公爵在那里整理老公爵从城里带来的文件，显然不想加入谈话。老公爵走到他面前，开始说到事务。

“贵族代表，一个姓罗斯托夫的伯爵，没有弄到一半的人来。他来到城里，想要吃顿饭——我给他吃了一顿好饭……看看这个……好，孩子，”尼考拉·安德来维支老公爵拍拍彼埃尔的肩膀，向儿子说，“你的朋友是好汉，我喜欢他！他鼓起了我的精神。别人说聪明话，我不想听，但他胡说八道，却鼓起我这个老头儿的精神。去吧，去吧，”他说，“我也许要来，陪你们吃夜饭。我再来辩论。你同我的笨姑娘玛丽亚公爵小姐要好吧。”他在门里边大声地向彼埃尔说。

彼埃尔直到现在，在他来到童山时，才看重他和安德来公爵的友谊的力量与魔力。这种魔力与其说是表现在他和他本人的关系上，毋宁说是表现在他和他的家族同家里人的关系上。彼埃尔和严厉的老公爵、温柔羞怯的玛丽亚公爵小姐，虽然他几乎不认识他们，却是一见如故。他们都已经喜欢他了。不但玛丽亚公爵小姐用最明亮的目光望着他，他对女巡拜者的温和态度已经感动了她；而且一岁的尼考拉小公爵——祖父这么称呼他——也向彼埃尔微笑了一下，并且要他抱。当他和老公爵说话时，米哈伊·依发诺维支和部锐昂小姐都带着高兴的笑容望着他。

老公爵出来吃夜饭，这显然是为了彼埃尔。他在童山做客的这两天。老公爵对他极其亲切，并且要他再来。

在彼埃尔走后，全家的人聚在一起的时候，他们开始谈论他，在新客人走了之后一向是这样的，而他们都只说他好的地方，这却是少有的。

15

在这次休假之后回团时，罗斯托夫第一次感觉到并且认识到他同皆尼索夫、同全团的关系是多么亲密。

当罗斯托夫快要到团时，他感觉到他快要到厨子街的房屋时所感觉到的那种情绪。当他看见本团的第一个衣服未扣的骠骑兵时，当他认出红发的皆明戚也夫时，当他看见栗色马匹的缰绳时，当拉夫如施卡高兴地向主人大声喊叫“伯爵来了”时，当头发蓬起的、在床上睡觉的皆尼索夫从地室里跑出来搂抱他时，当军官们来迎接他时——罗斯托夫感觉到他的母亲、父亲、妹妹们抱他时的那种情绪，并且欢乐的泪水憋住了他的喉咙，妨碍了他说话。团里也是家，是永久不变的亲爱而又宝贵的家，就像父母的家一样。

罗斯托夫向团长报了到，奉到了指令回原先的骑兵连，担任了值班和采办粮秣的工作，关心起团里的一切细微的零星琐事，觉得自己失去了行动的自由，并且限制在一个狭小的、永远不变的框子里，这时他感觉到同样的安心，感觉到同样的精神上的援助，并且同样地感觉到，他在这里是适得其所，很随便的，就像他在父母的家里所感觉到的一样。这里没有普通社会里那一切的混乱，在普通社会里他觉得自己不得其所，并且在有所选择时会发生错误；这里没有索尼亚，他用不着考虑，应该或不应该向她表明心愿了。在这里他没有到哪里去或者不到哪里去的可能；这里一天二十四小时不能够有那么多不同的用法；这里没有那样的无数的人，他们当中没有一个人和他或是较为接近，或是较为疏远；这里没有他和父亲的那种不清不楚、不明不白的金钱关系；没有那可怕的输钱给道洛号夫的回忆！这里，在团里，一切是明白而简单的。整个的世界分成了两个不相等的部分：一部分是我们的巴夫洛格拉德的骑兵团，另一部分是其余的一切。其余的一切和他没有任何关系。在团里一切是确定的：谁是中尉，谁是骑兵上尉，谁好，谁坏，尤其是——谁是同事。随军商人相信他的赊账，军饷一年发三次；没有考虑要选择的事情，只要不做巴夫洛格拉德团认为不好的事；派到任务时，做那明白的、清楚的、确定的、奉命做的事：便一切都会很好了。

罗斯托夫回到军队生活的这些确定的情况里，感觉到高兴和安心，好像一个疲倦的人在躺下来休息时所感觉到的一样。这次战役中的军队生活，使罗斯托夫更加觉得高兴，因为他在输钱给道洛号夫之后（对于这个行为，虽有他家庭的多方安慰，他却不能饶恕他自己），他下了决心，不再像从前那样服役，而为了弥补他的过失，他要好好服役，要做一个十分出色的同事和军官，就是说，要做一个好人，这在普通社会里似乎是那么困难，在军队里却是那么可能的。

罗斯托夫自从输钱之后，决定在五年之内向父母偿还这笔债务。他一年收到一万卢布，现在他决定只拿两千卢布，其余的留给父母用来还债。

我们的军队，在屡次的退却、前进以及在普尔土斯克、在普鲁士——爱劳的会战之后，集中在巴吞示泰恩附近。他们等候皇帝的驾到和新战争的开始。

巴夫洛格拉德团——属于一八〇五年出征的那部分军队——在俄国补充，没有赶上这次战役的最初战事。他们既未参加普尔土斯克战事，也未参加普鲁士——爱劳战事，在战争的后半期加入了作战的部队，属于卜拉托夫支队。

卜拉托夫支队离开大军独立作战。巴夫洛格拉德的一部分骑兵有几次和敌人开火，擒获了俘虏，并且有一次甚至夺得了乌地诺元帅的许多车辆。四月中，巴夫洛格拉德骠骑兵在一个全部破坏的、荒凉的德国村庄附近一连驻扎了几个星期，一直没有离开。

是解冻的时候，泥泞，寒冷，河里在解冰，道路不能通行；人马有好几天没有领到粮草了。因为运输队不能到达，所以兵士们分散在荒凉无人的各乡村寻找番薯，但是这也是很少的。

什么都吃光了，所有的居民都逃走了；那些留下来的人比乞丐还不如，从他们那里搜索不到任何东西了，就连没有慈悲心肠的兵士们也常常不但不拿他们的东西，而且把自己最后的东西分给他们。

巴夫洛格拉德团在战斗中只有两个人受伤，但是由于饥饿和疾病而死亡了将近一半的人。住在医院中一定会死的，所以发热害病的和因为食物恶劣而浮肿的兵士们，宁愿值勤，在前线上几乎拖不动脚步，也不愿进医院。开春后，兵士们开始发现了一种刚刚出土的植物，好像龙须菜，不知因为什么缘故他们叫它“玛示卡的甜根”，并且分散在草地和田野上寻找这种玛示卡的甜根（它很苦），用刀掘出来吃，虽然有命令禁止吃这种有毒的植物。春间在兵士当中发生了一种新的疾病，手、脚和脸部发肿，它的原因医生认为是吃了这种根。但是虽然有过禁令，皆尼索夫骑兵连的兵士们主要是吃这种玛示卡的甜根，因为他们领了最后一次的每人只有半磅的饼干已经有两星期了，而最近发下的番薯都冻坏了，发芽了。

马匹也用屋顶上的草喂了两个星期，都瘦得很难看，仍旧长着冬季的紊乱成团的毛。

虽然这样地艰苦，兵士们和军官们的生活却完全照常那样；现在，虽然面色苍白浮肿，衣服破碎，骠骑兵们却照旧排队点名，去拾野菜，刷马匹，擦军械，拖下屋顶的草秸代替马秣，到大锅前吃东西，他们饥饿地从那里站起来，嘲笑他们的劣食和饥饿。在职务闲暇时，兵士们照旧燃起篝火，在篝火前烤着袒露的身体、吸烟，选出发芽的腐烂的番薯来烘烤，说说听听关于波巧姆金和苏佛罗夫出征的故事，或者关于狡猾的阿辽沙和神甫的雇工米考卡的传说。

军官们照旧两三个人合住一个无顶的、破烂的房子。年老的设法搜集草秸、番薯和全体兵士的食料，年轻的就像平常一样，有的玩牌（钱很多，但是食物缺乏），有的玩天真的游戏——钉投环和砸木柱。他们很少说到战事的大势，一方面因为他们不知道任何确实的情形，一方面因为他们模糊地觉得，战事的一般情况是不好的。

罗斯托夫仍旧和皆尼索夫住在一起。他们的友好关系，在他们的休假之后，更加亲密了。皆尼索夫从不说到罗斯托夫的家庭，但由于指挥官对属下军官所表示的亲切的友情，罗斯托夫觉得，年长的骠骑兵对娜塔莎的不成功的爱情，和这种友谊的加强，是有关系的。皆尼索夫显然尽量要使罗斯托夫少受危险，对他关心，在战事之后特别高兴地庆贺他安然无恙。有一次出差，罗斯托夫在他去寻找粮食的荒凉破落的乡村里，发现了一户人家，那是一个老波兰人、他的女儿和一个吃奶的婴儿。他们衣不蔽体，腹中饥饿，走不动路，又没有出门的工具。罗斯托夫把他们带到自己的营里，留在自己的住处，供养了他们几个星期，直到老人复元。罗斯托夫的一个同事，谈到女人，开始嘲笑罗斯托夫，说他最狡猾，说他若是把同事们介绍给他所拯救的美丽的波兰女子，那并不是坏事。罗斯托夫把这笑话当作侮辱，并且发火了，向这个军官说了那么不愉快的话，以致皆尼索夫费了大劲才阻止了两人的决斗。军官走了，皆尼索夫不知道罗斯托夫和波兰妇人的关系，开始责备他发脾气，这时候，罗斯托夫向他说：

“随便你怎么说吧……我对她就像姊妹一样，我不能向你说，那叫我多么痛心……因为……因为……”

皆尼索夫拍拍他的肩膀，开始在房里迅速地走动着，没有望罗斯托夫，这是他在心情兴奋时所常做的。

“你们罗斯托夫一家人是多么傻啊!”他说，罗斯托夫看见了皆尼索夫眼睛里的泪水。

16

四月中，军队听到皇帝驾临的消息，活跃起来了。罗斯托夫没有能够参加皇帝在巴呑示泰恩所举行的检阅：巴夫洛格拉德的骠骑兵担任前卫，在巴呑示泰恩前面很远的地方。

他们在露营。皆尼索夫和罗斯托夫住在兵士们为他们掘成的、用树枝和草土做顶的地室里。地室是按照当时流行的、如下的方法做成的：掘一个沟，宽一阿尔申半，深二阿尔申①，长三阿尔申半。在沟的一端掘一道台阶，这就是入口和门廊。沟的本身就是房间，在这里，幸运的军官，例如骑兵连长，在里边的尽头，对着台阶，有木板横在桩上，作为桌子。靠沟的两边掘去一阿尔申宽的土，这便是两张床和沙发。屋顶盖得可以让人站在地室当中，若是靠近桌子，人还可以坐在床上。因为连里的兵都爱他，所以生活奢华的皆尼索夫在屋顶的三角墙上还有一块板，在这块板上有一块粘在一起的碎玻璃作为窗子。当天气很冷时，他们便在弯曲的铁板上放着从兵士的篝火里拿来的柴火，摆在台阶上（皆尼索夫把地室的这一部分叫做客室），使得地室那么暖和，以致军官们只穿一件衬衣坐在地室里，在皆尼索夫和罗斯托夫这里总是有许多军官。

四月间罗斯托夫值班。他熬了一夜，在早晨七点多钟回住处时，他吩咐了人去取火，换掉了雨水淋透的衣服，祷告了上帝，喝了茶，烤暖了身子，便整理他自己的角落里和桌上的东西，然后，被风吹过的面孔发热了，他只穿一件衬衫，把双手托在脑后，仰着身子躺着。他愉快地想着，因为他最近的侦察工作，他日内就要升官。他等候着出门去了的皆尼索夫，想要和皆尼索夫谈话。

他听到了地室后边皆尼索夫的发抖的叫声，显然是在发火了。罗斯托夫凑近窗子去看他向谁在咆哮，看见了骑兵上士托卜清考。

“我向你下过命令，不要让他们吃这种根，什么玛示卡的根！”皆尼索夫大叫着，“我亲自看见拉萨尔秋克从田里带来的。”

“我下过命令，大人，但是他们不听。”上士回答。

罗斯托夫又躺到床上去了，满意地想着：“让他现在去自找麻烦、去忙碌吧，我的事情做完了，我躺下来——好极了！”他隔墙听到，除上士之外，还有拉夫如施卡在说话，他是皆尼索夫的狡猾的大胆的侍从兵。拉夫如施卡说到他出去寻找粮食的时候，看见了一些运输车、饼干和牛。

又听到了地室外边皆尼索夫的渐渐消失的叫声和说话声，“上

① 俄长度单位，一阿尔申约合 0.7112 米。

马！第二排！”

“他们到哪里去呢？”罗斯托夫想。

五分钟后，皆尼索夫走进了地室，连沾着泥的靴子也没有脱就爬上床，愤怒地点着烟斗，翻乱了他所有的东西，拿了鞭子和军刀，又要走出地室。罗斯托夫问他，到哪里去？他愤怒地含糊不清地回答说，他有事。

“让上帝和伟大的皇帝以后审判我！”皆尼索夫出门时说。罗斯托夫听到，在地室外边有几匹马的蹄子在泥淖中踏响着。罗斯托夫不愿打听皆尼索夫是到哪里去。他在自己的角落里烘暖了身子，睡觉了，直到傍晚他才走出地室。皆尼索夫还没有回来。傍晚天气开朗了；在附近的地室旁边有两个军官和一个见习军官在玩钉投环，带着笑声把萝卜抛在泥泞的软土里。罗斯托夫参加到他们中间。正在游戏的时候，军官们看见了向他们这里赶来的一批运输车：十五个骠骑兵骑着瘦马跟在后边。由骠骑兵护送的车辆赶到了马桩绳那里，一群骠骑兵环绕着他们。

“唉，皆尼索夫总是焦心，”罗斯托夫说，“看，粮食来了！”

“真的呀！”军官们说，“兵士们高兴了！”

皆尼索夫和两个步兵军官一道，比骠骑兵稍后一点回来了，他和他们在说什么。罗斯托夫去迎接他们。

“我警告你，上尉。”一个瘦瘦的、矮矮的显然是在发怒的军官说。

“我告诉过您，我决不会放弃的。”皆尼索夫回答。

“上尉，您要负责，这是暴动——抢走自己军队的运输车！我们的人两天没有吃东西了。”

“我们的人两个星期没有吃东西了。”皆尼索夫回答。

“这是抢劫，您要负责，阁下！”步兵军官提高嗓音重复说。

“您为什么找我麻烦？啊？”皆尼索夫大吼着，突然发火了，“我来负责，不要您负责，在您没有挨打的时候，不要在这里哼叫。走开！”他向军官们大吼。

“好吧！”矮军官大声说，他不畏怯，也没有走开，“抢劫，所以我向您……”

“滚蛋，快点滚，不然就要挨揍了！”皆尼索夫掉转了马头，对着军官。

“好，好。”军官威胁地说，掉转了马，在鞍子上颠簸着，缓驰而去。

“篱笆上的狗，篱笆上的活狗。”皆尼索夫在他后边叫着，这是骑兵对于骑马的步兵的最大侮辱。说了之后他便走到罗斯托夫面前大笑。

“我用武力夺来了步兵的运输车！”他说，“难道我要让大家饿死吗？”

带到骠骑兵这里的运输车是派给某一步兵团的，但是听拉夫如施卡说，这个运输队没有人护送，皆尼索夫便带领骠骑兵去把它夺来了。饼干随便地分给了士兵们，他们甚至分给了其他的骑兵连。

第二天，团长把皆尼索夫找去，把叉开的手指遮住眼睛，向他说：“我对这件事是这样看的，我不知道，也不想过问；但我劝您骑马到司令部去，在军需处了结这件事情，并且假如可能，就给他们一张收条，说收到若干粮食；不然的话，他们要向步兵团索取收条，便要发生问题，结果就会很糟。”

皆尼索夫从团长那里直接到司令部去了，诚意地想要执行他的劝告。晚间他带着那样的情况回到了自己的地室，罗斯托夫从来不曾看见他的朋友有过这样的情况。皆尼索夫不能说话，却喘着气。当罗斯托夫问他发生了什么事情时，他只用沙哑的无力的声音说出一些语无伦次的骂人和威胁的话。

罗斯托夫被皆尼索夫的情形吓坏了，提议他脱掉衣服，喝点水，并且派了人去找医生。

“要审判我抢劫——哦！再拿水来——让他们审判吧，但我要，永远要打那些浑蛋，我要告诉皇帝。拿冰来……”他接连地说。

来看病的军医说，一定要放血。从皆尼索夫的毛茸茸的手臂上放出了一深碟子黑血，直到那时，他才能够说出他所发生的一切。

“我到了那里，”皆尼索夫说，“我说：‘喂，你们这里的长官在哪里?’他们给我指了一下说：‘请等一下。’我说，‘我有公事，我走了三十里来的，我没有工夫等，通报一下吧。’好，贼头出来了，他也想教训我，说：‘这是抢劫!’我说：‘抢劫，这不是拿粮食去给他的兵士们吃的人做的，这是那个把粮食放进自己口袋的人做的!’他说：‘请不要说话，行吗?’我说：‘好的。’他又说：‘写个收条给军需官，但您的事情要向司令部呈报的。’我到了军需官那里。我进去了——在桌子旁边……谁?不，你想!……谁叫我们挨饿的?”皆尼索夫大叫，用他的大拳头捶桌子，捶得那样猛烈，几乎把桌子捶倒了，杯子在桌上跳起来了。“是切李亚宁!‘怎么，你要饿死我们吗?!’啪，我在他的脸上打了一下，打得好极了……‘喃……你这个家伙。’我开始打他了。因此我非常开心，我可以告诉你。”皆尼索夫大叫，高兴而又愤怒地从黑唇髭下边露出他的白牙齿，“假使不是他们拉开了我，我便把他揍死了。”

“但是你为什么要叫呢，镇静一点吧，”罗斯托夫说，“看，血又在流了。等一下，一定要重新包扎起来。”

他们把皆尼索夫重新包扎起来，放在床上让他睡觉了。第二天他醒来时，神色又愉快又镇静了。

但是在中午，团部副官带着严肃的、愁闷的面孔走进了皆尼索夫和罗斯托夫合住的地室，惋惜地把团长给皆尼索夫少校①的正式公文拿给他们看，公文里有关于昨天事件的若干问题。副官说，事情要引起极坏的变化，说军事审判委员会已经确定了，说目前对于军队的抢劫和违纪是要严肃处理的，这件事的结果若是降级，便是侥幸了。

这件事照受害者方面的陈述是这样的，皆尼索夫少校，在截夺运输车之后，喝醉了酒，到军需主任那里去，无缘无故地说他是贼，以打威胁他，并且在他被领出去时，他冲进办公室，殴打了两个官员，并且把一个人的胳膊扭脱节了。

皆尼索夫听到罗斯托夫所提的新问题，便带着笑声说，他觉得

---

① 134页上步兵军官称他为上尉。

还有什么别人牵涉在里面，但是这一切都是废话，都是不足道的事，他决不害怕任何审判，假使这些坏蛋敢惹他，他便要回敬他们，叫他们一生不忘。

皆尼索夫轻蔑地说到全部的事情；但罗斯托夫太了解他了，不用仔细观察，便知道他心里面害怕审判（他对别人瞒着这个），并且为这事苦恼，显然，这件事一定会有不好的后果。每天都有咨询的公文和审判的传票，皆尼索夫奉命要在五月一日把骑兵连交给他下面最高级的军官指挥，并到师部里去说明他在军需处的暴行。在这前一天，卜拉托夫带了两团哥萨克兵和两连骠骑兵去侦察敌人。皆尼索夫像平常一样，走在哨兵线的前面，夸耀他的勇敢。法国射击兵放出的枪弹，有一粒打在他大腿上部的肌肉上。也许在别的时候，皆尼索夫带着那样的轻伤，不会离开团的，但现在他利用这个机会，拒绝到师部里去出庭，并且进了医院。

17

六月里发生了弗利德兰的会战，巴夫洛格拉德的骠骑兵没有参加。在这个会战之后便宣布了停战。罗斯托夫痛苦地感觉到与朋友的分别。自从皆尼索夫走了以后，便没有任何关于他的消息。他挂念他的案子和伤势，趁着停战的机会，告了假到医院去看他。

医院是在普鲁士的一个小镇上，这里遭受到俄国和法国军队的两次破坏。正因为这是夏天，田野上是那么好看，这个小镇显出了特别凄惨的景象——破烂的屋顶和围墙，龌龊的街道，衣衫褴褛的居民和在街头漫游的醉兵与病号。

医院是在一个砖房子里，有些窗格和玻璃破碎了。院子里还有破围墙的残余。几个扎着绷带的、面色苍白浮肿的兵，在院子里的阳光下走着、坐着。

罗斯托夫一进门就闻到了尸体腐烂和医院的气味。在楼梯上他遇见了一个口衔雪茄的俄国军医。在医生的后边跟着一个俄国医务助手。

“我不能够把自己分开，”医生说，“我要晚上到马卡尔·阿列克塞维支那里去。我要到那里去的。”

助手又问了他几个问题。

“哎！你尽力去做！那不是反正一样吗？”医生看见了正上楼的罗斯托夫。

“您要什么，阁下？”医生说，“您要什么？子弹没有打到您，您想要得伤寒症吗？阁下，这里是瘟疫室。”

“为什么？”罗斯托夫问。

“伤寒症，阁下。无论谁进来了，都要死。只有我们两个人，我同马凯夫还留在这里（他指了指助手）。我们医生已经在这里死了五个人了。新的人进来，一个星期就完了，”医生显然满意地说，“我们请了德国医生，但是我们的同盟者们不愿这样。”

罗斯托夫说明了一下，他想要会见住在医院里的骠骑兵少校皆尼索夫。

“我不知道，不知道，阁下。您想想看吧，我一个人要管三个医院。四百多个病人！还好，普鲁士的女善士们每月给我们两磅咖啡和一点纱布，不然我们就完了。”他笑起来了，“四百了，阁下；他们还送新的人来。是四百人吗？啊？”他向助手说。

助手显出疲乏的样子。他显然厌烦地等候着多话的医生赶快走。

“皆尼索夫少校，”罗斯托夫说，“他在莫利吞受伤的。”

“好像是死了。啊？马凯夫？”医生含糊地问助手。

可是助手没有证实医生的话。

“他是高个子、红头发吗？”医生问。

罗斯托夫形容了皆尼索夫的外貌。

“有的，有这个人，”医生似乎高兴地说，“他大概死了，但我还是来查一下，我有名单。在你那里吗？马凯夫？”

“名单在马卡尔·阿列克塞维支那里，”助手说，“但是请您到军官病房里去，您到那里就知道了。”他向着罗斯托夫补充说。

“哎，阁下，最好不去！”医生说，“不然，我怕您自己也要留下来了。”

但罗斯托夫向医生告了别，要求助手陪他去。

“可是不要怪我！”医生在楼梯下边大声说。

罗斯托夫和助手走到了走廊里，在这个黑暗的走廊里，医院的气味是那么强烈，以致罗斯托夫不得不捏住鼻子停下来，鼓起了勇气再走。右边的门开了，走出了一个扶拐杖的、又瘦又黄的、赤脚的、只穿一件内衣的人。他倚在门旁，他的明亮的羡慕的眼睛望着走过的人。罗斯托夫向门里瞥了瞥，看见病员和伤员都睡在地板上，用草秸和大衣铺在下面。

“我可以进去看看吗？”罗斯托夫问。

“要看什么？”助手问。

但是正因为助手显然不让他进去，罗斯托夫走进了兵士的病房。他在走廊上已经闻惯的气味，在这里是更厉害了。这里的气味有点不同；它极其强烈，令人觉得气味正是从这里发出来的。

在一个阳光透过大窗子照耀得很亮的长长的房间里，病员和伤员睡成两排，头向着墙，在当中留了一条走道。他们大部分是在昏迷状态中，没有注意进来的人。那些意识清楚的人都坐起来，或者抬起又瘦又黄的脸，他们都带着同样的表情，表示希望帮助，表示谴责，表示羡慕别人的健康，都目不转睛地望着罗斯托夫。罗斯托夫走到房间的当中，从打开的门里看了看两边隔壁的房间，在两边也看见了同样的情形。他站住了，无言地环顾着。他没有料到，他会看见这样的情形。正在他前面，几乎在过道的当中，在光地板上躺着一个病人，大概是哥萨克兵，因为他的头发是剃成那种样子。这个哥萨克兵仰面躺着，伸开了粗大的手臂和腿。他的脸色发紫，眼睛也完全发呆了，所以只看见眼白，在他的还是红色的光腿和手臂上，脉管暴起来像绳子一样。他用后脑在撞地板，沙哑地说着什么，并且重复着这话。罗斯托夫倾听了他所说的话，听出了他所重复的话。这话是：喝——喝——喝！罗斯托夫回顾了一下，看看是否有人能够把这个病人抬回原来的地方，给他水喝。

“谁照顾这里的病人？”他问助手。

这时从隔壁房间里走出来了一个军需兵，医院的侍役，他正步地走着，在罗斯托夫面前站得笔直。

“请安，大人!”这个兵大声说，向罗斯托夫瞪着眼睛，显然以为他是医院的长官。

“让他躺好，给他点水喝。”罗斯托夫指着哥萨克兵说。

“就是，大人。”这个兵满意地说，更用劲地瞪着眼睛，挺直身子，但是没有动步。

“不行，这里是一点办法也没有的。”罗斯托夫想，垂下了眼睛，他想要出去，但他觉得右边有向他注视的富有含意的目光，于是他回顾了一下。几乎是在角落上，有一个年老的兵坐在大衣上，他的黄色的、枯瘦的、严厉的脸好像只剩骨头架子一样，灰胡须没有剃，他执拗地望着罗斯托夫。老兵旁边的一个人，指着罗斯托夫，向他低声说着什么。罗斯托夫明白了，老兵要向他请求什么。他走近了一点，看见老兵只有一条盘曲的腿，另一条腿到膝盖上边都没有了。老人的另一边，离他稍远一点，有一个年轻的兵不动地躺着，他的脸向上仰着，他的扁鼻子的、有雀斑的脸上是像蜡那样的苍白，他的眼睛向上翻着。罗斯托夫看了看扁鼻子的兵，一阵冷气掠过了他的脊背。

“这个人好像是……”他向助手说。

“我们已经请求过多少次了，大人，”老兵说，他的下颏打战，“早上就死了。我们也是人，不是狗……”

“我马上就找人，把他抬走，抬走，”助手连忙地说，“请走吧，大人。”

“我们走吧，我们走吧。”罗斯托夫连忙地说，垂下眼睛，缩着身子，力求不被察觉地穿过那一排向他注视的、谴责的、嫉妒的眼睛，从房间里走出去了。

18

助手领罗斯托夫穿过走廊，进了军官病房，这个病房分三个房间，房门都敞开着。在这些房间里有床，伤的和病的军官们都坐在或者躺在床上。有几个人穿着医院的长衫在房中走动着。罗斯托夫在军官病房中遇见的第一个人，是一个矮小、枯瘦、断了一只手臂的人。这人戴着睡帽，穿着医院的长衫，衔着烟斗，在第一个房间里走动着。罗斯托夫望着他，极力回想着曾经在什么地方看见过他。

“上帝要我们在这里会面的，”那个矮小的人说，“屠升，屠升，您可记得，在射恩格拉本让你坐车的？他们截掉了我一只手，这里……”他说，微笑着指着衣服的空袖子。“找发西利·德米特锐支·皆尼索夫吗？——同房的！”知道了罗斯托夫要找谁，他说，“在这里，在这里。”于是屠升领他进了另一间房，从那个房间里传出来几个人的笑声。

“他们怎能够住在这里还笑呢？”罗斯托夫想，闻到他在兵士病房里所闻到的那股死尸气味，还仿佛看到他四周的那些向他注视着的、在两旁跟随着他的嫉妒的目光以及那个翻着白眼的年轻兵士的脸。

虽然是快到正午十二点钟了，皆尼索夫还用被蒙了头，睡在床上。

“啊，罗斯托夫！好吗？好吗？”他仍旧用他在团里的那样的声音大叫；但是罗斯托夫悲伤地注意到，除这种惯常的随便和活泼之外，还有一种新的、恶劣的、隐秘的情绪流露在皆尼索夫的面部表情、音调和言语里。

虽然他受伤已经六周，他的伤势虽然轻微，却还未痊愈。他的脸上有全体住院的人所有的那种苍白的浮肿。但不是这个使罗斯托夫吃惊；使他吃惊的，是皆尼索夫似乎对他不高兴，并且对他笑得不自然。皆尼索夫不向他问到团，也不问到一般的情况。当罗斯托夫说到这些时，皆尼索夫没有听。

罗斯托夫甚至察觉到，皆尼索夫听他提起团和医院之外的那种自由生活时，便显得不愉快。他似乎极力想要忘记从前的生活，只关心他和军需官的那桩案子。罗斯托夫问到这件事怎么样，他立刻从枕头下边拿出委员会给他的公文和他的回文的底稿。他开始读他的文稿，他兴奋起来了，并且特别要罗斯托夫注意他在这个文稿中向他的敌人所说的讽刺话。皆尼索夫的同院的人，围着罗斯托夫——这个刚从自由世界中来的人，在皆尼索夫开始读他的文稿时，便开始渐渐散去了。从他们的面色上，罗斯托夫明白了，所有这些先生已经不止一次听过他的这个听厌了的故事。只有邻床的人，一个肥胖的矛枪骑兵，愁闷地皱了皱眉，抽着烟斗，坐在病床上；断了一只手臂的、矮小的屠升不赞同地摇着头，继续听着。在诵读当中，矛枪骑兵打断了皆尼索夫的话。

“在我看来，”他向罗斯托夫说，“应当直接请求皇帝开恩。现在，听说，要颁发很多的奖赏，这件事一定会得到饶恕的……”

“要我请求皇帝！”皆尼索夫说，他想要用声音表现从前的精力和热情，但他的声音却表现了徒然的愤怒。“为什么？假使我是强盗，我会请求开恩，但我是因为揭发了真正的强盗们而要受审判的。让他们审判吧，我谁也不怕，我为沙皇、为祖国的正直服务，我没有盗窃过！把我降级，并且……你听着，我就是这样直言不讳地写给他们的：‘假使我是一个盗窃公款的人……’”

“写得当然很好，”屠升说，“但是问题不在这里，发西利·德米特锐支，”他也转向罗斯托夫说，“应该顺从的，但发西利·德米特锐支不愿这么做。您知道，审计官向您说，您的事情很糟。”

“唉，让它糟吧。”皆尼索夫说。

“审计官替您写了请愿书，”屠升继续说，“您应当签了字，由这位先生带去投。他一定（他指了指罗斯托夫）和司令部里有关系。您不会找到更好的机会了。”

“但是我说过，我不做卑鄙的事。”皆尼索夫插言道，又继续念他的文稿。

罗斯托夫不敢劝皆尼索夫，虽然他本能地觉得，屠升和别的军官们所提议的办法是最可靠的办法，虽然他觉得，假使他能够替皆尼索夫帮忙，他是很高兴的，他知道皆尼索夫的坚决意志和直爽的暴躁脾气。

皆尼索夫的措辞尖刻的文稿念了一个多小时，诵读完毕时，罗斯托夫没有说话，他怀着最悲伤的心情，和重新聚在他身边的皆尼索夫同院的人们在一起，一面谈着他所知道的事，一面听着别人的谈话，过完这天的剩余时间。皆尼索夫整个晚上，愁闷无言。

晚上很迟的时候，罗斯托夫准备回去了，他问皆尼索夫有没有什么委托的事。

“有的，等一下，”皆尼索夫说，回头看了看军官们，于是从枕下取出文稿，走到放着墨水瓶的窗子那里，坐下来写字。

“显然鞭子是打不破斧头的。”他说，离开窗子，递给罗斯托夫一只大信封。这是审计官所写的给皇帝的请愿书，在这里面皆尼索夫没有提到军需处的过错，只请求宽恕。

“呈上去，似乎是……”他没有说完，露出了一个痛苦的做作的笑容。

19

罗斯托夫回到团里，向长官报告了皆尼索夫案件的情况，便带着给皇帝的信到提尔西特去了。

六月十三日，法俄两国的皇帝在提尔西特会面。保理斯·德路别兹考请求他所侍随的某要人把他派在留守提尔西特的侍从里。

“Je voudrais voir le grand homme.［我想看看那个伟人。］”说到拿破仑时，他说，他一直到现在，和所有的人一样，仍称他保拿巴特。

“Vous parlez de Buonaparte?［你说的是布奥拿巴特吗?］”将军微笑着向他说。

保理斯疑问地望了望将军，立刻明白了，他是在试试能否对我开玩笑。

“Mon prince，je parle de l’empereur Napoléon.［公爵，我说的是拿破仑皇帝。］”他回答。

将军带着笑容拍了拍他的肩膀。

“你前程远大。”他说，于是把他带在身边。

在皇帝们相会的那一天，保理斯是在聂门河上的少数人之内。他看见了有姓名起首字母的木筏，拿破仑在对岸，从法国卫兵队前走过；他看见了亚力山大皇帝的沉思的面孔，皇帝沉默地坐在聂门河岸的旅店里，等候拿破仑莅临；他看见了两个皇帝上船，拿破仑先走上木筏，快步地走上前去迎接亚力山大，向他伸手，于是两个皇帝走进了帐篷。保理斯自从进入上层社会以来，便养成了一种习惯，就是留心观察他四周所发生的事情，并且把它们记录下来。在提尔西特会晤的时候，他探问了那些跟拿破仑一同来的人的名字，问到他们所穿的军服，并且留心地倾听要人们所说的话。正在皇帝们走进帐篷时，他看了看表，当亚力山大从帐篷里走出时，他也没有忘记再看一下。会晤经过了一小时又五十三分。他在这天晚上把这件事和别的事一同记录下来，他以为这些事都具有历史的意义。因为皇帝的侍从很少，所以在重视职务上的成就的人看来，当皇帝们会晤时，能够留在提尔西特是一件很重要的事，保理斯能在提尔西特，他觉得，从此以后，他的地位便十分巩固了。不但他们认识了他，并且看中了他，习惯了他。有两次他向皇帝本人执行任务，所以皇帝认识了他的面孔，并且所有的近臣不但不像从前那样，认为他是新手，对他疏远，而且假使看不见他，便要诧异。

保理斯和另外一个副官——波兰的冉林斯基伯爵——住在一起。冉林斯基是在巴黎受教育的波兰人，有钱，热诚地爱法国人，当他们住在提尔西特时，几乎每天都有法国禁卫军和总司令部的军官们到冉林斯基和保理斯的地方来吃午饭和早饭。

六月二十四日晚，保理斯同屋的冉林斯基伯爵，请他的法国朋友们吃晚饭。这个晚餐上的嘉宾是拿破仑的一个副官，还有几个法国禁卫军军官，一个法国旧贵族家庭的少年，拿破仑的侍从。就在这天，罗斯托夫趁着天黑，免得被人认出，穿了便服，来到提尔西特，走进冉林斯基和保理斯的住处。

罗斯托夫是从军队里来的，他和全体的军队一样，在他对拿破仑和法军的态度上，还没有发生总司令部和保理斯所发生的那种由敌变友的转变。军中所有的人，对拿破仑和法国人，仍旧怀着先前的仇恨、轻视和恐惧的混合情绪。不久之前，罗斯托夫和卜拉托夫团的哥萨克兵军官谈话时还和他争论过，假使拿破仑被俘了，就不要把他当作皇帝看待，却要当作犯人看待。不久之前，在路上遇见了一个受伤的法国上校，罗斯托夫曾经发火，向他说明，在合法的皇帝和罪犯保拿巴特之间是不能够有和平的。因此，保理斯住处的法国军官们使罗斯托夫觉得奇怪，他们还穿着军服，在侧翼哨兵线上他对这种军服的观点是完全不同的。他一看见了从门里伸出头来的法国军官，他在看见敌人时一向所有的那种战争的仇恨情绪就立刻控制了他。他停在门口，用俄语探问保理斯·德路别兹考是否住在这里。保理斯听到门口生人的声音，便走出来迎接他。在他最初认出罗斯托夫时，他的脸上显出了厌烦的神色。

“啊，是你，我很高兴，很高兴看见你。”他却这么说，微笑着，向他面前走去。但是罗斯托夫注意到了他最初的神态。

“我似乎来得不是时候，”他说，“我本是不来的，但是我有任务。”他冷淡地说。

“不，我只是诧异，你怎么从团里来了。”他向一个在叫他的声音说，“Dans un moment je suis à vous.［我马上就来效劳。］”

“我知道，我来得不是时候。”罗斯托夫重复说。

懊恼的表情已经在保理斯脸上消失了；显然，他思索了并且决定了他应该怎么办，他特别镇静地抓住罗斯托夫的双手，领他走进了隔壁的房间。保理斯的眼睛镇定地坚决地看着罗斯托夫，好像被什么东西遮蔽着，好像是他的眼睛上戴了一种眼罩——习俗的蓝色眼镜。在罗斯托夫看来是这样的。

“啊，请你不要说了，你会来得不是时候吗?”保理斯说。

保理斯领他进了摆着晚餐的房间，替他介绍了客人们，说了他的名字，并且说明他不是文官，而是骠骑兵军官，他的老友。“冉林斯基伯爵，le Comte N. N.［NN伯爵，］le Capitaine S. S.［SS上尉。］”他叫着客人们的名字。罗斯托夫皱着眉望着法国人，勉强地鞠躬，并且沉默着。

显然，冉林斯基不高兴在自己的团体里招待这个新来的俄国人，没有向罗斯托夫说话。保理斯似乎没有注意到新来的人使别人感到拘束，带着他迎接罗斯托夫时，所有的那种同样愉快的镇静的神态和被什么东西遮蔽着的目光，极力要使谈话活泼起来。法国人当中的一个，带着法国人的惯有的礼节，对着固执地沉默着的罗斯托夫，向他说，他大概是为了要看见皇帝才来到提尔西特的。

“不是，我有任务。”罗斯托夫简短地回答。

罗斯托夫一注意到保理斯脸上的不满意的神情，便立即发脾气，并且像发脾气的人一向所有的情形一样，他觉得，大家都恶意地望着他，他妨碍了所有的人。确实，他妨碍了所有的人。只有他一个人没有参加大家重新开始的谈话。“为什么他坐在这里?”客人们对他注视的目光这么说。他站起身来，走到保理斯面前。

“可是我妨碍你了，”他低声向他说，“有一件事情，我们去谈一下吧，谈了我就走。”

“并不碍事，一点也不，”保理斯说，“假使你疲倦了，到我房里去，躺着休息一会。”

“真的……”

他们走进了保理斯睡觉的小房间。罗斯托夫没有坐下来，立刻愤怒地——好像保理斯对他犯有什么过错似的——开始向他说了皆尼索夫的事情，问他愿不愿并且能不能托他的将军替皆尼索夫向皇帝求情，并转递呈文。只剩下他们两个人的时候，罗斯托夫第一次感觉到，他看到保理斯的眼睛是不舒服的。保理斯腿架着腿，用左手抹弄着右手的细指，听着罗斯托夫说话，好像一个将军在听属下的报告一样，时而望望旁边，时而把同样的被遮蔽的目光对直地望着罗斯托夫的眼睛。罗斯托夫每次看到这种情况都觉得不自在，于是他垂下了眼睛。

“我听说过这种事情，我知道，皇帝对于这样的事情处理是很严格的。我想，这事不必弄到陛下那里。我看，最好是直接请求军团长……总之，我想……”

“那么，你什么都不愿做，你就说吧!”罗斯托夫没有望保理斯的眼睛，几乎叫起来了。

保理斯微笑了一下。

“相反，我要尽力去做，不过我觉得……”

这时在门口响起了冉林斯基唤保理斯的声音。

“好吧，你去，去，去……”罗斯托夫说，拒绝吃晚餐，独自留在小房间里，他在房里来回地走了很久，听着隔壁房间里愉快的用法语的谈话声。

20

罗斯托夫来到提尔西特的那一天，对于替皆尼索夫说情的事，是最不适宜的。他自己不能去见值日的将军，因为他穿着便衣，并且没有长官的允许就来到提尔西特，而保理斯即使愿意，也不能在罗斯托夫来到的次日做这件事。六月二十七日这一天，签订了和约的序文。皇帝们交换了勋章：亚力山大接受了法国荣誉团勋章，拿破仑接受了圣·安德来一级勋章，并且决定了在这天法国禁卫军的一个营里，设宴招待卜来阿不拉任斯克的一个营。皇帝们都要参加这个宴会。

罗斯托夫和保理斯在一起觉得那么不自在、不舒服，因此当保理斯在饭后顺便来看他的时候，他装作睡着了，并且在第二天清晨就走出了屋子，极力避免和他见面。尼考拉穿了便衣，戴了圆礼帽，在城里闲逛，看看法国人和他们的服装，看看街道和俄国、法国皇帝们所住的屋子。在广场上他看见了摆好的桌子和准备好的宴会，在街上他看见了横悬的条布和俄国国旗、法国国旗，以及巨大的姓名起首字母 A 和 N。在房屋的窗子里也有旗子和起首字母。

“保理斯不肯帮助我，我也不愿去找他了。这个问题已经决定了，”罗斯托夫想，“我们之间的一切都结束了，但是我不替皆尼索夫做我能做到的一切，尤其是不把呈文递给皇帝，我便不离开这里。给皇帝！……他在这里！”罗斯托夫想，不觉地又走到亚力山大所住的屋子前。

屋前有许多坐骑，侍从们聚在一起，显然是随时准备着皇帝出门。

“我可以在任何时候看见他，”罗斯托夫想，“但愿我能够把信直接交给他，向他说明一切……他们会因为我穿便衣逮捕我吗？不会的！他会明白谁是谁非。他明白一切，知道一切。谁能比他更公正、更宽宏大量呢？就是他们因为我在这里，把我逮捕，这有什么关系呢?”他想，望着一个军官走进皇帝所住的屋子。“瞧吧，他们进去了——唉！全是胡思乱想！我要进去，并且亲自把呈文递给皇帝。德路别兹考把我弄到这个地步，对他是更加没有好处的。”忽然罗斯托夫抱着他自己也料想不到的决心，摸了摸口袋里的呈文，一直向皇帝所住的屋子走去。

“不，现在我决不放过机会，要像在奥斯特理兹会战以后那样。”他想，每一秒钟都希望遇见皇帝，并且想到这个，便觉得血就向他的心里涌。“我要跪在他脚下求他。他要把我扶起，听我说，还感谢我。”罗斯托夫幻想着皇帝要向他说的话:“在我能做善事的时候，我快乐，但纠正不平是最大的快乐。”他走过好奇地向他注视的许多人面前，走上皇帝所住的屋子的台阶。

从台阶上有宽大的楼梯直通楼上，他看见了右边有一个关闭的门。在楼梯下边有一道门通下层。

“您找谁?”有人问。

“递信，给陛下的请愿书。”尼考拉用颤抖的声音说。

“请愿书——给值班的军官，请走这边（有人向他指示了通下边的门），可是他们不会收的。”

听到了这个淡漠的话声，罗斯托夫对于他所做的事觉得吃惊了；随时可以遇见皇帝的这种念头，对他是那么具有诱惑性，但正因此是那么可怕，以致他准备跑走了；但那个接待他的侍从为他打开了值班军官的房门，于是罗斯托夫进去了。

一个矮矮的、胖胖的、三十岁左右的人，穿着白裤子、深筒软靴和一件显然是刚穿上的细布衬衫，站在那个房间里；一个听差在他后边扣着丝绣的、新的、漂亮的吊裤带，它因为什么缘故引起了罗斯托夫注意。这个人和隔壁房间里的人在说话。

“Bien faite et la beauté du diable. [她有好看的身材，青春的年华。]”这个人说，他看见了罗斯托夫，便停止说话，并且皱了皱眉。

“您有什么事？请愿书吗?”

“Qu'est ce que c'est? [怎么回事?]”有人在隔壁房间里问。

“Encore un petitionnaire. ［又是一个请愿的。］” 那吊裤带的人回答。

“向他说，晚一点再来。他马上就要出来了，我们应该去了。”

“晚一点，晚一点，明天。此刻太迟了……”

罗斯托夫转过身，要走出门，但是那吊裤带的人拉住了他。

“谁派您来的？您是谁？”

“皆尼索夫少校派来的。”罗斯托夫回答。

“您是谁？军官吗？”

“中尉，罗斯托夫伯爵。”

“好大胆子！交司令官呈上来。您去吧，去吧……”

于是他开始穿上听差递给他的军服。

罗斯托夫又走进门廊，并且看见台阶上已经有许多穿了全副军人礼服的军官和将军，他必须从他们面前走过。

罗斯托夫一边诅咒自己的大胆，一边因为想到他可以随时遇见皇帝并且会在他面前受侮辱被逮捕而提心吊胆，他充分认识到自己行为的不当，并且为这件事懊悔着，他垂下眼睛，挤着走出屋子，屋前围绕着一群漂亮的侍从，这时有一个熟识的声音唤了他一下，有一个人的手拉住了他。

“阁下，您穿了便衣在这里做什么？”一个低沉的声音问他。

这人是一个骑兵的将军，在这次战争中获得皇帝的特别恩宠，曾经做过罗斯托夫在服役的那一师的师长。

罗斯托夫开始惊惶地为自己解释，但是看见了将军好意的、诙谐的脸，便和他走到一边，用兴奋的声音向他说了全部的事件，请求将军为了他也认识的皆尼索夫去说情。将军听了罗斯托夫的话，严肃地摇摇头。

“我可怜那个好汉，把信给我吧。”

罗斯托夫刚刚交出呈文，说了皆尼索夫的全部的案子，楼梯上就传来了有靴刺的迅速的脚步声，于是这个将军离开了他，向台阶上走去。皇帝的侍从官们跑下了楼梯，向马匹那里走去。马夫爱聂，就是到过奥斯特理兹的那个人，牵来了御马，接着在楼梯上响起了轻微的脚步声，罗斯托夫立刻便听出了这个脚步声。罗斯托夫忘记了被人认出的危险，和几个好奇的居民走到台阶前面，于是他在两年之后，又看见了他所崇拜的同样的仪表，同样的面孔，同样的目光，同样的步态，同样的伟大与温良的结合……那种对皇帝的兴奋和热爱又像从前那样，强烈地在罗斯托夫心中复活了。皇帝穿了卜来阿不拉任斯克团的制服、白色鹿皮裤、高筒软靴，挂了罗斯托夫不认识的星章（这是法国荣誉团勋章），腋下夹着帽子，一面戴着手套，一面走上台阶。他站住了，环顾着，他的目光使他四周的一切都明亮起来了。他向将军们当中的人说了几句话。他还认出了罗斯托夫的老师长，向他微笑了一下，把他叫到自己面前。

所有的侍从官都后退了，罗斯托夫看见这个将军向皇帝说了很久的话。

皇帝向他说了几句话，向前走了一步，以便上马。一群侍从官和街头群众——罗斯托夫也在内——又向皇帝靠近了。皇帝站在马前，手扶马鞍，向着骑兵将军大声地说话，显然希望大家都听到他的话。

“我不能够，将军，我不能够，因为法律比我更有力量。”皇帝说过，便抬脚上镫了。

将军恭敬地低下了头。皇帝上了马，在街上奔驰而去。罗斯托夫高兴得发狂，随着群众跟着他跑。

21

在皇帝所去的广场上，卜来阿不拉任斯克的一个营在右边，戴熊皮帽的法国禁卫军的一个营在左边——两个营面对面站着。

当皇帝骑马来到举枪敬礼的两营兵士的这一头时，另一群骑马的人跑到两营兵士的那一头，罗斯托夫认出了，在他们前面的是拿破仑。这绝不会是别的人。他骑马奔驰而来，戴着小帽子，挂着圣·安德来绶带；在白背心外边穿着敞开的蓝军服，骑了一匹极好的纯种的阿拉伯灰马，坐在绛色绣金的鞍褥上。到了亚力山大面前，他揭起帽子，从这个动作上罗斯托夫的骑兵眼睛不能不注意到，拿破仑在马上的姿势很糟，并且坐得不稳。各营呼喊乌拉和 Vive l'Empereur［皇帝万岁］。拿破仑向亚力山大说了什么。两个皇帝下了马，互相握手。拿破仑的脸上露出令人讨厌的做作的笑容。亚力山大带着亲切的表情向他说着什么。

虽然有法国宪兵的马匹踏着蹄子阻挡群众，罗斯托夫却目不转睛地注意着亚力山大皇帝和保拿巴特的每一动作。使他觉得意外惊讶的，是亚力山大把自己当作和保拿巴特平等的人，而保拿巴特十分自如地以平等的身份对待俄国的沙皇，好像和皇帝在一起对于他是很自然、很习惯的。

亚力山大和拿破仑带着一长列侍从走到卜来阿不拉任斯克营的右翼，正对着站在那里的群众。群众是料想不到会离皇帝们那么近，站在前列的罗斯托夫生怕被人认了出来。

"Sire，je vous demande la permission de donner la Légion d'honneur au plus brave de vos soldats.［陛下，我请你允许我将荣誉团勋章给你的最勇敢的兵。］"有个人用尖细的嗓音一字一句地说。

这是矮小的保拿巴特对直地仰视着亚力山大的眼睛说的。亚力山大注意地听着他向他所说的话，点了点头，愉快地微笑了一下。

"A celui qui s'est le plus vaillamment conduit dans cette dernière guerre.［给那个在上次战争里作战最勇敢的人。］"拿破仑补充说，说出每一个音节，带着令罗斯托夫感到愤慨的那种镇静和确信的神情，看着在他面前挺直身子的俄兵的行列，他们都举枪敬礼，眼睛不动地望着本国皇帝的脸。

"Votre majesté me permettra-t-elle de demander l'avis du colonel?［陛下准许我探问上校的意见吗？］"亚力山大说，向营长考斯洛夫斯基公爵面前很快地走了几步。

保拿巴特这时候开始从白白的小手上脱下手套，扯破了一只手套，把它抛掉了。一个副官赶快从后边走到前面，把它拾了起来。

"给谁？"亚力山大皇帝用俄语低声地问考斯洛夫斯基。

"陛下吩咐给谁就给谁。"

皇帝不满意地皱了皱眉，环顾了一下，说：

“但是我们一定要给他回话的。”

考斯洛夫斯基带着坚决的神情环顾了各个行列，连罗斯托夫也没漏掉。

“不会是我吧?”罗斯托夫想。

“拉萨来夫!”上校皱了皱眉，发出命令；于是行列中第一个兵，拉萨来夫，敏捷地走出来了。

“你走到哪里去?就站在这里!”许多人向拉萨来夫低低地说，他不知道他要走到哪里去。拉萨来夫向上校惊惶地侧视了一下，便站住了，他的脸上颤抖了一下，这是被叫到行列前面去的兵士们所常有的。

拿破仑把头微微向后转了一下，把他的肥胖的小小的手伸到后边，似乎想拿什么。他的侍从里的人，在同一秒钟里便猜到了他要什么，他们忙起来了，低语着，互相传递着一件东西，于是一个侍从，就是罗斯托夫昨晚在保理斯那里看见的那个人，跑上前，恭敬地伸出手，弯下身子，连一秒钟也没有让这只手等待，便放了一个红绶带的勋章在这只手里。拿破仑看也不看，捏了两个手指，勋章便夹在两指之间了。拿破仑走到拉萨来夫面前，他却瞪着眼，继续固执地只看着本国皇帝的脸。拿破仑回头看了看亚力山大皇帝，借此表示，他现在所做的事，是为了他的同盟者而做的。小小的白白的手拿着勋章，碰到兵士拉萨来夫的衣扣。好像拿破仑知道，只需他的手，拿破仑的手，惠然地碰到兵士的胸口，这个兵便永远幸福，得到奖赏，比世界上所有的人都高出一等。拿破仑刚把十字勋章放在拉萨来夫的胸前，便放了手，转身面向亚力山大，好像他知道，这个十字勋章一定会粘到拉萨来夫的胸上。十字勋章果然粘上了。

俄国的和法国的效劳者的手，立刻接住了十字勋章，把它挂在军服上。拉萨来夫愁闷地瞥了瞥那个有白手的、对他做了什么事情的矮子，继续不动地行着举枪礼，又对直地望着亚力山大的眼睛，好像是问亚力山大：他还应该站着呢，还是让他现在走开呢，还是要他做点别的事呢?但是他没有得到命令，他在这种动也不动的姿势中停留了很久。

皇帝们上了马走了。卜来阿不拉任斯克的兵士们散队了，和法国的禁卫军兵士们混杂在一起，坐在为他们预备的桌子前。

拉萨来夫坐在荣誉座上，俄国和法国的军官们抱他、贺他、和他握手。成群的军官和民众们跑来，只是要看看拉萨来夫。俄语、法语的话声和笑声在广场上的桌子周围响起。两个得意的、快乐的军官，面孔发红，从罗斯托夫面前走过去了。

“老兄，你觉得酒席怎么样？都是银碟子，”有一个说，“你看见了拉萨来夫吗？”

“看见了。”

“据说，明天卜来阿不拉任斯克团要请他们。”①

“啊，拉萨来夫多么幸福啊！一千二百法郎的终身津贴。”

“看呀，这样的帽子，弟兄们！”一个卜来阿不拉任斯克的兵，戴着法兵毛茸茸的帽子大叫。

“非常好，好极了！”

“你听到回应的口令吗？”禁卫军军官向另一人说，“前天是Napoléon，France，bravoure；［拿破仑，法兰西，勇敢；］昨天是Alexandre，Russie，grandeur；［亚力山大，俄罗斯，伟大；］一天是我们的皇帝发口令，一天是拿破仑发。明天皇帝要送圣·乔治勋章给法国禁卫军的最勇敢的兵，不送不行的。一定要作同样的回礼。”

保理斯和他的同事冉林斯基也来看卜来阿不拉任斯克团的宴会。保理斯回去时，看见罗斯托夫站在屋子的角上。

“罗斯托夫？你好，我们没有碰见你。”他向他说，并且不能克制自己不问他发生了什么事；罗斯托夫的脸是那么异常得愁闷而不安。

“没有什么，没有什么。”罗斯托夫回答。

“你要来吗？”

---

① 毛注：托氏所写很近史实，但关于普鲁士国王受辱一点则未提及。他也没有写出俄军方面未能同样地回请法军，因为没有银碟子，俄皇虽愿出重价，也买不着。

“是的，我来。”

罗斯托夫在屋角站了很久，远远地望着宴会。他的脑子里出现了苦恼的情绪，他无法使它终止。他心中起了可怕的怀疑。时而他想起皆尼索夫、他的改变了的表情、他的屈服，想起整个的医院、断下的手脚、那种污秽与疾病。他那么逼真地觉得，他现在闻到了医院中死尸的气味，因而他环顾着，以便明白，从哪里发出了这种气味。时而他想起那个得意扬扬的拿破仑和他的白白的小小的手，他现在是皇帝了，他受到亚力山大皇帝的欢喜和尊敬。为什么会有那些被截掉手脚和被打死的人呢？时而他想起受赏的拉萨来夫和受罚的未被饶恕的皆尼索夫。他发觉自己有了那些奇怪的思想，他觉得害怕了。

卜来阿不拉任斯克兵士们的菜的香味和他的饥饿，使他摆脱了这种恐惧心情。他觉得在动身之前应当吃点什么。他走进他早上看见的那家饭店。在饭店里他看见了那么多的人，那么多同他一样地穿着便衣来到这里的军官们，他好不容易才吃到饭。两个本师的军官和他在一起。他们的谈话自然而然地转到和平上面去了。军官们，罗斯托夫的同事，和大部分的军人一样，不满意弗利德兰战役之后所签订的和约。他们说，若能再坚持一下，拿破仑便要失败了，他的军队既没有了粮食，又没有了弹药。尼考拉默默地吃着，并且痛饮着。他独自喝了两瓶酒。他内心所产生的情绪没有消失，仍旧使他苦恼。他怕对他自己的思想屈服，又不能摆脱这些思想。有一个军官说，看见法国人是痛心的事，听到这话，罗斯托夫忽然带着毫无理由的怒气，开始大叫，因此使军官们很诧异。

“您怎能够批评最好的事情！”他大叫起来，他的脸都忽然充血了，“您怎能够批评皇帝的行为？我们有什么权利发议论？我们不能够了解皇帝的目的和行为！”

“但是我没有一个字说到皇帝。”军官替自己辩护着，不能够了解他发怒的原因，只好认为罗斯托夫是喝醉了。

但罗斯托夫没有听他说话。

“我们不是外交官员，我们是军人，不是别的，”他继续说，“命令要我们死——我们就得死。假使是处罚我们，那就是——我们有罪；我们不该批评。皇帝陛下愿意承认保拿巴特是皇帝，并且和他订立同盟——这就是说，应该如此。假使我们对一切都批评，议论，那么，就没有东西是神圣的了。这么一来，我们要说，没有上帝，没有一切了！”尼考拉拍着桌子大叫着，在他的交谈者看来，这是极不切题的，但是按他的思维方法来说，这是合乎逻辑的。

“我们的事情是尽自己的责任，是打仗，不是思想，就是这话。”他结束了讲话。

“喝酒吧。”一个不愿争吵的军官说。

“好，喝酒吧，”尼考拉接上去说，“哎！再来一瓶！”他大叫着。

第三部

1

一八〇八年亚力山大皇帝到厄尔孚特去和拿破仑皇帝重新会面，在彼得堡的上层社会里，有许多人说到这个隆重会晤的伟大意义。

一八〇九年，被称为世界上的两个巨头的拿破仑和亚力山大之间的亲密竟达到了那样的程度：当拿破仑在这一年向奥国宣战时，俄国的一个军团开到国外去和从前的敌人拿破仑合作，反对从前的同盟者奥国皇帝；在最上层社会里说到拿破仑和亚力山大皇帝的姊妹之一联姻的可能。但是，在外交政策问题之外，这时俄国社会的注意是特别关切地集中在政府各部门所进行的内政改革上。

同时，人们的生活——人们现实的生活，带着他们对于健康、疾病、劳作、休息等主要的兴趣，带着他们对于思想、科学、诗歌、音乐、爱情、友谊、仇恨、热情等兴趣——却过得和素常一样，和俄国对拿破仑·保拿巴特的政治亲密或仇恨和一切可能的改革毫不相干。

安德来公爵在乡间从不离开地一连过了两年。彼埃尔在他的田庄上所举办的那些事业，没有得到任何结果，他不断地丢下这件事又做那件事——这些事情，安德来公爵却都做到了，他没有向任何人说出，也没有明显的困难。

他高度地具备了彼埃尔所缺少的那种实事求是的耐心，这种耐心没有使他感到麻烦和费劲，就把事情推动了。

在他的一个田庄上，三百个农奴变成了自由的农民（这是俄国最早的例子之一），在别的一些田庄上用免役税代替了强制劳动。在保古恰罗佛，他用自己的钱请了个受过训练的产婆帮助产妇们，用薪金聘了一个神甫教导农奴和家奴的孩子们读书识字。

安德来公爵一半的时间在童山陪他父亲和他儿子，儿子还由保姆们照料；另一半的时间在保古恰罗佛的僧院，他父亲这么称他的村子。虽然他向彼埃尔表示过，他对于一切外界世事漠不关心，实际上却关心地注意它们，收到许多书籍，并且他自己也诧异地发觉到：在刚从彼得堡、从生活的旋涡里出来的人们，来看他或者他的父亲时，这些人所知道的国外和国内政治方面的事情，还远不如安居不动地住在乡间的他本人。

除田庄上的事务和阅读各种各样的书籍之外，安德来公爵这时还对于我军最近两次不幸的战争在作批评的研究，在草拟关于修改我国军事条例和法规的意见书。

一八〇九年春，安德来公爵去看他儿子的锐阿桑田庄，他是他儿子的监护人。

他坐在篷车里，身子被春天的太阳晒得发暖，望着初生的草，初出的桦树叶和飘浮在明亮蓝空中的初春的白云朵。他没有想到任何事情，却愉快地茫然地望着两边。

他们渡过了河，一年前他曾经在这里同彼埃尔谈过话。他们走过泥泞的村庄、打谷场、冬麦的绿畴，经过桥旁有积雪的下坡，经过被水冲走泥土的上坡，经过有残株的、有几处长着发绿的矮树的田地，走进了道路所穿过的桦树林里。树林里几乎是很热了，没有一点儿风。桦树长出绿色的、黏汁的叶子，一动也不动，绿色的新草和淡紫色的花朵从上年的落叶下边钻出来，并且将它们掀起。散布在桦树间的小枞树，由于它的难看的常绿的颜色，还显出了令人不愉快的冬天色调。马进了树林就喷鼻子，并且更加出汗了。

听差彼得向车夫说了什么，车夫同意地回答着。但显然彼得觉得车夫的同情还不够，他在驾驶台上向主人回过头来。

“大人，多么爽快啊！”他恭敬地微笑着说。

“什么？”

“爽快，大人。”

“他在说什么？”安德来公爵想，“是的，大概是关于春天，”他想着，看着两边，“真的，一切都已经发青了……多么早啊！桦树、野樱桃树、赤杨已经发芽了……但我还没有看见橡树。哦，橡树在这里！”

路旁有一棵橡树。它大概比树林里的桦树老九倍，大九倍，高一倍。这是一棵巨大的、两人才能合抱的橡树，有些树枝显然折断了很久，破裂的树皮上带着一些老伤痕。它像一个老迈的、粗暴的、傲慢的怪物，站在带笑的桦树之间，伸开着巨大的、丑陋的、不对称的、有瘤的手臂和手指。只有这棵橡树，它不愿受春天的蛊惑，不愿看见春天和太阳。

“春天，爱情，幸福！”似乎这棵橡树在说，“您还不讨厌那老是不变的、愚蠢的、无意义的欺骗吗？老是一样的，全是欺骗！没有春天，没有太阳，没有幸福！看吧，那里的被摧残的、总是一样的、死气沉沉的枞树，看吧，我伸出我的折断的、破碎的手指，从它们长出的地方——从后边，从旁边——伸出来；因为它们长出来了——所以我也站着，我不相信您的希望和欺骗。”

安德来公爵经过树林时，向这棵橡树回顾了好几次，好像是对它期待着什么。在橡树下边也有花草，但它仍然皱着眉，不动地、丑陋地、固执地站在它们当中。

“是的，它是对的，这棵橡树是一千次对，”安德来公爵想，“让别的年轻的人们重新受到这个欺骗，但我们认识生活——我们的生活完结了！”一整串新的、与这棵橡树有关的、绝望的、但悲哀而又愉快的思想，在安德来公爵的心中出现了。在这次旅行的时候，他似乎重新考虑了他的全部生活，并且得到了和从前一样的又是安慰的又是绝望的结论，就是他无须开始做任何事情，他应该过完他自己的一生，不做坏事，不忧虑，也不抱有任何希望。

2

为了锐阿桑田庄上监护的问题，安德来公爵必须去会本县的贵族代表。这人是伊利亚·安德来伊支·罗斯托夫伯爵，安德来公爵在五月中去看他。

已是春季里热的时候了。森林全披上了绿装，路上灰尘很大，并且天气热得叫人走过水塘边便想洗澡。

安德来公爵，一面不愉快地、挂心地想到他应该向贵族代表问些什么关于事务上的话，一面在车上顺着花园的路径向奥特拉德诺的罗斯托夫家的房子驶去。在右首树木后边，他听到了女人的、愉快的叫声，看见了在他车前横跑过去的一群姑娘。在顶前面最靠近的一个黑发的、很瘦的、异常瘦的、黑眼的姑娘向车子跑来，她身穿黄色印花棉布衣服，头扎白头巾，在头巾下边露出松下来的发绺。这个姑娘喊叫了一声，但是认出了是生客，便没有看他，带着笑声跑回去了。

安德来公爵忽然因为什么觉得心里难过。天气是那么好，太阳是那么明亮，周围的一切是那么愉快；但那个瘦瘦的漂亮的姑娘不知道、也不想要知道有他这个人，她对于她个人的——大概是愚笨的然而愉快的、幸福的生活，感到满意和高兴。“她为什么那么高兴呢？她在想什么呢？不是关于军事条例，不是关于锐阿桑农奴免役税的处理。她在想什么呢？她为什么这么快乐呢？”安德来公爵不觉地、好奇地问他自己。

伊利亚·安德来伊支伯爵在一八〇九年住在奥特拉德诺，完全和从前一样，即是用狩猎、演戏、宴会、演奏招待几乎全省的人。他欢迎安德来公爵，正如同他欢迎任何新的客人一样，并且几乎是强迫地留他过夜。

在这无聊的一天中，招待安德来公爵的，有年老的男女主人和客人中最尊贵的人，因为快要来到的命名日，老伯爵的家里住满了客人，在这一天中，安德来·保尔康斯基有好几次窥见幼辈当中因为什么缘故发出笑声的开心的娜塔莎，他每次都问他自己：“她在想什么呢？她为什么那么高兴？”

晚间，剩下他一个人在陌生地方，他好久还睡不着觉。他看书，后来熄掉蜡烛，但是又把它点着了。里面的窗子关闭着，房间里很热。他讨厌这个愚蠢的老人（他这么称呼罗斯托夫），他留住了他，向他断言，城里必要的文件还没有到，他恼恨自己留了下来。

安德来公爵起来了，走到窗前去开窗子。他一打开窗子，月光就射进了房里，好像它是早就在窗外守候着的。他打开了窗子。夜是清凉、寂静、明亮的。正在窗子前面，有一排剪顶的树，一边是黑暗的，一边是银色的明亮的。在树下是某种多汁的、潮湿的、枝叶繁茂的植物，它的叶子和茎干有些地方是银色的。在黑暗的树那边稍远的地方，是一个有露水闪光的屋顶，右边是一株枝叶茂盛的大树，它的枝干是明亮发白的，在它上面，在晶莹的、几乎无星的、春季的天空中，是一轮几乎团圞的明月。安德来公爵把胳膊支在窗台上，他的眼睛注视着天空。

安德来公爵的房间是在当中的一层；在上面的房间里住了人，也没有睡。他听到上边女子的话声。

“只再唱一次。”上边女子的声音说，安德来公爵立刻辨出了这个声音。

“你要什么时候才睡呢？”另一个声音回答。

“我不要睡，我不能睡，要我怎么办！来，最后一次……”

两个女子的声音唱了一个乐节，这是一个歌的结尾。

“啊，多么美妙！好，现在睡了吧，完了。”

“你睡，我不能够睡。”头一个人的声音在窗子旁边回答。她显然把头完全伸在窗外，因为可以听到她的衣服声，甚至她的呼吸声。一切都安静了，像石头一样了，就像月亮、月光和影子那样。安德来公爵不敢动弹，怕暴露了他无心的在场。

“索尼亚！索尼亚！”又听到头一个人的声音说，“哦，怎么能够睡觉！你看，多么美妙啊！看，多么美妙啊！起来吧，索尼亚，”她几乎带着眼泪地说，“要知道，这样美妙的夜色是从来没有过，从来没有过的。”

索尼亚勉强地回答。

“啊，你看，多么好的月亮！……啊，多么美妙！你到这里来。心爱的，亲爱的，到这里来。哦，你看见吗？在这里，这样蹲下来，就是这样，抱住自己的膝盖——抱紧，尽量地抱紧——要用力一跳就飞上天了。就这样！”

“当心啊，你会跌下去的。”

传来了争执声和索尼亚的不满意的声音：“已经一点多钟了。”

“啊，你只会破坏我的一切。好吧，去睡吧，去睡吧。”

一切又都平静下来，但是安德来公爵知道她仍然坐在那里。他听到时而出现的轻轻的响声，时而发出的叹气声。

“啊，我的上帝！我的上帝！这是怎么回事！”她忽然叫起来。“睡就睡吧！”她砰的一声关上了窗子。

“看来，她还没有察觉我在这里！”安德来公爵在听她说话时这么想，他不知为了什么又希望她提到他，又怕她提到他。“又是她！好像是故意的！”他想。那些和他的全部生活相矛盾的青年时代的想法和希望，忽然在他心中发生了那么意外的混乱，使他觉得说不清楚自己的心情，就立刻入睡了。

3

第二天早晨，安德来公爵只和伯爵一个人告别，不等到妇女们出来，就动身回家了。

安德来公爵坐车回家，又走进了那个桦树林时，已是六月初了，在这个树林里，那棵古老多节的橡树曾经那样奇怪地深深地使他惊讶。铃声在树林里比在一个半月前更哑了；各种树都长得枝叶茂盛、浓荫蔽日；散布在林里的小枞树抽出毛茸茸的嫩芽，发出娇嫩的绿色，不但没有破坏整个树林的美，而且和整个树林的格调配合得十分和谐。

整天都很炎热，暴风雨正在酝酿着，但是只有小块的乌云洒下了雨点，落在灰土飞扬的道路上和多汁的树叶上。树林的左边被乌云的阴影遮盖着，显得异常幽暗；右边是潮湿的，明亮的，在阳光下闪耀着，被风吹得微微摆动着。一切都欣欣向荣，夜莺在啼啭，时远时近地响起回声。

“是的，在这里，那棵橡树就在这个树林里，我同情过它，”安德来公爵想，“但是它在哪里?”安德来公爵又想，望着道路的左边，欣赏着一棵橡树，他不知道也没有认出来，这就是他所寻找的那棵橡树。老橡树完全变了样子，撑开了帐幕般的多汁的暗绿色的枝叶，在夕阳的余晖下轻轻摆动着，昂然地矗立着。既没有生节瘤的手指，也没有瘢痕，又没有老年的不满与苦闷——什么都看不见了。从粗糙的、百年的树皮里，长出了一片片没有枝干的多汁的幼嫩的叶子，使人不能相信这棵老树会长出这样的树叶。

“不错，就是那棵橡树。”安德来公爵想，他突然产生了一种不知从何而来的春天独有的快乐和清新的感觉。同时，他忽然想起了生活中一切最好的时光。奥斯特理兹和高高的天空，死去的妻子的谴责的面孔，在渡船上的彼埃尔，因为夜色的美而感到兴奋的姑娘，那个夜晚和月亮——这一切他都忽然想起来了。

“不，生活并不在三十一岁结束，”安德来公爵忽然最后地、断然地作出结论，“单是我知道我心中所有的一切是不够的，一定要大家都知道这个：彼埃尔和那个想要飞上天的姑娘也在内，一定要大家都知道我，要我的生活不只是为了我自己，要他们的生活不是和我的生活那么毫不相干，要我的生活在大家的身上反映出来，要他们和我在一起生活!”

旅途归来时，安德来公爵决定了在秋天到彼得堡去，并且想出了这个决定的各种理由。一系列合理的、很有逻辑性的理由，时时准备着为他效劳，说明为什么他一定要到彼得堡去，甚至要服役。他现在甚至不明白，他怎么会一度怀疑在生活中必须从事积极的活动，正如同一个月之前，他不明白，他怎么会想到要离开乡村。在他看来，这是很明显的，假使他不把生活经验用在实际工作上，他不在生活中重新从事积极的活动，则他的全部生活经验都是毫无用处、毫无意义了。他甚至不明白，从前怎么会在同样薄弱的理论基础上显然觉得：假使那时，在他受到生活上的教训之后，他再相信他能于人有益，相信幸福与爱情的可能，便是贬损他自己。现在理性提示了完全相反的理由。在这次的旅行之后，安德来公爵开始觉得在乡村无聊，从前的事务不再使他发生兴趣，并且独自坐在书房中时，他常常站起来，走到镜子面前，许久地望着自己的面孔。然后他转过身来，望着过世的莉萨的画像，她梳着 à la grecque［希腊式的］蓬松的鬈发，在金框子里亲切地、愉快地望着他。她已经不向丈夫说从前的那些可怕的话了，她简单地、愉快地、好奇地望着他。安德来公爵把手反抄在背后，在房里走了很久，忽而皱眉，忽而微笑，思索着那些没有道理的、不可用言语表达的、好像犯罪般秘密的念头，它们和彼埃尔、和荣誉、和窗前的姑娘、和橡树、和妇女的美丽、和爱情有关，并且改变了他全部的生活。在这种时候，要有谁进去看他，他便显得特别冷淡、严厉、坚决，尤其是，令人不快地表现他的逻辑性。

“我亲爱的，”玛丽亚公爵小姐在这种时候进来时，便要说，“尼考卢施卡今天不能散步了：天气很冷。”

“假使天气暖和，”在这种时候，安德来公爵便特别冷淡地回答他的妹妹，“他就穿一件衬衫出去，但是因为天气冷，应当替他穿上暖一点的衣服，衣服是为了御寒才发明出来的。就是因为寒冷才要这样，不是要在小孩需要新鲜空气时，把他留在家里。”他说得很合情合理，似乎是因为那种秘密的、不合逻辑的、在他心中发生的内在的情绪而指责什么人。

玛丽亚公爵小姐，在这种时候便会想到，这种脑力工作会使男子们变得冷淡。

4

安德来公爵在一八〇九年八月到了彼得堡。这时候年轻的斯撇然斯基①的名望达到了绝顶，他在改革运动方面的活动也最起劲。就

---

① 毛注：M. M·斯撇然斯基伯爵（1772—1839），是俄国改良主义的政治家，拿破仑曾经称他为俄国的唯一的头脑清楚的人。

在八月里，皇帝乘车出行时，坠车伤了腿，在彼得高夫住了三周，每天只和斯撇然斯基一个人见面。在这个时期，不但准备了两个那么有名的、轰动社会的命令①——要废除朝廷的品级，要考试八品官和政府顾问②，而且还有整部的国家宪法，这个宪法要改变俄国政府——自枢密院至乡区政府——现有的司法、行政及财政制度。现在，亚力山大皇帝即位时所有的那些含糊不清的、自由主义的幻想都实现了，具体化了，这是他借助于他的赞助人恰尔托锐示斯基、诺佛西操夫、考丘别和斯特罗加诺夫而力求实现的，他自己说笑话时称他们为 comité du salut publique［社会救济委员会］。

现在，斯撇然斯基在内政上，阿拉克捷夫③在军事上代替了所有的人。安德来公爵到了不久，即以御前侍从的身份，在朝廷里和朝会上出现了。皇帝遇见他两次，却一句话也不愿向他说。安德来公爵以前一向就觉得，皇帝讨厌他，皇帝讨厌他的脸和他整个的人。在皇帝对他的冷淡疏远的目光中，安德来公爵发现了他这个假定比以前更有充分的证明。朝臣们向安德来公爵说明，皇帝对他的疏淡，是因为陛下不满意保尔康斯基在一八〇五年以后没有服兵役。

“我自己知道，我们不能够控制自己的爱好与憎恶，”安德来公爵想，“因此用不着想到把我的关于军事条例的意见书当面呈给皇帝了，但事实自会明白的。”他向一位老元帅，他父亲的朋友，提到他的意见书。这位老元帅和他约定了见面的时间，亲切地接待了他，并目答应启奏皇帝。几天之后，安德来公爵接到通知，要他去见陆军大臣阿拉克捷夫伯爵。

---

① 毛注：除了朝廷的纯然形式的改变和纳贿获得奖状外，毫无效果。

② 毛注：这是文官十四品中第六品和第五品，相等于陆军中的中校和上校。

③ 毛注：A·阿拉克捷夫伯爵（1769—1834）在一八〇三年后是炮兵总监，他在炮兵方面的改组，对一八一二年俄军的胜利颇有贡献。一八〇八年做陆军部长。他所创办的军事殖民很扰民，结果完全失败了。托尔斯泰不满意他，在书中各处表示出来。

在约定的那一天上午九时，安德来公爵到了阿拉克捷夫伯爵的接待室。

安德来公爵不认识阿拉克捷夫本人，从来没有看见过他，但他所知道的关于他的一切，并不引起他对于这个人的敬意。

“他是陆军大臣，是皇帝陛下所信任的人；我们用不着过问他个人的品行；他奉令审查我的意见书，因此只有他一个人能够处理它。”安德来公爵想，他和许多重要的以及不重要的人一同在阿拉克捷夫伯爵的接待室等候着。

安德来公爵在他服务的时期——大部分时间是做副官——看见过许多要人的接待室，这些接待室的各种性质他是很明白的。阿拉克捷夫伯爵的接待室有一种十分特别的性质。在阿拉克捷夫伯爵的接待室中，等着轮流接见的不重要的人们的脸上，显出了羞惭和卑屈的神色；大官们的脸上只显出了同样的难为情的感觉，它被个人的毫不介意和对于自己、对于自己地位、对于所等待的人的嘲笑掩饰起来了。有的人沉思地来回走动，有的人低语着发出笑声，安德来公爵听到西拉·安德来伊支①这个 sobriquet 诨名，和这句话：“叔叔要责罚的。”这都是指阿拉克捷夫伯爵而言的。一个将军（要人），显然因为等得太久而生气了，轮换地架着腿坐着，轻视地对自己微笑着。

但是门一开，所有的面孔上就立刻显出一种恐惧的神情。安德来公爵请值班的副官再替他通报一次，但副官嘲笑地看了看他，并且说，就会按时轮到他的。在副官把几个人领进又领出大臣房间之后，一个军官被引进了那道可怕的门，他的卑屈惊惶的神情令安德来公爵惊讶了。接见这个军官的时间很久。忽然从门里面传出了不愉快的吼声，于是那面色发白的军官，嘴唇发抖，走了出来，抱着自己的头，穿过了接待室。

在这之后，安德来公爵被领到门前，值班副官低声说：“右边，

① 西拉·安德来伊支的意思是权力或力量，这是说话人对阿拉克捷夫的性格的看法。

向着窗子那里。”

安德来公爵走进简单整洁的房间，看见了桌旁的一个四十岁的人，高高的个，长长的头，头发剪短了，脸上皱纹深深的，在褐绿的愚钝的眼睛上边蹙着眉毛，红鼻子凸出着。阿拉克捷夫没有望他，把头向他转过来。

“您要求什么？”阿拉克捷夫问。

“我不……不请求什么，大人。”安德来公爵低声说。

阿拉克捷夫的眼睛向他转过来。

“坐下，”阿拉克捷夫说，“保尔康斯基公爵吗？”

“我不请求什么，但蒙皇帝陛下把我所呈的意见书交给了大人……”

“您知道，我亲爱的，我看过您的意见书了。”阿拉克捷夫插言说，他只和善地说了前面几个字，便又不望着他的脸，说话的口气越来越显得埋怨，越来越显得轻视他了，“您提出新的军法吗？法律很多，没有人执行旧的法律。现在大家都写法律，写比做容易。”

“我奉皇帝陛下的意思来大人这里探听，您对于我所呈的意见书打算怎么处理。”安德来公爵恭敬地说。

“对于您的意见书我已经有了批语，并且送到委员会里去了。我不赞同。”阿拉克捷夫说，站起来，从写字桌里取一张纸，“看吧。”他递给了安德来公爵。

纸上的字是横写的，没有大写字母，拼写不正确，也没有标点符号。“轻率地写成因为这是模仿法国军事法规拟定的，并且不需要违背现有军法。”

“意见书交给了什么委员会呢？”安德来公爵问。

“交给了军事法规委员会，我推荐了阁下您做委员。但是没有薪俸。”

安德来公爵微笑了一下。

“我并不想做。”

“无薪的委员，”阿拉克捷夫再说，“我很荣幸。哎！去叫！还有谁？”他一面向安德来公爵鞠躬，一面大声地说。

5

安德来公爵等候着发表他做委员会的委员，拜访了他的旧友们，特别是那些他知道有力量的并且能够帮他忙的人。现在他在彼得堡，感觉到类似他在战争的前夜所感觉到的那种情绪：一种令人不安的好奇心使他苦恼，最高的阶层不可抵抗地吸引着他，有关千百万人民的命运的未来，就是由这个阶层来决定的。由于年长者的愤怒，由于局外人的好奇，由于局内人的谨慎，由于大家的忙碌与焦虑，由于无数的委员会——他每天知道有新的委员会成立——他觉得，现在一八〇九年，在彼得堡这里，正在准备一个大规模的国内的战争，它的总司令是他不认识的、神秘的、他觉得是天才的人物——斯撇然斯基。

他所模糊地知道的这种改革运动，以及主要的发起人斯撇然斯基，开始那么热切地引起他的兴趣，以致军事法规问题在他心中立刻处于次要的地位了。

安德来公爵处在最有利的地位上，他受到当时彼得堡社会各方面最上层团体的欢迎。改革派热烈地欢迎他，拉拢他，第一，因为他有聪明与博学的名誉，第二，因为他由于解放农奴而获得自由主义者的声名。不满意的旧派非难改革，只把他当作他父亲的儿子，希望获得他的同情。妇女团体、社交界，热烈地欢迎他，因为他是一个有财产、有地位的配偶，并且几乎是一个新人，具有一道关于他的臆测的死亡和妻子悲惨的结局的传奇光轮。此外，所有从前认识他的人，对于他的一般的意见是这样的，说他在这五年之中大大变好了，变温和了，变老成了，说他没有了从前的矫揉、骄傲和嘲讽，却有了随年龄而来的镇静。他们谈到他，对他发生兴趣，都希望看见他。

会见阿拉克捷夫伯爵的次日晚间，安德来公爵在考丘别伯爵家。他向伯爵说到他和西拉·安德来伊支的会面（考丘别带着安德来公爵在陆军大臣的接待室里，所注意到的那种同样的不确定的嘲讽的口气，称呼阿拉克捷夫的诨名）。

“我亲爱的，甚至在这件事情上您也少不了米哈伊·米哈洛维支。C'est le grand faiseur.［他事事过问。］我要向他说。他答应了晚上来……”

“斯撒然斯基和军事法规有什么关系呢？”安德来公爵问。

考丘别微笑了一下，摇了摇头，好像诧异保尔康斯基的单纯。

“我前天同他说到您，”考丘别继续说，“说到您的自由农民……”

“是的，公爵，是您解放了您的农奴吗？”叶卡切锐娜朝代的一位老人轻蔑地转向保尔康斯基说。

“小田庄没有收入。”保尔康斯基回答，极力对他掩饰自己的行为，免得徒然地触怒那个老人。

“Vous craignez d'être en retard.［您怕落后。］”老人望着考丘别说。

“有一件事情我不明白，”老人继续说，“假使给了他们自由，谁来耕地呢？规定法律容易，但管理就难了。正和现在一样，我问您，伯爵，大家都要经过考试的时候，谁来做各部局的长官呢？”

“那些考试及格的人，我想。”考丘别回答，腿架着腿，环顾着。

“有一位卜锐亚尼支尼考夫在我这里服务，他是极好的人，金子般的人，他六十岁光景了，也要去考试吗？”

“是的，这是困难的，因为教育太不普及，但……”考丘别伯爵话没有说完。

他站起身来，抓住安德来公爵的手，去迎接一个进门的、高个的、秃顶的、金发的人，他有四十岁光景，前额又大又光，长脸异常苍白。进来的人穿着蓝色礼服，颈子上挂着一个十字架，左边胸前有一枚星章。这人是斯撒然斯基。安德来公爵立刻认出了他，并且心里颤动了一下，这是在人生的重要关头所常有的。这是尊敬，是羡慕还是期望——他不知道。斯撒然斯基的全身有一种特别的风度，因此可以一下子认出来。在安德来公爵待过的团体里，他没有看见过笨拙粗鲁的人有那样的镇静和自信的表情，他没有看见过任何人在半闭的很湿润的眼睛里有那种坚决而同时又温和的目光，没有看见过毫无意义的笑容中的那种坚决的表情，没有听见过那种尖细、平滑、低柔的声音，尤其是，他没有看见过面部的那种柔和的白色，特别是那双很宽的但异常肥胖、柔软、白皙的手。这种白皙和柔和，安德来公爵只在久住病院的兵士们的脸上看见过。这是国务秘书斯撇然斯基，皇帝的报告人，是皇帝在厄尔孚特的随员，在那里他同拿破仑见过面，谈过许多次话。

斯撇然斯基不像人们在走到许多人聚集的地方时那样，不由得把眼睛从这个人的脸上移到那个人的脸上，也不急于说话。他说话很轻，只望着听他说话的人的脸，相信别人会听他说的。

安德来公爵特别留心地注意到斯撇然斯基的每句话和每个动作。人们常常是这样的，尤其是那些严格地评论身边的人的人们，安德来公爵遇上生人，特别是遇上他所闻名的像斯撇然斯基这一类的人时，总希望在这个人的身上发现完美的人品。

斯撇然斯基向考丘别说，他很抱歉，他不能到得更早，因为在皇宫中被耽搁了。他不说，皇帝耽搁了他。安德来公爵注意到了这种礼节上的矫饰。当考丘别向他介绍安德来公爵时，斯撇然斯基带着同样的笑容，迟缓地把目光移到保尔康斯基身上，并且开始沉默地望着他。

“我很高兴认识您，我和别人一样久仰大名。”他说。

考丘别说了几句关于阿拉克捷夫接见保尔康斯基的事。斯撇然斯基更明显地微笑了一下。

“军事法规委员会的主席是我的好朋友——马格尼兹基先生，”他说，清晰地说出每一音节、每一个字，“假使您愿意，我可以介绍您和他见面（他讲完这句话停了一下）。我希望，您会发觉他同情并且愿意赞助一切合理的事情。”

在斯撇然斯基的四周立刻形成了一个小圈子，那个说到自己的下属卜锐亚尼支尼考夫的老人，也向斯撇然斯基提出一个问题。

安德来公爵没有加入谈话，注意着斯撇然斯基的每一个动作，这个人不久之前还是一个无足轻重的神学校学生，而现在，在他的手里——那双又白又胖的手里——掌握着俄罗斯的命运，保尔康斯基这么想。斯撇然斯基回答老人时的那种异常的、轻视的镇静态度，使安德来公爵诧异了。他似乎是从不可测的高度上在向他说谦虚的话。当老人说话声音太高时，斯撇然斯基微笑了一下，说他不能评判皇帝所欢喜的事情的利弊。

在大家当中谈了一会，斯撇然斯基便站起来，走到安德来公爵面前，把他带到房间的另一端去了。显然是，他认为注意保尔康斯基是必要的。

“公爵，那位可敬的老人把我引入激动的谈话的时候，我没有机会和您谈话。”他说，略带轻蔑地微笑着，好像是用这个微笑暗示：他和安德来公爵都明白，刚才和他谈话的那些人都是无足轻重的。这种态度讨好了安德来公爵。“我早就知道您：第一，是由于您对于您的农奴们所做的事情，这是我们的第一个例子，对这样做最好是有更多的仿效者；第二，因为您也是一位这样的御前侍从，他们并不因为朝廷品级的新法规而觉得自己受委屈，这个法规引起了那么多的议论和批评。”

“是的，”安德来公爵说，“我的父亲不愿意我享受这种权利，我是从低的品级开始服务的。”

“尊大人是上个世纪的前辈，显然是在我们这些同时代的人之上，他们那样地指责这个只是恢复当然公正的办法。”

“但我以为，这种指责也是有理由的，”安德来公爵说，极力抗拒着他开始感觉到的斯撇然斯基的势力。他不愿意事事都同意他，他想要反对。安德来公爵，寻常说话又轻松又好，现在和斯撇然斯基说话，觉得难以达意了。他太用心注意这个名人的性格了。

“也许是为了个人的野心。”斯撇然斯基慢慢地说出他的话。

“一部分是为了国家。”安德来公爵说。

“您是什么意思？”斯撇然斯基垂下了眼睛，慢慢地说。

“我是孟德斯鸠的崇拜者，”安德来公爵说，“他的这种思想：le principe des monarchies est l'honneur，me parait incontestable. Certains droits et privilèges de la noblesse me paraissent être des moyens de soutenir ce sentiment. [君主国的原则是荣誉，我觉得是无可非难的。贵族的若干权利和特权，我觉得，是维持这种情感的方法。]”

笑容在斯撇然斯基的白脸上消失了，因此他的面相好看多了。大概他觉得安德来公爵的想法是有趣的。

“Si vous envisagez la question sous ce point de vue.［假使你从这个观点上看这个问题。］”他开言了，显然困难地说着法语，比说俄语更慢了，但是十分镇静。他说，荣誉，l’honneur是不能够用那些对公务有害的特权来维持的；他说，荣誉，l’honneur或者是防止可耻的行为的消极概念，或者是为了获得表示荣誉的褒扬与奖赏而有的某种竞赛的原动力。

他的理论简单、扼要、明白。

维持这种荣誉的制度，竞赛的原动力，是一种类似拿破仑大皇帝的Légion d’honneur［荣誉团］勋章的制度，对于公务的成就是无害的，却是有助的，但这不是一种阶级的或朝廷的特权。

“我不争辩，但朝廷特权达到了同样的目的，这也是不能否认的，”安德来公爵说，“每个朝臣都认为他自己必须无愧于自己的职位。”

“但您不愿享受特权，公爵。”斯撇然斯基说，用笑容表示，他愿意有礼貌地结束那令他的交谈者觉得不舒服的争论。“假使您赏光在星期三驾临舍下，”他补充说，“我便先同马格尼兹基谈一下，再向您说那也许令您感兴趣的事情，并且，我还很想和您细谈一下。”他闭上了眼，à la française［像法国人一样］鞠了躬，没有道别，走出了客厅，力求不要被人注意。

6

留在彼得堡的初期，安德来公爵觉得，他在孤独生活中所形成的全部思想，被彼得堡方面令他注意的那些琐屑的事情完全遮盖了。

晚间回家时，他常常在记事册里写下四五个必要的访问和在约定钟点里的rendez-vous［会面］。生活的机器，日间的布置——要处处赶上时间，耗去了他大部分的精力。他没有做任何事情，甚至也没有思索任何事情，并且没有时间思索，他只是说话，有成效地说出他从前在乡村里有时间想过的事情。

他有时不满地发觉到，他在一日之间，在各团体中，重复了同样的话。他是那样地成天忙碌，弄得他没有工夫注意到，他没有考虑任何事情。

斯撇然斯基星期三在家里单独地接见保尔康斯基，和第一次同他在考丘别家会面时一样，和他真诚地谈了很久，给了安德来公爵深刻的印象。

安德来公爵认为大多数的人是可以鄙视的、无足轻重的人；他是那么想要在别人身上发现他自己努力追求的那种人品完善的活的典范，以致他轻易地相信，他在斯撇然斯基身上发现了那种十分有智慧有美德的人的典范。假使斯撇然斯基是和安德来公爵从同一社会阶级里出身的，有同样的教育和道德传统，则安德来便会立刻发现他的软弱的、常人的、非英雄的方面，但现在这种令他觉得奇怪的、合逻辑的思想习惯，因为他没有充分了解他，更加引起他对他的敬意。此外，或者因为他赏识安德来公爵的才干，或者因为他觉得必须把他争取在自己这方面，斯撇然斯基在安德来公爵的面前卖弄了他的公正的镇静的理智，并且用那种巧妙的阿谀奉承了安德来公爵，这阿谀连带着自负，包括着一种默认：认为只有他的交谈者和他自己，能够了解其余一切人的愚笨和他们自己思想的合理与高深。

在星期三晚上他们长时间的谈话中，斯撇然斯基一再地说：“我们注意到超出根深蒂固的习惯的一般水准的一切事情……”或者带着笑容说：“但我们希望，狼吃饱了，羊又不丢……”或者：“他们不能够了解这个……”并且总是带着那样的表情，好像是说：“我们：您同我，都很明白，他们是什么，我们是谁。”

这回和斯撇然斯基的第一次长谈，只在安德来公爵心中加强了他第一次看见斯撇然斯基时所有的感觉。他把他看作一个有理智的、思想清楚的、大智大慧的人，他凭能力和毅力获得了权力，并且只为了俄国的福利而运用权力。斯撇然斯基在安德来公爵的目光中正是他自己希望要做的那种人——理性地解释一切生命现象，只承认理性的事情是重要的，能够对一切的事都应用理性的标准。在斯撇然斯基的说明中，一切显得那么简单、明白，以致安德来公爵不觉地事事都同意他了。假使他反驳争辩，那只是因为他故意想要显得自己是独立的，不完全顺从斯撇然斯基的意见。一切都对，一切都好，但是只有一件事使安德来公爵惶惑：这就是斯撇然斯基的冷静的、没有神气的、不让人看透他的灵魂的目光以及他的白皙细柔的手，安德来公爵不觉地、像人们通常望有权的人的手那样望着他的手。没有神气的目光和细柔的手，不知什么缘故使安德来公爵生气了。还有使安德来公爵觉得不愉快的，就是他注意到斯撇然斯基对于人们的过分轻视和他用来支持自己意见的各种论证的方法。除了比喻，他利用各种可能的思想方法，并且安德来公爵觉得，他从这种立场到另一种立场转变得太大胆了。有时他站在实际活动家的立场上，批评空想主义者，有时他站在讽刺家的立场上，讥讽地嘲笑反对者，有时他站在严格的逻辑的立场上，有时他忽然升到玄学的领域里（这最后的论证方法，他运用的次数特别多）。他常把问题提到玄学的高度，涉及空间、时间、思想的定义，从那里得出他所需要的反证，然后又回到原来争论的立场上。

总之，斯撇然斯基的思想上的、使安德来公爵吃惊的主要特点，是他无可怀疑地、不可动摇地相信理性的力量和权威。显然，斯撇然斯基从来不会产生那种在安德来公爵看来是很寻常的思想，即人总不能表现出他所想到的一切；并且他从来没有想到过他所思索的一切，他所相信的一切，是否毫无意义。正是斯撇然斯基的这种特别的思想习惯，最吸引安德来公爵的注意。

安德来公爵在他和斯撇然斯基结识的初期，对斯撇然斯基怀着热烈的羡慕之情，好像他一度对于拿破仑所怀有的一样。斯撇然斯基是神甫的儿子，许多愚蠢的人也许因为他是教士儿子和神甫儿子而轻视他，事实上许多人是如此的，这件事使安德来公爵特别注意自己对于斯撇然斯基的感情，并且不觉地在他自己心中加强他对斯撇然斯基的好感。

保尔康斯基在他家所度过的第一个晚上，斯撇然斯基谈起过法规编纂委员会，便嘲讽地向安德来公爵说，法规委员会存在了一百五十年，耗费了无数的金钱，除了罗生坎卜夫在比较立法的各条上贴了标签，什么事也没有做。

“这就是政府花了无数的金钱所得的一切！”他说，“我们想要把新的司法权给枢密院，但我们没有法律。因此，公爵，像您这样的人现在不服务，真是不对。”

安德来公爵说，为了这个工作，必须有法律的知识，而这是他所没有的。

“但这是谁也没有的，那么您想要什么呢？那是一个 circulus viciosus［出不去的绝路］，一定要从里面打开一条出路的。”

一星期后，安德来公爵做了军法编纂委员会的委员，并且，他完全没有料到，他做了法规编纂委员会中分组的主席。由于斯撇然斯基的要求，他担任编纂中的民法的第一部，他借助于《Code Napoléon》［《拿破仑法典》］和 Justinian［攸斯蒂尼安］法理，从事编纂人权的部分。

7

大约两年前，一八〇七年，在他视察了田庄回到彼得堡以后，彼埃尔不觉地做了彼得堡共济会的领袖。他主持会里的聚餐会和丧仪会，招收了新会员，为各支会的团结和获得原本的会章而忙碌着。他用自己的钱修建庙宇，并尽他的力量，收集捐款，对于这个，大部分的会员是吝啬的、不按时交的。他几乎是独自用钱维持该会在彼得堡所建的贫民院。

同时他的生活依然如旧，他仍有那些嗜好和消遣。他爱盛餐、痛饮，虽然认为这是不道德的、堕落的，他却不能拒绝他所参与的单身汉团体的享乐。

在他混乱的活动和消遣中过了一年之后，彼埃尔开始觉得，他愈是力求坚固地守住他脚下的共济会地基，它在他的脚下离得愈远。同时他觉得，他脚下的地基愈向下沉，他愈是不觉地受它的拘束。当他入共济会时，他觉得自己好像一个人确信一只脚是踩在沼泽的平面上。放上了一只脚，他沉下去了。为了充分相信他脚下的地基的坚牢，他放上了另一只脚，并且沉得更深了，陷在里面了，不觉地在淹没膝盖的沼泽里行走着。

奥西卜·阿列克塞维支不在彼得堡（他最近摆脱了彼得堡会所的事务，深居简出地住在莫斯科）。所有的会友们，都是彼埃尔在日常生活中所认识的人，要他只把他们看作共济会里的会友，而不看作B公爵，或者依凡·发西利也维支·D，不看作他在日常生活中所认识的大都是软弱的无足轻重的人，是很难的。在共济会的胸帷和徽章之下，他看见了他们在生活中所力求的军服和十字勋章。常常，彼埃尔在收集捐款时，计算着收款簿上的二三十卢布，彼埃尔便想起了共济会的誓言，每个会友都许诺把他所有的一切给予别人，而这二三十卢布大都是十来个会友所还的欠账，他们当中有一半人是和他一样的富有；于是在他心中发生了许多是他极力要避免的怀疑。

他把他所认识的会友们分为四类。他认为第一类是那些不在会务上，也不在人事上作积极的活动，但只研究神秘的教会科学的会友，他们研究的问题是上帝的三重名义，或三种物质元素：硫黄、水银、盐或所罗门神庙中方形与各种图形的意义。彼埃尔尊重这一类的会友，老会友们大都属于这一类，彼埃尔觉得奥西卜·阿列克塞维支本人也在内，但是彼埃尔和他们的兴趣不一致。他的心不在共济会的神秘方面。

在第二类中彼埃尔算进了他自己，以及和他类似的会友们，都在追求、动摇，在共济主义中还没有找到直接的、可以了解的途径，但希望找到它。

在第三类中，他算进了最大多数的会友们，他们不了解共济主义的内容，只知道外表的形式和仪式，他们注重严格遵守这种外表形式，不关心它的内容与意义。维拉尔斯基甚至总会的会长都是这类人。

最后，归入第四类中的也有许多会友，特别是新近入会的人。据彼埃尔的观察，他们是不信仰任何东西、不希望任何东西的人，他们加入共济会，只是为了结交会里面很多的年轻的、有钱的、因为关系和地位而有势力的会友。

彼埃尔开始觉得他自己不满意自己的活动。他有时觉得，共济主义，至少是他在这里所认识的共济主义，只是建立在外表上的。他不想怀疑共济主义，但他疑惑俄国的共济主义是走上了错误的道路，背离了它原来的宗旨。因此他为了学习教会的高深教义，在年底到国外去了。

一八〇九年夏间，彼埃尔回到了彼得堡。俄国共济会员，由于他们和国外的通信，知道了别素号夫在国外获得了许多高级地位的人的信任，深通许多神秘，升到了高级地位，并随身带回了许多对于俄国共济会有益的东西。彼得堡的共济会员们都来看他，巴结他，并且都觉得，他隐藏着并准备着什么东西。

召集了第二级支会的隆重的集会，彼埃尔答应了在这个集会里向他们报告会里最高领袖们托他转达给彼得堡会友们的事情。这个集会是满座的。在通常的仪式之后，彼埃尔站起来，开始演说。

“亲爱的会友们，”他开始说，脸红着，口吃着，手拿着写好的演说稿，“在会所的幽静的地方奉行我们的神秘是不够的——我们必须行动……行动。我们在打瞌睡了，但我们必须行动。”彼埃尔拿起稿本开始宣读。

“为了传播纯洁的真理，取得美德的胜利，”他读着，“我们必须清除人们的成见，宣传合乎时代精神的原理，负起教养幼辈的责任，和最聪明的人们密切地结合在一起，勇敢地同时谨慎地克服迷信、无信仰、愚蠢，训练那些忠于我们的，为了一致的目标而团结的，有权力、有力量的人。

“为了达到这个目的，必须使美德的力量超过邪恶，必须努力，使正直的人，甚至在这个世界里，也能因为他的美德而获得永久的报酬。但在这些伟大的企图中，最妨碍我们的是——目前各种政治制度。在这种情形中，应该怎么办呢？欢迎革命呢？推翻一切呢？以武力驱除武力呢？……不是，我们离这个还很远。任何暴力的改革都该反对，因为在人们像他们现在这样的时候，它完全不能去除邪恶，因为智慧不需要暴力。

“本会的全部计划的基础应该是：训练那些坚决的、有德行的、因为信仰一致而结合在一起的人，这信仰就是：在各处用各种力量压制罪恶与愚蠢，保护才能与美德，从灰尘中扶起有价值的人们，使他们加入我们的会。直到那时候，我们的教会才有权力把袒护混乱的人们的手不知不觉地捆绑起来，并且要把他们毫不察觉地控制在手里。总之，我们必须建立一种普遍有力的政府，它的范围达到全世界，却不破坏公民的义务，除这种政府之外，一切其他的政府可以继续通常的职务，做一切的事情，但除了那妨害我们教会的伟大目的的事情，这目的就是，使美德战胜邪恶。这个目的就是基督教本身的目的。它教人要有智慧，要善良，并且为了他们自己的利益而遵循最善良最智慧的人们的榜样和劝导。

“在一切都沉浸在黑暗中的时候，当然单是宣扬教义便够了：真理的新颖给它特别的力量，但现在我们需要更有力量的方法。现在，被自己的感觉所支配的人，应该在美德中找到感觉上的快乐。热情是不能根除的；但是我们一定要努力使热情向着高尚的目标去发展，因此必须每个人能够在美德的范围内满足自己的热情，我们的教会必须给人达到这个目标的方法。

“我们不久便要在每个国家里有相当数目的有品德的人，他们当中每一个人又训练两个别的人，并且他们紧密地联合在一起——那时，我们的教会便能做一切的事情，它已经秘密地为了人类的福利做了许多事情。”

这篇演说不但在会里面产生了深刻的印象，而且还引起了大家的激动。大部分的会友，看到这个演说中启发主义①的危险计划，便对于他的演说表示冷淡，这使彼埃尔感到惊异。会长发言反对彼埃尔。彼埃尔愈益起劲地发表他的见解。这样激烈的会议是好久没有过的。他们分成了几派，有的谴责彼埃尔，批评他的启发主义；有的支持他。在这个集会里，第一次令彼埃尔诧异的，是人类见解的

① 毛注：系指一个德国的秘密教会，是 Adam，Weishaupt 于一七七六年所创立，为半政治半宗教性的。

无限的差异，这使得任何真理在两个人的目光中不会是一样的。甚至那些似乎站在他这一方面的会员，也是按照他们自己的意思，带着他所不能同意的局限和变动来看待他的。因为彼埃尔的最大要求，就是要把他自己的思想，完全像他自己所了解的那样地传达给别人。

在集会结束时，会长恶意地、讽刺地要彼埃尔注意他的激动，并且说，不单单是对于美德的爱，还有争斗的嗜好，在指导他作争论。彼埃尔没有回答他，只简短地问到，是否接受他的提议。他们告诉他说了不接受，于是彼埃尔不等待通常的仪式结束，便离开会所回家去了。

8

彼埃尔又有了他所那么惧怕的那种苦闷。他在会所里发表了演说以后，在家里的沙发上躺了三天，不接见任何人，也不出门到任何地方去。①

在这时候他接到妻子的一封信，她要求他和她会面，信上说到她为他而有的悲伤，说她愿意向他献出自己整个的生命。

在信末她通知他说，她日内就要从国外到达彼得堡。

在接到这封信之后，一个是他最看不起的共济会员硬闯进来看他，把谈话引到彼埃尔的婚姻关系上，以会友的劝告态度，向他表示了意见，说他对于妻子的严厉是不对的，说彼埃尔不宽恕晦罪者，是违背了共济会的根本的原则。

同时他的岳母，发西利公爵的妻子派人来找他，要求他去看她，去谈一件极重要的事，即使是几分钟也好。彼埃尔知道了他们对他耍了阴谋，他们想要他和妻子重聚，并且在他那时所处的那种心情里，他甚至不觉得这是不愉快的。他觉得反正一样。彼埃尔觉得生活中没有任何事情是意义重大的，在那时支配着他的苦闷心情的影响之下，他既不重视他自己的自由，也不重视他要处罚妻子的决心。

"没有人是对的，没有人是错的，所以她也不错。"他想。假使

---

① 毛注：托氏自己曾经作过几次讲演，结果都没有成就。

彼埃尔没有立刻同意和妻子重聚，这只是因为他心情苦闷，他不能够有什么行动。假使他的妻子来到他这里，他现在不会赶走她的。和彼埃尔现在所从事的事比较起来，他和妻子同住不同住反正不是一样吗？

彼埃尔对妻子和岳母都没有回答，有一天晚上很迟的时候，准备去旅行，到莫斯科去看奥西卜·阿列克塞维支。这里是彼埃尔在他的日记中所写的。

“莫斯科，十一月十七日。

“刚从恩人那里回来，我连忙写下我所体会的一切。奥西卜·阿列克塞维支生活贫困，害了三年痛苦的膀胱病。从来没有人听到他的呻吟，或怨言。从早晨到深夜，除了他吃最简单的食物外，他都在研究科学。他亲切地接待我，要我坐在他躺着的床上；我向他作着东方与耶路撒冷武士的暗号，他同样地回答我，并且温和地微笑地问到我在普鲁士与苏格兰支会①里所知道的和所得到的东西。我尽我所能向他说了一切，向他说到我在彼得堡支会里所提的原则，说到我所受到的恶劣的待遇，说到我与会友们之间的关系破裂。奥西卜·阿列克塞维支沉默着思索了好久，便向我说了他对这一切的看法，这立刻向我照明了我的过去的一切和我所要走的未来的全部路线。他使我惊异的，是问我是否记得本会的三重目的：（一）保存并研究教义；（二）为了接受教义而有的自我清洗与改造；（三）通过努力争取这种清洗而改造人类。在这三者之中哪一个是最主要的，是第一个目的吗？当然是自我的改造与清洗。我们只能对着这个目标永远地努力而不受一切环境的支配。但同时，就是这个目标要求我们尽最大的努力，并且因此，当我们被骄傲引入迷途，失去了这个目标时，我们或者力求我们因为自己不纯洁而不配去接受的教义，或者力求人类的改造，而我们自己却是卑劣与堕落的榜样。启发主义不是纯粹的学说，正因为它受到社会活动的引诱，并且充满了骄傲的情绪。奥西卜·阿列克塞维支根据这个理由，批评了我的演说

① 毛注：苏格兰支会不在苏格兰而是德国支会的名称。

和我全部的活动。我在心坎里同意他。在我们的谈话涉及我的家事时，他向我说：‘真正共济会员的主要责任，如同我向您说过的，是自我的改造。但我们常常以为，去除了我们生活中的一切困难，我们可以更快地达到这个目的；但正相反，阁下’他向我说，‘只有在人世的事情上，我们可以达到这三个主要的目的：（一）自我认识，因为人只能够通过比较而认识自己；（二）自我改造，只有争斗才能得到它；（三）得到主要的美德——对死亡的爱。只有生活的变化无常能够向我们表示它的空虚，能够加强我们生来的对于死亡的爱或对于重获新生的爱。’这些话尤其值得注意，因为奥西卜·阿列克塞维支，虽然身体上的痛苦很大，虽然他爱死，却从不厌倦生活。对于死，他虽然有全部纯洁和高尚的内心人格，却并不觉得他自己已经有了充分的准备。然后恩主向我充分说明了创世的大四方形的意义，并且指出三与七是一切的基础。他劝我不要断绝和彼得堡的会友们的往来，并且我在会里只负第二级的责任，要极力使会友们避免骄傲的诱惑，领他们走上真正的自我认识和自我改造的道路。此外，关于我自己，他劝我首先要注意我自己，并且为了这个目的他给了我一个稿本，就是我现在所写的这个稿本，我要写下此后我的一切行为。”

“彼得堡，十一月二十三日。

“我又和妻子同住了。岳母带着眼泪来到我这里，说爱仑在这里，又说她求我听她说话，说她是无罪的，说她因为我的遗弃而不幸，还说了许多别的。我知道，假使我一旦让自己看见了她，我便不能够再拒绝她的要求了。我在怀疑之中，不知道要去求谁的帮助和意见。假使恩人在此，他便会告诉我了。我回到自己的房间里，重读奥西卜·阿列克塞维支的许多信，想起了我同他的谈话，从这一切之中我找出了这个结论，就是我不该拒绝恳求者，应当向任何人伸出援助的手，尤其是对于一个和我有这样密切关系的人，并且我应该忍受自己的不幸。假使我为了善行而宽恕她，那么就让我和她的重聚只有一种精神的目标。我这样决定了，并且就这样写信告诉了奥西卜·阿列克塞维支。我向妻子说，我请她忘记过去的一切，请她宽恕我对她可能做过的任何错事，并且我没有要宽恕她的地方。我向她说这话，觉得很高兴。不要让她知道，我重新看见她是多么痛苦。我住在大房子里的上面房间里，并且体验到生活更新的幸福。”

9

这时候和素常一样，最上层社会在朝廷里和大舞会中聚会时，分成了几个小团体，各有各的特点。其中最大的是法国的团体，拿破仑联盟派的——路密安采夫伯爵和考兰库尔①的团体。爱仑和丈夫刚刚在彼得堡住定之后，就在这个团体里占了最重要的地位。法国大使馆的人员、很多属于这一派的、以智慧与礼貌著名的人，常来拜访她。

在皇帝们举行有名的会议时，爱仑是在厄尔孚特②，她从那里带回了她和欧洲所有的拿破仑派的名人的关系。在厄尔孚特她有了辉煌的成就。拿破仑本人，在戏院里看见了她，说到她：C'est un superbe animal.［这是一个极漂亮的家伙。］她以美丽雅致抬高了自己的身价，这并不使彼埃尔惊异，因为近年来她比从前更加美丽了。但使他惊异的是，两年来他的妻子获得了 d'une femme charmante, aussi spirituelle que belle［妩媚的妇人，又聪明又美丽］的名声。著名的 prince de Ligne［利恩亲王］③ 写给她许多封八页的信。俾利平保留着他的 mots［警语］，要在别素号夫伯爵夫人面前第一次说出它们。在别素号夫伯爵夫人的客厅里受招待，被人看作智慧的证书；青年们在赴爱仑的晚会之前阅读群书，以便在她的客厅里说点什么；

---

① 毛注：考兰库尔侯爵 A. A·路易（1772—1827），法国将军和外交家，一八〇七年为驻俄大使。

② 毛注：地点在普鲁士，一八〇八年秋，俄皇、普皇及拿破仑在此聚会。

③ 毛注：C. J·利恩亲王（1735—1814）生于布鲁塞尔，为军人，著作家，外交家。

大使馆的秘书们，甚至大使们，向她吐露外交秘事，所以爱仑是某一种的力量。彼埃尔知道她很愚蠢，他有时带着迷惑和恐惧的奇怪心情，赴她的晚会和宴会，在这里所谈的是政治、诗歌、哲学。在这些晚会里，他所感觉的情绪，类似一个总是预料着他的骗术就会被人看破的魔术家所感觉到的那种情绪。但或者因为主持这样的客厅正需要愚蠢，或者因为被欺骗的人满意这种欺骗，骗术没有被拆穿，并且 d'une femme charmante et spirituelle［一个妩媚聪明的妇人］的名声那么不可动摇地确定在叶仑娜·发西莉叶芙娜·别素号娃的身上，以致她能说出最俗气最愚蠢的话，而大家仍然称赞她的每一句话，在她的话里面寻找深奥的意义，而这却是她自己没有想到的。

彼埃尔正是一个显赫的、社交界的妇人所需要的那种丈夫。他是那样一个心神涣散的怪人，grand seigneur［大绅士式的］丈夫，他不妨碍任何人，不但不破坏客厅中高尚风格的一般印象，而且用他自己来对照妻子的优雅和机智，做了于她有利的衬托。彼埃尔在这两年之间，由于他不断地专心注意抽象的东西，由衷地轻视其余的一切，在他妻子的、他所不感兴趣的团体里，具备了那种漠不关心、满不在乎、对大家有好感的态度，但他的做法不是做作的，因此引起了别人不自觉的敬意。他进妻子的客厅，好像进戏院一样，和大家都相识，对大家是同样地高兴，对大家又是同样地淡漠。他有时参加他感兴趣的谈话，并且这时候，并不考虑到这里有没有 les messieurs de l'ambassade［大使馆的人员］，喃喃地说出自己的意见，这些意见有时候完全不合乎当时的气氛。但对于 de la femme la plus distinguée de Pétersbnrg［彼得堡最出色的妇人］的奇怪丈夫的意见，已经是那样地确定，没有人 au serieux［认真地］注意他的怪论了。

在每天来到爱仑家的许多青年人之中，在职务上已经大有成就的保理斯·德路别兹考，在爱仑从厄尔孚特回来之后，成了别素号夫家最亲密的人。爱仑称呼他 mon page［我的侍童］，对待他像对孩子一样。她对他的笑容，正和她对大家的笑容一样，但有时彼埃尔看到这种笑容觉得不愉快。保理斯对彼埃尔表现出特别的、尊严的、愁戚的恭敬。这种恭敬的方式也使彼埃尔不安。彼埃尔在三年之前，因为妻子带给他的羞辱，是那样地非常痛苦，因而现在他使自己避免了可能的类似的羞辱，第一个方法是他不做妻子的真正丈夫，第二个方法是他不许自己怀疑。

“不，现在她成了 bas bleu，［女文士］，她永远地摆脱了从前的迷惑了，”他向自己说，“bas bleu，［女文士］会有情感上的迷惑，这是从来没有的，”他向自己重复着不知道从哪里学来的、他所无疑地相信的这个格言。但是，说来奇怪，保理斯在他妻子客厅中的露面（他几乎总是在这里）对于彼埃尔的身体产生影响：它束缚他的四肢，取消了他的举动上的自由和随便。

“多么奇怪的憎恶啊，”彼埃尔想，“然而从前我甚至很喜欢他。”

在社交界的眼光里，彼埃尔是大绅士，是出色的妻子的有点儿瞎眼的可笑的丈夫，聪明的怪人，不做任何事情，但也不妨害任何人，是非凡的善良的人。在这全部的时间里，彼埃尔的心中有了一种复杂的痛苦的心灵的发展，它向他展示着许多东西，并且引起他的许多精神上的怀疑与喜悦。

10

他继续写日记，这里是他这时候在日记中所写的：

“十一月二十四日。

“八时起身，读了经文，然后去办公（彼埃尔听恩人的劝告，在一个委员会中服务），回家午餐，独自吃饭（伯爵夫人有很多我不欢喜的客人），吃得喝得有节制，饭后为会友们抄曲子。晚间去见伯爵夫人，谈到关于Б的可笑的故事，直到大家都已经高声发笑时，我才想起这是不该做的。

“带着幸福的宁静的心情上床睡觉。伟大的主，帮助我沿着你的道路走吧，（一）用宁静与审慎克服怒火，（二）用自制与厌憎克服情欲，（三）避开俗务但并不抛弃自己的（a）政府职务，（b）家庭的责任，（c）朋友关系，（d）经济事务。”

“十一月二十七日。

“晚起，醒着在床上躺了很久，身子懒洋洋的。我的上帝，帮助我，加强我的力量，让我能沿着你的道路走吧，读了经文，但无应有的心得。会友乌路梭夫来，我们谈到尘世的俗事。他说到皇帝的新计划。我本要开始评论，但想起了自己的规律和我们恩人的话，他说：真正的共济会员，在需要他任职时，应该是政府中热心的人员，在他未被召用时，应该是宁静的旁观者。我的舌头是我的敌人。会友ГB和O来访，有了关于招收新会友的预备谈话。他们让我担任指导员的职务。觉得我自己薄弱，不配。后来谈话转到神庙的七柱与阶级、七科学、七德、七恶、圣灵七赐的解释。会友O很健谈。晚间举行了入会礼。会所的新修饰，颇增观瞻的壮丽。保理斯·德路别兹考被批准入会了。我提出了他，并且我是指导员。我和他在黑暗的神庙中的全部时间里，一种奇怪情绪激动了我。我发现了我对他的仇恨情绪，我白白地努力克制它。因此我要真正希望拯救他免于邪恶，领他达到真理之路，但关于他的恶劣想法一直留在我头脑里。我想，他入会的目的只是希望接近我们会里的人，并获得他们的好感。他几次问到N和S是否在我们的会里（这个我不能够回答他），按照我的观察，他不会对于我们神圣教会怀着敬意，并且他是太忙，很满足于外表的人，因而不能希望精神的改善，除了这些理由，我没有理由怀疑他；但我觉得他不诚恳，在我和他面对面站在黑暗的神庙中的全部时间里，我觉得，他对我的话轻蔑地微笑，我确实想要把我手中所拿的对准他的剑刺进他袒露的胸口。我不善于说话，并且不能把我的怀疑坦白地告诉我的会友们和会长。宇宙的伟大建造者，帮助我寻找那走出谎言迷宫的真正道路吧！”

在这个后边，日记里有三页空白，空白之后又写了下面的：

“和会友B进行了单独的启导性的长谈，他劝我和会友A保持亲密的关系。虽然我不配，可是给我的启示却很多。阿道那伊是世界创造者的名字。爱罗伊姆是万物主宰的名字。第三个名字，不可名状的名字，是万有的意义。和会友B的谈话，使我力量加强，使我精神振作，并且使我坚决地走上善行的道路。在他面前没有怀疑的余地。我明了了可怜的尘世科学学说和我们神圣的包罗一切的教义间的差别。人文科学分割了一切去了解它，毁坏了一切去观察它。在本会的神圣科学里，万有是一，万有是在它的总和与生命中被认识的。三元——三种物质元素——硫黄、水银和盐。硫黄有油性和燃性；它与盐相合，用它的燃性在盐中引起一种要求，并借此而吸取水银，抓住它，留住它，和它共同产生各种物体。水银是流动的、飞散的、精神的物质——基督，圣灵，他。”

“十二月三日。

“醒得很迟，读了经文，但无心得。然后出去，在大厅中走来走去。想要思索，但未能如此，我的想象中映出了一件四年前的事情。道洛号夫先生在我们的决斗之后，在莫斯科和我相会，向我说，他希望我此刻享受充分的心灵安静，虽然我的妻子不在身边。我那时没有回答他。我现在想起了那次会面的详细情形，并且在我内心中向他说了最恶意的话，作了措辞尖刻的回答。直到我发觉我自己在发火时，我才冷静了，抛弃了这个想法；但没有充分地忏悔。后来保理斯·德路别兹考来，并开始谈到各种奇事；我从他一来到的时候起就不满意他的来访，向他说了一点不快的话。他反驳。我发火了，向他说了许多不快的，甚至粗野的话。他沉默了，我住口的时候，已经太迟了。我的上帝，我简直不知道怎样对待他了。这个原因是我的自大。我认为自己高于他，因此我比他更坏，因为他宽恕我的粗野，但我相反，对他怀着轻视。我的上帝，让我在他面前更加看到自己的卑鄙，并使我的行为对于他也有益吧。饭后睡觉，在我睡着了时，清楚地听到有一个声音在我左耳上说：‘你的日子。’

“我梦见了我在黑暗中行走，立刻被一群狗包围了，但是我毫不畏惧；忽然一只小狗用牙齿咬住我的左腿，不让过去。我开始用双手掐它。我刚刚打退了它，另一只更大的狗又开始咬我。我把它举了起来，我举得愈高，它变得愈大愈重。忽然会友 A 来了，抓住我的手臂，把我带到一座屋子前，我们必须走过一条狭窄的板才得进去。我踏上了板，板弯曲了，落下来了，我于是开始爬围墙，我的手仅仅可以够到它。费了很大的劲之后，我才把自己的身子拖上去，我的腿在一边，我的上身在另一边。我回头看了一下，看见会友 A

站在围墙上，向我指指大路和花园，园中有一座巨大的漂亮的房子。我醒了。主啊，伟大的宇宙建造者啊！帮助我打退这条狗——我的各种情欲吧，特别是其中最后的一种，它聚合了前面各种情欲的力量；帮助我进入美德的神庙吧，我在梦中看见了它的形象。”

“十二月七日。

“我梦见奥西卜·阿列克塞维支坐在我的家里，我很高兴，并且想招待他。好像我同别人不停地说话，忽然想起来，这不会使他满意，于是我想靠近他，搂抱他。但我刚刚靠近了他，我就看见他的脸变了，变年轻了，他向我低声地说了本会教义里的东西，低得我不能听见。后来，我们都从房里走出来，好像发生了什么奇怪的事情。我们坐在，或躺在地上。他向我说了什么。我好像想要向他说出我的感觉，并且我没有听他说话，开始向我自己想象着我的内在的人的情况和上帝赐给我的恩惠。泪水在我的眼睛里出现了，我很高兴，他注意到了这个。但他恼怒地看了看我，并且跳起来，中断了他的谈话。我羞惭了，我问，他所说的话是否与我有关系；但他没有回答，对我表示亲热的样子，后来忽然我们都在我的卧室里，这里有一张双人床。他躺在床边上，我好像极其想要抚爱他，也躺下来了。他好像问我：‘说老实话，您的最大的诱惑是什么？您知道它吗？我想，您已经知道它了。’我被这个问题弄得发窘，回答说，懒惰是我最大的诱惑。他不相信地摇摇头。我更窘了，回答他说，我虽然遵从他的劝告，和妻子同住，但并不像是丈夫和妻子那样。他听到这话，回答说，我不该使妻子失去我的温存，他使我觉得，这是我的义务。但我回答说，我不好意思这么做，于是忽然一切都没有了。于是我醒了，在自己的想象中发现了经文的句子：‘生命是人的光。光在黑暗中发亮。黑暗不知道它。’奥西卜·阿列克塞维支的脸是年轻的、明亮的。这天我收到恩人的信，他在信中说到婚姻的义务。”

“十二月九日。

“我做梦了，我心跳着从梦中醒来。我梦见，好像我在莫斯科，在自己家里，在大起居室里，奥西卜·阿列克塞维支从客厅里走出来。好像我立刻就看出来，他已经完成了复生的过程，我跑上前迎接他。我好像吻了他，吻了他的手，他说：‘你注意到没有我的脸还是那样吗？’我望了望他，继续把他抱在怀里，好像看见，他的脸是年轻的，但他头上没有头发，容貌全然不同了。好像我向他说：‘即使我偶然和您相遇，我也会认出您。’同时我想：‘我说的是真话吗？’于是我忽然看见，他躺着好像死尸一样，后来他渐渐恢复了原状，拿着一本用画图纸写的大书，同我走进了大书房。似乎我说：‘这是我写的。’他点头回答我。我打开了书，在这本书的每一页上都有优美的图画。并且我仿佛知道，这些图画是表现灵魂和它的情人的爱情传奇。在各页之上，似乎我看见一个穿了透明的衣服、有着透明的身体、向云里飞着的少女的美丽的像。并且仿佛我知道这个女子正是‘歌中之歌’① 的像。看着这些图画时，我仿佛觉得自己做错了，但我不能够离开它们。主啊，帮助我！我的上帝，假使是你要抛弃我，那么就实现你的意志吧；但是假使这原因是我自己，就指教我：我要怎么办吧。你若完全抛弃了我，我就要因为自己堕落而毁灭了。”

11

罗斯托夫家的经济情况，在他们住在乡间的两年之中，没有改善。

虽然尼考拉·罗斯托夫毅然地保持着自己的决心，继续在一个偏远的团里简朴地服务，花费较少的钱，而奥特拉德诺的生活情形，特别是米清卡的事务管理，却弄得债务无限制地逐年增加。显然老伯爵所想到的唯一的办法是做官，于是他到彼得堡找事去了；并且同时，照他说，最后一次让小姑娘们开心一下。

罗斯托夫一家来到彼得堡不久之后，别尔格便向韦嫩求婚，他的求婚获得了同意。

虽然罗斯托夫家在莫斯科属于上层社会——他们自己并不知道

① 即是《圣经·旧约》中的《雅歌》。

这个，也没有想到他们属于何种社会——在彼得堡他们的交游是混杂的、不一定的。在彼得堡他们是外省人，罗斯托夫家在莫斯科不问他们属于何种社会，一律招待吃过饭的那些人，在这里都看不起罗斯托夫家。

罗斯托夫家在彼得堡仍旧像在莫斯科那样好客地生活着，在他家的晚餐上聚会了各种各样的人物：奥特拉德诺的邻人，无钱的老地主和女儿们，女官撇隆斯卡雅，彼埃尔·别素号夫和县邮政局长的在彼得堡做事的儿子。男子中很快地成为罗斯托夫家在彼得堡的常客的有保理斯，有被老伯爵在街上遇见了拖来家的彼埃尔，有别尔格，他整天在罗斯托夫家，并且向伯爵的大小姐韦娅表示着只有想要求婚的年轻人才能够表示出来的那种注意。

别尔格并未白白地向人显示出他在奥斯特理兹会战中受伤的右手，并且用左手拿着毫不需要的剑。他那么固执地并且那么认真地向大家说这件事，以致大家都相信他这个行为的适当和有功，于是他因为奥斯特理兹会战获得了两枚奖章。

在芬兰战争中，他也立了功。他拾起了那个打死总司令身边一个副官的榴弹碎片，把这个碎片带到了长官面前。正如同他在奥斯特理兹会战之后那样，他那么长时间地反复地告诉大家那件事，使得大家也都相信了这件事是应该做的，于是别尔格因为芬兰战争又获得了两枚奖章，① 在一八〇九年，他是禁卫军上尉，有了勋章，在彼得堡担任一种特别有好处的职务。

虽然有几个怀疑者听人说到别尔格的功勋时便微笑，但是不能不同意别尔格是精细的、英勇的军官，得到长官的好感，是一个有道德的青年，在事业上有辉煌的前途，甚至在社会上有稳固的地位。

别尔格四年前在莫斯科一家戏院的正厅里，遇到一位同事德国人，他向这个德国人指着韦娅·罗斯托娃用德语说："Das soll mein Weib werden.［那个姑娘要做我的妻子。］"并且从那时候起便下了决心要娶她。现在，在彼得堡，考虑了罗斯托夫家和他自己的处境，

---

① 毛注：一八〇八年，俄国与瑞典战争，获得芬兰。

他认为时机到了，于是开始向她求婚。

别尔格的求婚最初引起了疑惑，这对他是不体面的事。最初显得奇怪的就是，门第低微的利窝尼亚的绅士的儿子，竟向罗斯托娃伯爵小姐求婚；但别尔格的性格的主要特点，是那么单纯的、好心的利己主义，使得罗斯托夫家不自觉地想到，这会是一件好事，因为他自己那么坚定地相信这是一件好事，甚至是一件很好的事。此外，罗斯托夫家的家境很衰落，这是求婚人不会不知道的，主要是韦娅二十四岁了，她什么地方都去，虽然她无疑是美丽的、聪明的，却直到现在还没有人向她求婚。于是家里表示同意了。

“您知道，”别尔格向他的同事说，他称他的这个同事为朋友，只是因为他知道，人人都有朋友，“您知道，我把这一切都考虑过了，假使我没有考虑过这一切，而这件事又有什么地方不合适的话，我是不结婚的。但是现在正相反，我爸爸和妈妈现在生活有保障了，我为他们准备了奥斯采区①的地租，我在彼得堡可以靠我的薪水过活，加上她的陪嫁和我精细的管理，我们的日子可以过得很好。我不是为金钱而结婚，我认为这是不高尚的，但应该是，妻子有妻子的钱，丈夫有丈夫的钱。我有官职，她有亲戚关系和少数的钱。在我们这时代，这是有点用处的，是不是呢？尤其是，她是美丽可敬的姑娘，并且爱我……”

别尔格脸红了，微笑了一下。

“我也爱她，因为她的性格是审慎的——很好的。她的妹妹，虽然是一家人，却完全不同，性格不可爱，又没有那样的智慧，并且那样的……您知道吗？……不可爱……但我的未婚妻……您要到我们家来……”别尔格继续说，他想要说“吃饭”，但是改变了主意，说了“喝茶”，于是迅速地卷起舌头，吐出一个个小小的圆圆的烟圈，这充分体现了他的幸福的幻想。

父母对别尔格的求婚犹豫了一阵之后，家里出现了在这种情况

---

① 毛注：即波罗的海各省。在十九世纪，俄国政府以地租，即土地用益权，作为服务的酬劳。

下通常所有的那种庆贺与欢喜，但欢喜不是出自内心的，而是表面的。

从家里人对这件婚事的感觉中，可以看出羞耻和不安。似乎他们因为他们不大爱韦娦，而现在又乐意让她离开他们，便觉得惭愧。最不安的是老伯爵。他大概不会说出什么是他不安的原因，但这原因是他的钱财的问题。他简直不知道他有多少东西，他负了多少债，他能够给韦娦什么陪嫁。在儿女们出生的时候，他给每人划分了三百农奴的田庄做陪嫁；但是有一份田庄已经出卖了，另外的一份已经抵押出去，并且逾期那么久，以致不能不卖，因此陪嫁田庄是不可能的。而钱也没有。

别尔格订婚已经一个多月，婚期只差一个星期了，伯爵还没有决定陪嫁的问题，也没有对妻子说过这事。伯爵有时想把锐阿桑的田庄给韦娦，有时想出卖森林，有时想用期票押款。在结婚前几天，别尔格一清早走进伯爵的书房，带着愉快的笑容恭敬地要求未来的岳父告诉他，要给韦娦什么陪嫁。伯爵听到这个早已预料到的问题时是那么仓皇失措，以致他不假思索地说出了头脑中最先想到的话。

“我喜欢，你这么关心，我喜欢，你会满意的……”

他拍了拍别尔格的肩膀，站起来想停止谈话。但别尔格愉快地微笑着解释说，假使他无法确实知道要给韦娦什么，不能预先至少获得一部分陪嫁，便不得不解除婚约了。

“因为，您想想看，伯爵，假使我现在结婚，没有一定的钱财维持我的妻子的开支，我就很不体面了……”

谈话是这样结束的，伯爵想要表示大度并免得再提出新的要求，说给他八万卢布的期票。别尔格温柔地微笑了一下，吻了伯爵的肩膀，说他很感激，但是他若得不到三万卢布现款，便无法安排他的新生活了。

“至少是两万卢布，伯爵，”他补充说，“那么期票只要六万卢布了。”

“是的，是的，好吧，”伯爵连忙说，“不过要原谅我，亲爱的，我给你两万卢布，另外期票还是八万卢布。好了，吻我吧。”

12

娜塔莎十六岁了,① 这是一八〇九年，就是四年前她和保理斯接吻之后同他屈指计算过的那年。从那时起，她就一直没有看见过保理斯。在索尼亚和母亲面前，当谈话涉及保理斯时，她十分随便，好像是说到已经决定的事一样，她说从前的一切是儿戏，那是不值得说的，而且早已忘记了。但在她内心的最秘密的深处，这个问题使她觉得苦恼：她对保理斯的誓约是玩笑呢，还是严肃的有约束性的许诺?

自从保理斯在一八〇五年离开莫斯科加入军队之后，他就没有看见过罗斯托夫家的人。他到莫斯科去过几次，经过奥特拉德诺的附近，但没有一次到罗斯托夫家里去过。

娜塔莎有时想到，他不愿意去看她，这种推测，被老辈们说到他时的愁闷语气证实了。

“这个年头，都不记得老朋友了。”伯爵夫人在提起保理斯的时候这么说。

安娜·米哈洛芙娜近来也很少到罗斯托夫家去了，举止也特别尊严了，并且总是狂喜地感激地说到她的儿子的才干和他所做的光荣事业。当罗斯托夫一家来到彼得堡的时候，保理斯来拜访他们。

他兴奋地来看他们。关于娜塔莎的回忆是保理斯最有诗意的回忆。但同时他带来了坚决的意图，要让她和她的父母明白地觉得，他和娜塔莎之间的幼年时期的关系，对于她和他，都不能够有约束性。由于他和别素号娃伯爵夫人的亲密关系，他在社会上有了显赫的地位，由于一个要人的庇护，并得到他的充分的信任，他在职务上有了辉煌的成就，并且他正在作各种的计划，要娶一个在彼得堡最有钱的闺女，这些计划也许很容易实现的。当保理斯走进罗斯托夫家的客厅时，娜塔莎在她自己的房里。她听说他来了，便红着脸，

---

① 一卷一部八章中的娜塔莎是十三岁（一八〇五年），现在（一八〇九年）应是十七岁了。

带着十分亲切的笑容，几乎跑进了客厅。

保理斯还记得四年前他所认识的那个穿短衣的、在刘海下边有一双明亮的黑眼睛的、会不顾一切地发出幼稚笑声的娜塔莎，因此，当完全与过去不同的娜塔莎走进来时，他困惑了，他的脸上显得又惊又喜。他脸上的这种表情使娜塔莎高兴了。

“啊，你还认识你的顽皮的小朋友吗？”伯爵夫人说。

保理斯吻了娜塔莎的手，说她的变化使他吃惊了。

“您长得多漂亮啊！”

“当然啰！”娜塔莎的笑眼回答。

“爸爸老些了吧？”她问。

娜塔莎坐下来，没有加入保理斯和伯爵夫人的谈话，沉默地极其仔细地注视着儿童时代的爱人。他感觉到那种固执的亲爱的目光的重压，偶尔望望她。

保理斯的军服、马刺、领带、发装，这一切都是最时髦的，并且是 comme il faut［很体面的］。这娜塔莎立刻就注意到了。他稍微侧着身坐在伯爵夫人旁边的椅子上，用右手理了理左手上极其清洁的、非常合手的手套，嘴唇特别优美地抿合着，说到彼得堡上层社会的娱乐，并且带着轻微的嘲讽，提到从前莫斯科的时日和莫斯科的熟人。娜塔莎觉得，在他提到最上层的贵族时，他并不是偶然地说到他所参加的大使馆舞会，说到 NN 和 SS 的邀请。

娜塔莎自始至终无言地坐着，皱着眉望着他。这种目光越来越使保理斯不安了，发窘了。他回顾娜塔莎的次数加多了，说话中断了。他坐了不过十分钟，就站起身告辞了。仍旧是那双好奇的、挑逗的、有些嘲笑的眼睛望着他。在第一次的拜访之后，保理斯向自己说，娜塔莎在他看来是和从前一样地动人，但他不应该向这种情感屈服，因为娶她这个几乎没有陪嫁的女孩子，便是断送他的事业，但是恢复从前的关系而没有结婚的目的，是不荣誉的行为。保理斯下了决心避免和娜塔莎见面，但是，虽然有了这个决心，几天之后他又去了，并且开始常常去了，整天在罗斯托夫家里了。他似乎觉得，他必须向娜塔莎说明，向她说，从前的一切都应该忘掉，无论如何……她不能够做他的妻子，因为他没有家产，而且她家里决不会让她嫁给他的。但是他没有能够这么做，并且觉得作这样的说明是很为难的。他一天一天地愈益为难了。照母亲和索尼亚的看法，娜塔莎似乎仍旧爱保理斯。她向他唱他所爱听的歌曲，给他看她的手册，要他在上面写字，不许他提起过去，使他觉得现在是多么美好；他每天迷迷糊糊地出门，没有说出他所想要说的话，他自己也不知道，他做了什么，他为什么要来，以及这会有什么结局。保理斯不再去看爱仑了，每天接到她的责备的便函，然而他仍旧整天在罗斯托夫家。

13

一天晚上，老伯爵夫人戴着睡帽，穿着短宽服，没有戴假发，只有一撮可怜的头发露在细白布帽子下边，她唉声叹气，跪拜在地毯上做晚祷，这时，她的门响了一下，娜塔莎穿着便鞋，光着脚，也穿了短宽服，头上绕着卷发纸跑进来了。伯爵夫人回头看了一下，皱了皱眉。她就要做完最后的祷告："难道这个榻要做我的尸床吗？"她的祈祷的心情消失了。娜塔莎脸红着，兴奋着，看见母亲在祈祷，便忽然停止了跑步，蹲下来，不觉地伸出舌头，责备着她自己。她看到母亲继续在祈祷，踮着脚跑到床前，迅速地用小脚儿蹭着小脚儿脱下便鞋，跳到榻上，这正是伯爵夫人怕成为她的尸床的那个榻。这个榻是高高的羽毛垫子的床，有五只一个比一个小的枕头。娜塔莎跳上去，陷在羽毛垫子里，向墙滚着，然后躺平了，把身子向被褥里钻着，把膝盖弯到下颏，踢着脚，几乎听不见地微笑着，时而蒙着头，时而窥视着母亲。伯爵夫人做完祈祷，面色严厉地走到床前；但是看见了娜塔莎蒙了头，便仁慈地无力地微笑了一下。

"哦，哦，哦。"母亲说。

"妈妈，可以谈话吗？行吗？"娜塔莎说，"哦，在喉咙上吻一次，再吻一次就够了。"她抱住母亲的颈子，吻了她的下颏。在她对母亲的行为上，娜塔莎显出了外表的举止粗鲁，但她是那么机敏、灵巧，虽然她用手搂抱母亲，她总能够做得使母亲不觉得难受，不觉得不愉快，也不觉得不舒服。

“哎，今天晚上要谈什么呢?”母亲靠在枕头上，一直等到娜塔莎从她身边滚过两次，伸出胳膊，做出严肃表情，在被褥下边躺在她身边时，这么问。

在伯爵从俱乐部回家之前，娜塔莎的这些夜晚的晤谈，是母亲和女儿的一种最大的乐事。

“今天晚上要谈什么？我要你告诉……”

娜塔莎用手捂了母亲的嘴。

“关于保理斯……我知道，”她严肃地说，“我就是为这事来的。不要说了，我知道。不，告诉我吧!”她放下了手，“告诉我吧，妈妈。他好吗?”

“娜塔莎，你十六岁了，我在你这个年纪时已经结婚了。你说保理斯好。他很好，我爱他，像爱儿子一样。但你希望什么呢？……你在想什么呢？你使他完全着迷了，我知道这个……”

说这话时，伯爵夫人回头看了看女儿。娜塔莎躺着，对直地不动地望着前面雕在床角上的红木狮身人面像，因而伯爵夫人只能看见女儿的侧面。这个面孔由于它异常严肃凝神的表情引起了伯爵夫人的惊异。

娜塔莎在听，在思索。

“那么，还有呢?”她说。

“你简直使他着迷了，为什么呢？你对他希望什么呢？你知道，你不能够嫁给他的。”

“为什么?”娜塔莎说，没有改变她的姿势。

“因为他年轻，因为他穷，因为他是亲戚……因为你自己不爱他。”

“您怎么知道的?”

“我知道。这是不对的，我亲爱的。”

“但假使我想要……”娜塔莎说。

“不要说蠢话了。”伯爵夫人说。

“可是假使我想要……”

“娜塔莎，我认真地……”

娜塔莎没有让她说完，把伯爵夫人的大手拉到自己的面前，吻它的背面，然后又吻手掌，然后又翻转过来吻手指的第一节的关节，然后又吻关节之间的地方，然后又吻关节，低声说着：“正月，二月，三月，四月，五月。”

“说吧，妈妈，您为什么不作声？说呀，”她回头望着她的母亲说，母亲的温柔的目光望着女儿，似乎在这个沉思中她忘记了一切她所要说的话。

“这是不合适的，我的心肝。并不是大家都会了解你们从小的关系，看到他和你这样的接近，就会在来到我们家的别的年轻人的心目中于你不利的，尤其是，这使他白费了心思。他也许已经找到了一个合适的有钱的配偶，但现在他发疯了。”

“他疯了？”娜塔莎重复说。

“我要向你说说我自己的事。我有一个表兄……”

“我晓得，基锐尔·马特未支，但他是老头子了。”

“他并不一向就是老头子。但是我要这么办，娜塔莎，我要去同保理斯说，他不应该这样常常来……”

“假使他愿意，为什么他不应该？”

“因为我知道，这是不会有什么结果的。”

“您怎么会知道？不要，妈妈，您不要向他说。多么无聊！”娜塔莎用那样的语气说，就好像一个人的财产就要被人夺去一样，“唉，我不结婚了，假使他觉得乐意，我觉得乐意，就让他来吧。”娜塔莎微笑着望了望母亲。

“不结婚了，但就是这样。”她重复说。

“什么样，我亲爱的？”

“就是这样。哦，我是不需要和他结婚的。但是……就是这样。”

“就是这样，这样。”伯爵夫人重复说，身子颤动着，发出仁慈的、意外的、老年人的笑声。

“不要笑了，停止吧，”娜塔莎大声说，“您把床都震动了。您非常像我，也是一个爱笑的人……等一下……”她抓住伯爵夫人的双手，吻了小指的关节——六月，[①] 又继续在另一只手上吻了七月，八月。“妈妈，他很爱我吗？您看怎样呢？有人这样爱过您吗？他很好，很好，很好！但是不完全合我的趣味——他的兴趣单调，好像饭厅的钟一样……您不明白吗？……单调，您晓得，他是灰色的、浅色的……”

“你在说什么废话！”伯爵夫人说。

娜塔莎继续说：

“难道您不明白吗？尼考林卡便会明白……别素号夫——他是蓝的，深蓝的和红的，他是四角形的。”[②]

“你也和他卖弄风情。”伯爵夫人带着笑声说。

“不，他是共济会员，我晓得了。他是非凡的、深蓝的、红的，怎么向您说呢……”

“伯爵夫人。”门外传来了伯爵的声音，“你没睡吗？”娜塔莎跳起来，把便鞋抓在手里，赤脚跑回自己的房里去了。

她好久睡不着觉。她老是想到，没有任何人能够了解她所了解的一切和她心里的一切。

“索尼亚呢？”她想，望着睡觉的、身子蜷缩着的小猫和她的大发辫。“不，她哪里会？她是有德行的。她爱尼考林卡，不再想要知道别的了。妈妈，她也不明白。这是不可思议的，我是多么聪明，多么……她是可爱的。”她继续想着，用第三人称称她自己，并且设想着，有一个很聪明、最聪明、最好的男人这样地说到她……“她具备了一切，具备了一切，”这个男子继续说，“她异常聪明、可爱，并且她漂亮，异常漂亮、伶俐——她游泳、骑马都很出色，并且嗓子好，可以说，是惊人的嗓子！”她哼着开如俾尼的歌剧中她所心爱

---

① 毛注：她吻错了，在关节上吻的，应该是七月。这是握手成拳，不算拇指，一手代表一至七月，另一手代表八至十二月，各关节代表大月，关节之间代表小月。

② 毛注：生理学家知道某种声音对人有颜色或形状的暗示。娜塔莎的这些颜色的概念也许是他们的身体特性所引起的，在通神学说中，身周光晕的颜色是随人格和气质而定的。

的一个乐节，冲到床上，因为高兴地想到她立刻就要睡觉而发出笑声，叫了杜妮亚莎熄蜡烛，杜妮亚莎还没有走出房，她已经进入另一个更幸福的梦境世界里去了，那里一切都和现实中的一切同样地轻盈而美丽，甚至是更好，因为它是全然不同的。

第二天伯爵夫人把保理斯找来，和他谈了话，于是从那天起，他就不再到罗斯托夫家来了。

14

十二月三十一日，一八一〇年元旦的前夜，叶卡切锐娜朝代的一位要人家里举行舞会和 le réveillon［夜餐］。外交团体和皇帝都要到会的。

在英国码头上，这个要人的有名的宅邸里闪耀着无数的灯火。在铺着红布的、灯火辉煌的大门口站着警察和宪兵，而且还有警察局长和几十个警官。许多马车驶开了，许多新到的马车、穿红号衣的听差和戴花翎帽子的听差又驶来了。从马车里走出了穿军服的、佩星章和勋绶的男人们；妇女们穿着绸缎与银鼠皮大衣，小心地踏上砰然拉下的脚踏板，急速而又无声地在大门口的红布上走过。

几乎每次在新车子来到时，人群里就发出低语声，并且都脱掉帽子。

“皇帝吗？……不是，大臣……亲王……大使……你没有看见花翎吗？……”人群里有人这么说。人群里的一个人，穿得比其余的人都好，似乎认识所有的人，叫出当时最显要的人的名字。

已经有三分之一的客人来到跳舞会了，而要赴这个跳舞会的罗斯托夫家的人还在忙着准备服装。

罗斯托夫家里对于这个跳舞会有过许多讨论和准备；有过许多恐惧，怕接不到请帖，怕衣服准备不好，怕一切不能办得合适。

玛丽亚·依格娜姬也芙娜·撇隆斯卡雅要和罗斯托夫家的人一同到跳舞会去，她是伯爵夫人的朋友和亲戚，前朝的一个又瘦又黄的女官，在彼得堡上层社会里领导外省的罗斯托夫家的人。

罗斯托夫家的人要在晚间十点钟到塔夫锐达花园去找女官，这时已经是十时欠五分了，小姐们还没有穿好衣服。

娜塔莎要去赴她平生第一次的大跳舞会。她这天早晨八点钟就起身，整天都在狂热的兴奋和活动中。她的全部精力，从早晨起就集中在一点上，就是他们全体，她，妈妈，索尼亚，都要穿得不能再好。索尼亚和伯爵夫人都十分信任她。伯爵夫人要穿绛红天鹅绒的衣服，她们俩在粉红色绸套裙上穿白色细纱布衣，胸襟上戴蔷薇花，头发要梳成 à la grecque［希腊式］。

一切必要的事都做好了：脚、手、颈、耳，已经特别仔细地照跳舞会所需要的那样洗过了，搽过香水和香粉了；挑花的丝袜和白缎子的有彩带结的鞋已经穿上了，发装几乎完成了。索尼亚的衣服快要穿好了，伯爵夫人也要穿好了；但替大家帮忙的娜塔莎却落后了。她还坐在镜子前面，瘦肩膀上披着短宽服。索尼亚已经穿好衣服，站在房当中，用针别紧着最后一条在针下擦响的缎带，把小手指都顶痛了。

“不是那样的，不是那样的，索尼亚！”娜塔莎说，一边转过头去，用双手抓住头发，替她梳头的女仆来不及放手，“彩带结得不好，到这里来。”

索尼亚蹲下了。娜塔莎把缎带改了样式，别上了。

“我说，小姐，这样是不行的。”女仆握着娜塔莎的头发说。

“啊，我的上帝，等一下！这就对了，索尼亚。”

“你们快完了吗？”伯爵夫人的声音说，“马上就是十点了。

“就好了，就好了……您准备好了吗，妈妈？”

“只要用针别上帽子了。”

“让我来吧，”娜塔莎大声说，“您不会弄！”

“但已经十点钟了。”

决定是十点半钟到跳舞会的，但娜塔莎还要穿衣服，他们还要到塔夫锐达花园去。

发装完毕后，娜塔莎穿着从下边露出舞鞋的短裙，披着母亲的短宽服，跑到索尼亚面前，看了她一下，然后跑到母亲面前去了。她转动着母亲的头，用针别了帽子，刚刚吻到了她的白发，她又跑到替她在缩短裙子底边的女仆们面前去了。

耽搁的原因是娜塔莎的裙子，它太长了，两个女仆在缩短裙边，匆忙地咬去线头。第三个用嘴唇和牙齿衔着针，从伯爵夫人面前向索尼亚面前跑着，第四个高举着手拿着薄纱衣。

“马富路莎，快一点，亲爱的!”

“把顶针从那里拿给我，小姐。”

“快了吧，行了吧?”伯爵走到门口说，“这是香水。撇隆斯卡雅等得已经很久了。”

“弄好了，小姐，”女仆说，用两个手指举起缩短了的纱衣，在吹掉什么，抖掉什么，用这个动作表示她知道她手中纱衣的轻盈和干净。

娜塔莎开始穿衣服。

“马上，马上就好了，不要进来，爸爸，”她大声地在遮着脸部的纱裙下边向开门的父亲说。

索尼亚砰然一声关上了门。过了一会儿，她们让伯爵进来了。他穿着蓝色大礼服、长筒袜、低口鞋，搽了香水和发油。

“嗬，爸爸，你多么好看，漂亮极了!”娜塔莎说，她站在房当中，理着薄纱衣的皱襞。

“请您，小姐，请您……”女仆说，她跪着，把衣服向下拉着，用舌头把针从嘴的这一边向另一边移动着。

“随你怎么说!”索尼亚看了看娜塔莎的衣服，失望地叫了一声，“随你怎么说，还是太长了!”

娜塔莎走开，照壁镜去了。衣服是太长了。

“哎呀，小姐，一点也不长。”马富路莎说，跟着小姐在地板上爬着。

“哦，太长了，那么，我来缩一下，一分钟就缩好了。”态度坚决的杜妮亚莎说，从胸前的布巾上拔出一根针，又跪在地板上着手做起来。

这时候伯爵夫人穿了天鹅绒衣服，戴了帽子，难为情地轻轻地走进来。

“嗯！我的美女！”伯爵大声说，“比你们都好看！……”

他想要抱她，但她红着脸避开了，免得弄皱了衣服。

“妈妈，帽子还要偏一点，”娜塔莎说，“我来替你重新别一下，”于是她冲上前去，但是在缩短衣边的女仆们来不及松手，衣边的一块纱被撕了下来。

“哎哟哟！这是怎么回事？凭上帝，这不是我的错……”

“不要紧，我来撩一下，不会看得出的。”杜妮亚莎说。

“美女，我的女皇！”从门外走进来的保姆说，“啊，索纽施卡！美女们啊！……”

十时一刻他们终于上车出发了。但还得要到塔夫锐达花园去。

撇隆斯卡雅已经准备好了，虽然她年老而丑陋，但她也做了罗斯托夫家的同样的事情，虽然没有那么慌忙（这在她已是惯事了），却也同样地在自己的身上搽了香水，洗干净了，敷了香粉，同样小心地洗到耳朵后边，甚至当她穿了黄衣服佩了女官的徽章走进客厅时，年老的女仆也和罗斯托夫家一样，热烈地称赞女主人的衣服。

撇隆斯卡雅称赞了罗斯托夫家的人的服装。罗斯托夫家的人夸奖了她的趣味和装饰，于是她很当心头饰和衣服，在十一点钟上车出发了。

15

娜塔莎从这天早晨起，没有一分钟的闲暇，一次也没有想到她所要遇到的事情。

在潮湿、寒冷的空气里，在颠簸的、狭窄的、半暗的马车中，她第一次历历在目地想象着在跳舞会中，在灯火辉煌的客厅里等待着她的东西——音乐、花朵、跳舞、皇帝、彼得堡所有的出色的青年。等待着她的事情是那么美好，使她甚至不相信这是真会有的，这和马车中的寒冷、窄狭、黑暗的印象是那么不相称。直到她走过大门口的红布，走进前厅，脱下皮大氅，在母亲前面，在花朵之间，和索尼亚并排地走上灯火辉煌的楼梯时，她才明白了那里等待着她的一切。直到这时候，她才想起了她应该在跳舞会中有什么样的举止，并且极力采取那种庄严的态度，她认为这是在跳舞会中的姑娘们不可缺少的。但是幸而，她觉得她的眼睛发花了：她看不清任何东西，她的脉搏每分钟跳一百次，血开始向她心里涌。她不能够采取那种会使她显得可笑的态度，她向前走着，几乎兴奋得发慌，并且用尽她的力量极力掩饰着这种心情。这就是那种最适合她的态度。在他们之前之后，都有客人走进去，他们同样地低声交谈，同样地穿了舞服。楼梯上的镜子映照出穿白色、蓝色、粉红色衣服的，在袒露的肩膀和颈项上戴钻石和珍珠的妇女们。

娜塔莎看着镜子，分不出她自己的和别人的映影。大家穿戴都很华丽，汇成了一个长长的行列。进第一个大厅入口时，不高不低的话声，脚步声，问候声——使娜塔莎的耳朵震聋，灯火与光彩更使她的眼睛发眩。男女主人已经在门口站了一小时半，向来宾们说同样的话：charmé de vous voir，［很高兴看见您，］也这样接待了罗斯托夫家的人和撇隆斯卡雅。

两位姑娘都穿了白衣服，各人的黑发上有同样的蔷薇，同样地行屈膝礼，但女主人的目光不觉地在清瘦的娜塔莎身上停留得时间更长。女主人望了望她，对她一个人，除了普通的微笑之外还特别微笑了一下。女主人望着她，也许想起了她自己不复返的少女黄金时代，以及自己的第一次的跳舞会。男主人也目送着娜塔莎，问伯爵哪一个是他的女儿。

“Charmante！［迷人啊！］”他吻了吻自己的指尖说。

客人们站在大厅里，拥挤在门口，等着皇帝。伯爵夫人站在这群人的前面的行列里。娜塔莎听到并且感觉到有几个人问到她，并且望着她。她明白，那些向她注意的人都满意她，并且这种观察，使她相当地心安了。

“有的和我们一样，有的不如我们。”她想。

撇隆斯卡雅向伯爵夫人指认着跳舞会中最有名的人。

“这是荷兰大使，您知道，白头发的。”撇隆斯卡雅说，她指着一个满头是银灰色的鬈发的老人，许多妇女围着他，他说了什么话使她们在笑。“她来了，彼得堡的皇后，别素号娃伯爵夫人。”她指着刚刚进来的爱仑说。

“多么漂亮！不亚于玛丽亚·安桃诺芙娜①；您看，年轻的和年老的男人们对她多么殷勤。又漂亮，又聪明……据说，亲王……为她发狂了。还有这两个，虽然不漂亮，却有更多的人追求。”她指了指穿过大厅的一位太太和她的长得很丑的女儿。

“她是百万家财的大闺女，”撇隆斯卡雅说，“求婚的人都来了。”

“这是别素号娃的弟弟阿那托尔·库拉根。”她说，指着一位漂亮的骑兵禁卫军官，他从她们身边走过，高抬着头，从妇女们头上望着什么地方。“多么漂亮！不是吗？据说他们要替他娶这个有钱的姑娘。您的老表德路别兹考，对她也很殷勤。据说，她有几百万卢布。啊，那就是法国大使。”她说到考兰库尔，回答了伯爵夫人的问题：那个人是谁。“您看，他有点儿像皇帝。法国人毕竟是可爱的，是很可爱的。在社交上没有更可爱的人了。啊，她也来了！啊，我们的玛丽亚·安桃诺芙娜比所有的人都好看！她穿得多么朴素啊。漂亮极了！”

“这个戴眼镜的胖子是世界闻名的共济会员，”撇隆斯卡雅指着别素号夫说，“把他和他的妻子放在一起，他简直是一个小丑！”

彼埃尔摇摆着肥胖的身躯，在人群中挤着向前走，向左右两边那样随便地、善意地点着头，好像他是在市场的人群中走着一样。他在人群中向前挤着，显然是在寻找什么人。

娜塔莎高兴地望着彼埃尔的熟识的脸，即是撇隆斯卡雅所说的小丑似的脸，她知道彼埃尔是在人群中找她们，特别是她。彼埃尔应许了她到跳舞会来替她介绍舞伴。

但是还没有走到她们面前，彼埃尔在一个不高的、很好看的、穿白制服的、黑皮肤的人身边停下来了，这人站在窗边，和一个有星章与勋绶的高个子在谈话。娜塔莎立刻认出了那个穿白制服的不

① 毛注：玛丽亚·安桃诺芙娜·那锐氏基娜是宫廷中最著名的美人，亚力山大一世的情妇。

高的年轻人，他是安德来·保尔康斯基，她觉得他变得更年轻、更可爱、更漂亮了。

“这里还有个熟人，保尔康斯基，您知道吗，妈妈?”娜塔莎指着安德来公爵说，“记得吗，他在奥特拉德诺我们家里宿过一夜的。”

“您认识他吗?”撖隆斯卡雅说，“我讨厌他。Il fait à présent la pluie et le beau temps.［他现在操纵晴雨。］① 他骄傲得没有止境！他像他的父亲。和斯撖然斯基缠在一起，写些什么计划。您看，他怎样对待妇女们！她们和他说话，他走开了，”她指着他说，“假使他对待我，像对待这些太太一样，我就要责备他了。”

16

忽然大家骚动起来了，人群开始说话了，他们拥上前，又挤回来，在让路的两边行列之间，在开始演奏的音乐声中，皇帝走进来了。男女主人跟在他后边。皇帝急速地走着，一边向左右两边鞠躬，好像极力要赶快结束这开头的欢迎。乐队奏起了因为歌词而当时著名的《波兰舞曲》。歌词开始是：“亚力山大，叶丽萨斐塔，你们使我们欢腾……”皇帝向着客厅走去，人群向各个门口拥挤；有几个人面色兴奋地、急忙地走到那里又走回来了。人群又从客厅的各个门里一拥而出，皇帝和主人谈着话，在客厅里出现了。一个年轻人带着张皇失措的样子向妇女们冲来，请她们让开。几个妇女，脸上的表情显出完全忘记了一切的社交礼节，向前拥挤，挤坏了她们的服装。男子们开始走到妇女们面前，组成波兰舞的一对对舞伴。

大家都让开了，皇帝微笑着，却没有合着音乐的拍子，搀着女主人的手，从客厅的门里走出来了。跟在他们后边的是男主人和玛丽亚·安桃诺芙娜·那锐氏基娜，然后是大使们，大臣们，各位将军，撖隆斯卡雅不停地叫着他们名字。一半以上的妇女们已经有了舞伴，在跳或准备跳波兰舞了。

娜塔莎觉得，她、母亲和索尼亚是剩下的少数妇女们当中的，

---

① 毛注：这是一个法国成语，意思是很得势。

她们被拥挤得靠着墙，没有被邀请去跳波兰舞。她垂着细瘦的手站立着，她那稍稍隆起的胸脯有规律地起伏着，她屏住呼吸，用她那明亮、惊惶的眼睛注视着自己的前面，她显出对于最大的喜乐与最大的悲哀都有所准备的神情。她既不注意皇帝，也不注意撇隆斯卡雅所点头示意的要人们——她只有一个想法：“难道没有人到我这里来吗？难道我不能最先跳舞吗？难道所有这些男人都没发现我吗？他们现在好像没有看见我，或者即使他们望我，他们也是带着这样的表情，好像是说：‘啊！我找的不是她，所以用不着望她。’不，这是不行的！”她想，“他们应该知道我多么想跳舞，我跳得多么好，他们同我跳舞会多么愉快。”

演奏了很长时间的《波兰舞曲》，好像回忆一样，在娜塔莎的耳朵里悲鸣着。撇隆斯卡雅离开了她们。伯爵在大厅的另一端。只剩下伯爵夫人、索尼亚和她站在这陌生的人群中，好像置身在森林里一样，谁也不注意她们，谁也不需要她们。安德来公爵和一个女子从她们身边走过去了，显然没有认出她们。美男子阿那托尔微笑着向他所带领的女伴说着什么，他的目光好像望墙壁一样地望了望娜塔莎的脸。保理斯从她们身边走过两次。每次都转身走开了。别尔格夫妇没有跳舞，走到她们面前来了。

娜塔莎觉得，在这里的舞会上，一家人互相亲热是丢脸的事，好像这一家人除了在舞会上便没有别的地方可以谈话了。韦媫对她说起自己的绿衣服，可她既没有听韦媫说，也没有望着她。

终于皇帝在他最后的女舞伴面前站住了（他和三个妇女跳了舞），音乐停止了；一个焦急的副官跑到罗斯托夫家的人面前，请她们再让开一点，尽管她们已经靠在墙边了；接着乐队奏起了清晰的、正确的、动人的、有节奏的华尔兹舞曲。皇帝带着笑容向大厅里望了一下。过了一分钟——还没有人开始跳舞。司仪副官走到别素号娃伯爵夫人面前，邀请她。她微笑地举起手，没有望他，把手放在副官的肩上。司仪副官是个跳舞能手，他紧搂着他的舞伴的腰，自信、从容、平稳地和她开始在圈子的边上跳滑步，然后在大厅的角落抓住她的左手，把她转过来，由于音乐节奏越来越快，只听到副官的急速的灵活的两腿发出有节奏的鞋刺声，每隔三个拍子，在旋转时，他的舞伴的天鹅绒衣服便飘起来，好像闪光一样。娜塔莎望着他们，几乎要哭了，因为跳第一圈华尔兹舞的不是她。

安德来公爵穿着骑兵上校的白军服、高筒袜、低口鞋，显得活泼愉快，站在圈子里面的行列里，离罗斯托夫家的人不远。非尔号夫男爵对他说起预定在明天举行的国务会议的第一次会议。安德来公爵是一个斯撇然斯基亲近的、参与法规委员会的工作的人，能够说出明天会议的可靠消息，关于这个，正有各种流言在散布。但他没有听非尔号夫对他所说的话，时而望望皇帝，时而望望准备跳舞却没有决心走进圈子里去的人们。

安德来公爵注意着那些在皇帝面前怯场的男人，以及那些因为希望被邀请而焦急的女人。

彼埃尔走到安德来公爵面前，抓住他的手。

“您总是在跳舞。我的 protégée［被保护人］，年轻的罗斯托娃来了，您请她跳吧。”他说。

“在哪里?”保尔康斯基问，“对不起，”他向男爵说，“这些话我们留在别的地方再说完吧，在舞会上应该跳舞。”他按照彼埃尔给他指出的方向走上前去。娜塔莎那张失望的、焦急的脸映入了安德来公爵的眼睑里。他认出了她，猜中了她的心情，明白了她是初次露面，想起她在窗子上所说的话，于是他带着愉快的脸色朝罗斯托娃伯爵夫人面前走去。

“让我向您介绍我的女儿。”伯爵夫人红着脸说。

“我已经荣幸地认识了，假使伯爵小姐记得我。”安德来公爵恭敬地低低地鞠着躬说，和撇隆斯卡雅说他粗鲁恰恰完全相反，他走到娜塔莎面前，还未说完邀请跳舞的话，就伸出手去搂抱她的腰。他提议跳华姿舞。娜塔莎对于失望和狂喜都有所准备的焦急的面色，忽然明朗起来，露出了快乐、感激、小孩般的笑容。

“我等你好久了。”这个惊惶的、快乐的女孩子，当她把手放到安德来公爵的肩上时，似乎是用她那含泪的眼睛里所流露出来的笑容这么说。他们是走进圈子里面去的第二对。

安德来公爵是当时舞会中跳得最好的人之一。娜塔莎也跳得好极了。她那穿缎子舞鞋的小脚，迅速、轻巧、灵活地跳动着，她的脸上现出了幸福的喜色。

她的光脖子和手臂又瘦又不好看。和爱仑的肩膀比起来，她的肩膀是瘦的，胸脯是不明显的，手臂是细的；但在爱仑身上，由于受到过上千人的目光的注视，仿佛涂上了一层油彩，而娜塔莎好像是一个第一次袒肩露臂的姑娘，假使不是他们使她相信，这是绝对必要的，她便要觉得这是很可羞的了。

安德来公爵欢喜跳舞，他希望尽快避免别人同他进行政治性的、理智的谈话，希望尽快突破那种因为皇帝的驾临而形成的令他厌烦的拘束，所以他去跳舞，并且选择了娜塔莎，因为彼埃尔向他指出了她，因为她是他眼中所看到的第一个美女；但他刚刚揽住那个纤细灵活的腰身，她便和他那么靠近地扭起身子，对他那么亲密地微笑了一下，她的魅力之酒使他陶醉了。当他换了一口气，放下她，停下步子，开始望别的跳舞的人时，他觉得自己活泼年轻了。

17

在安德来公爵之后，保理斯走到娜塔莎面前来邀她跳舞，那个很会跳舞的副官也来了，还有几个年轻人也来了，于是娜塔莎把她多余的舞伴转让给索尼亚，她很快乐，红着脸，不停地跳了一整夜。她没有注意也没有看到在这个舞会上大家所注意的事情。她既没注意皇帝和法国大使谈了很长时间的话，也没发现他对某夫人说话特别表示好感，某某亲王和某某做了什么，说了什么，爱仑有了巨大的成功并且荣获某某的特别赏识；而且她甚至没有看见皇帝，只是因为皇帝走了以后舞会更加热闹了，她才发现皇帝已经走了。

夜餐前，安德来公爵是愉快的四对舞中的一员，又和娜塔莎跳舞。他向她提起他们在奥特拉德诺的路上第一次的会面，提起她在月夜中睡不着觉，以及他无意地听到她说的话。听到安德来的回忆，娜塔莎脸红了，她竭力替自己辩白，仿佛由于她的话无意中被安德来公爵听见而感到害羞。

我等你好久，这个惊慌的，快乐的女孩子。

安德来公爵和所有的在社交界中长大的人一样，欢喜在交际场中遇见那种没有一般社交习气的人。娜塔莎——带着惊异、喜悦、羞涩的神色，法语说得也不好——便是这样的人。他特别亲切、小心地对待她，和她说话。安德来公爵坐在她身旁，和她说着最普通最琐碎的事情，赞赏她眼睛里喜悦的光芒和她的笑容，这笑容和所说的话无关，而是她内心的快乐的表现。当有人邀请她，她微笑地站起，在大厅中跳舞时，安德来公爵特别赞赏她的羞涩的美态。在跳四对舞时，娜塔莎跳完了一个舞节，又喘着气走到自己的位子那里。新的舞伴又邀请她了。她已经疲倦了，在喘气了，并且显然想要拒绝，但立刻又愉快地把手放在舞伴的肩上，向安德来公爵微笑了一下。

“我是很高兴休息的，和您坐在一起，我疲倦了；但您知道，他们邀请我，我觉得高兴，我快乐，我爱所有的人，我和您懂得这一切。”这个笑容还说了许多别的意思。当舞伴放下她时，娜塔莎跑过大厅，要替下一个舞节选两个女子。

“假使她先到她表姐面前，后到别的女子面前，她便会做我的妻子。”安德来公爵望着她，完全意料不到地自语着。她先到了她的表姐面前。

“头脑里有时会有多么荒诞的念头哦！”安德来公爵想，“但这是一定的，这位姑娘是这么可爱、这么特异，她在这里待不到一个月就要出嫁了……她在这里是罕有的。”他想，这时，娜塔莎坐到他旁边，理着滑脱到胸襟上的蔷薇。

在四对舞结束时，穿蓝礼服的老伯爵走到跳舞者的面前。他邀请了安德来公爵到他的家里去，问女儿是否觉得愉快。娜塔莎没有回答，只微笑了一下，这笑容责备地说：“怎么能够问出这样的话？”

“平生从来没有这样愉快过！”她说。这时安德来公爵注意到，她的细臂迅速地举起来，要抱她的父亲，并且立刻又放下来了。娜塔莎是那么幸福，她平生从来没有这么幸福过……她是在那样的高度幸福中，在这样的时候，一个人变得十分善良仁慈，不相信会发生邪恶、不幸和悲哀的事情。

彼埃尔在这个跳舞会中，第一次感觉到他因为妻子在上流社会中所处的地位而受到的屈辱。他愁闷并且心不在焉。一道很深的皱纹横在他的额上，他站在窗前，从眼镜上边注视着，却没有看见任何人。

娜塔莎去用夜餐时，走过他的身边。

彼埃尔的愁闷不乐的脸色引起她的惊异。她在他面前停住了。她想要帮助他，把她自己多余的幸福转让给他。

“多么愉快啊，伯爵，”她说，“是不是呢？”

彼埃尔心不在焉地微笑了一下，显然不明白她向他所说的话。

“是的，我很高兴。”他说。

“他们怎能够有什么不满意的地方吗？”娜塔莎想，“特别是像别素号夫这样好的人。”

在娜塔莎的目光中，所有在跳舞会里的人都是同样的仁慈的、可爱的、极好的、互相亲爱的人：没有一个人会损害别的人，因此所有的人都是幸福的。

18

第二天，安德来公爵想起了昨天夜晚的跳舞会，但没有在这上面想得很久。“是的，是很盛大的跳舞会。还有……是的，罗斯托娃是很可爱的。她有些新鲜的、特有的、不是彼得堡妇女所有的、使她出众的地方。”这就是他关于昨晚的跳舞会所想的一切。他喝过了茶，坐下来工作了。

但由于疲倦或者没有睡，安德来公爵不想工作，并且什么事也不能做。他老是批评自己的工作，这是他所常有的事；因而在他听到有人来到时，他高兴了。

来人是俾兹基，他在各委员会服务过，出入彼得堡的所有的交际场所，是新思想和斯撇然斯基的热烈的崇拜者，是彼得堡最热心的新闻传播人，他属于这一类人，他们选择派别就像按照样式选择衣服一样，因此，他们似乎便成了派别的最狂热的首创者。他一脱帽子就急切地跑进安德来公爵的房间，立刻说起话来。他刚刚知道这天早晨由皇帝召开的国务会议的开会详情，于是高兴地说了起来。皇帝的演说是非同寻常的。这个演说是只有立宪的君主才会作的。“皇帝坦率地说，国务会议和枢密院是国家的机构；他说，政府不该建立在横暴上，而要建立在巩固的基础上。皇帝说，财政应当改革，收支应当公布。”俾兹基说，强调着某些字眼，富有含意地睁着眼睛。

“是的，今天的会议划了一个时代，我们历史上最伟大的时代。”他总结说。

安德来公爵听着有关国务会议开幕的叙述。他曾那么焦急地期待着它的召开，认为它如此重要，但是现在，当这件事已经实现的时候，他却感到奇怪，因为它不但一点也不使他感动，而且还使他感到无所谓。他听着俾兹基热情的叙述，感到暗自好笑。他心中产生了最简单的想法：“皇帝在会议上所说的话与我和俾兹基何干？与我们何干？这一切会使我更幸福、更好吗？”

这个简单的想法，忽然破坏了安德来公爵先前对于当前改革的全部兴趣。这天安德来公爵要到斯撇然斯基邀请他的时候所说的 en petit comité［小团体里］去吃饭。在他所如此仰慕的人的家庭友爱团体中的这种宴会，原先使安德来公爵很感兴趣，尤其是因为他直到现在还没有看到斯撇然斯基家庭生活的情况；但是现在他不想去了。

然而在约定的吃饭时间，安德来公爵还是来到了塔夫锐达花园旁的斯撇然斯基私邸。在显得异常清洁（好像修道院那么清洁）的小屋子里的嵌木地板的饭厅中，来得稍晚的安德来公爵看到，斯撇然斯基的至交们的这个 petit comité［小团体］在五点钟便已经聚齐了。这里没有女客，除了斯撇然斯基的小女儿（她的长脸很像父亲）和她的女教师。其他客人是热尔未、马格尼兹基和斯托累平。还在前厅里安德来公爵便听见了洪亮的声音和响亮的清晰的笑声，这笑声好像戏台上的笑声一样。有一个人，好像是斯撇然斯基，清晰地发出哈——哈——哈——的笑声。安德来公爵从来没听见过斯撇然斯基的笑声，而这个政治家的响亮的尖锐的声音使他觉得奇怪。

安德来公爵进了饭厅。大家都站在两窗之间摆着小食的小桌前。

斯撇然斯基穿着灰色礼服，佩着星章，穿戴着显然是他在有名的国务会议的集会上所穿的白背心和高高的白围巾，面色愉快地站在桌旁。客人们围住他。马格尼兹基向米哈伊·米哈洛维支·斯撇然斯基说着趣事，斯撇然斯基听着，在马格尼兹基说话之前就笑了起来。在安德来公爵进房间时，马格尼兹基的话又被笑声淹没了。斯托累平低沉地哄笑着，他正嚼着一块夹乳酪的面包；热尔未低声地嘻嘻发笑，斯撇然斯基则发出洪亮清晰的笑声。

斯撇然斯基一边笑着，一边向安德来公爵伸出他那洁白柔软的手。

“很高兴看见您，公爵，”他说，“一会儿……”他向马格尼兹基说，打断了他的话，“我们今天有个约定，这是娱乐的聚餐，公事一字不谈。”他又转向讲故事的人，笑了起来。

安德来公爵惊异地、失望地、忧悒地听着他的笑声，望着发笑的斯撇然斯基。安德来公爵似乎觉得，这不是斯撇然斯基，而是别人。安德来公爵心目中的斯撇然斯基的从前一切神秘的迷人的地方，忽然变为明显而不迷人了。

在吃饭时谈话片刻不停，谈话的内容好像是许多可笑的轶事所组成的。马格尼兹基还没有说完他的故事，便已经有别的人表示了他准备要说更可笑的话了。大部分的轶事即使不是关于官场本身，也是关于做官的人的。似乎在这个团体里，那些人的无足轻重已是那样地被完全确定了，因而对于他们的唯一态度，只有好意的嘲笑。斯撇然斯基说，在今天早晨的会议里，有人问一个耳聋的官员的意见，这个官员回答说，他是同样的意见。热尔未说了一件审查的案子的全部经过。由于全体参与其事的人的愚蠢，这案子是值得注意的。斯托累平口吃地加入谈话，开始热烈地说到从前的事务里的弊病，颇有要使谈话转为严肃的趋势。马格尼兹基开始取笑斯托累平的热烈。热尔未说了一个笑话，于是谈话又恢复了先前愉快的气氛。

显然，斯撇然斯基在工作之后需要休息，并且欢喜在友爱的团体中作娱乐，他的所有的客人都知道他的愿望，极力使他开心，并使他们自己也开心。但安德来公爵觉得这种开心是难受的、不愉快的。斯撇然斯基的洪亮的声音令他觉得不愉快，他那不停的笑声的假音调，因为什么缘故，使安德来公爵生气了。安德来公爵没有笑，怕自己使这个团体扫兴。但没有人注意到他和大家的情绪的不一致。大家都似乎是很愉快的。

他几次想要加入谈话，但每次他的话好像被扔在水里的木头一样被撇在一边；而他又不能和他们在一起说笑话。

在他们所说的话里，没有任何不好或不得体的地方，所有的话都是微妙的，并且也许是可笑的；然而所缺少的，正是愉快的意味，他们简直不知道有这种东西。

饭后，斯撇然斯基的女儿和她的女教师站起来了。斯撇然斯基用他的白手抚摩了他的女儿，吻了她。安德来公爵觉得，这种姿势是不自然的。

男子们按照英国方式留在桌旁喝葡萄酒。在关于拿破仑的西班牙战事的谈话当中，大家都意见一致地赞同，安德来公爵却反对他们。斯撇然斯基微笑了一下，显然要使谈话离开现在的话题，他说了一个趣事，与谈话毫无关系。大家都沉默了片刻。

斯撇然斯基在桌边坐了一会，塞了酒瓶，说："现在好酒是不胫而走的。"他把酒瓶递给了仆人，站起来了。大家都站起来了，仍旧大声地谈着，一边走进客厅。斯撇然斯基接到信使送来的两封信。他接了信，走进书房。他一走出去，大家的欢乐便停止了，客人们开始谨慎地低声地彼此交谈。

"哎，现在是背诵!"斯撇然斯基走出书房时说，"惊人的本领!"他向安德来公爵说。马格尼兹基立刻摆出姿势，开始背诵用法文写的诙谐诗，这是他为几个有名的彼得堡的人所作的，他几次被鼓掌声所打断。安德来公爵在诵诗结束时，走到斯撇然斯基面前，向他道别。

"您这么早到哪里去?"斯撇然斯基问。

"我约好了赴一个晚会……"

他们沉默了。安德来公爵靠近地望着他那双呆板无光的、无法看透的眼睛，并且他觉得可笑的，就是他竟会对斯撇然斯基，以及对他自己的与他有关的一切活动有所期待，他竟会重视斯撇然斯基所做的事情。那种冷淡的、不愉快的笑声，在安德来公爵离开斯撇然斯基那里以后，还久久回响在他耳边。

回到家里，安德来公爵开始回想四个月来的彼得堡生活，好像这是一种崭新的东西。他想起他的忙碌、巴结和他的军事法规计划的经过，这个计划已被审查，并且对于这个计划他们竭力置之不理，只是因为另一计划，一个很坏的计划，已被拟定送给皇帝去了；他想起委员会的聚会，别尔格也是那里的委员之一；他想起，在这些会议上，对所有与委员会集会的形式、与程序有关的地方，竟讨论得那么仔细而长久，而有关于事务的本质地方，却讨论得那么简略。他想起自己的立法工作，想起他如何用心地把《罗马法》与《法国法典》的条文译为俄文，于是他替自己觉得惭愧了。然后他历历如见地想起保古恰罗佛、他在乡间的事务，以及他到锐阿桑的旅行；想起他的农奴、村长德隆；并且他在内心把《私权篇》——他把它分成几节——在他们身上应用了之后，他觉得诧异，他竟能在这么无用的工作上花了这么多的时间。①

19

翌日，安德来公爵拜访了几家他还没有去过的人家，其中有罗斯托夫家，他和他们在最近的跳舞会中恢复了交谊。按照礼节他应该去拜访罗斯托夫家，此外安德来公爵想要在那里看见那个特别的、活泼的姑娘，她留给了他一个那么愉快的印象。

娜塔莎是最先迎接他的人。她穿了家常的深蓝色衣服，安德来公爵觉得她穿这个比穿舞服更加美丽。她和全家都简单地诚恳地接待安德来公爵，像接待老朋友一样。从前被安德来公爵那么严厉地批评过的全家，现在，在他看来都是极好的、淳朴的、善良的人。

① 毛注：人民是农奴，这妨碍开明的司法制度的采用。这是拒绝在政府服务的理由。托尔斯泰借安德来表示他自己的意见，认为此种政治改革是无用的。

老伯爵在彼得堡的显得特别亲切而惊人的好客与厚意，是那么真诚，以致安德来公爵不能拒绝吃饭。“是的，他们是善良的极好的人，”安德来·保尔康斯基想，“不用说，他们一点也不知道娜塔莎是多么宝贵；但他们是善良的人，他们是最好的背景，衬托出这个特别有诗意的、活泼愉快的、美妙的姑娘！”

安德来公爵觉得，娜塔莎有一种对于他是完全陌生的、特殊的世界，它充满着他所不知道的欢乐，这个陌生的世界在那时候，在奥特拉德诺的路上，在月夜的窗前，曾使他觉得那样的迷惑。现在他对这个世界觉得不迷惑了，也觉得不再是陌生的了；他已经踏入了这个世界，并在这个世界里发现了新的快乐。

饭后，由于安德来公爵的请求，娜塔莎走到大钢琴前，开始唱歌。安德来公爵站在窗前，一面和妇女们谈着话，一面听她唱歌。在她唱歌时，安德来公爵沉默着，突然觉得有泪水涌进他的眼眶，他不知道他自己是会流泪的。他望了望正在唱歌的娜塔莎，他心里面产生了新的快乐的情绪。他快乐，同时他又悲哀。他确实没有什么要哭的事情，但他还是要哭。这是为了什么？为了过去的爱吗？为了矮小的公爵夫人吗？为了自己的幻灭吗？……为了自己的对于将来的希望吗？……是的，又不是的。他想要哭的主要原因，是他忽然强烈地感觉到一种可怕的对照，一方面是他心中某种无穷伟大的、无限的东西，一方面是那有限的、肉体的，就是他自己，甚至是她本人的东西。这种对照在她唱歌时又使他苦恼，又使他高兴。

娜塔莎一唱完，就走到他面前去了，问他欢喜不欢喜她的声音。她问了这话，并且在她说了这话之后，就知道了这是不该问的，她发窘了。他望着她微笑了一下，说他喜欢她的歌声，正如同他喜欢她所做的一切。

安德来公爵晚间很迟的时候离开了罗斯托夫家。他按照睡觉的习惯上床睡觉，但他马上便知道他睡不着。他时而点着蜡烛，坐在床上，时而起身，时而又躺下来，毫不因为睡不着觉而觉得苦恼。他心里面觉得是那么高兴、那么清新，好像刚从气闷的房间里走进上帝的新鲜的空气中一样。他还没有想到，他爱上了娜塔莎；他没有想到她；他只是在内心想象着她，因此他的全部生活对他有了新的意义。“我为什么在奋斗呢？当生活、全部生活和它所有的喜悦在我面前展开的时候，我为什么还在这个狭窄的封闭的范围中忙忙碌碌呢？”他自语着。于是他开始为将来作幸福的计划，而这是他好久以来的头一回。他决定了，他一定要关心他儿子的教育，替儿子找一个教师，把儿子交托给他；然后他一定要去休假，到国外去，游览英国、瑞士、意大利。“在我觉得我还年富力强的时候，我必须享受我的自由。”他自语着，“彼埃尔说，人要幸福，就一定要相信幸福的可能，他是对的，我现在相信这话了。我们让死人去埋死人吧；在活着的时候，就一定要生活，并且要生活得幸福。”他想。

20

一天早晨，阿道尔夫·别尔格上校穿了崭新的军服，头发搽了油，向前梳，好像亚力山大·巴夫诺维支皇帝的样子，来看彼埃尔，彼埃尔认识他，因为彼埃尔认识莫斯科和彼得堡所有的人。

“我刚才去看了您的太太伯爵夫人，不幸，她没有答应我的请求；我希望，在伯爵这里，我能更幸运一点。”他微笑着说。

“上校，您有何见教？我一定遵命。”

“伯爵，我现在完全在新房子里安居下来了，”别尔格说，显然知道，他听了这话不会不高兴的，“因此我想要邀请我自己的和妻子的朋友们举行一个小小的晚会（他更愉快地微笑了一下），我想要请伯爵夫人和您赏光驾临舍下喝杯茶……吃夜饭。”

只有叶仑娜·发西莉叶芙娜伯爵夫人，认为和别尔格之流的人来往是降低自己身份，才会一口拒绝这种邀请。别尔格那么明白地说出，为什么他希望在自己家里召集少数的、要好的朋友们，为什么他乐意如此，并且为什么不肯在赌牌和其他坏事上花钱，但为了好朋友们他却愿意花钱，使得彼埃尔不能拒绝并且答应了赴会。

“可是不要迟到，伯爵，假使我可以冒昧请求的话，那么在八点欠十分到，我冒昧请求。我们要凑成一个牌局，我们的将军要来的。他对我很好。我们要吃一顿夜饭，伯爵。那么，一定赏光了。”

和他迟到的习惯相反，彼埃尔这天不是在八点欠十分，而是在八点欠一刻来到别尔格的家里。

别尔格家办妥了晚会所必需的东西，已经准备招待客人了。

别尔格夫妇坐在崭新的，清洁的，明亮的，陈设了许多小半身像、小画片和新家具的书房里。别尔格穿了新的扣紧的军服，坐在妻子旁边，向她说，人总是能够并且应该结交比自己地位更高的人，因为只有这样才有结交的乐趣。

“你可以学到一点什么，你可以要求一点什么。现在你看，我当下级军官时是怎么生活的（别尔格不以年龄而以升官计算他的生活）。我的同事们现在还是没有成就，但我却快要做团长了，我有福气做你的丈夫。（他站起来吻了韦娡的手，但在向她面前走去时，压平了卷起的地毯的角。）我怎么获得了这一切的呢？主要的——是善于选择我的朋友。不用说的，一个人必须有美德、有条理。”

别尔格怀着对性格软弱的妻子的优越感，微笑了一下，然后沉默着，他想，这个可爱的妻子毕竟是一个软弱的女子，她不能够了解那组成男性尊严的一切——ein Mann zu sein.［做一个堂堂男子。］同时韦娡也怀着她对善良的有美德的丈夫的优越感，微笑了一下，但照韦娡的意思，他毕竟和所有的男子一样，把生活理解错了。别尔格凭自己的妻子作出判断，认为所有的女子都是软弱的、愚蠢的。韦娡只凭自己的丈夫作出判断，并且扩大了她的看法，以为所有的男子都只认为自己是聪明的，而同时却什么也不懂，并且是骄傲的、自私的。

别尔格站起来，为了免得弄皱了他付了很大代价的绣花肩巾，小心地搂抱了他的妻子，在嘴唇的正中吻了她一下。

“唯一的事情，就是我们不要很快有小孩子。”他按照他不自觉的思想线索说。

“是的，”韦娡回答，“我一点不希望这样。我们应当为社会而活。”

“尤苏波发公爵夫人身上披的完全和这个一样。”别尔格带着快乐的善意的笑容指着肩巾说。

这时候有人通报别素号夫伯爵来到了。夫妇两人带着自满的笑容互相看了一眼，各人都认为这个客人的来访是自己的光荣。

“这就是善于结交的结果，”别尔格想，“这就是善于处世的结果！”

“可是在我招待客人的时候，”韦嫩说，“请你不要打搅我，因为我知道怎样去招待每个人，知道在什么人面前说什么话。”

别尔格也微笑了一下。

“这是没有办法的：有时候男人们一定要有男人们的谈话。”他说。

彼埃尔在簇新的客厅里受到接待，在这里，要在任何地方坐下来而不破坏它的对称、清洁和秩序，是不可能的，因此，别尔格大度地提议因为贵宾可以不必保持靠背椅或沙发的对称，并且显然发觉他自己对于这件事感觉到痛苦的犹豫，让客人来解决这个选择的问题，这是极易理解、并不为奇的。彼埃尔为自己拉近了一张椅子，破坏了对称，于是别尔格和韦嫩立刻开始了他们的晚会，互相打断话头，招待客人。

韦嫩在自己心中决定了，应该用关于法国使馆的谈话来招待彼埃尔，便立刻开始了这个谈话。别尔格决定了，必须要有男人们的谈话，便打断了妻子的谈话，提到对奥战争的问题，不觉地从一般的谈话，转到了他个人对于那些要他参与奥国战争的提议的意见，以及他没有接受这些提议的理由。虽然谈话是很无条理的，并且韦嫩因为插进了男人的谈话而生气，但夫妇俩却满意地觉得，虽然只到了一个客人，晚会却开始得很好，并且这个晚会和任何其他的晚会是一模一样的，有谈话，有茶，有点着的蜡烛。

保理斯不久便到了，他是别尔格的老同事。他带着几分垂爱与赏光的意味，对待别尔格和韦嫩。在保理斯之后来了一个太太和一位上校，然后是那位将军，然后是罗斯托夫家的人，于是这个晚会无疑地和所有的晚会完全一样了。别尔格和韦嫩，看到客厅中的动作，听到不连贯的谈话声、衣服声和行礼声，不能够克制他们的高兴，笑了。一切都正是每人一向所做的那样，特别是将军，他夸赞了房屋，拍了别尔格的肩膀，并且带着长辈的权威口气，吩咐了布置波斯顿牌桌。将军坐在伊利亚·安德来伊支伯爵旁边，把他当作仅次于他自己的贵宾。年老的和年老的在一起，年幼的和年幼的在一起，主妇在茶桌前，桌上有同样的点心放在银篮子里，和巴宁家晚会里的一样。一切都和别人家的完全一样。

21

彼埃尔是贵宾之一，应当坐下来和伊利亚·安德来伊支、将军及上校玩波斯顿牌。彼埃尔在波斯顿牌桌上碰巧坐在娜塔莎的对面，她在跳舞会那天之后所发生的奇怪的改变使他吃惊了。娜塔莎沉默着，她不但没有那天在跳舞会里那么漂亮，而且假使她没有那样文雅的、对一切表示淡漠的神情，便显得很丑了。

“她有了什么事情？”彼埃尔望了望她，一边在想。她在茶桌前坐在姐姐的旁边，并且没有望他，勉强地向坐在身旁的保理斯回答了什么。彼埃尔出完了全副的牌，并且令同伙满意地拿到了五回牌，在他检牌时，他听到了问候的声音和进房来的脚步声，他又向她瞥了一瞥。

“她发生了什么事情呢？”他更加诧异地问自己。

安德来公爵带着关心的亲切的表情站在她面前，和她在说什么。她抬着头，脸发红，望着他，显然极力想要压制她的急促的呼吸。她内心的先前熄灭了的某种火焰的明亮光辉，又在她心中闪起了。她完全改变了。她又从丑陋的姑娘变得像在跳舞会里那样漂亮了。

安德来公爵走到彼埃尔的跟前，彼埃尔在朋友的脸上看出了新的、年轻的表情。

彼埃尔在玩牌的时候换了几次座位，有时是背对着有时是脸对着娜塔莎，在打六圈牌的时间里，一直注意着她和他的朋友。

“他们当中发生了很重要的事情，”彼埃尔想，一种又是欢喜又是苦恼的情绪使他兴奋，使他忘记了玩牌。

在打完六圈之后，将军站起来了，说这么玩是不行的，于是彼埃尔获得了自由。娜塔莎在一边和索尼亚和保理斯在谈话，韦婳带着狡猾的微笑和安德来公爵在说什么。彼埃尔走到他的朋友面前，问了他们谈的是不是秘密，在他们旁边坐下了。韦娅看到安德来公爵对娜塔莎的注意，觉得在晚会上，在真正的晚会上，对于感情的巧妙的暗示是绝对必需的，于是趁安德来公爵独自一个人的时候，开始和他说到一般的感情，说到她的妹妹。她觉得，对于这么聪明的（她认为安德来公爵是这样的人）客人，她必须运用她的外交才干。

当彼埃尔走到他们面前时，他注意到，韦娅对她的自满的谈话感到津津有味，安德来公爵显得发窘（这是他所少有的）。

“您以为怎样呢？”韦娅带着乖巧的微笑说，“公爵，您是那么有眼光，立刻便能看出人的性格。您觉得娜塔莎怎样？在感情上能够专一吗？她能够和别的女子一样（韦娅意思是指她自己），一旦爱了一个人，便永远对他忠实吗？我认为这才是真正的爱情。您觉得怎样呢，公爵？”

“我对于您的妹妹认识得太浅了，”安德来公爵带着嘲讽的笑容回答，他想要用这个笑容掩饰他的窘迫，“还不能够解答这样难答的问题；况且，我注意到，女子愈不动人愈有恒心。”他补充说，望了望正走到他们面前的彼埃尔。

“是的，这是真的，公爵；在我们这个时代，”韦娅继续说（她提到我们这个时代，因为一般智力有限的人都欢喜这么说，以为他们找到了而且重视我们这个时代的特点，以为人的特性是随着时代而改变的），“在我们这个时代，一个姑娘有这么多的自由，以致 le plaisir d'être courtisée［被人追求的乐趣］反而压倒了她的真正的情感。EtNatalie，il faut l'avouer，y est très sensible.［应当承认，娜塔莎在这方面是很敏感的。］”

又说到娜塔莎，这又使安德来公爵不高兴地皱了皱眉；他想要站起来，可是韦娅带着更乖巧的笑容继续说：

“我以为，没有人像她那样 courtisée［被人追求过］，”韦娅说，“但是直到最近，她还没有认真地喜欢过哪个人。您知道，伯爵，”她向着彼埃尔说，“甚至我们可爱的表兄保理斯，entre nous，［说句机密的话，］他是 dans le pays du tendre［在柔情的国土里］陷得很深很深了……”她用当时很流行的一种描写爱情的话说。

安德来公爵皱了皱眉头，沉默着。

“但您同保理斯是朋友吗？”韦娅对他说。

“是的，我认识他……”

“他当然向您说过他对娜塔莎的童年的爱情了。”

“啊，有过童年的爱情吗？”安德来公爵问，忽然意外地脸红了。

“是的。Vous savez, entre cousin et cousine cette intimité mène quelquefois à l'amour: le cousinage est un dangereux voisinage. N'est ce pas?［你知道，在表兄妹之间，这种亲密有时候会产生爱情：表亲是一种危险的关系。是不是？］”

“噢，无疑的。”安德来公爵说，他忽然不自然地活跃起来，开始和彼埃尔说笑话，说他对待他的在莫斯科的五十岁的表姐们应当小心，在说笑话的当中他站起来，抓住彼埃尔的手，拉他走开了。

“什么事？”彼埃尔说，诧异地望着他朋友那奇怪的活跃的样子，并且注意到他站起时投向娜塔莎的目光。

“我需要，我需要和你谈一谈，”安德来公爵说，“你知道我们的女式手套（他说到共济会里给新会友们赠送他所喜爱的女式手套）。我……可是，不，我以后再同你谈吧……”于是安德来公爵眼睛里露出奇怪的光芒，局促不安地走到娜塔莎面前，坐在她旁边。彼埃尔看见安德来公爵向她问着什么，她正红着脸回答他。

但是，这时别尔格走到彼埃尔跟前，坚持要求他加入将军与上校之间关于西班牙事件的争论。

别尔格感到满意和幸福。高兴的笑容一直浮现在他的脸上。晚会是很成功的，和他所看见的别的晚会完全一样。一切都完全相同。妇女们细声的谈话、牌戏、玩牌时，提高了声音的将军、茶炊、点心都一样；但还缺少一件事情，就是他在别的晚会上常常看见而他很想模仿的事情：缺少了男人之间的大声的谈话以及关于什么重要而理智的问题的争论。将军开始了这个谈话，别尔格就领彼埃尔到他那里去。

22

第二天，安德来公爵应伊利亚·安德来伊支伯爵的邀请，到罗斯托夫家去吃饭，并在他们家里待了一整天。

家里所有的人都知道安德来公爵是为谁而来的，他也不隐瞒，整天极力要和娜塔莎待在一起。不仅在惊惶的、然而幸福的、狂喜的娜塔莎的心中，而且全家的人都感觉到对于某种重要的一定要发生的事情的恐惧。当安德来公爵和娜塔莎说话时，伯爵夫人的忧愁的、严肃的、厉色的眼睛望着他，当他回头看她时，她又羞怯地作假地开始某种无关重要的谈话。索尼亚怕离开娜塔莎，并且当她和他们在一起时，她又怕碍事。娜塔莎和他单独在一起时，因为对于期望的恐惧而面色发白。安德来公爵的羞怯令她诧异。她觉得，他要向她说什么，但他又没有决心这么做。

在晚间当安德来公爵离去时，伯爵夫人走到娜塔莎面前低声说：

"怎么样？"

"妈妈，看上帝的情面，现在不要问我吧。这是无法说清楚的。"娜塔莎说。

虽然这么说，但是这天晚上娜塔莎却瞪着眼睛在母亲的床上躺了很久，时而兴奋，时而恐惧。她时而向母亲说，他怎样称赞了她，时而说，他说他要到国外去，时而说，他问到他们这个夏天要住在什么地方，时而说，他向她问到保理斯。

"但这样的，这样的……我从来没有过！"她说，"可是我和他在一起时觉得害怕，我和他在一起时总是觉得害怕，这是什么意思？这意思是说，这是真的事情，是吗？妈妈，您睡了吗？"

"没有，我心爱的，我自己也觉得害怕，"母亲说，"去睡吧。"

"反正我是睡不着了。睡觉是多么愚蠢的事啊！妈妈，妈妈，这样的事我从来没有遇到过！"她因为自己心中所感觉到的那种情绪而惊异，恐惧地说，"我们能够想得到吗！……"

娜塔莎似乎觉得，当她初次在奥特拉德诺看见安德来公爵时，她已经爱上了他。她似乎是怕这种奇怪的意料不到的幸福，就是说，她在那时候所选择的人（她坚决地相信这一点），这个人现在她又遇见了，并且似乎对于她并不是漠不关心的。

“这是注定了的，当我们在这里的时候，他也特地来到了彼得堡。这是注定了的，我们要在这个跳舞会里见面。这全是命运。造成这个局面的，显然是注定的命运。甚至在那时候，当我一看见他的时候，我就觉得有什么特别的地方。”

“他还向你说了什么呢？这是什么诗？你读……”母亲沉思地说，问到安德来公爵在娜塔莎的手册上所题的诗。

“妈妈，他是断弦的，这不羞耻吗？”

“不要说了，娜塔莎。祷告上帝吧。Les mariages se font dans les cieux. [婚姻是天上定的。]”

“亲爱的，妈妈，我多么爱您，我多么高兴啊！”娜塔莎大声说，流着快乐和兴奋的泪，搂抱着母亲。

正在这时，安德来公爵坐在彼埃尔家，向他说到自己对娜塔莎的爱，以及一定要娶她的决心。

这天叶仑娜·发西莉叶芙娜伯爵夫人家里有盛大的宴会。到会的有法国大使，有一个新近常到伯爵夫人家来的外国的亲王，有许多显赫的男女。彼埃尔在楼下，在各厅堂间走动着，他的聚思凝神的、心不在焉的、愁闷的面容，使所有的客人都诧异了。

彼埃尔自从那个跳舞会以后，便感觉到忧郁症将发作，并且下了极大的决心要努力克制它。自从某一外国亲王和他的妻子接近以后，彼埃尔意外地被任命为高级侍从，从那时候起，他开始在大交际场中觉得难堪与羞耻，而从前的关于一切人世虚荣的暗淡的思想，又愈益频繁地来到他的心中。同时，他在他的被保护人娜塔莎与安德来公爵之间所注意到的情感，由于他的处境和他朋友的处境的对比，更加重了这种忧闷的心情。他同样地极力避免想到他的妻子，避免想到娜塔莎与安德来公爵。他又觉得，和永恒比较起来，一切都是无关重要的；又出现了这个问题：“为什么？”于是他日夜强使自己做共济会的工作，希望赶走恶劣心情的侵袭。彼埃尔在将近十二点钟的时候，走出伯爵夫人的居室，在楼上弥漫着烟草气味的狭小的房间里，穿着破旧的宽服，坐在桌前，誊抄原本的苏格兰共济会的规章，这时候有人走进房来。这人是安德来公爵。

“啊，是您，”彼埃尔带着心不在焉的、不满意的面色说，“哦，我正在工作。”他说，带着不幸的人们看自己的工作时所有的那种逃避生活苦难的神情指指稿本。

安德来公爵带着喜气洋洋的、兴奋激动的、恢复了生气的面孔，站在彼埃尔面前，没有注意他的愁闷的面孔，并且带着幸福的自私心，向他微笑了一下。

“哦，我亲爱的，”他说，“我昨天就想要向你说，今天就是为这件事来的。我从来没有经历过这样的事情。我在恋爱了，我亲爱的。”

彼埃尔忽然深深地叹了口气，让他沉重的身躯跌坐在沙发上，坐在安德来公爵的身边。

“同娜塔莎·罗斯托娃，是吗？”他说。

“是的，是的，还会有谁呢？我本是决不相信这个，但这种情绪比我更有力量。昨天我苦恼，我痛苦，但我决不为世界上的任何东西放弃这个苦恼。从前我没有生活过。我直到现在才生活，但是我没有她是不能生活的。但她会爱我吗？……我太老了，不能和她……你为什么不说话呢……”

“我？我？我向您说什么呢？”彼埃尔忽然地说，站起来在房中来回走着，“我总是想到这个……这个姑娘是那么宝贝，那么……她是少有的姑娘。……我亲爱的，我请求您，您不要太思虑了，不要怀疑，您结婚，结婚，结婚！……我相信，没有人比您更幸福了！”

“但她呢？”

“她爱您。”

“不要说废话了……”安德来公爵说，微笑着望着彼埃尔的眼睛。

“她爱您，我知道。”彼埃尔愤然地大声说。

“不，我说，”安德来公爵说，拉住他的手臂，“你知道我是什么样的心境吗？我一定要向什么人说出一切。”

“好，好，说吧，我很高兴。”彼埃尔说，果真他的脸色变了，皱纹消失了，他高兴地听安德来公爵说。安德来公爵好像是并且真是完全不同的新的人了。他的忧愁，他对生活的轻视，他的幻灭到哪里去了呢？彼埃尔是他能够决然地向他吐露心事的唯一的人；因此，他向他说出了自己心里的一切。忽而他轻易地勇敢地对长远的将来作出计划，说他不能够为了父亲的怪癖而牺牲自己的幸福，说他要使他的父亲同意这件婚事并且爱她，或者不经他的同意就结婚；忽而他诧异那种支配着他的情绪，好像是诧异一种奇怪的、陌生的、与他无关的东西一样。

“若是有谁向我说，我会这样地恋爱，我决不会相信他的，”安德来公爵说，“这完全不是我从前有过的那种情绪。全世界在我看来分为两半；一半有她，那里一切是希望、幸福、光明；另一半是别的，那里没有她，那里一切是消沉、黑暗……”

“黑暗和阴郁，”彼埃尔重复地说，“是的，我懂得这个。”

“我不能不爱光明，这不是我的错。并且我很幸福。你明白我吗？我知道，你为我高兴。”

“是的，是的。”彼埃尔承认，他的受感动的忧悒的眼睛望着他的朋友。安德来公爵的命运在他看来愈光明，他自己的命运便显得愈暗淡。

23

结婚需得父亲的同意；为了取得同意，安德来公爵第二天便动身看他父亲去了。

父亲外表镇静地但内心愤怒地听了儿子的报告。他不能够明白，在他觉得生活快要完结时，怎么别人还想要改变生活，在生活中加进什么新的东西。“但愿他们让我如我所愿地过完这一生，然后就让他们如他们所愿地去做。”老人自语着。但是对于儿子，他采用了在要紧关头所采用的那种外交手腕。他采用了镇静的语气，讨论了整个的问题。

第一，从门第上、财产上、地位上看，这个婚姻不是美满的。第二，安德来公爵不是年轻力壮的人，并且身体不好（老人特别着重这一点），而她是很年轻的。第三，他有了儿子，要把他交托给一个小姑娘是很可怜的。“第四，最后，”父亲说，嘲讽地望着儿子，“我要求你把这事延迟一年，你到国外去，把身体养好，正如你所希望的，替小尼考拉公爵找一个德国教师，然后假使你的爱情、情欲、固执——随便你怎么说都行——还是那么强，那时候你就结婚。”

“这是我最后的话，注意，最后的……”老公爵用那样的声音结束，这声音表示没有任何东西会使他改变他的决定。

安德来公爵知道得很清楚，老人所希望的是他的情感，或者他的未婚妻的情感，受不住一年的考验，或者他自己，老公爵，在这个期限之前死去，于是他决定了遵从父亲的意志：求婚，而将婚期延迟一年。

和他在罗斯托夫家的最后一晚相隔三个星期以后，安德来公爵回到彼得堡来了。

娜塔莎在她和母亲谈话后的次日，整天期待着保尔康斯基，但是他没有来。第二天，第三天，还是没有来。彼埃尔也没有来，娜塔莎不知道安德来公爵去看父亲，不能够向她自己解释为什么他不来。

这样地过了三个星期。娜塔莎什么地方也不想去，并且好像影子一般，懒散而颓丧，在各个房间里走来走去，夜里避开大家偷偷地流泪，晚间也不到母亲面前去。她不断地脸红、发怒。她似乎觉得，大家都知道她的失望，都笑她、可怜她。她的内心苦恼虽然强烈，这种虚荣心的苦恼却增加了她的不幸。

有一天她来到伯爵夫人面前，想要向她说什么，却忽然流泪了。她的眼泪好像是一个自己也不知道为什么受了处罚的伤心的小孩的眼泪。

伯爵夫人开始安慰娜塔莎。她起初留心听着母亲说话，后来忽然打断她的话，说道：

“别说了吧，妈，我没有想，也不要想到这个！那，他来来，又不来了，不来了……”

她的声音发抖，几乎要哭了，但她恢复了常态，镇静地继续说：

“我根本不想出嫁了。我怕他；我现在完全平静了……”

在这个谈话的次日，娜塔莎穿上了那件旧衣裳，她特别清楚地知道，这件衣裳在平常的早晨能够使她心情愉快，她从这天早晨起，恢复了她在那次跳舞之后所放弃的从前的生活方式。她喝了茶，走进大厅，她特别爱好这个大厅的洪亮的回声，她开始唱声乐的练习曲。她唱完了第一个练习曲，站在大厅的当中，复习她所特别爱好的一个乐节。她高兴地倾听着自己的美妙的歌声（好像这是她意料不到的），歌声荡漾着，充满了整个空空的大厅，然后慢慢地渐归寂静，于是她忽然高兴起来。“为什么把这个想得太多呢？事情本是很好的。”她自语着，开始在大厅里来回走动，不但是在嵌木地板上沉重地踏着脚步，而且在每一脚步中把后跟踮起来（她穿了心爱的新鞋），好像听自己的歌声那样，高兴地倾听着不快不慢的脚跟落地声和脚尖擦地声。走过镜子时，她向镜子里看了看。“她就是我！”在看见她自己的时候，好像她脸上的表情这么说，“嗯，很好看。我不需要任何人。”

一个听差想要进来收拾大厅里的东西，但是她没有让他进来，她把门关了起来，继续走动着。这天早晨她又恢复了她所欢喜的那种心情：爱她自己，赞赏她自己。“那个娜塔莎多么妩媚啊！”她又用第三人称的、一般的、男人的话说到她自己，“好看，好声音，年轻，只要别人不打扰她，她决不妨碍任何人。”但无论别人怎么让她安宁，她已经不能够安宁了，并且她立刻就感觉到这个。

前厅的向外的门开了，有人问：“有人吗？”并且听到了那人的脚步声。娜塔莎照着镜子，但是没有看见她自己。她听着前厅里的声音。当她看见她自己时，她的脸色发白了。是他来了。虽然是隔着关闭的门听到他的声音，她却确实知道是他了。

娜塔莎脸色苍白，神色惊恐，跑进了客厅。

“妈妈，保尔康斯基来了！”她说，“妈妈，这是可怕的，这是难受的！……我不愿……受苦！我要怎么办呢？”

伯爵夫人还没有来得及回答她，安德来公爵已经带着激动的严肃的面孔走进了客厅。他一看见娜塔莎，他的脸色就明朗了。他吻了伯爵夫人的和娜塔莎的手，坐在沙发旁边。

“我好久没有……”伯爵夫人正要说，但是安德来公爵打断了她的话，回答她的问题，并且显然是急于要说出他要说的话。

“我这一阵没有到你们这里来，因为我看我父亲去了；我需要同他商量一件极重要的事，我昨天晚上才回来的。”他说，看了看娜塔莎。他在片刻的沉默后又补充说，“我要同您谈一谈，伯爵夫人。”

伯爵夫人深深地叹了口气，垂下眼睛。

“我一定遵命。”她说。

娜塔莎知道她应当离开，但她不能够这么做；有什么东西掐住她的喉咙，她不礼貌地、把睁得大大的眼睛对直地望着安德来公爵。

“立刻？现在？……不，这是不可能的！”她想。

他又看了看她，这个目光使她相信她没有错。是的，此刻，马上她的命运就要决定了。

“去吧，娜塔莎，我会叫你的。”伯爵夫人低声说。

娜塔莎用惊惶的恳求的目光瞥了瞥安德来公爵和母亲，走出去了。

“伯爵夫人，我来是向您的女儿求婚的。”安德来公爵说。

伯爵夫人的脸发红了，但她没有说什么。

“您的提议……”她镇静地说话了。他望着她的眼睛，沉默着。“您的提议……（她慌乱了），我们愿意，我……接受您的提议，我很高兴。我的丈夫……我希望……但这件事要由她自己做主……”

“得到您的同意，我就向她说……您同意吗？”安德来公爵说。

“是的。”伯爵夫人说，把手伸给他，当他低头吻她的手时，她带着疏远而又亲切的混合情绪，把嘴唇贴到他的额上。她愿爱他像爱儿子一样，但她觉得他是陌生的可怕的人。

“我相信我的丈夫会同意的，”伯爵夫人说，“但您的父亲……”

“我的父亲，我向他说过了我的计划，他同意了，并且提出了坚决条件，就是婚礼不能够在一年之内举行。我正想要向您说到这个。”安德来公爵说。

“确实，娜塔莎还年轻，但是那么长时间!”

“这是没有办法的。”安德来公爵叹了一口气说。

“我叫她到您这里来。”伯爵夫人说完，走出了房。

“主啊，可怜我们吧，”伯爵夫人寻找女儿时重复地说着。

索尼亚说娜塔莎在卧室里。娜塔莎坐在自己的床上，脸色发白，眼睛直勾勾地注视着圣像，迅速地画着十字，低语着什么。看见了母亲，她跳起来，向她面前冲去。

“怎么样，妈妈？……怎么样？”

“去吧，到他那里去吧。他要向你求婚。”伯爵夫人冷淡地说，娜塔莎觉得是这样的……“去……去。”伯爵夫人愁闷地谴责地跟在跑开的女儿后边说，深深地叹了口气。

娜塔莎记不得她怎样走进了客厅。进门看见他时，她站住了。“难道这个陌生的人现在要成为我的一切了吗？”她问自己，立刻回答说：“是的，一切：现在只有他对于我是比世界上的一切都宝贵了。”

安德来公爵垂下眼睛，走到她面前去了。

“自从那次我看见您的时候，我就爱上您了。我有希望吗？”

他看了看她，她脸上严肃的热情使他吃惊。她的脸似乎说：“为什么要问呢？为什么要怀疑你不会不知道的事呢？在不能够用语言表达你所感觉到的东西时，为什么要说呢？”

她靠近他，站住了。他拉了她的手吻了一下。

“您爱我吗？”

“是的，是的，”娜塔莎似乎懊恼地低声说，然后大声地叹了口气，又叹了一口气，并且呼吸越来越急促，啜泣起来了。

“为了什么？您有什么事？”

“啊，我是这么幸福。”她回答，带着眼泪微笑了一下，低着头更靠近他，思索了片刻，好像是问自己是不是可以这样，然后吻了他一下。

安德来公爵拉住她的手，望着她的眼睛，在自己的心中没有找到从前对她的爱。他心中的某种东西忽然改变了；失去了从前富有诗意的、神秘的愿望的魔力，却有了他对她的女性的幼稚的弱点的怜悯，对于她的忠实可靠的担心，以及那苦恼而又快乐的、使他和她永久结合的责任感。此刻的情绪，虽然不如从前那么光明而有诗意，却是更严肃、更强烈的。

“妈妈向您说过，不能在一年之内举行吗？”安德来公爵说，仍旧望着她的眼睛。

“难道我——那个小小的姑娘（大家都这么称呼我），”娜塔莎想，“难道我从现在这个时候起，便要做这个陌生的、可爱的、聪明的，甚至是我父亲所尊重的人的妻子和平等的人吗？这果然是真的吗？现在已经不能够把生活当儿戏，现在我已经是大人了，现在我已经负起了我的一言一行的责任，这是真的吗？啊，他问了我什么呢？”

“没有。”她回答，但她没有明白他所问的话。

“原谅我，”安德来公爵说，“您是这么年轻，我却已经有了这么多的生活经验。我替您担心。您还不了解您自己。”

娜塔莎集中注意力地听着，力求了解他话里的意思，却没有了解。

“这一年耽搁了我的幸福，虽然使我痛苦，”安德来公爵说，“却可以让您在这个时期考查您自己。我请求您在一年之后使我幸福；但您是自由的：我们的婚约要保守秘密，假使您觉得您不爱我了，或者爱了……”安德来公爵带着不自然的笑容说。

“您为什么说这话呢？”娜塔莎打断他说，“您知道，自从您第一次到奥特拉德诺的那天起，我就爱您了。”她说，坚决地相信她说的是实话。

“在一年之内您就会了解您自己的……”

“整——整——一年！”娜塔莎忽然地说，直到此刻才明白了，婚期要延迟一年。“但为什么一年呢？为什么一年呢？……”

安德来公爵开始向她说明延迟的原因。她没有听他说。

“没有别的办法吗？”她问。

安德来公爵没有回答，但在他的脸上表示了，要改变这个决定是不可能的。

“这是可怕的！这是可怕的，可怕的！”娜塔莎忽然说，又哭泣了，“等一年，我要死的；这是不行的，这是可怕的。”她看了看爱人的脸，在他脸上看见了同情与困惑的神色。

“不，不，我什么事都做得到，”她忽然止住了眼泪说，“我是这么幸福！”

父母进了房，祝福了订婚的男女。从这天起，安德来公爵开始以未婚夫的身份到罗斯托夫家来了。

24

不举行订婚礼，也不向任何人宣布保尔康斯基和娜塔莎的订婚：安德来公爵坚持要这样。他说，因为延迟的原因在他，所以他应该承担这事的全部责任。他说他要永远用自己的誓言约束他自己，但是他不想约束娜塔莎，并且让她有完全的自由。假使她在半年之后，觉得她不爱他，她还有权利拒绝他。当然，父母和娜塔莎都不愿听到这话；但是安德来公爵坚持要这样。安德来公爵每天到罗斯托夫家来，但不以未婚夫的身份对娜塔莎：他称她“您”，而且只吻她的手。安德来公爵和娜塔莎在订婚之后有了完全和从前不同的、亲密的、简单的关系。他们好像在这以前是彼此不认识的。他和她都欢喜想起，他们说不上在什么时候对于彼此的看法；现在他们俩都觉得自己是完全不同的人了：那时他们作假，现在却率真而诚恳。起初，家里人和安德来公爵在一起觉得不自如；他似乎是从陌生世界里来的人，娜塔莎很久才使家里人看惯安德来公爵，并骄傲地使大家相信，他只是看来那么特别，而实际上他是和大家一样的，并且说她不怕他，谁也不应该怕他。几天以后，家里人对他习惯了，并且毫不拘束地在他面前过着寻常的生活，他也参与了这个生活。他能够和伯爵谈到农事，同伯爵夫人和娜塔莎谈到服装，同索尼亚谈到手册和刺绣。有时罗斯托夫家的人彼此之间，或者在安德来公爵的面前，表示他们奇怪这一切是怎么会发生的，奇怪这件事的许多征兆是那么明显：安德来公爵到奥特拉德诺去，他们到彼得堡来，老保姆在安德来公爵第一次到他们家时，所注意到的娜塔莎与安德来公爵之间的相似处，一八〇五年安德来与尼考拉之间的冲突，以及家里人所注意到的这件事的许多别的预兆。

家里笼罩着总是随着订婚男女在一起的那种诗意的沉闷与沉默的气氛。大家坐在一起时，常常沉默无言。有时别人站起来走开了，订婚的男女单独地留在一起，仍然是沉默无言。他们很少说到未来的生活。安德来公爵既怕说到也不好意思说到这个。娜塔莎也有着这种心情，正如同她也有他的一切的心情，她不断地猜测着他的心情。有一次娜塔莎问到他的儿子。安德来公爵脸红了，这是他现在所常有的，这也是娜塔莎特别欢喜的。他说，他的儿子将来不同他们住在一起。

"为什么?"娜塔莎惊愕地说。

"我不能从祖父身边把他带走，还有……"

"我会多么爱他的啊!"娜塔莎说，立刻猜透了他的意思，"但我知道，您想要避免闲话，免得您和我受人指责。"

老伯爵有时走到安德来公爵面前，吻他，问他对于彼恰的教育或者对于尼考拉的职务的意见。老伯爵夫人常常望着他们叹气。索尼亚总是怕碍事，在他们不愿意那样的时候，她也极力借故离开，留下他们俩在一起。在安德来公爵说话（他很会说故事）时，娜塔莎骄傲地听他说；当她说话时，她恐惧而又高兴地注意到，他正注意地审视地望着她。她困惑地问她自己："他在我身上寻找什么呢?他用目光在窥察什么东西呢?假若我没有他的目光所寻找的东西，怎么办呢?"有时她发生了她所特有的那种若狂的愉快的心情，这时候她特别欢喜听到并且看着安德来公爵发出笑声。他很少发笑，但是当他发笑时，便会纵情大笑，并且每次在这种笑声之后，她觉得自己和他更亲近了。要不是一想到迫在眼前的别离就使她感到恐惧，她便是十分幸福了，正如同他一想到这个，便面色发白，身上发冷。

在他离开彼得堡的前夜，安德来公爵把彼埃尔带来了，他自从那次跳舞会以后就没有到罗斯托夫家来过。彼埃尔似乎是茫然若失、忸怩不安的。他和伯爵夫人交谈着。娜塔莎和索尼亚坐在棋桌前，邀安德来公爵到她面前去。他走到她们那里去了。

“您早就认识别素号夫吗?”他问,“您喜欢他吗?”

“是的,他是个很好的人,但是很可笑的。”

于是她,和一向说到彼埃尔时一样,开始说到他在心不在焉的时候的逸事,有些逸事甚至是别人替他捏造出来的。

“您要知道,我把我们的秘密告诉他了,”安德来公爵说,“我从小便认识他。他有金子般的好心肠。我请求您,娜塔莎,”他忽然严肃地说,“我要走了,上帝知道,会发生什么事情。您可以不爱……啊,我知道,我不该说这话。只有一点,当我不在这里的时候,假使您发生什么事情……”

“发生什么呢?”

“无论有什么烦恼,”安德来公爵继续说,“我请求您,索斐小姐,无论发生什么事情,您只去找他一个人,征求他的意见,求得他的帮助。他是一个最漫不经心的人,最可笑的人,但是他有金子般的好心肠。”

父亲、母亲、索尼亚,甚至安德来公爵自己,都不能预见未婚夫的离别对于娜塔莎会有什么影响。她脸红、兴奋,眼睛里没有泪,整天在家里走动着,忙着最不重要的事情,好像她不明白等着她的事情。她甚至在他告别,最后一次吻她的手的时候,也没有流泪。

“不要走!”她只用那样的声音向他说了这话,那声音使他考虑到,他是否果真应该留下来,而他很久以后还记得这个声音。在他走后,她也没有哭;但她在自己的房间里坐了几天,没有哭,对任何事情都不感兴趣,只有时说道:“唉,他为什么走了呢?”

但是在他走后两星期,使得身边的人都觉得奇怪的,是她的精神上的疾病复原了,她和从前一样了,但是她的精神面貌改变了,就像孩子们在久病之后带着改变的面貌起床一样。

25

尼考拉·安德来维支·保尔康斯基公爵的身体和性格,在儿子走后的这一年之内,变得很坏了。他的脾气比以前更大了,他的无故的怒火大部分是出在玛丽亚公爵小姐的身上。他似乎是存心挑剔她所有的弱点，以便在精神上尽量残忍地折磨她。玛丽亚公爵小姐有两种爱好，因此有两种乐趣——一是侄儿尼考卢施卡，一是宗教，而两者都是公爵所欢喜的攻击与嘲笑的对象。无论他们谈到什么，他总把谈话兜转到老处女们的迷信，或小孩们的溺爱与姑息上去。"你要使他（尼考林卡）变成和你自己一样的老处女，白费精神的，安德来公爵要的是一个儿子，不是一个老处女。"他说。或者在玛丽亚公爵小姐面前，他面向着部锐昂小姐，问到她是否欢喜神甫、圣像，并且加以嘲笑……

他不断地使玛丽亚公爵小姐伤心难过，但女儿却很乐意地宽恕他。难道他会对不起她吗？难道她的父亲，她仍然知道他爱她，他会不公平吗？什么是公平呢？公爵小姐从来没有想到过这个骄傲的字眼："公平。"人类一切复杂的法则，在她看来，组成了一个简单而明白的法则——爱与自我牺牲的法则，这是他教给我们的，他为了爱而为人类受苦，而他自己就是上帝。别人的公平不公平与她何干呢？她自己应该受苦，爱，并且她是这么做了。

安德来公爵冬天来到童山，他愉快、和气、亲切，玛丽亚公爵小姐好久没有看见过他这样。她预感到他发生了什么事情，但他丝毫没有向玛丽亚公爵小姐提到自己爱情的事。在离家之前，安德来公爵和父亲作了一次长谈，并且玛丽亚公爵小姐注意到，在他离家之前两人彼此都不满意。

在安德来公爵走后不久，玛丽亚公爵小姐从童山写信给她的在彼得堡的朋友尤丽·卡拉基娜。正如同姑娘们都爱梦想，玛丽亚公爵小姐梦想她嫁给了自己的哥哥，而她这时候正为她的在土耳其被打死的哥哥服丧。

悲哀似乎是我们共同的命运，亲爱温柔的朋友尤丽。

您的丧痛是那么可怕，我只能向自己解释，这是上帝的特恩，他爱您，想要试验您和您的高贵的母亲。

啊，我的好友，宗教，只有宗教能够安慰我们，把我们从绝望里拯救出来。只有宗教能够向我们说明，没有宗教的帮助人便不能了解东西：为了什么，因为什么缘故，那些善良的、高尚的、能够在生活中寻得幸福的、不但不妨害任何人，而且是别人的幸福所必需的人被召回到上帝那里，却留下了那些邪恶的、无用的、有害的，或者是拖累自己和别人的人活在世上。我所看见的永远不会忘记的第一个人的死——我可爱的嫂嫂的死——给了我这样的印象。正如同您问命运，为什么您的极好的哥哥要死，同样地我也问，为什么天使莉萨要死，她不但没有对人做过任何坏事，而且在她心中从来没有过不好的思想。哦，您可知道，我的好友，自从那时以后，五年过去了，我，凭我的浅薄的理解力，已经开始明白地懂得，为了什么她一定要死，并且她的死何以仅仅是造物者无限恩惠的表现，它的一切行为，虽然大部分是我们不了解的，却只是它对于它的创造物的无穷之爱的表现。我常常想，也许她就像天使一般的太纯洁了，因而她不能担负母亲的一切责任。做年轻的妻室，她是无可指责的；也许做了母亲，她便不能够是这样的了。现在不但她对我们，特别是对安德来公爵，留下了最纯洁的惋惜与回忆，而且也许她要在那里获得我不敢为自己所希望的地位。但是不要单单说到她，这个可怕的早死，虽然有那一切的悲伤，对于我和哥哥却有最幸福的影响。那时候，在我们丧失她的时候，这种想法我是没有的；那时，我要恐怖地赶走这种想法，但现在它是那么明显无疑了。我的好友，我把这一切写给您看，只是为了要您相信那成了我的生活的原则《福音书》的真理：没有上帝的意志，连一根毛发也不会从人的头上落下来。而支配它的意志的，只是一种对于我们的无限的仁爱，因此无论我们发生了什么，都是为了我们的幸福。

您问，我们是否要在莫斯科过这个冬天。虽然我很希望看见您，但是我想不至于去的，我也不希望去。您要听到，保拿巴特是这事的原因，会觉得奇怪的。原因在此：我父亲的健康显著地变坏了：他不能够忍受反对的意见，并且变得很暴躁。

这种暴躁，您知道，大都是对于政治问题的。他不能忍受这种想法，就是：保拿巴特和全欧洲的君主们，尤其是我们的皇上，伟大的叶卡切锐娜女皇的孙子，在平等地位上办交涉！您知道，我对于政治全然漠不关心，但从我父亲的言语里和他同米哈伊·依发诺维支的谈话中，我知道世界上所发生的一切，特别是给予保拿巴特的一切光荣，似乎全世界上只有童山方面不承认他是伟人，更不把他当作法国皇帝了。我父亲不能忍受这种事情。我似乎觉得，我的父亲，不愿意说起到莫斯科去，主要是因为他的政治见解，并且他预见到，他对别人毫不客气地表示意见的做法，会引起冲突。他在治疗上所获得的一切，将由于不可避免的关于保拿巴特的争论而丧失的。无论如何去与不去，很快就可以决定了。

我们的家庭生活还是照常那样，只是哥哥安德来不在家。我已经给您写信说过，他近来变得很多了。在他的不幸之后，他直到现在，在今年才完全恢复了他的精神。他又变得像我在小时候所知道的那个样子了，善良、亲切、有金子般的心，像他这样的心，我还没有见过。我似乎觉得，他明白了他的生活并没有完结。但随同这种精神的改变，他在体力上却变得很弱了。他比从前更瘦、更神经质了。我为他担心，并且高兴他作这次的国外旅行，这是医生早就向他说过的。我希望这可以治好他的身体。您向我说，在彼得堡大家说他是一个最积极、最有教养、最聪明的青年。恕我这种亲属的自负，我从来没有怀疑过这一点。他在这里对大家——从自己的农奴直到贵族——所做的好事是数不尽的。到了彼得堡，他只得到了应得的待遇。我总是诧异，这些谣言怎样会从彼得堡传到莫斯科来的，特别是那种不确实的，像您在信里向我所写的——关于我哥哥和小罗斯托娃臆测的订婚的谣言。我并不以为安德来会娶任何女子的，特别是她。原因在此，第一，我知道他虽然很少提到亡妻，但这个丧偶的悲哀，在他心中是太根深蒂固了，他决不会找续弦的人，为我们的小天使找继母。第二，因为，就我所知道的，这个姑娘不是那种能够使安德来公爵觉得满意的女子。我不以为安德来公爵会选她做妻子，并且我坦白地说：我不希望这样。但我说得太多，写完第二页了。再会，我亲爱的朋友；愿上帝保佑您在他的神圣万能的庇护之下。我亲爱的朋友，部锐昂小姐吻您。

玛丽亚

26

在夏季的当中，玛丽亚公爵小姐接到安德来公爵从瑞士寄来的一封意外的信，他在信中向她说了一个奇怪的、意外的消息。安德来公爵向她说到他自己和罗斯托娃的婚约。他在整封信里流露出他对未婚妻的狂热爱情、他对妹妹的深切的情感与信任。他写着，他从来没有像他现在这样地爱过，他直到现在才懂得并认识了什么是生活。他请妹妹原谅他，因为在他上次到童山时，虽然他同父亲说过，却没有向她说到这个决定。他没有向她说到这个，因为玛丽亚公爵小姐会请求父亲同意，而这若是达不到目的，反而会触怒父亲，引起父亲对她的大不满意。况且，他在信上说，那时候这事情还没有像现在这样确实决定。“那时候父亲向我指定了期限，一年，现在指定的期限已经过了六个月——一半了，我的决心比从前更坚定了，假使不是医生们留我在这里，在温泉，我便回俄国了，但现在我不得不把我的归期延迟三个月。你知道我以及我同父亲的关系。我不需要他的任何东西。我过去是并且要永远是自立的，但是，他和我们在一起也许不会久了，这时候，我若违反他的意志去做，引起他的怒火，便要破坏我一半的幸福。我现在写信给他说到同样的事，请你选择适宜的时间，把信交给他，并且告诉我，他对于这整个事情的看法，以及是否可以希望他同意把期限缩短三个月。”

在长时间的犹豫、怀疑、祈祷之后，玛丽亚公爵小姐把信交给了父亲。第二天，老公爵镇静地向她说：

“写信向您哥哥说，要他等到我死了……不会久了——我马上就要让他自由了……”

公爵小姐想要回话，但父亲不许她说，并且声音越说越高了。

“结婚，结婚，好孩子……好亲戚！……聪明人，啊？有钱的，啊？是的。尼考卢施卡要有很好的继母了！你写信告诉他，让他明天就结婚。她要做尼考卢施卡的继母，我要娶小部锐昂了！……哈，哈，哈，他不能没有继母！只有一点，我的家里不再需要妇女了；让他结婚，住在他自己的家里。也许你也要到那里去住吧！”他对着玛丽亚公爵小姐说，“上帝保佑你，到天冷了去，到天冷了去……天冷了去！……”

在这场怒火之后，公爵没有再说到这件事情。但他的克制的、对于儿子的胆小而有的恼怒，表现在父亲对女儿的态度上。在原先的嘲笑话题之外又加上了新的——关于继母的和对部锐昂小姐爱情的话。

“我为什么不娶她呢？”他向女儿说，“她要成为出色的公爵夫人！”

近来，令她迷惑而惊异的是玛丽亚公爵小姐开始注意到，她的父亲果然开始对那法国女子越来越接近了。玛丽亚公爵小姐写信给安德来公爵，说到她父亲接到他信时的态度；但她安慰了哥哥，说她父亲有接受那个意见的希望。

尼考卢施卡和他的教育，安德来和宗教，是玛丽亚公爵小姐的安慰与乐事；但此外，因为每个人必须有个人的希望，玛丽亚公爵小姐在她的内心的最深奥处，有一个潜隐的梦想和希望，这是她生活中的主要安慰。这种安慰的梦想和希望是“上帝的人”给她的——他们是傻先知和巡拜者，瞒着公爵来看她的。玛丽亚公爵小姐生活愈久，她对生活的经验和观察愈多，她愈是奇怪那些在这里，在尘世上，寻求享受与幸福的人，那些为了获得那种不可能的、虚幻的、罪恶的幸福而忙碌、痛苦、争闹、互相作恶的人的目光短浅。“安德来公爵爱过他的妻子，她死了，他觉得这还不够，他想要把自己的幸福和另一个女子结合在一起。父亲不愿意这样，因为他希望安德来选择更有门第、更有钱的配偶。为了得到过眼云烟的幸福，他们都争斗、受苦、烦恼，并且损害他们的心灵，永久的心灵。不但我们自己知道这个，而且基督，上帝的儿子，来到地上，向我们说，这个生命是一瞬间的生命，是一场试验；然而我们还是抓牢着它，想在它里面寻找幸福。怎么会没有人了解这个？”玛丽亚公爵小姐想，“没有人，除了这些被轻视的‘上帝的人’，他们肩上扛着布袋从后门来看我，怕被公爵碰见，这不是为了避免受他折磨，而是为了不引他犯罪。丢开家庭、亲属，以及对人世幸福的关怀，为了不依恋任何东西，穿破麻布衣服，用假的名字，从这里走到那里，不对人做坏事，却为他们祈祷，为那些赶走别人的人祈祷，也为那些保护别人的人祈祷：除这个真理与生命之外，便没有真理与生命了！”

有一个女巡拜者，费道修施卡，是一个五十岁的、矮小、沉静、麻脸的女人，曾经赤脚戴链子漫游过三十多年。玛丽亚公爵小姐特别欢喜她。有一天在黑暗的房间里，在孤灯的亮光下，当费道修施卡说她的生活时，玛丽亚公爵小姐突然那么明确地想到，只有费道修施卡一个人找到了生活的正确道路，以致她下了决心要自己去巡拜圣地。当费道修施卡已经去睡觉时，玛丽亚公爵小姐把这个问题想了很久，终于决定了，虽然这很奇怪——她一定要去巡拜圣地。她只把自己的计划告诉了一个人，忏悔僧阿金非神甫，这个神甫赞同了她的计划。在给女巡拜者们的礼物的掩饰之下，玛丽亚公爵小姐为自己预备了全套的女巡拜者的服装：衬衣、草鞋、粗布衣和黑布巾。玛丽亚公爵小姐常常走到了放秘密东西的抽斗柜前站着，不能够决定，她执行计划的时候是不是已经到了。

她听着巡拜者们的故事时，常常那样地被她们的简单的、对于她们是机械的、而对于她却是充满深奥意义的言语所激动，以致有好几次她准备抛弃一切，从家里跑出去。在她的想象中，她已经看见了自己是和费道修施卡在一起，穿着粗布衬衣，带着拐杖，背着行囊，在灰尘的道路上走着，没有妒忌，没有人世的爱，没有欲望，从这个圣地走到那个圣地去作巡拜，最后，到了没有悲哀、没有叹息，却有永久的欢乐与幸福的地方。

"我要走到一个地方去，在那里祈祷；对这个地方还没习惯并且还没喜欢它，我又要向前走。走到我的两腿无力的时候，我要躺下来死在什么地方，我要终于走到那个永恒的安静的地域，那里没有悲哀，没有叹息！……"玛丽亚公爵小姐想。

但后来，看见了父亲，特别是幼小的考考，她的决心又没有了，她偷偷地流泪，并且觉得她是一个女罪人：她爱她的父亲和侄儿超过了爱上帝。

第四部

1

《圣经》的传说告诉我们，不做工作——闲逸——是世界上的人在他堕落之前的第一个幸福的条件。堕落的人的心里还是欢喜闲逸；但是诅咒仍然落在人的身上，不但因为我们必须脸上流着汗去寻找我们的面包，而且因为在我们道德的本质上，我们不能够既闲逸而又心安。一种内在的声音说，我们闲逸，便是罪过。假使人能够找到一种情形，他在这种情形中，虽然闲逸，却觉得自己有用并且在尽自己的责任，这样，他便会找到原始幸福的一方面。这样一种强制的、不可指责的闲逸，有一整个的阶级——军人阶级——在享受。军役的主要吸引力，就是并且将来也是这种强制的不可指责的闲逸。

尼考拉·罗斯托夫在一八〇七年之后，继续在巴夫洛格拉德团里服役，他已经指挥他所接管的皆尼索夫的那个骑兵连了，他充分体验了这种幸福。

罗斯托夫变成了一个直率的善良的人，他被莫斯科的朋友当作mauvais genre［模样很坏］的人，但他得到同僚、下属、长官的欢喜和尊敬，并且他满意自己的生活。近来，在一八〇九年，他常常在家信中发觉到母亲的怨诉，说家务的情形是越来越坏了，并且这正是他回家承欢并安慰他年老双亲的时候了。

看这些信时，尼考拉觉得恐惧：他们要使他脱离那种环境，在这种环境里，他使自己避开了一切人事纠纷，生活过得那么平静而安宁。他觉得，他迟早又要回到那种生活的旋涡里去：那里有事务的混乱和整顿，有管家的账目，有争吵、阴谋，有亲戚，有社交，有索尼亚的爱和对她的诺言。这一切是极其困难复杂的，于是他用冷淡的古典格式写信回答母亲的信，开头：Ma chère maman，［我亲爱的妈妈，］结尾：votre obéissant fils，［你的顺从的儿子，］却不提起他要什么时候回家。一八一〇年他接到父母的信，他们在信中告诉他娜塔莎和保尔康斯基已经订婚，说婚礼要在一年之后举行，因为老公爵没有同意。这封信使尼考拉感到苦恼和屈辱。第一，他可惜的是家里要失去娜塔莎，他爱她超过他爱全家的人；第二，从他的骠骑兵观点看来，他可惜的是他没有亲自在场，因为他会向这个保尔康斯基表示，和他结亲一点也不是什么大的荣幸，并且假使他爱娜塔莎，他可以无须得到疯父亲的同意。他迟疑了一下，是否要告假去看结婚前的娜塔莎，但那时正要举行军事演习，又想到了索尼亚和事务纠纷，于是尼考拉又延期了。但那年春天他接到母亲一封信，这是瞒了伯爵写的，这封信说服了他回家。她在信上说，假使尼考拉不来家，不管理家务，则全部田产都要拍卖，大家都要讨饭了。伯爵是那么软弱，那样信任米清卡，并且那么厚道，因而大家都欺骗他，而家境是一天不如一天了。“我请求你，看在上帝的分上，立刻来家，假使你不愿使我和全家不幸。”伯爵夫人这么写着。

这封信感动了尼考拉。他有那种普通人的常识，它向他指示了他应该做的事。

现在应该是，即使不退伍，也要告假回家了。为什么应该回家，他不知道；但饭后睡觉醒来时，他吩咐把他的好久未骑的、非常性野的灰色的马战神套上鞍子，并且当他骑着汗湿的马回来时，他向拉夫如施卡（皆尼索夫留给罗斯托夫的侍从兵）和晚上来到的同事们说明了，他要请假回家。虽然他想到，他没有从司令部里听到消息（这是他特别关心的），他是否要升为上尉，或者是否要因为最近的演习而获得圣·安娜勋章，便要走开，觉得困难而奇怪；虽然想到，他没有把波兰的伯爵已同他作了谈判，而他打了赌要把两千卢布的三匹栗色的马卖给波兰的高卢号夫斯基伯爵，便要走开，觉得奇怪；虽然骠骑兵们没有了他，还能够为波兰的卜莎斯皆兹卡小姐举行跳舞会，和那些为波兰的保绕索夫斯卡小姐举行跳舞会的矛枪骑兵争风，似乎是不可解的——但他知道，他必须离开这个明亮的美好的世界，而到那一切是无聊和混乱的地方去。一星期后，他的准假令来了。不仅是全团的而且是全旅的同事们都为罗斯托夫饯别，每人的份金是十五个卢布——有了两个音乐队奏乐，两个唱歌团唱歌；罗斯托夫和巴索夫少校跳了“特来巴克”舞；酩酊大醉的军官们抛起、拥抱、又放下罗斯托夫；第三连的士兵们又抛起他一次，并大呼“乌拉”，然后他们把罗斯托夫放上雪橇，一直把他护送到第一个驿站。

这是一向如此的，在旅途的前半程里，从克来明秋格到基辅，罗斯托夫所有的思想还在后边——在连里。但颠簸了一半的路程之后，他已经开始忘记三匹栗色马，他的上士道饶伊维伊考，并且开始不安地向自己问到，奥特拉德诺的情形如何，他将要在那里看到什么。他离家愈近，他愈是强烈地、极强烈地想到自己的家（好像精神上的情绪也服从那种吸引力与距离平方成反比的定律）；在奥特拉德诺之前的最后一站，他给了车夫三卢布酒钱，在到达时，他像小孩子一样，喘息着跑到家里的台阶上。

有了会面时的狂喜，有了期望未能满足的那种奇怪情绪——“一切依然如旧，为什么我那么急切呢？”——然后，尼考拉开始在旧有的家庭环境中住下来了。父母依然如旧，只是老了一点。他们之间的新有的事情，是某种不安和偶然的意见不合，而这是过去从来没有过的，并且尼考拉立刻便晓得了，这是由于家境的不好。

索尼亚已经快满二十岁了。她不会长得再美了，她不能有更多的长处了；但这样也够了。自从尼考拉回家以后，她便流露着幸福和爱情，这个女子的可靠的、不可动摇的爱情使他心里觉得高兴。彼恰和娜塔莎最使尼考拉惊异。彼恰已是高大的、十三岁的、漂亮的、快乐的、聪明的、顽皮的孩子，他的嗓音已经在变了。尼考拉对娜塔莎诧异了好久，并且望着她发笑。

“你完全不像从前那样了。”他说。

“怎么样，丑了吗？”

“相反，是多么威风啊。公爵夫人？”他低声向她说。

“是的，是的，是的。”娜塔莎高兴地说。

娜塔莎向他说到她自己和安德来公爵的整个的恋爱，以及他到奥特拉德诺的访问，并且给他看了最近的信。

“怎么样？你高兴吗？”娜塔莎问，“我现在是这么宁静、幸福。”

“我很高兴，”尼考拉回答，“他是很好的人。那么，你很爱他吗？”

“怎么向你说呢？”娜塔莎回答，“我爱过保理斯、我的教师和皆尼索夫；但这次完全不同了。我觉得宁静、坚决。我知道，没有比他更好的人了。我现在是这么宁静、舒服。完全不像从前……”

尼考拉向娜塔莎表示，他不赞成婚期延迟一年；但是娜塔莎猛烈地攻击哥哥，向他证明这是没有办法的事，说违反父亲的意志而去成家，这样是不好的，说她自己愿意这样。

“你完全，完全不了解。”她说。

尼考拉沉默着，同意她的说法。

哥哥常常望着她，觉得奇怪。她完全不像一个离开未婚夫的、钟情的未婚妻。她心平气和、宁静，完全像从前一样地愉快。这使尼考拉诧异，甚至使他怀疑保尔康斯基的订婚。他不相信，她的命运已经决定，尤其是因为，他没有看见过她和安德来公爵在一起。他总觉得，在这个要举行的婚事中有点不妥的地方。

“为什么要延迟呢？为什么没有举行订婚礼？”他想。

有一次同母亲谈到妹妹，他诧异地并且有一点儿满意地发现，母亲在她的内心里也有时怀疑这件婚事。

“这是他写的，”她说，她怀着母亲对女儿的未来的婚姻幸福一向所有的那种潜隐的嫉妒，给儿子看安德来公爵的信，“他信上说，他不会在十二月以前回来的。有什么事情会留住他？大概是，疾病！身体很坏。你不要告诉娜塔莎。你不要以为她高兴：她就要度过了少女的最后的时期，但我知道，每次当她接到他的信时，她是什么样子。”

“可是，但愿上帝让一切结果美满吧，”她每次都是这么结束自己的话，“他是极好的人。”

2

尼考拉到家以后，起初是严肃的，甚至是兴致索然的。使他苦恼的，是必须过问这些繁杂的家务，就是为了这个，他母亲才要他回家的。他为了赶快卸下这个负担，在回到家的第三天，当别人问他到哪里去的时候，他没有回答，便愤怒地皱着眉，走到厢房去看米清卡，向他要全部细账。这全部细账是什么，尼考拉比那感到恐惧和困惑的米清卡知道得更少。和米清卡谈话、算账的时间不是很长。村长、农民代表和村书记，在厢屋的门廊里等待着，觉得又恐惧又满意，起初听到年轻伯爵的似乎越来越高的声音在吼叫、在震响，然后又听到连续不断的咒骂和可怕的话。

“强盗！忘恩负义的畜生！……我要杀死这条狗……我不和爸爸……抢我们……”云云。

然后这些人，同样又满意又恐惧地看见年轻的伯爵，满脸通红，眼睛充血，抓住米清卡的领子，把他拖出来，在说话的时候，或者用腿，或者用膝盖很敏捷地踢他的屁股，大叫着：“滚开！恶棍，不准你的魂留在这里！”

米清卡从六级台阶上直冲下来，跑到树丛中去了。（这个树丛是奥特拉德诺犯人们有名的避难处。米清卡自己喝醉了酒从城里回来时，常常藏在这个树丛里，并且奥特拉德诺的许多人在这里逃避米清卡时，知道了这个树丛的保护作用。）

米清卡的妻子和姨子们，从房间的门里伸出惊惶的面孔，向门廊里望着，房里面正在煮一个清洁的茶炊，有管家的一张高床，上面铺了一床缝絮的什锦被。

年轻的伯爵，没有注意她们，喘着气，踏着坚决的脚步从她们的身边走过去，走进屋里去了。

伯爵夫人立刻便听女仆说了厢屋里所发生的事，一方面觉得心安，就是他们的家境一定要好转了，另一方面又觉得不安，不知道这件事对于他的儿子会有什么样的影响。她几次踮着脚走到他的门口，听见他一筒一筒地吸烟。

第二天，老伯爵把儿子叫到一边，带着畏怯的笑容向他说："你知道，我亲爱的，你白白地发火了。米清卡把一切都向我说了。"

"我知道了，"尼考拉想，"我在这里，在这个愚蠢的世界里简直是什么也弄不明白的。"

"你发火，因为他没有把那七百个卢布登账。可是他写在后面的一页上，你没有看那一页。

"爸爸，他是恶棍，是贼，我知道。过去的事，已经过去了。但假使您不愿意，我便不再向他说什么了。"

"不是，我亲爱的（伯爵也发窘了。他觉得，他没有好好管理妻子的田庄，并且对不起子女们，但他不知道怎样加以纠正），不是，我请你管事情，我老了，我……"

"不，爸爸，假使我对您做了什么不愉快的事，请您原谅我；我知道的比您少。"

"这些该死的农奴、金钱和转页记账，"他想，"牌账里的'折角'和六倍赌注，我是会算的，但对于转页记账——我一点也不懂。"他向自己说，并且从那时起不再过问家事了。但是有一天伯爵夫人把儿子叫到面前，向他说，她有安娜·米哈洛芙娜两千卢布的期票，并且问尼考拉，他想要怎么处置这笔钱。

"就这么办吧，"尼考拉回答，"您向我说过的，这件事由我决定；我不欢喜安娜·米哈洛芙娜，我也不喜欢保理斯，但他们是我们的朋友，而且穷困。那么，就这么办吧！"于是他撕掉这张期票，这行为使老伯爵夫人流出了欢喜的眼泪。此后，年轻的罗斯托夫不再过问任何事情，专心热烈地忙于那件对他说来是新鲜的事——打猎，老伯爵家的打猎是大规模地进行的。

3

已有冬意了，早晨的寒气把浸透秋雨的土地冻结起来了。冬麦已经成簇了，它的鲜明的绿色显然地衬托出一片片棕色的被牛踏倒的冬麦，淡黄的、夏麦的空田和红色的荞麦的田。高地和树林，在八月末还是黑色的冬麦田与休耕田之间的绿岛，现在成了鲜明绿色的冬麦田间的金色的、鲜明红色的岛了。兔子已经换了一半夏毛，小狐狸开始出走了，小狼已比狗大了。那是最好的打猎时季。热心的年轻的猎人罗斯托夫的猎犬，不但跟随猎人打过猎了，而且那么疲倦，因此猎人们在会议中决定了给猎犬休息三天，在九月十六日出发打猎，从橡树林中开始，那里有未被猎取过的小狼。①

九月十四日的情形是如此。

这一整天猎队都在家里；天寒地冻，刺人肌骨，但傍晚的时候，天色阴暗并且化冻了。九月十五日的早晨，当年轻的罗斯托夫穿着宽服向窗外张望时，他看见了那是一个对于打猎再好不过的早晨：好像天在融化，并且没有风吹，便向地面沉落。空气中唯一的运动，是从上向下飘落的微小水点或雾点的轻微运动。在花园的秃枝上挂着透明的水珠，滴在新落的叶子上。菜园的土地好像罂粟一样地潮湿、发亮、发黑，并且在不远的地方，和溟濛的潮湿的雾幕相混合了。尼考拉出去走到潮湿的泥泞的台阶上，闻到枯叶和猎犬的气味。黑花的、宽臀的雌狗米尔卡，有一双突出的又大又黑的眼睛，看见了主人，便站起来，伸出后腿，像兔子一样地躺下来，然后忽然跃起来，舐它的鼻子和胡须。另一只狼狗，在花园的路上看见了主人，便拱起脊背，直奔到台阶上，竖起尾巴，在尼考拉腿上摩擦着。

“啊——嘘!”这时传来了那种不可仿效的猎人的呼唤声，这声音，混合了最深沉的低音和最尖锐的次中音。从角落上走出了管狗

---

① 毛注：这里所描写的猎犬是嗅觉灵敏但跑路不快的。它们凭嗅觉追赶猎物，另有捷速的狼犬追捕。唯狼犬嗅觉欠敏，须看见猎物才能追捕。猎物有时装死，狼犬极易受骗。

的猎人大尼洛，他的头发照乌克兰式四边剪短，是一个白发的脸上打皱的猎人，手里拿着一根弯曲的鞭子，带着只有猎人才有的那种独立自主与轻视世间一切的表情。他在主人面前取下契尔克斯式的帽子，并轻视地望了望他。这种轻视并不使主人生气：尼考拉知道，这个轻视一切、自视高过一切的大尼洛仍然是他的家奴和猎人。

“大尼洛！”尼考拉说，他羞怯地觉得，看到这种打猎的天气、这些猎犬和猎人，他便被那种不可抵抗的打猎情绪所支配，这种情绪会使人好像一个爱人在他的情妇面前那样地忘记他从前的一切计划。

“吩咐什么，大人？”他用教堂辅祭长般的、因为呼唤而沙哑的低音问他，皱着眉，两只黑色的明亮眼睛看了看沉默的主人。这两只眼睛好像是说：“怎么，忍不住了吗？”

“好天气啊？骑马，打猎，啊？”尼考拉说，搔着米尔卡的耳朵后边。

大尼洛没有回答，眏了眏眼睛。

“天亮的时候，我派了乌发尔卡去听，”在片刻的沉默后，他用低音说，“他说，它把它们转移到奥热拉德诺围地里去了，它们在那里咆哮（意思是他们俩所知道的一只母狼，带着小狼，转移到奥特拉德诺的森林里去了，这个地方离家有两里路，是一个小猎地）。”

“是不是应该去呢？”尼考拉说，“把乌发尔卡带到我这里来。”

“遵命！”

“那么现在不要喂它们了。”

“就是。”

五分钟后，大尼洛和乌发尔卡都站在尼考拉的大房间里了。虽然大尼洛身材不高，但是在房间里看他，却令人产生那样的印象，就好像是一匹马或一只熊，站在家具和人类生活环境当中，站在地板上一样。大尼洛自己感觉到这一点，照例正好站在门口，极力要低声说话，动也不动，免得破坏主人房间里的东西，并且极力要赶快地说出一切，再从天花板底下走出去，走到天空底下的空地上去。

问完了话，得知了大尼洛的意见，就是猎犬都可以使用（大尼洛自己也想要出去)，尼考拉便吩咐上马鞍子。但是在大尼洛正要走出去时，娜塔莎还没有梳头，没有穿好衣服，用保姆的大披肩裹着身体，快步地进房来了。彼恰和她一同跑进来了。

“你去吗?”娜塔莎说，“我晓得你要去！索尼亚说你不去。我知道，今天这样的天气，你不能不去的。”

“我们要去，”尼考拉勉强地回答，因为他今天打算认真地去打猎，不愿带娜塔莎和彼恰一道去，“我们去，但只是打狼；你会觉得没有趣味的。”

“你知道，这是我最大的乐趣，”娜塔莎说，“这是不对的——你自己去，叫人上了马鞍，一句话也不告诉我们。”

“‘对俄国人的阻碍全无用’，我们去！”彼恰大叫。

“但是你不能去，妈妈说的，你不能去。”尼考拉向娜塔莎说。

“不行，我要去，一定要去，”娜塔莎坚决地说，“大尼洛，叫人替我们上马鞍，叫米哈益洛把我的狗带来。”她向猎人说。

大尼洛似乎觉得，他在房间里是不合适的、难受的，但是要他替小姐办什么事情——那在他看来是不可能的。他垂下眼睛，好像这事与他无关，他极力不要无意地使小姐难受，赶快地走出去了。

4

老伯爵一向维持着大规模的猎队，现在这一切都交给儿子管理了，这天，九月十五日，他很高兴，自己也准备出猎。

一小时后，整个猎队都站在台阶上了。尼考拉带着严厉的庄重的神情，表示现在无暇过问不相干的事，走过了向他说话的娜塔莎和彼恰面前。他检查了猎队的各部分，派了一群猎犬和几个猎人先去找猎物，他骑上栗色马，向他的群犬呼唤着，穿过打谷场，走到通达奥特拉德诺围地的田地上。老伯爵的马，栗色的阉马，叫做维夫良卡，由伯爵的马夫牵着；他自己要坐车一直坐到留给他的野兽惯行的路线上。

全部带出的猎犬是五十四条，由六个猎人和管狗的人率领着。除主人之外，有八个管狼犬的人，在他们后面有四十多条狼犬奔跑着，所以连同主人的狗，共有大约一百三十条，二十个骑马的猎人。

每只狗都认识它的主人，都知道自己的名字。每个猎人知道自己的任务、地点和指定的工作。刚刚走出了围垣，大家便不再发出杂声和谈话，不快不慢地安静地分散在通达奥特拉德诺森林的道路和田地上。

马匹走在田地上好像踩在厚毯子上一样，在过路的时候偶尔踏在水洼里。雾气沉沉的天继续不觉地不快不慢地向地面坠落；空中寂静、和暖、没有风声。只是偶尔听到猎人的呼唤声、马喷鼻声、抽鞭声或走错地方的猎犬的叫声。

在他们走了一里路时，从雾里又出现了五个骑马的人和群犬，迎接罗斯托夫家的猎队。骑马走在前面的是一个气色旺盛的、英俊的、有大白胡须的老人。

"你好，伯伯。"尼考拉在老人走到他面前时说。

"好极了，走呀！……我知道的，"伯伯说（他是罗斯托夫家的一个远亲，不富裕的邻人），"我知道的，你忍耐不住了，很好，你出来了。好极了，走呀（这句话是伯伯最爱说的口头禅）！马上就到围地里去吧，我的给尔其克向我说，依拉根家的人带了猎犬在科尔尼基：他们就要在你面前打小兽。好极了，走呀！"

"我正要到那里去。怎么样，把狗合在一起吧？"尼考拉问，"合在一起……"

猎犬合成了一群，伯伯和尼考拉并排地向前走。娜塔莎裹着围巾，在围巾下面露出活泼的面孔和明亮的眼睛，她带着跟在她身边的彼恰、猎人米哈益洛和一个奉命照顾她的马夫，一道急驰到他们面前。彼恰笑着，鞭打了一下他的马，然后勒紧缰绳。娜塔莎灵巧地、稳稳地骑在黑马阿拉不其克的背上，毫不费力地很有把握地勒住了马。

伯伯不赞同地回头看了一下彼恰和娜塔莎。他不欢喜把儿戏和郑重的打猎的事混在一起。

"伯伯，您好，我们也去！"彼恰大叫着。

"您好，您好，可是不要把狗挤坏了。"伯伯严厉地说。

“尼考林卡，特路尼拉是条多好的狗啊！它认识我，”娜塔莎说到她的心爱的猎犬。

“第一，特路尼拉不是狗，是猎犬。”尼考拉想，并且严厉地看了看妹妹，力求使她感觉到这时候他们之间的距离。娜塔莎明白了这个。

“伯伯，您不要以为我会妨碍什么人，”娜塔莎说，“我们会停在自己的地方不动的。”

“好极了，伯爵小姐，”伯伯说，“当心不要从马上跌下来呀，”他补充说，“不然就没有马骑了。好极了，走呀！”

奥特拉德诺的围地的林子在几百沙绳以外了，管狗的已经走到那里了。罗斯托夫和伯伯最后决定了从什么地方放狗，便向娜塔莎指定了她站立的地方，这里决不能有什么东西跑出来，他自己从山谷上边到山谷后边去了。

“哎，侄儿，你拦住母狼，”伯伯说，“当心不要让它溜掉了。”

“说不定的，”罗斯托夫回答，“卡拉伊，过来！”他喊叫，用这个喊声回答伯伯的话。卡拉伊是一只丑的、颚下垂的老猎犬，它因为单独攻击母狼而出名。他们都布置好了。

老伯爵知道儿子对打猎的热心，他急忙起来，唯恐迟到。管狗的还没有到达地点，愉快的、面色红润的、腮部打颤的伊利亚·安德来伊支伯爵已经乘了黑马所拉的车，从冬麦田上赶到了留下给他的地点，理好了皮袄，挂上了猎刀和号角，骑上了光滑、肥胖、安静、善良的、和他一样在变白毛的维夫良卡马。马和车子打发回去了。伊利亚·安德来伊支伯爵虽然不是热心的猎人，但很知道打猎的规则，他走进树林的边际，他就是要站在这里的，他理好了缰绳，在鞍上坐稳，并且觉得自己准备好了，微笑着回顾了一下。

在他旁边站立着他的随从塞明·切克马尔，他是一个年老的举动不灵活的老骑手。切克马尔牵着三只凶猛的却是与主人和马一样肥胖的狼犬。两只伶俐的老狗躺卧着，没有上皮带。在一百步外，在树林的边际，站立着伯爵的另一个马夫米戚卡，他是一个大胆的骑手和热心的猎人。伯爵按照老习惯，在打猎之前饮了一银杯加香料的白兰地酒，吃了点食物，饮了半瓶他心爱的红葡萄酒。

伊利亚·安德来伊支伯爵因为饮了酒、骑了马，有点脸红；他的一双湿润的眼睛特别明亮，他裹着皮袄，坐在鞍子上，好像小孩子要被人带去散步的样子。

瘦瘦的、瘪腮的切克马尔，做完了自己的事情，时时望着主人，他和主人情投意合地过了三十年，并且知道他的心情愉快，等候着愉快的谈话。还有第三个人小心地（显然他受到了警告）从树林里边骑马走出来，停在伯爵的背后。这人是一个白胡须的老人，穿了女人的衣服，戴了高顶帽。他是小丑娜斯他斯亚·依发诺夫那。①

"哎，娜斯他斯亚·依发诺夫那，"伯爵向他睐着眼说，"你要是把野兽骇走了，大尼洛要骂你的！"

"我自己……有胡子了。"娜斯他斯亚·依发诺夫那说。

"嘘嘘嘘！"伯爵发出嘘嘘声，然后转向塞明。

"你看见娜塔丽·依利尼施娜吗？"他问塞明，"她在哪里？"

"她和彼得·依利支②站在若罗夫的蒿草后边，"塞明微笑着回答。"她虽然是小姐，却很欢喜打猎。"

"啊，塞明，你对她骑马觉得奇怪……吗？"伯爵说，"就像男子们一样！"

"怎能不奇怪呢？勇敢，灵巧！"

"尼考拉沙在哪里？骑着马在利亚道夫冈子上，是吗？"伯爵仍然低声问。

"正是。他晓得他要站在什么地方。他那样会骑马，我和大尼洛有时候很惊讶。"塞明说，知道怎样讨好他的主人。

"骑得好吗？他在马上怎么样呢？"

"就同图画一样！那天他在萨发尔生斯基的草丛里赶出了一只狐狸。他跳过一条水沟，从林地里跑出来，好看极了——马要值一千卢布，骑马的人是无价的。这样的人是不容易找的。"

---

① 毛注：在乡间田庄上养小丑的风习，直到奴隶制度废弃后方革除。

② 即彼恰。

“要找……”伯爵重复说，显然可惜塞明的话结束得太早了。“要找。”他说，打开皮袄的襟，掏出鼻烟壶。

“有一天，他穿了全副军装，做了‘弥撒’出来，米哈伊·谢道锐支……”塞明没有说完，清晰地听到了寂静空气中传来的犬跑声和两三只犬吠声。他低下头，谛听着，沉默地向主人伸手指作警告。“他们找到小兽了……”他低声说，“对直地到利亚道夫冈子上去了。”

伯爵忘记了敛去脸上的笑容，顺着林间的小径一直向前面望着，手拿着鼻烟壶，却没有嗅。在犬吠声之后，听到了大尼洛的低声的号角发出来的唤狼的声音。一群猎犬和最前面的三只猎犬合在一起，猎犬发出大叫声，带着那种特别的、提高的嘶声，这嘶声是它们在追狼的表示。管狗的人不再唤猎犬了，却在叫“呜溜溜溜”，时而低沉时而尖锐的大尼洛的声音比所有声音都高。大尼洛的声音好像是响彻了整个的树林，越出了树林，远远地传到田野上。

伯爵和他的马夫，沉默地注听了一会儿，都相信猎犬分成了两群：大的一群，吠声特别猛烈，渐渐地远去了，另一群顺着森林从伯爵面前冲过去，在这一小群中听到了大尼洛的呜溜溜声。这两群猎犬混合在一起了，又分开了，又都走远了。塞明叹了口气，弯下腰去解开被小狗弄乱的皮带；伯爵也叹了口气，注意到手里的鼻烟壶，把它打开，捏取了一撮。

“回来！”塞明向走出树林之外的一只狼犬喊叫。伯爵抖了一下，掉下了鼻烟壶。娜斯他斯亚·依发诺夫那下了马，开始拾起鼻烟壶。

伯爵和塞明望着他。忽然——这样的事是常有的——追逐的声音立刻临近了，好像猎犬的狂吠声和大尼洛的呜溜溜声正在他们的前面。

伯爵回顾了一下，在右边看见了米威卡，他瞪眼望着伯爵，并且举起帽子，向他指指前面的另一边。

“当心！”他用那样的声音喊叫，显然他早就急于说出这话。于是他放了狼犬，向伯爵面前急驰而去。

伯爵和塞明从树林中骑马奔出，在左边看见了一只狼，这只狼柔软地摇摆着，轻轻地跳跃着，进了左边他们所站过的树丛。愤怒的狼犬嘶叫着，挣脱了皮带，从马蹄下边向狼追去。

狼停止了奔跑，笨拙得好像一个害喉管炎的人一样，向群犬掉转了宽额的头，照旧柔软地摇摆着，跳了两跳，摇了摇尾巴，躲到树林中去了。就在这个时候，从对面的树丛中，慌张地跑出来了一只、两只、三只猎犬，带着嚎哭般的吠声；全体的猎犬跑过田野，向着狼所跑过的地方跑去。在群犬的后边，矮胡桃树分出了一条道，大尼洛的棕色的因为淌汗而发黑的马跑出来了。大尼洛骑在它的长脊背上，向前躬着腰，没有戴帽子，散乱的白发披在红润的淌汗的脸上。

“呜溜溜溜，呜溜溜溜！……”他叫着。当他看见伯爵时，他的眼睛闪了一道光。

“哼……”他叫了一声，用举起的鞭子威吓着伯爵。

“让……狼跑了！……好猎人！”然后似乎不愿再向发窘的、惊惶的伯爵多说话，他带着他对伯爵而发的全部的怒气，鞭打了棕马的汗湿下坠的肚子，追赶猎犬去了。伯爵好像一个被处罚的人，站在那里回顾着，力求用笑容引起塞明同情他的处境。但塞明已经不在了：他已经绕过树丛，追狼去了。在两边也有许多狼犬同样地跑着。但狼进了树丛，没有一个猎人截住了它。

5

尼考拉·罗斯托夫这时候站在他自己的地方，等候野兽。听到忽近忽远的追逐声，听到他所熟悉的许多猎犬的吠声，听到管狗的人忽近忽远的脚步声和叫喊声，他便感觉到树林中所发生的事情。他知道，这个树林中有狼崽子和母狼；他知道，猎犬分成了两群，有一处在追狼了，并且有什么事情弄糟了。他在自己的这边一直不断地等候着野兽。他作了无数的各种各样的假定，野兽要怎样地并且从哪边跑来，他要怎样去追逐。希望变成了失望。他几次向上帝祷告，要狼跑到他这里来；他怀着人们由于琐屑的原因而非常兴奋时，做祷告的那种热情的、惭愧的心情做祷告。“啊，”他向上帝说，

“为我做一做这件事，在你算什么呢？我知道，你伟大，向你求这个，是罪过；但为了你自己的情面，你把母狼引到我这边来，让卡拉伊当着在那边向这里望着的伯伯的面，死死地咬住它的喉管吧。”在这半小时内，罗斯托夫把他的固执的、紧张的、不安的目光，向那白杨树上方有两棵稀疏的橡树的树林边际，向那被水冲光了边沿的山沟，以及右边矮树那里刚刚露出来的伯伯的帽子，看了上千次。

“不，这种幸运不会再有了，”罗斯托夫想，“然而那费他什么事啊！不会再有了！我总是在牌上、在战争上、在一切的事上倒霉。”奥斯特理兹和道洛号夫，都明确地但迅速变换地在他的想象中一闪而过。“只要一生当中有一次打得一只母狼，我便什么也不希望了！”他想，努力地注视倾听，向左回顾着，又向右回顾着，并且注听着猎犬叫声的细微的差别。他又看了看右方，看见空旷的田地上有什么东西向他迎面跑来。“不，这是不可能的！”罗斯托夫想，深深地叹了一口气，好像一个人在他期待多时的事情实现了的时候那样叹了一口气。最大的幸运来到了——它是那么简单，没有声音，没有光色，没有记号。罗斯托夫不相信自己的眼睛，这个怀疑经过一秒多钟。狼向前跑，困难地跳过路上的沟。

这是一只老狼，灰脊背，饱满的红肚子。它不急不忙地跑着，显然相信没有人看见它。罗斯托夫屏声息气地回头看了看狼犬。狼犬有的躺着，有的站着，没有看见狼，什么都不知道。老卡拉伊转过头来，龇出黄牙齿，用牙齿咬后腿，愤怒地寻找狗蚤。

“呜溜溜溜！”罗斯托夫噘起嘴唇，低声地唤着。狼犬摇动了铁环。耸起耳朵，跳起来。卡拉伊搔过它的臀部，然后耸起耳朵，站起来，轻轻地摇了摇挂着一些毛团的尾巴。

“放呢？不放呢？”尼考拉自语着，这时，狼已离开树林，走到他面前来了。忽然狼的嘴脸全部改变了；看到了大概是它从未看见过的、向它注视着的人的眼睛，它颤抖了一下，向猎人微微地侧着头，站住了。“退还是进？唉，反正一样，进！……”狼似乎自语着，没有环顾，做着轻轻的、迟缓的、随便的但坚决的跳跃，前进了。

"呜溜溜！……"尼考拉用不像是他自己的声音叫唤着，他的良马自动地一直向山下冲去，跳过水沟，横截狼的去路，狼犬追上了马，跑得更快了。

尼考拉没有听到自己的叫声，也没有觉得他是骑马在跑，也没有看到狗和他所跑过的地方；他只看见狼，狼加快了步子，没有改变方向，朝山坳里奔去。在野兽的附近最先出现的是黑色宽臀的米尔卡，它渐渐靠近野兽了。越来越近了……它就要赶上它了。但是狼向它侧目地看了看；米尔卡不像从前那样加快速度，却忽然竖起尾巴，它的前腿站定不动了。

"呜溜溜溜！"罗斯托夫喊叫。

红毛的刘比姆，从米尔卡的后面跳上前，向狼猛扑，咬住了它的后腿，但立刻又恐怖地跳到另一边去了。狼蹲伏了一下，龇出了牙齿，又站起来，向前跑，隔着一阿尔申的距离，被所有的没有赶上它的狼犬追随着。

"它要逃脱了！不行，这不可能呀！"尼考拉想，继续用沙哑的声音叫喊着。

"卡拉伊！呜溜溜！"他喊叫着，寻找着老狼犬，这是他的唯一的希望。

卡拉伊使尽了它的全力，尽可能伸直腰身，它望着狼，费力地跑在狼的旁边，横截它。但由于狼跑得快，狼犬跑得慢，可以看得出，卡拉伊的打算错了。尼考拉已经看到在他面前不远的那个树林，狼若跑到那里，便一定会逃脱了。但猎犬和猎人在前面出现了，几乎是向狼迎面直奔的。还有希望。尼考拉不认识的、别的犬群中的、一只黄色的年幼的长长的猎犬，在前面向狼猛扑，几乎把它撞倒了。狼出乎意外地迅速地跳起来，向黄毛的小猎犬冲去，咬了它一口，于是流血的、身上受伤的猎犬，尖叫了一声，头撞在地上了。

"卡拉尤施卡！老朋友！……"尼考拉哭了。

后腿上挂着毛团的老猎犬，由于这一延迟，能够横挡着狼的去路，离狼只有五步了。狼好像感觉到危险，向卡拉伊侧视了一下，把尾巴在腿当中更加向里夹住，并且加快了速度。但那时——尼考拉只看见卡拉伊所发生的事——它立刻扑到狼身上，和狼一同滚到它们面前的水沟里去了。

那时候，当尼考拉看见了在水沟里和狼厮斗的群犬，群犬下面狼的白毛，伸直的后腿，紧贴的耳朵，以及惊惶的、喘息的头（卡拉伊咬住了它的颈子)，当尼考拉看见了这情形的时候，是他平生最快乐的时候。他已经抓住鞍桥，要下马斩狼了，但忽然狼的头在群犬之间伸上来了，然后它的前爪站在水沟边上了。狼磨了磨牙（卡拉伊没有咬住它的颈子)，用后腿跳出水沟，夹着尾巴，又离开了群犬，向前移动。卡拉伊竖起了身上的毛，大概是受损害或受伤了，困难地从水沟里爬出来。

“我的上帝！为什么呢？……”尼考拉失望地喊叫。

伯伯的猎人从另一边骑马奔来，横截狼的去路，他的猎犬又阻止了野兽。狼又被围了。

尼考拉和他的仆人，伯伯和他的猎人，围攻着野兽，纵着猎犬，喊叫着，每次在狼向后蹲伏时，便准备下马，每次在狼振作起来，向可以救它的树林里移动时，便又向前跑。

在这次追赶的开始，大尼洛听到呜溜溜溜，便已经从树林的边际冲出来了。他看见了卡拉伊咬住了狼，于是止住了马，以为这件事已结束了。但在猎人们没有下马，而狼振作起来又逃跑时，大尼洛策动了他的棕马，却不是向狼跑去，而是对直向树林跑去，和卡拉伊一样横截野兽。由于朝着这个方向跑，正在伯伯的群犬第二次截住狼时，他跑到了狼那里。

大尼洛沉默地奔驰着，左手拿着短刀，好像用连枷一样地用鞭子打棕马的扣紧的肋部。

尼考拉直到大声喘息的棕马从他身边走过时，才看见和听到大尼洛，他听到了身体落地的声音，看见了大尼洛在群犬的当中伏在狼的背上，极力要抓住狼的耳朵。显然对于猎犬、对于猎人、对于狼来说，现在一切事情都完了。野兽惊惶地贴紧耳朵，极力想要起来，但是群犬咬住了它不放。大尼洛欠起身来，跄了一步，好像是要躺下来休息一样，抓着狼的耳朵，把全身压在狼身上。尼考拉想要斩狼，但大尼洛低声说："不要，我们来绑它。"于是换了姿势，把脚踏在狼颈子上。他们在狼嘴里放进了一根棍棒，好像是用皮条上辔头一样地把它绑紧，又捆绑了它的四腿，然后大尼洛把狼向两边转动了两下。

他们带着快乐的、疲乏的面色，把活的母狼驮在惊骇的、嘶鸣的马的背上，然后带着向狼吠着的群犬，把狼带到大家应当会合的地方。猎犬捕获了两只小狼，狼犬捕获了三只。猎人们带了捕获物，一面叙谈着，聚到一起来了，大家都来看母狼，它垂着宽额的头，口里衔着木棍，把滞钝的大眼睛望着这一群围绕着它的犬和人。当他们触动它时，它挣动着被捆缚的腿，凶野而又单纯地望着大家。伊利亚·安德来伊支伯爵也来摸狼了。

"噢，多大的母狼啊，"他说，"母狼吗？"他问站在旁边的大尼洛。

"是母狼，大人。"大尼洛回答，赶快地脱帽子。

伯爵想起了他所放走的狼和他同大尼洛的冲突。

"但老兄，你是有火气的，"伯爵说。

大尼洛没有说话，只羞怯地露出了孩子般温顺的可爱的笑容。

6

老伯爵回家去了。娜塔莎和彼恰答应了立刻回家。因为时候还早，猎队又到前面去了。在中午，他们把猎犬放进了长着密密的小树林的山谷里。尼考拉站在一块空田上，看见了他的全部的猎人。

在尼考拉的对面是冬麦田，他的一个猎人单独地站在那里，在一丛胡桃树的后边的洼地里。刚刚放了那些猎犬，尼考拉便听到他所认识的一只猎犬弗托尔恩的间断的声音；别的许多猎犬和这只猎犬合到一起，时而沉默，时而狂吠。片刻之后，从山坳里传来了追赶狐狸的声音，于是所有的猎犬合到一起，在空地上向着尼考拉对面的冬麦田地上追赶。

他看见了一些戴红帽子的、在有树的山谷边上奔驰的管狗的人，甚至看见了猎犬，并且时时期待着，在那边，在冬麦田上，出现了一只狐狸。

站在洼地里的猎人移动了，放了他的狼犬，尼考拉看见了一只红毛的、矮矮的、奇怪的狐狸，它拖着尾巴，急忙地在冬麦田上奔跑。群犬追赶着它。现在它们快要赶上狐狸了，现在狐狸在它们当中兜圈子，圈子越兜越快，拖着毛茸茸的尾巴一同打旋；现在一只白狼犬向它飞奔而来，在它后边是一只黑犬，于是一切混乱了，群犬微微摆动着，头聚在一起，后部向外分开着，好像一颗星的形状。有两个猎人跑到群犬那里，一个戴红帽子，另一个陌生人，穿着绿衣服。

“这是怎么回事？”尼考拉想，“那个猎人是从哪里来的？他不是伯伯的人。”

猎人们打到了狐狸，站立了好久，没有把狐狸放到鞍子上去。驮着凸出的鞍子的、上了辔头的群马站在他们旁边，猎犬都躺着。猎人们挥着手臂，对狐狸在做什么。从那里发出了号角声——这是议定的打架的信号。

“这是依拉根的猎人和我们的依凡争吵起来了。”尼考拉的仆人说。

尼考拉派了仆人去叫他的妹妹和彼恰来，骑马慢步地向管狗人收集猎犬的地方走去。有几个猎人跑到了在打架的地方。

尼考拉下了马，和骑马来到的娜塔莎及彼恰站在群犬的旁边，等候着关于解决这件事情的消息。打架的猎人在鞍带上带着狐狸从矮树后边走出来，走到年轻的主人面前。他远远地脱下了帽子，力求恭敬地说话；但是他脸色发白，喘着气，脸上有怒容。他的一只眼睛被打伤了，但是他大概还不知道。

“您那里出了什么事？”尼考拉问。

“啊，他要抢我们猎犬追到的狐狸！我的灰鼠色的猎犬抓住的。去打官司吧……他抢我们的狐狸！我用狐狸打了他一下子。它在这里，在鞍带上。你要这个吗？……”猎人指着猎刀说，大概以为他还在和他的对手说话。

尼考拉没有同猎人说话，要妹妹和彼恰等着他，骑马到对手那里，到依拉根的猎队所在的地方去了。

那个胜利的猎人骑马加入了猎人的团体，在那里，被同情的好奇的人们围绕着，在说他的功绩。

事情是这样的，就是依拉根和罗斯托夫家有了争端并且在诉讼，他打猎的地方，按照习惯是属于罗斯托夫家的，现在似乎他有意派人来到罗斯托夫家在打猎的林地，容许了他的猎人抢夺别人家猎犬所追到的东西。

尼考拉从来没有看见过依拉根，但是因为他的判断和情绪总是容易趋向极端，他听到这个地主的强暴和专横，便从心里憎恨他，认为他是他的最大的敌人。他现在愤怒地激动地骑马向他面前走去，手里紧握着鞭子，下了充分的决心，要对他的敌人作出最断然的危险的行动。

他还没有绕过树林的角落，已经看见一个肥硕的绅士，戴着獭皮帽，骑着俊美的黑马，随带着两个仆人，向他迎面走来。

尼考拉发现依拉根不是敌人，却是一个庄严的有礼貌的绅士，他特别愿意结识年轻的伯爵。依拉根走到罗斯托夫面前，举起獭皮帽，说他很抱憾所发生的这件事情；说他要处罚那个竟敢夺取别家猎犬所追到的狐狸的人，要求伯爵和他做朋友，并且请他到他自己的猎地上去打猎。

娜塔莎怕她的哥哥做出什么可怕的事情，激动地骑马跟在他后边。看到那些对手友好地行礼，她骑马到他们面前去了。依拉根在娜塔莎面前把獭皮帽举得更高，愉快地微笑了一下，说，在她对于打猎的热情上，在他所久已闻名的她的美丽上，伯爵小姐像是一个蒂阿娜①。

依拉根为了弥补他的猎人的罪过，坚持地要求罗斯托夫到一里之外他的山冈上去，这是他留给他自己用的，并且据他说，这里有很多兔子。尼考拉同意了，于是人数增加了一倍的猎队，向前出发了。

---

① 蒂阿娜是狩猎女神。

要到依拉根的山冈上去，必须走过田地上。猎人们并排走着。绅士们走在一起。伯伯、罗斯托夫、依拉根都偷看别人的猎犬，又力求不要被别人看到，并且不安地在这些猎犬里寻找自己猎犬的对手。

在依拉根的群犬中，一只小纯种的、瘦瘦的、有钢般的肌肉、纤细的鼻子和突出的黑眼的红花狗的模样，特别引起罗斯托夫的惊异。他听说过依拉根的猎犬跑得快，他看到这只美丽的雌犬是他的米尔卡的对手。

依拉根老成持重地谈到今年的收成，他正谈着的时候，尼考拉向他指着他的红花狗插言了。

“您的这只狗很好！”他用漫不经心的语气说，“跑得快吗？”

“那只吗？是的，是一只很好的狗，会捉东西。”依拉根用淡漠的声音说到他的红花的叶尔萨，这是他在一年前用三家奴隶的代价向邻人换来的。“那么，您不夸口收成了吗，伯爵？”他继续着已经开始的谈话。依拉根认为应当向年轻的伯爵说点同样的话，看了看他的狗，选择了米尔卡，它的宽阔的腰身引起了他注意。

“您的那只黑花狗很好——很好看！”他说。

“是的，它很好，跑得很快，”尼考拉回答，他想，“但愿有一只母兔子跑到田上来，我要让你看看，它是多么好的一只猎犬！”并且转过身来向猎仆说，谁若发现了躺着的兔子，他便赏谁一个卢布。

“我不明白，”依拉根继续说，“怎么别的猎人会嫉妒野兽和狗。我要向您说到我自己，伯爵。您知道，我喜欢骑马，和这样的人在一起骑马……还能有更好的事了吗？（他又对娜塔莎脱了脱獭皮帽子。）但是，关于计算兽皮，以及获得多少，我全不在意！”

“哦，是的。”

“我也不因为别人的狗捕获了，我的狗没有便不高兴——我只是爱看打猎，是不是，伯爵？因为我认为……”

“来捉它——啊！”这时传来了一个停下来的管狗人的冗长的叫声。他站在空旷的冈子上，举起鞭子，又重复了一次冗长的声音：“来捉它——啊（这个声音和举起的鞭子，表示他看见前面有一只躺着的兔子)!"

"好像他发现了,"依拉根不经心地说,"好,我们去捉,伯爵!"

"是的,应当去……但——怎么,我们一起去吗?"尼考拉回答,注意着叶尔萨和伯伯的红毛如加伊,这两个对手,他还不曾有过机会把他的狗和它们比较过。"它们马上胜过我的米尔卡,怎么好呢!"他想,和伯伯、依拉根并排着向兔子那里走去。

"母兔吗?"依拉根问,走到发现兔子的猎人那里,不无兴奋地环顾着,并且唤着叶尔萨……

"您,米哈伊·尼卡诺锐支吗?"他向伯伯说。

伯伯皱了皱眉向前走。

"我能参与什么呢?您的——好极了,走呀!——您用一个村庄买一只狗。您的狗值好几千卢布。你们试一试你们的狗,我来看!"

"如加伊,嘿,嘿,"他喊叫,"如加尤施卡。"他加上一句,不觉地用这亲切的称呼表示出他的感情和他对于这红毛狗的希望。娜塔莎看见并且感觉到这两个老人和哥哥的掩饰着的兴奋,她自己也兴奋了。

猎人举着鞭子站在冈子上,绅士们慢步地骑马向他那里走去。在地平线上走动的猎犬都离开了兔子;除了绅士之外,猎人们都走开了。大家都迟缓地庄严地走着。

"向哪边跑的?"尼考拉问,他骑马走了一百步,走到发现兔子的猎人那里。

但是猎人还没有来得及回答,兔子已经感到大难就要临头了,它没有躺下,却跳了起来。一群系着皮带的猎犬,吠着向山下追赶;没有系皮带的狼犬从四面八方向猎犬和兔子冲去。所有动作迟缓的管猎犬的人都叫喊着:"停住!"要猎犬停下。管狼犬的人叫着:"捉——啊!"放狼犬追兔子,他们都在田地上奔跑着。镇静的依拉根、尼考拉、娜塔莎和伯伯都飞奔着,他们不知道怎么跑,向哪里跑,只看见狼犬和兔子,只怕有一刹那工夫看不到这场追逐。被追赶的兔子是一只敏捷的母兔。它跳起后,并不立刻逃跑,却竖起耳朵，注意听着四面八方忽然发出的叫声与蹄声。它慢慢地跳了十来下，狼犬又逼近它，最后选定了方向，明白了危险，贴紧了耳朵，竭尽全力逃跑。它伏在空田上，但前面是冬麦田，那里土地泥泞。发现了兔子的猎人的两只狼犬最靠近它，最先看见并追赶兔子；但它们还没有跑多远，便已经从它们后边蹿出了依拉根的红花狗叶尔萨，和兔子相隔一狗的距离，极其迅速地对准兔子尾巴扑上去，以为抓住了它，打了个滚。兔子拱起背脊，跑得更快。宽臀的黑花的米尔卡从叶尔萨的后面抢上前，迅速地追赶兔子。

"米卢施卡！亲爱的！"尼考拉发出了得意的叫声。似乎米尔卡马上就要扑上去抓住兔子了，但它追上它，跑到它前面去了。兔子蹲了一下。美丽的叶尔萨又追上来了，正接近兔子的尾巴时，停了一下，好像在瞄准，不要再抓错了，定要抓住它的后腿。

"叶尔生卡，亲爱的！"依拉根发出伤心的不像是自己的那种嗓音。叶尔萨没有注意他的要求。在它好像正要抓住兔子的时候，兔子动了，在冬麦田与空田之间的界沟里向前跑。叶尔萨和米尔卡又好像一对拖车的马一样并排跑着追赶兔子；兔子在界沟里跑起来容易，狼犬不能迅速地逼近它。

"如加伊！如加尤施卡！好极了，走呀！"这时候另外一个人的声音叫起来了，于是如加伊，伯伯那只红毛驼背的狼犬，拱着背，竭力赶上了前面的两只狼犬，从它们后面追上去，拼命地直扑兔子，把它从地边撞到冬麦田里去了，在泥泞的冬麦田里更加凶猛地追扑了一次，在泥潭中陷到了膝盖，于是只看见它滚了一下，背上沾上了污泥，和兔子滚在一起了。一群狼犬围绕着它。不一会儿，所有的人都站在拥挤的猎犬旁边了。只有快乐的伯伯下了马，割了兔脚，抖着兔子，把血放掉，他不安地回顾着，眼睛迅速地转动着，他的手脚不知所措。他说话，但是不知道要同谁说话，要说些什么。"好极了，走呀！……这才是狗……打败了所有的狗，值一千的和值一个卢布的狗——好极了，走呀！"他喘着气说，并且愤怒地回顾着，好像是在骂谁，好像都是他的敌人，都冤枉了他，直到现在他终于证明了自己是对的。"这就是你们的值一千卢布的狗——好极了，走呀!”

“如加伊，脚爪儿!”他边说边扔下割下的沾上泥的兔脚，“这是你应得的——好极了，走呀!”

“它急速追赶，独自追赶了三次。”尼考拉说，他也没有听任何人说话，也没有注意他的话是否有人听。

“但是为什么要那样横截呢?”依拉根的仆人说。

“它没有抓到，可是把它赶出来了，这样任何看门的狗都能抓住它。”依拉根同时说，他脸发红，因为奔跑与兴奋而费力地喘息着。

这时娜塔莎没有歇气，便高兴地狂喜地尖声叫喊着，震动了大家的耳朵。她用这个喊叫表现了别的猎人们在同时的说话中所表现的一切。这个叫声是那么奇怪，假若这是在别的时候，她便要自己为这个粗野的喊叫觉得难为情，并且大家都要诧异这个喊叫了。伯伯自己系了兔子，伶俐地敏捷地把它搭在马背上，好像是用这一搭来责备大家，并且露出他不愿同任何人说话的神情，骑上他的棕毛的马走开了。除了他，大家都愁闷地、难受地骑马走着，直到很久以后才能够恢复了先前做作的淡漠。他们又许久地望着红毛的如加伊，它驼起沾上污泥的背，皮带上的铁环发出响声，带着胜利者镇静的态度，在伯伯的马蹄后边走着。

“当然，在没有追赶的时候我和别的狗都一样。嘀，追赶时，就跑得好了!”尼考拉觉得这狗的神情在这么说。

好久以后，当伯伯骑马走来和尼考拉说话时，尼考拉因为伯伯在这件事以后还肯和他说话，觉得荣幸了。

7

在傍晚依拉根和尼考拉告别时，尼考拉觉得自己离家那么远，因而他接受了伯伯的邀请，让猎队在伯伯的小村庄米哈洛夫卡过夜。

“假使您到我家里去，那更好了——好极了，走呀!”伯伯说，“您知道，天气潮湿，”伯伯说，“您可以休息一下，伯爵小姐可以用马车接回去。”伯伯的提议被接受了，派了猎人到奥特拉德诺去叫马车，尼考拉、娜塔莎和彼恰便到伯伯家去了。

大小五个男家奴跑到前门的台阶上迎接主人。几十个女家奴，年老的、年轻的和小孩子们，从后边的台阶上伸出头看到家的猎人们。娜塔莎——一个女子，一个骑马的小姐——的出现，引起了伯伯的家奴们那么大的好奇心，许多人都在她的面前不感到拘束，走到她面前，注视着她的眼睛，在她面前谈论她，把她当作一个被陈列的怪物，不把她当作一个人，一个能听到、能懂得他们所说的关于她的话的人。

"阿任卡，看呀，她侧身坐着呢。她坐着，衣裳边摆动着……你看她的小号角！"

"哎哟，她还有刀呢！……"

"像个鞑靼姑娘！"

"你怎么会不栽筋斗的呢？"最有胆量的女奴直接向娜塔莎说。

伯伯在草木丛生的花园内小木屋的台阶前下了马，看了看家里的人，威严地大声叫着，要闲人都走开，要他们去作一次必要的准备，好招待打猎的客人。

家奴们都散了。伯伯扶娜塔莎下了马，并且拉着她的手，领她走上摇晃的、木板的台阶。屋里是未涂刷的木板墙，不很干净，看不出来居住的人有保持清洁的意思，但是也看不出有什么疏忽。门廊里发出新鲜的苹果味，墙上挂着狼皮和狐皮。

伯伯把客人们从前房领进了有一张折桌和几把红椅的小厅，然后领进了有一张桦木圆桌和一个沙发的客厅，最后领进了书房，这里有一张破沙发，一个脱线的毛毯，苏佛罗夫的、主人父母的和他自己穿戎装的几幅画像。书房里有强烈的烟草气味和狗的气味。伯伯请他们在书房里坐下，要像在家里一样地随便，然后他自己走出去了。如加伊背上的泥泞还未刷掉，走进书房，躺在沙发上，用舌头和牙齿清理着它自己的身子。书房通走廊，走廊上放着一个遮布已经破碎的屏风。在屏风的那边发出了妇女的笑声和低语声。娜塔莎、尼考拉和彼恰脱了外衣，坐在沙发上。彼恰凭着手臂，立刻就睡着了；娜塔莎和尼考拉默默地坐着。他们的脸发热，他们很饿，并且很开心。他们互相地看看（在打猎之后，在房间里，尼考拉认为无须对他的妹妹表示他男性的优越了），娜塔莎向哥哥眨了眨眼，两人忍了不久，还没有来得及想出发笑的借口，便大声地笑起来了。

不久之后，伯伯穿了哥萨克衣、蓝裤、小靴，走进来了。娜塔莎觉得，她在奥特拉德诺曾经惊异地嘲笑地看见伯伯穿过的这套服装，是很合适的服装，没有任何地方不如大礼服和常礼服。伯伯也开心；他不但不讨厌兄妹的笑声（他不会想到他们会嘲笑他的生活），而且自己也跟他们一样，无故地笑了。

"对了，年轻的伯爵小姐——好极了，走呀！——像她这样的人我还没有见过！"他说，递给罗斯托夫一根长烟管，把另一根削短的烟管以习惯的姿势放在三个手指之间。

"整天骑马，就和男子一样，她好像没有那回事儿一样！"

在伯伯走进来之后不久，门开了——从脚步声听来，显然是一个赤脚的女孩子打开的，于是一个肥胖的、面色红润的、双下颏的、丰满的红嘴唇的、美丽的、四十岁光景的女人，手拿着盛东西的大盘子，走进来了。她在目光里和每一个动作里流露出好客的尊严与魅力，看了看客人，带着亲切的笑容，恭敬地向他们鞠躬。虽然异常的肥胖，使她向前挺起胸脯和肚子，向后昂着头，这个女人（伯伯的女管家）行动却极轻快。她走到桌前，放下盘子，用她的又白又肥的手，灵活地拿下酒瓶、小食、菜肴，放在桌上。做完了这事，她走开了，面带着笑容，站到门口。"瞧，管家就是我！现在你了解伯伯吗？"她的表情向罗斯托夫这么说。怎么会不了解呢？不但尼考拉，而且娜塔莎也了解伯伯，了解在阿尼茜亚·费道罗芙娜进房时他的皱眉，以及使他微微噘起嘴唇的那快乐自满的笑容的意义。盘上有一瓶香草酒，各种果汁酒，菌子，黑麦面乳酪饼，鲜蜂蜜，煮熟的和起沫的蜜酒，苹果，生的和烤熟的胡桃和蜜饯胡桃。然后阿尼茜亚·费道罗芙娜送来蜜饯、糖饯、火腿和刚烤好的鸡。

这一切都是阿尼茜亚·费道罗芙娜经管、收集、做成的。这一切发出的香气和美味，都带着她自己的风味。一切都显出了多汁、清洁、素白和愉快的笑容。

"尝一点，伯爵小姐。"她说，并不时给娜塔莎添食物。

娜塔莎吃了一切，她觉得这样的酪饼，这样香美的饯食，蜜饯的胡桃和这样的鸡，是她从来没有见过、也没有吃过的。阿尼茜亚·费道罗芙娜走出去了。罗斯托夫和伯伯在饭后喝樱桃酒，谈到过去的和未来的狩猎，谈到如加伊和依拉根的狗。娜塔莎睁着明亮的眼睛，笔直地坐在沙发上听他们说。她几次试图唤醒彼恰，要他吃点东西，但他说了一些不可理解的话，显然没有醒。娜塔莎心里是那么愉快，在这个新环境里觉得那么舒服，使得她只怕马车来接她回去了。在偶然有的沉默之后——这几乎是在自己家里第一次招待朋友的人们一向所有的情形——伯伯说话，回答客人心中的想法：

“我就是要这样地过完我的一生……人要死的——好极了，走呀！——什么也不留。为什么要犯罪呢！”

当他说这话时，伯伯的脸色是很庄重的，甚至是美丽的。罗斯托夫听到这话，不觉地想起了他听父亲和邻人所说的伯伯的一切好处。伯伯在全省之内负有最正派、最公平的怪人的声望。大家邀请他解决家庭纠纷，请他做遗嘱执行人，把秘密告诉他，选他做裁判人，并尽别的义务，但他总是固执地拒绝担任公职，春秋两季他骑着栗色的马在田间走动，冬天他待在家里，夏天他躺在树木丛生的花园里。

“为什么您不供职呢，伯伯？”

“我做过事，但是我放弃了。我不适宜做，好极了，走吧！我弄不清那些事情。这是您的事情，我没有这种脑筋。打猎又是一回事了。好极了，走吧！开门，”他大声说，“怎么，门关着！”走廊（伯伯叫做走梁）上的门通猎人房；打猎仆人住的房间叫做猎人房。有一双光脚迅速地、啪嗒啪嗒地走着，一只看不见的手打开了猎人房的门。走廊上清晰地传来三弦琴声，显然有一个能手在弹奏。娜塔莎已经听了很久，此刻走到走廊上，以便听得更清楚些。

“这是我的车夫米戚卡……我替他买了一把好三弦琴，我喜欢听。”伯伯说。伯伯有一个习惯，就是当他打猎回来时，米戚卡便在猎人的房里弹三弦琴。伯伯爱听这种音乐。

“多好听呀！确实好听极了。”尼考拉露出几分不由自主的轻视口气说，好像不好意思承认他很喜欢这种乐声。

“怎么好听极了？”娜塔莎责备地说，感觉到他哥哥说话的口气，“不是好听极了，简直是美妙极了！”正如同她觉得伯伯的菌子、蜜饯和果汁酒是世界上最好的东西，她也觉得这乐声在此时是最美妙的音乐。

“再弹，弹下去，”琴声刚刚停止时，娜塔莎在门口说。米戚卡调了音，又用一只手拨动，一只手按着弦，弹起了《夫人曲》。伯伯坐着听，把头向一边歪着，流露着几乎察觉不出的笑容。《夫人曲》的旋律重复了一百次。三弦琴调了几次音，又弹起了同样的乐曲，但听的人并不厌烦，只希望一再听这个曲子。阿尼茜亚·费道罗芙娜走进来，把肥胖的身体靠在门边上。

“您请听，”她微笑着向娜塔莎说，这笑容很像伯伯的笑容，“他是我们这里弹得很好的人。”她说。

“这里的一节他弹得不对，”伯伯忽然做出有劲的手势说，“这里应弹出很快的颤音——好极了，来呀！应弹出很快的颤音。”

“您也会弹吗？”娜塔莎问。

伯伯没有回答，微笑了一下。

“你去看看，阿尼茜尤施卡，六弦琴上的琴弦是不是好好的？我的手早已不摸了——好极了，来呀！我已经不弹了。”

阿尼茜亚·费道罗芙娜乐意地踏着轻快的脚步去执行主人的命令，把六弦琴带来了。

伯伯望也不望别人，便吹去灰尘，用骨瘦如柴的手指在六弦琴的琴匣上敲了一下，调了音，在扶手椅上坐定。他拿着六弦琴的上部（左肘向外弯着，有几分舞台姿势），向阿尼茜亚·费道罗芙娜眨了眨眼，没有弹《夫人曲》，却弹出一个响亮的、清脆的和音，于是有节奏地、镇静地然而坚决地弹起极慢的拍子，开始弹起名曲《大街行》。准确的合拍的曲调，表现着一种宁静的愉快（就是阿尼茜亚·费道罗芙娜全身所表现的那种愉快），开始使尼考拉和娜塔莎的心感到激动。阿尼茜亚·费道罗芙娜脸红了，用手帕蒙住脸，笑着走出房间。伯伯继续娴熟地、用心地、起劲地、坚决地弹着曲子，他那变色的激动的目光，望着阿尼茜亚·费道罗芙娜离开的地方。在他的脸上灰白色的唇髭下，渐渐发出了笑声，当曲子弹得越久，拍子越快，在手指拨动琴弦发出一种撕裂声时，他的笑声也就越高。

“妙极了，妙极了，伯伯！再弹！再弹！”他刚刚弹完，娜塔莎便大声说。她从位子上跳起来抱住伯伯，吻了他。“尼考林卡，尼考林卡！”她说，看着哥哥，好像问他，“这是怎么回事啊?!”

尼考拉也很欢喜伯伯的弹奏。伯伯把这曲子又弹了一次。阿尼茜亚·费道罗芙娜的笑脸又在门口出现了，在她后边还有别的面孔……“为汲冷泉水，呼女且暂待……”伯伯弹着，手指又巧妙地弹了一下，便停止了，动了动肩膀。

“再弹吧，亲爱的，伯伯。”娜塔莎用那种恳求的声音说着，好像她的生命就寄托在这上面了。

伯伯站起来了，好像他是两个人——一个严肃地笑那一个愉快的人，而那一个愉快的人做了跳舞前简单的、精细的准备。

“喂，侄女儿！”伯伯大叫了一声，向娜塔莎挥了挥那只刚才弹了一个和音的手。

娜塔莎抛掉了她身上的披肩，跑到伯伯的前面，把双手叉在腰上，把肩头动了一下，站起来了。

这个由侨外的法国女子所教育的伯爵小姐，是在什么地方，在什么时候，是怎样从她所呼吸的俄国空气中，吸取了这种精神？她从哪里获得了 pas de châle［披肩舞］① 所早已去除的动作的呢？但这种精神和这些动作正是不可模仿的、不可教会的、俄国式的，正是伯伯所期待于她的。她刚刚站起来，得意地、骄傲地、狡猾地、愉快地微笑了一下，尼考拉和别人最初所感到的恐惧心情——怕她跳不起来——已经没有了，他们已经在欣赏她了。

她跳得真对，并且那么正确，那么十分正确地跳起来，因而阿尼茜亚·费道罗芙娜立刻递给了她在这个跳舞中所必需的手巾，在笑声中含着泪，望着那个纤细的、秀丽的、那么与她不同的、在丝

① 毛注：这是一种法国舞，她的姿势与俄国民间舞正相反。

绸与天鹅绒中长大的伯爵小姐，她能了解阿尼茜亚的和阿尼茜亚的父亲的、母亲的、姑母的和每个俄国人心中的一切。

“哦，伯爵小姐儿——好极了，来呀！”伯伯弹完了跳舞曲，高兴地笑着说，“啊，好一个侄女儿！一定要替你选一个好小伙子做女婿了——好极了，来呀！”

“已经选了。”尼考拉微笑着说。

“噢？”伯伯惊异地说，疑问地望着娜塔莎。娜塔莎带着幸福的笑容肯定地点了点头。

“并且是那样好！”她说。但她刚刚说了这话，另外一系列新的想法和情绪在她心中发生了。“尼考拉说‘已经选了’时，他的笑容是什么意思呢？他高兴呢，还是不高兴呢？他似乎以为，我的保尔康斯基不赞同、不了解我们的这种欢乐。不，他会了解这一切的。现在他在哪里呢？”娜塔莎想，她的脸忽然变严肃了。但是这只经过了一秒钟。“不要想，不许想到这个。”她自语着，微笑着，又坐到伯伯的身边，要求他再弹点什么。

伯伯又弹了一个歌曲和华尔兹舞曲；然后伯伯沉默了一下，清了清喉咙，唱了他的心爱的猎歌。

夜来初雪落，
纷纷何轻盈……

伯伯唱得和农民们一样，抱着充分的单纯的信念，以为歌中一切的意义是在歌词里，腔调是天生的，单独的腔调是没有的；而腔调——只是为了合歌词的拍子的。因此伯伯的这个不自觉的腔调，好像鸟雀的腔调一样，是异常美好的。娜塔莎因为伯伯的唱歌而狂喜。她决定了不再学竖琴，只学六弦琴了。她向伯伯要了六弦琴，立刻弹起了歌调。

十点钟之前，来了一辆宽坐车、一辆小车和三个派出来寻找他们的骑马的人，迎接娜塔莎和彼恰。据派来的人说，伯爵和伯爵夫人不知道他们在哪里，很是挂心。

彼恰好像死尸一样被抬进了宽坐车里，娜塔莎和尼考拉坐在小车上。伯伯把娜塔莎的外衣裹好，带着一种全新的亲切的态度和她道别。他步行送他们到了走不过去的桥上，因为要绕过这座桥从浅滩过河，他吩咐了猎人们带灯笼在前面走。

“再见，亲爱的侄女！”他的声音在黑暗中喊叫，这不是娜塔莎从前所知道的声音，而是那唱“夜来初雪落”的声音。

在他们所经过的村庄里有红光，还有愉快的烟气。

“这个伯伯是多么可爱啊！”娜塔莎说，这时他们已经上了大路。

“是的，”尼考拉说，“你不冷吗？”

“不，我很好，很好。我这么舒服。”娜塔莎甚至迷惑地说。

他们沉默了很久。

夜黑暗而潮湿。看不见马，只听到它们在看不见的泥泞中践踏着。

在这个幼稚的、易感的、那么热切地注意并且吸取各种各样的生活印象的心灵中，发生了什么呢？这一切是怎么到她心中去的呢？但她是很幸福的。快到家时，她忽然唱起“夜来初雪落”的曲调，这曲调她一路上唱着，终于唱会了。

“唱会了吗？”尼考拉问。

“你现在想着什么呢，尼考林卡？”娜塔莎问。

他们喜欢互相问这个问题。

“我吗？”尼考拉说，回想着，“你可知道，我起先想到如加伊，那只红毛狗像伯伯，假使它是人，它总是一定会把伯伯留在它身边，假如不是因为他的骑马，那么因为他的态度也能留住他。伯伯，他是多么好的人啊！是不是呢？——哦，你呢？”

“我吗？等一下，等一下。我起初想到，我们在坐车，并且以为我们是向家里走，但上帝知道我们在这个黑暗里到哪里去，忽然我们要到了，并且发现我们不在奥特拉德诺，却是在仙境里。然后我又想到……没有，没有别的了。”

“我知道，你大概想到他了，”尼考拉微笑着说，因为娜塔莎听声音知道他在微笑。

“不是，”娜塔莎回答，虽然她确实想到安德来公爵，想到他会喜欢伯伯，“我还是在重复地说，一路上重复地说：阿尼茜尤施卡的举动多么好啊，多么好啊……”娜塔莎说。于是尼考拉听到她的响亮的、无故的、幸福的笑声。

“你知道，”她忽然说，“我知道，我决不会再能像现在这样地幸福安宁了。”

“胡说，蠢话，废话，”尼考拉说，并且想，“我的这个娜塔莎是多么妩媚啊！别的像她这样的朋友，我没有，并且将来也不会有。为什么她要出嫁呢？永远和她这样驾车吧！”

“这个尼考拉是多么可爱啊！”娜塔莎想。

“啊！客厅里还有火光呢。”她指着屋子的窗子说，窗子在夜晚的潮湿的、天鹅绒般的黑暗中射出美丽的亮光。

8

伊利亚·安德来伊支伯爵辞去了贵族代表的职务，因为这个职务要他花费的钱太多了。但他的境况并未改善。娜塔莎和尼考拉常常看见父母秘密地、不安地谈话，听见他们谈到出卖罗斯托夫家富丽的祖宅和莫斯科郊外的田庄。不做贵族代表，不需要那么大量招待客人了，并且奥特拉德诺的生活比前几年安静了；但大房子和厢屋里仍然住满了人，每天饭桌上仍然要坐二十人以上。这都是他们自己的、在家里住惯了的人，几乎是和家里人一样的人；或者是似乎一定要住在伯爵家的人。这些人是狄姆勒——音乐家夫妇①，福盖尔——跳舞教师和他的家庭，同住的老处女别洛娃，还有许多别人：彼恰的教师们，小姐们从前的女教师，以及其他的只是觉得住在伯爵家里比住在自己家里更好、更有益的人。从前那么多的客人没有了，但生活习惯依然如旧，若不是这样，伯爵和伯爵夫人便不认为是生活了。尼考拉所扩大的猎队依然如旧；五十四马和十五个马夫

① 毛注：托氏对于他所描写的时代极为熟悉，这个人是当时莫斯科的实在的音乐教师。

依然如旧；命名日的贵重礼物，邀请全县的隆重宴会依然如旧；伯爵玩维斯特牌和波士顿牌依然如旧，玩牌时他展开他的牌让所有的人看见他的牌，让邻人们每天赢他几百卢布，他们认为和伊利亚·安德来伊支伯爵在一起玩牌是一种最好的赚钱的机会。

伯爵纠缠在他的家务中，好像陷入了一个大网中一样，他极力不相信他是陷在混乱中，却一步一步地愈益陷入混乱中，并且觉得自己既无力撕破那缠住他的网，又不能小心地耐心地去解除它们。伯爵夫人以她的钟爱的心情感觉到：她的子女们都贫穷了，伯爵是无罪的，他不能够，不是他那样的一个人，他自己也因为感觉到自己和子女的贫穷而痛苦（虽然是隐瞒着），于是她寻找着各种方法来改善这种情况。从她的妇女观点上看来，唯一的方法就是尼考拉娶一个富家女子。她觉得，这是最后的希望，她觉得，假使尼考拉拒绝她为他寻找的配偶，则永远没有改善家境的可能了。这个配偶是尤丽·卡拉基娜，是极好的有德行的父母的女儿，从小就和罗斯托夫家相识，现在因为最后一个哥哥死了成了富有的闺女。

伯爵夫人直接写信给莫斯科的卡拉基娜，向她提到她的女儿和自己儿子的婚事，并且获得了她的满意的答复。卡拉基娜回答说，她自己那方面是同意的，说一切都要看她女儿的意向如何。卡拉基娜邀尼考拉到莫斯科去。

有好几次，伯爵夫人含着眼泪向儿子说，现在她的两个女儿都安排好了，她唯一的希望是看见他结婚。她说，假使这件事情做成了，她睡在棺材里也安心了。然后她说她心目中有一个美女，试探他对结婚的意见。

在别的谈话里，她称赞尤丽，并且劝尼考拉在假日到莫斯科去消遣。尼考拉猜透了他母亲的谈话是什么目的，有一次在这样的谈话中使她说得十分坦白。她向他说，改善家境的唯一希望，现在就在他娶尤丽·卡拉基娜了。

“那么，假使我爱了一个没有陪嫁的女子，您当真要求我，妈妈，要我为了陪嫁牺牲我的情感和荣誉吗？”他问他的母亲，不明白这个问题的尖锐，只是希望表现自己的高贵。

“不是，你没有明白我的意思，”母亲说，不知道怎样为她自己辩护，“你没有了解我，尼考林卡。我愿你得到幸福。”她补充说，并且觉得她在说假话，她慌乱了。她哭起来了。

“妈妈，不要哭，只要您向我说，您想要这样，您知道，我要以自己的整个生命，以自己的一切使您安心的，”尼考拉说，“我要为您牺牲一切，甚至我的情感。”

但是伯爵夫人不愿这样提出问题：她不愿儿子为她作出牺牲，她自己却想要为儿子作出牺牲。

“不是，你没有了解我，我们不要说了吧。”她拭着泪说。

“是的，也许我是爱无钱的女子，”尼考拉自语着，“怎么，我要为了陪嫁而牺牲我的情感和荣誉吗？我奇怪，妈妈怎么能够向我说这话。因为索尼亚贫穷，所以我不能爱她，”他想，“我不能报答她的忠实专一的爱情。确实我同她在一起，是比同任何囡囡般的尤丽在一起更幸福的。为了我家庭的幸福而牺牲我的情感，我总是能够做到的，”他自语着，“但我不能够压制我的情感。假使我爱索尼亚，那么，我的情感在我看来是胜于一切、高于一切的。”

尼考拉没有到莫斯科去，伯爵夫人没有再同他谈到婚事，却愁闷地、有时气愤地看见儿子和无陪嫁的索尼亚之间愈益亲密的各种迹象。她虽然常常为这事责备自己，但不能不埋怨和挑剔索尼亚，常常无故地叫她站住，称她“您”和“我亲爱的”。仁慈的伯爵夫人对索尼亚生气，最主要的原因，是这个无钱的、黑眼睛的甥女是那么温顺、那么善良、那么诚恳地感激她的恩人，并且那么忠实地、不变地、自我牺牲地爱着尼考拉，以致没有地方可以责备她。

尼考拉要在家里度完假期。安德来公爵从罗马寄来的第四封信到了，他在信里说，假使不是因为在温暖的气候中他的伤口突然裂开，他早已首途回返俄国了，这使他不得不把归期延迟到来年的年初。娜塔莎仍然爱她的未婚夫，仍然由于这爱情而感到安慰，仍然容易感受一切的人生欢乐；但在同他分别后的第四个月末，她开始有了愁闷的时候，而这是她不能控制的。她惋惜她自己，惋惜她白白地、不为任何人损失了这全部的时间，在这个时间里，她觉得自己是那样地能够去爱、并被爱的。

罗斯托夫家不快活了。

9

圣诞节到了，除了大弥撒，除了邻人与家奴的隆重而无聊的庆贺，除了大家所穿的新衣，没有任何特别的事情来庆祝圣诞节了，但是在无风的列氏二十度①严寒中，在日间明亮炫目的太阳光下，在夜间有星光的蓝天之下，令人觉得这时候需要一种庆祝。

在圣诞节的第三天的午饭后，全家的人都回到各自的房间里去了。这是日间最无聊的时候。尼考拉早晨出去拜访过邻居，睡在沙发上。老伯爵在自己的书房里休息。索尼亚坐在客厅的圆桌前描绣花图案。伯爵夫人在玩排心思牌。小丑娜斯他斯亚·依发诺芙那，面色愁闷地和两个老妇人坐在窗前。娜塔莎进了房，走到索尼亚面前，看了看她在做什么，然后走到母亲面前，沉默地站住。

“为什么你像个无家可归的人那样走来走去?”母亲说，“你需要什么?”

“我需要他……马上，就是此刻我需要他。”娜塔莎说，眼睛闪闪发亮，没有笑容。

伯爵夫人抬起头，注意地望着女儿。

“不要望我，妈妈，不要望我，我马上就要哭了。”

“坐下来，和我坐一会。”伯爵夫人说。

“妈妈，我需要他。为什么我要这样虚度光阴，妈妈？……”她的声音中断了，泪水从眼里流出来了，她为了掩饰她的流泪，迅速地转过身，走出了房间。她走进起居室，站了一会，思索了一会，然后走进了女仆的房间。那里有一个年纪较大的女仆在埋怨一个喘息着的小女孩，她是从家奴的住房那里带着外边的冷空气刚刚跑进房来的。

“你玩够了，”老妇人说，“什么事都有个时候。”

---

① 毛注：等于华氏零下十三度。

"让她去吧，康德拉切芙娜，"娜塔莎说，"去吧，马富路莎，去吧。"

放走了马富路莎，娜塔莎穿过大厅走到前厅。一个老人和两个年轻的听差在玩牌。他们在小姐进来时，歇了牌，站起来了。"我要他们做什么呢？"娜塔莎想。

"是的，尼基他，请你去……我派他到哪里去呢？……是的，到院子里去，请你拿只公鸡来；还有你，米沙，拿点燕麦来。"①

"只拿一点燕麦吗？"米沙愉快乐意地说。

"去，赶快去。"老人催促地说。

"费道尔，你去替我拿点粉笔来。"

走过餐具房时，她吩咐预备茶炊，虽然这并不是喝茶的时候。

司膳福卡是全家最会发脾气的人。娜塔莎欢喜向他试验自己的权力。他不相信她，并且去问了是否真的需要。

"多么好的一位小姐！"福卡说，虚伪地向娜塔莎皱眉。

家里没有人像娜塔莎这样地差遣这许多人，要他们做这许多工作。她不能够漠不关心地看见仆人们，总要派他们去做点什么。她似乎要试验，他们当中是否有谁对她发脾气或对她讨厌，但仆人们执行任何人的命令都没有像执行娜塔莎的命令那么乐意。"我要做什么呢？我该到哪里去？"娜塔莎想，慢慢地在走廊上走着。

"娜斯他斯亚·依发诺芙那，我会生个什么呢？"她问小丑，他穿着女上衣迎面走来。

"你生蚤子、蜻蜓、蚱蜢。"小丑回答。

"我的上帝，我的上帝，总是一样的。啊！我到哪里去好呢？我要做什么才好呢？"

于是她笃笃地迅速跑上楼，去看住在顶层的福盖尔夫妇。在福盖尔的房间里坐着两个女教师，桌上摆着几盘葡萄、胡桃、杏仁。女教师们谈到哪一处生活费用较省，在莫斯科还是在奥德萨。娜塔莎坐下来，带着严肃、沉思的脸色听他们说，然后又站起来。

① 毛注：在地上放置谷物，听家禽啄食，为圣诞节时卜吉凶的一种风俗。

“马达加斯加岛，”她说，“马——达——加斯——加。”她清晰地重复着每一个音节，邵斯夫人问她在说什么，她没有回答，就走出了房间。

她的弟弟彼恰也在楼上，他同他的保傅在准备夜间要放的烟火。

“彼恰！彼其卡！”她向他说，“背我下楼。”

彼恰跑到她面前，把背对着她。她趴在他的背上，用双手搂住他的颈子，然后他背着她跳着跑开去。

“不，不该……马达加斯加岛。”她说，从他背上跳下来，下楼去了。

好像她巡视过自己的国土，试验过自己的权力，相信大家都顺从她，但仍然觉得乏味，于是娜塔莎走进大厅，拿起六弦琴，坐到小橱柜后边黑暗角落里，拨动琴弦弹起低音，弹起她同安德来公爵，在彼得堡听过的一个歌剧中，她所记住的一个乐节。

在别人听来，她在六弦琴上所奏出的声音没有任何意义，但在她的想象中，这些声音唤起了一系列的回忆。她坐在小橱柜的后边，注视着餐具房的门里透进来一道光线，听着她自己并且回忆着。她处在回忆的心情中。

索尼亚拿着一个杯子经过大厅走进餐具房。娜塔莎从餐具房的门缝里瞥了瞥她，她觉得，她记得从前有一次，光线从餐具房的门缝里射进来，索尼亚拿着杯子走过。“是的，这完全是，完全是一样的。”娜塔莎想。

“索尼亚，这是什么？”娜塔莎大声说，手指弹着粗弦。

“啊，你在这里！”索尼亚说，惊了一下，走来听着，“我不知道。是暴风吗？”她羞怯地说，恐怕有错。

“啊，在从前发生这事的时候，她完全一样地惊了一下，她完全一样地走来，并且羞怯地微笑了一下，”娜塔莎想，“完全一样……我觉得，她缺少什么。”

“不是，这是《汲水人》① 里的合唱，你听。”于是娜塔莎唱出

① 毛注：这是Cherubini一八〇四年歌剧杰作，又名《Les doux Journées》（《两日》）。

了合唱的调子，让索尼亚了解。

“你是到哪里去？”娜塔莎问。

“换杯子里的水。我马上就要画完图案了。”

“你总是忙，我却不能够，”娜塔莎说，“尼考林卡在哪里？”

“好像是睡了。”

“索尼亚，你去叫醒他。”娜塔莎说，“你说，我叫他来唱歌。”

她坐了一会，想着过去所发生的这一切意味着什么。她没有解答这个问题，也不因此而有一点儿惋惜。她又在想象中回忆着，她和他在一起以及他钟情地望着她的那个时候。

“啊，他快些来吧！我那么怕，怕这不会再有的！主要的：我老了，原来如此！我现在所有的将来就会没有了。啊，也许，他今天来，马上来。也许他来了，坐在那里，在客厅里。也许，他昨天已经来了，我忘记了。”她站起来，放下六弦琴，走进客厅。

全家的人，男教师们、女教师们和客人们，已经坐在茶桌旁了。仆人们站在桌子四周。但是安德来公爵不在那里，他的生活仍然与从前一样。

“啊，她来了，”伊利亚·安德来伊支说，看见了进房的娜塔莎，“哦，坐到我这里来。”

但是娜塔莎站在母亲旁边，环顾着四周，好像她在寻找什么。

“妈妈！”她说，“把他给我，给我，妈妈，赶快，赶快。”她又竭力克制着她的啜泣。

她坐到桌前，听老人们和尼考拉谈话，他也来到桌前了。“我的上帝，我的上帝，同样的面孔，同样的谈话，爸爸同样地拿着茶杯，同样地吹着！”娜塔莎想，恐怖地感觉到她心中所生的对于全家的厌恶，因为他们总是一样的。

茶后，尼考拉、索尼亚和娜塔莎，走进起居室里他们心爱的角落里，他们总是在这里开始他们最知心的谈话。

10

“你有过吗？”当他们在起居室坐定时，娜塔莎向哥哥说，“你有过吗？就是你觉得将来什么也没有——什么也没有；一切好的都是过去的，并且觉得不是无聊而是悲哀，你有过吗？”

“当然有过！”他说，“我有过这样的事，在一切都好、大家都愉快的时候，我觉得一切都讨厌，我们都应该死掉。有一次在团里，我没有去玩耍；那里有音乐……我忽然觉得无聊……”

“嗬，这个我知道。我知道，我知道，”娜塔莎接上去说，“我还很小的时候，常有这样的情形。你记得，我有一次因为梅子受处罚吗？你们都跳舞，我坐在课堂里哭；我决不会忘记的，我觉得悲哀，我可怜一切的人，可怜我自己，可怜一切的——一切的人。主要的是我没有过错，”娜塔莎说，“你记得吗？”

“我记得，”尼考拉说，“我记得，后来我走到你面前，我想要安慰你，你知道，我觉得难为情。我们是非常可笑的。我那时还有一个木偶，我想给你。你记得吗？”

“你记得，”娜塔莎流露出沉思的笑容说，“有一次，很久很久以前，我们还完全是小孩的时候，伯伯叫我们进了书房，是在老屋子里，并且是很黑暗——我们进去了，忽然那里站着……”

“一个黑人，”尼考拉高兴地微笑着说完，“怎么会不记得呢？我到现在还不知道，是不是真有一个黑人，或者是我们梦里看见的，或者是他们向我们说的。”

“他是灰的，你记得，有白牙齿——站着看我们……”

“您记得吗？索尼亚。”尼考拉问。

“是的，是的，我也记得一点。”索尼亚羞怯地回答……

“你知道，我向爸爸和妈妈问到过这个黑人，”娜塔莎说，“他们说，并没有什么黑人。但是，你知道，你却记得这个黑人！”

“当然，我记得他的牙齿，就同现在看见了一样。”

“这是多么奇怪呀！好像是做梦一样。我欢喜这个。”

“你记得，我们在大厅里滚鸡蛋，忽然来了两个老女人，并且在地毯上打旋。这事情有过没有过？这是多么有趣啊，你记得吗？”

“是的。你记得，爸爸有一次穿了蓝皮袄在台阶上放枪。”

他们欢乐地微笑着，作着往事的回忆——不是悲哀的老年的回忆，而是诗意的童年的回忆，最遥远的过去的印象，在这里面，梦境和真实混合在一起。他们低声地笑着，为什么事高兴着。

索尼亚总是跟不上他们，虽然他们的回忆是共同的。

在他们所回忆的事情当中，索尼亚记得很少。而她所记得的，并不在她心中引起像他们所有的那种诗的情绪。她只是为他们的高兴而高兴，极力显得高兴而已。

直到他们回忆索尼亚的初到时的情景，她才插言。索尼亚说她是多么怕尼考拉，因为他的衣服上有扁绦，她的保姆说，他们要把她的衣服也缝上扁绦。

“我记得他们向我说，你是在卷心菜底下生的，”娜塔莎说，“我记得，我那时不敢不相信，但知道这是不确实的，并且觉得那么不舒服。”

在这个谈话的时候，从起居室后边的门里伸进来一个女仆的头。

“小姐，公鸡拿来了。”女仆低声说。

“不要了，波利亚，叫他们带走。”娜塔莎说。

在起居室里这些谈话的当中，狄姆勒走进房来，走到房角落里的竖琴前。他卸下了布套，然后在竖琴上弹出了不合调的音。

“爱杜阿尔·卡尔累支，请您弹弹我所欢喜的费尔德①先生的《夜曲》吧，”老伯爵夫人在客厅里说。

狄姆勒弹了一个和音，转向娜塔莎、尼考拉和索尼亚说：

“年轻人，坐得多么安静呀！”

“是的，我们在谈哲学。”娜塔莎说，回头看了一下，又继续谈话。现在谈的是关于做梦。

狄姆勒开始弹奏。娜塔莎无声地踮着脚走到桌前，拿了蜡烛，把它送走，又回来，轻轻地坐到自己位子上。房间里，尤其是他们所坐的沙发上是黑乎乎的，但是圆月的银光照进了大窗子，洒在地上。

---

① 毛注：John Field，生于柏林，为作曲家。一八〇四年，居住俄国，有“俄国的费尔德”之称。

“你知道，我想，”娜塔莎低声说，挨近着尼考拉和索尼亚。这时狄姆勒已经弹完，却仍然坐着，轻轻地拨动琴弦，显然是犹豫不定，停止呢还是开始弹新的，“当我们那样地回忆，回忆，回忆一切想得到的东西的时候，就会想起我们入世以前的事情……”

“这是轮回，”索尼亚说，她读书总是很好，记得一切，“埃及人相信，我们的灵魂是在动物的身上生存过的，将来还要回到动物身上去。”

“不，你知道，我不相信我们是在动物身上生存过的，”娜塔莎仍旧低声地说，虽然音乐已经停止了，“我确实知道，我们是什么地方的天使；并且到这里来过，因此我们记得一切……”

“我可以和你们一起吗？”轻轻走来的狄姆勒说，在他们身边坐下来了。

“假使我们从前是天使，那么为什么我们会落下来呢？”尼考拉说，“不是，这是不可能的！”

“不是落下来了，谁向您说落下来了？——为什么我知道我从前是什么？”娜塔莎确信地反驳，“要晓得灵魂是不死的……所以，假使我要永远地活下去，那么我从前也活过，我在整个的永恒中活过。”

“是的，但我们难以设想永恒。”狄姆勒说，他是带着微微的轻视的笑容来到年轻人这里的，但现在也同他们一样低声地严肃地说话了。

“为什么难以设想永恒呢？”娜塔莎说，“有今天，有明天，有永恒，并且有过昨天，有过前天……”

“娜塔莎！现在轮到你。给我唱点什么吧，”伯爵夫人说，“为什么你们坐在那里就像阴谋家一样？”

“妈妈！我一点也不想唱。”娜塔莎说，但是她站起来了。

他们所有的人，甚至年纪不轻的狄姆勒都不愿打断谈话，从起居室的角落里走出来，但娜塔莎站起来了，尼考拉在大钢琴前坐下了。像平常一样，站在大厅的当中，选择了音响最好的地方，娜塔莎开始唱她母亲最心爱的歌。

她说她不想唱，但是她很久以前和很久以后，都没有像这天晚上这样地唱歌。伊利亚·安德来伊支伯爵在他和米清卡谈话的房间里听她唱歌，他好像一个小学生在结束功课时急着要去玩，向管家发命令时说错了话，最后沉默了，于是米清卡也听着唱歌，沉默地微笑着，在伯爵面前站着。尼考拉目不转睛地瞧着妹妹，和她同时呼吸着。索尼亚一面听着，一面想到她和她的朋友之间的差别是多么大，并且要她即使有几分像她表妹那样的迷人，也是多么不可能。老伯爵夫人带着幸福而又悲哀的笑容坐着，眼中含着泪，偶尔摇摇头。她想到娜塔莎，也想到她自己的青春，想到在娜塔莎与安德来公爵的当前的婚事中，有了什么不自然的、可怕的地方。

狄姆勒坐在伯爵夫人身边，闭上了眼睛，听着。

“不，伯爵夫人，”他终于说，“这是欧洲的天才，她无须再学了，那样的轻软、温柔、有力……”

“唉，我多么为她担心啊，我多么担心啊！”伯爵夫人说，不晓得她是在同谁说话。母亲的本能向她说，娜塔莎的某种东西太多了，她将因此不幸。

娜塔莎还没有唱完，十四岁的彼恰已高高兴兴地跑进房间，报告说化装的人来了。

娜塔莎忽然停下了。

“傻瓜！”她向弟弟大叫着，跑到椅子跟前跌坐下去，哭泣起来，好久不能止住。

“没有什么，妈妈，真的没有什么，不过是彼恰吓了我一下。”她说，想极力装出笑容，但是眼泪还在流，呜咽使她透不过气来。

化了装的家奴们：化装成熊、土耳其人、旅店主人，太太，又可怕又可笑，带来了外面的冷气和快活的气氛，起初羞怯地拥挤在前厅，然后互相躲藏着，挤进了大厅，起初都很拘束，后来愈益快活地、齐心一致地唱歌、跳舞、合唱、做圣诞节游戏了。伯爵夫人认出了人，对他们的化装觉得发笑，走进客厅去了。伊利亚·安德来伊支伯爵笑容可掬地坐在大厅里，称赞着玩耍的人。年轻人溜到别处去了。

半小时后，在大厅里其他化装的人中间，又出现了一个穿撑箍大裙的老太婆——这是尼考拉。一个土耳其女子是彼恰。一个小丑——这是狄姆勒。一个骠骑兵——娜塔莎。一个契尔克斯人——索尼亚，她用软木炭画了须眉。

在未化装的人们表现出适度的惊讶、识不出和称赞的神情之后，年轻人认为他们的服装是那么漂亮，还应当到别人那里去表演一下。

尼考拉鉴于路上好走，想要带所有的人坐上他的三马雪橇，并带十来个化了装的家奴到伯伯家去。

“不行，你们为什么要去打扰老人呢？”伯爵夫人说，“他那里没有转身的地方。要去，就到灭留考娃家去。”

灭留考娃是一个寡妇，有几个大大小小的子女，也有男女教师，她家离罗斯托夫家有四里路。

“亲爱的，好主意，”提起精神的老伯爵说，“让我立刻化装，同你们一道去。我要叫巴晒特提提精神。”

但是伯爵夫人不赞成伯爵去：他这几天腿有毛病。于是大家决定不让伊利亚·安德来伊支伯爵去，但是假使路易萨·依发诺芙娜（邵斯夫人）去的话，那小姐们也可以到灭留考娃家去。索尼亚一向害羞胆小，但劝路易萨·依发诺芙娜不要拒绝他们却比任何人还迫切。

索尼亚的化装比大家都好看。她的须眉画得非常合适。大家都说她化装得好看，因此她的心情极好，那种活泼有劲的样子是平时所没有的。有一个内在的声音向她说，她的命运要么现在决定，要么永远无法决定了。她穿上了男装，完全像另一个人。路易萨·依发诺芙娜同意了，半小时后四辆有大小铃铛的三马雪橇来到台阶前，滑木在冻结的雪地上嘎吱嘎吱响着。

娜塔莎最先显出了节日的愉快气氛，这愉快的气氛从这个人传到那个人，渐渐加强，当他们都走到严寒中，交谈着、互相呼唤着、谈笑着、喊叫着坐上雪橇时，这种气氛达到了最高点。

两辆三马雪橇是家常用的，第三辆是老伯爵的，有一匹奥尔洛夫的纯种快马做辕马；第四辆是尼考拉自己的，有一匹矮小的黑色的毛蓬蓬的辕马；尼考拉穿了老妇人服装，外面披着一件有腰带的骠骑兵的外衣，他执着缰绳，站在雪橇当中。

天空是那么明亮，他看见月下发出反光的车上金属板和马眼，马惊惶地回头看了看在黑暗的门楼下喧嚷着的乘车的人。

坐在尼考拉雪橇上的有娜塔莎、索尼亚、邵斯夫人和两个女仆。在老伯爵雪橇上的有狄姆勒夫妇和彼恰，其余的雪橇上都坐着化了装的家奴们。

“你上前，萨哈尔！”尼考拉向父亲的车夫说，以便找机会在路上追过他。

老伯爵的三马雪橇——上面坐着狄姆勒和别的化装的人——向前移动了，它的滑木嘎吱响着，好像和雪冻在一起了，它的低音的铃铛叮当响着。外挽马紧贴着辕马的车杠，陷在雪地里，踢起坚硬的明亮的像糖一样的雪。

尼考拉随着第一辆雪橇出发了，其余的雪橇在后面发出响声和吱吱嘎嘎的滑木声。起初他们在狭窄的路上缓驰着。当他们经过花园时，秃枝的影子常常横映在道路上，遮住了明亮的月光，但是一过了围墙，像宝石那样闪耀的、有蓝色反光的雪地，便完全沐浴在月光中，宁静地向四方展开了。嘎吱，前面的雪橇在坑洼处颠簸了一下，后面的雪橇也同样颠簸了一下，于是雪橇前后相连地跑着，大胆地打破着冰封的寂静。

“兔子的脚印，许多脚印！”娜塔莎的声音在冻结了的空气中响了起来。

“多么明亮啊，尼考拉。”索尼亚的声音说。

尼考拉回头看了看索尼亚，俯下身子，靠近地看她的脸。在月光下，一张全新的、可爱的、须眉画得乌黑的脸，若近若远地在貂皮衣领里向外注视着。

“索尼亚一向是这样的。”尼考拉想。他靠近地看了看她，微笑了一下。

“您有什么事，尼考拉！”

“没什么。”他说，又转过身对着马。

尼古拉随第一辆雪橇出发了。

上了走惯的、被滑木磨光的、在月光下可以看见马蹄印的大路，马匹开始自动拉紧绳套，而且加快了步子。左边的挽马，弯着头，用缓驰的步子拉紧绳套。辕马摇摆着，摇摇耳朵，好像是问："开始追，还是太早呢?"在前面洁白的雪地上，可以清楚地看见萨哈尔的黑色雪橇，它已经走了很远，发出渐渐远去的、低沉的铃声。可以听到他的雪橇上化了装的人们的叫声、笑声和谈话声。

"你们真有劲，好乖乖!"尼考拉大叫，从一边拉着缰绳，挥动鞭子。只凭着越来越大的、好像是迎面吹来的风，凭着紧张的、加快了步子的挽马的颤动，便可以知道，雪橇飞跑得那么快。尼考拉回头向后看了一下。他看到别的雪橇也发出嘎吱嘎吱的响声，赶车的扬着鞭子，催促辕马更快地奔驰。辕马驾着辕稳定地摆动着，没有想到放慢步子，并且准备在必要时跑得更快。

尼考拉追上第一辆雪橇。他们下了山，走上了河旁草场上一条宽阔的走惯的大道。

"我们到了什么地方?"尼考拉想，"应该是在科索伊草场上。但是，不是的，这是一个新的地方，我从来没有看见过。这不是科索伊草场，也不是焦姆吉那山，天晓得这是什么地方！这是新的妖魔的地方。唉，不管它是什么地方!"于是他向马吆喝了一声，开始超越第一辆雪橇。

萨哈尔勒住马，转过他的眉毛上结着白霜的脸。

尼考拉纵马快跑；萨哈尔向前伸出手去，吧嗒着嘴，也放开他的马快跑。

"哎，当心，老爷。"他说。雪橇并排着跑得更快了，马匹奔腾的蹄子跑得更快了。尼考拉开始领先了。萨哈尔一直保持着伸出的那只手的姿势，举起那只握紧缰绳的手。

"不行的，老爷。"他向尼考拉说。

尼考拉放了所有的马奔腾，越过了萨哈尔。马溅起小块的干雪沾在车上人的脸上，急速的铃声在他们旁边响着，迅速跑动的马蹄和被越过的雪橇的影子混乱在一起。滑木在雪地上嘎吱响着，女子的叫声在各方面响起来。

尼考拉又勒住了马，向四周环顾了一下。四周仍然是那沐浴着月光的迷人的平地，上面有稀疏的星星。

“萨哈尔喊我向左转，但为什么向左呢？”尼考拉想，“我们是到灭留考娃家去吗？这里果真是灭留考夫卡吗？上帝知道我们到哪里去，上帝知道我们要发生什么事——我们所要发生的事是很奇怪、很好的。”他回头看了看车子。

“看呀，他的胡须和眼睫毛全白了。”坐在车里的一个奇怪的、美丽的、陌生的、有细细的须眉的人说。

“好像娜塔莎一向是这样的，”尼考拉想，“那是邵斯夫人，但也许不是的，这个有胡须的切尔开斯人，我不知道是谁，但是我爱她。”

“你们不冷吗？”他问。

他们没有回答，笑起来了。狄姆勒在后边的雪橇里喊叫着什么，也许叫的是什么可笑的事，但是他们听不清他叫了什么。

“是的，是的。”许多声笑着回答。

但是现在有了一个妖魔的树林，有交错的黑影和钻石的光辉，有一段大理石的阶层，有妖魔房屋的银顶，有某种野兽的尖叫声。“假使这就是灭留考夫卡，那就更奇怪了：上帝知道我们是到哪里去的，却到了灭留考夫卡家。”尼考拉想。

确实这是灭留考夫卡，女仆们和听差们带着蜡烛和快乐的面孔跑到门口来了。

“是谁？”门口的人问。

“伯爵家里化装的人，我凭着马看出来的。”许多声音回答。

11

撇拉盖亚·大尼洛芙娜·灭留考娃，是一个身体宽阔的、精力旺盛的女人，戴着眼镜，穿了宽松的便服，坐在客厅里，被女儿们环绕着，她极力要使她们不感到无聊。她们静静地在水里滴蜡油，看着蜡油在水面上的形状，这时前厅里传来了来人的脚步声和说话声。

骠骑兵们、小姐们、觋巫们、小丑们和熊们——在前厅里清着喉咙，拭着脸上的白霜，走进大厅，这里有人连忙地点着了蜡烛。小丑狄姆勒和老妇尼考拉开了舞。被大声喊叫着的孩子们围绕着的化了装的人，蒙着脸，改变着声音，在女主人面前鞠躬之后，便散开在大厅里站着。

“啊，认不出来了！啊，娜塔莎！您看，她像谁！当真的，她像什么人。爱杜阿尔·卡尔累支多么好看啊！我认不出来。他跳得多好啊！啊呀！有一个切尔开斯人呢！当真的，这对索纽施卡是多么合适呀！这又是谁呢？我，你们使我高兴了！把桌子搬走，尼基他，发尼亚。我们坐着多么安静呀！”

“哈——哈——哈！……骠骑兵，骠骑兵啊！完全像小孩子，还有腿呢！……我无法看见……”许多声音说。

娜塔莎——灭留考娃家小辈的好友——和他们一同消失到后边的房间里去了，那里需要焦木炭和各种宽服和男装。这些都由女子的光手臂，在半开的门里，从听差的手里接了进去。十分钟后，灭留考娃家所有的小辈都参加在化装的人群中了。

撒拉盖亚·大尼洛芙娜吩咐了替客人们收拾房间，招待主仆们，她没有取下眼镜，克制着笑容，在化装的人当中走着，靠近地看看他们的脸，却认不出任何人。她不但不认识罗斯托夫家的人和狄姆勒，而且也认不出自己的女儿们，认不出她们身上所穿的她的亡夫的宽服和军服。

“这是谁？”她向她的女教师说，望着化装为卡桑的鞑靼人的女儿。“好像是罗斯托夫家的什么人。啊，您骠骑兵先生，在哪一团服役呢？”她问娜塔莎。“土耳其人啊，给土耳其人一点儿果泥糕吧，”她向分送食品的司膳说，“这是他的法律所允许的。”

有时，看着跳舞的人们所作的奇怪的然而可笑的跳步，撒拉盖亚. 大尼洛芙娜便用手帕蒙了脸，她整个肥大的身体，因为忍不住的、善意的、老年的笑声而颤动着，跳舞的人始终认为自己既是化了装的，便没有人认识他们，因此都不觉得拘束。

“我的萨舍涅特，萨舍涅特！”她说。

在俄国舞与合唱舞之后，撒拉盖亚·大尼洛芙娜集合了全体的主仆们在一起，围成了一大圈；他们取来了一个环，一根绳，一个银卢布，做共同的游戏。

一小时后，所有的衣服都压皱了、凌乱了。焦炭画的须眉在出汗的、发热的、快活的脸上化开了。撇拉盖亚·大尼洛芙娜开始认出了化装的人，称赞他们的服装是多么好，这些服装是多么特别适合小姐们，并且感谢了他们全体，因为他们那样使她愉快。客人们被邀在客厅里吃夜饭，家奴们在大厅里受招待。

“嗬，在洗澡房里面算命，这是可怕的！”住在灭留考娃家的一个老处女在吃饭时说。

“为什么？”灭留考娃家的大女儿问。

“但是您不要去，那是要胆量的……”

“我要去。”索尼亚说。

“您说，这位小姐遇到了什么？”灭留考娃家的二女儿说。

“是这样的，有一位小姐走来了，”老处女说，“拿了一只公鸡，两套食具——都很合适，她坐下了。坐了一会，她忽然听到有人来了，一个有车铃有马铃的雪橇来了。他完全像人一样地进来了，好像是一个军官，走上前，和她坐在食具的旁边。”

“啊！啊！……”娜塔莎恐怖地瞪着眼睛叫起来了。

“还有什么呢，他说话了吗？”

“是的，像人一样，一切都很合适，于是他开始，开始说服她；她应该和他谈话一直到鸡叫；但是她胆小——只是胆小，用手蒙了脸。他抓住了她。幸好，那时候女仆们跑进来了……”

“哎，为什么要吓她们！”撇拉盖亚·大尼洛芙娜说。

“妈妈，您自己也算过命吧……”女儿说。

“他们怎么在仓里算命呢？”索尼亚问。

“就是在现在这时候，他们到仓里去听。听到：敲棰，轻叩——这是不好，而搬谷子——这是好；这也是常有的……”

“妈妈，您说，您在仓里遇见了什么？”

撇拉盖亚·大尼洛芙娜微笑了一下。

“但是我已经忘记了……”她说，“你们没有人去吗？”

“不，我要去；撇拉盖亚·大尼洛芙娜，让我去，我要去。”索尼亚说。

“嗯，当然可以，只要你不怕。”

“路易萨·依发洛芙娜，我能去吗?”索尼亚问。

无论他们是玩环、玩绳，或者玩卢布，或者像现在这样讲话，尼考拉都没有离开索尼亚，用自己的全新的眼光望着她。他似乎觉得，直到今天，由于焦炭的胡须，他才第一次充分认识了她。确实索尼亚这天晚上是愉快、活泼、美丽，尼考拉从来没有看见过她这样。

“她就是这样的，我是个多大的傻瓜啊!”他想，望着她的发亮的眼睛和幸福的、狂喜的、使胡须下边的腮上显出酒窝的笑容，这是他从前没有看见过的。

“我什么都不怕，”索尼亚说，“我马上可以去吗?”她站起来了。

他们告诉了索尼亚，仓在哪里，她要怎样沉默地站着细听，并且给了她一件皮外套。她将它披在自己的头上，瞥了瞥尼考拉。

“这个姑娘多么可爱啊!”他想，“直到现在我想了些什么呢!”

索尼亚走上走廊，到仓里去。尼考拉说他觉得热，赶快地走到前面的台阶上。确实屋里面因为拥挤的人群显得气闷。

院子里依然是那么寂静、寒冷，依然是那样的月亮，只是更加明亮了。月光是那么强，雪上的星光是那么多，使人不想瞻望天空，而真正的星是看不见的。天空黑暗而惨淡，地上却是愉快的。

“我是傻瓜，傻瓜!直到现在，我在等待什么呢?”尼考拉想，于是跑下台阶，他顺着通后面台阶的小径绕过屋角。他知道索尼亚要经过这里。在路当中有一堆木柴，柴上面有雪，并且在地上投下影子；在这个柴堆的那边，在它的一边，有老菩提树秃枝的交错的影子，映在雪上和路上。这条小路通仓屋。仓屋的木头的墙和盖雪的顶，好像是由宝石刻成的，在月光中闪耀着。园中的一棵树上响起了断裂声，然后一切又完全寂静了。似乎他的胸部不是吸入空气，而是吸入了某种永久年轻的力量与欢喜。

在女仆住房的台阶上，有脚步在踏级上响着，在堆了雪的最后的一级上，传来了响亮的吱吱声。老女仆的声音说：

“对直，对直，顺这条路，小姐。可是不要回头望！”

“我不怕。”索尼亚的声音回答，于是索尼亚的穿着薄皮鞋的脚咯吱咯吱地响着，顺着小路对着尼考拉走来。

索尼亚裹了皮外套走着。她看见他时，只相隔两步了；她也觉得，他不像她从前所知道的、她一向有点儿怕的尼考拉。他穿了女人衣服，头发凌乱，流露着幸福的、在索尼亚看来是可掬的笑容。索尼亚迅速地跑到他面前去了。

“完全不同，而又完全一样。”尼考拉想，一边望着她的被月光完全照亮的脸。他把手伸进她的盖着头的皮外套下边，搂抱她，把她紧紧地抱着，吻了她的嘴唇，嘴上的唇髭，并且发出焦木炭的气味。索尼亚也在嘴唇的当中吻他，并且伸出了一双小手，从两边搂着他的脸庞。

“索尼亚……”“尼考拉……”他们只互相说了这两句。他们跑到仓屋那里，然后各人走自己的台阶回到屋里去了。

12

当大家都从撇拉盖亚·大尼洛芙娜家回去时，娜塔莎，她总是看出并且注意一切，她布置了一番，使座位有了变动，就是路易萨·依发诺芙娜、她和狄姆勒同坐一辆雪橇，索尼亚、尼考拉和女仆们同坐一辆。

尼考拉不追赶了，在归途上平稳地赶着车，仍旧在这个奇怪的月光中注视着索尼亚，在这变幻不定的光线中，从须眉下边寻找他的那个从前的和现在的索尼亚，他决定了同她永不分离。他注视着，当他认出了那个旧的和新的索尼亚，想起了那个和接吻的感觉混合在一起的焦木炭气味的时候，他深深地吸了一口冰冷的空气，然后望着奔驰的地和发亮的天，他又觉得自己仿佛置身在仙境中了。

“索尼亚，你舒服吗？”他时时问着。

“是的，”索尼亚回答，“你呢？”

在中途，尼考拉让车夫驾驭着马，自己跑到娜塔莎的雪橇上，在车旁站了一会儿。

“娜塔莎，”他低声用法语向她说，“你知道，我对于索尼亚下了决心了吗？”

“你向她说了吗？”娜塔莎忽然满脸喜色地问。

“啊，你有这些须眉是多么奇怪。娜塔莎！你高兴吗？”

“我很高兴，很高兴！我已经对你生气了。我没有向你说过，但你对待她是不好的。她的心肠是那么好啊，尼考拉。我多么高兴！我有时是令人讨厌的，但是假若我自己幸福，索尼亚不幸福，我要觉得难为情的，”娜塔莎继续说，“现在我是那么高兴，好了，快跑到她那里去吧。”

“不，等一下，啊，你多么可笑！”尼考拉说，仍旧注视着她，在妹妹身上他也发现了那种新的、异常迷人的、亲切的地方，这是他从前没有看见过的。“娜塔莎，这多么诱人啊？”

“是的，”她回答，“你做得好极了！”

“假使我从前看见她像现在这样，”尼考拉想，“我便早已问过她，要做什么，并且做了她所吩咐的一切，而一切都好了。”

“所以你高兴，可是我做得对吗？”

“嗯，很对！我不久之前还同妈妈为这事吵了一下。妈妈说她在钓你。怎么能说这话！我同妈妈几乎大吵起来。我决不让任何人对于她说到、想到任何不好的事情，因为她只有好的地方。”

“那么这是对的吗？”尼考拉说，又一次注视着妹妹脸上的表情，要看出这是不是真的，于是他从雪橇旁跳下，靴子在雪地上擦响着，跑回自己的雪橇上去了。那个幸福的、微笑的、有胡须的、有明亮的眼睛在貂皮帽下边望人的切尔开斯人，仍旧坐在那里，这个切尔开斯人是索尼亚，这个索尼亚一定是他的未来的、幸福的、恩爱的夫人。

到了家，向母亲说了他们在灭留考娃家度过夜晚的情形，小姐们便回到自己的房里去了。她们脱了衣服，却没有拭去抹焦炭的胡子，坐了很久，谈到她们的幸福。她们谈到结婚后要如何生活，她们的丈夫会是朋友，她们将要多么幸福。在娜塔莎的桌上，还有杜妮亚莎在晚间所准备的两面镜子。

“可是要到什么时候才有这一切呢？我怕，永不……这是太好了！”娜塔莎说，站起来走到镜子前面去了。

“坐下，娜塔莎，也许你会看见他。”索尼亚说。

娜塔莎在每面镜子旁边点了一支蜡烛，坐下来了。

“我看见一个有胡子的人。”娜塔莎看着自己的脸说。

“不能笑的，小姐。”杜妮亚莎说。

娜塔莎靠索尼亚与女仆的帮助，使两面镜子的位置放合适了；她脸上显出严肃的表情，她沉默着。她坐了很久，看着两面镜子中所映照出的一串渐渐远去的蜡烛，意料着（根据她所听的故事）她会在那最后的混合的模糊的方形中，看见一口棺材，又会看见他，安德来公爵。无论她多么有意要把极微小的点子当作人或者棺材的形状，她却什么也没有看见。她开始频频地眨眼，并且离开了镜子。

“为什么别人看得见，我却什么也看不见呢？”她说，“你坐下来，索尼亚；今天晚上你务必一定，”她说，“只是替我看……我今天觉得那么害怕！”

索尼亚坐到镜子前面，摆好了位置，开始观看。

“现在索斐亚·亚力山德罗芙娜一定会看见，”杜妮亚莎低声说，“您总是发笑。”

索尼亚听到了这话，又听到娜塔莎低声说：

“我知道她会看见的，她去年也看见的。”

大家沉默了三分钟。“一定是看见了！”娜塔莎低声说，没有说完……忽然索尼亚推开她手里的镜子，用手蒙了脸。

“啊，娜塔莎！”她说。

“看见了吗？看见了吗？看见了什么？”娜塔莎扶着镜子大声说。

索尼亚并没有看见东西，当她听到娜塔莎的声音说“一定是看见了”时，她正想要眨眨眼，站起来。她不愿欺骗杜妮亚莎和娜塔莎，但坐着是难受的。她自己不知道，当她用手蒙眼时，她怎样并且为什么发出了叫声。

“看见他了吗？”娜塔莎抓着她的手问。

“是的。等一下……我……看见了他。”索尼亚不觉地说，还不知道娜塔莎所说的他是指谁而言；他是尼考拉，或者他是安德来？

“但为什么我不说我看见了东西呢？别人都看见！谁能发觉我是看见，还是没有看见呢？”这想法在索尼亚的心中闪过。

“是的，我看见了他。”她说。

“怎样的？怎样的？坐着还是躺着？”

“不，我看见……先是没有东西，忽然我看见了，他躺着。”

“安德来躺着吗？他病了吗？”娜塔莎问，用她的不动的眼睛惊惶地望着她的朋友。

“不是，相反——相反，脸是愉快的，他向我转过来，”在她说这话时，她似乎觉得，她看见了她所说的东西。

“哦，还有呢？索尼亚？……”

“后来我看不清了，什么蓝的和红的东西……”

“索尼亚！他什么时候回来呢？我什么时候看见他呢？我的上帝啊！我多么为他、为我自己害怕啊，我为一切害怕……”娜塔莎说，对于索尼亚的安慰她没有回答一句，她在床上躺着，在蜡烛熄灭很久之后还睁着眼睛，不动地躺在床上，透过结冰的窗子望着寒冷的月光。

13

在圣诞节后不久，尼考拉向母亲说明了他对索尼亚的爱情和他要娶她的毅然的决心。伯爵夫人早已注意到索尼亚与尼考拉之间所发生的事情，她期望着这个说明，沉默地听了他的话，并且向儿子说，他想要娶谁就可以娶谁；但她和父亲都不会祝福他这件婚事。尼考拉第一次感觉到他的母亲不满意他。虽然她对他慈爱，她却不对他让步。她没有望着儿子，冷淡地派了人去请丈夫；当他来到时，伯爵夫人想要简略地冷静地当尼考拉的面向他说明是怎么回事，但她克制不住了；她流出了苦恼的眼泪，走出了房。老伯爵开始犹疑不定地规劝尼考拉，要求他放弃他的计划。尼考拉回答说，他不能否认他的话，于是父亲叹了口气，显然是困惑了，立刻中断了自己的话，走到伯爵夫人那里去了。在他和儿子的一切冲突中，伯爵总是因为家境的不振，觉得自己对不起儿子，因此他不能因为儿子拒绝娶富家女子，却选择无陪嫁的索尼亚便对儿子发火——在这种场合，他只是更痛心地想起，假如家道不是这样衰落，尼考拉便无须要娶比索尼亚更有钱的妻子了；家境衰落的责任只在他和他的米清卡，以及他的不可克服的习惯。

父母没有再和儿子谈到这件事；但几天以后，伯爵夫人把索尼亚叫到自己面前，用了彼此都料想不到的尖锐的语言，责备甥女引诱她的儿子，责备她忘恩负义。索尼亚无言地垂着眼睛，听了伯爵夫人的尖锐的话，不明白对她要求的是什么。她准备为她的恩人牺牲一切。自我牺牲的思想是她所喜爱的思想；但在这件事情上，她不能明白，她应该牺牲什么，并且为谁作出牺牲。她不能不爱伯爵夫人和罗斯托夫全家，也不能不爱尼考拉，不能不知道他的幸福就靠着这个爱情。她沉默悲哀，没有回答。尼考拉似乎觉得他不能再忍受这种情形，于是他去向母亲说明。尼考拉时而请求母亲饶恕他和索尼亚，并且同意他们的婚事，时而威胁母亲，说假使索尼亚要受到迫害，他便立刻和她秘密结婚。

伯爵夫人带着儿子从未见过的冷淡的样子回答儿子说，他已经成年了，说安德来公爵不得到父亲的同意就要结婚，说他也可以这么做，但她绝不承认这个女阴谋家是她的媳妇。

尼考拉被女阴谋家这个名词惹恼了，提高了声音向母亲说，他从来没有料想到，她要强迫他出卖自己的情感；并且假使是如此，那么他最后一次说……但他没有来得及说出这句关键性的话，这句由于他脸上的表情他母亲恐怖地等候着的话，这句也许要在他们之间永远留下心酸的回忆的话。他没有来得及说完，因为娜塔莎面孔发白而严肃地从门外进了房，她在门外窃听到现在。

“尼考林卡，你说废话，不要说，不要说！我告诉你，不要说！……”为了压下他的声音，她几乎是叫起来了。

“妈妈，亲爱的，这完全不是因为……我心爱的，可怜的。”她向母亲说，母亲觉得自己是在决裂的边际，恐怖地望着儿子，但是由于坚决的争执与兴奋，她不愿并且也不能让步。

“尼考林卡，我要向你说明的，你去吧——您听，亲爱的妈妈。”她向着母亲说。

她的话是无意义的，但这些话得到了她所企望的结果。

伯爵夫人沉痛地啜泣着，把脸藏在女儿的怀中，尼考拉站起来，抓着头，走出房去了。

娜塔莎负责进行和解，并且得到了这样的结果，就是尼考拉获得了母亲的保证，索尼亚不会受虐待，他自己也作了保证，他决不瞒着父母做任何事情。

尼考拉和父母有了意见，又愁闷又严肃，但他觉得，他是在热恋中，他毅然地决定了，在团里料理了自己的事情之后，就辞职回家，娶索尼亚，他在一月初到团里去了。

在尼考拉走后，罗斯托夫家里比从前更惨淡了。伯爵夫人因为心绪恶劣而生病了。

索尼亚因为尼考拉的离别，更因为伯爵夫人不能对她没有那种敌意的态度，是很悲哀的。伯爵为了那必须采取断然措施的、恶劣的家境而空前地烦恼。莫斯科的房子和莫斯科郊外的房产都不得不出卖了，为了出卖房屋，他必须到莫斯科去。但伯爵夫人的健康使行期一天一天的延迟。

娜塔莎轻易地甚至愉快地忍受了和未婚夫离别的初期，现在却一天一天变得更激动、更不耐烦了。她想到，她的最好的时光，应当用在对他的爱情上，却不为任何人而白白地浪费了，这个想法使她不断地感到痛苦。他的信大都使她发火。她愤慨地想到，她是在对他的一心思念中过生活，而他却过着真正的生活，他看见了许多在他看来是有趣味的新地方和新人。他的信愈有趣味，她愈觉得烦恼。她写给他的信，不但不使她感到安慰，而且使她觉得是无聊的虚伪的义务。她不会写，因为她认为，她不能在信中真实地表现千分之一她所惯于用声音、笑容与目光所表现的东西。她写给他一些徒具形式的、单调的、冷淡的信，这些信都曾由伯爵夫人在底稿上改正了她的拼写的错误，她自己并不认为这些信有丝毫的意义。

伯爵夫人的健康仍然没有见好，但延期到莫斯科去是不可能了。必须预备娜塔莎的陪嫁，必须出卖房子，此外安德来公爵要先到莫斯科（这个冬季尼考拉·安德来维支老公爵住在这里），娜塔莎相信他已经到了。

伯爵夫人留在乡间，伯爵带了索尼亚和娜塔莎，在一月末到莫斯科去了。

第五部

1

彼埃尔在安德来公爵和娜塔莎订婚之后，没有任何显见的理由忽然间觉得，他不能够继续过从前的生活了。无论他多么坚决地相信他的恩人展示给他的真理，无论在他那么热心从事的自我内心改造工作的初期，他多么高兴，但是在安德来公爵和娜塔莎订婚以后，在奥西卜·阿列克塞维支死后——这个消息他几乎是同时接到的——他觉得，以前那种生活的全部魅力忽然消失了。只剩下了一个生活的架子：他的房子，他的出色的正在享受一个要人的恩泽的妻子，他和全彼得堡的人士的交游，他的官职和一些无聊的仪式。以前的这种生活，忽然使彼埃尔感到意外的憎恶。他停止写日记了，避免和会友往来，又开始到俱乐部去，开始饮很多的酒，又和单身的朋友接近，并且开始过那样的生活，以致叶仑娜·发西莉叶芙娜伯爵夫人认为必须对他作严厉的责问。彼埃尔觉得她是对的，为了不连累他的妻子，他到莫斯科去了。

在莫斯科，他一进了他的大屋子，看见了憔悴的和在渐渐憔悴的公爵小姐们，很多的仆人，在他驱车过城时，一看见了依比利亚教堂和金龛前无数的烛光，一看见了克里姆林广场和未被碾踏的雪、雪橇车夫和谢夫采夫·夫拉饶克①的棚子，一看见了不希望任何东西、不忙着到任何地方去、却悠闲地安度余年的莫斯科老绅士们，一看见了老太太们、莫斯科的小姐们、莫斯科的跳舞会和莫斯科的英国俱乐部——他便觉得自己好像在安静的休息所里一样地舒适自在。他在莫斯科觉得安静、温暖、习惯、脏污，好像是穿着旧宽服一样。

莫斯科的交际界，从老太婆到小孩，接待彼埃尔都好像接待期待多时的客人一样——他的座位总是准备着空在那儿。对于莫斯科的交际界，彼埃尔是最可爱、最仁慈、最聪明、最愉快、最宽宏的怪人，是漫不经心的、诚恳的、俄国旧式的绅士。他的钱袋总是空的，因为它对一切的人都是打开的。

募捐游艺会，恶劣的图画，雕像，慈善团体，茨冈人歌队，学校，醵资的宴会，酒会，共济会员，教堂，书籍——没有任何人、任何事遭他的拒绝，假若不是他的两个朋友借去他很多的钱，并且把他放在他们的监护之下，他便会散掉他的一切。在俱乐部里，没有一次宴会、没有一个晚会里没有他。在他吃了两瓶马告酒之后，刚刚坐到沙发上他的位子的时候，他便被人围住，于是谈话、争论、诙谐开始了。有争吵的时候，他只用他的善良的笑容和随口说出的笑话，使人和解。共济会的聚餐，假如他不在场，便显得无趣、毫不精彩了。

有一次在单身汉的夜饭之后，他带着善良的亲切的笑容，听从了快活的朋友们的请求，上了车，和他们一同到某个地方去，在年轻人之间，发出了喜悦的、胜利的叫声。在跳舞会上，假使缺少男舞伴，他便跳舞。年轻的小姐太太们欢喜他，因为他不专向某一个人献殷勤，他是对所有的人同样地亲切，特别是在夜饭之后。“Il est charmant, il n'a pas de sexe.［他是可爱的，他是没有性别的。］”他们这么说他。

彼埃尔是那种退职的、在莫斯科安度余年的高级侍从，这种人

① 毛注：莫斯科的贫民窟。

有几百个。

假使七年前，当他刚从国外回来时，有谁向他说，他无须寻找什么、计划什么，他的路线早已确定了，永久地注定了，说他虽然挣扎，他却还是要像所有的处在他的地位上的人那个样子，他听了这话，觉得多么可怕啊。他不会相信这话的！他不是一心一意地希望过：在俄国建立共和国，他自己做拿破仑，做哲学家，做战略家，做打败拿破仑的征服者吗？他不是看见了那种可能性，并且曾经热烈地希望改造堕落的人类，使自己达到最高度的至善之境吗？他不是设立了学校和病院，解放了他的农奴吗？

可是代替这一切的，他现在是一个不忠实的妻子的有钱的丈夫，退职的高级侍从，爱吃爱喝，敞开了衣服微微责备政府，是莫斯科英国俱乐部的会员，莫斯科交际界中大家所欢喜的人。他有好久的时候，想到他正是七年前他所极为轻视的那种退职的莫斯科的高级侍从，便心里不安。

有时他用这种思想安慰自己，就是，他只是暂时过这种生活；但后来，别的思想又使他恐惧，就是，许多像他这样的人，长着全部的牙齿和头发，暂时走进这种生活和俱乐部，直到没有一颗牙齿和一根头发的时候才走出来。

当他想到自己的境况而感到骄傲的时候，似乎觉得他和他从前所轻视的其他退职的高级侍从们是截然不同的，他们是庸俗的、愚蠢的、知足的人，并且满意他们的境况，“而我现在还是不满足，还希望为人类做点事情。”在骄傲时他向自己这么说。“也许我所有的同事，正和我一样地曾经奋斗过，曾经寻找过一种新的、他们自己的生活道路，并且正和我一样，被环境、社会、种族的力量，人类不能反对的不可抗的力量，逼到了我所处的这种境地。”在谦逊时他向自己这么说。在莫斯科住了一些时候以后，他已经不轻视他的命运相同的同事们，并且像对他自己一样地开始爱他们、尊敬他们、可怜他们。

彼埃尔已经不像从前那样对于生活有失望、忧闷、憎恶的时候；但是从前剧烈发作的那种病态，被赶到他内心里去了，并且始终在他身上。“有什么目的？为什么？世界上所发生的是些什么？”他每天几次迷惑地问他自己，不觉地开始思索生命现象的意义；但是凭经验他知道，对于这些问题是没有答案的，他便赶快地力求避开这些问题，拿了书看，或者赶到俱乐部去，或者到阿波隆·尼考拉维支那里去谈城市的琐闻。

“叶仑娜·发西莉叶芙娜除了自己的身体，从来不爱惜任何东西，她是世界上的一个最愚蠢的女人，”彼埃尔想，“她在人们面前成了智慧与风雅的峰巅，他们都崇拜她。拿破仑·保拿巴特在成为伟人之前，一直被人轻视，而在他成了可怜的小丑以后，法兰西斯皇帝要把自己女儿和他缔结不合法的婚姻。西班牙人借天主教教士向上帝祈祷，为了他们在六月十四日打败了法国人而感恩，但法国人借同样的天主教教士做祈祷，为了他们在六月十四日打败了西班牙人。我的共济会会友们用血宣誓，说他们准备为别人牺牲一切，但他们每个人却一个卢布的济贫捐款也不付，并且他们策动阿斯特利阿反对甘露寻求派①，并且为真正的苏格兰地毯②发生纷扰，为一个法规发生纷扰，这法规的意义连编纂的人也不知道，而且没有人需要这个法规。我们都宣传基督教的宽恕罪过和爱别人的教律，为了这个教律，我们在莫斯科建立了一千六百个教堂，但昨天他们还鞭打了一个逃兵，而这个爱与恕的教律的同一的宣扬者，神甫，在行刑之前让兵士吻十字架。”彼埃尔这么想，那个整个的、普遍的、大家承认的欺骗，虽然是他所习惯的，却每次都好像是什么新的东西一样使他惊异。“我明白了这个欺骗和混乱，”他想，“但是我要怎样告诉他们我所明白的一切呢？我试验过，并且总是发现他们在内心深处也明白我所明白的东西，却只是极力不要了解它。所以应该是那样的！但是我要怎么办呢？”彼埃尔想。

他具有许多人的、特别是俄国人的那种不幸的能力——就是能

① 毛注：彼得堡的两个共济会支会。

② 毛注：有象征图案的地毯为每一会所的重要设备。各会所竞相取得本会古老组织的地毯和会章。

够知道并且相信善良与真理是有的，把生活的丑恶与虚伪看得太清楚，以致不能够在生活中从事认真的活动。任何方面的工作，在他的心目中，都是和丑恶与欺骗相结合的。无论他想要做什么样的人，无论他做什么事——丑恶与虚伪都拒绝他，并且阻挡他一切活动的路径。然而他必须生活，必须有点事做。处在这些不可解决的人生问题的压迫之下，是太可怕了，于是为了忘记它们，他可以醉心于任何的嗜好。他到各种各样的社交场所里去，喝很多的酒，购买图画，建筑房屋，而主要的是读书。

他读书，读一切随手碰到的书，并且是那样读书，当他到了家、仆人还在替他脱衣服的时候，他已经拿着书在看了——读了书便睡觉，睡了觉便在客厅和俱乐部里谈天，谈了天便是酒宴和女色，酒宴之后又谈天、读书、饮酒。饮酒对于他，愈益成为生理上的同时又是精神上的需要。虽然医生们常向他说，由于他的肥胖，酒对于他是危险的，他仍然喝很多的酒。只有在他不知不觉地向自己的大嘴巴里灌进了几杯酒，身体上感觉到愉快的温暖，对身边所有的人感到亲切，心里面对于任何思想实质不深入了解而准备作肤浅的反应的时候，他才觉得十分舒适。直到他喝了一两瓶酒之后，才模糊地感觉到，从前使他觉得恐惧的、那个混乱的、可怕的生活纠纷，并不如他所想的那么可怕。他头脑里嗡嗡直响，一面谈着一面听着，或者在午饭和夜餐之后看书时，他都不断地感觉到这个纠纷，它的某个方面。但是在酒力之下他向自己说："这算不了什么。我要把它弄清楚——我的解释已经准备好了。但现在没有工夫——我以后再思索这一切吧！"但这个"以后"从来没有来到过。

早晨空着肚子时，所有的从前的问题都显得是那么不能解决而可怕，于是彼埃尔急忙地拿起一本书，并且有人来看他时，他便高兴。

有时彼埃尔想起他所听过的传说，在战争中，兵士们在壕沟里躲避敌人的炮火，当他们无事可做时，便尽力地为自己找事情做，以便更轻松地忍受危险。于是彼埃尔觉得，所有的人都是这种逃避生活的兵士们：有人在野心上，有人在打牌上，有人在法律的写作上，有人在女色上，有人在玩具上，有人在马匹上，有人在政治上，有人在狩猎上，有人在饮酒上，有人在政事上。“没有不重要的事，也没有重要的事，反正一样：只要尽我所能地去逃避它！”彼埃尔想，“只要不看见生活，那可怕的生活。”

2

冬初，尼考拉·安德来维支·保尔康斯基公爵和女儿来到莫斯科。由于他的过去，由于他的智慧与独特，特别是由于当时对亚力山大皇帝的统治的热情的低落，以及由于莫斯科当时的普遍的反法情绪及爱国情绪，尼考拉·安德来维支公爵立即成为莫斯科人士特别尊敬的对象和莫斯科反政府派的中心人物。

这一年公爵很衰老了。在他身上出现了显著的衰老的迹象：突然的打盹、最近事件的遗忘、旧事的回忆，以及幼稚的虚荣，他就是因此担任了莫斯科反对派的首领的角色。虽然如此，当老人穿着皮袄、戴了敷粉的假发出来吃茶时，特别是在晚间，由于别人的激动，开始谈些关于过去的支离破碎的故事，或者对现在作些更加支离破碎的苛刻的批评时，他便在所有客人的心中引起同样的肃然的敬意。这全部的老屋子和大镜子，革命前的家具，敷粉的听差们，属于过去时代的严厉的聪明的老人自己，他的温顺的女儿和美丽的法国女子（她们俩都敬畏他），这一切在客人们看来，都是庄严而愉快的景象。但客人们没有想到，除他们看见主人的这两三个小时之外，在一昼夜中还有二十二小时，在这个时候他们过着家庭内部的私生活。

近来在莫斯科，这种内部的生活，对于玛丽亚公爵小姐是很难过的。在莫斯科她失去了在童山使她精神爽快的、那些最大的乐趣——和上帝的人的谈话和孤独。而且她没有任何都市生活的好处和乐趣。她不到交际场中去；大家都知道，她父亲不许她到他不在场的地方去，但他由于身体不好不能出去，因此没有人请她去赴宴会或晚会。结婚的希望，玛丽亚公爵小姐完全放弃了。她看到尼考拉·安德来维支公爵接待和遣走那些有时来到她家的、可能是求婚者的年轻人的时候那种冷淡和愤怒的表情。玛丽亚公爵小姐没有朋友：她这次来到莫斯科，对她的两个最亲密的朋友都失望了。她以前不能够对部锐昂小姐十分坦白，现在更觉得她可嫌了，并且由于各种原因，她开始对她疏远了。尤丽在莫斯科，玛丽亚公爵小姐和她连续通过五年信，当玛丽亚公爵小姐和她重新会面时，她变得和她完全格格不入了。尤丽这时候，由于哥哥们的死，成为莫斯科最富的闺女之一，为了社交乐趣而十分忙碌。她被青年们包围着，她觉得，他们都忽然赏识了她的美德。尤丽到了成年的社交小姐的那种年纪，她觉得出嫁的最后机会已经来到了，她的命运现在就要决定或者永不决定了。玛丽亚公爵小姐，在每个星期四，带着忧悒的笑容，想起她现在不能写信给谁了，因为尤丽在这里，并且每周和她见面，而她在这里并不能给她任何乐趣。好像一个年老的侨民拒绝娶一个妇女，而他就在这个妇女的家里度过多年来的夜晚——她惋惜尤丽在这里，她无人可以通信。玛丽亚公爵小姐在莫斯科没有人可以谈心，不能向人倾诉自己的苦恼，而这时候她新增加了很多的苦恼。安德来公爵的归期和他的婚期都临近了，他委托她为这事疏通他的父亲，这委托不但没有办到，而且相反，这事情似乎完全弄糟了，并且一提到罗斯托娃伯爵小姐就要引起老公爵发脾气，而他大部分的时间是脾气不好的。玛丽亚公爵小姐近来新添的苦恼，是她教六岁侄儿的各项功课。在她对尼考卢施卡的态度上，她恐怖地发觉了她自己具有父亲的暴躁的脾气。无论她对自己解说过多少次，她不应该在教侄儿的时候让自己发脾气，却几乎每次，当她拿着教鞭坐下来教法文字母表时，她是那么想要尽快地、轻易地把自己的知识灌输给孩子，而孩子已经怕姑母就要发怒，因此她在孩子有丝毫不注意时，她便发抖、着急、生气、提高声音，有时拉着他的手臂，罚他去站在房间角落里。罚他站在角落里之后，她自己便开始为了自己的暴躁恶劣的性格而流泪，后来尼考卢施卡跟着她哭，不得允许就从角落里走出来，走到她身边，把她的湿手从脸上拿开，并且安慰她。但是最使玛丽亚公爵小姐苦恼的，是她父亲的暴躁脾气，这总是对女儿发作的，并且近来达到了无法忍受的程度。假使他要她整夜跪拜在地上，假使他打她，派她打柴汲水，她决不会想到她的处境困难，但是这位亲爱的残暴者，因为他爱她而更残酷，并且因此而折磨他自己和她，他不但知道怎么故意地损伤她、侮辱她，而且要她明白，什么都怪她，总是怪她。近来他表现了一个新的特征，最使玛丽亚公爵小姐觉得痛苦，这就是他和部锐昂小姐的更加亲密。他听说了儿子的心意，在最初的时候，他有了一种开玩笑的想法，就是假使安德来公爵结婚，则他自己也娶部锐昂小姐，这个想法显然是他所满意的，并且他近来只是为了凌辱她而固执地向部锐昂小姐表示特别的亲爱（在玛丽亚公爵小姐看来是如此的），并且借他对部锐昂小姐表示爱情而表示他对女儿的不满。

有一天在莫斯科，老公爵当玛丽亚公爵小姐的面（她觉得，父亲有意在她面前做这件事），吻了部锐昂小姐的手，并且把她拉到自己的面前，亲热地搂抱她。玛丽亚公爵小姐脸红了，跑出房去了。几分钟后，部锐昂小姐来到玛丽亚公爵小姐的房里，微笑着，用她的可喜的声音开心地说着。玛丽亚公爵小姐连忙拭去了眼泪，迈着坚决的步子走到部锐昂面前，显然她自己并不觉得，她愤怒地急忙地用爆炸的声音，开始向法国女子咆哮地说。

“利用弱点……是恶劣的、卑鄙的、不人道的……”她没有说完，“从我房里滚出去。”她大叫，并且呜咽了。

第二天，公爵没有向女儿说一句话；但她注意到，在吃饭的时候，他吩咐先给部锐昂小姐上菜。在吃饭完毕时，当司膳按照习惯，先给公爵小姐上咖啡时，公爵忽然大发雷霆了，把手杖向菲利普抛去，并且立刻吩咐了送他去当兵。

“他不听话……说了两次……他不听！……她是这个屋里的第一要人；她是我最好的朋友，”公爵大叫着说，“假使你再敢大胆，”他头一次对着玛丽亚公爵小姐这么愤怒地大叫着说，“你再敢像昨天那样……在她面前忘形，我就要给你看看，谁是家里的主人。去！我不要看见你，去向她赔礼！”

玛丽亚公爵小姐为了自己，为了央她求情的司膳菲利普，向阿玛利亚·叶芙盖涅芙娜和父亲请求饶恕。

在这种时候，玛丽亚公爵小姐心中的情绪，类似为牺牲而有的骄傲。在这种时候，她所批评的这位父亲，会忽然在她面前寻找着眼镜，手在眼镜旁边摸着，却没有看见，或者忘记了刚才所发生的事情，或者用软弱的腿迈着不稳的步子，并且回头望望，是否有谁看见了他的软弱，也许最不好的是，在吃饭时，没有客人激动他，他便忽然打盹，落下餐巾，把摇摆的头垂到碟子上。在这种时候，她带着自我厌恶的心情这么想着："他老了，衰弱了，我敢批评他了!"

3

一八一一年，在莫斯科有一个很快地走了时运的法国医生，一个身材高大的美男子，正像法国人那样地殷勤，并且如全莫斯科的人所说的，一个有异常才干的医生，他就是美提弗耶。上层社会的人家接待他，并不把他当作医生，却当作一个地位平等的人。

尼考拉·安德来维支公爵一向嘲笑医术，近来由于部锐昂小姐的劝告，准许了这个医生来看他，并且对他习惯了。美提弗耶通常一星期来看公爵两次。

在尼考拉日，公爵的命名日，全莫斯科的知交都来到他家的门口，但他吩咐了不接待任何人；只吩咐邀请少数的人来吃饭，他把他们的名单交给了玛丽亚公爵小姐。

美提弗耶早晨来道贺，以医生的身份觉得应该 de forcer la consigne［硬闯进去］，如同他对玛丽亚公爵小姐所说的，于是他进去看公爵。碰巧在命名日的早晨，老公爵的心情最坏。他整个早晨在家里走来走去，向所有的人挑毛病，并且做出那种样子，好像他不明白别人向他所说的话，别人也不了解他。玛丽亚公爵小姐很知道这种平静的、心神不安的埋怨的心情，这种心情的结果通常是大发雷霆。她整个早晨走来走去，好像是在实弹的、按下扳机的步枪之前，等候着不可避免的射击。在医生来到之前，这个早晨过得很好。让医生进去之后，玛丽亚公爵小姐拿着书坐在客厅的门旁，在这里她可以听到书房里所发生的一切。

起初她只听到美提弗耶的声音，然后是父亲的声音，然后两种话声响了一阵，门猛然打开了，在门口出现了美提弗耶的惊恐的英俊的身材和他的黑发簇，还出现了穿宽服的、戴睡帽的、面孔因为愤怒而难看的、眼眸下垂的公爵的身材。

“你不明白吗？”公爵咆哮，“但我明白！法国的侦探，保拿巴特的奴隶、侦探，从我家滚出去——出去，我说的！”于是他砰然一声关上了门。

美提弗耶耸着肩，走到部锐昂小姐面前，她是听到声音从隔壁房间里跑出来的。

“公爵是不很好，la bile et le transport au cerveau. Tranquillisez-vous，je repasserai demain. [有恶脾气和脑充血。你放心，我明天再来。]”美提弗耶说，把手指放在唇上，匆忙走出去了。

从门那边传来了穿趿鞋的脚步声和叫声：“侦探，奸细，处处是奸细！我家里没有一分钟安静！”

在美提弗耶走后，老公爵把女儿叫到他面前去了，于是他全部的怒火都对她发泄了。她的过错是让这个侦探来看他。他不是说过，向她说过，要她写一个名单，那些不在名单上的都不让进来吗？为什么让这流氓进来呢？她是这一切的原因。他说，同她在一起，他不能有一分钟的安静，不能安静地死去。

“不，姑娘，我们要分离的，要分离的，您要知道这个，您要知道！我现在再也受不了了。”他说过，走出房去了。好像是怕她会获得安慰，他回到她面前，极力做出安静的样子，补充说，“不要以为我是在发怒的时候向您说这话的，但是，我是镇静的，我思索过的；这就会来的——我们要分离的；为您自己去找个地方吧！……”但他不能克制他自己，他带着只有爱人的人才会有的那种怒气，他显然是自己痛苦着、挥着拳头向她大声说：

“但愿有个傻瓜娶了她！”他砰然一声关上了门，派了人去叫部锐昂小姐，于是在书房里安静下来了。

两点钟时，六个选定的人都来吃饭了。客人们是著名的拉斯托卜卿伯爵①，洛普亨公爵和他的侄儿，公爵的老战友恰特罗夫将军，年轻的有彼埃尔和保理斯·德路别兹考，他们在客厅里等候他。

保理斯新近休假来到莫斯科，希望见到尼考拉·安德来维支公爵，并且能够那样地讨得了他的好感，以致公爵在他所不接待的一切单身年轻人之中，对他做了一件例外的事。

公爵的家不是所谓交际界，是那么小的一个团体，这个小团体虽然在城里没有听到说过，但在这里受到接待是最荣幸的。这是保理斯在一周之前便晓得的，那天，拉斯托卜卿当他面向那请他在尼考拉日吃饭的总司令说，他不能到：

“在这天我总是到尼考拉·安德来维支公爵的神骨前去致敬。”

“啊，是，是，”总司令回答，“他怎样？……”

这个小团体在吃饭之前聚集在旧式的、高大的、摆着旧式家具的客厅里，好像一个在开会的严肃的法庭会议。大家都沉默着，即使说话，话声也很低。尼考拉·安德来维支公爵出来了，显得严肃而又沉默。玛丽亚公爵小姐比平时显得更沉静、更羞怯。客人们勉强地和她说话，因为他们看到，她没有心思和他们谈话。只有拉斯托卜卿一个人谈着不停，时而谈到最近的城市新闻，时而谈到最近的政治新闻。

洛普亨和老将军偶尔参加谈话。尼考拉·安德来维支公爵听着，好像审判长在听他们的报告，只偶尔用沉默或简单的话表示他在注意他们向他报告的东西。谈话的语调是那样的，它使人明白，没有人赞同政界里所发生的事情。他们所谈的那些事件显然证明一切越来越糟；但是在说任何故事或作任何批评时，奇怪的是，每次在批评到了可能涉及皇帝陛下本人时，谈话的人便中止了谈话，或者是被阻止了。

在吃饭时，谈的是关于最近的政治新闻，关于拿破仑夺取奥尔顿堡公爵的领土，关于俄国送给欧洲各国朝廷的反对拿破仑的牒文。

① 毛注：他（1763—1828）在一八一二年是莫斯科总督，是政治家，著作家。

“保拿巴特对待欧洲，就像海盗对待劫夺的船一样，”拉斯托卜卿伯爵说，重复他已经说过许多次的话，“我们只是诧异君王们的容忍或盲目。现在轮到教皇了。保拿巴特已经毫不顾忌地要罢免天主教的首领了，大家还不说话！只有我们的皇帝抗议他夺取奥尔顿堡公爵的领土。甚至……”拉斯托卜卿伯爵沉默了，觉得他已经说到了不能批评的界限。

“有人提议用别的领土替换奥尔顿堡的公国，”尼考拉·安德来维支公爵说，“好像我把农奴们从童山移居到保古恰罗佛和锐阿桑田庄一样，他也这样地调动公爵们。”

“Le duc d’Oldenbourg supporte son malheur avec une force de caractère et une resignation admirable.［奥尔顿堡公爵用惊人的意志和听天由命的态度，忍受了他的不幸。］”保理斯恭敬地插言。他说这话，因为他从彼得堡来时，曾有荣幸见过公爵。尼考拉·安德来维支公爵那样地望了望这个年轻人，好像他想要向他说点什么，但是他改变了他的主意，认为他太年轻了，不能向他说什么。

“我看过了我们关于奥尔顿堡事件的抗议，我诧异这个通牒的恶劣的字句，”拉斯托卜卿伯爵用漫不经心的语气说，好像一个人判断他很熟悉的事一样。

彼埃尔单纯地吃惊地看了看拉斯托卜卿，不明白为什么这个牒文的恶劣字句令他不高兴。

“伯爵，这个牒文假使内容是有力量的，”他说，“那么措辞无论怎样也不是一样吗？”

“Mon cher，avec nos 500 mille hommes de troupes. il serait facile d’avoir un beau style.［我亲爱的，有我们的五十万军队，要有优美的文体应该是很容易的。］”拉斯托卜卿伯爵说。

彼埃尔明白了为什么牒文的措辞使拉斯托卜卿伯爵不高兴。

“似乎书写的人大量地出现了。”老公爵说，“在彼得堡大家都在那里写，不但写牒文，而且都在写新的法律。我的安德柔沙在那里为俄罗斯写了整卷的法律。现在大家都在写！”他不自然地笑起来了。

谈话停了一会，老将军清着嗓子要人向他注意。

“请问您听到过最近在彼得堡的检阅时的事情吗？法国的新大使成个什么体统！”

“什么？是的，我听到一点；他向陛下说了不得体的话。”

“陛下要他注意掷弹兵师和分列进行式，”将军继续说，“似乎大使并没有注意，并且似乎大胆地说，我们在法国并不注意这种琐事。陛下一句话不说。在下一次的检阅中，据说，皇帝一次也没有向他说话。”

大家沉默着：对于这个有关皇帝本人的事情，不能够表示任何意见。

“无耻之徒！”公爵说，“您认识美提弗耶吗？我今天把他从我家里赶走了。他到这里来过，虽然我不让任何人来看我，他们却放他进来了，”公爵说，愤怒地瞥了瞥女儿。于是他说了他和法国医生的全部谈话和他之所以相信美提弗耶是侦探的理由。虽然这些理由很不充足而且不明确，却没有任何人反对。

在烤肉之后，斟了香槟酒。客人们从位子上站起来庆祝老公爵。玛丽亚公爵小姐也走到他面前去了。

他用冷淡的凶狠的目光看了看她，把打皱的刮过胡子的腮伸给她吻。他脸上全部的表情向她说，他没有忘记他们早晨的谈话，他的决心仍然像先前那样的坚定，只是由于客人在场，他现在不向她说这个。

在他们进客厅饮咖啡时，老人们坐在一起。

尼考拉·安德来维支公爵更加兴奋了，说出他对于迫近的战争的意见。他说，在我们觅取和德国人的联盟，干预欧洲事件的时候，我们和保拿巴特的战争是不幸的——提尔西特和会把我们牵入了欧洲事件中。我们既不该为奥地利也不该对奥地利作战。我们的政治权益是在东方，对于保拿巴特，我们唯一的事，就是边境上的武备和坚定的政策，他绝不敢越入俄国的边境，像一八〇七年那样的。

“公爵，我们怎能够和法国打仗呢！”拉斯托卜卿伯爵说，“我们能够武装起来反对我们的教师和上帝吗？看看我们的年轻人，看看我们的小姐们吧！我们的上帝就是法国人，我们的天国就是巴黎。”

他说的声音更高了，显然是为了要使大家都听见。

“法国的服装，法国的思想，法国的情感！您在这里抓着美提弗耶的颈子把他赶走了，因为他是法国人，是无赖，但我们的小姐们却匍匐着向他面前爬。昨天我在一个晚会上，在五个小姐当中有三个是天主教徒，得到教皇的允许，在星期日做针线。她们差不多是光着身子坐着，好像洗澡堂的广告牌一样，恕我这么说。哎，你看了我们的年轻人，公爵，你便要从古物展览室里拿出彼得大帝的棍杖照俄国的方式敲打他们，把他们的所有的愚蠢都敲出来。”

大家沉默着。老公爵面带笑容望着拉斯托卜卿，并且赞同地点头。

“哦，再见，大人，保重保重。”拉斯托卜卿说，以他所特有的迅速动作站起来，向公爵伸手。

“再见，我亲爱的——金玉之音，我是百听不厌的！”老公爵说，握住他的手，把腮伸给他吻。

别人也跟随拉斯托卜卿站起来了。

4

玛丽亚公爵小姐坐在客厅里，听着老人们的这些谈话和评论，却一点也不了解她所听到的东西；她只想到，所有的客人是否注意到她父亲对她的敌视态度。她甚至没有注意到，第三次到他们家来的德路别兹考，在整个吃饭时间对她所表示的特别注意与亲切。

玛丽亚公爵小姐用心神涣散的、疑问的目光望着彼埃尔，他是客人中最后走的一个人，他手拿帽子，面带笑容，在公爵走出去之后，走到她面前，于是只剩他们俩在客厅里了。

“可以再坐一会吗？”他说，他的肥胖的身躯落在玛丽亚公爵小姐旁边的椅子上。

“嗯，可以，”她说，“您没有注意到什么吗？”她的目光说。

彼埃尔是在饭后的愉快的心情中。他望着前面，悄悄地笑着。

“您认识这个年轻人很久了吗，公爵小姐？”他说。

“哪一个?”

“德路别兹考。”

“不，不久……”

“那么他令您满意吗?”

“是的，他是一个投合人意的年轻人……为什么您问我这话?”玛丽亚公爵小姐说，仍旧想着早晨她和父亲的谈话。

“因为我注意到，年轻人休假从彼得堡到莫斯科来，通常只是为了要娶有钱的闺女。”

“您注意到这个吗?”玛丽亚公爵小姐说。

“是的，”彼埃尔继续微笑着说，“这个年轻人现在的行为是这样的，就是哪里有富家闺女，哪里也有他。我看他，就像看一本书一样。他现在还不能决定，他要进攻谁：是您还是尤丽·卡拉基娜小姐。Il est très assidu auprès d'elle.［他对她很殷勤。］”

“他去看她们吗?”

“是的，常常去。您知道求爱的新方法吗?”彼埃尔带着愉快的笑容说，显然是在那种善意诙谐的愉快心情中，他在日记里常常地为了这个责备他自己。

“不知道。”玛丽亚公爵小姐说。

“现在要讨好莫斯科的姑娘们，il faut être mélancolique. Et il est très mélancolique auprès d M-lle 卡拉基娜。［就必须忧悒，他对于卡拉基娜小姐是很忧悒的。］”彼埃尔说。

“Vraiment?［真的吗?］”玛丽亚公爵小姐说，望着彼埃尔善良的脸，并且不断地想着她自己的苦恼事。“假使，”她想，“我敢把我所感觉的一切告诉什么人，我便觉得轻松了。我正想要向彼埃尔说出一切。他那么善良、那么高尚。我会觉得轻松的。他会替我出主意的!”

“您会嫁给他吗?”彼埃尔问。

“啊。我的上帝，伯爵!有的时候，我会嫁给任何人!”玛丽亚公爵小姐忽然出乎自己意外地在声音里带着眼泪说，“啊，爱着一个亲人，并且觉得（她继续用颤抖的声音说），除了使他苦恼，却不能对他做出任何事情，并且知道不能改变这个情形，这时候是多么痛苦啊。在这种时候唯一的办法，就是走开，但是我走到哪里去呢？……”

“您怎么啦，您怎么啦，公爵小姐？”

但公爵小姐没有把话说完，已经哭起来了。

“我不知道我今天是怎么了。不要听了，忘掉我向您所说的话吧。”

彼埃尔所有的愉快都消失了。他焦急地问公爵小姐，求她说出一切，把她的苦恼告诉他；但她只重复地求他忘掉她所说的话，说她不记得她说了什么，说她没有苦恼，只除了那个，他所知道的那个苦恼，就是为了安德来公爵的婚事会惹起父子的争吵。

“您听到罗斯托夫家的消息吗？”她问，为了改变话题，“我听说，他们就要来了。我也天天在盼望安德来。我希望他们在这里会面。”

“他现在对于这件事的态度是怎么样了？”彼埃尔说，“他”是指老公爵而言。

玛丽亚公爵小姐摇摇头。

“但是有什么办法呢？一年的期限只剩下几个月了。这样是不行的。我但愿在开头的时候能够帮我哥哥忙。我希望他们赶快来。我希望和她往来……您早就认识他们，”玛丽亚公爵小姐说，“您老老实实告诉我全部的真实的情形，她是什么样子的一个姑娘，您觉得她怎样？但说的要全部是事实；因为您明白，安德来冒那么多危险，违背父亲意志做这件事，所以我希望知道……”

一种不明确的本能向彼埃尔说，在这些谈话中，在重复地要他说出全部事实的请求中，表现了玛丽亚公爵小姐对于她未来的嫂嫂的恶意，以及她想要彼埃尔不赞同安德来公爵的择配；但是彼埃尔说了他的感觉，而不是他的思想。

“我不知道怎么回答您的问题，”他说，脸红了，自己不知道是为什么，“我确实不知道她是什么样的一个姑娘，我一点也不能分析她。她是迷人的。但为什么是这样，我不知道；这就是我关于她所能说的一切。”

玛丽亚公爵小姐叹了口气，她脸上的表情说：“是的，这是我所期望的、我所害怕的。”

“她聪明吗?”玛丽亚公爵小姐问。

彼埃尔想了一下。

“我想不，”他说，“然而又是的。她不愿显得聪明……哦，不，她是迷人的，没有别的了。”

玛丽亚公爵小姐又不赞同地摇摇头。

“啊，我是那么愿意爱她！假使您在我之先看见她，您把这话告诉她。”

“我听说，他们日内就要来了。”彼埃尔说。

玛丽亚公爵小姐向彼埃尔说了她自己的计划。在罗斯托夫家的人一到时，她便要和未来的嫂嫂接近，并且要极力使老公爵看得惯她。

5

保理斯要在彼得堡娶富家闺女的事没有成功，于是他带着这个目的来到莫斯科。在莫斯科，保理斯在两个最富的闺女之间——在尤丽和玛丽亚公爵小姐之间——不知道选择哪一个是好。虽然玛丽亚公爵小姐不美，但在他看来却比尤丽更加动人，却又不知什么缘故，他觉得向保尔康斯卡雅求爱是难为情的。在他最近一次和她的会面中，在老公爵的命名日，对于他的要和她倾吐心事的一切尝试，她只随口地答着，并且显然没有听他说话。

尤丽相反，虽然是用她独有的、特别的方式，却乐意地接受了他的殷勤。

尤丽二十七岁。在她哥哥死后，她变得很富。她现在完全不好看了；但她觉得，她不但还是那么好看，而且远比从前动人了。使她相信这种错误的是，第一，她成了很富有的闺女，第二，她愈老对于男子们是愈无危险，男子和她往来是愈自由，并无须负有任何义务，便可享受她的夜餐、晚会、参与聚集在她家里的热闹的团体。

在十年前为了不连累她、不束缚自己却怕每天来到十七岁姑娘的家里的男子，现在大胆地每天来看她了，并且对待她不像对待一个要出阁的闺女，却像对待一个没有性别的朋友一样。

卡拉基娜家在这个冬季是莫斯科最如人意的、最好客的人家。在正式邀请的晚会与宴会之外，每天在卡拉基娜家里都有一个庞大的团体，主要的是男子们，他们夜间十二时吃饭，并且要一直坐到三点钟。没有一个跳舞会和游园会里，没有一次观剧没有尤丽。她的服装总是最时样的。虽然如此，尤丽却似乎对一切都失望了，她向每个人说，她既不相信友谊，也不相信爱情，也不相信任何人生乐趣，她只等待着“那里”的安宁。她采取了一个感到非常失望的姑娘的那种态度，好像这个姑娘失去了她所爱的人，或者受了他残酷的欺骗。虽然她并没有发生过类似的事情，大家却是这样地看她，她自己甚至也相信她在生活中受了很多的折磨。这种忧悒，既不妨碍她自己取乐，又不妨碍在她家的年轻人愉快地消磨时间。到她家里来的每个客人，都对女主人的忧悒的心情先表示关切，然后即开始社交的谈话、跳舞、智慧的游戏和卡拉基娜家流行的韵诗比赛。只有极少数的年轻人，保理斯也在内，较为深入地研究尤丽的忧悒心情，她和这些年轻人都有过较长时间的单独的谈话，谈到尘世一切的空虚，她向他们打开自己的手册，里面画了悲哀的图画，写了警句和诗句。

尤丽对于保理斯是特别亲善：惋惜他对于人生的过早地失望，尽她所能给他友好的安慰，她自己也在生活中受了那么多痛苦；她还向他打开自己的手册。保理斯在手册上画了两棵树，并且写了：“Arbres rustiques，vos sombres rameaux secouent sur moi les ténèbres et la mélancolie. [乡村的树，你们的暗淡的枝柯在我身上洒下了阴暗与忧悒。]”

在另一页上他画了一个坟，并且写了：

“La mort est secourable et la mort est tranquille.

Ah！contre les douleurs il n'y a pas d'autre asile.

[死是安慰的，死是安静的。

啊！对于悲哀是无处逃避的。］”

尤丽说，这妙极了。

“Il y a quelque chose de si ravissant dans le sourire de la mélancolie,［在忧悒的笑中有那么销魂的东西，］”她逐字逐句地向保理斯说了从书中抄出的这一段，“C'est un rayon de lumière dans l'ombre，une nuance entre la douleur et le désespoir，qui montre la consolation possible.［这是阴影中的一道光线，是悲哀与失望之间的间色，它表示安慰是可能的。］”

为酬答这个，保理斯为她写了这些诗句：

“Aliment de poison d'une âme trop sensible，
Toi，Sans qui le bonheur me serait impossible，
Tendre mélancohlie，ah，viens me consoler.
Viens calmer les tourments de ma sombre retraite.
Et mêle une douceur secrète
A ces pleurs，qui je sens couler.

［啊，过敏的心灵的有毒食品，
我没有你呀，幸福就不可能。
温柔的忧悒，啊，来安慰我吧，
来安慰我阴郁的幽居的苦恼，
并且放进一点秘密的欢欣
在我的潸潸而流的眼泪里吧。］”

尤丽在竖琴上弹了最悲哀的小夜曲给保理斯听。保理斯诵读《可怜的莉萨》① 给她听，并且因为兴奋得透不过气来而一再地中断。在大团体中会面时，尤丽和保理斯互相地望着，好像是望着世界上漠不相关的人群中唯一的彼此了解的人一样。

① 毛注：这是Karamzin在一七九二年问世的著名哀情小说，描写一农家女爱一贵族，因被遗弃而投水自尽。

安娜·米哈洛芙娜常到卡拉基娜家来，和尤丽的母亲玩牌时，探问真实的消息，她给尤丽的陪嫁是什么（陪嫁是平萨省的两个田庄和尼惹高罗德省的森林），安娜·米哈洛芙娜顺从天意地、感动地望着那把她的儿子和富有的尤丽联系在一起的美妙的悲哀。

“Toujours charmante et mélancolique，cette chère Julie，[你总是迷人的、忧悒的，亲爱的尤丽，]”她向卡拉基娜家的女儿说，“保理斯说，他在您家得到心灵的安宁。他忍受了那么多的失望，并且是那么敏感。”她向卡拉基娜家的母亲说。

“啊，我亲爱的，近来我多么欢喜尤丽啊，”她向自己儿子说，“我不能向你细说！但是谁能够不爱她呢？她不是地上的人物！啊，保理斯！保理斯！”她停了一会儿，“我多么可怜她的妈妈啊，”她继续说，“今天她给我看了平萨省寄来的账目和信（他们有很大的田庄在那里），并且她是可怜的孤独的人，他们那样欺骗她！”

保理斯察觉不出地微笑着听母亲说。他温顺地笑她的天真的巧计，却注听着，有时注意地向她问到平萨省和尼惹高罗德省的田庄。

尤丽早就等待着她的忧悒的崇拜者向她求婚，并且准备接受；但是保理斯对于她本人、对于她热烈的结婚愿望、对于她的装模作样的某种秘密的厌恶情绪，以及对于否认真正爱情的恐惧情绪，还使得他迟疑不决。他的假期快满了。许多整日，并且每天他都在卡拉基娜家，并且每天批评自己时，都向自己下决心，他明天就要求婚。但是在尤丽的面前，看到她的红脸和几乎是一向敷粉的下颌，看到她的湿润的眼睛和面部表情——它们表示时时刻刻准备从忧悒，立刻变为对结婚幸福的做作的狂喜——保理斯便不能说出什么决定性的话了；虽然他早已在自己的想象中认为自己是平萨省和尼惹高罗德省田庄的主人，并且预先算计了它们收入的用途。尤丽看出了保理斯的迟疑不决，有时她想到他不满意她，但是女性的自欺立刻给了她安慰，于是她认为他只是因为爱情而不好意思。但是她的忧悒开始变为暴躁，并且在保理斯行期之前不久，她采取了决定性的计划。正在保理斯的假期快满时，在莫斯科，并且不用说，也在卡拉基娜家客厅中，出现了阿那托尔·库拉根，于是尤丽突然不再忧悒了，对库拉根显得很愉快、很注意。

“Mon cher，［我亲爱的，］”安娜·米哈洛芙娜向儿子说，“je sais de bonne source que le Prince Basile envoie son fils à Moscou pour lui faire épouser Julie.［我根据可靠的消息知道了发西利公爵派他的儿子到莫斯科来了，为了要他娶尤丽。］我那么爱尤丽，我很为她惋惜。你觉得怎样，我亲爱的？”安娜·米哈洛芙娜说。

想到自己受了愚弄，白白地损失了一个整月对尤丽的辛苦忧悒的服务，看到他在想象中已经分配了作适当用途的平萨省田庄的一切收入要落到别人手里，特别是愚笨的阿那托尔手里，保理斯觉得痛心了。他带了坚决的求婚计划去到卡拉基娜家。尤丽带着愉快的、无忧无虑的神情迎接他，随意地说到她在昨天的跳舞会上是多么快乐，并且问他什么时候走。虽然保理斯的来意是要表白他的爱情，并且因此要显得温柔，但是他却开始暴躁地说到女性的无恒，说到妇女们会轻易地由悲愁而变为喜悦，说到她们的心情只决定于谁向她们献殷勤。尤丽生气了，并且说，这是真的，说妇女需要多样的变化，这总是会使任何人厌烦的。

“因此我要劝告您……”保理斯开始说，打算向她说出恶毒的话；但是同时他有了一个痛心的想法，就是，他也许会达不到目的，白费了劳力（这是他从来没有过的事情），离开莫斯科。他在这句话的当中停止了，垂下眼睛，免得看见她的不悦的、愤怒的、犹豫的脸，并且说：“我到这里来，完全不是为了要和您吵嘴，相反……”他看了看她，以便确定一下他能不能向下说。她的所有的怒气顿然消失了，并且不安的、恳求的眼睛急切地期待地注视着他。

“我总是能够安排得让自己很少看见她，”保理斯想，“但事情一不做，二不休！”他脸色发红，向她抬起眼睛，并且说，“您知道我对您的情感！”不需要再多说了：尤丽的脸上显出了胜利和自满；但是她使保理斯向她说了一切在这种时候所要说的话，说他爱她，说从来没有像爱她这样地爱过任何别的女子。她知道，为了平萨省的田庄和尼惹高罗德省的森林，她能够有这样的要求，并且她获得了她所要求的东西。

未婚夫妇，不再提起那投给他们阴暗和忧悒的树林，却计划了将来在彼得堡布置辉煌灿烂的住宅，拜访了许多人家，并且为豪华的婚礼准备了一切。

6

伊利亚·安德来伊支伯爵在一月底带娜塔莎和索尼亚来到莫斯科。伯爵夫人还没有复原，不能上路，但是又不能够等待她复原：莫斯科方面每天期待着安德来公爵来到；此外，还须购买妆奁，还须出卖莫斯科近郊的田庄，并且还要利用老公爵在莫斯科的机会，把未来的媳妇介绍给他。罗斯托夫家在莫斯科的房子没有生火；加之，他们到这里来是短时期的，伯爵夫人没有和他们一道来，因此伊利亚·安德来伊支决定了在莫斯科住在玛丽亚·德米特锐叶芙娜·阿郝罗谢摩娃家，她早已向伯爵提出了招待的意思。

晚间很迟的时候，罗斯托夫家的四辆轿车，进了旧马棚街的玛丽亚·德米特锐叶芙娜的院子。玛丽亚·德米特锐叶芙娜是独居的。她已经把她女儿嫁出去了。她的儿子们都在服役。

她的腰身还是那么笔直的，她还是那样坦率地、高声地、坚决地向大家说她的意见，她的整个的态度好像是责备别人的一切弱点、热情、嗜好，她不承认人会有这些东西。一清早，她穿着宽服，料理家事，然后，若在节日，她便出门去做弥撒，弥撒之后到监狱和囚牢去，她在那里有事，① 她从来没有向人说过；若在平常的日子，她穿衣之后，便在家里接见各种阶层里的每天来找她的请求者，然后吃饭；在丰富鲜美的饭桌上总有三四个客人，饭后她玩波士顿牌；夜晚，她要人读报纸和新书给她听，她自己打毛线。她很少例外地出门，即使出门，也只是到城里的最重要的人家去。

当罗斯托夫家的人来到时，她还没有上床，前厅的门在滑轮上擦响着，让罗斯托夫家的人和仆人们从冷空气中走进来。玛丽亚·德米特锐叶芙娜，把眼镜挂在鼻子上，把头向后仰着，站在大厅的

① 毛注：俄国囚人的生活极苦。救济他们是公认的基督徒的义务。

门口，带着严厉的生气的样子望着进来的人。假若不是她同时向仆人发出细心的命令，要怎样安顿客人们和他们的东西，别人便会以为，她是对客人发怒并且要立刻把他们赶走了。

“伯爵的吗？放这里来，”她指着箱子说，没有同任何人问好，“小姐们的，从这里向左。哎，你们怎么不动！”她向女仆们叫着。“去烧茶炊！你胖了，漂亮了。”她说，拉着头巾把冻得发红的娜塔莎拉到自己面前。“哎，你冷！赶快脱衣服吧。”她向着伯爵大声说，他想要来吻她的手。“受冻了，一定的。茶里要放甜酒！索纽施卡，bonjour.［你好。］”她向索尼亚说，用法语向她问候，衬托出她对索尼亚的微微轻视的、然而是亲热的态度。

当他们都脱了外衣，换了旅途的服装来喝茶时，玛丽亚·德米特锐叶芙娜按次序吻了所有的人。

“我心里高兴，你们来了，并且住在我家里，”她说，“早就该来了，”她说，富有含意地看了看娜塔莎……“老头子在这里，他们每天巴望着儿子的来到。应该，应该和他认识。嗯，这个我以后再说。”她加上一句，看了看索尼亚，表示她不愿在她面前说到这个。“现在你听，”她向伯爵说，“明天你要做什么？你要找谁？沈升吗？”她弯了一根手指，“好哭宝安娜·米哈洛芙娜吗？——两个。她和儿子在这里。儿子要结婚了！还有别素号夫吧？他和他的妻子在这里。他从她面前跑开，她却跟他后边钉来了。星期三他在我家吃饭的。噢，她们，”她指着姑娘们，“我明天要带她们先到依比利亚圣母教堂去，然后我们到奥柏·涉尔美①那里去。我看，你们全要做新的吧？不要拿我做样子，现在的袖子，就是这样的！那天年轻的依锐娜·发西莉叶芙娜公爵小姐到我这里来：看起来多可怕啊，就好像手臂上套了两只桶一样。现在你知道，每天一个新样子。你自己有什么事情？”她严厉地向伯爵说。

“千头万绪忽然涌来了，”伯爵回答，“要买地毯，这里还有一个

---

① 毛注：此处是双关的文字游戏，是衣服铺老板，有“大流氓”之意。

要买莫斯科郊外田庄和房子的人。假使您肯赏光，我就定一个时候，到玛丽英斯考去一天，我把姑娘们留在您这里。”

“好，好，她们在我这里是没有问题的。在我这里就像在监护院①里一样。我要带她们到应当去的地方，我要骂的，也要疼的。”玛丽亚·德米特锐叶芙娜说，用大手摸着她的心爱的教女娜塔莎的腮。

第二天早晨，玛丽亚·德米特锐叶芙娜带了姑娘们到依比利亚教堂去，到奥柏·涉尔美夫人那里去，她是那样怕玛丽亚·德米特锐叶芙娜，她总是亏本地把衣服卖给她，只是为了赶快打发她走。玛丽亚·德米特锐叶芙娜几乎定了全部的妆奁。回家后，她把所有的人赶出了房，除了娜塔莎，并且把她心爱的人叫到自己的扶手椅前。

“好，现在我们来谈谈。祝贺你有了好女婿。你钓到了一个好汉子。我替你高兴；从他这样的年纪我就认识他（她举着手离地一阿尔申高，娜塔莎高兴地脸红了），我欢喜他和他全家。现在你听。你当然知道，尼考拉老公爵很不愿意儿子结婚。古怪的老头子！那不用说，安德来公爵不是小孩子，没有他也得过，但是违反父亲的意志到他家去，是不好的。一定要和气、亲切。你是聪明的姑娘，你知道应该怎么对付。你要好好地聪明地去对付。这样一切都好。”

娜塔莎沉默着，玛丽亚·德米特锐叶芙娜以为她是由于害羞，但事实上娜塔莎不乐意别人过问她对安德来公爵的爱情的事，她觉得这是和一切的人事那么不同，在她看来，这是没有人能够了解的。她只爱、只知道一个安德来公爵，他爱她，并且日内就要来把她带走。她再也不需要别的了。

“你知道，我早就认识他，我也爱玛盛卡，你的姑子。小姑是母老虎，但她连一个苍蝇也不伤害。她求我让你和她见面。你明天和父亲去看她，要好好地表示亲善：你比她年轻。在你的人回来时，你已经同他妹妹和父亲认识，他们已经欢喜你了。是不是呢，这不

① 帝俄时代监护寡妇、孤儿、非婚生子女的机关。

顶好吗?”

“顶好。”娜塔莎勉强地回答。

7

第二天，由于玛丽亚·德米特锐叶芙娜的劝告，伊利亚·安德来伊支伯爵带了娜塔莎，去看尼考拉·安德来维支公爵。伯爵带着不愉快的心情去作这次访问的：他心里觉得可怕。伯爵还记得，他和公爵最后一次的会面是在征集民团的时候，那一次，伯爵请他吃饭，而得到的回答是伯爵听了他的一番因为人数不够而发火的话。娜塔莎正相反，她穿了她的最好的衣服，她怀着最愉快的心情。“他们要不欢喜我是不可能的，”她想，“大家总是欢喜我。我是那么愿意为他们去做他们所希望的一切，我那么愿意欢喜他——因为他是他的父亲，并且欢喜她——因为她是他的妹妹，他们没有理由不欢喜我!”

他们坐车来到夫司德维任卡街阴暗的老屋子，进了门廊。

“啊，上帝保佑。”伯爵半开玩笑半认真地说；但娜塔莎注意到，她的父亲进前厅时显得仓皇，并且羞怯地低声地问公爵和公爵小姐是否在家。在通报了他们的来访之后，公爵的仆人们当中发生了一阵慌乱。一个跑着去通报的听差，被另一个听差在大厅中拦住了，他们低声说了什么。一个女仆跑进了客厅，匆忙地说了什么，还提到公爵小姐。最后一个年老的、怒气冲冲的听差，走出来向罗斯托夫家的人说，公爵不能见客，但公爵小姐请他们进去。部锐昂小姐最先出来迎接客人们。她特别客气地接待他们父女俩，陪伴他们去看公爵小姐。公爵小姐带着兴奋的、惊惶的、布满红云的面孔，步伐沉重地跑出来迎接客人们，她力求显得自如、诚恳，却不能够。娜塔莎在初见时候没有使玛丽亚公爵小姐满意。她觉得娜塔莎穿得太华丽，轻浮快活，爱好虚荣。玛丽亚公爵小姐不知道，在她没有看见未来的嫂嫂之前，由于她不觉地嫉妒她的美丽、年轻和幸福，由于她嫉妒哥哥的爱情，她就已经对她没有好感了。在对她的这种不可压制的反感之外，玛丽亚公爵小姐这时还激动了一下，就是在通报罗斯托夫家的人来访时，公爵大声地说，他不愿意见他们，还说假使玛丽亚公爵小姐愿意，她就去接见，但是不要让他们来见他。玛丽亚公爵小姐决定了接见罗斯托夫父女俩，但时时刻刻怕公爵发脾气，因为他似乎由于罗斯托夫家的人的来访而很激动。

“哎，您瞧，亲爱的公爵小姐，我把我的女歌手给带来了。”伯爵说，他两脚并齐鞠了一躬，并且不安地环顾着，好像他怕老公爵走进来。“我多么高兴，你们互相认识了……可惜，可惜公爵身体不好。”又说了几句普通的话，他站起来了。“假使准许，公爵小姐，我把娜塔莎留在您这里一刻钟，我就去走一趟，离这里两步路远，到狗场街去看安娜·塞妙诺芙娜，我再回来接她。”

伊利亚·安德来伊支想出这个外交计谋，是为了要让未来姑子有时间和未来嫂嫂有谈话的机会（他后来向女儿这么说），还为了要避免遇见他所怕的公爵。他没有向女儿说到这个，但是娜塔莎明白她父亲的这种恐惧和不安，并且觉得自己受了屈辱。她为她父亲脸红，为了自己脸红而更加生气，并且用大胆的、不逊的目光看了看公爵小姐，好像是说，她是谁也不怕的。公爵小姐向伯爵说，她很高兴，并且要求他在安娜·塞妙诺芙娜家多坐一会，于是伊利亚·安德来伊支离开了。

部锐昂小姐不管玛丽亚公爵小姐向她注视的不安的目光——公爵小姐想和娜塔莎面对面地谈话，没有走出房间，坚持地谈到莫斯科的娱乐和戏院。娜塔莎因为前厅里刚才的迟疑、父亲的不安和公爵小姐的不自然的语气，觉得受了屈辱，她觉得公爵小姐接见她是对他们的赏光。于是她觉得一切都是不愉快的。她不满意玛丽亚公爵小姐。她觉得她很丑，对人又虚伪，又冷淡。娜塔莎忽然精神上退缩起来，不觉地采取了那种漫不经心的态度，这更使玛丽亚公爵小姐和她生疏了。在五分钟无聊的虚伪的谈话之后，她们听到了走来的、迅速的、穿靸鞋的脚步声。玛丽亚公爵小姐的脸上显得恐怖了。房门打开了，公爵穿着宽服，戴着白睡帽走进来了。

“啊，小姐，”他说，“小姐，伯爵小姐……罗斯托娃伯爵小姐，假使我没有弄错……请原谅，原谅……我不知道，小姐。上帝作证，我不知道您光临舍下，我是穿了这样的衣服来看我的女儿的。请原谅……上帝作证，我不知道。”他强调着“上帝”，那么不自然地不愉快地说，因而玛丽亚公爵小姐站立起来，垂下眼睛，不敢看她父亲，也不敢看娜塔莎。娜塔莎站起来行了屈膝礼，也不知道她要怎么办。只有部锐昂小姐可喜地微笑着。

“请原谅，请原谅！上帝作证，我不知道。”老人低语着，把娜塔莎从头到脚看了一下，走出去了。

部锐昂小姐在他走了以后最先恢复了镇静，谈到公爵的不舒适。娜塔莎和玛丽亚公爵小姐无言地互相看着，她们无言地互相看得愈久，不说出她们所要说的话，她们彼此的反感愈大。

当伯爵回来时，娜塔莎无礼地对他表示高兴，并且急着要走：这时候她几乎仇恨那个年长的、冷淡的公爵小姐，她竟会使她处在这样狼狈的状况中，同她过了半小时，一点儿也没有提到安德来公爵。“要知道，在这个法国女人面前，我不能够先开口说到他。”娜塔莎想。玛丽亚公爵小姐同时也为了这个而感到苦恼。她知道她应该向娜塔莎说什么话，但她不能够这么做，因为部锐昂小姐妨碍着她，又因为她自己不知道为什么她觉得开口说到这个婚事是很困难的。当伯爵已经走出房间时，玛丽亚公爵小姐快步地走到娜塔莎面前，抓住她的手臂，深深地叹了口气，说：“等一下，我要……”娜塔莎嘲笑地望着玛丽亚公爵小姐，自己也不知道为了什么。

“亲爱的娜塔莎，”玛丽亚公爵小姐说，“您要知道，我高兴，哥哥找到了幸福……”她停住了，觉得她在说假话。

娜塔莎注意到这个停顿，并且猜中了它的原因。

“我想，公爵小姐，现在不便说到这个。”娜塔莎外表尊严地冷淡地说，却觉得她的喉咙里有泪。

“我说了什么，我做了什么！”她刚走出房便这么想。

这天他们等娜塔莎吃饭等了好久。她坐在自己房里哭着，擤着鼻涕，呜咽着好像小孩一样。索尼亚站在她面前，吻她的头发。

“娜塔莎，你为什么？”她说，“他们与你何干呢？一切都要过去的，娜塔莎。”

“不，你若知道这是多么气人……好像我……”

“不要说了，娜塔莎，这本不是你的错，这与你何干呢？吻我吧。”索尼亚说。

娜塔莎抬起了头，用嘴唇吻了她的朋友，把自己的泪脸贴着她。

“我不能够告诉你，我不知道。谁都没有错，”娜塔莎说，“我的错。但是这是非常痛心的。唉，为什么他不来！……”

她红着眼睛出去吃饭。玛丽亚·德米特锐叶芙娜知道公爵怎么接待了罗斯托夫父女，她做出没有注意娜塔莎的不安的面孔的样子，并且坚决地、大声地在桌上和伯爵同别的客人们说笑话。

8

这天晚上罗斯托夫家的人去看歌剧，玛丽亚·德米特锐叶芙娜定了一个包厢。

娜塔莎不想去，但不能够辜负玛丽亚·德米特锐叶芙娜的善意，这完全是为她的。她穿了衣裳，进了大厅，等着父亲，她照大镜子，看见了自己好看，很好看，这时候她觉得更悲伤了，但这悲伤是甜蜜的、亲切的。

“我的上帝，假使他在这里，我就不像从前那样，露出笨拙的羞怯之态，却要按照新的方式，仅仅是搂抱他，贴紧着他，要使他用他常常望我时的那种讨好的、好奇的眼睛望我，然后我要使他笑得像他一向所笑的那样，他的眼睛——我要怎样地看那双眼睛呢！”娜塔莎想，“他的父亲和妹妹和我有什么关系呢：我只爱他，爱他，爱那张脸、那双眼睛和他的男子气而又孩子气的笑容……不，最好不想到他，不想到他，忘记他，在这时候完全忘记他。我不能忍受这个等待，我马上就要哭了。”于是她离开镜子，克制着自己不哭。“索尼亚怎么能够那么平静地、安心地爱尼考林卡，并且那么长久而且耐心地等着呢！”她想，望着进门的、也穿好了衣服的、手拿扇子的索尼亚。“不，她是完全不同的。我不能够！”

娜塔莎这时候觉得自己是那么温柔多情，她觉得，她爱并且知道她被爱。但这是不够的：她需要现在、需要立刻搂抱她所爱的人，向他说情话，也听他说情话。她心中装满了情话。当她在车子里和父亲并坐着，沉思地望着在结冰的窗子上闪过的街灯的火光的时候，她觉得自己是更多情、更悲伤，并且忘记了她是同谁在乘车并且是到什么地方去。罗斯托夫家的车子进了车辆的行列，轮子在雪地上迟缓地咯吱地响着，车子驶到了剧院前面。娜塔莎和索尼亚提着衣服急忙地跳下车子；伯爵由听差们扶下车子，在进院的男女和卖戏报的人之间，他们三个人走到头排包厢的走廊。隔着关闭的门已经听到音乐声了。

“Nathalie，vos cheveux［娜塔莎，你的头发］……”索尼亚低声说。包厢茶房恭敬地急忙地跳到小姐们的前面，打开包厢的门。在门口可以更清楚地听到音乐声，看见灯火明亮的、有坐着袒肩露臂的女人的包厢，人声嘈杂、军装光彩熠熠的正厅。一个走进邻近的包厢里的妇人用女性的、嫉妒的目光看了看娜塔莎。幕还没有拉开，正在奏序乐。娜塔莎理着衣服，和索尼亚一同走进去坐下，环顾着灯火明亮的在对面的成列的包厢。几百只眼睛望着她的光手臂和颈项，这种久未经历的感觉忽然愉悦地又不愉悦地支配着她，唤起一连串的和这感觉有关的回忆、愿望和热情。

两个非常好看的姑娘，娜塔莎和索尼亚，好久不在莫斯科露面的伊利亚·安德来伊支伯爵，引起了大家的注意。此外，大家都隐隐约约地知道娜塔莎和安德来公爵的婚约，知道罗斯托夫家从那时起便住在乡下，并且都好奇地望着俄罗斯最好姻缘中的女方。

娜塔莎在乡下长漂亮了，大家都向她这么说，这天晚上，由于她的兴奋的心情，她显得特别好看。她令人惊异的，是她的充沛的生命力和美丽，以及对四周一切的漠不关心。她的黑眼睛望着人群，却不寻找任何人，她的纤细的、赤裸到肘上的手臂搭在天鹅绒的凭栏上，并且显然是无意识地按着序乐的拍子握紧又放松戏报，把戏报都揉皱了。

“你看，阿列妮娜在这里，”索尼亚说，“好像是同她母亲一道！”

“哎哟！米哈伊·基锐累支又胖了。”老伯爵说。

“你看！我们的安娜·米哈洛芙娜戴那样的帽子！”

“卡拉基娜家的人，尤丽，保理斯和他们在一起。我们立刻便看得出来，他们是一对订了婚的男女。”

“德路别兹考求过婚了！”

“是的，今天听到的。”走进了罗斯托夫家包厢的沈升说。

娜塔莎望着父亲所望的那个方向，看见了尤丽，她的又胖又红的颈子上戴着一串珍珠（娜塔莎知道，她颈子上搽了粉），她带着幸福的样子，和母亲并排坐着。

在他们后边，可以看到面带笑容的、把耳朵靠近尤丽嘴边的、头发梳光的保理斯的漂亮的头。他皱着眉望罗斯托夫家的人，微笑着向他的未婚妻说着什么。

“他们说到我们，说到我和他！”娜塔莎想，“他一定是在慰释他的未婚妻对我的嫉妒，他们用不着焦心的！但愿他们知道，我对于他们当中任何人是毫不关心的。”

安娜·米哈洛芙娜露出服从上帝意志的、幸福的、喜庆的面容，戴着绿帽子，坐在后边。他们的包厢里弥漫着那种订婚男女的气氛，这是娜塔莎很知道、很欢喜的。她转过身来，忽然想起了早晨拜访中一切屈辱的事情。

“他有什么权利不愿意接纳我到他的家庭里去？唉，最好不要想到这个，在他回来之前，不要想到这个！”她自语着，开始环顾着大厅里相识的和不相识的面孔。在大厅的前面，在最当中，道洛号夫穿着波斯服装，大簇的鬈发向上梳着，背靠着音乐队的栅栏站立着。他站在戏院里大家都看见的地方，知道他引起了全厅的注意，却又那么自如，好像是站在自己的房间里一样。在他的旁边麇集着莫斯科最显赫的青年们，显然他是他们当中的首领。

伊利亚·安德来伊支伯爵笑着，用臂肘碰了一下脸色发红的索尼亚，向她指指她的从前的崇拜者。

“你认识他吗？”他问，“他从哪里出来的？”伯爵转向沈升说，“他不是隐匿到什么地方去了吗？”

"是的，"沈升回答，"他是在高加索，他又从那里跑走了，据说，在波斯的一个执政的公爵那里做大臣，在那里杀了波斯王的兄弟，莫斯科的姑娘们都为他发疯了！Dolochoff le Persan，[波斯人道洛号夫，]这就够了。我们现在没有一句话不是说到道洛号夫：他们凭他发誓，邀人去看他，好像是邀人吃鳣鱼一样，"沈升说，"道洛号夫和阿那托尔·库拉根把我们所有的小姐都弄得神魂颠倒了。"

邻近的包厢里走进了一个高大、美丽的妇人，她有粗大的发辫，袒露着的、又白又胖的肩膀和颈子，颈子上有两串大珍珠，她的沉重的绸衣服发出响声，好久好久才坐下来了。

娜塔莎不觉地注视着这个颈子、肩膀、珍珠、发装，并且赞赏肩膀和珍珠的美。在娜塔莎第二次看她时，这个妇人回顾了一下，遇见了伊利亚·安德来伊支的目光，向他点头微笑了一下。这是别素号娃伯爵夫人，彼埃尔的妻子。伊利亚·安德来伊支认识交际场上所有的人，他向她侧着身子，和她交谈。

"您来了很久吗，伯爵夫人？"他说，"我要来奉看，要来奉看，吻您的手。我来这里有事情，我把姑娘们也带来了。据说，塞妙诺娃的表演好得无比，①"伊利亚·安德来伊支说，"彼得·基锐洛维支伯爵从来不忘记我们。他在这里吗？"

"是的，他想要来的。"爱仑说，注意地望了望娜塔莎。

伊利亚·安德来伊支伯爵又坐回自己的位子上去了。

"她漂亮吗？"他低声向娜塔莎说。

"美极了！"娜塔莎说，"一见了她就会爱上她的！"

这时响起了序乐的最后的和音，指挥者的指挥棒轻敲了一下。大厅里迟到的男子们走到座位旁边坐了下来，幕开了。

幕刚刚开，在包厢和大厅里的人都肃静了，所有年老的、年少的、穿军服和礼服的男子们，所有裸露处戴宝石的妇女们，都热切好奇地把注意力集中在舞台上。娜塔莎也开始观看。

---

① 毛注：塞妙诺娃于一八〇九年登台，她是歌剧名角，表演也极好。作者密切注意他所写的时代。

9

舞台上有一些平的地板在正中，两边有代表树木的彩色纸板，后边有布幕垂到地板上。舞台的正中坐着几个穿红胸衣白裙子的姑娘。一个很胖的、穿白绸裙的姑娘，单独坐在一个矮凳上，凳子后边粘了一块绿色纸板。她们都唱着什么。当她们唱歌完毕时，穿白衣的姑娘走到提词人的小棚子那里，一个胖腿上穿了紧绸裤的男子，拿着一根羽毛和一把剑走到她面前，开始唱歌并且摇摆手臂。

穿紧裤子的男子单独先唱，然后她唱。然后两人沉默着，音乐队演奏着，于是男子开始用手指摸白衣姑娘的手，显然是等着拍子，和她一起合唱。他们唱了一个合唱，戏院里所有的人开始拍手喝彩，舞台上表演一对情人的男女开始微笑着伸开手臂鞠躬。

娜塔莎在乡间生活之后，在她所处的严肃心情中，觉得这一切是粗野的惊人的。她无心听歌剧，甚至也没有听到音乐；她只看见彩色纸板和奇装艳服的男女，在明亮光线中奇怪地做着动作，说话，唱歌；她知道，这一切所要表现的是什么，但是这一切是那么虚伪做作而不自然，以致她时而为这些演员觉得难为情，时而又觉得他们可笑。她环顾着四周观众们的脸，在他们脸上寻找着她所有的同样的嘲笑和迷惑的神情；但所有的脸都注意着舞台上所发生的事情，并且表现了在娜塔莎看来是虚伪的欢喜。“这是应该像这样的！”娜塔莎想。她轮流地时而看看大厅中一排排的搽油的头，时而看看包厢里光臂的妇女，特别是她的邻座的爱仑，她完全未穿衣服，带着安静沉着的笑容，目不转睛望着舞台。娜塔莎感觉到照满全厅的明亮光线，和被人群烘热了的温暖空气，开始渐渐进入了她久未体验过的沉醉心情。她不明白她是什么人，她在什么地方，她眼前发生了什么。她看着、想着，于是最奇怪的思想，意外地没有连接地在她心中闪过。时而她想到跳到台边上，唱那女角所唱的歌，时而她想用扇子碰碰那坐在她附近的一个老头子，时而想对爱仑探过身子去搔搔痒。

有一次，当舞台上的一切寂静，等候唱歌开始时，在罗斯托夫家包厢那边的、通大厅的门响了一下，于是传来了一个迟到的男子的脚步声。“这就是库拉根！”沈升低声说。别素号娃伯爵夫人微笑着，向进来的人转过头去。娜塔莎向别素号娃伯爵夫人眼睛的方向望去，看见了一个异常英俊的副官，带着自信而又恭敬的神情，走到他们的包厢那里。这人就是阿那托尔·库拉根，她在彼得堡的跳舞中早已看见过并且注意过他。他现在穿着副官制服，有一个肩章和肩饰。他踏着约制的雄壮的步子走着，假若他不是那么美，假若不是在美丽的脸上有那种善良的满足和愉快的表情，这种步态便显得可笑了。虽然表演正在进行，他却不急不忙，轻轻碰响马刺和佩刀，高抬着他的洒过香水的、漂亮的头，从容地在过道的地毯上走过。他看了看娜塔莎，走到姐姐面前，把戴着贴紧的手套的手，放在她的包厢的边上，向她点头，并且弯着腰，指着娜塔莎问了什么。

“Mais charmante！［真迷人啊！］”他说，显然是说娜塔莎，她与其说是听到，毋宁说是从他嘴唇的动作上懂得的。然后他走到第一排，坐在道洛号夫旁边，用肘端亲善地、随便地碰了碰就是别人那么巴结的那个道洛号夫。他快乐地向他眨了眨眼，向他微笑了一下，把脚抵在音乐池的挡板上。

“弟弟多么像姐姐啊！”伯爵说，“两个人多么好看呀！”

沈升开始低声地向伯爵说到库拉根在莫斯科的偷情事件，娜塔莎注听着，正是因为他说她 charmante［迷人］。

第一幕结束了。大厅里的人都站起来，散乱了，有的走动着，有的走出去。

保理斯来到罗斯托夫家的包厢里，很简单地接受了庆贺，然后抬起眉毛，带着漫不经心的笑容，向娜塔莎和索尼亚转达了他的未婚妻邀请她们参加婚礼的意思，就走开了。娜塔莎带着愉快的、媚人的笑容和他说话，并且祝贺了她从前恋爱过的那个保理斯的婚事。她处在那种沉醉的心情中，觉得一切都是简单而自然的。

赤裸的爱仑坐在她旁边，向每个人同样地微笑着；娜塔莎也正是那样地向着保理斯微笑了一下。

爱仑的包厢里站满了人，并且靠正厅的那边围绕着最有名的最聪明的男子们，他们似乎向大家争先恐后地表示他们和她相识。

在这整个的幕间休息时间，库拉根和道洛号夫站在音乐队栅栏的前面，望着罗斯托夫家的包厢。娜塔莎知道他在说她，这使她感到满意。她甚至这样地转过头来，让她的侧面是在她认为最美的姿势中被他看到。在第二幕开始之前，在大厅里出现了彼埃尔，罗斯托夫家的人到这里以后还没有看见过他。他的脸色是愁闷的，在娜塔莎上次看见他之后，他更胖了。他没有注意任何人，走到最前面的几排。阿那托尔走到他面前，一面开始向他说着什么，一面望着并且指着罗斯托夫家的包厢。彼埃尔看见了娜塔莎，便活泼起来，并且赶快地从大厅的各排之间，走到他们的包厢那里。他走到了他们的面前，凭着手臂，微笑着和娜塔莎谈了好久。在她和彼埃尔谈话时，娜塔莎听到了别素号娃伯爵夫人包厢里的男子的声音，并且因为什么缘故她知道这是库拉根。她回头看了一下，和他的目光交遇了。他几乎是微笑着，用那种赞赏的、亲切的目光对直地望着她的眼睛，以致她觉得奇怪的是，她离他那么近，那样地望他，她那么相信他欢喜她，却和他不相识。

在第二幕中有代表墓碑的布景，在布幕上有一个代表月亮的圆洞，脚灯上都罩了灯罩，号角和低音弦琴开始奏出低音，左右两边走出了许多穿黑衣的人。这些人开始挥动手臂，他们的手里拿着短刀之类的东西；然后又跑来几个人，开始拖走那个先前穿白裙、现在穿蓝裙的姑娘。他们没有一下把她拖走，却同她唱了很久，但是后来又拖她，在布景的后边敲了三下金属的东西，于是全体跪下来唱祷文。这些表演被观众热烈的叫声打断了几次。

在这一幕当中，娜塔莎每次注视大厅时，便看见阿那托尔·库拉根把手臂搭在椅背上向她望着。她看到他被她迷惑了，觉得愉快，并且她没有想到这件事有什么不对的地方。

在第二幕结束时，别素号娃伯爵夫人站起来，转向罗斯托夫家的包厢（她的胸口完全袒露着），用戴手套的手指把老伯爵招到她面前，并且没有注意走进她包厢里的人，开始亲切地微笑着同他说话。

“让我认识认识您的迷人的女儿们吧，”她说，“全城都在称赞她们，但是我还不认识她们。”

娜塔莎站起来，向华丽的伯爵夫人行了屈膝礼。娜塔莎那么乐意受到这华丽的美人的称赞，因而她竟满意得脸红了。

“我现在也想成为莫斯科人了，”爱仑说，“您把这样的珠宝藏在乡村里，怎么不觉得惭愧！”

别素号娃伯爵夫人果然是一个名不虚传的迷人的美女。她能够十分简单而自然地说出她不假思索的话，特别是阿谀的话。

“哎，亲爱的伯爵，您让我照顾您的女儿们吧。不过我这一次在这里待不久。您也不会太久。但我要极力使她们开心。我在彼得堡已经听到很多关于您的话。我早想认识您了，”她带着她的老是一样的美丽的笑容向娜塔莎说，“我听我的侍僮——德路别兹考说到您。您知道，德路别兹考就要结婚了吗？我还听我丈夫的朋友——保尔康斯基，安德来·保尔康斯基公爵说到您。”她特别加重语气说，借此表示她知道他和娜塔莎的关系。为了更加熟识，她要求准许姑娘当中的一个在其余的表演时间坐在她的包厢里，于是娜塔莎坐到她那边去了。

在第三幕里，舞台上的布景是宫殿，宫殿里点了许多蜡烛，并且挂了许多有胡子的武士画像。在当中站着的大概是皇帝和皇后。皇帝挥动右手，并且显然胆小地难听地唱着什么，然后坐到赭色宝座上。那个最初穿白裙、后来穿蓝裙的姑娘，现在只穿一件衬衫，披着头发，站在宝座旁边。她悲伤地对着皇后唱着什么；但是皇帝严厉地挥了挥手，于是从两边走出光腿的男女们，开始在一起跳舞。然后提琴很尖锐、愉快地奏着，一个姑娘，带着光光的肥腿和细细的手臂，离开别的人，走到布景的后边，理好了胸衣，回到舞台当中，开始跳跃，并且迅速地用一只脚踢另一只脚。大厅里所有的人都拍手叫好。然后一个男子站到舞台角上。音乐队的铙钹和喇叭奏得更响了，这个单独的光腿的男子跳得很高，并且迅速地踏着小步子（这人是迪波尔，他凭这种技艺每年收入六万卢布）。所有在正厅、在包厢、在楼座的人都开始尽力地拍手喝彩，于是这个男子站住了，开始微笑着向各方面鞠躬。然后又有别的光腿的男女跳舞。

然后皇帝又随着音乐声喊着，全体开始唱歌了。但忽然起了狂飙，在音乐队里发出了半音阶与降低的七和音，所有的人都跑走了，并且又拖着一个演员到台里边，于是幕落下了。在观众之中又发出了可怕的叫声和话声，所有的人都带着狂喜的脸色开始呼喊：

“迪波尔！迪波尔！迪波尔！”

娜塔莎已经不觉得这个奇怪。她满意地、高兴地微笑着，看着她的四周。

“N'est-ce pas qu'il est admirable——Duport？［迪波尔是绝妙的，是不是？］”爱仑向她说。

“Oh，oui.［噢，是的。］”娜塔莎回答。

10

幕间休息时，爱仑的包厢里吹进了一阵冷气，门开了，于是阿那托尔走了进来，他弯着腰，极力不要碰到任何人。

“让我向您介绍我的弟弟。”爱仑说，眼睛不安地从娜塔莎身上移到阿那托尔身上。

娜塔莎把她的美丽的小脑袋从光肩膀上向着美男子转过去，并且微笑了一下。阿那托尔在近处是和在远处同样漂亮，他坐到她旁边，并且说，从那锐施金家的跳舞会以后，他早已想有这种荣幸，在那个跳舞会上，他有荣幸看见过她，他没有忘记这件事。库拉根和妇女们在一起，比和男子们在一起的时候聪明得多，也自然得多。他大胆地自然地说话，娜塔莎觉得奇怪而又愉快的是，不但这个被别人说过那么多闲话的人，没有什么可怕的地方，而且相反，他的笑容是最单纯、最愉快、最善良的。

库拉根问到她对于表演的意见，向她说到，在上一次表演中，塞妙诺娃在做戏时跌倒了。

“噢，您知道，伯爵小姐，”他忽然对她说，好像是对早已相识的老友说话一样，“我们要举行一个化装游艺会，您应该参加，那是很有趣的。大家都在卡拉基娜家聚会。请您去，当真，行吗？”他说。

说这话时，他那微笑的眼睛一直盯着娜塔莎的脸、颈子和光手臂。娜塔莎无疑地知道，他倾慕她。这使她乐意，但是不知什么缘故，她在他面前觉得拘束、难受。当她没有望着他的时候，她觉得他正望着她的肩膀，于是她不觉地捉住了他的目光，让他更清楚地看她的眼睛。但是，望着他的眼睛时，她恐惧地感觉到，在他与她之间，完全没有了她一向所感觉到的在她自己与别的男子之间那种羞耻心的障碍。她自己也不知道是怎么的，过了五分钟，便觉得自己和这个人是极其接近了。当她转过身时，她怕他从后边抓住她的光手臂，吻她的颈子。他们谈到最平常的事情，她觉得他们很接近，她从来没有同男子这么接近过。娜塔莎回头看爱仑和她的父亲，好像是问他们，这是怎么回事；但是爱仑在跟一个将军谈话，没有回答她的目光，而父亲的目光也没有向她说什么，只有它一向所说的："快活吗？我也高兴。"

娜塔莎在一次不舒服的沉默中——在这种时候阿那托尔总是把凸出的眼睛镇静地牢牢地盯着她——为了打破这种沉默，问他欢喜不欢喜莫斯科。娜塔莎问了，并且脸红了。她不断地似乎觉得，她同他说话，是在做什么不应当的事。阿那托尔微笑了一下，好像是鼓励她。

"起初我不很欢喜，因为，使城市可爱的，ce sont les jolies femmes，[是美丽的妇女，] 是不是？啊，现在我很欢喜了，"他说，富有含意地望着她，"你去玩旋转木马吗，伯爵小姐？请去吧，"他说，把手伸到她的花球前，压低着声音，说，"Vous serez la plus jolie. Venez, chère comtesse, et comme gage donnez moi cette fleur. [你是最美的。去吧，亲爱的伯爵小姐，把这枝花给我做保证吧。]"

娜塔莎正和他自己一样，不明白他所说的话，但她觉得，在他的不可理解的话里含有猥亵的意思。她不知道要说什么，于是转过身，好像她没有听到他所说的话。但她刚转过身，她便觉得他在她背后，离她那么近。

"他现在怎么样了？他发窘了吗？生气了吗？应当补救吗？"她问自己。她不能够克制她自己不回头看。她对直地看了看他的眼睛，于是他的接近、自信和善良亲切的笑容把她征服了。她完全像他那样地微笑了一下，对直地望着他的眼睛。她又恐惧地感觉到，在他与她之间没有任何障碍。

幕又开了。阿那托尔走出包厢，又镇静又愉快。娜塔莎回到父亲的包厢，已经完全顺从了她所处的那个环境。在她面前所发生的一切，在她看来已经是十分自然的了；但是另一方面，她一次也没有想到从前的一切，关于她的未婚夫、关于玛丽亚公爵小姐、关于乡村生活的思想，好像这一切是很久很久以前的事了。

在第四幕中有一个魔鬼，他唱歌，挥着手臂，直到他脚下的板抽开，他跌下去了才停止。娜塔莎只看见第四幕中的这一场；有什么东西使她兴奋，使她苦恼，而这个兴奋的原因是库拉根，她的眼睛不觉地向他注视着。当他们出戏院时，阿那托尔走到他们面前，唤来他们的车子，扶他们上车。扶娜塔莎上车时，他捏她胳膊的上边。娜塔莎兴奋脸红，向他回顾了一下。他目光闪耀地望着她，并且向她温柔地微笑着。

直到回家之后，娜塔莎才能清晰地考虑她所发生的一切，于是忽然想起了安德来公爵，她恐怖起来了，并且在看戏之后大家都坐下来喝茶时，她当众大声喊叫了一声，并且红着脸跑出房间。“我的上帝！我毁灭了！”她自语着，“我怎么会让他这样的？”她想。她用双手蒙着发红的脸，坐了很久，极力想要明确地知道她发生了什么，但是她既不明白她发生了什么，也不明白她感觉到什么。她觉得一切是黑暗的、模糊的、可怕的。在那里，在那个巨大的灯火辉煌的戏院里，穿金线短袄的迪波尔用光腿随着音乐在湿板上跳跃着，并且少女们、老人们袒胸露体的，镇静地骄傲地微笑着的爱仑热烈地叫好——在那里，在接近这个爱仑的时候，在那里，这一切都是明白而简单的；但现在，剩下她一个人，独自一个人的时候，这是不可理解的。“这是怎么一回事？我对他所感觉的恐怖是什么？我现在所感觉的良心责备是什么？”她想。

娜塔莎只能夜间在床上向老伯爵夫人一个人说出她所感到的一

切。她知道，索尼亚的看法是严厉而又单纯的，或者是什么都不了解，或者会害怕她的自白。娜塔莎力求独自解决那个使她苦恼的问题。

“是不是由于安德来公爵的爱情我已经毁灭了？”她问自己，并且安慰地嘲笑地回答自己：“我问这话是多么傻啊！我发生了什么呢？没有什么。我什么也没有做，我没有用任何的东西引诱他。没有任何人会知道，并且我决不再见他了，”她向自己说，“明明是，什么也没有发生，没有任何事情要忏悔，安德来公爵还能够爱我这样的人。但是我这样的人是什么样的人呢？上帝啊，我的上帝！为什么他不在这里哟？”娜塔莎安静了片刻，但后来又有一种本能向她说，虽然这一切是真的，虽然没有发生任何事情——这个本能向她说，她从前对安德来公爵的爱情纯洁却毁灭了。于是她又在自己的想象中重温了她和库拉根的全部谈话，并且想起了这个英俊的大胆的男子捏她手臂时的面孔、姿态和温柔的笑容。

11

阿那托尔·库拉根住在莫斯科，因为他父亲把他送出了彼得堡，在那里他每年要花两万多卢布现款，并且还有同样多的债务，这些债务有债主们向他父亲讨索。

父亲向儿子说，他最后一次替他偿还一半债务；但唯一的条件就是要他到莫斯科去做总督的副官——这是他替儿子谋到的，并且要他在莫斯科最后努力结一门好亲。他向儿子提出了玛丽亚公爵小姐和尤丽·卡拉基娜。

阿那托尔同意了，并且来到莫斯科住在彼埃尔家。彼埃尔起初是勉强地接待阿那托尔，但后来对他习惯了，有时还同他去赴酒会，并把钱借给他。

阿那托尔就像沈升所正确地说的那样来到莫斯科之后，便使所有的莫斯科姑娘对他发狂，特别是由于他轻视她们，并且公然地宁愿结交茨冈女人与法国女优们——她们当中为首的是 Mademoiselle Georges［绕枝小姐］，据说，和他有亲密的关系。他从来没有放过一次大尼洛夫和其他莫斯科的快乐哥儿们的酒会，通宵地喝酒，喝得超过所有的人。他参加上流社会里所有的晚会和舞会。有人说到他和莫斯科女人的几次私通，在舞会上他向一些妇女调情。但他不接近姑娘们，特别是有钱人家的闺女们，她们大部分长得很丑。还有一个不去接近的原因，除了他最亲密的朋友，没有人知道阿那托尔在两年前结过婚了。两年前他的队伍驻扎在波兰时，一个不富裕的波兰地主强迫阿那托尔娶了他的女儿。

阿那托尔很快就遗弃了自己的妻子，并由于他说定寄给丈人一笔钱，才为自己保留了自称单身汉的权利。

阿那托尔对自己的境况、对他本人和别人总是感到满意。他本能地、彻底地相信，除了他所过的这种生活外，他不能过别的生活，而且他平生从未做过任何坏事。他不能够想到他的行为对别人会发生什么影响，他的种种行为会产生什么结果。他相信，正如同鸭子天生是这样，应当永远在水中生活，同样，他也是上帝创造的，应当每年花三万卢布，在社会上永远占有最高的地位。他对这一点是那么坚决地相信，以致别人看见他时，也这么相信，既不拒绝承认他在社会上的最高的地位，也不拒绝借钱给他，他向任何人借钱，并且显然总是有借无还的。

他不是赌徒，至少他从来不想赢钱。他不好虚荣。他也毫不在乎别人怎么看待他。他更不会被指责有野心。他几度破坏了自己的功名，触怒了他的父亲，他嘲笑一切荣誉。他不吝啬，没有拒绝过任何向他请求的人。他唯一的爱好是娱乐和女色，因为按照他的见解，这些嗜好没有任何不高尚的地方，他也没想到，满足了他的嗜好，对于别人会发生什么结果，所以他从内心认为自己是无可指责的人，从内心轻视恶徒和坏人，并且心地坦然，趾高气扬。

浪子们，这些男性的马格达林①，正如同女性的马格达林一样，都有一种秘密的无罪感，同时，由于犯罪又抱着一种获得饶恕的希望，“她的一切将被饶恕，因为她爱过很多人，他的一切将被饶恕，

① 马格达林是从良妓女的意思。

因为他过够了快活的日子”。

道洛号夫在被放逐和到波斯冒险之后，这年又回到了莫斯科，过着奢华、聚赌、荒唐的生活，和他的彼得堡老伙伴库拉根在一起，利用他来达到自己的目的。

阿那托尔真心地爱他，因为道洛号夫聪明又胆大。道洛号夫需要阿那托尔·库拉根的门第、地位和关系，为了要把富家青年们引诱到他的赌场里来，他利用库拉根，并且拿他开心，却不让他感觉到。除了需要利用阿那托尔获得好处之外，他还支配别人——这件事本身对于道洛号夫也是一种乐趣、习惯和需要。

娜塔莎给了库拉根深刻的印象。在看戏之后吃晚饭时，他带着鉴赏家的风度向道洛号夫叙述她的手臂、肩膀、腿部、头发的优点，说出他要勾引她的决心。这种勾引会产生什么结果——阿那托尔没想到，也无法知道，正如他从来不知道他的每一个行为会有什么结果一样。

“她漂亮极了，但是老兄，不是给我们的。”道洛号夫向他说。

“我要向姐姐说，要她请她吃饭，”阿那托尔说，“啊?”

“你最好等她结了婚……”

“你知道，”阿那托尔说，“j'adore les petites filles，［我崇拜小姑娘们，］她们会立刻失去主意的。”

“你已经有一次碰在 Petite fille［小姑娘］手里了，”道洛号夫说，他知道阿那托尔的婚事，“当心!”

“不会有两次！啊?”阿那托尔说，善意地笑着。

12

看戏的次日，罗斯托夫家的人没有到任何地方去，也没有任何人来看他们。玛丽亚·德米特锐叶芙娜瞒着娜塔莎和她父亲谈话。娜塔莎猜到他们是说到老公爵并且在计划什么，这使她不安而且生气了。她时刻盼望安德来公爵，这天她两次派人到夫司德维任卡街去探听他到了没有。他没有到。她现在觉得比初到的那几天更加难受了。在她的不耐烦以及为他而有的愁闷之外，又添了关于她和玛丽亚公爵小姐同老公爵会面时的不愉快的回忆，以及一种她不知道缘由的恐怖与不安。她总是觉得，或者他永远不会来，或者在他来到之前，她会发生什么事情。她不能像从前那样镇静地、长时地、独自地想到他。她一开始想到他，关于他的回忆便和关于老公爵，关于玛丽亚公爵小姐，关于看戏，以及关于库拉根的回忆就联系在一起了。她又想起了这个问题，她是否有错，她是否已经对安德来公爵不忠实，她又发觉自己是在极其详细地回想着那个人的每一句话、每个姿态和面部表情的每个细微含意，那个人能够在她心中唤起了她所不了解的、可怕的情绪。在家里的人的目光中，娜塔莎似乎比寻常更活泼了，但她远不如从前那么镇静、那么幸福了。

在星期天的早晨，玛丽亚·德米特锐叶芙娜邀请了她的客人们，到墓地上她的教区教堂圣母升天堂去做弥撒。

“我不欢喜那些时髦的教堂，”她说，显然是夸耀她的自由思想，“各处的上帝都是一样的。我们的神甫是极好的人，他的祈祷很合适、很庄严，执事也是这样的。在唱歌班里有演奏会便是很神圣了吗？我不欢喜这样，那只是放纵！”

玛丽亚·德米特锐叶芙娜欢喜星期日，并且知道怎样过星期日。她的家里在星期六就全部洗刷干净了；仆人们和她都不工作，都穿着假日的衣服，都去做弥撒。主人吃饭时添几样菜，仆人们添加伏特加酒、烤鹅或小猪。但在全家之内，没有任何东西是像玛丽亚·德米特锐叶芙娜的宽阔的严厉的脸上那样地显出假日的气象，她的脸在这天显出不变的严肃的表情。

在做过弥撒、喝了咖啡之后，在家具去了布套的客厅里，玛丽亚·德米特锐叶芙娜听说车子准备好了，于是她带着严肃的神情，披着她在访问时所用的节日的肩巾，站起身来，说她要到尼考拉·保尔康斯基公爵家去，和他谈谈娜塔莎的事。

在玛丽亚·德米特锐叶芙娜走了以后，涉尔美夫人那里的女成衣匠来看罗斯托夫家的人，娜塔莎关了通向客厅的门，很满意这件散心的事，忙着试新衣。她穿上假缝的、还未上袖子的上装，偏着头看镜子，看背后合不合适，正在这个时候，她听见了客厅里她父亲的生动的话声和另一个女子的话声，这声音使她脸红了。这是爱仑的声音。娜塔莎还没有来得及脱下她试过身的上装，门已经打开了，别素号娃伯爵夫人面带善意的亲切的微笑，身穿深紫色高领子的天鹅绒衣服，走进房来了。

“Ah，ma dé licieuse！［啊，迷人的姑娘！］”她向红了脸的娜塔莎说，“Charmante！［多迷人啊！］哦，这太不像话了，我亲爱的伯爵，”她向跟她进来的伊利亚·安德来伊支说，“怎么能够待在莫斯科，却什么地方也不去呢？不，我一定不放过你们的。今天晚上绕枝小姐在我那里朗诵，并且有些人要到的；假使您不把您的比绕枝小姐还好看的美女带去，我就要同您绝交了。我丈夫不在这里，他到特维埃尔去了，或者我派他来邀你们。一定要来，一定，在九点钟以前。”她向她所认识的、对她恭敬地行礼的女成衣匠点了点头，美妙地理了理她的天鹅绒衣褶，坐到镜旁的椅子上。她善意地愉快地不停地谈着，不断地称赞娜塔莎的美丽。她细看她的衣服，称赞它们，并且称赞自己的一件新的 en gaz métallique ［金气纱］的衣服，这是她从巴黎买来的，她劝娜塔莎也买一件。

“但是，您穿什么都适合，我的美人。”她说。

娜塔莎的脸上一直显出满意的笑容。她觉得，她受到这个可爱的，从前在她看来是一个那么难以接近的、高贵的太太，而现在对她那么亲爱的别素号娃伯爵夫人的称赞，是幸福的、花般美好的。娜塔莎快活起来，她觉得自己几乎是爱上了这个如此美丽的、如此好心的妇人。爱仑在她那方面是诚意地赞赏娜塔莎，并且希望使她快活。阿那托尔请她给他和娜塔莎撮合，她就是因此来看罗斯托夫父女。给他弟弟和娜塔莎撮合，这个念头使她感到乐意。

虽然她从前怀恨娜塔莎，因为她在彼得堡夺去了她的保理斯，她现在却不想到这件事了，并且是诚意地，按照她的方法，对娜塔莎怀着好意了。离开罗斯托夫家的人的时候，她把她的 protégée ［被保护人］带到一旁去了。

“昨天我的弟弟在我家吃饭——我们笑得要死——他什么也不吃，只是为了您唉声叹气，我的迷人的姑娘。Il est fou，mais fou amoureux de vous, ma chère. [他疯了,是因为爱您而发疯的,我亲爱的。]”

娜塔莎听了这话,脸色发红了。

“脸红了,脸红了,ma délicieuse! [我的迷人的姑娘!]”爱仑说。“您一定要来。Si vous aimez quelqu'un, ma délicieuse, ce n'est pas une raison pour se cloîtrer. Si même vous êtes promise, je suis sûre que votre promis aurait désiré que vous alliez dans le monde en son absence plutôt que dépérir dennui. [假使您爱什么人,我的迷人的姑娘,这不是您不和人往来的理由。即使您是订过婚,我相信,和您订婚的人也愿意您当他不在这里的时候到交际场去,不让您无聊得要死。]”

“那么,她知道我是订婚的,那么,她和她的丈夫,和彼埃尔,和那个公正的彼埃尔,”娜塔莎想,“说到过并且笑过这件事了。那么这是没有什么关系的。”

于是她又在爱仑的影响下,觉得先前显得可怕的事情又似乎是简单而自然的了。“她是那么一个 grande dame [高贵的妇人],那么可爱,并且那么显然地一心一意地爱我,”娜塔莎想,“为什么自己不快活呢?”娜塔莎想,用她的惊讶的、睁得大大的眼睛望着爱仑。

玛丽亚·德米特锐叶芙娜回来吃饭了,又沉默,又严肃,显然是在老公爵那里遭受了失败。她因为所经过的冲突还太兴奋,还不能平静地说这件事情。对于伯爵的问题,她回答说,一切都好,她明天再向他说。知道了别素号娃伯爵夫人的访问和邀请赴晚会,玛丽亚·德米特锐叶芙娜说:

“我不欢喜和别素号娃来往,我也不劝你如此,但是假使你答应了,你就去,散散心思。”她向娜塔莎补充说。

13

伊利亚·安德来伊支伯爵带了姑娘们到别素号娃伯爵夫人家去了。晚会里有许多人,但几乎都是娜塔莎不认识的。伊利亚·安德来伊支伯爵不满意地注意到,这整个的团体几乎全是出名的行为不检的男女。绕枝小姐被青年们围绕着,站在客厅的角落上。有几个法国人，其中有美提弗耶，他自从爱仑到此之后，就成了她自己家里的人一般。伊利亚·安德来伊支伯爵决定不坐下来玩牌，不离开女儿，在绕枝的表演一结束时就走。

阿那托尔显然是在门口等候罗斯托夫家的人进来。他向伯爵问了好，立刻走到娜塔莎面前，跟随着她。娜塔莎一看见了他，在戏院里一样的那种感觉就支配了她，这感觉是由于他爱慕她而有的一种虚荣的自满，以及由于她和他之间没有道德阻碍而有的恐惧。

爱仑高兴地接待娜塔莎，并且大声称赞她的美丽和服装。他们到后不久，绕枝小姐就出房更衣去了。客厅里的人开始安置椅子，并且就座了。阿那托尔替娜塔莎拖了椅子，并且想要坐在她旁边，但是伯爵的眼睛一直盯着娜塔莎，坐在她旁边。阿那托尔坐到她后边去了。

绕枝小姐袒露着有小肉窝的胖臂膀，把红肩巾披在一边的肩上，走到椅子当中替她留着的地方，姿势很不自然地站住了。有了热烈的低语声。

绕枝小姐严厉地忧愁地瞥了瞥观众，开始用法文背诵诗句，辞意是说到她对儿子的有罪的爱情。她得意地抬着头，有些地方她提高声音，有些地方她低语，有些地方她停下来，清清喉咙，瞪着眼睛。

“Adorable, divin, délicieux! [可佩，神圣，绝妙!]”大家都这么说着。

娜塔莎望着肥胖的绕枝，却没有听见、没有看见，也没有了解她面前所发生的任何事情；她只觉得自己又完全不可挽回地处在那种奇怪的、无意义的世界中，这个世界和从前的世界相隔那么遥远，在这个世界中要知道什么是好，什么是坏，什么合理，什么不合理，是不可能的。阿那托尔坐在她后边，她感觉到他的接近，惶恐地期待着什么。

在第一个独白之后，所有的人都站起来，围绕着绕枝小姐，向她表示他们的欢欣。

“她多么漂亮!”娜塔莎向父亲说，他和别人一同站起来，在人群中向女伶走去。

“望着您的时候，我觉得是不自然的了。”阿那托尔说，跟随着娜塔莎。他在只有她一个人能够听见的时候说了这话，“您是迷人的……自从我看见您以后，我不断地……”

“我们走吧，我们走吧，娜塔莎，”伯爵回身向女儿说，“她多么漂亮！”

娜塔莎没有说话，走到父亲面前。用疑问的惊异的眼睛望着他。

在几次的背诵之后，绕枝小姐便走了，别素号娃伯爵夫人请大家进了客厅。

伯爵要走，但是爱仑求他不要破坏她的临时跳舞会。罗斯托夫家的人留下来了。阿那托尔邀了娜塔莎跳华姿舞，在跳华姿舞时，他紧捏着她的腰和手，向她说，她是 ravissante［迷人的］，他爱她。在苏格兰舞时，她又和库拉根跳，当他们单独在一处时，阿那托尔没有向她说话，只是望着她。娜塔莎怀疑，她是否在梦里梦见了他在跳华姿舞时向她所说的话。在第一个舞节的末尾，他又捏她的手。娜塔莎向他抬起惊惶的眼睛，但在他的亲切的目光和笑容中，有那样自信的温柔的表情，以致她望着他却不能够向他说出她应当向他说的话。她垂下了眼睛。

“不要向我说这种话，我订过婚了，我爱别的人。”她迅速地说……她看了看他。

阿那托尔没有因为她所说的话发窘或者难受。

“不要向我说到这个。这与我何干呢？”他说，“我说我疯狂地、疯狂地爱上了您。您是迷人的，难道这要怪我吗？……我们要开始了。”

娜塔莎兴奋、不安，用睁得大大的惊惶的眼睛环顾着四周，似乎比寻常更愉快了。她几乎一点也不了解这天晚上所发生的事。他们跳了苏格兰舞和祖父舞。父亲要她走，她要求留下来。无论她在哪里，无论她同谁说话，她都感觉到他的目光望着她。后来她记得，她请求父亲准许她到更衣室去整理衣服，爱仑跟着她，笑着向她说到她弟弟的爱情，并且她在小起居室里又遇见了阿那托尔，爱仑退避到什么地方去了，留下他们两个人在一起，阿那托尔抓住她的手，用温柔的声音说：

“我不能够去看您，难道我会永远看不见您了吗？我疯狂地爱您。难道永不？……”他拦住她的路，把他的脸凑近她的脸。

他的炯炯的男人的大眼睛和她的眼睛是那么近，除了这双眼睛，她什么也没有看见。

“娜塔莎?!”他的声音疑问地低语着，有谁把她的手捏得发痛。“娜塔莎?!”

“我什么也不明白，我没有话说。”她的目光说。

火热的嘴唇压上了她的嘴唇，就在这时候她觉得自己又自由了，在房间里又听见了爱仑的脚步声和衣服声。娜塔莎回头看了看爱仑，后来，她脸红着，颤抖着，惊惶地疑问地看了看他，向着门走去。

“Un mot，un seul，au nom de Dieu.［一句话，只有一句，看上帝的情面。］”阿那托尔说。

她停住了。她是那样地需要他说出这句话，这句话会向她说明所发生的事，并且她会回答他这句话的。

“Nathalie，un mot，un seul［娜塔莎，一句话，只有一句］……”他老是重复着，显然不知道要说什么，一直重复到爱仑走到他们面前的时候。

爱仑又同娜塔莎一道走进客厅。没有等吃夜饭，罗斯托夫家的人就走了。

回到家里，娜塔莎整夜没有睡：一个不可解决的问题使她苦恼，她爱谁呢，是阿那托尔还是安德来公爵？她爱过安德来公爵——她清楚地记得，她多么热烈地爱过他。但阿那托尔她也爱，这是无疑的。“不然，怎么会发生这一切呢?”她想，“假使我后来和他分别时，能够以笑容回答他的笑容，假使我能够让他这样，这意思就是我对他一见倾心。意思就是，他善良、高贵、漂亮，不能够不爱他的。在我又爱他又爱别人时，我应该怎么办呢?”她自语着，对于这些可怕的问题，却找不到回答。

14

早晨带着它的忧虑和喧嚣来到了。大家起身，活动，谈话；成衣匠又来了；玛丽亚·德米特锐叶芙娜又出来了；又来人叫喝茶了。娜塔莎用睁大着的眼睛不安地望着所有的人，好像她想要拦截每一道向她注视的目光。她力求显得她是像平常一样。

在早饭后（这是她最好的时间），玛丽亚·德米特锐叶芙娜坐在自己的圈椅上，把娜塔莎和老伯爵叫到她面前。

“哎，我的朋友们，现在我考虑了全部的问题，这就是我给你们的劝告，”她开始说，“你们知道，昨天我去看尼考拉公爵；哦，我和他谈了一下……他想咆哮。但他却没有把我吓唬住了！我全都向他说了！”

“那么他怎么样呢？”伯爵问。

“他怎么样吗？他疯了……他不要听。唉，还说什么呢，我们是这样地折磨这个可怜的姑娘，”玛丽亚·德米特锐叶芙娜说，“我给你们的劝告，就是把事情办完了就回家，回奥特拉德诺……在那里等候……”

“啊，不！”娜塔莎大声说。

“不行，回去，”玛丽亚·德米特锐叶芙娜说，“在那里等候。假使你的未婚夫现在来到这里——是免不了争吵的，但他要单独在这里和老头子谈了一切，再去看你们。”

伊利亚·安德来伊支赞同这个意见，立刻明白了这话有理。假使老人和缓下来，那么迟一迟到莫斯科或者到童山去看他，那是更好；假使不然，那么，违背他意志的结婚，只可以在奥特拉德诺举行的。

“这是确确实实的，”他说，“我懊悔我去看了他，并且带了她一道。”老伯爵说。

“不，懊悔什么呢？到了这里，不能够不表示敬意的。嗯，他不愿意，那是他的事。”玛丽亚·德米特锐叶芙娜说，在提袋中搜索什么。“妆奁也准备好了，你们还等什么呢？没有准备好的，我派人去通知你们。虽然我舍不得你们走，但是最好还是走吧，上帝保佑你们。”她在提袋中找到了她所要找的东西，把它递给了娜塔莎。这是玛丽亚公爵小姐的一封信。“她写给你的。她多么苦恼啊，可怜的！她怕你以为她不欢喜你。”

“但她是不欢喜我的。”娜塔莎说。

“废话，不要说。”玛丽亚·德米特锐叶芙娜大声说。

“我什么人也不相信，我知道她不欢喜我。”娜塔莎拿了信，大胆地说，她的脸上显出了冷淡的愤怒的坚决的表情，使玛丽亚·德米特锐叶芙娜更注意地望她并且皱眉。

“你，好姑娘，不要那样回答我，”她说，“我说的是真话。你写封回信。”

娜塔莎没有答话，到自己房里看玛丽亚公爵小姐的信去了。

玛丽亚公爵小姐信上说，她为了她们当中所发生的误会感到失望。无论她父亲的心情是怎样的，玛丽亚公爵小姐信上说，她请求娜塔莎相信，她不能不爱她，不能不把她当作她哥哥所选的人，为了她哥哥的幸福她准备牺牲一切。

“然而，”她写道，“不要以为我父亲对您没有好感。他是个有病的老人，应该原谅他；但他仁慈、宽宏，并且要爱那使他儿子有幸福的人。”玛丽亚公爵小姐还请求娜塔莎指定一个时间再和她见面。

看完了信，娜塔莎坐到写字台前写回信，她迅速地机械地写了：“Chére princesse.［亲爱的公爵小姐。］”又停住了。在昨天所发生的一切之后，她还能再写什么呢？“是的，是的，这一切是过去的事，现在一切全然不同了，”她想，对着已经开头的信坐着，“应该和他破裂吗？当真应该吗？这是可怕的！”为了不想到这些可怕的念头，她去找了索尼亚，和她一同开始鉴别花样子。

饭后娜塔莎走到自己的房里，又拿起玛丽亚公爵小姐的来信。“难道一切都已经完了吗？”她想，“难道这一切发生得这么快，并且把从前的一切都毁灭了吗？”她想起了她从前对安德来公爵的十分热烈的爱情，同时她又觉得她爱库拉根。她真切地想象着自己是安德来公爵的妻子，回想着在她的想象中重复了许多次的、她和他在一起时的幸福情景，同时，她回想着她昨天和阿那托尔见面的详情，因为兴奋而脸上发烧。

“为什么不能够同时都有呢？”有时她在头脑昏昏沉沉时这么想，“只有在这样的时候我才是十分幸福的，但现在我必须选择，可是两个当中失去了一个我便不幸福。但是，”她想，“向安德来公爵说出所发生的事，或者隐瞒他——是同样地不可能的。但是对于那个人并没有损害任何东西。难道我要永远失去我所体验很久的安德来公爵的爱情的幸福吗？”

“小姐，”进房的女仆带着神秘的样子低声说，“一个人叫我送来的。”女仆给了她一封信。“可是为了基督的缘故……”女仆又说，这时娜塔莎不假思索，机械地启了封口，看阿那托尔的情书，信里的话她一句也不明白，只晓得，这封信是他、是她所爱的那个人写来的。是的，她爱他，不然，那件事怎么会发生的呢？她手里怎么会有他的情书呢？

娜塔莎用一双颤抖的手拿着这封热烈的情书，这是道洛号夫替阿那托尔起稿的，她看着这封信，在信里找到了她以为是她所感觉到的一切东西。

“从昨天晚上起，我的命运就决定了：被您爱或者死。我没有别的出路。”信这么开始。然后他在信上说，他知道她的父母不会同意她嫁给他——阿那托尔，说这里面有许多秘密的原因，这些原因他只可以向她一个人宣布，但是假使她爱他，则她只要说一个是字，便没有任何人力能够妨碍他们的幸福。爱情将战胜一切。他要诱拐她，带她到天涯海角去。

“是的，是的，我爱他！”娜塔莎想，第二十遍重读这封信，在信的每个字里寻找着什么特别深奥的意思。

这天晚上玛丽亚·德米特锐叶芙娜要到阿尔哈罗夫家去，并且提议了要姑娘们一道去。娜塔莎借口头痛，留在家里。

15

索尼亚晚间很迟回来时，来到娜塔莎的房里，令她惊异的是，她发现娜塔莎还没有脱衣服，睡在沙发上。在旁边的桌上放着一封打开的阿那托尔的信。索尼亚拿了信，开始看信。

她一面看信，一面注视睡着的娜塔莎，在她的脸上寻找她所看的这信的说明，却没有找到。她的脸是安静的、温顺的、幸福的。索尼亚抓着胸口，避免气闷，她脸色发白了，因为恐惧和兴奋而颤抖着，坐在圈椅上流泪。

“我怎么一点没有注意到？怎么这件事会弄到这种地步呢？难道她不爱安德来公爵了吗？她怎么会让库拉根这样？他是骗子，是恶徒，这是很明显的。尼考拉，亲爱的高贵的尼考拉，知道了这件事，他要怎么办呢？这就是前天、昨天、今天她兴奋的、坚决的、不自然的面色的含义，”索尼亚想，“她爱他，这是不可能的！也许她打开了这封信，不知道是谁寄来的。也许她生气了。她不会做出这种事的！”

索尼亚拭去眼泪，走到娜塔莎那里，又注视着她的脸。

“娜塔莎！”她说得几乎听不见。

娜塔莎醒来，看见了索尼亚。

“啊，回来了？”

然后她带着睡醒时所常有的那种坚决和温柔，抱着她的朋友，但是注意到索尼亚脸上的迷惑神情，娜塔莎的脸上表现了慌张和怀疑。

“索尼亚，你看了信吗？”她说。

“是的。”索尼亚低声说。

娜塔莎狂喜地微笑了一下。

“不，索尼亚，我不能够再这样下去了！”她说，“我不能够再瞒你了。你知道，我们彼此相爱！——索尼亚，亲爱的，他写信……索尼亚……”

索尼亚，好像不相信自己的耳朵，睁大了眼睛望着娜塔莎。

“但是保尔康斯基呢？”她说。

“啊，索尼亚，啊，只要你知道我是多么幸福就好了！”娜塔莎说，“你不知道，爱情是什么样的……”

“但是娜塔莎，难道那一切都完结了吗？”

娜塔莎瞪着大眼睛望着索尼亚，好像不明白她的问题。

“那么你要拒绝安德来公爵了吗？”索尼亚说。

“唉，你什么也不明白，你不要说蠢话，你听。”娜塔莎暂时恼怒地说。

“不，我不能相信这个，”索尼亚说，“我不明白。怎么你整年地爱着一个人，忽然……其实你只看见他三次。娜塔莎，我不相信你，你在说笑话。三天之内忘掉一切，那样……”

“三天，”娜塔莎说。“我觉得，我爱了他一百年了。我觉得在爱他之前，我从来没有爱过任何人。你不会懂得这个的，索尼亚，等一下，坐到这里来，”娜塔莎又抱她又吻她，“我听说过，这种事是常有的，你当然也听说过，但我直到现在才感觉到这种爱情。这不是从前那样的。我一看见他，我就觉得，他是我的主人，我是他的奴隶，并且我不能不爱他。是的，奴隶！他命令我做什么，我便做什么。你不懂得这个。我要怎么办呢？我要怎么办呢，索尼亚？”娜塔莎带着幸福的惊惶的面色说。

“但你要想想看，你在做什么，”索尼亚说，“这件事我不能够让它这样的。这些秘密的信……你怎能让他弄到这个地步？”她带着恐惧和难以掩饰的憎恶说。

“我向你说过，”娜塔莎回答，“我没有意志了，你怎么不懂得这个：我爱他！”

“这件事我决不让它这样的，我要说的。”索尼亚眼泪迸流，大声地说。

“你是什么意思？为了上帝的缘故，假使你要说，你就是我的敌人，”娜塔莎说，“你想要我不幸。你想要我们分裂……”

看到娜塔莎的这样的恐惧，索尼亚为她的朋友流下了羞耻和怜悯的泪。

“但是你们当中发生了什么？”她问，“他向你说了什么？为什么他不到家里来？”

娜塔莎没有回答她的问题。

“为了上帝的缘放，索尼亚，不要告诉任何人，不要折磨我，”娜塔莎请求，“你记着，人不能够干预这类事情的。我向你公开了……”

“但是为什么有这些秘密？为什么他不到家里来？”索尼亚说，“为什么他不直接来向你求婚呢？要知道安德来公爵给了你完全的自由，假使是如此；但我不相信这个。娜塔莎，你想过没有能有些什么样的秘密的原因吗？”

娜塔莎用惊讶的眼睛望着索尼亚。显然她是第一次遇到这个问题，她不知道怎么回答这个问题。

“是些什么样的原因，我不知道。但一定是有原因的。”

索尼亚叹了口气，不相信地摇摇头。

“假使是有原因……”她开始说。

但是娜塔莎猜中她的怀疑，惊恐地打断了她的话。

“索尼亚，不能够怀疑他的，不能够，不能够，你懂了吗？”她大声说。

“他爱你吗？”

“爱我吗？”娜塔莎对她的朋友的话缺乏了解，带着可怜的笑容重复说，“你看过了信，你看见过他。”

“但是假使他不是高尚的人，怎么办？”

“他！……不是高尚的人？你要知道他是什么样的人，那就好了。”娜塔莎说。

“假使他是高尚的，那么或者他应当说明他的意思，或者不再和你见面；假使你不愿做这件事，我就要做，我写信给他，我告诉爸爸。”索尼亚坚决地说。

“但我没有他便不能生活！”娜塔莎大声说。

“娜塔莎，我不了解你。你在说什么！想想父亲和尼考拉吧。”

“除了他，我什么人也不需要，我什么人也不爱。你怎么敢说他不高尚？你难道不知道我爱他吗？”娜塔莎大声说，“索尼亚，你去吧，我不想和你争吵，你去吧，为了上帝的缘故，你去吧。你知道，我多么苦恼。”娜塔莎用克制的愤怒和失望的声音，生气地说。

索尼亚哭泣着跑出房去了。

娜塔莎走到桌前，没有片刻的思索，便给玛丽亚公爵小姐写了她整个早晨写不出来的回信。在这封信中她简短地向玛丽亚公爵小姐说，他们所有的误会都消释了，说安德来公爵出国时给了她完全的自由，说她要利用安德来公爵的宽宏大量，她请玛丽亚忘记一切，并且假使她有得罪她的地方，就请她饶恕她，但是她不能做她哥哥的妻子了。这时候，她觉得这一切是那么轻易、简单和明白。

罗斯托夫家的人要在星期五回乡下去，但是伯爵在星期三同买主到莫斯科郊外的田庄去了。

在伯爵出门的那一天，索尼亚和娜塔莎被邀请赴卡拉基娜家的大宴会，玛丽亚·德米特锐叶芙娜带她们去了。在这个宴会上娜塔莎又遇到阿那托尔，索尼亚注意到，娜塔莎和他说了什么，不愿被人听见，在整个宴会时间，她比从前更加兴奋了。当她们回到家里时，娜塔莎首先开口向索尼亚说了她的女友所期待的说明。

"唉，索尼亚，你说了许多关于他的蠢话，"娜塔莎用孩子们希望受人称赞时所有的那种温和的声音开始说，"我今天同他说明白了。"

"啊，是怎样的，怎样的？啊，他说了什么？娜塔莎，我多么高兴啊，你没有向我发脾气。你向我说出一切，全部的事实。他说了什么？"

娜塔莎想了一下。

"唉，索尼亚，但愿你能像我一样地认识他！他说……他问我，我怎么答应保尔康斯基的。他高兴，我有拒绝他的权利。"

索尼亚愁闷地叹了口气。

"但是你没有拒绝保尔康斯基吧？"她说。

"也许我已经拒绝过了。也许我同保尔康斯基的一切都完结了。为什么你对于我的想法是这么坏呢？"

"我什么也没有想，只是不明白这个……"

"索尼亚，等一等，你会明白一切的。你会知道他是什么样的人的。你不要对我对他有坏的想法。我对谁都没有坏的想法。我爱所有的人，我可怜所有的人。但是我有什么办法呢？”

索尼亚没有屈服于娜塔莎对她所施用的温柔的语气。娜塔莎脸上的表情愈柔和、愈讨好，索尼亚的脸上便愈认真、愈严厉。

“娜塔莎，”她说，“你求过我不要同你说，我没有说，但是现在你自己开口的。娜塔莎，我不相信他。为什么要有这个秘密？”

“又说了，又说了？”娜塔莎打断她的话。

“娜塔莎，我为你害怕。”

“怕什么呢？”

“我怕你毁了你自己。”索尼亚坚决地说，自己也对她所说的话感到恐怖了。

娜塔莎的脸上又显出了怒气。

“我要毁灭，毁灭，赶快毁灭我自己。这不是你的事。不好的不是你，是我。不要管我，不要管我，我恨你！”

“娜塔莎！”索尼亚惊恐地感叹着。

“我恨你，我恨你！你永远是我的敌人！”

娜塔莎跑出房去了。

娜塔莎不再同索尼亚说话了，并且躲避她。娜塔莎带着同样的兴奋的惊异和犯罪的表情，在各个房间里走来走去，时而做这件事，时而做那件事，但立刻又甩掉了它们。

虽然索尼亚觉得难受，她却目不转睛地看守着她的女友。

在伯爵应该回来的前一天，索尼亚注意到，娜塔莎整个早晨一直坐在客厅的窗前，好像期待着什么，并且她向一个乘车经过的军官做暗号，这人索尼亚认为是阿那托尔。

索尼亚开始更加注意地观察她的女友，注意到娜塔莎在整个的吃饭时间和晚间处在一种奇怪的、不自然的状态中（她胡乱地回答别人向她所提的问题，说一句话总是说不完，对一切的事都发笑）。

喝了茶之后，索尼亚看见了一个畏怯的女仆在娜塔莎的门口等着她过去。她让女仆进去了，就在门外偷听，知道又交了一封信。

忽然索尼亚明白了，娜塔莎这天晚上要有什么可怕的计划。索尼亚敲门要进去。娜塔莎不让她进去。

“她要同他逃跑！”索尼亚想，“她什么事都做得出。今天她脸上有某种特别可怜的坚决的神情。她和舅舅分别时哭了，”索尼亚想起来了，“是的，一定的，她要和他逃跑——但我有什么办法呢？”索尼亚想，现在想起了那些迹象，它们明确地证明，为什么娜塔莎有某种可怕的计划。“伯爵不在这里。我该怎么办呢？写信给库拉根，要求他说明吗？但谁能教他回答呢？写信给彼埃尔吗？因为安德来公爵向我请求过，遇有不幸时，便这么办……但，也许她已经真正拒绝了保尔康斯基（她昨天送了信给玛丽亚公爵小姐）。舅舅不在这里！”

玛丽亚·德米特锐叶芙娜是那么信任娜塔莎，索尼亚觉得要告诉她这件事，是可怕的。

“但是无论怎样，”索尼亚站在黑暗的走廊上想，“现在就该证明：我感谢他们家的恩惠，我爱尼考拉。不然就永远没有机会证明了。不，我即使三夜不睡觉，我也不离开这个走廊，我要强迫不让她走，不让他们的家丢脸。”她想。

16

阿那托尔最近搬到道洛号夫家去了。诱拐娜塔莎·罗斯托娃的计划，是道洛号夫在前几天想出来的，准备好的，这个计划，就要在索尼亚在门口窃听了娜塔莎的话、决心保护她的这一天付诸实施。娜塔莎答应了在晚间十点钟从后门去会库拉根。库拉根要把她放上预备好了的三马雪橇上，带到莫斯科六十里外卡明卡村庄上，在那里有一个被剥夺教权的神甫准备好了为他们证婚。在卡明卡准备了备换的马，这里的马要把他们送到华沙大道，他们再从那里用驿马逃到国外去。

阿那托尔有了护照和驿马使用证，有姐姐借给他的一万卢布和道洛号夫替他借的一万卢布。

两个证婚人——一个是郝福斯其考夫，退职的小吏，道洛号夫赌钱时用到他的；一个是马卡闰，退职的骠骑兵，一个善良的软弱的人，对库拉根怀着无限的热情。两人坐在外房里喝茶。

道洛号夫的大房间的墙上，一直到天花板，都挂了波斯壁毯、熊皮和武器，道洛号夫在房中，穿着旅行长衣和大靴子，坐在打开的柜桌前，柜桌上有一个算盘和整捆的钞票。阿那托尔穿着未扣的军装，从证婚人坐着的房间里出来，穿过大房间，到他的法国听差和别的仆人们在收拾最后物品的后房，来往走动。道洛号夫在数钱并且记录着什么。

“哦，”他说，“应该给郝福斯其考夫两千卢布。”

“嗯，给吧。”阿那托尔说。

“马卡尔卡（他们这么称呼马卡闰），他为你赴汤蹈火，奋不顾身。哦，现在账算完了，”道洛号夫说，把账目给他看，“对吗？”

“是的，没有问题，对的。”阿那托尔说，显然没有听道洛号夫说话，脸上一直带着笑容向前面看着。

道洛号夫砰然关了柜桌的盖，带着嘲讽的笑容对着阿那托尔。

“你知道的——放弃这一切吧：还来得及！”他说。

“傻瓜！”阿那托尔说，“不要说蠢话了。但愿你知道……鬼知道，这是什么！”

“真的，放弃吧，”道洛号夫说，“我向你说正经话。你干的事不是开玩笑吗？”

“啊，又在戏弄我吗？见鬼去！啊？……”阿那托尔皱了眉说，“确实没有工夫听你说愚蠢的笑话。”于是他走出去了。

阿那托尔出去时，道洛号夫轻蔑而宽容地微笑着。

“你等一下，”他在阿那托尔背后说，“我不是说笑话，我是说正经话，来，到这里来。”

阿那托尔又走进房，极力要集中他的注意力，他望着道洛号夫，显然是不觉地顺从着他。

“你听我说，我最后一次向你说。为什么我要同你说笑话？我阻挠过你吗？谁替你布置一切的，谁找神甫的，谁办护照的，谁筹钱的？都是我。”

“是的，谢谢你。你以为我对你忘恩负义吗？”阿那托尔叹了口气，然后搂抱道洛号夫。

“我帮助了你，但我仍然要向你说真话：事情是危险的，并且假使你想一想，这是愚蠢的。哦，你把她带走，好的。事情就会这样的吗？会发觉出来你结过婚的。要晓得，他们要把你带上刑事法庭的……”

“啊！废话，废话！”阿那托尔又皱了眉说，“我不是向你说过了吗？啊？”于是阿那托尔带着愚蠢的人们对于他们的智力所能获得的任何结论的那种特别偏爱，重复着他向道洛号夫说过一百次的议论。“你知道，我向你说过，我决定了：假使这个婚姻是无效的，”他说，弯着一个指头，“那么，我没有要负责的地方；但假使是有效的，也没有关系：在国外①没有人会知道的，哦，你看是吗？不要向我说，不要说，不要说！”

“真的，算了吧！你只是自找麻烦……”

“见你的鬼。”阿那托尔说，抓着头发，走进别的房间，但立刻又回来了，盘腿坐在道洛号夫前面附近的圈椅上。“鬼知道这是怎么回事！啊？你看，怎样在跳！”他拉了道洛号夫的手放在自己的心上。

“Ah! quel pied, mon cher, quel regard! une déésse! A?［啊！多么好的腿，我亲爱的，多么好的目光！一个女神！啊？］”

道洛号夫冷淡地微笑着，闪烁着美丽的、傲慢的眼睛，望着他，显然还想拿他开心。

“唉，钱用完了，那时怎么办？”

“那时怎么办？啊？”阿那托尔重复说，想到将来确实感到迷惘。“那时怎么办？那时我不知道怎么办……唉，为什么说废话！”他看了看表，“时候到了！”

阿那托尔走进后边的房。

“哎，你们就要好了吗？你们还在磨蹭！”他向仆人们叫着。

---

① 毛注：他结婚的波兰那块地方，当时在他看来是“国外”，因为他在俄国。

道洛号夫把钱收去，叫来了一个仆人，命他预备一点上路之前吃的和喝的东西，他走进郝福斯其考夫和马卡闰坐着的房间里。

阿那托尔躺在房间里的沙发上，凭着胳膊，沉思地微笑着。用他的漂亮的嘴唇向自己温柔地低语着什么。

“来，吃点东西吧。来，喝一点!”道洛号夫在另一个房间里向他叫着。

“我不要。”阿那托尔回答，仍旧微笑着。

“来吧，巴拉加来了。”

阿那托尔站起来，走进餐室。巴拉加是有名的三马雪橇车夫，认识道洛号夫和阿那托尔有六年光景了，用他的三马雪橇替他们服务。当阿那托尔的团驻扎在特维埃尔时，他屡次把他在晚间载出特维埃尔，天亮时载到莫斯科，第二天夜里又把他载回去。他屡次载送道洛号夫逃出追赶。他屡次在城里载送他们、茨冈人，以及如巴拉加所说的花姑娘们。他屡次为了他们的事在莫斯科撞倒行人和车辆，每次他的绅士们——他这么称呼他们——总救出他。他为他们赶坏了不止一匹马。他屡次被他们打，他们屡次给他喝他所爱喝的香槟酒和马德拉酒，他知道他们每个人的恶作剧不止一件，这种事早就会把平常的人送到西伯利亚去了。他们常叫巴拉加去参加他们的酒会，让他喝酒并在茨冈人当中跳舞，他们的钱经过他的手的不止一千卢布。替他们服务时，他一年要有二十次拿自己的生命和皮肉去冒险。为了他们所损耗的马，超过了他们额外偿付的钱。但他欢喜他们，欢喜那种每小时十八里的疯狂的驰骋，他欢喜在莫斯科撞翻车辆、碰倒行人，并且竭力飞奔地驰过莫斯科街道。他欢喜听背后那种醉酒的狂乱的喊叫：“快赶！快赶!”可是已经不能够赶得再快了。他喜欢用鞭子痛打那半死不活地向边上让路的农民的颈子。“真正的绅士们!”他这么想。

阿那托尔和道洛号夫也欢喜巴拉加，因为他的赶车的技术好，因为他也欢喜他们所欢喜的东西。对于别人巴拉加要讲价，两小时的赶车要价二十五六个卢布，对于别人他自己很少赶车，通常是派他的小伙子去赶。但对于自己的绅士们——他这么称呼他们——他总是自己赶车，从来不为自己工作要求任何东西。他几个月只有一次，听他们的听差说他们有钱的时候，他在早晨，清醒地低低地躬着腰，来请求援救。绅士们总是要他坐下来。

“请您援救我一下，费道尔·依发内支先生，”或者“大人”，他说，“简直没有马了，随便借一点，让我上集市吧。”

阿那托尔和道洛号夫有钱时，便给他一两千卢布。

巴拉加是一个金发的、红脸的、胖颈项特别红的、矮胖的、塌鼻子的农民，大约二十七岁，有炯炯的小眼睛和小胡子。他穿着一件精致的蓝色的有绸里的长衣，里面还穿着一件羊皮袄。

他在前厅的角落里画了十字，走到道洛号夫面前，伸出一只黑黑的小手。

“向费道尔·依凡诺维支行礼！”他鞠躬着说。

“你好，老兄。哦，他来了。”

“你好，大人。”他向进房的阿那托尔说，也向他伸手。

“我向你说，巴拉加，”阿那托尔说，把手放在他的肩上，“你欢喜不欢喜我？啊？现在要你做件事……你用什么马来的？啊？”

“像送信的人所吩咐的，用你心爱的牲口。”巴拉加说。

“哎，你听着，巴拉加！赶死那三匹马，要在三个钟头内到达地点。啊？”

“赶死了，怎么走呢？”巴拉加眨着眼说。

“我要打扁你的脸，不许你说笑话！”阿那托尔忽然瞪着眼睛大叫。

“怎么是笑话，”车夫笑着说，“我会为了我的绅士们吝惜什么吗？马能跑多么快，我们就走多么快。”

“啊！”阿那托尔说，“好，坐下吧。”

“那么，坐下！”道洛号夫说。

“我站着，费道尔·依凡诺维支。”

“坐下吧，胡说，喝一点。”阿那托尔说，给他倒了一大杯马德拉酒。

车夫的眼睛看到酒就发亮了。为了礼节推辞了一下，然后把酒饮尽了，并且拿出帽子里边的红绸手帕拭嘴。

“那么，什么时候走呢，大人?”

“这个……（阿那托尔看了看表），马上就走。当心，巴拉加。啊?你赶得上时间吗?”

“要看上路的时候运气怎样了，不然为什么赶不上呢?”巴拉加说，“赶到特维埃尔，七个钟头就够了。你该记得，大人。”

“你知道吗，有一天在圣诞节我离开特维埃尔，”阿那托尔带着回忆的微笑向马卡闰说，马卡闰睁大着眼睛，动情地望着库拉根，“你相信吗，马卡尔卡，我们不能喘气，我们是在飞跑。我们碰上了长长一列雪橇，从两辆雪橇上跳过去。啊?”

“那才是马呢!”巴拉加继续说，“我那时把两匹小的外挽马和栗色辕马系在一起。”他转向道洛号夫说，“你相信吗，费道尔·依凡诺维支，马奔驰了六十里；我不能够控制了，手麻木了，极冷的天气。我抛了缰绳，我说，大人你自已抓吧，我那样地在雪橇里蜷缩着。它们用不着赶的，不到地方是制止不住的。三个钟头，鬼把我们带到了什么地方。只是左边的马断了气。”

17

阿那托尔从房间里走出来，几分钟后穿了系着银色腰带的皮袄走回来。貂皮帽得意扬扬地戴在一边，和他漂亮的脸很相称。他对镜子照了一下，用他在镜子前面的同样姿势站在道洛号夫面前，拿起一杯酒。

“哎，费佳，再会，谢谢你一切，再见，”阿那托尔说，“哎，同伴们，朋友们……”他想了一下，“我的年轻的朋友们……再见。”他向马卡闰和别人说。

虽然他们都同他一道走，阿那托尔却显然想在他对同伴们的说话中，做出一点动人的严肃的事情。他用缓缓的高大的声音说，并且挺起胸膛，摆动着一条腿。

“大家举杯，也有你，巴拉加。哦，同伴们，我的年轻的朋友们，我们开心过、生活过、痛饮过。啊?现在我们什么时候再见?

我要到国外去了，我们生活过，再见了，弟兄们。祝大家健康！乌拉……”他说，喝干了自己的杯子，把它掼到地上去了。

“祝你健康！”巴拉加说，也喝干了自己的一杯，用手帕拭嘴。

马卡闰在眼中含着泪搂抱阿那托尔。

“哎，公爵，和你分别，我多么难过啊！”他说。

“走了，走了！”阿那托尔大叫。

巴拉加正要走出房间。

“不，等一下，”阿那托尔说，“关门，要坐下来。这就对了。”

关了门，大家都坐下了。①

“好，现在赶快走，弟兄们！”阿那托尔站起来说。

听差约瑟夫给了阿那托尔背囊和剑，大家都走到前房里去了。

“皮大衣在哪里？”道洛号夫说，“哎，依格那特卡！到马特饶娜·马特维叶芙娜那里去，要皮大衣，貂皮女大衣。我听到过，私奔是怎么样的，”道洛号夫眨了眨眼说，“女的不死不活地跳出来，穿着她在家里所穿的衣服；你要稍微耽搁一下，便是眼泪，‘好爸爸’‘好妈妈’了，她立刻冻麻木了，又要回去了——但你立刻用皮大衣把她包起来，带上雪橇。”

听差取来了狐皮女大衣。

“傻瓜，我向你说貂皮的。哎，马特饶莎，貂皮的！”他那么大声喊叫，以致隔几个房都听见他的声音。

一个美丽的、消瘦的、面色苍白的茨冈女子，有炯炯的黑眼睛和深蓝色鬈曲的头发，披着红肩巾，臂上搭着貂皮女大衣，跑出来了。

“来了，我不是舍不得，你拿去。”她说，显然怕她的主人，并且舍不得皮大衣。

道洛号夫没有回答她，拿了皮大衣披在马特饶莎身上，将她裹了起来。

“就是这样的，”道洛号夫说，“然后这样，”他说，把领子拉起

① 毛注：这是一种俄国的迷信，是在起程时应做的事情。

来围住她的头，只把她的脸露出小小的一块，“然后这样，你明白了吗？”他使阿那托尔的头对着领子中间的空隙，从这里可见马特饶莎的动人的笑容。

“好，再见，马特饶莎，”阿那托尔说，吻着她，“啊，我在这里的快乐都完了！替我向斯乔施卡问好。好。再见，再见！马特饶莎，你祝我幸运吧。”

“嗯，公爵，上帝给您大幸运啊！”马特饶莎用茨冈人的发音说。

台阶前面停了两辆三马雪橇，两个年轻的车夫牵着马。巴拉加坐到前一辆车上，高举着胳膊，从容地理着缰绳。阿那托尔和道洛号夫坐上他的车。马卡闰、郝福斯其考夫和听差坐上另一辆三马雪橇。

“预备好了吗？”巴拉加问。

“走！”他叫着，把缰绳绕在手上，于是三马雪橇在尼基兹基树荫大道上疾驰。

“特卜如！走开，哎！……特卜如。”只听到坐在驾驶台上的巴拉加和年轻人的叫声。在阿尔巴特广场上，雪橇撞了一辆马车，有什么东西裂破了，听到了叫声，于是雪橇顺阿尔巴特街向前飞跑。

在波德诺文斯基街来回走了两趟，巴拉加开始勒住了马，然后又转回头，把马停在老马棚街的十字路口。

年轻的跳下来，牵住马勒，阿那托尔和道洛号夫顺着人行道走去。走到门口，道洛号夫打了一个呼哨，呼哨有了回答，接着有一个女仆跑出来了。

“到院子里来吧，不然会给人看见的，她马上就出来了。”她说。

道洛号夫站在门口，阿那托尔跟女仆进了院子，拐了弯，跑上台阶。

玛丽亚·德米特锐叶芙娜的高大的出门跟班加夫锐洛遇见了阿那托尔。

“请去见女主人。”听差挡住退路，用低音说。

“见什么女主人，你是谁？”阿那托尔喘息着低声问。

“请进吧，我奉命领路。”

"库拉根！回来！"道洛号夫大声说，"上当了！回来！"

道洛号夫站在小门边和守门的发生了争执，守门的想在阿那托尔进来后把门关住。道洛号夫用尽气力推开守门的，抓住跑出的阿那托尔的手，把他推出门外，和他跑回三马雪橇那里。

18

玛丽亚·德米特锐叶芙娜在走廊上看见了流泪的索尼亚，使她供出了一切。玛丽亚·德米特锐叶芙娜截夺了娜塔莎的信，把它看完，拿着信去看娜塔莎。

"下流的丫头！无耻的！"她向她说，"我什么也不要听！"她推开了用惊讶的发呆了的眼睛望她的娜塔莎，用钥匙把门锁了起来。她吩咐了守门的让今天晚上来的人进来，却不要放他们出去，又吩咐了听差带这些人来见她，她便坐在客厅里，等候着诱拐她的人的到来。

当加夫锐洛来向玛丽亚·德米特锐叶芙娜报告，说来人又跑走时，她皱了眉站起来，把手放在背后，在房中来回走了很久，考虑着她要怎么办。在夜间十二时，她在衣袋中摸了钥匙，向娜塔莎的房间走去。索尼亚哭泣着坐在走廊上。

"玛丽亚·德米特锐叶芙娜，为了上帝的缘故，让我去看她吧！"她说。

玛丽亚·德米特锐叶芙娜没有回答她，把门锁打开，走了进去。"可恨，可恶……在我家里……下流的丫头……我只可怜她父亲！"玛丽亚·德米特锐叶芙娜想，极力压制自己的怒火。"虽然困难，我却要吩咐大家不声张，我要瞒住伯爵。"她踏着坚决的步子走进房。娜塔莎躺在沙发上，用手蒙住头，动也不动。她躺的姿势还像玛丽亚·德米特锐叶芙娜离开她时那样。

"好姑娘，很好！"玛丽亚·德米特锐叶芙娜说，"在我家里约情人会面！用不着装假。我向你说话的时候，你要听。"玛丽亚·德米特锐叶芙娜摸了摸她的手臂。"我向你说话的时候，你要听。你丢了自己的脸，好像最下等的娼妓一样。我可以任意处置你的，但我可怜你的父亲。我要瞒住他。”

娜塔莎没有改变她的姿势，但是她的全身由于无声的、抽搐的、使她窒息的啜泣而颤抖着。玛丽亚·德米特锐叶芙娜回头看了看索尼亚，自己坐到娜塔莎旁边的沙发上。

“他侥幸从我手里跑走了，但我要找到他的！”她用粗暴的声音说，“你听见了我说的话吗？”她把自己的大手放在娜塔莎的脸下面，把脸转过来对着她自己。玛丽亚·德米特锐叶芙娜和索尼亚看见了娜塔莎的脸，都吃惊了。她的眼睛是发亮的、直勾勾的，嘴唇紧闭着，腮下凹着。

“不要管我……我不在乎……我要死了。”她说，恶意地用劲地挣脱了玛丽亚·德米特锐叶芙娜的手，照原先的姿势躺着。

“娜塔莎……”玛丽亚·德米特锐叶芙娜说，“我希望你好。你躺着，就这么躺着，我不动你，你听……我不会说，你有了多大的罪，你自己知道。但你父亲明天要来。我向他说什么呢？啊？”

娜塔莎的身体又因为哭泣而颤抖着。

“啊，他会知道的，啊，还有你的哥哥，你的未婚夫！”

“我没有未婚夫，我解约了。”娜塔莎大叫着。

“那反正一样，”玛丽亚·德米特锐叶芙娜继续说，“他们会晓得的，他们会不过问这件事吗？要晓得，你的父亲，我知道他……可是假使他要和他决斗，这样好吗？啊？”

“唉，不要管我了，为什么您什么都要干涉？为什么？为什么？谁求您的？”娜塔莎大叫，在沙发上坐起来，恶意地望着玛丽亚·德米特锐叶芙娜。

“但是你想要怎么办呢？”玛丽亚·德米特锐叶芙娜又发火地大叫，“为什么把你锁起来吗？谁妨碍他进屋的吗？为什么要把你像茨冈女子一样地拐走呢？……唉，他把你带走了，你以为他们找不到他了吗？你父亲，或者你哥哥，或者你的未婚夫呢？他是一个无赖、恶棍，这是真的！”

“他比你们都好，”娜塔莎坐起来大声说，“假使您不干涉……啊，我的上帝，这是怎么回事？这是怎么回事？索尼亚，为什么？

去吧！……”她那么绝望地哭泣着，就像是人们觉得他们为自己造成了苦恼的时候哭的那样。

玛丽亚·德米特锐叶芙娜又要开始说话，但娜塔莎大叫：“你们走开，你们走开，你们都恨我、轻视我！”她又投坐到沙发上去了。

玛丽亚·德米特锐叶芙娜还继续向娜塔莎劝解了相当的时候，使她明白，这一切一定要瞒住伯爵的，没有人会知道一点儿事情的，只要娜塔莎自己忘记一切，不要向任何人显出发生这件事情的样子。娜塔莎没有回答她。她也不再哭泣了，但是她发冷、发抖。玛丽亚·德米特锐叶芙娜替她垫了一个枕头，盖上两床被子，亲自替她拿来菩提树花茶，但娜塔莎对她没有一点反应。

“唉，让她睡吧，”玛丽亚·德米特锐叶芙娜说，走出房，以为她睡了。

但是娜塔莎没有睡，她的白脸上不动的、睁开的眼睛直视着前方。那一整夜娜塔莎没有睡，也没有哭，索尼亚起来几次走去看她，她也没有同索尼亚说话。

第二天午餐之前，伊利亚·安德来伊支伯爵如他所预定的，从莫斯科乡下回来了。他很愉快：和买主的事情谈妥了，现在没有任何事情再使他逗留在莫斯科，再使他和他所渴念的伯爵夫人别离了。玛丽亚·德米特锐叶芙娜迎接他，向他说明娜塔莎昨天很不舒服，已经请过了医生，但现在她好些了。娜塔莎这天早晨未出自己的房门。她紧闭着焦干的嘴唇，直勾勾的眼睛动也不动，坐在窗前，不安地注视街上乘车来往的人，并且有人进房时，便连忙回头看。她显然是在期待关于他的消息，期待他自己来，或者写信给她。

当伯爵来看她时，她不安地对他的男子的脚步声回过头来，她的脸上显出了先前冷淡的甚至愤怒的表情。她甚至没有站起来迎接他。

“你怎样了，我的天使，病了吗？”他问。

娜塔莎沉默了片刻。

“是的，病了。”她回答。

伯爵不安地问到，为什么她这么愁闷，是否和未婚夫发生了什么事情。她听到这些问题，向他断言说，没有发生什么事情，并且请求他不要挂心。玛丽亚·德米特锐叶芙娜向伯爵证实了娜塔莎的断言，说没有发生什么事情。伯爵根据她的假病、女儿的悲伤，以及索尼亚和玛丽亚·德米特锐叶芙娜慌张的面孔，明确地看出，在他离开的时候，一定发生了什么事情；但是要他想到他的爱女发生了什么可耻的事情，那是太可怕了，他那么珍爱自己的愉快的宁静的心情，因而他避免探问，并且极力使自己相信并未发生任何特别的事情，他只是叹息：因为她不舒服，他们下乡的日期延迟了。

19

自从妻子来到莫斯科那天起，彼埃尔就准备到什么地方去，只是为了不和她在一起。在罗斯托夫家的人来到莫斯科之后不久，娜塔莎对他所发生的影响，使他忙着去实现他的计划。他到特维埃尔去看奥西卜·阿列克塞维支的寡妇，她早已答应过把亡夫的文件交给他。

当彼埃尔回到莫斯科时，他接到玛丽亚·德米特锐叶芙娜寄给他的信，要求他到她那里去谈一件极重要的、有关安德来·保尔康斯基和他的未婚妻的事。彼埃尔曾经躲避娜塔莎。他觉得，他对她的情感，超过了一个结过婚的男子对于朋友的未婚妻所应有的情感。某种命运不断地使他俩相遇。

“发生了什么事呢？这事与我何干呢？”他想，一边穿着衣服，准备到玛丽亚·德米特锐叶芙娜家去。“安德来公爵赶快回来娶她吧！”彼埃尔在赴阿郝罗谢摩娃家的途中想着。

在特维埃尔斯考林荫大道上有谁叫他的名字。

“彼埃尔！来了很久了吗？”一个熟悉的声音喊他。彼埃尔抬起头。阿那托尔和他的永远的伙伴马卡闰，在一辆两匹灰马的雪橇上疾驰而过，马踏起雪块溅在雪橇的前面。阿那托尔挺直地坐着，摆出军界花花公子的正统的姿势，把脸的下部藏在獭皮领子里，头微微地低着。他的脸色是红润的、鲜嫩的，白翎帽子戴在头角上，露出鬈曲的、擦油的、落了细雪的头发。

“确实，他是真正的圣贤！”彼埃尔想，“除目前的快乐之外，他看不见任何别的东西了；没有任何东西使他烦恼；因此他永远愉快、满足、安心。只要我能像他那样，我什么都愿牺牲！”彼埃尔羡慕地想。

在阿郝罗谢摩娃的前厅里，听差脱着彼埃尔的皮大衣，说玛丽亚·德米特锐叶芙娜请他到她的卧室里去见她。

推开大厅的门，彼埃尔看见娜塔莎带着一副消瘦、苍白、怨恨的面孔坐在窗前。她回头看了看他，皱了眉，带着冷淡的尊严的表情走出了房。

“发生了什么事情？”走进玛丽亚·德米特锐叶芙娜的房时，彼埃尔问。

“好事情，”玛丽亚·德米特锐叶芙娜回答，“我在世界上活了五十八年，没有看见过这样丢脸的事。”彼埃尔发誓不泄露他所知道的一切后，玛丽亚·德米特锐叶芙娜向他说，娜塔莎不通知父母便解除了她的婚约，说这次破裂原因是阿那托尔·库拉根，彼埃尔的妻子从中撮合他们，并且娜塔莎想趁她父亲不在这里的时候和他私奔，好秘密地和他结婚。

彼埃尔耸起肩膀，张开嘴，听着玛丽亚·德米特锐叶芙娜向他所说的话，不相信他自己的耳朵。安德来公爵的未婚妻，那么被热恋的、从前那么可爱的娜塔莎·罗斯托娃，要放弃保尔康斯基而嫁那结过婚的（彼埃尔知道他结婚的秘密）傻瓜阿那托尔，并且那么爱他，竟同意和他私奔！——这是彼埃尔既不能理解，也不能想象的。

他从小所认识的那个娜塔莎的可爱的印象，在他心中，不能够和新近的关于她的卑鄙、愚笨和残忍的概念结合在一起的。他想起了自己的妻子。“她们全是一类的。”他自语着，觉得不只是他一个人不幸地和恶劣的女人结合在一起。但他仍然可怜安德来公爵，可怜他的自尊，以至于快要流泪了。他愈是可怜他的朋友，便愈是轻视地甚至憎恶地想到那个娜塔莎，她刚才带着那种冷淡的尊严的表情，在大厅中从他身边走过。他不知道，娜塔莎的心中充满了失望、羞耻、屈辱，她的脸上偶然显出安静、尊严、严厉的神情，这不是她的错。

“怎么能结婚呢!”彼埃尔回答玛丽亚·德米特锐叶芙娜的话说，“他不能结婚的，他结过婚了。”

“这事更糟了，”玛丽亚·德米特锐叶芙娜说，“他真是个好小子！好一个浑蛋！她期待他，期待他两天了。一定要告诉她，至少她不要再期待他了。”

玛丽亚·德米特锐叶芙娜听彼埃尔说了阿那托尔结婚的详情，用咒骂的话对阿那托尔发泄了怒火，于是向他说了她为什么找他来。玛丽亚·德米特锐叶芙娜怕的是，伯爵或者随时会到的保尔康斯基，知道了她想要瞒住他们的这件事以后，要和库拉根决斗。因此她请他代表她，命令他的小舅子离开莫斯科，不许他再出现在她的眼前。彼埃尔答应了实现她的愿望，他直到现在才明白了那威胁着老伯爵、尼考拉和安德来公爵的危险。她向他简短地、确切地提出了她的要求之后，便让他进了客厅。

“当心，伯爵什么也不知道。你要做得好像什么都不知道的样子，”她向他说，“我去向她说，用不着期待他了！留在这里吃饭吧，假使你愿意。”玛丽亚·德米特锐叶芙娜向彼埃尔大声说。

彼埃尔遇见了老伯爵。他又惶惑又不安。这天早晨娜塔莎向他说过，她和保尔康斯基解约了。

“麻烦，麻烦，我亲爱的，”他向彼埃尔说，“母亲不在这里，带这些女孩多麻烦啊，我很懊悔我来了。我要向您坦白。您听到她没有同人商量就解除婚约了吗？我承认，对于这件婚事我从来没有很高兴过。我们承认，他是一个好男子，但是，违背父亲的意志是没有幸福的，而娜塔莎不会没有人向她求婚的。但毕竟是已经维持这么久了，并且她不告诉父母便采取了这个步骤！现在她病了，上帝知道是什么病！不行，伯爵，带着女孩们没有母亲在身边是不行的……”

彼埃尔看到伯爵心情是很乱的，极力要把谈话引到别的话题上去，但伯爵又回想起他的苦恼的事情。

索尼亚带着激动的脸色走进客厅。

“娜塔莎心情不好过，她在自己的房间里，希望看见您。玛丽亚·德米特锐叶芙娜在她那里，她也请您去一下。”

“是的，您是保尔康斯基很好的朋友，一定是她想要转达什么话，”伯爵说，“啊，我的上帝，我的上帝！从前一切是多么好啊！”搔着稀疏的白鬓发，伯爵走出房间去了。

玛丽亚·德米特锐叶芙娜向娜塔莎说，阿那托尔结过婚了。娜塔莎不肯相信，并且要求彼埃尔亲自证实这话。索尼亚在走廊上领彼埃尔到娜塔莎房间去的时候，向他说了这话。

娜塔莎面色苍白而严厉，坐在玛丽亚·德米特锐叶芙娜的旁边，她的火热的、明亮的、疑问的目光，在彼埃尔一进门的时候就望着他。她没有微笑，也没有向他点头，只是固执地望着他，她的目光只向他问到这个：对于阿那托尔，他是一个友人呢，还是像所有的别的人一样，是个仇人？彼埃尔自己显然在她看来是不存在的。

“他统统知道，”玛丽亚·德米特锐叶芙娜指着彼埃尔向娜塔莎说，“让他自己向你说，我说的是不是真的。”

娜塔莎好像一个受伤的、被追赶的野兽，望着临近的狗和猎人一样，时而望望这个人，时而望望那个人。

“娜塔莎·依利尼施娜，”彼埃尔说，垂下眼睛，对她觉得可怜，对他不得不施行的手术觉得憎恶，“这是真或者是假，这对于您应该是反正一样，因为……”

“那么他结过婚是假的吗？”

“不假，是真的。”

“他结婚很久吗？”她问，“能发誓吗？”

彼埃尔向她发了誓。

“他还在这里吗？”她迅速地问。

“是的，我刚才看见他的。”

她显然是不能够说话了，并且做了手势要他们离开她。

20

彼埃尔没有留下来吃饭，立刻离开房间就走了。他在城里四处寻找阿那托尔·库拉根，现在一想到他，彼埃尔的血就向心里涌，并且感到呼吸困难。在滑雪场，在茨冈人那里，在考摩奈诺那里——都没有他。彼埃尔到俱乐部去。俱乐部里的一切都是照常；来吃饭的客人们成群地坐着，向彼埃尔问好，谈论城市的新闻。一个茶房，知道他的朋友和习惯，向他问好后，对他说，他的位子还留在小客厅里，说米哈伊·萨哈锐支公爵在图书室里，巴弗尔·齐摩非伊支还没有来。在关于天气的谈话当中，彼埃尔的一个熟人插言问他，是否听到了库拉根诱拐罗斯托娃的事，城里都在说这件事，这是不是真的？彼埃尔笑了一下，说这是胡说，因为他刚从罗斯托夫家的人那里来的。他向所有的人问到阿那托尔，有的说他还没有来，有的说他晚上要来吃饭。彼埃尔看见这群镇静的、漠然的人们不知道他心灵中所发生的事，觉得奇怪。他在大厅里走着，一直等到所有的人都来了，他没有等到阿那托尔，也没有吃饭，便回家了。

他所寻找的阿那托尔，这天在道洛号夫家吃饭，和他商量怎样挽救那失败的事情。他似乎觉得一定要会见罗斯托娃。晚间他去看姐姐，同她商量布置这次会面的方法。当彼埃尔走遍全城没有结果回家时，听差向他报告说阿那托尔·发西利也维支公爵在伯爵夫人那里。伯爵夫人的客厅里满是客人。

彼埃尔回来以后还没有看见他的妻子（他现在比任何时候更加恨她），他没有向她问好，走进客厅，看见了阿那托尔，就走到他面前去了。

“啊，彼埃尔，”伯爵夫人走到丈夫面前说，“你不知道我们的阿那托尔现在是什么样的处境啊……”她站住了，在丈夫低垂的头上，在他炯炯的眼睛里，在他坚决的步态中，看见了那种可怕的愤怒与力量的表情，这表情是她自己在他与道洛号夫决斗之后所知道、所经验过的。

“您在哪里——哪里便有堕落和罪恶，”彼埃尔向妻子说，“阿那托尔，来，我要同您说话。”他用法语说。

阿那托尔回头看了看姐姐，顺从地站起来，准备跟彼埃尔走。

彼埃尔抓住他的手臂，把他拉近自己的身边，走出了房间。

“Si vous vous permettez dans mon salon，［假使你竟敢在我的客厅里面，］……”爱仑低声说，但彼埃尔没有回答她，走出了房间。

阿那托尔迈着寻常的、昂然的步伐跟他走。但是他的脸上露出了不安。

彼埃尔进了自己的房，关了门，向阿那托尔说话，却没有望着他。

“您答应了罗斯托娃伯爵小姐要娶她，想要和她私奔吗？”

“我亲爱的，”阿那托尔用法语回答（全部谈话都是用法语的），“我不认为我应该回答用这种态度向我提出的问题。”

彼埃尔原来发白的脸因为愤怒而变样了。他用他的大手抓住阿那托尔的军装领子，开始把他向两边摇晃，直到阿那托尔的脸上显得十分惊惶时为止。

“当我说我要同您说话的时候……”彼埃尔重复说。

“啊，什么，这是愚蠢的。啊？”阿那托尔说，摸着连布撕裂的一个领扣。

“您是一个流氓，一个恶棍，我不知道，是什么东西不让我痛快地用这个东西敲碎您的头。”彼埃尔说，他的话说得那么不自然，因为他说法语。他拿起一个沉重的镇纸，威胁地举起来，立刻又放回原处了。

“您答应了和她结婚吗？”

“我，我，我没有想过：我从来没有答应过，因为……”

彼埃尔打断了他的话。

“您有她的信吗？您有信吗？”彼埃尔重复着，走到阿那托尔面前。

阿那托尔看了看他，立刻把手伸入衣袋，掏出手册。

彼埃尔接过阿那托尔递给他的信，推开挡路的桌子，把身子躺在沙发上。

“Je ne serai pas violent, ne craignez rien. [我不动武，不要怕。]”彼埃尔说，回答阿那托尔的惊惶的姿势。“信——一，”彼埃尔说，好像是向自己复述功课。“二，”在暂时的沉默之后，他继续说，又站起来，开始走动着，“您明天一定要离开莫斯科。”

“但我怎能够……”

“三，”彼埃尔继续说，没有听他说，“永远不许您有一句话说到您和伯爵小姐之间的事情。这个，我知道，我不能阻止你，但假使你有一点良心……”彼埃尔沉默地在房中徘徊了几次。

阿那托尔坐在桌旁，皱了皱眉，咬着嘴唇。

“总之您不能不明白，除您的快乐之外，还有别人的幸福和安宁，并且为了您想要快活，您要毁坏您全部的生活。您同我老婆这一类的女人们在一起取乐——和她们在一起是您的权利，她们知道，您想要得到她们的是什么。她们有同样的堕落经验对付您，但是答应了一个姑娘要娶她……欺骗，诱拐……怎么您不明白，这正好像打一个老人或小孩一样的卑鄙！……”

彼埃尔沉默着，已经不是用愤怒的，而是用疑问的目光看了看阿那托尔。

“这个我不知道。啊？”阿那托尔说，因为彼埃尔压制了怒火而胆大起来。“这个我不知道，也不想要知道，”他说，没有望着彼埃尔，并且他的下颚微微打颤，“但您向我说了这样的话：下贱这一类的话，我 comme un homme d’honnenr [是一个有荣誉的人]，我不许任何人说这样的话。”

彼埃尔惊异地望了望他，不了解他有什么要求。

“虽然这是两人单独谈话，”阿那托尔继续说，“但我不能……”

“那么您要赔礼吗？”彼埃尔嘲笑地说。

“至少您可以收回您的话。啊？假使您想要我照您的意思去做。啊？”

“我收回，收回，”彼埃尔说，“并且请您原谅我。”彼埃尔无意中看了看扯下的扣子。“还有钱，假使您在路上需要的话。”

阿那托尔微笑了一下。这种畏缩的、卑鄙的、他在妻子的脸上看惯了的笑容，触怒了彼埃尔。

“啊，卑鄙的、没有心肝的人！”他说，然后走出了房。

第二天，阿那托尔到彼得堡去了。

21

彼埃尔乘车去看玛丽亚·德米特锐叶芙娜，要告诉她，她的愿望已经实现了——把库拉根赶出莫斯科了。全家都恐惧不安。娜塔莎病得很重；玛丽亚·德米特锐叶芙娜秘密地向他说，在她听说阿那托尔已经结过婚这话的当夜，她服了砒霜，这是她偷偷地弄到的。吞了一点之后，她是那么恐怖，因而她叫醒了索尼亚，向她说明了她所做的事。及时地采用了必要的解毒的方法，现在她已经脱险了；但她还是那么软弱，因而他们不能够打算送她下乡，因此派了人去接伯爵夫人。彼埃尔看见了心乱的伯爵和流泪的索尼亚，但是不能够看见娜塔莎。

彼埃尔这天在俱乐部里吃饭，听到各方面的人谈到诱拐罗斯托娃的图谋。他坚决地否认这些谈话，向大家证明，只是他的小舅子向罗斯托娃求婚遭到拒绝，此外便没有别的了。彼埃尔觉得，隐瞒这全部事件和恢复罗斯托娃的名誉，是他的责任。

他恐惧地等待着安德来公爵回来，并且每天到老公爵那里去探听他的消息。

尼考拉·安德来维支公爵听部锐昂小姐说了城里流传的全部谣言，并且看了娜塔莎写给玛丽亚公爵小姐的解除婚约的通知。他似乎比平常更愉快、更不耐烦地等着儿子。

在阿那托尔走后好几天，彼埃尔接到安德来公爵的信，通知他说他已经到达，并且请彼埃尔去看他。

安德来公爵到了莫斯科，在他一到达的时候，便从父亲手里接到了娜塔莎写给玛丽亚公爵小姐的解除婚约的通知（这个通知是部锐昂小姐从玛丽亚公爵小姐那里偷来给公爵的），并且从父亲嘴里听到娜塔莎私奔的事，以及一些补充的话。

安德来公爵头一天晚上到。彼埃尔在第二天早晨去看他。彼埃尔料想，他要看到的安德来公爵，大概处于娜塔莎同样的状态中，因此，当他走进客厅，听到安德来公爵在书房里大声地生动地谈到彼得堡的一个阴谋时，他感到吃惊了。老公爵和另一个人的声音不时地打断他的话。玛丽亚公爵小姐出来迎接彼埃尔。她叹了口气，用眼睛示意着那扇门，安德来公爵就在那里面，她显然想对他的不幸表示同情；但彼埃尔在玛丽亚公爵小姐的脸上看到，她既为发生的事，又为哥哥听到婚变消息时的态度感到高兴。

“他说他料到了这件事，”她说，“我知道，他的傲气不允许他表现出自己的情感，但他还是忍受了这个，比我所料想的好些，好得多。显然，是应该这样的……”

“但是难道一切都完全了结了吗？”彼埃尔说。

玛丽亚公爵小姐惊异地看了看他。她甚至不明白，他怎么会提出这样的问题。彼埃尔走进了书房。安德来公爵发生了很大变化，显然健康复原了，但在眉毛间有一条新的皱纹，他穿了便服，站在父亲和灭歇尔斯基公爵的对面，热烈地争论着，打着有力的手势。

谈的话是关于斯撇然斯基的，他的突然流放和被指控为叛变的消息刚刚传到莫斯科。

“一个月前所有佩服他的人和无法了解他的目的的人，现在都非难他、谴责他，”安德来公爵说，“批评一个失宠的人，把别人所有的过错都推到他身上去，这是很容易的。但我要说，假使在本朝做了什么好事情，那好事都是他做的——他一个人做的……”看见了彼埃尔，他停住了。他的脸发抖，并且立刻露出愤怒的表情，“后世的人要给他公评的。”他说完，立刻转向彼埃尔。

“啊，你怎么样？又胖了。”他兴奋地说，但新出现的皱纹在他的额上显得更深了。“是的，我很好。”他回答了彼埃尔的问题，笑了一声。彼埃尔明白，他的笑声是说：“我好，但我的健康是谁也不需要的。”

同彼埃尔谈了几句，说到波兰边境上可怕的道路，说到他在瑞士遇见了认识彼埃尔的人们，说到代撒勒先生，这是他从国外替儿子聘请来的教师，然后安德来公爵又热烈地参加了两个老人继续进行的关于斯撇然斯基的谈话。

“假使是有叛变，有他和拿破仑秘密关系的证据，那么就该把这些东西向大家宣布，”他热烈地急促地说，“我个人不欢喜也没有欢喜过斯撇然斯基，但我爱正义。”

彼埃尔现在看出了他的朋友心里的、他太熟悉的那种要求，就是，为了压制那十分痛苦的、内心的想法，他要使他自己兴奋起来，并且争论不相干的问题。

当灭歇尔斯基公爵离开时，安德来公爵抓住彼埃尔的手臂，请他进了他自己的房间。房间里设了一张床，有几只打开的衣箱和提箱。安德来公爵走到一只箱子前面，取出一个小盒子，从小盒子里取出一个纸包。他无言地很快地做了这一切。他又站起来，咳嗽了一声。他的脸皱蹙着，嘴唇紧抿着。

“原谅我，假使我麻烦你……”

彼埃尔知道，安德来公爵想要说到娜塔莎，他的宽大的脸上显出同情和怜悯。彼埃尔脸上的这种表情触怒了安德来公爵；他坚决地、大声地、不愉快地继续说：

“我接到了罗斯托娃伯爵小姐的拒绝的通知，我听说你的小舅子向她求婚，或者这类的事。这是真的吗？”

“又是真的，又不是真的。”彼埃尔开始说，但安德来公爵打断了他的话。

“这里是她的信和画像。”他说。他从桌子上拿了纸包交给彼埃尔。

“把这交给伯爵小姐……假使你见到她。”

“她的病很重。”彼埃尔说。

“那么她还在这里吗？”安德来公爵说，“库拉根公爵呢？”他迅速地说。

“他早已走了。她快要死了……”

“我很可怜她的病。”安德来公爵说。他冷淡地、恶意地、不愉快地、像他的父亲那样地笑了一声。

“那么库拉根先生没有向罗斯托娃伯爵小姐求婚吗？”安德来公

爵说。他哼了几下鼻子。

“他不能够结婚，因为他已经结过婚了。”彼埃尔说。

安德来公爵令人不快地笑起来了，又像他的父亲那样。

“但是你的舅子，他现在在哪里，我可以知道吗？”他说。

“他到彼得堡去了……可是我不知道。”彼埃尔说。

“唉，这没有关系，”安德来公爵说，“转告罗斯托娃伯爵小姐，她过去是、现在也是完全自由的，我祝她一切如意。”

彼埃尔把纸包拿在手里。安德来公爵那瞪着不动的眼睛望着他，好像是在想，他是否还要向他说点什么，或者等候着彼埃尔要不要说点什么。

“听着，您记得我们在彼得堡的争论吗？”彼埃尔说，“记得吗？……”

“记得，”安德来公爵连忙回答，“我说过，应该原谅堕落的女子。但我没有说过我能饶恕人。我不能。”

“但是能够这样比较的吗？……”彼埃尔说。

安德来公爵打断他的话，并且尖声地叫起来：

“再向她求婚，要宽宏大量，和其他的事，是吗？……是的，这是很高尚的，但我不能够步 sur brisées de monsieur［那个绅士的后尘］。假使你愿做我的朋友，就永远不要同我说到这个……这一切。好，再会。那么你转交给她……”

彼埃尔走出房去看老公爵和玛丽亚公爵小姐。

老公爵似乎比寻常更活泼。玛丽亚公爵小姐是同平素一样，但除她对哥哥的同情之外，彼埃尔看见她对哥哥解除了婚约感到高兴的样子。彼埃尔望着他们，明白了，他们都对于罗斯托夫家的人是多么轻视、愤怒，明白了，他甚至不能够在他们面前提起那个能够择配任何人，而放弃安德来公爵的女子的名字。

吃饭时，谈话是关于战争，战争的临近已经是很明显了。安德来公爵不断地说话，时而同父亲争论，时而同瑞士教师代撒勒争论，并且显得比平常更加活泼，这活泼的内在原因彼埃尔知道得很清楚。

22

当天晚上彼埃尔去看罗斯托夫家的人，以便执行他的使命。娜塔莎在床上，伯爵在俱乐部，彼埃尔把信交给了索尼亚，就去看玛丽亚·德米特锐叶芙娜，她很想知道安德来公爵听到这个消息时是什么样子。十分钟后，索尼亚来看玛丽亚·德米特锐叶芙娜。

“娜塔莎一定要见彼得·基锐洛维支伯爵。”她说。

“怎样见面呢？带他去见她吗？你们那里还没有收拾。”玛丽亚·德米特锐叶芙娜说。

“不，她穿了衣裳，到客厅里去了。”索尼亚说。

玛丽亚·德米特锐叶芙娜只耸着肩膀。

“伯爵夫人什么时候来呢。她把我害苦了。你当心，什么都不要向她说起，”她向彼埃尔说，“我没有心责备她，她那么可怜，那么可怜！”

娜塔莎消瘦了，面色苍白严厉，一点也不像彼埃尔所料想的那样羞耻，她站在客厅的当中。当彼埃尔在门口出现时，她慌张了一下，显然不能决定，是她走到他面前去呢，还是等他走来呢。

彼埃尔赶快向她面前走去。他想，她要像平常一样地向他伸手；但她走到他面前，站住了，困难地呼吸着，没有生气地垂着手臂，完全像她来到大厅当中要唱歌时的那种姿势，但是表情却完全不同。

“彼得·基锐累支，”她开始迅速地说，“保尔康斯基公爵过去是您的朋友，他现在仍是您的朋友，”她更正着（她觉得，过去的一切现在一定是不同的了），“他那时向我说过，要我找您……”

彼埃尔无言地吸着鼻孔，望着她。他直到现在还在心里责备她，并且极力轻视她；但现在他是那么可怜她，他心中没有责备她的想法了。

“他现在在这里，您告诉他……要他饶……饶恕我。”她站住了，呼吸更急促了，却没有流泪。

“是的！……我向他说，”彼埃尔说，“但……”他不知道要说什么。

娜塔莎许多天来第一次流出感激与伤感的眼泪，看了看彼埃尔，便从房间走了出去。

娜塔莎显然是怕彼埃尔或许对她有什么意思。

“不，我知道，一切都完了，”她急忙地说，“不，这是绝不可能的。我只是因为我做了对不起他的事情觉得痛苦。您只向他说，我请他饶恕，饶恕，饶恕我一切……”她全身发抖，坐到椅子上去了。

一种从未体验过的怜悯情绪充满了彼埃尔的心。

“我要向他说，我要把一切再向他说一次，”彼埃尔说，“但……我要知道一件事情……”

“要知道什么？”娜塔莎的目光问。

“我要知道，您是否爱过……”彼埃尔不知道怎么称呼阿那托尔，并且想到他便脸红，“您是否爱过那个坏人？”

“不要叫他坏人，”娜塔莎说，“但我什么——什么也不知道……”她又流泪了。

怜悯、温柔与爱的情绪更强烈地支配了彼埃尔。他觉得泪在他的眼镜下边流，他希望没有人看见。

“我们不要再说了，我亲爱的。”彼埃尔说。

娜塔莎忽然觉得他的文雅的、温柔的、诚挚的声音是很奇怪的。

“我们不要说了，我亲爱的，我要统统向他说的；但我只请求您一件事：您把我当作您的朋友，并且假使您需要帮助、咨询，或者只是要向什么人倾吐自己的心事的时候，不是现在，而是当您心里明白的时候，您要想到我。”他握了她的手，吻了一下。“假若我能够……我就幸福了……”彼埃尔心乱了。

“不要和我这样说，我不配！”娜塔莎大声说，想要从房间里走出去，但是彼埃尔抓住了她的手。

他知道，他还有话要向她说。但是当他说出这话时，他对自己的话吃惊了。

“不要说了，不要说了，您的日子还长着呢！”他向她说。

“我的日子吗？不！我的一切都完了。”她羞耻地、自卑地说。

“一切都完了吗？”他重复说，“假使我不是我自己，而是世界上最美、最聪明、最好的人，假使我是自由的，我此刻就跪下来向您求婚求爱了。”

娜塔莎许多天来第一次流出了感激与伤感的眼泪，看了看彼埃尔，便从房间里走出去了。

彼埃尔跟在她后面几乎跑进了前厅，忍着喉咙里的伤感与幸福的泪，披上皮外套，手没有伸进袖筒，就坐上了雪橇。

“请问现在到哪里去？”车夫问。

“到哪里去？”彼埃尔问自己，“现在能到哪里去呢？还能到俱乐部去吗？还能去做客吗？”和他所体验到的那种伤感与爱的情感比较起来，和娜塔莎最后一次含着眼泪瞥他一眼时的那种动人的感激的目光比较起来，所有的人似乎都是那么可怜，那么可悯。

“回家。”彼埃尔说，虽然是十度①的严寒，他却把熊皮外套在他的宽阔的、高兴地呼吸着的胸脯前面敞开着。

天气寒冷，天色明亮。在污秽的、昏暗的街道上，在黑色的屋顶上，是幽暗的星空。彼埃尔只是瞧了瞧天空，不再感觉到：和他的心灵所达到的高度比较起来，一切尘世事物是多么屈辱而卑鄙。到达阿尔巴特广场时，广阔的、有星的、幽暗的天空展现在彼埃尔的眼前。几乎就在卜来其斯清斯卡林荫大道上的天空当中，闪烁着一颗灿烂的一八一二年的彗星，它的四周围绕着、散布着无数的星辰，它和别的星星不同，因为它接近地面，放射出白光，而且有一条长长的向上翘的尾巴，据说，这颗彗星预兆着一切恐怖的事件和世界末日的到来。但是这一颗带着发光的长尾巴的明亮的星，并没有在彼埃尔的心中引起任何恐怖的情绪。相反，彼埃尔泪湿的眼睛高兴地望着这颗明亮的星。这彗星，似乎以无可比拟的速度，顺着抛物线的轨道飞过无限的空间，忽然，好像一支射入地球的箭，插在黑暗天空中它所选定的地方，并且有力地翘起尾巴停住了，发着光，在其他无数的闪耀着光芒的星星之间放射出白光。彼埃尔觉得，这颗彗星是完全符合他那进入新生活的、受感动的、振奋的心灵变化的。

---

① 毛注：俄国通常用 Reaumur 表，十度约合华氏二十二度半。

战争与和平（三）

[俄罗斯]列夫·托尔斯泰◎著　高植◎译

长江出版传媒｜长江文艺出版社

目录

Contents

第三卷

第三卷

Part Three

第一部

1

西欧的军队从一八一一年的年底开始扩充和集中，在一八一二年，这些军队——几百万人（包括运输和供养军队的人），自西向东地向俄国边境移动，而俄国军队从一八一一年起，也同样向边境集结。六月十二日①，西欧的军队越过了俄国边境，于是开始了战争，即是发生了违反人类理智和人类本性的事件。几百万人互相地犯了数不尽的罪恶、欺骗、叛变、偷窃、造假文件、发假钞票、抢劫、纵火、残杀行为，这是在若干世纪的全世界法庭的年刊里都容纳不下的，但是在这时候干下这些勾当的人们，并没有把这些行为看作犯罪。

这个非常的事件是怎么造成的？它的原因是些什么？历史家们凭着单纯的信念说，这个事件的原因是奥尔顿堡公爵所受的屈辱，大陆政策的未能遵守，拿破仑的野心，亚力山大的固执，外交家们的错误，等等。

因此，只要梅特涅、路密安采夫，或者塔来隆在接见与宴会之

① 毛注：合新历六月二十四日。

间，善为努力，写一篇更巧妙的牒文，或者拿破仑写信给亚力山大说：“Monsieur mon frère, je consens à rendre le duché au duc d'Oldenbourg.［仁兄陛下，我同意恢复奥尔顿堡公爵的公国。］”战争就不会发生了。

当然，这事件在当时的人士看来是这样的。当然，拿破仑觉得，战争的原因是英国的阴谋（他在圣·爱仑那岛上这么说的）；当然，英国国会议员觉得，战争的原因是拿破仑的野心；奥尔顿堡公爵觉得，战争的原因是对他所施的暴行；商人以为，战争的原因是毁坏欧洲的大陆政策；老军人、将帅们以为，主要的原因是需要利用他们去打仗；当时的皇朝正统主义者觉得，原因是必须恢复 les bons principes［高尚的气节］，而当时的外交家们觉得，这一切是由于一八〇九年的俄、奥联盟没有十分严密地瞒住拿破仑，由于第一七八号备忘录措辞欠妥。当然，在当时的人士看来，有这些原因，还有无穷无尽的原因，它们的数量的多寡取决于无数的人们的不同观点；但在我们后代的人看来，这些原因是不完备的，我们充分地观察这个既成事实的规模，并且探究它的简单而可怕的意义。我们不能了解，几百万基督教徒互相屠杀、互相蹂躏，是因为拿破仑有野心、亚力山大固执、英国的政策狡猾，以及奥尔顿堡公爵受屈辱。我们不能够理解，这些事情与屠杀、暴行之类的事实有什么联系；也不了解，为什么因为公爵受屈辱，欧洲另一边的成千上万的人便去屠杀、毁灭斯摩棱斯克省和莫斯科省的人，并且他们也被那些地方的人杀死。

在我们非历史家的后代人看来，它的原因是数不尽的，我们没有被研究程序所迷惑，因此能够运用不受蒙蔽的常识来观察事件。我们研究它的原因愈深入，我们发现的原因愈多；并且每个个别得出的原因，或全部原因，在我们看来，本身都是同样正确；而它们和事件的规模比较起来都是无足重轻，从这一点上看来，又显得是同样错误；没有其他同时发生的原因，它们便不能造成事件，从这一点上看，也显得是同样错误的。第一个法国伍长愿意或拒绝服第二次兵役，拿破仑拒绝把军队退过维斯拉河，拒绝恢复奥尔顿堡公爵的公国，在我们看来，同样是个原因；因为，假使法国伍长不愿服兵役，第二个也不愿，第三个以及第一千个伍长和兵士都不愿，则拿破仑的军队将会减少那么多的人，战争也不会发生。

假使拿破仑不是因为要求他退过维斯拉河而发怒，他不命令军队前进，就不会有战争；但是假使所有的军曹都不愿意服第二次兵役，也不会有战争。假使没有英国的阴谋，没有奥尔顿堡公爵，没有亚力山大的受屈辱的情绪，没有俄国的专制政体，没有法兰西革命和后来的独裁和帝国，以及导致法兰西革命的一切条件和其他原因，那同样也不会有战争。这些原因中少掉一个，便什么也不会发生。所以，是这一切原因——无其数的原因——凑合在一起，造成了所发生的事情。因此没有任何一个原因是事件的唯一的原因，而事件之所以发生，只是因为事件一定要发生。几百万人一定要丧失他们的人性和理智，从西到东屠杀同类，正如同几世纪前，许多群的人从东到西屠杀同类一样。

拿破仑和亚力山大的话似乎能决定事件发生或不发生。他们的行为不是自主的，正如同每个通过抽签或征集而参战的兵士的行为一样。这是不得不这样的，因为要使拿破仑和亚力山大的意志得以实现（似乎那事件是这两个人决定的），就必须同时具备无数的条件，这些条件中少掉一个，事件便不能发生。这几百万人（真正的力量在他们的手里），这些放枪的、运送给养和大炮的兵士们，必须同意去执行这些个别的无力的人的意志，并由无数的、复杂的、各种各样的原因引到这一步。

为了说明不合理的现象，历史中的定命论是不可避免的（不合理的现象，是我们不了解它的道理的那种现象）。我们愈要力求理性地解释这些历史现象，愈觉得这些现象是不合理的，是无法理解的。

每个人都为他自己而生活，利用自己的自由去达到他个人的目的，并且凭他整个的身心感觉到，他能立刻去做出或者不做出某种行为；但是他一旦做出了某种行为，这个在某一段时间内所做出的行为便不能挽回，并且成为历史的所有物，它在历史上的意义不是自由的，而是预先命定的。

每个人的生活有两方面：一方面是个人的生活，它的趣味越抽象，它便越自由；另一方面是自发的群体的生活，个人在群体里不可避免地要遵守那为他预先规定的法则。

一个人为他自己有意识地生活着，但他是全人类达到的历史目的的一种无意识的工具。人所做出的行为是无法挽回的，一个人的行为和别人的无数行为同时产生，便有了历史的意义。一个人在社会的阶梯上站得愈高，和他有关系的人愈多，他对于别人的权力愈大，他的每个行为的命定性和必然性就愈明显。

“帝王的心是掌握在上帝手里的。”

帝王——是历史的奴隶。

历史，也就是人类无意识的、共同的、群体的生活，利用帝王生存的每一分钟，作为达到自己目的的工具。

虽然拿破仑此刻，在一八一二年，比过去任何时候都更加相信。verser ou ne pas verser le sang de ses peuples［他的人民是否流血］取决于他（正如亚力山大在写给他最后的信中所说的），但此刻，拿破仑比起任何时候都更加服从那些不可避免的法则，这些法则迫使他为总的事业、为历史做那必须做的事情（而在他自己看来，他是按照自己的意志在行动）。

西欧的人为了互相屠杀向东欧推进。并且按照原因互相配合的法则，为了产生这个运动和这个战争有千千万万的小原因配合着这个事件。并且和这个事件同时产生：对于不遵守大陆政策的谴责；奥尔顿堡公爵的屈辱；军队向普鲁士的推进（在拿破仑看来），这只是为了获得武装和平；法国皇帝对于战争的爱好和习惯与他的人民的愿望相一致；迷恋于备战的庞大规模，备战的费用；要求获得利益来抵偿这些费用；在德来斯登的令人陶醉的光荣；外交家的谈判，在当时人士看来，这些谈判是本着求得和平的诚挚愿望而进行的，不过伤害了双方的自尊心；还有无穷无尽的别种原因配合着所发生的事件，并且和它同时产生。

苹果熟了便会掉下——它为什么会掉下？是因为它受了地面的吸引，还是因为果柄枯萎，还是因为它被太阳晒干，还是因为它重了，因为风吹动它，还是因为站在下边的小孩想要吃它？

没有一种是原因。这一切只是同时产生的条件，在这些条件下发生各种有生命的、有机的自然事件。植物学家发现苹果掉下，是因为细胞组织分解，等等，这和站在树下的小孩说苹果掉下是因为他想吃，因为他祈祷掉下，同样是对的。有人说拿破仑到莫斯科去是因为他想要去，他的溃败也是因为亚力山大想要他溃败；这和别人说：掘空的重量达一百万吨的山坍塌下来，是因为最后的矿工在下面凿了最后一镐，同样的又对又不对。在历史事件中，所谓伟大人物只是一种标签，标志事件各项名称而已，他们同标签一样，和事件本身的关系是微乎其微的。

他们的每个行为，在他们自己看来是自主的，但是从历史意义上来说，却是不自主的，而是与整个历史进程有关的，是上帝注定的。

2

五月二十九日①，拿破仑离开了德来斯登，他在这里待了三个星期，在他的周围好像挤满了整个宫廷的官员，其中有亲王们、公爵们、国王们，甚至还有一个皇帝。拿破仑在起程之前，对应受恩宠的亲王们、国王们和皇帝表示了恩泽，责骂了他所不满意的国王们和亲王们，他把自己的即是他从别的国王们那里抢来的钻石和珍珠赠给奥国皇后，并且像他的历史家所说的，他亲切地拥抱了玛丽·路易丝皇后，然后离开她，这离别的痛苦似乎是她无法忍受的，这个玛丽·路易丝认为他是自己的丈夫，但他在巴黎另有一个妻子。虽然外交家们还坚信和平的可能性，并且热心地向这个目标努力，虽然拿破仑亲自写信给亚力山大皇帝，称他 Monsieur mon frère［仁兄陛下］，并且诚恳地向他保证说，他并不希望战争，并且永远敬重

① 毛注：托氏在这里用了新历，大概是因为萨克逊（德来斯登所在之邦）用新历。在后边他又用旧历。从文字上看，拿破仑从德来斯登到俄国边境走了十二天（五月二十九日到六月十日），实际上用了双倍的时间。

他和爱他——但他到军队里去了，并且从每一个驿站发出新的命令，要军队加速向东推进。他坐着六马旅行车，走在前后左右的侍从、副官、卫兵之间，沿着波森、托尔因、但泽和刻尼格斯堡的大道前进。每个城市都有成千成万的人战栗地、狂喜地迎接他。

军队从西向东推进，替换的六匹马顺这个方向拉他前进。六月十日，他赶上了军队，并且在维尔考维斯基森林过夜，他住在一个波兰伯爵的田庄里，这个行营是为他准备的。

第二天拿破仑越过了军队，坐车到达聂门河①，换了波兰的制服，来到河岸上，视察渡河的地点。②

拿破仑看见了对岸的 les Cosaques［哥萨克兵］和广阔的草原（1es steppes），在草原的当中是 Moscou la ville sainte［圣城莫斯科］，好像是马其顿王亚力山大所去过的西徐亚的王国的首都。他出人意外地违反战略和外交的常理，下令前进，于是在第二天他的军队开始渡过聂门河。

十二日清晨，他走出了这一天扎在聂门河斜陡的左岸上的营帐。他在望远镜里观看从维尔考维斯基森林中拥出来的他的军队正像潮水一样地在拥过聂门河的三座桥。军队知道皇帝在场，寻找着他，当他们发现了一个身穿大衣、头戴礼帽、离开他的侍从站在山边帐篷前面的身影的时候，他们把帽子向天空抛着，呼喊着：Vive l'Empereur!［皇帝万岁！］并且前后相连着，从那一直遮蔽着他们的广大的森林里不断地涌出，然后分为三路，从三座桥上跑到了对岸。

“On fera du chemin cette fois-ci. Oh! quand il s'en mêle luimême, ça chauffe……Nom……de Dieu……Le voila! Vive l'em-pereur! Les voila donc les stepps de l'Asie! Vilain pays tout de même. Aurevoir, Beauché; je te réserve le plus beau palais de Moscou. Au revoir! Bonnechauce……

---

① 毛注：聂门河在一八一二年是俄国与波兰间的边界。

② 毛注：拿破仑换波兰军装（见大尼列夫斯基历史），矛枪骑兵泅水过河（见蒂叶尔历史），简短生动地表示他和波兰的关系。波兰人希望战后独立，拿破仑小施恩惠，予以鼓励。

L'as tu vu, l'empereur? Vive l'empereur! ……preur! Si on mefait gouverneur aux Indes, Gérard, je te fais ministre du Cachemire, C'est arrêté. Vive l'empereur! Vive! Vive! Vive! Les gredins de Cosaques, comme ilsfilent. Vive l'empereur! Le voilà! Le voistu? Je l'ai vu deux fois comme jete vois. Le petit Caporal…… Je l'ai vu donner la croix à l'un des vieux……Vive l'empereur! [现在我们要进军了。啊！他亲自出马，事情就好办了……凭天发誓……他在那里！……皇帝万岁！那些地方就是亚细亚草原！仍然是肮脏的国家。再见，保涉；我要替你保留着莫斯科最好的皇宫。再见！祝你走好运……你看见了皇帝没有？皇帝万岁……万岁！假使我做了印度总督，热拉尔，我让你做卡涉米尔大臣，就这么定了。皇帝万岁！万岁！万岁！万岁！这些哥萨克浑蛋们，看他们跑的那样子呀。皇帝万岁！他在那里！你看见他吗？我看见他两次，就像我现在看见你一样。这个矮小的伍长……我见过他给一个老兵十字勋章……皇帝万岁！]”这都是各种各样性格和社会地位的、年老的和年少的人的声音。在所有这些人的脸上显出了同样的表情：由于开始了盼望已久的进军，由于对站在山上的、穿灰色大衣的人表达了效忠之心，大家个个显得欣喜若狂。

六月十三日，有人把一匹纯种阿拉伯小马牵到拿破仑面前，他骑到马上，向聂门河的一座桥上奔驰而去；他的耳朵被热烈的喊声不断地震着，他忍受着这些声音，显然只是因为不能禁止他们用这些喊声表现他们对他的爱戴；但这些喊声，处处跟随着他，扰乱着他，使他不能考虑军事问题，而这些问题是在他加入军队以后便出现在他心中的。他从晃动的浮桥上到了河的对岸，向左急转，向考夫诺方面奔驰而去；高兴得透不过气来的、狂喜的骑卫队在前面奔驰着，在大军中开道。他到了宽阔的维利亚河边，停在岸边的波兰矛枪骑兵团的附近。

“皇帝万岁！”波兰人同样狂喜地喊叫；他们也乱了行列，并且互相拥挤着，争着看他。

拿破仑看了看河，下了马，坐在岸边的一根木头上。按照他的无言的暗示，他们递给他一只望远镜，他把望远镜搁在一个跑到他面前的、快乐的侍从背上，开始观察对岸。然后他专心地注视着摊开在木头上面的地图。他没有抬头，不知说了些什么，于是他的两个副官骑马跑到波兰矛枪骑兵那里去了。

“什么？他说了什么？”这声音在一个副官跑到他们面前的时候，从波兰矛枪骑兵的行列中响了起来。

命令是，找到一个浅滩以后，便涉水到河对岸去。波兰矛枪骑兵上校是个英俊的老人，红着脸，兴奋得语无伦次，他问副官，可否准许他不用找涉水滩，便率领矛枪骑兵泅渡过河。他显然怕遭到拒绝，好像小孩要求骑马一样要求准许他当着皇帝的面泅渡过河。副官说，也许皇帝不满意这种过分的热心。

副官刚刚说了这话，这个有胡须的老军官，便现出高兴的神色，眼睛发亮地举起指挥刀，喊道：“皇帝万岁！”并下了命令，要矛枪骑兵跟着他，他刺了马，向河里跑去。他狠狠地刺了一下身下的踌躇不前的马，然后蹿进水中，向急流的深处泅去。几百个矛枪骑兵跟着他奔驰。在河当中的急流深处是寒冷而危险的。矛枪骑兵坠下马来，互相乱抓着。有些马淹死了，有些人淹死了，其余的人有的在鞍上，有的抓着马鬃在努力泅渡。他们努力向前，向河对岸游去，虽然在半里之外有涉水滩，他们感到骄傲的却是：他们当着一个人的面泅渡过河，并淹死在河里，而这个人坐在木头上，对他们在做些什么连望也没有望。回来的副官候中适当的时间，大胆地请皇帝注意波兰矛枪骑兵对他的效忠行动，这时候，这个穿灰大衣的矮小的人站立起来，把柏提挨叫到面前，开始同他在岸上来回走动，向他发出命令，偶尔不高兴地望望那些分散他注意力的淹死的矛枪骑兵。

他有一种信念，就是他出现在世界的任何地方，从非洲到莫斯科草原，都能够同样地使人震惊，使人做出舍身忘己的疯狂行为。对于他来说，人们对他的这种信念并不新鲜。他下令把马牵来，然后骑马回他的野营去了。

虽然派了船去救助，但仍有大约四十个矛枪骑兵淹死在河里。大部分人被冲回这边岸上来了。上校和几个矛枪骑兵泅过了河，吃力地爬上了对岸。他们身上的衣服湿透了，淌着水，一上岸就叫喊："皇帝万岁！"他们欣喜若狂地望着拿破仑站过的地方，可是他已经不在那个地方了，这时候，他们觉得自己很幸福。

晚间，拿破仑下了两道命令：一道是要尽可能快些运来印好的、要在俄国使用的俄国假钞票；另一道是要枪毙一个萨克逊人，在他被搜出的信件里发现了关于法军的各项命令的情报；他还下了第三道命令，就是把那个不必要跳进河里的波兰上校列入荣誉团（Légion d'honneur），拿破仑就是这荣誉团的首领。

Quos vult perdere—dementat.［要谁毁灭——夺其理智。］

3

俄国皇帝这时候在维尔那住了一个多月，主持阅兵和演习。对于大家所预料的战争毫无准备，皇帝原来是为了作好战争的准备而从彼得堡到这里来的。总的作战计划是没有的。在所有的已经提出的计划中，不知道应该采用哪一种——这种犹豫不决的情形，当皇帝在总司令部待了一个多月之后更加厉害了。三个军各有自己的总司令，但是各个军上面还没有统帅，皇帝自己也没有担当这个名义。

皇帝在维尔那住得越久，对战争越没有准备，大家等待战争等得厌倦了。环绕在皇帝周围的人们的意图，似乎只是要使皇帝愉快度日，忘掉迫近的战争。

在波兰豪贵们、朝臣们和皇帝本人所举行的许多次舞会和庆宴之后，在六月里，有一个波兰侍从武官长想要各位侍从武官长为皇帝举行一次宴会和舞会。这个想法被大家高兴地接受了。皇帝表示了同意。侍从武官长们收集了醵资。最能取悦皇帝的妇人，被邀请担任舞会的主持人。维尔那省地主别尼格生伯爵借出他的郊外房子举行庆宴，于是定于六月十三日在别尼格生伯爵城外住宅萨克来特举行舞会、宴会、赛船和放焰火。

就在拿破仑下令渡聂门河，他的先锋队赶走了哥萨克兵，越过俄国边境的那一天，亚力山大在别尼格生的别墅里，在侍从武官长们所举行的舞会里，度过他的夜晚。

那是快乐而辉煌的宴会；内行的人说，在一个地方聚集这么多美人，是少有的事。别素号娃伯爵夫人也在随同皇帝从彼得堡到维尔那来的其他俄国贵妇之内，她在这个舞会里，以她笨重的所谓俄国式的美胜过了纤巧的波兰妇女。她引人注目，并且皇帝邀她跳舞。

保理斯·德路别兹考，像他所说的，en garcon［单独］居住，把妻子丢在莫斯科，他也在这个舞会里，虽然不是侍从武官长，却为舞会出了一大笔份金。保理斯现在是富人，地位很高，已经不再求人庇护，而和同辈中地位最高的人已经能够平起平坐了。在维尔那他遇见了爱仑，他已经多时没有看见她。因为爱仑正享受着一个很重要的人的宠爱，保理斯是新近结婚的，他们没有提起过去，彼此却像要好的旧友一样。

夜间十二点钟还在跳舞。爱仑没有适当的舞伴，她亲自邀保理斯跳美最佳舞。他们是第三对。保理斯冷淡地注视着爱仑的在镶金黑纱长衫外边袒露着的艳丽的肩臂，谈到他们的旧友；同时，他自己和别人都没有觉得，他时时刻刻注意着在同一舞厅里的皇帝。皇帝不在跳舞，他站在门口，用那种只有他一个人会说的亲切的言语时而叫这一对、时而叫那一对跳舞的人停下。

在开始跳美最佳舞的时候，保理斯看见了皇帝的最亲信的人，侍从武官长巴拉涉夫走到皇帝面前，不合朝仪地站得和皇帝很近。皇帝正在和一个波兰太太谈话，和波兰太太说了话以后，向他询问地望了一下，显然，明白了巴拉涉夫这么做，只是因为有重大的原因才这么做的。皇帝向那个太太微微地点了点头，便转向巴拉涉夫。巴拉涉夫刚开始说话，皇帝的脸上便露出了惊异的神色。他拉住巴拉涉夫的手臂，同他走过舞厅，前面的人群自觉地让出了一条大约有三沙绳宽的走道。保理斯注意到在皇帝和巴拉涉夫同走时阿拉克捷夫的兴奋的脸色。阿拉克捷夫皱眉望着皇帝，并且用红鼻子嗅嗅气，从人群中走出来，似乎等待着皇帝垂询他。（保理斯知道，阿拉克捷夫嫉妒巴拉涉夫，显然他不愿意那么重要的消息不经过他传给皇帝。）

但是皇帝和巴拉涉夫没有注意阿拉克捷夫，穿过了外边的门，走进了灯火明亮的花园。阿拉克捷夫摸着佩刀，并且狠狠地回顾着，跟在他们后面大约二十步。

保理斯在表演美最佳舞的各节时，这个问题不断地使他烦恼，就是，巴拉涉夫带来了什么消息，而他要怎样才能够比别人先知道这个消息。

在一个舞节中，他应该选几个妇女，他低声向爱仑说，他想要选波托兹卡雅伯爵夫人，而她似乎到露台上去了，于是他的脚在镶木地板上滑着，穿过外边的门，跑进花园，看见皇帝和巴拉涉夫走上露台，便停了步。皇帝和巴拉涉夫向着门走来。保理斯着慌了一下，似乎来不及走开，恭敬地退到门边，垂下了头。

皇帝好像一个受了侮辱的人那样地激动着，说完了下边的话：

“不宣战，就侵入俄国！我要等到没有一个武装的敌人留在我国的时候，才讲和平。”

保理斯觉得，皇帝满意他说的这些话，皇帝满意的是他的思想的表达方式，但是不满意的是保理斯听到了这话。

“不要让任何人知道！”皇帝皱了皱眉加上一句。

保理斯知道，这话是对他而言的，于是他闭上了眼，微微地垂着头。皇帝回到舞厅，又在舞会里留了大约半小时。

保理斯最先知道法军渡过聂门河的消息，因此，有机会向几个要人显示他知道许多别人不知道的消息，并因此有机会在这些人的心目中提高自己的地位。

法军渡过聂门河的意外消息，在一个月的徒然的期待之后，显得特别意外，而且是在舞会里！皇帝最初听到这个消息时，在震怒与愤慨的影响之下，想出了那句日后著名的、他自己既认为满意并且充分表达了他的情感的话。从舞会里回去以后，皇帝在凌晨两点钟召见秘书锡施考夫①，命他写一个指令给军队，写一个谕旨给元帅

① 毛注：A. S. 锡施考夫海军上将（1754—1841）为斯撒然斯基的继任人。

萨退考夫公爵①，在这个谕旨里面，他坚持要加进这句话，就是要到没有一个武装的法兵留在俄国境内时，他才讲和。

第二天他便写了下面的法文的信给拿破仑：

> 仁兄陛下，昨天我知道你的军队，不顾我遵守对陛下的义务的诚意，侵入了俄国边境，并且我此刻接到彼得堡的文书，劳理斯顿伯爵②在文书中提起此番侵略的原因，说陛下认为自库拉根公爵索取护照时起，即和我处在战争状态中了。巴萨诺公爵③拒绝发给护照的理由，绝不能使我相信，我的大使的行为可以作为此番侵略的借口。事实上，正如他自己所声明的，大使并未奉得命令提出此项要求，并且我一知道了这事，就向他表示我是多么不满意，并且命他继续供职。假使陛下不愿意因此种误会而使我们的人民流血，并且同意把你的军队退出俄国的领土，我便毫不介意所发生的一切，并且我们可以谅解。如其不然，我将被迫抵抗侵略，这侵略完全不是我方引起的。要使人类避免新的战争的痛苦，这仍然取决于陛下。我是亚力山大（签字）

4

六月十四日凌晨两点钟，皇帝召见巴拉涉夫，向他宣读了写给拿破仑的信，命令他去送这封信，并且要亲自交给法国皇帝。派遣巴拉涉夫时，皇帝又向他重复说道，要到没有一个武装的敌人留在俄国境内时，他才讲和，并且命令他一定要把这话传达给拿破仑。

---

① 毛注：N. I. 萨退考夫（1736—1816）曾为亚力山大的教师，一八一二年，兼任内阁总理。

② 毛注：即 A. J. B. Law（1768—1828），为 John Law of Laurigton 之侄孙，一八一一 —— 一八一二年为法国驻俄大使。

③ 毛注：即 H. B. Maret（1763—1839），曾在一八一一 —— 一八一二年任拿破仑之外交部长。

皇帝没有把这话写在给拿破仑的信中，因为他凭他的机敏，觉得此刻和解的最后努力仍在进行，把这句话写了出来是不合适的；但是他坚决命令巴拉涉夫亲自把这话传达给拿破仑。

巴拉涉夫由一个号手和两个哥萨克兵陪伴着，在十三日和十四日之间的夜里起程，黎明时，到了聂门河这边锐康特村法军的前哨。他被法国骑兵岗哨阻止了。

法国骠骑兵军曹，身穿红制服，头戴毛蓬蓬的帽子，向着前进的巴拉涉夫呼喊，命他停下来。巴拉涉夫并不马上停下来，却继续在大道上缓行着。

军曹皱了皱眉，说出一些咒骂的话，把马的胸部对着巴拉涉夫，向前走动，握了佩刀，粗野地向俄国将军呼喊，问他：他听没听到对他所说的话，是不是聋子。巴拉涉夫报了自己的姓名。军曹派了兵去报告长官。

军曹没有注意巴拉涉夫，开始和同伴们谈着自己团里的事情，没有望俄国将军。

巴拉涉夫一向接近最高的势力与权威人物。在三小时之前还同皇帝谈过话，并且习惯了因为自己的职位而受到的尊敬，此刻在这里，在俄国境内，他看见了这种敌意的、尤其是对他失敬的粗暴态度，觉得异常奇怪。

太阳刚刚开始从乌云的后面升起来；空气是新鲜的、带着露水的。在大路上有一群从村庄里赶出来的牛。在田野里，百灵鸟好像水里冒起的泡一样，一个一个的，啾啾地急冲地飞起。

巴拉涉夫环顾着四周，等候军官从村庄里来到。俄国哥萨克兵和号手同法国骠骑兵都沉默着，不时地互相望望。

法国骠骑兵上校，显然是刚起床的，骑着漂亮的肥壮的灰色马，由两个骠骑兵陪伴着，从村庄里走出来。军官、士兵和他们的马，都显出神气而又漂亮的样子。

这正是战役的初期，在这种时候，士兵们还在整齐的、几乎是检阅的和平活动中，但是在衣服上显出耀武扬威的味道，并且显出快乐进取的精神，这种情形在战役开始时一向都有的。

法国上校费力地忍住了哈欠，但很恭敬，并且显然明白巴拉涉夫到来的重要性。他领他走过士兵面前，走到前哨的后边，并且告诉他说，他谒见皇帝的愿望大概马上可以实现，因为皇帝的行营，就他所知，是不远的。

他们穿过锐康特村，经过法国骠骑兵系马处，经过哨兵和士兵身边，他们都向他们的上校致敬，并且用好奇的目光望着俄国制服。他们走到村庄的另一边。据上校说，师长是在两公里之外，他将要接见巴拉涉夫并领他到达目的地。

太阳已经升起，并且愉快地照着明朗的绿野。

他们刚走过一个旅店，走上山，便看见山下有一群骑马的人迎面而来，在他们前面的是一个身材高大的人，骑在黑色马上，马具在阳光下闪烁着，那人戴着有花翎的帽子，黑发披到肩头，披着红斗篷，两只长腿照法国人骑马姿势向前伸着。这个人骑着马向巴拉涉夫迎面奔来，他的花翎、宝石和金花边，在明亮的六月阳光下闪烁着、颤动着。

巴拉涉夫和那个骑马迎面而来的，身上有手镯、花翎、项圈、金刺绣，脸上有戏剧性的严肃表情的人，相隔两匹马距离的时候，法国上校尤尔奈恭敬地向他低声地说：“Le roi de. Naples. [那不勒王。]”确实这个人就是牟拉，现在被称为那不勒王。虽然一点也不明白，为什么他是那不勒王，但他们却这么称他，并且他自己也确信他是那不勒王，因此他显出了比以前更严肃、更庄重的样子。他是那么相信他确是那不勒王，以致当他离开那不勒的前夕，他和妻子在街上散步，几个意大利人向他呼喊“Viva il re [国王万岁]”时，他带着忧郁的笑容向妻子说：“Les malheureux，il ne savent pas que je les quitte demain! [这些可怜的人，他们不知道我明天就要离开他们了!]”

虽然他坚决相信他是那不勒王，并且对于他要离开的人民的悲伤表示同情，但是在最近，在他奉命再次服役之后，特别是在他和拿破仑在但泽会面之后——在会面时，他的威风凛凛的内兄向他说：je vous ai faitroi pour régner à ma manière，mais pas á la vôtre. [我使你做了国王，为了要你像我这样地治国，而不是要照你自己那样。]”——他愉快地接受了他所熟悉的工作，他好像一匹喂得肥而不胖的马一样，觉得自己是套在挽具中，在车辕间跳动着，他的衣装尽可能穿得华贵，他愉快而满意地在波兰的大道上奔跑，自己也不知道到哪里去，以及为什么要去。

看见了俄国将军，他像国王似的，庄重地把长发垂肩的头向后一仰，并表示同意地望着法国上校。上校恭敬地向国王陛下转达巴拉涉夫的重大使命，却说不出他的名字。

“De'Bal-machève！［德·巴尔马涉夫！］”国王说（他果断地克服了上校遇到的困难），“charmé de faire votre connaissance，général.［很高兴和你认识，将军。］”他做出国王的垂爱的姿势补充说。国王刚刚开始大声地、迅速地说话，他那国王的威严立刻消失，并且还不自觉地转换他所特有的善意的亲密的语气。他把自己的一只手放在巴拉涉大的马颈子上。

“Eh bien，général，tout est à la guerre，à ce qu'il parait.［啊，将军，一切都好像是战争啊。］”他说，似乎在为自己无法判断的情况感到遗憾。

“Sire，［陛下，］”巴拉涉夫回答，“l'empereur mon maître nedésire point la guerre，et comme Votre Majesté le voit.［我主皇帝并不希望战争，陛下是知道的。］”巴拉涉夫说，他在任何情况下都称他“陛下”，而且常常用一种无法避免的虚伪的腔调称呼他，而牟拉对于这个称呼却还感到新鲜。

牟拉听德·巴拉涉夫先生说话时，脸上显出了愚蠢的满足的神情。但royauté oblige［王位负有义务］，他觉得，他作为国王和同盟者，必须和亚力山大的外交专使谈谈国家大事。他从马上跳下来，抓住巴拉涉夫的手，并且离开恭敬地等候着的随从们几步，开始和他来回走着，说话力求带着意味深长的口气。他提到，拿破仑皇帝所气愤的是要求他从普鲁士撤兵，特别是在这个要求被大家知道并且有伤法国尊严的时候。

巴拉涉夫说，这个要求并没有任何冒犯的地方，因为……但是牟拉打断了他的话。

“那么您认为亚力山大皇帝不是肇事者吗?”他带着好意的愚蠢的笑容忽然说。

巴拉涉夫说明，为什么他认定战争的策划者是拿破仑。

“Eh，mon cher général，[哎，我亲爱的将军,] ”牟拉又打断了他的话，“je désire de tout mon coeur que les em pereurs s'a-rrangent entre eux，et que la guerre commencée malgré moi se termine le plus tôt possible. [我诚心诚意地希望，皇帝们自己解决自己的问题，希望这个战争赶快结束，这个战争是我所反对的。] ”他说，他的说话口气好像是个仆人，尽管他们的主人之间发生争吵，他仍然希望主人们是好朋友。

他又接着问到大公，问到他的健康，提起了和他在那不勒所度过的愉快而有趣的时光。后来牟拉似乎想起自己的国王尊严，忽然严肃地挺直了身子，照他在加冕时那样的姿势站立着，挥动着右手，说:“Je nevous retiens plus，général，je souhaite le succès de votre mission. [我不再耽搁你了，将军；我祝你的使命成功。] ”于是他颤动着绣花红斗篷和花翎，闪耀着珠宝，向恭敬地等候着的侍从走去。

巴拉涉夫继续前进，听到了牟拉的话，以为他可以很快地谒见拿破仑本人。但是他并没有很快地会见到拿破仑，而是大富步兵军团的哨兵，又像在前哨上那样，在下一个村庄里阻止了他，一个被找来的军团长的副官领他到村庄去见大富元帅。

5

大富在拿破仑皇帝的身边，就像亚力山大皇帝身边的阿拉克捷夫一样——大富不像他那么怯懦，却是同样的严厉、残忍，并且除了残忍，他不知道怎样才能表现他对皇上的忠心。

在政府组织的机构中，要有这些人，正如同在自然界组织中要有狼一样，他们总是存在，总是出现，并且保持他们的地位，虽然他们的存在以及接近政府首领，似乎是不适当的。只能用“非有不可”这个理由才可以解释：这个残忍的、亲自拔下掷弹兵的胡须的、因为神经衰弱不能经受危险、没有教育、不像朝臣样子的阿拉克捷夫，怎么会在骑士般的高贵而仁慈的亚力山大手下保持这样的权力。

巴拉涉夫看见大富元帅坐在农家仓屋里的小桶上，在做文书的工作（他在审核账目）。副官站在他旁边。本来可以找到较好的地方，但是大富元帅是这样的一种人，他们为了有权利显得愁闷，故意使他们自己处在最令人愁闷的生活环境中。他们为了同样的缘故总是匆忙而固执地工作着。“您知道，当我在脏污的仓屋里坐在小桶上工作时，怎能够想到人类生活的快乐方面呢。”他脸上的表情这么说。这种人的主要乐趣和要求，就是在他们碰到别人生气蓬勃的时候，表现出他们自己的愁闷而固执的活动。当别人领巴拉涉夫来到他面前时，大富正在享受这种乐趣。俄国将军进来时，他更专心地工作着，从眼镜上边瞥了瞥巴拉涉夫的由于晴朗的早晨以及和牟拉的谈话的影响而显得生气蓬勃的脸，没有站起身来，甚至动也不动，只是更加皱眉，并且恶意地冷笑了一下。

大富注意到巴拉涉夫的脸上因受这种接待而有的不愉快的气色，抬起头来，冷淡地问他有什么事。

巴拉涉夫以为，他受到这种接待，只是因为大富不知道，他是亚力山大皇帝的侍从武官衔，并且是他派来会拿破仑的代表，便赶快地说出了他的官阶和使命。出乎他的意料，大富听了巴拉涉夫的话，变得更严厉、更粗野了。

“您的文书在哪里？”他说，“Donnez-le moi, je l'enverrai à l'empereur.［把它交给我，我带给皇帝。］”

巴拉涉夫说，他奉命要亲自把文书交给皇帝本人。

“您的皇帝的命令在你们军队里行得通，但这里，”大富说，“您应该照别人向您说的去做。”

似乎是为了要使俄国将军更加觉得他依靠暴力，大富派了副官去找值日官。

巴拉涉夫取出了装皇帝的信件的封袋，放在桌上（一扇门板搁在两只桶上当作桌子，门板上突出一个扯开的铰链）。大富拿了封袋，读了上面的字。

“您对我表示不表示尊重，完全听便，”巴拉涉夫说，“但允许我提醒您一下，我有荣幸充任陛下的侍从武官长……”

大富沉默地看了看他，巴拉涉夫脸上所表现出的兴奋和不安的神情显然使他满意。

“我们会妥当地招待您的。”他说，一边把封袋放入口袋，走出了仓屋。

过了一会儿，元帅的副官德·卡斯特先生走进来了，带领巴拉涉夫到了为他所预备的住处。

巴拉涉夫这天就在仓屋里桶上的那扇门板上和元帅吃饭。

第二天大富很早就出去了，并且把巴拉涉夫叫到他面前，威风凛凛地向他说，请他留在这里，假使有了命令的话，便随同行李车一同走，并且除了德·卡斯特先生，不得和任何人说话。

在四天的孤独、无聊以及听从支配、无足轻重的感觉（因为他不久之前还在权势团体之内而特别感到这一点）之后，随同元帅的行李车和占领全区的法军走了几个行程之后，巴拉涉夫被带到此刻为法军所占领的维尔那，带进了正是四天之前他走出去的城门。

第二天，皇帝的侍从德·丢仑先生来找巴拉涉夫，向他传达了拿破仑皇帝要接见他的意思。

四天之前卜来阿不拉任斯克禁卫团的哨兵还站在巴拉涉夫被领到的这个屋子前面；现在这里却站着两个法国掷弹兵，他们身穿胸前敞开的蓝军服，头戴毛蓬蓬的帽子，此外还有骠骑兵和矛枪骑兵卫队，一群衣着华丽的副官们、侍从们和将军们，他们都等候着拿破仑出门，环绕着他的在台阶前的坐骑和他的埃及骑兵路斯坦①。拿破仑在维尔那，就在亚力山大派遣巴拉涉夫的这一个屋子里接见巴拉涉夫。

6

虽然朝廷的华丽是巴拉涉夫司空见惯的，但是拿破仑朝廷的奢

---

① 毛注：路斯坦是拿破仑于一七九八年自埃及带回的随身卫兵。

华和堂皇却使他吃惊了。

丢仑伯爵领他进了大客厅，这里有许多将军、侍从、波兰豪贵在等候着，其中有许多是巴拉涉夫在俄国皇帝朝廷里看见过的。丢好克说，拿破仑皇帝要在骑马散步之前接见俄国将军。

等了几分钟之后，一个值日的侍从走进了大接待室，并且恭敬地向巴拉涉夫鞠躬，请他跟他去。

巴拉涉夫走进小客室，这里有一个门通书房，俄国皇帝就是在这间书房里派他出差的。巴拉涉夫站了大约两分钟，等候着。门外传来了急促的脚步声。两扇门迅速地打开了，一切都肃静了，从书房里传来了别人的稳定而坚决的脚步声，这是拿破仑的脚步声。他刚刚穿好了出骑的衣装。他穿着蓝军服，军服在遮住他的圆肚子的白背心外面敞开着，他穿着紧裹着他的又肥又短的大腿的白鹿皮裤、长筒马靴。他的短发显然是刚刚梳好，却有一绺头发垂在他的宽额头的当中。他的又白又胖的颈子显眼地伸在军服的黑领子上面；他身上散发出香水的气味。在他的突出的、年轻的、胖胖的脸上，颌下带着皇帝仁爱的、尊严的欢迎表情。

他走出来了，每走一步身子便迅速地颤动一下，并且把头微微向后仰着。他整个又肥又矮的身子，又宽又胖的肩膀不自觉地向前挺出的肚子和胸脯，他有生活舒适的四十岁的人所有的那种尊严威风的样子。此外，还看得出，这一天他的心情是极好的。

他点了点头，回答巴拉涉夫低低的恭敬的鞠躬，并且走到他面前，立刻开始说话，好像一个珍惜每分钟时间的人，不用考虑自己的话，却相信他说的话总是好的，总是对的。①

"您好，将军！"他说，"我收到了您带来的亚力山大皇帝的信，我很高兴看见您。"他用大眼睛看了看巴拉涉夫的脸，立刻又朝着别处看去。

显然，巴拉涉夫本人丝毫不引起他的兴趣。显然，只有他的心

---

① 毛注：拿破仑向巴拉涉夫所说的话是根据蒂叶尔与大尼列夫斯基的著作。

里的事情才是他感到兴趣的。他身外的一切对他是没有意义的，因为他认为，世界上的一切都只取决于他一个人的意志。

“我现在不希望，过去也不希望打仗，”他说，“但是我被迫进行战争。我甚至现在（他强调地说现在）还准备听取您的解释。”于是他明白而简短地开始说出他对俄国政府不满意的原因。

从法国皇帝说话时的温和、镇静、亲切的语气上来判断，巴拉涉夫坚决地相信，他希望和平并打算举行谈判。

“sire！L’empereur，mon maître［陛下！我主皇帝］……”巴拉涉夫在拿破仑说完了话并询问地看了看俄国使臣的时候，开始说出早已准备好的话；但是皇帝向他直视着的目光使他发慌了。拿破仑流露出几乎察觉不出的笑容，望着巴拉涉夫的军服和佩刀好像在说，“您心慌了——请安下心。”巴拉涉夫恢复了平静，说起话来。他说，亚力山大皇帝并不认为库拉根索取护照是战争的充分理由，库拉根做这件事是凭他个人的意愿，并没有得到皇帝的同意，亚力山大皇帝不希望打仗，并且和英国没有任何关系。

“还没有，”拿破仑插言，又似乎恐怕流露出自己的情感，皱了皱眉头，并微微地点了点头，使巴拉涉夫知道他可以说下去。

巴拉涉夫说了他奉命要说的一切，说亚力山大皇帝希望和平，但他不会举行谈判，除非有这个条件，就是……在这时巴拉涉夫迟疑了一下：他想起了亚力山大皇帝没有写在信里，却命令一定要写在给萨退考夫的谕旨里，并且命令他一定要向拿破仑传达的那句话。巴拉涉夫想起了这句话：“要到没有一个武装的敌人留在俄国境内的时候。”但是某种复杂的心情妨碍了他。他虽然想这么说，却不能说出这句话来。他迟疑了一会，又说：“要有这个条件，就是法国军队要退过聂门河去。”

拿破仑注意到巴拉涉夫在说出最后这句话时的不安神色。拿破仑的脸发抖了，他的左腿肚开始微微地颤动。他没有离开所站立的地方，声音比先前更高、更急地说起话来。巴拉涉夫听到以下的话的时候，屡次垂下眼睛，不由自主地注意着拿破仑左腿肚的颤动，他的声音越高，颤动得越厉害。

“我希望和平并不亚于亚力山大皇帝，”他开始说，“十八个月来，我不是为了谋取和平尽了一切努力吗？我等待说明已经十八个月了。但是为了开始进行谈判，还要求我做些什么呢？”他说，皱了皱眉头，用他的又白又胖的小手使劲地做出疑问的手势。

“军队退过聂门河去，陛下。”巴拉涉夫说。

“退过聂门河去？”拿破仑重复了他的话，“那么您现在想要我退过聂门河去——只是退过聂门河去吗？”拿破仑重复说，对直地看了看巴拉涉夫。

巴拉涉夫恭敬地点了点头。

不是四个月前退过波美拉尼亚的要求，而是现在只退过聂门河去的要求了。拿破仑迅速地转过身，开始在房间里来回走着。

“您说，为了开始谈判，要求我退过聂门河去；但是在两个月之前，同样地要求我退过奥德河，退过维斯拉河，现在又不管这个，您同意举行谈判了。”

他沉默着从房间的这一角走到那一角，又对着巴拉涉夫站住了。他的脸上带着严肃的神情，像一块石头，他的左腿比先前颤动得更快了。拿破仑自己知道左腿肚的颤动。他日后说道：“La vibration de mon mollet gauche est un grand signe chez moi.［我左腿的颤动是我的一大特征。］”

“退过奥德河和维斯拉河，这种要求可以向巴登亲王提出。却不能向我提出。”拿破仑完全出乎他自己的意料，几乎叫了起来，“即使您给我彼得堡和莫斯科，我也不会接受这种条件。您说是我发动这次战争的吗？但是谁先介入军队的呢？——是亚力山大皇帝，不是我。您当我耗费了无数金钱的时候，向我提出谈判，当你们和英国联盟的时候，向我提出谈判，而且是当你们的处境不妙的时候，您向我提出谈判！但你们为什么要和英国结成联盟？英国给了你们什么？”他急忙地说，显然他说话的目的不在说出媾和的益处，不在讨论它的可能性，而只在证明他的公正、他的力量，证明亚力山大的不公正与错误。

他谈话的开头几句，显然是为了表示他的地位的优越，并表示虽然如此，他还是愿意举行谈判。但是他一开口就滔滔不绝，他说得愈多，他就愈不能控制住自己。

他的话的整个目的，现在显然只是要抬高他自己，侮辱亚力山大，这正是他在开始接见的时候最不愿做的事情。

“听说，你们和土耳其人媾和了，是吗?”

巴拉涉夫肯定地点了点头。

“媾和了……”他开始说。

但是拿破仑没有让他说。显然他需要独自一个人说，并且带着骄纵任性的人们所常有的那种忍不住的激怒心情，滔滔不绝地继续往下说。

“是的，我知道你们没有得到摩尔大维阿和窝雷基阿就和土耳其人媾和了。我会把这些省份送给您的皇帝的，正如同我把芬兰给了他一样。是的，”他继续说，“我答应了，我就会把摩尔大维阿和窝雷基阿给亚力山大皇帝的，但是现在他得不到这些好省份了。他原可以将这些地方并入自己的帝国，并在自己的统治时代将俄国从保特尼亚湾扩展到多瑙河口。就是大叶卡切锐娜女皇也做不到这么多，”拿破仑越说越激动，在房间里来回走着，向巴拉涉夫重复着他在提尔西特向亚力山大本人说过的几乎相同的话，“Tour cela il l’aurait dû à mon amitié. Ah! quelbeau, règne, quel beau règne! [他本来可以为了那一切感谢我的友谊的！啊！多么兴盛的朝代，多么兴盛的朝代！]”他重复了几遍，然后停下步子，从衣袋里取出金鼻烟壶，用鼻子贪婪地嗅了一下。

“Quel beau règne aurait puêtre celui de l’empereur Al-exandre! [亚力山大皇帝的朝代本来可以成为一个多么兴盛的朝代啊！]”

他同情地看了看巴拉涉夫，巴拉涉夫刚要说什么，他又连忙打断了他的话。

“他能够希望什么，他能够找到他在我的友谊中没有找到的东西吗？……”拿破仑迷惑地耸着肩膀说，“不，他认为最好是他身边全是我的敌人，有谁呢?”他继续说，“他把施泰恩、阿姆腓特、别尼格生、文村盖罗德这一类人①召集在他面前。施泰恩是被他的祖国驱逐出去的国贼，阿姆腓特是个流氓，又是个阴谋家，文村盖罗德是逃亡的法国臣民，别尼格生比别人多些军人气味，但仍然是无能之辈，他在一八〇七年没有能够做出什么，他一定会在亚力山大皇帝的心中引起可怕的回忆……我们假定说，假使他们是能干的，可以用他们，”拿破仑继续说，几乎不能使他的话赶上他的不断冒出的思想，这思想证明他正确、他有力量（在他看来，这两者是同一的东西）；“但他们也不是这样的人！他们对于战争、对于和平都是不适用的！巴克拉②，据说比他们都能干；但是从他的最初的行动上看来，我不能这么说。他们在做些什么，这些朝臣们都在做些什么？卜富尔③提建议，阿姆腓特争论，别尼格生审核，巴克拉奉命执行，却不能够有所决定，因此时间白白地过去了。只有巴格拉齐翁是军人。他愚蠢，但是有经验、有眼力、有决心……在这个不像样的人

① 毛注：施泰恩（Baron H. F. K. Von Stein 1757—1831）生于Nassau，一七八〇年入普鲁士军中服役，曾做重大改革，因拿破仑之要求而免职，一八一二年到俄国，促成反拿破仑之同盟。阿姆腓特（G. M. Armfelt 1757—1814）为古斯塔夫斯（Gustavus）三世之宠臣，后逃出瑞典，于一八一〇年入俄军服役。别尼格生（Count L. A. Von Bennigsen 1745—1826）于一七七三年离开汉诺佛军队而入俄军服役，曾参与保罗（巴夫尔）皇帝之暗杀事件，于一八〇六年在普尔土斯克战胜拿破仑。一八〇七年普鲁士—爱劳战役时任总司令，但在弗利德兰战役中大败。后来在保罗既诺战役时击败牟拉。一八一三年参加来比锡之战。文村盖罗德（Baron F. T. Wintsingerode 1770—1818）为奥国将军，一七九七年入俄军服役。一度回奥，在奥斯特理兹受伤，一八一二年重入俄军服役。

② 毛注：巴克拉（M. B. Barclay de Tolly 1761—1818）为苏格兰籍之俄将。在大叶卡切锐娜女皇时代曾参与对土耳其之战，其后历经各战，直至一八一四年。一八一三年参加来比锡（Leipzig）之战。受总司令及公爵之衔。一八一〇至一八一三年为陆军大臣。

③ 毛注：卜富尔（K. L. A. Pfuel 1751—1827）为普鲁士将军，在一八〇六年耶拿（Jena）战役后，入俄军服役，拟成一八一二年战役中俄国第一个计划。

群中，您的年轻皇帝扮演着什么角色呢？他们连累他，把一切事情的责任都推在他身上。Un souverain ne doit être àl'armée que quand il est général。[一个皇帝要是个将军，才可以留在军中。]”他说，显然认为这些话是对于亚力山大的直接的挑衅。拿破仑知道，亚力山大多么希望做一个统帅。

“战争开始一星期了，你们不能保卫维尔那。你们被截为两段，被赶出了波兰省。你们军队在埋怨了。”

“恰恰相反，陛下，”巴拉涉夫说，几乎记不得他所听到的话，并且费劲地寻思着这些漂亮的言辞，“军队抱着满怀热望……”

“我全知道，”拿破仑打断他的话，“我全知道，我正确地知道你们军队的番号，就像知道我自己的军队一样。你们没有二十万兵，我的兵比你们多两倍：向你老实说，”拿破仑说，忘记了他的这种老实话不会有任何意义，“向您说 ma parole d'honneur que j'ai cinq cent trente mille hommes de ce coté de la Vistule。[老实话，我有五十三万兵在维斯拉河①这边。]土耳其人不能帮助你们：他们一点用处也没有，他们同你们讲和，就证明了这一点。瑞典人是注定了被疯子国王统治的。他们的国王是个疯子；他们撤换了他，拉来另外一个人——柏那道特②，他立刻又疯了，因为只有疯子，像瑞典人，才能够和俄国缔结同盟。”拿破仑恶意地冷笑了一下，又把烟壶举到鼻前。

对于拿破仑的每句话，巴拉涉夫想要回答，并且有话回答；他不断地做出想要说话的样子，但是拿破仑总是没有让他说。关于瑞典人的疯狂，巴拉涉夫想要说，有俄国在它旁边的时候，瑞典就像是一个岛；但拿破仑愤怒地叫了一声压倒了他的声音。拿破仑是在那样的怒气之下，人在这样的时候一定要说，说，说，只是为了向

---

① 维斯拉河，在法文里是 Vistule（维斯杜勒），一般地图上或从英文 Vistula 译为维斯杜拉，波兰文是 Wisla。

② 毛注：柏那道特（J. B. I. Bernadotto 1764—1844）为律师之子，生于泡（Pau）。入法军行伍，升为将军，一八一〇年被选为瑞典王位继承人。为攻击拿破仑之北路军总司令。一八一八年为瑞典国王，号查理十四世。

自己证明自己是对的。巴拉涉夫觉得不舒服；他，作为使臣，怕损伤自己的尊严，觉得必须回驳他；但他作为一个“人”，面对着拿破仑的不能控制的、无故的怒火，精神上畏缩了。他知道，拿破仑现在所说的话都没有意义，他自己在头脑清醒时，会因为这些话觉得惭愧的。巴拉涉夫垂下眼睑站立着，望着拿破仑移动着的胖腿，极力回避着他的目光。

“但是你们的这些同盟者对我算得了什么？”拿破仑说，“我也有同盟者——八万波兰人，他们打仗就像狮子一样。将来他们会有二十万人。”

大概是由于他说了明显的谎话，以及巴拉涉夫还是保持着听天由命的姿势，沉默着站在他面前，他更加发火了，他忽然回转身，走到巴拉涉夫面前，用他的一双白皙的手做出有力而迅速的姿势，几乎是叫着说：

“您要知道，假使你们怂恿普鲁士反对我，我就把它从欧洲地图上除去。”他说。他的脸色是苍白的，并且因为怒火而显得难看。他用一只小手有劲地拍着另一只手，“是的，我要把你们赶过德维那河，赶过德聂伯河，我要把那个有罪的盲目的欧洲准许你们毁坏的防线①恢复起来。是的，这就是你们将来要遭遇到的事，这就是你们脱离我的结果。”他说完沉默着，颤动着他的胖肩膀，在房里来回走了几趟。他把鼻烟壶放进背心口袋里，又取了出来，向鼻头举了几次，面对着巴拉涉夫站住了。他沉默着，嘲笑地直视着巴拉涉夫的眼睛，并且低声说道：“Et cependent quel beau règne aurait pu avoir votre maître！［可是你的皇帝本来可以有一个多么兴盛的朝代啊！］”

巴拉涉夫觉得必须回话，说事情在俄国方面并不显得这样悲观。拿破仑不作声，继续嘲笑地望着他，显然没有听他说。巴拉涉夫说，俄国方面期望从战事上得到最好的结果。拿破仑宽宏地点了点头，似乎是说：“我知道，这么说是您的责任，但您自己也不相信这话，您被我说服了。”

---

① 毛注：意即巨大的波兰国。

在巴拉涉夫说完话时，拿破仑又取出鼻烟壶，嗅了一下，用一只脚在地板上踏了两下，作为暗号。门开了，一个侍从恭敬地弯着腰把帽子和手套递给拿破仑，另一个侍从递给他一条手帕。拿破仑没有望他们，转向巴拉涉夫说：

“替我向亚力山大皇帝保证，”他接过帽子说，“我对他还是像以前一样的忠实；我十分了解他并且很尊重他的崇高的品德。Je ne vousretiens plus，général，vous recevrez ma lettre à l'em-pereur.［我不再耽搁您了，将军，您将要收到我给贵国皇帝的信。］”于是拿破仑快步地向着门走去。所有人都从接待室向外面冲去，然后走下楼梯。

7

在拿破仑向他说了那些话之后，在他的怒火爆发之后，在他最后冷淡地说了几句话“je ne vous retiens plus，général，vous recevrez ma lettre［我不再耽搁您了，将军，您将要收到我的信］”之后，巴拉涉夫相信拿破仑不但不愿接见他，而且力求不再看见他——受侮辱的使臣——尤其是不愿再看见他失态和发怒的目击者。但令他惊异的是，巴拉涉夫从丢好克那里接到了当日和拿破仑同席吃饭的邀请。

席间有培西挨尔、考兰库尔和柏提挨。①

拿破仑以快乐、亲切的态度接待巴拉涉夫。他不但没有因为早上的发火而显出局促或自责的神情，相反，他极力鼓舞巴拉涉夫。显然，拿破仑早就相信他不会出差错，并且他觉得，他所做的事情都是好的，这不是因为事情合乎任何好坏的观念，而是因为事情是他做的。

皇帝在维尔那骑马游览之后，很是愉快。在维尔那成群的人热

---

① 毛注：培西挨尔（J. B. Bessières 1768—1813）与柏提挨（A. Berthier 1753—1815），皆为法国元帅。前者封为依斯特里（Istria）公爵，后者封为那沙代（Neuchâtel）亲王。考兰库尔（Armand A. L. de Caulaincourt）为一元帅，拿破仑之驻俄大使，封为维生萨（Duke of Vicenza）公爵。

烈地欢迎他、尾随他。从他骑马经过的各街道的窗子里，挂出了毯子、旗子、他的名字的第一个字母，欢迎他的波兰妇女们向他挥动着头巾。

在席上，他让巴拉涉夫坐在他旁边，不但对他亲切，并且那样地对他，好像是把巴拉涉夫当作他自己的朝臣，当作同情他的计划并且应当为他的成功而高兴的人。在谈话中，他说到莫斯科，于是向巴拉涉夫问到俄国故都的情况，他不仅仅像一个有求知欲的旅客那样探问他想要去的新地方，而且好像相信巴拉涉夫这个俄国人应该为了他的求知欲而觉得荣幸。

“莫斯科有多少居民？多少房屋？莫斯科叫作 Moscou la sainte［圣城莫斯科］，是真的吗？莫斯科有多少教堂？”他问。

听到回答说教堂有二百多座时，他问：“为什么有这么多教堂？”

巴拉涉夫回答说：“俄国人很虔诚。”

“但是，修道院和教堂数目多，总是人民落后的表现。”拿破仑说，回头望着考兰库尔，要他赞赏这个评语。

巴拉涉夫竟敢恭敬地反对法国皇帝的意见。

“每个国家有它自己的风俗。”他说。

“但欧洲没有一处是这样的。”拿破仑说。

“请陛下原谅，”巴拉涉夫说，“除俄国之外，还有西班牙，那里也有许多教堂和修道院。”

巴拉涉夫的这个回答，暗示法国人在西班牙新近的失败，在巴拉涉夫回朝述职的时候，大受亚力山大皇帝的满朝的称赞，但是此刻，在拿破仑的席上，却没有受到称赞，并且没有被人注意。

在元帅先生们淡漠而困惑的面色上，显出了他们并不了解巴拉涉夫的语调里有什么讽刺意味。元帅们的面色是说：“即使有讽刺，我们也不了解，或者它根本没有讽刺。”这个回答是这样地未被重视，拿破仑简直没有注意它，并且单纯地问巴拉涉夫，从这里直接到莫斯科的道路经过些什么城市。巴拉涉夫在整个宴会期间显得小心翼翼，回答说，comme tout chemin mène à Rome，tout chemin mène à Moscou，［正如同条条道路通罗马，条条道路通莫斯科，］路有许多，在这些不同的道路中有一条路经过波尔塔瓦，就是查理十二世所选择的路线，① 巴拉涉夫说这话时，由于自己圆满地回答了他的问题不觉脸红了。巴拉涉夫刚刚说到下面的“波尔塔瓦”，考兰库尔便开始说起从彼得堡到莫斯科的道路上的不方便和他对彼得堡的回忆。

饭后，他们到拿破仑的书房去喝咖啡，四天之前这里是亚力山大皇帝的书房。拿破仑坐下来，摸着赛佛尔瓷的咖啡杯，向巴拉涉夫指了指自己旁边的椅子。

人有一种大家共知的饭后的心情，它比一切理性的原因更能使人对自己觉得满意，并且认为大家都是他的朋友。拿破仑正有这种心情。他似乎觉得，他是被崇拜他的人环绕着。他相信，巴拉涉夫吃过他的饭，也是他的朋友和崇拜者。拿破仑带着愉快的和轻微嘲讽的笑容向他说话。

“我听说这就是亚力山大皇帝住过的房间。奇怪吧，是不是，将军？”他说，显然没有怀疑：这句话不能不使得交谈的人觉得愉快，因为这证明他拿破仑胜过亚力山大。

巴拉涉夫无话回答，沉默地点了点头。

“是的，在这个房间里，四天以前，文村盖罗德和施泰恩讨论过，”拿破仑带着同样的嘲讽的自信的笑容继续说，“我所不明白的就是，”他说，“亚力山大皇帝把所有的我个人的敌人都留在他的身边。我不明白这个。他没有想到，我也能做同样的事吗？”他问巴拉涉夫，显然这话又使他想起早晨的怒火，早晨的情形在他的心中还记忆犹新。

“让他知道，我也要这样做，”拿破仑说，站起来用一只手推开杯子，“我要从德国赶走他的所有的亲属——孚泰姆堡的、巴登的、威马的……是的，我要赶走他们。让他替他们在俄国准备避难所吧！”

巴拉涉夫点了点头，他的神情表示他想要辞别，而他听着，只

① 毛注：指一七〇九年瑞典查理十二世侵俄，被彼得大帝在波尔塔瓦打得大败，仅以身免。

是因为他不能不听别人向他所说的话。拿破仑没有注意这个表情；他对待巴拉涉夫不像对待敌人的使臣，却像对待一个现在对他十分忠顺、而且一定高兴故主受侮辱的人一样。

“为什么亚力山大皇帝要统率军队呢？这有什么用处？战争是我的职业，他的职务是治国，不是指挥军队。他为什么要自己负起这个责任呢？”

拿破仑又拿起鼻烟壶，沉默着在房里来回走了几趟，忽然出人意外地走到巴拉涉夫面前，那样自信地、迅速地、简单地微笑着，好像他在做一件不仅是重要的而且对于巴拉涉夫是愉快的事，他只用嘴唇微笑着，把一只手伸到四十岁的俄国将军的脸上，捏着他的耳朵轻轻地扭了一下。

Avoir l'' oreille tirée par l'empereur，[被皇帝扭耳朵，]在法国朝廷里是最大的荣誉和恩泽。

“Eh bien, vous ne dites rien, admirateur et courtisan de l'empereurAlexandre？[哎，亚力山大皇帝的崇拜者和朝臣，你怎么不说话了？]”他说，似乎在他面前，做别人的而不做他——拿破仑——的朝臣和崇拜者，是可笑的事。

“替将军把马预备好了吗？”他说，微微地点着头，回答巴拉涉夫的鞠躬。

“把我的马给他，他要走很远的路。”

巴拉涉夫带回的信是拿破仑给亚力山大最后的信。谈话的全部细节都报告了俄国皇帝，于是战争开始了。

8

安德来公爵在莫斯科和彼埃尔会面以后，便到彼得堡去了，照他对家里的人的说法，是去处理事务，但事实上，是为了要在那里碰见阿那托尔·库拉根公爵，他认为他非碰见他不可。他一到彼得堡就探问库拉根，但库拉根已经不在彼得堡了。彼埃尔让他的内弟知道了安德来公爵在找他。阿那托尔·库拉根立刻接到陆军大臣的任命，到摩尔大维阿军队里去了。就在彼得堡的时候，安德来公爵会见了库图索夫，他的一向待他很好的老将军。库图索夫要安德来公爵跟他一道到摩尔大维阿军队里去，这位老将军被任命为那里的总司令。于是安德来公爵接受了在总司令部供职的任命，到土耳其去了。

安德来公爵认为写信给库拉根要跟他决斗是不合适的。安德来公爵认为从他这方面提出决斗，若不拿出别的决斗的理由，便会连累罗斯托娃伯爵小姐，因此他寻找和库拉根亲自会面的机会，好借此找到决斗的新理由。但在土耳其军队里他仍然没有遇到库拉根，他在安德来公爵来到土耳其军队之后，很快回俄国去了。在新国家和新环境里，安德来公爵觉得生活过得轻松了些。在他的未婚妻变心之后（他愈是要对大家力求掩盖这件事对他所产生的影响，他愈是强烈地感觉到它的影响），他觉得他从前过得很幸福的生活环境现在变得难以忍受，而他从前那么重视的自由和独立变得更难忍受了。他不但不再记起从前的那些想法，他躺在奥斯特理兹原野上望着天空时第一次想到的，后来他很高兴地对彼埃尔叙述过的，以及他在保古恰罗佛和后来在瑞士、在罗马的独居生活中所充满着的那些想法；而且他还怕勾起那些想法，那些曾经展示过无限光明的境界的想法。现在使他关心的，只是那些和从前无关的、最近的、实际的兴趣，他愈热切地要抓住这些兴趣，过去的那些兴趣则对他愈隐秘。似乎从前那个在他头上的遥远的无限的苍穹，忽然变为压迫他的低矮的有限的苍穹，其中一切都很明朗，但没有任何东西是永恒的、神秘的。

在他所想到的事业中，军役是最普通的，是他最熟悉的。他在库图索夫司令部里担任值班将军的职务，他顽强地热心地做事，他对于工作的热心和精细使库图索夫感到惊讶。在土耳其没有找到库拉根，安德来公爵认为用不着再回俄国去找他了；但是，他仍然知道，虽然他很轻视他，虽然他有许多理由证明不值得降低身份去同他决斗，但他知道，无论过了多少时候，一旦遇见库拉根，他也不会不同他决斗，正如饥饿的人不会不攫取食物一样。耻辱未雪，怒气未消，这感觉还在安德来公爵的心里存在着，破坏了他的为人的宁静，这宁静是他在土耳其用勤劳的、忙碌的、多少有点功名心的、虚荣的活动为他自己所换来的。

一八一二年，和拿破仑打仗的消息传到部卡累斯特（库图索夫在这里住了两个月，同他的窝雷基阿女人日夜在一起）的时候，安德来公爵请求库图索夫把他调到西部的军队里去。库图索夫已经对保尔康斯基的好动觉得讨厌了，好像这种好动是对他闲逸的指责，他极其愿意让他离开，于是给了他一项使命到巴克拉·德·托利那里去了。

五月间，军队驻扎在德锐萨的野营，安德来公爵在到达军队之前，到童山去了一次，这地方是他必经之路，离斯摩棱斯克大道有三里。最近三年来，安德来公爵的生活中有了那么多变化，他有了那么多的思索、感想、见闻（他走遍了东方和西方），以致他来到童山时，那里丝毫不变的、全然如旧的生活习惯使他觉得奇怪和意外。他赶车上了道，进童山房屋的石门时，好像是进施过魔法的、沉沉入睡的城堡一样。屋内是同样的庄严，同样的洁净，同样的安静，同样的家具，同样的墙壁，同样的声音，同样的气味，同样的一些羞怯的、只是老了一点儿的面孔。玛丽亚公爵小姐还是那样一个羞怯的、不好看的老小姐，她陷在恐惧和永久的精神痛苦中，毫无乐趣地虚度着人生的最好年华。部锐昂还是那样一个自足的风骚的姑娘，她对自己生活的每一分钟都觉得快乐，并且抱着满腔的最愉快的希望。安德来公爵觉得，她只是变得更加自信了。他从瑞士带来的教师代撒勒，穿着俄国式的大礼服，同仆人们说着生硬的俄国话，但还是那样一个不很聪明的、有教养、有德性、学究式的教师。老公爵身体上的变化只是从他的嘴边上可以看出他缺少了一颗牙齿；精神上他还是和从前一样，只是脾气更大，不相信世界上所发生的事情。只有尼考卢施卡长大了，模样变了，面色红润，长着鬈曲的深色的头发，并且在笑的时候，高兴的时候，不自觉地噘起美丽小嘴的上唇，正像逝世的矮小的公爵夫人的那个样子。在这个施过魔法的、沉沉入睡的城堡中，只有他不遵守那照旧不变的法则。虽然在外表上一切如旧，但这些人的内部关系，自从安德来公爵和他们分别之后，便改变了。家庭里的人分成了两个格格不入的彼此仇视的阵营，他们只是现在他来了才聚在一起，因为他在这里才改变日常的生活方式。一方是老公爵、部锐昂和建筑师，另一方是玛丽亚公爵小姐、代撒勒、尼考卢施卡和所有的保姆、女仆。

他在童山的时候，全家的人在一起吃饭，但是都觉得不舒服，安德来公爵觉得，他是客人，他们为他做了例外的事，他的在场使大家感到拘束。在第一天吃饭的时候，安德来公爵不自觉地感到这一点，他沉默着，老公爵注意到他态度不自然，也不高兴地沉默着，并且饭后立刻回到他自己的房里去了。晚上安德来公爵去看他，极力要使他的精神振作起来，开始向他说到年轻的卡明斯基伯爵的出征，老公爵意外地开始同他说到玛丽亚公爵小姐，指责她迷信，说她不喜欢部锐昂小姐，而她，据他说，却是唯一的真正忠实于他的人。

老公爵说，假使他有病，那只是玛丽亚公爵小姐引起来的；说她有意折磨他、触怒他；说她的溺爱和愚笨的故事把小尼考拉公爵教坏了。老公爵知道得很清楚，他折磨自己的女儿，使她的生活很痛苦；但是他又知道，他不能不折磨她，并且这是她应得的。"安德来公爵知道这一点，为什么不和我说到他妹妹呢?"老公爵这么想，"他会以为我是坏人或者傻瓜，毫无理由地疏远自己的女儿，却接近法国女人吗?他不明白，因此我应该向他说明，他应该听我把话说完。"老公爵这么想。于是他开始解释，为什么他不能忍受女儿的糊涂的性格。

"我本不想要说，可是假使您问我，"安德来公爵说，没有望父亲（他平生第一次批评他的父亲），"假使您问我，我就坦白地向您说出我对于这一切的意见。假使您和玛莎之间有什么误会和争执，我不能够责备她——我知道她是多么爱您，多么尊重您。既然您问我，"安德来发火地说，近来他总是容易发火，"我只能说这一点，假使有什么误会，那么，它的原因就是那个卑贱的女人，她不配做我妹妹的陪伴。"

老人起初眼睛不动地望着儿子笑着，不自然地露出牙齿的新豁子，这是安德来公爵看不惯的。

“什么陪伴，好孩子？啊，你已经说过一次了！啊？”

“爸爸，我并没有想要下结论，”安德来公爵用气愤的严厉的语气说，“但是您引起我说的，我说过，并且永远要说，不能怪玛丽亚公爵小姐，要怪……要怪那个法国女人……”

“啊，下结论了！……下结论了！”老人低声地说，在安德来公爵看来，他说话的时候似乎有些发窘，但后来他忽然跳起来说，“滚开，滚开！不要你再留在这里！……”

安德来公爵想立刻就走，但是玛丽亚公爵小姐留他再住一天。这天安德来公爵没有和父亲见面，因为他父亲不出门，除了部锐昂小姐和齐杭外，也不让任何人到他的房间里去，不过他问了几次儿子走了没有。第二天起程之前，安德来公爵走进了儿子的房间。这个健康的、像母亲那样长着鬈发的男孩坐在他的膝盖上。安德来公爵开始给他讲蓝胡子的故事，但是还未讲完便沉思起来了。这时候他想的不是他抱在膝上的漂亮的男孩，他的儿子，却是想他自己。他恐怖地反省着，但并不为触怒了父亲而感到悔恨，也不为要离别他的父亲（在平生第一次争吵之后）而感到惋惜。最使他注意的是他寻找着却没有找到他从前对儿子的柔情，他抚爱孩子，让他坐在自己的膝上，就是希望唤起这种柔情。

“哎，往下说呀。”他的儿子说。

安德来公爵没有回答他，把他从腿上放下来，自己从房间里走出去了。

安德来公爵刚刚放下他的日常事务，特别是他刚刚回到从前幸福时代的生活环境里，对生活的厌倦之感便又像从前那样强烈地向他袭来，于是他急于赶快避开这些回忆，尽快去找点事做。

“你一定要走吗，安德来？”他的妹妹问他。

“谢谢上帝，我要走的，”安德来公爵说，“可惜你不能走。”

“你为什么这么说！”玛丽亚公爵小姐说，“为什么现在，当你去参加这可怕的战争，而他的年纪又这么点大的时候，你说这种话！部锐昂小姐说，他问到你……”

她刚刚开始说到这里，嘴唇便开始发抖，眼泪也流出来了。安德来公爵转过身去，开始在房间里来回走着。

“啊！我的天哪！”他说，“想一想，是什么，是谁——是哪些不足道的人会造成人们的不幸！”他带着使玛丽亚公爵小姐觉得可怕的怒气说。

她明白他说到的那些不足道的人，他的意思不仅是指那个使她不幸的部锐昂小姐，而且还指那个破坏了他的幸福的人。

“安德来，我求你一件事，我求你，”她摸着他的胳膊说，并且用眼泪汪汪的、闪亮的眼睛望着他，“我了解你（玛丽亚公爵小姐垂下眼睛）。不要以为苦恼是人造成的。人是上帝的工具。”她用人们看着熟悉的悬挂画像的地方时所有的那种确信的、习惯的目光看了看安德来公爵头顶上稍高一点的地方，“苦恼是上帝送来的，不是人造成的。人是它的工具，人是无罪的。假使你觉得，有谁对不起你，你就忘掉这件事，就饶恕他。我们没有权利去处罚。这样你便懂得宽恕的幸福了。”

“假使我是女人，我就这样做了，玛丽。这是妇女的德行。但男子不该这样做，而且不能忘记、不能宽恕。”他说。虽然他直到此刻还没有想到库拉根，但所有未曾发泄的怒火都从他心里忽然冒了起来。“假使连玛丽亚公爵小姐也劝我宽恕，那意思就是说我早就该惩罚他。”他这么想。他没有再回答玛丽亚公爵小姐，开始想到当他遇见库拉根，向库拉根复仇时他自己痛快的心情。他知道，库拉根此刻正在军队里。

玛丽亚公爵小姐要求哥哥再等一天，她说，她知道假使安德来不同父亲言归于好就走，她父亲将会多么难受；但是安德来公爵回答说，他大概不久就要从军队里回来，他一定写信给父亲，但是现在他留得愈久，这次冲突就会愈厉害。

“Adieu. André! Rappelez-vous que les malheurs viennent de Diou etque les hommes ne sont jamais coupables.［再会，安德来！记住，不幸是从上帝那里来的，人是永久无罪的。］”这是他同妹妹分别时，他听见她所说的最后的话。

"那么，这是必定如此的！"安德来公爵离开童山住宅的小道时这么想，"她，这个可怜的天真的人，要做老糊涂的牺牲品了。老人觉得自己有罪，但他不能改变他自己。我的孩子正在长大并且在享受生活，在生活里他将要像所有的人一样被欺骗或者去欺骗别人。我到军队里去，为什么？——我自己不知道；我希望遇到我所轻视的人，为了给他一个机会把我杀死，把我嘲笑！"这些生活条件在从前也是这样的，但从前它们是互相连接的，而现在全都碎裂了。只有一些无意义的现象，没有任何联系，一个一个地出现在安德来公爵的心中。

9

安德来公爵在六月底到了军队的总司令部。皇帝所在的第一军驻扎在德锐萨设防的野营里；第二军①正在后退，力求与第一军会师，据说第二军和第一军被法国的大军从中隔开了。大家都不满意俄国军事的大势；却没有人料想到敌军侵入俄国本部省份的危险，也没有人设想战争能够越过西部的波兰各省②。

安德来公爵在德锐萨河岸找到了巴克拉·德·托利，安德来公爵就是被派到他这里来的。因为在野营的附近没有一个大村庄或小市镇，所以大批的将军、随军的朝臣散居在两岸和方圆十里以内各村庄上最好的房子里。巴克拉·德·托利驻扎的地方离皇帝有四里。他简慢地冷淡地接见安德来·保尔康斯基，用德语的发音说，他要呈请皇帝派他任务，并且要他暂时留在他的司令部里。安德来公爵原指望在军中找到阿那托尔·库拉根，但是库拉根已经不在军中，他已经到彼得堡去了，这个消息是保尔康斯基听了觉得高兴的。对于指挥当前大战的司令部的兴趣，吸引了安德来公爵的注意力，他高兴的是，他可以暂时免除因为想到库拉根而有的不安的心情。在

① 毛注：即巴格拉齐翁的军。

② 毛注：斯摩棱斯克以西各省，甚至数年前割归俄国的各省，仍然叫作波兰各省。

头四天，在无事要他担任的时候，安德来公爵骑马走遍了全部设防的野营，并且借助于他的知识以及和专家的谈话，力求对于这个设防的野营能有一个明确的概念。但这个野营是有利还是有害的问题，安德来公爵仍然不能解决。他已经凭战争经验获得了这样的信念，就是在战争中考虑最周密的计划也是毫无意义的（他在奥斯特理兹战役中已经看到这一点），一切取决于如何应付敌人的不可预见的意外的行动，一切端赖如何指挥并由谁指挥全部战事。为了阐明这最后的问题，安德来公爵利用他的地位和朋友，努力研究军队指挥的性质，参与其事的人及党派的性质，并且为他自己获得了下面的关于局势的概念。

皇帝还在维尔那时，军队便分为三部分：第一军由巴克拉·德·托利指挥，第二军由巴格拉齐翁指挥，第三军由托尔马索夫指挥。皇帝在第一军里，但不是做总司令。命令里已经说过，皇帝并不指挥，只说皇帝要随军。此外，皇帝本人的左右没有总司令的参谋部，只有皇帝行宫的团体。皇帝面前有行宫长官、军需大臣福尔康斯基公爵，将军们，侍从武官们，外交官员们，以及大批的外国人，但是没有军事参谋部。此外，随驾而无专职的有：前任陆军大臣阿拉克捷夫；将军中官衔最高的别尼格生伯爵；皇太子康斯坦清·巴夫洛维支大公；首相路密安采夫伯爵；普鲁士前任大臣施泰恩；瑞典将军阿姆腓特；作战计划的主要起草人卜富尔；侍从武官长保路翠①和萨提尼阿的侨民；福尔操根②和许多别的人。虽然这些人在军中没有担任军事专职，但由于他们的地位，他们是有影响的，军团长，甚至总司令都常常不知道别尼格生，或皇太子，或阿拉克捷夫，或福尔康斯基公爵是以什么资格发问或提出种种建议的，也

① 毛注：保路翠侯爵（Marquis E. O. Paulucci）于一八〇九年从法军入俄军服役。一八一二年为第一军总参谋长。但因为和巴克拉不睦，调任利佛尼阿—库尔兰（Livonia and Courland）总督。

② 毛注：福尔操根男爵（Baron L. J. Wolzogen 1774—1845），普鲁士将军，一八〇七——一八一五年在俄军中服役。其著作《回忆录》于一八五一年出版，亦为托氏写本书时所参考的历史资料。

不知道是他本人或许代表皇帝发出建议形式的命令，以及是否必须执行。但这是表面的情形；皇帝和所有这些要人随军的重大意义，从朝臣的观点看来是十分明显的（在皇帝面前大家都是朝臣）。这意义便是：皇帝不亲自担任总司令职务，但他指挥各军，围绕在他身边的人都是他的助手。阿拉克捷夫是纪律的忠实执行者和监督者，是皇帝的随身侍卫；别尼格生是维尔那省的大地主，似乎在忙于些琐事，但实际上是一个好将军，他的用处是一方面当个顾问，一方面准备随时代替巴克拉。皇太子在军中，是因为他愿意如此。前任大臣施泰恩在军中，因为他的建议是有用的，同时因为亚力山大皇帝很看重他个人的品德。阿姆腓特是拿破仑的死对头，又是一个将军，他有自信心，这对于亚力山大总是有影响的。保路翠在军中，是因为他的言论大胆而又果断。侍从武官长们在军中，是因为他们的行动总是跟着皇帝的，以及最后、最重要的——卜富尔在军中，是因为他在起草反对拿破仑的军事计划时，一边使亚力山大相信这个计划的合理，一边在指导整个作战事务。在卜富尔手下的是福尔操根，他比卜富尔本人更能把卜富尔的思想用易懂的形式表达出来，卜富尔本人是一个严格的书房里的理论家，自信得看不起所有的人。

除了上述的俄国人和外国人（特别是外国人，他们每天大胆地提出新的意外的主张，他们的勇敢是在异国环境中做事的人所特有的），还有许多次要人物在军中，因为他们的长官在那里。

从这个庞大的、骚乱的、显赫而骄傲的团体里所有的主张和言论中，安德来公爵看出了以下各种派别和党派的很尖锐的分歧。

第一派是：卜富尔和他的追随者们、军事理论家们，他们相信有战争科学，在这种科学里有不变的法则、斜角运动法则、包抄法则等。卜富尔和他的追随者们主张依照假定的军事理论所规定的明确的法则，把军队退到国内腹地，而任何违背这个理论的行为那就是野蛮、无知或恶意。属于这一派的有外国的亲王们、福尔操根、文村盖罗德和别人，主要的是德国人。

第二派同第一派是对立的。这是一向如此的：有一个极端，便有另一个极端的代表。这一派的人主张从维尔那进兵波兰，不受一切事先拟订的计划的约束。这一派的代表不但是主张勇敢行动的代表，同时他们又是民族主义的代表，因此在争论中他们更是片面的。这是些俄国人：巴格拉齐翁、开始露脸的叶尔莫洛夫和别的人。这时候流传着叶尔莫洛夫的尽人皆知的笑话，说他请求皇帝给他一种恩典——把他升为德国人。这派人怀念苏佛罗夫，他们说，不需要思考，不要把针插到图上，而是要战斗，打击敌人，不许敌人进入俄国，不让军队的士气低落。

第三派是朝廷中在前两派意见之间的折中派，皇帝最信任这一派。这一派的人大都不是军人，阿拉克捷夫也属于这一派，他们想到并且说出那些本来没有信心、却又希望显得有信心的人们通常所说的话。他们说，战争，特别是对保拿巴特（他们又称他保拿巴特了）这样的天才作战，无疑需要周密的考虑、高深的科学知识，而卜富尔在这方面是天才；但同时不能不承认，理论家常常是片面的，因此不应该完全相信他们，还应该听听卜富尔的反对者所说的话，听听实事求是的、有战争经验的人所说的话，然后在他们之间采取中庸之道。这一派的人主张维持卜富尔所计划的德锐萨野营，并改变其他军队的调动。虽然这种办法不能达到任何一方面的目的，但这一派的人却似乎觉得是最好的。

第四派意见的最显著代表人是大公皇太子，他不能忘掉他在奥斯特理兹的失望，他在那里好像是在阅兵一样，戴盔披甲，走在禁卫军的前面，企望英勇地击溃法军，却料想不到走到了最前线，陷入大混乱中，好不容易才逃回来。这一派的人在他们的意见中兼有坦率的优点和缺点。他们怕拿破仑，承认他有力量，承认自己软弱，并且坦率地说出这话。他们说：“这一切，除了烦恼、羞辱和失败，不会有任何结果的！我们已经放弃了维尔那，放弃了维切不司克，又将要放弃德锐萨。我们唯一可以做出的明智的行动，就是趁我们还没有被赶出彼得堡的时候，赶快讲和！”

这个意见很普遍地在军队的高级团体中散布开来，在彼得堡也有支持的人，丞相路密安采夫也因为其他政治的原因主张和平。

第五派是巴克拉·德·托利的信徒们，他们与其说是把他作为一个人，毋宁说是作为陆军大臣和总司令看待的。他们总是这样开口便说：“无论他是什么样的人，总之，他是一个正直的、干练的人，没有人比他更好了。给他实权吧，因为指挥不统一，战争便不能顺利地进行，并且他准会表现出来他能做出什么，正如同他在芬兰所表现的一样。① 假使我们的军队是组织良好的、战斗力强的，并且退到了德锐萨，没有遭受任何失败，那么这要完全归功于巴克拉。假使现在用别尼格生来替换巴克拉，一切都要丧失的；因为别尼格生已经在一八〇七年表现了他的无能。”这便是这派人所说的话。

第六派，别尼格生派，所说的正相反，以为无论如何，没有人比别尼格生更能干、更有经验；“随便你怎么打转，你还是要转到他面前来的”。这一派的人认为，我们退到德锐萨是最可耻的失败，是一系列错误的结果。他们说：“犯的错误愈多愈好，至少他们能够更快地明白，事情这样下去是不行的。我们不需要什么巴克拉，却需要像别尼格生这样的人，他已经在一八〇七年大显身手，拿破仑本人给了他公正的论断，② 我们需要一个是我们甘心受他统制的人，只有别尼格生是这样的人。”

第七派是这种人，他们是在皇帝面前一向就有的，特别是在年轻的皇帝面前，在亚力山大皇帝的面前，这种人特别多，他们是将军们和侍从武官们，他们不但把皇上当作皇帝，对他竭尽忠诚，而且把他当作“人”，由衷地、无私地崇拜他，像一八〇五年罗斯托夫那样崇拜他，他们不仅看到了他的一切的善行，并且在他身上看到了人类的一切美德。这些人虽然赞美皇帝拒绝统率军队的谦虚，却批评这种过度的谦虚，他们只希望一点，而且坚持这一点，就是要他们所崇拜的皇帝，放弃这种对于自己过分的不信任，公开地宣布他要统率军队，在自己手下组织总司令部，在必要的时候，咨询有

---

① 毛注：一八〇九年巴克拉·德·托利为芬兰战争中之总司令，在冰上做两日之行军，渡过保特尼亚湾以奇袭攻下乌米阿（Umea）得与瑞典媾和。

② 毛注：这两派意见是指二卷二部七章中俾利平信中所提的普鲁士战役。

经验的理论家和实际家，而军队则由他自己统率，只要做到这一点，就可以使军队的士气大振。

第八派是最大的团体，他们的人数之多和其他的派别比较起来，好像是九十九比一，他们这些人所希望的既不是和平，又不是战争，既不是攻击的行动，又不是在德锐萨或在任何地方设下防御野营，既不是巴克拉，又不是皇帝，也不是卜富尔，也不是别尼格生，他们所希望的只有一样最重要的东西，就是他们自己的最大的利益和满足。在这个由许多错综复杂的、在皇帝行宫四周滋生蔓延的阴谋所形成的浑水潭中，有许许多多方法可以使那种在别的时候想象不到的事情得到成功。这一个人，只是为了不愿意失去他的有利地位，今天同意卜富尔，明天赞成他的反对者，后天只为了逃避责任和讨好皇帝，又断言对于某种问题没有何意见。另一个人希望获得利益，要引起皇帝对他注意，高声地主张皇帝前一天刚刚暗示过的事情，在会议中争吵喊叫，拍自己的胸脯，向不同意的人要求决斗，借此证明，他决心为大家的利益而牺牲他自己。第三个人只是在两种建议之间和没有对手的时候，为自己的忠实效劳而请求特别补助金，他知道现在别人没有工夫反对他。第四个人总是找机会在皇帝面前显出工作过重。第五个人为了达到早已怀有的目的——和皇帝同席吃饭，无情地证明新提出的意见是正确的或不正确的，并因此而提出了多少是有力而公正的证据。

这一派所有的人猎取卢布、勋章、官衔，在这种猎取中他们只注意皇帝恩惠风标的方向，并且一旦注意到风标朝着某一方向，军中所有的雄蜂式的人便立刻开始朝这一边拥来，弄得皇帝更难把风标转到另一边去。在局势不定的情况下，在威胁性的、严重的、使一切显得特别紧张的危险之前，在阴谋、自私、各种观点与情感冲突的旋涡中，这个有着各种国籍的第八派是最大的一派，他们关心个人的利益，给公务带来了很大的混乱和麻烦。无论发生了什么问题，这群雄蜂式的人，对原先的问题还没有停止嗡嗡的议论声，便又飞到新的问题上去，用他们的嗡嗡声掩盖和压倒了诚意的争辩的声音。

正当安德来公爵来到军中的时候，在所有这些派别里，又形成了另外一个派，第九派，它正开始发出声音。这一派是上了年纪、有理性、有政治经验、有才干的人，不接受那些敌对意见中的任何一种，超然地观察司令部里的人员所做的一切，并在考虑着摆脱这种模棱两可、犹豫不决、混乱和软弱的办法。

这一派人说，并在想：这种糟糕情况，主要的是由于皇帝和他的行宫留在军队里，由于军队中有了那种不确定的、受限制的、动摇不定的关系，这种情况在朝廷里还合适，但在军队中却是有害的；皇帝应该执政，不该统率军队；摆脱这种局面的唯一办法就是皇帝和他的行宫离开军队；皇帝一个人在军中，使得保护他个人的安全所必需的五万人的一支军队失去了作用；最坏的、然而行动不受牵制的总司令也胜于那最好的、然而受到皇帝控制的总司令。

正当安德来公爵在德锐萨没有任务的时候，这派的一个主要代表国务秘书锡施考夫，写了一封信给皇帝，巴拉涉夫和阿拉克捷夫也同意签了名。承蒙皇帝准许他评论一般的局势，他在这封信里借口皇帝必须鼓起首都居民的战争情绪，恭请皇帝离开军队。

他们拿皇帝要鼓舞人民和呼吁人民保卫祖国作为离开军队的理由，把信呈给了皇帝，并且被他接受了，——就是这种鼓舞（它是皇帝亲自莅临莫斯科的结果）是俄国胜利的主要原因。

10

在这封信还没有呈给皇帝的时候，巴克拉在吃饭的时候通知保尔康斯基说，皇帝本人要召见安德来公爵，要垂询他关于土耳其的事，安德来公爵要在晚间六点钟向别尼格生的司令部报到。

就在这一天，皇帝行宫接到了关于拿破仑向前推进的消息，这个推进足以危害俄军，但这个消息后来证明是不确实的。这天早晨，米邵上校陪同皇帝骑马视察德锐萨防御工事，并且向皇帝说明，这个设防的野营是毫无意义的，并且会使俄军遭到毁灭。这个野营是卜富尔设计的，并且它直到此时被人当作是战术的 chef-d'oeuvre ［杰作］，以为它一定会消灭拿破仑。

安德来公爵来到了别尼格生将军的司令部，这是河岸上一座小小的、地主的屋子。别尼格生和皇帝都不在那里；但是皇帝的侍从武官切尔内涉夫接待了保尔康斯基，向他说明，皇帝和别尼格生将军、保路翠侯爵这天第二次去视察德锐萨野营的工事，他们对于它的作用开始大为怀疑了。

切尔内涉夫拿着一本法国小说坐在第一个房间的窗边。这房间从前大概是音乐厅；里面还有一架风琴，它上面放着一些毯子，在房间角落里放着别尼格生副官的一张折床。这个副官也在那里。他显然是由于酒宴或工作而疲乏至极，坐在折起了的床上打盹。这里有两道门：一道直通大客厅，另一道在右边，通往书房。从第一道门里传出了说德语的和偶尔说法语的话声。在这个客厅里，秉承皇帝的意旨所召集的，不是军事会议（皇帝爱好含混不清），而是几个人的会议，皇帝鉴于当前的困难局势，希望知道他们的意见。这不是军事会议，却好像是为了向皇帝个人解释某些问题而召集的会议。被邀请参加这个半正式会议的有：瑞典将军阿姆腓特、侍从武官长福尔操根、文村盖罗德（拿破仑称他是逃亡的法国臣民）、米邵、托尔①、根本不是军人的施泰恩伯爵，以及卜富尔自己。安德来公爵听说卜富尔是一切事务的 la cheville ouvriere［主动力］。安德来公爵有了机会清楚地看见他，因为他是紧跟着安德来公爵来到的，他停下来，同切尔内涉夫说了一会儿，才走进客厅。

卜富尔穿着缝工低劣的俄国将官制服，他穿这件制服很不合适，好像是个演戏的人一样，乍看起来，他好像是安德来公爵认识的人，可是安德来公爵从来没有看见过他。在他身上有安德来公爵在一八〇五年所看见过的威以罗特、马克、施密特，以及许多别的德国军事理论家的特色。但他比所有的人更为典型。像他这样的德国军事理论家，一身具备了所有其他德国人的特性，是安德来公爵从未见过的。

---

① 毛注：托尔（K. F. Toll 1778—1842）为德国籍的俄国将军，一八一二年战争中，任军需总监，在拿破仑自莫斯科退去时，工作甚为积极。

卜富尔身材不高、很瘦，却骨骼宽大，身体粗壮健康，臀部宽阔，肩膀耸起。他的脸上有很多皱纹，有一双深凹的眼睛。他前面两鬓的头发，显然是匆忙地梳光的，但后边有些小发簇天真烂漫地翘着。他不安地、发怒地回顾着，走进书房，好像他怕走进去的那个大房间里的一切。他举止笨拙地握着佩剑，转向切尔内涉夫，用德语问他，皇帝在哪里。显然他是想要赶快地走过各个房间，施行了鞠躬与问候，坐在地图前面工作，他在地图前面才觉得自如。他听到切尔内涉夫的话，连忙点头，并且嘲讽地微笑着，听着他说皇帝察看工事去了，而这些工事是他卜富尔根据自己的理论所设计的。他像自信的德国人说话一样，急遽地低声地自语着；说的或者是：Dummkopf［蠢材，］……或者是：ZuGrunde die ganze Geschichte［整个的事情要弄糟了］……或者是：S'wird was gescheites d'raus werden［这要造成不好的结果的］……安德来公爵没有听清楚，想要走开，但切尔内涉夫把他介绍给了卜富尔，说他是刚从土耳其来的，那里的战事是那么侥幸地结束了。卜富尔与其说是瞥了瞥安德来，毋宁说是向他一眼扫过，笑着说道："da muss ein schönertactischer Krieg gewesen sein.［那一定是合乎战术原理的战争。］"于是轻蔑地笑着，走进那间传出声音的房里去了。

显然卜富尔时时准备大发一通怒火，他今天特别生气，因为他们竟敢不同他一道去察看他的野营，并且加以评论。由于奥斯特理兹的经验，安德来公爵在和卜富尔这个短促的会面中，能够对这个人的性格获得明白的概念。卜富尔是那种自信得不可救药、不可改变的，自信得可以殉道的人，只有德国人才是这种人，正因为只有德国人的自信是根据一种抽象观念——科学，就是绝对真理的虚假知识。法国人自信，是因为他认为自己在智慧上和身体上，对于男人对于女人，是同样不可抗地有魅力的。英国人自信，是根据他是世界上最有组织的国家的人民，因此他作为英国人，总是知道他所应做的事，并且知道，作为英国人，他所做的一切，无疑是对的。意大利人自信，因为他是冲动的，并且容易忘记他自己和别人。俄国人自信，正因为他什么都不知道，也不想要知道，因为他不相信，他能够充分了解任何事情。德国人的自信是最坏的、最固执的、最令人讨厌的，因为他以为自己知道真理，知道科学，这种科学是他自己发明的，但在他自己看来是绝对的真理。卜富尔显然是这种人。他有科学——斜角运动的学说，这是他从腓得烈大帝战争史演绎出来的；他在新近战史中所遇到的一切，在他看来，是无意义的、野蛮的、不成体统的冲突，在冲突中双方都犯了许多错误，因此这些战争都不能叫作战争：这些战争不合乎理论，不能作为科学的门类。

在一八〇六年，卜富尔是战争计划拟定人之一，那个战争是在耶拿和奥扼尔斯泰特结束的，但是从那次战争的结果来看，他对自己的理论丝毫没有发现什么错误。反之，他认为违反他的理论，便是全部失败的唯一的原因，于是他带着他所特有的高兴的嘲讽口气说道："Ich sagteia, dass die ganze Geschichte zum Teufel gehen werde! [我说过，整个的事情要弄糟的！]" 卜富尔是一个那样的理论家，他们那么爱自己的理论，以致忘记了理论的目的是在于实际中的应用；由于爱好理论，他仇恨一切的实际，并且也不想要知道实际。他甚至欢喜失败，因为由于在实际中脱离了理论而产生的失败，只向他证明了他的理论的正确。

他和安德来公爵和切尔内涉夫说了几句关于目前战争的话，他的神情显出他预先知道了一切都要糟糕，但是他并不感到不快。脑后翘起的没有梳好的发簇和匆促地梳过的双鬓，特别雄辩地说出了这一点。

他走进了另一个房间，从那里立刻传出了他的低沉的发牢骚的声音。

11

安德来公爵还没有目送卜富尔走去，别尼格生伯爵已经急促地走进了房，他向安德来·保尔康斯基点了点头，没有停留，一面走进书房，一面对他的副官发出指示。皇帝跟在他后边来了，于是别尼格生连忙走在前面，以便有所准备，及时地迎接皇帝。切尔内涉夫和安德来公爵走到台阶上去了。皇帝带着疲倦的样子下了马。保路翠侯爵向皇帝说着什么。皇帝把头向左偏着，带着不满意的神色听着保路翠特别激动地说话。皇帝显然是希望结束谈话，向前移动了一下，但是这个脸红的兴奋的意大利人忘记了礼节，跟着他走，继续说道：

“Quant à celui qui a conseillè ce camp，le camp de Drissa，［至于这个建议野营——德锐萨野营的人，］”保路翠说着，这时候皇帝正踏上台阶，注意到安德来公爵，注视着他的生疏的面孔。

“Quant à celui，sire，［至于这个人，陛下，］”保路翠不顾一切地继续说，好像不能够克制他自己，“qui a conseillé le camp de Drissa，je nevois pas d’autre alternative que la maison jaune ou le gibet.［建议德锐萨野营的人，我以为除了送进疯人院，或者上断头台，没有别的办法。］”

皇帝没有听完，并且似乎没有听意大利人说话，认出了保尔康斯基，厚意地向他说话。

“我很高兴看见你。到他们聚会的地方去等着我。”

皇帝走进了书房。在他背后跟随着彼得·米哈洛维支·福尔康斯基公爵、施泰恩男爵。他们随手关了门。安德来公爵得到皇帝许可，和他在土耳其认识的保路翠到要开会的客厅里去。

彼得·米哈洛维支·福尔康斯基公爵所担任的职务，好像是皇帝的参谋长。福尔康斯基从书房里走进客厅，拿来许多地图放在桌上，他提出问题，希望听到在座各位的意见。事情是这样的，夜里得到了消息（后来证明不实），说法军向前推进要包围德锐萨野营。

阿姆腓特将军首先发言，为了避免当前的困难，他出人意外地提出了一个全新的主张，离开彼得堡和莫斯科大道的阵地，他说不出道理来，这无非是他要表示、他也能够有意见而已，但他认为，军队一定要集中在这个阵地上，等待敌人。显然，这个计划是阿姆腓特早已想好的，现在他提出来，目的与其说是在解答所提出的问题（这个计划并没有解答什么），毋宁说是在利用机会把它说出来。这是无数的提议之一；这些提议，在不知道战争会有什么性质的时候，可以彼此同样有理由地被提出来。有的人反对他的意见，有的人赞成。青年上校托尔比别的人更激烈地反驳这个瑞典将军的意见，在争论的时候，从衣服的旁边口袋里取出一本写满了的笔记本，他请求准许诵读出来。在这些浩繁的笔记里，托尔提出另外一个和阿姆腓特计划及卜富尔计划完全相反的作战计划。保路翠反驳托尔时，提出了一个前进和攻击计划，据他说，只有这个办法能够使我们脱离不可知的境地，脱离我们所处的陷阱（他这么称呼德锐萨野营）。在争论的时候，卜富尔和他的翻译福尔操根（他是朝廷关系中的桥梁）沉默着。卜富尔只是轻蔑地嗅鼻子，并且背过身去，表示他绝不降低身份，驳斥他现在所听到的无聊的话。但是当讨论会的主持人福尔康斯基公爵请他发表意见时，他只说：

"为什么问我呢？阿姆腓特将军提出了很好的后方暴露的阵地。或者是 von diesem italienischen Herrn［这位意大利先生的］攻击——sehr schön［好极了］。或者是撤退。Auch gut.［也好。］为什么问我呢？"他说。"啊，你们比我知道得更清楚。"

但是当福尔康斯基皱了皱眉，说他代表皇帝咨询他的意见时，卜富尔便站起来，忽然兴奋起来，开始说道：

"一切都被弄糟了，都被弄乱了，都想知道得比我清楚，但现在又来找我了。怎样补救呢？用不着补救。一定要严格地遵守我提出的原则，"他说，在桌上敲着他的骨瘦的手指。"困难在哪里呢？废话，Kinderspiel!［儿戏!］"他走到地图前面，开始迅速地说话，用细小的手指着地图，证明没有任何偶然的情况会改变德锐萨野营的作用，一切都预料到了，并且假使敌人果真要包围，则敌人不可避免地要被消灭。

保路翠不懂德语，开始用法语问他。福尔操根来帮助他的法语说不好的首领，开始翻译他的话，却赶不上卜富尔，卜富尔迅速地证明，一切，一切，不但已经发生的一切，而且可能发生的一切，一切都在他的计划中预料到了，假使现在有了困难，则一切的过错只在于没有严格执行他的计划。他不断地讽刺地笑着，说明着，最后轻蔑地停止说明，好像一个算术家停止用各种方法证明那已经证明过的问题的正确性一样。福尔操根接替了他，继续用法语解释他的意思，并偶尔向卜富尔说，“nicht wahr，Exellenz？［是不是，阁下?］”卜富尔好像一个愤怒的人在殴斗中殴打自己这一边的人一样，愤愤地向他的赞成人福尔操根嚷叫着：

“Nun ja，was soll denn da noch expliziert werden？［好吧，还有什么要解释的?］”

保路翠和米邵同声用法语攻击福尔操根。阿姆腓特用德语问卜富尔。托尔用俄语向福尔康斯基公爵解释。安德来公爵沉默地听着、观察着。

在这些人当中，最引起安德来公爵同情的，是愤怒的、坚决的、自信得不近情理的卜富尔。在全体出席的人当中，显然只有他一个人没有什么要求，不对别人怀有仇恨，而只希望一件事——执行他的凭他多年努力研究出来的理论所拟成的计划。他是可笑的，他的讽刺令人讨厌，但是由于他对理想的无限忠实而引起别人不自觉的尊敬。此外，在所有发言人的所有言论中，除了卜富尔，都有一个共同的特点，这是在一八〇五年军事会议中所没有的——就是现在对于拿破仑天才的异常恐惧，这种恐惧，虽然被掩饰着，却表现在每个反对的意见中。他们认为，拿破仑可以做出任何的事情，他们从各方面期待着他，并且互相用他的可怕的名字来干扰别人的提议。似乎只有卜富尔一个人把拿破仑当作那样的一个野蛮人，就像所有的反对他的理论的人一样。但是除敬意之外，卜富尔还引起安德来公爵对他的怜悯。由于朝臣们对他说话的态度，由于保路翠竟敢向皇帝所说的话，尤其是，由于卜富尔本人的言语中某种绝望的表情，可以看得出来，别人既知道，他自己也觉得，他的失败是不远了。虽然他有自信心，且有德国人的意气不平的讽刺，他这个在耳门前头发梳光、在脑后发簇翘起的人却显得可怜。虽然愤怒与轻蔑的神色掩盖了这一点，他却显然感到绝望，因为现在，用大规模试验来证实他的理论、向全世界证明他的理论正确性的唯一的机会，就要失去了。

这场讨论经过了很长的时间，经过的时间愈长，争论愈激烈，以至喊叫与攻击个人，就愈不能从这些言论中得出任何共同的结论。

安德来公爵听着这种用各国语言进行的谈话，以及许多提议、计划、反驳、喊叫，只是对他们所说的一切觉得惊讶。在他服军役的时期，他早已出现并且常常出现的一种想法，现在在他看来，成了十分明显的真理，这想法就是：任何军事科学是没有的，并且是不可能有的，因此也不可能有所谓军事天才。“战争的条件和情况是不可知的，并且是不能确定的，战斗人员的力量是更加不能确定的，这还能够有什么理论和科学呢？谁也不曾能够、并且现在也不能够知道，我们的和敌人的军队在一天以后是什么情形，谁也不会知道这一支队或那一支队的力量如何。有时候，没有一个懦夫在前方呼喊‘我们被切断了！’和在逃跑，却有一个快乐勇敢的人在前方高呼‘乌拉’——这时候，五千人的一个支队便抵得上三万人，例如在射恩格拉本的情形；有时候，五万人在八千人面前逃走，例如在奥斯特理兹的情形。在这种事情里面，正和在一切现实的事情里面一样，什么都不能确定，一切都取决于无数的条件，这些条件的作用是在某一个时候决定的，但是谁也不知道这某一个时候要在什么时候来到——在这种事情里面，能够有什么科学呢？阿姆腓特说，我们的军队被切断了，但保路翠说，我们使法军受到夹攻；米邵说，德锐萨野营的缺点是有河在背后，卜富尔却说，这是它的优点。托尔提出一个计划，阿姆腓特提出了另外一个；它们都好，又都不好，任何提议的好处只能在事件发生的时候看得出来。为什么大家都说有军事天才呢？一个人能够适时地下命令送上干粮，下命令谁向左走谁向右走，他便是天才吗？只是因为，把荣耀和权力授予了军人，许许多多卑鄙的人阿谀权力，使权力具有了它所没有的天才的特质，称他们天才而已。恰恰相反，我所知道的最好的将军们——是愚蠢的或者是心不在焉的人。最好的是巴格拉齐翁，拿破仑自己也承认这一点。还有拿破仑本人！我记得在奥斯特里兹原野上他的自满而狭小的面孔。好的统帅不但不需要天才或者任何特殊品质，而且反之，他所需要的，是极力减少人类最高尚、最美好的愿望——爱，诗，亲切，哲学的、探究性的怀疑。他应该是克制的，坚决地相信他所做的事是很重要的（不然他便没有足够的耐心），只有在这个时候，他才是一个勇敢的统帅。上帝不许他有人性，不许他爱什么人、同情什么人，想到什么是对的，什么是不对的。足见天才的理论是早就替他们捏造出来的，因为他们有权力。战争的胜利不是取决于他们，而是取决于队伍中那个喊叫‘垮了！’或喊叫‘乌拉！’的人。只有在队伍里，人才能够带着‘自己有用’的信心而服役！”

安德来公爵一面听着说话，一面这么想着，直到保路翠唤他、大家都散去时，他才清醒过来。

第二天检阅时，皇帝问安德来公爵，他希望在哪里服役，安德来公爵没有要求留在皇帝身边，却要求准许他到军中去服役。他永远失去了在朝廷供职的机会。

12

罗斯托夫在战争爆发前，接到双亲的一封信，信里向他简短地提到娜塔莎的病状和她与安德来公爵的解约（他们以娜塔莎的拒绝向他说明了这个解约），他们又要他退役回家。尼考拉接到这封信，并不打算请假或退役，却回信给双亲说，他很可惜娜塔莎的病以及她和未婚夫的解约，说他要做他所能做的一切来满足他们的希望。他另外写了封信给索尼亚。

“我心中所崇拜的朋友，”他这么写着，“除了荣誉，没有东西能够阻止我返回乡间。但是现在，在战争开始之前，假使我只顾自己的幸福，不顾我对祖国应尽的责任，抛弃了对祖国的爱，则我要认为，我不但在所有的同事们的心目中，而且在自己的心目中都是不光荣的。但这是最后的别离。你相信，战争一结束，假使我还活着，并且仍然被你爱着，那时我就抛弃一切，飞奔到你面前，把你永远搂在我火热的胸前。”

确实，只是战争的爆发阻止了罗斯托夫，使他不能够照他所许诺的那样回家去和索尼亚结婚。奥特拉德诺的秋天和打猎，冬天和圣诞节，以及和索尼亚的爱情，在他心中展开了一幅清静的乡村快乐与安宁的情景，这是他以前从未想象到的现在却吸引着他的美景。“出色的妻子、儿女、一群好猎犬、十来队勇猛的狼犬、农田里的事、邻居以及被选供职①。”他这么想。但是现在爆发了战争，他应该留在团里。因为应该如此，所以尼考拉·罗斯托夫由于自己的性格，他对在军营中所过的生活觉得满意，并且在这种生活里能感到乐趣。

尼考拉休假满期归营时，受到同伴们热烈的欢迎，被派去补充军马，从小俄罗斯带回了很好的马匹，这使他高兴，还使他得到上峰的嘉奖。他出差的时候被升为上尉，当全团扩大名额、实施战时编制时，他又接受了他从前所指挥的那一个连。

战争开始了，这一团向波兰移动，发了双饷，来了新军官、新兵、新马，尤其是，军中充满了战争开始时所常有的那种兴奋而乐观的情绪；罗斯托夫明白自己在团里的有利地位，完全醉心于军役的快乐与乐趣，虽然他知道，他迟早要丢开他们的。

军队因为各种复杂的、国家的、政治的以及策略上的原因退出维尔那。退却的每一步骤，都连带着总司令部里的各种利害、论断和感情的复杂的活动。对于巴夫洛格拉德骠骑兵团的兵士们来说，这整个的退却在夏季是最好的时候，而且有充分的给养，是极简单而愉快的事。沮丧、不安和阴谋，只在司令部里才有，而在军队的队伍里，并没有人问到，他们到哪里去，为什么要去。假使有人觉得退却可惜，那只是因为，他们不得不离开他们住惯的地方，离开美丽的波兰姑娘。假使有人觉得情况不好，那么，有这个感觉的人，便像一个优秀的军人所应有的那样，极力使自己高兴，不去想战事的进程，只想身边最近的事。起初他们快乐地驻扎在维尔那附近，结识波兰地主，准备并且受到皇帝和其他高级司令官的检阅。后来下了命令，要退却到斯文促安尼，并且毁掉不能带走的粮食。斯文促安尼是骠骑兵们记在心头的，一方面是因为这里是酗酒的野营——全军都这样称呼在斯文促安尼的扎营，另一方面是因为斯文促安尼那里对于军队有许多怨言，埋怨的原因是他们利用征集粮食的命令，除征粮之外，还从波兰地主家拿去马匹、车辆和地毯。罗

① 毛注：他意思是由地方贵族选为行政官吏。

斯托夫记得斯文促安尼，因为他到达这个地方的第一天，便撤换了骑兵上士；他不能管制他的骑兵连里所有喝得醉醺醺的兵，他们瞒着他偷吃了五桶陈啤酒。从斯文促安尼他们节节后退，一直退到德锐萨，又从德锐萨后退，现在已经快退到俄国边境了。

七月十三日，巴夫洛格拉德团的兵士们第一次参加重要的战斗。

在七月十二日的夜里，战争的前夜，刮起了剧烈的飓风，下起了雨和冰雹。总之，一八一二年夏天的暴风雨是非常之多的。

两个巴夫洛格拉德的骠骑兵连，露宿在那全被牛马踏倒的、已经结穗的燕麦田里。大雨如注，罗斯托夫和一个为他所保护的青年军官依利因，坐在草草搭成的小棚子里。本团的一个军官，留着长长的络腮胡子，他从司令部回来，为了躲雨走进罗斯托夫的棚里。

“伯爵，我是从司令部来的。您听到拉叶夫斯基的功绩了吗?”于是这个军官详细地说了他在司令部里所听到的萨尔塔诺夫战斗的详情。

罗斯托夫扭动着淌水的颈子，抽着烟斗，不注意地听着，偶尔望一望挤在他身边的青年军官依利因。这个军官还是个十六岁的孩子，入团不久，他现在和尼考拉的关系，正如同七年前尼考拉和皆尼索夫的关系一样。依利因极力要事事模仿罗斯托夫，并且像女孩子那样地爱慕他。

这个有唇髭的军官斯德尔任斯基夸张地说，萨尔塔诺夫堤是俄国的瑟摩彼利①，在这个堤上，拉叶夫斯基将军做出了千古不朽的事迹。斯德尔任斯基叙述拉叶夫斯基的事迹，说他在可怕的炮火下领着他的两个儿子到堤上去，并且和他们一同进攻。罗斯托夫听着他的叙述，不但没有称赞斯德尔任斯基的热心，而且反之，显出羞于他所听到的话的样子，然而他无意反驳。罗斯托夫在奥斯特理兹和一八〇七年的战争以后，根据自己的经验知道，人们叙述战绩的时候总是撒谎，正如同他自己叙述的时候也说谎；再说，他有充分的经验，知道战争中所发生的一切，完全不是我们所能想象和叙述的

① 地在希腊北部，公元前四八〇年，希腊军在此抵御波斯的侵略。

那样。因此他不满意斯德尔任斯基的叙述，不满意这个有络腮胡子的斯德尔任斯基本人，由于习惯，他对着听话的人的脸把头低低地垂着，并且在狭小的棚子里挤他。罗斯托夫沉默地望着他。“第一，在那被攻击的堤上，一定是那么混乱、那么拥挤，即使拉叶夫斯基领了他的儿子上堤，对于谁也不能发生影响，除了对于他身边的十来个人以外，”罗斯托夫想着，“其余的人不能看见拉叶夫斯基是怎样并且是同谁一起走到堤上去的。但那些看见的人，也没有显得很兴奋，因为，事情已经到了自己性命攸关的时候，拉叶夫斯基那种亲切的、父亲的情感与他们有什么关系呢？再说，国家的命运并不取决于是否占据了萨尔塔诺夫堤，正像别人对我们所说的瑟摩彼利的情形那样。所以为什么要有这样的牺牲？而且为什么在战争场合里，要自己的儿子去冒险呢？我不但不会带我的弟弟彼恰去，而且也不会带这个我觉得陌生的、但又是善良的孩子依利因去，你要尽力把他们安置在什么地方，得到保护。”罗斯托夫一面继续想着，一面听斯德尔任斯基说着。但他没有说出自己的想法，他在这方面也有了自己的经验。他知道，这个故事的作用是赞扬我们军事上取得的荣誉，因此应该做出不怀疑它的样子。他就是这么做了。

“但是，我不行了，”依利因说，看出了罗斯托夫不高兴斯德尔任斯基的话，“袜子、衬衫、我的身子下边都淌水了。我要去找躲雨的地方。好像雨下小了。”

依利因走出去了，斯德尔任斯基也走了。

五分钟后，依利因在泥浆里奔跑着回到棚子。

“乌拉！罗斯托夫，我们赶快去。我找到了！大约两百步远的地方有一个小旅店；那里已经有了我们的人了。我们至少可以把衣服烤一烤。玛丽亚·根利荷芙娜也在那里。”

玛丽亚·根利荷芙娜是团里医生的妻子，是年轻美丽的德国女子，是医生在波兰娶的。医生也许是没有办法，也许是不愿意在新婚的初期离开年轻的妻子，随身带她跟着骠骑兵团到处走，医生的嫉妒成了骠骑兵军官间通常的笑柄。

罗斯托夫披上外套，叫拉夫如施卡带着东西跟随他，于是同依利因一道走去，在偶尔被远处的电光划破的黑暗中，在细雨中，他们有时在泥泞里滑着，有时在泥泞里蹚着。

“罗斯托夫，你在哪里？”

“在这里，多亮的闪电呀！”他们互相叫着。

13

医生的篷车停在旅店门口，旅店里面已经有了五个军官。玛丽亚·根利荷芙娜是个肥胖的、金发的德国女子，穿着短宽服，戴着睡帽，坐在前面角落里的阔凳子上。她的医生丈夫，睡在她旁边。罗斯托夫和依利因走进房间，军官们欢迎他们，发出快乐的喊叫声和欢笑声。

“啊！你们多快活。”罗斯托夫笑着说。

“您为什么打哈欠？”

“好漂亮呀！他们身上淌着水呢！不要把我们的客厅弄湿了。”

“不要弄脏了玛丽亚·根利荷芙娜的衣裳。”大家一起回答。

罗斯托夫和依利因急忙找一个角落，换下湿衣服，免得玛丽亚·根利荷芙娜害羞。他们走到隔墙的后面去换衣服；但是在这个小角落里坐满了人，在一只空箱子上放着一支蜡烛，有三个军官在玩纸牌，谁也不愿意让出地方来。玛丽亚·根利荷芙娜临时借出她的裙子，用它代替帘子，就在这个帘子的后边，罗斯托夫和依利因靠着背行囊的拉夫如施卡的帮助，脱下了湿衣服，换上了干衣服。

他们在破壁炉里生了火。他们找到了一块木板，搭在两个鞍子上，铺上马衣，又找来一个小茶炊、一个酒壶和半瓶甜酒，并且要求玛丽亚·根利荷芙娜做女主人，大家都挤在她的身边。有的给她一块干净的手帕，以便拭她的美丽的小手，有的把上衣垫在她的小脚下以免受湿，有的把外套挂在窗子上挡风，有的把苍蝇从她丈夫脸上赶走，使他能好好睡觉。

“不要管他吧，”玛丽亚·根利荷芙娜羞涩地愉快地微笑着说，“他一夜没有睡，现在睡得多好。”

“不行，玛丽亚·根利荷芙娜，”一个军官回答，“应该侍候医生的。也许在我的手脚要锯掉的时候，他会可怜我的。”

杯子只有三只；水是那么脏，因而不能确定茶是浓是淡，而且茶炊里只能烧六杯水，因此更加有趣了：大家按照年纪的大小，轮流地从玛丽亚·根利荷芙娜那又肥又短、指甲不很干净的手里接过各人的茶杯。似乎是所有的军官，确实在这天晚上都爱上了玛丽亚·根利荷芙娜。甚至那些在隔墙那边玩纸牌的军官，也歇了牌，怀着大家对玛丽亚·根利荷芙娜献殷勤的那种心情，走到茶炊旁边。玛丽亚·根利荷芙娜看见自己身边围绕着这些漂亮而恭敬的青年，显得很高兴，虽然她极力掩饰这种心情，虽然她每次看到睡在她身边的丈夫身子一动，便显得胆怯。

勺子只有一个，糖却多极了，但是来不及搅糖，因此决定由她轮流地替每一个人搅糖。罗斯托夫接过自己的茶杯，在茶里倒进甜酒，请玛丽亚·根利荷芙娜搅一搅。

“怎么，您没放糖？”她说，一直微笑着，好像她所说的一切和别人所说的一切都是很可笑的，并且含有别的意义。

“我不要糖，我只要您用自己的小手搅一下。”

玛丽亚·根利荷芙娜同意了，开始寻找勺子，勺子已被人夺去了。

“您用手指，玛丽亚·根利荷芙娜，”罗斯托夫说，“这样更好了。”

“太烫了！”玛丽亚·根利荷芙娜说，高兴得脸发红。

依利因拿来一桶水，倒进一点甜酒，搬到玛丽亚·根利荷芙娜面前，要求她用手指搅。

“这是我的茶杯，”他说，“只要您把手指伸到杯子里，我就喝完。”

茶炊倒空了的时候，罗斯托夫拿了一副纸牌，提议和玛丽亚·根利荷芙娜玩王牌。他们拈阄决定了谁是玛丽亚·根利荷芙娜的同伙。大家同意了罗斯托夫提出的玩纸牌的规矩，就是谁做了国王，便有权利吻玛丽亚·根利荷芙娜的小手儿，谁做了傻瓜，便在医生醒来时，为他另煮一壶茶。

“那么，假使玛丽亚·根利荷芙娜做了国王，怎么办呢？”依利因问。

“她就是皇后！她的话就是法律。”

刚刚开始玩牌，医生的头发蓬乱的头忽然从玛丽亚·根利荷芙娜背后抬起来了。他早就醒来了，听着他们所说的话，显然他们所说所做的一切，他看不出任何愉快的、可笑的或者有趣的地方。他的脸色愁闷、沮丧。他没有向军官们致候，搔了搔头发，要求他们让他出去，因为他们挡了他的路。他刚刚走出去，全体军官就发出了大声地欢笑，玛丽亚·根利荷芙娜却脸红得快要淌眼泪了，这使她在所有军官们的眼睛里，更有魅力了。医生从院子里回来，向他的妻子说（她脸上快乐的笑容消失了，惊恐地望着他，等着他说话），雨已经停了，他们应该到篷车里去过夜，不然东西要被人偷光了。

“好，我派一个传令兵去守……派两个，”罗斯托夫说，“算了吧，医生。”

“我自己去站岗！”依利因说。

“不要，诸位，你们睡过了，但我两夜没有睡。”医生说，气闷地坐在妻子的身旁，等候玩纸牌结束。

医生斜视着他的妻子，军官们看见医生愁闷的面色，更加开心了，许多人忍不住笑出声，不过笑了之后，他们连忙寻找好听的借口。当医生领着他的妻子走出去，同她上了篷车的时候，军官们躺在旅店里，用潮湿的军大衣盖着身体；但是他们好久没有睡着，时而彼此谈话，提起医生不高兴的心情和他妻子愉快的脸色，时而跑到台阶上去，回来报告篷车里所发生的事情。罗斯托夫几次蒙了头想睡觉，但是不知谁的说话声又提起了他的精神，谈话又开始了，并且又发出了无缘无故的、开心的、小孩般的笑声。

14

两点钟以后还没有人睡着，有一个骑兵上士带来了命令，要他们开拔到一个小市镇奥斯特罗夫那去。

军官们仍旧谈着、笑着，连忙开始准备；他们又在茶炊里烧着混浊的水。但是罗斯托夫没有等到喝上茶，便到骑兵连去了。已是黎明时分了；雨停了，云散了。天气潮湿而寒冷，特别是穿着未干的衣服。罗斯托夫和依利因两个人走出旅店，在朦胧的晨光中，看了看因雨水而发亮的医生的皮篷车，从车帷的下边伸出了医生的脚，在车子当中可以看到医生妻子在枕头上戴着睡帽的头，听到她的熟睡的呼吸声。

“确实她很可爱!”罗斯托夫向一同出来的依利因说。

“多么迷人的女人啊!”依利因带着十六岁的人的严肃态度回答。

半小时后，排好队的骑兵连站在路上了。发出了命令：“上马!”兵士们画着十字上了马。罗斯托夫走在前面，命令：“前进!”于是骠骑兵四人一列展开了，在潮湿的道路上发出马蹄溅起泥淖声、佩刀铿锵声和低低的说话声，他们随着前面的步兵和一队炮兵，在两旁种植桦树的大道上前进。

破碎的蓝色带紫的云，因为日出而发红，在风里飞驰着。天色渐渐明亮了。总是生长在乡村道路旁边的弯曲的草看得清楚了，因为夜雨，草还是潮湿的；桦树的垂枝也是潮湿的，在风里摆动着，顺着风势滴下明亮的水珠。士兵的面孔也渐渐清楚起来了。罗斯托夫和紧跟着他的依利因在两行桦树之间的大路边上走着。

在作战时，罗斯托夫自己骑着哥萨克的马，不骑战马。他是识马的人，又是猎人，他新近得到一匹烈性的、顿省种的、好看的、有鬃的大马，这匹马是谁也赶不上的。罗斯托夫觉得骑这匹马是一种乐趣。他想到马，想到早晨，想到医生的妻子，却没有一次想到迫近的危险。

从前，罗斯托夫去打仗时便害怕，现在他没有丝毫的恐怖情绪。他不怕，不是因为他听惯了炮声（人对于危险是不能习惯的），而是因为他遇到危险时能够控制自己的心情。他习惯了在去打仗的时候想到一切，只是不想那个似乎是他所最关心的事情，不想到眼前的危险。在从军的初期，无论他多么努力，无论他怎么责备自己懦弱，他却做不到这一点；但现在，经过了许多年，他也能这么做了。此刻，他和依利因在桦树之间并排走着，偶尔从他的手所碰着的树枝上摘下一片叶子，有时用脚踢马肚子，有时头也不转过来，把吸完的烟斗递给身后的骠骑兵，显出那样镇静的无忧无虑的神情，好像是骑马闲游一样。他可怜地望着不安的话很多的依利因的兴奋的面孔，他凭经验知道这个骑兵少尉预感到恐怖的和死亡时的痛苦心情，并且知道，除了时间，没有什么可以帮助他减轻痛苦。

太阳刚刚从乌云后边升到那一块明净的天空，风便平息了，似乎风不敢破坏这暴风雨后夏天早晨的美景；水珠还在滴，但已经是直滴下来了，——一切寂静无声。太阳升起来了，在地平线上显露了一会，又消失在上边的一条窄长的乌云里。几分钟后，太阳更明亮地升到乌云的上边，并且扯裂着云边。万物光明灿烂。随着亮光的出现而同时响起的是前面所发出的炮声。

罗斯托夫还没有来得及思索并断定这些炮声的远近，奥斯忒曼·托尔斯泰伯爵的副官已从维切不司克骑马跑来，带来命令要顺着大道缓驰前进。

骑兵连赶过了也是急于赶快前进的步兵和炮兵连，下了山，经过一个没有居民的空村庄，又上山。马开始出汗，人脸发红。

“停，看齐！”骑兵营长在前面发令。

“向左前进，慢步走！”前面传来了命令声。

骠骑兵们顺着步兵的行列，走到阵地左翼，停在前线上的我方矛枪骑兵的后面。右边是我方密集的步兵纵队，——他们是后备队；在他们上方的山上，在清净明亮的空气中，在早晨斜射的亮光里，在地平线上，可以看到我方的大炮。在前面的深谷的那边可以看到敌人的纵队和大炮。在山谷里可以听到我方前哨的声音，他们已经加入战斗，和敌人互相射击觉得很愉快。

罗斯托夫听到这些许久没有听到的声音，好像是听到最欢乐的音乐一样，他的精神提起来了。特拉卜——嗒！嗒！嗒！枪声时而一齐打响，时而迅速地连续响起。一切又都寂静了，然后又好像有人在玩鞭炮似的，发出打冷枪的声音。

骠骑兵们在原地停留了大约一小时。开始打炮了。奥斯忒曼伯爵带着随从走到骑兵连的后面停下来，和团长说了话，又回到山上的大炮那边去了。

奥斯忒曼走了以后，对矛枪骑兵发了命令：

“成纵队，预备攻击！”

他们前面的步兵分成了排，让骑兵通过。矛枪兵出动了，矛枪的缨子飘动着，向山下左边的法国骑兵缓驰而去。

矛枪兵刚下山，骠骑兵便奉命下山去掩护炮兵。骠骑兵刚到了矛枪骑兵空出的地方，便从前方飞来了嗖嗖呼啸的枪弹，落在远处，没有射中目标。

这种许久没有听见的声音，使罗斯托夫觉得比先前的枪声更愉快、更兴奋。他挺起身子，观察展开在山前的战场，一心注意着矛枪骑兵的行动。矛枪骑兵冲到法国龙骑兵面前去了，在硝烟中发生了混乱，五分钟后，矛枪骑兵退回来了，并未回到他们先前驻扎的地方，却偏左一点。在骑栗色马匹、穿橙色军服的矛枪骑兵的行列之间及在他们后边，可以看见一大群骑灰色马匹、穿蓝色军服的法国龙骑兵。

15

罗斯托夫凭他敏锐的猎人的眼睛，首先看见了这些穿蓝色军服的法国龙骑兵在追赶我们的矛枪骑兵。凌乱的一群群矛枪骑兵和追赶他们的法国龙骑兵相距得越来越近了。已经可以看到，这些在山下显得矮小的人们在彼此冲撞，互相追逐，并且挥着手臂或者佩刀。

罗斯托夫好像是在打猎的时候一样望着面前所发生的事情。他本能地觉得，假使现在用他的骠骑兵去攻击法国龙骑兵，他们便抵挡不住；但假使要攻击，便应该立刻就发起，马上就发起，不然就迟了。向四周看了一下。上尉站在他旁边，也一直紧盯着下方的骑兵。

“安德来·塞发斯提阿支内，”罗斯托夫说，“你要知道，我们能击溃他们……”

“那好极了，”上尉说，“确实……”

罗斯托夫没有听完他的话，便刺了刺坐骑，跑到骑兵连的前面去了，他还没有来得及发出进攻的命令，整个骑兵连像他所感觉的那样，已经随着他出动了。罗斯托夫自己也不知道，他是怎样并且为什么他要这么做。他不假思索、不加考虑地做了这一切，就像他在打猎的时候所做的一样。他看见龙骑兵接近了，他们凌乱地奔驰着；他知道他们抵挡不住攻击，而且知道只有那片刻时间，假使错过了时间，它是不会再来了。子弹那么激烈地在他四周嗖嗖呼啸地响着，马那么急切地向前猛冲，以致他无法加以控制。他刺了刺坐骑，下了命令，顷刻之间，他听到背后展开着的骑兵连的马蹄声，他急速地向山下龙骑兵冲去。他们还没有下山，他们的坐骑已经不觉地由急驰变为奔腾，他们愈接近矛枪骑兵和矛枪骑兵背后追赶着的法国龙骑兵，他们的坐骑奔腾得愈快。龙骑兵接近了。前面的人看见了骠骑兵，开始向后转，后面的人停下了脚。罗斯托夫怀着拦截狼的去路时的那种心情，使他的顿省种的马竭力奔腾，去拦截法国龙骑兵的凌乱的队伍。有一个矛枪骑兵停下了脚，有一个步行的趴倒在地上，以免被撞倒，一匹无人骑的马夹杂在骠骑兵之间。几乎全部的法国龙骑兵都向回跑。罗斯托夫紧盯着一个骑灰色马的法国人，向他急冲。在路上他碰到一丛灌木，但他的矫捷的马越过去了，尼考拉还没有在鞍上坐正便看出，他在顷刻之间就要赶上那个被他认作目标的敌人。这个法国人从服装上看来，一定是一个军官，弯着腰坐在灰色马上奔驰着，用他的佩刀鞭策着。顷刻之间，罗斯托夫的马的胸部撞上了那个军官的马的后部，几乎把它撞倒，就在这个时候，罗斯托夫自己不知道为什么，举起了刀向法国人砍去。

就在他举刀砍杀的那一片刻，罗斯托夫所有的拼杀精神顿然消失了。军官从马上跌下来，这与其说是由于刀砍，刀只轻轻地碰在他的胳臂上边，毋宁说是由于马的颠簸和受惊。罗斯托夫勒住了马，两眼寻找着他的敌人，要知道他打败的是谁。法国龙骑兵的军官一只脚在地上跳着，一只脚卡在脚镫里。他恐怖地眯着眼睛，好像每一秒钟都会再挨一刀，他皱了皱眉，带着恐怖的神情，抬起头看了看罗斯托夫。他的脸色是苍白的，沾了泥，他是个金发的年轻人，下巴上有个酒窝，眼睛是浅蓝的，这脸一点儿也不像是战场上所有的敌人的脸，却是最寻常的家庭生活中所常见的脸。在罗斯托夫还没有决定怎样处置他之前，军官已经喊叫："je me rends!"［我投降了!］他忙乱着，想要却又不能把脚从脚镫里抽出来，用惊恐的蓝眼睛不动地望着罗斯托夫。赶上来的骠骑兵们，拔出他的脚，把他扶到鞍子上。骠骑兵在各处忙于处理龙骑兵：有一个受伤了，脸上有血，却不肯放开他的马；另一个抱着骠骑兵，坐在骠骑兵的马臀上；第三个正由骠骑兵扶着上马。前面的法国步兵一面奔跑一面射击。骠骑兵们带着俘虏们连忙向回跑。罗斯托夫和别的人一同向回跑，在心里感觉到一种难受的不快的情绪。由于这个军官的被俘和砍了他一刀，他内心感觉到一种茫然的、混乱的、自己怎么也说不明白的情绪。

奥斯忒曼·托尔斯泰伯爵迎接了返回的骠骑兵，把罗斯托夫喊到跟前，感谢了他，并且说，他要向皇帝呈奏他的勇敢行为，并且要请求颁给他乔治十字勋章。罗斯托夫被召唤去见奥斯忒曼伯爵的时候，才想起他发起的攻击并没有接到命令，同时他认为，司令官把他找去是为了处罚他的这种擅自的行动。奥斯忒曼的赞语和奖赏他的话，应该使罗斯托夫觉得高兴；但他仍然感觉到一种不愉快的茫然的厌恶的情绪。"使我苦恼的究竟是什么呢?"离开将军时，他问他自己。"是依利因吗?他是安然无恙的。我做了什么丢脸的事情吗?不是。都不是!"有一种别的东西使他觉得苦恼，那好像是忏悔。"是的，是的，那个有小酒窝的法国军官。我记得很清楚，在我举刀要砍的时候，我的手是怎样停住的。"

罗斯托夫看见了被押走的俘虏，跟在他们后面奔去，以便看一看那个下巴有酒窝的法国人。那人穿着奇异的军装，坐在骠骑兵的一匹后备马上，并且不安地四面张望着。他手臂上的刀伤几乎算不了是伤。他做作地向罗斯托夫微笑了一下，向他挥手致意。罗斯托夫见了仍然觉得不舒服，并且有点难为情。

这一整天和第二天，罗斯托夫的朋友和同事注意到他不愁闷、不发怒，但沉默着、思索着、凝神着。他勉强地喝酒，力求独自思索着什么。

罗斯托夫总是想着他这次的光荣功绩，令他惊讶的是，这个功绩使他获得了乔治十字勋章，甚至使他获得了勇十的名誉；可是有一点是无论如何也不能了解的。“看来他们比我们更加害怕！”他这么想着，“这就是所谓英勇的全部含义吗？我为祖国是这么做的吗？那个有小酒窝和蓝眼睛的人，他的罪在哪里呢？他是多么恐惧啊！他以为我要杀死他。我为什么要杀死他呢？我的手是发抖的。但是他们给了我乔治十字勋章。我一点儿也不明白！”

尼考拉在心中反复考虑这些问题，对于那个使他那么苦恼的问题，仍然没有给他自己一个明确的回答，但这时候，军役中幸运的轮子转得于他有利了，像这种事是常有的。在奥斯特罗夫那战役之后，他升了官，指挥一营骠骑兵，并且在需要一个勇敢的军官的时候又委派了他。

16

接到了娜塔莎生病的消息以后，伯爵夫人虽然还没有完全复原，还很虚弱，却同彼恰和全家来到莫斯科，于是罗斯托夫全家从玛丽亚·德米特锐叶芙娜的家里搬进自家的房子，并且在莫斯科住下来了。

娜塔莎的病是那么严重，因而想到她得病的原因，她的行为，以及她的解除婚约，都成了次要的事情，这对她和她的父母倒是幸事了。她的病那么重，因而没有人能够想到她对于所发生的一切要负多大的责任，这时候她不吃、不睡，显见地消瘦了，她咳嗽，并且正如医生们使她的父母所感到的那样，她的病很危险。只能想到怎样帮助她了。医生们来看娜塔莎，有时各人单独地来，有时大家举行会诊，用法语、德语、拉丁语说着各种各样的话，他们互相批评，按照他们看得出来的病症开出各种各样的药方；但是他们当中没有一个人想到一个简单的道理，就是他们不能够了解娜塔莎所生的病，因为没有一种活人的病是能够被了解的；因为每一个活人有他的特性，并且总有他自己的特殊的、新的、复杂的、医学上不知道的病，不是医书上所写的肺、肝、皮肤、心、神经等病，而是这些器官的疾病的某一种结合症。医生们不能够想到这种简单的道理(正如同魔法师不能够想到，他不能行使魔法)，因为他们的毕生工作是治病，因为他们靠治病获得钱财，并且因为他们在这件事情上耗费了他们生命中最好的年华。但是医生们不能够想到这种道理，主要因为他们知道，他们无疑是有用的，而且事实上，对于罗斯托夫全家是有用的。他们有用，不是因为他们给女病人吞服大部分是有害的药剂（这种害处是不大感觉到的，因为有害的药剂所用的分量是微小的)，但他们是有用的、必需的、不可少的，因为他们满足了病人的和爱护病人的人的精神上的要求，这就是为什么现在有、将来也有假医生、女巫、对症治疗者和顺势治疗者的原因。他们满足了那种永恒的、人类的要求，就是人在痛苦时所具有的希望减轻痛苦的要求，获得同情和见诸行动的要求。他们满足了那种永恒的、人类抚摩痛处的要求，这在小孩子身上可以看到最原始的形式。小孩子自己有了伤痛，便立即跑到母亲或保姆的怀抱里，要她们抚摩并且吻自己的痛处，她们抚摩了、吻了痛处，他便觉得痛苦减轻了。小孩子不相信，那些最有力量、最有智慧的人没有办法减轻他的疼痛。使小孩获得安慰的，是减轻疼痛的希望，是母亲抚摩他的肿包时所表示的同情。医生对于娜塔莎有用，因为他们吻了、抚摩了她的“肿包”并断言说，假使车夫到阿尔巴特街的药店去用一卢布七个格利夫那①买回装在好看的小盒里的药粉和丸药，假使这些药粉一定每隔两小时，时间不多也不少，由女病人用开水吞服一次，“肿包”就立刻会消去。

假如不给病人按时服药、喝水、喝汤以及按医生的吩咐做好一切生活琐事（这些是照料病人的事务性工作，做好这些事情，对服侍病人的人来说，也是一种安慰)，那么索尼亚和伯爵夫人又有什么事可做呢？她们无事可做，那又成什么样呢？假使不是伯爵知道，娜塔莎的病花了他几千卢布，并且为了她的好转，他不惜再花几千；

① 一个格利夫那合十个戈比，好像中国的一角钱。

假使伯爵还不知道，她若不复原，他还不惜再花几千，把她送到外国去找医生会诊；假使伯爵还不能够详尽地说出美提弗耶和费来尔看不准，弗利斯却看得准，而穆德罗夫更能确定她的病症，——那么，他怎么能够忍心看到他心爱的女儿在害病呢？假如不是伯爵夫人因为娜塔莎不完全遵守医生的吩咐，偶尔和生病的娜塔莎争吵，那么她有什么事情可做呢？

她在发火而忘记自己忧愁的时候说："假若你不听医生的话，不按时吃药，这样是永远不会好的！在你的病会变为肺炎的时候，不能够这样忽视的。"伯爵夫人这么说，在她说出这个不单是她一个人不明白的字眼的时候，她已获得了很大的安慰。

索尼亚假若不是愉快地觉得，为了决心严格执行医生的一切吩咐，她第一次连续三夜没有脱衣裳，并且她现在夜里不睡，为了不误服药的时间，准时从小金盒子里取出稍含毒性的药丸给病人吞服，那么她要做什么呢？甚至娜塔莎自己，虽然说过没有药能医好她的病，说这一切都是蠢事，却乐于知道，他们对她做出了这么多牺牲，她应该在一定的钟点服药。甚至这样的事也使她高兴，就是她能够表示，她不遵守医生的吩咐，不相信治疗，不看重她自己的生命。

医生每天来按脉，看舌苔，没注意她的沮丧的脸色，和她说笑话。但后来，医生走进另一个房间，伯爵夫人赶快跟他走进去，他做出严肃的神情，沉思地摇头说，虽然还有危险，他希望这最后的药剂能有效力，又说应该等着看；他又说，这病大部分是精神上的，但……

伯爵夫人一面极力遮遮掩掩，一面把金币塞到医生的手里，然后总是安心地回到病人那里。

娜塔莎的病因是她吃得少、睡得少、咳嗽，总是没有精神。医生说病人不能够没有医药的帮助，因此他们把她留在城市里，让她呼吸那种令人窒息的空气。因此在一八一二年的夏天，罗斯托夫家没有下乡。

娜塔莎虽然吞服了大量药丸、小瓶和小盒的药水、药粉（邵斯夫人爱好这些小东西，她收集了很多），虽然失去了她所习惯的乡村生活，她的青春活力却发生了作用：日常生活使她渐渐忘记了自己的悲伤；这悲伤不再像痛苦的疾病那样压在她的心上，渐渐成为过去的事，而她也开始在身体上复原了。

17

娜塔莎更沉静了，但并没有更加愉快。她不但逃避各种外界的欢乐：跳舞会、闲游、音乐会、看戏；而且没有一次笑的时候不是带着眼泪。她不能唱歌。她一开始要笑，或试图独自歌唱的时候，泪水便哽住了她：那是忏悔的泪，回忆一去不复返的纯洁时期的泪；那是烦恼的泪，由于她白白地毁了她的本来是可以很幸福的青春年华。她似乎特别觉得，笑与唱歌对于她的悲哀是一种亵渎。她也没有想到献媚；她甚至不必抑制自己。她说并且觉得，这时候所有的男子在她看来，完全像是小丑娜斯他斯亚·依发诺夫那。内心的警戒兵，坚决地禁止了她一切的快乐。并且她失去了从前的、无忧无虑的、充满希望的少女生活的兴趣。她常常地、最痛苦地想起的，是秋天、打猎、伯伯，以及同尼考拉在奥特拉德诺所过的圣诞节。只要这种日子能够回来，哪怕只有一天，她便什么都可以牺牲！但这永远一去不复返了。那时候的预感证实了，那种自由自在和愿做一切乐事的心情是永远不再回来了。然后还是要活下去的。

她高兴地想到她并不比别人好，正像她从前所想的那样，要比别人坏，比世界上所有的、所有的人都坏得多。但是还不仅仅如此。她知道这个，并且问她自己："还有什么呢?"但是什么都没有了。生活中没有任何乐趣，但日子还是在过。娜塔莎显然只是极力想要不拖累任何人，不妨碍任何人，但是她自己也不需要任何东西。她疏远家里所有的人，只同弟弟彼恰在一起的时候，她才觉得舒服。她不欢喜和别人在一起，只欢喜和他在一起；有时候，只和他在一起的时候，她便发笑。她几乎不出屋子，在来看他们的人当中，她只高兴看见一个人——彼埃尔。要比别素号夫伯爵对她更体贴、更细心，同时又更严肃，他是不可能的。娜塔莎不自觉地感觉到他的这种体贴，因此很高兴和他在一起。但她并不感激他的体贴。彼埃尔好的地方，在她看来，没有一点是做作的。彼埃尔对一切的人厚道，似乎是很自然的，而且在他的厚道中，没有任何的手段。有时娜塔莎注意到彼埃尔在她面前感到困惑和发窘，特别是在他想要做点什么讨好她，或者在他生怕有什么话引起娜塔莎痛苦回忆的时候。她注意到这一点，并且认为这是由于他的一向所有的厚道和羞涩，在她看来，他一定就像对待她一样地对待所有的人。有一次在她非常激动的时候，彼埃尔曾经无意地说过这样的话，假若他是自由的，他硬要跪下来向她求婚、求爱，自从那时以后，他便没有向娜塔莎流露过他对她的感情；并且她很明白，这些话当时安慰了她，就像是为了安慰啼哭的孩子而说的一切没有意义的话一样。而她也从来没有想到过，她和彼埃尔的关系，会引起她这方面的爱情，更没有想到过会引起他那方面的爱情，甚至也没有想到过会促成男女之间的那种亲切的、自觉的、诗意的友谊，这种友谊她知道有几个例子。这不是因为彼埃尔是结过婚的人，而是因为娜塔莎深深地感觉到在她和他之间有一层道德上不允许他们亲近的障碍，这是她对库拉根所没有感到过的。

在圣·彼得斋期末①，阿格拉斐娜·依发诺芙娜·别洛娃、罗斯托夫家的奥特拉德诺的乡邻到莫斯科来拜望莫斯科的圣徒们。她向娜塔莎提议斋戒，娜塔莎高兴地接受了这个意见。虽然医生禁止她清早出门，但是娜塔莎坚持要到教堂去斋戒，就是不要像罗斯托夫家里平常那样斋戒，每天在家里做三次祈祷，而且要像阿格拉斐娜·依发诺芙娜那样斋戒，一星期一次也不耽误教堂里的早祷、午祷和晚祷。

伯爵夫人欢喜娜塔莎这样的热心；在无效的医药治疗之后，她在内心希望祈祷比药剂能更有助于她女儿病的好转，虽然她担心并且瞒着医生，却同意了娜塔莎的要求，并且把她交托给别洛娃。阿格拉斐娜·依发诺芙娜每天凌晨三点钟来叫醒娜塔莎，常常发现她

① 毛注：为彼得节（旧历六月二十九日）前两周，拿破仑越过俄国边境后十七天。

已经醒了。娜塔莎恐怕耽误早祷的时间。匆忙地洗着脸，温顺地穿上她的最坏的衣裳和旧外套，娜塔莎因为凉气而战抖着，走上被朝霞照得透亮的、无人的街道。娜塔莎听从阿格拉斐娜·依发诺芙娜的意见，不到自己的教区而到别的教堂去斋戒，据虔敬的别洛娃说，那里有一个过着极严格的高尚生活的神甫。教堂里的人总是很少；娜塔莎和别洛娃总是站在常在的地方，在那个放在左边唱歌队后面的圣母像前；当她在早晨这种不寻常的时间，望着圣母像的黑脸被前面点燃着的蜡烛和从窗口透进来的晨光所照亮，听到她极力要领悟了解的祈祷文的时候。一种新的、对伟大的事物无法理解而产生的、卑微的情绪支配了她。当她理解的时候，她个人的各种各样的情绪都和祷文吻合；在她不理解的时候，她更乐意地想到，她希望理解一切乃是一种自高自大，而理解一切是不可能的，只需要相信并皈依上帝就行了，她觉得上帝在这时候正领导着她的心灵。画十字、鞠躬，当她不了解的时候，她为自己的卑劣恐惧，只是请求上帝饶恕她的一切，一切，并且可怜她。她最专心从事的祈祷是忏悔的祈祷。在早晨很早回到家里的时候，她只遇到去上工的石匠、扫门前街道的园丁，家里所有的人都还在睡觉，这时候，娜塔莎体验到一种新的情绪，就是：能够改正她一切的罪过，能够过纯洁的新生活，能够有幸福。

在她过这种生活的整整一周之内，这种心情与日俱增。领受圣餐的幸福，或者像阿格拉斐娜·依发诺芙娜高兴地要弄着这个字眼时向她说的，“圣灵交通”的幸福，在她看来是那么伟大，使她觉得她活不到这个幸福的星期日。

但是幸福的日子来到了，当娜塔莎在这个可纪念的星期日穿着白纱衣在圣餐后回家时，几个月来，她第一次觉得自己的心情很安宁，第一次觉得自己的心情不受当前生活的压迫。

医生这天来看娜塔莎，吩咐她继续吞服他在两星期前所开的最后的药粉。

“一定继续早晚吞服，”他说，显然是真诚地满意自己的成功，“但是，要更加严格遵守。放心吧，伯爵夫人，”医生开玩笑地说，一边用手敏捷地抓住了金币，“她很快又要唱歌、又会活跃起来。最后的药品对她很有帮助。她的气色很好了。”

伯爵夫人看了看手指甲，吐口唾沫，① 带着愉快的面色回到了客厅。

18

七月初，莫斯科散布着愈益令人惊慌的关于战争局势的流言：大家说到皇帝向人民的呼吁，说皇帝本人要离开军队回到莫斯科。因为在七月十一日之前，还没有接到诏书和呼吁书，关于这两件事和俄国局势的谣言不免有些夸张。传说，皇帝离开军队，因为军队处在危险之中，说是斯摩棱斯克失陷了，说是拿破仑有一百万兵，说是只有奇迹才能够拯救俄国。

七月十一日，星期六，接到诏书，但是还没有印出来；彼埃尔在罗斯托夫家，他答应第二天星期日来吃饭，并且把诏书和呼吁书带来，这些东西他要到拉斯托卜卿伯爵那里去拿的。

在这个星期日，罗斯托夫家的人照常到拉素摩夫斯基的家庭教堂去做午祷。那是七月里炎热的一天。已经十点钟了，当罗斯托夫家的人在教堂前下车时，炎热的空气，小贩叫卖声，人们穿着的浅淡而鲜明的夏衣，林荫道上树木沾满尘灰的叶子，音乐队的乐声和去换防的一营军队穿着的白裤子，以及车道上的车轮声和炎日的亮光，都使人感觉到在城市晴热的白天特别容易感觉到的那种夏季的困倦，使人对于眼前的事物产生满意和不满意的感觉。在拉素摩夫斯基的教堂里，有莫斯科的所有的贵族和罗斯托夫家的所有的熟人，(这一年，好像是期待什么，许多照例要下乡的富家也留在城里。)娜塔莎走在母亲的身边，在穿号衣的推开群众的跟班后面，听到一个青年人的声音，用显得太高的低语声说到她：

“这是罗斯托娃，就是她。”

“她虽然瘦了，但还是漂亮！”她听到，似乎觉得有人提到库拉

---

① 毛注：俄国人唾手指头，是为求吉利，避免过分信赖而致的恶果。

根和保尔康斯基的名字。娜塔莎总是有这样的感觉。她总是似乎觉得，望着她的人，都只想到她所发生的事。这时她像往常在人群里那样，心觉得痛苦、难受，穿着淡紫色镶黑花边的绸裙，走路好像妇人们一样——她愈是心里觉得痛苦、羞耻，她的神色愈显得沉着、尊严。她知道并且没有弄错，她长得好看，但现在这不像从前那样使她高兴了。反之，近来这比什么都更使她苦恼，特别是在赤日炎炎的城市里。“又是一个星期日，又是一周，”她自言自语，想起上个星期日她在这里，“总是这样的没有生活内容的生活，总是这样的环境，从前在这个环境里的生活是很安适的。我好看、年轻，我知道现在我善良，从前我邪恶！现在我善良，我知道，”她想，“白白地，也不为了任何人，就度过了最好的、最好的年华。”她站在母亲身边，和站在附近的熟人点头。娜塔莎习惯地注视着妇女们的服装，批评身边一个妇人的 tenue［举止］和她画十字时不得体的样子，她又烦恼地想到别人批评她，她也批评别人，忽然听到祈祷声，她便因为自己的卑劣而惧怕，怕她的先前的心灵的纯洁又会失去。

一个高雅的清洁的老神甫那么温和地严肃地祈祷着，这对于祈祷人的心灵发生着给人一种极大安慰的作用。圣坛的门关闭了，帘子缓缓地拉起来了，有神秘的微细的声音从那里发出来。娜塔莎自己也莫名其妙的眼泪从眼眶里涌出来，一种快乐而又苦恼的情绪使她坐立不安。

“指教我，我要去干什么，我要怎样过我的生活，我怎样才可以永久地……永久地纠正我自己！……”她想。

教堂执事走到讲坛上，叉开大拇指，从法衣下边理出长发，把十字架放在胸前，大声地严肃地开始读祷告文：

“我们在和平中向主祷告。”

娜塔莎想：“我们作为一个团体，[①] 大家在一起，没有等级差

① 毛注：俄语中“МИР”有两个意思；特别是在祈祷时，意思是和平，和谐，一致；娜塔莎，却当作普通意义解，即宇宙、世界、社区、乡村、议会等。

异，没有仇恨，在友爱中联合起来，——我们来祷告。”

“为了天上赐予的和平，为了拯救我们的心灵！”

娜塔莎祷告着：“为了天使的和一切在我们头上的神灵的世界。”

当他们为军队祷告时，她想起了她的哥哥和皆尼索夫。当他们为水上和陆上的旅客们祷告时，她想起了安德来公爵，并且为他祷告，并且祷告上帝饶恕她对他所做的错事。当他们为爱我们的人祈祷时，她为家中所有的人祈祷，为父亲、母亲，为索尼亚祈祷，现在她第一次感觉到她对他们所做的错事，并且感觉到她对他们的爱的力量。当他们为恨我们的人祈祷时，她为了要替他们祈祷，想起了她的仇人和恨她的人。她把债主以及一切和她父亲有交易的人都看作是仇人，并且每次想到仇人和恨她的人，她都想起了对她做了那么多坏事的阿那托尔，虽然他不是恨她的人，她却愉快地像为仇人一样地为他祈祷。只有在祈祷时，她才觉得自己能够清晰地平静地想起安德来公爵和阿那托尔，她对于他们这些凡人的感情，和她对于上帝的畏惧和虔信的感情比较起来，是微不足道的了。当他们为皇帝和宗教事务院祈祷时，她特别低低地鞠躬，画着十字向自己说，即使她不了解，她也不能怀疑，并且无论如何她爱统治的宗教事务院，为它祈祷。

在为皇帝的祈祷之后，教堂执事在胸前圣带上画了十字，并且说：

“把我们自己和我们的生命献给主耶稣。”

“把我们自己献给上帝，”娜塔莎在心里重复着，“我的上帝，我把我自己献给你的意志，”她想，“我不想要什么，也不希望什么；教导我，我要去做什么，怎样运用我的意志！收下我吧，收下我吧！”娜塔莎带着那种动人的、急切的心情说，她没有画十字，垂着纤细的手臂，似乎是在期待着一种无形的力量来把她带走，把她从她自身，从她的懊悔、愿望、谴责、希望和罪过中拯救出来。

伯爵夫人在祈祷时，屡屡地回头看看女儿那张受感动的面孔和一双明亮的眼睛，祷告上帝，求上帝帮助她。

事情出人意外，在祈祷当中，并不是按照娜塔莎所熟悉的次序，教堂执事拿出一个小凳子，即是他在“三位一体日”跪在上面祈祷的凳子，把它放在圣坛的门前。神甫走出来，他戴了顶淡紫色天鹅绒法冠。他理了理头发，费力地跪下来。大家都照他的样做着，莫名其妙地互相打量着。接着是诵读刚从宗教事务院发来的祷文，这是祈求要拯救俄国免遭敌人侵略的祷文。

“万能的主上帝，拯救我们的上帝，”神甫用那种清楚的、嗓门不大的、温和的声音开始诵读，只有斯拉夫的教士才会用这种声音读祷文，使得俄国人的心灵产生那种不可抵抗的作用。

“万能的主上帝，拯救我们的上帝！请你现在仁慈地、宽大地保护你的温顺的人民，仁爱地垂听我们，可怜我们，饶恕我们。敌人在骚扰你的土地，起来反对我们，想要把全世界变为废墟；这些不法的人聚集起来，要毁坏你的王国，破坏你的神圣的耶路撒冷和你所爱的俄国：玷污你的教堂，毁坏你的圣坛，并侮辱我们的神龛。主啊，这些罪人要横行到几时呢？那个不法的恶势力能维持到几时呢？

“主上帝！听我们向你祷告：用你的力量加强我们的大仁大德的至崇至尊的伟大君主亚力山大·巴夫诺维支皇帝；记住他的公正和温良，按他的善行奖励他，让他的善行保护你所爱的以色列吧。祝福他的会议、事业和工作；用你的万能的手巩固他的帝国，让他战胜敌人，好像摩西战胜亚马力、基甸战胜米甸、大卫战胜歌利亚一样。保佑他的军队，将铜弓放在以你的名义武装的人手里，给他们作战的力量。拿起武器和盾牌，起来帮助我们吧，羞辱那想要危害我们的人吧，让他们在这些忠实的战士面前，如同灰尘在风的面前一样，让你的有力的天使羞辱他们，把他们赶走；使他们在不知道的时候落入网罗，使他们的秘密阴谋坑害他们自己；要他们跪在你的奴隶的脚下，由我们的战士打倒他们。主啊！你救人无论多少都不费力；你是上帝，人不能反对你。

“我们的父上帝！记住你的一向所有的宽大和仁爱；不要扭过你的脸背着我们，宽恕我们的卑微吧，用你的伟大的仁爱和无限的宽宏赦免我们的不法和罪过吧。使我们的心灵纯洁，在我们心里恢复正义的精神；增强我们对你的信仰，增强我们的希望，唤起我们真正的互相的爱，使我们以一心一德为武装，正义地保护你给我们的和我们祖先的产业，不要让不义之徒的魔杖使你的神圣人民的命运受到打击吧。

“我们的主上帝，我们相信主，我们信托主，不要让我们由于希望你的仁爱而受羞辱吧，给我们一个幸福的征兆吧，让那怀恨我们和我们正教信仰的人看见，叫他们羞耻，叫他们灭亡吧，并要让各国的人知道你就是主，我们是你的人民。主啊，今天向我们显示你的仁爱，拯救我们吧；让你的奴隶的心为自己的仁爱而快乐吧；打倒我们的敌人，并要很快地使他们毁灭在你忠实信徒的脚下。你信赖你的人们会防御、有援助并能获胜，我们将荣耀归于你，归于圣父、圣子和圣灵，现在，直到永远，世世代代，阿门。”

娜塔莎的心是灵敏的，这个祈祷强烈地感动了她。她听到关于摩西战胜亚马力人，基甸战胜米甸人，大卫战胜歌利亚，以及“你的耶路撒冷”的破坏的每一个字，并且带着满怀的亲切与感动的心情祈祷上帝；但她不能明白地理解，在这个祈祷中她向上帝所祈求的是什么。她一心一意地参与了这个为了伸张正义、为了用信仰和希望加强人心、为了用爱唤起人心的祈祷。但是她不能祈祷把她的敌人踏在脚下，因为仅在几分钟之前，她还为了爱敌人，为了替敌人祈祷而希望有更多的敌人。但她也不能怀疑所宣读的祈祷文的正确。她想到对于人们的罪过，尤其是对于她的罪过而有的处罚，她的心里感觉到一种虔敬而战栗的恐惧，她求上帝宽恕大家和她自己，并且给大家，也给她生活的安宁和幸福。她似乎觉得，上帝听到了她的祷告。

19

自从那天离开罗斯托夫家之后，彼埃尔回想着娜塔莎那感激的目光，望着出现在空中的彗星，并且觉得在他面前展开了什么新的东西以后——他不再想到那个不断使他苦恼的关于虚荣和世间一切皆无意义的问题。这个可怕的问题是：为什么？有何目的？从前在他做任何事情的时候，这个问题就浮现在他眼前，现在对于他来说，已经被代替了，并不是被别的问题或对于老问题的回答所代替，而是被“她”的形象所代替了。当他听到或者自己在无聊的谈话时，当他读到或者听说人类的卑微与愚蠢时，他不像从前那样惊恐；他不问自己，既然一切是那样为时短促、不可确知，为什么人类要忙忙碌碌，但是他想起了上次见面时她的那个样子，于是他所有的怀疑都消失了，这不是因为她回答了他常想到的那些问题，却是因为对于她的想象立即把他带到另外一个更光明的精神活动的领域里，在这里面人不能够是正当的或有罪的，那是美与爱的区域，是值得为它去生活的。无论他想到什么人世的丑恶，他都向自己说：

“某人盗窃国家和沙皇财富，但国家和沙皇却给他荣誉；但她昨天向我微笑了一下，要我再去，并且我爱她，而且绝不会有人知道这件事。”他想。

彼埃尔照旧赴交际场所，照旧喝很多的酒，照旧过着闲散放荡的生活，因为除了他在罗斯托夫家消磨几小时以外，他还要打发其余的时间；他的习惯和他在莫斯科的交游，不可抵抗地吸引着他过这种使他迷恋的生活。但是近来，从战场上传来愈益使人不安的消息，而娜塔莎的健康已开始恢复，她不再引起他从前的那种爱怜。近来他所愈益不了解的一种不安的心情控制着他。他觉得，他所处的境况不能够长久维持，灾难就要降临，这灾难必将改变他全部的生活，于是他不耐烦地在一切的事情上寻找这个迫近的灾难的征兆。有一个共济会员向彼埃尔说出下面的一段关于拿破仑的预言，这是从圣·约翰的《启示录》中引出的。

在《启示录》第十三章第十八节里说过：“在这里有智慧；凡有聪明的，可以算计兽的数目，因为这是人的数目，他的数目是六百六十六。”

在同一章的第五节里：“又赐给他说夸大亵渎话的口，又有权柄赐给他，可以任意而行四十二个月。”

法文字母表，依照希伯来文的数值，前面九个字母代表个位，其余的代表十位，则有如下的数值：

a	b	c	d	e	f	g	h	i	k	l	m	n
1	2	3	4	5	6	7	8	9	10	20	30	40
o	p	q	r	s	t	u	v	w	x	y	z	
50	60	70	80	90	100	110	120	130	140	150	160	

按照这个字母表，用数目代替字母写出 L'empereur Napo-léon [拿破仑皇帝]，便得出这个数目的总和六六六，① 因此拿破仑就是《启示录》中所预言的那只野兽。此外，再照样写 Quarante deux [四十二] 各字的数目，“四十二”乃是给“说夸大亵渎话的”野兽的期限，这些数目的总和又等于六六六；因此，拿破仑的权柄的期限是在一八一二年，这年法国皇帝是四十二岁。② 这个预言很感动彼埃尔，他常常问自己这个问题，是什么来限制野兽的——即是拿破仑的——权柄呢？并且根据同样的以数目代替字母和计算的方法，他极力寻找他所关心的这个问题的答案。彼埃尔为了回答这个问题，写了 L'empereur Alexandre，La Nation Russe，[亚力山大皇帝，俄国民族，] 他算计字母的数目，但数目的总和不是比六六六大得多，就是小得多。在计算时，有一次，他写下自己的名字——Comte Pierre Besouhoff [彼埃尔·别素号夫伯爵]；数目的总和也是相差很大。他改变拼缀，用 z 代替 s，加上 de，加上 article [冠词] Le 仍然得不到他所希望的结果。后来他又想到，假使对于所研究的问题的答案，是在他的名字里，则答案之中一定要有他的国籍。于是他写了 Le russe Besuhof [俄国人别素号夫]，算计数目，得六七一。只多了五；五代表 e，这个 e 就是在 empereur 前的 article [冠词] Le 中所省略的。同样地然而不正确地省略了 e，彼埃尔获得了他所求的答案。L'russeBesuhof 的数目等于六六六。这个发现使他激动了。他是怎样的，是由于什么同《启示录》中所预言的伟大事件连在一起的，他

① 毛注：包括首一字 Le 中所省的 e 的数字 5。

② 毛注：《圣经》上是四十二个月，彼埃尔却在这里弄为四十二个年。拿破仑的第四十二个生日是一八一一年八月十五日，故在一八一二年八月之前还算是四十二岁。

并不知道；但是他没有片刻工夫怀疑过这个联系。他对娜塔莎的爱情、基督的叛徒、拿破仑的侵略、彗星、六六六、L'empereur Napoléon［拿破仑皇帝］、L'russe Besuhof［俄国人别素号夫］，这一切都应该成熟、爆发，把他从那被魔法迷惑住的、无足轻重的莫斯科生活习惯的圈子里拔出来（他觉得自己是那种习惯的俘虏），使他得到伟大的功业与伟大的幸福。

彼埃尔在读祷文的那个星期日的前一天，答应了罗斯托夫家的人，由他到他很熟识的拉斯托卜卿伯爵那里去把皇帝向人民的呼吁书和最近的军事消息带来给他们。彼埃尔早晨去看拉斯托卜卿的时候，在他那里遇到一个刚从军中来到的信使。

这个信使是彼埃尔在莫斯科跳舞会中的一个相识。

"看在上帝的分上，您能不能替我帮点忙，"信使说，"我有满满一袋子寄给家长们的信。"

在这些信中，有一封尼考拉·罗斯托夫寄给父亲的信。彼埃尔拿了这封信。此外，拉斯托卜卿伯爵给了彼埃尔一份刚印好的皇帝向莫斯科的呼吁书、军中最近的命令和他自己的最近的公告。看了军中的命令，彼埃尔在一份死伤奖赏表中发现了尼考拉·罗斯托夫的名字，他因为奥斯特罗夫那战斗中所表现的勇敢得到一枚四级圣·乔治的勋章，又在同一命令中看到任命安德来·保尔康斯基公爵为轻骑兵团团长。虽然他不愿意在罗斯托夫家提起保尔康斯基，但彼埃尔却忍不住要用他家儿子获得勋章的消息使他们欢喜，于是他留下呼吁书、公告和其他命令，以便在吃饭时带给他们，却派人把印好的命令和信送到罗斯托夫家去了。

和拉斯托卜卿伯爵的谈话，拉斯托卜卿伯爵的焦虑和着急的口气，和信使的会面，信使信口地说到军事如何不利，关于在莫斯科被发觉的间谍的流言，关于莫斯科所散布的一张传单的流言，这张传单里说到拿破仑保证在秋天到达俄国的新旧两都，关于预料皇帝明天驾临的谈话，——这一切重新有力地鼓起了彼埃尔兴奋和期望的情绪，这情绪从彗星出现时起，特别是从战争开始时起，在他身上一直没有消失过。

彼埃尔早就想服兵役，假若不是因为如下的两件事情妨碍了他，也许他已经实现了这个计划，第一，因为他加入共济会，他被共济会誓言束缚住了，共济会主张永久和平，消灭战争。第二，他看到很多莫斯科人穿着制服宣传爱国主义，他羞于这样的宣传。而他不去从军的主要的原因就是那个空洞的概念，就是他，L'Russe Besuhof［俄国人别素号夫］合乎野兽的六六六这个数目，他要对于说夸大亵渎话的野兽的权柄加以限制，他在这伟大事业中的使命是有世以来就注定的，因此他不该做任何的事情，应当等待着那必然发生的事情。

20

罗斯托夫家像平常星期日一样，有几个顶亲密的知交来吃饭。

彼埃尔到得很早，好单独会见他们。

彼埃尔这一年长得那么肥胖，假若不是因为他的身材那么高大，便显得很难看了，不过他的手脚那么大，那么有力，肥胖的身子对他来说显然是一点也不会感到吃力的。

他喘着气，自言自语地上楼去。车夫也没有问他是否要等候着。他知道，伯爵一到罗斯托夫家去，便要待到十二点钟。罗斯托夫家的用人高兴地赶上前来替他脱外套，接过他的手杖和帽子。彼埃尔按照俱乐部的习惯，总是把手杖和帽子放在前厅里。

在罗斯托夫家，他最先看到的是娜塔莎。当他在前厅里脱外套还没有看见她时，便听到了她的声音。她在大厅里唱练习曲。他知道，她自从生病以来便没有唱歌，因此她的声音使他又诧异，又高兴。他轻轻推开门，看见娜塔莎穿着她在祈祷时所穿的淡紫色的衣裳，在房里一面来回走着，一面唱歌。当他推开门时，她正背朝着他在走路，但是当她忽然转过身来看见他的胖胖的、诧异的大面孔时，她的脸发红了，她迅速地走到他的面前。

“我想再试唱，”她说，“这总算得是一桩事情。”她补充说，似乎是在替她自己辩解。

“好极了。”

“您来了，我多么高兴！今天我多么快乐！”她像从前那样活泼地说着，这个样子彼埃尔好久没有见过了，“您晓得，尼考拉得到一枚圣·乔治十字勋章。我多替他感到骄傲。”

“是的，我派人送命令来的。那么，我不想妨碍您了。”他又说，想要走进客厅。

娜塔莎阻止了他。

“伯爵，我唱歌是不对的吗？”她红了脸说，目不转睛地、询问地望着彼埃尔。

“不是……为什么这样说呢？相反的……您为什么问我？”

“我自己也不知道，”娜塔莎迅速地回答，“但是我不想要做您不欢喜的事情。我完全相信您。您不知道您对我是多么重要，您对我做了多少事情……，”她迅速地说，没有注意到彼埃尔听到这些话而脸红，“我也在那个命令里看到他，保尔康斯基（她迅速地低声地说），他在俄国，又在服役了。您怎么想法呢？”她迅速地说，显然她急忙地说，因为她恐怕自己没有勇气说下去，“他会饶恕我吗？他对我不会怀恨吗？您怎么想法呢？您怎么想法呢？”

“我想……”彼埃尔说，“他并没有要饶恕人的事情……假若我处在他的地位……”由于联想的作用，彼埃尔顿然回想到，在那次安慰她的时候向她说过，假如他不是他自己，而是世界上最好的人，并且是自由的，他硬要跪下来，向她求婚；同样的那种怜悯、体贴和爱恋的情绪控制了他，同样的那些话到了他的嘴边。但是她不让他有工夫说出这些话。

“是的，您，”她说，狂喜地说着“您”字，“那是另外一回事。比您更厚道、更大度、更好的人，我不知道，也不会有。假使那个时候没有您，现在也没有您，我不知道我会成为什么样子，因为……”泪水忽然从她的眼睛里涌出；她转过身去，把歌谱拿在眼睛前面，又唱起来，又开始在房里来回走动。

就在这时候，彼恰从客厅里跑出来了。

彼恰现在是一个俊秀的、面色红润的、十五岁的孩子了，嘴唇厚厚的、红红的。他像娜塔莎。他预备进大学了，但最近和他的朋友奥保林斯基秘密决定了去当骠骑兵。

彼恰跳到他的同名者①面前，和他说这件事。

他曾经请求彼埃尔去打听骠骑兵里收不收他。

彼埃尔在客厅里走着，没有听彼恰的话。

彼恰拉了拉他的手臂，要彼埃尔听他说话。

“我的事怎样了？彼得·基锐累支，看在上帝分上！我唯一的希望就在您。”彼恰说。

“哦，是的，你的事。当骠骑兵吗？我要说，要说，今天我统统要说。”

“啊，mon cher，［我亲爱的，］您弄到了诏书吗？”老伯爵问，

“伯爵夫人在拉素摩夫斯基家做弥撒，听了新祷文。她说很好。”

“弄到了，”彼埃尔回答，“明天皇帝要来……要举行非常的贵族会议，听说每千个人里征十个人。啊，我祝贺您。”

“是，是，谢天谢地。那么，军队里有什么新闻呢？”

“我们军队又后退了。听说，已经要退到斯摩棱斯克了。”彼埃尔回答。

“我的上帝，我的上帝！”伯爵说，“诏书放哪里去了？”

“呼吁书！啊，是的！”彼埃尔开始在衣袋里掏摸文件，却找不到。他继续拍着衣袋，吻了进房的伯爵夫人的手，并且不安地环顾着，显然是盼望娜塔莎出来。娜塔莎没有再唱，但也没有到客厅里来。

“Ma parole，je ne sais plus ou ie l’ai fourré.［说实话，我不知道把它放哪里去了。］”他说。

“瞧，他总是丢失东西。”伯爵夫人说。

娜塔莎带着受感动的、兴奋的面色走进来，坐下，无言地望着彼埃尔。她一走进来，彼埃尔那一直阴郁的面孔就顿时开朗起来了，于是他继续搜寻公文，向她看了几眼。

“天哪，我要坐车去找，我把它丢在家里了。一定……”

---

① 彼恰即彼得之爱称，而彼埃尔是法文中的彼得，故曰同名者。

“那么，您吃饭要迟到了。”

“啊，车夫走了。”

但是索尼亚到前厅去寻找公文，竟在彼埃尔的帽子里找到了，他曾经小心地把它们夹在帽里子里。彼埃尔想要诵读出来。

“不忙，饭后再念吧。”老伯爵说，显然预见到这次宣读中会有巨大的乐趣。

吃饭的时候，大家饮香槟酒祝贺新近获得圣·乔治勋章的人的健康。沈升说起城里的新闻，说到格鲁吉亚的老公爵夫人的病，说到美提弗耶在莫斯科不见了，说到有人把一个德国人带到拉斯托卜卿的面前，控告他是法国间菌①（拉斯托卜卿伯爵自己这么向人说的），而拉斯托卜卿命令释放了这个间菌，向人民说这不是间菌，不过是德国一个老菌子而已。

“他们在抓人了，抓人了，”伯爵说，“我向伯爵夫人说过，要她少说法语，现在不是说法语的时候了。”

“您听说过吗？”沈升说，“高里村公爵聘了一个俄国先生，在学俄语——il commence à devenir dangereux de parler fran-sçais dans les rues.［在街上说法语成了危险的事了。］”

“那么，彼得·基锐累支伯爵，您怎样呢？若是征集民团，您也要骑马了。”老伯爵向彼埃尔说。

彼埃尔在整个吃饭的时间都沉默着、思索着。他望着伯爵对他说话，似乎不明白他的话。

“是的，我去打仗，”他说，“不去！我会成为一个什么样的战士呢？但一切是这样奇怪，这样奇怪！我自己也搞不明白。我不知道，我对战争是一点不感兴趣的，但是现在这时候，谁也不能够替自己担保。”

饭后，伯爵安静地坐在扶手椅里，面色严肃地要求著名的朗诵者索尼亚来诵读。

---

① 俄语间谍 ШПНИОНаЖ 音 shpionash 与法语间谍 espionnages 的音相似，又与菌子 champignon 的音相似，读起来发生混淆，原意是指间谍。

“我们的古都莫斯科。

“敌人的大批军队入侵俄国边境。它要毁坏我们亲爱的祖国。”索尼亚用她的尖细的声音用心地诵读着。

伯爵闭目静听着，听到某些地方他就叹一口气。

娜塔莎挺直身子坐着，凝神地时而望望父亲，时而望望彼埃尔。

彼埃尔感觉到她的目光，并且竭力不掉转头去看她。伯爵夫人对于诏书中每句庄严的话都不满地、愤怒地摇头。她从这些话里只看出，威胁她儿子的危险不会马上消失。沈升的嘴边现出嘲讽的笑容，显然是想嘲笑那最先要被嘲笑的事：嘲笑索尼亚的朗读，嘲笑伯爵要说的话，甚至假使没有更好的笑料，也要嘲笑呼吁书本身。

读到威胁俄国的危险，皇帝对于莫斯科的，尤其是对于有名的贵族们的希望时，索尼亚带着主要是因为他们注意静听而产生的颤抖的声音读最后的话：“我们为了协商以及领导我们所有的民团，就要亲自来到我们莫斯科人民的当中和我国各地人民的当中，民团现在正在阻止敌人的进攻，新组织的民团要在任何发现敌人的地方打击敌人。让敌人企图给我们的毁灭性打击，落在他们自己的头上吧，让这个从奴役中解放出来的欧洲来赞扬俄国的名字吧！”

“对呀，对呀！”伯爵叫着，睁开湿润的眼睛，并且他的话被喷嚏打断了好几次，好像是他的鼻子嗅到了强烈的醋酱一样，“只要皇帝说一声，我们就牺牲一切，不惜一切。”

沈升还没有来得及说出他所准备的对于伯爵爱国心的嘲讽，娜塔莎已经从她的位子上跳起来，跑到父亲的面前去了。“这位爸爸，多么可爱呀！”她吻着他说；然后她又带着不自觉的媚态看了看彼埃尔，这媚态是随同她的活跃一起出现的。

“好一个女爱国者！”沈升说。

“一点也不是女爱国者，只是……”娜塔莎愤慨地回答，“您觉得什么都好笑，但这根本就不是笑话……”

“简直是个笑话！”伯爵又说，“只要他说一声，我们都去……我们不是什么德国人……”

彼埃尔说：“说是‘为了协商’，您注意到了吗？”

“哦，不管是为了什么……”

这时候，大家都不注意的彼恰走到父亲的面前，满脸通红，用他的变音的，时而低沉、时而尖锐的声音说道：

“爸爸，现在我断然地说了，还有妈妈，随便您的意思怎样，我断然地说了，您让我去从军吧，因为我不能……就是这些了……”

伯爵夫人恐怖地抬起眼睛看天，拍了拍手，愤怒地向丈夫说：

“这是您说起来的！”

但伯爵这时候也从兴奋中恢复了镇定。

“唉，唉，”他说，“又是一个战士！不要说废话了吧：你应该读书。”

“这不是废话，爸爸。费佳·奥保林斯基比我还小，他也去。反正一样，我现在什么都读不进，此刻……”彼恰停住了，脸上红得发汗，却继续说，“此刻国家在危急的时候。”

“够了，够了，废话……”

“但是您自己说过的，我们要牺牲一切。”

“彼恰，我告诉你，不许说，”伯爵叫着，望着妻子。她脸色发白，瞪着眼望着她的小儿子。

“我告诉您，彼得·基锐洛维支要向您说……”

“我向您说，这是废话，你乳臭还未干，就要去从军！来，来，我告诉你。”于是伯爵带着文件从房里走出去了，大概是要在休息之前，在书房里再读一遍。

“彼得·基锐洛维支，我们去抽烟……”

彼埃尔感到不安和犹豫。是娜塔莎的那双异常明亮的生动的眼睛，带着超乎亲切的神情，不断地望着他，把他弄到这个地步。

“不，我想，我要回家了。”

“怎么要回家，您说晚上要在我们这里过……您现在是很少到这里来了。但我的女儿……”伯爵好意地指着娜塔莎说，“只是在您面前才显得快乐……”

“是的，我忘记了……我一定要回家了……有事情……”彼埃尔连忙地说。

这个时候，大家都不注意的彼恰走到父亲的面前，满脸通红。

“那么，再会吧。”伯爵走到房外说。

“您为什么要走呢？您为什么心绪凌乱呢？为什么？”娜塔莎问彼埃尔，挑衅地望着他的眼睛。

他想要说：“因为我爱您！”但是他没有说，脸红得要流泪了，于是他垂下了眼睛。

“因为我最好是少到您这里来，因为……不……只因为我有事……”

“为什么？不，您告诉我呀。”娜塔莎开始坚决地说，又忽然沉默了。

他们两人惊恐地不安地互相望着。他试图微笑，却笑不出来：他的笑容表示了自己的痛苦；他无言地吻了她的手，便走出去了。

彼埃尔下了决心不再到罗斯托夫家来了。

21

彼恰在遭到断然地拒绝之后，走到自己的房里，把自己锁在房里，伤心地哭着。当他沉默地、不高兴地、眼睛带着泪痕来喝茶时，大家都装作什么也没有注意到。

第二天皇帝来到莫斯科。罗斯托夫家的几个仆人要求准许去看沙皇。这天早上，彼恰打扮了很长时间，像大人一样梳着头发，理着领子。他对镜子皱了皱眉，做着手势，耸着肩膀，最后，没有告诉任何人，戴起帽子，从后边的台阶走出屋子，极力避免被人发现。彼恰决定直接走到皇帝所在的地方，直接向某一个御前侍从（彼恰觉得，皇帝身边总是环绕着侍从）说明，他，罗斯托夫伯爵，虽然年轻，却希望为国效劳，年轻不是效忠的障碍，他决心……彼恰在打扮的时候，预备了他要向侍从说的许多漂亮的话。

彼恰以为，正因为他是孩子（彼恰甚至想到，大家都要诧异他的年轻），所以他能够见到皇帝，同时，他又想要在领子的样式上、头发的样式上，以及沉着的迟缓的步伐上，显出自己是一个成年人。但他愈向前走，就愈被克里姆林宫前不断增加的群众所吸引，就愈忘记了保持成年人所特有的沉着和迟缓。走到克里姆林宫时，他已经开始担心受挤，并且用威胁的姿势，毅然地把臂肘撑在腰边。但在三圣一体门，虽然他有决心，人们却大概不知道他是带着多么大的爱国的意图到克里姆林宫来的，把他挤到墙边，使他不得不停下了脚步，这时候车辆带着隆隆声从拱门下走过。在彼恰旁边，有一个农妇，一个听差，两个商人，一个退伍兵。彼恰在门前站了一会，不等所有的车辆过去，便想要抢在别人之先向前移动，开始毅然地用他的臂肘开路；但是，他的臂肘首先捣在他对面的农妇身上，农妇愤怒地向他叫着：

“干吗？少爷，你捣人，看呀——大家都站着。你挤什么！”

“大家都在挤。”听差说，也开始用他的臂肘开路，把彼恰挤在门边的臭角落里。

彼恰用手拭了拭满脸的汗，理了理他在家里照成年人那样打扮得很好的被汗淌湿的领子。

彼恰觉得他的样子不中看，并且生怕假使他这样地去见侍从，他们不会让他去见皇帝的。但是由于拥挤，要整顿仪容，或者走到别处去，都是没有一点儿可能的。有一个骑马走过的将军是罗斯托夫家的熟人。彼恰想要求他帮助，但是他又认为这是有失他的大丈夫气概的。车辆都过去了以后，群众向前一拥，把彼恰带到了广场上，那里已经人满了。不但广场上是人，而且在门窗的斜墙上，在屋顶上，处处是人。彼恰刚刚到了广场，便清晰地听到充满整个克里姆林宫的钟声和民众的高兴的说话声。

广场上松动了一会，但忽然所有的头都光着，大家又向前拥挤了。彼恰被挤得透不过气，大家喊叫着：“乌拉！乌拉！乌拉！”彼恰踮着脚尖，被挤着，但除了四周的人群，什么也看不见。

所有的脸上都有一种共同的激动和狂喜的表情。一个女商人站在彼恰的旁边呜咽着，她的眼里流出了泪。

“父，天使哟！亲爱的！”她一面说着，一面用手指拭着眼泪。

“乌拉！”大家都喊叫。

群众不动地站立了一会；后来又向前挤。

彼恰发狂般地咬紧了牙齿，凶狠地睁大了眼睛，用臂肘推开人群向前挤，并且喊着“乌拉!”好像准备在这个时候把他自己和所有的人都杀死，但是在他四周，人们拥挤着，脸色也是这样凶狠，发出同样的呼叫声，“乌拉!”

“原来皇帝是这样的!”彼恰想，“不，我不能亲自向他请愿了，这太胆大了!”虽然如此，他还是那样拼命地向前挤，从前面人的背后，他窥见铺了一长条红布的一块空地方；但这时，群众向后拥(前面的警察在推挤得太靠近的观众；皇帝正从宫中到圣母升天大教堂去)，彼恰突然在一边的肋下受到那样的撞击，并且受到那样的挤压，以致他觉得眼前的一切忽然发黑，于是他失去了知觉。当他清醒时，一个教士模样的人，在头后边垂着一束白发，穿着破烂的蓝法衣——大概是一个教会执事，他一手扶着他的腋下，一手挡住拥挤的群众。

“你们挤倒少爷了!”教会执事说，“干吗这样呀！……松一点……挤倒人了，挤倒人了!”

皇帝进了圣母升天大教堂。人群疏松一点了，教会执事把面色发白、呼吸急促的彼恰带到沙皇炮①前面。有几个人怜惜彼恰，忽然一群人向他面前拥来，于是在他身边发生了拥挤。那些站在附近的人照料着他，解开他的上衣，把他放在炮架上，并责备那些挤他的人。

“这会挤出人命的呀。这是怎么回事呢？挤死人啦！可怜的人，脸白得像布一样啦。”许多声音说。

彼恰不久便清醒了，脸色也复原了，痛苦已经过去了，而且由于一时吃了苦头，他得到了炮上的位子，他希望在炮上看到回来时要走过这里的皇帝。彼恰此刻不再想到请愿了。只要能看到皇帝，他便自认是幸福的了!

当圣母升天大教堂里举行祈祷——欢迎皇帝驾临以及为了同土耳其媾和而感恩的联合祈祷——的时候，群众散开了；小贩们出现了，喊着卖克瓦斯酒、姜饼和彼恰最爱吃的罂粟糖；人们平常的谈

① 毛注：是一四八八年所铸的炮，为一古物。

话又听得见了。一个女商人展示她的破披巾，说这披巾买得多么贵；另一个女商人说现在所有的绸料子都贵了。救彼恰的教会执事和一个官吏说到这天是谁和主教做祈祷。教会执事说了几次“全体礼拜”，这个名词彼恰听不懂。两个年轻的小市民和嚼胡桃的农奴女孩们在说笑话。这些谈话，特别是和女孩们的笑话，对于这样年龄的彼恰本是有特别吸引力的，但是这些谈话现在却不能引起彼恰的注意。他坐在高处——炮架上，仍然因为想到皇帝和他对皇帝的爱戴而兴奋着。在他被挤倒时的疼痛、恐惧连同狂喜的情绪，更增强了他对于这一时刻的重要性的认识。

忽然从河岸上传来了炮声（这是鸣炮庆祝和土耳其媾和），于是群众猛烈地向河岸冲去——去看放炮。彼恰也想要向那里跑，但那个保护这位少爷的教会执事不让他去。炮继续在放，此刻从圣母升天大教堂里跑出来一些军官、将军和侍从，然后其余的人较为从容地走出来，帽子又都脱下了，那些跑去看放炮的人又跑回来了。最后，四个穿军服、佩绶带的人从大教堂门里走出来。群众又喊：“乌拉！乌拉！”

“哪一个，哪一个？”彼恰用哭泣般的声音问他四周的人，但是没有人回答他；大家都太兴奋了，于是彼恰盯着四个人当中的一个人，他因为眼里含着快乐的泪，看不清这个人，他把所有的热情都集中在这个人身上，虽然这个人不是皇帝，他却用发狂的声音呼喊“乌拉！”并且下了决心，明天不管怎样，他要去做军人。

群众跟着皇帝跑，随他到了宫前，便开始散去。时间已经很迟了。彼恰还没有吃东西，汗像水珠向下流；但他没有回家去，和那逐渐减少的、然而还是相当多的群众站立在宫前，在皇帝吃饭的时候，望着宫殿的窗子，还期待着什么，并且同样羡慕那些走上台阶、去和皇帝吃饭的大官们，以及那些侍候筵席的、在窗口一闪而过的御前听差们。

在皇帝吃饭时，发卢耶夫向窗外看了一下说：

“人民还希望瞻仰陛下。”

快要终席了，皇帝嚼着饼干站起来，走到露台上。群众，包括彼恰在内，一齐向露台前面冲去。

“天使！亲爱的！乌拉！父！……”群众和彼恰喊叫着，妇女和几个软心肠的男子——彼恰也在内——又因为快乐而流泪了。

皇帝手里一块很大的饼干碎了，落在露台的栏杆上，又从栏杆掉在地上。一个站得最近的穿背心的车夫冲上前去，攫取了这块饼干。群众里有几个人向车夫面前跑去，皇帝注意到这件事，令人给他一碟饼干，开始把饼干从露台上向下抛。彼恰的眼睛都发红了，受挤的危险更加使他激动，他向着饼干冲去。他不知道为什么，但是觉得他一定要从皇帝手里得到一块饼干，而且一定不要让步。他向前冲，撞倒了一个在抢饼干的老妇人。老妇人虽然躺在地上，却并不认输（她伸手要抓饼干，却抓不到），彼恰用膝头挡开她的手，抢了一块饼干，并且似乎恐怕叫得太迟，又用已经哑了的声音高呼“乌拉”

皇帝进去了，然后大部分的人开始散去了。

“正是我说的，只要再等一下——果然是这样。”人们都在快乐地说着。

虽然彼恰是快乐的，但他仍然觉得，回家去并且知道今天所有的快乐事已经结束是悲伤的事。彼恰没有从克里姆林宫直接回家，却去看他的朋友奥保林斯基，他十五岁，也要去入团。回到了家，他坚决地毅然地宣布，假使不让他去从军，他就要逃跑。第二天，虽然伊利亚·安德来伊支伯爵还未完全答应，却出去打听，怎样替彼恰找一个危险较少的地方。

22

第三天，七月十五日的早晨，斯洛保大宫前停着无数的马车。

各个大厅里人都满了。第一个大厅里是穿制服的贵族，第二个大厅里是留长胡子的、佩奖章的、穿蓝色长衣的商人。在贵族聚会的大厅里有不断的声音和动作。在皇帝画像下边的大桌旁，最重要的贵族们坐在高背椅子上，但大部分的贵族是在大厅里来回走着。

所有的贵族，就是彼埃尔每天在俱乐部里或在他们家里见面的那些人都穿着制服；有的穿叶卡切锐娜朝的制服，有的穿巴弗尔朝的制服，有的穿亚力山大朝的新制服，有的穿普通的贵族制服，都穿制服，这在这些老老少少、各种各样熟识的面孔上增加了一种奇怪的幻想的意味。尤其令人注意的是眼花、齿豁、头秃、臃肿、脸黄或消瘦、皮肤起皱的老人们。他们大部分是坐着不动，也不作声，即使他们走动一下说几句话，也是到年纪较轻的人跟前去说的。正如同彼恰在广场上看到的人们的脸色一样，在所有这些面孔上都有极其明显的两种相反的表情，一种是大家共有地期待着隆重事件的表情，一种是关心日常琐事的表情——关心波斯顿牌友、厨师彼得路沙、西娜伊达·德米特利叶芙娜的健康等等的表情。

彼埃尔在大厅里，他一清早就穿上不舒服的、太狭窄的贵族制服。他很兴奋：这不仅是贵族的不寻常的集会，而且是商人阶层的不寻常的集会，Les états généraux，［三级会议，］这在他心中引起一连串的他久已不提、然而牢记在心的关于 *Contrat Soocial* ［《社会契约》］与法国革命的想法。他在呼吁书中听到皇帝为了和人民协商要到首都来，这话肯定了他的这种见解。他以为，在这方面的，他早已期待的那个重要的东西快要来到了，他走动着，注视着，谛听着谈话，但是他没有在任何地方发现他所关心的这些想法的表现。

皇帝的诏书朗读过了，使大家很高兴；后来大家散开了，交谈着。除了日常的话题之外，彼埃尔听到他们谈到，在为皇帝举行的舞会上，当皇帝进来时，贵族代表应该站在什么地方，将按县分开，或按省分开……等等，但刚刚谈到战争以及为什么要召集贵族开会时，谈话又变得犹豫不决、含糊不清了。大家都愿意听，不愿意说。

一个强壮的英俊的中年男子穿着退休的海军制服，在大厅里说话，在他身边围了许多人。彼埃尔走到说话人身边围成的小圈子那里，注意地听他说。伊利亚·安德来伊支伯爵穿着叶卡切锐娜朝的军官制服，现出愉快的笑容，在他全部认识的一伙人当中走动着，他走到这个团体那里，像他素常听讲时那样带着善良的笑容听着谈话，赞成地点着头，表示赞同说话的人。退休的海军军官说话很大胆（这可以从听他说话的人的脸色上看出来），因此，彼埃尔所认识的最柔顺、最温和的人们，不赞成地离开他，或者表示反对。彼埃尔挤到小圈子当中，倾听着，并且相信说话的人确是一个自由主义者，但是和彼埃尔的想法全然不一样。海军军官用那种特别响亮的、唱歌般的、贵族的男中音，夹着悦耳的喉音和缩略的辅音，就是人们喊叫“嗨，烟斗！”之类的话的时候所有的那种声音说话。在他的声音里显出了他的狂妄和发号施令的习惯。

“假使斯摩棱斯克人民为皇帝编练民团，这怎么办呢？难道斯摩棱斯克人民是我们的榜样吗？假使莫斯科省的贵族认为必要的话，他们可以用别的方法表示对于皇帝的效忠。难道我们忘记了一八〇七年的民团吗？只有教士的儿子和盗贼得到了好处……”

伊利亚·安德来伊支伯爵愉快地微笑着，同意地点点头。

“请问，我们的民团对国家有用吗？一点也没有用！只是破坏了我们的农事。征兵还好一点……不然回到你面前来的不是个兵，不是个农民，而是个堕落的人。贵族并不爱惜自己的生命，我们全体去，召集更多的新兵，而且只要王帝（他这么说皇帝）说一声，我们都可以为他去死。”说话的人兴奋地补充着。

伊利亚·安德来伊支满意地咽着唾液，推推彼埃尔，可是彼埃尔也想要说话。他向前走动，觉得自己兴奋，却不知道为什么兴奋，也不知道要说什么。他刚刚张嘴要说，就有一个枢密官突然打断了他的话，这人的牙齿都落光了，他带着聪明而又生气的脸色站在第一个说话人的旁边。他显然是一个惯于领导辩论、掌握问题的人，他低声地、清晰地说话了。

“亲爱的先生，我以为，”那枢密官的落掉牙的嘴巴嘟嘟哝哝地说，“我们被召集在这里，不是为了讨论目前哪一样对国家较有好处——征兵还是组织民团。我们被召集在这里，是为了响应皇帝陛下向我们提出的呼吁。但是判断征兵和组织民团究竟哪一样较好，我们最好是让最高当局去判断吧……”

彼埃尔忽然发现了表达他兴奋的心情的机会。他狠起心来反对那个枢密官，因为那人对于贵族目前的任务提出了这种传统而狭窄的观点。彼埃尔走上前，打断了他的话。但是他不知道自己要说什么，于是开始兴奋地文绉绉地用俄语说，有时夹杂着法语。

“阁下，请您原谅我，”他开始说（彼埃尔和这个枢密官十分熟悉，但是他认为在这里必须客气地称呼他），“虽然我不同意先生……（彼埃尔迟疑了。他想要说 mon très honorable préopinant［我的最尊敬的反对者］），先生……que je n'ai pas l'honneur de eonnaître；［我还没有荣幸认识；］但我认为，贵族阶级被召集在这里，除了表现它的同情与高兴之外，还为了讨论我们能够帮助祖国的方法。我认为，”他兴奋地说，“假使皇帝看到我们只是农奴的主人，我们要把农奴贡献给他……我们把自己当作 chair à canon［炮灰］，可是他听不到我们的意见，那一定会不满意的。”

许多人看到枢密官的轻蔑笑容和彼埃尔的随意谈吐，便离开了这个团体；只有伊利亚·安德来伊支对彼埃尔的话感到满意，正如同他曾经对海军军官和枢密官的话，以及每次最后所听到的话感到满意那样。

“我认为，在讨论这些问题之前，”彼埃尔继续说，“我们应该问皇帝，极恭敬地请陛下告诉我们，我们有多少军队，我们的军队和部队处于何种状况，然后……”

但是彼埃尔还未说完这话，他们便忽然从三面向他攻击。攻击他最厉害的是他早已认识的、并且向来对他很好的波斯顿牌友斯切班·斯切班诺维支·阿德拉克生。斯切班·斯切班诺维支穿着制服，或者由于制服，或者由于别的原因，彼埃尔把他看成完全另外一个人。斯切班·斯切班诺维支的脸上忽然显出老年人的恼怒的神色，向彼埃尔大声说：

“第一，我告诉您，我们没有权利问皇帝这件事，第二，即使俄国贵族有这种权利，皇帝也不能回答我们。军队随敌人的运动而运动——军队的人员有增有减……”

另外一个人的声音打断了阿德拉克生的话，此人中等身材，四十岁光景，彼埃尔从前在茨冈人那里见过他，并且知道他是一个蹩脚的打牌人，他也由于穿了制服而变了样，走到彼埃尔面前。

“是的，这不是讨论的时候，”这个贵族的声音说，“需要的是行动：战争发生在俄国。我们的敌人来毁灭俄国，糟蹋我们祖先的坟墓，抢走我们的妻室儿女。”这个贵族拍拍他的胸脯，“我们都起来，大家都预备为君父沙皇效劳！”他瞪着充血的眼睛大叫着。人群里发出几声赞许的声音，“我们是俄国人，为了保卫信仰、皇位和祖国，我们不惜流血。假若我们是祖国的子孙，就不应该再说废话。我们要向欧洲表示，俄国是怎样起来保卫俄国的！”这个贵族叫喊着。

彼埃尔想要反驳，但是一句话也说不出来。他觉得，他的话不如兴奋的贵族的话那样有人听，不管他的话想要说明的是什么问题。

伊利亚·安德来伊支在人群后边赞许着，有几个人在说话的人将要说完时很快地转过身对他说：

“对了！对了！正是这样！”

彼埃尔想要说，他并不是不愿牺牲金钱、农奴和他自己，但是应该了解情况，以便加以协助，但他不能够说。许多人同时叫着、说着，使得伊利亚·安德来伊支来不及向大家一一点头。人群散开了又聚集起来，然后低声交谈着，向大厅里的大桌前移去。他们不但不让彼埃尔说，而且无理地打断他的话，推开他，避开他，好像避开共同的敌人一样。所以有这样的情形，不是因为大家不满意他话里的意思，他们在讲了许许多多的话以后已经忘记了他话里的意思——而是因为要人们热闹需要有具体的爱的对象和具体的恨的对象。彼埃尔则成了后者。许多人在兴奋的贵族之后发言，大家都用同样的语气说话。许多人说得动听而别出心裁。

《俄罗斯导报》的出版人格林卡①，他们认出了他（人群中有人向他呼喊“作家，作家！”），他说地狱应该由地狱来打退，又说他看见一个小孩在雷电的闪光和霹雳声中微笑着，但是我们不要做这样的小孩。

“是的，是的，在霹雳声中！”后边行列里的声音赞同地重复着。

人群走到大桌跟前，桌边坐着一些穿制服、挂绶带、白发秃头

---

① 毛注：格林卡（1776—1847），俄罗斯作家，于一八〇八至一八二四年创办《俄罗斯导报》。

的七旬老贵族，这些人彼埃尔差不多都见过，有的是在家和小丑玩耍时见到的，有的是在俱乐部打牌时见到的。人群不断地低语着，走到桌前。说话的人一个接一个地说着，有时两人一起说，他们被后边拥来的人群挤到椅子的高背跟前。站在后边的人发现说话的人没有把话说完便赶快补充。别的人在又热又挤的情形下绞尽脑汁，想找到一种意见，赶快说出来。彼埃尔所认识的老贵族们坐着，回头看看这个人又看看那个人，他们大部分人的表情只是表示着他们觉得很热。彼埃尔也觉得自己兴奋。并感受到大家想表示他们绝不罢休的愿望，这感觉在他们的声音和面部表情上比在他们的言辞里表现得更多。他没有放弃自己的意见，但是觉得自己有点不对的地方，也希望为自己辩护。

“我只是说，我们知道了需要什么，就更加便于做捐献工作了。”他说着，极力用叫声压倒别的声音。

一个最靠近他的老人回头看了看他，但是老人的注意力立刻又被桌子那边的声音吸引过去了。

“是的，莫斯科要放弃了！莫斯科要做赎罪者了！”有一个人叫喊着。

另外一个人叫着：“他是人类的仇敌！”

“请您让我说……”

“阁下，您挤着我了！……”

23

这时候拉斯托卜卿伯爵穿着将军制服，挂着背带，下颏突出，眼光敏锐，在让开路的一群贵族的前面快步地走了进来。

“皇帝陛下立刻驾到，”拉斯托卜卿说，“我刚从那里来。我以为，我们处在现在这样的情况下用不着多讨论。皇帝愿意召集我们和商人，”拉斯托卜卿说，指着商人们所在的那个大厅，“那里要捐献无数的金钱，而我们的任务是提供民团，我们不要吝惜自己……至少我们能做到这一点！”

坐在桌前的贵族们开始互相商谈着。所有的商谈都是声音极低的。先前的喧嚣过去后，现在可以听到一个一个的老人的声音，有的说“同意”，别的人为了显出差别，说“我也是这个意见”，等等，这些声音甚至显得有点悲哀了。

秘书奉命记录莫斯科贵族的决议，莫斯科的贵族和斯摩棱斯克的贵族一样，在每千名农奴中派出十个兵并捐献他们的全副服装。协商的贵族们站立起来，似乎轻松了，他们一边拖椅子，一边挽手交谈着，在大厅中走动着，伸动他们的腿。

“皇上！皇上！”忽然从各个大厅里传来了这个声音，于是全体向门口涌去。

皇帝从贵族行列当中的一条宽路走进大厅。所有的脸上都显出恭敬、惊惶、好奇的神色。彼埃尔站得很远，不能完全听清皇帝的话。他只从他所听到的话里，明白了皇帝说到俄国当前所处的危险和他对莫斯科贵族的希望。另外一个声音回答皇帝，报告刚刚通过的贵族的决议。

“诸位！”皇帝用颤抖的声音说。人群骚动了一下，又静穆了。彼埃尔清晰地听到皇帝的那么悦耳、那么富有人情味、那么受感动的声音，他说：

“我从来没有怀疑过俄国贵族的忠心。在今天，它超过了我的希望。我代表祖国感谢你们。诸位，我们要行动——时间是最宝贵的……”

皇帝沉默了，人群开始在他的四周拥挤着，大家一起发出了欣喜若狂的呼声。

“是的，最宝贵的……御言……”伊利亚·安德来伊支在后边啜泣地说，他什么也没有听到，但是凭他自己的思索了解了一切。

皇帝从贵族所在的大厅走到商人所在的大厅。他在那里待了大约十分钟。彼埃尔和别人看见皇帝带着受感动的眼泪从商人的大厅中走出。后来知道，皇帝刚刚开始向商人说话，他的眼里就涌出了泪，他用颤抖的声音把话继续说完。彼埃尔看见皇帝时，他正由两个商人陪着走出来。一个是彼埃尔认识的肥胖的专卖酒商。另一个是清瘦的稀胡子的黄脸的市长。两人都在哭。瘦子的眼里有泪，但胖子专卖酒商哭得像小孩一样。老是重复着：

“陛下，接受我们的生命和财产！”

彼埃尔这时候没有任何感觉，只是希望表示他不惜一切并准备牺牲一切。现在他觉得，他说了有立宪倾向的话是一种过错；他寻找机会要加以补救。听说马摩诺夫伯爵出一团人，彼埃尔·别素号夫立刻向拉斯托卜卿说，他要出一千人，并且担负他们全部的给养。

老罗斯托夫回家后，不能不含着眼泪向妻子说到所发生的事情，并且立即同意了彼恰的请求，亲自替他去报名。

第二天皇帝走了。所有被召集开会的贵族们脱下了制服，又安居在家里和俱乐部里。他们一面哼着，一面向管家们发出征集民团的命令，同时对于他们自己所做的事情觉得诧异。

第二部

1

拿破仑发动了对俄国的战争，是因为他不能不到德来斯登去，不能不迷恋尊荣，不能不穿上波兰制服，不能不受到六月早晨的进取心的影响，不能够在库拉根面前和后来在巴拉涉夫面前克制自己的怒火。

亚力山大拒绝一切谈判，因为他觉得自己受了侮辱。巴克拉·德·托利力求用最好的方法指挥军队，是为了尽到他的职责，并获得伟大统帅的荣誉。罗斯托夫骑马奔腾着进攻法国人，是因为他不能约制他在平坦的田野上疾驰的欲望。并且同样地，参加战争的无数的人，都是依照他们各人的特性、习惯、环境和目的而行动的。他们感到恐惧，爱好虚荣，他们高兴、愤怒，他们发议论，自以为知道自己在做什么，并且是为了自己而做的；但他们都是历史的被动工具，并且做了他们自己不明白而为我们所了解的工作。这是一切实际行动者不可避免的命运，他们在社会组织中地位愈高，他们愈不自由。

现在，一八一二年的行动家们早已离开了他们的活动场所，他们个人的兴趣无影无踪地消失了，留在我们面前的只是当时的历史成果。

但是我们设想，这些欧洲人，应当在拿破仑的统率之下深入俄国腹地，在那里灭亡，我们以为，参与这个战争的人们的互相对立的、无意义的、野蛮的行为是我们可以了解的。

天意强使所有的这些追求个人目的的人得到一个伟大的结果，而这个结果是谁都不想得到的，拿破仑和亚力山大不想得到，参加战争的任何人更不想得到这样的结果。

现在我们明白了，什么是一八一二年法军毁灭的原因。无人否认。拿破仑的法国军队毁灭的原因，一方面是他们在天寒岁暮的时候，没有冬季远征的准备便深入俄国的腹地，另一方面是战争由于许多俄国城市的焚毁，由于俄国人民的敌忾情绪而具有的性质。只有这样才能够使世界上最好的、由最好的将帅指挥的八十万军队同人数只有他们一半的、无经验的、由无经验的将帅所指挥的俄国军队战斗时遭到灭亡。现在这似乎很明显了，但是当时却没有一个人预见到这一点。不但没有一个人预见到这一点，而且俄国方面所有的努力，是要不断地阻碍那能够拯救俄国的唯一的事情，而在法国方面，虽有拿破仑的所谓军事天才和经验，所有的努力，是要在夏季的末尾推进到莫斯科，就是要做那必定将使法军灭亡的事情。

在关于一八一二年的历史著作中，法国作者们很爱说到拿破仑当时曾经感到战线延长的危险，说他曾觅取会战的机会，说他的将帅们劝他在斯摩棱斯克按兵不动，这些作者们还提出其他类似的议论，证明当时就已经明白了战争的危险；而俄国作者们更爱说到，从战争一开始，便有引诱拿破仑深入俄国腹地的西徐亚人式的军事计划，并且有的作者将这个计划归于卜富尔，有的作者归于某一法国人，有的归于托利，有的归于亚力山大皇帝自己，他们指出一些笔记、计划与书信，在这些文件里，确实有这种行动的暗示。但是关于预见所发生的事件的一切暗示，现在由法国方面和俄国方面提了出来，只是因为事实证明了它们的正确性。假若事件不发生，则这些暗示就要被人遗忘了，正如同我们现在遗忘了成千上万的相反的暗示和假设，它们是在当时流行的，但是被证明了是不正确的，因而被人遗忘了。关于任何一个事件的结局，总是有那么多假设，以致不管事件的结果如何，总有人要说："我那时已经说过，事情必定如此。"他却根本忘记了在无数的假设之中，还有许许多多完全相反的意见。

设想拿破仑感到战线延长的危险，设想俄国方面有意引诱敌人深入俄国腹地，这些都显然是这一类的假设，只有牵强附会的历史家才能够假设拿破仑和他的将帅有这种考虑，才能够假设俄国的将帅有这种计划。所有的事实都和这个假设完全相反。不但在整个战争时期，俄国方面并不希望把法国人引入腹地，而且从敌人刚刚侵入俄国的时候起所做的一切，就是要阻止他们；不但拿破仑不怕战线的延长，而且他对自己的节节前进感到高兴，就像对胜利一样高兴，并且不像在以前战争中那样懒于寻找战斗。

在战争刚开始的时候，我们的军队被切断，我们所力求到达的唯一目标，是要把他们会合起来，虽然为了退却和诱敌深入腹地军队的会合是无益的。皇帝在军队里，是为了鼓励军队保卫俄国的每一寸土地，而不是为了退却。德锐萨的规模庞大的野营按照卜富尔的计划建筑起来了，并没有打算再向后退。皇帝因为每一步的后退而责备总司令。不但莫斯科烧毁了，而且让敌人进到斯摩棱斯克，这是连皇帝也想象不到的。并且在军队会合的时候，皇帝因为斯摩棱斯克失陷、焚烧，不能在城外进行大会战而大发雷霆。

皇帝是这么想法，而俄国的将帅和全国人民想到军队退入腹地，就更加愤慨了。

拿破仑切断了俄国军队，向俄国腹地推进，并且放过了几个会战的机会。八月里，他在斯摩棱斯克只想到如何前进，虽然我们现在知道，这个前进显然是导致他灭亡的原因。

事实很明显，拿破仑既没有预见到向莫斯科推进的危险，亚力山大和俄国的将帅那时也没有想到引诱拿破仑，却想到相反的事。引诱拿破仑深入俄国腹地，不是由于任何人的计划（没有人相信这件事的可能），而是由于参与战争的许多人的阴谋、个人目的和欲望的最复杂的活动，他们并没有想到那一定会发生的事以及拯救俄国的唯一方法。一切是偶然发生的。军队在战争的开始便被切断。我们力求使他们会合，显然的目的是要作战，并阻止敌人的前进，但是在这个要求会合的努力中，我们避免和强大的敌人作战，并且不觉地成锐角地向后撤退，把法国人引到了斯摩棱斯克。我们照锐角退却，不仅因为法国人在两军之间移动，这个角变得愈锐，我们就退得愈远，而且因为这个不负众望的德国人巴克拉·德·托利是巴格拉齐翁所怀恨的人（巴格拉齐翁将要受他的指挥），而第二军的司令官巴格拉齐翁力求尽可能地迟缓地和巴克拉会师，以便不受他的指挥。巴格拉齐翁久不会师（虽然所有的长官的主要目的是会师），是因为他觉得，这样的行军是要使自己的军队受到危险，他觉得于他最有利的，是再向左、向南退却，在侧面和后方扰乱敌人，并在乌克兰补充自己的部队。这似乎是他所想的，因为他不愿屈居他所怀恨的、而且官阶比他低的德国人巴克拉之下。

皇帝在军中，本是为了鼓舞军队的士气；但他御驾随军、没有决策频繁地干预和做出计划，反而破坏了第一军作战的力量，于是军队后退了。

他们打算在德锐萨野营驻扎；但是出人意外，保路翠要做总司令，要用他的能力影响亚力山大，于是卜富尔的整个计划放弃了，而一切事情都托给巴克拉。但巴克拉没有受到信任，他的权力受到了限制。

军队散乱了，没有统一的指挥，巴克拉不负众望。但是由于这种混乱、分散，以及德国人总司令的不负众望，使军队一方面产生了犹豫不决和避免会战的想法（假若军队是在一个地方并且不是巴克拉做总司令，那会战是一定会发生的），另一方面产生了对德国人的越来越大的愤慨，鼓起了自己的爱国情绪。

终于皇帝离开了军队，并选择了这样一种说法作为他离开军队的唯一的最合适的借口，这就是：为了发动全民进行战争，他必须去激励各都城的人民。皇帝到莫斯科去，这使俄国军队的力量增加了两倍。

皇帝离开军队是为了不妨碍总司令权力的统一，并希望能采取一些更果断的办法；但是军队的指挥反而更加混乱、更加削弱了。别尼格生、大公和一群侍从武官长留在军中，以便监视总司令的行动并督促他努力；而巴克拉在这些皇帝耳目的监视下觉得自己更不自由，对于决定性的行动更加小心，并且避免战斗。

巴克拉主张谨慎行事。皇太子暗示这是种背叛行为，并要求进行一场大会战。刘保密尔斯基、不隆尼斯基、夫洛斯基和这类人惹起了那么多的纠纷，以致巴克拉借口向皇上递送呈文差遣这些波兰的侍从武官长到彼得堡去，同别尼格生及大公①进行公开的斗争。

虽然巴格拉齐翁不愿意，军队终于在斯摩棱斯克会合了。

巴格拉齐翁坐车来到巴克拉所住的屋子前面。巴克拉挂着绶带出来迎接，并向官阶较高的巴格拉齐翁报告。巴格拉齐翁不管官阶的高低，是为了表示大度地服从巴克拉；他虽然服从，却和他更不一致了。巴格拉齐翁遵照皇帝命令，直接向皇上呈报。他写信给阿拉克捷夫说：

"虽然是皇帝的意思，但我却不能和大臣（巴克拉）在一起。看在上帝的份上，派我到别处去吧，即使是指挥一个团也好，但我不能在这里；总司令部里全是德国人，因此俄国人一个也不能在这里，而且在这里也没有一点意义。我以为，我是确实在为皇帝和祖国服务的，但结果证明，我是在为巴克拉服务。我承认，我不愿如此。"

不隆尼斯基、文村盖罗德这类人的团体，更加妨害了两位司令官之间的关系，结果是更加不能得到统一。他们准备在斯摩棱斯克前面攻击法军。派遣了一名将官去视察阵地。这个将官怀恨巴克拉，看自己的朋友军团长②去了，在他那里待了一天，然后回到巴克拉那里，从各方面挑剔这个他并未见到的未来战场。

正当围绕着未来战场的问题进行着争论和策划阴谋时，正当我们弄错了法军的所在地而寻找法军时，法军已遇上了聂韦罗夫斯基

① 这里的皇太子和大公是一个人。

② 一个军团包括两个师以上。一个军包括两个军团以上。这是过去一般的译名。

的师，并且兵临斯摩棱斯克城下了。

我们必须在斯摩棱斯克打一场出其不意的战役，以便保全我们的交通。战役发生了。双方死亡了几千人。

斯摩棱斯克失守了，这是违反皇帝和全国人民的意志的。但是城里的居民受了总督的骗，自己焚烧了斯摩棱斯克，这些破产的居民，给其他的俄国人做出了榜样，他们到了莫斯科，只想念着他们的损失，对于敌人怀着如焚的仇恨。拿破仑向前进，我们向后退，于是正好得到了打败拿破仑的结果。

2

尼考拉·安德来维支公爵在儿子离家的第二天，把玛丽亚公爵小姐叫到自己的跟前。

“好，你现在满意了吧？”他向她说，“你使我同儿子吵嘴！满意了吧？你只需要这样，满意了吧？……这叫我痛心、痛心。我老了，身体弱了，你就想要这样。你高兴吧，高兴吧……”

此后玛丽亚公爵小姐有一个星期没有看见父亲。他生病了，没有出书房。

使玛丽亚公爵小姐感到惊异的是，她注意到老公爵在生病期间，同样不让部锐昂小姐到他跟前去。只有齐杭一个人侍候他。

一周之后，公爵出房了，又开始了从前的生活，他特别勤快地忙于盖房子和料理花园，断绝了和部锐昂小姐从前的一切关系。他的神色和对玛丽亚公爵小姐的冷淡口气似乎是向她说：“你要知道，你捏造事实，向安德来公爵说谎，说我和这个法国女人的关系，使我同他吵嘴；但你知道，我不需要你，也不需要法国女人。”

玛丽亚公爵小姐每天要和尼考卢施卡在一起半天，照管他的功课，亲自教他俄文、音乐，并和代撒勒谈天；其余的半天，她读书或和老保姆在一起，或和偶然从后门来看她的上帝的人在一起。

玛丽亚公爵小姐对于战争的想法，正和一般妇女对于战争的想法一样。她为参战的哥哥担心，她对于那使人们互相屠杀的人世间的残忍既感到恐惧，却又不了解。她不了解这个战争的意义，她觉得这个战争和以前的战争都是一样的。虽然经常与她交谈的代撒勒热心地注意战况，极力向她说明他的意见，虽然来看她的上帝的人，用她们自己的话，恐惧地报告民间对于基督叛徒侵略的谣传，虽然尤丽，现在的德路别兹卡雅夫人，又和她通信，从莫斯科写给她许多爱国的信件，但她不了解这个战争的意义。

“我的好朋友，我用俄文写信给您，”尤丽这么写，“因为我恨所有的法国人，同样恨他们的语言，我不能听人说法语……我们在莫斯科都由于对我们所崇拜的皇帝的热情而欣喜若狂。

“我的可怜的丈夫在犹太人的旅店里忍受着困苦和饥饿，但我所接到的这个消息更使我振奋。

“你想必听到了拉叶夫斯基的英勇事迹，他抱着两个儿子说道：‘我要和他们同归于尽，但我们绝不动摇！’诚然，敌人的力量虽然比我们强一倍，我们却没有动摇。我们尽我们所能地消磨时间，但战时是战时啊！阿丽娜公爵小姐、索斐和我成天在一起，我们是不幸的守着活寡的妇人，在拆纱布时，在愉快地谈话时；只是缺少您，我的朋友……”云云。

玛丽亚公爵小姐不了解这次战争的全部意义，主要的是因为老公爵从不谈到战争，不承认有战争，并且在吃饭时嘲笑地谈起这个战争的代撒勒。公爵的语气是那么安详而自信，因而玛丽亚公爵小姐毫不怀疑地相信他的话。

整个的七月老公爵是极其勤快，甚至是精神矍铄的。他开始建筑一个新花园和仆人的新下房。唯一使玛丽亚公爵小姐感到不安的事，是他睡得少，并且改变了他在书房睡觉的习惯，每天更动安置床铺的地点。他有时命人把他的行军床置在游廊上；有时不脱衣服睡在客厅的沙发上或躺椅上，这时候他不需要部锐昂小姐，却要家僮彼得路沙读书给他听；有时他在饭厅里过夜。

八月一日，接到了安德来公爵的第二封信。第一封信是在他走后不久接到的，安德来公爵在信里恭顺地请求父亲对于他大胆所说的话加以宽恕，并请求恢复对他的慈爱态度。老公爵写了一封亲切的信回给他，在这封复信之后，他便疏远了法国女人。安德来公爵的第二封信是在法国人占领维切不司克之后，从附近的地方寄来的，信内是全部战役的简短描写和一个写在信中的计划，此外是对于未来战争局势的推测。在这封信里，安德来公爵向父亲指出，他住的地方接近战场，正是军队前进的路线上，是不利的，并且劝他到莫斯科去。

在这天吃饭的时候，代撒勒说，他听说法军已经进入维切不司克，老公爵听了这话，想起了安德来公爵的信。

“今天收到了安德来公爵的信，”他向玛丽亚公爵小姐说，“你看到没有？”

“没有，mon père.［爸爸。］”公爵小姐惊惶地回答。她不会看到的，甚至接到信的事也没有听到过。

“他提到这次的战争。”公爵带着习惯的轻蔑的笑容说，他总是带着这种笑容说到现在的战争。

“一定是很有趣的！”代撒勒说，“公爵能够知道……”

“嗯！很有趣！”部锐昂小姐说。

“您去替我拿来！”老公爵向部锐昂小姐说，“您知道，在小桌子上的镇纸下面。”

部锐昂小姐高兴地跳起来。

“啊，不要，”他皱了皱眉叫着说，“米哈伊·依发内支，你去！”

米哈伊·依发内支站起身来，到书房去了。但他刚出去，老公爵便一面不安地回头望着，一面丢下餐巾自己去了。

“他们什么事都不会做，总是把事情搞得一团糟。”

他去的时候，玛丽亚公爵小姐、代撒勒、部锐昂小姐，甚至于尼考卢施卡都沉默地交换着目光。老公爵由米哈伊·依发内支陪着，快步地回来了，带来了信和计划，在吃饭的时候，他把信放在身边，不给人看。

老公爵进客厅时，把信递给玛丽亚公爵小姐，然后把新屋的计划展开在自己的面前注视着，便命令她高声地读信。读过了信，玛丽亚公爵小姐疑问地看了看父亲。他望着计划，显然是精神集中地在思考。

“这件事您以为如何呢，公爵？”代撒勒大胆地提出了问题。

“我？我？……”公爵说，似乎不愉快地清醒过来，目不转睛地盯着造屋的计划。

“战场很可能会离我们这儿很近的……”

“哈——哈——哈！战场！”公爵说，“我说过了，现在还是说，战场在波兰，敌人决不会越过聂门河。”

代撒勒惊讶地望了望公爵，他在敌人已经到了德聂伯河的时候还说聂门河；但是玛丽亚公爵小姐忘记了聂门河的地理位置，以为父亲说的话是对的。

“在化雪的时候，他们要淹死在波兰的沼泽里。但是他们不能明白这一点，”老公爵说，显然是想起了一八〇七年的战争，他觉得那次战争还记得那么清楚。“别尼格生应该早一点进普鲁士，那时事情便有别的转变……”

“公爵，”代撒勒胆怯地说，“信里说到维切不司克……”

“啊，信里吗？是的……”公爵不高兴地说，“是的……是的……”他的脸色忽然显出阴沉的表情。他沉默了一会，“是的，他写的是法军被击溃了，在什么河上呀？”

代撒勒垂下了眼睛。

“公爵没有写这个。”他低声说。

“他没有写吗？不是我自己空想出来的。”

大家沉默了很久。

“是的……是的……哎，米哈伊·依发内支，”他忽然抬起头，指着盖屋的计划说，“你说，你想怎么改……”

米哈伊·依发内支走到计划前面，公爵和他说了关于盖新屋的计划，然后愤怒地看了看玛丽亚公爵小姐和代撒勒，便到自己的房里去了。

玛丽亚公爵小姐看见了代撒勒向她父亲注视着的惶惑而惊讶的目光，注意到他的沉默，并且对父亲竟把儿子的信遗忘在客厅的桌子上觉得惊异了，但是她不但怕说到，怕向代撒勒问到他的惶惑和沉默的原因，而且还怕想到这件事。

晚间，米哈伊·依发内支带着恭敬而嘲讽的笑容说，这使玛丽亚公爵小姐脸上发白了。“他对于盖新屋很不放心。他看了一点书，但是现在，”米哈伊·依发内支压低了声音说，“在柜桌上，大概是在搞他的遗嘱（近来公爵最爱做的一件事便是处理他的文稿，这是要在他死后遗留下来的，他叫作遗嘱）。”

“要派阿尔巴退支到斯摩棱斯克去吗？”玛丽亚公爵小姐问。

“是的，他已经等了好久了。”

3

当米哈伊·依发内支拿信回房的时候，公爵戴着眼镜，在眼上和蜡烛上都加了罩子，坐在打开的柜桌前，远远伸出的手里拿着文稿，带着几分庄重的姿势读他的文稿（他称作笔记），这是他要在死后呈给皇帝的。

米哈伊·依发内支进房的时候，他眼睛里含着泪，回忆到他写现在所读的这个文稿的时代。他从米哈伊·依发内支手里接过了信，放进了衣袋里，放下文稿，并且叫等待很久的阿尔巴退支进来。

他在一张纸上开列了要在斯摩棱斯克购买的东西，他在房里，一面从站在门边的阿尔巴退支面前来回走着，一面吩咐。

“第一样，信纸，听着，八帖，照这个样子；金边的……样子，要完全和它一样；火漆、封蜡，照米哈伊·依发内支的单子买。”

他在房里来回走了一会，看了看他的有纪念性的笔记。

“然后把关于证书的信亲自交给省长。”

然后是新房子门上所需要的闩，这闩一定要合乎公爵自己所定的样子。然后是定做一只存放遗嘱的有装潢的箱子。

对阿尔巴退支吩咐了两个多钟头。公爵还没有让他走。他坐下来，沉思片刻，然后闭上了眼打盹。阿尔巴退支轻轻动了一下。

“好了，去吧，去吧；若是还要什么，我就叫你。”

阿尔巴退支出去了。公爵又走到柜桌前，看了看桌子里面，摸了摸他的文稿，又合了柜桌，坐到大桌子前写信给省长。

当他封了信站起来的时候，已经很晚了。他想要睡觉，但是他知道，他睡不着，在床上会出现最不好的想法。他喊了齐杭，同他走过几个房间，以便告诉他，今天夜里把床放在什么地方。他走着，打量着每个角落。

他觉得处处都不好，最不好的是书房里他睡惯的那张沙发。他觉得这个沙发可怕，大概是由于他躺在沙发上的时候所想到的那些难受的念头。处处都不好，但是最好的地方还是客厅里大钢琴后面的那个角落：他还没有在这里睡过。

齐杭和用人把床搬来了，并且开始部置。

“不是这样，不是这样！”公爵大声说，亲自把它拉开，离角落四分之一阿尔申①，又移近一点。

“好，我终于做完了，现在我要休息了。”公爵想着，让齐杭替他脱衣服。

因为脱衣服和裤子需要出力，公爵恼恨地皱着眉，脱了衣服，沉重地坐到床上，似乎在沉思，轻蔑地望着黄黄的枯瘦的腿。他不是在沉思，却是因为把腿抬起来放到床上去要费力而拖延着。他想，“啊，多么困难！啊，让这些劳苦快些结束吧！您放开我吧。”他咬紧嘴唇，第二次做了这样的努力，躺下了。但他刚刚躺下，便忽然觉得整个床在他身子下边前后均匀地摇动着，似乎沉重地在呼气，在跳动。他几乎每天夜里都有这样的情形。他睁开了闭着的眼睛。

“不得安宁，该死的！”他发怒地向谁在说，“是的，是的，还有点重要的，很重要的事情，我要留到夜里躺在床上想的。门闩吗？不是，这件事情已经说过了。不是，还有点事情，客厅里的事情。玛丽亚公爵小姐说了些废话。代撒勒这个傻瓜说了什么。衣袋里有点东西——我想不起来了。”

“齐示卡——吃饭的时候说到了什么？”

“说到安德来公爵……”

“不要说了，不要说了。”公爵用手拍桌子，“是的，知道了，安

① 一阿尔申合0.7公尺。

德来公爵的信。玛丽亚公爵小姐看的。代撒勒说到维切不司克。我现在要看。”

他叫人从衣袋里把信拿出来，把一张摆着一杯柠檬水和一支螺纹蜡烛的小桌子移到床边，戴上眼镜，开始看信。直到此刻，在深夜的寂静中，在蓝灯罩下的弱光下，他看着信，才第一次立刻了解了它的意思。

“法军现在维切不司克，经过四天的行军，他们可以到斯摩棱斯克，或者他们已经到了那里。”

“齐示卡！”齐杭跳了起来。他叫着，“不，不要；不要什么！”

他把信藏在灯台下，闭上了眼睛。他想起多瑙河、晴热的正午、芦苇、俄国军营，以及他自己——一个年轻的将军，脸上没有一条皱纹，强壮、愉快、面色红润——走进波将金①的华丽的营帐，对受宠者燃起的嫉妒心，还和那时一样有力地激动着他。他想起和波将金初次会面时所说的一切话。他想起皇太后——矮矮的胖妇人——初次恩厚地接见他的时候，她那发黄的肥胖的面部，她的笑容，她的话，并且想起她在尸龛里的脸，以及在御棺前为了争得吻她的手的权利而和苏保夫发生的冲突。

“啊，快点，快点，再回到那个时候去吧，现在的一切快快结束吧，他们不要打搅我了吧！”

4

尼考拉·安德来维支·保尔康斯基公爵的田庄童山在斯摩棱斯克背后六十里，离莫斯科大道三里。

就在公爵向阿尔巴退支发出吩咐的那天晚上，代撒勒求见玛丽亚公爵小姐，向她说，因为公爵身体不很好，对于自己的安全没有作任何打算，但是根据安德来公爵的信，他却看得出，住在童山是不安全的，所以恭敬地劝她亲自写一封信由阿尔巴退支送给斯摩棱

① Г. А. 波将金（1739—1791），俄国统帅，曾参加第一次俄土战争（1768—1774），在第二次俄土战争（1787—1791）时任总司令。

斯克省长，请他告诉她局势如何以及童山要受到的危险的程度。代撒勒替玛丽亚公爵小姐写了给省长的信，由她签了名，她把这封信给了阿尔巴退支，命他交给省长，并且说如遇危险，便赶快回来。

阿尔巴退支奉到各项命令，戴着毛茸茸的白皮帽（公爵的赠品），像公爵一样拿着手杖，由家里人伴送着，出门上了皮篷车，这车是由三匹肥壮的褐黄色的马拉的。

大铃裹了起来，小铃塞了纸。公爵不许人在童山乘坐响铃的马车。但是阿尔巴退支欢喜在远路上用大大小小的铃铛。阿尔巴退支身边的人、书记、管账、厨娘和厨房女工、两个老妇人、侍童、车夫和其他家奴，都来为他送行。

他的女儿把印花棉布的鸭绒垫子放在他的背后和身下。年老的姨子偷偷地放进一个包裹。一个车夫扶他上了车。

“唉，唉，女人真麻烦！女人！女人！”阿尔巴退支喘着气迅速地说，完全像公爵说话一样。他坐上了车。关于事务他对书记作了最后的吩咐，阿尔巴退支这次不仿照公爵那样了，从秃头上摘下帽子，画了三次十字。

“您，假若是……您就回来，雅考夫·阿尔巴退支；看在基督的份上，想念着我们吧。”他的妻子向他叫着，暗示着关于战争和敌人的流言。

“女人，女人，女人真麻烦！”阿尔巴退支低声地说着，便上路了。他环顾着四周的田地，有的地方是发黄的裸麦，有的地方还是绿油油的茂盛的燕麦，有的地方是刚刚开始翻耕的黑土。阿尔巴退支向前走着，观赏着今年春麦的罕有的收成，注视着有几处已经开始收割的裸麦田，于是他想到播种和收成，想到是否忘记了公爵的任何吩咐。

路上喂了两次马，八月四日傍晚，阿尔巴退支到了城里。

在路上，阿尔巴退支遇到和越过辎重车和军队。他快到斯摩棱斯克时，听到了远处的射击声，但这些声音没有使他惊异。最使他惊讶的是，他临近斯摩棱斯克时看到很好的一片燕麦被兵士刈割了，显然是用作马秣的，并且在田里扎了一个帐篷：这件事使阿尔巴退支吃惊了；但是他想着自己的事，马上把它忘记了。

阿尔巴退支整个三十多年生活的兴趣，仅仅局限于为公爵服务，他从来没有越出过这个范围。凡是与执行公爵的命令无关的事，不但不使他发生兴趣，而且他觉得是不存在的。

阿尔巴退支于八月四日晚来到斯摩棱斯克，住宿在德聂伯河那边加清那郊区的费拉蓬托夫旅店里，三十年来他在这里住惯了。十二年前，费拉蓬托夫听了阿尔巴退支的劝告，购买了公爵的一个树林，开始做生意，现在在省城里有了一所房子、一家旅店和一爿面粉店。费拉蓬托夫是一个肥胖、肤色黝黑、红脸、四十岁的农人，他的嘴唇厚厚的，长着一个酒糟鼻子，在皱着的黑眉毛上有两个同样的斑点，还有一个大肚子。

费拉蓬托夫穿了背心和印花棉布衬衫，站在门朝大街的旅店前面。他看见了阿尔巴退支，便向他面前走去。

“欢迎，欢迎，雅考夫·阿尔巴退支，别人出城，你进城。”旅店主人说。

“为什么要出城？”阿尔巴退支问。

“我说的——人蠢呀，总是怕法国人。”

“女人的见识，女人的见识！”阿尔巴退支说。

“我也这么想，雅考夫·阿尔巴退支。我说，下令不让他们进来，这是对的。但农人要三卢布的车费——他们不是基督教徒！”

雅考夫·阿尔巴退支不注意地听着。他要了一个茶炊，要了马的草秣，喝了茶，便躺下睡觉了。

军队整夜地在街上从旅店前面走过。第二天，阿尔巴退支穿了只在城里才穿的上衣，出门办事。早晨有太阳，八点钟时天已经很热了。阿尔巴退支觉得，这是收割庄稼的好天气。从早晨起就从那边传来了射击声。

在早晨八点钟时，枪声加上了炮声。街上有许多人急急忙忙地走着，有许多兵，但是同平常一样，还有车辆来往着，商人站在店里，教堂里在做祈祷。阿尔巴退支到了各个商店、各衙门、邮局，看了省长。在各个衙门和各个商店里，在邮局里，人人谈到军队，谈到已经在攻城的敌人，都在互相探问该怎么办，都极力互相安慰。

在省长的屋子的前面，阿尔巴退支看见很多的人、哥萨克兵和省长的一辆旅行车。在台阶上，雅考夫·阿尔巴退支遇到两个贵族绅士，其中有一个他认识。他认识的这个贵族，前任警察局长，他发火地说道：

“要知道，这不是开玩笑，”他说，“单独一个人是很舒服的。一个人不幸——只是一个人的事。但是一家十三个人和全部财产……弄得我们倾家荡产，这算是个什么省长呀？……哎，绞死这些强盗……”

“好，好，不要说了。”另一个贵族绅士说。

“我不在乎！让他听到！嗬，我们不是狗。”前任警察局长说，回头看了一下，看见了阿尔巴退支。

“啊，雅考夫·阿尔巴退支，你来干什么？”

“奉大人的命令，来看省长先生，”阿尔巴退支回答，骄傲地抬起头，把手放在胸前，他提到公爵时总是这样，“派我来探问局势。”他说。

“你去探听吧，”绅士说，“他们弄得车子都没有了，什么也没有了！……又打响了，听见了吗？”他指着传来射击声的方向说，“弄得我们一切都没有了……强盗们！”他又说，然后走下台阶。

阿尔巴退支摇摇头①，然后走上楼梯。在接待室里有商人、妇女、官吏，他们面面相觑。办公室的门开了，大家站立起来，向前移动。从门里跑出一个官吏，向一个商人说了几句话，叫了一个颈上挂十字架的肥胖的官吏跟随他，又走进门里去了，显然是躲避对他而来的目光和问题。阿尔巴退支向前移动了一下，在官吏第二次出来时，把一只手放在扣着的衣服前面，招呼了一下，递给他两封信。

“陆军上将保尔康斯基公爵致阿什男爵先生。”他那么郑重地意味深长地喊着，使那个官吏转向他，接了他的信。

---

① 毛注：俄国人有摇头表示惶恐、惊异、不赞成的习惯。

几分钟后，省长接见阿尔巴退支，匆匆忙忙地向他说：

“回报公爵和公爵小姐，我什么都不知道，我照上峰的命令行事。瞧……”

他给了阿尔巴退支一份文件。

“可是因为公爵身体不好，我劝他到莫斯科去。我马上就要走了。回报……”

但省长没有把话说完；从门口跑进来一个满身灰尘、流着汗的军官，开始用法语对省长说些什么。省长的脸上显出了恐怖。

“去吧。”他向阿尔巴退支点了点头说，又开始问军官。

当阿尔巴退支从省长的办公室里走出时，人们热切的惊惶的无能为力的目光都对着他。阿尔巴退支此刻不觉地倾听着相隔很近的越来越猛烈的射击声，急忙赶回旅店。省长给阿尔巴退支的文件内容如下：

> 我向您保证，斯摩棱斯克城还没有丝毫危险，也不致受到任何威胁。我从这一方面，巴格拉齐翁从另一方面，向斯摩棱斯克会师，将于二十二日完成，两军将以联合兵力保卫贵省的同胞，直到我们努力把祖国的敌人击退，或者直到最后一批战士英勇地战死。由此可以知道，您有充分的权利安慰斯摩棱斯克的居民，受到两军如此英勇的战士们的保护的人，可以相信他们的胜利（巴克拉·德·托利给斯摩棱斯克省长阿什男爵的训令，一八一二年）。

人民在街上不安地走动着。

满载着家具杂物、座椅、碗橱的车子，不断地从人家的门里赶上大街。在费拉蓬托夫家隔壁的门前，停着一些车辆，妇女们在分别时一面号哭着，一面说话。守院的狗吠着，在套上挽具的马匹旁边跳跃着。

阿尔巴退支踏着比寻常更为匆忙的步子，走进院子，直接走到板棚里他的马和车子那里。车夫睡着了；他把他唤醒，命令他套马，自己到门廊里去了。从店主的内室传来了小孩子的号叫声、妇人伤心的啼哭声，以及费拉蓬托夫沙哑的发火的喊叫声。阿尔巴退支刚走进去，厨娘好像受惊的鸡一样，在门廊里乱蹿。

“他把她打得要死了——要打死老板娘了！……又打又拖呀！……”

阿尔巴退支问：“为什么？”

“她要求离开。女人的见识！她说，‘你带我走，不要使我和小孩送掉命，’她说，‘人家都走了，’她说，‘我们为什么不走呢？’所以他打她了。又打又拖呀！”

阿尔巴退支听到这话，似乎是赞同地点了点头，也不想多知道情由，便走到对面店主内室的门口，他买的东西都放在那里。

“你这个坏人、凶手！”这时候，一个脸色苍白的瘦女人喊叫着，她抱着一个小孩，头巾从头发上扯了下来，从门里冲出来，从台阶上向院子里跑去。

费拉蓬托夫出来追她，看到阿尔巴退支，便理了理背心和头发，打了个哈欠，跟随阿尔巴退支走进内室去了。

“已经想走了吗？”他问。

阿尔巴退支没有回答这个问题，也没有望店主，收拾着自己买的东西，问店主应付多少房钱。

“我们来算一下。到省长那里去了吗？”费拉蓬托夫问，“有什么决定吗？”

阿尔巴退支回答说，省长并未向他说什么决定性的话。

“我们要做生意，怎么能够搬走呢？”费拉蓬托夫说。“到道罗高部什要七卢布车钱。我说，他们不是基督教徒！”他说。

“塞利发诺夫星期四走了好运，面粉卖给军队九卢布一袋。怎么，您要喝茶吗？”他补充说。

套马的时候阿尔巴退支和费拉蓬托夫喝着茶，谈起粮价、收成和宜于收割的好天气。

“但是声音小一点了，”费拉蓬托夫喝了三杯茶，站起来说，“一定是我们军队打赢了。命令上说，不让敌人进来。这说明有力量……那天他们说，马特末·依发内支·卜拉托夫把敌人赶到马利那河里，一天淹死一万八。”①

阿尔巴退支收拾了买的东西，递给进房的车夫，同店主结清了账。从门口传来了一辆离去的小车的车轮声、马蹄声和铃声。

已经是午后很长的时候了；街的半边是阴影，半边被太阳照得明亮亮的。阿尔巴退支朝窗口看了一下，走到门口去了。忽然传来了一个奇怪的、遥远的嗖嗖声和撞击声，然后又传来了一个震动玻璃的炮弹的隆隆声。

阿尔巴退支走到街上；街上有两个人向桥上跑去。四面八方传来炮弹的嗖嗖声、轰隆声以及落在城内的榴弹爆炸声。但这些声音和城外炮声比起来，几乎是微乎其微的，而且引不起市民的注意。这是拿破仑在四点钟后，下令用一百三十门大炮向城市轰击。人民起初还不了解这种轰击的意义。

坠落的榴弹和炮弹的声音起初只引起好奇心。费拉蓬托夫的妻子在板棚里不停地哭到现在，不作声了，然后抱着孩子走到门口，沉默地注视着人们，谛听着声音。

女厨子和一个店员走到门前。大家都怀着愉快的好奇心，极想看见在头上飞的炮弹。从街角上走出几个人，兴奋地交谈着。

“那——那么大的力量！”有一个人说，“把屋顶和天花板都打得粉碎了。”

“好像猪拱土一样。”另一个人说。

“好极了，真有劲！”他笑着说。

“亏得你让开了，不然会把你打扁的。”

人们都朝着这两个人看着。他们停下来，说到有一颗炮弹正落在他们身边的一个屋子里。这时候别的炮弹——有的是带着迅速的凄厉的嗖嗖声的炮弹，有的是带着愉快的嗖嗖声的榴弹——不停地在头顶上飞过；但是没有一个炮弹落在附近，都飞过去了。阿尔巴

---

① 毛注：卜拉托夫是哥萨克兵的主帅，是一八一二年战争中最著名的英雄人物，有一次，他几乎俘获拿破仑。

退支上了车。店主站在门前。

“你没有看见过吗!”他向女厨子说。她穿着红裙子，卷起袖子，摇着光胳膊走到角落里，听他们说话。

“真是怪事。”她说，但是听到主人的声音，她便放下撩起的裙子，走回来了。

不知什么东西又嗖嗖地响了一声，但这一次很近，好像从上面飞下来的鸟一样，在街心闪出一道火光，不知什么东西爆炸了，于是街上弥漫着烟气。

“混蛋，你在干什么?”店主叫着，跑到女厨子面前。

就在这一瞬间，各处的妇女都伤心地啼哭起来，一个小孩恐怖地哭叫起来，人们无言地、脸色苍白地拥挤在女厨子的周围。在这一群人中，女厨子的哭叫声比谁都响。

“啊，我的好人！我的好人！别让我死啊！我的好人！……”

五分钟后，没有一个人留在街上了。女厨子的大腿被榴弹碎片炸伤，他们把她抬进了厨房。阿尔巴退支、他的车夫、费拉蓬托夫的妻子和孩子们、看门的，都坐在地窖里谛听着。大炮的隆隆声、炮弹的嗖嗖声和女厨子比其他声音都高的、可怜的叫声，没有片刻停止。旅店老板娘时而抖着哄着小孩，时而用可怜的低语声问所有进地窖的人，她的留在街上的丈夫在哪里。进地窖的店员向她说，店主和别人到大教堂里去了，他们到那里抬斯摩棱斯克的创造奇异的神像去了。

黄昏时炮声平静下来了。阿尔巴退支出了地窖，站在门口。

先前明亮的黄昏的天空完全被硝烟遮蔽了。高空的一钩新月奇异地在硝烟弥漫的空中透出亮光。在先前可怕的炮声静止后，城里也显得寂静了，只有满城的脚步声、呻吟、遥远的叫声和着火的声响打破沉寂。女厨子的呻吟现在停止了。两边腾起着、飞散着火的黑烟团。士兵们穿着各种制服，在街上散乱地向四面八方走着、跑着，好像是从破洞里跑出来的蚂蚁一样。阿尔巴退支看见他们当中有几个跑进费拉蓬托夫的院子。阿尔巴退支走到大门口去了。有一个团发生了拥挤，急迫地向后撤退，阻塞了街道。

“城要放弃了，走吧，走吧，”一个看到他的军官向他说，立刻又向兵士叫着说，“我不许你们向人家院子里跑！”

阿尔巴退支回到房子里，叫了车夫，命他赶车上路。费拉蓬托夫全家跟着阿尔巴退支和车夫走出去。看见了烟气和暮色中现在可以看见的火焰，一直没有作声的妇女们忽然望着火哭起来了。大街上别的角落里传来了同样的哭声，似乎同她们在呼应。阿尔巴退支和车夫在棚子里用颤抖的手整理着缠结的缰绳和挽具。

阿尔巴退支坐车出门时，看见费拉蓬托夫敞开门的店里有十来个兵，他们大声地谈着，将麦粉、葵花籽装进袋子和背囊里。这时候费拉蓬托夫从街上回来，走进店里。看见了兵，他想要喊叫，但是忽然又停住了口，然后抓着头发，又哭又笑起来了。

“把东西都拿走吧，弟兄们！不要留给魔鬼。”他喊叫着，一边亲自搬了几袋面粉丢到街心。

几个兵惊慌了，跑走了，还有几个兵继续在装。看见了阿尔巴退支，费拉蓬托夫向他说：

“俄国完了！”他叫着，“阿尔巴退支，完了！我自己来放火。完了……”费拉蓬托夫跑进院子去了。

士兵不断地在街上走过，把整条街都阻塞了，因此阿尔巴退支不能通过，不得不等待着。费拉蓬托夫的妻子带着小孩们也坐在小车上，要等到能够通行的时候才能走。

已经是夜晚了。天上有星，新月照耀着，偶尔被烟气遮蔽着。在德聂伯河的斜坡上，阿尔巴退支和店主妻子的车辆跟在士兵和别的车辆中间慢慢地移动着，不得不停下来了。离停车的十字街不远，小街上的房子和店铺失火了。火势已经下去了。火焰时而熄灭，消失在黑烟里，时而忽然明亮地燃烧，极其清晰地照见挤在十字街头的人们的脸。在火的前边有黑的人影闪过，在火的不断的爆炸声中，听得到话声和叫声。阿尔巴退支下了车，看到他的车还不能迅速通过，便回到小街上去看火。士兵们在火旁不断地前后乱蹿，阿尔巴退支看见两个兵和几个穿绒布军大衣的人，从火里把燃烧着的柱子拖进街对面邻家的院子里，别的士兵们拿着成捆的草秸。

阿尔巴退支走到一大群的人那里，他们站在一个整个儿都烧起来的高大的仓库对面。墙都在火里，后墙倒了，木板的屋顶坍塌了，柱子燃烧了。显然，大家等着屋顶塌下来。阿尔巴退支也等着。

忽然老人听到一个熟识的声音在叫他："阿尔巴退支！"

阿尔巴退支立刻认出了小公爵，回答说："哎哟，大人。"

安德来公爵穿着外套，骑在黑马上，站在人群后边望着阿尔巴退支。

"你怎么到这里来的？"他问。

"大……大人，"阿尔巴退支说，一边哭泣起来了……"大……大……我们已经失败了吗？主啊……"

"您怎么到这里来的？"安德来公爵又问。

火焰此刻明亮地燃烧起来，使阿尔巴退支借着火光看清了小主人苍白而憔悴的脸。阿尔巴退支说了，他是怎样被派来的，现在要走出去是多么困难。

"怎么，大人，我们败了吗？"他又问。

安德来公爵没有回答，取出笔记本，抬起膝盖，在撕下的纸上用铅笔写字。他写给妹妹：

"斯摩棱斯克要放弃了，"他写着，"童山在一周内将被敌人占领。立刻到莫斯科去。立即给我答复，你们何时上路，派特别信使到乌斯维阿日。"

他写完之后，将纸片递给阿尔巴退支，还口头告诉他，怎样照料公爵、公爵小姐、他的儿子和教师上路，怎样立刻回信并且回信寄到哪里。他还没有吩咐完毕，便有一个骑马的参谋长带着一个随从，跑到他面前来了。

"你是上校吗？"参谋长用安德来公爵所熟悉的德语叫着。"他们当您的面烧房子，您站着不动？这是什么意思？您要负责。"别尔格叫着，他现在是第一军步兵左翼司令官的副参谋长——照别尔格说，是一个极其如意的很令人注目的职位。

安德来公爵望了望他，没有回答，继续向阿尔巴退支说：

"你告诉他们说，回信我等到十日，假使十日接不到他们走的消息，我就要丢开一切，亲自到童山去走一趟。”

“公爵，我说，只因为，”别尔格认出了安德来公爵，说，“我应该执行命令，因为我总是严格执行命令的，请您原谅我。”别尔格说着道歉的话。

火中不知什么在爆炸。火势小了一会儿；从屋顶下冒起了团团黑烟。不知什么还在火中发出可怕的爆炸声，一块很大的天花板塌下来了。

“哎哟！”人们看到仓库的天花板塌下来了，这么喊叫着。仓库里燃烧的麦粉散发出饼样的气味。火焰升起来，照亮了站在火边的人们兴奋、愉快而疲倦的面容。

穿绒布军大衣的人举起了手，叫着：

“好呀！火冒起来啦！弟兄们，好呀……”

“这是店主本人！”许多人在说。

“那么，”安德来公爵向阿尔巴退支说，“把我向你所说的一切告诉他们。”他一句话也没有回答那无言地站在他身边的别尔格，催动坐骑，走到小街上去了。

5

军队从斯摩棱斯克继续后退。敌人追赶着他们。八月十日，安德来公爵所指挥的一个团，顺着大道前进，经过通往童山的支路，炎热和干燥的天气已连续有三周多了。每日天空里飘着絮云，有时遮蔽着太阳；但是到傍晚，天空又明朗起来，太阳沉入棕红色的雾里。只有夜间的重露使土地恢复清凉。没有收割的庄稼焦枯了，落粒子了。沼泽也干涸了。牛饿瘦了，在晒焦了的草场上找不到食料。只有在夜里，在树林里，在有露水的时候，才会凉爽。但是在路上，在军队通过的大路上，甚至在夜间，甚至在大路穿过的树林里，也没有这种凉爽。在路面厚达四分之一阿尔申以上的碾碎的沙尘上，露水是看不见的。天刚黎明，便开始行军。在柔软的、窒息的、夜间不冷的热烘烘的尘土中，辎重车和炮车陷到轮壳，步兵陷到足踝，无声地走着。一部分沙尘在人的脚下和车轮下碾压着，另一部分像云一样飞扬在军队的上空，飞进在路上行走的人和牲畜的眼睛、毛发、耳朵、鼻孔里，特别是肺里。太阳升得愈高，尘土飞扬得愈高，透过细小的发热的尘土，可以用肉眼望到无云遮盖的太阳。太阳好像一个深红色的大球。没有风，士兵们在静止的空气里喘息着。人们用手巾捂着鼻子和嘴巴走着。到了村庄，大家都向井边跑去。他们争夺井水，一直到把井水喝干。

安德来公爵统率一个团，团的管理、兵士的福利、接受和发出命令的必要事务，都是要他过问的。斯摩棱斯克的火灾和放弃，在安德来公爵看来，是划时代的事件。对于敌人的新的愤怒，使他忘记了自己的苦恼。他专心在他的团的事务上，他关心自己部下的官兵，对他们很亲切。团里都称他我们公爵。他们以他为荣，并且爱他。但是他只对他的部下，对齐摩亨和类似的人，对完全陌生的不同社会里的人，对不会知道以及不明白他的过去的人，才表现了善良和温和态度；可是一旦碰见从前的和司令部里的什么人，他又立刻激怒起来了；他变得凶狠、好嘲讽，并且轻视别人。一切与他过去的回忆有关的人，都使他觉得讨厌，因此，在他和那个旧团体的关系上，他极力显出自己公正的态度，并且尽自己的职责。

确实，安德来公爵觉得一切是黑暗的、阴森的——特别是在八月六日放弃斯摩棱斯克以后（他认为这里是能守而且应该守的），在他生病的父亲不得不逃往莫斯科，丢下他所建造的、他所居住的、并且他那么心爱的童山任人劫掠以后；虽然如此，安德来公爵却由于他的团，能够想到和战争的一般问题完全无关的事情。八月十日，有一个纵队，他的团也在内，经过童山附近。安德来公爵在两天前便接到父亲、儿子和妹妹已去莫斯科的消息。虽然安德来公爵在童山没有事情要办，但是由于他惯于自寻烦恼，他决定了，一定要到童山去一趟。

他吩咐把马加了鞍子，离开行军的团，骑马到父亲的村庄上去，这是他出生和度过童年的地方。他经过一个池子，这里平常总有十来个妇人，谈着话，捣着杵棒，洗濯衬衣，此刻安德来一个人也没有看到，而拆去的跳板一半浸在水里，斜着漂浮在池子当中。安德来公爵走到看守的小屋子那里。在车马入口的石门那里，门敞开着，一个人也没有。花园的路径上已经开始长草了，马和小牛在英国式的花园里乱跑。安德来公爵走到花房：那里的玻璃打碎了，花桶里的花木有的倾倒，有的干枯了。他唤了园丁塔拉斯。没有人答应。绕过花房，来到陈列园，他看到松木的雕花栅栏都破坏了，李子连在枝上被扯下来了。老农夫（安德来公爵年幼时在门口常看见他）坐在绿凳子上编草鞋。

他是聋子，没有听见安德来公爵来到的声音。他坐在老公爵所爱坐的凳子上，在他旁边有编草挂在折断而枯萎的木兰树枝上。

安德来公爵骑马走到屋前。在旧花园里，有几棵菩提树被伐倒，一匹花马带着小驹在屋前蔷薇花中践踏着。屋子的窗子都封闭了。只有楼下的一扇窗子开着。家僮看见了安德来公爵，便跑进屋里去了。

阿尔巴退支把他全家送走以后，独自留在童山；他坐在屋里，读《圣徒生活录》。他知道安德来公爵来到了，在鼻子上戴上眼镜，扣着衣服，从屋里走出来，急忙走到公爵的面前，什么也没有说，就吻着安德来公爵的膝盖，哭起来了。

然后，他气愤自己的软弱，转过身去，开始向他报告情况。所有值钱的贵重的东西都送到保古恰罗佛去了。一百担麦子也送走了。草秸和春麦，照阿尔巴退支说，今年的收成异常好，被军队征收并且未熟就割下了。农民破产了，有些也到保古恰罗佛去了，一小部分留了下来。

安德来公爵没有听完他的话，便问：

“父亲和妹妹是什么时候走的?”他的意思是说什么时候到莫斯科去的。

阿尔巴退支以为他是问什么时候到保古恰罗佛去的，便回答说是七号去的，又絮叨地讲着农田上的事，请求指示。

“军队把燕麦拿去时我要他们打收条吗？我们还有六百担。”阿尔巴退支问。

安德来公爵想：“回答他什么呢?”望着老人在太阳光下发亮的

秃头，从他的面部表情上觉察出来，他自己也明白这些问题是多么不合时宜，但是他这么问，只为了压制自己的悲伤。

“是的，让他们拿去。”他说。

“若是看见花园里乱糟糟的，”阿尔巴退支说，“这是没有办法防止的，有三个团打这里经过，在这里宿夜，大都是龙骑兵。我记下了司令官的官阶和名字，好去控告他们。”

“你还要做什么呢？假若敌人占领了这里，你不走吗？”安德来公爵问他。

阿尔巴退支转过脸来对着安德来公爵，望着他；忽然，他以庄严的姿势，举起了手：

“他是我的保护者，让他的意志实现吧！”他说。

一群农夫和家奴光着头从草坪上向安德来公爵面前走来。

“再见吧！”安德来公爵向阿尔巴退支低着头说，“你自己也走吧！能带走的就带走，叫农奴们到锐阿桑田庄上去，或者到莫斯科乡下去。”

阿尔巴退支贴着安德来公爵的腿呜咽起来了。安德来公爵小心地推开他，然后催了马，顺着林荫道奔驰而去。

那个老人仍旧没有感觉地、好像亲爱的死人脸上的苍蝇似的坐在陈列园中敲草鞋楦子，两个女孩用衣襟兜着在花房的树上摘下的李子，从那里跑出来，正碰上安德来公爵。大女孩看见了年轻的主人，面色惊恐地抓住小女伴的手，没有来得及拾起落下的青李子，和她一同躲到桦树的后边去了。

安德来公爵惊惶地连忙转过身去，怕让她们知道他看见了她们。他觉得对不起那个美丽的受惊的女孩子。他怕看她，但同时他又不可遏制地想要看见她。他望着这两个女孩，明白了还有别的、和他完全无关的但和他自己所关心的事情同样合理、同样合乎人情的事情，这时候，他感到一种新的、高兴的、安慰的心情。这些女孩显然只是热切地希望做一件事，就是带走并吃完这些青李子，不被人抓到，并且安德来公爵也和她们一样希望她们的计划得到成功。他忍不住地再看了她们一下。她们以为已经没有危险，从躲藏处跳出来，用尖细的小嗓音说着话，愉快地提着衣襟，她们晒黑的光脚在草地上迅速地跑着。

安德来公爵离开军队所走的尘土飞扬的大道，觉得精神清爽了一点。但是在离童山不远的地方，他又走上了大道，在小池堤边的休息处赶上了自己的团。已经是下午一点多钟了。太阳虽被空中的灰尘遮没了，但他那穿着的黑衣服的背脊仍被晒得、烤得难以忍受。灰尘仍旧不动地弥漫着，停下步的兵士们嗡嗡地说着话。没有风。从堤上经过时，安德来公爵闻到池里的淤泥和清凉的气味。他想到水里去——不管它是多么脏。他看了看池子，池里发出叫声和笑声。有绿藻的浑浊的小池子，显然是涨高了半阿尔申①，溢到堤上来了，因为池子里挤满了在水里乱动的兵士们，他们光着白白的身子，他们的手、面孔、颈项都像红砖一样。所有的这些赤裸着身子、肤色白皙的人，笑着、叫着。在这个污水池子里扑腾着，好似塞满在水罐里的鲫鱼一样。在水里扑腾显得是快乐的，却正因如此，它是特别悲惨的。第三连的一个年轻的金发的兵，——安德来公爵认得他，在小腿上缠着一条带子，画了十字，向后退着，以便用力跑着跳进水里；另外一个黑头发总是蓬乱着的军曹，站在齐腰深的水里，快乐地舒展着筋肉发达的身体，愉快地喷着鼻子，用晒黑到腕部的双手捧水淋头。他们互相泼水，发出叫声和呼号声。

在岸上，在堤边，在池中，处处是白白的、健康的、筋肉发达的身体。小红鼻子的军官齐摩亨在堤边用手巾擦身体，看见了安德来公爵觉得害臊，却下了决心向他说：

“这很好，大人，您来试一下！”他说。

“脏！”安德来公爵皱着眉说。

“我马上替你把池子清出来。”齐摩亨还没有穿衣服，便跑去赶人出池子。

“公爵要洗澡。”

“哪一个？我们的公爵吗？”大家说，并且急忙离开池子，以致

---

① 约合 0.35 公尺。

安德来公爵来不及阻止他们。他觉得最好是在仓库里向身上淋水。

“肌肉，身体，chair à canon.［炮灰。］”他望着自己赤裸着的身体这么想着，并且颤抖着，这与其说是由于冷，毋宁说是由于看见这一大批在污水池里洗澡的人所引起的、他自己也不了解的厌恶与恐惧。

八月七日，巴格拉齐翁公爵在斯摩棱斯克大道上米哈洛夫卡村他的司令部里写了下面的信。

“亲爱的阿列克塞·安德来伊维支伯爵大人。

(他写信给阿拉克捷夫，但是他知道他的信会被皇帝看到，因此，他尽最大的努力，推敲琢磨每一句话。)

“我想，大臣已经报告过了斯摩棱斯克放弃给敌人的事。这是痛心的、可悲的，全军感到绝望，因为他们把这样重要的地方毫无代价地丢弃了。我这方面，曾经亲自恳切地求过他，最后还写了信，但是他什么也不同意。我对您发誓，拿破仑已陷于从未有过的困境，他可能损失一半军队，却不能攻下斯摩棱斯克。我们的军队从来没有那么战斗过，现在还是那么战斗着。我曾用一万五千人阻挡敌人三十七小时以上，并且击败了敌人；但他连十四小时也不愿坚持。这是我们军队的羞耻、污点；我觉得，他不应该再活在世上了。假若他报告，损失很大——这是不确实的；也许是四千人左右，不会再多了，也许还没有这么多；但即使是一万，这却是战争呀，敌人的损失却是无限的……

“多坚持两天，他能费什么劲呢？至少他们自己会退走的；因为人马都没有水喝。他向我保证他不退，但忽然送了命令给我，说他在夜里撤退。这样打仗是不行的。我们会立刻把敌人引到莫斯科来了……

“有了谣言，说您想到媾和。上帝禁止媾和！在这一切的牺牲之后，在这样疯狂的退却之后，——媾和：您会使全俄国反对您，使我们每人都觉得穿军服可耻了。即使到了这个地步，——还是要打仗，只要是俄国还能打，只要是俄国还有人的时候……

“应该是一个人指挥，不是两个人指挥。您的大臣，也许做个大臣是好的，但他做个将军，不但是不好，而且是恶劣的，而我们整个国家的命运却在他手里……我实在气得发疯了；请原谅我大胆地这么写。主张媾和并把军权交大臣指挥的人，显然是不爱皇上，希望我们全体灭亡。我向您说实在的话：预备民团吧。因为大臣用最巧妙的方法引客人到首都来了。全军对侍从武官福尔操根先生有很大的怀疑。据说他帮拿破仑多，帮我们少，并且他总是向大臣提出意见。我不但对他尊敬，并且像一个伍长那样服从他，虽然我比他级别高。这是痛心的；但是，我爱我的恩主和皇上，我服从。我可惜的只是皇上把这样好的军队托付给这样的人。您想想看，在我们的退却中，我们因为疲倦和住院而损失的人，在一万五千以上；假如我们进攻，就不至于如此了。看在上帝的份上，对我说吧！我们的俄国——我们的母亲，对于我们这样的恐惧，会说什么呢？并且为什么我们把良好勤劳的祖国交给暴徒，使每个人民的心中感到仇恨与耻辱呢？我们为什么怯懦，并且是惧怕谁呢？大臣没有决断、怯懦、糊涂、迟缓，样样事都做坏了，这是我不能负责的。全军都在痛哭，在诅咒他死……”

6

在生活的现象里可以做出的无数的分类，我们可以分得出，有些是实质上占优势，有些是形式上占优势。在后一类中，可以列入那种和乡村、市镇、外省，甚至和莫斯科生活相反的彼得堡生活，特别是客厅生活。这种生活是不变的。

从一八〇五年起，我们同拿破仑讲了和，但又不睦，我们立了许多宪法，但又把它取消，然而安娜·芭芙洛芙娜的客厅和爱仑的客厅还是完全照旧，一个和七年前一样，一个和五年前一样。在安娜·芭芙洛芙娜的客厅里，他们还是那样迷惑地说到拿破仑的胜利，并且从他的胜利中，以及在欧洲各国君主对他的姑息中，看出了毒辣的阴谋，它的唯一的目的是使这个朝廷团体感到不快与不安，这个团体的代表便是安娜·芭芙洛芙娜。爱仑那里路密安采夫①是常常光临的，并且认为她是极其聪明的女人，在这里，一八一二年和一八〇八年一样，他们还是那样兴奋地说着大国和伟人，并且为俄国和法国的分裂感到可惜，这种分裂，照爱仑的客厅里人们的意见，应该用和平来结束的。

新近，在皇帝离开军队来到这里以后，在这些敌对的客厅里有一点不安，并且互相做了一点示威，但是各个团体的倾向是依然如旧的。在安娜·芭芙洛芙娜的团体里，只接待法国人里根深蒂固的君主正统主义者，这里所表现的爱国思想，是不该到法国戏院去，并且认为一个剧团的经费抵得上一个军团的军费。他们热切地注意战局，并且传播着于我军最有利的消息。在爱仑、路密安采夫、法国人的团体里，他们否认关于敌人与战争的野蛮的消息，并且讨论拿破仑对媾和的各种企图。在这个团体里，他们攻击那些主张赶快下令准备把朝廷和在皇太后保护之下的女学校迁到卡桑去的人。总之，全部的战事，在爱仑的客厅里看来，只是一些无用的示威，它们很快就要以和平方式来结束的，并且俾利平的意见最得势，他此刻在爱仑的彼得堡的家里很随便（每个聪明人一定要到她家里去），他说解决问题的不是火药，而是那些发明火药的人。在这个团体里，他们嘲讽地、极其聪明地而又极其小心地讥笑莫斯科人士的热情，关于它的消息是和皇帝一同来到彼得堡的。

反之，在安娜·芭芙洛芙娜的团体里，他们称赞这种热情，并且好像卜卢塔克②谈到古人那样谈到它。发西利公爵仍然负有重要的任务，成了两个团体之间的联系人。他到 ma bonne amie［我的好朋友］安娜·芭芙洛芙娜家里去，也到 dans le salon diplomatique de ma fille［我的女儿的外交客厅里］去，他不断从这个阵营转入那个阵营，因此他常常弄错，在爱仑家说了应该在安娜·芭芙洛芙娜家

① 毛注：路密安采夫曾为商相，一八〇七年为外相，一八〇九年任首相。

② 希腊历史家。

说的话，反之亦然。

在皇帝来到之后不久，发西利公爵在安娜·芭芙洛芙娜家说到战事，严厉地批评巴克拉·德·托利，又不能决定谁应该做总司令。客人中有一个人，著名的 un homme de beaucoup de mérite［一位很有美德的人］，说他今天看见了膺选为彼得堡民团司令官的库图索夫在财政部里主持登记新兵的事，这人竟敢慎重地提出他的假定，认为库图索夫是能够满足一切要求的人。

安娜·芭芙洛芙娜忧郁地微笑了一下，并且说，库图索夫除了引起皇帝不快而外，没有做出任何事情。

“我在贵族会上说了又说，”发西利公爵插言说，“但是他们不听我的话。我说，选他做民团总司令会使皇帝不高兴。他们不听我的话。”

“这完全是一种反对狂，”他继续说，“这是对谁的呢？这全是因为我们想要模仿莫斯科的愚蠢的热情，”发西利公爵说，他一时弄错，忘记了应该在爱仑那里嘲笑莫斯科的热情，而在安娜·芭芙洛芙娜这里要称赞它，但他立刻就加以纠正，“库图索夫伯爵这位俄国最老的将军，是否适宜在财政部主持军务呢？et il en restera pour sa peine！［他做事是毫不顾忌的！］我们怎能够任命不能骑马、开会时打盹而道德最坏的人做总司令！他在部卡累斯特声名好极了！我不是说他做将军的资格，但是在这样的时候怎么能够任命一个衰老而瞎眼的人——简直是瞎眼的人呢？瞎眼将军真好啊！他什么都看不见！好像捉迷藏……简直什么都看不见。”

没有人反对他这个意见。

在七月二十四日这是全然对的。但在七月二十九日库图索夫封了公爵衔。封公爵的意思，也许是想要不用他，因此发西利公爵的意见还是对的，不过他现存并不急于表示这个意见。但是八月八日，由萨退考夫元帅、阿拉克捷夫、维亚倚密齐诺夫、洛普亨和考丘别组织的委员会举行会议，讨论军事问题。委员会认定了战事的失败是由于指挥上的不统一，虽然委员会的委员知道皇帝不喜欢库图索夫，但是经过简短讨论之后，即提议任命库图索夫为总司令。就在这一天，库图索夫被任命为各军及各军整个驻区的全权总司令。

八月九日，发西利公爵又在安娜·芭芙洛芙娜家里遇见了那个l'homme de beaucoup de mérite［很有美德的人］。这个很有美德的人很巴结安娜·芭芙洛芙娜，因为他希望被任命为女学堂学监。发西利公爵带着如愿以偿的、胜利者的幸福的样子，走进了房。

"Eh bien, vous savez la grande nonvolle. Le prince Koutouzoff est maréchal.［啊，你们知道了这件重大新闻。库图索夫公爵做了总司令。］一切的争论都结束了，我是多么快活，多么高兴!"发西利公爵说。"Enfin voilà un homme!［我们终于有一个人才了!］"他说后，意味深长地、严厉地望着客厅中所有的人。

那个"很有美德的人"虽然希望自己获得学堂学监的地位，却忍不住地向发西利公爵提起他原先的意见（这对于在安娜·芭芙洛芙娜的客厅里的发西利公爵，对于也乐意听到这项消息的安娜·芭芙洛芙娜本人，都是没有礼貌的。但是他不能克制他自己不说）。

"Mais on dit qu'il est aveugle, mon prince!［但是有人说他是瞎子，公爵!］"他说，提起发西利公爵本人说过的话。

"Allez donc, il y voit assez,［可是，他看得很清楚，］"发西利公爵用他低沉的、迅速的、带着咳嗽的声音说，他总是用这种声音和咳嗽解决一切困难，"Allez, il y voit assez,［可是，他看得很清楚，］"他重复了一遍。"我所高兴的。"他继续说，"就是皇帝给了他指挥各军和整个驻区的全权——这种权力是任何总司令从来没有过的。他是第二个专制君主。"他带着胜利的笑容结束了自己的话。

"但愿如此，但愿如此!"安娜·芭芙洛芙娜说。

那个"很有美德的人"在宫廷团体里还是生手，希望阿谀安娜·芭芙洛芙娜，在这个问题上为她从前的意见作辩护，说道：

"听说，皇帝是勉强地给库图索夫这种权力的。On dit qu'il rougit comme une demoiselle à laquelle on lirait. Joconde, en lui disant: le souverain et la Patrie vous decernent cet honneur.［据说，当他说'皇帝和

祖国给你这种荣耀’的时候，他脸红得像一个听人读《约康德》①的姑娘一样。]”

“Peut-être que le coeur n'était pas de la partie［也许，他并不是有心这么说的。]”安娜·芭芙洛芙娜说。

“啊，不是，不是，”发西利公爵激烈地辩护。现在他不能认为库图索夫是在任何人之下了。照发西利公爵的意见，库图索夫人好，而且大家都崇拜他，“不是，这是不可能的，因为皇帝早就那么赏识他。”他说。

“但愿上帝只让库图索夫，”安娜·芭芙洛芙娜说，“掌握实权，不许任何人把煞车棒放在车轮里——des batons dans les roues.”

发西利公爵立即明白了这个任何人是谁。他低声地说：

“我确实知道，库图索夫提出了不可变更的条件，不要皇太子留在军中。Vous savez ce qu'il a dit à l'émpereur?［你们知道他向皇帝说了什么吗?]”发西利公爵把据说是库图索夫向皇帝所说的话重复了一下：“假使他做坏了，我不能责罚他；假使做好了，我也不能奖赏他。”又说，“啊！这个聪明人，库图索夫公爵，je le connais de longue date.［我早就认识他了。]”

“他们甚至于说，”这个没有宫廷里那种机敏的很有美德的人说，“大人提出了不可变更的条件：要皇帝自己也别到军队里去。”

他刚刚说了这话，发西利公爵和安娜·芭芙洛芙娜就转身离开他，愁闷地互相望了一下，为他的单纯叹了一口气。

7

当彼得堡方面有这种议论的时候，法军已经越过了斯摩棱斯克，渐渐逼近莫斯科了。拿破仑的历史家提埃尔和拿破仑的其他历史家一样，极力为他的英雄辩护，说拿破仑是违反本意地被引诱到莫斯科城边的。这个历史家是对的，是和所有的历史家们同样的对，他们要在个人意志中寻找历史事件的解释；他是和俄国的历史家们同

① 毛注：*Joconde*为拉封丹的第一篇韵文故事，被认为是恶劣的作品。

样的对，他们断言拿破仑是被俄国统帅们的计谋引诱到莫斯科来的。这里，除了追溯律，它认为前面事件是后面发生的事件的预备，还有那扰乱整个问题的交互律。好棋手输了棋，由衷地相信，他的失败是由于他的错误，并且在棋局的开始就寻找这个错误，但是他忘记了，在每次走子时，在整个棋局中，都犯了同样的错误，没有一招是对的。他所注意的这个错误引他注意，只是因为对手利用了这个错误。战争发生在一定的时间条件下，在战争里不是一个意志领导许多没有生命的物件，而一切是从各种意志的无数冲突中产生的，这种战局和棋局比较起来是更加复杂呀！

在斯摩棱斯克会战之后，拿破仑在道罗高部什那边，先在维亚倚马，后在擦来佛—萨伊密锡寻找会战；但事实是，在到达距离莫斯科一一二里的保罗既诺以前，由于各种情况的冲突，俄军不能应战。在维亚倚马，拿破仑下令，一直向莫斯科推进。Moscou，la capitale asiatique de ce grand empire，la ville sacrée des peuples d'Alexandre，Moscou avec ses innombrables églises en forme de pagodes chinoises！[莫斯科这个大帝国的亚洲首都，是亚力山大的人民的圣城，莫斯科有无数的像中国的寺院的教堂！]

这个莫斯科使拿破仑的想象不得安宁。从维亚倚马到擦来佛—萨伊密锡的行军中，拿破仑骑在浅栗色的截尾快马上，由禁卫军、卫兵、侍从和副官们陪伴着。参谋总长柏提挨留在后边，审问骑兵捉到的一个俄国俘虏。他带着翻译员 Lelorgne d'ldeville [勒劳恩·提代维勒] 纵马奔腾，追上了拿破仑，并且带着快乐的面色勒住了马。

"Eh bien？[啊嗯？]" 拿破仑问。

"Un cosaque de Platow [卜拉托夫的一个哥萨克兵] 说，卜拉托夫的军团正要和大军联合，说库图索夫做了总司令。Très intelligent et bavard！[他很聪明，很会说话！]"

拿破仑微笑了一下，命人给这个哥萨克兵一匹马，把他带到他的面前来。他希望亲自和他说话。几个副官骑马跑去，一小时后，带来了皆尼索夫让给罗斯托夫的家奴拉夫如施卡，他穿着侍从兵的短上衣，骑在法国骑兵的马上，带着狡猾、酩酊、快乐的面色，到了拿破仑面前。拿破仑命他和他并排地走着，开始问道：

“您是哥萨克兵吗?”

“是哥萨克兵，大人。”

“Le cosaque ignorant la compagnie dans laquelle il se trouvait, car la simplicité de Napoléon n'avait rien qui put révéler à une imagination orientale la présence d'un souverain, s'entretint avec la plus extrême familiarité des affaires de la guerre actuelle. [这个哥萨克兵不知道自己是和谁在一起——因为从拿破仑简朴的外表看，没有任何地方会使这个东方人想到皇帝在此，——他极亲昵地说起目前战争的情形。]”提埃尔叙述这个插曲时这么说。确实，拉夫如施卡头一天喝醉了，没有给主人准备饭，被鞭打了一顿，然后被差遣到乡间去找鸡，他在乡间一心抢劫，被法兵俘获了。拉夫如施卡是那种粗野无耻的听差，他们见识过各种事情，认为干一切卑鄙狡猾的勾当是他们的责任，他们准备为自己的主人干任何勾当，并且他们狡猾地推测主人的坏心思，特别是在虚荣和细节的方面。

同拿破仑在一起时，拉夫如施卡很清楚、很容易地认出了他，一点也不慌张，只是一心讨好新主人。

他很清楚地知道这是拿破仑本人，并且觉得在拿破仑面前，并不比在罗斯托夫面前或拿棍子的曹长面前心更慌，因为曹长和拿破仑都不能剥夺他任何东西。

他信口说出一切在侍从兵之间所听到的话。其中有许多是正确的。但在拿破仑问他俄国人是不是以为他们会打败拿破仑的时候，拉夫如施卡眯着眼睛想了一下。

拉夫如施卡在这句话里看到了机巧狡猾的地方，正如所有和他一类的人一样，总是在一切之中都看到狡猾的地方。他皱了皱眉，沉默了一会。

“是这样的，假使有会战，”他思索着说，“并且很快的话，那么，就是很快的。但假使过了三天，过了这个期限，这个会战就要拖下去。”

勒劳恩·提代维勒微笑着把这话这样翻译给拿破仑听：“Si la

bataille est donnée avant trois jours，les Français la gagneraient，mais que si elle serait donnée plus tard，Dieu sait ce qui en arriverait.［假使战斗在三天之内发生，法国人就胜利，但假使过了这个期限，上帝晓得会发生什么事情。］”拿破仑没有微笑，但他显然是怀着最快乐的心情，并且命令把这话向他重述一次。

拉夫如施卡注意到这个，并且为了使他开心，佯作不知道他是谁。

“我们知道，你们有保拿巴特，他打败了世上所有的人，可是对于我们，是另外一回事……”拉夫如施卡说，他自己也不知道最后那句夸大的爱国主义的话是怎么说出来的，也不知是为什么而说出来的。

翻译把这话翻给拿破仑听，省了结尾的话。拿破仑微笑了一下。提埃尔说：“Le jenne cosaque fit sourire son puisant interlocuteur.［这个年轻的哥萨克兵使他的万能的交谈者微笑了一下。］”拿破仑沉默地走了几步，转向柏提挨说，他想试试看这个说明 sur cet enfant du Don［对于这个顿河区的孩子］会发生什么效果，就要使他知道，同这个顿河区的孩子说话的这个人正是皇帝本人，就是这位皇帝，他在金字塔上写下了不朽的常胜的名字。

这个说明传达给他了。

拉夫如施卡知道这件事做出来是困惑他的，知道拿破仑认为他听了要害怕的，他为了取悦新主人，立刻装作惊慌、发呆的样子，瞪着眼睛，做出他要挨打的时候所惯有的面色。提埃尔说：“Apeine l’interprête de Napoléon avait-il parlé que le cosaque，saisi d’une sorte d’ébahissement ne proféra plus une parole et marcha les yeux constamment attachés sur ce conquérant，dont le nom avait pénétré jusqu’à lui，à travers les steppes de l’orient. Toute sa loquacité é’tait subitement arrêtée，pour faire place à un sentiment d’admiration naive et silencieuse. Napoléon，après l’avoir récompensé，lui fit donner-la liberté，comme à un oiseau qu’on rend aux champs gui l’ont vu naître.［拿破仑的翻译刚说完，这个哥萨克兵就大为惊愕，说不出一句话来，他骑在马上继续前进，

眼睛注视着威名早已越过东方的草原传给了他的征服者。他的健谈忽然中止了，并且被一种简单而沉默的惊讶情绪所代替。拿破仑给了他赏赐，给了他自由，好像把一只鸟放回到它生来的田野上一样。]”

拿破仑骑着马向前走着，幻想着莫斯科，莫斯科是那么引起他的注意，而 l'oiseau qu'on rendit anx champs qui l'ont vu nařtre［那个被放回到它生来的田野上的鸟］骑马向哨兵线跑去，预先杜撰着那些并未发生而是他要向他的同伴们去说的事情。他所实际经历过的事，他不想说，是因为他觉得这是不值得一说的。他回到了哥萨克兵那里，打听他的属于卜拉托夫支队的团在哪里，并且傍晚便找到了他的主人尼考拉·罗斯托夫，他驻扎在扬考佛，刚刚上马要同依利因到附近的乡村去走走。他给了拉夫如施卡另外一匹马，带着他一道去。

8

玛丽亚公爵小姐并没有摆脱危险，到了莫斯科，像安德来公爵所料想的那样。

在阿尔巴退支从斯摩棱斯克回来之后，老公爵好像忽然从睡梦中醒来似的。他下了命令，在各乡村召集民团，武装他们，并且写信给总司令，告诉他说他决意留在童山，直到最后关头，并且要保卫它，让总司令斟酌是否采取保卫童山的措施，在这里一个俄国的最老将军将被俘或被杀。他并且向家里宣布过，他要留在童山。

虽然自己留在童山，公爵却吩咐把公爵小姐代撒勒和小公爵送到保古恰罗佛，由那里到莫斯科去。父亲狂热的不睡觉的活动代替了先前的漠不关心的态度，这使玛丽亚公爵小姐吃惊了。她不能够让他单独留在这里，她平生第一次竟敢不依从他。她拒绝离开这里，于是公爵的可怕的怒火对她爆发了。他向她重复地说了许多不公平的话。公爵极力遣责她，向她说，她使他苦恼，她使他和儿子争吵，她对他有卑鄙的怀疑，她的生活目的就是妨害他的生活，并且他把她从他的房里赶出去，向她说，假使她不走，对他来说反正是一样的。他说，他不愿意知道有她这个人，但是预先警告她，不许她出现在他眼前。和玛丽亚公爵小姐所担心的相反，他并没有命令强迫地把她送走，只是不要她出现在他眼前，这是玛丽亚公爵小姐觉得高兴的。她知道，这证明了，他对她留在家里不走，心里还是觉得高兴的。

在尼考卢施卡离家的第二天早晨，老公爵穿了全套制服，预备去看总司令。车辆已经备好了。玛丽亚公爵小姐看见，他穿了制服，佩了全部勋章出了门，走到花园去检阅武装农民和家奴。玛丽亚公爵小姐坐在窗边，听到他从花园里传来的声音。忽然有几个人面色惊惶地从林荫道上跑来。

玛丽亚公爵小姐跑到台阶上，穿过花径，跑到林荫道上。一大群民团和家奴向她面前移动着，在这群人当中，有几个人托着一个穿制服、佩勋章的矮小的老人的胳肢窝，拖着他走。玛丽亚公爵小姐跑到他面前去了，在菩提树下的阴影里太阳透进来的跳动的小光团里，她不能看出他的脸上有什么变化。有一点她看到的，就是他脸上先前严肃而坚决的表情变得畏怯而顺从了。他看见了女儿，动了动无力的嘴唇，沙沙地哼了一声。无法了解他想要什么。他们把他抬起来送到书房里，放在他近来那么害怕的长躺椅上。

当夜请来的医生把他放了血，说公爵中了风，右半身瘫痪。

留在童山，是越来越危险了，在中风的第二天，他们把公爵送到保古恰罗佛去了。医生同他一道去了。

他们到保古恰罗佛的时候，代撒勒和小公爵已经到莫斯科去了。

老公爵中了风，病状仍旧那样，不好也不坏，在保古恰罗佛，在安德来公爵所盖的新屋子里躺了三周。① 老公爵失去了知觉；他躺着像一具变了脸相的尸体一样。他不停地咕噜着，眉毛和嘴唇痉挛着，无法知道，他是否明白他身边的事情。只有一件事是可以确实知道的——就是，他痛苦并且觉得还需要说些什么。但是他要说些

---

① 毛注：这是托氏在小说中把时间弄错的稀有的例子，八月五日炮轰斯摩棱斯克时，他还是好好的，他死于十五日，患中风应无三周。

什么，却没有人能够知道；那也许是病人和半疯人的某种胡思乱想，也许是想说说一般的局势，也许是想说些家庭琐事。

医生说，他所表现的不安并没有任何意义，说这是由于得了病的缘故；但是玛丽亚公爵小姐以为他想和她说什么话，她的在场总是增加他的不安，这证实了她的假定。

他显然是身体上、精神上都感到痛苦。复原的希望是没有了。送他上路是不可能的。假若他死在路上怎么办呢？“假若他完了，一了百了不是更好吗？”玛丽亚公爵小姐有时这么想。她几乎日夜不睡地看守他，说来很可怕，她常常看守着他，并不希望发现病势减轻的征兆，却常常希望发现生命垂危的征兆。

公爵小姐无论怎样也不肯承认有这种情绪，但是这种情绪是有的。玛丽亚公爵小姐觉得更可怕的是，从父亲生病那时起（甚至就在她期待着发生什么事情，同他一道留下来的那时起），她内心一切沉睡着的、被人遗忘的个人希望与愿望，都苏醒了。多年没有想到的那些念头——不再惧怕她父亲的那种自由的生活，甚至关于爱情及家庭幸福的可能性——好像魔鬼的引诱一样，不断地出现在她的想象中。无论她怎样要从自己的心中赶走这些念头，却总有许多问题不断地出现在她的脑海里：现在，在这事以后，她要怎样安排她自己的生活。这是魔鬼的引诱，玛丽亚公爵小姐知道这个。她知道反对它的唯一武器就是祈祷，于是她试图祈祷。她做出了祈祷的姿势，望着圣像，读祈祷文，但她还是不能够祈祷下去。她觉得，现在她所注意的是另一个世界，是人世生活的、艰难的、自由的活动的世界，和那种精神的世界完全相反，在这种精神世界里她一直被幽禁到现在，而她最大的安慰只是祈祷。她不能祈祷，不能哭，她还得注意人世生活中的各种问题。

留在保古恰罗佛，显得很危险。从各方面传来了法军逼近的消息，并且在一个乡村里，离保古恰罗佛十五里，有一个庄园被法国强盗抢劫了。

医生坚持一定要把公爵送远一点；贵族代表派了一个官员来看玛丽亚公爵小姐，劝她赶快离开；警察局长来到保古恰罗佛，坚持说些同样的意见，说法国人在四十里之外，在各乡村里散布了法国人的传单，并且说，假使到十五日公爵小姐还不同公爵离开，他便丝毫不能负责。

公爵小姐决定了十五日动身。她要做好上路的准备，大家都来向她请示，她要发布命令，这些事使她忙了一整天。在十四日到十五日的夜间，她同平常一样，没有脱衣服，躺在公爵隔壁的房里。她醒了几次，听见他的呻吟、呓语、床发出的响声，以及齐杭和医生帮他翻身时的脚步声。她不止一次地在门边倾听，她觉得，他今天呓语的声音比平常高，翻身次数更多了。她睡不着，不止一次地走到门边，倾听着，想要进去，又不敢进去。虽然他没有说，但是玛丽亚公爵小姐看到并知道，替他担心的任何表情，会使他感到多么不愉快。她注意到，他是多么不满地避开她的偶尔不觉地向他注视的目光。她知道，夜里她不是在通常的时间走进去，会触怒他的。

但是她从来没有这样可怜过他，也没有这样怕失去他。她想起自己和他在一起的全部生活，并且在他的每句话里，每个行为里，发觉了他对她慈爱的表示。在这种回忆之间，偶尔有魔鬼的引诱闯入她的想象，就是想到，在他死后会有什么样的情形，她自由的新生活将要怎样安排。但是她厌恶地驱散这些想法。快到早晨的时候，他安静了，她也睡了。

她醒得很迟。在清醒时她所有的那种真诚的心，向她明白地指出了在父亲生病时最使她关心的东西。她醒了，听着门那边所发生的事情，并且听到了他的呻吟，她叹着气自语着，一切还是如旧。

“但是会发生什么事呢？我想要什么呢？我想要他死。”她怀着厌恶自己的心情叫起来。

她穿了衣服，洗了脸，念了祈祷文，然后走到台阶上。在台阶前面停了几辆没有套马的车，车上正在装东西。

早晨的天是暖和的、灰色的。玛丽亚公爵小姐停在台阶上，不断地为她自己心中的卑鄙而恐怖着，极力要在她去看父亲之前，使她自己的思想有条理。

医生从楼梯上下来，走到她面前。

“他今天好了一点，”他说，“我正在找您。也许有人懂得他说什么。他的头脑清楚些了。去吧，他叫您……”

听到这个消息，玛丽亚公爵小姐的心那么剧烈地跳动起来，因而她脸色发白了，她倚着门，免得跌倒。此刻，当玛丽亚公爵小姐心里充满着那种可怕的罪恶的诱惑的时候，她去见他，和他说话，出现在他的眼前，这是又苦恼、又愉快而可怕的事。

“去吧。”医生说。

玛丽亚公爵小姐进了父亲的房，走到他的床前。他高高地仰卧着，他的小小的、瘦骨嶙峋的、布满疙疙瘩瘩的紫色血管的手放在被上，左眼对直凝视着，右眼斜视着，眉毛和嘴唇动也不动。他全身是那么消瘦矮小，显得那么可怜。他的脸似乎是干瘪或者消溶了，脸盘变小了。玛丽亚公爵小姐走上前吻他的手。他的左手那样地紧握着她的手，显然是他等待她已经很久了。他拉动着她的手，他的眉毛和嘴唇愤怒地颤动着。

她惊恐地望着他，极力猜测着他对她要求的是什么。当她换了一个地方，向前移动了一下，让他的左眼看到她面孔的时候，他安静了，他的眼有好几秒钟一直盯着她。后来他的嘴唇和舌头动了一下，发出了声音，于是他开始说话，羞怯而恳求地望着她，显然是怕她不懂他的意思。

玛丽亚公爵小姐集中了全部注意力，望着他。他费劲地转动着舌头，显得很好笑，玛丽亚公爵小姐看到后垂下了眼睛，并且费力地克制着要从她喉咙里冒出来的呜咽。他说了什么，把自己的话重复了好几遍。玛丽亚公爵小姐不能够了解这些话；但她极力猜测着他说的是什么，并且满怀着疑惑一再回想着他所说的话。

“咯咯——痛……痛……”他重复了几次。

无法了解这些话。医生以为自己猜出了他的话，于是重复着他的话，问道：“是问公爵小姐害怕吗？”他否认地摇头，又发出了同样的声音。

“是说心痛吗？”公爵小姐猜想着说。

他肯定地哼了一声，抓住她的手，开始把它放到自己胸前的不同的地方，似乎是在替她的手寻找适当的地方。

“总是想到你……想……”然后，他说得比先前更加清楚，意思更加明确，此刻他相信别人了解他的话了。

玛丽亚公爵小姐把自己的头贴在他的手上，极力掩饰自己的呜咽和眼泪。

他用手抚摩她的头发。

“我叫了你一整夜……”他说。

“若是我知道……”她含着泪说，“我不敢进来。”

他紧握了她的手。

“你没有睡吗?”

“没有，我没有睡。”玛丽亚公爵小姐摇着头说。她不自觉地模仿着父亲，此刻，像她父亲说话一样，极力用姿势来表达自己的意思，好像她也是费劲地转动着她的舌头。

“心爱的……”或者“亲爱的……”玛丽亚公爵小姐不能辨别；但是从他眼神上看来，一定是说了他从来没有说过的亲切慈爱的话。“为什么不来?”

“而我却希望，希望他死!”玛丽亚公爵小姐想。

他沉默了一会。

“谢谢你……女儿，亲爱的……一切，一切……原谅……谢谢……原谅……谢谢!……”接着泪水从他眼里流出来了。“叫安德柔沙。”他忽然说，他说出这个要求时，脸上显出孩子般的羞怯和怀疑的表情。

他似乎自己知道，他的要求是没有意义的。至少，玛丽亚公爵小姐似乎觉得是这样的。

“我收到了他的信。”玛丽亚公爵小姐回答。

他惊讶而羞怯地望着她。

“他在哪里?”

“他在军中，爸爸，在斯摩棱斯克。”

他闭上了眼，沉默了很久；后来似乎是解答自己的疑惑，证明他现在了解了并且想起了一切，他肯定地点了点头，并且睁开了眼睛。

“是的，”他清晰地低声地说，“俄国毁灭了！他们把俄国毁灭了！”

接着他又呜咽起来了，泪水从他的眼里流出来。玛丽亚公爵小姐再也忍不住了，也望着他的脸哭起来了。

他又闭上了眼。他的呜咽停止了。他用手向他的眼睛做着手势；齐杭了解他的意思，替他拭去了眼泪。

然后他睁开眼睛，说了什么，别人好久不能够了解，最后只有齐杭了解，重述出来。玛丽亚公爵小姐按照刚才他说话时的心情寻找他话中的意思。她时而以为他说到俄国，时而以为他说到安德来公爵，时而以为说到她和他的孙子，时而以为说到他自己的死。就因为这样，她不能猜中他的话。

“穿上你的白衣裳，我喜欢它。”他说。

玛丽亚公爵小姐明白了这话，她的呜咽声更高了。于是医生拉住她的手臂，把她从房里带到露台上，劝她安心并做好起程的准备。在玛丽亚公爵小姐从公爵的房里走出来以后，他又说到儿子，说到战争，说到皇帝，并且愤怒地皱起眉头，开始提高哑嗓音，接着他又第二次和最后一次中风了。

玛丽亚公爵小姐留在露台上。天气放晴了；太阳出来了，天热起来了。除了她自己对父亲的热爱，她不能够了解任何东西，也不能够想到任何东西和感觉到任何东西；这种爱她似乎觉得是她以前没有过的。她跑到花园里，啜泣着，沿着安德来公爵所种的新菩提树的道路，一直跑到池边。

“是的……我……我……我希望他死！是的，我希望赶快完结……我想要安宁……我会变成什么样子呢？他死了，我的安宁有什么意思呢？”玛丽亚小姐出声地低语着，快步地在花园里走着，双手压着胸口，胸口一起一伏地跳动着，嘴里发出了呜咽。

在花园里走了一圈，又回到屋前，她看见部锐昂小姐向她迎面走来（她要留在保古恰罗佛，不想离开这里），还有一个不认识的男子。这人是本县的贵族代表，亲自来找公爵小姐，以便向她说明必须立即离开。玛丽亚公爵小姐听了他的话却不明白；她带他进了屋，要请他吃饭，于是同他坐下。然后，她在贵族代表面前道了歉，走到老公爵的房门前。医生带着不安的脸色走出来，说她不能进去。

“走吧，公爵小姐，走吧，走吧！”

玛丽亚公爵小姐又走到花园里，走到池边的山下，坐在草地上，在这里没有人会看见她。她不知道在那里待了好长时间。一个妇女在小道上跑步的声音使她清醒了。她站起来，看见了她的女仆杜妮亚莎，她显然是跑来找她的。她似乎看到女主人的样子而大吃一惊，忽然停下了步。

“请，公爵小姐……公爵……”杜妮亚莎用喘息的声音说。

“马上就来，就来，”玛丽亚公爵小姐连忙地说，没有让杜妮亚莎把要说的话说完；并且她极力避免看到杜妮亚莎，向着屋里跑去。

“公爵小姐，上帝的意志实现了，您应该事事有准备。”在门口遇见她的贵族代表说。

“不要管我；这是不确实的。”她愤怒地向他叫着。

医生想要阻止她。她推开医生，跑到门边。“为什么这些面色惊慌的人要阻止我？我不需要任何人！他们在做什么？”她推开了门，在这间先前是幽暗的房间里的明亮日光使她吃惊了。房里有妇人们和她的保姆。她们都从床边让开，给她让路。他还是那样地躺在床上；但是他宁静的面孔上严厉的神色使玛丽亚公爵小姐在门口停住了。

“不，他没有死，这是不可能的！”玛丽亚公爵小姐自语着，走到他面前，压制着她心里的恐惧，把自己的嘴唇贴在他的腮上。但她立刻离开了他。她心中感到的对他的爱立刻完全消失了，变成了对于眼前事情的恐怖。“不，他不复存在了！他没有了，但是在这里，在他曾经待过的这个地方，有种陌生的敌意的东西，有一种可怕的、恐怖的、可憎的、神秘的东西！”于是，玛丽亚公爵小姐用双手捂住了脸，倒在扶着她的医生的手上。

妇女们当齐杭和医生的面洗了那曾经是公爵的东西，用头巾扎了他的头，以免他的张开的嘴变硬，用另外一根布条扎了他的叉开的腿。然后，他们替他穿上有勋章的制服，把干枯的瘦小的尸体放在桌子上。上帝晓得，是谁在什么时候想到了这么做的，但一切似乎是自然地进行的。快到夜里的时候，在棺材四周点了蜡烛，棺上铺了罩子，地板上散着杜松枝，在死人干枯的头下放了一张印刷的祈祷文。教堂执事坐在房角落里诵读诗篇。

好像是一群马在死马面前惊跳、拥挤、喷鼻一样，在客厅里，许多外面的人和自家的人挤在棺材四周——贵族代表、村长、农妇们，都惊惶地瞪着眼睛，画十字，鞠躬，并且吻老公爵的又冷又硬的手。

9

保古恰罗佛在安德来公爵移居之前，一向是不住地主的田庄，保古恰罗佛农民和童山农民的性格完全不同。他们在言语上、服装上、性格上都有差别。他们叫作草原上的人。在他们到童山去帮助收获、挖池、掘沟的时候，老公爵常常称赞他们工作上的忍耐性，却不喜欢他们的粗野性格。

安德来公爵最近在保古恰罗佛的居住，以及他的各种革新——盖医院、学校和减低免役税——并没有使他们的性情变得温和，却恰恰相反，使他们性格上的特点显得更加突出，即老公爵所说的粗野性格。在他们当中，总是散布着不明不白的传说，有时说要调他们全体去当哥萨克兵，有时说要他们改信新的宗教，有时说到某种沙皇文告，有时说到一七九七年沙皇巴夫尔·彼得罗维支的誓言（关于这件事，他们说那时已经准许了农民自由，但贵族把它取消了），有时说到彼得·费道罗维支①要在七年之内重做皇帝，那时候，一切都将自由而且简单，什么麻烦都不会有了。关于战争、拿破仑和他侵略的传说，在他们的心里，是和基督叛徒、世界末日、纯粹自由这些同样不明确的概念混合在一起的。

---

① 毛注：彼得三世在他妻子叶卡切锐娜二世于一七六二年即位后被暗杀，农民常以为沙皇没有死。

在保古恰罗佛的四周是皇家的和收免役税的地主的大村庄。住在这个地带的地主很少；家奴和识字的农奴也很少，而且在这个地带的农民生活中，比别处更显著、更剧烈的，是俄国农民生活的神秘的暗流，它的原因和意义是当时人士不了解的。① 这种现象之一，是二十年前这个地方发生过的农民向某些温暖河流地区迁移的运动。成百的农民，保古恰罗佛的农民也在内，忽然开始卖掉他们的牛，带着家眷到东南某处去。好像鸟雀飞越大海一样，这些人带了妻子和小孩直奔东南某处，那地方是他们当中没有人到过的。他们一个一个地赎了身，或者逃跑，然后组成旅行队骑马或者步行到温暖河流那里去。许多人受了处罚，流放到西伯利亚，许多人因为饥寒在途中死去，许多人自动地回来了，于是这个迁移运动，正和它开始一样，没有明显的原因，便自行停止了。但是在这些人们当中，这个暗流不停地进行着，并且集聚着新的力量，准备同样奇怪地、意外地、同时又简单地、自然地、强有力地表现出来。这时，一八一二年，和这些人住得很近的人，可以看到，这些暗流将发生强有力的骚动，并且快要爆发了。

阿尔巴退支在老公爵死前不久来到保古恰罗佛，注意到农民之间发生了骚动，而且和童山区半径六十里内所发生的事件不同，那一带农民都跑开了（让哥萨克兵破坏他们的乡村），而在草原区，在保古恰罗佛，据说，农民和法军有勾结，接受了在他们当中流传的文告，并且留在当地不走。他听到农民对他忠实的家奴说，几天之前去赶政府运输车的农民卡尔卜在地方上有很大的势力，他带了消息回来，说哥萨克兵破坏没有居民的乡村，但法军却不破坏乡村。他知道，另一个农民甚至昨天还从法军所占领的维斯洛乌号佛村带来一份法国将军发布的文告，文告里面向居民说，他们不会遭受任

① 毛注：拿破仑侵略的危险之一是他也许宣布解放农奴引起俄国农民的大骚动。在亚力山大二世解放农奴之前，托氏相信有农民暴动要求土地与自由的危险。一八六一年的解放令曾一时避免了危险，但托氏后来的著作表示他仍然深知俄国社会的不稳定的结构，预见一九一七年的革命，在一八八六年出版的《我们一定要做什么》里有明显的预料。

何损害，而且假若他们留下不走，则凡是从他们那里拿去的东西都将会照价赔偿。为了证明这一点，这个农民从维斯洛乌号佛村带来一张一百卢布的钞票（他不知道这是假的），这是他们预付给他的干草款。

最后，最重要的，阿尔巴退支知道，在他吩咐村长集中车辆，以便把公爵小姐的行李运出保古恰罗佛的当天早晨，出现了一个乡村集会，在会上决定了大家不走并且都等着。然而时间是迫不及待的。贵族代表在八月十五日公爵死的那一天，坚持要玛丽亚公爵小姐当天离开，因为情况是很危险了。他说，八月十六日以后，他就一概都不负责了。在公爵死的那天晚上，他就走了，但答应第二天来参加葬礼。但是第二天他不能来，因为他自己接到消息，说法军出其不意地向前推进，他刚刚及时地把自己的家眷和珍贵物品从田庄上送走。

村长德隆管理保古恰罗佛三十年了，老公爵叫他德隆卢施卡。

德隆属于那种身体上和精神上都很强健的农民，他们一到成年便长出胡须，就这样一直活到六七十岁，没有一根白发，不掉一颗牙齿，他们在六十岁时就像在三十岁时那样腰杆笔直，身体强壮。

德隆也像别人那样参加了向温暖河流的迁移，在他回来不久之后，就做了保古恰罗佛的村长和庄头，从那时候起，二十三年来他无可指摘地尽了自己的职责。农民怕他胜过怕主人。老公爵、小公爵、管家都尊重他，在说笑话时称他大臣。在他供职的整个期间，德隆没有一次喝醉酒或生过病；在许多夜不睡觉，干了无论什么辛苦的活以后，他从来没有显出过丝毫的疲倦；虽然他不识字，却从来没有忘记账款和他所卖出的许多辆大车的面粉的数量，以及保古恰罗佛村庄任何一亩田地上的一堆谷物。

阿尔巴退支离开被毁坏的童山来到这里以后，就在公爵葬礼的那天找来了这个德隆，命令他准备十二匹马拉公爵小姐的车，准备十八辆车运送必须撤出保古恰罗佛的东西。虽然农民是缴免役租的，阿尔巴退支以为，执行这个命令不会遇到困难，因为保古恰罗佛有二百三十家农户，并且农民生活都很富裕。但是村长德隆听到了命令却沉默地垂着眼睛。阿尔巴退支向他提出他所认识的农民，并且命令他向他们要车。

德隆回答说，这些农民的马都拉车去了。阿尔巴退支提出了别的农民。德隆说，这些农民也没有马：有的为公家搞运输去了，有的拉不动，有的没有饲料饿死了。照德隆说，不但没有马送行李，而且连拉乘坐的车的马都没有。

阿尔巴退支注意地望了望德隆，皱了皱眉头。如同德隆是模范村长和农民一样，阿尔巴退支二十年也没有白白地管理公爵的庄园，他也是模范管家。他极其灵敏地立即看出他所对付的农民的要求和本能，因此他是最好的管家。他看了看德隆，立刻明白了德隆的回答并不是表示德隆自己的想法，而是表示保古恰罗佛地方人们普遍的情绪，村长自己也有这种情绪。但是他也知道，发了财的、受村上仇视的德隆一定是在两个阵营——贵族和农民——之间动摇不定。他从他的目光中看出了这种动摇不定，因此，阿尔巴退支皱了皱眉头，走到德隆的面前。

“你，德隆卢施卡，听着!”他说，“你不要对我说废话。安德来·尼考拉伊支公爵大人亲自命令我，要所有的人都离开，不要和敌人留在一起，而且皇帝也有这样的命令。谁留下，谁便是背叛皇帝。听见了吗?”

“听见了。”德隆回答，没有抬起眼睛。

阿尔巴退支不满意这个回答。

“哎，德隆，这样结果是很坏的!”阿尔巴退支摇了摇头说。

“随便您!”德隆愁闷地说。

“哎，德隆，不要说了!”阿尔巴退支又说，从前襟里把手抽出来，做着庄重的手势，指着德隆脚下的地板，“我不但看透了你，并且看透了你脚下三阿尔申的地方。”他注视着德隆脚下的地板说。

德隆慌了一下，偷偷地瞥了瞥阿尔巴退支，又垂下了眼睛。

“你不要说这些无聊的话了，向他们说，要他们离开家到莫斯科去，在明天早晨把公爵小姐的行李车准备好，你自己不要去开会。

听见了吗？”

德隆忽然跪下来了。

“雅考夫·阿尔巴退支，免我职吧！把我这里的钥匙拿去吧！看在基督的份上，免我职吧！”

“不要说了！”阿尔巴退支严厉地说，“我看透了你脚下三阿尔申的地方。”他重复说，他知道，他的养蜂的技能、懂得在什么时候播燕麦的知识以及他二十年来善于讨得老公爵欢心的手法，都早已使他获得了巫师的名声，能看见人脚下三阿尔申的本领便是巫师所有的。

德隆站起来想要说什么，但是阿尔巴退支打断了他的话。

“您心里想些什么？啊？……您现在想些什么？啊？”

“我对他们怎么办呢？”德隆说，“都疯狂了。我已经向他们说了……”

“我知道，您是向他们说了，”阿尔巴退支说，“他们喝过酒了吗？”他突然问。

“都发疯了，雅考夫·阿尔巴退支；他们又搬来了一桶。”

“那么你听我说，我去找警察局长，你去告诉他们，要他们不能这样，要准备车子。”

“明白了。”德隆回答。

雅考夫·阿尔巴退支不再坚持了。他管理农民已有很长时间，他知道，要农人服从的主要方法，就是不要向他们表示怀疑他们可以不顺从。雅考夫·阿尔巴退支听从了德隆，说“明白了”，对这句话觉得满意，虽然他不但怀疑：会不会有车，而且几乎相信，没有军队帮助，车辆是不会有的。

果然如此，直到傍晚的时候，车辆还未准备好。在乡村的酒店的附近又有了集会，集会决定了，把马都赶到树林里去，并且不把车子拿出来。阿尔巴退支没有向公爵小姐提起这件事，命人把他的行李从那些由童山来的车子上卸下来，把这些马套在公爵小姐的车子上。他自己找警察局长去了。

10

在父亲的葬礼以后，玛丽亚公爵小姐把自己锁闭在房间里，不让人去看她。女仆走到门口说，阿尔巴退支来问关于上路的事（这是在阿尔巴退支和德隆谈话以前的事）。玛丽亚公爵小姐从她所躺的沙发上坐起来，她隔着关闭的门说，她绝不到任何地方去了，并且要他们不要打搅她。

玛丽亚公爵小姐躺在房里，房间的窗子是向西的。她躺在沙发上，脸对着墙，用手指抚弄着皮垫子上的扣子，她只是看着这个垫子，心里不明确的想法集中在一件事上：她想到无可挽回的死亡，想到自己精神上的卑鄙，这是她一直不曾知道，而在父亲生病的时候才显露出来的。她想要祈祷却不敢祈祷，她不敢怀着此刻的这种心情去祈求上帝。她这样躺了很长时间。

太阳移到了房子的另一边，斜阳的光线，从敞开的窗子里照进房间，照着摩洛哥鞣皮垫子的一部分，玛丽亚公爵小姐正望着这个垫子。她的思绪突然中断了。她无意识地坐起来，理了理头发，站起身来，走到窗口，不由得深深地吸了一口冷空气，傍晚的天气是晴朗的，但刮起了风。

“是的，现在你能够惬意地欣赏暮色了！他不在了，没有人干涉你了。”她对自己说，颓丧地坐到椅子上，把头伏在窗台上。

有人用亲切的低微的声音在花园里叫她，并且吻了她的头。她抬头看了一下。这人是部锐昂小姐，她穿着黑丧服，戴着丧章。她轻轻地走到玛丽亚公爵小姐面前，叹了口气，吻了她，立刻又哭起来了。玛丽亚公爵小姐抬头看了看她。玛丽亚公爵小姐想起了以前和她的各种冲突，对她的嫉妒；还想起了他近来对部锐昂小姐改变了态度，他不愿意看见她，这就表示，玛丽亚公爵小姐心里对她的责备是多么不公平。“我，我希望他死，我还能责备谁呢！”她想。

玛丽亚公爵小姐清楚地想象着部锐昂小姐的处境，部锐昂小姐近来同她疏远了，但同时在生活上又依靠她，并且是住在她的家里。于是她可怜她了。她温顺的疑问地看了她一下，向她伸出了自己的手。部锐昂小姐立刻哭起来了，开始吻她的手，说到她的悲哀，并对她的悲哀表示同情。她说，她的唯一的安慰就是公爵小姐准许她分担这个悲哀。她说，所有以前的误会都应该在这巨大的悲哀前消除，说她觉得自己对大家的心是纯洁的，说他在天上知道她的爱和感激之情。公爵小姐听她说，却不明白她的话，只是不时看着她，听着她说而已。

“您的处境越加可怕了，亲爱的公爵小姐，”部锐昂小姐沉默了一会说，“我知道，您先前和现在都不能想到您自己，但我由于对您的爱，一定要这么做……阿尔巴退支到您这里来过吗？他和您谈到上路的事吗？”她问。

玛丽亚公爵小姐没有回答。她不了解，谁应该离开，到哪里去。“难道现在还能够作个计划，想到别的吗？难道不是一样吗？”她想着，没有回答。

“您知道，chère Marie，［亲爱的玛丽，］”部锐昂小姐说，“您知道，我们处在危险中，我们被法国人包围了；现在走是危险的。假使我们走，看来我们定要被俘的，上帝晓得……”

玛丽亚公爵小姐望着她的同伴，不明白她所说的话。

“啊，但愿有谁知道，现在我觉得，反正，反正都是一样了，”她说，“当然，我是无论如何不愿离开他的……阿尔巴退支和我说过上路的事……告诉他，我什么都不能做，并且也不想要……”

“我和他说过了。他希望我们明天及时动身；但是我想，现在最好是留在这里，”部锐昂小姐说，“因为您会同意的，亲爱的玛丽，在路上，落到兵士或者暴动的农民手里，是可怕的。”部锐昂小姐从提袋中取出法国将军拉摩的文告（不是用俄国通常的纸印的），文告说，居民不要离开家门，法国当局会给他们应有的保护。她把文告递给公爵小姐。

“我认为，最好是去找这个将军，”部锐昂小姐说，“我相信，他们会向您表示应有的敬意。”

玛丽亚公爵小姐看了文告，无泪的哭泣使她的脸发抖了。

“您从谁那里接到的？”她问。

“大概他们看到我的名字，知道我是法国人。”部锐昂小姐红了脸说。

玛丽亚公爵小姐手里拿着文告，站起身离开窗子，面色苍白地走出了房，进了安德来公爵从前的书房。

“杜妮亚莎，把阿尔巴退支、德隆卢施卡或者别的人叫来！”玛丽亚公爵小姐说，“告诉阿玛利亚·卡尔洛芙娜，叫她不要到我这里来。”她听到部锐昂小姐的声音，加上这句话。“我们马上就走，马上就走！”玛丽亚公爵小姐说，想到自己会落到法军的手里，她觉得恐怖了。

“要是安德来公爵知道她要落到法军的手里，那就好了！她，尼考拉·安德来维支·保尔康斯基公爵的女儿，求拉摩将军先生保护她，受他的恩惠！”这个想法使她恐怖、使她发抖、使她脸红，并且使她感觉到她从来没有体验过的愤怒和自尊。一切痛苦的事情，尤其是会使她受到屈辱的事情，她都清楚地想象到了。“他们这些法国兵要住在这房子里，拉摩将军先生要占用安德来公爵的书房；他为了消遣而要翻阅并读他的书信和文件。M-lle Bourienne lui ferd les honneurs de 保古恰罗佛［部锐昂小姐要向他尽保古恰罗佛的地主之谊］。他们出于恩惠要给我一间房；兵士们要挖掉父亲的新坟，偷去他的十字架和星章；他们要向我谈起他们对俄国人的胜利，要虚伪地表示同情我的悲哀……”玛丽亚公爵小姐不是用她自己的想法来考虑，而是觉得她应该用她父亲和哥哥的想法为她自己考虑。对于她本人，无论是留在什么地方，无论是她发生了什么事件，反正都是一样的；但是她同时觉得她自己是亡父和安德来公爵的代表。她不觉地用他们的想法来考虑一切，用他们的感觉来观察一切。他们此刻要说、要做的，就是她觉得她一定要说、要做的。她走进安德来公爵的书房，极力体会着他的思想，考虑着她自己的地位。

生活上的各种要求，她认为已随同她父亲的死而消失了，此刻却带着不曾知道的新的力量，在玛丽亚公爵小姐的面前忽然出现了，并且控制了她。

她兴奋、脸红，在房里走来走去，时而派人去唤齐杭或德隆。

杜妮亚莎、保姆和所有的女仆都不能够说，部锐昂小姐所说的话正确到什么程度。阿尔巴退支不在家，他到警察局去了。被找来的建筑师米哈伊·依发内支，睡眼蒙眬地来到玛丽亚公爵小姐的面前，什么也不能够告诉她。他带着十五年来对于老公爵的问题概不表示意见所惯有的那种完全同样的表示同意的微笑，回答玛丽亚公爵小姐的问题，因此从他的回答中不能得到任何确定的意见。被唤来的老侍仆齐杭，消瘦而憔悴的面孔上显露出无法消除的悲哀，他对于玛丽亚公爵小姐提出的所有问题只回答说："就是了。"并且望着她，忍不住哭泣。

最后，村长德隆进了房，向公爵小姐低低地鞠躬之后，停在门口。

玛丽亚公爵小姐在房里走着，在他面前站住了。

"德隆卢施卡，"玛丽亚公爵小姐说，她把他作为可靠的朋友来看的，就是这个德隆卢施卡每年到维亚倚马去赶集，他每次都带来特别的姜饼，带着笑容递给她的。"德隆卢施卡，现在，在我们的不幸之后……"她开始说，不能再向下说，又沉默了。

"上帝在我们的头上。"他叹了口气说。

他们沉默了一会。

"德隆卢施卡，阿尔巴退支出去了，我没有人可找。他们说我不能走，是真的吗？"

"为什么你不能走？小姐，可以走的。"德隆说。

"他们向我说，因为有敌人，所以危险。好朋友，我什么事都不能办，什么都不了解，没有人在我这里。我想要在今天夜里，或者明天大清早一定走。"

德隆沉默着。他皱着眉看了看玛丽亚公爵小姐。

"没有马，"他说，"我和雅考夫·阿尔巴退支也说了。"

"为什么没有？"公爵小姐问。

"这都是上帝的惩罚，"德隆说，"多么好的马呀，被军队拿去了，多么好的马死了，就是这样的年头！说不上喂马了，我们自己也要饿死了！我们三天没有吃的了。什么也没有，完全破产了。"

玛丽亚公爵小姐注意地听着他向她所说的话。

“农人破产了吗？他们没有粮了吗？”她问。

“他们就要饿死了，”德隆说，“说不上车子了。”

“但是你为什么不说呢，德隆卢施卡？难道不能帮助他们吗？我要尽力去办……”

玛丽亚公爵小姐想到这件事，便觉得奇怪：现在，当她心里充满着这样的悲哀的时候，还能够看到富人和穷人的差别，而富人还能够不帮助穷人。她模糊地知道，并且听说，老爷有存粮，而且这些粮食是常常发给农民的。她还知道，她的哥哥和父亲不会拒绝帮助贫困的农民；她只怕，在她说到她想要把粮食分发给农民的时候说出错话。她对自己的忙忙碌碌觉得高兴，因此她可以问心无愧地忘记自己的悲哀。她开始向德隆卢施卡详细地询问农民的需要，询问老爷有什么东西在保古恰罗佛。

“我们还有老爷的、我哥哥的存粮吗？”她问。

“老爷的存粮还原封未动。”德隆骄傲地说，“我们的公爵没有命令出售。”

“把它发给农民，把他们所需要的一切都发给他们，我代表哥哥准许你的。”玛丽亚公爵小姐说。

德隆没有回答，只深深叹了口气。

“假若够他们分，你就把粮分给他们。全部分给他们。我代表哥哥命令你的，你告诉他们：我们的东西，就是他们的。我们舍得把一切东西都给他们。就这样告诉他们。”

当公爵小姐说话时，德隆注视着她。

“请你免我的职吧。小圣母，看在上帝的份上，叫人把我的钥匙拿去吧，”他说，“做了二十三年的事，没有做过错事，免我的职吧，看在上帝的份上。”

玛丽亚公爵小姐不明白，他向她所要求的是什么，为什么他请求免去他的职务。她回答他说，她从来没有怀疑过他的忠实，她准备为他、为农民去做任何事情。

11

一小时后，杜妮亚莎到公爵小姐面前来说，德隆来了，并且所有的农民都奉公爵小姐的命令，聚在谷仓前面，希望和女主人说话。

“但是我并没有叫他们来，”玛丽亚公爵小姐说，“我只向德隆施卢卡说，把存粮分给他们。”

“看在上帝的份上，亲爱的公爵小姐，叫人把他们赶走，不要去见他们。这全是一种圈套，”杜妮亚莎说，“雅考夫·阿尔巴退支来了，我们就走……请您不要……”

“什么圈套？”公爵小姐惊讶地问。

“我晓得是的，但是您听我说吧，看在上帝的份上！您去问保姆吧。他们说，不肯遵照您的命令离开。”

“你这话说得不对。我并没有命令他们离开……”玛丽亚公爵小姐说，“叫德隆卢施卡来。”

德隆来了，证实了杜妮亚莎的话：农民是奉公爵小姐的命令来的。

“但是我并没有叫他们来，”公爵小姐说，“你一定没有把我的话向他们说，我只是说，你把存粮发给他们。”

德隆没有回答，叹了口气。

“假若你下命令，他们就走。”他说。

“不，不，我去见他们。”玛丽亚公爵小姐说。

玛丽亚公爵小姐不顾杜妮亚莎和保姆的劝阻，走到台阶上去了。德隆、杜妮亚莎、保姆和米哈伊·依发内支跟着她。

“他们大概以为我要分给他们粮食，要他们留在这里，我本人要离开这里，让他们听任法国人摆布，”玛丽亚公爵小姐想。“我要保证他们在莫斯科乡下有月粮，有住处；我相信，安德来处在我的地位上，也许要做得更多。”她一面想着，一面在暮色中走到站立在仓门前草地上的人群那里。

人群挤紧着，开始移动了，并且迅速地脱了帽子。玛丽亚公爵小姐垂下眼睛，衣服的底边绊着她的脚，走到他们面前。那么多各种各样的、老老少少的眼睛向她注视着，还有那么多不同的面孔，因而玛丽亚公爵小姐没有看清任何一个面孔，她觉得必须立刻向他们大家说话，却不知怎样开口。但是想到她是父兄的代表，她便有了力量，于是大胆地开始说话了。

“我很高兴，你们来了，”玛丽亚公爵小姐开始说，没有抬起眼睛，觉得她的心迅速而剧烈地跳动着，“德隆卢施卡向我说，战争使你们都破产了。这是我们共同的不幸，我舍得一切，帮助你们。我本人要离开这里，因为这里危险……敌人靠近了……因为……我要给你们一切，我的朋友们，请你们带着一切，带着我们所有的粮食，你们不会挨饿的。假使有人说，我给你们粮食，是要你们留在这里，这是不对的。正是相反，我请你们带了你们所有的财物，到我们莫斯科乡下的田庄上去，在那里我要亲自问事，并且应许你们，你们不会挨饿吃苦的。要给你们房子和粮食的。”

公爵小姐停顿了一下。人群里只听到叹息声。

“我不是为我自己这么办的，”公爵小姐继续说，“我这么办，是代表我的过世的父亲，他是你们的好主人，并且是代表我的哥哥和他的儿子。”

她又停顿了一下。没有人打破她的沉默。

“我们的悲哀是共同的，我们要共同分担。我的一切，也是你们的。”她望着站在她面前的人说。

所有的眼睛都望着她，都带着同样的表情，这表情的意思是她不能了解的。这表情也许是好奇、忠顺、感激的，也许是惊悸、怀疑的，但是所有面孔上的表情都是一样的。

“我们很感谢您的盛意，但是要我们拿老爷的粮食，那是不行的。”后面的人说。

“为什么呢？”公爵小姐问。

没有人回答，于是玛丽亚公爵小姐环顾着人群，注意到现在她所遇见的眼睛都立刻垂下去了。

“为什么你们不想要呢？”她又问。

没有人回答。

这种沉默使玛丽亚公爵小姐感到难受；她力求抓住一个人的

目光。

“您为什么不说？”公爵小姐向一个很老的人说，他拄着手杖，站在她面前，“假使你想到还需要什么，你就告诉我。我统统会办的。”她盯住他的目光说。

他似乎因此而生气了，垂下了头说：

“为什么我们要同意？我们不需要粮食。”

“为什么我们要抛弃一切呢？不同意，不同意……我们不同意。我们同情你，但我们不同意。你离开，一个人离开这里……”话声从人群中各方面发出来。

在这群人的所有面孔上，又有了同样的表情，现在这已经确实不是好奇与感激的表情，而是愤怒的坚决的表情了。

“但是你们一定是没有了解我，”玛丽亚公爵小姐苦笑地说，“为什么你们不愿意走？我保证给你们住的、吃的。可是在这里，敌人要蹂躏你们……”

但是她的声音被人们的声音压倒了。

“我们不同意。让敌人来吧！我们不要你的粮食。我们不同意！”玛丽亚公爵小姐力求在人群里再盯住一个人的目光，但是没有一个人的目光对着她；显然他们的目光都避开她。她觉得稀奇、为难。

“你看，她说得多么漂亮，替她去做奴隶！毁了家，去做奴隶。不是吗？她说，我给你们粮食！”人群中发出了这些声音。

玛丽亚公爵小姐垂下了头，离开人群，走进屋里。她又命令德隆备好马匹明天上路，便回到自己房间里，独自沉思。

12

这天夜里，玛丽亚公爵小姐在自己房间里敞开的窗子前坐了很长时间，倾听着从村子里传来的农民的话声，但她此刻所想到的不是他们。她觉得，无论她怎样想到他们，她也不能了解他们。她所想的只有一件事情，她自己的悲哀，由于她对当前问题的关心而一度中断的悲哀，在她看来，已经成为过去的事了。她现在已经能够回忆，能够哭，能够祈祷了。

太阳落山，风也息了。夜是寂静而清凉的。在十一点钟以后，人声开始平息了，一只公鸡啼了，从菩提树那边开始升起了圆圆的月亮，升起了清凉的白色的带有露水的雾气，乡村里和家宅里是一片寂静。

不久前的情景——她父亲患病和在最后的时刻——一一呈现在她的心中。她此刻又忧郁又喜悦地沉陷在这些想象中，只恐惧地驱除着最后的一个想象——他的死，她觉得，她甚至在这个寂静而神秘的夜里，也不能在她的想象中想到这个。这些情景是那么明确而细致地呈现在她心中，以致她觉得，这些情景忽而是现在，忽而是过去，忽而是未来。

她又清楚地想起了那个时候：他第一次发病，别人抬着他的胳膊把他从童山的花园里扶进家里，他的无能为力的舌头转动着，他的白眉毛紧皱着，他不安地羞怯地望着她。

“那个时候，他就想向我说出他临死的那天向我所说的话”，她想，“他总是想着他向我所说的话。”于是她十分详细地想起了他中风之前在童山的那一夜，那时候玛丽亚公爵小姐就预感到不幸，违反他的意志和他留在一起。她没有睡，并且夜里踮着脚走下楼，走到花房的门前，她的父亲那天在里面过夜，她注意地听着他的声音。他用微弱而疲倦的声音和齐杭说话。他显然是想要谈话。“他为什么不叫我去呢？他为什么不许我代替齐杭呢？”玛丽亚公爵小姐在那时，在现在，都是这么想。“他现在是永远不会再把心里的事向人说出来了。那个时候，对他、对我都永远地一去不复返了，在那个时候，他本可以向我说出他所想说的一切，并且能够听出他的话、了解他的意思的是我，而不是齐杭。为什么我那时不进房呢？”她想，“也许那时候他便向我说了他临死那天所说的话。那时他和齐杭说话，还问到我两次。他想要看见我，我却站在那里，在门外边。他和齐杭说话是悲伤而痛苦的，齐杭不了解他的意思。我记得，他同他说到莉萨，把她当作活人，他竟忘记她已经死了，齐杭提醒他，说她不在了，他大叫道：‘傻瓜！’他是痛苦的。我在门外听到，他躺在床上呻吟着，大声叫道：‘我的上帝！’为什么我那时不进去？他会对我做出什么呢？我会损失什么呢？也许那时候他会得到安慰，他会向我说出那句话。”于是玛丽亚公爵小姐出声地说了他临死那天向她所说的那个亲爱的字眼：“心——爱——的！”玛丽亚公爵小姐重复着这个字眼，并且流出了使她的心灵获得安慰的眼泪。她现在在自己面前看见了他的脸。这不是从她能够记得事情的时候起她所熟悉的，她一向远远地看见的那个面孔；而是她在最后一天，凑近他的嘴边，听他说话，第一次靠近地看见的，看到皱纹和细微之处的那个羞怯而无力的面孔。

“心爱的。”她重复着他的话。

“他说这话时，心里想的是什么？他现在想的是什么？”她忽然想到这个问题，在回答这个问题的时候，她看见了他在她的面前，他的脸上带着躺在棺材里的时候被白巾扎着的面孔上的那个表情。在她摸了他，并且相信这不是他，而是那种曾使她感到恐怖的神秘可憎的东西，现在又使她感到恐怖。她准备想到别的事情，她想要祈祷，但是一样也办不到。她把睁开的大眼睛望着月光和阴影，觉得随时都会看见他的死人面孔，并且觉得那笼罩在屋内屋外的寂静使她觉得拘束。

“杜妮亚莎！”她低声唤着，“杜妮亚莎！”她用粗野的声音大叫了一声，并且打破了寂静，向女仆人房里走去，迎着向她跑来的保姆和女仆们走去。

13

八月十七日，罗斯托夫和依利因偕同刚被法国人释放回来的拉夫如施卡和传令骠骑兵，离开他们的和保古恰罗佛相隔十五里的驻扎地扬考佛，骑马闲游，试验依利因新买的马，并且打听村中有没有草秣。

保古恰罗佛这三天是在敌对的两军之间，因此俄军的后卫和法军的前卫都能够很容易来到那里，因此，罗斯托夫这个细心的骑兵连长，① 希望在法军来到之前，用留在保古恰罗佛的粮秣。

---

① 罗斯托夫已因战功受勋并升为营长。见本卷第一部第十三章。

罗斯托夫和依利因都怀着最快乐的心情。保古恰罗佛是这个带庄园的公爵田庄，他们希望在那里找到很多家奴和美丽的姑娘，在去的途中，他们有时向拉夫如施卡问到拿破仑，并且对他的话大笑，有时互相追赶，试验依利因的马。

罗斯托夫不知道也没有想到，他要去的村庄，正是和他的妹妹订过婚的安德来·保尔康斯基的田庄。

罗斯托夫和依利因最后一次在保古恰罗佛前面的斜坡上纵马追赶，罗斯托夫赶上了依利因，先进了保古恰罗佛村的街道。

“你领先了。”涨红了脸的依利因说。

“是呀，总是领先，在草地上和这里都领先。”罗斯托夫说，用手抚摩着他的发汗的顿河的马。

“我骑着法国马，大人，”拉夫如施卡在后面说，称他的拉车的驽马为法国马，“本来可以赶上前，但是不愿意叫人丢面子。”

他们慢步地走到谷仓前，有一大群农民站在那里。

有的农民脱了帽子，有的没有脱帽子，望着骑马的来人。两个高高的老农民，有皱纹的面孔和稀疏的胡须，从酒店里走出来，微笑着，蹒跚着，唱着不成调的歌，走到军官们面前。

“好汉们！”罗斯托夫发笑着说，“这里有干草吗？”

“简直一模一样……”依利因说。

“快……乐……的……伙……”一个农民带着幸福的笑容唱着。

有一个农民从人群里走出来，走到罗斯托夫面前。

“你们是什么人？”他问。

“法国人，”依利因开玩笑地回答，“这就是拿破仑本人。”他指着拉夫如施卡说。

“我看你们是俄国人吧？”那个农民又问。

“你们这里的兵很多吗？”另一个矮小的农民走到他面前问。

“很多，很多，”罗斯托夫回答，“你们为什么聚在这里？”他又说，“是节期吗？”

“老人们聚会，是为了村上的事。”那个农民一面离开着他，一面回答。

这时候，在通往主人屋子的路上，出现了两个妇人和一个戴白帽子的男人，向军官这里走来。

“穿红衣裳的是我的，不许动!”看见了毅然地向他跑来的杜妮亚莎，依利因说。

“她是我们的!”拉夫如施卡眨了眨眼睛，向依利因说。

“我的美人，需要什么?”依利因微笑着说。

“公爵小姐要我来问，你们是哪一团的?姓什么?”

“这是罗斯托夫伯爵，骑兵连长，我是您顺从的仆人。”

“伴……啊……伴!”一个醉酒的农民唱着，幸福地微笑着，望着和女孩说话的依利因。阿尔巴退支远远地脱了帽子，在杜妮亚莎之后走到罗斯托夫面前。

“我冒昧打搅大人，”他把手放在胸前，恭敬地说，对于年轻的军官却带着相当轻视的神色，“我的女主人，十五日逝世的上将尼考拉·安德来维支·保尔康斯基公爵的小姐，由于这些人愚昧无知，感到为难，”他指着农民们，“请您劳驾……可不可以请，”阿尔巴退支忧郁地微笑着说，“再向前走一点，因为不便于当着……”阿尔巴退支指着两个农民，他们紧跟在他身边，好像牛蝇跟在马的身边一样。

“啊!……阿尔巴退支……啊!雅考夫·阿尔巴退支!……好极了!看在基督的份上!原谅我们吧。好极了!啊?”农民们愉快地微笑着向他说。

罗斯托夫看了看醉酒的农民，微笑了一下。

“或者这也许叫大人开心吗?”雅考夫·阿尔巴退支带着清醒的神色说，把那只没有放在胸前的手指着老农民们。

“不，并没有什么开心的地方，“罗斯托夫说，向前走着，“是怎么回事?”他问。

“我冒昧报告大人，这里粗野的农民不让女主人离开田庄，并且威胁说，要把马卸下来，所以，虽然早上就把东西搬好了，但是到现在女主人还不能走。”

“这是不行的!”罗斯托夫叫着。

“我有荣幸向您报告实情，”阿尔巴退支说。

罗斯托夫下了马，把马交给传令兵，和阿尔巴退支走进屋，向他问着详情。的确，昨天公爵小姐要把粮食分给农民，她向德隆和集会的农民们做了说明，把事情弄得那么糟，以致德隆终于交出了钥匙，和农民合在一起，阿尔巴退支找他时，他不见了，并且早上公爵小姐命令套马上路时，一大群农民走到谷仓前，并派人去说，他们不让公爵小姐离开村庄，又说有了命令，不许离开，并且他们要卸马。阿尔巴退支到他们面前劝告他们，但他们回答他说（卡尔卜说得顶多，德隆没有在人群中露面），他们不能让公爵小姐离开，又说是有了命令要如此；但是只要公爵小姐留下来，他们便照旧侍候她，事事顺从她。

当罗斯托夫和依利因在路上骑马奔驰的时候，玛丽亚公爵小姐不听阿尔巴退支、保姆和女仆们的劝阻，命令套马，想要上路；但是看见了骑马奔驰的骑兵，他们以为是法国人，车夫跑走了，妇女们在屋内啼哭了。

“父呀！亲老子呀！上帝派你来的。”当罗斯托夫穿过前厅时，许多人深受感动地说。

玛丽亚公爵小姐在别人领着罗斯托夫来到她的面前时，正茫然若失、无能为力地坐在客厅里。她不明白，他是谁，他是为什么来的，她自己会发生什么事情。看见了他那张俄国人的面孔，并且根据他的步态和第一句话，她认出了他是她自己阶级中的人，她用她的蓝色明亮的眼睛看了看他，并且开始用她的因为兴奋而结结巴巴的打颤的声音说话。罗斯托夫立刻把这一次会面当作一种奇遇。“一个没有保护的不胜悲伤的姑娘，独自遭受到农民的粗野暴行！多么奇怪的命运把我带到这里来了！”罗斯托夫想，听着她说，望着她。“她的面貌和表情显得多么温柔、高贵！”他想，听着她的羞涩的叙述。

她说到，这都是在她父亲的葬仪之后一天之内发生的，这时候，她的声音打颤了。她转过身去，后来又似乎恐怕罗斯托夫以为她的话是要引起他的怜惜，她便疑问而惊恐地看了看他。罗斯托夫的眼里含着泪。玛丽亚公爵小姐注意到这个，并且用她的明亮的目光感激地看了看罗斯托夫，这目光使人忘记了她面孔的丑陋。

“公爵小姐，我表达不出我是多么荣幸，我偶然来到这里，能够向您表示我愿意效劳。”罗斯托夫站起来说，“请上路吧，我向您保证，没有一个人敢使您不愉快，只要您允许我护送您。”于是他好像是人们向皇家妇女们鞠躬那样向她恭敬地鞠了躬，便向着门口走去。

罗斯托夫似乎是用他的恭敬的态度来表示，虽然他认为认识她是一件幸事，但是他并不想要为了自己接近她而利用她的不幸。

玛丽亚公爵小姐明白并且重视他的这种态度。

“我很感激您，”玛丽亚公爵小姐用法语向他说，“但是我希望，这一切只是误会，并且谁也不要对这件事负责。”玛丽亚公爵小姐忽然哭起来了。

“原谅我。”她说。

罗斯托夫皱了皱眉，又低低地鞠了一躬，便从大厅里走出去了。

14

“哎，怎样？漂亮吗？但是，老兄，我的红姑娘漂亮极了，她叫杜妮亚莎……”但是看了看罗斯托夫的面孔，依利因不作声了。他看出他的英雄和长官有了完全不同的心绪。

罗斯托夫愤怒地看了看依利因，并且没有回答他，便快步地向村庄走去。

“我要教训他们，收拾他们，这些混蛋。”他自言自语地说。

阿尔巴退支踏着轻快的快步子，几乎是跑着，费力地赶上罗斯托夫。

“大人有什么决定吗？”他追上了他说。

罗斯托夫停下了步，握紧了拳头，忽然威胁地走到阿尔巴退支面前。

“决定？什么决定？老东西！”他向他叫着，“你是干什么的！啊？农民造反，你不能够管住他们吗？你自己是叛徒。我知道您，我要剥掉他们的皮……”好像要急于发泄自己的怒火，他撇下阿尔巴退支，迅速地向前走去。阿尔巴退支压下了遭受侮辱的不快的心情，用轻快的步子追赶着罗斯托夫，并继续向他表示自己的意见。他说农民们是顽固的，现在没有兵力去“反抗”他们便是轻率的举动，又说是否最好先派人去找军队。

“我要用武力教训他们……我要‘反抗’他们。”尼考拉无意义地说着，由于心中失去理性的兽性的怒火，由于要发泄这种怒火，他透不过气来了。

他没有想到要做什么，他不自觉地踏着迅速的、坚决的步伐向人群走去。他愈走近他们，阿尔巴退支愈觉得，他的不谨慎的行为不会产生好结果。人群中的农民们，望着他的迅速而坚定的步伐、坚决而阴沉的面孔，也产生了同样的感觉。

在骠骑兵来到村庄而罗斯托夫去见公爵小姐以后，人群中发生了混乱和纷争。有些农民开始说到来人是俄国人，他们也许会由于他们不让女主人走而动怒。德隆也是抱着这个意见；但他刚表示了这个意见，卡尔卜和许多别的农民就攻击这个前任村长了。

“你靠村社吃肥了多少年？”卡尔卜向他叫着，“你觉得反正一样！你要挖出钱罐走了，我们的房子毁不毁掉与你有什么关系？”

“有人说过，要守秩序，不让一个人离开，家里一粒粮食也不许带走——没有别的了！”另一个人叫着。

“轮到你的儿子当兵，你不用怕！你舍不得自己的儿子，”忽然一个矮小的老人迅速地说，攻击德隆，“却要我的凡卡去剃头当兵。哎，我们都要死了！”

“是的，我们都要死了！”

“我不是反对村社。”德隆说。

“不是反对村社，你的肚子养肥了！……”

两个高高的农民说了自己的意思。罗斯托夫刚刚偕同依利因、拉夫如施卡和阿尔巴退支走到人群那里，卡尔卜就把手指放在腰带上，微微地笑着走上前。反之，德隆走到人群的后边去了。人群靠得更紧了。

“哎，你们这里的村长是谁？”罗斯托夫叫着，快步地走到人群那里。

“村长吗？你有什么事？……”卡尔卜问。

但是他还没有来得及把话说完，他的帽子已经飞去，猛力的一击把他的头打歪了。

“摘下帽子，叛徒们！”罗斯托夫用愤怒的嗓音叫着，“村长在哪里？”他愤怒地叫着。

“叫村长，叫村长来……德隆·萨哈锐支①，叫您。”不知从什么地方传来了急速而顺从的声音，于是他们纷纷把帽子摘下来。

“我们不敢乱动，我们遵守秩序。”卡尔卜说，后边的几个人也同时一齐说：

“正如同老人们所说的，你们发号施令的人太多了……”

“发议论吗？……暴动！……混蛋！叛徒！”罗斯托夫一面扯着嗓子毫无意义地叫着，一面抓住卡尔卜的领子。“把他绑起来，绑起来！”他叫着，但是除了拉夫如施卡和阿尔巴退支外，没有人绑他。

拉夫如施卡终于跑到卡尔卜跟前，从后面抓住他的手臂。

“要叫山下我们的弟兄们来吗？”他叫着。

阿尔巴退支指名叫了两个农民来绑卡尔卜。农民顺从地从人群中走出来，开始解下自己的腰带。

“村长在哪里？”罗斯托夫叫着。

德隆皱着眉头，面色发白，从人群中走出来。

“你是村长？绑起来，拉夫如施卡，”罗斯托夫叫着，似乎这个命令不会遇到阻碍。

果然又有两个农民开始来绑德隆，而德隆似乎在帮他们忙，解下自己的腰带，递给他们。

“你们大家都听我说，”罗斯托夫向农民们说，“马上都回到自己家里去，免得让我听见你们的声音。”

“唉，我们没有做过一点损人的事。我们由于愚蠢只是做了一点

① 毛注：连着父名称呼，乃表示农民不是亲密地说话，而是要说得客气有礼貌。

无聊的事……我早就说过，这是不合规矩的。”传来大家互相指责的声音。

“哎，我向你们说过，”阿尔巴退支说，恢复了他的权利，“你们做得不好，弟兄们！”

“我们是愚蠢，雅考夫·阿尔巴退支。”许多人回答，然后人群立刻走开，朝村庄各处散去。

两个被绑着的农民被人带到主人的院子里。两个喝醉酒的农民跟着他们。

“哎，我要看看你！”其中有一个人对卡尔卜说。

“难道能同老爷们这么说话吗？你想的是什么？傻瓜，”另一个人肯定地说，“地道的傻瓜！”

两小时后，车子停在保古恰罗佛庄园的院子里。农民们迅速地把主人的行李搬出来放到车上，德隆照玛丽亚公爵小姐的意见，从锁住他的大柜里被放了出来，站在院子当中指挥农民。

“你不要把这个弄坏了，”农民中一个圆脸带笑的大汉子说，一边从女仆的手里接过一个匣子，“它也是很值钱的。你怎么可以那样扔？你把它放在绳子底下——它要磨坏的。我不喜欢这样。什么事都要做得适当，合乎规矩。要这样做，放在软席子底下，用草盖起来，这样做就对了。”

“啊，书，书，”另一个搬安德来公爵的书架的农民说，“你不要碰；重得很，孩子们，书很重。”

“是的，他们是在写书，不是在玩！”圆脸的高个儿农民意味深长地眨了眨眼，指指上面的辞典说。

罗斯托夫不愿勉强结识公爵小姐，没有回到她那里去，却留在村庄里，等她上路。等到玛丽亚公爵小姐的车子从家里出来了，罗斯托夫才上了马，送她到了保古恰罗佛十二里外我军所在的路上。在扬考佛，在旅店里，他恭敬地和她道别，第一次大胆地吻了她的手。

“您这么说，多难为情，”他红着脸回答玛丽亚公爵小姐感谢他的搭救的话（她以为他的行为是搭救），“任何警官也能这样做的。

假使我们只是要和农人打仗，我们也不会让敌人走了这么远。”他羞惭地说，力求改变话题，“我只感到荣幸，我有机会认识您。再见，公爵小姐，祝您快乐、安心，希望在更快乐的地方遇见您。假使您不想使我脸红，就请您不要道谢。”

但是公爵小姐，假使没有再用言语感谢他，却还是用她的面部的感激和亲切的表情感谢了他。她不能相信他所说的，她没有要感谢他的地方。恰恰相反，她觉得无疑的是，假使不是他，她准会死在暴民和法军的手里；而他为了搭救她，让自己去冒最显见、最可怕的危险；更无疑的是，他是心灵高尚的人，他能了解她的处境和悲哀。他的善良而正直的眼睛在她哭着向他说到她自己父亲去世时的情景时，也含着泪水，他的这对眼睛还留在她的想象里。

当玛丽亚公爵小姐同他道别之后，剩下她一个人的时候，她忽然觉得她的眼里含着泪，而且她心中不止一次出现了这样一个奇怪的问题——她是否爱他？

在到莫斯科去的其余的路程中，虽然公爵小姐的处境是不愉快的，和她同车的杜妮亚莎却屡次注意到公爵小姐把头伸到车窗外边，愉快而又忧悒地为什么事情微笑着。

“假使我爱上他，又怎样呢？”玛丽亚公爵小姐想。

她虽然羞于向自己承认，她先爱上了一个男人，这男人也许绝不会爱她，她却用这种想法安慰她自己，就是绝不会有人知道这件事，并且假使她不向任何人说，而终生爱着一个是她初次、也是最后一次所爱的人，那是不能怪她的。

有时她想起他的目光、他的同情、他的话，并且似乎觉得，幸福不是不可能的。就在这种时候，杜妮亚莎看见她微笑着向车窗外边看着。

“他是注定了要到保古恰罗佛来的，而且正是那个时候！”玛丽亚公爵小姐想，“并且是注定了他的妹妹要拒绝安德来公爵！”① 于

① 毛注：女子不可嫁给嫂嫂或姊丈的兄弟，如娜塔莎和安德来结婚，玛丽亚就不能和尼考拉结婚。

是玛丽亚公爵小姐把这一切看作天意。

玛丽亚公爵小姐留给罗斯托夫的印象，是很令他满意的。当他想到她的时候，他觉得愉快，当他的同伴们知道了他在保古恰罗佛的奇遇，取笑他，说他去寻草料，却碰见了一个俄国最富的闺女的时候，罗斯托夫发怒了。他发怒，正是因为这个想法——娶他所满意的、温顺的、有巨大财产的玛丽亚公爵小姐——常常违反他的意志，出现在他头脑里。对他个人来说，尼考拉不能够希望娶到比玛丽亚公爵小姐更好的妻子了：娶她可以使伯爵夫人——他的母亲——幸福，并改善他父亲的境遇：尼考拉觉得，甚至还可以使玛丽亚公爵小姐幸福。

但是索尼亚呢？誓言呢？由于这个原因，别人拿保尔康斯卡雅公爵小姐对他取笑的时候，罗斯托夫发怒了。

15

库图索夫就任了指挥各军的统帅，想起了安德来公爵，并且下了命令给他，要他到总司令部里来。

安德来公爵在库图索夫初次阅兵的那一天，并且正在阅兵的时候，来到擦来佛·萨伊密锡。① 安德来公爵在村上神甫的房子外边歇着，那里停着总司令的车子。他坐在门前的凳子上，等候殿下，现在都这么称呼库图索夫。在村庄那边的田野上时而传来了军乐声，时而传来了向新总司令呼喊“乌拉！”的许多欢呼声。在门外和安德来公爵相隔十步的地方，有两个侍从兵、一个信使和一个管家，趁公爵不在家的时候，在门外快乐一番。一个长着胡须的、脸色黝黑的、矮小的骠骑兵中校，来到门前，看了看安德来公爵，问道：“殿下住在这里吗？快要回来了吗？”

安德来公爵说，“他不是殿下司令部里的人，他是刚到的。”骠骑兵中校去问一个整洁的侍从兵，那个侍从兵带着总司令的侍从兵

① 毛注：这地方在格沙次克附近，库图索夫八月十一日离开彼得堡，八月十七日到格沙次克。

向军官们说话时所有的那种特别轻视的神态向他说：

“您找殿下吗？大概马上就要回来了。您有什么事？”

骠骑兵中校看到侍从兵的这种态度，在唇髭下边笑出了声，下了马，把马交给传令兵，然后走到保尔康斯基面前，向他微微鞠躬。保尔康斯基在凳子上让出地方。骠骑兵中校坐在他的身边。

“您也是等候总司令吗？”骠骑兵中校说。“据说，他什么人都接见，谢谢上帝！和吃香肠的人①在一起才倒霉呢！叶尔莫洛夫并不是凭空想要做德国人。现在似乎俄国人可以说话了。鬼知道，他们做的是什么。总是撤退，——总是撤退。您参加过战事吗？”他问。

安德来公爵回答说：“我不但有荣幸参与退却，而且还在退却中损失了我的一切宝贵的东西；不要说田庄和我出生的家宅了……我的父亲，他是忧伤而死的。我是斯摩棱斯克省人。”

“啊？……您是保尔康斯基公爵吗？我很高兴和您认识，我是皆尼索夫中校，但发西卡这个名字，知道的人更多一些。”皆尼索夫说，和安德来公爵握着手，并且特别亲切地注意地望着保尔康斯基的脸。“是的，我听说过。”他同情地说，沉默了一会，又继续说：“这是西徐亚人的战争。这是十分好的，但是对于那些替别人受过的人是不好的。您是安德来·保尔康斯基公爵吗？”他摇着头，“很高兴，公爵，很高兴和您认识。”他又带着忧郁的笑容补充说，和他握手。

安德来公爵从娜塔莎关于她的第一个情人的叙谈中，已经知道皆尼索夫。这个回忆现在使他又甜又苦地感到一种痛苦的心情，这种心情是他近来好久没有感觉过的，但还是在他的心里。近来他有了那么多别的、那么深刻的印象，例如斯摩棱斯克的放弃，他到童山，新近的关于父亲逝世的消息——体验了那么多的事情，以致好久没有想起这些回忆，并且在想到的时候，也远不像从前那样有力地感动他。至于皆尼索夫，他觉得被保尔康斯基这个名字所引起的那种回忆，是遥远的诗意的过去，那时候，在饭后，在娜塔莎唱歌

① 指德国人。——译者

之后，他自己不知道是怎么回事，便向十五岁的女孩子求婚。想起那时候的情况和他对娜塔莎的爱情，他微笑了一下，但立刻又想到他现在热烈地专心地注意的事情。这是一个作战计划，是他在退却中在前哨服务时所做的。他曾经把这个计划献给巴克拉·德·托利，现在又想献给库图索夫。这个计划的根据，是法军的战线拉得太长，它主张，我们不要在前线作战阻止法军前进，或者是在前线边作战边推进，我们应该攻击法军的交通线。他开始向安德来公爵说明他的计划。

“他们可不能维持整条交通线。这是不可能的。我负责去切断他们；给我五百个人，我去切断他们，这是有把握的！只有一个办法——就是游击战。”

皆尼索夫站起来，打着手势向保尔康斯基说明他的计划。在他说明时，军中发出的混乱声、扩散开去的叫喊声和音乐声、唱歌声混合在一起，从阅兵的地方传来。从村庄附近传来了马蹄声和叫喊声。

“他来了，”站在门口的哥萨克兵叫着，“他来了！”

保尔康斯基和皆尼索夫走到门前，那里有一小群兵（一个荣誉卫队）。他们看见库图索夫骑着不高的棕色马从街上走来。一大群随从的将军跟在他背后。巴克拉几乎是和他并行着；一大群军官跟着他们，围着他们跑着，叫着“乌拉。”

副官们在他前面骑马跑进了院子。库图索夫不耐烦地催促着他的在他的重压之下溜蹄小跑的马，不断地点着头，把手举到禁卫骑兵所戴的、有红扁带子而无帽檐的白帽子旁边。他朝着荣誉卫队走去，他们是勇敢的掷弹兵，大部分是有勋章的，他们向他行礼，他沉默了大约一分钟，用司令官坚定的目光注意地看了看他们，便转身对着站在四周的将军们和军官们。他的脸上忽然显出微妙的表情；他迷惑不解地耸了耸肩膀。

“有这样的好汉们，却还是一退再退！”他说，“好吧，再会，将军。”他补充说，然后策动他的马从安德来公爵和皆尼索夫身边走过，进了大门。

“乌拉！乌拉！乌拉！”他后边的人叫喊着。

自从同安德来公爵分别以来，库图索夫又长胖了，皮肤松弛，全身是肉。但是他所熟悉的白眼珠、疤痕、体态和脸上的疲倦的表情依然如旧。他穿着陆军礼服（肩膀上搭着有窄皮条的鞭子），沉重地摆动着，坐在他的矫捷的马上摇晃着。

“嘘……嘘……嘘……”他进院子时，几乎听不到地发出唿哨声。他脸上显出了在紧张仪式之后预备休息的安闲神态。他从脚镫里抽出左脚，侧过全身，因为用力而皱了皱眉头，费劲地把脚抬到鞍上，用膝盖支着，哼了一声，副官和哥萨克兵们扶他下了马。

他定了定神，眯着眼睛环顾了一下，并且看了看安德来公爵，显然没有认出他是谁，便踏着蹒跚的脚步走上台阶。

“嘘……嘘……嘘……”他嘘着，又回头看了看安德来公爵。直到几秒钟之后库图索夫才把对安德来公爵面部的印象和他所想起来的安德来公爵的身份联系起来（这是老年人常有的事）。

“你好，公爵，你好，亲爱的，到这里来……”他环顾着，疲倦地说，沉重地走上在他脚下咯吱咯吱响着的台阶。他解开衣扣，坐到台阶的凳子上。

“哎，你父亲怎么样？”

“昨天才接到他去世的消息。”安德来公爵简短地说。

库图索夫睁大眼睛吃惊地看了看安德来公爵，然后摘下帽子，画了十字。“愿他升入天国！上帝的意志要来到我们大家的身上！”他整个胸部颤抖着，沉重地叹了口气，又沉默了一下。“我爱他，我尊敬他，我全心全意地同情你。”他抱住安德来公爵，把他紧搂在自己肥胖的胸前，好久没有放开他。在他放开他的时候，安德来公爵看见库图索夫柔软的嘴唇在打颤，他眼里含着泪。他叹了口气，用双手撑着凳子站起身来。

“来，到我这里来，我们谈谈。”他说。

但是这个时候，皆尼索夫在长官面前和在敌人面前一样不大胆怯，不管台阶上的副官们愤怒地低声阻挡他，在踏级上响着马刺，勇敢地走上台阶。库图索夫把手撑在凳子上，不满意地望着皆尼索夫。皆尼索夫通报了姓名，说他要向殿下报告一件对于祖国福利是很重要的事。库图索夫开始用疲倦的目光望着皆尼索夫，并且以厌烦的姿势举起双手，然后交叉地搁在肚子上，说，“为了祖国福利？是什么？说吧。”皆尼索夫脸红得像一个姑娘（在这张唇髭稠密的、苍老的、嗜酒的面孔上显出羞红，是很奇怪的），大胆地开始说明他的在斯摩棱斯克与维亚倚马之间切断敌人交通线的计划。① 皆尼索夫在这个地区住过，很熟悉这里的地形。他的计划看来无疑是好的，特别由于他的话中充满着坚定的信念。库图索夫望着自己的脚，有时回顾邻近农舍的院子，似乎在预料那里的不愉快的事情。从他所望着的农舍里，确实，在皆尼索夫说话的时候，出来了一个将军，在腋下夹着一个公文夹。

“什么？”库图索夫在皆尼索夫报告时说，“已经准备了吗？”

“准备好了，殿下。”将军说。

库图索夫摇摇头，似乎是说：“一个人怎么来得及做这一切。”然后继续听皆尼索夫说话。

“我以俄国军官的身份保证，”皆尼索夫说，“我能破坏拿破仑的交通线。”

“基锐尔·安德来维支·皆尼索夫，那位军需官和你是什么关系？”库图索夫插言问。

“是我的叔父，殿下。”

“啊！我们是老朋友，”库图索夫愉快地说，“好，好，孩子，留在总司令部里，我们明天再谈。”他向皆尼索夫点了头，转过身，伸手接过考诺夫尼村递给他的公文。

“殿下要不要进屋呢？”值日的将军用不满意的声音说，“一定要审查这些计划，签署几件公文。”

从门里走出来一个副官，报告说房间里的一切都准备好了。但

① 毛注：实际上建议游击战截断拿破仑交通线的是D·大维道夫，库图索夫同意以一百三十名哥萨克兵和骠骑兵打游击，但直到保罗既诺战争以后，才开始战斗。

是库图索夫显然想要做完了事才到那个房间里去。他皱了皱眉……

“不，好孩子，叫人把小桌子搬到这里来，我在这里看。”他说。他又向着安德来公爵说，“你不要走。”

安德来公爵留在台阶上，听值日将军说话。

在报告的时候，安德来公爵听见门里妇人的低语声和妇人绸裙发出的窸窣声。他朝这个方向瞥了几次，看见门里有一个头扎淡紫色绸巾、身穿淡红色长裙的、肥胖的、面色红润的、美丽的妇人，她拿着一个碟子，显然是等候总司令进门。库图索夫的副官低声向安德来公爵说，这是神甫的妻子，居停女主人，她预备向殿下献盐和面包。① 她的丈夫在教堂里拿着十字架迎接殿下，她在家里……“很漂亮。”副官带着笑容加上这一句。库图索夫听到这话，回头看了一下。库图索夫听值日将军的报告（报告的主要目的是批评擦来佛·萨伊密锡的阵地），正如同他听皆尼索夫说话一样，正如同他七年前听奥斯特理兹军事会议中的辩论一样。他听，显然只是因为他有耳朵，虽然有一只耳朵听觉不好，却不能不听。但显然是，值日将军所能向他说的，不但没有一点能够使他惊异或使他发生兴趣的地方，而且他早已知道了要向他说的一切。他听这一切只是因为不得不听，正如同不得不听歌唱的祈祷一样。皆尼索夫所说的一切是切实的、聪明的。值日将军所说的一切更切实、更聪明。但显然是，库图索夫轻视知识与智慧，他知道，决定事物的是别的东西——和智慧、知识无关的别种东西。安德来公爵留神地察看总司令脸上的表情，他所能看出的唯一的表情，是厌烦，是他很想知道门里边妇女低语的意义，是愿意遵守礼节。显然库图索夫轻视知识与智慧，甚至皆尼索夫所表现的爱国情绪；但他不是用智慧，不是用情绪，不是用知识（因为他并没有力求表现它们）去轻视它们，而是用别种东西去轻视它们。他用自己的年纪和生活的经验去轻视它们。库图索夫自己在听这个报告时所发的唯一指令，是关于俄军的抢劫。

① 毛注：献面包与盐给住新屋的人，是俄国风俗，实际上，是用饼和一碟砂糖作代替。

值日将军在报告的末尾，将一件公文递给殿下签字，这是指挥官们由于地主的要求，呈请赔偿被割的燕麦的公文。

库图索夫听完了这个报告，咂响嘴巴，摇了摇头。

“丢进炉子……丢到火里去！我向你就说这一次，好孩子，”他说，“这些公文都丢到火里去。让他们痛快地割麦、烧树去吧！我不下命令，也不准许做这种事，但是也不能赔偿。不这样不行。砍树碎屑飞①啊！”他看了看公文。他摇着头说，“哦，德国人精明！”

16

“现在都办完了，”库图索夫签署着最后一件公文说，他费力地站起来，又胖又白的颈项上的皱褶舒展开了，带着愉快的面色向门口走去。

神甫的妻子面色通红，连忙拿起了碟子，虽然她准备了那么久，她却仍然没有来得及适时递上碟子。她低低地鞠着躬，把碟子递给库图索夫。

库图索夫的眼眯着；他微笑了一下，用手摸了一下她的下巴，说道：

“多么漂亮！谢谢，亲爱的。”

他从裤袋里掏出几个金币放在碟子里。

“哎，你过得好吗？”库图索夫说，向着为他预备的房间走去。

神甫妻子那红润的面孔上显出了酒窝，她微笑着跟他走进房里。副官走到台阶上来找安德来公爵吃午饭。半小时后，又有人传安德来公爵去见库图索夫。库图索夫仍然解开着衣服的扣子，躺在椅子上。他手里拿着一本法文书，在安德来公爵进房时，他把小刀放在书里，将书合起。安德来公爵从封面上看见这本书是 Madame de Genlis［让理夫人］的作品《Les chevaliers du Cygne》［《白天鹅骑士》］。

“坐下吧，就坐在这里，我们谈谈，”库图索夫说，“我伤心，很

① 意思是做大事难顾细处。

伤心。但是记住，好朋友，我算是你的父亲，另一个父亲……”

安德来公爵向库图索夫说了他所知道的关于父亲去世的一切，以及他经过童山时所看见的事情。

“到这个地步……把我们弄到这个地步！”库图索夫忽然用兴奋的声音说，显然是由于安德来公爵的谈话使他清晰地想到了俄国所处的境况，“等一会儿，等一会儿，”他脸带怒气地补充说，显然是不愿继续听这种使他坐立不安的谈话，说道，“我找你来，是要留你在我身边。”

“谢谢殿下，”安德来公爵回答，“但我恐怕，我不再适于做参谋工作了。”他带着被库图索夫看到的微笑说。

库图索夫疑问地望了他一下。

安德来公爵又说：“主要是我习惯了我的团，我爱军官们，我的部下似乎也爱我。我觉得离开了团很可惜。若是我竟敢辞谢追随左右，请相信……”

智慧的、仁慈的，同时是微微嘲讽的表情，出现在库图索夫的胖脸上。他打断了保尔康斯基的话。

“可惜，我需要你；但你是对的，你对。并不是我们这里没有人。这里的顾问总是很多的。但是没有人才。假使所有的顾问都像你一样在部队里服务，部队便不至于是这么样的了。我记得你在奥斯特理兹……我记得，记得，记得你拿一面旗子……”库图索夫说。因为这个回忆，一阵快乐的羞红泛上安德来公爵的脸。库图索夫拉了他的手，把面庞伸给他吻，安德来公爵又在老人的眼睛里看见了泪水。虽然安德来公爵知道库图索夫容易流泪，并且因为希望对于他的丧父表示同情，对他特别亲切怜惜，但安德来公爵觉得这个奥斯特理兹的回忆是愉快而又体面的。

“上帝保佑你，走你自己的道路吧。我知道，你的道路是光荣之道。”他沉默了一会，“我在部卡累斯特怀念你，我应该派人去找你的。”于是变换了话题，库图索夫开始说到土耳其战争与缔结的和约。库图索夫说，“是的，为了战争，为了和平，我受到责备……但是一切都适时来到了。Tout vient à point à celui qui sait attendre. ［对那善于等待的人，一切都要适时来到。］那里的顾问并不比这里少……”他继续说，又回到那显然盘踞在他心中的“顾问”问题。“啊，顾问们，顾问们！”他说，“若是听了所有的顾问的话，我们在土耳其便不会签订和约，也不会结束战争。一切都要赶快，但愈要赶快，反而愈迟缓。假若卡明斯基不死，他便要失败。他用三万人猛攻要塞。占领要塞不难，要打胜仗就难了。因此我们不需要猛攻与攻击，却需要忍耐与时间。卡明斯基派兵去攻茹舒克，但我只需要它们——忍耐与时间——也是进攻，这种进攻比卡明斯基攻下的要塞更多，并且迫使土耳其人吃马肉。”他摇了摇头，“法国人也要如此！相信我的话，”库图索夫激动着，拍着自己的胸脯说，“我要使他们吃马肉！”他的眼睛里又含着泪。

“但是我们要不要打仗呢？”安德来公爵说。

“假使大家都要打，当然要打，这是没有办法的……你相信，好孩子，没有东西是比这两个战士——忍耐与时间——更加强大的，这两个战士是什么都办得到的，但是顾问们 n'entendent pas de cette oreille，voilà le mal［并不这么想，困难就在这里］。有的人想打，有的人不想打。怎么办呢？”他问，显然是等候回答，“那么，你要我怎么办？”他重复着，他的眼睛里闪耀着深思的、智慧的神情，“我要告诉你，怎么办，”因为安德来公爵还未回答，他说，“我要告诉你，怎么办，以及我要怎么办。Dans le doute，mon cher，［在怀疑的时候，我亲爱的，］”他停了一下，从容地说，“abstiens-toi.［要克制你自己。］”

“好，再会，好朋友；记着，我由衷地同情你的不幸，并且我对你来说不是殿下，不是公爵，不是总司令，却是一个父亲。假使需要什么，直接来找我。再会，好孩子。”他又抱他、吻他。安德来公爵还未出门，库图索夫便安心地叹了口气，又拿起没有看完的让理夫人的小说《Les chevaliers du Cygne》。

安德来公爵在他这次和库图索夫会面之后，回到了自己的团里，他对于大局，对于大局所托付的人，觉得很放心，不过他说不出来，怎么会有、为什么会有这种心情。他愈是明白这位老人没有任何个人的动机，愈是放心：一切应该怎样，就会怎样的。这位老人似乎只保留着动感情的习惯，并且只有一种镇静地考虑局势的能力，没有搜集事件与作出推论的智慧。“他不会有任何自己的主张。他不会去计划什么的，也不会去做什么的，”安德来公爵想，“但是他要听一切，要记得一切，要使一切各得其所，不会去阻挠任何有用的东西，不会许可任何有害的东西。他知道，有一种东西比他的意志更有力、更重要——这是事件的不可避免的趋向，他能看见这些事件，能了解这些事件的重要性，并且在了解这个重要性时，他能够不干预这些事件，能够放弃他的个人的意志，他的个人的意志是另有目的的。尤其是，”安德来公爵想，“有人相信他，因为他是俄国人，虽然他看让理夫人的小说，讲法文成语；因为他说‘把我们弄到这个地步！’时，他的声音打颤；因为他说他要‘使他们吃马肉’时，他啜泣。”

库图索夫被选择为总司令时的那种意见的一致和普遍的赞成，就是根据这种为大家或多或少隐隐体验到的感觉；这选择虽然违反朝廷意志。却是深得人心的。

17

在皇帝离开莫斯科后，莫斯科的生活日复一日，依然如旧，这种生活是那么寻常，以致我们难以记得最近的爱国热情和兴奋的日子，我们难以相信俄国果真是在危险之中，而英国俱乐部的会员同时又是祖国的儿子，他们准备为祖国去作任何牺牲。只有一件事令人想起皇帝在莫斯科时普遍的热烈的爱国情绪，就是要求出人出钱，这件事在作了保证之后，立刻便有了合法的官方的形式，并且成为非做不可的事了。

在敌人临近莫斯科时，莫斯科人民对于自己的处境的看法，不但没有显得更加严重，而且反之，显得更加轻浮了，这是看到迫近的巨大危险的人们一向所有的情形。在危险迫近时，总是有两种声音同样有力地在人的心里回响：一种声音很有理智地说着，要人想到危险的性质以及脱离危险的方法；另一种声音更有理智地说着，认为想到危险是太痛苦、太难受了，因为人不能够预见一切，不能够逃避事件的总的趋势，因此最好是在痛苦来临之前不想到痛苦的事，而想到愉快的事。人在孤独时，大都听信第一种声音，反之，在团体里，则听信第二种声音。现在莫斯科居民的情形也是这样。莫斯科的人好久没有像这一年这样愉快。

拉斯托卜卿的传单顶上边是图画，画的是一家酒店、一个酒保和莫斯科小市民卡尔普施卡·齐给润，**“他是民团，在酒店饮了过多的酒，听说拿破仑想要来到莫斯科，便发火，用最坏的话骂所有的法国人，他走出酒店，在鹰旗下向聚集的民众说话。”**——这个传单，正像发西利·勒福维支·普式金①最近的韵诗那样被人阅读，被人讨论。

在俱乐部里，在角落里的房间里，聚集了许多人在读这种传单，有些人对卡尔普施卡那样嘲笑法国人觉得很满意，他说，**“法国人要被黄芽菜胀碎，被麦粥胀裂，被汤菜噎死，他们都是矮子，一个农妇能用一把草叉子抛起三个法国人。”**有些人不赞成这种语气，并且说，这些话是鄙俗而愚蠢的。他们说到拉斯托卜卿把法国人甚至所有的外国人都送出了莫斯科，其中还有拿破仑的间谍和奸细；但是他们说这话，主要是为了要在这种场合重述拉斯托卜卿在解走他们时所说的警语。外国人被装船送到尼示尼，拉斯托卜卿向他们说：“Rentrezen vous-même, entrez dans la barque et n'en faites pas une barque de Charon.［你们不得和人交谈，下船吧！当心这只船不要成为你们到阴府的船。］”他们说，所有的政府衙门都已经从莫斯科搬走了，并且在这里他们加上沈升的笑话，他说，单是为这一件事，莫斯科就应该感谢拿破仑。他们说，马摩诺夫的团要耗费他八十万卢布，说别素号夫在民团上所花费的钱更多，但是别素号夫的最好的举动，是他要自己穿上军装，骑马走在民团的前面，但是不收观众的费。

“您是绝不饶人的。”尤丽·德路别兹卡雅说，用戴着戒指的纤

① 毛注：他（1779—1830）是俄国伟大诗人A.S.普式金的叔父，著有不足道的抒情诗与教训诗。

细手指集拢着并且捏紧着一束抽开的麻布。

尤丽准备第二天离开莫斯科，并举行告别晚会。

“别素号夫 est ridicule［是可笑的］，但他是那么善良，那么好心肠。这样的 caustique［讥刺］有什么乐趣吗?”

“罚钱!”穿民团制服的年轻人说，尤丽称他为 mon chevalier［我的骑士］，他要同她一道到尼示尼去。

在尤丽的团体中，正如在莫斯科的许多团体中一样，大家决定只说俄语，谁违犯了，说法语，就交罚金给捐献委员会。

“又是一次对于法国语风的罚金，”在客厅里的一个俄国作家说，“‘有什么乐趣’不是俄国话。”

“您是绝不饶人的，”尤丽继续向那个民团军官说，没有注意作家的提议，“为了 caustique 我承认过错，”她说，“我付钱，但是为了向您说实话的乐趣，我准备再付钱，对于法国语风我是不负责的，”她向作家说，“我没有钱，没有时间，像高里村公爵那样，聘教师学俄语。哦，”尤丽说，“他来了。Quand on［当他们］……不，不，”她向民团军官说，“您不要抓我。他们说到太阳，便看见了阳光。”① 女主人说，向彼埃尔亲切地微笑着。“我们刚刚说到您，”尤丽带着社交妇女特有的说谎的本领说，“我们说，您的团一定会比马摩诺夫的团好。”

“啊! 不要向我说我的团了!”彼埃尔回答，吻着女主人的手，坐在她旁边，“我对它是那么生厌了!”

“您真是要去亲自指挥吗?”尤丽说，狡猾地嘲笑地和民团军官使着眼色。

民团军官当彼埃尔的面不再那么 caustique［讥刺］了，在他的脸上，对于尤丽的笑容的意思，显出了迷惑。彼埃尔虽然是精神涣散的好心肠的人，但是他的个性立刻打破了当面嘲笑他的任何企图。

“不是，”彼埃尔一面带着笑声回答，一面看看自己高大肥胖的身体，“我太容易成为法国人的目标，并且我恐怕不能上马……”

---

① 这句话可以意译为：说到曹操，曹操就到。

在选作谈话对象的许多人之内，尤丽的团体谈到了罗斯托夫家。

“据说，他们的家境很不好，”尤丽说，“伯爵本人是那样不讲道理。拉素摩斯基家要买他的房子和莫斯科乡下的财产，这件事还拖延着。他要价太高了。”

“不然，似乎几天之内买卖就可以成交了，”有人这么说，“不过现在，在莫斯科人们买东西像发疯似的。”

“为什么？”尤丽说，“难道您以为，莫斯科会有危险吗？”

“为什么您要走呢？”

“我吗？这才奇怪。我走，因为……因为大家都走，并且因为我不是贞德，不是女骑士。”

“啊！啊！再给我几块麻布。”

“假使他会处理事情，他便能够偿清一切债务了。”民团军官继续说到罗斯托夫。

“他是厚道的老人，但他是很 pauvre sire［可怜的人］，为什么他们住在这里这么久？他们早就想要下乡。似乎娜塔丽现在好了吧？”尤丽狡猾地微笑着问彼埃尔。

“他们在等候小儿子，”彼埃尔说，“他进了奥保林斯基的哥萨克队，要到别拉·策尔考夫去。团是在那里成立的。但现在他们又把他调到我的团里来了，每天都在等候他来到。伯爵早已想走了，但是伯爵夫人不等儿子到了，无论如何是不同意离开莫斯科的。”

“我前天在阿尔哈罗夫家看见他们。娜塔丽又漂亮又快活了。她唱了一个歌。有些人是多么轻易地淡忘一切啊！”

“淡忘什么？”彼埃尔不满地问。

尤丽微笑了一下。

“您知道，伯爵，像您这样的骑士只有 Madame Souza［苏萨夫人］的小说里才有。”①

---

① 毛注：Adelaide Filleul Souza-Botelho（1761—1836）是早已被人遗忘的小说《Adele de Semange》的作者，她的作品曾在俄国风行，因为她是葡萄牙大使的妻子。

“什么骑士？为什么？”彼埃尔红着脸问。

“啊！不要说了，亲爱的伯爵，C'est la fable de tout Mos-cou. Jevous admire, ma parole d'honneur. [这是全莫斯科的传说。我发誓，我佩服你。]”

“罚钱，罚钱！”民团军官说。

“啊，好吧。不能说话，多么恼人！”

“Qu'est ce qui est la fable de tout Moscou? [全莫斯科的传说是什么？]”彼埃尔站起来发怒地问。

“不要说了，伯爵。您知道！”

“我什么也不知道。”彼埃尔说。

“我知道，您和娜塔丽是很友好的，因此……不，我一向是和韦婉比较友好的，Cette chère Véra. [那个可爱的韦婉。]”

“Non, madame, [不是，夫人，]”彼埃尔继续用不满意的语调说。“我并没有要自己扮演罗斯托娃的骑士的角色，我已经几乎一个月没有到他们家去了。但是我不明白这种做法……”

“Qui s'excuse, s'accuse, [欲盖弥彰，]”尤丽微笑着，得意地摇着剪开的麻布说，并且为了自己说话留有余地，她立刻改变了话题，“还有，我今天听说，不幸的玛丽亚·保尔康斯卡雅昨天到了莫斯科，您知道，她父亲死了吗？”

“当真！她在哪里？我很想看见她。”彼埃尔说。

“我昨天晚上和她在一起的。她今天或者明天早晨就要带侄儿到莫斯科乡下田庄上去。”

“她现在怎么样？”彼埃尔问。

“还好，她很伤心。但是您可知道，谁救了她的？这简直是一件风流韵事。尼考拉·罗斯托夫救了她。有人包围她，想弄死她，打伤了她的用人。他冲进去，救出了她……”

“又是一件风流韵事，”民团军官说，“简直可以说，这次大家逃跑，是要使老处女们都嫁人的。卡姬施是一个，保尔康斯卡雅公爵小姐又是一个。”

“您知道，我真以为她 un petit peu amoureuse du jeune homme [有

一点儿爱上了这个年轻人]。”

“罚钱！罚钱！罚钱！”

“但是用俄国话怎么说这句话呢？”

18

彼埃尔回到家里时，收到了两张当天送来的拉斯托卜卿的传单。

第一张上说，拉斯托卜卿伯爵禁止人民离开莫斯科的谣言，是不真实的，恰巧相反，拉斯托卜卿对贵族妇女和商人的家眷离开莫斯科觉得高兴。“恐怖愈少，传闻便愈少，”传单里说，“但是我要用我的生命来保证，那个坏蛋不会进莫斯科的。”这些话第一次明白地向彼埃尔说明，法国人要进莫斯科。第二张传单说，我们的总司令部在维亚倚马，说维特根示泰恩伯爵①战胜了法军，但是因为许多莫斯科居民愿意武装起来，因此为他们在军械库里预备了武器：刀剑、手枪、步枪，这些都可以由居民廉价购买。传单的语气不像以前齐给润的谈话那么好笑。彼埃尔考虑着这些传单。他一心一意所期待的那个可怕的暴风雨的阴云，在他的心里引起了不自觉的恐怖，显然这阴云是迫近了。

“服兵役，加入军队呢，还是等候着？”彼埃尔第一百次向自己提出这个问题。他拿起一副放在桌上的牌，开始玩“排心思”。

“假使这牌‘排心思’开得出，”他洗了牌，把牌拿在手里，眼向上望着，自言自语，“假使开得出，意思就是……什么意思？……”他还没有来得及说出是什么意思，门外边已经传来了顶大的公爵小姐的声音，问她可不可以进房。

“那么意思是，我应该加入军队，”彼埃尔向自己说完，“进来，进来。”他向公爵小姐这么说。

只有腰身长长的、面孔呆板的顶大的公爵小姐，继续住在彼埃尔家；两个年轻的都出嫁了。

---

① 毛注：是后来继任库图索夫为总司令的人，他单独统率一个军团保护通往彼得堡的大道，在一八一二年七八月间打了胜仗，于士气颇有鼓励。

“对不起，表弟，我来找您，”她用责备的、兴奋的声音说，“要知道，我们总得要有一个办法！会发生什么样的事呢？大家都离开了莫斯科，人民造反了。为什么我们要留在这里？”

“恰好相反，一切似乎很顺利，我的表姐，”彼埃尔带着对她惯常所用的开玩笑的口气说，彼埃尔在担任她的恩人这一角色时，总觉得不舒服。

“是，顺利……很顺利！今天发尔发娅·依发诺芙娜向我说，我们的军队立了功。这确实是他们的光荣。人民都要造反了，不听话了；我的婢女，连她也变野了。这样下去，很快就要来打我们了。在街上不能走路了。顶要紧的，今天或明天法国人要到，我们为什么要等呢？我只要求一件事，我的表弟，”公爵小姐说，“叫人送我到彼得堡去吧，无论我会怎样，我不能在拿破仑的势力下过日子。”

“不要说了，我的表姐，您从哪里得来的消息？相反的……”

“我不对您的拿破仑屈服。别人可以随他们怎样……假使您不愿这么办……”

“但是我要办，我马上就吩咐。”

公爵小姐显然因为没有能够对谁发脾气而懊恼了。她低语着什么，坐到椅子上。

“但是他们把不正确的话告诉了您，”彼埃尔说，“城里面平平静静，没有一点儿危险。我刚才看到……”彼埃尔把传单递给公爵小姐，“伯爵写的，说他要用他的生命向我们保证，敌人不会进莫斯科的。”

“啊，这就是您的伯爵，”公爵小姐怨恨地说，“他是一个伪君子，一个坏人，他自己使人民起来造反的。他不是在这些愚蠢的传单里说过吗，无论他是谁，也要拉他的头发送他进牢（多么蠢），他说，谁抓住他，谁就有荣誉和光荣。这就是他的甜言蜜语。发尔发娅·依发诺芙娜向我说，暴民几乎把她杀死了，因为她说法语……”

“是这样的……你太关心一切了。”彼埃尔说，开始排列“排心思”。

虽然“排心思”开出了，彼埃尔却没有加入军队，① 仍旧留在荒凉无人的莫斯科，仍旧不安、怀疑、惊恐地同时又高兴地等待着可怕的事情。

第二天傍晚，公爵小姐走了，彼埃尔的总管家来向他报告，说假使不卖出一处田庄，他的团所需要的军装费用便不能筹足。总管家大概地向彼埃尔说，这一个团的筹建一定会使他破产。彼埃尔听着总管家的话，费劲地掩饰着他的笑容。

“好，卖吧，”他说，“怎么办呢，我现在不能反悔!”

一切的事情，特别是他自己的事情，变得愈坏，彼埃尔愈是满意，他所期待的灾难是愈显然地迫近了。彼埃尔的熟人几乎都不在城里了。尤丽走了。玛丽亚公爵小姐走了。在最亲近的熟人中，只有罗斯托夫家还没有走；但是彼埃尔没有去看他们。

这天彼埃尔为了消遣，到福隆操佛村去看大气球，这是雷皮赫为了消灭敌人而制造的，一个试验的气球要在明天升空。这只气球还没有准备好；但是彼埃尔听说，那是奉皇帝的旨意而制造的。关于这只气球，皇帝曾向拉斯托卜卿伯爵写了如下的话：

“Aussitôt que Leppich sera prêt, composez lui un équipage pour sa nacelle d'hommes sûrs et intelligents et dépêchez un courrier au général Koutousoff pour l'en prévenir. Je l'ai instruit de la chose.

“Recommandez, je vous prie, à Leppich d'être bien attentif sur l'endroit où il descendra la première fois, pour ne pas se tromper et ne pas tomber dansles. mains de l'ennemi. Il est indispensible qu'il combine ses mouvements avec le général-en-chef. [雷皮赫一预备好，你就要为他的悬篮组织一队可靠伶俐的人，并派信使去通知库图索夫将军。我已向他提及此事。请提醒雷皮赫注意他第一次下降的地方，免得发生

① 毛注：托氏本人常以牌作“排心思”决疑，但与彼埃尔相同，如牌的结果不合意，即不遵从牌的决断，一九〇八年他的女儿玛丽向我说，托氏曾以“排心思”决定他是否要写完一篇论文，牌没有开出，但他站起来说：“我还是要写。”

错误，落入敌手。他的动作一定要和总司令配合。]”

彼埃尔从福隆操佛村回家经过保洛特内广场时，看见洛不诺耶广场①四周有一群人，他停下来，下了车。他们是在鞭打一个被控告是犯间谍罪的法国厨子。鞭打刚刚停下，鞭打的人从柱子上放下一个可怜地呻吟着的、长着棕色胡须、穿着蓝袜子和绿衣服的胖子。另外一个瘦瘦的苍白的犯人也站在那里。从面貌上看来，他们俩是法国人。彼埃尔带着惊恐而痛苦的面色，就像那个瘦瘦的法国人的面色一样，挤到人群里去了。

“这是什么事？是谁？为什么？”他问。

但群众——官吏、小市民、店主、农人、穿外套和皮袄的妇女——他们的注意力那么热切地集中在洛不诺耶广场所发生的事件上，没有人回答他。那个胖子站立起来，皱了皱眉，耸了耸肩，显然是希望表示自己的坚强，没有望四周的人，开始穿外衣；但他的嘴唇忽然发抖了，于是他，对自己发着脾气，好像成年的急性的人哭的时候那样哭起来了。群众大声地说话，彼埃尔觉得，这是为了要压下他们心中的怜悯的情绪。

“某家公爵的厨子……”

“哎，先生，俄国的酱油在法国人看来是酸的……牙发酸，”站在彼埃尔旁边的一个满脸皱纹的官吏，在法国人哭的时候这么说。这个官吏向四周环顾了一下，显然是期待着别人赞赏他的笑话。有的人笑起来，有的人惊惶地继续看着打手，他正在脱第二个法国人的衣服。

彼埃尔的鼻子哼哧起来了，他皱了皱眉，迅速地转过身，回到车子那里，在他行走以及坐上车子的时候，他不断地向自己低语着什么。在途中，他颤抖了几次，并且那样地大声喊叫，使得车夫问他：

“吩咐什么？”

---

① 毛注：这是刑场，在莫斯科红场那里。但在一八一二年前移到别处去了。

“你向哪里赶?”彼埃尔叫着问车夫，他正要把车赶到卢毕安卡街。

“你吩咐赶到总司令那里。”车夫回答。

“傻瓜！笨家伙!”彼埃尔叫着骂他的车夫，这种情形是他很少有的，“我说回家，放快一点，笨蛋。”彼埃尔向自己说，“我今天一定要走。”

彼埃尔看到被打的法国人和洛不诺耶广场上围着的群众，便断然地决定了，他不能再留在莫斯科，他今天就要去加入军队，他似乎觉得，也许他告诉了车夫这件事情，也许车夫自己应该知道这件事。

到了家，彼埃尔命令他的无所不知、无所不能、全莫斯科闻名的车夫叶夫斯他非维支，说他当夜要到莫沙益司克的军队里去，要把他的坐骑送到那里去。这是当天办不妥的，因此，据叶夫斯他非维支的意见，彼埃尔应当把起程时间延迟到第二天，让替换的马有时间先上路。

二十四日，雨后天气又放晴了，这天饭后，彼埃尔离开了莫斯科。夜间在撇尔胡市考佛换马时，彼埃尔听说那天晚上发生了一次大会战。据说，在撇尔胡市考佛这里，大地因为炮声而震动了。没有人能够回答彼埃尔的这个问题，是谁胜了（这是二十四日涉发尔既诺会战)。天亮时，彼埃尔到了莫沙益司克。

莫沙益司克所有的房屋都住了军队，在彼埃尔遇见他的马夫和车夫的那个旅店里，没有空房间，都被军官住满了。

在莫沙益司克以及在它的外边，到处都有军队驻扎着或者在开拔。到处可以看见哥萨克兵、步兵、骑兵、粮车、弹药箱、大炮。彼埃尔急于赶快前进，他离莫斯科愈远，愈陷入兵海，他愈被他的焦急不安以及从未体验过的新的快乐情绪所支配。这种情绪类似他在斯洛保大宫当皇帝驾临时所体验的那种情绪，即是必需有所作为、有所牺牲的情绪。他现在体验到一种愉快的情绪，他觉得，组成人类幸福的东西，生活享受，财富，甚至生命本身，都是废物，把它抛弃，是愉快的，和别的东西比较起来……和别的什么比较，彼埃尔既不明白，也没有力求向自己说明，为了谁、为了什么，他觉得牺牲一切是特别愉快的事。他没有考虑到，为什么他想要牺牲，但是牺牲本身给了他一种新的快乐情绪。

19

涉发尔既诺多角堡前的会战是在二十四日，二十五日双方都一枪没打，二十六日发生了保罗既诺会战。

为什么并如何由一方挑动另一方就接受了涉发尔既诺和保罗既诺的会战？为什么会发生保罗既诺会战？这对于法军和俄军来说，都没有丝毫的意义。对于俄国人来说，最直接的结果是，并且应该是——我们的莫斯科临近毁灭（这是我们所最怕的事），而对于法国人来说，是他们临近全军覆没（这也是他们所最怕的事）。这个结果在当时是很明白的，可是拿破仑还是发起了会战，而库图索夫也接受了这个会战。

假使统帅们是受理智控制的话，那么在拿破仑看来，这一定是很明白的，就是，他前进两千里，发动会战，可能会损失四分之一的军队，可能会招致必然的毁灭；在库图索夫看来，这也一定是同样的明白，就是接受会战也有损失四分之一军队的危险，他一定会丧失莫斯科。在库图索夫看来，这是算术一般的明显，正如同下棋一样明显，就是假使我的棋少了一只，并且我要拼棋的话，我一定要失败，因此不应该拼棋。

在对手有十六只棋，我有十四只棋的时候，我比敌人弱八分之一；在我又拼去十三只棋的时候，则敌人的力量便是我的力量三倍了。

在保罗既诺会战之前，我们的兵力和法军相比大概是五比六；但在会战以后，是一比二；即是在会战前是十万比十二万，在会战后是五万比十万。但是精明而有经验的库图索夫接受了会战。拿破仑别人称他为天才的统帅，发动了会战，损失了四分之一的兵力，把战线拉得更长了。假使说，他想占领了莫斯科就结束战争，像前次在占领了维也纳以后那样，则有许多事实证明同这点相反。拿破仑的历史家说，他从斯摩棱斯克出发时，就想要停留下来，他知道战线延长的危险，并且知道，占领莫斯科并不能结束战争，因为他在斯摩棱斯克看到了留给他的俄国城市是什么样子，并且关于他希望举行谈判的一再声明，没有得到任何回答。

在发动和接受保罗既诺会战时，库图索夫和拿破仑的行动是被动的、无意义的。后来的历史家，为了附和既成事实，狡猾地造出统帅的远见与天才的证据，而指挥官在历史的一切被动工具中，是最奴性的、最被动的人物。

古人留给了我们一些史诗的典范，在这些史诗中，历史的全部要点都集中在英雄人物的身上，因而我们还不能习惯这个思想，就是在我们的人民的时代，这种历史是没有意义的。

对于另一个问题：保罗既诺和以前的涉发尔既诺会战是怎样发生的？也有同样的极其确定、众所周知、然而完全虚伪的概念。所有的历史家都像下面这样地记述事实：

他们说！俄军在退出斯摩棱斯克时，曾经寻找最有利的阵地以便进行大会战，他们说，这个阵地在保罗既诺找到了。

他们说，俄军在（斯摩棱斯克与莫斯科之间）的大道左边，与大道几乎成直角，自保罗既诺到乌齐擦，就在发生了会战的这个地方。事前在这个阵地上设了防。

他们说，在这个阵地之前，为了侦察敌人，在涉发尔既诺山冈上建立了设防的前哨。他们说，二十四日，拿破仑攻击前哨，并且占领了它，二十六日，他攻击保罗既诺平原阵地上的全部俄军。

历史里这么说，而这一切是完全错误的，无论是谁，若是想要研究事实的真相，都会很容易相信这一点的。

俄军并没有找到最好的阵地；而且相反，在退却时俄军经过许多比保罗既诺更好的阵地。他们没有在其中任何一个阵地上停留；因为库图索夫不愿占领不是他所选择的阵地，因为人民对会战的要求表现得还不够强烈，因为米洛拉道维支还没有领民团赶到，还有其他无数的理由。事实是这样的，以前的那些阵地更坚固些，而保罗既诺的阵地（是进行会战的地方）不但不坚固，而且较之俄罗斯帝国的别的任何可以用针在地图上随便显示出来的地方，并不是更好的阵地。

俄军不但没有在左边与大路成直角的保罗既诺平原阵地（是发生会战的地方）设防，而且在一八一二年八月二十五日以前，从来没有想到战事会发生在这个地方。对于这一点的证明，第一是，不但在二十五日这地方还没有工事，而且二十五日所开始的工事在二十六日还未完成。第二是，涉发尔既诺多角堡的阵地可作为证明，涉发尔既诺多角堡在发生会战的那个阵地之前，并没有任何意义。为什么要把这个多角堡的工事筑得比其他一切据点更坚固？为什么要在二十四日，直到深夜，用尽了一切力量，损失了六千人来保卫它呢？哥萨克兵的斥候足够作侦察敌人之用。第三，发生会战的阵地是没有预料到的，而涉发尔既诺多角堡不是这个阵地的前哨，它的证据是，巴克拉·德·托利和巴格拉齐翁在二十五日之前还确信涉发尔既诺多角堡是阵地的左翼，而库图索夫在战后匆促写成的报告中也认为，涉发尔既诺多角堡是阵地的左翼。很迟以后，在空闲时编造保罗既诺会战报告的时候，才虚构出这个荒谬而奇怪的说法（大概是为理应万无一失的总司令的错误辩护），说涉发尔既诺多角堡是前哨（而这只是左翼的设防的据点），说保罗既诺会战是我们在预先选定的设防的阵地上进行的，而这个会战却是发生在完全没有预料到、而且几乎没有设防的地方。

事实显然是这样的：阵地是选择在考洛恰河上，这条河不是成直角而是成锐角地横截大道，因此左翼是在涉发尔既诺，右翼靠近诺佛耶村，中心是在保罗既诺，在考洛恰河与福益那河的汇流处。

任何观看保罗既诺平原而没有考虑到这个会战实际上是怎么进行的人，都会觉得，大军显而易见会选择这个在考洛恰河掩护之下的阵地，以阻止敌人沿斯摩棱斯克大道向莫斯科推进。

二十四日拿破仑到了发卢耶佛，没有看见（历史上这么说）从乌齐擦到保罗既诺的俄军阵地（他看不见这个阵地，因为它并不存在），没有看见俄军的前哨，而在追赶俄军后卫时，在涉发尔既诺多角堡碰到了俄军阵地的左翼，并且出乎俄军意外，军队渡过了考洛恰河。俄军来不及进行大会战，便把左翼退出了他们所要守的阵地，占领未曾预料的和没有设防的新阵地。拿破仑渡到大道的左边考洛恰河的对岸，把整个未来的会战从右边移到左边（从俄军方面来看），把它移到乌齐擦、塞妙诺夫斯克和保罗既诺之间的原野上（这个地方并不比俄国其他地点更宜于作为阵地），并且在这个地带发生了二十六日的整个会战。假定的会战与实际的会战的计划草图①如下：（见附图）

假使拿破仑不在二十四日晚间骑马到考洛恰河去，不是当晚下令立即攻击多角堡，而是第二天早上开始攻击，则没有人会怀疑涉发尔既诺多角堡是俄军阵地的左翼，则会战便会如我们所期望的那样发生。在这种情况之下，我们大概能够更坚决地保卫我们的左翼涉发尔既诺多角堡；我们会在中部和右翼攻击拿破仑，而二十四日大会战会发生在那个设防的和预料的阵地上。但是因为，对于我们左翼的攻击，发生在晚间我方后卫退却以后，即在紧随格锐德涅发会战之后，又因为俄国指挥官不愿意，或来不及在二十四日晚间开始大会战，所以保罗既诺会战中最初而最重要的战斗在二十四日已经失败了，并显然导致二十六日的会战的失败。

① 毛注：这个草图是托氏在一八六七年夏天作的，他曾就地研究了战场两天，然后下笔，他的依据一部分是俄国和法国的地图计划和历史记述，一部分是他自己的经验，一部分是拉道日斯基的回忆录，托氏曾从高坡上观看战前的阵地，注意到它的弱点，并且像彼埃尔一样，亲自看见了战争，自拿破仑至托氏开始服兵役的四十年，俄军所用的毛瑟枪、滑膛炮、前装炮，并未改变，战争的一般情形也没有改变。

保罗既诺

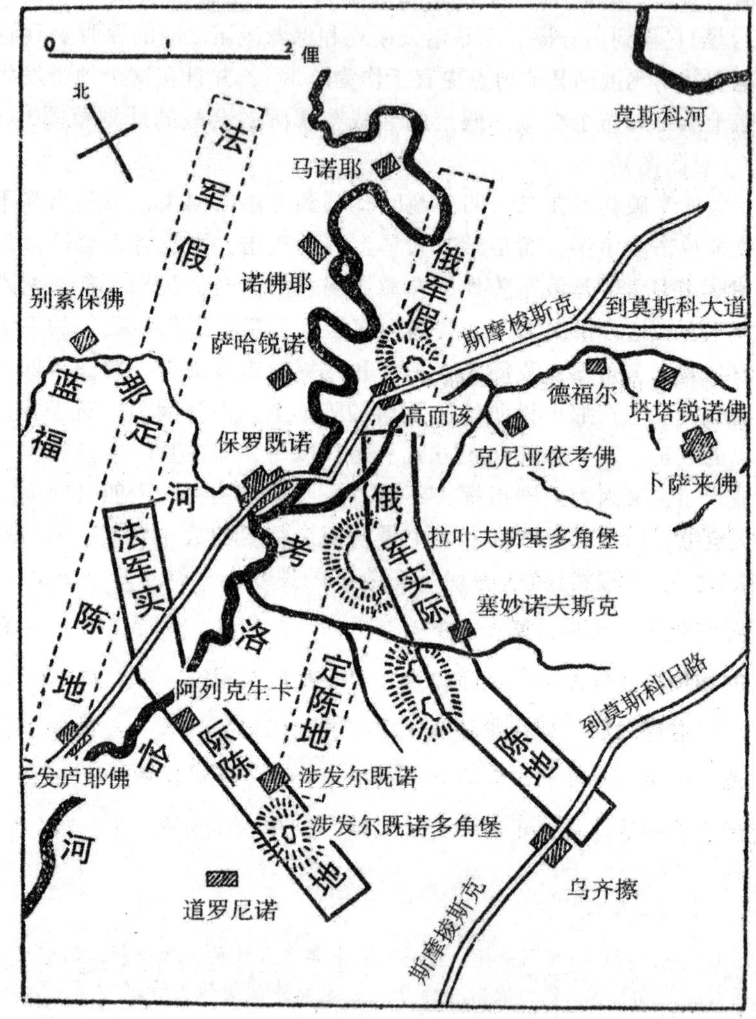

0 1 2 俚
北
莫斯科河
马诺耶
法军假
诺佛耶
别素保佛
俄军假
斯摩棱斯克
到莫斯科大道
萨哈锐诺
蓝福
那定
德福尔
塔塔锐诺佛
高而该
保罗既诺
克尼亚依考佛
卜萨来佛
河
法军实
考
俄军实际
拉叶夫斯基多角堡
塞妙诺夫斯克
陈地
洛
定陈地
阿列克生卡
到莫斯科旧路
际陈
陈地
谷
发庐耶佛
涉发尔既诺
涉发尔既诺多角堡
河
地
道罗尼诺
乌齐擦
斯摩棱斯克

涉发尔既诺多角堡失陷后，在二十五日早晨，我们发现我军的左翼没有阵地，不得不缩回我方左翼，并且走到哪里就在哪里急忙设防。

此外，八月二十六日，俄军只是在薄弱的未完成的工事的掩护之下；这个阵地的不利之处还因为以下的原因扩大了，就是，俄国指挥官没有充分认识到既成的事实（左翼阵地的失守以及整个未来战场自右向左的移动），保持着他们的从诺佛耶村到乌齐擦村的拉长的阵地，因此不得不在会战的时候把军队从右翼调到左翼。俄军就是这样在整个会战期间抵抗攻击我方左翼的全部法军，而我们的兵力只有法军的一半。（波尼亚托夫斯基对乌齐擦村的攻击以及乌法罗夫对法军右翼的攻击，是和会战的进行不相关的单独战斗。）

因此，保罗既诺会战完全不是像历史家们所叙述的那样（他们极力掩饰我们军事领袖的错误，因此有损于俄国军队和人民的光荣）进行的。保罗既诺会战不是在比敌方稍弱的俄国军队所选择的设防阵地上进行的，而是由于涉发尔既诺多角堡的失陷，人数只有法军一半的俄军在暴露的而几乎没有工事的地方进行的；即是在这种情形之下进行的：不但战斗了十小时和战役进行得不分胜负是不可思议的，而且要在三小时之内全军不完全溃散、不逃跑，也是不可思议的。

20

二十五日早晨彼埃尔离开莫沙益司克。彼埃尔在城外很高很陡的山坡上下了车，步行着，山道经过山右边的教堂，教堂里面正在祷告并且敲钟。在他后边，有一个骑兵团正在下山，团的前面有唱歌的兵。迎面上山的是运送昨天战斗中的伤兵的车队。赶车的农民一面叫着，一面用鞭子抽打着马，不断地从这一边跑到那一边。车子在铺石块的陡斜的山坡上颠簸着，每辆车上坐着或者躺着三四个伤兵。伤兵包扎着破布，面色苍白，咬紧嘴唇，皱着眉，抓住车上横木，在车里颠簸着，互相撞碰着。他们几乎都怀着孩子般的天真的好奇心，望着彼埃尔的白帽子和绿礼服。

彼埃尔的车夫愤怒地向伤兵车喊叫，要伤兵车靠一边走。唱歌的下山的骑兵团赶上了彼埃尔的车子，堵塞了道路。彼埃尔停下来，挤在山间开辟的道路的旁边。阳光还没有从山坡那边照到道路的低洼处，那里还是寒冷而潮湿的；在彼埃尔头的上方，是八月早晨的晴空，教堂的钟声愉快地敲响着。一辆伤兵车紧靠着彼埃尔停在路边。一个穿草鞋的、气喘吁吁的车夫跑到自己的车子那里，把一块石头垫在没有铁箍的后轮下，开始整理站着的马身上的尻带。

一个年老的、包扎了一只胳膊的伤兵，跟在车子后边走着，用他的那只完好的手抓住车子，回头看了看彼埃尔。

“喂，老乡，把我们撂在这里是不是？还是送到莫斯科去？”他问。

彼埃尔是那样地沉思着，没有听到这个问题。他时而望望和伤兵车辆迎面走过的骑兵团，时而望望他身边的运输车，车上坐着两个伤兵，躺着一个伤兵。有一个坐在车上的兵大概是腮部受了伤。他整个的头都用破布包扎着，他的一个腮肿得有小孩的头那么大。他的嘴和鼻子歪在一边。这个兵望着教堂，画了十字。另外一个是金发的、年轻的新兵，面色白得好像瘦脸上完全没有血一样，他善意地、笑容不变地望着彼埃尔。第三个兵脸向下趴着，彼埃尔看不见他的脸。唱歌的骑兵正从这辆车子旁边经过。

他们唱着兵士跳舞的歌：

啊，没有了……灵敏的头脑…
住在外国的地方……

山上响着铿锵的钟声，好像是应和他们，却表现出另一种愉快的气氛。炎热的阳光，照射在对面山坡的顶上，又表现着另外一种愉快的气氛。但是在山坡下，在伤兵的车子那里，在彼埃尔身旁的喘气的马那里，是潮湿的、阴暗的、凄惨的状况。

那个肿腮的兵愤怒地望着唱歌的骑兵。

“啊，漂亮哥儿们！”他责骂地说。

“今天不但是兵，我还看见了农民！农民们，他们也得去，”站在车子后边的兵带着忧郁的笑容，向彼埃尔说，“今天他们没有分别……他们想要全体人民攻击他们，一句话——莫斯科。他们想要干到底了。”

虽然兵士的话说得不清楚，彼埃尔却明白了他想要说的一切，并且赞成地点了点头。

道路畅通了，彼埃尔下了山，坐车向前走。

彼埃尔向前走着，望着路的两边，寻找着熟悉的面孔，但是到处只看到各兵种的军人的陌生面孔，他们都同样地惊异地望着他的白帽子和绿礼服。

走了大约四里，他遇见了第一个熟人，并且高兴地和他打招呼。这个熟人是军中的一位高级医官。他坐在篷车里向彼埃尔迎面而来，在他身边坐着一个年轻医生，他认出了彼埃尔，叫坐在驾驭台上代替车夫的哥萨克兵停下车子。

“伯爵！阁下，您怎么到这里来了？”医生问。

“啊！我想看看……”

“是的，有东西看……”

彼埃尔下了车，停下步和医生说话，向他说明了自己的要参加会战的心愿。

医生劝他直接去见殿下。

“啊，在会战的时候，您不要去别人不知道、看不见的地方，”他和年轻的同事互相看了一眼说，“殿下总认识您的，并且会客气地接待您。朋友，就这么办吧。”医生说。

医生显得疲倦、着急。

“您这么想……我还想问您一声，阵地究竟在哪里？”彼埃尔问。

“阵地吗？”医生说，“这个我不知道。您到塔塔锐诺佛去，那里有许多人在掘土，到那里的小山上去，从那里可以看见。”医生说。

“从那里可以看到吗？……假使您要……”

但是医生打断他的话，向自己的车子走去。

“我是可以送您去的，但是凭上帝——您瞧，”医生指着喉咙说，

“我要赶到军团长那里去。我们的情形怎么样呢？……您知道，伯爵，明天要有会战；十万大军当中料想至少要有两万伤兵；我们的担架、病床、助手、医生，不够六千人用的。有一万辆运输车，但是还需要别的东西；我们要尽力去做。”

许多活泼的、健康的、年轻的和年老的人愉快地、惊异地望着他的帽子当中有两万人注定了要伤亡（也许就是他所看见的这许多人）——这种奇怪的想法使彼埃尔吃惊了。

“他们也许明天要死，为什么他们除了死之外还想到别的东西呢？”忽然，由于某种隐秘的联想，他清楚地想起了莫沙益司克的山坡、伤兵车、钟声、太阳的斜辉、骑兵的歌声。

“骑兵去作战，遇见伤兵，无时无刻不想到那等待着他们的事情，但是他们走过伤兵面前，并且向他们眨眼。这些人当中有两万人注定了要死，他们却诧异我的帽子！奇怪！”彼埃尔想，而塔塔锐诺佛继续前进着。

在路左边一个地主房屋的前面，有许多马车和辎重车、许多侍从兵和哨兵。殿下就住在这里。但是在彼埃尔到这里的时候，他出去了，而且司令部里几乎一个人也没有。大家都做祈祷去了。彼埃尔向着高尔该前进。

上了山，到了村庄的小街，彼埃尔第一次看见民团里的农民，他们穿着白衬衫，帽子上有十字架，他们大声地谈着，笑着，兴奋着，流着汗在路右边长满青草的大山丘上干活。

他们当中有的用锹在掘土，有的用独轮车沿着板条运送泥土，有的站着什么也不做。

两个军官站在山丘上指挥他们。看到这些农民显然对自己新兵所干的军事任务觉得满意。彼埃尔又想起了莫沙益司克的伤兵，他了解了那个说“他们想要全体人民攻击他们”的兵士所要表达的意思。这些在战场上干活的有胡须的农民，他们的怪异笨重的靴子，他们的淌汗的颈子，有的人解开了衬衣的斜领，露出晒黑的锁骨——这情景，比较彼埃尔先前所见所闻的一切更强烈地使他感觉到此时的严肃性与重要性。

彼埃尔下了车，经过在筑工事的民团身边，上来土丘，从那里，如医生说，可以看见战场。

21

彼埃尔下了车，经过在筑工事的民团身边，上了土丘，从那里，如医生向他所说的，可以看见战场。

大约是上午十一时。太阳有点偏彼埃尔的左后方，并且透过清洁的、稀薄的空气，明亮地照耀着展开在他面前的、好像高地上的圆剧场一样的大全景。

斯摩棱斯克大道，通过丘前下边五百步外的白色教堂的村庄(这是保罗既诺)，蜿蜒在这个圆剧场的左上方，并将它划分开来。道路经过村旁的桥梁，并且经过山坡和高冈，渐渐向上延伸，曲折地通到大约六里之外可以看见的发卢耶佛村（此刻拿破仑在这里)。在发卢耶佛的那边，道路隐没在地平线上黄色的树林中。在远处这个桦树林和枞树林，道路右边的考洛恰僧院的十字架和钟楼在阳光下熠熠闪亮。在这全部蓝色远景上，在树林和道路的左边和右边，在许多地方可以看到冒烟的营火，以及模糊不清的敌我双方的军队。在右边，顺着考洛恰河与莫斯科河，是起伏的丘谷地带。在这些山谷之间，可以看见远远的别素保佛村和萨哈锐诺村。左边的地形较为平坦，是麦田，可以看见一座冒烟的烧毁的村庄，这是塞妙诺夫斯克村。

彼埃尔所见的左右的一切是那样地模糊不清，以致原野左边和右边的景色都没有使他的愿望得到充分的满足。没有一处是他所期望看见的战场；只有田地、草地、军队、树林、营火的烟、村庄、山丘、河流，彼埃尔无论怎样观察，也不能在这个有生命的地面上找到阵地，甚至也不能分别我们的军队和敌人的军队。

“应该问问知道的人，”他想着，转向一个军官，这个军官好奇地望着他的不像是军人的庞大身体。

“请问，”彼埃尔向这个军官说，“前面是什么村庄?”

“布尔既诺是吗?”军官说，问他的同伴。

“保罗既诺。”另一个回答，纠正他的话。

军官显然愿意找机会说话，走到彼埃尔面前来了。

“那里是我们的人吗？”彼埃尔问。

“是的，再远一点便是法国人了。”军官说，“他们就在那里，看得见的。”

“哪里？哪里？”彼埃尔问。

“肉眼看得见。就在那里！”军官用手指指河那边左方看得见的烟，他的脸上显出了彼埃尔在他所遇见的许多人的脸上看到过的那种严厉的严肃的表情。

“啊！那是法国人！那边呢？……”彼埃尔指着左边的山丘，那里附近的军队可以看见。

“那是我们的人。”

“啊，我们的人！那边呢？……”彼埃尔指指远处村庄附近有一棵大树的山丘，这个村庄在山谷中，那里也冒着营火的烟，并且有发黑的东西。

“那（指涉发尔既诺多角堡）是他的，”军官说，“昨天是我们的，但现在是他的了。”

“那么我们的阵地怎样呢？”

“阵地？”军官流露着满意的笑容说，“我能向您讲清楚，因为是我筑起了几乎我们全部的工事。那个地方，您看见吗？我们的中心在保罗既诺，就在那个地方。”他指着前面有白色教堂的村庄，“那里是考洛恰河的渡口。在那里，您看，那里有许多干草堆的低洼地，那里有一座桥。那是我们的中心。我们的右翼就在那里，”他直指着右方，在山谷的远处，“那里是莫斯科河，我们在那里筑了三个很坚固的多角堡。左翼……”军官在这时停顿了一下，“您知道，这个很难向您说明……昨天我们的左翼在那里，在涉发尔既诺，在那里，您看，有橡树的地方；但是现在我们撤回了左翼，现在，在那里，那里，您看见村庄和烟吗？——那是塞妙诺夫斯克，就在那里，”他指指拉叶夫斯基山丘，“但是会战不一定在那里。他把军队调到这里来了，这是欺骗，他大概要从莫斯科河右边绕过来。但是，无论是在什么地方，明天要损失许多人！”军官说。

一个年老的军曹，在军官说话时走到他身边，沉默地等候他的长官把话说完；但在这里，他显然不满意军官的话，打断了他的话。

“应该派人去取堡篮①了。”他严厉地说。

军官似乎不好意思了，似乎他明白了，他可以想到明天损失多少人，但是不应该说这话。

“好，再派第三连去。”军官急忙地说。

“但您是谁？是不是医生？”

“不是。我随便来的。”彼埃尔回答。然后彼埃尔又经过民团那里，下山去了。

“啊，这些该死的！”跟在他身后的军官说，他捂着鼻子，从筑工事的人的身边跑过去。

“他们来了……抬着她……来了……她来了……马上就要到了……”忽然传来这些话声；于是军官、兵士和民团们顺着大路向前跑去。

教会的行列从保罗既诺向山上移动着。在尘土飞扬的道上，走在最前边的是脱了帽子的、倒背着枪的、整齐的步兵。在步兵的后边，响起了教会的歌声。

兵士和民团没戴帽子，超越了彼埃尔，跑去迎接上山的人。

“他们抬了圣母！我们的女保卫者……依比利亚②圣母！”有人叫着。

“斯摩棱斯克的圣母。”另一个人纠正他的话。

在村庄里的和在炮台上干活的民团都抛了锹，跑去迎接教会的行列。一个步兵营在满是灰尘的道路上走着，在步兵营的后边，是穿法衣的神甫们、一个戴头巾的老人、教会执事们和唱歌的人。在他们的后边，兵士们和军官们抬着一个黑脸的有金属边饰的大圣像。这是从斯摩棱斯克搬出来的圣像，一直带在军中的。在圣像的前边、后边和四周，是一大群光着头的民团，有的走着，有的跑着，有的在地上跪拜。

① 毛注：以建筑野堡的泥篓。

② 毛注：圣母的圣像的名称。

上了山，圣像停住了；用麻布带子抬圣像的人们换了班，教会执事重又点起香炉，祈祷开始了。炎热的阳光当头照着；清凉的微风吹动着头上未戴帽子的头发和装饰圣像的缎带；歌声在晴朗的天空微弱地传开。一大群军官、兵士和民团，都光着头，围绕了圣像。官阶高的在神甫和执事后面空出的地方。一个秃顶的将军，颈子上挂着圣·乔治勋章，他正站在神甫的背后，没有画十字（显然是德国人），忍耐地等候祈祷的结束，他认为应当听完祈祷，而这大概是为了唤起俄国人民爱国心的。另一个将军英武地站立着，一面用手在胸前颤动地画十字，一面环顾着他的四周。站在农民当中的彼埃尔，在这些高级人员之中，认出了几个熟人；但是他没有望他们；他的全部注意力被这群兵士和民团们脸上严肃的表情吸引住了，他们同样热切地望着圣像。疲倦的副执事们刚刚开始习惯地懒懒地唱（他们唱第二十次了）：“神母啊，从灾难中救出你的仆人吧。”神甫和执事便唱：“我们都奔向你的面前，把你当作不可犯的壁垒，当作庇护。”在所有人的面孔上又出现了那种认识目前严重性的表情，这表情是他在莫沙益司克山脚下所看见的许多面孔上、他早晨偶然遇见的许多许多面孔上看见过的；他们的头越垂越低了，他们的头发被风吹拂着；叹气和在胸前画十字的声音也听得见了。

围绕圣像的人群忽然散开，并且挤着彼埃尔了。有人向着圣像走来，从别人连忙让路看来，他大概是很重要的人。

这人是视察过阵地的库图索夫。他正要回塔塔锐诺佛，走到了祈祷的地方。彼埃尔立刻从那特别的与众不同的身躯上认出了库图索夫。

库图索夫的高大肥胖的身上穿着长外套，驼着脊背，光着白发的头，胖脸上显出他的一只瞎了的眼睛的白眼球，他踏着急促的摇摆的步子走进人群，站在神甫的背后。他用熟悉的姿势画了十字，弯腰把手触到地上，深深地叹了口气，然后垂着白发的头。在库图索夫背后是别尼格生和随从。虽然总司令的在场引起了全部高级官员的注意，但民团和兵士们却继续祈祷着，没有望他。

祈祷完毕时，库图索夫走到圣像前面沉重地跪下来，在地上叩头，因为体重与衰老，他试了好久还不能站起来。他的白发的头因为用力而颤动着。最后他站了起来，并且用小孩般天真地伸出的嘴唇吻了圣像，又弯了一下腰，把手碰到地上。将军们照他的样子做了；然后是军官们，在他们之后，兵士和民团喘息着，踏践着，互相拥挤着，推撞着，面色兴奋地跪拜着。

22

彼埃尔因为身边人们的挤压而跄踉地走着，向四周环顾着。

“伯爵，彼得·基锐累支！您怎么到这里来了？”有一个声音说。

彼埃尔回头看了一下。

保理斯·德路别兹考一只手掸着膝盖（大概是在向圣像下跪时弄脏的），微笑着走到彼埃尔面前。保理斯穿得很华丽，带着一点儿雄赳赳的样子。他穿了长外套，像库图索夫那样把马鞭搭在肩上。

库图索夫这时候走进了村庄，在最近的一座屋子的阴影下边的凳子上坐了下来，这凳子是一个哥萨克兵跑去端来的，由另外一个哥萨克兵连忙铺上一条毯子。一大群衣着华丽的随从围绕着总司令。

人群跟在圣像的后边，走得更远了。彼埃尔站住了，和保理斯交谈着，离库图索夫大约三十步。

彼埃尔说明了他要参加会战和观看阵地的心意。

“您应当这样办，”保理斯说，“Je vous ferai les honneurs du camp.[我要招待你看野营。]您在别尼格生伯爵那里，可以把一切看得极其清楚。我是他的随从，您知道。我要替您向他说。假使您想要视察阵地，您就同我们一道走；我们马上就要到左翼去。然后我们回来，请您在我这里过夜，我们玩牌。您当然认识德米特锐·塞尔格奇吧？他就在那里。”他指着高尔该村中的第三座房子。

“但是，我想要看看右翼，听说，右翼很强，”彼埃尔说，“我想要从莫斯科河走过全部阵地。”

“好，晚一点这是可以的，但主要的——是左翼……”

“是，是。但哪里是保尔康斯基公爵的团呢？您能不能指给我看？”彼埃尔问。

“安德来·尼考拉伊维支吗？我们要走过他那里的。我带您到他那里去。”

“左翼的情形怎样呢？”彼埃尔问。

“向您说实话吧，entre nous，[要守秘密的，]我们的左翼天晓得是什么样子，”保理斯信赖地压低声音说，“别尼格生伯爵完全没有打算这样的。他主张在那个山丘上设防，全不是这样……但……”保理斯耸了耸肩，“殿下不愿意，或者是别人劝他的。要知道……”保理斯没有说完，因为这时候库图索夫的副官卡依萨罗夫走到了彼埃尔的面前。“啊，巴依西·塞尔格奇，”保理斯带着大大方方的笑容向卡依萨罗夫说。“我正在努力向伯爵说明阵地。奇怪，怎么殿下能够那样准确地预料到法国人的计划！”

“您是说左翼吗？”卡依萨罗夫问。

“是，是，正是。我们的左翼现在是很强、很强。”

虽然库图索夫裁减了总司令部里所有的冗员，保理斯在库图索夫人事调整之后，还能够留在总司令部里。保理斯和别尼格生伯爵有了亲密的关系。别尼格生伯爵和保理斯所跟随过的所有的人一样，认为年轻的德路别兹考是无价之宝。

在最高指挥部方面，有两个俨然划分的派别：一个是库图索夫派，一个是参谋总长别尼格生派。保理斯属于后一派，可是没有人能够像他那样一方面对库图索夫表示卑躬屈膝的敬意，而另一方面又使人觉得这个老人无用，而一切的事都是别尼格生主持的。现在到了会战的关键时刻，它要决定是库图索夫下台让位给别尼格生，或是即使库图索夫打了胜仗，也要使人觉得一切是别尼格生做的。无论怎样，为了明天的战事一定要发许多重大的奖赏，并且有新的人被提拔。因此，保理斯整天都感到极度的兴奋。

在卡依萨罗夫之后，还有别的熟人走到彼埃尔面前，他来不及回答他们向他纷纷提出的关于莫斯科的问题，来不及听他们向他所说的话。所有的面孔上都表现了兴奋和不安。但是彼埃尔觉得，一部分人的面孔上所表现的兴奋的原因，大都是个人成败的问题；他没有忘记另一部分人的面孔上所表现的另一种兴奋表情，那不是关于个人问题，而是关于大家的生死问题。

库图索夫看见了彼埃尔的身躯和聚集在他身边的人群。

“叫他到我这里来。”库图索夫说。

副官传达了殿下的意思，于是彼埃尔向着凳子走去。但是在他之前已经有了一个民团军官走到库图索夫的面前。这人是道洛号夫。

“这个人怎么到这里的？”彼埃尔问。

“这个人是个大浑蛋，无处不钻！”他们回答彼埃尔，“您知道，他曾经被贬职。现在他又要出头了。他提出了一些计划，有一天夜里他爬进了敌人的哨兵线……他是好汉！……”

彼埃尔脱了帽子，在库图索夫面前恭敬地鞠了一躬。

“我认为，假使我向殿下说了出来，您也许把我赶走的，或者您也许说您已经知道了我要报告的事情，那时候，就不会免我的职了……”道洛号夫说。

“是的，是的。”

“假使我是对的，我就为祖国做有益的事，我准备为它而死。”

“就是……就是……”

“并且假使殿下需要不怕死的人，就请记着我……也许我对殿下是有用的。”

“是的……是的……”库图索夫重复说，笑着渐渐眯起的一只眼睛望望彼埃尔。

这时候，保理斯以宫廷人物般的灵巧的举止，和彼埃尔并排着走近总司令，并且用最自然的态度，好像继续已开始的谈话，低声地向彼埃尔说：

“民团穿了清洁的白衬衫，准备为国捐躯。多么英勇啊，伯爵！”

保理斯向彼埃尔说这话，显然是要殿下听到。他知道库图索夫会听到这话，果然殿下向他说：

“你说到民团什么？”他问保理斯。

“殿下，他们穿白衬衫，准备明天为国捐躯。”

“啊！……奇特的，无比的人民，”库图索夫说，然后闭上了眼，摇了摇头，“无比的人民！”他叹了口气，重复地说。

“您想要闻火药味吗？”他向彼埃尔说，“是的，是愉快的气味。我有荣幸敬慕您的夫人。她好吗？我的住处可以供您使用。”

库图索夫开始心不在焉地环顾着，似乎忘记了他想要说的或者要做的一切，这是老年人常有的情形。

然后，显然是想起了他要找的人，他把他的副官的弟弟安德来·塞尔格奇·卡依萨罗夫叫到面前来了。

“怎样，怎样，马林的诗句怎样，诗句怎样，怎样？他写到盖拉考夫：‘你在军中做教师……’① 您念，您念。”库图索夫说，显然是要笑。

卡依萨罗夫背诵了……库图索夫微笑着，随着诗的韵律而不住地点头。

彼埃尔离开库图索夫时，道洛号夫走到他面前，抓住他的手。

“我很高兴在这里遇见您，伯爵，”他特别坚决地、严肃地、大声地向他说，一点儿也不管旁人在场。“明天，天晓得，我们当中谁还能活在世上，今天，我很高兴有机会向您说，对于我们之间的误会，我觉得很遗憾，并且希望您不要对我有什么恶感。请您原谅我。”

彼埃尔微笑着，望着道洛号夫，不知道要对他说什么。道洛号夫眼里含着泪，搂抱了并且吻了彼埃尔。

保理斯向他的将军说了什么，于是别尼格生伯爵转向彼埃尔，邀他一同到前线去。

“您会觉得这是有趣的。”他说。

“是的，很有趣。”彼埃尔说。

半小时后，库图索夫到塔塔锐诺佛去了。别尼格生带着随从和彼埃尔到前线去了。

---

① 毛注：S. N. 马林是亚力山大一世的侍从武官，以歪诗及娱乐诗著名。G. V. 盖拉考夫是上尉，军事学校的教官，是许多劣等爱国诗的作者，他是嘲笑的对象。马林关于他所写的诗是预言体的：“您将长此作诗词，把读者们折磨死，你在军中做教师——做个上尉一辈子。”

23

别尼格生从高尔该下来，沿着大路到了桥上，这桥就是军官从山丘上指给彼埃尔看的，说它是我们阵地的中心，在桥边的岸上躺着许多堆新割的散发出清香的草秸。他们过了桥走到保罗既诺村，从那里向左转，经过许多军队和大炮，走上一个高丘，丘上有民团在掘土。这是一个多角堡，还没有名字，后来叫作拉叶夫斯基多角堡，或者叫山丘炮台。

彼埃尔没有特别注意这个多角堡。他不知道，这个地方要比保罗既诺原野上所有的地方对他更有纪念的意义。后来他们经过山谷，到了塞妙诺夫斯克村，兵士们正在这里拖走农舍与仓房的最后的木料。后来他们下山又上山，穿过被毁坏的、好像被冰雹压倒的黑麦田，沿着炮兵在田地上新筑的道路，走到当时还在掘挖的突角堡。①

别尼格生停在突角堡上，开始望着前面的涉发尔既诺多角堡(昨天还是我们的)，在它上边可以看见几个骑马的人。军官们说，是拿破仑，或者是牟拉在那里。大家注意地望着这一小群骑马的人。彼埃尔也望着那里，极力猜测着这些几乎看不见的人当中谁是拿破仑。最后，那些骑马的人下山不见了。

别尼格生向着一个走到他面前的将军说话，开始向他说明我军的整个形势。彼埃尔听着别尼格生的话，极力想理解他的话，以便了解当前的会战的要点，但是他苦恼地感觉到，他的理解力在这件事上是不够的。他什么也不懂。别尼格生停止了说话，并且注意到彼埃尔在谛听，忽然向他说：

“我想，你觉得没有趣吧？”

“啊，不然，很有趣。”彼埃尔一点也不真实地回答。

他们从突角堡沿着道路向左边走，道路穿过低矮稠密的桦树林。在这个树林的当中，在他们的前面，有一只棕色的白腿的兔子跳上了路，它被大群的马踏响的蹄声惊骇得那么慌乱，在他们前面的路

① 托氏自注：一种工事。

上跑了很久，引起大家的注意与笑声，并且直到几个人向它叫喊的时候，它才跳到路边，藏到草丛里去了。他们在树林中走了大约两里，到了一个空地上，那里驻扎了担任左翼防卫的屠契考夫军团的部队。

这里，在极左翼，别尼格生激愤地说了很多话，并且下了在彼埃尔看来是军事上很重要的命令。在屠契考夫军队阵地的前边有一个高地。这个高地没有军队驻扎。别尼格生大声批评这个错误，说让这个控制全区的高地无人防守，而把军队驻在下边，是发疯了。有几个将军表示了同样的意见。特别是有一个将军，带着军人的脾气说，这是把他们放在那里等死。别尼格生用自己的名义下了命令把军队调到高地上去了。

左翼上的这个命令，使彼埃尔更加怀疑自己对军事的理解力。彼埃尔听到别尼格生和将军们批评山下的军队阵地，完全明白了他们的意思，并且确定了同样的意见；但是正因此他不能了解，那个把军队放在山下的人，怎么能够犯下这样明显而重大的错误。

彼埃尔不知道，这些军队不是像别尼格生所想的那样驻扎在这里是为了保卫阵地，而是留在隐蔽处作埋伏的，即是为了不被注意而忽然袭击前进的敌人。别尼格生不明白这个意思，没有报告总司令，就凭自己的臆断把军队调到前面去了。

24

安德来公爵在八月二十五日晴朗的黄昏时候，用双手托着头躺在克尼亚倚考佛的破仓屋里，这个地方在他的团的阵地的边缘。从破墙的隙缝里，他望着篱笆旁边一排砍去了下层枝柯的三十年的桦树，望着有燕麦垛子的田，望着灌木，在灌木旁边可以看见营火的烟——这是兵士的炉灶。

安德来公爵虽然觉得他的生活是狭窄的、难过的、于人无用的，他却和七年前在奥斯特理兹一样，在会战的前夜感觉到自己的心情是兴奋的、愤慨的。

他接到并且发出明天会战的命令。他没有别的事要做了。但是他的想法，那些最简单、最明确、因此是最可怕的想法使他不得安宁。他知道，明天的会战，是他所参加的许多会战中最可怕的会战；他平生第一次清楚地、几乎是确实地、简单地、可怕地想到了死的可能性。它是和世事无关的，也不管它对别人有什么影响，而只是和他本人、和他的心灵有关。在这个想象的高处，一切从前使他苦恼的、使他心神不定的东西，都忽然被寒冷的白色的光线照亮了，没有阴影，没有背景，没有轮廓的区别。他觉得整个的生活就像幻灯一样，他透过玻璃，在人为的光线里对它看了很久。现在没有玻璃，在明亮的白天光线里，他忽然看见了那些拙劣地涂成的画。“是的，是的，这就是那些使我兴奋、使我欢喜、使我苦恼的假形象。”他自语着，在他的想象中回忆着他的生活幻灯中的主要画图，现在他在寒冷的白色的日光里——在关于死亡的明确概念的白光里——看着这些画图。“它们就是那些粗劣地涂出的形象，它们从前好像是美丽的神秘的东西。光荣，社会福利，对女子的爱情，祖国——这些画图在我看来是多么伟大，它们好像是充满了多么深奥的意义啊！而这一切在早晨的白色的寒光里是这么简单、无色、粗糙，这个早晨我觉得是为我而亮的。”他的生活中三个主要的烦恼，特别地吸引他的注意：他对一个女子的爱情、他父亲的死，以及占领俄国一半的法军侵略。“爱情！……这个小姑娘，我觉得她充满了神秘力量。我确是爱过她的！我关于爱情、关于和她在一起的幸福，做过诗意的计划！啊，可爱的年轻人！”他怨恨地出声地说，“哦！我相信一种理想的爱情，它要在我全年的离别中保持她对我忠实！好像寓言中温柔的鸽子，她应当在我的离别中消瘦了。这一切是简单得多……这一切是非常简单，丑恶！

“父亲在童山建设，以为那就是他的地方、他的土地、他的空气、他的农民；但是拿破仑来了，不知道有他这个人，把他好像路旁的草芥一样赶跑了，并且他的童山和他的全部生活都被破坏了。玛丽亚公爵小姐还说，这是天降的试验。他已经没有了，将来也不会有的，为什么要有试验呢？他永远不会再有了！他没有了！这个试验是为谁的呢？祖国，莫斯科的毁灭！明天有人杀死我——甚至不是法国人，而是自己的人，好像昨天一个兵在我耳边放枪一样；法国人要来了，要把我整个身体抬起来抛进坑里去，免得我在他们面前发出臭气；并且将要形成许多新的生活情况，它们在别人看来还是那样惯常，但我不会知道它们了，我不存在了。”

他注视着一排在太阳光下闪耀着的、黄叶和绿叶静止不动的、白色表皮的桦树。“死，让他们明天杀死我，让我不复存在……让这一切存在，却让我不存在。”他清楚地想象到这种生活里没有他这个人。这些有朝阳面和背阴面的桦树，这些卷曲的云，营火的烟，四周的一切，在他看来，都变形了，好像成了可怕的骇人的东西。一阵凉气掠过他的脊背。他迅速地站起来，走出仓屋，来回走动着。

他回来之后，从仓屋的后边传来了人声。

“谁在那里?”安德来公爵叫着。

红鼻子上尉齐摩亨做过道洛号夫的连长，现在因为军官缺乏，做了营长，他胆怯地走进仓屋。一个副官和团部会计跟在他背后。

安德来公爵连忙站起来，听军官向他报告职务上的事情，向他们发了几道命令，并且正要让他们走，这时候从仓屋后边传来了熟识的模糊的话声。

“Que diable!［该死］”一个人说，这个人在什么东西上被绊了一下。

安德来公爵从仓屋里看出去，看见向他走来的彼埃尔，他碰在一根横柱子上，几乎要跌倒。安德来公爵通常不愿意看见自己团体中的人，特别是彼埃尔，因为他使他想起最后一次他在莫斯科的痛苦的时刻。

“啊，哎哟!”他说，“什么风吹来的?这是我料想不到的!”

当他说这话的时候，他的眼睛里和他的面色上出现了比冷淡更厉害的表情——怀有敌意的表情，彼埃尔立刻便注意到了。他怀着最兴奋的心情走到仓屋那里，但是看到安德来公爵脸上的表情，他觉得拘束而不自在了。

“我来……不过……您，知道……我来……我觉得有兴趣。”彼埃尔说，他在这天已经无意义地重复了许多次：“有兴趣。”“我想看看会战。”

“是，是，但是共济会的会友们关于战争说些什么呢？怎样防止战争呢？”安德来公爵嘲笑地说，“莫斯科怎样？我家里的人怎样？他们最后到了莫斯科吗？”他严肃地问。

“到了。尤丽·德路别兹卡雅向我说的。我去看他们，没有看见。他们到莫斯科乡下田庄上去了。”

25

军官们想要告辞，但是安德来公爵似乎不愿单独地和他的朋友待在一起，要他们坐一会儿，喝点茶。凳子和茶都送来了。军官们惊异地望着彼埃尔肥胖高大的身躯，听他说到莫斯科，说到他曾经去看过的我军阵地。安德来公爵沉默着，他的脸色是那么不愉快，使得彼埃尔向好心的营长齐摩亨所说的话，比向保尔康斯基所说的话还要多。

“那么你明白全部的军队的部署了吗？”安德来公爵插言问。

“是的，这话是什么意思？”彼埃尔说，“我不是军人，不能说我完全明白，但是仍然明白一般的部署。”

“Eh bien, vous êtes plus avancé que qui cela soit.［哦，你比任何人都知道得多。］”安德来公爵说。

“啊！”彼埃尔从眼镜上边望着安德来公爵，迷惑地说。“那么您对于任命库图索夫有什么意见呢？”他问。

“我对于这个任命很高兴，这就是我所知道的一切。”安德来公爵说。

“那么，您说，您对于巴克拉·德·托利是什么意见呢？在莫斯科，天晓得，人们说他些什么。您对他是怎么看法的？”

“问他们吧。”安德来公爵指着军官们说。

彼埃尔带着谦逊的疑问的笑容望着齐摩亨，大家都不由自主地带着这种笑容望着他。

“大人，殿下来了，我们看到了光明①，”齐摩亨胆怯地、不停地望着他的团长说。

“为什么是这样的？”彼埃尔问。

“就单拿柴火和食料来说，让我告诉您吧。我们退出斯文促安的时候，不敢碰一根枯枝、一根草秸或是别的什么。我们走开了，他②却得到了是不是，大人？”他转向他的公爵说。“但是你也不敢拿。在我们团里有两个军官因为这种事受到审判。但是在殿下指挥的时候，这种事情就很简单了。我们看到了光明……”

“他究竟为什么要禁止呢？”

齐摩亨局促不安地环顾着，不知道怎样回答这个问题和说些什么。彼埃尔以同样的问题问安德来公爵。

“为了不破坏我们留给敌人的乡村，”安德来公爵怨恨、嘲讽地说，“这是有道理的：我们不能允许抢劫乡村，使兵士惯于抢掠。在斯摩棱斯克他同样正确地判断了法国人能够包抄我们，他们的力量比我们强。但是他不明白，”安德来公爵忽然用细声细气的、好像是脱口而出的声音说，“但是他不明白，我们在那里是第一次为俄国土地而战斗；兵士们有我从来没有看见过的那么高昂的士气；我们一连两天抵挡了法国人；而且这个胜利使我们的兵力增强了十倍。他却命令退却，我们所有的努力和损失都白费了。他没有想做叛变的事，他努力把一切事情做得尽可能的好，他考虑了一切；但是对此他是不适宜的。现在他不适宜的正是因为他很透彻地、很准确地考虑了一切，像每个德国人所应有的那样。我怎么向你说……好吧，你父亲有一个德国佣人，是个很好的用人，并且比你能更好地满足他的一切需要，那么就让他侍候下去吧；但是假使你父亲病得要死了，你辞退这个佣人，并且用你自己的一双不习惯的、不灵活的手去侍候你的父亲，却比一双灵巧的然而是外国人的手更使你父亲得到安慰。我们对于巴克拉就是这样做的。当俄罗斯是健康的时候，

① 毛注：殿下的前一音节的意思是“光明”。这是原文的文字游戏。

② 毛注：俄国人总是以“他”指敌人。

一个外国人，而且是一个出色的大臣，可以侍候他，但是当他一旦有危险时，就需要自家的人了。但是你们的俱乐部把他当作国贼！诽谤他是个国贼，只是由于后来对自己的谎话感到惭愧，忽然把国贼当作英雄或者天才，这就更不公平了。他是个正直而又很精明的德国人……”

“但是据说，他是一个能干的统帅。”彼埃尔说。

“我不懂，能干的统帅是什么意思。”安德来公爵嘲笑地说。

“能干的统帅，”彼埃尔说，“就是他能预见一切的偶然事件……料到敌人的计划。”

“但这是不可能的。”安德来公爵说，好像说到早已解决的问题一样。

彼埃尔诧异地望望他。

“但是，”他说，“你知道，有人说，战争像下棋一样。”

“是的，”安德来公爵说，“不过有个小小的差别，在下棋的时候，你对于每一步要想好久就可以想好久，你不受时间的限制；还有一个差别，就是马总比卒强，两个卒总比一个卒强，但是战争中一个营有时比一个师强，但有时却比一个连弱。军队相对的力量没有人能够知道。相信我，”他说，“假使有什么事要靠参谋处来安排，则我愿意留在参谋处进行这种安排，但是我并不这样，却有荣幸在这里服役，在团里，和这些先生们在一起，我认为明天的战争确实要依靠我们，而不是依靠他们……胜利从来不曾依靠、将来也不会依靠阵地、武器，甚至人数；尤其是不依靠阵地。”

“那么是依靠什么呢？”

“依靠我心里的，他心里的，”他指着齐摩亨说，“每个兵士心里的感情。”

安德来公爵看了看齐摩亨，他惊异而迷惑地望着自己的长官。和他先前审慎的沉默相反，安德来公爵现在显得兴奋了。他显然忍不住地要说出他偶然想到的那些想法。

“谁毅然地决心要打胜仗，谁便打胜仗。为什么我们在奥斯特理兹打了败仗？我们的损失和法军几乎相等，但是我们很早便向我们自己说，我们要打败仗，我们果然打败了。但是我们说这话，是因为我们在那里打仗是没有意义的，我们只是想要赶快离开战场。‘我们败了，我们跑吧！’于是我们跑了。假使我们到晚不说这话，天晓得会发生什么事。但是明天我们不说这话。你说：我们的阵地，左翼弱，右翼拉得太长，”他继续说，“这都是废话，并没有这回事。但是明天我们要面临什么样的事情呢？上万万的极其多种多样的偶然事件，它们要在顷刻之间取决于我们或者他们要逃跑还是不逃跑，取决于这个人被杀或是那个人被杀；但现在所做的一切只是儿戏。问题在这里，那些同你一道视察阵地的人，不但于事无补，而且碍事。他们只关心他们自己的小利益。”

“竟在这样的时候？”彼埃尔责备地说。

“在这样的时候，”安德来公爵重复说，“他们觉得，这只是陷害敌手并领受更多勋章和绶带的时候。我觉得，明天的事情是：十万俄军和十万法军交战，而要点是在这里，就是，这二十万人打仗，谁最战斗勇猛，最不惜牺牲自己，便是谁得胜。你愿意的话，我就向你说，无论会发生什么样的事情，无论上层的人会发生什么样的混乱，明天我们要打胜仗。明天，无论会发生什么样的事情，我们要打胜仗！”

“大人，这是真的，千真万确的，”齐摩亨说，“现在谁都不怕死！您相信，我营里的兵不要喝伏特加酒了，他们说，现在不是这种日子。”

大家都沉默着。

军官们站起来了。安德来公爵跟他们走出仓屋，向副官发出最后的命令。军官们走了以后，彼埃尔走到安德来公爵面前，刚刚想要开口说话，便从离仓屋不远的大路上传来了三匹马的蹄声，安德来公爵朝着这个方向看了一眼，认出了福尔操根、克劳塞维兹①和一

① 毛注：克劳塞维兹（Karl Von Clausewitz 1780—1831）为普鲁士将军，名军事学家及战史家，著有《战争论》及关于拿破仑战争的书籍。一八一二年他在俄军中服务，为卜富尔的副官。

个跟随的哥萨克兵。他们走得很近，继续谈着话，彼埃尔和安德来无意地听了下面的话：

“Der Krieg muss in Raum verlegt werden. Der Ansicht kann ich nicht genug Preis geben. ［战争必须扩大范围。我不能过分称赞这种观点。］”一个人说。

“Oh! ja，［啊！是的，］”另一个人说，“der Zweck ist nur den Feind zu schwächen，so kann man gewiss nicht den Verlust der Privat Personen in Achtung nehmen.［唯一的目的是要削弱敌人，当然我们不能考虑个人的损失。］”

“Oh，ja.［啊，是的。］”第一个人的声音同意地说。

“是的，im Ruam verlegen.［扩大范围。］”安德来公爵当他们走过去时，愤怒地嗅嗅鼻子说。“Im Raum［在那个范围内］有我的父亲、儿子和妹妹住在童山。这在他是反正一样的。这就是我向你说过的——这些德国先生们明天不会打胜仗，只是尽他们的力量在捣乱，因为在德国人的头脑里，只有不值一只空蛋壳的理论，但是在他们心里，却没有明天唯一所需要的东西，就是齐摩亨心里所有的东西。他们把全欧洲给了他并且来教我们。好教师！”他的声音又尖锐起来。

“因此您以为，明天的会战要得胜吗？”彼埃尔问。

“是的，是的，”安德来公爵漫不经心地说，“假使我有权，我只要做一件事，”他又开始说，“我不要抓俘虏。何必要俘虏呢？这是骑士精神。法国人毁了我的家，要来毁莫斯科了，他们侮辱了我，并且每秒钟都在侮辱我。他们是我的敌人。我认为他们都是罪犯。齐摩亨和全军都是这么想。应该杀死他们！假使他们是我的敌人，就不能是我的友人，不管他们在提尔西特说了什么话。”

“是的，是的，”彼埃尔说，把明亮的眼睛望着安德来公爵，“我完全，完全同意您！”

在莫沙益司克山上出现的、使彼埃尔一整天都感到烦恼的那个问题，现在他觉得，是十分明白的并且彻底解决了。现在他了解了这个战争和当前会战的全部意义和重要性。他在这天所看见的一切，他一眼看见的那些面孔上的严肃、庄严的表情，对他显出了新的意义。他了解了那种爱国主义的潜热，像物理学上所说的潜热(latente)，这种潜热是他所看见的这些人们都有的，这向他说明了，为什么这些人镇定地并且似乎是无忧无虑地准备为国捐躯。

“不抓俘虏，”安德来公爵继续说，“单是抓俘虏这一件事就会改变整个战争，减少战争的残酷性。我们简直是在战争中做儿戏，我们用宽大和类似的东西做儿戏，这是很丑恶的。这种宽大和恻隐心，就好像是一位小姐在她看见宰小牛而昏厥的时候的那种宽大和恻隐心；她是那样仁慈，不能看见流血，但她倒上酱油吃这个小牛肉的时候却很有胃口。有人向我说到战争规则、骑士精神、休战旗和怜悯不幸的人，等等。这都是废话。我在一八〇五年看见了骑士精神和休战旗；他们欺骗了我们，我们欺骗了他们。他们抢劫别人的房子，发行假钞票，但最坏的是他们杀死我的小孩们，杀死我的父亲，他们还说什么战争规则，还说什么对敌人宽大。不抓俘虏，去杀，去死！谁像我一样经历过同样的痛苦，想到这个……”

安德来公爵觉得，他们是否要像占领斯摩棱斯克那样占领莫斯科，对于他都是无关重要的，他忽然因为在喉咙中发生的意外的痉挛而停止了讲话。他沉默着来回走了几趟，但是他的眼睛火热地发光，当他又开始说话时，他的嘴唇发抖了。

“假若在战争中没有这样一种的宽大，那么我们就要在值得去冒死的时候，像现在这样的时候，才去打仗。那时候也不会因为巴弗尔·依发尼支得罪了米哈伊·依发尼支便有战争了。假如战争是像现在这样的，那才是战争。在这样的时候，军队的决心是大不相同的。在这样的时候，拿破仑领率的所有韦斯特腓利亚人和黑森人都不会跟他来到俄国，我们也不会不知道为什么便到奥国、到普鲁士去打仗了。战争不是一种礼貌，而是生活中的最丑恶的事，我们应该懂得这一点，不要在战争中做儿戏。我们应该严肃地郑重地承认这个可怕的必要性。整个的问题就是：去除虚伪，战争就是战争，不是儿戏。可是现在，战争是懒惰的轻率的人们所爱好的消遣……军职是最有荣誉的。但什么是战争，什么是战争胜利所必需的东西，什么是军人的性格？战争的目的是杀人；战争的手段是间谍，叛国和对叛国的鼓励，人民的破产，为了军队的给养而强夺或偷窃人民，所谓军事策略的欺诈与说谎。军人阶级的性格是没有自由，即是纪律、懒惰、无知、残忍、放荡、酗酒。虽然如此，军人却是最高的阶级，受到大家的尊敬。所有的皇帝，除了中国皇帝，都穿军服，并且杀人最多的，获得最大的酬报……他们明天要碰在一起互相屠杀、杀死、打伤上万的人，然后为了杀死很多人（并且数目还要夸大）做感恩的祈祷，并且宣布胜利，以为杀人愈多，功绩愈大。上帝在天上怎样看他们做，怎样听他们说呢？”安德来公爵用尖锐的刺耳的声音说，“啊，我的好朋友，近来我觉得活着是痛苦。我知道，我懂得太多。人不适宜去尝试认识善恶的果子……”他加上这句，“好，没有多久了！”

“但是你要睡了，我也到睡的时候了。回高尔该去吧。”安德来公爵忽然说。

“啊！不！”彼埃尔回答，用他的惊恐而同情的眼睛望着安德来公爵。

“回去吧，回去吧，在会战之前，一定要睡得好，”安德来公爵又说。他迅速地走到彼埃尔面前，搂抱他、吻了他，“再会，走吧，”他叫着，“我们会不会再见面……”然后他连忙转身，进了仓屋。

天已经黑了，彼埃尔不能辨别安德来公爵脸上的神情是愤怒还是亲切。

彼埃尔沉默着站了一会，考虑着，是跟他进屋还是回去。“不，他不需要我进去！”彼埃尔内心里这么肯定着，“我知道，这是我们最后一次的会面。”他深深地叹了口气，回高尔该去了。

安德来公爵回到仓屋里，躺在毯子上，却睡不着。

他闭上了眼。一连串一连串的形象接连地来到。他对一个形象愉快地想了很久。他清楚地想起了彼得堡的一个晚上。娜塔莎带着活泼而兴奋的面色向他说，她在上一个夏季寻找菌子，在大树林中迷了路。她不连贯地向他叙述这个树林多么深，叙述她自己的心情，以及她和她所遇到的养蜂人的谈话，并且时时打断她自己的叙述说：

"不，我不会说，我没有说对；不，您不明白，"虽然安德来公爵安慰她，说他明白，并且他确实明白了她想要说的一切，但是娜塔莎并不满意她自己的话，她觉得，她的话没有表达出她在那一天所体验到的、并且她想要表达出来的、那个热烈的诗意的心情。"他是那么可爱的老人，树林中是那么黑暗……他是那么的仁慈……不，我不会说……"她红着脸，兴奋着说。安德来公爵现在微笑了一下，这笑容就是他那个时候一面望着她的眼睛一面流露出的那个幸福的笑容。"我了解她，"安德来公爵想，"不但是了解，而且这正是那种精神力量，那种诚实，那种心地坦白，这正是她的似乎被她的身躯所束缚的心，这正是我所爱的那颗心……我那么热烈地、那么幸福地爱过……"他忽然想到，他的爱情是怎样结束的。"他不需要这类东西。他没有看到也没有了解这些东西。他认为她是一个美丽的朝气蓬勃的姑娘，他不愿把他的命运和这姑娘结合在一起。而我呢？……他到现在还是活着，而且觉得很愉快！"

安德来公爵，仿佛有谁烫了他一下，跳了起来，又开始在仓屋前来回走着。

26

八月二十五日，在保罗既诺会战的前夜，法国皇宫总监德·波赛先生从巴黎和法不维挨上校从玛德里，来到发卢耶佛行营见拿破仑皇帝。

德·波赛先生换了朝服，命人把他从巴黎带来给皇帝的箱子抬在前面，走进拿破仑营帐的前室，在那里忙着开箱，和围绕着他的拿破仑副官们交谈着。

法不维挨没有进帐，留在门口和相识的将军们谈话。

拿破仑皇帝就要装束完毕了，还没有走出卧室他就哼哼鼻子，清清喉咙，时而把肥胖的后背、时而把肥胖的有毛的前胸掉转过来对着他的听差，让他们替他刷刷身子。另一个听差用一个手指捺住瓶口，把香水洒在皇帝的保养得很好的身体上，他脸上的神情好像是说，只有他一个人知道香水应该洒多少，洒在哪里。拿破仑的短头发是湿的，垂在额前。但是他的脸，虽然又黄又肿，却显出身体很舒适。“Allez ferme, allez toujours,［用点劲刷，刷，］”他耸着肩，清着喉咙，向着在替他刷身体的听差说。一个副官走进卧室，向皇帝报告在昨天的战斗中抓了多少俘虏，他说过所要说的话，便站在门边，等候奉旨退出。拿破仑皱着眉，悻悻地看了看副官。

“Point de prisonniers,［没有抓到俘虏,］”他重复着副官的话。

“Il se font démolir. Tant pis pour l'armée russe,［他们硬要我们歼灭他们。俄国军队是要更加倒霉了,］”他说，“Allez toujours, Allez ferme.［刷，用力刷。］”他说，曲着背，伸出他的肥肩膀。

“C'est bien! Faites entrer m-r de Beausset, ainsi que Fabvier.［好！让德·波赛先生进来，也让法不维挨进来。］”他点了点头向副官说。

“Oui, Sire.［是，陛下。］”于是副官出了帐门。

两个听差迅速地替陛下穿上衣服，于是他穿着禁卫军的蓝制服，踏着坚定的迅速的步伐走进接待室。

波赛这时候忙着把他从皇后那里带来的礼物放在两张椅子上，椅子正对皇帝的门口。但是皇帝是那么意外迅速地穿好了衣服走了出来，以致他来不及部置好这个意外的礼物。

拿破仑立刻注意到他们做的是什么，猜中了他们还没有部置好。他不愿使他们失去为他部置意外礼物的乐趣。他装作没有看见波赛先生，把法不维挨叫到他的面前。拿破仑严厉地皱着眉，沉默着，听法不维挨说到他的在欧洲另一端的萨拉曼卡作战的军队的勇敢与精忠，他们只有一个想法，就是要对得起他们的皇帝，只有一个恐惧，就是怕使他不高兴。那个会战的结果是可悲的。① 拿破仑在法不维挨报告时说了讽刺的话，似乎他没有料到，他不在场事情就不对头了。

“我一定要在莫斯科得到弥补，”拿破仑说，“A tantôt,［再见。］”他加上一句，并且唤来了德·波赛，德·波赛此刻已经部置

① 毛注：一八一二年新历七月十二日威灵吞打败马尔芒于此。

好了意外礼物，在椅子上放上东西，用布遮盖起来。

德·波赛按照只有部蓬皇朝的老臣才会的法国宫廷礼节，深鞠一躬，然后走上前，递上一个信封。

拿破仑愉快地向他说话，捏他的耳朵。

“您赶来了！我很高兴，巴黎方面说些什么呢？”他说，忽然他先前严厉的表情变得极其和蔼了。

“Sire，tout Paris regrette votre absence. ［陛下，全巴黎都挂念您。］”德·波赛恰当地回答。

虽然拿破仑知道波赛应该说这句话或者类似的话，虽然他在神志清醒的时候知道这是假话，他听到德·波赛的这句话却感到愉快。他又赏光地捏他的耳朵。

“Je suis fâché de vous avoir fait faire tant de chemin. ［我很抱歉，使你走了这么远。］”他说。

“Sire！Je ne m'attendais pas a moins qu'à vous trouver aux portes de Moscou. ［陛下！我希望最少要在莫斯科城门口遇见你。］”波赛说。

拿破仑微笑了一下，精神涣散地抬起头，向右看了一下。副官拿着金鼻烟壶，慢慢地走过来递给他。拿破仑接过了它。

“是的，您的运气好，”他说，把打开的烟壶凑近自己的鼻子，“您喜欢旅行，三天以内，您就看到莫斯科了。您当然没有打算看见亚细亚的首都。您做一次愉快的旅行吧。”

波赛鞠了一躬，感谢皇帝注意到他对旅行的兴趣（而他直到此刻才知道自己有这种兴趣）。

“啊！这是什么？”拿破仑说，注意到所有的朝臣都望着用布遮着的东西。

波赛具有朝臣的灵巧的行动，他面对皇帝，侧着身子退了两步，同时拉去遮布，说道：

“皇后送陛下的礼物。”

这是热拉尔用鲜明的颜色所画的拿破仑和奥国皇帝的女儿所生的男孩的画像，由于某种原因，这个孩子被人称为罗马王。

画里的这个极其俊秀的鬈发的男孩，他的目光好像谢克斯丁的圣母像中的基督，他在玩球。球代表地球，另一只手中的棒代表权杖。

虽然一点也不明白，这个画家画了所谓罗马王用棒敲地球，是要表现什么，但这个譬喻显然对于拿破仑，如同对于所有的在巴黎看过这画的人一样，是很明白的，而且是使他极其满意的。

“Roi de Rome，［罗马王,］”他说，用优美的手势指着画像，“Admirable!［好极了!］“他具有意大利人所特有的随意改变面部表情的本领，他走到画像前，做出沉思的亲爱的样子。他觉得，他现在所说所做的，便是历史。他觉得，他现在所能做的最好的事，就是为了和他的伟大做个对照，他要表现出最简单的父爱，而他的儿子正是由于他的伟大，才用地球做游戏的。他的眼睛模糊了，他向前移动了一下，回头寻找椅子（一只椅子放到他的身子下边去了），并且对着画像坐下来。由于他的一个手势，大家踮着脚走出去，让这个伟人独自表现他的情绪。

坐了一会，他自己也不知道为什么，摸了画像上粗糙的明亮处，然后，他站起来，又唤来了波赛和值日官。他命令把画像放在营帐前，以便驻扎在帐外的老禁卫军有荣幸看见他们所崇拜的皇帝的儿子和继承人罗马王。

如他所料，在他和受到光荣的波赛先生吃早饭时，帐前传来了跑来看画像的老禁卫军军官与兵士的热烈的呼喊声。

“Vive l’empereur! Vive le Roi de Rome! Vive l’empereur!［皇帝万岁！罗马王万岁！皇帝万岁！］”传来了狂喜的声音。

早饭后，拿破仑当波赛的面，口授他的给军队的命令。

“Courte et energique!［简短而有力!］”拿破仑亲自读了一遍写成并没有修改的文告后，这么说。命令如下：

“战士们！这就是你们那么期望的会战。胜利要依靠你们。胜利是我们所必需的；胜利会使我们得到一切我们所需要的东西，舒服的住宅，以及可以迅速地回返祖国。你们的行动要像你们在奥斯特理兹、弗利德兰、维切不斯克和斯摩棱斯克的行动一样。让最远的后代骄傲地想到你们今天的胜利。让他们说到你们每个人：他参加过莫斯科前的大战。”

“De la Moskowa!［莫斯科前!］”拿破仑重述，并且邀了爱好旅行的波赛先生同他骑马出游，他走出帐外，走到上了鞍子的马前。

“votre Majesté a trop de bonté.［陛下太仁慈了。］”波赛由于应邀作陪，对皇帝这么说。其实他想要睡觉，他不会骑马，而且怕骑马。

但是拿破仑向旅行家点了点头，波赛不得不出游了。当拿破仑出帐时，他儿子画像前面禁卫军的叫声更加热烈了。拿破仑皱了皱眉。

“把他拿下来，”他说，用优美的尊严的手势指着画像，“他把战场上的事还看得太早。”

波赛闭上了眼，垂下了头，深深地叹了口气，借此表示他能够欣赏并且了解皇帝的话。

27

照拿破仑的历史家说，八月二十五日全天，拿破仑骑在马上视察阵地，考虑他的元帅们向他提出的计划，并亲自向他的将军们发布命令。

俄军在考洛恰河原有的阵线被突破，这个阵线的一部分，即俄军的左翼，因为二十四日涉发尔既诺多角堡的被占领移转到后方去了。这部分阵线是未设防的，没有河流的掩护，而在它前面的是更加暴露的平坦的土地。任何军人和非军人都会显然看出法国人一定要攻击这一段阵线。对于这一点似乎无需很多的考虑，无需皇帝和他的元帅们的操心和劳神，而且根本不需那种特别高强的本领，即所谓天才，人们是那样地爱把拿破仑说成是天才。可是后来记述这事件的历史家们，当时围绕拿破仑的人们以及他自己，另有一种看法。

拿破仑骑马在田野上走着，深思熟虑地注视地形，赞同地或怀疑地向自己点头，没有向他四周的将军们说到这个对他的决定起指导作用的、深思熟虑的线索，只把最后的结论用命令的形式发给他们。听了所谓爱克牟尔公爵大富的包围俄军左翼的提议，拿破仑说，无需这么做，却没有说明为什么无需这么做。对于考姆班将军要领他的一个师穿过树林的提议（他应该攻击突角堡），拿破仑表示同意，虽然所谓厄尔升根公爵，即奈伊大胆地说，在树林里的行动是危险的，而且会扰乱师的队形。

看了涉发尔既诺多角堡对面的地形，拿破仑沉默地思索了一会，指了几个地方，要在明天之前在这些地方部置两个炮兵连攻击俄军的工事，又指了旁边的几处地方，要在那里安置野炮。

下了这些及其他命令，他便回到自己的营帐里，根据他的口授写下了会战的命令。

法国历史家们热烈地说到这种作战命令，别的历史家们带着深深的敬意说到这种命令。命令如下：

“夜间在爱克牟尔公爵驻扎的平原上所部置的两个新的炮兵阵地，在黎明时向对方敌人的两个炮兵阵地开火。

“同时第一军团的炮兵司令柏内提将军，统率考姆班师的三十尊大炮及德赛师与弗利安师的全部榴弹炮，向前推进，开火猛轰敌人的炮兵阵地。参加攻击的有：

	二四尊禁卫军炮兵的大炮
	三〇尊考姆班师的大炮
和	八尊弗利安师及德赛师的大炮
总共	六二尊大炮

“第三军团的炮兵司令富晒将军，统率第三军团及第八军团全部榴弹炮，共十六尊，在攻击敌方左翼工事的炮兵阵地的两翼，参加攻击的共有四十尊大炮。

“索尔必埃将军应随时准备：一接到命令，即领率禁卫军炮兵的全部榴弹炮向前推进，攻击敌人任何方面的工事。

“在炮击时间，波尼亚托夫斯基公爵向树林中的村庄推进，包围敌方阵地。

“考姆班将军穿过森林，占领第一个工事。

“在如此进入战斗后，将按敌方行动而发布命令。

“左翼的炮击，在听到右翼炮声时，立即开始。莫朗师及副王①师的狙击兵，看到右翼的攻击开始，即猛烈开火。

“副王占领村庄，② 并从三座桥上过河，和莫朗师及热拉尔师向同一高地推进，该二师在他的率领之下，向多角堡推进，并与其他部队连成一线。

“一定要好好地办到这一切，(le tout se fera avec ordre et méthode,) 尽可能保留预备队。

“一八一二年九月六日③于御营，在莫沙益司克附近。”

假使我们敢研究拿破仑的军事部置而对他的天才没有宗教性的恐惧，则这个作战部署是极不明确而且混乱的。它可以归纳为四点，——四个命令。其中没有一个是办到的，或者是可以办到的。

部署中第一项是：**在拿破仑选定的地点上所部置的各炮队，连同与它们排成一列的柏内提及富晒的大炮，总共一〇二尊，开火攻击俄军的突角堡及多角堡**。这是不能办到的，因为从拿破仑指定的地方，炮弹打不到俄军的工事，这一百零二尊大炮是白开炮了，直到最近的指挥官，违反拿破仑命令，命令他们前进。

第二项命令是：**波尼亚托夫斯基向树林中的村庄推进，包围俄军左翼**。这是不能办到的，而且也没有办到，因为波尼亚托夫斯基向树林的村庄推进时，在那里遇见了阻挡他道路的屠契可夫，他不能也没有包围俄军阵地。

第三项命令是：**考姆班将军向森林推进，占领第一个工事**。考姆班师没有占领第一个工事，却被击退，因为出树林时，该师必须在霰弹火力下整理队形，这一点拿破仑没有料到。

第四项：**副王占领村庄（保罗既诺），并且由三座桥上过河，和**

---

① 毛注：副王是指牟拉，拿破仑曾封他那不勒王。

② 托氏自注：指保罗既诺。

③ 毛注：照俄国旧历是八月二十五日。

莫朗师及弗利安师向同一高地推进（却没有说到他们何时向何处推进），**该两师在他的率领之下，向多角堡推进，并和其他部队连成一线。**

就我们所能理解的看来——不是根据这句无意义的话，而是根据副王为了执行所奉到的命令而作的试图——他应当从左边穿过保罗既诺向多角堡推进，莫朗师和弗利安师应同时自前线推进。

这一点，和命令中的其他各点，都没办到，而且不能办到。副王穿过了保罗既诺，在考洛恰河被击退，不能再向前进；莫朗师和弗利安师没有攻下多角堡，却被击退，并且多角堡在交战结束时被骑兵占领了（这大概是拿破仑没有预料到也没有听见过的事情）。所以作战部署的各项命令没一点是办到的，而且不能办到。但在作战部署中说到，照这样进入战斗后，将按敌方行动而发布命令，因此可以认为，交战时一切必要的命令都是拿破仑发的；但这并没有办到，而且不能办到，因为在会战的全部时间，拿破仑离战场很远，战事进行是他不能知道的（这是后来所证明的），而他在会战时所发的命令没有一项是可以执行的。

28

许多历史家说，法军没有取得保罗既诺会战的胜利，是因为拿破仑得了伤风，假使他没有伤风，则他的战前及战时的命令会更加显出他的天才，俄国便会毁灭，et la face du monde eutétè changée.［而世界的面貌也许业已改变了。］有些历史家认为俄国的形成是由于一个人——彼得大帝——的意志；而法国从共和国变为帝国，法军来到俄国，是由于一个人——拿破仑——的意志；在这种历史家看来，这种结论——即是，俄国还是强国，是因为拿破仑在八月二十四日得了重伤风——似乎是不可避免的、合理的。

假使是拿破仑的意志决定了保罗既诺会战打不打，假使是他的意志决定了下这种或别种命令，则显然，那影响他的意志实现的伤风，可以算作俄国获救的原因，因而在那八月二十四日忘记了把不透水的皮靴送给拿破仑的听差，便是俄国的救主了。按照这种思路，这个结论是无可怀疑的，是和福尔泰说笑话（他自己也不知道是对什么说的）时所作的结论同样的无可怀疑，他说巴托罗牟的屠杀是由于查理九世的胃里不舒服。但是有些人不承认俄国的形成是由于彼得一世一个人的意志，不承认法国帝制的成立和对俄战争的开始是由于拿破仑一个人的意志，对于这种人，此种理论不但不足信、不合理，而且是违反整个的人类现实。他们对于"什么是历史事件的原因"这个问题，有另外一个回答，就是，人世的事态是天定的，它的出现取决于参与事件的人们的意志，而拿破仑对于事态的影响只是外在的、虚假的。

虽然这个假定乍看起来似乎是奇怪的：就是查理九世所发出的巴托罗牟的屠杀命令，并不是由于他的意志，只是他自己觉得，这是他下命令做的；保罗既诺八万人的屠杀不是由于拿破仑的意志（虽然他下命令开始并进行会战），只是他自己觉得，是他下命令做的，——虽然这个假定似乎是奇怪的，但是人类的尊严向我说，我们当中任何一个人，即使不是比伟大的拿破仑更伟大的人，也不是比他更渺小的人，它命令我们接受这个问题的这种解答，而历史的研究充分地证实这个假定。

在保罗既诺会战中，拿破仑既没有向任何人开枪，也没有杀死任何人。这一切都是兵士们做的。因此不是他杀死了那些人。在保罗既诺会战中，法国兵去杀俄国兵，不是由于拿破仑的命令，而是由于他们自己的愿望。全军——法国人、意大利人、德国人、波兰人——饥饿、褴褛，并且因为行军而疲惫不堪，看见了阻止他们到莫斯科去的军队，便觉得：le vin est tiré et qu'il faut le boire.［酒已倒出，一定要饮。意即：一不做，二不休。］假使拿破仑现在阻止他们和俄军作战，他们会把他杀死而去和俄军作战，因为这是不可避免的。

他们听到了拿破仑的命令，它作为对于他们残废和死亡的安慰，提到他们的后代所说的话："他们参加过莫斯科附近的战役，"这时，他们呼喊：Vive l'empereur！［皇帝万岁！］正如他们看到了那个用棍子戳地球的小孩子的画像，他们呼喊 Vive l'empereur！［皇帝万岁！］

正如他们听到任何废话时就大声呼喊“皇帝万岁!”他们除了呼喊“皇帝万岁!”去打仗和为了作为胜利者在莫斯科获得食物与休息之外，便没有更多的什么事情可做了。因此，他们屠杀自己的同类，这并不是由于拿破仑的命令。

指挥会战进行的并不是拿破仑，因为在他的作战部署中没有一项是办到的，并且在会战期间，他并不知道他面前所发生的事情。因此，这些人用什么方式互相屠杀，不是拿破仑的意志所能决定的，而是与他无关的，是参加大战的几十万人的意志决定的。只有拿破仑以为这一切是他的意志决定的。因此拿破仑是否得了伤风的问题，对于历史来说并不比最下级辎重兵的伤风问题有更大的意义。

有些作者说到，因为拿破仑伤风，所以他在会战时的作战部署和命令不如以前的好，这种说法是完全不正确的，因此八月二十六日拿破仑的伤风更是没有意义的。

前面所录的作战部署一点也不比他从前所有的打胜仗的部署糟，甚至更好。在会战时的假定的命令也不比以前的坏，而是和往常的完全一样。但这些作战命令和指示似乎比以前的要糟，只是因为保罗既诺会战是拿破仑没有打胜的第一个会战。所有的最好的最周密的作战部署和命令往往显得是很糟的，当根据它们而进行的会战失败时，每个有学问的军人都用严肃的态度批评它们；最糟的作战部署和命令往往显得是很好的，当依照命令而进行的会战得胜时，严肃的作者们便用整卷的著作证明这些很糟的命令的价值。

威以罗特在奥斯特理兹战役中所做出的作战部署，是此类文集中的完美的典范，但是还有人批评它，批评它的完美，批评它太详细。

拿破仑在保罗既诺会战中，执行了他的权力代表者的任务，这任务在其他会战中执行得同样的好，甚至更好。他没有做出任何有害于会战的事情；他听从最合理的意见；他没有发生混乱，没有自相矛盾，没有惊慌，没有从战场逃跑，却用他的非常灵敏的头脑和战争的经验，镇静地、适当地完成了他的似乎是指挥者的任务。

29

拿破仑在第二次仔细视察前线之后回来时说：

“棋摆好了，棋局明天要开始了。”

他吩咐给他五味酒，召见波赛，开始同他谈到巴黎，谈到他打算在 Masion de l'impératrice ［皇后宫中］要做的一些变动，使他的御宫总监对他竟能记住宫中的一切琐事感到惊讶。

他对琐事很感兴趣，嘲笑波赛对于旅行的爱好，并且随便地谈着，就像一个有名望、有把握、有本领的外科医生在卷起袖子，系上胸围，而病人被抬上手术台的时候说话那样。“整个的事情我都了如指掌了，在我的心里是清楚明确的。在我要办事的时候，我要把事情办得没有一个人能和我相比，但是现在我能开玩笑，我愈开玩笑，愈觉得安心，您也就应当愈有信心，愈觉得安心，愈对我的天才感到惊讶。”

拿破仑喝完了第二杯五味酒，便去休息，他觉得明天还有重大的事情等待着他。

他是那样地关心着他所面临的事情，以致他不能睡觉，虽然是因为夜晚的潮气而伤风加重，他却在夜里三点钟的时候，大声地打着喷嚏，走进一间大帐篷。他问俄军是否后退了。有人报告他说，敌人的火光还是在原来的地方。他赞同地点了点头。

值班副官进了营帐。拿破仑问他：

“Eh bien, Rapp, croyez vous, que nous ferons de bonnes affaires aujourd'hui？［哦，拉卜，你觉得我们今天的事情会很好吗？］”

“Sans aucun doute, Sire！［毫无疑问的，陛下！］”拉卜回答。

拿破仑向他看了看。

“Vous rappelez-vous, Sire, ce que vous m'avez fait l'honneur de dire àSmolensk？［陛下还记得在斯摩棱斯克向我所说的话吗？］”拉卜说，“le Vin est tiré, il faut le boire.［酒已倒出，一定要饮。］”

拿破仑皱了皱眉，把头靠在手上，沉默地坐了好久。

“Cette pauvre armée！［这个可怜的军队！］”他忽然地说，“elle

a bien diminuée depuis Smolensk. La fortune est une franche courtisane, Rapp, je le disais toujours, et je commence à l'éprouver. Mais la garde, Rapp, la gardeest intacte?［在斯摩棱斯克战斗以后，人数大大减少了。命运只是个荡妇，拉卜；我一向这么说，现在我开始体验到这个。但是禁卫军，拉卜，禁卫军是完整的吗?］”他疑问地说。

“Oui, Sire.［是的，陛下。］”拉卜回答。

拿破仑取了一粒药片，放在口里，看了看表。他不想睡觉，但是距离早晨还早着呢，可是要消磨时光，又没有任何要下的命令，因为一切的命令都已经发出，现在正在执行了。

“A-t-on distribué les biscuits et le riz aux régiments de la garde?［他们把饼干和米发给禁卫军各团了吗?］”拿破仑严厉地问。

“Oui, Sire.［是的，陛下。］”

“Mais le riz?［米呢?］”

拉卜回答说，他已经传下了皇帝发米的命令，但是拿破仑不满地摇头，似乎是他不相信他的命令是执行了。一个侍仆拿了五味酒来。拿破仑吩咐他再给拉卜拿一杯来，沉默地从自己杯中喝了一口。

“我没有了味觉，没有了嗅觉，”他嗅着酒杯说，“这个伤风真讨厌。他们谈到药品。药品不能医好伤风，有什么用呢?考尔维萨尔①给了我这些药片，但它们一点帮助也没有。医生们能医治什么呢?什么病也不能医治。Notre corps est une machine à vivre. Il est organisépour cela, c'est sa nature; laissezy la vie à son aise, qu'elle s'y défende elle même: elle fera plus que si vous la paralysiez en l'encombrant de remèdes. Notre corps est comme une montre parfaite qui doit aller un certain temps; l'horloger n'a pas la faculté de l'ouvrir, il ne peut la manier qu'à tâtons etles yeux bandés. Notre corps est une machine à vivre, voilà tout.［我们的身体是生活的机器。身体是为生活而组织的，这是身体的本性；让生命在这个机器中不要受到打搅，让生命保卫它自己：

① 毛注：考尔维萨尔（Baron J. N. de Corvisart-Desmarets 1755—1821），法国名医，拿破仑的御医。

生命比你用药品摧残身体时，能够更起作用。我们的身体好像一个完善的钟表，应该走一定的时间；钟表匠不能把它打开，他只能瞎弄它，闭着眼睛去处理它。是的，我们的身体是生活的机器，如此而已。］”似乎已经走上了下定义的途径，他意外地下了一个新的定义，拿破仑喜欢定义，définitions.［定义。］

“拉卜！你知道吗！什么是战争的艺术?”他问，“这艺术便是在一定时间内比敌人强。voilà tout.［如此而已。］”

拉卜什么也没有回答。

“Demain nous allons avoiraffaire à Koutouzoff!［明天我们要对付库图索夫了！］”拿破仑说，“我们就会明白的！你记得，他在不劳诺指挥军队，他在三个星期内，没有骑过一次马去视察工事。我们就会看到的！”

他看了看表。才四点钟，他不想睡。五味酒喝完了，还是没有事情可做。他站起身来，来回走着，穿上暖和的外套，戴了帽子，走出营帐。夜间黑暗而又潮湿；几乎察觉不出的水珠从上面落下来。附近法国禁卫军里的营火并不明亮，远处俄军阵地里的营火在烟气中发光。处处都很寂静，可以清晰地听到法军已经开始推进去占领阵地的沙沙声和脚步声。

拿破仑在帐前徘徊，观看火光，谛听蹄声，当他走过一个高大卫兵的身边时，在他面前站住了，这个卫兵戴着毛茸茸的帽子站在他帐前守卫，看见皇帝便挺直身体，好像一根黑柱子一样。

“你是哪一年入伍的?”他问，表现出他和兵士们说话的时候一向所有的那种做作的、粗鲁而又和蔼的威风。

卫兵回答了他。

“Ah! un des vieux!［啊！是一个老兵！］团里领到了米吗?”

“领到了，陛下。”

拿破仑点了点头，从他身边走开了。

五时半，拿破仑骑马到涉发尔既诺村去。

快要天亮了，天空明朗了，只有一片乌云横在东方。遗弃的营火在早晨的微弱光线中快要烧完了。

右边传来了一声深沉的、孤零零的炮声，它划破空中，在一片寂静中渐渐沉寂了。过了几分钟。传来了第二、第三声炮声，空气震动了；在靠近右边的地方传来隆隆的第四、第五声炮声。

最初的一阵炮声还没有消失，别的炮声又响了起来，于是越来越多的炮声互相夹杂着混合在一起。

拿破仑和随从们到了涉发尔既诺多角堡，下了马。棋局开始了。

30

彼埃尔从安德来公爵那里回到高尔该村之后，命令马夫把马匹准备好并要在一清早叫醒他。他说完之后，便立刻在板墙后面的角落里，在保理斯让给他的地方睡着了。

在彼埃尔第二天早晨完全清醒之前，屋里已经没有人了。玻璃在小窗子上震动着。马夫站在他旁边推他。

“大人，大人，大人……”马夫不断地叫他，推着他的肩膀，但没有望着彼埃尔，显然觉得没有叫醒他的希望了。

“怎么？开始了吗？时间到了吗？”彼埃尔醒来说。

“听听炮声吧，”当马夫的退伍兵说，“所有的先生们都走了，殿下自己早已走了。”

彼埃尔赶快穿上衣服，跑到台阶上。外面是明亮的、清凉的、有露水的、愉快的。太阳刚刚从遮掩它的云彩后边升起来，被云彩挡掉一半的阳光，经过对面街道的屋顶，照在有露水的大道尘土上、屋子的墙上、仓库的窗子上和屋子前面彼埃尔的马上。在外面听到了更清晰的炮轰声。有一个副官和一个哥萨克兵在街上跑过去。

“时候到了，伯爵，时候到了！”副官叫着。

彼埃尔吩咐牵着马跟在他后边，从街上走到山丘上，他昨天就是在这山丘上观看战场的。这个山丘上有一群军人，而且可以听到参谋们说的法语声，可以看见库图索夫戴着红边白帽子的白头和他缩在两肩之间的白发后脑勺。库图索夫用望远镜在望前面的大道。

彼埃尔顺着梯级向山丘上走着，看了看前面，对美丽的景色赞赏得出神了。这还是他昨天在山丘上所欣赏的全景；但是现在这一片地方被军队和硝烟湮没了，明亮的太阳从彼埃尔的左后方升起，斜射的光线透过清洁的早晨的空气，在这幅全景上投下了带有金黄和淡红色彩的光线和阴暗的长影子。在全景边沿的遥远的树林，好像是由黄绿色的宝石雕成的，在地平线上显出树顶的蜿蜒的线条，斯摩棱斯克大道在发卢耶佛村后边穿过树林，大道上全是军队。附近是金黄的田野和苍翠的小树丛。前边，左边，右边，处处是军队。这一切是生动、壮观、料想不到的；但是给彼埃尔印象最深的是战场本身的景色，即保罗既诺村和考洛恰河两岸的洼地。

在考洛恰河上，在保罗既诺村和河的两岸，尤其是左岸，在沼泽的两岸之间，在福益那河流入考洛恰河的地方，弥漫着一层雾，雾化开了，消散着，在太阳升起时变得透明，并且把雾中可见的一切幻术般地涂上色彩，画出线条。硝烟和雾混合着，在雾里和烟里，到处都有早晨太阳的反光，有的是水面上的，有的是露水上的，有的是拥挤在岸边和保罗既诺村中的兵士们的刺刀上的。透过这层雾，可以看见一座白色教堂、保罗既诺村的一些屋顶、某个地方的密集的军队、某个地方的绿色弹药箱和大炮。这一切都在运动，或者似乎在运动，因为雾与烟在这整个地区飘浮着。正如同在保罗既诺村附近被雾笼罩着的低凹的地方一样，在它外边，在上空，特别是在全线的左边，在树林中，在草原上，在低凹处，在高地的顶上，自动地不断地冒起硝烟，有时是单独的，有时几处同时冒起，有时很淡，有时很浓，这些硝烟冒起、散开、缭绕、混合，出现在这整个的地区。

说来奇怪，这些硝烟和射击声组成了美景的主要部分。

“扑哧！”忽然出现了一团圆圆的、浓浓的、从淡紫色变为灰色和乳白色的烟，接着砰的一声又传来了那个烟团的声音。

“扑哧，扑哧！”又冒起两个烟团，互相碰撞着、混合着；接着砰砰的声音证实了眼睛所看见的东西。

彼埃尔回头看着第一个烟团，他刚才看见它是一个圆圆的、浓浓的烟团，现在，在它那个地方已经有了许多烟团，飘向一边，扑哧……（停一下）扑哧，扑哧，——又出现了三个烟团，又出现了四个烟团，并且在每一个烟团之后，间隔同样的时间砰——砰——砰地发出了清晰的、清脆的、响亮的声音。这些烟团似乎是忽而在跑动，忽而停止不动，而树林、原野和发亮的刺刀似乎是从烟团旁飞过。在原野和小树丛的左边，不断地出现那些巨大的烟团，它们都带着庄严的回声；更近一点。在凹处的树林里，冒出小小的来不及变成球形的枪弹烟，并且同样地发出了小小的回声。特拉嘿——嗒——嗒——嗒嘿，毛瑟枪声频繁地响着，但和炮声比较起来，却显得凌乱而又微弱。

彼埃尔想要亲自到那有烟团、有刺刀闪光、有运动和有这些声音的地方去。他回头看了看库图索夫和他的随从，以便比较自己的和别人的印象。他们都和他一样，并且他觉得，都怀着同样的心情在看前面的战场。在所有的面孔上现在都显出了那种情绪的潜热(chaleur latente)，这是彼埃尔昨天注意到并且在他和安德来公爵谈话后十分了解的。

“去吧，好朋友，去吧。基督与你同在。”库图索夫聚精会神地盯住战场，向站在身边的将军说。

这个将军听到了命令，便从彼埃尔身边走过，下山丘去了。

“到十字路口!”这个将军冷淡而严厉地回答了一个参谋人员，这人问他到哪里去。

“我也要去，我也要去。”彼埃尔想，朝着将军的方向走去。

将军骑上哥萨克兵牵给他的马。彼埃尔走到他牵马的马夫面前。问过哪一匹最驯顺，彼埃尔便上了马，抓住马鬃，把脚尖向外，用脚跟夹住马腹，并且觉得他的眼镜要掉了，却不能放开马鬃和马缰，在将军的后边奔驰着，引起小丘上边向他望着的参谋们的微笑。

31

被彼埃尔骑马追赶的将军下了山，急遽地向左一转，于是彼埃尔看不见了这个将军的踪影，骑马冲进他前面走着的步兵行列里去了。他试图从步兵当中走出来，忽而向前，忽而向左，忽而向右；但处处是兵，他们都有同样的焦虑的面孔，忙于某种看不见的但显然是重要的事情。他们都用同样不满的疑问的眼光望着这个戴白帽子的胖子，不知道为什么这个胖子险些儿让他的马踏到了他们。

“为什么骑马到营的当中来呢！”一个兵向他叫着说。另一个兵用枪托打他的马，彼埃尔紧贴着鞍桥，简直不能驾驭他的受惊的马，跑到兵士前面的空地上去了。

在他前面是一座桥，桥边有别的兵士们在射击。彼埃尔到了他们那里。他并不知道，他是骑马向着考洛恰河上的桥头驰去，这桥在高尔该村与保罗既诺村之间，在会战的初步战斗中已受到占领了保罗既诺的法军的攻击。彼埃尔看到前面是一座桥，看到桥的两边、草场上和他昨天看见的草捆之间，有兵士们在烟气中做着什么；虽然这地方的枪声不停，他却没有想到，这地方就是战场。他没有听到各方面嗖嗖响着的枪弹声和头上飞过的炮弹声，没有看见河那边的敌人，虽然有许多人倒在离他不远的地方，他却好久没有看到死伤的人。他脸上一直带着笑容环顾着他的四周。

“这个人为什么在前线骑马？”又有人向他叫着。

“向左，靠右边。”有些人向他喊叫。

彼埃尔向右走，无意地遇到一个他所认识的拉叶夫斯基将军的副官。这个副官愤怒地看了看彼埃尔，显然已经预备向他喊叫了，但是认出了他，便向他点了点头。

“您怎么到这里来了？”他问过以后，又向前跑去。

彼埃尔觉得自己不应该在这个地方，并且无事可做，他恐怕再妨碍别人，于是跟着副官向前跑。

“这里发生了什么事？我能跟您一道去吗？”他问。

“一会儿，一会儿。”副官回答，跑到站在草地上的胖上校面前，对他说了什么话，然后又向彼埃尔说话。

“您为什么到这里来，伯爵？”他微笑着向他说。“还是好奇吗？”

“是的，是的。”彼埃尔说。

但副官掉转了马，向前走了。

“这里还好，”副官说，“但在巴格拉齐翁的左翼那里，打得非常激烈。”

“当真吗?”彼埃尔问,“那是什么地方?”

“那么,跟我到山丘上去吧,从我们那里可以看见。在我们的炮兵阵地那里还不吃紧,”副官说,“怎么样,您去吗?”

“好!我同您去。”彼埃尔说,向四周环顾着寻找他的马夫。

直到此刻,彼埃尔才第一次看见蹒跚地步行着的和用担架抬着的伤兵。就在这个放着喷香的草捆的、他昨天骑马经过的草地上,有一个掉了帽子的兵士不动地横躺在草捆当中,头笨拙地向后仰着。“他们为什么不把他抬走呢?”彼埃尔正要开始说,但是看见了副官的严厉的面孔也向这边回头看了一下,他不作声了。

彼埃尔没有找到自己的马夫,和副官一起顺山坳到拉叶夫斯基的山冈上去。彼埃尔的马落在副官后边,身子有节奏地颠簸着。

“您似乎不习惯骑马吧,伯爵?”副官问。

“不,没有什么。但是马颠得很厉害。”彼埃尔困惑地说。

“哎……马伤了,”副官说,“前边右腿,膝盖上边。一定是子弹打伤的。恭贺您,伯爵,”他说,“受了 le baptême du feu [炮火的洗礼]。”

他们在烟里经过了炮兵后边的第六军团,走进一个小树林,炮兵向前移动了,发出了震耳的炮声,正在打炮。树林里清凉、安静,有秋天的气息。彼埃尔和副官下了马,步行上山。

“将军在这里吗?”走上了山冈,副官问。

“刚才还在这里,从这边走的。”有一个人指着右边回答他。

副官看了看彼埃尔,似乎不知道现在要和他做什么。

“您放心吧,”彼埃尔说,“我到山冈上去,行吗?”

“行,去吧,在那里可以看到一切,而且不那么危险。我会来找您的。”

彼埃尔到炮兵阵地去了,副官继续前进。他们没有再见面,好久以后,彼埃尔才知道,这个副官在这一天打断了一只胳膊。

彼埃尔所上的山冈就是那个著名的地方(后来,俄军称它为山冈的炮台,或拉叶夫斯基的多角堡,法军称它为 la grande redoute, la fatale redoute，la redoute du centre，［大多角堡，致命的多角堡，中央多角堡］），在它的四周死伤了几万人，并且它被法军认作全部阵地的最重要的地点。

这个多角堡是在一个山冈上，三边掘了战壕。在壕沟里摆了十尊大炮，在土垒的缝里炮击着。

两边的炮位和这个山冈排成一线，这些炮也不断地在射击。在炮后不远的地方是步兵。上这个山冈时，彼埃尔没有想到，这个掘成许多小壕沟的地方，有几门大炮在射击的地方，是会战中最重要的地方。

反之，彼埃尔觉得这个地方（正因为他在这里）是战场中一处最不重要的地方。

到了山冈上，彼埃尔坐在环绕炮位的壕沟的一端，带着不自觉的快乐的笑容，望着他身边所发生的事情。有时彼埃尔带着同样的笑容站立起来，在炮位中徘徊着，极力不妨碍兵士们，兵士们在上炮弹、拖炮，拿着炮弹箱和炮弹不断地从他身边走过。这个炮台上的大炮不断地连续发射，炮声震耳，硝烟弥漫在整个炮台的四周。

和步兵掩护队中所感觉的恐怖恰好相反，这里，在炮兵阵地中，有一小群忙于任务的人，他们和其他的人被一道壕沟隔开着，在这里，大家共同感到一种兴奋的心情，好像是在家里一样。

戴白帽子的彼埃尔的非军人的身躯的出现，起初使这些人感觉不快。从他身边走过的兵士们，惊讶地甚至恐怖地斜视着他的身子。一个高级的炮兵军官，是一个长腿、麻脸的高个大汉，似乎是为了视察边端的大炮的准备工作，走到彼埃尔面前，并且好奇地看了看他。

一个圆脸的少年军官，还完全是一个小孩子，显然是刚从中等武备学校毕业的，他极热心地指挥着交付给他的两门炮，严厉地向彼埃尔说话。

“先生，请您让开吧，”他说，“您不能够待在这里。”

兵士们望着彼埃尔，不赞成地摇头。但是后来大家相信这个戴白帽子的人不会做什么不好的事，他或者安静地坐在土垒的斜坡上，或者带着羞怯的微笑恭敬地避让兵士们，在炮火之下，在炮兵阵地中那么沉静地走动着，好像是在林荫大道上走路一样，这时候，他们对他的恶意的、怀疑的心情，开始逐渐变为亲切的、玩笑的同情，类似兵士们对于军队中他们的狗、鸡、羊等动物所有的心情。这些兵士们立刻在他们心中允许彼埃尔加入他们的家庭，把他作为自己的人，并且给他一个诨名，称他为“我们的绅士”，并且他们自己互相好意地拿他取笑。

离彼埃尔两步远的地方，一颗炮弹掀起了泥土。他从衣服上拍去炮弹溅上的泥土，微笑着回顾了一下。

“您怎么不怕的，绅士，当真吗?”一个红脸的、宽肩的兵向彼埃尔说，露出坚固的白牙齿。

“你怕吗?”彼埃尔问。

“那当然啰!”兵士回答，“要晓得炮弹是不留情的！它落下来，肠子就打出来了。不能不怕。”他笑着说。

有几个兵带着快乐的、和蔼的面色站在彼埃尔身边。他们似乎没有料到他说话是和大家一样的，这个发现使他们高兴了。

“这是我们兵士的事情。但是绅士这样，这是奇怪的。这才像一个绅士!”

“回到各人自己的地方去!”年轻的军官向围绕在彼埃尔身边的兵士们喊叫。这个年轻的军官显然是第一次或第二次在执行职务，因此他对于兵士和长官都特别谨严而有规矩。

枪弹和炮弹的轰击，在整个田野上更加激烈了，特别是在左边，在巴格拉齐翁的突角堡那里，但是在彼埃尔所在的地方，由于硝烟弥漫，几乎一点东西也看不见。此外，他的注意力全部集中于观看炮兵阵地中兵士们的家庭般的（与其他的人全部隔开的）团体。由于战场上的景象而产生的、他那最初的不自觉的快乐的兴奋心情，现在被别种情绪代替了，特别是在他看到那个孤独地躺在草场上的兵士以后。他此刻坐在壕沟的斜坡上，注视着在他四周的人。

快到十点钟的时候，已经大约有二十人从炮兵阵地中被抬走了；

两尊炮被打坏了，落在炮兵阵地中的炮弹愈来愈密了，枪弹到处嗖嗖地飞着。但在炮兵阵地中的人似乎没有注意到这个；从各方面发出愉快的谈话声和笑话声。

“炸弹！”一个兵士向着嗖嗖地飞来的榴弹说。

“不要落在这里！”第二个人看到榴弹飞了过去落在掩护的步兵阵地中，带着哈哈的笑声加上一句，“落到步兵里去！”

“怎么啦，向朋友行礼吗？”另外一个兵嘲笑那个看到一颗飞过的炮弹而蹲下来的农民。

有几个兵士在土垒旁边观看前面所发生的事情。

“他们撤了前哨，啊，他们退回去了。”他们指着土垒那边说。

“照顾你们自己的事情吧，”年老的军曹向他们叫着，“他们向后撤退，因为后边还有任务。”军曹抓住一个兵士的肩头，用膝盖撞他。他们发出了笑声。

“到第五门炮那里去，推呀！”从一边发出了人们的喊叫声。

“大家一齐来，一道推，要像拉纤那样一齐用力。”拖炮的人发出愉快的叫声。

“哎，差一点儿把我们绅士的帽子打落了，”红脸的诙谐家露出牙齿取笑彼埃尔说。“唉，笨家伙，”他谴责地对着打在炮轮和人腿上的一颗炮弹说。

“咦，你们是狐狸！”另一个人取笑那个弯腰爬进炮兵阵地来抬伤兵的民团们说。

“哎，粥没有味吗？哎，你们这些乌鸦，害怕了！”他们向那些在断腿伤兵前面迟疑着的民团们说。

“啊……啊，亲爱的，”他们模拟着农民们，“他们一点也不喜欢它！”

彼埃尔注意到，在每颗炮弹落下之后。在每次损失之后，大家的愤慨心情就越来越强烈。

好像是从迫近的暴风雨的云中发出来的一样，在所有这些人的脸上，愈益明亮地、愈益频繁地显现出潜藏着的愤怒的神情，似乎要反抗目前所发生的事件。

彼埃尔没有看前面的战场，也没有想要知道那里所发生的事情：他专心地注意着愈益炽烈的火，这种火，他觉得也同样地在他自己的心中燃烧着。

十点钟的时候，炮兵阵地前灌木丛中和卡明卡河边的步兵，退却了。从炮兵阵地中可以看到，他们用毛瑟枪抬着伤兵，从炮兵阵地的旁边向后跑。有一个将军带了随从来到山冈上，和上校说了话，向彼埃尔愤怒地看了一眼，命令站在炮兵后边的掩护步兵躺下来，以免暴露目标，他又下山去了。然后在步兵行列中，在炮兵的右边，传来了鼓声和命令声，从炮兵阵地里可以看见步兵行列怎样向前推进。

彼埃尔从土垒上看出去。有一个人特别引起他的注意。这人是一个军官，面色苍白，显得很年轻，他的佩刀向下垂着，他一面向后倒退着，一面不安地回顾着。

步兵行列在烟里不见了，却可以听到他们冗长的叫声和稠密的枪声。几分钟后，成群的伤兵和担架夫从那里回来了。炮弹愈益频繁地落在炮兵阵地里。有几个人倒在地上没有被抬走。在大炮的附近，兵士们更忙碌地、更兴奋地活动着。没有人再注意彼埃尔了。有两次，有人愤怒地向他喊叫，说他挡路。那个高级军官皱着眉，急促地迈着大步，从这个炮位向那个炮位走着。年轻的军官面色更红，更努力地指挥着兵士们。兵士们传递炮弹，转动炮弹，装上炮弹，并且紧张而又漂亮地做他们的工作。他们一步一跳，好像是脚下有弹簧一样。

暴风雨的阴云迫近了，在所有人的面孔上都明显地显现出内心燃烧着彼埃尔所注意到的那种怒火的表情。他站在那个高级军官的旁边。年轻的军官把手举到帽边敬礼，向那个高级军官面前跑去。

“报告上校先生，炮弹只有八发了，还要继续放吗？”他问。

“霰弹！”高级军官喊叫着，从土垒上看出去，没有回答他。

忽然发生了一件事：年轻的军官哼了一声，弯了腰坐到地上，好像中弹的飞鸟一样。在彼埃尔的眼睛里，一切变得奇怪、不可理解、而且茫然了。

炮弹一个一个嗖嗖地响着，打在胸墙上，打在一个兵的身上，打在一尊炮上。彼埃尔先前没有听到这些声音，现在只听到这些声音了。在炮兵阵地的右边，彼埃尔觉得那些叫着“乌拉”的兵士们不是在向前跑，而是在向后跑。

一颗炮弹正落在这个土垒的边缘，打脱了泥土，彼埃尔正站在土垒的附近，在他眼前闪过一个黑色的圆球，同时钻进什么东西里去了。进炮兵阵地的民团们又跑回去了。

“都用霰弹！”军官叫着。

军曹跑到高级军官的面前，用恐惧的低语说，“炮弹没有了（好像在吃饭的时候，司膳向主人说，所要的酒没有了一样）。”

“浑蛋们，他们干什么的！”军曹叫着，转向彼埃尔。高级军官的脸发红淌汗了，眯起的眼睛发着光，“跑到后备队里去拿炮弹箱来！”他向部下的兵士叫着，眼睛愤怒地避开彼埃尔。

“我去。”彼埃尔说。

军官没有回答他，大步地向另一边走去。

“不要放……等一下！”他叫着。

奉命去拿炮弹的兵撞上了彼埃尔。

“哎，绅士，这里不是你待的地方。”他说过，便向山下跑去。

彼埃尔在兵士的后边跑着，绕过年轻军官所坐的地方。

一个、两个、三个炮弹从他头上飞过，打在他前面、旁边和后面。彼埃尔向下跑。“我到哪里去呢？”他忽然想起来，但是已经跑到绿色弹药车附近了。他犹豫不决地站住了，是向后退呢，还是向前走呢。忽然，可怕的炮声把他震得向后坐在地上。同时，一道大火光使他睁不开眼，同时出现了响亮的震耳的轰隆声、爆裂声和嗖嗖声。

彼埃尔恢复了知觉，双手支着身子，坐在地上。他身边的弹药车不在了；只有绿色的烧毁的木板和碎片凌乱地散在焦草上，有一匹马拖着折断的车杠，从他身边跑过去，另一匹马，和彼埃尔一样地躺在地上，发出尖锐冗长的叫声。

32

彼埃尔被吓得神志不清了，他跳了起来，跑回到炮兵阵地，好像是脱离了包围他的恐怖而跑到唯一的避难所一样。

彼埃尔走进战壕时，发觉炮台上没有炮声了，但是有人在那里做着什么。彼埃尔来不及认清这些人是什么人。他看见那个高级军官上校背对着他侧卧在土垒上，好像是向下在观察什么；他又看见一个他所看见过的兵士，这个兵士在一群抓住他手臂的人当中向前挣扎着，叫着："弟兄们！"他还看见了别的奇怪的事情。

但是他来不及弄明白这个上校已被打死，喊"弟兄们！"的那个兵是一个俘虏，在他的眼前另外一个兵被刺刀戳进了脊背。他刚跑进战壕，便有一个瘦瘦的、黄脸的、淌汗的穿蓝军服的人，手执长刀，叫喊着向他奔来。彼埃尔本能地防御着这个袭击，因为他们还没有彼此看清楚便冲在一起了，彼埃尔伸手抓住这个人（他是一个法国军官），一手抓住他的肩膀，一手抓住他的喉咙。这个军官放下了刀，抓住彼埃尔的领子。

他们两个人都把惊惶的眼睛望着互相感到陌生的脸，望了几秒钟，两人都对于他们所做的事和要做的事感到迷惑。"我是他的俘虏呢，还是他是我的俘虏呢？"各人都这么想。但是显然法国军官更加觉得自己是俘虏，因为彼埃尔被不觉的恐惧所激怒，一双更有力的手把他的喉咙越掐越紧了。这个法国人要想说什么，忽然一颗炮弹正在他头上很低地、声音可怕地飞了过去，彼埃尔似乎觉得这个法国军官的头被打下来了：他那么迅速地把头闪了一下。

彼埃尔也低下了头，垂下了手。不再想到谁是谁的俘虏，那个法国人跑回炮兵阵地去了，彼埃尔向山下跑，颠踬在死尸和伤兵的身上，他似乎觉得他们在抓他的腿。他还没有跑下山，便迎面出现了一队奔跑的密集的俄国兵，他们跌绊着，颠踬着，喊叫着，愉快而勇猛地向炮台上跑去。（这就是叶尔莫洛夫所自夸的攻击，他说，只有他的勇敢和幸运才能够立这个功，据说在这个攻击中，他把衣袋里的几个圣·乔治勋章扔在土丘上，准备赏给有功的人。）

占领炮台的法军逃跑了。我们的军队喊着“乌拉”，把法军追赶到炮台的外边，追得很远，以致难以叫回他们。

俘虏从炮台上被带下来了，其中有一个受伤的法国将军，他被军官们围住了。一群群的俄国伤兵，有些是彼埃尔认识的，有些是他不认识的，还有一群群的法国伤兵，都带着痛苦的难看的面色，有的走着，有的爬着，有的用担架抬着离开炮台。彼埃尔又走到山冈上，在那里待了一个多小时，在那个接待他的家庭团体中，他一个人也找不到了。许多他不认识的人死在那里。但有几个人是他认识的。年轻的军官在土垒的边缘仍旧缩成一团，坐在血泊里。红脸的兵士还在痉挛着，但是没有人把他抬走。

彼埃尔跑下了山。

“是的，现在他们要停止了，现在他们要害怕自己所做的事情了！”彼埃尔想，漫无目的地向着一群离开战场的担架兵走去。

但是被烟遮蔽的太阳还很高，在塞妙诺夫斯克村的前面，特别是左面，似乎还有东西在烟里沸腾着，枪炮声不但没有减弱，而且拼命地在增强着，好像一个人竭尽全力在拼命叫喊。

33

保罗既诺会战中主要的战斗，发生在保罗既诺村与巴格拉齐翁的突角堡之间一千沙绳①的地方。（在这个区域外，一边是俄国的乌发罗夫骑兵在做中午的佯攻，另一边，在乌齐擦村那边，是波尼亚托夫斯基与屠契考夫的交战；但是和战场中部所发生的会战比较起来，这是两场单独的小规模战斗。）在保罗既诺与突角堡之间的田野上，在森林的旁边，在开阔的、可以从两端看见的地面上，发生了会战中主要的战斗，它的方式是最简单、最直接的。

会战是由双方数百门大炮的炮战开始的。

后来，当整个田野上硝烟弥漫的时候，法国方面的右边，有德赛和考姆班的两个师在硝烟中向突角堡推进，左边有副王的部队进

---

① 约合二千一百三十四公尺，七千英尺。

攻保罗既诺。

这些突角堡距离涉发尔既诺多角堡（拿破仑驻扎在这里）有一里，但是保罗既诺与那里的直线距离有两里以上，因此拿破仑不能看到那里所发生的事情，尤其是因为烟和雾混在一起，遮蔽了整个地区。德赛师的兵士进攻突角堡，一直到他们下到他们和突角堡之间的山谷中的时候，才可以看见。他们刚到山谷里，突角堡上枪弹和炮弹的烟是那么浓密，以致遮蔽了山谷那边整个山坡。在硝烟中闪着黑色的东西，大概是人，偶尔闪着刺刀的反光。但他们是在行动，还是站在那里，他们是俄国人，还是法国人，从涉发尔既诺多角堡这里是看不出的。

太阳明亮地升起了，斜光直射在拿破仑的脸上，他用手掌遮着太阳，望着突角堡。烟在突角堡的前面扩散着，有时似乎是烟在动，有时似乎是兵士在动。有时可以在枪炮声中听到人的喊叫声，但是不能够知道他们在那里做什么。

拿破仑立在山冈上，用望远镜看着，在望远镜的小圆圈里他看见了烟和人，有时看见他自己的人，有时看见俄国人，但是当他再用肉眼去看时，他不知道，他所看见的东西到哪里去了。

他下了山冈，在冈前来回地走着。

他偶尔停住，倾听着枪炮声，注视着战场。

不但从下边他站立着的地方，不但从他的将军们现在站立着的山冈上，都不能够看出这个地方所发生的事情，而且在突角堡上也不能够看出来。突角堡上此刻忽而同时、忽而轮流地出现了死的、伤的、活的、受惊的和疯狂的俄国兵和法国兵。在一连几小时内，在不断的枪炮声中，在这个地方有时出现俄国人，有时出现法国人，有时是步兵，有时是骑兵；他们出现、倒下，互相射击、冲撞、呼喊着往回跑，不知道要互相干些什么。

拿破仑派出的副官和他的元帅们的传令官，不断地从战场上骑马跑到拿破仑面前来，报告战事的进展；但是这一切的报告都是虚假的：因为在会战激烈的情况下，不能够说，在一定的时间内发生了什么事情；因为许多副官没有跑到会战的现场，而是报告他们听别人所说的话；又因为副官们骑马跑了二三里路，到拿破仑面前的时候，情形已经改变，而他所带来的消息，已经过时了。例如一个副官从副王那里骑马跑来，带来了消息，说保罗既诺已被占领，考洛恰河上的桥已经在法军手中。这个副官问拿破仑是否命令军队过河。拿破仑命令在河那边整队并等候命令；但是不仅拿破仑在下这个命令的时候，而且甚至在这个副官刚刚离开保罗既诺村的时候，这座桥已经在彼埃尔于会战开始时所参与的那个小战斗中，被俄军夺回并烧毁了。

一个面色苍白惊惶的副官，从突角堡骑马跑来，向拿破仑报告说，进攻已被打退，考姆班受伤，大富阵亡了，然而在副官说法军被击退的时候，突角堡被另一部分的法国军队占领了，大富还活着，只是受了点轻伤。拿破仑根据这种不可避免的虚假的报告下命令，这些命令有的在他发出之前已经执行，有的不能够执行，因而没有执行。

离战场较近的元帅们、将军们，和拿破仑一样，没有参与实际的会战，只是偶尔骑马来到阵地上，他们不请示拿破仑便做了调遣，发出命令：向何处射击，从何处射击，骑兵向何处跑，步兵向何处跑。甚至他们的命令，正和拿破仑的命令一样，只是很小一部分被部下执行。所发生的大部分事情，和他们的命令正相反。被命令前进的兵士，从霰弹的射程里跑回来了；被命令留守原地的兵士，看到俄军意外地向他们面前跑来，便忽然地有时向回跑，有时向前冲；骑兵未奉命令便追赶逃跑的俄军。两个骑兵团便是这样地跑过塞妙诺夫斯克的山谷，刚刚上了山，又掉转头，用全力往回跑。步兵也是同样地行动，有时他们跑去的地方完全不是他们奉命要去的地方。全部的命令，向何处以及何时移动大炮，何时派遣步兵射击，何时派骑兵追赶俄国步兵，这一切的命令都是由和部队最接近的现场指挥官们发出的，他们并不请示奈伊、大富和牟拉，更不问拿破仑了。他们不怕因为不执行命令或因为自己发命令而受处罚，因为在会战中，事情关系到人所最宝贵的东西——个人的生命，有时似乎是，安全就是向后跑，有时就是向前跑；而在会战最激烈的时候，这些人是按照当时的心情而行动的。事实上，这些向前和向后的运动，并没有改善或者改变兵士的境况。他们互相猛冲和骑马冲闯的行动，几乎没有造成伤害，而出现伤害、死亡和残废，却是横飞旷野的炮弹和枪弹造成的，他们便是在这个旷野上撞来闯去的。这些人刚刚走出炮弹、枪弹横飞的地方，站在后边的指挥官便立刻整编他们，恢复纪律，并用这种纪律的威力又把他们带回火线上，在火线上他们又（在死亡恐怖的威力之下）失去纪律，随着群众的心情的偶然冲动而撞来闯去。

34

拿破仑的将军们、大富、奈伊和牟拉，离火线最近，有时甚至骑马走上火线，他们几次地把队形整齐的大量的军队带上火线。但是和以前所有的会战中一向必然发生的情况恰好相反，他们没有得到所期待的敌人逃跑的消息，而整齐的军队变为凌乱的惊惶的人群，从那里跑回来了。他们又把兵士们排成队形，但是人数却更少了。中午，牟拉派他的副官去向拿破仑要求增援。

拿破仑坐在山冈下饮五味酒，这时候牟拉的副官骑马跑来，他保证说，假使陛下再拨一个师，俄军就要崩溃了。

“增援吗?”拿破仑严厉地、惊异地说，望着这个披着长长黑发的（像牟拉的头发一样）英俊的青年副官，好像是不明白他的话。“增援!”拿破仑想，“他们手里有一半的军队攻击薄弱的没有工事的俄军侧翼，此刻他们怎么会要求增援呢?”

“Dites au roi de Naples，[告诉那不勒王，]”拿破仑严厉地说，

“qu'il n'est pas midi et que je ne vois pas encore clair sur mon échiquier. Allez… [说现在还未到中午，我还没有看清我的棋盘。去吧……]”

披着长发的英俊的副官，手里一直拿着帽子，深深地叹了口气，又向厮杀的地方骑马跑去。

拿破仑站起来，召来考兰库尔和柏提挨，开始和他们谈论与会战无关的事情。

在这个使拿破仑开始感到有趣的谈话的当中，柏提挨的眼睛向着一个将军和随从看去，这个将军骑着汗马向山冈上跑来。这人是白利阿尔。① 他下了马，快步地走到皇帝面前，勇敢地大声地开始说明必须增援他们。他宣誓说，假使皇帝再增加一个师，俄军就要崩溃了。

拿破仑耸了耸肩膀，没有回答，继续来回走着。白利阿尔开始大声地、兴奋地和他身边的随从将军们谈话。

“你很性急，白利阿尔，”拿破仑说，又走到刚才来到的将军面前，“在激战中容易出错。您去看一下，再到我这里来。”

白利阿尔还没有走出视线，又有一个从战场上派来的人从另外一边骑马跑来了。

“Eh bien，qu’est ce qu’il y a? ［哦，有什么事?］”拿破仑带着因为不断的打搅而发怒的语气说。

“Sire，le prince，［陛下，亲王，］……”副官开始说。

“要求增援吗?”拿破仑带着发火的姿势问。

副官肯定地点了点头，并且开始报告；但皇帝转过身去，走了两步，停下步，又走回来，叫了柏提挨，“我们应该派后备队了。”他说，轻轻地摊开双手。

“你看，派谁到那里去呢?”他问柏提挨，问这个 oison que j’ai fait aigle，［被我变为鹰的鹅，］他后来这么称他。

“陛下，派克拉巴来德师，”柏提挨说，他心里记得所有的师、团、营。

拿破仑同意地点了点头。

副官骑马跑到克拉巴来德师去了。几分钟后，驻扎在山冈后边的少年禁卫军离开了原来的地方。拿破仑沉默地望着这个方向。

“不行，”他忽然向柏提挨说，“我不能派克拉巴来德师去。派弗利安师去。”他说。

---

① 毛注：A. D·白利阿尔（1769—1832），法国将军，在帝国和共和各战争中有功。

虽然派弗利安师代替克拉巴来德师去，并没有任何好处，甚至此刻不派克拉巴来德师而派弗利安师显然有不便，会误事，但是命令却严格地执行了。拿破仑没有知道，他对于他的军队，是在扮演用药品碍事的医生的角色，他所扮演的角色是他理解得那么正确、但遭到别人非难的角色。

弗利安师和别的师一样，在战场上的硝烟里不见了。副官们从各方面继续跑来，好像是商量好了，大家都说同样的话。他们都要求增援，都说俄军还坚守着阵地，并且发出 un feu d'enfer［猛烈的炮火］，法军便在这个炮火中渐渐消失了。

拿破仑坐在折椅上沉思着。

爱旅行的、从早晨饿到现在的德·波赛先生，走到皇帝的面前，大胆地恭敬地请陛下用早餐。

“我希望现在就能庆祝陛下胜利。”他说。

拿破仑沉默着，否定地摇摇头。德·波赛先生以为，这个否定，是对于胜利而不是对于早餐的，他竟敢轻佻而又恭敬地说，在能够用早餐的时候，世界上是没有理由能够不让人用早餐的。

“Allez vous［你走开吧］……”拿破仑忽然闷闷地说，把身子转过去了。

一种抱歉、懊悔、狂喜、幸福的笑容，出现在波赛先生的脸上，他慢慢地走到别的将军们那里去了。

拿破仑体验着那么一种难受的心情，好像一个总是幸运的赌博者所体验到的那种心情：这人胡乱地押钱，总是赢，忽然正在他考虑自己的赌博的运气时，他觉得，愈考虑他的赌博的输赢，他愈是输定了。

兵士们是同样的，将军们是同样的，准备是同样的，作战命令是同样的，proclamation courte et énergique［简短有力的宣言］是同样的，他自己也是同样的，他知道这一点；他知道，他现在甚至比从前经验丰富得多、本领大得多，甚至敌人也是和在奥斯特理兹、和在弗利德兰的时候同样的；但是他的手臂可怕地挥动时却似乎中了魔似的没有力量了。

从前所有的那些一定会取得胜利的方法：炮兵集中一点，以后备队的攻击突破阵线，des hommes de fer［铁人］骑兵的进攻，所有的这些方法都用到了，可是，不但没有取得胜利，而且从各方面传来同样的消息，说到将军们的死伤、增援的必要、击破俄军不可能和军队的混乱。

从前，在两三道命令、两三句话以后，元帅们和副官们便带着喜气洋洋的面孔，骑马跑来报告战利品——成队的俘虏，des faisceaux de drapeaux et d'aigles ennemis，［成捆的敌方军旗和鹰旗，］大炮，辎重，而牟拉也只要求让骑兵去截夺行李车。在洛提，在马任哥，在阿尔考拉，在耶拿，在奥斯特理兹，在发格拉姆等处都是如此的。① 但是现在，他的军队发生了奇怪的事情。

虽然有占领突角堡的消息，拿破仑却知道，这不像，完全不像从前所有的会战中的情形。他知道，他所感觉到的那种心情，也是他四周有经验的人们所感觉到的。所有的面孔是愁闷的，所有的眼睛彼此避开着。只有波赛一个人不能了解目前所发生的事件的意义。拿破仑有长年的作战经验，他很知道，在八小时的一切努力之后，攻击的方面没有获得会战的胜利，意味着什么。他知道，这是失败的会战，现在，最小的偶然事件，在这个会战胜败未决的紧要关头，都可以消灭他和他的军队。

他考虑着这整个的奇怪的对俄战争，在这个战争中没有获得一次会战的胜利，在这个战争中，两个月来没有俘获一面军旗、一尊炮、一个军团，他望着他周围的人的面孔上隐隐的忧愁的神色，听着报告说俄军还在战斗——这时候一种可怕的感觉，类似在噩梦中所体验到的那种感觉，支配着他，他想起了一切可以毁灭他的、不幸的偶然事件。俄军可能猛攻他的左翼，可能突破他的中央，他自己可能被一颗流弹打死。这一切都是可能的。在以前的会战中，他

① 毛注：拿破仑于一八〇〇年在洛提及马任哥打败奥军，一七九六年在阿尔考拉打败奥军，一八〇六年在耶拿打败普军及萨克逊军，一八〇九年在发格拉姆打败奥军。

只想到胜利的机会，现在他想起了无数的不幸的机会，并且期待着这一切。是的，这好像是做梦一样，一个人梦见了一个恶汉在攻击他，这个人在梦里挥动手臂，使出可怕的力量反击这个恶汉，他知道，这个力量该当毁灭这个恶汉，却又觉得他的手臂软弱无力，好像破布一样落下来，并且那对于不可避免的毁灭而有的恐怖，攫住了这个无能为力的人的心。

俄军攻击法军左翼的消息，在拿破仑心中引起了这种恐怖。他沉默地坐在冈下的折椅上，垂着头，把臂肘放在膝盖上。柏提挨走到他面前，提议视察前线，以便明确战事的情况如何。

“什么？你说什么？”拿破仑说，“好，叫人替我牵马来。”

他上了马，到塞妙诺夫斯克去了。

在拿破仑骑马经过的整个阵地上，在缓缓飘散的硝烟中，有单独的或者成堆的人和马躺在血泊里。在这么小的一块地方死了这么多人，这样可怕的情形，是拿破仑和他的任何一个将军们从来没有看见过的。十小时连续不停的震耳的炮声，对这个景象赋予了一种特别的意义（好像音乐对于活动画片一样）。拿破仑上了塞妙诺夫斯克的高地，在硝烟中看见成行的、穿军服的人，军服的颜色是他所看不惯的。这些人是俄军。

俄军密集地站在塞妙诺夫斯克高地和山冈的后面，他们的炮在自己的战线上不停地放着，冒着烟。这已经不是一个会战。这是继续屠杀的混乱场面，对于俄军和法军都没有任何好处。拿破仑驻了马，又沉入冥想中，柏提挨把他从这种冥想中唤醒；他不能够制止他面前和他四周所发生的、算作是他所领导、他所决定的事情，由于它没有成功，他第一次觉得这种事情是不必要的、可怕的。

有一个将军走到拿破仑面前，竟敢提议要老禁卫军加入战争。站在拿破仑旁边的奈伊和柏提挨互相看了一眼，对这个将军无意义的提议轻蔑地微笑一下。

拿破仑垂下了头，沉默了很久。

“A huit cent lieux de France je ne ferai pas démolir ma garde! [和法

国相隔八百“里约”①，我不愿毁灭我的禁卫军！］”他说，然后掉转马头，回涉发尔既诺去了。

35

库图索夫垂下了白发的头，困乏地弯着沉重的身躯，坐在铺了毯子的凳子上，就是坐在彼埃尔早晨看见他的那个地方。他没有发出任何命令，只是同意或不同意别人向他所报告的事。

“是的，是的，做这个，”他回答各种建议，“是的，是的，去，好孩子，去看一看，”他向身边的这个人或那个人说；或者说，“不，不要，最好是等一下。”他听别人念带给他的报告，并且在部下要求下令时发布命令；但是他听报告时，似乎对他们向他所说的话中的意义并不感兴趣，而是报告者的面部表情和说话语气中别的含义使他感到兴趣。由于多年的战争经验，他知道，并由于老年的智慧，他了解领导几十万人与死亡争斗，不是一个人所能办到的事；并且他知道，决定会战命运的不是总司令的命令，不是军队驻扎的地方，不是大炮和杀人的数目，而是那种不可捉摸的力量，这种力量叫士气。于是他注视着这种力量，在他的权力范围之内，领导这种力量。

库图索夫脸上的一般表情，是全神贯注的、紧张而又镇静的，他强打着精神支撑着他老弱、疲乏的身子。

上午十一时，有人向他送来了这个消息，说法军占领的突角堡又被夺回来了，但巴格拉齐翁公爵受了伤。库图索夫叹了口气，摇摇头。

“到彼得·依发诺维支公爵②那里去详细地打听一下，是怎么回事，”他向一个副官说过，又向站在他背后的孚泰姆堡亲王③说，“阁下愿意指挥第一军吗？”

---

① 合三二〇〇俄里或二〇〇〇英里。

② 是巴格拉齐翁的名字。

③ 毛注：孚泰姆堡（Alexander Frederick of Wurtemoberg 1771—1833）是玛丽亚·费道罗芙娜皇后之弟，于一八〇〇年入俄军服务。

亲王刚刚走了以后，在他还不至于到达塞妙诺夫斯克的时候，他的副官便回来向殿下说，亲王要求增加军队。

库图索夫皱了皱眉，下令让道黑图罗夫指挥第一军，并且请亲王回到他面前来，照他话说，在这个重要的时候，没有亲王，他便不能应付局势。在传来了牟拉被俘的消息①而参谋人员向他庆祝时，他微笑了一下。

“等一下，诸位，”他说，“会战是胜利了，俘虏牟拉并不是什么了不得的事。最好还是等一等再高兴吧。”

但是他却派副官去向军队报告这个消息。

在歇尔必宁从左翼骑马跑来报告法军占领突角堡和塞妙诺夫斯克的消息时，库图索夫根据战场上的声音和歇尔必宁的脸色，看出这些消息是不好的，他站起身来，好像是要伸伸腿，他抓住歇尔必宁的手臂，把他领到旁边。

“你去，好孩子，”他向叶尔莫洛夫说，“看看，有什么办不到的事。”

库图索夫在高尔该村，在俄军队地的中心。拿破仑所指挥的对我左翼的进攻，被击退了几次。法军在中央没有超过保罗既诺。乌发罗夫的骑兵在左翼赶跑了法军。

三点钟之前，法军的进攻停止了。在所有的从战场上回来的人的脸上，在身边各人的脸上，库图索夫看见了紧张至极的表情。他对这天的胜利比他期望的要好感到满意。但老人的体力不够了。有几次他的头垂得很低，像要掉下来，并且他打盹了。有人叫他吃饭。

侍从武官长福尔操根在吃饭的时候来到库图索夫面前，他就是那个走过安德来公爵身边说战争应该 im Raum verlegen［扩大范围］而被巴格拉齐翁觉得讨厌的人。福尔操根是从巴克拉那里来报告左翼的战况的。聪明的巴克拉·德·托利看见成群的伤兵向回跑，看见混乱的后卫，分析了全部情形，断定会战是失败了，并且派他宠爱的人来向总司令报告这个消息。

---

① 毛注：被俘的是保那米将军，并非牟拉。

库图索夫费力地嚼着烤鸡，用眯着的愉快的眼睛看了看福尔操根。

福尔操根漫不经心地伸着腿，嘴上带着半轻视的笑容，走到库图索夫面前，他的手仅仅举到帽檐边。

福尔操根对殿下作出有几分做作的满不在乎的样子，目的要表示，他这个有高深教养的军人，让俄国人把这个老而无用的人当作偶像，而他自己却知道他是在应付什么样的人。“Der alte Herr，[这位老先生，]（他的德国人团体这么称呼库图索夫）macht sich ganz bequem. [自己倒舒服。]”福尔操根想，严厉地看了看库图索夫面前的碟子，他按照巴克拉对他的吩咐和他自己所看见的、所了解的，开始向这位老先生报告左翼的战况。

“我们阵地的所有据点都落到了敌人的手里，我们不能打退他们，因为军队没有了；他们逃跑，不能阻止他们。”他报告说。

库图索夫停止了嚼咬，似乎不了解他所说的话，惊异地注视福尔操根。福尔操根看见了 des alten Herrn [这位老先生的] 兴奋的脸色，微笑着说：

“我认为对殿下隐瞒我所看见的事是不对的……军队完全陷入混乱了……”

“您看见的？……您看见的？……”库图索夫皱着眉叫着说，迅速地站起来，向福尔操根面前走去。“您怎……您怎敢！……”他用颤抖的双手做出威胁的姿势，一面呛噎着，一面叫着说，“您怎敢向我说这话，阁下。您一点也不知道。替我告诉巴克拉将军，说他的消息是不确实的，我总司令，对于实际的战况比他知道得更清楚。”

福尔操根想要有所答辩，但是库图索夫打断了他的话。

“敌人在左翼被打退，在右翼也打败了。假使您没有看清楚，那么阁下就不要说您所不知道的事情。请您到巴克拉将军那里去，告诉他，我明天一定要攻击敌人。”库图索夫严厉地说。

大家都沉默着，只听见喘气的老将军的沉重呼吸。

“处处打退了敌人，因此我感谢上帝和我们的勇敢的军队。敌人打败了，我们明天要把敌人赶出神圣的俄国领土。”库图索夫说，画着十字，忽然他因为涌出的眼泪而呜咽了。

福尔操根耸了耸肩膀，歪了歪嘴唇，沉默地走开，诧异着 über diese Eingenommenheit des alten Herrn［这位老先生的自负的愚蠢］。

“啊，我的英雄，他来了。”库图索夫向一个胖胖的、英俊的、黑发的将军说，这个将军正骑着马向山冈上走来。

这人是拉叶夫斯基，他整天都在保罗既诺战场的最重要的地方。

拉叶夫斯基报告说，军队还坚强地守着他们各处的阵地，法军不敢再进犯了。

听了这话库图索夫说：“Vous ne pensez donc pas comme les autresque nous sommes obligés de nous retirer?［你不和别人一样以为我们应当退却吗?］”

“Au oontraire，votre altesse，dans les affaires indécises c'est toujours leplus opiniâtre qui reste victorieux，［恰好相反，殿下，在胜负未定的时候，总是最顽强的人取得胜利,］”拉叶夫斯基回答，“Et monopinion［我的意思］……”

“卡依萨罗夫!”库图索夫叫他的副官，“坐下来，写明天的命令。你,”他向另一个副官说，“到前线上去说，我们明天要进攻。”

在库图索夫和拉叶夫斯基谈话并授写命令的时候，福尔操根从巴克拉那里回来说，巴克拉·德·托利将军希望获得总司令这个命令的明文。

库图索夫没有望福尔操根，命令副官写这个命令，这是前任总司令为了逃避个人的责任，费尽心机希望获得的。

一种不能解释的神秘的联系，维持着全军的同一情绪，即是所谓军心，并且照库图索夫的话说，它是战争的主要神经，库图索夫的明天作战的命令，就是由于这种联系同时到达了军队的每个角落里。

命令传到这个联系的最后一环已经远非原来的话，远非原来的命令了。甚至军队各个角落里互相传送的话，没有一点和库图索夫所说的话相同；但是他的话里的意思传到了各处，因为库图索夫所说的话，不是深思熟虑后讲出来的，而是凭感情讲出来的，这种感情是在总司令的心中，也在每一个俄国人的心中。

听说我们明天要攻击敌人，从最高指挥部那里证实了他们想要相信的事，疲倦的动摇的人们便得到了安慰，获得了鼓励。

36

安德来公爵的团是在后备队里，后备队在强烈的炮火之下，驻扎在塞妙诺夫斯克的后边，直到一点钟以后还没有作战。两点钟以前，这个已经损失二百多人的团，向前推进到被践踏的燕麦田里，在塞妙诺夫斯克和山冈炮台之间的那个地段上。这天在这个山冈上死了几千人，并且在两点钟以前，敌人的数百门大炮集中火力猛轰这个山冈。

没有离开这个地方，也没有射出一颗子弹，这一团在这里又损失了三分之一的人。从前面，特别是从右边，大炮在聚集不散的硝烟中猛轰着，从遮盖前面整个地区的神秘的硝烟中，不断地飞出嗞嗞的迅速的炮弹和嗖嗖的迟缓的霰弹。有时似乎让他们休息，在一刻钟之内，所有的炮弹和霰弹都从他们的头上飞过，有时在一分钟之内，打死团里好几个人，他们不停地忙着拖死尸，抬伤兵。

随同每次新的轰击，活命的机会对于那些未死的人来说，是越来越少了。团分为营纵队，都相隔三百步远，虽然如此，全团的人都受到同一情绪的影响。全团的人都是同样地沉默、愁闷。在行列之间偶尔听到谈话声，但这些话声，在每次都有中弹的和召唤“担架”的声音的时候，又寂静了。团里的人大部分时间，是奉长官的命令坐在地上。有的摘下帽子，将帽子的褶子小心地放开又折起；有的用手掌揉碎了干土，擦着刺刀；有的揉着皮带，拉子弹带的扣子，有的将裹腿小心地理平，重新裹上，又穿上鞋子。有的用田里的草土盖小屋子，或者用麦田里的麦秸编小篮子。大家似乎专心地注意着这些事。在有人受伤和死亡时，在担架走过时，在我军后退时，在大队敌军可以在烟气中看得见时，没有人对于这些事情加以注意。在炮兵、骑兵前进，我方的步兵运动可以看见时，从各方面传来称赞的声音。但是大部分的注意力，是集中在完全和会战毫无关系的闲事上。似乎这些在精神上疲惫不堪的人们的脑筋，从这些日常普通的事情上获得了调剂。一个炮兵连从团的前面走过。有一辆炮弹车的挽马的马蹄绊了挽具。

“哎，那匹挽马！……把腿放出来！……它要跌的……哎，他们没有看见！……”全团的行列中都发出这样的叫声。

另一个时候大家的注意力集中到一只尾巴牢牢竖起的棕色小狗上，这只狗天晓得从哪里来的，它心神不定地快步地在各行列的前面跑着，忽然因为一颗炮弹落在附近，叫了一声，夹了尾巴跑开了。全团的人发出了笑声和叫声。但是人们这种开心的时间很短，而他们在不断的死亡的恐怖下，已经没有食物，没有任务，守了八个多小时，他们的苍白的愁闷的面孔显得越来越苍白、越来越愁闷了。

安德来公爵正和全团的人一样，面孔愁闷苍白，在燕麦田边的草地上，从这边田界到那边田界，来回地走着，双手抄在背后，头低垂着。他没有事情要做，也不需要下命令。一切都在自动地进行着。他们把死尸从前面拖开，抬走伤兵，行列靠拢了。若是有兵士跑到后边去，他们也立刻赶快跑回来。起初，安德来公爵认为他有责任鼓起兵士的精神，做他们的榜样，他在行列间来回地走动着；但后来，他相信既不需要也没有地方要教导他们。他的全部心思，正如同每个兵士一样，只是不自觉地集中在不要自己去考虑他们的处境的恐怖情形上的。他在草地上来回走着，拖着他的脚，擦响着草，注意着盖在靴子上的尘土；有时他跨着大步，力求踏着收割人留在草地上的足迹，有时他数着自己的步子，计算着，他从这边田界到那边田界要走多少次才是一里，有时他摘下长在田界上的苦艾的花，把花揉在手掌里，嗅着强烈的又香又苦的气味。他昨天的全部想法没有留下一点痕迹。他什么也不想。他用他的疲倦的耳朵谛听着依然如旧的声音，辨别着炮弹的横飞声和爆炸声，注视着第一营兵士们的看惯了的面孔，并且等待着。“它来了……它又落在我们这里！”他想，听到硝烟弥漫的地方传来了炮弹的嗞嗞声。“一个，两个，又是一个打中了……”他停下步，看了看行列。“不是，飞过去了。可是这一个打中了。”他又开始散步，极力迈着大步子，以便在十六步内走到那边田界。

又响起了咝咝声和撞击声！在他五步之外，一颗炮弹掀起了干土，便不见了。一阵不自觉的冷气掠过他的脊背。他又看了看各行列。大概打中了很多人；一大群的人聚集在第二营那边。

“副官先生，”他喊，“告诉他们不要挤在一起。”

副官执行了命令，走到安德来公爵面前。从另一边一个营长骑马来了。

“当心！”一个兵士发出惊惶的叫声，然后好像一只嗖嗖地急飞落地的鸟一样，距离安德来公爵两步远的地方，在营长的马边，一颗霰弹低声地钻进土里去了。马，不问是否应该表示恐怖，最先喷了喷鼻子，用后蹄站立了一下，几乎把少校甩到地上，然后跑到一边去了。马的恐怖传给了人。

“卧倒！”副官喊叫着，伏倒在地上。

安德来公爵迟疑不决地站着。一颗霰弹，好像一个陀螺，在他和卧倒的副官之间，在麦田和草地交界处，在苦艾的旁边，冒烟打转。

“难道这是死亡吗？”安德来公爵想，用他的全新的羡慕的目光望着青草、苦艾和打转的黑球所冒出的烟缕。“我不能死，我不想死，我爱生命，爱这草、土地、空气……”他这么想着，同时想到别人在看他。

“可羞，军官先生！”他向副官说，“什么样的……”他没有说完。就在这个时候传来了爆炸声和好像被打碎的窗框碎片的咝咝声，飘来了令人窒息的硝烟味，于是安德来公爵踉跄了一下，举起一只手，跌倒了。

几个军官跑到他跟前来了。从他腹部的右边流出来的鲜血把草地染红了一大片。

唤来的几个民团带了担架站在军官们的后边。安德来公爵胸脯向下卧倒着，脸贴着草，困难地喘息着，呼吸着。

“干吗站着，来！”

几个农民走上去，抓住他的肩和腿抬了起来，但是他可怜地呻

9

彼埃尔的头刚落枕，他便睡意沉沉了；但是忽然，几乎就像在现实中那么清晰地听到砰砰砰砰的射击声，听到呻吟、喊叫、炮弹的爆炸，闻到血与火药气味，并且感觉到恐怖与怕死的情绪。他惊骇地睁开眼睛，从大衣下边抬起头。院里一切是静悄悄的。只有一个侍从兵走进大门，和旅店主人谈着话，在泥淖中踏溅着。在彼埃尔的头上，在黑暗的厢房松木板下，鸽子因为他坐起时的动作而拍翅膀。全院充满了安静的、彼埃尔在那时候觉得是可喜的强烈的旅店气味，草秸、粪料和焦油的气味。在两边黑色的厢房之间可以看见澄清有星的天空。

“感谢上帝，不再有这种事了，”彼埃尔又蒙了头想，“恐怖本身是多么可怕啊，我对恐怖屈服，这是多么可耻！而他们……他们自始至终是坚定的，沉着的……”他想。照彼埃尔的意思，他们是兵，是炮台上的兵，给他东西吃的兵，向圣像祈祷的兵。他们——这些奇怪的、他一向不认识的人，他们在他的想象中，和所有其他的人清楚地截然地分开了。

“做一个兵，只做一个兵！”彼埃尔睡意沉沉地想着，“全心全意地去过这种共同生活，去体验那使他们成为他们那样的东西。但是怎样丢开这一切多余的、恶魔般的、外来的负担呢？有一个时候我能够如此。我能够如愿地从父亲面前跑开。在我同道洛号夫决斗之后，还可以被遣送去当兵。”

在彼埃尔的想象中，出现了英国俱乐部里的宴会，他曾在宴会中要求道洛号夫决斗。又出现了在托尔饶克的恩人。接着彼埃尔又想起了支会的庄严的聚餐。这个聚餐是在英国俱乐部里举行的。他所认识的那个亲密的尊贵的人坐在桌子的一端。是他！他是恩人。“他不是死了吗？”彼埃尔想，“是的，死了；但是我不知道，他是活着。他死了，我多么惋惜，他又活了，我多么高兴！”在桌子的一边坐着阿那托尔、道洛号夫、聂斯维次基、皆尼索夫及其他类似的人（在梦中，在彼埃尔的心中，这一类人是和他称为“他们”的那一类人同样明确），而这些人，阿那托尔、道洛号夫，大声地喊叫、歌唱；但是在他们的叫声中可以听到不停地在说话的恩人的声音，他的话声是和战场上的声音同样的有意义而不间断，但是他的话声是愉快的、给人安慰的。彼埃尔不了解他的恩人所说的话，但是他知道（这种想象在他的睡梦中是同样明显的），恩人说到善，说到他可以成为“他们”那样的人。他们具有朴实、善良、态度坚决的面孔，从四面八方围绕着恩人。他们虽然善良，他们却没有望着彼埃尔，不认识彼埃尔。彼埃尔想要引起他们的注意，想要说话。他站了起来，但是就在这时候他的腿觉得发冷并且露了出来。

他觉得难为情，于是他用一只手遮着腿，军大衣确实从他腿上滑下来了。彼埃尔拉着大衣，把眼睛睁开了一下，看到同样的厢房、柱子、院子，但此刻这一切在发蓝发亮，显现出露水和霜的闪光。

“天亮了，”彼埃尔想，“但是这不是我所需要的。我需要的是听到并且了解恩人的话。”他又蒙上大衣，但是支会的餐厅和恩人都不在了。只有用语言所明白地表现出来的想法，这些想法是别人告诉他的，或是彼埃尔自己心里产生出来的。

虽然这些想法是当天的印象所引起的，彼埃尔后来想起这些想法，却相信是他身外的什么人向他说的。他似乎觉得．他在清醒的时候，从来没有能够这样想过，从来没有这样表现过他的思想。

“战争是人类的自由对于上帝法则的最困难的服从，”这个声音说，“单纯就是对上帝的顺从，你不能离开上帝。他们是单纯的。他们不说，却行动。说出的话是银的，未说出的话是金的。人在怕死的时候，不能够有任何东西。而不怕死的人，一切都属于他。假使没有痛苦，人便不知道自己的限度，不知道他自己了。最难的事（彼埃尔在梦中继续想着或者听着），是能够在自己的心中把一切事物的意义结合在一起。结合一切吗？”彼埃尔向自己说，“不是，不是结合。不能结合思想，而是套上这一切的思想，这就是我所需要的！是的，必须套上，必须套上！”彼埃尔带着内心的喜悦向自己说，觉得正是这些话，而且只有这些话，表达了他所要表达的意思，并且解决了那个使他苦恼的问题。

“是的，必须套马，是套马的时候了。”

“应该套马了，是套马的时候了，大人！大人，”有声音重复说，“应该套马了，是套马的时候了……”

这是来唤醒他的马夫的声音。太阳直射在彼埃尔的脸上。他瞥了一下旅店的污秽的院子，院中的井边有兵士们在饮瘦马，车子正从院里赶出大门。彼埃尔不高兴地翻过身去，闭了眼睛，又在车垫上赶快躺下去了。“不，我不想要这个，不想要看见、不想要了解这个，我想要了解在梦中向我显现的东西。还要一秒钟，我就会了解一切了。但是我要怎么办呢？套上，但是怎么套上一切呢？”彼埃尔恐怖地觉得，他在梦中所见的所想的一切东西的意义都被破坏了。

马夫、车夫和旅店主人向彼埃尔说，有一个军官带来消息，说法军快要到莫沙益司克了，我军正在撤退。

彼埃尔起来了，吩咐套上车子跟着他，他步行穿过了城。

军队开走了，留下了大约一万伤兵。这些伤兵出现在院子里、在窗子里，并且在街上拥挤着。在街上运送伤兵的车辆旁边，可以听到喊叫、咒骂和打击声。彼埃尔把他的跟上来的车子让一个相识的受伤的将军坐上，同他一起到了莫斯科。在路上彼埃尔听到他内弟和安德来公爵的死讯。

10

彼埃尔在八月三十日回到莫斯科。他几乎就在城门口遇见了拉斯托卜卿伯爵的一个副官。

“我们到处找您，”那个副官说，“伯爵一定要见您。他请您立刻到他那里去，有很重要的事。”

彼埃尔没有回家，叫了一辆车去见守城总司令。

拉斯托卜卿伯爵这天早晨刚从索考尔尼基他的城郊别墅进城。伯爵家里的前室和接待室里满是官员，他们是被他找来的，或者是来请示的。发西尔齐考夫和卜拉托夫已经见过伯爵，向他说明保卫莫斯科是不可能的，莫斯科要放弃。这种消息虽然隐瞒着市民，但是官吏们，各衙门的长官，知道莫斯科要陷入敌手，正如同拉斯托卜卿伯爵自己所知道的一样；但是他们大家为了逃避自己的责任，都来问守城总司令，他们要怎样处理他们的各衙门。

彼埃尔进接待室时，军中派来的信使正走出伯爵的房。

信使对于向他提出的许多问题失望地挥了挥手，便穿过了大厅。

彼埃尔在接待室等候着，他的疲倦的眼睛望着室内各种各样的、年老的、年轻的、文的、武的、重要的和不重要的官员们。大家都显得不满、不安。彼埃尔走到一群官员那里，其中有一人是他的相识。他们和彼埃尔打了招呼之后，又继续谈话。

"把他们送走了再带回来，不会有害的；但是在这样的情况下，对什么事情都是不能负责的。"

"瞧吧，他写的。"另一个人说，指着他手中拿着的印刷的文件。

"这是另一回事。对于民众这是必要的。"第一个人说。

"这是什么?"彼埃尔问。

"是新传单。"

彼埃尔拿到手里，开始阅读：

"公爵殿下，为了和向他开来的各部队赶快会师，已经过了莫沙益司克，并且驻扎在巩固的阵地上，敌人不会在这里忽然向他进攻的。这里有四十八门大炮和许多炮弹送给了他，殿下说，他要保卫莫斯科直到最后一滴血，甚至准备作巷战。弟兄们，法庭已经关闭了，你们不要焦虑，我们一定要维持秩序，我们要用自己的法庭处置恶徒们！到了必要的时候，我需要城市和乡村的好汉们。我要在一两日之前大声疾呼，但是现在无需如此，我就沉默着。斧头有用，矛枪也不坏，三齿叉最好：法国人并不比一束麦秸还重。明天饭后，我要抬依比利亚圣母像到叶卡切锐娜医院去看伤兵。我们要在那里举行圣水的祝福式：他们会迅速地复原；我现在仍健康；我的一只眼得过病，但现在两只眼都能看见了。"

"但是军人们向我说，"彼埃尔说，"城里千万不能作战，而且阵地……"

"就是了，我们正在说这件事。"第一个官员说。

"这是什么意思：我的一只眼得过病，现在两只眼都能看见了?"

彼埃尔说。

“伯爵有了麦粒肿，”副官微笑着说，“我告诉他说，有人来问他生什么病，他很不安。真的吗，伯爵？”副官忽然带着笑容向彼埃尔说，“我们听说，您有家庭纠纷，听说伯爵夫人，您的妻子……”

“我没有听说什么，”彼埃尔漠不关心地说，“但是您听到了什么？”

“啊，您知道，他们常常虚构。我只说我听到的。”

“您听到什么？”

副官带了同样的笑容说：“听说伯爵夫人，您的妻子，准备出国。也许是无稽……”

“可能的，”彼埃尔漫不经心地望着四周的人说，“这人是谁？”他问，指着一个矮小的年老的人，这人穿了清洁的蓝色的农民外衣，有雪白的大胡子和眉毛，有红润的脸庞。

“他吗？他是一个商人，就是酒店老板韦来夏根。您也许听到了关于那个宣言的故事。”

“啊，这就是韦来夏根！”彼埃尔说，望着老商人坚定而沉静的面孔，想看出他的奸贼的表情。

“这不是他本人。这是写宣言的人的父亲，”副官说，“那个年轻人下了牢，他似乎要倒霉了。”

一个佩星章的老人和一个颈上挂十字勋章的官员德国人，走到说话的人面前。

“您知道，”副官说，“这是一件复杂的案子。这个宣言是大约两个月前出现的。有人报告了伯爵。他下令调查。加夫锐洛·依发尼支查出了，这个宣言整整经过六十三人的手。他去问这个人：您从谁手里弄到的？‘从某某人那里弄到的。’他又去问那个人：您从谁手里弄到的？这样一直追问到韦来夏根……一个学识浅薄的商人，您知道，做生意的公子哥儿，”副官微笑着说，“他们问他：你从谁那里弄到的？主要的是，我们知道他从谁那里弄来的。他并不是从别人那里弄到的，他是从邮政局长那里弄到的。但他们当中显然有了默契。他说：不是从别人那里弄到的，是我自己写的。他们吓唬他，盘问他，他总说是他自己写的。他们这样报告了伯爵。伯爵命令传他。‘你的宣言从谁那里弄来的?’‘我自己写的。’好，你知道伯爵!”副官带着骄傲的快乐的微笑说，“他非常生气了，你想想看，这样大胆、说谎和顽固!……”

“啊！伯爵需要他指出克流恰罗夫，我晓得!”彼埃尔说。

“完全不是，”副官恐怖地说，“克流恰罗夫就是没有这件事，罪也够了，那是他被放逐的原因。但问题是，伯爵很愤慨。‘你自己怎么能够写这个宣言?’伯爵这么问。他从桌上拿起《汉堡日报》说，‘瞧吧。你不是写，是翻译，并且译得很坏，因为你这个傻瓜，连法文也不知道。’您是什么想法呢?他说，‘不，我不看报纸，是我自己做的。’‘假使如此，你便是奸贼了，我要把你交付审判，把你绞死。你说，你从谁那里弄到的?’‘我不看报纸，是我自己写的。’案子便是这样搁着。伯爵传来了他的父亲：他还是那么说。因此把他审判了。并且似乎是判了做苦役。他父亲现在来为他求情。但他是一个恶少！您知道，这样的商人儿子，花花公子，风流鬼。他在什么地方听了几次讲演，便以为鬼也不敢惹他了。他就是这样的少年！他父亲在石桥开一家酒店，在他的酒店里，您知道，有一个万能上帝大画像，他一手拿了一个王笏，一手拿了一个球；他把这个画像带回家摆了好几天，并且做了这样的事！他找了个坏蛋画像师……”

11

在这个新的故事的当中，有人来叫彼埃尔去见守城总司令。

彼埃尔进了拉斯托卜卿伯爵的办公室。他进房时，拉斯托卜卿皱着眉，用手在擦额头和眼睛。一个矮矮的人在说什么，彼埃尔一进门，他便不作声，走出去了。

“啊！您好，伟大的战士，”那人刚出去，拉斯托卜卿便说，“我们听说了您的 prouesses [勇敢]！但不是为了这件事。Mon cher, entrenous, [我的好朋友，要守秘密，] 您是共济会会员吗?”拉斯托卜卿伯爵带着严厉的态度说，似乎这是什么不对的事，但是他有饶恕的意思。彼埃尔沉默着，——“Mon cher, je suis bien informé, [我的好朋友，我知道很清楚，］但是我知道，有许多许多共济会会员，他们以拯救人类为名而想要毁灭俄国，我希望您不是这种人。”

“是的，我是共济会会员。”彼埃尔回答。

“您知道吧，我的好朋友。我想，您不是不知道，斯撇然斯基和马格尼兹基被放逐到该放逐的地方去了；对克流恰罗夫先生是这样办的，对于别的以建立所罗门神庙为借口，而力求毁坏祖国的神庙的人也是这样办的。您会明白的，这有许多理由，并且假使不是因为此地的邮政局长是一个有害人物，我是不能放逐他的。现在我听说，您派自己的车子送他出城，甚至您接管他的文件。我喜欢您，对您并无坏意，您比我年轻一半，我好像父亲一般地劝您和这类人断绝关系，并且您自己赶快离开这里。”

“但是伯爵，克流恰罗夫的罪是什么?”彼埃尔问。

“这是我应当知道的事，不是您该问我的事。”拉斯托卜卿叫起来了。

“假使他被控告了散布拿破仑的宣言，可是这并没有证明。”彼埃尔说，没有望着拉斯托卜卿，“而韦来夏根……”

“Ncus y voilà，［问题就在这里了，］”拉斯托卜卿忽然皱了皱眉，打断彼埃尔的话，比先前更加高声地大叫着，“韦来夏根是卖国贼，是叛徒，他要受到应得的处罚，”拉斯托卜卿带着人们在想起遭受侮辱时的那种怒火说，“但是我找您来，不是要您讨论我的事情，而是要向您劝告，或者命令，假使您愿意的话。请您断绝您和克流恰罗夫这类人的关系，并且离开这里。不管是谁有荒谬的言行，我都要制止的。”大概他明白过来了，他是在申斥并无任何过失的别素号夫，于是，他和善地拉了彼埃尔的手，补充说：“Nous Sommes à la veille d'undésastre public，et je n'ai pas le temps de dire des gentillesses à tous ceux quiont affaire à moi.［我们是在大难的前夜，我没有工夫对那些和我商量公事的人说文雅的话。］我的头有时候发晕！Eh bien，mon cher，qu'est-ceque vous faites，vous personnellement?［那么，我的好朋友，你个人打算做什么呢?］”

“Mais rien.［并没有什么。］”彼埃尔回答，仍然没有抬起眼睛，没有改变他的沉思的表情。

伯爵皱了皱眉。

“Un conseil d'ami, mon cher. Décampez et au plutôt, c'est tout ce queje vous dis. A bon entendeur salut! [进一个友谊的劝告，我的好朋友。赶快走吧，这就是我要向你说的。会听话的人有福气!] 再会，我的好朋友。啊，还有，”他在门口向他叫着，“伯爵夫人落到 des saints pèresde la Société de Jésus [耶稣会神甫们的] 圈套里，是真的吗?”

彼埃尔没有回答，皱着眉头，从来没有那样生气过，离开了拉斯托卜卿的房间。

他到家时，天色已经晚了。这天晚上有八个不同身份的人来看他。有某一委员会的秘书、他营里的上校、他的管家、管家和其他有所请求的人。他们都要和彼埃尔商量些要他解决的问题。彼埃尔什么也不明白，对这类事情也不感兴趣，对于所有的问题，他只因为要摆脱这些人才回答。最后，剩下他一个人，他拆开妻子的来信并看了起来。

“他们——炮台上的兵士们，安德来公爵被打死了……老人……单纯就是对于上帝的顺从。应当受苦……一切的意义……应该套上……妻子要去嫁人……应该忘记并且了解……”他走到床前，没有脱衣服，倒在床上，立刻就睡着了。

第二天早晨他醒来时，管家来报告说，拉斯托卜卿伯爵特地派一个警官来打听，别素号夫伯爵已经走了还是正要走。

十来个身份不同的人要和彼埃尔商量事情，正在客厅里等候。彼埃尔连忙穿上衣服，没有去接见等候他的人，却朝后边的台阶走去，从那里出了门。

从那时起，直到莫斯科不再受到破坏为止，别素号夫家里的人尽管在努力寻找，却没有一个人再看见彼埃尔，也不知道他在哪里。

12

罗斯托夫一家直到九月一日，即敌人进入莫斯科城的前一天还留在城内。

在彼恰加入了奥保林斯基的哥萨克团，以及他到了这个团编队的地方别拉·策尔考夫以后，伯爵夫人感觉到害怕了。她的两个儿子都在打仗，两人都是从她的羽翼下逃出去的，今天或许明天，有一个人，也许两人一道，像她的某一个熟人的三个儿子那样被人杀死，这种想法在这个夏天第一次极其明确地出现在她头脑里。她试图把尼考拉叫回到她自己面前来，想要亲自到彼恰那里去，替他在彼得堡找一个职务，但这都是不可能的。彼恰是不能回来的，除非是同他的团一道回来，或者是调到另一个现役的团，那才可以回来一下。尼考拉在军中的某个地方，他在最近的一封信里详细地报告了他和玛丽亚公爵小姐的相遇，以后没有再给家里寄过信。伯爵夫人夜间睡不着觉，而且一睡着便梦见她那被杀死的儿子们。经过多次商量和谈话之后，伯爵终于想出使伯爵夫人安心的方法。他把彼恰从奥保林斯基的团调到别素号夫的团，后者在莫斯科附近编队。虽然彼恰还是在服兵役，但是由于这种调动，伯爵夫人却得到了安慰，她至少可以看见一个儿子仍在她的羽翼之下，于是她希望为她的彼恰做这样的安排：就是不再让他离开，总想把他调到他绝不会参加会战的地方去服役。只有尼考拉一个人还在危险的地方时，伯爵夫人似乎觉得她爱长子超过了爱其他的儿女，她甚至为了这件事责怪她自己；但是现在，她的幼子，那个顽皮的、不用功读书的、在家里总是破坏东西的、人人讨厌的彼恰，那个塌鼻子的、有一双快乐的黑眼睛的、皮肤是娇嫩的、腮上有刚刚出现的毫毛的彼恰，到了那里，在那些成年的、可怕的、残忍的男子之间，在那些为了什么而作战并且对作战感到乐趣的男子之间——这时候，母亲觉得她最爱他，远远超过她爱其他的儿女了。所盼望的彼恰要回莫斯科的时期愈近，伯爵夫人愈是不安。她已经觉得，她绝不会等到这个幸福的时候。不但是索尼亚的在场，而且心爱的娜塔莎的在场，甚至丈夫的在场，也会引起伯爵夫人发怒。她想：“我要他们有什么用，我什么人也不需要，只要彼恰！”

八月末，罗斯托夫家收到尼考拉的第二封信。他是从福罗涅示省写来的，他被派到那里去采购马匹。这封信并没有安慰伯爵夫人。她知道只有一个儿子脱离了危险，便更加挂念彼恰了。

虽然在八月二十日，几乎罗斯托夫家所有的朋友们都离开了莫斯科，虽然大家劝伯爵夫人赶快离开，但是她要等到她的宝贝，她的心爱的彼恰回来了，她才肯再听取离开的话。八月二十八日，彼恰到了家。母亲迎接儿子时的非常深切的慈爱，并没有使十六岁的军官感到高兴。虽然母亲不让他知道她自己的意向——现在不让他从她的羽翼下离开，彼恰却明白她的意思，并且本能地害怕同母亲在一起会变得心肠柔软，变得女人气十足（他自己这么想），他对待母亲很冷淡，逃避她，当他在莫斯科的时候，他只同娜塔莎在一起，对于她，他总是具有一种特别的几乎是爱恋的姐弟之情。

由于伯爵向来粗心大意，在八月二十八日还没有一点儿动身的准备，他们等待车辆从锐阿桑田庄及莫斯科乡下进城来运送全部的家具，车辆直到三十日才到。

从二十八日至三十一日，全莫斯科都显出忙碌与骚动。每天从道罗高米洛夫门运进来成千的保罗既诺会战中的伤兵，散在莫斯科各处，成千的车辆，运送市民和财物，出别的城门。虽然有拉斯托卜卿的传单，或者与传单无关，或者正因为传单，最矛盾的最奇怪的消息仍然在城里传播着。有的说，禁止任何人离城；有的人恰好相反地说，教堂里所有的圣像都抬走了，大家都要被强迫送走；有的说，在保罗既诺会战以后又有了会战，法军大败；有的人恰好相反地说，全部的俄军被消灭了；有人说，莫斯科的民团，在神甫的率领之下，要开到三山去；有人偷偷说到禁止奥古斯丁①离城，说到国贼被捕，说到农民作乱并抢劫离城的人，等等。但是这只是传说，而事实上那些离城的人和那些未离城的人（虽然决定放弃莫斯科的菲利会议还未举行），他们虽然没有说出，却都觉得莫斯科是一定要放弃的，并且应该赶快自己逃走，救出自己的财物。大家觉得，一

---

① 毛注：A. V·维诺格拉德斯基（1766—1818），莫斯科主教，教名奥古斯丁。

切都必定会忽然爆裂，发生变化，但到九月一日，什么都没有改变。好像一个犯人被押解去行刑，他知道他马上就要送命，却仍然环顾着他的四周，扶正他头上歪戴着的帽子；同样地，莫斯科不自觉地继续过着寻常的生活，虽然它知道它的灭亡的时间迫近了，那时候，人民所惯于顺从的生活条件都要破坏了。

在这三天之内，在莫斯科失陷前，罗斯托夫全家为了各种的事情忙碌着。家长伊利亚·安德来伊支伯爵在城里不停地走动着，从各方面收集流言，在家里发出关于准备离城的一般轻率而急促的命令。

伯爵夫人照料着收拾东西，她对一切的事都不满意，跟随着不断地逃避她的彼恰，嫉妒他老是和娜塔莎在一起。只有索尼亚一个人在处理实际的事情：收拾东西。但是近来索尼亚总是特别的闷闷不乐和沉默寡言。尼考拉在他的信里提到玛丽亚公爵小姐，这封信引起伯爵夫人当索尼亚的面发出高兴的议论，说玛丽亚公爵小姐和尼考拉的相会是出于天意。

伯爵夫人说：“在保尔康斯基和娜塔莎订婚以后，我从来没有高兴过，但我总是希望，并且我预感到，尼考林卡要娶公爵小姐。这是多么好的事情！”

索尼亚觉得，这是真话，改善罗斯托夫家的境遇的唯一可能的办法，是娶富家小姐，而公爵小姐是很好的配偶。但是这件事使她觉得很痛苦。虽然是悲伤，或者也许正因为悲伤，她负起了指示收拾及包装物品的全部的困难的工作，她整天地忙着。伯爵和伯爵夫人需要吩咐什么事的时候，便来找她。反之，彼恰和娜塔莎不但不帮助父母，而且通常在家里使所有的人感到讨厌，妨碍所有的人。家里几乎成天听到他们的跑动、喊叫和无故的大笑声。他们发笑、高兴，完全不是因为有什么发笑的原因，而是因为他们心里觉得高兴、快乐，因此不管有了什么事，都是他们高兴和发笑的原因。彼恰快乐，因为他离家时是个孩子，而回家时（大家都这么向他说）已是一个漂亮的青年人了；他快乐，因为他是在家里，因为他是从别拉·策尔考夫回来的，在那里他最近没有机会参加会战，因为他来到了莫斯科，在这里几天之内，便要发生战事；而主要的，他快乐是因为娜塔莎快乐，而他总是受娜塔莎的心情的影响。娜塔莎快乐，因为她愁闷得太久了，现在没有东西使她想起她的愁闷的原因，并且因为她康复了。她快乐，还因为有人赞扬她（别人的赞扬好像车轮的滑润油，为了使她的机械完全自由地转动着，这是不可少的)，彼恰赞扬她。主要的，他们快乐因为战争在莫斯科附近，因为要在城门口打仗，因为要发给武器，因为大家逃避，跑到别处去，总之，因为发生了非常的事件，这种事件是令人、特别是令年轻人感到兴奋的。

13

八月三十一日，星期六，罗斯托夫家的一切都似乎是乱七八糟的。门都敞开着，家具都抬出去或者移动了，镜子和画像都取下来了。各房间里摆着箱子，散乱着草秸、包扎的纸和绳子。农民和家奴抬出家具，在镶木地板上踏着沉重的脚步。院里挤满了农民的车辆，有些已经装满了东西，绑了绳子，有些还是空的。

许多家奴和带车子来的农民互相呼叫着，他们的话声和脚步声在院里和屋里响着。伯爵一早就出去了。伯爵夫人因为这种忙乱和闹声感到头痛，躺在新的起居室里，头上扎了浸醋的绷带。彼恰不在家，他到朋友家去了，他打算和这个朋友从民团里调入作战的军队里去。索尼亚在大厅里照管包装玻璃器皿和瓷器。娜塔莎坐在自己零乱的房间里地板上，坐在散乱的衣服、缎带和肩巾的当中，不动地望着地板，手里拿着一件旧舞衣（样子已经旧了)，就是她第一次在彼得堡的跳舞会里所穿的那一件。

娜塔莎觉得惭愧，因为别人都是那么忙，她却在家里什么事也不做；早晨她有好几次打算做点事情；但是她没有心做这种事情；她若是不拿出全副的精神，用出一切的力量，她便不能够并且不知道做任何事情。在包装瓷器时，她在索尼亚身边站了一会，想要帮忙，但是马上又抛弃了这个念头，到自己房里收拾自己的东西去了。起初，她把衣服和缎带散给女仆们，觉得愉快，但是后来，要包装剩余的东西的时候，她又觉得没趣了。

“杜妮亚莎，你装一下，亲爱的！行吗？行吗？”

当杜妮亚莎高兴地答应了为她做这一切事情的时候，娜塔莎坐在地板上，手里拿着一件旧舞衣，沉思着根本不是她现在应该想到的事情。隔壁女仆房间里女仆们的话声和她们走到后边台阶时的迅速脚步声，把娜塔莎从沉思中唤醒了。娜塔莎站起来，从窗口向外看。街上停了一长列的伤兵车。

女仆、听差、女管家、保姆、厨子、车夫、副车夫、厨役站在大门口看伤兵。

娜塔莎在头发上披了一块白头巾，双手捏住头巾的两角，走到街上去了。

从前的女管家，年老的马富娅·库绮米妮施娜，离开站在大门口的人群，走到一辆有席篷的车前，和躺在车上的一个年轻的面色苍白的军官谈话。娜塔莎向前走了几步，羞怯地站住，仍然捏着头巾，听着女管家说话。

“那么，您在莫斯科什么人都不认识吗？”马富娅·库绮米妮施娜说，“您在房子里可以舒服一点……就是在我们家也行。东家要走了。”

“我不晓得答应不答应呢，”军官用他的微弱的声音说，“长官在那里……您去问一下。”他指着一个肥胖的少校，少校随着街上车辆的行列向回走。

娜塔莎用她的惊惶的眼睛看了看受伤的军官的脸，立刻迎着少校走去。

“伤兵可以住在我们家吗？”她问。

少校微笑着，把手举到帽边敬礼。

“您说哪一个，小姐？”他眯着眼微笑着说。

娜塔莎镇静地重复了自己的问题，虽然她还捏着头巾的一角，她的脸和整个的态度却是那么严肃，以致少校停住了微笑，想了一下，似乎是在考虑这件事有多大的可能性，然后肯定地回答了她。

“嗯，可以，当然可以。”他说。

娜塔莎轻轻地点了点头，快步地回到马富媪·库绮米妮施娜面前，她还站在军官旁边，怀着怜悯的同情心和他在说话。

“可以，他说，可以！”娜塔莎低声地说。

那个军官的车子进了罗斯托夫家的院子，于是几十辆运送伤兵的车子，由于城里居民的邀请，进了厨子街各家的院子，停在各家房子的门口。娜塔莎显然对这种不同寻常地对待陌生人的做法感到高兴。她和马富媪·库绮米妮施娜都极力把伤兵尽量请到她们的院子里去。

“应该去报告您父亲。”马富媪·库绮米妮施娜说。

“不要紧，不要紧，没有关系！我们可以搬到客厅里住一天。我们可以让一半的房子给他们住。”

“小姐，您想得好！就是在厢房里，男下房里，女下房里，也应当问一下。”

“好，我去问。”

娜塔莎跑进屋，踮着脚走进起居室的半开的门，室内散发着醋和好夫曼①药水的气味。

“您在睡觉吗？妈妈？”

“啊，睡得多么好哟！”刚刚睡着的伯爵夫人醒过来说。

“妈妈，亲爱的，”娜塔莎说，跪在母亲的面前，把自己的脸靠近着母亲的脸，“对不起，饶恕我，我再不这样了，我把您弄醒了。马富媪·库绮米妮施娜叫我来说，她们领来了几个受伤的军官。您允许吗？他们没有地方去，我知道，您会允许……”她一口气迅速地说。

“什么样的军官？把谁领进来了？我不明白。”伯爵夫人说。

娜塔莎笑起来了，伯爵夫人也无力地微笑着。

“我知道您会允许的……我就这样去向她们说了。”

于是娜塔莎吻了母亲，站起来，向门口走去。

她在大厅里遇见了带着坏消息回家的父亲。

---

① 毛注：俄国通用的一种药水，成分是硫黄二，酒精三。

“我们留得太久了!”伯爵不觉地懊恼地说，“俱乐部关门了，警察要走了。”

“爸爸，我邀了伤兵来家里住，不要紧吗?”娜塔莎说。“当然不要紧，”伯爵没有心绪地说，“问题不在这里。现在我求你们不要忙着琐碎的事情，去帮忙包装东西，离开这里，明天离开……”接着伯爵向仆役长和仆役们发出同样的命令。

吃饭时，彼恰回家报告他的消息。

他说，今天民众在克里姆林宫领得了武器，虽然拉斯托卜卿的传单上说，他要在事前两天发出号召，但是实际上他已经下了命令，要所有的民众明天都带着武器到三山去，那里将要发生大战。

伯爵夫人当他说话时，畏怯地恐怖地望着儿子的愉快而兴奋的面孔。她知道，假使她说出话来，求彼恰不去参加这个会战（她知道他对于目前这个会战是很高兴的)，他便要提到男子气、光荣、祖国——那些没有意义的、男人们的、顽固的、不能反对的话，并且事情还会弄糟，因此，她希望这样地安排，就是在这个会战之前离开，并且把彼恰带在身边，作为防御人和保护人，她没有向彼恰说什么，但是她在饭后把伯爵叫到身边，含着泪恳求他赶快把她送走，假若可能，就在当夜。以前她表示完全不怕，现在她带着女性的不自觉的爱情的狡猾，说假使当夜不走，她就会骇死的。她现在并不是虚假地惧怕一切。

14

邵斯夫人出去看过了她的女儿，说起她在宓亚斯尼次基街酒店里所见的情形，更增加了伯爵夫人的恐惧。她从那条街回家时，因为酒店门前有一批在闹事的醉汉，不能通过。她雇了一辆车子，绕路走小街回家，车夫向她说，民众在酒店破开了酒桶，这是奉命做的。

饭后，罗斯托夫的全家热切地急忙地收拾东西，作离城的准备。老伯爵忽然地问事了，饭后不停地从院里到屋里走来走去，向忙乱的仆人们发出无意义的喊叫，使他们更加忙乱。彼恰在院里指挥。

索尼亚在伯爵的自相矛盾的命令之下，不知道做什么才好，完全茫然不知所措。仆人们喊叫着，争吵着，喧闹地在房间里和院子里跑动着。娜塔莎也忽然带着她所惯有的对一切事情的热心着手做事了。起初，她对包装工作的干涉，受到别人的怀疑。大家都等着她闹出笑话，都不愿听她的话；但是她固执而热心地要别人听从她；他们不听她的话，她发怒了，她几乎要哭了；她终于获得了别人对她的信任。她的最费力的而因此获得威信的第一件功劳，是地毯的装箱。伯爵的家里有贵重的Gobelins［哥布兰花毯］和波斯地毯。娜塔莎开始工作时，大厅里有两只打开的箱子：一只几乎装满了瓷器，另一只满是地毯。瓷器还有许多放在桌上。他们还在从收藏室里向这里搬。应该开始装第三只箱子了，于是仆人们去拿箱子。

“索尼亚，等一下，我们要统统装进去。”娜塔莎说。

“不行，小姐，已经试过了。”司膳说。

“不要，请你等一下。”

于是娜塔莎开始从箱子里取出包在纸里的盘子和碟子。

“碟子应该放在毯子里。”她说。

“我们还有许多毯子，三只箱子装得下就好了。”司膳说。

“但是请你等一下。”于是娜塔莎开始迅速而敏捷地整理东西。她指基辅盘子说，“这是不要的。”她指萨克逊碟子说，“这是要的，包在毯子里。”

“歇手吧，娜塔莎；你歇歇吧，我们来装。”索尼亚指责地说。

“哎，小姐!”仆役长说。

但是娜塔莎没有听别人的话。她把所有的东西取出来，又迅速地开始重装，她决定：坏的本国的毯子和多余的器皿根本无需带走。一切都取出之后，他们开始重装。确实，那些贱的不值得带走的东西几乎全取出来了，所有值钱的东西装进了两只箱子。只有装毯子的一只箱盖关不严。还可以取出几件东西，但是娜塔莎要坚持自己的意见。她装了又装，向下捺，叫司膳和彼恰捺箱盖，她自己也出了极大的力。彼恰是被她吸引来帮忙装箱的。

“得了，娜塔莎，”索尼亚说，“我知道你对，但是只要把上面的一件取出来。”

“我不要，”娜塔莎叫着说，一手拢住汗脸上的乱发，一手捺毯子，“捺吧，彼恰，捺！发西理齐，用力捺！”她叫着。

毯子捺紧了，箱盖关上了。娜塔莎拍着手高兴得叫起来，并且泪从她的眼里涌出来了。但是这只有一刹那的时间。立刻她又着手做别的事情，并且大家都完全信任她了。别人向伯爵说娜塔莎改变他的命令的时候，伯爵并不发怒，而仆人们也到娜塔莎面前来问：车子是否要绑绳子，车子是否装够了？由于娜塔莎的指挥，事情进行很顺利：不需要的东西丢下了，而最贵重的东西极其紧凑地装了箱。

虽然所有的人都很忙碌，但是到了夜里很晚的时候还不能把所有的东西装完。伯爵夫人睡了，伯爵把行期延到早晨，也去睡了。

索尼亚和娜塔莎没有脱衣服，睡在起居室里。

这天夜里又有一个受伤的人用车子送到厨子街，站在门口的马富媩·库绮米妮施娜把他引入罗斯托夫家。这个受伤的人，在马富媩·库绮米妮施娜看来，是一个很重要的人，他所躺的那辆篷车全部蒙了帷布，并且把车篷放下来。驾驶台上边有一个可敬的老侍仆和车夫并坐着。后边的车上有一个医生和两个兵。

“请到我们家来，请进来。东家要走了，屋子全空了。”老太婆向老仆人说。

“好吧，”仆人叹着气说，“我们大概赶不到家了！我们自己有房子在莫斯科，但是很远，家里没有人住。”

“请您赏光进来，我们主人家里什么都有，请进吧，”马富媩·库绮米妮施娜说，“怎么，很不好吗？”她又说。

侍仆摇了摇手。

“我们大概赶不到家了！一定要问问医生。”

于是老侍仆下了车，走到后边的车子那里。

“好。”医生说。

仆人又走到篷车那里，向车子里看了一下，摇摇头，叫车夫赶进院子里去，他停在马富媩·库绮米妮施娜身边。

“主耶稣基督！”她说。

马富竝·库绮米妮施娜提议把受伤的人抬进屋。

“主人不会说什么的……”她说。

但是他们必须避免上楼梯，因此便把受伤的人抬进厢房，放在邵斯夫人原先的房间里。这个受伤的人是安德来·保尔康斯基公爵。

15

莫斯科的末日到了。是一个明朗爽快的秋天，是星期日。和寻常的星期日一样，各教堂敲响了祈祷的钟声。似乎还没有人能够明白那等待着莫斯科的事情。

只有两个社会现象说明当时莫斯科的情况：一是乌合之众，即是穷人的阶层，另一是物价。广大的工人、家奴和农民群众，夹杂着官吏、神学校学生、绅士，这天一清早就到三山去了。这群人在三山等候拉斯托卜卿，却没有等到他，并且相信莫斯科要失守，便散在莫斯科城厢各处的酒店和饮食店里了。这天的物价也表明了局势。武器、黄金、车辆和马匹的价格不断地上涨，纸币和城市日用品的价格不断地下跌，因此这天中午有了这样的事情，就是贵重的物品，如呢绒，由车夫以对半分的代价运走，而一匹农家的马要值五百卢布；家具、镜子和铜器无代价地送人。

在罗斯托夫家的肃静的古老的屋子里，日常生活秩序的破坏，并不很明显。关于家奴，只是夜里在许多家奴当中，失去了三个人；但是没有东西被窃；至于物品的价值，从乡里田庄上叫来的三十辆车子是很大的财富，引起许多人的羡慕，并且有人向罗斯托夫家说，愿出高价收买。不但有人愿出高价收买这批车子，而且在晚上和九月一日的清晨，受伤的军官们派来了许多侍役兵和仆人们来到罗斯托夫家的院子里，还有许多住在罗斯托夫家和别家的受伤的人勉强地走来，央求罗斯托夫家的仆人设法用车子带他们离开莫斯科。仆役头目听到这些请求，虽然同情受伤的人，却断然地拒绝他们，说他连提也不敢向伯爵提起这件事。这些留下的伤兵虽然是很可怜，但显然是，若是让出一辆车子，便没有理由不让出第二辆，便要让出所有的车子——甚至还要让出自己的马车。三十辆车子不能拯救全体受伤的人，在大难之中，人不能不想到自己和自己的家庭，仆役头目替主人这么设想。

九月一日早晨，伊利亚·安德来伊支伯爵醒来，偷偷地出了卧房，免得惊醒早晨才睡着的伯爵夫人，他穿了淡紫色绸宽服走到台阶上。绑好的车子停在院子里。马车停在台阶的旁边。仆役头目站在门口，同一个老侍役兵和一个年轻的、面色苍白的、吊着手臂的军官在谈话。仆役头目看见了伯爵，向军官和侍役兵做了一个意味深长的严厉的手势，要他们走开。

“那么，都准备好了吗，发西理齐？”伯爵说，摸着自己的秃顶，善意地望着军官和老侍役兵，并且向他们点头（伯爵欢喜生人）。

“马上就套马了，大人。”

“啊，好极了，伯爵夫人一醒，我们就走，谢天谢地！”他又向军官说，“您要什么，先生？住在我家吗？”

军官靠近了一点。他的苍白的脸忽然变为赤红。

“伯爵，赏个光吧，准我……看在上帝的分上……让我搭坐您的车吧。我随身的什么都没有……我在行李车上也是一样……”

军官还没有说完，另一个侍役兵也来为他的主人向伯爵做同样的请求。

“嗯！行，行，行，”伯爵连忙地说，“我很，很乐意。发西理齐，你吩咐一下，清出一两辆车子来……那么……那有什么关系……需要怎办就怎办……”伯爵用含糊不清的言语发出了命令。

但是同时军官的热烈的感激的神情，已经确证了他的命令。伯爵向四面环顾了一下。在院里、门口和厢房的窗口，都可以看见受伤的人和侍役兵。他们都望着伯爵并且向台阶走来。

“请大人到画廊上去一下，那里的图画要怎么办呢？”仆役头目说。

伯爵和他一同进了屋，重申了自己的命令，不要拒绝那些要求搭车的伤兵。

“哦，那有什么关系，还可以拿下一点东西。”他又用低微的神秘的声音说，似乎怕谁听到他的话。

伯爵夫人九点钟醒来，她的旧婢女马特饶娜·齐摩非耶芙娜，现在为伯爵夫人担任类似宪兵队长的职务，她来报告旧主人，说邵斯夫人很伤心，说小姐们的夏衣不能丢在这里。由于伯爵夫人探问邵斯夫人为什么伤心，才弄明白了，她的箱子被人从车上拿下来了，所有的车子都卸空了，贵重的东西搬下来了，都装了伤兵，这些伤兵是伯爵由于他的直率而命令装运的。伯爵夫人派人把丈夫叫到她面前来了。

“这是怎么一回事，亲爱的，我听说，东西又拿下来了？”

“你晓得，亲爱的，我正要告诉你这件事……亲爱的伯爵夫人，有一个军官来向我请求，给他们几辆车子运伤兵。我们的东西都是用钱买得到的；但是他们留下来，会有什么情形呢？你想想看……他们就在我们的院子里，我们自己要他们进来的，还有军官们在这里……你知道，我以为，实在，亲爱的，啊，亲爱的，让他们上车走吧……着急有什么用呢？……”伯爵羞怯地说了这些话，像他在谈到金钱问题的时候一向所说的那样。

伯爵夫人听惯了这种语调，这是在做损害儿女利益的事情之前每次必说的，例如建筑画廊、花房、组织家庭戏剧或音乐队等事；她也习惯了，总是认为反对这种羞怯语调所说的话是她的责任。

她做出屈服而哭泣的样子，向丈夫说：

“伯爵，你听，你弄到了我们家里什么东西也不能添置，现在你又想断送我们的——孩子们的全部财产了。你自己说过，我们家里的东西值十万卢布。亲爱的，我不同意，不同意。你可真随便！伤兵的事有政府。他们晓得。你看，对门洛普亨家三天以前把东西都搬清了。人家是这样做的。只有我们是傻瓜。你不可怜我，也该可怜孩子们。”

伯爵摆着手，没有说话，从房间里走出去了。

“爸爸，您为什么要这样？”跟他走进母亲房里的娜塔莎说。

“没有什么！这关你什么事？”伯爵愤怒地说。

“不，我听到了，”娜塔莎说，“为什么妈妈不愿？”

“这关你什么事?”伯爵大叫着。

娜塔莎走到窗前沉思着。

“爸爸，别尔格到我们家来了。”她望着窗子外边说。

16

罗斯托夫家的女婿别尔格已经做了上校，颈上挂了夫拉济米尔和安娜勋章，仍旧担任着舒适而愉快的职务——第二军团参谋部第一处副处长的参谋室副主任。

他在九月一日从军中来到莫斯科。

他在莫斯科并没有事要做；但是他看到，大家都请假从军中到莫斯科去做点什么事情。他认为自己也需要为了家庭和家属的事情请假。

别尔格乘了一辆整洁的由两匹光滑的淡黄的马拉着的旅行车，好像一个公爵的车子那样，来到丈人的家里。他注意地看了院中的车辆，上了台阶，取出干净的手帕打了一个结。

别尔格踏着匆促的、着急的步子，从前室跑进客厅，抱了伯爵，吻了娜塔莎和索尼亚的手，并且连忙地问妈妈的身体可好。

“现在身体怎样吗?啊，告诉我们吧，”伯爵说，“军队怎样?退却呢，或者还有会战?”

别尔格说，“爸爸，只有创造世界的上帝能够决定祖国的命运。军队里英雄主义的精神很是旺盛，现在听说，长官们在开会。将来如何不得而知。但是我可以简单地告诉您，爸爸，这种英雄主义的精神，真正的俄军的自古以来的英勇，他们在，”他又更正说，“它在二十六日的战事中显示或者表现了它没有适当的话能形容……爸爸，我向您说（他那样地捶他自己的胸口，好像一个在他面前说话的将军所常做的一样，不过捶迟了一点儿，因为应该在说“俄军”时捶他的胸口），我老实向您说，我们当长官的，不但没有强迫兵士们前进或者做这一类的事，而且我们难以阻止那些，那些……对啦，古人英勇事迹般的功勋，”他迅速地说，“巴克拉·德·托利将军在兵士前面，处处冒他自己的性命的危险，我能向您保证。我们的军团驻扎在山坡上。您可以想想看!”

于是别尔格说出了他在这个时候所听到的各种传闻中所能记得的一切。娜塔莎没有移开她那使别尔格感到不安的目光，向他望着，好像是要在他的脸上找出某个问题的回答。

“总之，俄国战士所表现的这种英勇是无法想象，无法加以充分称赞的!”别尔格说，看了看娜塔莎，似乎希望笼络她，向她微笑着，回报她的固执的注视……“‘俄国不在莫斯科，它是在俄国子孙们的心中!’是吗，爸爸?”别尔格说。

这时候，伯爵夫人带了疲倦而不满的神色从起居室里走来。别尔格赶快跳起来，吻伯爵夫人的手，向她问安，并且站在她旁边，把头向两边摇着①表示同情。

“是的，妈妈，我老实向您说，这是每个俄国人艰难、沉痛的时候。但是为什么这样不安呢?您还来得及离开……”

“我不明白，仆人们在做什么，”伯爵夫人向丈夫说，“他们刚才向我说，什么都没有准备好。应该有人去照料一下的。这时候要怀念米清卡了。这事没有个完!”

伯爵想要说什么，但是显然，他忍住了。他站起身来，离开椅子，向门口走去。

别尔格这时好像是要打喷嚏，取出手帕，望着结子，沉思了一下，愁闷地、意味深长地摇着头。

“爸爸，我要向您提出一个大要求。”他说。

“嗯?……”伯爵站住了，说。

“我刚才走过尤苏波夫家，”别尔格带着笑声说，“管家我认识，他跑出来问我要买什么。您知道，我因为好奇便进去了，里面有一个小衣橱和梳妆台。您知道，韦如施卡是多么想要这东西，我们曾经为这事争执过(别尔格说到小衣橱和梳妆台时，不觉地对于自己的布置家庭的本领显出高兴的语气)。这样好看的东西!向外拉，有英国式的暗抽屉，您知道吗?韦饶其卡早就想要了。因此我想给她

① 毛注：俄国人通常把头向两边慢慢转动着表示挂念、忧虑或疑惧。

一个意外礼物。我看见您家院子里有这么多用人。请您给我一个用人，我要好好地赏他……”

伯爵皱了皱眉，咳了一声。

“您去求伯爵夫人吧，我不管。”

“假使困难，就算了吧，”别尔格说，“我只是为了韦如施卡的缘故才想要如此的。”

“啊，你们这些该死的！该死的！该死的！”老伯爵叫着说，“我的头发昏了。”于是他从房里走出去了。

伯爵夫人哭起来了。

“是的，是的，妈妈，是很艰难的时候！”别尔格说。

娜塔莎跟父亲一起走出去，似乎费劲地在考虑什么，她最初跟着他走，后来跑下楼去了。

彼恰站在台阶上，在分发武器给要离开莫斯科的仆人们。装妥的车子仍旧停在院子里。其中有两辆解了绳子，一个军官由一个侍役兵扶着向其中的一辆车上在爬。

“你知道为什么？”彼恰问娜塔莎。

娜塔莎明白，彼恰的意思是父亲为什么和母亲争吵。她没有回答。

“因为爸爸要把所有的车子都给伤兵，”彼恰说，“发西理齐向我说的。我觉得……”

“我觉得，”娜塔莎忽然几乎叫起来，把发怒的脸向彼恰，“我觉得，这是那样的卑鄙，那样的丑恶，那样的……我不知道。难道我们是什么德国人吗？……”她的喉咙因为痉挛的啜泣而发抖，她怕削弱并白白发作了她的怒气，她回转身，顺着楼梯一直冲去。

别尔格坐在伯爵夫人旁边，恭敬地以亲戚的态度安慰着她。伯爵拿着烟斗在房里来回走动，此刻，娜塔莎带着因为发怒而显得难看的脸，好像风暴一样，闯进房来，快步地走到了母亲面前。

“这是卑鄙！这是丑恶！”她喊叫着，“这不会是您吩咐下去的。”

别尔格和伯爵夫人迷惑地惊恐地望着她。伯爵站在窗口听着。

“妈妈，这是不行的，您看看院子里吧！”她喊叫着说，“他们要留下来！……”

“你有什么事？他们是谁？你要什么？”

“就是受伤的！这样不行，妈妈，这太不像话了……不行，妈妈，亲爱的，这样是不对的，请您饶恕，亲爱的……妈妈，我们要带走的东西，这在我们算得什么，您只要看看院子里……妈妈！……这是不可能的！……”

伯爵站在窗边，没有转过脸来，听着娜塔莎说话。忽然，他嗅了嗅鼻子，把他的脸凑近窗子。

伯爵夫人看了看女儿，看见她的为了母亲而感到羞耻的面色，看见她的激动，明白了丈夫现在为什么不回头看她，并且带着茫然若失的神情向四周看了一下。

“唉，您要怎办，就怎办吧！难道我妨碍谁了吗？”她说，并不立刻让步。

“妈妈，亲爱的，饶恕我。”

但是伯爵夫人推开女儿，走到伯爵面前去了。

“亲爱的，你应该怎样就怎样吩咐吧……我并不知道这件事……”她说，内疚地垂着眼睛。

“蛋……蛋在教训鸡……”伯爵带着快乐的眼泪低声说，并且搂抱着妻子，她高兴地把羞惭的脸藏在他的胸前。

“爸爸，妈妈！我能去料理吗？行吗？”娜塔莎问，“我们还是可以带走最需要的东西……”娜塔莎说。

伯爵向她肯定地点了点头，娜塔莎踏着她在捉迷藏游戏的那种快步子，从大厅跑到前室，由楼梯上跑进院子。

仆人们聚集在娜塔莎四周，不相信她所传的这个奇怪的命令，直到伯爵自己代表妻子证实了这个命令，他们才相信，就是所有的大车都让给伤兵，箱子都卸下来送进储藏室。仆人们明白了这个命令，高兴地忙碌地负起了新任务。仆人们现在不但不觉得奇怪，而且反之，觉得非这样不可了；正如同在一刻钟之前，不但没有人觉得丢下伤兵运走行李是奇怪，而且觉得非那样不可。

全家的人，似乎在弥补他们没有早点做的过失，都忙碌地在做这件安置伤兵的新工作。伤兵们从他们的房间里爬出去，带着高兴的苍白的面孔围绕着车子。邻家的屋里也传到了有车的消息，于是有许多伤兵从别家走进了罗斯托夫家的院子。伤兵当中有许多人要求不要卸下东西，就让他们坐在东西上边。但是卸东西的工作一旦开始就不能停止。全部留下来或是留下一半，反正是一样了。院子里放着许多没有抬走的装瓷器、铜器、图画、镜子的箱子，这些都是昨天夜里那样小心地装上车的；大家继续寻找并且找到了卸下这样那样和接连地腾出车辆的可能。

“还可以带四个人，”管家说着，“我把我的车子让给他们，不然，他们怎么办呢?”

“把我装衣橱的车腾出来吧，”伯爵夫人说，“杜妮亚莎和我坐一辆车。”

装衣橱的车也腾了出来，送到隔壁第三家去装伤兵。全家的人和仆役都很愉快、都很活跃。娜塔莎感到欢天喜地的、幸福的、活泼的心情，这是她好久没有过的事了。

“把这个绑在哪里呢?”仆人说，把一只箱子放在马车后边的座位上，“应当至少还留下一辆车子。”

“它是装什么的?”娜塔莎问。

“是伯爵的书。”

“留下来，发西理齐去卸。不需要这个。”

半篷车里坐满了人；他们不知道彼得·依利支要坐在哪里。

“他坐在驾驶台上。你坐驾驶台上好吗，彼恰?”娜塔莎说。

索尼亚也不停地忙着，但是她忙碌的目的和娜塔莎的目的相反。她在收藏那些应当留下的东西，遵照伯爵夫人的意思在登记它们，她并且极力要尽量地随身多带。

17

两点钟前，罗斯托夫家的四辆装了东西、套了马匹的轿车停在大门口。载伤兵的大车一辆一辆地离开院子。

载安德来公爵的那辆篷车走过台阶时，引起索尼亚的注意。她同女仆在门口的高大的轿车里为伯爵夫人在布置座位。

“这是谁的篷车？”索尼亚把头伸到轿车窗外问。

“小姐，您不知道吗？”女仆回答，“受伤的公爵，他在我们家里过夜的，他也同我们一道走。”

“这人是谁？姓什么？”“就是我们从前的姑爷。保尔康斯基公爵！”女仆叹着气说。“他们说，他快要死了。”

索尼亚跳下车子，跑到伯爵夫人面前。伯爵夫人已经穿好了旅行服装，戴了帽子，披了披肩，疲倦地在客厅里来回走着，等候家里人来，以便关上门，做起程前的祈祷。娜塔莎不在房里。

索尼亚说：“妈妈，安德来公爵在这里，伤重得要死了。他就要和我们一道走。”

伯爵夫人惊恐地睁开眼睛，抓了索尼亚的手臂，回头看了一下。“娜塔莎呢？”她低声问。

这个消息在最初的片刻对索尼亚和伯爵夫人只起了这样的一种作用。她们了解她们的娜塔莎，她们担心娜塔莎知道了这个消息会发生什么事情，这个担心使她们压下了对于她们俩所欢喜的人的一切同情。

“娜塔莎还不知道，但他要和我们一道走。”索尼亚说。

“你说他要死了吗？”

索尼亚点了点头。

伯爵夫人抱了索尼亚，哭起来了。

“上帝的旨意是玄妙莫测的！”她想，觉得在此刻所发生的一切之中，开始出现了人们从前没有看见过的万能的手。

“嗬，妈妈，一切都准备好了。您有了什么事？……”跑进房的娜塔莎面色兴奋地问。

“没有什么，”伯爵夫人说，“准备好了，我们就上路吧。”

伯爵夫人低头看她的提袋，以便掩饰她的难受的面孔。索尼亚搂抱娜塔莎，吻她。

娜塔莎疑问地看了看她。

“你有什么事？发生了什么？”

“没有什么……没有……”

“对我很不好的事情吗？……什么事？”机敏的娜塔莎问。

索尼亚叹了口气，没有回答。伯爵、彼恰、邵斯夫人、马富媖·库绮米妮施娜和发西理齐走进客厅，关上门，大家坐下来，然后沉默着，谁也不看谁，坐了几秒钟。

伯爵最先立起身来，大声叹了口气，开始对着圣像画十字。大家照样地做了。然后伯爵开始搂抱要留在莫斯科的马富媖·库绮米妮施娜和发西理齐，并且当他们抓他的手吻他的肩膀的时候，他轻轻地拍他们的背，说些不清楚的、亲切的、安慰的话。伯爵夫人走进小祈祷室，索尼亚发现她跪在零乱地挂在墙上的一些圣像前（最贵重的和家庭传统有关的圣像都随身带走）。

上路的仆人们，在台阶上和院子里留下的人在道别，他们手拿着彼恰发给他们的短刀、长剑，他们的裤脚塞在靴筒里，系紧了皮带和腰带。

在起程时总是这样的，许多东西忘记了，许多东西放错了位置；两个仆人站在打开的车门和踏板的两边，等候了很久，准备扶伯爵夫人上车，这时候，女仆们带了垫子和包袱从屋里跑到轿车、篷车、半篷车的前面，又跑回去。

“他们总是要忘记一切的东西！”伯爵夫人说，“你晓得，我不能这样坐着的。”

于是杜妮亚莎咬紧牙齿，不作回答，脸上带着不平的表情，冲进车子，重新布置座位。

“嗬，这些用人！”伯爵摇着头说。

老车夫叶非姆，是伯爵夫人唯一放心的车夫，他高高地坐在驾驶台上，看也不看背后所发生的事情。他凭三十年的经验，知道他们还不会马上向他说“上帝保佑”，并且说了这句话，他们还要叫他停两次，派人去取忘记的东西，甚至在这以后还要叫他停一次，然后伯爵夫人才从车窗里向他伸出头，求他凭基督的保佑，下坡时要格外当心。他知道这一点，因此比他的马更有耐心地（尤其是那左边栗色的马——鹰儿，它踏着蹄子，嚼着衔口铁）等候着所要发生的事。最后大家坐定了；踏板收起了，折入车内，车门砰地关上了，派了人去取小匣子，伯爵夫人伸出头来，说了应说的话。然后叶非姆慢慢地摘下帽子，开始画十字。马夫和所有的仆人都同样地做着。

“上帝保佑！”叶非姆戴上帽子说，“走！”马夫催了马。右边的辕马在轭内曳动了，高弹簧发出响声了，车厢震动了。跟班的跳上走动的车子的驾驶台。车子从院内驶上不平的街道时颠动了一下，别的车子也同样地颠动了一下，于是一连串的车子都上了街。轿车、篷车、半篷车里的人都向着对面的教堂画十字。留在莫斯科的仆人们跟在两边送行。

娜塔莎此刻坐在车子里伯爵夫人的身边，望着被遗弃的、惊慌的莫斯科的城墙慢慢地从她身边移动过去，她很少感觉到像她现在所感觉的这样的高兴。她偶尔从车窗里伸出头去，望着后面，又望着前面一长列的伤兵车辆。几乎在最前面，她可以看到安德来公爵的关闭的车篷。她不知道里面是谁，她每次看车辆的行列时，便寻找这辆篷车。她知道这辆车是在最前面。

在库德锐诺区，从尼基兹卡亚街，从卜来斯尼亚街，从波德诺文斯卡亚街走出几列和罗斯托夫家的车列相同的车辆，经过萨道发亚街时，马车和行李车已经成了两个行列了。

绕过苏哈来夫水塔时，娜塔莎好奇地迅速地注视着乘车的和步行的人，她忽然高兴地惊异地叫起来：

“天哪！妈妈，索尼亚，看呀，是他！”

“谁？谁？”

“看吧，天哪，是别素号夫！”娜塔莎说，一边把头伸到车窗外边，望着一个穿车夫长衣的、高大的、肥胖的人，从步态和举止看来，他显然是化装的绅士。他正和一个黄脸的、没有胡须的、穿绒大衣的老人走过苏哈来夫水塔的拱门下边。

“哎呀，别素号夫穿了车夫长衣，和一个年老的人在一起。”娜塔莎说，“看呀，看呀！”

“不是，这不是他！怎能说这样的蠢话！”

“妈妈，”娜塔莎叫起来，“我拿脑袋和您打赌，这是他。我向您保证，停下呀，停下呀。”她向车夫喊叫。

但是车夫不能停，因为从篾山斯卡亚街又出来了许多行李车和马车，并且向罗斯托夫家的人喊叫，要他们向前走，不要挡路。

果然，虽然现在比方才的距离远得多，罗斯托夫家所有的人已经看见了彼埃尔，或者是一个异常像彼埃尔的人，穿着车夫长衣，垂着头，面色严肃，和一个像是跟班的、没胡须的、矮小的老人在街上行走。这个老人注意到从车里向他伸出的面孔，然后恭敬地捣了捣彼埃尔的胳膊，指着车子向他说了什么。彼埃尔好久还不明白他所说的话，他显然是想事情想得出神了。最后，他明白了他的意思，顺着他所指的方向看去，认出了娜塔莎，立刻激情冲动，迅速地向车子走去。但是走了十来步，他显然是想起了什么，又站住了。

从车里伸出来的娜塔莎的面孔上露出嘲笑的亲切的神情。

“彼得·基锐累支，来呀！我们认出您了！这是多么奇怪啊！”她向他伸着手喊着，“您在干什么？您为什么这样？”

彼埃尔握着她的伸出的手，很笨拙地一面走着，一面吻她的手(因为车子还继续在走动)。

“伯爵，您有什么事？”伯爵夫人用惊异而怜惜的声音问。

“什么？什么？为什么？不要问我，”彼埃尔说，回头看了看娜塔莎，她的喜气洋洋的目光对他倾注着魅力（他没有向她看，便感觉到这一点)。

“您要做什么，还是留在莫斯科吗？”

彼埃尔沉默着。

“在莫斯科吗？”他疑问地说，“是的，在莫斯科。再会。”

“啊，我但愿我是一个男人，我一定要留下来和您在一起。啊，这多么好啊！”娜塔莎说，“妈妈，您要准许，我就留下来。”

彼埃尔心不在焉地看了看娜塔莎，想要说什么，但是伯爵夫人打断了他的话。

“我们听说您参加了会战，是吗？”

“是的，我参加过的，”彼埃尔回答，“明天又要有会战……”

他开始说。

但是娜塔莎打断了他的话："但是伯爵，您有了什么事？您和寻常不一样了……"

"唉，不要问我，不要问我，我自己也不知道。明天……不是！再会，再会，"他低声地说，"可怕的时代！"于是他落在车子后边，走上了行人道。

娜塔莎把头伸在窗外很久，向他露出亲切的、有点儿嘲笑的、高兴的笑容。

18

彼埃尔从家里出走以后，在过世的巴斯皆夫的空房子里住了两天。事情的经过是这样的。

彼埃尔回到莫斯科和拉斯托卜卿会了面，第二天醒来时，他好久还不明白，他自己是在什么地方，他应该做什么。他听说，在接待室里等待他的许多人当中，有一个法国人带着爱仑·发西莉叶芙娜伯爵夫人的信在等他会面，这时候，他忽然产生了他最容易出现的那种混乱与失望的情绪。他忽然觉得，现在一切都完了，一切都混乱了，一切都毁灭了，他觉得，没有人是对的，没有人是错的，将来什么都没有了，而摆脱这种处境的出路也是没有的。他不自然地微笑着，并且喃喃地说着什么，忽而坐到沙发上，显得束手无策，忽而站立起来，走到门边，从门缝里向接待室里窥视，忽而摇着手臂走回来，拿起一本书。仆役长又来了向他说，替伯爵夫人送信的那个法国人很希望会到他，即使是一分钟也好；又说，巴斯皆夫的寡妇派人来请他保管几本书，因为她自己下乡去了。

"嗬，是的，我马上就来。等一下……不，不行，你去向他们说，我马上就来。"彼埃尔向仆役长说。

但是仆役长刚刚出房，彼埃尔便拿了桌上的帽子，从书房的后门走了出去。走廊上没有人。彼埃尔走完整个的长走廊，到了楼梯那里，于是皱着眉，用双手擦着额头，下到第一层的楼梯口。守门的站在大门口。从彼埃尔下来的这个楼梯口，有另外一条楼梯通后门。彼埃尔顺这条楼梯走进院子。没有人看见他。但是在街上，当他刚刚出门，站在马车旁边的车夫和守院的人便看见了他，向他脱帽。彼埃尔感觉到向他投来的目光，他的行动就像一只把头藏在小树中以免被人看见的鸵鸟一样；他垂下头，加快脚步，在街上向前走着。

在那天早晨等着彼埃尔去办的许多事情当中，奥西卜·阿列克塞维支的书籍文件的整理，他觉得是最重要的。

他雇了他所遇到的第一辆车子，要他赶到总主教池，巴斯皆夫的寡妇的家就在这里。

彼埃尔不停地注视着在各方面移动的、离开莫斯科的车辆行列，改正着自己的胖身躯的姿势，以免从颠簸的旧车子上滑下来。他感到一种高兴的情绪，类似小孩逃出学校时的那种情绪。他和车夫交谈着。

车夫告诉他说，今天克里姆林宫出售武器，说明天要把所有的市民赶到三山门外，说那里要发生大战。

到了总主教池，彼埃尔找到了巴斯皆夫的家，他好久没有来过了。他走到小门那里。盖拉西姆听到叩门声便走出来，他就是那个面黄的、无须的老人，彼埃尔五年前在托尔饶克，看见过他和奥西卜·阿列克塞维支在一起的。

“有人在家吗?”彼埃尔问。

“因为现在的局势，索斐亚·大妮洛芙娜带了小孩们到托尔饶克乡下去了，大人。”

“我还是要进来，我要整理书。”彼埃尔说。

“请，请进来吧，故主——愿他在天国里——他的兄弟马卡尔·阿列克塞维支在家里，但是大人知道，他身体不好。”老仆人说。

彼埃尔知道，马卡尔·阿列克塞维支是奥西卜·阿列克塞维支的半疯的、酗酒的兄弟。

“是的，是的，我知道。我们进去吧，进去吧……”彼埃尔说，走进屋里。

一个红鼻子的、高大的、秃顶的老人，穿着宽服，光脚穿着木鞋，站在前室里；他看见了彼埃尔，愤怒地低语着什么，顺走廊走开了。

“从前很聪明，现在，您知道，弱了，”盖拉西姆说，“到书房里去好吗？”——彼埃尔点了点头。“书房封了，一直是这样的。索斐亚·大妮洛芙娜吩咐的，若是您派人来，就让拿书。”

彼埃尔走进这间幽暗的书房，在恩人的生前，他常常那样战栗地走进这间房。这间布满灰尘的书房，自从奥西卜·阿列克塞维支去世以后，便没有人来过，现在显得更加幽暗了。

盖拉西姆打开一扇百叶窗，踮着脚走出书房。彼埃尔在书房里绕了一圈，走到存放手稿的书橱前，取出一个从前是最重要的、本会最神圣的会章。这是真本《苏格兰教律》，上面有恩人的附注和解释。他坐在落满灰尘的写字台前，把手稿放在面前，把它打开，又合上，最后又推开手稿，用手托着头，沉思着。

盖拉西姆小心地向书房里看了几次，看见彼埃尔总是那样地坐着。过了两个多钟头。盖拉西姆大胆地在门外发出了小小的声音，想引起彼埃尔的注意。彼埃尔没有听见。

“大人不要车子吗？”

“哦，是的，”彼埃尔想起来了，连忙地站起说，“你听着，”彼埃尔说，抓住盖拉西姆的一个衣扣，用他的明亮的、湿润的、狂喜的眼睛对老人俯视着，“听着，你知道，明天要有会战吗？”

“是这么说。”盖拉西姆回答。

“我请你不要向人说我是谁。你要照我说的办……”

“晓得了。”盖拉西姆说，“大人要吃东西吗？”

“不要，我要别的东西。我要一件农民的衣服和一把手枪。”彼埃尔说，意外地脸红了。

“晓得了。”盖拉西姆想了一下才说。

这天其余的时间，彼埃尔独自在恩人的书房里，盖拉西姆听见他不安地从这个房角落走到那个房角落自言自语地说些什么。他就在那里替他预备的床上过了夜。

盖拉西姆具有仆人的习惯，一生看到过许多奇怪的事情，毫不奇怪地接受了彼埃尔的寄居，并且似乎因为有人要他侍候而感到满意。他当天晚上就替彼埃尔弄到一件车夫衣服和帽子，他想也没有想这些东西是干什么用的，他还应许了明天弄到彼埃尔所要的手枪。马卡尔·阿列克塞维支这天晚上两次拖着木鞋走到门口停下来，讨好地望着彼埃尔。但彼埃尔刚刚向他转过身来，他便羞怯而愤怒地裹紧了长衣，赶快地走开了。彼埃尔穿了盖拉西姆为他弄来并且蒸煮过的车夫衣服，和他在苏哈来夫水塔买手枪的时候，遇见了罗斯托夫家的人。

19

九月一日夜里，库图索夫下令俄军穿过莫斯科城向锐阿桑大道退却。

第一部分军队在夜间开拔。夜行的军队并不匆忙，徐缓地平静地走着。但是在黎明时，开拔的军队快到道罗高米洛夫桥那里，看见了在他们前面有无数的军队拥挤着急忙要过桥，到了桥那边，阻塞了大街小道，在他们后面还有无数的军队向前拥。军队感到无故的着急和惊慌。大家都向桥边拥，向桥上拥，向徒涉场和船上拥。库图索夫自己乘车由后街绕到莫斯科的那一边。

九月二日上午十时前，在道罗高米洛夫近郊，只留下后卫队在空旷的地方。大军已经在莫斯科的那一边过了莫斯科。

同时，在九月二日上午十时，拿破仑在军队里，站在波克隆尼山上，看着展现在他面前的景物。自八月二十六日至九月二日，自保罗既诺会战至敌人入侵莫斯科，在这个不安的可纪念的一星期内，每天都是异常美好的、总是使人惊讶的秋季天气，低斜的太阳比春天更和暖地照耀着，一切在稀薄的清洁的空气中明亮闪耀，胸间吸入秋天的芬芳的空气，便觉得有力而爽快，甚至夜间也是和暖的，并且在黑暗而和暖的夜里，天空不断地落下来使人又惊又喜的金星。

九月二日上午十时是这样的天气。早晨的光明是仙境般的，有河流、花园与教堂的莫斯科，在波克隆尼山前广阔地展现着，并且似乎在过它的寻常的生活，城里圆形屋顶在阳光下像星星一样闪烁着。

拿破仑看到奇怪的城市和他从未见过的特殊建筑，发生了人们看见他们毫不了解的异国生活方式时所有的那种羡慕而又不安的好奇心。这个城市显然是活着的，是生气蓬勃的。拿破仑凭着人们从远处用以辨别活人与死尸的那些不明确的征象，在波克隆尼山上看见了城内生命的跳动，并且似乎感觉到这个庞大的美丽的身体在呼吸。

每个俄国人看到莫斯科，便觉得莫斯科是母亲；每个外国人看到莫斯科，即使不明白莫斯科有母亲城市的意义，一定会感觉到这个城市的女性的气氛，并且拿破仑感觉到了这种女性的气氛。

“Cette ville asiatique aux innombrables églises, Moscou la sainte. Lavoilà donc enfin, cetté fameuse ville! Il était temps. [这个亚细亚的城市，有无数教堂的圣城莫斯科！这个有名的城市，终于看到它了！正是时候。] ”拿破仑说，下了马，命令把莫斯科城市图展开在他面前，然后召来翻译勒劳恩·提代维勒。

“Une ville occupée par l’ennemi ressemble à une fille qui a perdu sonhonneur. [一个被敌人占领的城市，好像一个失去贞操的女子。] ”他这么想（他在斯摩棱斯克向屠契考夫说过这话）。他以这种观点去看那出现在他面前的、他未见过的东方美人。他自己觉得奇怪，他许久以来的、似乎不能达到的愿望终于实现了。在早晨的明亮的光线中，他忽而看城，忽而看地图，核对着这个城的详细情况，而将要占领此城的念头又使他兴奋，又使他畏惧。

“但是会不会不是这样呢?”他想，“这个都城在这里；它在我的脚下，等候着它的命运。亚力山大此刻在哪里？他是什么想法？奇怪、美丽、庄严的城市！并且这是奇怪的庄严的时候！我要怎样地向他们露面呢?”他想到他的兵士们。“这个城就是对于那些信心不坚定的人的酬报，”他想，环顾着他身边的人和开拔来的在编队的军队，“我的一句话，一举手，des czars［沙皇的］古都就要毁灭。Mais ma clémence esttoujours prompte à descendre sur les vaincus.［但是我的宽宏大量总是准备垂赐战败者。］我应当大度而且真正伟大……

但是不然，我在莫斯科，这不是真的，”他忽然这么想，“可是，瞧吧，莫斯科是在我的脚下，城里金色的圆形屋顶和十字架在阳光下闪烁着、颤动着。但是我要饶恕它。在野蛮与专制的古碑上我要镌刻正义与仁爱的伟大字句……亚力山大觉得最痛苦的就是这个，我知道他（拿破仑觉得，目前事件的主要意义是他和亚力山大之间的个人斗争）。从克里姆林宫的高处，是的，那是克里姆林宫，是的，我要给他们公正的法律，我要向他们指出真正文化的意义，我要使保亚尔①的子孙热爱地怀念征服者的名字。我要向代表团说，我过去和现在都不希望战争；说我只是对他们的朝廷的欺骗政策发动战争，说我爱慕并尊敬亚力山大，说我要在莫斯科接受无愧于我和我的人民的和平条件。我不希望利用战争的幸运来消灭他们所尊重的君主。我要向他们说：‘保亚尔们，我并不想要战争，却想要我的所有的臣民都有和平与幸福。’但我知道，他们的到场将鼓舞我的精神，并且我要向他们说话，要像我平常说话一样：明确、庄严、伟大。但是我在莫斯科，这是真的吗？是的，这就是莫斯科！”

“Qu'on m'amène les boyars.［让他们把保亚尔们带到我这里来。］”他向随从们说。

一个将军和衣着华丽的随从们立刻驰马去找保亚尔。

过了两小时。拿破仑吃了午饭，又站在波克隆尼山上原先的地方，等候代表团。他对保亚尔们要说的话已经在他心里想好了。这个演说辞里面充满了拿破仑所了解的那种尊严与伟大。

拿破仑预备在莫斯科采取的那种宽大的态度，迷惑了他自己。他在自己的想象中指定了 réunion dans le palais des czars［在沙皇宫中集会］的日子，俄国要人将和法国皇帝的要人在这里聚会。他在自己的心中指定了一个能够深得民心的总督。他知道在莫斯科有许多慈善机关，他在想象中决定了，这些机关都要承受他的恩惠。他想，他在莫斯科一定要像沙皇那样仁爱，好像他在非洲一定要穿了回教

① 毛注：保亚尔（贵族）在从前是沙皇的辅佐，但至一七五〇年即不复存在。拿破仑用这词，是表示对于俄国知识的肤浅。

服装坐在回教堂里一样。并且为了最后感动俄国人的心——他和每个法国人一样，若不想到machère，ma tendre，ma pauvre mère［我亲爱的、我慈祥的、我可怜的母亲］便不能想象任何使人感动的事情——他决定了要下命令在所有的建筑物上面用大写字母镌刻：Etablissement dédié à ma chère mère，［此项建筑献给我亲爱的母亲，］或者只是：maison de ma mère，［我母亲的房屋，］他自己这么决定。他想，"但是我果真是在莫斯科吗？是的，莫斯科在我的面前，但是为什么这么长时间了还看不见城里的代表团呢？"

这时候，在皇帝随从的后边，在元帅们和将军们之间发出了低声的兴奋的讨论。派去寻找代表团的那些人都带回消息，说莫斯科是空城，居民都离开了。讨论的人都面色发白，焦急不安。他们害怕的不是居民放弃了莫斯科这个消息（虽然这似乎是重要的消息）；他们害怕的，是要用什么样的方式告诉皇帝这件事，要用那种不使陛下陷于可怕的、法国人所谓ridicule［可笑的］境地的方式向他说，他白白地等了保亚尔这么久；说城里只有喝醉酒的人群，再没有别的人了。有的人说，不管怎样，也该召集一个代表团来，别的人反驳这个意见，并且主张应该小心地巧妙地先使皇帝有所准备，再告诉他事实。

"Il faudra le lui dire tout de même［我们总得告诉他］……"随从官们说，"Mais messieurs［但是，诸位］……"

处境是更加困难了，因为皇帝考虑着他的宽大政策，耐心地在地形图前面走来走去，有时把手掌遮在眼睛上边，顺大道注视莫斯科，并且愉快地骄傲地微笑着。

"Mais c'est impossible［但这是不可能的］……"随从官们耸着肩说，不敢说出心中要说的这个可怕的词le ridicule［可笑的］……

这时，皇帝由于徒然的等待感到厌倦了，并且根据他的演戏者的本能，觉得伟大的时刻拖延得太久了，开始失去它的伟大意义了，他用手做了一个手势。信号炮发出孤独的响声，于是，从各方面包围着莫斯科的军队，由特维埃尔门、卡卢加门和道罗高米洛夫门进莫斯科城了。军队移动着，越走越快，彼此追赶着，快步走着，缓驰着，消失在扬起的尘烟中，他们的震耳的混在一起的叫声震动着空气。

拿破仑被军队行动吸引着，骑马随同军队到了道罗高米洛夫门，但是又在那里停住了，下了马，在卡美尔—考列什斯基壁垒下来回走了很久，等候着代表团。

20

莫斯科这时候是空的。城里虽然还有人，还有五十分之一的从前的居民在城里，但城是空的。它是空的，好像一个要死的没有蜂王的蜂巢那样。

在无蜂王的蜂巢里已经没有生命，但是从表面上看来，它似乎还和别的蜂巢一样有生命。

在中午的和暖的阳光下，蜜蜂愉快地围绕着一个没有蜂王的蜂巢飞着，好像围绕别的有生命的蜂巢一样飞着；它同样地远远散发着蜜香，蜜蜂也同样地飞出飞进。但是只要观察一下这个蜂巢，就会明白这个蜂巢里已经没有生命了。蜜蜂不像在活蜂巢旁边那样飞，养蜂人注意到香气和声音也不是一样的。在养蜂人敲着死蜂巢的板壁时，听不到从前那种立刻发生的一致的反应，没有成千成万蜜蜂的嗡嗡声，从前它们威胁地缩着肚子，迅速地鼓翼，发出了有生气的声音，而现在回答他的，是空巢的各部分发出来的不连贯的嗡嗡声。蜂房口里不像从前那样发出强烈的蜜香和毒气，从那里发出的不是蜂群的暖气，而是在蜜味之中混杂着空虚与腐化的气味。在蜂房口上再没有那些为了保卫蜂巢而准备死的、翘起肚子的、发出警报的守护蜂。再没有那种均匀而低微的声音，好像滚水声一般的震动声，只听到不连贯的、零碎的、无秩序的声音。黑色的、长形的、沾着蜜的盗蜂，羞怯地偷偷地飞出飞入蜂巢，它们不螫人，却逃避危险。从前只是带着蜜的蜂飞进去，空身飞出来，现在却是带着蜜飞出来了。养蜂人打开下面的壁板，注视蜂巢的下部。再没有从前挂在蜂巢下部的、黑色的、因为工作而安静的、鲜润的蜂群，互相抓着腿子，带着不断地做工作的微微声在酿蜜——现在是睡意沉沉的、憔悴的蜜蜂在蜂巢的底上和壁上，向各方面无力地爬动。再看不到被蜂翼扇扫得很干净的、胶沾的底板，现在底板上有了蜜点、蜂粪、半死的几乎不能动腿的蜜蜂，以及死了的尚未扫除的蜜蜂。

养蜂人打开上面蜂巢，看蜂巢的上部。他看见的不是密集的一行列一行列的蜜蜂守住蜂房的口在孵育小蜂，他看见了精巧而复杂的蜂房的结构，但是已经看不到从前的干净的状况。只显得荒废和污秽。黑色的盗蜂迅速地偷偷地窥伺着蜂巢；巢内憔悴、缩短、无力、好像是衰老了的蜜蜂在慢慢地爬动，对谁也不加阻碍，什么也不希望，并且失去了生命的意识。雄蜂、大黄蜂、黄蜂、蝴蝶，笨拙地飞撞在蜂巢的板壁上。在有死蜂、小蜂和蜜的蜂房之间，偶尔从各方面发出愤怒的嗡嗡声。有的地方，有两只蜜蜂由于旧习惯和记忆，清理着蜂巢，力不胜任地努力拖开死蜂或黄蜂，它们自己不知道它们为什么要做这样的事情。在别的角落里，别的两只老蜜蜂无力地战斗着，或者理着翅膀，或者互相喂养，它们自己不知道，它们是敌对地还是友好地在做这件事。在第三个地方，成群的蜜蜂在互相拥挤，进攻某一个牺牲者，攻打并且窒息它。衰弱的或者被打死的蜂子慢慢地好像羽毛似的轻轻地从上边坠落在尸堆里。养蜂人打开两个中部的蜜房观察内巢。看不到从前密集的上千蜜蜂的黑圈，它们背靠背坐着，护卫崇高的神秘的繁殖工作，他现在看见的却是成百的无气力的、半死的、睡眠的蜂体。它们几乎都死了，它们自己不知道这一点，坐在它们所看守的神圣的地方，而这个地方已经不复存在了。它们发出腐烂与死亡的气味。它们当中只有几只在动，爬起来，无力地飞，落在敌人的手里，失去了拼死螫它的力气，——其余死了的、好像鱼鳞般的轻轻地落下来。养蜂人关了蜂巢，用粉笔在壁板上写了记号，并且选定一个时间，把里面的东西倒出来，然后熏炙。①

当疲倦、不安、愁闷的拿破仑在卡美尔—考列什斯基壁垒下面来回走动时，莫斯科也是这样空空的；他在等待那种虽然是外表上

---

① 毛注：俄国蜂巢通常是刳空的树干做的，以火熏清涤。

的、然而他以为是必要的礼节——他在等待一个代表团。

在莫斯科的各个角落里，还有人在无意义地活动着，他们守着旧习惯，却不知道他们在做什么。

当他们很小心地向拿破仑说明莫斯科是空城时，他愤怒地看了看报告的人，转过身继续沉默地来回走着。

“带马车来。”他说。

他和值日副官并排坐在轿车里，驶到近郊去了。

“Moscou déserte! Quel événement invraisemblable! [莫斯科空了！简直是不能相信的事!] ”他自言自语地说。

他没有进城，却住在道罗高米洛夫近郊的旅店中。

Le coup de théâtre avait raté. [精彩的戏剧没有演得成。]

21

从凌晨两点钟直到午后两点钟，俄军穿过莫斯科城，并且带走了最后离城的居民和伤兵。

军队行动时在石桥、莫斯科河桥和雅乌萨桥上发生了十分拥挤的现象。

当军队在克里姆林宫外分两路向莫斯科河桥和石桥拥去时，许多兵士利用这个停顿与拥挤的机会从桥边往回走，偷偷地、默不作声地经过神圣的发西利教堂①，穿过保罗维兹基门回到山上，溜到红场，他们凭着某种本能，觉得在红场上能够毫不费力地拿取别人的东西。人群就好像在购买廉价物品那样，挤满了商场的大街小巷。但是听不到商人那甜言蜜语招揽顾客的声音，看不到小贩，看不到衣着华丽的购买物品的妇女们——只有穿制服和大衣的兵士，他们没有带步枪，空手走进商场，不作声地带着东西走出商场。店主与伙计（他们很少）茫然若失地在兵士中间走动着，把店铺的门打开又关上，亲自和年轻人把货物抬走。有几个鼓手站在商场的广场上敲响集合号。但是鼓声不能使抢劫的兵士像从前那样应声而至，恰

① 毛注：在莫斯科红场克里姆林宫外的一个奇怪的教堂。

好相反，他们听到了鼓声却远远地跑开了。在商店和街巷里，在兵士当中，可以看见穿灰衣的剃光头的人①。有两个军官在依林卡街角上谈着什么，一个在军服上披着围巾，骑在深灰色瘦马上，另一个穿了大衣站着。第三个军官骑马跑到他们面前。

“将军下令，无论如何要立刻把他们赶出去。啊，这太不像话了。有一半人跑散了。”

“你到哪里去？……你们到哪里去？……”他向三个步兵叫喊，他们没有带步枪，提着大衣下摆，从他面前向商场里跑去，“站住，浑蛋！”

“您就把他们集合起来吧，”另一个军官说，“无法集合他们了。军队应该快点走，不要让其余的也跑散了，就要这样！”

“怎么走法呢？他们堵在那里，挤在桥上，不能动。要不要布下哨兵线不让其余的逃跑呢？”

“就到那里去吧！把他们赶走。”高级军官喊着说。

围着围巾的军官下了马，把鼓手叫到面前，同他一起走到拱门下边。有几个兵士一哄跑开了。一个在鼻子旁边的腮上有红疱点的商人，在丰满的面孔上带着镇定的、固执的、善于打算的神情连忙夸耀地挥起手臂，走到军官面前。

“老总，”他说，“发发慈悲吧，保护我们。我们是不会计较任何小东西的，要什么都行，我们乐意接待你们！请进来吧，我马上就把一段呢子拿出来，对于老总这样高贵的人，即使是两段呢子我们也是乐意的！因为我们觉得，应当如此。可是这是怎么回事呀，这简直是抢劫！请求您！派些卫兵来，让我们关上门就好了……”

几个商人挤在军官旁边。

“哎，乱叫是没有用的！”他们当中一个面色严厉的、瘦瘦的人说，“头要掉了，不用哭头发了。你们要拿什么就拿什么吧！”他用有力的姿势挥动手臂，对军官侧着身子。

“依凡·谢道锐支，你说得好，”第一个商人愤怒地说，“请进

---

① 毛注：从牢中放出的囚犯。

吧，老总。”

“有什么说的呢！”那个瘦瘦的人喊着说，“这里我的三爿店有十万块钱的货。兵士走了，你怎么保管呢？啊，各位先生，上帝的权柄是我们不能反抗的。”

“请进吧，老总。”第一个商人鞠着躬说。

军官困惑地站立着，他的脸上显出了犹豫不决的神情。

“这关我什么事！”他忽然地叫起来，快步地向商场的巷道走去。

在一爿敞开的商铺里发出了打架与咒骂的声音，在军官走到门口的时候，从门内跑出一个穿灰色衣服的剃光头的被赶出来的人。

这个人弯了腰，从商人与军官面前跑了过去。军官向店中的兵士们面前跑去。但是就在这时候，从莫斯科河桥上传来了广大人群的可怕的喊叫声，军官又跑到广场上去了。

“什么事？什么事？”他问，但是他的同伴已经从神圣的发西利教堂前面朝着有喊叫声的那个方向骑马跑去了。

这个军官上了马，向同伴的军官那里追去。当他到了桥边时，他看见了两尊脱离拖车的炮、过桥的步兵、几辆破烂的大车、几个兵士的惊慌的脸和几个兵士的笑脸。在炮的后边有一辆双马的车子。车轮后边挤着四只有颈圈的狼犬。车上是大堆的物品，在最上边，在一把椅脚朝天的小儿坐椅的旁边，坐着一个妇人，她发出尖锐而失望的叫声。同伴们向军官说，人群的喊声和妇人的呼叫，是由于叶尔莫洛夫将军骑马来到人群之间，知道了兵士们跑进商店，市民阻塞了桥道，便下令从拖车上解下两尊大炮，并且做出他要向桥上轰击的样子。人群挤倒了车子，互相拥挤着，绝望地呼号着，拥挤着离开桥道，于是军队又前进了。

22

城内这时是荒凉的。街上几乎一个人也没有了。各家的大门和商店都关闭了；只是在酒店附近的地方，可以听到孤独的叫声和醉汉的歌声。没有人在街上乘车走过，也很难听到脚步声。厨子街是完全寂静而荒凉的。在罗斯托夫家的大院子里，散乱着剩下的秣草、马粪，却看不见一个人。在罗斯托夫家的连同全部财产丢弃下来的屋子里，有两个人在大客厅中。他们是看守房屋的依格那特和小仆人米什卡，发西理齐的孙儿，他是跟祖父一同留在莫斯科的。米什卡打开大钢琴，用一个手指在弹琴。看守房屋的手叉着腰，高兴地微笑着，站在大镜子前面。

“好不好呀？依格那特叔叔！”小孩说，忽然开始用双手在琴键上弹着。

“哎呀，你瞧！”依格那特回答，看到镜子里他自己的面孔上的笑容渐渐地扩大，便感到惊奇了。

“不害臊！真是不害臊！”马富媞·库绮米妮施娜悄悄地走进来，在他们背后说。“那个胖子在龇牙齿。是要您在这里这么干的吗？那里还没有收拾完毕，发西理齐就累坏了。不许弹！”

依格那特收住了笑容，理着腰带，顺从地垂下眼睛，从房里走出去了。

“婶妈，我只是轻轻的。”小孩说。

“我要轻轻地揍你一顿。小浑蛋！”马富媞·库绮米妮施娜大声地说，向他威胁地挥着手臂，“替爹爹烧茶炊去。”

马富媞·库绮米妮施娜掸掉了灰尘，关上了大钢琴，然后深深叹了口气，走出客厅，并且锁了进房的门。

到了院子里，马富媞·库绮米妮施娜考虑着她现在要到哪里去：到发西理齐厢房里去喝茶，还是到储藏室去收拾尚未收拾的东西。

寂静的街道上传来了迅速的脚步声。脚步声在小门的外边停下了，门闩因为有人推门发出了响声。

马富媞·库绮米妮施娜走到门口去了。

“找谁？”

“找伯爵，伊利亚·安德来伊支·罗斯托夫伯爵。”

“您是谁呢？”

“我是军官。我要见他。”一个俄国贵族气派的人愉快地说。

马富媞·库绮米妮施娜打开了小门。一个十八岁的圆脸的军官走进院子，脸模样儿好像罗斯托夫家的人。

“先生，他们走了。昨天晚祷的时候走的。”马富崧·库绮米妮施娜亲切地说。

年轻的军官站在门边，咋着舌头，似乎不能决定是进去，还是出来。

“啊，多么恼人！”他低声说，“我应该昨天来的……啊，多么可惜！……”

这时马富崧·库绮米妮施娜注意地同情地在这个年轻军官的面孔上细看着她所熟识的罗斯托夫家的相貌特征，看着他的破大衣，他的穿坏了的靴子。

“您为什么要见伯爵？”她问。

“唉，有什么办法呢？”军官懊恼地说，倚着小门，似乎是要走开。

他又迟疑地停住了。

“您晓得吗？”他忽然地说，“我是伯爵的本家，他向来待我很好。您看吧（他带着善良的愉快的笑容看了看自己的外套和靴子），衣裳破了，一个钱也没有；所以我希望求伯爵……”

马富崧·库绮米妮施娜没有让他说完。

“先生，您等一会儿。一会儿。”她说。

军官刚从门上把手放下来，马富崧·库绮米妮施娜便转过身，踏着迅速老迈的步子，走到后边院子，到自己厢房里去了。

在马富崧·库绮米妮施娜向自己房间跑去的时候，军官垂下头，望着自己的破靴子，微笑着在院子里来回走着。“多么可惜啊，我没有找到叔叔。一个多么好的老妇人！她跑到哪里去了？我怎么知道，我能从哪一条街，抄近路赶上我的队伍呢？他们现在应该到达罗高日斯基门了吧？”这时候年轻军官想着。马富崧·库绮米妮施娜带着惊惶的同时又是坚决的面色，拿了一条卷起的方格的手帕，从角落里走出来。还相隔几步，她便打开手帕，拿出一张白色二十五卢布的钞票，连忙递给了军官。

“若是老爷在家，一定，他们要尽本家的……但也许……现在……”

马富娅·库绮米妮施娜害羞了、慌乱了。但是军官没有拒绝，不急不忙地接了钞票，然后感谢了马富娅·库绮米妮施娜。

“若是伯爵在家就好了，”马富娅·库绮米妮施娜抱歉地说，“基督保佑你，先生。上帝保佑你。”马富娅·库绮米妮施娜说，鞠着躬送他。

军官好像是在笑他自己，微笑着摇着头，几乎是慢跑着顺荒凉的街道向前跑去，要到雅乌萨桥上去赶他的团。

但是马富娅·库绮米妮施娜还带着湿润的眼睛在关闭的小门前站了很久，沉思地摇着头，对于这个不相识的年轻军官感到意外的母爱与怜悯之情。

23

在发尔发尔卡街的一座未完工的房子的底层，有一家酒店，从那里发出了酩酊的叫声和歌声。在一间不大的污秽的房间里，在桌旁的凳子上，坐着大约十来个工人。他们都吃醉了酒，淌着汗，睁着蒙眬的眼睛，张大着嘴，紧张地在唱什么歌。他们唱得没有调子，显得困难而又费力，他们不是为了想要唱歌，只是为了表示他们喝醉了酒在狂欢。他们当中一个高高的金发的青年，穿了清洁的蓝色的衣服，站在他们面前。他的脸上有细细的长鼻子，假使不是因为他薄薄的、紧紧的、不断地打颤的嘴唇和迟钝的、皱眉的、不动的眼睛，他的脸便很漂亮了。他站在那些唱歌的人跟前，显然是在思索什么，他的袖子卷到臂肘的白手臂，在他们头上严肃地痉挛地挥动着，他不自然地极力要叉开脏污的手指。他的衣袖不断地滑下来，这个年轻人总是小心地又用左手卷上去，好像要把这只白皙的、青筋毕露的、挥动的手臂不断地露出来，看作一件特别重要的事。在唱歌的时候，从门廊和台阶上传来殴打和打架的叫声。高高的年轻人摇了摇手。

“不要唱了！”他命令式地喊着，“打架了，弟兄们！”他不断地卷着袖子，走到台阶上。

工人们跟着他走了。工人们这天早晨在高高的青年领导之下，到酒店来喝酒，从工厂里把皮革带来给了酒保，用它付酒钱。附近铁匠铺里的铁匠们，听到酒店中的叫声，以为酒店被人冲了，也想要硬挤进去。在台阶上发生了殴斗。

酒保和一个铁匠在门口打架，在工人们出门时，铁匠挣脱了酒保逃跑了，在街道上他又跌倒了。

另一个铁匠要冲进门，用胸口抵着酒保。

卷了袖子的青年一面走着，一面对冲进门的铁匠的面孔打了一拳，并且粗野地喊着：

“弟兄们！他们打我们！”

这时候，第一个铁匠从地上爬起来，啼哭的声音喊叫：

“警察！打死人了！……打死人了！弟兄们！……”

“哎哟，天哪，有个人打得要死了，出来一个妇人喊叫着。出来一个妇人喊叫着。打死人了！”从附近大门里走

一群人聚集在淌血的铁匠身边。

“你抢了人不够，还要脱他的衬衣吗？”有一个人向酒保说，“你为什么打死人？强盗！”

高高的青年站在台阶上，用蒙眬的眼睛时而看看酒保，时而看看铁匠，似乎在考虑，现在应该同谁打架。

“凶手！”他忽然地向酒保喊叫，“绑住他，弟兄们！”

“为什么绑我这样的人！”酒保喊叫着，推开那些来抓他的人，并且从头上脱下了帽子，抛在地上。

似乎这种行为发生了一种神秘而威胁的作用，围攻酒保的工人们犹豫地站住了。

“弟兄们，我很知道法律。我去找警长。你以为我不去吗？现在是不准人抢劫的！”酒保拾起帽子喊叫着。

“我们去，你看吧！我们去……你看吧，”酒保和高高的青年互相地重复说，两人一同在街上向前走。

流血的铁匠和他们并排地走着，工人和别的人一面讲着，一面叫着跟他们走。

在马罗基益卡街角，在一座关了窗子、挂了靴匠招牌的大房子

对面，站着二十来个面色颓丧的、消瘦憔悴的、穿着外套和破衣服的靴匠。

“他应该照数付工钱!”一个有稀胡子的、皱眉的、瘦瘦的靴匠说，“他为什么吸了我们的血，又丢下了我们。他骗我们，骗了整整一个星期。现在到了最后关头，他自己跑了。”

说话的靴匠看到人群和那个流血的人，便停止了说话，于是所有的靴匠，都带着急切的好奇心，和行走的人群走到一起去了。

“这些人到哪里去?”

“当然是到警官那里去。”

“哦，我们是真的打败了吗?”

“你是怎么想的? 看，他们在说什么。”

有了问话和答话的声音。酒保趁人越来越多的机会，落在人群的后边，回到自己的酒店去了。

高高的青年没有注意他的对手酒保已经脱逃，挥动着光手臂，不停地说话，引起大家对他的注意。人群大部分挤在他身边，以为从他那里可以获得他们所关心的问题的解答。

“他要维持秩序，维持法律，政府就是为了这种事才存在的! 我说得对吗，正教的弟兄们?”高高的青年说，几乎察觉不出地微笑着。

“他以为没有政府了吗? 没有政府还行吗? 不然，抢的人不止是他们了。”

“为什么说废话!”人们谈论着。“他们要把莫斯科就这样丢了吗? 他们向你说笑话，你就相信! 我们的兵不够吗? 他们就这样让他进来! 这是政府的事。你听，那里的人在谈什么，”他们指着高高的青年说。

在中国城①的墙边，另外一小群人围绕着一个穿绒布大衣、手拿文件的人。

“命令，在读命令! 在读命令!”人群里发出这一声音，于是人

① 毛注：莫斯科的一部分。

群向宣读人面前拥去。

穿绒布大衣的人在读八月三十一日的传单。在群众围绕他的时候，他似乎发慌了，但是由于向他面前挤去的高高的青年的要求，他用微微打颤的声音开始从头宣读传单。

“我明天大清早去见公爵殿下，”他读着，（高高的青年，嘴边微笑着，眉毛皱着，得意地重复着“殿下！”）“和他商谈，我要行动，并且帮助军队消灭敌人：我们也要参加……宣读的人向下读着，然后又停顿了一下，（高高的青年胜利地喊叫着，‘知道吗？他要替你扫除一切障碍……’）消灭敌人，把这些作客的人送去见鬼；我要回来吃饭，并且我们要着手工作，我们要工作，做完工作，把敌人除尽。”

最后几句话是宣读人在完全寂静中读出来的。高高的青年忧郁地垂下了头。显然是谁也没有明白最后的几句话。特别是“我要回来吃饭”这句话使宣读人和听众都不高兴。群众的情绪极其高昂，而这却太简单，并且不需要这么明了；这是他们当中任何一个人都会说出来的，因此，这是最高当局的命令里所不该说的。

大家沮丧地沉默地站立着。高高的青年动着嘴唇，摇晃着身体。

“要问他！……这就是他本人！……当然要问他！……为什么不……他要说明……”在群众的后边忽然发出了这些话声，于是大家的注意力转移到一辆赶到广场上的有两个龙骑兵护送的警察局长的马车上。

警察局长这天早晨奉伯爵命令出去烧船，并且因为这项任务获得了一大笔现款，此刻钱还在他的衣袋中，他看见了向他走来的人群，命令车夫停了车。

“你们这些人是什么人？”他向那些散乱地羞怯地向马车走来的人们喊叫着，“你们这些人是什么人？我问你们是什么人？”警察局长又问，又没有得到回答。

“他们，大人，”穿绒布大衣的店员说，“他们，大人，根据伯爵大人的宣言，不惜生命，愿意服役，这并不是作乱，像伯爵大人所说的……”

“伯爵没有走，他在这里，就要向你们发命令的，”警察局长说，“走！”他向车夫说。

人群站住了，围绕着那些听到警察局长说话的人，看着赶走的车子。

这时警察局长惊惶地回头看了一下，向车夫说了什么，于是他的马跑得更快了。

“欺诈，弟兄们！领我们找他本人去！”高高的青年喊叫着，“不让他走，弟兄们！要他回话！抓住他！”大家叫着，于是群众跑去追赶马车了。

追赶警察局长的群众，发出喧嚣的话声，一边向卢毕安卡街走去。

“啊，绅士们和商人都走了，我们就要留下来等死了。难道我们是狗吗？”人们的话声越来越多了。

24

九月一日晚拉斯托卜卿伯爵和库图索夫见面之后，回到莫斯科，因为他们没有邀他参加军事会议，因为库图索夫对于他要参与保卫古都的建议不加注意，他觉得痛心而愤慨，又因为在军营中对他提出一种新的看法而觉得惊讶，按照这个看法，古都的安宁和它的爱国情绪的问题不但显得是次要的，而且完全是不需要的、无足重轻的。拉斯托卜卿伯爵回到莫斯科，觉得痛心，觉得愤慨，并且对这一切感到惊讶。伯爵吃了晚饭，没有脱衣服，睡在躺椅上，在十二点钟以后，他被库图索夫派来送信给他的信使唤醒了。信里说，因为军队要经过莫斯科向锐阿桑大道退却，请伯爵派警官引导军队穿城而过。这个消息对拉斯托卜卿已经不是新闻了。不但在昨天他和库图索夫在波克隆尼山上会面的时候，而且在保罗既诺会战的时候，拉斯托卜卿伯爵就已经知道莫斯科是要放弃的，那时所有的到莫斯科来的将军们都同声一致地说，再有会战是不可能的，并且那时由于伯爵的许可，已经每天夜里送走公家财物，居民也走了一半。但是这个以简单便函的形式和库图索夫的命令一同送来的、在夜间他睡第一觉的时候收到的消息，仍然使伯爵吃惊生气。

后来，拉斯托卜卿伯爵解释他在这时的活动，在他的回忆录里写了几次，说他当时有两个主要目的：de maintenir la tranquillité à Moscou etd’en faire partir les habitants. [维持莫斯科的安宁并使居民退出。] 假若我们承认了这个双重的目的，则拉斯托卜卿所有的行为都是不可指责的。为什么不运出莫斯科的圣骨、武器、军火、火药、储粮？为什么成千的居民受了欺骗，以为莫斯科不得不放弃并且会焚毁？——拉斯托卜卿伯爵解释说，这是为了维持都城的安宁。为什么运出政府机关里成堆的无用的公文、雷皮赫的气球和其他物品？拉斯托卜卿伯爵解释回答说：这是为了留下一个空城。我们只要承认有什么东西威胁了公共安宁，则所有的行为都变为合理的了。

恐怖期间的一切恐怖，只是由于对公共安宁的忧虑。

一八一二年拉斯托卜卿伯爵在莫斯科对于公共安宁的恐惧有什么根据？假定城内会发生叛乱，这有什么理由？居民离开了，撤退的军队挤满了莫斯科。为什么因此群众必须暴动？

不但是在莫斯科，而且是在俄国各处，在敌人入城时，并没有发生任何类似暴动的事。九月一日及二日，有一万多人退出莫斯科，除了被城防总司令本人所吸引而聚集在他的院子中的群众而外，没有发生任何事件。假若在保罗既诺会战之后，莫斯科的放弃是确定的，或者至少是可能的，假若那时拉斯托卜卿不分发武器，不用传单激励民众，而采取措施，运出所有的圣骨、火药、炮弹与钱财，并且直接向民众说明城要放弃，则显然更没有理由料想人民的骚动了。

拉斯托卜卿是一个情感冲动的急性的人，一向在上级衙门里走动，虽然他有爱国情绪，但是对于他认为是他所领导的人民，却一点也不了解。从敌人进斯摩棱斯克城那时起，拉斯托卜卿就在自己的想象中，以为自己正在扮演的角色是“俄国之心”，民众思想的引导者。他不但觉得（每个行政官吏都觉得是这样的），他在指挥莫斯科居民的外表活动，而且觉得，他以他的宣言和传单在引导人民的思想。他的宣言和檄文是用那种鄙俗的言辞写成的，这种言辞是人民群众所轻视的，是人民听当局说出时所不了解的。拉斯托卜卿是那么欢喜扮演民众思想的引导者这种漂亮的角色，他是那么惯于扮演这种角色，因而一旦必须停止扮演这种角色，必须不做出任何英勇行为而放弃莫斯科时，便使他感到出乎意料，他忽然觉得他失去了立脚之地，他简直不知道要怎么办了。他虽然知道，但是直到最后一分钟，还不完全相信莫斯科要放弃，并且对于这一点没有任何准备。居民违背他的愿望离开了。假使政府机关搬走了，那只是由于官吏的要求，伯爵对他们是勉强同意的。他自己只是专心注意着扮演他替自己所选定的角色。他正如同富有热烈的幻想的人们一样，常常是这样的，他早就知道莫斯科要放弃，但是他只是凭自己的理智知道这一点的，在他的心里并不相信这一点，并且在心理上没有接受这个新的局势。

他所有的辛苦而果断的活动（这有多大用处，在民众之间有多大影响，是另一问题），他所有的活动，只是为了要在民众之间引起他自己所感觉的那种情绪——爱国主义，对于法国人的仇恨，对自己的信心。

但是，当事件有了真正历史的意义时，当文字不够表现对于法军的仇恨时，当交战甚至也不能表现这种仇恨时，当自信对于莫斯科的唯一的问题显得无用时，当全体的人民万众一心地抛弃了他们的财物，借此种消极行动表现他们爱国情绪的力量，拥出莫斯科时——这时候，拉斯托卜卿所选择的角色忽然显得没有意义了。他忽然觉得自己孤单、软弱、可笑、没有立足点了。

拉斯托卜卿在睡梦中被人叫醒，接到库图索夫冷淡的命令式的通知，愈觉得自己有罪，愈觉得愤怒了。在莫斯科还留着所有交托给他的东西，所有他应该搬走的公物。然而搬走一切是不可能的了。

“谁负这件事的责任，谁把事情弄到这个地步？”他想。“当然不是我。我准备了一切，我把莫斯科保持得这么好！他们把事情弄到这个地步！浑蛋！国贼！”他想，却不能明确地指出谁是浑蛋和国贼，但是他觉得必须仇恨这些做国贼的人，他现在所处的错误而可笑的地位是要这些人负责的。

那天整整一夜拉斯托卜卿伯爵发出命令，莫斯科各方面的人都来向他讨命令。但是他身边的人从来没有看见过伯爵这样地愁闷、愤怒。

“大人，采邑院的院长派人来讨命令……教区监督局派人来，枢密院派人来，大学派人来，孤儿院派人来，副主教派人来……问……对于救火队怎么吩咐？狱官派人来，疯人院派人来……”人们整夜不停地来报告伯爵。

对这些问题伯爵作了简短的愤怒的回答，表示现在不需要他的命令了，他所辛苦地准备好了的全部的事情，现在被什么人破坏了，这个人对于现在所发生的一切要负全部责任。

“你告诉这个傻瓜，”他回答采邑院的问题，“要他留下来保管文件。你为什么要问关于救火队的无聊的话呢？有马就放到夫拉济米尔去，不要留给法国人。”

“大人，疯人院监督来了，怎么吩咐？”

“怎么吩咐？统统放走就是了……把疯人放进城。现在我们用疯人指挥军队，放他们是上帝的意思。”

伯爵听到关于狱中犯人的问题时，向狱官愤怒地大叫。

“怎么，没有兵了。要给你两营兵护送吗？放他们，干脆！”

“大人，还有政治犯：灭施考夫，韦来夏根……”

“韦来夏根！他还没有被绞死吗？”拉斯托卜卿大叫，“把他带到我这里来。”

25

在九点钟之前，当军队已经穿过莫斯科时，不再有人来向伯爵讨命令了。所有能走的都自己走了；那些留下来的人自己决定了他们要做的事。

伯爵下了命令把车子套上马，好到索考尔尼基去。然后他面容忧郁，脸色发黄，沉默地抱着胳膊坐在自己的办公室里。

每个行政官吏在太平无事的时候，觉得他治下的全体人民只是由于他的努力在前进，每个行政官吏觉得自己是不可少的，并且把这种感觉当作他的辛苦与努力的主要的酬报。很自然的，在历史的海洋风平浪静，而行政官吏用钩篙把他的破船靠拢在民众的大船的旁边，并且他自己晃动着的时候，他一定觉得，是他的力量在摇动他所靠拢的大船。但是一旦起了暴风，海面上掀起了波涛，大船摇摆不止，那时候便不能再有这种错觉了。大船靠它的巨大的独立的动作行驶着，钩篙搭不上行动的船，官吏忽然由统治者的地位，由权力的渊源，变为无足重轻的、软弱无用的人了。

拉斯托卜卿感觉到这个，就是这个感觉使他愤怒。

被群众拦阻过的警察局长以及来报告马已备好的副官，一同走进伯爵的房。两人都面色发白，警察局长报告已经完成任务之后，又说在伯爵的院子里有一大群人，等着见他。

拉斯托卜卿一句话也没有回答，站起身来，快步地走进华丽的明亮的客厅，走到阳台的门口，握了门的钮柄，又放了手，走到窗前，从窗子里可以更清楚地看见整个人群。那个高高的青年站在前面，显出严肃的面色，挥动着一只胳膊说些什么。流血的铁匠带着忧郁的神情站在他身边。隔着关闭的窗子，可以听到呼喊声。

"车子准备好了吗?"拉斯托卜卿离开窗子说。

"准备好了，大人。"副官说。

拉斯托卜卿又走到阳台的门前。

"他们要什么?"他问警察局长。

"大人，他们说，奉大人的命令准备去打法国人，喊叫着关于国贼的事。但他们是些狂暴的人，大人。我好容易才离开了他们。大人，我冒昧提议……"

"请走吧，不用您说，我也知道怎么办，"拉斯托卜卿愤怒地说。他站在阳台的门边，望着人群，"这就是他们对俄国所做的事！这就是他们对我所做的事！"拉斯托卜卿这么想，觉得心中对什么人产生了不可遏制的怒火，这个什么人可以说是所发生的这一切事情的原因。火性的人常常是这样的，怒火已经控制了他，但是他还在寻找发火的对象。"La voilà la populace, la lie du peuple, [这就是人群，下等人民,]"他想，望着群众，"la plèbe qu'ils ont soulevée par leur sottise. Il leur fautune victime. [这些贱民，被他们的愚笨所支配。他们需要一个牺牲者。] ”他想到这一点，望着挥动手臂的高高的青年。他想到这一点，正因为他自己需要这个牺牲者，他自己的发火的对象。

“车子准备好了吗?”他又问。

“准备好了，大人。对于韦来夏根有什么吩咐？他等在台阶上。”副官回答。

“啊!”拉斯托卜卿喊叫了一声，似乎是因为忽然想起了什么而吃惊了。

于是，他迅速地开了门，毅然地走到露台上。嘈杂的话声忽然静止了，帽子和便帽都脱下来了，所有的眼睛都抬起来看着出来的伯爵。

“好哇，弟兄们!”伯爵迅速地响亮地说，“谢谢你们的到来。我马上再出来和你们说话，但是我们先应该处理一个坏人。我们应该处罚那个使莫斯科毁灭的坏人。你们等我一下!”伯爵砰然关了门，同样迅速地回到房内去了。

在人群之中传布着赞同的满意的声音。“就是说，他要处罚一切的坏人！你说，法国人……他要让你知道什么是法律!”群众说着，似乎是互相指责那种没有信心的行为。

几分钟后，从前厅的门里急忙地走出一个军官，下了什么命令，于是龙骑兵排队了。人群急切地从露台上向台阶上拥挤。拉斯托卜卿愤怒地迅速地走到台阶上，急忙地回头看了一下，似乎在寻找什么人。

“他在哪里?”伯爵说，正在他说这话的时候，他看见一个年轻人，夹在两个龙骑兵之间，从屋角上走出来，他的颈子又细又长，头发剃了一半，又长出短发了。这个年轻人穿着原是华丽的而此刻是破旧的蓝布面子的狐皮大衣，污秽的麻布囚裤，裤筒塞在不干净的穿坏的瘦靴子里。在瘦而无力的腿上挂着沉重的脚镣，妨碍着年轻人的犹豫不决的步伐。

“啊!”拉斯托卜卿说，连忙把他的目光从穿狐皮大衣的年轻人身上移开，并且指着台阶的下层，“把他放在这里！”

年轻人拖着脚镣，费力地走到指定的台阶踏级上，用一个手指拉了拉皮大衣的紧领子，把长颈子转动了两下，叹了口气，带着屈服的姿势把瘦瘦的不劳动的手按在肚子前边。

在年轻人站到台阶之后，有了几秒钟的静默。只是在向一处拥挤的人群的后面行列里，发出了叹息声、呻吟以及脚步移动发出的响声。

拉斯托卜卿皱着眉，用手擦着脸，等着他站到指定的地点上来。

“弟兄们！”拉斯托卜卿用铿锵响亮的声音说，“韦来夏根这个人就是坏蛋，莫斯科被他毁灭了。”

穿狐皮大衣的年轻人屈服地站立着，把双手按在肚子前边，头微微地低着。他的憔悴的、带着绝望神情的、因为剃了半个头而相貌难看的、年轻的面孔，向下低着。在伯爵最初说话时，他慢慢地抬起头，仰视伯爵，似乎是希望向他说什么，或者至少是看看他的目光。但是拉斯托卜卿没有望他。在年轻人的又瘦又长的颈项上，暴起了青筋，直到耳后，好像细绳子一样，他的脸上忽然发红了。

所有的目光都注视着他。他看了看人群，似乎因为他在人们的脸上所看到的那种表情而怀着希望，他悲哀地羞怯地微笑了一下，又垂下了头，在台阶上站稳了脚。

“他背叛沙皇和祖国，他投靠拿破仑，俄国人当中只有他侮辱了俄国名字，莫斯科被他毁灭了，”拉斯托卜卿用流畅的尖锐的声音说；但是忽然迅速地向下瞥了瞥韦来夏根，他还是那样屈服地站立着。似乎这种情形触怒了他，他举起一只手，几乎是喊叫着向群众说，“你们决定对他怎么办吧！我把他交给你们！”

人群沉默着，大家只是越来越紧密地互相拥挤。互相拥挤，呼吸着难闻的臭气味，动也不能动，等候什么未知的、不解的、可怕的事情，——使人感到难以忍受了。站在前列的人们，看见并且听到眼前所发生的一切，都恐惧地睁大眼睛，张开嘴，鼓起所有的力量，抵挡背后人群的挤压。

“揍他！……让国贼送命，不让他侮辱俄国的名字！”拉斯托卜卿喊叫着，“斩了他！我命令！”

人群中没有听到拉斯托卜卿的说话声，只听到他愤怒的喊叫声，他嚷叫着向前挤了一阵，但是又停下来了。

“伯爵！……”在重又出现的暂时的静寂中，韦来夏根畏怯而又演戏般地说，“伯爵，唯一的上帝在我们头上……”韦来夏根说，抬起了头，他的细颈子的粗筋又充血起来，他脸唰的一下红了，但又很快消失了。

他没有说完他所要说的话。

“斩了他！我下命令！……”拉斯托卜卿喊叫着，忽然面色白得像韦来夏根一样。

“抽刀！”军官向龙骑兵说，自己抽着刀。

另一个更强有力的波动在人群当中兴起，波及前面的行列，推动了前面的人，使他们踉跟地挤上台阶。那个高高的青年，带着呆板的表情，站在韦来夏根旁边，他的一只手臂固定不动地举在头上。

“斩！”军官几乎是向龙骑兵低语着，于是一个兵士忽然带着愤怒的变色的脸，用刀背斩韦来夏根的头。

“啊！”韦来夏根短促地惊讶地叫了一声，恐惧地环顾着，似乎不明白他们为什么要对他这么办。人群中间发出同样的惊讶与恐怖的叫声。

“啊，主啊！”有谁发出悲哀的叫声。

但是韦来夏根在惊讶的喊声之后，又因为疼痛而可怜地大叫了一声，这个叫声置他于死地了。那个紧张至极的压制着人群的人类情绪的障碍，忽然崩溃了。犯罪一旦开始，便一定要进行到底。可怜的指责的呻吟，被人群的威吓而愤怒的吼声压下去了。好像那击破船只的最后猛浪，这个最后不可遏制的波浪从后边的行列中发出，推到前边，掀倒他们，吞没了他们全体。斩了一刀的龙骑兵还想再斩。韦来夏根发出恐怖的叫声，用双手遮拦着，向人群里冲去。他所奔去的那个高高的青年双手抓住韦来夏根的细颈子，并且发出野蛮的叫声，和他一同跌倒在呼吼的拥挤的人群的脚下。

有些人又扯又打韦来夏根，有些人又扯又打那个高高的青年。

被践踏的人的叫声，和那些极力拯救高高的青年人的人们的叫声，只引起人群的狂暴。龙骑兵好久还不能救出那个流血的、被打得半死的工人。虽然人们是非常着急地力求做完这件已经开始的事情，但是那些又打、又掐、又撕韦来夏根的人，好久还不能把他打死；人群从各方面在挤他们，并且好像是一个物体，以他们作中心，向各方面摇荡着，使他们既不能打死他，又不能放弃他。

“用斧头打他吗？……压倒了……国贼，他出卖耶稣！还活着……活的……贼受罚是白讨的！……用斧头呀！还活着！”

直到受害者停止挣扎，他的叫声变为均匀的冗长的断气声的时候，人群才开始急忙地在横卧的流血的尸体旁边移动着。每个人走到前面来，看一下所做的事情，又恐怖地、指责地、惊讶地向回挤。

“主啊！这些人就像是野兽啊！他活不成啦！”人群里发出这些声音，“还是一个青年……一定是商人家的，那样的人！……他们说，他不是那个人……怎么不是那个人……主啊！……他们打死了另外一个人，他们说，他快要死了……哎，人……谁不怕罪过……”同样那些人现在这么说，他们带着痛苦的怜恤的表情望着死尸，望着发青的沾上血和泥的脸，以及破裂的又细又长的颈子。

一个工作认真的警官，认为尸体在大人的院子里是不合适的，命令龙骑兵把尸体拖到街上去。两个龙骑兵拉着两条破烂的腿，拖着尸体。长颈子上的那颗血迹斑斑的、沾染污泥的、剃了一半的、死人的头，被拖着在地上转动着。人群避让着尸体。

韦来夏根倒下了，人群发出野蛮的吼叫声，在他四周拥挤着、晃动着，这时候，拉斯托卜卿忽然脸色发白了，他没有向后边的台阶上走去，他的马车在那边等着他，他却低着头，顺着通往楼下房间的走廊快步地走去，不知道要到哪里去以及为什么要去。伯爵的面色发白，不能控制他的下巴痉挛地颤抖。

“大人，这边……您哪里去？……请走这边。”一个颤抖的恐怖的声音在他背后说。

拉斯托卜卿伯爵不能回答，然后听从他回转身来，向着给他指出的方向走去。一辆马车停在后门口。远处人群的吼声在这里也可以听到。拉斯托卜卿伯爵急忙地坐上车，命令赶到索考尔尼基乡下房子那里去。进了宓亚斯尼次基街，便不再听到人群的叫声了，伯爵开始忏悔了。他现在不满意地想起了他在属下的面前所表现的焦急与恐怖。“Lapopulace est terriible，elle est hideuse，［人群是可怕的，是可憎的，］”他用法语思索着，“Ils sont comme les loups qu'on, ne peut apaiser qu'avec dela chair. ［他们好像是狼，除了肉，没有东西能够满足他们。］”“伯爵，唯一的上帝在我们的头上!”他忽然想起了韦来夏根的话，一阵令人不快的凉气掠过拉斯托卜卿伯爵的脊背。但这个感觉是暂时的，拉斯托卜卿伯爵轻蔑地笑了笑他自己。“J'avais d'autres devoirs，［我有别的责任，］”他想，“Il fallait apaiser le peuple. Bien d'autres victimes ontpéri et périssent pour le bien publique，［必须使人民满意。许多别的牺牲者为了公共福利已经死了，正在死去，］”于是他开始想到他的社会责任：他对于自己家庭的，对于他的（托付给他的）都城的，对于他自己的——这个他，不是那个费道尔·发西利也维支·拉斯托卜卿（他以为费道尔·发西利也维支·拉斯托卜卿为了 lebien publique［公共福利］而在牺牲他自己），而是莫斯科城防总司令，政权的代表，皇帝的全权官吏。“假使我只是费道尔·发西利也维支，ma ligne de conduite aurait été tout autrement tracée，［我的行径或许是完全不同了，］但是我应该保护我的城防总司令的生命和尊严。”

拉斯托卜卿在马车的软弹簧上轻轻地颠荡着，不再听到人群的可怕的声音，他的身体安宁了，并且，总是这样的，和身体的安宁同时，他的脑筋为他想出了精神安宁的理由。使拉斯托卜卿感到安宁的想法并不是新的想法。自从有了世界而人类互相屠杀以来，从来没有一个人对自己同类犯了罪而不用这个同样的想法来安慰他自己。这个想法就是 le bien publique［公共福利］，假定的别人的福利。

不受情感支配的人从来不知道这种福利；但是犯罪的人，总是确实地知道这种福利是什么。拉斯托卜卿现在便知道这一点。

他不但没有在心里为了他所做的事情责备自己，并且找到了自满的理由。就是他能那样成功地 à propos［顺便］利用这个机会——

处罚了犯人，而同时又安定了人心。

“韦来夏根被审判，并且被判为死罪，”拉斯托卜卿想（然而韦来夏根只被枢密院判为做苦工），“他是一个卖国贼，是一个叛徒；我不能让他不受处罚，所以 je faisais d'une pierre deux coups；［我一举两得；］我为安定人心而把牺牲者交给民众，并且处罚了坏人。”

伯爵到了郊区的屋里，处理了家事，完全安静下来了。

过了半点钟，伯爵驾驭快马穿过索考尔尼基的田野，已经不想到过去的事，只思索并且考虑着将来的事了。他现在向雅乌萨桥走着，他听说库图索夫在那里。拉斯托卜卿伯爵在他的心中准备好了愤怒的刻薄的谴责，这是他由于库图索夫的欺骗要当面去说的。他要使那个朝廷的老狐狸觉得，由于莫斯科的放弃和俄国的灭亡（拉斯托卜卿这么想）而有的一切不幸事件的责任，全在他这老朽昏庸的头上。拉斯托卜卿预先考虑着要向他说的话，在车子里愤怒地转动着并且愤怒地向两边看着。

索考尔尼基的田野是荒凉的。只在它的尽头，在养老院和疯人院的前面，可以看见一群穿白衣服的人，还有几个同样的人单独地在田野上行走着，喊叫着什么，并且挥着手臂。

其中之一横对着拉斯托卜卿伯爵的车子跑着。拉斯托卜卿伯爵自己、他的车夫和龙骑兵，都怀着漠然的恐怖与好奇的心情，望着这些被放出的疯人，特别是那个向他们跑来的人。

这个疯人，穿着飘飘荡荡的衣服，他的又瘦又长的腿摇晃不定地猛急地跑着，他目不转睛地盯着拉斯托卜卿，用沙哑的声音向他喊叫着什么，并且做着手势要他停车。

这个疯人的忧郁的严肃的面孔又瘦又黄，长着长短不齐的成绺的胡须。他的黑色的玛瑙般的瞳子和橙黄色的眼白，靠近下眼皮，不安地转动着。

“等一下！停住！我说！”他尖锐地叫着，喘着气，说话的语气加强了，打着手势喊叫着。

他在车子旁边跑着。

“他们杀死我三次，我从死里复活了三次。他们用石头打我，钉我……我要复活……我要复活……我要复活。他们撕碎了我的身体。天国要毁灭了……我要把它打倒三次，我要把它扶起三次。”他喊着，他的声音越喊越高。

拉斯托卜卿伯爵忽然脸色发白了，如同在人群围攻韦来夏根时他的脸色那样。他掉转了头。他用颤抖的声音向车夫说，“走……加快走！”

车上的马使出全力飞快地向前奔驰着；但是拉斯托卜卿伯爵好久还能听到后面越离越远的疯人的失望的叫声，而在他的眼前，又浮现出穿皮大衣的卖国贼那惊讶恐怖的流血的脸。

这个回忆虽然相隔很近，拉斯托卜卿此刻却觉得，这个回忆深深地血淋淋地刻在他的心里。他现在明白地觉得，这个回忆中的血迹永远不会消失，而且反之，这个可怕的回忆要在他心里存留到他的末日，并且时间愈久，愈是觉得痛苦和残忍。他现在觉得，他听到了自己的话声：“斩了他，您要拿性命对我负责！”——他想：“我为什么说这话！我无意地说的……我可以不说那些话，那时候就不会发生任何事情了。”他看到斩人的龙骑兵那恐怖的和后来忽然盛怒的面孔，那个穿狐皮大衣的青年人对他所投的沉默的畏怯的责备的目光……他想：“但我不是为自己做这件事的。我一定要那样做的。la plèbe，le traître，le bien publique.［人群，卖国贼……公共福利。］”

雅乌萨桥边还挤满着军队。天气很热。库图索夫皱着眉，垂头丧气，坐在桥边的凳子上，用鞭子在沙上划着玩，这时一辆马车轰轰地向他驶来。一个穿将军制服的、戴花翎帽子的人，他那又像是愤怒又像是恐怖的眼睛转动不停。他走到了库图索夫面前，开始用法语向他说了些什么。这人是拉斯托卜卿伯爵。他向库图索夫说，他来到这里，是因为都城莫斯科已经没有了，只有军队了。

“假使殿下没有向我说您不再打一仗绝不放弃莫斯科，情形便不同了。这一切都不会发生了！”他说。

库图索夫望着拉斯托卜卿，似乎不明白他所听到的话里的意思，他极为努力地观察着和他说话的人的脸上这时候所表现的某种特殊的东西。拉斯托卜卿狼狈地沉默着。库图索夫微微地摇着头，一直用审视的目光盯着拉斯托卜卿的脸，低声地说：

“是的，我若不打一仗，绝不放弃莫斯科。”

无论是库图索夫说这句话的时候，他想的全然是另外一回事，还是他知道这话没有意义，却故意地说了出来，但是总之，拉斯托卜卿没有回答，便连忙离开了库图索夫。真是奇怪的事！莫斯科的城防总司令，骄傲的拉斯托卜卿伯爵，拿起一根鞭子，走到桥边，开始发出喊叫声，驱散着挡路的车子。

26

下午四时前，牟拉军队进莫斯科。前面是一个孚泰姆堡骠骑兵支队，那不勒王自己骑着马，一大群随从跟在后边。

靠阿尔巴特街的当中，靠近尼考拉显灵教堂，牟拉停下来了，等候前进的支队来报告城中 le Kremlin［克里姆林］要塞情况如何。①

一小群留在莫斯科的人围绕着牟拉。他们都畏怯地迷惑地望着这个奇怪的、佩戴花翎和金饰的、留着长发的将军。

“难道这就是他们的沙皇本人吗？不坏！”发出了低低的声音。

一个翻译骑马走到人群的旁边。

“脱帽……帽，”群众互相地望着说。翻译向一个年老的守门人说话，问他到克里姆林宫是不是还远。守门人迷惑地听着生疏的波兰话，没有听出翻译的话是俄语，不明白他向他说的是什么，躲到别人后面去了。

牟拉走到翻译面前，命他探问俄军在哪里。有一个俄国人明白了向他所问的话，然后有几个人忽然同时回答翻译。一个法国军官由前进的支队中来到牟拉的面前，报告说，要塞的门被阻塞了，也许那里有埋伏。

---

① 毛注：托尔斯泰借此表示法国人的肤浅而不正确的知识。四卷二部中写拿破仑“关于克里姆林的工事发出小心的指示”。亦是讽刺。

“好。”牟拉说，转身向着随从中的一个官员，命令他调出四尊轻炮轰击宫门。

炮兵从牟拉后面的纵队中跑出来，顺阿尔巴特街前进。到了夫司德维任卡街头，炮兵停住了，并且在广场上排队。几个法国军官在指挥布置炮位，并且用望远镜望克里姆林宫。

克里姆林宫里发出晚祷的钟声，这种声音使法国人迷惑了。他们以为这是作战的号令。几个步兵向库他夫耶夫门跑去。门口放了柱子和木板挡板。在军官领了一队人刚刚开始向门前跑去时，从门的下面发出了两声步枪声。站在炮旁的将军向军官发出命令，军官和兵都跑回来了。

从门的下面又发出了三声步枪声。

一粒子弹击中了一个法兵的腿，从挡板后边发出了几声奇怪的呼叫。在法国将军、军官和兵士的脸上，先前愉快、宁静的表情，好像是奉到命令一样，立刻变为坚强的、专注的、对于斗争与痛苦有所准备的表情。对于他们全体——上自将帅下至兵士——来说，这个地方不是夫司德维任卡、莫号伐亚、库他夫耶和特罗伊擦门，这个地方却是新的，也许要流血的新战场。大家都对这个会战有了准备。门里的叫声停止了。大炮推到前面去了。炮兵吹了吹点火杆的火。军官发令：feu！[开火！] 于是两响霰弹的呼啸声先后发出。霰弹在宫门的石头上、柱子上和木板挡板上撞响了；两团烟在广场上飘起来了。

炮声在克里姆林宫石墙上的回声消失之后不久，在法军的头上，发出了可怕的声音。一大群乌鸦飞在宫墙上面呱呱叫着，扇动着成千的翅膀，在空中打旋。和这种声音同时发生的，是宫门中发出一个孤寂的人的叫声，并且从烟气中出现了一个没戴帽子的穿农民长袍的人。他拿着枪，向法国人瞄准。炮兵的军官又说：feu！ [开火！] 于是在同一个时间里发出了一声枪响和两声炮声。烟又遮没了宫门。

在挡板的后边，什么动静也没有了，法国步兵和军官走到宫门前。在门边躺着三个受伤的和四个打死的人。两个穿农民长袍的人顺着墙脚向斯拿明卡街跑去。

“Enlevez-moi ça. [替我拖走。]”军官指着柱子和尸身说，于是法兵把受伤的人打死，把尸身抛到垣墙外边去了。

这些人是谁，没有人知道。关于他们只说了这句话，enlevez-moiça，[替我拖走，]于是他们被抛到墙外，后来又被拖走，免得发臭。只有彼埃尔写了几句娓娓动听的话纪念他们：“Ces misérables avaientenvahi la citadelle sacrée, s’étaient emparés des fusils de l’arsenal, et tiraient (cesmisérable) sur les Français. On en sabra quelques-uns et on purgea le Kremlinde leur présence. [这些可怜人占领了神圣的堡垒，取得了军械库中的武器（这些可怜的人），射击法兵。他们有的被杀死，从克里姆林宫被清除出去了。]”

牟拉接到报告，说道路已经清除。法军进了宫门，开始在老院的广场上扎营帐。兵士从枢密院的窗子里抛出椅子在广场上生火。

别的支队穿过了克里姆林宫，驻扎在莫罗塞益卡街、卢毕安卡街、波克罗夫卡街。另外的支队驻扎在夫司德维任卡街、斯拿明卡街、尼考斯卡亚街、特维埃尔斯卡亚街。法军到处都找不到房主，法军好像不是居住在城内的人家里，却好像驻扎在城内的营帐里。

法兵虽然衣服褴褛，腹中饥饿，身体疲倦，人数减到从前的三分之一，但是进莫斯科城时，仍然有良好的纪律。他们是疲劳的、饥饿的、然而还是有战斗力的、有威胁性的军队。但是在兵士没有散到老百姓家时，他们是军队。各团的兵士们一开始散到空着的富庶的人家时，军队便永远没有了，他们变成既非居民、又非兵士、而是不可分类的一种人，叫作盗贼。五个星期以后，同样的这些人离开莫斯科时，他们已经不再是军队了。他们是一群盗贼，每一个人都搬运着或者携带着一大堆他们认为宝贵而有用的东西。他们离开莫斯科时，每个人的目的不在作战，不像从前那样，却只在保持获得的东西。好像一只猴子，把手伸进细颈瓶里，抓了一把胡桃，又不肯放开拳头，以免失去抓到的东西，却因此丧失了自己的生命，法军离开莫斯科时显然一定要灭亡。因为他们随身带了抢劫品，但是要他们抛弃抢劫品，就像要猴子放弃它的胡桃一样，是不可能的。

在每团法兵进了莫斯科某一街区十分钟之后，就一个兵士和军官没有了。在房屋的窗口里可以看到穿大衣和软靴的人，笑着在房里走着。在酒窖和地层里，同样的人拿取着食品。在院子里，同样的人打开或者闯开车房和马厩的门。他们在厨房里生了火，用卷起袖子的手揉面，烘面包，煮食物，并且恐吓，调笑，抚爱妇孺。在所有的地方，在商店里和住宅里，有很多这样的人；但是军队已经没有了。

当天，法军指挥官们下了一道又一道命令，禁止兵士们在城内散开，严厉禁止对居民的暴行和抢劫，并且当天晚上要全体点名。虽然有这些法令，但是先前是军队的人们，仍然流散在富庶的、设备齐全的、物品充足的、没有居民的城里。好像饥饿的牛在荒凉的田野上成群地走着，但是一到茂盛的草原，便立刻不能制止地散开了，军队在富庶的城里同样也不能制止地散开了。

莫斯科没有居民，兵士渗透在城里，好像水在沙里一样，从他们最先到达的克里姆林宫，好像星光四射一样，不可制止地流散到各方面去了。骑兵们进了商人的连同全部财物丢下来的房屋里，看到马厩里容纳他们的马还有余地，他们却仍然去占住相邻的、在他们看来是更好的房子。许多兵占了几家房子，用粉笔在房子上写了名字，并且和别的队伍争吵甚至打架。兵士们还没有住定，便跑到街上去看城市，并且听说一切财物都丢下来了，于是径直向可以白白地拿取贵重物品的地方急奔而去。长官们在路上禁止兵士们，但他们自己也不觉地被吸引去做同样的行为。在车市街的车店里留下了许多车辆，将军们挤在那里，选择轿车和篷车。留下的居民邀请军官们到他们自己家里去，希望借此避免抢劫。财富是充足的，他们觉得是无穷尽的。在法军占领地的四周，处处是未发现的未占领的地方，在那些地方，法军觉得有更多的财富。莫斯科越来越多地把他们吸引过去。正如同水流在干土上，结果既没有水也没有干土，只有泥淖，同样，饥饿的军队进了富庶的空城，结果既没有了军队，又没有了富城，只有焚烧与抢劫。

法国人以为莫斯科的焚烧是 au patriotisme féroce de Rostopchine；

[由于拉斯托卜卿野蛮的爱国心;] 俄国人以为这是由于法国人的残暴。事实上，说莫斯科焚烧要归某一个人负责或者几个人负责——这种理由是没有的，而且是不会有的。莫斯科焚烧，因为它是在那样的情况下，任何木料建筑的城市，在那种情况下一定要焚烧的，这和城内有没有一百三十个不好的救火机是无关的。莫斯科一定要焚烧，因为居民都从城内逃走了，并且这是不可避免的，正如同一堆刨花，一连几天有火星落在它上边，是一定要焚烧的。木料建筑的城市有居民房主和警察时，几乎每天发生火灾，现在没有居民，却住了抽烟斗的、在枢密院广场上用枢密院的椅子生火的、并且一天烧两顿饭的军队，更不能不焚烧了。在和平时代，只要军队驻扎在某一地区的乡间，这个地区的火灾的次数便立刻增多。在空着的、驻了外国军队的、木料建筑的城市里，火灾的可能性大致会增加多少呢？拉斯托卜卿野蛮的爱国心和法国人的残暴，对于这件事是不能负责的。莫斯科焚烧，是由于烟斗、厨灶、营火、住房子而不是房主的敌兵的粗心。即使有纵火的事（这是极其可疑的，因为谁也没有要纵火的理由，而且纵火是麻烦而危险的），也不能以纵火为理由，因为没有纵火也是要焚烧的。

法国人归罪于拉斯托卜卿的野蛮，俄国人归罪于保拿巴特的凶恶，或者后来把这个英雄的火把放在俄国人民的手中，这虽然说得好听，我们却不能不知道，这种直接的火灾原因是不会有的，因为莫斯科一定要焚烧，正如同每一个乡村、工厂和任何房子，主人走了，让外人来居住烧饭，一定要失火。莫斯科是被居民焚烧的，这是对的；但不是留在城内的居民焚烧的，而是离城的居民焚烧的。莫斯科被敌人占领后，不能像柏林、维也纳，以及其他城市那样保持完整，只是因为莫斯科的人民没有把盐、面包和钥匙交给法国人，却从城里撤走了。

27

法军在莫斯科城内好像星光四射般的向各处渗透，他们在九月二日的傍晚才达到彼埃尔现在所住的街区。

彼埃尔过了两天孤独的异常的生活，近于疯狂的状态了。他完全被一种不可解脱的思想控制着。他自己不知道，这种思想是怎样以及什么时候控制了他，他记不得过去的任何东西，也不了解现在的任何东西；他所见所闻的一切好像是在梦里看见的一样。

彼埃尔走出自己的家，只是为了逃避他所陷入的生活事务中的复杂的纠纷，逃避他在当时的情况之下无法解脱的纠纷。他借口整理死者的书籍文件，到奥西卜·阿列克塞维支家里去，只是为了要逃避生活上的骚扰而求得安宁，因为在他的心中，对奥西卜·阿列克塞维支的回忆，是和永久的、安静的、严肃的幻想连在一起的，这些幻想和他觉得自己所陷入的、那种使人不安的混乱状态是完全相反的。他寻找安静的避难所，并且果然在奥西卜·阿列克塞维支的书房里找到了。当他在书房里死一般的寂静中，把手臂搭在逝世的人的、有灰尘的写字台上坐着的时候，近日来的回忆在他的心中，开始安静地有意义地一个一个地出现了，特别是保罗既诺会战和那种不可克服的感觉，就是和他心目中称为“他们”的那些人的真诚、朴实与有力量比较起来，他感觉到自己的无足重轻与虚伪。当盖拉西姆把他从幻想中唤醒时，彼埃尔想到，他要参与他所知道的那个预定的人民保卫莫斯科的战斗。他抱着这个目的，立刻要求盖拉西姆替他去弄到农人衣服和手枪，并且向他说明了自己的意向，即是要隐姓埋名住在奥西卜·阿列克塞维支家里。后来，在孤独闲散的第一天里（彼埃尔几次想把注意力集中在共济会员的手稿上却不能够），他几次模糊地想起，从前想过的关于他的名字与保拿巴特这个名字之间的玄妙意义；但是，这种想法——即是他，l'RusseBesuhof，[俄国人别素号夫，] 注定了要限制野兽的权柄——在他心中只是一种幻想，这些幻想无缘无故地、不留痕迹地、在他的心中常常出现。

买了农民衣服（他的目的只是要参加人民的保卫莫斯科的战斗），彼埃尔遇见了罗斯托夫家的人。娜塔莎向他说“您留下吗？这是多么好啊”的时候，他心中忽然出现了这个想法，认为即使莫斯科被占领了，他留在城里执行他注定要做的事，也确实是很好的。

第二天，他怀了不惜牺牲自己、不落在他们后面的想法，到三山门去了。但是回家以后，他相信，他们不会保卫莫斯科了，他忽然觉得，他从前认为只是可能的事，现在变为不可缺少的、不可避免的事了。他一定要隐姓埋名，留在莫斯科，遇见拿破仑，把他杀死，或者是他自己灭亡，或者是结束全欧的不幸，这不幸，照彼埃尔的意思是拿破仑一人造成的。

彼埃尔知道一八〇九年一个德国大学生在维也纳企图刺死拿破仑的详情，并且知道这个大学生被枪毙了。他在实现志愿时所要冒的那种生命危险，更剧烈地激动着他。

两个同样强有力的情绪不可抵抗地吸引彼埃尔去实现他的志愿。第一个情绪是，在共同的灾难中牺牲和痛苦是必要的，就因此他在二十五日到莫沙益司克去，到了会战最激烈的地方，现在走出自己的家，没有了生活上的惯常的奢华与舒适的条件，和衣睡在硬沙发上，和盖拉西姆吃同样的食物；另一个情绪是不明确的、绝对是俄国人的情绪，即是：鄙视一切传统的、人为的、人情上的、一切被大多数的人认作世界最大幸福的东西。彼埃尔在斯洛保大宫第一次体验到这种奇怪的迷惑的情绪，那时候，他忽然觉得财富、权柄和生命，人们尚未惨淡经营与切意保护的一切，这一切假使有什么价值，只是因为快乐，而有了快乐，这一切都可以抛弃。

这正是那种情绪，因为它，志愿后备兵花了最后的一文钱喝酒，醉汉没有任何明显的理由，便打碎镜子和玻璃，并且知道，这要耗费他最后所余的钱；这正是那种情绪，因为它，人做着那种从寻常的观点看来是狂妄的事，好像是他要试验他个人的权柄与力量，证明在人类生活条件之外，还有一种高级的生活标准。

自从彼埃尔在斯洛保大宫第一次体验了这种情绪以后，他不断地受到它的影响，但是直到现在才得到了充分的满足。此外，彼埃尔在这方面已经做过的一切，现在支持着他的志愿，并且使他不能把它放弃。他逃出自己的家，他的农民衣服，手枪，他对罗斯托夫家的人声明，他要留在莫斯科——假使他和别人一样，现在离开了莫斯科，则这一切不但失去了意义，而且都变为可鄙可笑了（彼埃尔对于这一点是很敏感的)。

彼埃尔的身体情况和他的精神状况是一致的，这总是如此的。不习惯的粝食，他这几天所饮的伏特加酒，美酒和雪茄的缺少，脏污的未换的内衣，两夜没有床铺，半醒半睡地躺在短沙发上——这一切使彼埃尔处于激怒的近于疯狂的状态。

已经是午后两点钟了。法军已经进了莫斯科。彼埃尔知道这件事，但是他并没有行动，却只想到自己的事业，考虑着它的未来的全部细节。彼埃尔并没有在他的幻想中清楚地考虑过自己要刺死拿破仑的行动，也没有想到拿破仑的死，却异常真切地亦愁亦喜地想象着自己的灭亡、自己的英勇的大丈夫气概。

他想："是的，为了所有的人我一个人应该行动，或者灭亡！是的，我要走去……后来忽然……用手枪或者短剑？但是反正一样。不是我，却是天意的手处罚你……我要这么说，"彼埃尔想到他杀拿破仑时所要说的话，"好，抓我吧，处罚我吧。"彼埃尔继续对自己说，垂着头，脸上带着愁闷而坚决的表情。

当彼埃尔站在房当中和自己这么说话的时候，书房的门打开了，在门口出现了素来羞怯的马卡尔·阿列克塞维支，他的模样完全变了。他的长衣敞开着。他的脸发红而且难看。他显然是喝醉了。他看见了彼埃尔，起先慌乱了一下，但是看到彼埃尔脸上的不安之色，他立刻胆大起来，蹒跚地踏着细腿走到房当中来了。

"他们胆小，"他用沙哑的确信的嗓音说，"我说：我不投降，我说……是吗，先生？"

他沉思着，看见了桌上的手枪，忽然意外迅速地攫到手里，跑到走廊上去了。

盖拉西姆和守门人跟在马卡尔·阿列克塞维支后边，在门廊上阻止了他，并且开始夺他的手枪。彼埃尔走到走廊上，怜悯地厌恶地望着这个半疯的老人。马卡尔·阿列克塞维支皱着眉，用劲地握住手枪，并且声音沙哑地叫着，显然他在幻想什么英勇的情况。

"拿武器！赶他们上船！你不要拿去！"他喊叫着。

"好了，请您进去吧，好了。赏点光，请您放下吧。请您进去吧，先生……”盖拉西姆说，极力小心地拉住马卡尔·阿列克塞维支的胳膊，向着门里拖着。

“你是谁？保拿巴特！……”马卡尔·阿列克塞维支喊叫着。

“这是不好的，先生。请您进房去休息吧。请把手枪给我。”

“滚开，下贱的奴才！不要碰我！明白吗？”马卡尔·阿列克塞维支叫着，挥动着手枪，“赶他们上船！”

“抓住。”盖拉西姆低声地向守门人说。

他们抓住马卡尔·阿列克塞维支的胳膊向门口拖着。门廊里充满了嘈杂的拉扯声和醉酒的沙沙的喘气声。

忽然台阶上又传来了女性的尖锐的声音，接着女厨子跑进了门廊。

“他们！天哪！……上帝啊！他们！四个，骑马的！……”她喊着。

盖拉西姆和守门人放开了马卡尔·阿列克塞维支，在安静了的走廊上可以清晰地听到几只手敲大门的声音。

28

彼埃尔下了决心，在他的志愿实现之前绝不暴露自己的身份和他的法语知识，他站在走廊上半开的门口，打算在法国人一进来时就隐藏起来。但是法国人进来了，彼埃尔仍然没有离开门口：一种不可抵抗的好奇心支配着他。

他们是两个人。一个是军官，是高大的、英武的、漂亮的男子，另一个显然是兵士或者侍从兵，是一个又矮又瘦的晒黑的人，两腮凹瘪，表情迟钝。军官拄着手杖，瘸着腿走在前面。军官走了几步，似乎认定了这个住处很好，便停下来，转身对着站在外面的兵士，用命令式的大声音向他们说，要他们把马牵进来。做完了这件事，军官带着漂亮的姿态，高高地举起了胳膊，理了胡须，用手碰了碰帽子。

“Bonjour，la compagnie！［好，诸位！］”他愉快地说，微笑着向四周环顾一下。

没有人回答。

“Vous êtes le bourgeois？［你是主人吗？］”军官向盖拉西姆说。

盖拉西姆恐惧地疑问地望着军官。

“Quartier quartier，logement，［住宅，住宅，屋子，］”军官宽容地好意地微笑着，低头向下望着矮小的人。“Les Français sont de bons enfants. Que diable！Voyons！ne nous fâchons pas，mon vieux.［法国人是好汉。糟了！哦！我们不要生气，老头儿。］”他说，拍着受惊的沉默的盖拉西姆的肩膀。

“A，çâ！Dires donc，on ne parle donc pas français dans cette boutique？［哦！这个屋里没有人说法语吗？］”他说，四面环顾着，碰见了彼埃尔的目光。彼埃尔从门口走开了。

军官又转向盖拉西姆。他要求盖拉西姆领他看看屋里的房间。

“主人不在——不懂……我您……”盖拉西姆说，他颠倒次序地说，极力使他的话更容易懂。

法国军官微笑着，把双手伸在盖拉西姆的鼻子前，使他知道他也不懂他的话，于是瘸着腿向彼埃尔站着的门口走去。彼埃尔想要走开，躲避他，但是这时候他从敞开的厨房门里看见了伸头张望的马卡尔·阿列克塞维支在手里拿着一把手枪。马卡尔·阿列克塞维支带着疯人的狡猾的神情看了看法国人，并且举起手枪瞄准。

“赶他们上船!!!……”这个醉汉一面叫着，一面扳着枪机。法国军官听到叫声，便回转了身，就在这一俄顷，彼埃尔向醉汉奔去。正在彼埃尔抓住手枪向上举起的时候，马卡尔·阿列克塞维支终于扳动了枪机，于是发出了震耳的枪声，火药烟遮住了所有的人。法国人脸色发白，回身向门口急奔。

彼埃尔忘记了他的不要泄露法语知识的意图，夺下手枪，把它抛掉，然后跑到军官面前，用法语和他说话。

“Vous n’êtes pas blessé？［你没有受伤吧？］”他问。

“Je crois que non，［我想没有，］”军官摸着自己的身子回答，“mais je l’ai manqué belle cette fois-ci，［但是我这次幸而脱险，］”他又指着墙上的被打坏的泥灰说，“Quel est cet hom-me？［这人是

谁?]”军官严厉地看了看彼埃尔说。

“Ah! Je suis vraiment au désespoir de ce qui vient d'arriver,[啊!对于刚才发生的事,我实在很失望,]”彼埃尔迅速地说,完全忘记了自己的任务,“C'est un fou, un malheureux qui ne savait pas ce qu'il faisait. [他是一个疯子,一个不幸的人,他不知道他做了什么事情。]”

军官走到马卡尔·阿列克塞维支面前,抓住他的领子。

马卡尔·阿列克塞维支张开嘴唇,靠在墙上,摇摇摆摆,好像是在打瞌睡。

“Brigand, tu me la payeras,[强盗,你要受罚的,]”法国人放了手说,“Nous autres nous sommes cléments après la victoire; mais nous nepardonnons pas aux traîtres. [我们的人在胜利之后是宽大的;但是我们绝不饶恕背叛的人。]”他在脸上带着忧郁的尊严的神色,并且打着漂亮有力的手势说。

彼埃尔继续说着法语,劝军官不要追究这个醉疯子。法国人无言地听着,没有改变忧郁的神色,却忽然向彼埃尔微笑着。他向他沉默地看了几秒钟。他的漂亮的脸上显出悲剧的温和的表情,并且伸出了他的手。

“Vous m'avez sauvé la vie! Vous êtes Français. [你救了我的命!你是法国人。]”他说。在法国人看来,这种结论是无疑的。只有法国人能够做伟大的事,救他的命,m-r Ramballe, Capitaine du 13-me léger[第十三轻骑兵团的上尉拉姆巴先生的]命,无疑,这是一件最伟大的事。

虽然这个结论以及军官根据这个结论而有的信念是无疑的,彼埃尔却觉得应该消除他的幻想。

“Je suis Russe. [我是俄国人。]”彼埃尔迅速地说。

“嘘嘘嘘! à d'autres,[向别人去说吧,]”法国人说,微笑着在自己的鼻子前边摆动着一只手指,“Tout à l'heure vous allez me conter tout ça,[等一会儿你再统统告诉我吧,]”他说,“Charmé de rencontrer un compatriote. Eh bien! qu'allons nous faire de cet homme? [我

很愉快，遇到同乡。哦！我对这个人怎么办呢？］”他又向着彼埃尔说，已经好像是对自己的弟兄似的在说话了。

法国军官的脸色和说话口气却显示出，即使彼埃尔不是法国人，他一旦得到世界上这种最崇高的称呼，他便不能否认。关于最后的问题，彼埃尔又说明了马卡尔·阿列克塞维支是谁，说明正在他们来到这里之前，这个醉疯子抢走了一把实弹的手枪，他们没有来得及从他手里夺出来，并且他要求军官对于这个行为不加处罚。

法国人挺起胸膛，用他的一只手做了一个威严的手势。

“Vous m'avez sauvé la vie! Vous êtes Français. Vous me demandez sagrâce? Je vous l'accorde. Qu'on emmène cet homme. ［你救了我的命！你是法国人。你要求我饶恕他吗？我答应你。把这个人带走吧。］”法国军官迅速地果断地说，抓住因为救了他的命而被他提升为法国人的彼埃尔的胳膊，和他走进了书房。

院中的兵士，听到枪声，走进门廊，一面探问发生了什么事，一面表示准备处罚罪犯；但是军官严厉地制止了他们。

“On vous demandera quand on aura besoin de vous. ［需要你们的时候就叫你们。］”他说。

兵士走出去了。已经到厨房去过的侍从兵走到了军官面前。

“Capitaine, ils ont de la soupe et du gigot de mouton dans la cuisine, ［上尉，厨房里有汤和羊腿，］”他说，“Faut-il vous l'apporlter? ［要给你送来吗？］”

“Qui, et le vin. ［好，还要酒。］”上尉说。

29

当法国军官和彼埃尔一同走进书房时，彼埃尔认为，再向上尉声明一次他不是法国人乃是他的责任，他并且想要离开，但是法国军官不愿听到这话。他是那样有礼貌，那样和蔼、良善，并且由衷地感激他的救命之恩，以致彼埃尔不忍心拒绝他，并且和他一同坐在大厅中，即是他们所走进的第一个房间。上尉听到彼埃尔断言他自己不是法国人，耸了耸肩，显然不明白，怎么能够拒绝这样荣幸的称呼，并且说，假使他一定要做俄国人，那么就是这样也行，虽然如此，但是他仍然要永远感谢他的救命之恩。

假使这个人有丝毫了解别人心情的能力，假使他能明白彼埃尔的心情，也许彼埃尔已经离开他了；但是这个人对自己身边的一切事物的毫无感觉，把彼埃尔征服了。

"Français ou prince russe incognito，［法国人，或者隐名的俄国亲王，］"法国人说，看了看彼埃尔的虽然肮脏却是精致的衬衣和他手上的戒指。"Je vous dois la vie et je vous offre mon amittié. Un français n'oubliejamais ni une insulte ni un service. Je vous offre mon amittié. Je ne vous disque ça［我感谢你的救命之恩，我要同你结交。一个法国人永远不会忘记一次侮辱或一次恩惠。我要和你结交，。这就是我要向你所说的一切。］"

这个军官的声音、面色、手势，表现了那么好的心肠与高贵品质（照法国的意思），以致彼埃尔不觉地以笑容回报他的笑容，并且握了他的伸出的手。

"Capitaine Ramballe du 13-me léger，decoré pour l'affaire de sept，［十三轻骑兵团的上尉拉姆巴，因为九月七日的战事①而获得荣誉团勋章，］"他自己介绍着，一直觉得自足的不可抑制的笑容，使他的上髭下边的嘴唇咧开了，"Voudrez vous bien me dire à présent，à qui j'ail'honneur de parler aussi agréablement au lieu de rester à l'ambulance avec laballe de ce fou dans le corps？［我没有带着疯人的子弹睡在野战医院里，是和谁有这个光荣在愉快地说话，现在可以请你告诉我吗？］"

彼埃尔回答说，他不能说出自己的名字，并且脸红着，正要造一个名字，说到他不能说出名字的理由，但是法国人急忙地打断了他的话。

"De grâce，［好了，］"他说，"Je comprends vos raisons；vousêtes officier... officier superieur peut-être. Vous avez porté les armes contrenous——

① 毛注：即保罗既诺会战。

Ce n'est pas mon affaire. Je vous dois vie. Cela me suffit. Je suistout à vous. Vous êtes gentil homme? [我明白你的理由了；你是一个军官……或者是一个高级军官。你们同我们打仗。那不关我的事。我感谢你救了我的命。这一点我觉得足够了。我要替你效劳。你是贵族吗?]”他带着查问的口气说。彼埃尔垂下了头。“Votre nom debaptéme, s'il vous plaît? Je ne demande pas davantage. M-r. Pierre, dites vous … parfait. C'est tout ce que je désire savoir. [你的受洗名字愿意说吗? 我不再问别的了。你说，是彼埃尔先生吗?……好极了。我只想知道这一点。]”

在法国兵士送来羊肉、煎蛋、茶炊以及从俄国人家酒窖中拿来的伏特加酒和葡萄酒的时候，拉姆巴邀请彼埃尔一同吃饭，他自己立刻开始饕餮地迅速地像一个健康而饥饿的人那样吃着，他用他的坚强有力的牙齿迅速地嚼着，不断地咂嘴巴，并且说着：excenllent, exquis! [好极了，美极了!] 他的脸发红了，淌汗了。彼埃尔饿了，欣然地同他一起吃着。侍从兵莫来送来一汤锅热水，把红葡萄酒烫在水里。另外他带来一瓶克瓦斯酒，这是他从厨房里拿来给他们尝尝的。这种酒是法国人已经知道的，并且有了一个别名。他们把克瓦斯酒叫作 limonade de cochon [猪的柠檬酒]，并且莫来称赞了他在厨房里所找到的这种 limonade de cochon。但是上尉已经有了他们穿过莫斯科时所获得的葡萄酒，他把克瓦斯酒给了莫来，自己喝红葡萄酒。他用布把瓶包到瓶颈，替自己和彼埃尔斟酒。充了饥，喝了酒，上尉更加兴奋了，于是他在吃饭时不停地说话。

“Oui, mon cher m-r Pierre, je vouls dois une fière chandelle de m'avoir. sauvé… de cet enragé… J'en ai assez, voyoz-vous, de balles dans le corps. Envoilà une, [是的，我亲爱的彼埃尔先生，我应该设一支还愿的蜡烛，纪念你从疯人手里救了我的命。你知道，我身上的子弹够多了。这里的一颗,]”（他指了指他的腰）“à Wagram et de deux, [是在发格拉姆中的，第二个,]”（他指了腮上的疤）“à Smolensk. Et cette jambe, comme vous voyez, qui ne veut pas marcher. C'est à la grande bataille du 7 àla Moskowa que j'ai reçu ça. Sacré Dieu, c'était beau! Il fallait voir ça, c'étaitun déluge de feu. Vous nous avez taillé une rude besogne; vous pouvez vousen vanter. nom d'un petit bonhomme. Et, ma parole, malgré la toux, que j'y aigagné, je serais prêt a recommencer. Je plains ceux qui n'ont pas vu ça. [是在斯摩棱斯克中的。这只腿，你看见的，不能走，这是在七日莫斯科的大战里①中的，哎呀，它好极了！应该看一下这万炮齐轰的情景。你们给了我们一个很厉害的打击，你们可以自豪，说实在话！并且，老实说，虽然我在那里得了伤风，我却愿意把这一切重新经历一番。我可惜那些没有看到这个战事的人。] ”

“J'y ai été. [我在那里的。] ”彼埃尔说。

“Bah. vraiment! Et bien, tant mieux, [真的！好，那更好了，] ”法国人继续说，“Vous êes de fiers ennemis, tout de même. La granderedoute a êtê tenace, nom d'une pipe. Et vous nous l'avez fait crânementpayer. J'y suis allé trois fois, tel que vous me voyez. Trois fois nous étions sur lescanons et trois fois on nous a culbuté et comme des capucins de cartes. Oh! c'était beau. M-r Pierre. Vos grenadiers ont été superbes, tonnerre de Dieu. Je les ai vu six fois de suite serrer les rangs, et marcher comme à une revue. Ies beaux hommes! Notre roi de Naples qui s'y connait a crié: bravo! ——Ah! Ah! Soldat comme nous autres! [你们实在是勇敢的对手。那个大堡垒守得很好，我敢用烟斗作保证。你们使我们付出了重大的代价。我到了那里三次，就同你看见我一样的真实。我们向炮台迫近了三次，我们三次都好像纸人一样地被打退了。这个战事很好看，彼埃尔先生！你们的掷弹兵好极了，我的天哪！我看见他们的行列接连地集中了六次，他们就像在受检阅一样地前进。极好的军队。我们的那不勒王很了解这是怎么回事，他叫着说，好极了！啊！啊！你就和我们的兵士一样！] ”他停了一下这么说。“Tant mieux, tant mieux, m-r Pierre. Terrible en battaille...

① 毛注：法国人称保罗既诺战役为莫斯科战役。日期系按新历，故九月七日相等于俄历八月二十六日。

[这样更好，这样更好，彼埃尔先生。在交战中是可怕的……]”他微笑着眨了眨眼，“gallants... avec les belles，voila lesFrançais，m-r Pierre，n'est ce pas？[对于女人是殷勤的，法国人就是这样的，彼埃尔先生，对不对？]”

这个上尉是那么单纯、善良、愉快、彻底、自满，使得彼埃尔愉快地望着他，也几乎要向他眨眼了。大概gallant[殷勤]这个词使上尉想到莫斯科的情况。

“A propos，dites donc，est-ce vrai que toutes les femmes ont quittée Moscou？Une drôle d'idée！Qu'avient-elles à craindre？[你顺便告诉我，所有的妇女都离开了莫斯科，是真的吗？奇怪的想法！她们怕谁呢？]”

“Est-ce que les dames françaises ne quitteraient pas Paris，si les Russes yentraient？[假使俄军进了巴黎，法国妇女不离开巴黎吗？]”彼埃尔问。

“啊，啊，啊！……”法国人愉快地、急性地大笑着，拍着彼埃尔的肩膀。“Ah！elle est forte celle-là，[啊！这是什么话，]”他说，“Paris?... Mais Paris... Paris...[巴黎吗？但巴黎……巴黎]……”

“Paris，la capitale du monde[巴黎，世界的首都]……”彼埃尔说完了他的话。

上尉看了看彼埃尔。他有一种习惯，在谈话当中停下来，用含笑的亲切的眼睛注视着。

“Eh bien，si vous ne m'aviez pas dit que vous êtes Russe，j'aurai pariéque vous êtes Parisien. Vous avez ce que je ne sais quoi，ce…[假如不是你说你是俄国人，我就要打赌，你是巴黎人了。你有那种我说不出的东西，那是……]”说了这句恭维的话，他又沉默地看了看。

“Jai été à Paris j'y ai passé des années.[我在巴黎住过，我在那里住了许多年。]”彼埃尔说。

“On ça se voit bien. Paris！... Un homme qui ne connait pas Paris，est un sauvage. Un Parisien，ça se sent à deux lieux. Paris，c'est Talma， la Duschénois, Potier, la Sorbonne, les boulevards, [啊，这是显然看得出来的。巴黎！……一个人不知道巴黎便是一个野人。一个巴黎人，隔着很远就可以看出来。巴黎是塔尔马，是丢涉绿注，是波提挨，是索尔蓬，是林荫大道，]① ”注意到这个结论比前面的话弱，他又连忙地说：“Il n'y a qu'un Paris au monde. Vous avez été à Paris et vous êtes resté Russe. Ehbien. je ne vous en estime pas moins. [世界上只有一个巴黎。你住过巴黎，仍然是个俄国人。虽然如此，我还是同样地尊敬你。] ”

彼埃尔怀着忧郁的想法孤独地过了几天之后，在酒力的影响之下，不由自主地感觉到他和这个愉快善良的人谈话的乐趣。

“Pour en revenir à vous dames, on les dit bien belles. Quelle fichue idéed'aller s'enterrer dans les steppes, quand l'armée française est ù Moscou. Quelle chance elles ont manqué celles-là. Vos moujiks c'est autre chose, mais vous autres gens civilisés vous devriez nous connaître mieux que ça. Nous avons pris Vienne, Berlin, Madrid, Naples, Rome, Varsovie, toutes les capitales du monde… On nous craint, mais on nous aime. Nous sommes bons à connaître. Et puis l'empereur, [至于说到你们的妇女，据说她们是很美丽的。法军在莫斯科的时候，她们把自己隐藏在草原上，这是多么愚笨的想法！她们失去了多么好的机会。你们的农民，那是另外一回事了，但是你们有教养的人应该更了解我们。我们占领了维也纳、柏林、玛德里、那不勒、罗马、华沙和世界上所有的都城。他们怕我们，却爱我们。我们是值得认识的。还有皇帝，] ”他开始说。但是彼埃尔打断了他的话。

“L'empereur, [皇帝，] ”彼埃尔跟着说，他的脸上忽然显出愁闷的、慌乱的神情。“Est-ce que l'empereur [皇帝是] ……”

“L'empereur? C'est la générosité, la clémence, la justice, l'ordre,

---

① 毛注：拉姆巴列举巴黎名胜时，不分青红皂白地提出了悲剧名伶塔尔马（拿破仑所欢喜的）、女伶丢涉绿注、喜剧名伶波提挨、索尔蓬（巴黎大学）和林荫大道。

le génie, voilà l'empereur! C'est moi Ramballe qui vous le dit. Tel que vous me voyez, j'étais son ennemi il y a encore huit ans. Mon père a été comte émigré…Maisil m'a vaincu, cet homme. Il m'a empoigné. Je n'ai pas pu resister au spectacle de grandeur et de gloire dont il couvrai la France. Quand j'ai compris ce qu'ilvoulait, quand j'ai vu qu'il nous faisait une litière de lauriers, voyez vous, je me suis dit: voilà un souverain, et je me suis donné à lui. Eh voilà! Oh, oui, mon cher, c'est le plus grand homme des siècles passés et à Venir. [皇帝吗?他是宽宏、仁慈、正义、秩序、天才——这就是皇帝。这就是我拉姆巴向你说的。你相信,八年前我是他的敌人。我父亲是一个侨居国外的伯爵……但是这个人征服了我。他控制了我。我不能不看到他给法国增添的伟大和荣誉。在我明白了他希望什么的时候,在我明白他要为我们准备桂床的时候,我向自己说:'这是一个君王,'我把自己献给了他。就是这样!啊,是的,我亲爱的,他是空前绝后的最伟大的人。]"

"Est-il à Moscou? [他在莫斯科吗?]"彼埃尔结结巴巴地带着自知有罪的面色说。

法国人看了看彼埃尔的自知有罪的面孔,冷笑了一下。

"Non, il fera son entrée demain. [不,他要明天进城。]"他又继续说他的话。

他们的谈话被门口几个人的叫喊声和莫来的到来打断了,莫来来报告上尉说,来了几个孚泰姆堡骠骑兵,要把马牵进上尉拴马的院子里来。由于那些骠骑兵不懂得他们的法国话,所以发生了困难。

上尉命令把军曹叫到他面前来,厉声地问他属于哪一个团,他的长官是谁,并且他有什么理由敢占用已被占用的屋子。这个德国人不大懂法语,对于前两个问题,他说出了他的团和长官;但最后的一个问题他不明白,他在德语中夹杂着几句法语回答说,他是团的军需,长官命令他来占据所有这些房子。彼埃尔懂德语,把德国人所说的话翻译给上尉听,把上尉的话用德语翻译给孚泰姆堡骠骑兵听。这个德国人明白了对他所说的话,就服从了,把他的部下带走了。上尉走到门口,大声地发出不知什么命令。

当他回到屋里的时候，彼埃尔还坐在先前所坐的地方，双手蒙着头。他的脸上显得很痛苦。这时候他确实痛苦。当上尉出去时，只剩下彼埃尔一个人，他忽然神志清醒了，明白了他所处的状况。这时候使彼埃尔痛苦的不是莫斯科被占领，不是那些侥幸的胜利者做了城市的主人，并在庇护他，虽然彼埃尔也痛苦地感觉到这一点。但是对于自己的弱点的感觉，更使他痛苦。喝下了几杯酒，和这个好心肠的人的谈话，消除了他的专注的忧郁的心情，就是在这种心情中彼埃尔过了最后几天的生活，而这种心情对于实现他的计划是必不可少的。手枪、短剑和农民的衣服都预备好了，拿破仑明天入城。彼埃尔仍然认为，杀死这个恶鬼是有益的事，是值得做的；但是他觉得，他现在不要做这件事了。为什么？他不知道，但是似乎预感到，他不能实现他的计划。他和自己的软弱无能斗争着，但是他模糊地觉得他不能克服它，他过去的关于复仇、暗杀、自我牺牲的忧郁的想法，在他接触了第一个碰见的人时，便会烟消云散了。

上尉微微跛着腿，打着口哨走进了屋子。

这个法国人的谈话先前使彼埃尔觉得愉快，现在却使他感到讨厌了。他那打口哨的小调、步态、捻唇髭的姿态，现在这一切都使彼埃尔觉得恼火。

“我马上就走，再也不同他说别的话了。”彼埃尔想。他这么想，同时又坐着不动。一种对自己弱点的奇怪感觉把他钉牢在他的坐处：他想要站起身走开，却无法做到。

相反，上尉显得很愉快。他在屋里来回走了两趟。他的眼睛发亮，他的唇髭微微地抖动着，好像他由于某种愉快的想法在对自己微笑。

他忽然说，“charmant，le colonel de ces Wurtembourgeois！C’est un Allemand；mais brave garçon，s’il en fût. Mais Allemand.［乎泰姆堡部队的上校是一个很可爱的人！他是一个德国人，但他仍然是一个很好的人。但他是一个德国人。］”

他在彼埃尔的对面坐下来。

“A propos，vous savez donc l’allemand，vous？［顺便问一声，你

懂德语吗?]”

彼埃尔沉默地望着他。

“Comment dites vous asile en allemand? [避难所，德语叫作什么?]”

“Asile? [避难所?]”彼埃尔重复着，“Asile en allemand [避难所，德语是] Unterkunft.”

“Comment dites-vous [你怎么说?]”上尉怀疑地迅速地问。

“翁特坑夫特。[Unterkunft.]”彼埃尔重复说。

“昂特考夫，[Onterkoff,]”上尉说，用笑眼向彼埃尔看了几秒钟。“Les Allemands sont de fières bêes. N'est-ce pas，m-r Pierre? [这些德国人是大傻瓜。是不是，彼埃尔先生?]”他结束了自己的话。

“Eh bien，encore une bouteille de ce Bordeau Moscovite，n'est ce pas? Morel，va nous chauffer encore une petite bouteille. Morel! [哎，再来这样一瓶莫斯科的红葡萄酒，好不好?莫来，再去烫一小瓶酒来。莫来!]”上尉愉快地叫着。

莫来送来了蜡烛和一瓶葡萄酒。上尉在烛光下望着彼埃尔，交谈者苦恼的面色显然使他吃惊了。拉姆巴脸上带着真诚的苦恼与同情，走到彼埃尔面前，向他低着头。

“Eh bien. nous sommes tristes，[哎，我们伤心了，]”他摸着彼埃尔的手说，“Vous aurtai-je fait de la peine? Non，vrai，avez-vous quelque chose contremoi? [是我使你难受吗?不，当真，你有什么地方不满意我吗?]”他问着，“Peut-êre rapport à la situation? [或者是关于局势吗?]”

彼埃尔没有回答，却亲切地望着法国人的眼睛。那种同情的表情是他所乐意的。

“Parole d'honneur，sans parler de ce que je vous dois，j'ai de l'amitie pour vous. Puis-je faine quelque chose pour vous? Disposez de moi. C'est à lavie et à la mort. C'est la main sur le coeur que je vous dis. [真的，不用说的，我很感激你，我和你有了友谊。我能替你做点什么事吗?吩咐我吧。这是生死之交。我把手放在心上和你说这

话。]”他拍着自己的胸口说。

“Merci. [谢谢你。]”彼埃尔说。

上尉注意地望了望彼埃尔，正如同他知道“避难所”在德文里叫什么的时候那样地望着他，并且他的脸上忽然显出了笑容。

“Ah! dans ce cas je bois à notre amitié ! [啊，既然这样，我为我们的友谊喝一杯!]”他愉快地叫着，斟了两杯酒。

彼埃尔端起斟过的杯子喝完了。拉姆巴喝了他自己的一杯，又握了一次彼埃尔的手，并且带着思索的忧郁的姿势把臂肘搭在桌上。

“Oui, mon cher ami, voilà les caprices de la fortune, [是的，我的好朋友，这就是命运的摆弄，]”他开始说，“Qui m'aurait dit que je serai soldat et capitaine de dragons au service de Bonaparte, comme nous l'appellions jadis. Et cependant, me voilà à Moscou avec lui. Il faut vous dire, mon cher, [谁会说，我要当兵，并且做龙骑兵的上尉，替保拿巴特效劳呢——我们以前是这样称呼他。但我还是和他一同到莫斯科来了。我应该告诉你，好朋友，]”他用准备长谈的人的忧郁而缓慢的口气继续说，“que notre, nom est l'un des plus anciens de la France. [我们这一姓是法国最古老的一姓。]”

上尉带着法国人那种轻松的单纯的坦率的心情，向彼埃尔叙述他祖先的身世，他的幼年、少年和成年时期，他的所有的亲戚、财产和家庭的关系。在这个叙述中，ma pauvre mère [我的可怜的母亲]当然占一个重要的地位。

“Mais tout ça ce n'est que la mise en, scène de la vie, le fond c'est l'amour. L'amour! N'est-ce pas? m-r Pierre? [但是这一切只是生活的背景，生活的实质还是爱情。爱情！是不是，彼埃尔先生?]”他活跃地说，“Encore un verre. [再来一杯。]”

彼埃尔又喝了一杯，替自己斟了第三杯。

“Oh! les femmes, les femmes! [啊，女人，女人!]”上尉把他的水汪汪的眼睛望着彼埃尔，开始说到爱情，说到他恋爱的险事。险事很多，一看他的自满的英俊的军官面孔和他说到妇女时的热烈生动的样子，就不难相信了。虽然拉姆巴所有的恋爱故事，有着法国人认为是爱情的唯一魅力与诗意的那种淫秽的性质，上尉却带着那样的真诚的信念说他的故事，相信只有他一个人尝试过并且知道爱情的魅力，并且他那样诱惑性地形容妇女，使得彼埃尔好奇地听着他说了。

显然，法国人所那么欢喜的 l'amour［爱情］，既不是彼埃尔一度对他的妻子所感觉的那种卑下的简单的爱情，也不是他自己所设想的他对于娜塔莎所体验的那种浪漫的爱情（拉姆巴同样的轻视这两种爱情——他认为一种是 l'amour des charretiers［粗人的恋爱］，另一种是 l'amour des nigauds［愚人的恋爱］），法国人所崇拜的 l'amour［爱情］，主要是限于和妇女的各种不自然的关系以及使感官受到刺激的各种丑事的结合。

于是上尉叙述他的动人的爱情事件，他爱一个三十五岁的妖艳的侯爵夫人，同时又爱这个妖艳的侯爵夫人的女儿，十七岁的妩媚天真的姑娘。母女之间在宽宏大量的问题上有了斗争，结果是母亲牺牲了自己，让女儿和自己的情人结婚，这个斗争虽然早已成为过去的回忆，现在却还使上尉激动。后来他又说了一个情节，在这里面丈夫扮演了情人角色，而他——情人——扮演了丈夫角色，又在他的 souvenirs d'Allemagne［德国回忆］中说了几段喜剧的情节，在德国作 asile［避难所］叫做 Unterkunft，在德国，les maris mangent de la choux croute et les jeunes filles sont trop blondes.［丈夫们吃酸泡菜，而年轻姑娘们的头发过于金黄了。］

最后一个情节是新近在波兰的事，在上尉的记忆中还很清楚，他带着迅速的手势和发热的面孔叙述着，内容是他救了一个波兰人的命（总之在上尉的故事中不断地说到救命的情节），这个波兰人把他的妖艳的妻子（Parisienne de coeur［她具有巴黎妇人的心肠］）托他照顾，他自己到法军中服役去了。上尉是幸福的，妖艳的波兰女子要同他私奔；但是上尉受了她丈夫的雅量的感动，把这个女子交还给了她的丈夫，并且向他说："je vous ai sauvé la vie, et je sauve votre honneur!［我拯救了你的性命，我还要拯救你的名誉!］"上尉重述了这句话，拭了拭眼睛，并且颤抖了一下，好像是要在这种动人的回忆中，去掉他的软弱心肠。

正如同在夜晚很迟的时候，在酒力的影响之下，人们常常有这样的情况，彼埃尔听着上尉的故事，注意着上尉所说的一切，明白了一切，同时注意到不知为什么在他心中忽然出现了他个人的一连串的回忆。当他听着上尉这些恋爱故事的时候，他忽然意外地想起他自己的对娜塔莎的爱情，于是他在自己的想象中重温着这个爱情的各幕情景，在心中把它们和拉姆巴的故事作比较。彼埃尔一面听着恋爱与义务之冲突的故事，一面历历如见地想起了他最近在苏哈来夫水塔前遇到他的恋爱对象时的细节。那时候，这个会面对他没有发生影响；他甚至从来没有想到这件事。但是现在他觉得这个会面是一件很有意义的、很有诗情的事了。

“彼得·基锐累支到这里来，我认出你了，”他现在似乎听到了她向他所说的话，看见了她的眼睛、笑容、旅行帽、露出的发绺……他在这一切之中感觉到某种动人心弦的、使人感动的地方。

上尉说完了他的关于妖艳的波兰女子的故事，问彼埃尔是否体验过类似的为爱情而牺牲自己以及嫉妒合法丈夫的心情。

彼埃尔听到这个问题，受到了鼓动，抬起头来，觉得必须说出藏在心中的想法；他开始说明，关于对妇女的爱情，他的见解有点儿不同。他说在他有生以来，他只爱过并且还爱着一个女子，而这个女子绝不会属于他的。

“Tiens?［怎么回事?］”上尉说。

于是彼埃尔说明，他在幼年的时候就爱上了这个女子；但他不敢想到她，因为她太年轻，而他是私生子，没有名义。后来他有了名义和财产，他不敢想到她，因为他太爱她，认为她胜过世界上的一切，因此更加胜过他自己。说到这里，彼埃尔问上尉懂不懂这话。

上尉做出手势，表示即使他不懂，还是要请他讲下去。

“L’amour platonique, les nuages［柏拉图式的恋爱，云雾］……”他低声地说。

或者是他所喝的酒，或者是由于他的坦率，或者是想到这个人不知道并且不会知道他故事中任何人物，或者是这三件事在一起，打开了彼埃尔的话头。他把水汪汪的眼睛望着远处什么地方，发音含糊地说了自己全部的身世：他的婚姻，娜塔莎对于他的最好的朋友的爱情，她的变心，以及他和她全部的一般关系。由于受到拉姆巴的问题的触动，他还说了他开头所隐瞒的事——他的社会地位，甚至向他说出了自己的名字。

彼埃尔的叙述最使上尉吃惊的，是彼埃尔很富，他有两个公馆在莫斯科，他抛弃了一切，他不离开莫斯科，却隐瞒着自己的姓名和身份，留在城内。

已经是深夜很迟的时候了，他们一同走上街。夜是温暖的、明亮的。在房子的左边，在彼得罗夫卡街，出现了莫斯科的头一个火灾的红光。右边天空里高悬着镰刀般的新月，在月亮的对面悬着那颗在彼埃尔心中和他的爱情有关的明亮的彗星。盖拉西姆、女厨子和两个法国人站在门口。可以听到他们的笑声和互相不了解的言语的谈话声。他们在看城里所出现的火光。

大城中遥远的小火灾没有什么可怕的地方。

彼埃尔望着高高的星空、月亮、彗星和火光，感觉到一种高兴的激动的情绪。“啊，这多么好啊！还需要什么呢？”他想。忽然，当他想起了自己的志愿的时候，他的头发昏了，他觉得那么难受，因而他靠着围墙免得跌倒。

彼埃尔没有和新友道别，便步伐不稳地离开大门，回到自己的房里，躺在沙发上，立刻就睡着了。

30

步行逃跑的、坐车逃走的居民和退却的军队，带着各种各样的心情，从各条道路上，望着九月二日的头一个火灾的红光。

罗斯托夫家的车队这天晚上停在梅济锡，离莫斯科二十里。九月一日他们走得那么迟，道路是被车辆和军队阻塞得那么厉害，他们忘记了那么多东西，又派人去取，所以这天晚上他们决定在莫斯科城外五里路的地方过夜。第二天早晨他们醒得很晚，并且又耽搁了很久，因而他们只走到了大梅济锡。晚上十点钟的时候，罗斯托夫家的人和同路的受伤的人，都分住在大村庄的院落和农舍里。罗斯托夫家的仆人和车夫，受伤的军官的侍从兵们，侍候了主人们，吃了晚饭，喂了马，都走到台阶上来了。

拉叶夫斯基的受伤的副官躺在邻近的农舍里，他扭伤了手腕，剧烈的疼痛使他可怜地不停地呻吟着，这种呻吟在秋天的黑夜里听来是可怕的。第一天晚上，这个副官在罗斯托夫家所住的同一个院子里过夜。伯爵夫人说，他的呻吟使她不能闭眼，于是只为了离开这个受伤的军官远一点，她迁到了较坏的农舍里。

仆人当中有一个人在黑夜里，在一辆停在门口的马车的高车顶上，看到另一处小小的火灾的红光。有一道火光是早已看见的，大家知道这是马摩诺夫的哥萨克兵在小梅济锡所放的火。

“看这个呀，弟兄们，又一个地方起火了。”一个侍从兵说。

大家都注意着火光。

“但是他们说，是马摩诺夫的哥萨克兵烧了小梅济锡。”

“他们，不是，这不是梅济锡，是很远的地方。”

“你瞧，一定是在莫斯科！”

仆人们当中的两个人离开了台阶，走到车子那边，坐在踏板上。

“它在左边一点！但梅济锡在那边，这个在另外的一边。”

有几个人走到他们那里来了。

“你看它烧的，”有一个说，“诸位，这火是在莫斯科；或者是在苏歇夫斯基区或者是在罗高日斯基区。”

没有人回答这个话。这些仆人们沉默地许久地望着远处新的火灾的光焰。

伯爵的侍从（人们是这么称呼他的），大尼洛·切任齐支老人走到人群那里，呼喊米什卡。

“你在看什么，你这个东西……伯爵要叫人了，那里没有人；去收拾衣裳吧。”

“我是刚刚出来打水的。”米什卡说。

“您觉得怎样，大尼洛·切任齐支，这个火光好像在莫斯科吧？”一个听差说。

大尼洛·切任齐支没有回答，大家又都静默了好久。火光越来越扩大了，火焰窜得越来越远了。

“上帝发发慈悲吧！……又起风，又干燥……”又有一个声音说。

“看吧，烧得好凶啊。啊，主呀！看得见乌鸦了。主啊，对我们罪人大发慈悲吧！”

“他们会扑灭的，不要怕。”

“谁去灭？”沉默到这时候的大尼洛·切任齐支说。他的声音是镇定的、迟缓的。“是莫斯科，弟兄们，”他说，“莫斯科是我们的母亲，是白的城……”他的声音中断了，他忽然发出了一声老年人的啜泣。

好像大家都只是等候着这个哭声，以便了解他们所见的火光对于他们的意义。出现了叹息、祈祷和伯爵的老侍从的哭泣声。

31

侍从回去报告伯爵，说莫斯科失火了。伯爵披了宽服出来观看。还未脱衣服的索尼亚和邵斯夫人跟他一同走出来。只有娜塔莎和伯爵夫人留在房里。彼恰不再和家里的人在一起了：他随着开往特罗伊擦①的自己的团往前走了。

伯爵夫人听到莫斯科失火的消息，哭起来了，娜塔莎面色苍白，瞪着眼睛，坐在圣像下边的椅子上（就是她来到的时候所坐的那个地方），没有注意他父亲的话。她听着副官的隔了三个屋子还可听到的不断的呻吟。

“啊，多么可怕啊！”从外面回来的受冷而又受惊的索尼亚说，“我想莫斯科全城要烧毁了，可怕的火光啊，娜塔莎，你来看，现在可以从窗口看见了。”她向娜塔莎说，显然是希望转移她的注意。

但是娜塔莎看了看她，好像不明白她所听到的话，又把眼睛注视着火炉角上了。娜塔莎从早晨起就显得这样呆板。在早晨的时候，

① 毛注：此地在莫斯科东北四十四里。

索尼亚不知为什么，认为必须向娜塔莎说到安德来公爵的伤，说到他和他们同路，① 这使得伯爵夫人惊讶而恼怒了。伯爵夫人向索尼亚发火了，而她是很少对人发火的。索尼亚哭了，并且求饶，现在似乎是力求弥补自己的罪过，不停地照顾娜塔莎。

"你看，娜塔莎，烧得多么可怕啊!"索尼亚说。

"什么在烧?"娜塔莎问，"唉，是的，莫斯科。"

好像是为了不要使得索尼亚因为拒绝而难受、不要疏远索尼亚，她向窗子抬起了头，那样地看了一看，显然是她什么也不能看见，然后她又照先前的姿势坐下来。

"你并没有看见!"

"不是，我真看见了。"娜塔莎说，她的声音请求着不要打搅她。

伯爵夫人和索尼亚都明白，当然，莫斯科，莫斯科火灾，无论什么事，对于娜塔莎都不能够有任何的意义。

伯爵又走到隔墙的后边躺下来了。伯爵夫人走到娜塔莎面前，像女儿生病时她所常做的那样，用手背摸了摸她的头，后来又用嘴唇贴了贴她的额头，好像是要知道她是否发烧，最后吻了她一下。

"你受凉了。你全身发抖。你还是睡下吧。"她说。

"睡下吗?是的，好，我要睡下。我马上就睡下。"娜塔莎说。

娜塔莎在当天早晨听说安德来公爵受了重伤并且和他们同路时，她只在起初问了许多问题，他到哪里去?伤得怎样?他的伤危险吗?她可以看见他吗?但是在她听人说了她不能看见他，他受了重伤而他的生命并无危险之后，她显然是不相信他们向她所说的话，她认定他们的话，无论她怎么探问，他们给她的回答总是完全一样，于是她不探问也不说话了。在路上的时候，娜塔莎动也不动地坐在车厢角落里，睁大着眼睛，伯爵夫人是那么熟悉并且那么惧怕她的眼睛的表情，现在她和在车上一样坐在她来到的时候所坐的凳子上。她在思索什么，她在决定什么，或者已经在她的心里决定了什么。伯爵夫人知道这一点，但这个决定是什么，她却不知道，这件事使

---

① 毛注：因为娜塔莎若与安德来结婚，尼考拉就有娶她的可能了。

她担心，使她苦恼。

“娜塔莎，脱衣服吧，亲爱的，睡到我的床上去吧。”（他们只替伯爵夫人在床架上预备了一个铺；邵斯夫人和两位小姐要睡在地板上的草秸上。）

“不要，妈妈，我要睡在地板上。”娜塔莎愤怒地说，走到窗子那里，把窗子打开。副官的呻吟从打开的窗子里听得更清楚了。她把头伸到潮湿的夜空里，伯爵夫人看见她的细颈子因为哭泣而颤动着，并且碰着窗框子。娜塔莎知道，这不是安德来公爵在呻吟。她知道安德来公爵住在他们所住的同一个院落里，在门廊那边的一间农舍里；但是这个可怕的不停的呻吟使她啜泣了。伯爵夫人和索尼亚互相看了一眼。

“睡下吧，亲爱的，睡下吧，好孩子，”伯爵夫人说，用一只手轻轻地摸摸娜塔莎的肩膀，“唉，睡下吧。”

“嗯. 是的……我马上，马上就睡下了，”娜塔莎说，连忙地脱着衣服，扯着裙带。她抛开长裙，穿上了宽服，盘着腿，坐在地板上的铺上，然后把她的又短又细的发辫从肩上拉到前面，开始重编。又细又长的熟巧的手指把头发迅速而灵巧地打开、编起、扎好。娜塔莎的头以习惯的姿势忽而转向这边，忽而转到那边，但是她那睁得大大的眼睛热烈地不动地对直地望着。夜装完毕后，娜塔莎轻轻地躺到门边铺在草上的被单上。

“娜塔莎，你睡到当中来。”索尼亚说。

“我就在这里，”娜塔莎低声地说，“您睡下吧，”她恼怒地补充说。然后她把脸埋到枕头里去了。

伯爵夫人、邵斯夫人和索尼亚都匆匆地脱了衣服，躺下了。房内只留着一盏小灯。但外边被两里之外的小梅济锡的火光照亮了；在马摩诺夫的哥萨克兵所打毁的酒店里，在街角和街心，传来了人们在夜色中的叫声；副官的不断的呻吟还可以听到。

娜塔莎许久地倾听着房内和房外的声音，动也不动。她首先听到母亲的祈祷与叹息，她身子下边的床板的吱吱声，邵斯夫人的呼哨般的熟悉的鼾声，索尼亚的低低的呼吸声。后来伯爵夫人叫了一声娜塔莎。娜塔莎没有回答她。

“她大概睡着了，妈妈。”索尼亚低声地回答。

伯爵夫人沉默了一会，又叫了一声，但是这一次没有人回答她了。

不一会儿，娜塔莎听到了母亲的均匀的呼吸声。娜塔莎动也不动，虽然她伸在被子外边的赤着的小脚儿在光地板上觉得冷了。

好像是在庆祝它对每一个人的胜利，一只蟋蟀在墙缝里叫着。远处的鸡啼了一声，近处的鸡跟着啼叫。酒店里的叫声平静了，只听到副官的依然如旧的呻吟。娜塔莎坐了起来。

“索尼亚？你睡着了吗？妈妈？”她低声地说。

无人回答。娜塔莎迟缓地小心地站起来，画了十字，在污秽而寒冷的地板上小心地移动着她的瘦瘦的柔软的赤着的脚。木板响了一下。她小心地迈着步子，好像小猫一样，迅速地跑了几步，然后抓住了冰凉的门把柄。

她觉得在农舍内所有的墙上，有什么沉重的东西有节奏地敲着，拍着：这是她的因为惊骇，因为恐怖，因为爱情而慌张的爆裂的心在跳动。

她打开了门，跨过门槛，走到潮湿的寒冷的门廊的地上。她所感觉的寒冷使她神志清醒了。她的光脚触到了一个睡觉的人，她跨过他的身上。打开安德来公爵所住的农舍的门。这个农舍里是黑暗的。在后面角落里的床上有什么东西躺着，床边的凳子上有一支蜡烛，它的大烛芯快要燃完了。

娜塔莎早晨听说安德来公爵受伤并且是在这里的时候，便下了决心，她一定要看他。她不知道，为什么一定要这样，但是她知道，这次的会面是痛苦的，因此她更加相信，这是必要的。

她这一整天最关心的事只是希望在夜里看见他。但是现在，这个时间到了，她反而对她所要见到的东西觉得恐怖了。他伤成什么样子啦？他还剩下了什么？他是和这个副官的不停的呻吟一样的吗？是的，他完全是那样的。在她的想象中，他是这个可怕的呻吟的化身。当她看到房角上的不清楚的身影，并且把被子下边他的弯起的膝盖当作肩膀的时候，她幻想着一个可怕的身体，并且恐怖地站住了。但是一种不可抵抗的力量把她吸引过去。她小心地走了一步，又走一步，到了堆着东西的小农舍的当中。在农舍里圣像下的凳子上，躺着另外一个人（他是齐摩亨），在地板上躺着另外两个人（他们是医生和听差）。

听差坐起来，低语着什么。齐摩亨因为腿部的伤痛而痛苦着，没有睡着，睁大了眼睛望着穿白衬衫和宽服、戴睡帽的奇怪的姑娘的身影。听差睡意蒙眬、大为吃惊的话——“您要什么？是什么事？”——这只使娜塔莎向躺在角落里的人那里更快地走去。这个身体虽然很不像一个人，她却一定要看见他。她走过听差身边，燃焦的烛芯掉下了，她清晰地看到躺卧的安德来公爵，他把手伸在被上，正像她一向所看见的那样。

他和从前一样：但是他脸上的发烧的颜色，狂喜地向她注视着的发亮的眼睛，特别是伸在衬衣翻领外面的细细的孩童般的颈子，使他具有一种特别天真的孩童般的神情，这是她在安德来公爵的身上从来没有看见过的。她走到他面前，用迅速的、柔软的、年轻人的动作跪了下来。

他微笑了一下，向她伸出了一只手。

32

现在安德来公爵在保罗既诺战场上野战医院里神志恢复那时起，已经七天了。在这个时期之内，他几乎是在经常的昏迷状态中。烧热的情况和受伤的发炎的肠子，按照和他同路的医生的意见，一定会使他丧命的。但是在第七天，他津津有味地吃了一块面包和茶，并且医生注意到他的烧热减退了。安德来公爵在早晨恢复了知觉。离开莫斯科后的第一夜是很暖的，因此安德来公爵留在车上过夜；但是在梅济锡，伤者自己要求抬他下车，并且给他喝茶。抬他进屋时的疼痛，使安德来公爵大声地呻吟，并且再度失去了知觉。当他被人放在行军床上的时候，他闭了眼不动地躺了很久。后来他睁开眼睛，轻轻地低语：“茶呢？”对于生活琐事的这种清楚的意识使医生吃惊了。他按了脉，他惊异地不满地注意到，脉搏更好了。医生不满地注意到这一点，因为他凭自己的经验，相信安德来公爵是不能活的，并且假使他现在不死，那么他只会更加痛苦地拖延死期。安德来公爵部下的红鼻子少校齐摩亨在莫斯科和他会合在一起，被人带着和他一路走，齐摩亨是在同一的保罗既诺会战中腿受了伤。和他们一起走的有医生、公爵的听差、车夫和两个侍从兵。

他们给了安德来公爵一点茶。他贪婪地喝着，用发烧的眼睛望着面前的门，似乎是极力要了解并回想着什么。

"我不要了。齐摩亨在这里吗？"他问。

齐摩亨顺凳子爬到他面前去了。

"我在这里，大人。"

"伤怎样？"

"我的吗？大人。没有什么。可是您呢？"

安德来公爵又沉思着，似乎又在回想着什么。

"不能弄到一本书吗？"他问。

"什么书？"

"《福音书》！我没有。"

医生答应了替他弄一本，并且问他觉得怎样。安德来公爵勉强地然而条理清楚地回答了医生的所有问题，然后又说他需要垫一个垫子，因为他不舒服，觉得很疼痛。医生和听差拿起盖在他身上的军大衣，由于闻到伤口发出的腐烂的臭味而皱眉，开始察看这个可怕的地方①。医生对所做的一切都很不满意，他重新裹上绷带，把伤员翻个身，使他又呻吟起来，因为在翻身时他疼痛得又失去了知觉，说起了胡话。他不断地说着，要人赶快把那本书拿来，放在他身子下边。

"这费您什么事！"他说，"我没有书，请您替我弄一本来，——在我身子下边放一会儿。"他用可怜的声音说。

---

① 毛注：一八一二年的医药知识是很可怜的。后来才发明了防腐剂。契诃夫（小说家和医生）说，他能够治好安德来这样的坏疽。

医生到门廊里洗手去了。

“啊，你们没有天良，真的，”医生向那个往他手上倒水的听差说。“我只有一会儿没有管你们。要晓得这是那么疼痛，我奇怪他怎么受得住。”

“我觉得，我们好像替他垫了，主耶稣基督啊。”听差说。

当车子停在梅济锡以后，安德来公爵要求把他抬进农舍的时候，他第一次明白了自己在哪里，发生了什么事，想起自己是受了伤，以及伤得怎样。他因为疼痛又不省人事了。以后，他在农舍里喝茶时，又恢复了神志。他回想起他所发生的一切，他又极其真切地想起了他在野战医院的时候，那时他看到了一个他所不喜欢的人的痛苦，他心中产生了那些新的、使他感到幸福的想法。这些想法虽然不清楚、不确定，现在却又支配着他的心灵。他想起他现在有了新的幸福，并且这种幸福是与《福音书》有关的。正因为如此他才要《福音书》。他们使他的伤口感到不舒服的姿势，以及重新翻身又扰乱了他的思想，他第三次恢复神志时，是在完全寂静的夜里。他周围的人都睡觉了。一只蟋蟀在门廊的那边鸣叫；街上有人在叫、在唱；蟑螂在桌上、在圣像上、在墙上爬动；一只大苍蝇在他的枕边和他身边烛芯烧成很大的蘑菇形的蜡烛周围飞着。

他的精神处在不正常的状态中。健康的人通常是同时思索、感觉并记得无数的东西，但他有权力和力量选择一系列的想法或现象，而把全部注意力放在这一系列现象上面。健康的人在深思熟虑的时候可以中断思路，向一个进屋的人说一句客气的话，再回到自己的思想中去。安德来公爵的精神在这方面处在不正常的状态中。他的全部精神力量虽然比以前更活跃、更清晰，但它们都是脱离他的意志而活动的。各种各样的想法和想象同时支配着他。有时他的思想忽然开始活动，并显得那么有力、明确、深刻，就是他在健康的时候也从未有过。但是在它的活动中，它会忽然中断，变成某种意料不到的想象，他却没有力量回转到先前的思想中去。

“是的，在我面前展现了一种新的、无法从人的身上夺走的幸福，”他躺在幽暗的寂静的农舍里在想，把狂热的睁大的不动的眼睛望着前面，“在物质力量之外，在对人的物质的、外界的影响之外的一种幸福，唯一的心灵的幸福，爱的幸福！每个人都能够了解它，但是只有上帝能够想出它、制定它。但是上帝究竟是怎样制定这个法律的？为什么上帝之子……”

思绪忽然中断了，安德来公爵听到（不知道是幻觉还是确实听到了）某种轻轻的低语声，合着拍子，不停地重复着：噼啼——噼啼——噼啼，然后啼啼，然后又噼啼——噼啼——噼啼，然后又啼啼。与此同时，在这种低沉的音乐声中，安德来公爵觉得在他脸上，在脸部正当中，升起了一个由细针或碎片凑成的奇怪而轻飘的建筑物。他觉得（虽然这是很困难的），他必须努力保持平衡，为了使这个升起的建筑物不致倒塌；但它仍然坍下来，又缓缓地随着有节奏的低低的音乐声升起来。“起来了！起来了！展开了！起来了！”安德来公爵自语着。安德来公爵一面听着低语声，感觉到这个伸出的升起的细针凑成的建筑物，一面看见蜡烛的红色光晕，听到蟑螂的爬动声和撞在他枕头上和他的脸上的苍蝇的声音。每次苍蝇撞到他的面孔时，都引起烧热的感觉；但同时使他惊异的，是苍蝇正撞在他脸上升起建筑物的地方，却没有把它撞毁。但是此外还有一件重要的东西。那是在门口的白色的东西，是一个狮身人面像，它也在压他。

“那也许是我放在桌上的衬衣，”安德来公爵想，“这是我的两条腿，这是门，但为什么它总是在伸展、在升起呢，并且噼啼——噼啼——噼啼，啼——啼，又噼啼——噼啼——噼啼……够了，停下吧，停下吧。”安德来公爵痛苦地向谁请求着。忽然他的思想和感觉都异常清晰而有力地浮现出来。

“是的，爱，”他又十分清楚地想着，“但不是那种爱，它因为什么东西，为了什么目的或者因为什么缘故而爱，而是这种爱，它是当我临死时我看见了我的敌人却仍然爱他的时候我第一次所体验到的爱。我体验到那种爱的心情，它是心灵的本质，它不需要对象。我现在也体验到了那种幸福的心情。爱邻人，爱仇敌。爱一切——爱有着各种表现的上帝。爱亲爱的人，可以用人间的爱；但是爱敌人，只能用神圣的爱。因此当我觉得我爱那个人的时候，我感觉到那样的快乐。他的情形怎么样？他还活着吗？……

“用人间的爱去爱，我们可以由爱转为恨；但神圣的爱不能改变。无论是死还是什么东西都不能够破坏它。它是心灵的本质。在我的生活中，我仇恨那么多的人。在所有这些人当中，我再没有爱过也没有恨过什么人，像我对她那样。”于是他清楚地想起娜塔莎，不是像从前那样只想起他所欢喜的她那种魅力；而是第一次想到她的心灵。他了解了她的情感，了解她的苦痛、羞怯和忏悔。他现在第一次明白了自己把她甩开的残酷无情，明白了他和她分别的残酷，“但愿我还能再看见她一次。只要一次，望着那一双眼睛，说……”

噼啼——噼啼——噼啼，噼——啼，啼啼——噼啼——砰，苍蝇在扑……于是他的注意力忽然被吸引到另一个真实与烧热的世界中去，在这个世界里正在发生着什么特别的事情。在这个世界里，仍旧有建筑物在升起，而且没倒下来，仍旧有什么东西在展开，蜡烛仍旧发出红色光晕点燃着，有翅的狮身人面怪物仍旧躺在门边；但是除了这一切之外还有什么东西响了一声，吹了一阵清风，于是新的白色的站立着的狮身人面怪物在门前出现了。这个狮身人面怪物的头上有着正是他刚刚想到的那个娜塔莎的苍白的脸和明亮的眼睛。

“啊，这种连续的昏迷是多么痛苦啊！”安德来公爵想着，极力从自己的想象中赶走这个面孔。但这个面孔真实有力地摆在他面前，这个面孔靠近了。安德来公爵想要回到先前的纯粹幻想的世界中去，但是他不能够，昏迷把他带到它的领域里去了。轻柔的低语声继续有节奏地响着，不知什么东西在压、在伸展，而且那个奇怪的面孔来到了他面前。安德来公爵集中全部力量去恢复神志；他动了一下，忽然他的耳朵轰鸣，眼睛发黑，接着他好像一个窜入水里的人失去了知觉。

当他恢复知觉时，娜塔莎，就是那个活的娜塔莎，在世界上所有的人当中他所最爱的人，他要用他现在所体会的那种新的、纯洁的、神圣的爱去爱的娜塔莎，跪在他的面前。他明白了，这是活的、真实的娜塔莎，他没有吃惊，却暗暗地高兴。娜塔莎跪着不动，抑制着哭泣，恐惧地一动不动地望着他（她不能动）。她的脸是苍白的、不动的。只有脸的下部在打颤。

安德来公爵轻松地叹了口气，微笑了一下，伸出了一只手。

“您吗？”他说，“多么幸运！”

娜塔莎迅速而又小心地移动着膝盖向他靠近，小心地抓住他的手，把她的脸对着他的手，开始吻他的手，她的嘴唇正好轻轻地触到他的手。

“饶恕我！”她抬头望着他，低声说，“饶恕我！”

“我爱您。”安德来公爵说。

“饶恕我……”

“饶恕什么？”安德来公爵问。

“饶恕我所做……的事。”娜塔莎几乎听不见地断断续续地低语着，开始一再吻他的手，她的嘴唇正好轻轻碰着他的手。

“我比从前更加爱你了。”安德来说，用手托起她的头，这样他可以看见她的眼睛。那双含着幸福之泪的眼睛，羞涩地、同情地、喜悦地、亲爱地望着他。娜塔莎瘦瘦的苍白的脸和翘起的嘴唇不仅仅是丑，而且显得可怕了。但是安德来公爵没有看见这张面孔，他看见的是她的喜形于色的美丽的眼睛。他们听到了背后的话声。

听差彼得此刻完全惊醒了，他唤醒了医生。齐摩亨因为腿疼痛一直没有睡觉，早已看见了经过的一切，小心地用单被遮住了他的光身子，缩在凳子上。

“这是怎么回事？”医生说，从铺上坐起来，“请走吧，小姐。”

这时候，伯爵夫人派来找女儿的一个女仆在敲门。

好像一个梦游病者，在睡梦中被人唤醒，娜塔莎走出了房，回到自己的农舍里，哭泣着倒在自己床上。

那天以后，在罗斯托夫家的全部的其余的行程中，在所有的休息处和宿夜处，娜塔莎从未离开过负伤的保尔康斯基，医生不得不承认，他没有料到年轻的姑娘有这样的毅力，有这样的看护伤者的本领。

安德来公爵轻松地叹了口气，微笑了一下，伸出了一只手。

伯爵夫人虽然想到安德来公爵或许（据医生说是很可能的）中途死在她女儿的怀抱里，觉得可怕，她却不能反对娜塔莎。虽然由于负伤的安德来公爵与娜塔莎之间现在有了亲密关系，使人想到，假如他恢复了健康，则从前婚约的关系会要恢复，却没有人——尤其是娜塔莎和安德来公爵——说到这一点，因为不但是在保尔康斯基心中而且也在全俄罗斯心中的那个悬而未决的生死问题，排除了所有其他的问题。

33

彼埃尔在九月三日醒得很迟。他的头发痛，睡觉时未脱的衣服使他身体不舒服，他心里模糊地意识到昨天所做的一件羞耻的事情；这个羞耻的事情是昨天和拉姆巴上尉的谈话。

时钟已经是十一点了，但院子里显得特别阴暗。彼埃尔站了起来，拭了眼睛，看见雕花把柄的手枪又被盖拉西姆放在写字台上，彼埃尔想起了他是在什么地方，以及今天所要办的事情。

“我不是已经太迟了吗？”彼埃尔想，“不，大概他不会在十一点以前进莫斯科的。”彼埃尔没有让他自己去思索当前的事情，只是急忙赶快行动。

彼埃尔整理了身上的衣服，拿起手枪，准备出去。但是这时候他才第一次想到，如果不用手拿，他在街上怎样携带这件武器。就是在他的宽大的车夫衣服里，也难藏得住这把大手枪。在腰带里，在胳肢窝里，都不能够藏得不让人看见。此外，手枪是无弹的，而彼埃尔来不及装弹了。“短刀也是一样，”彼埃尔向自己说，虽然考虑实现他的计划时，他屡次认定一八〇九年那个大学生的主要错误，是他想要用短刀刺死拿破仑。但是，彼埃尔的主要目的，似乎不在实现他的计划，而在向自己证明他没有放弃自己的意图，并且为了实现这个意图在做一切。彼埃尔连忙从绿鞘中拿出他在苏哈来夫水塔与手枪同时购买的一把刀刃有缺口的钝刀，藏在他的背心里。

彼埃尔在长袍上系了腰带，戴了帽子，极力不要发出响声，不要遇见上尉，穿过走廊，走到街上去了。

昨天晚上他漠不关心地所见的火灾，在夜里大大地扩展了。莫斯科已经各处起火了。车市街、莫斯科河街、商场、厨子街的房子、莫斯科河里的船只和道罗高米洛夫桥边的木料市场，都同时在燃烧了。

彼埃尔穿过许多小街走到厨子街，从那里走到阿尔巴特街的尼考拉显灵教堂，他在想象中早就决定了要在这个地方完成他的事业。大部分的屋子都锁了门，关了窗子。大街小巷都是没有人迹的。空气中散发着烧焦的臭味和烟气。有时他遇到俄国人带着不安的羞涩的面孔，法国人带着野外扎营的精神，在街中行走。他们都惊奇地望着彼埃尔。因为俄国人看到彼埃尔时除了他高大的身材与身子的肥胖之外，除了他面部和全身的奇怪的、忧愁的、凝神的、痛苦的表情之外，看不出这个人属于什么阶级。法国人惊异地注视着他，特别是因为彼埃尔不像别的俄国人那样恐怖地好奇地望着法国人，他毫不注意他们。在一家门口，有三个法国人向一些不懂他们的话的俄国人在说什么，他们拦住彼埃尔，问他懂不懂法语。

彼埃尔否认地摇摇头，又向前走。在另一条横街上，一个站在绿弹药箱旁边的哨兵向他喊叫了一声，但是彼埃尔直到听见了重复的威胁的喊叫和哨兵手中所拿的枪的声音，才明白他应该绕到街的另一边去走。他没有听到也没有看到他四周的任何东西。他匆忙地恐怖地在内心抱定着自己的决心，好像它是一件什么可怕的奇怪的东西一样，并且由于昨天夜晚的经验，他怕失去了这个决心。但是彼埃尔情绪注定会出现波动，注定不能把决心保持到所去的地方。此外，即使他在中途不遇到阻挡，他的意图现在也不能实现，因为拿破仑在四小时之前已经从道罗高米洛夫郊区，经阿尔巴特街到克里姆林宫去了。现在，他怀着最愁闷的心情，坐在克里姆林宫沙皇的办公室里，发出详细周密的命令，要立刻执行各项措施：扑灭大火，禁止抢劫，安慰居民。但是彼埃尔并不知道这一点；他专心注意着当前的事情，感到苦恼，人们在坚决地要做一件不是因为困难而是因为事情不合他们的性格，所以是不可能的事情的时候那样觉得苦恼；他觉得苦恼是因为恐怕在紧要关头变得软弱从而失去自尊心。

他虽然没有看见也没有听见他四周的任何事物，却本能地找路，在通往厨子街的小街小巷里却没有走错路。

彼埃尔接近厨子街，烟气越大，甚至感觉到火的热气了。有时火舌从各处的房顶下边冒出来。在街上遇到的人越来越多，这些人越来越惊慌了。彼埃尔虽然觉得在他的四周发生了什么非常的事情，他却没有注意到他走到火场那里去了。彼埃尔在一边邻接厨子街、一边邻接格路生斯基公爵家花园的一个广大空地的小道上走着，忽然听到他的身边的女人的绝望的哭声。他站住了，好像是从梦中惊醒过来一样，然后抬起了头。

在小道旁边干枯的满是灰尘的草上，放着成堆的家庭用品：羽毛床垫、茶炊、圣像、箱子。在箱子旁边的地上，坐着一个中年的瘦瘦的妇女，她的上牙向外翘着，穿着黑色外套，戴着帽子。这个妇人前后摇摆着，说着什么，放声地哭着。两个女孩子，大约十岁到十二岁，穿着脏污的短上衣和外套，她们苍白、恐怖的脸上带着迷惑的表情，望着母亲。一个大约七岁的小男孩，穿着长上衣，戴着别人的大帽子，在一个老保姆的怀中啼哭。一个赤脚的肮脏的女仆坐在箱子上，打散了灰色的发辫，梳理着发出焦味的头发。她丈夫是一个矮矮的驼背，穿着文官制服，有腊肠式的髯须，平正地戴着的帽子下边露出光滑的鬓发，带着没有表情的面孔移动着叠在一起的箱子，箱子下面拖着几件衣服。

那个妇人看到彼埃尔，几乎伏在他的脚下了。

“亲爱的人，正教的教徒，救救我，帮助我，好先生！……随便哪一位，帮助我们一下吧，”她哭泣着说。“我的女孩子！……我的女儿！……丢了我的顶小的女儿！……她烧死了！呜呜呜！我为了这个抚养你的吗？……呜呜！”

“不要说了，玛丽亚·尼考媨叶芙娜，”丈夫低声地向妻子说，显然只是为了在生人面前替自己解释。他又说，“姐姐一定会带出她的，不然会到哪里去呢？”

“傻瓜，浑蛋！”这妇人忽然停止了哭声，愤怒地叫着，“你没有心肠，你不可怜自己的孩子。别人还会从火里救她。他是傻瓜，不是人，不是父亲。你是高贵的人，”妇人哭泣着向彼埃尔急速地说，“全街失火了——烧到我们这里。”女用人喊：‘失火了！’我们忙着收拾东西。我们就是这样跑出来的……这就是抢出的东西……圣像、陪嫁的床，一切都丢了。抓了孩子们，卡切姬卡丢了。呜呜呜！主啊……”她又哭起来了，“我心爱的孩子，烧死了！烧死了！”

“但是她在哪里呢？在哪里呢？”彼埃尔说。

由于他的脸上显出兴奋的表情，这个妇人明白了，这个人可以帮助她。

“哎，先生！”她叫着，抓着他的腿，“恩人，叫我心安吧……阿尼斯卡，去，贱货，领路呀。”她向女仆喊叫，愤怒地张着她的嘴，她一叫更加露出长牙齿了。

“领路，领路，我……我……我要去……”彼埃尔用喘气的声音连忙地说。

肮脏的女仆从箱子后边走出来，理好发辫，叹了一口气，迈着光光的短脚，在小道上向前走着。彼埃尔好像是在沉重的昏厥之后忽然恢复了生气。他高高地抬起头，眼睛里发出生命之光，快步地跟着女仆，赶上了她，并且走进了厨子街。全街笼罩着黑色的烟雾。在一片烟雾中火舌不时地从各处冒出来。一大群人在大火前拥挤着。街心里站着一个法国将军，向他四周的人在说什么。彼埃尔正要随同女仆向将军所站的地方走去；但是法国兵阻止了他。

“on ne passe pas！［不许通过！］”一个兵向他叫着。

“走这里，伯伯，”女仆说，“我们打这小巷穿过尼库林内街。”

彼埃尔回转身走着，有时跳着追赶她。女仆跑过街，向左一拐，进了一个巷子，过了三家，进了右边的一道大门。

“就是这个地方，不远了。”女仆说，然后跑过院子，打开木栅栏的门，停下来，向彼埃尔指指一个明亮地炽烈地燃烧着的小木厢房。厢房的一边已经倒了，另一边在燃烧，火焰熊熊地从窗口和屋顶下冒出来。

彼埃尔走过栅栏的门时，热气熏人，他不觉地停住了。

“哪一间，哪一间是您的家?”他问。

“呜——呜——呜!”女仆哭着，指指厢房，“就是那间，那就是我们的家。你烧死了，我们的宝贝卡切姬卡，我心爱的小姐，呜，呜!”阿尼斯卡哭着，她对着火，觉得必须表现她的情感。

彼埃尔向厢房冲去，但热气是那么大，他不觉地兜圈子绕过厢房，走到大房子的旁边，这个房子屋顶上有一边刚刚烧着，在房子的旁边拥挤着一群法国兵。彼埃尔起先不明白这些拖出东西的法国兵在做什么；但是看见了面前的一个法国兵用钝刀砍一个农民，夺取他的狐皮袄，彼埃尔模糊地明白了他们是在这里行劫，但是他没有工夫思索这件事情。

爆炸声，倾倒的墙壁与天花板的破碎声，火焰的呼呼声和嘶嘶声，群众激动的叫声，飘动的、有时是密集的又浓又黑的、有时是明亮的带着火花向上升起的烟气的情景，有的地方是连续的圆柱形状的红色的火焰，有些地方是鱼鳞般的金色的在墙上移动的火焰，热气、烟雾和迅速运动的感觉——这一切对彼埃尔产生了火灾时通常有的刺激性的效果。这个效果对于彼埃尔是特别强烈的，因为彼埃尔在大火前面忽然觉得自己摆脱了那些使他苦恼的思想。他觉得自己年轻、愉快、伶俐、果决。他从房子的旁边绕过厢房，并且想要再跑进那尚未塌下的房里去，这时候，正在他的上方响起了几声呼叫，接着一个沉重的东西落在他旁边，发出了破裂声和响声。

彼埃尔向上一看，看见了房子窗口上的法国人，他们刚刚抛下一个装满金属物品的抽屉。站在下面的别的法国兵就走到抽屉旁边去了。

“Eh bien, qu'est ce qu'il veut celui-là? [喂，你这个人要做什么?]”一个法国兵向彼埃尔叫着。

“Un enfant dans cette maison. N'avez vous pas vu un enfant? [有一个小孩在这个屋里。你们没有看见一个小孩吗?]”彼埃尔问。

“Tiens, qu'est ce qu'il chante celui-là? Va te promener! [他在讲什么?走开!]”许多人在说。有一个兵显然是惧怕彼埃尔要来夺他们抽屉里的银器和铜器，威胁地走到他面前。

“Un enfant? ［一个小孩吗?］”一个法国兵在上面叫着。“j’ai entendu piailler quelque chose au jardin. Peut-être, c’est son moutard aubonhomme.Faut être humain, voyez vous［我听到花园里有叫声。也许那就是这个人要找的小孩。应该放人道一点，你知道……］”

“Où est-il? Où est-il?［他在哪里?他在哪里?］”彼埃尔问。

“Par ici! Parici!［这里！这里！］”法国兵在窗子上向他说，指指屋子后边的花园。“Attendez, je vais descendre. ［等一下，我就下来。］”

果然没有多久，这个法国人，一个黑眼的青年，腮上有一个黑痣，只穿着衬衫，从下层的窗口跳出来了，拍了拍彼埃尔的肩膀，同他跑到花园里去了。

“Dépêchez-vous, vous autres, ［你们赶快，］”他向同伴们说，“commence à faire chaud.［火大起来了。］”

法国人跑到了屋后铺沙的小道上，拉了拉彼埃尔的手臂，向他指指一块铺沙的圆圆的地方。在花园坐凳的下面躺着一个三岁的穿淡红衣服的女孩。

“Vailà votre moutard. Ah, une petite, tant mieux,［你的小孩在这里。啊，是一个小女孩，好极了，］”法国兵说，“Au revoir. mon gros. Fautêtre humain. Nous sommes tous mortels, voyez-vous. ［再见，胖子。应该放人道一点。我们都是凡人，你知道。］”于是腮上有黑痣的法国兵回到他的同伴那里去了。

彼埃尔高兴得喘不过气来，他跑到女孩的面前，想把她抱起来。这个患瘰疬的、像她母亲的、样子不好看的小女孩看见了生人，叫了起来，并且拔腿就跑。但是彼埃尔抓住了她，把她抱在怀里；她拼命地愤怒地嘶叫着，用她的小手推彼埃尔的手，并且用流涎的嘴咬他。彼埃尔感觉到类似他和讨厌的小兽接触时所感到的那种恐怖与厌恶。但是他克制了他自己，没有抛下这个小孩，并且带着她跑回到大屋子那里去了。但是循旧路回去已经不可能了：女仆阿尼斯卡已经不在那里了，于是彼埃尔带着怜悯与厌恶的情绪，尽可能温柔地把哭得很伤心的潮湿的女孩子搂在怀里，跑过花园，寻找别的出路。

34

彼埃尔带着那个女孩，跑着穿过许多院子和小街，回到厨子街头格路生斯基的花园。他起初认不出他动身去寻找女孩的那个地方：那个地方被人群和从房屋里拖出的家具塞满了。除许多俄国人的家庭以及从火中抢救出来的物品以外，这里还有几个穿各种军服的法国兵。彼埃尔没有注意他们。他匆忙地寻找那个官吏的家庭，要把女孩交给她的母亲，再去救别人。彼埃尔觉得，他还得赶快去做许多别的事。彼埃尔因为热气与奔跑身上觉得发暖，这时更强烈地感觉到在他跑着去救女孩的时候所感到的那种年轻、振奋、果决的心情。女孩子现在安静了，两只小手抓住彼埃尔的车夫衣服，坐在他的手臂上，并且好像一只小野兽，向四周看着。彼埃尔偶尔看着她，并且微笑着。他觉得，他在这个恐惧的病态的小脸上看到了动人的天真的东西。

那个官吏不在原先的地方，他的妻子也不在那里了。彼埃尔快步地在人群中走着，注视着他所遇到的各种面孔。他不觉地注意到一个格鲁吉亚籍的或亚美尼亚籍的家庭，他们是：一个美丽的有东方脸形的、穿布面新羊皮袄和新靴子的很老的人，一个是有同样脸形的老妇人，还有一个年轻的妇女。这个很年轻的妇女，在彼埃尔看来，是十全十美的东方美女，她有线条分明的弯弯的黑眉毛和异常温柔红润的、没有任何表情的、美丽的长脸。她穿着华丽的绸外套，头上包着鲜明的淡蓝色头巾，在人群之中，在广场上散乱的家具之间，她好像是暖房里娇嫩的植物被抛弃在雪地上一样。她坐在老妇人背后附近的包袱上，她那不动的、又大又黑的、杏形的、有长睫毛的眼睛望着地上。显然她知道自己的美丽，并且因此而恐惧。她的面孔引起彼埃尔的注意，他匆忙地顺着围墙行走时，回头看了她好几眼。彼埃尔走到围墙边，仍然没有找到他所寻找的人，停了下来，向四周看着。

彼埃尔怀里抱着小孩，他的身体现在比先前更加令人注目了，在他身边聚集了几个俄国人，有男有女。

“丢了人吗，好先生？——您是绅士吗，是吗？谁的小孩？”他们问他。

彼埃尔回答说，这个小孩是一个穿黑外套的女人的，她是带着小孩们坐在这个地方的；他问谁认识她，她到哪里去了。

“一定是安斐罗夫家的人，”一个年老的教堂执事向一个麻脸的农妇说，“主发慈悲吧。主发慈悲吧。”他又用习惯的低音说。

“安斐罗夫家的人在哪里？”那个农妇说，“安斐罗夫家早上就走了。这不是玛丽亚·尼考娅叶芙娜的孩子，就是依发诺娃的孩子。”

“他说的是一个女人，玛丽亚·尼考娅叶芙娜太太。”一个家奴说。

“那么您认识她，一个长牙齿的瘦瘦的女人。”彼埃尔说。

“就是玛丽亚·尼考娅叶芙娜。这些狼来扑他们的时候，他们到花园里去了。”那个农妇指着法国兵说。

“啊，主发慈悲吧。”教堂执事又说。

“您到那里去吧，他们在那里。就是她。她伤心极了，哭了，”那个农妇又说，“就是她，从这里走。”

但是彼埃尔没有听农妇说话。他已经有好几秒钟聚精会神地注视着几步以外所发生的事。他望着亚美尼亚人的家庭和两个走到他们面前去的法国兵。一个是敏捷的矮小的人，穿着蓝色军大衣，腰间系着一根绳子。他头上戴一顶睡帽，脚赤着。另一个使彼埃尔特别吃惊，他是一个高高的驼背的金发的瘦子，他的动作迟缓，面部表情呆痴。这个人穿着绒布的女外套、蓝裤子、破了的大靴子。那个没有靴子、穿蓝色军大衣的矮小的法国兵，走到亚美尼亚人面前，说了什么，立刻抓住老人的腿，老人立刻就连忙开始脱他的靴子。另一个穿绒布女外套的，站在美丽的亚美尼亚的美女的面前，把手放在衣袋里，沉默地不动地望着她。

“接着，接着小孩，”彼埃尔断然地急忙地向农妇说，并且把小孩递给她，“你交给他们，交给他们！”他几乎向农妇喊叫，把哭叫的女孩放在地上，又看了一下法国兵和亚美尼亚人的家庭。

老人已经赤脚坐着。矮小的法国兵取了他的第二只靴子，把两只靴子对拍着。老人呜咽着说了什么，但是彼埃尔只瞥了一瞥这件事，他的全部注意力集中在穿绒布女外套的法国兵身上，那个兵这时缓缓地摆动着，走近年轻的妇女，从衣袋中把手拿出来，抓她的颈子。

美丽的亚美尼亚女子仍旧不动地坐着，长睫毛下垂着，似乎没有看见、也没有觉到法国兵对她的举动。

当彼埃尔跑过他和法兵之间那几步路的时候，那个穿绒布女外套的、高高的盗匪已经在扯亚美尼亚女子颈项上的项链了，这个年轻的妇女双手抱着颈子，尖声地叫着。

“Laissez cette femme！［放开这个妇女！］”彼埃尔激怒地嘶哑地吼着，抓住高高的驼背的兵士的肩膀，把他推开。

法国兵跌倒了，爬起来跑开了。但是他的同伴丢下了靴子，抽出了刀，威胁地走到彼埃尔的面前。

“Voyons，pas de betises！［嗬，不要胡闹！］”他叫着。

彼埃尔在怒火的激动中，他什么都顾不得了，并且他的力量增加了十倍。他向赤脚的法国兵冲去，后者还不及抽出他的刀，他已经把他打倒，用拳头捶他了。四周的群众发出称赞的叫声，同时从街角上走出一队巡逻的法国矛枪骑兵。矛枪骑兵缓慢地走到彼埃尔和法国兵的面前，并且把他们包围起来。以后的事情彼埃尔都记不得了。他只记得他打了人，他被人打，最后他觉得他的双手被绑了起来，一群法国兵站在他四周，搜他的衣服。

“Il a un porgnard，lieutenant. ［他有一把刀，中尉。］”这是彼埃尔所了解的第一句话。

“Ah，une arme！［啊，一件武器！］”军官说后，又转向那个同彼埃尔一道被捕的赤脚的法国兵。

“C'est bon，vous direz tous cela au conseil de guerre，［很好，你把这一切报告军事法庭，］”军官说，然后又转过身来向着彼埃尔说，“Padez-vous français，vous？［你说法语吗？］”

彼埃尔用充血的眼睛向四周环顾着，没有回答。大概他的面孔显得很可怕，因为军官低声地说了什么，又有了四个矛枪骑兵离开了队伍，站在彼埃尔的两旁。

“Pardez-vous français? ［你说法语吗?］” 军官又问他，站得离他远远的，“Faites venir l’interprête. ［叫翻译来。］”

从行列中走出一个穿俄国普通衣服的矮子。彼埃尔从他的衣服和言语上立刻认出他是一家莫斯科商店里的法国人。

“Il n’a pas l’air d’un homme du peuple. ［他不像普通人的神气。］” 翻译看了看彼埃尔说。

军官说：“Oh, Oh! ça m’a bien l’air d’un des incendiaires. ［啊，啊！他很像一个放火的人。］” 又说，“Demandez lui ce qu’il est. ［问他是谁。］”

“你是谁?”翻译问，“你一定要回答长官。”他说。

“Je ne vous dirai pas qui je suis. Je suis votre prisonnier. Emmenez-moi. ［我不告诉你们我是谁。我是你们的俘虏。带我走吧。］” 彼埃尔忽然用法语说。

“啊，啊!”军官皱了皱眉说，“Marchons! ［我们走!］”

人群聚集在矛枪骑兵的旁边。站得离彼埃尔最近的是那个麻脸农妇和女孩；在巡逻队移动时，她走上前。

“他们带你到哪里去，我的好先生?”她说，“假使这个女孩不是他们的，这个女孩，这个女孩我要怎办呢?!”农妇说。

“Qu’ect ce qu’elle veut cettc femme? ［这个女人要干什么?］” 军官问。

彼埃尔好像是喝醉了酒。他的兴奋心情因为看到他所救出来的女孩而加强了。

“ce qu’elle dit? ［她说什么?］” 他低声地说，“Elle m’apporté mafille que je viens de sauver des flammes, ［她把我刚从火里救出来的，把我的女儿带来了，］” 他说，“Adieu! ［再会!］” 他自己不知道怎么说出了这个无目的的谎话，迈着坚决而得意的步伐在法国人当中走着。

这个法国巡逻队是许多巡逻队当中的一个，他们被丢好柰派在莫斯科各街道中禁止抢劫，特别是要拘捕放火的人，据法军高级官员当天所表示的一般意见，他们是失火的原因。这个巡逻队，走了几条街，又捕了五个有嫌疑的俄国人——一个小商人，两个神学生，一个农民，一个家奴——和几个行劫的法国兵。但是在这些有嫌疑的人当中，彼埃尔似乎最有嫌疑。当他们被押到苏保夫斯基壁垒上充作拘留所的大房子里过夜的时候，彼埃尔单独地受到严厉的监视。

战争与和平（四）

［俄罗斯］列夫·托尔斯泰◎著　高植◎译

長江出版傳媒｜长江文艺出版社

目录

Contents

Part Four

第四卷

第一部

1

在彼得堡的上流社会里，在路密安采夫派、法国人派、玛丽亚·费道罗芙娜派、皇太子派和其他党派之间，这时正进行着一场比过去任何时候更加剧烈、并像往常那样被宫廷食客的嗡嗡声所掩盖的复杂斗争。但是那种安静、奢华、为捕捉生活的幻影而奔忙的彼得堡生活，还在照旧进行着；由于过着这种生活，要作出很大的努力才能认识到俄国人民所面临的危险和所处的困境。照旧是那样的接见和舞会，照旧是那个法国戏院，照旧是那样的宫廷的兴趣，照旧是那样的对官职的兴趣和阴谋。只在最上层的社会里有人作出了努力，以便提醒人们注意当前的困境。人们都在窃窃私议，说到在这样困难的情况下，两位皇后①的行动是多么截然不同。玛丽亚·费道罗芙娜皇后只关心她所管辖的慈善机关与教育机关的安全，她下了命令把这些机关迁到卡桑去，于是这些机关的设备都包装起来

---

① 毛注：玛丽亚·费道罗芙娜皇后的丈夫是保罗（巴弗尔）。叶丽萨斐塔·阿列克塞芙娜皇后的丈夫是亚力山大一世。她是巴登的公主，在婚后却发扬了她的俄罗斯的爱国主义。

了。而叶丽萨斐塔·阿列克塞芙娜皇后在人们问她有什么吩咐的时候，她怀着俄国人固有的爱国心回答说，对于政府机关她不能够下命令，因为这是皇帝的事，至于她个人的事，她说她要最后一个离开彼得堡。

八月二十六日，就是保罗既诺会战那一天，安娜·芭芙洛芙娜家有一个晚会，这个晚会最精彩的内容是要朗读总主教在把圣·塞尔基圣像献给皇帝时所写的那封信。这封信被人当作宗教的爱国主义辞令的典范。这封信要由以朗读的艺术出名的发西利公爵本人来朗读（他常常在皇后面前诵读）。人们认为，他的朗诵响亮，像唱歌一般，既不是拼命呼叫，也不是温柔低语，他的声调与文意无关，在哪些字眼上呼叫，在哪些字眼上低语，完全是偶然的。这次读信和安娜·芭芙洛芙娜所有的晚会一样，具有政治意义。在这个晚会上将有几个要人莅临，他们定会为他们到法国戏院去而感到羞耻，从而唤起爱国情绪。已经到了很多客人，但是安娜·芭芙洛芙娜还没有在客厅里见到她所需要的那些人，因此还不让读信，而在主持着一般的谈话。

这天彼得堡的新闻是别素号娃伯爵夫人的疾病。伯爵夫人在几天前突然得病，好几个集会她都没有参加，而她正是这些集会的装饰品；而且听说，她不接见任何人，她没有请那些一向替她看病的彼得堡名医，却相信一个用某种不同寻常的新方法替她治病的意大利医生。

大家都很清楚地知道，迷人的伯爵夫人得病是由于她不能够同时嫁两个男人，而意大利人的治疗就是要去除她的这块心病；但是在安娜·芭芙洛芙娜面前不但没有人敢这么想，而且好像没有人不知道这回事。

“On dit que la pauvre comtesse est très mal. Le médecin dit que c’est l’angine pectorale. ［听说可怜的伯爵夫人病得很重，医生说是心绞痛。］”

“L’angine? Oh，c’est une maladie terrible!［发炎？啊，这是可怕的病!］”

“On dit que les rivaux se sont reconciliés grâce à l’angine［听说因为

发炎，情敌和好了］……”

Angine［发炎］这字眼被人大为满意地重述着。

“Le vieux comte est touchant à ce qu'on dit. Il a pleuré comme unenfant quand le médecin lui a dit que le cas était dangereux.［听况，老伯爵很悲伤。医生向他说这个病是很危险的时候，他哭得像小孩子一样了。”

“Oh, ce serait une perte terrible. C'est une femme ravissante.［啊，这是很大的损失。她是那样迷人的妇人。］”

“Vous parlez de la pauvre comtesse?［你是说可怜的伯爵夫人吗?］”安娜·芭芙洛芙娜走上前说。“J'ai envoyé savoir de ses nouvelles. On m'a dit qu'elle allait un peu mieux. Oh, sans doute, c'est La plus charmante femme du monde.［我派了人去探问她的病情。回话告诉我，她好了一点。无疑，她是世界上最迷人的妇人。］”安娜·芭芙洛芙娜说，对于自己的热情微笑着。

“Nous appartenons à des camps différents, mais cela ne m'empêchepas de l'estimer, comme elle le mérite. Elle est bien malheureuse.［我们属于不同的阵营，但这不能阻止我对她表示应有的尊敬。她是那样的不幸。］”安娜·芭芙洛芙娜说。

一个粗心的青年认为安娜·芭芙洛芙娜是用这些话轻轻揭开着伯爵夫人疾病的神秘之幕，于是竟敢表示惊异，说是没有延请名医，而是由一个江湖庸医在治疗伯爵夫人，他会许用危险的疗法的。

“Vos informations peuvent être meilleures que les miennes.［你的消息也许比我的好。］”安娜·芭芙洛芙娜忽然恶毒地攻击这个没有经验的青年。“Mais je sais de bonne source que ce médecin est un homme trèssavant et très habile. C'est le médecin intime de la reine d'Espagne.［但是我根据可靠的消息，知道这个医生是一个很有知识很有本领的人。他是西班牙皇后的侍医。］”

这样地驳倒了那个青年之后，安娜·芭芙洛芙娜便转向俾利平。他在另一个小团体里谈到奥地利人，他皱起了眉头，又显然要舒展开，说 un mot［一个警句］。

“Je trouve que c'est charmant.［我觉得这是很有趣的。］”他说

到那个外交文件，它是和彼得堡方面称为 le héros de Pétropol［彼得堡的英雄］维特根示泰恩①所夺得的奥国国旗一同送到维也纳的。

“什么？是什么？”安娜·芭芙洛芙娜向他说道，让别人安静地听着她已经知道的那个 mot［警句］。

于是俾利平重述了他起草的外交急报中如下的原文：

“L'empereur renvoie les drapeaux Autrichiens，［皇帝送回这些奥国国旗，］”俾利平说，“drapeaux amis et égarés qu'il a trouvé hors de la route.［友谊的，迷失的，在正路之外发现的国旗。］”俾利平说完，舒展了皱纹。

“Charmant，charmant.［好极了，好极了。］”发西利公爵说。

“C'est la route de Varsovie peut-être.［也许是到华沙的路。］”依包理特公爵大声地突然地说。大家都看了看他，不明白他说这话的意义。依包理特公爵也愉快而惊异地向四周看了一下。他和别人一样，不明白自己的话是什么意思。他在他的外交活动中屡次注意到，这样忽然说出的话显得是很机智的，并且他每次都是一有什么话就信口说出来，“那也许很好，”他想，“即使不然，他们也知道应付的。”果然，在令人不舒服的沉默中，那个不够爱国的人走进来了，安娜·芭芙洛芙娜正等着感化他；于是她微笑着用一只手指向依包理特点了点，便邀请发西利公爵到桌子前面去，然后送给他两支蜡烛和手稿，请他宣读。大家沉默着。

“崇德宏恩的君主皇帝！”发西利公爵严厉地宣读了一声，然后向听众环顾了一下，似乎是问，有没有人要说出什么不同意的话。但是没有人说出什么。“我们的古都莫斯科，新耶路撒冷，接待它的基督，”他忽然地强调“它的”——“好像是一个母亲用她的双手去拥抱她的热心的儿子们，并且从升起的烟雾里，预见到你的权柄的赫赫光荣，欢喜地高唱：‘和散那，光荣归于我主！’”发西利公

① 毛注：这是六月十八、十九日对法国伍第诺军团的胜利。牒文要点是以《彼得后书》二章十五节暗示新近的俄奥同盟，而此刻奥军却帮助拿破仑打仗。

爵用哭泣的声音读最后的字句。

俾利平注视着自己的指甲，显然许多人畏惧了，好像是在问，他们的过错在哪里。安娜·芭芙洛芙娜低声地预先说出下面的话，好像老太婆复述圣餐的祷文一样，她低声说，“让大胆傲慢的歌利亚……”

发西利公爵继续读着：

“让大胆的傲慢的歌利亚从法国的边境用致命的恐怖来围困俄国的土地；谦逊的信仰，这是俄国大卫的投石器，要忽然痛击他的好杀的骄傲的头颅。这个神圣的塞尔基的圣像，古代的保卫我国福利的热诚的战士，被送给皇帝陛下了。我痛惜，我的体力衰弱，我不能看见您的最有恩惠的体现。我向上天作热诚的祈祷，万能的主颂扬维护正义的种族吧，大发慈悲地满足陛下的希望吧。”

“Quelle force！Quel style！［多么有力！多好的风格！］”这是他们对于朗诵者和作者的称赞。

安娜·芭芙洛芙娜的客人们，被这篇言辞所激动，很久地谈论着祖国的境况，对于数日之内就要发生的会战的结果，作着各种各样的预测。

“Vous verrez，［你会明白的，］”安娜·芭芙洛芙娜说，“明天，皇帝生日，我们要接到消息的。我有一个很好的预感。”

2

安娜·芭芙洛芙娜的预感果然应验了。第二天，在宫中教堂里为皇帝的生日举行祈祷时，福尔康斯基公爵被人从教堂里叫出去了，他接到库图索夫公爵的公文。这是库图索夫在交战的那天从塔塔锐诺佛写来的报告①。库图索夫写的是，俄军没有后退一步，法军的损

---

① 毛注：彼得堡距库图索夫所在处四百英里，最快的交通是马匹，不能把当晚的消息于次日送到。亚力山大一世的生日是十二月十二日，八月三十日是他的命名日，假使说晚会的日期是八月二十九日就对了，因为三十日在教堂举行皇帝命名祈祷时，确实按到了库图索夫的报告。托氏把日期弄混了。

失远比我们的大，他是在战场上匆忙地写报告的，来不及收集最后的情报。可见，这是一个胜仗。还未走出教堂的人立即为了造物主的帮助和胜利向造物主作感谢祈祷。

安娜·芭芙洛芙娜的预感证实了，整个早晨满城都是高兴的庆祝的心情。大家认为这是完全的胜利，有的人甚至说到拿破仑本人的被俘，说到他的废黜，以及法国新国王的遴选。

离开战地很远，在朝廷生活的环境中，要把事件充分地有力地反映出来，是极其困难的。一般的事件总是不知不觉地和一些个人的偶然事件结合在一起。所以现在朝臣们最高兴的是，一方面我们取得了胜利，另一方面胜利的消息正好赶上了皇帝的生日，在这两件事上，他们是一样地高兴。这好像是一个安排得很成功的意外喜事。在库图索夫的报告中也说到俄军的伤亡，其中提到屠契考夫、巴格拉齐翁和库他益索夫。这个事件的悲哀方面，在彼得堡社会里也不知不觉地和一个事件结合在一起——库他益索夫的死。大家认识他，皇帝欢喜他，他又年轻又有趣。这天大家见面都说：

"多么凑巧啊。正在大家祈祷的时候。库他益索夫的死是多大的损失啊！啊，多么可惜！"

"关于库图索夫，我对你们说过些什么呢？"发西利公爵现在带着预言家的骄傲说，"我总是说，只有他一个人能够打败拿破仑。"

但是，第二天没有接到军中的消息，大家的声色又开始显得不安了。皇帝为不知道真实情况而痛苦，朝臣们因此感到痛苦。

"皇帝的处境是多么困难啊！"朝臣们说，他们现在已经不像前天那样称赞库图索夫，却把库图索夫作为皇帝心情不安的原因加以指责了。这天发西利公爵不再夸奖他的 protégé［被保护者］库图索夫，而在谈到总司令时却保持缄默。此外，这天傍晚的时候，似乎一切都凑合在一起了，使得彼得堡的居民感到惊慌与不安，又增加了一个可怕的消息。叶仑娜·别素号娃伯爵夫人突然死于那个人们如此津津乐道的、可怕的疾病。在一些大团体里，大家都正式地说别素号娃伯爵夫人死于可怕的 angine pectorole［心绞痛］的猝发，但在熟人之间，他们谈到详细情形时就说，le médecin intime de la reine d'Espagne［西班牙皇后的侍医］要爱仑服少量的能产生一定效用的药剂；但是，一方面由于老伯爵怀疑她，一方面由于她写信给丈夫，而他（那个不幸的放荡的彼埃尔）没有给她回信，使她感到痛苦，于是她忽然服了大量的药剂，未及抢救就痛苦地死去了。据说，发西利公爵和老伯爵要控告那个意大利人；但是意大利人给他们看了不幸的亡妇写给他的那些信件，于是他们立刻罢休了。

大家的谈话集中在三件痛苦的事件上：皇帝不知道真实情况、库他益索夫的丧命和爱仑的死。

在收到库图索夫报告后的第三天，有一个地主从莫斯科来到彼得堡，于是全城传开了法国兵占领莫斯科的消息。这是可怕的！皇帝的处境是多么困难啊！库图索夫是国贼，而发西利公爵在客人为他女儿去世前来 visites de condoléance［吊唁］的时候，说起他从前所称赞的库图索夫，他说，对于一个瞎眼而荒唐的老人是没有什么好期待的了。（他在痛苦的时候忘记了从前说的话，这是可以原谅的。）

"我感到奇怪的只是，怎么能把俄国的命运托付给这样的人呢？"

当这个消息还没有证实的时候，还可以怀疑它，但是第二天寄来了拉斯托卜卿伯爵如下的报告：

"库图索夫公爵的副官送信给我，他在信中要求我派警官把军队送上锐阿桑大道。他说，可惜要放弃莫斯科。陛下！库图索夫的行为决定首都与您的帝国的命运。俄国人民知道了莫斯科要放弃将会大为震惊，在那里集中了俄国的尊严，集中了我们祖宗的骨灰。我要跟着军队走。我把一切东西都运走了，我只能为自己祖国的命运而流泪了。"

皇帝接到了这个报告后，便派福尔康斯基公爵送给库图索夫如下的谕旨：

"米哈伊·伊拉锐诺维支公爵！自八月二十九日以来我从未接到您的任何报告。而在九月一日，我接到莫斯科警备司令由雅罗斯拉夫方面寄来的悲惨的消息，说您决定带走军队放弃莫斯科。您自己可以想象这个消息对我所产生的影响，而您的沉默加深了我的惊异。

我派侍从武官长福尔康斯基公爵送函，向您探问军队的情况，以及使您作这样可悲的决定的各种理由。”

3

在莫斯科被放弃后九天，库图索夫的专使带了放弃莫斯科的正式消息来到彼得堡。这个专使是法国人米邵，他不懂俄语，但是像他自己所说的 quoique étranger，Russe de coeur et d'âme［虽然是外国人，却是俄国人的心肠和灵魂］。

皇帝立刻在石岛宫中自己的办公室里接见来使。米邵在战争之前从来没有到过莫斯科，又不懂俄语（像他自己所记述的），当他出现在 notre très gracieux souverain［我们的崇德宏恩的君王］之前，报告莫斯科的 dont les flammes éclairaient sa route［火光照亮了他的路线］的大火消息时，他仍然觉得自己深受感动。

虽然米邵先生 chagrin［烦恼］的根源，和俄国人民烦恼的缘由一定不同，但是米邵在他被带到皇帝办公室时，却露出那么忧郁的面色，以致皇帝立刻问他：

“M'apportez vous de tristes nouvelles，colonel？［你带给我的是悲惨的消息吗，上校？］”

“Bien tristes，sire，［很悲惨，陛下，］”米邵叹了口气，垂着眼回答，“l'abandon de Moscou.［莫斯科失守。］”

“Aurait on livré mon ancienne capitale sans se battre？［他们不战就放弃了我的古都吗？］”皇帝忽然红了脸，迅速地问。

米邵恭敬地报告了库图索夫要他转告的话，就是，在莫斯科作战是不可能的，并且因为两者之间只能选择一个——或是损失军队与莫斯科，或是只损失莫斯科——元帅不得不选择后者。

皇帝没有望米邵，沉默地听着。

“L'ennemi est-il en ville？［敌人进城了吗？］”他问。

“Oui，sire，et elle est en cendres à l'heure qu'it est. Je l'ai laissée tout en flammes.［是的，陛下，现在城里已经烧成灰烬了。我是在满城大火中离开的。］”米邵毅然地说，但是看了看皇帝，米邵便为他

所说的话感到恐怖了。

皇帝开始困难地急促地呼吸着，他的下唇打颤，美丽的蓝眼里忽然有了泪。

但是这只经过了一刹那。皇帝忽然皱了皱眉，似乎是责备自己的软弱。他抬起头，用坚决的声音向米邵说：

"Je vois，colonel，par tout ce qui nous arrive，［上校，由于所发生的一切，］"他说，"que la providence exige de grands sacrifices de nous……Je suis prêt a me soumettre à toutes ses volontés；mais dites moi，Michaud，comment avez-vous laissé l'armée，en voyant ainsi，sans coup férir，abandonnermon ancienne capitale? N'avez vous pas aperçu du découragement?［我知道，天意要我们有重大的牺牲……我决心一切顺从天意；但是你告诉我，米邵，你是怎样离开了不战而放弃我的古都的军队的？你没有看到士气不振吗？］"

米邵看到他的 très gracieux souverain［崇德宏恩的君王］镇静下来，自己也镇静了，但是对于皇帝直接的、重要的、需要立刻回答的问题，他还来不及准备回答。

"Sire，me permettrez-vous de vous parler franchement en loyalmilitaire?［陛下，准许我像一个忠实的军人那样坦白地说话吗？］"他说，为了赢得一点时间。

"Colonel，je lexige toujours，［上校，我向来要求如此，］"皇帝说，"Ne me cachez rien，je veux savoir absolument ce qu'il en est.［什么都不要隐瞒，我一定要知道全部的真实情况。］"

"Sire!［陛下!］"米邵在嘴上带着几乎察觉不出的微笑说，已经用轻松的恭敬的 jeu de mots［文字游戏］形式为自己作了回答的准备。"Sire! j'ai laissé toute l'armée depuis les chefs jusqu'au dernier soldat，sans exception. dans une crainte epouvantable，effrayante……［陛下，我离开军队时，全军的人，从司令官到士兵，无一例外，都万分地非常地害怕……］"

"Comment ca?［怎么会这样？］"皇帝严厉地皱了皱眉，插言说，"Mes Russes se laisseront-ils abattre par le malheur……Jamais［我

的俄国人会因为失败而丧气吗……绝不会]……"

米邵只是等待着这句话，好说出他的文字游戏。

"Sire，[陛下，]"他带着恭敬而游戏的表情说，"ils craignent seulement que votre Majesté par bonté de coeur ne se laisse persuader de faire la paix. Ils brùlent de combattre，[他们只怕陛下因为心肠仁慈而订立和约。他们的战斗意志非常高昂，]"这位俄国人民的代表说，"et de prouver à votre Majesté par le sacrifice de leur vie，combien ilslui sont devoués……[并且不惜牺牲生命，向陛下证明他们是多么的忠心……]"

"啊!"皇帝眼里带着亲切的光芒，拍着米邵的肩头，安心地说，"Vous me tranquillisez，colonel.[你使我安心了，上校。]"

皇帝垂头沉默了片刻。

"Eh bien，retournez à l'armée，[好，回到军队里去吧，]"他说，挺起身子，带着亲切的威严的姿势对米邵说，"et dites ɑ̀ nos braves，dites à tous mes bons sujets partout où vous passerez，que quand je n'aurais plus aucun soldat，je me mettrai，moimême，à la tête de ma chère noblesse，de mes bons paysans et j'userai ainsi jusqu'à la dernière ressource de mon empire. Il m'en offre encore plus que mes ennemis ne pensent，[在你所到的地方，告诉我们的勇士，告诉我的好百姓说，在我没有一个兵的时候，我要亲自领导我的贵族，我亲爱的农民，我就是要这样地使用我的帝国的最后的力量。这力量还比我的敌人所设想的更大，]"皇帝说，越来越激动了，"Mais si jamais il fut écrit dans les décrets de la divine providence.[但是假使神圣的天意注定了，]"他说，向天上抬起他的那美丽的、温顺的、闪耀着激情的眼睛，"que ma dynastie dût cesser de régner surle trône de mes ancêtres，alors，après avoir épuisé tous les moyens qui sont en mon pouvoir，je me laisserai croître la barbe jusqu'ici，[我的朝代要在我祖宗的宝座上断绝，那么，消耗了我所能运用的一切力量之后，我要让我的胡须长到这里，]"皇帝把手比到胸脯的当中，"et j'irai manger des pommes de terre avec le dernier de mes paysans plulôt，que de signer la honte de ma patrie et de ma chère nation dont je sais apprécier les sacrifices! [我去同我的最贫苦的农民吃山芋，也不签订条约羞辱我的国家和亲爱的人民，我知道怎样重视他们的牺牲!]”

皇帝用激动的声音说了这些话，忽然地转过身去，似乎是要不让米邵看见他眼中的泪，他走到办公室的尽头去了。在那里站了一会，他大步地回到米邵面前，用力地握着他的胳膊下端。皇帝的俊俏的、温良的脸上发红了，他的眼睛里发出坚决和愤怒的光芒。

“Colonel Michaud. n'oubliez pas ce que je vous dis ici; peutêtre qu'un jour nous nous le rappellerons avec plaisir…… Napolêon ou moi, [米邵上校，不要忘记了我在这里向你所说的话；也许有一天我们会快乐地想起来……拿破仑或者我,]”他摸着胸口说，“Nous ne pouvons plus régner ensemble. J'ai appris à le connaitre, il ne me trompera plus [我们再也不能够同时在位的。我现在知道他了，他不能再骗我了]……”接着皇帝皱了皱眉，沉默了。

听了这些话，看见了皇帝眼中毅然决然的表情，米邵——quoique étranger, mais Rosse de coeur et d'âme, [虽然是外国人，却是俄国人的心肠和灵魂,]——在这个庄严的时候，觉得自己enthousiasmé par tout cequ'il venait d'entendre [因为刚才所听到的一切而变得热情,]（他后来这么说的），并且在他下面的话中表示了他自己的情感和俄国人民的情感（他自认是俄国人民的代表）。

“Sire! [陛下!]”他说，“votre Majesté signe dans ce moment lagloire de sa nation et le salut de l'Europe! [陛下此刻便决定了国家的光荣和欧洲的得救!]”

皇帝点了点头，让米邵走了。

4

那时候俄国被占领了一半，莫斯科居民逃到遥远的各省，民团一批一批地奋起保卫祖国，我们不是生在那时候的人，不觉地以为那时所有的俄国人，自平民到伟人，所做的事情，只是为了牺牲他们自己，拯救祖国，或者哀哭祖国的灭亡。那时的传说与记载，没有例外地，都只说到俄国人的自我牺牲，爱祖国，失望，悲哀和英勇。其实并不如此。我们以为如此，只是因为我们对于过去只看到那时的历史上的共同利益，却没有看见当时人们的、一切合乎人情的、个人的利益。然而，在实际上，那些个人的眼前利益是远比一般的利益重要，使人从来不感觉到，甚至没有注意到共同的利益。那时大部分的人并不注意大局，只被目前个人的利益所驱使。这些人就是那时候最有用的活动者。

那些试图了解大局并且想要抱着自我牺牲与英雄主义的精神参与其事的人，都是最无用的社会成员；他们看到了一切的混乱情况，而他们为了公益所做的一切，变成了无用的蠢事，例如彼埃尔的团和马摩诺夫的团就曾抢劫俄国乡村，例如小姐们所做的裹伤布就从来没有到达伤员那里，等等。有人喜欢谈到思想问题和表现自己的情感，他们说到俄国的当时的处境，甚至不觉地在他们的言语中夹杂着作假和虚伪的腔调，或者是对于某些人的无用的非难和愤怒，这些人却是为了谁也不能负责的事而受到指责的。在历史事件中，禁食知识树果的道理是最明显的。只有不自觉的活动产生果子，而在历史事件中担任角色的人，决不会了解它的意义。即使他试图了解它，那也是没有结果的。

越是直接参与那时俄国所发生的事件的人，越不明白它的意义。在彼得堡和远离莫斯科的各省，太太们和穿了民团制服的绅士们，哀哭俄国和古都，说到自我牺牲，等等；但是在退离了莫斯科的军队中，几乎没有人说到、没有人想到莫斯科，并且看着城中的火焰，没有人发誓要向法国人复仇，却想到下一季的饷，想到下一个休息站，想到随军女商人马特绕施卡和类似的事。

尼考拉·罗斯托夫没有任何自我牺牲的目的，而是因为战事发生时他在服役，偶然地参加了直接的长时期的保卫祖国的战争，因此他对于那时在俄国所发生的事没有感到失望，没有作忧郁的推论。假使有人问他，他对于俄国当时的境况是什么想法，他便要说，那是用不着他想的，说这是库图索夫和别人的事情，而他听说，团要补充，并且仗一定还要打很久，而且在当时的情况下，他不难在两年之内升做团长。

因为他对于问题是这样的看法，所以在他听到派他出差到福罗涅示去为本师办理补充马匹的消息时，他不但没有惋惜不能参与最近的战斗，而且感到极大的高兴，这一点他并不隐瞒，他的同事们也都知道得很清楚。

在保罗既诺会战的前几天，尼考拉收到了钱和公文，先派了几名骠骑兵在前面走，他自己乘驿马到福罗涅示去了。

只有具备这种经验的人——就是一连几个月在战争和战斗生活的气氛中过日子的人——才能够了解尼考拉离开了有军队征发粮秣、有军需车辆和医院的地方的时候所感到的那种欢喜；在他看不见士兵、车辆、扎营的污秽的痕迹，而看见有农夫农妇的乡村、地主的庄园、牧牛的田野、驿站房屋和打盹的站长的时候，他感觉到那样的欢喜，好像他是第一次看到这一切。特别使他许久地惊讶和欢喜的，是年轻而健康的妇女，她们当中没有一个人的身边会有十来个献殷勤的军官，她们因为过路的军官和她们说笑话而觉得高兴和荣幸。

尼考拉，怀着最快乐的心情，在夜间到了福罗涅示的客店，要了他在军中久未享受的一切，第二天，仔细而又仔细地刮了胡子，穿上了好久不穿的全副军装，去见地方官。

民团的司令官是一个非军人出身的将军，是一个老人，他显然对于他的军职和阶级感到乐趣。他粗莽地（他以为这是军人的特色）接待尼考拉，并且妄自尊大地问他的话，好像他有权利这么做，又好像是在评论一般的局势，赞同着，反对着。尼考拉是那么愉快，因为这只使他觉得有趣。

他从民团司令官那里去见省长。省长是一个矮小的活泼的人，极其和蔼、爽直。他向尼考拉指示了他可以购得马匹的养马场，他又向他介绍了一个城内的马贩，一个离城二十里的地主，他们那里有最好的马，他还答应了尽力帮忙。

“您是伊利亚·安德来伊支伯爵的儿子吗？我的妻子和您的母亲很要好，我们每星期四招待客人；今天是星期四，请您到我这里来，不拘礼节。”省长送别时说。

尼考拉雇了一辆驿车，和他的曹长坐在一起，从省长那里，一直驶到二十里外有养马场的地主那里去了。在他初到福罗涅示的时候，尼考拉觉得一切是愉快的轻松的，这是通常如此的，在一个人自己的心情很好的时候，事事都是如意的、顺利的。

尼考拉所访问的地主是一个单身的骑兵老军官、一个识马的人、一个猎人，有吸烟室、百年的香料白兰地酒、匈牙利陈酒和良马。

尼考拉只说了两句话，就用六千卢布买成了十七匹精选的雄马（他这么说）作为新马的标准马匹。罗斯托夫吃了饭并且多喝了一点匈牙利酒，和乡绅互相接吻，他已经同他以“你”相称了，他怀着最快乐的心情，顺着最坏的道路回去，不停地催着车夫，以便赶上省长家的晚会。

换好了衣服，用冷水淋了头，洒了香水，尼考拉·罗斯托夫便到省长的家里去了，虽然迟了一点，却有准备好了的话：“vaut mieux tard que jamais.［迟到比不到好。］”

这不是一个舞会，也没有说到要有跳舞；但是大家都知道，卡切芮娜·彼得罗芙娜要在大钢琴上弹奏华姿舞曲和苏格兰舞曲，要有跳舞，大家都这么打算，都像赴跳舞会那样地来赴会。

在一八一二年外省的生活是和寻常完全一样的，只有这点差别，就是：城市里较为热闹，因为从莫斯科搬来了许多富家；并且和那时俄国所发生的一切事情一样，可以看到某种特别的放荡不羁，生活上的无所顾忌，毫不在乎；此外，人们彼此之间所不可少的闲谈，从前是关于天气和共同相识的朋友，而现在却是关于莫斯科、军队和拿破仑了。

集合在省长家的团体是福罗涅示最上流的团体。

妇女们很多，有几个是尼考拉在莫斯科的熟人；但是男子们，没有一个人能够和授圣·乔治勋章的骑士、购马的骠骑兵军官，同时又是善良的有教养的罗斯托夫伯爵相比。在男子当中有一个意大利俘虏，他是法国军队里的军官，罗斯托夫觉得这个俘虏的在场，更加提高他的（俄国英雄的）重要性。这个人好像是战利品。尼考拉感觉到这一点，并且觉得大家也是这样地看待这个意大利人，于是尼考拉尊严地、有节制地对这个军官表示亲切。

尼考拉穿了骠骑兵制服一走进来，大家便围绕着他；他的周身发出香气和酒味，他自己说并且好几次听到别人也向他说这句话："迟到比不到好。"所有的目光都向他注视着，他立刻觉得，他变成了大家所喜爱的人，这是外省的最适合于他的，是他一向所乐意的一种身份，而此刻，在长时的艰苦牛活之后，这是使他感到满足令他陶醉的一种身份。不但在驿站上，在旅店中，在地主的吸烟室里，女仆们因为受他的注意而觉得荣幸；而且在这里，在省长的晚会里(尼考拉觉得)，有无数的年轻妇人和美丽姑娘不耐烦地期待着他去注意她们。妇人和姑娘向他献媚，老人们甚至在第一天就忙着要使这个青年浪子骠骑军官结婚成家。在这些人当中，有省长的妻子本人，她把尼考拉当作她的近亲，称他"尼考拉"和"你"。

卡切芮娜·彼得罗芙娜，果真开始弹奏华姿舞曲和苏格兰舞曲，并且跳舞开始了，在跳舞时，尼考拉由于他的灵巧更加迷惑了省会人士。他甚至以他的特别随便的跳舞姿势使大家吃惊。尼考拉自己有点儿诧异那天晚上自己的跳舞姿势。他从来没有这样地在莫斯科跳舞过，甚至认为这种太随便的跳舞姿势是不好的，mauvais genre [是坏姿势]；但是在这里，他觉得必须用什么非常的东西来惊动大家，这种东西，他们一定认为是都城里所通行而是外省还不知道的。

在整个的晚会中，尼考拉最注意一个蓝眼的、肥胖的、好看的、矮小的金发女子，她是一个省官的妻子。尼考拉怀着欢乐的年轻人们的单纯信念，以为别人的妻子是为他们创造的，他没有离开这个太太，并且亲密地、有点儿阴谋地对待她的丈夫，好像虽然他们不说，却知道他们，即是尼考拉和这个丈夫的妻子，会相处得异常之好的。丈夫却似乎并不抱着这种信念，并且力求显得愁眉苦脸地对待罗斯托夫。但是尼考拉的善良的单纯的心情是那样地没有限制，以致有时这个丈夫也不觉地顺从了尼考拉的快乐心情。但是在晚会将毕时，妻子的面孔变得愈红润愈生动，丈夫的脸变得愈忧郁愈死板，好像两人活泼的分量始终一样，妻子方面的活泼增加，丈夫方面的便减少了。

5

尼考拉脸上一直带着笑容，在扶手椅上把身子微微向前探着，向金发女子逼近地俯着头，向她说着神话般的赞辞。

尼考拉得意扬扬地变动着穿紧马裤的腿子的位置，身上发出香气，赞叹着他的女伴、他自己和穿紧靴的小腿的优美线条；他向金发女子说，他想要在福罗涅这地方诱拐一个太太。

“什么样的人呢？”

“她是个迷人的、神圣的女子。她的眼睛，”尼考拉看了看他的女交谈者，“是蓝的，她的嘴是珊瑚的、象牙的，”他瞥了瞥她的肩膀，“身材好像狄安娜……”

丈夫走到他们面前，闷闷地问妻子在说什么。

“啊！尼基他·依发内支。”尼考拉恭敬地立起来说。并且好像希望尼基他·依发内支参加他的笑话，他开始说出他要诱拐一个金发美女的计划。

丈夫愁闷地微笑着，妻子愉快地微笑着。良善的省长夫人带着不以为然的神气走到他们面前。

“安娜·依格娜姬芙娜想见一见你，尼考拉。”她说，用那样的声音说出“安娜·依格娜姬芙娜”，使罗斯托夫立刻明白安娜·依格娜姬芙娜是一个很有身份的太太。“我们去吧，尼考拉。你让我这样称呼你吗？”

“是的，ma tante [我的姑妈]，这个人是谁？”

“安娜·依格娜姬芙娜·马尔文采娃，她听到她的侄女说你救了她……你猜想得到吗？……”

“我救了很多的女子！”尼考拉说。

“是她的侄女，保尔康斯卡雅公爵小姐。她跟姨妈住在福罗涅示。喔唷，你的脸多么红呀，怎么？……”

“我一点儿也没有想到，得了，ma tante. [姑妈。]”

“那么，好吧，好吧，啊！你是个多么好的人啊！”

省长夫人把他带到一个高大的、很胖的、戴蓝色小帽的老妇人面前，她刚和城内的一些最显要的人玩过了牌戏。她是马尔文采娃，是玛丽亚公爵小姐的姨妈，一个有钱无子的寡妇，一向住在福罗涅示。罗斯托夫走到她身边时，她站着在算牌账。她严厉地庄重地眯起眼睛，看了他一眼，又继续谴责那个赢了她的钱的将军。

“我很高兴，我的亲爱的，”她向他伸着手说，“请到我家来吧。”

这个显要的老妇人，说到玛丽亚公爵小姐和她的亡父（显然马尔文采娃不喜欢他），又问到尼考拉所知道的安德来公爵的情形（他显然也不能讨得她的欢喜），重复邀请了他到她的家里去，便让他走开了。

尼考拉答应了，在他向马尔文采娃告别时，他又脸红了。在提及玛丽亚公爵小姐时，罗斯托夫体验到一种自己所不了解的羞怯甚至恐怖的心情。

罗斯托夫离开了马尔文采娃，想要再去跳舞，但是矮小的省长夫人把她的胖手放在尼考拉的袖子上，说她需要和他说几句话，把他带到起居室，起居室里的人立刻走出去了，免得妨碍省长夫人。

“你知道，我的好孩子，”省长夫人的善良的小脸上带着严肃的表情说，“瞧吧，这里有你的好亲事；要我替你做媒吗？”

“谁，ma tante［姑妈］？”尼考拉问。

“我替你和一个公爵小姐做媒，卡切芮娜·彼得罗芙娜说到莉莉，但我说不是——公爵小姐。愿不愿？我相信你的妈妈要感谢我的。的确，她是那么好的姑娘，好极了！她一点也不丑。”

“一点也不！”尼考拉说，好像是见怪，“姑妈，我像一个军人所应当做的那样，我不强求任何人，也不拒绝任何事情。”罗斯托夫还没有来得及想一想他所要说的话，便说出来了。

“那么你记着，这不是说笑话。”

“怎么会是笑话！”

“是的，是的，”省长夫人说，好像是向她自己在说，“可是，mon cher，ntre autres，vous êtes trop assidu auprès de l’autre，la blonde.

[我的好孩子，我顺便说一声。你对那一个，对那个金发美女，太殷勤了。] 她的丈夫的确有点可怜……”

“啊，不然，我和他是好朋友。”尼考拉爽直地说：他没有想到，对于他是那么愉快的消遣，对于别人或许是不愉快的。

“我向省长夫人说了多么蠢的话哦！”在晚餐的时候，尼考拉忽然想起来了，“她真要着手做媒了，可是索尼亚呢？……”

当他和省长夫人告别时，她微笑着又向他说，“那么你记着。”这时候，他把她拉到旁边说：“但是有一点，我向您说实话，姑妈……”

“什么！什么，我的亲爱的，我们在这里坐一会儿吧。”

尼考拉忽然觉得他希望而且必须向一个几乎是陌生的妇人说出自己的全盘心事（这种心事是他不肯向母亲、妹妹和友人说的）。后来，想起了这个无缘无故的，不可了解的，但是对于他有很重要的后果的道出心事的冲动，尼考拉觉得（在这种情形之下，人们总是觉得如此），这是愚蠢的一时之念；然而这个道出心事的冲动，以及其他微小的事件，对于他，对于他的家庭，有很重要的后果。

“是这么回事，姑妈。妈妈好久就想要我娶富家女子，但是为金钱而结婚这个想法是我所反对的。”

“哦，是的，我明白了。”省长夫人说。

“但是保尔康斯卡雅公爵小姐，又当别论。第一，我向您说实话，我很欢喜她，我很爱慕她，当我在那种情形之下，那么奇怪地遇见她以后，我常常想起：这是命运。特别是，您想想看，妈妈好久便想到这一点，但我从前没有机会遇见她，不知道为什么总是没有遇见的机会。在我的妹妹娜塔莎和她的哥哥订婚的时候，当然我那时候不能够想到要娶她。好像是，我一定要正在娜塔莎解除婚约之后遇见她，那么后来的一切……就是这样。我没有向任何人说过，也决不向人说。只向您说。”

省长夫人感激地捏了捏他的臂肘。

“您知道我的表妹索斐吗？我爱她，我答应了娶她，我要娶她……因此您知道，这件事是不可能的。”尼考拉吞吞吐吐地脸红着说。

“我的好孩子，我的好孩子，你怎么说这种话？你要知道，索斐是没有财产的，你自己向我说过，你父亲的境况很坏。你母亲呢？这样会使她伤心的，就这一回。那么，索斐，假使她是有心肝的女孩子，她要过的是什么样的生活呢？你的母亲失望，家境衰败……不，我的好孩子，你和索斐都应该明白这一点。”

尼考拉沉默着。他听了这些推断，觉得舒服。

“姑妈，这仍然是不可能的，”沉默了一会，他叹了口气说，“但是公爵小姐会嫁我吗？并且她现在是在服丧。怎能够想到这样的事呵！”

“难道你以为我马上就会要你结婚吗？Il y a manière et manière.［无论什么事都有一定的做法。］”省长夫人说。

“您是多么好的媒人呵，姑妈。”尼考拉吻着她的胖手说。

6

玛丽亚公爵小姐和罗斯托夫相遇之后，到了莫斯科，在那里看到她的侄儿和教师，以及安德来公爵的信，信上告诉他们到福罗涅示城姨妈马尔文采娃家的路线。关于旅途的筹划，对于哥哥的挂念，在新屋中生活的安排，和生人会面，侄儿的教育——这一切抑制了玛丽亚公爵小姐心中的那种和诱惑相近似的情绪，这种情绪，在她父亲生病时，在她父亲死后，尤其是在她和罗斯托夫会面以后，使她很痛苦。她感到悲哀。父亲逝世的印象，在她心中和俄国的毁灭连在一起，这印象，当她在安静的生活环境里过了一个月之后，现在被她越来越强烈地感觉到了。她不放心，想到她哥哥——她剩下的唯一的亲人——所处的危险，便不断地觉得难受。她为侄儿的教育焦心，她觉得自己总是不善于处理这件事；但在她的内心里，有一种内在的和谐，这种和谐的产生是由于她觉得她在自己心中压下了那些正要抬头的、与罗斯托夫的出现有关的个人的幻想与希望。

在晚会的第二天，省长夫人去访问马尔文采娃，和姨妈说了她的计划（说明虽然在目前的情况之下，不能想到正式的订婚，但仍然可以使年轻人在一起，让他们互相了解）。省长夫人得到姨妈的赞同，便当着玛丽亚公爵小姐的面说到罗斯托夫，夸奖他，并且说他一提到公爵小姐就脸红，这时，玛丽亚公爵小姐并不感到高兴，却感到痛苦。她内心的和谐不复存在，她的愿望、怀疑、谴责与希望又出现了。

在罗斯托夫拜访以前的两天之内，玛丽亚公爵小姐不断地想到她对罗斯托夫应该采取什么态度。有时她决定了，在他来访问姨妈的时候，她不进客厅，因为她在重孝期间，不宜见客；有时她想，在他为她所做的那件事之后，这是不礼貌的；有时她想，她的姨妈和省长夫人对于她和罗斯托夫有什么意思（她们的目光和言语有时似乎证实了这个假定）；有时她想，只有她这样罪恶的人，才能够想到他们这一点；而他们不会不明白的，在她还没有卸孝的时候，在她现在的处境中，这个婚约对于她自己和她父亲的英灵都是一种侮辱。玛丽亚公爵小姐假定着她要接见他，预想着他要向她说的话以及她要向他说的话；有时，她又觉得这些话过分地冷淡，有时又觉得意义太多。在同他会面时，她最怕的是那种惶惑，她觉得，它会在她一看见他的时候征服她，泄漏她的心事。

但在星期日早祷之后，听差在客厅里通报罗斯托夫伯爵来访的时候，公爵小姐还没有显出惶惑；只是她的腮上微微地泛红，她的眼睛射出新的明亮的光芒。

“您见过他吗，姨妈?”玛丽亚公爵小姐用镇静的声音说，她自己不知道她怎么能够在外表上这样地镇静而自然。

在罗斯托夫进房时，公爵小姐把头垂了片刻，似乎是让客人有时间向姨妈问安，然后在尼考拉面向着她的时候，她抬起头，用发亮的眼睛迎接他的目光。她带着高兴的笑容站立起来，她的动作十分尊严、优美，她向他伸出纤细温柔的手，并且开始用那样的声音说话，这个声音里第一次包含着新的、妇女的、胸腔的音调。部锐昂小姐在客厅里迷惑地惊异地望着玛丽亚公爵小姐。她自己是有经验的风情女子，遇到她所要吸引的男子的时候，她的手段不能再好了。

“或者是黑色适合她的面孔，或者是她确实长好看了，我却没有注意到。尤其是——多么的机敏和优美啊！”部锐昂小姐想。

假使玛丽亚公爵小姐这时候能够想一想，她便要比部锐昂小姐更加诧异她自己所发生的变化了。自从她看见了那副亲切的可爱的面孔以后，就有一种新的生命力支配着她，使她的说话和举止都顾不了她自己的意志。她的面孔，在罗斯托夫进来的时候，便忽然改变了。正如同在雕刻的彩绘的灯笼里点起蜡烛的时候，先前显得粗糙黑暗而无意义的那个复杂的精致的艺术的工作，忽然带着意外的惊人的美丽，在罩子上显现出来了：玛丽亚公爵小姐的面孔便是这样地忽然改变的。她的生活上直到现在所有的那种纯洁的内在的精神活动，第一次全部表现出来了。她的全部的内在的精神活动，她对自己的不满，她的痛苦，她的向善的努力，她的温顺，她的爱，她的自我牺牲——这一切此刻都显露在她的明亮的眼睛里，微微的笑容里，和她的温雅面孔的每一部位上。

罗斯托夫那么明显地看到这一切，好像他知道她全部的生活一样。他觉得，他面前的这个人，和他一直到现在所遇到的那些人完全不同，她比他们都好，尤其是比他自己好。

谈话是最简单的、无关紧要的。他们谈到战争，不觉地和所有的人一样，夸大自己对于战事的忧愁；他们谈到上次的会面，尼考拉这时候极力把谈话转到别的题目上，他们谈到善良的省长夫人，谈到尼考拉和玛丽亚公爵小姐的亲属。

玛丽亚公爵小姐没有谈到她的哥哥，她的姨妈刚刚说到安德来，她便把话头转到别的题目上去了。显然是，关于俄国的不幸，她能够做作地说一点，但是她的哥哥和她的心关系太密了，她不愿意也不能够轻易地说到他。尼考拉注意到这一点，因为他以非他所素有的敏锐的观察力，注意到玛丽亚公爵小姐的性格的各方面，这一切证实了他的信念，就是，她是一个极其特殊的、非同寻常的人。尼考拉和玛丽亚公爵小姐完全一样，在他听人说到公爵小姐时，甚至在他想到公爵小姐时，他便脸上发红，感到惶惑，但是在她面前的时候，他觉得自己是十分自由的，他所说的，完全不是他所准备的话，却是偶然想到然而适时的话。

在有小孩的地方总是如此的，在尼考拉的短促的访问中，在沉默的时候，他便跑到安德来公爵的幼小的儿子面前，抚爱他，问他愿不愿做骠骑兵。他把小孩抱在怀里，开始愉快地转动他，并且回头看了看玛丽亚公爵小姐。她的受感动的、幸福的、羞怯的目光，注视着她的心爱的人手中她的心爱的小孩。尼考拉也注意到这个目光，似乎是明白了它的意义，他高兴得脸红了，并且好意地快乐地开始吻小孩。

玛丽亚公爵小姐因为居丧而不出门，而尼考拉也认为再来拜访她是不适宜的；但是省长夫人仍然继续她的媒妁工作，向尼考拉转达玛丽亚公爵小姐的对他的称赞之词，反过来也是一样，并且坚持要罗斯托夫自己向玛丽亚公爵小姐表明态度。为了这个目的，她安排了这两个年轻人在早祷之前在主教那里的相会。

虽然罗斯托夫向省长夫人说了，他不向玛丽亚公爵小姐表明态度，但是他答应了到那里去。

正如同在提尔西特一样，罗斯托夫不敢怀疑大家公认的好东西是否真好，现在，他一方面试图按照自己的理智处理自己的生活，一方面又要顺服地听从环境，在两者之间的短时的然而是诚恳的斗争之后，他选择了后者，让自己服从了那种权力，这权力（他觉得）不可阻挡地把他向什么地方引导着。他知道，在他答应了索尼亚之后，向玛丽亚公爵小姐表明他的情感，这便是他所谓的卑鄙。他知道，他决不会做卑鄙的事情。但是他也知道（与其说是他知道，不如说是他从心底里感觉到），现在他屈服于环境的压力和领导他的那些人，他不但不是在做任何不好的事，而且是在做一件非常非常重要的事，这是他有生以来从没有做过的重要事情。

在他和玛丽亚公爵小姐会面之后，虽然他的生活在外表上依然如故，但是从前的一切娱乐对他来说都失去了它们的魅力，他还常常想到玛丽亚公爵小姐；但是，他想到她并不像他从前毫无例外地想到社交界中遇见过的所有的姑娘那样，也不像他长久地、某个时候甚至心醉地想到索尼亚那样。如同几乎每一个正直的青年人一样，他想到所有的姑娘，就像想到未来的妻子一样，他在自己的头脑中替她们设想着婚后生活的一切情况——白长裙、烧茶炊的妻子、妻子的马车、小孩、妈妈和爸爸，他们和她的关系，等等，等等；这种对未来的设想使他得到快乐；但是当他想到别人替他做媒的玛丽亚公爵小姐的时候，他从来不能想象到将来婚后生活中的任何情况。假使他试图设想的话，则一切都显得不合适、不真实。他只觉得可怕。

7

关于保罗既诺会战和我方伤亡的可怕的消息，关于莫斯科失守的更可怕的消息，在九月中传到了福罗涅示。① 玛丽亚公爵小姐只从报纸上知道哥哥负伤，没有得到关于他的任何消息，她打算去寻找安德来公爵，正像尼考拉听说的那样（他本人也没有看见过她）。

尼考拉·罗斯托夫得到保罗既诺会战和莫斯科失守的消息时，没有产生失望、愤怒、立意复仇或类似的情绪。但是他觉得福罗涅示的一切忽然变得枯燥而又讨厌，好像感到羞愧和难堪。他觉得他所听到的话都是假的；他不知道怎样判断这一切，觉得只有回到团里他才能够重新搞清楚这一切。他忙于结束买马的任务，常常无理地对仆人和曹长发脾气。

在尼考拉·罗斯托夫动身的前几天，教堂里举行了一个庆祝俄军胜利的感恩祈祷，尼考拉也参加了这个祈祷。他站在省长稍后一点的地方，保持着军人的礼貌，思索着各种各样的问题，一直站到祈祷完毕②。祈祷做完时，省长夫人把他叫到她面前去了。

“你看见公爵小姐了吗？”她说，点头示意着那个站在唱歌班后边、穿黑衣服的女子。

---

① 毛注：托氏此种细节描写皆有根据，福罗涅示在莫斯科南约一百七十英里。八月二十六日战争的消息在三个星期后才传到那里，由此足见当时交通的落后。

② 毛注：在俄国教堂里做祈祷时，或站或跪，但不坐下。

尼考拉立刻认出了玛丽亚公爵小姐，这与其说是从她帽子下露出的侧面，毋宁说是凭着他立刻感觉到的那种小心翼翼的、畏惧的和怜悯的感情认出了她。玛丽亚公爵小姐显然沉浸在自己的思索中，她在离开教堂前画了个十字。

尼考拉惊异地望着她的脸。这张脸跟他以前看见过的一样，同样地流露出细微的内在精神活动的表情；但是现在脸色明朗得有点异样了。她脸上现出一种动人的悲哀、祈祷和希望的表情。正和尼考拉从前常常碰见她的时候一样，他不等省长夫人来劝说，也不问自己在教堂里向她说话是否应该，是否合适，便走到她面前，向她说，他听说到她的悲哀，并且由衷地同情她。她刚刚听到他的声音，她的脸上就燃起了明亮的光辉，同时照亮着她的悲哀与喜悦。

"我只想向您说一件事情，公爵小姐，"罗斯托夫说，"就是，假使安德来·尼考拉伊维支公爵死了，公报上立刻就要公布的，因为他是一个团长。"

公爵小姐望着他，不明白他的话，却高兴他脸上的同情的痛苦的表情。

"我晓得许多例子，中弹片的伤（公报上说是霰弹的伤）不会立刻致命，便是相反的，很轻微，"尼考拉说，"我们应该抱着最大的希望，并且我相信……"

玛丽亚公爵小姐打断了他的话。

"啊，这会是那么可怕……"她开始说，因为激动，没有说完，带着优美的动作（和她在他面前所做的一切一样）垂了头，感激地看了看他，跟在姑母后边走着。

这天晚上，尼考拉没有到任何地方去作客，留在家里和卖马的人结算几笔账目。他算完了账，要到什么地方去，已经太迟了，但是要睡觉又太早了，于是尼考拉在房间里来回走了很久，思索着自己的生活，这是他很少有过的事情。

玛丽亚公爵小姐在斯摩棱斯克省给了他很满意的印象。他那时是在那么特殊的情形中遇见她；有一个时候，他的母亲简直把她当作有钱的配偶向他提起；这两件事引起他对她的特别注意。在福罗涅示，在他拜访的时候，那个印象不但是可喜的，而且是有力的。使尼考拉惊讶的，是他这时在她身上所注意到的那种特别的精神的美。然而他准备离开，他并不觉得，离开福罗涅示，失去和公爵小姐见面的机会，是可惜的。但是这天和玛丽亚公爵小姐在教堂中的见面（尼考拉觉得）留在他心中的印象，比他所预料的更深，比他为了要让自己放心而所希望的更深。那副苍白、清秀、忧郁的面孔，那个明亮的目光，那些娴静的优美的举止，尤其是她脸上各部分所表现的那种深沉而亲切的悲哀，感动了他，并且引起了他的同情。在男子身上，尼考拉没有耐心去看高尚精神生活的表现（就是因此他不喜欢安德来公爵），他轻视地称它为哲学、幻想；但在玛丽亚公爵小姐身上，正是在这个悲哀里，他感觉到一种不可抵抗的吸力，这悲哀表现着那个对于尼考拉是生疏的精神世界的深度。

“她一定是一个了不得的姑娘！简直是一个天使！”他自语着，“我为什么不自由？为什么我对于索尼亚要那么着急？”他不觉把两个人作了一番比较：在精神禀赋上一个贫乏，一个富足，这种禀赋是尼考拉所没有的，因此他非常重视它。他设想着，假使他自由了，会有什么样的情形。他要怎样地向她求婚呢？她会成为他的妻子吗？不行，他不能够设想这件事。他觉得恐惧，并且想不出任何明确的情形。他早已设想了他和索尼亚将来的情况，那一切是简单而明了的，因为那一切是周密地考虑过的，并且他知道索尼亚的一切；但是他不能设想他和玛丽亚公爵小姐的将来的生活，因为他不了解她，只是爱她而已。

关于索尼亚的幻想，有一点愉快的、儿戏的地方。但是想到玛丽亚公爵小姐，总是困难而且有点可怕的。

“她怎样地做祈祷的哦！”他回想，“显然她整个的心灵都在祈祷里了。是的，这就是那种移动山岳的祈祷，我相信她的祈祷会实现的。我为什么不为我所需要的东西去祈祷呢？”他想着。“我需要什么？自由，和索尼亚解除约言。”他想起了省长夫人的话，“她说的对，我娶了她，除掉不幸，不会有别的了。混乱，妈妈的悲伤……家境的困难……混乱，可怕的混乱！而且，我不爱她。我并不是像应该的那样在爱她。我的上帝！把我从这个可怕的没有出路的境况里救出来吧！”他忽然开始祈祷。“是的，祈祷移动山岳。但是一定要有信仰，不要像我们和娜塔莎在小孩的时代那样地祈祷，要雪变成糖，并且跑到院子里去看雪是否变成了糖。不是的，但我现在不是为琐屑的事祈祷。”他说，把烟斗放在角落里，并且站立在圣像前抱着胳臂。因为想起了玛丽亚公爵小姐，受了感动，他于是开始祈祷，他好久没有这样祈祷了。当拉夫如施卡带着公文走进门时，他的眼睛里和喉咙里都有泪。

“傻瓜！不叫你的时候，为什么闯进来！”尼考拉说，迅速地改变着自己的姿势。

拉夫如施卡用睡意蒙眬的声音说：“省长派人送信来给您。”

“啊，好，谢谢你，去吧！”

尼考拉接了两封信，一封是母亲的，另一封是索尼亚的。他从笔迹上认了出来，于是先打开索尼亚的信。还没有看几行，他的脸色便发白了，他的眼睛惊恐而又高兴地睁开了。

“不行，这是不可能的！”他大声地说。他不能够坐定下来，他拿了信在手里，念着，开始在房里走来走去。他浏览一下，又把信看了一遍，又看一遍，他耸了耸肩膀，摊开着手臂，目瞪口呆地站在房子当中。他刚才祈祷，相信上帝会实现他的祈祷，果然他所祈祷的事情实现了①；但是尼考拉却因此是那样地吃惊，好像这是一件非常的事情，好像他从来没有期待过这件事，并且好像这件事如此迅速地实现，正是证明这件事不是他所求的上帝做的，而是由于寻常的偶然机会。

那个似乎是不可解开的、束缚了罗斯托夫的自由的结子，被索尼亚的这封意外的（尼考拉这么觉得）自动的信件解开了。她在信

---

① 毛注：这是托氏用他自己的经验的一例。他在二十三岁时，输钱甚多，出具期票，到期不能偿付。他非常忧闷，祈祷上帝帮助。第二天，他接到哥哥尼考拉的信，说有一人甚爱托氏，他赢了那张期票，他带给尼考拉，送给托氏作赠礼。

上说到最近的不幸：罗斯托夫家在莫斯科的财产几乎全部损失了；说到伯爵夫人常常表现的愿望，要尼考拉娶保尔康斯卡雅公爵小姐；还说到他最近的沉默和冷淡——这一切在一起使她决定了取消他的约言，并且给他完全自由。

“想到，我会成为这个待我有恩的家庭中的烦恼或不和的原因，我觉得太痛苦了。”她写着，“我的爱只有一个目的，就是让我所爱的那些人有幸福；因此我请您，尼考拉，认为您自己是自由的，并且要知道，不管怎样，没有人能够比您的索尼亚更爱您。”

两封信都是从特罗伊擦写来的。另一封信是伯爵夫人写的。信里写着他们在莫斯科的最后几天的情况，他们的离城，火灾与全部财产的损失。在这封信中伯爵夫人还提到，安德来公爵是在伤员之中，和他们同路。他的情况本来很危险，但是现在，医生说希望更大了。索尼亚和娜塔莎好像女看护一样地侍候他。

第二天，尼考拉带着这封信去见玛丽亚公爵小姐。尼考拉和玛丽亚公爵小姐都没有说到“娜塔莎侍候他”这话可能有的意义；但是由于这封信，尼考拉和玛丽亚公爵小姐忽然接近了，好像是亲戚一样。

第二天，罗斯托夫送玛丽亚公爵小姐上路到雅罗斯拉夫去，又过了几天，他自己回到团里去了。

8

索尼亚给尼考拉的信，好像是他的祈祷的实现，是从特罗伊擦写来的。这封信是这样地促成的。要尼考拉娶有钱的媳妇的想法，越来越使老伯爵夫人念念不忘了。她知道，索尼亚是这件事的大障碍。近来，特别是在接到尼考拉描写他在保古恰罗佛和玛丽亚公爵小姐会面的信以后，索尼亚在伯爵夫人家里的生活是越来越痛苦了。伯爵夫人不放过任何机会向索尼亚做出侮辱的或者残忍的暗示。

但是在离开莫斯科的前几天，当时所发生的一切使得伯爵夫人过于激动和兴奋过度，她把索尼亚叫到她的面前，没有责备她，没有提出要求，却眼泪汪汪地请求她牺牲自己，解除她和尼考拉的婚约，来报答全家对她所做的一切。

“你不答应了这件事，我不会安心的。”

索尼亚痛心地嚎啕大哭，一面痛哭一面回答，说她要办到任何的事，说她准备去做任何的事，但是她没有作出正面的回答，因为她的内心里不能决定去做别人要她去做的事情。为了扶养她、教育她的那个家庭的幸福，她一定要牺牲她自己。为别人的幸福而牺牲自己，是索尼亚的习惯。她在家庭中的地位就是只能用牺牲来表现她的德行，她惯于并且欢喜牺牲她自己。但是从前，在所有的自我牺牲的行为中，她高兴地感觉到，她牺牲自己，是借此在自己和别人的心目中提高她的身价，并且更加配得上她在生活中所最爱的尼考拉；但是现在她的牺牲却是要她放弃她的整个的牺牲的报酬，整个的生活意义。于是在生活中她第一次感觉到她对于那些人的怨恨，他们待她有恩惠，是为了更加使她痛苦；她感觉到她对于娜塔莎的嫉妒，娜塔莎从来没有体验过这类的事情，从来不需要牺牲她自己，却要别人为她牺牲，而她仍然为大家所爱。索尼亚第一次觉得，在她对尼考拉的平静纯洁的爱情中，忽然开始产生了一种热烈的情绪，它比节操、道德和宗教还有力量；就在这种情绪的支配下，被她的依赖生活不觉地教会了不露真情的索尼亚，用泛泛的含含糊糊的话回答了伯爵夫人，避免和她谈话，并且决定等候和尼考拉会面，以便在这个会面中，不是解除，而是反之，把她自己和他永远联结在一起。

罗斯托夫家最后几天在莫斯科的忙碌和恐怖，压下了索尼亚心中痛苦的悲伤的想法。她高兴她在实际的工作中逃避了这些想法。但是当她知道了安德来公爵在他们家里的时候，虽然她对于他和娜塔莎怀着由衷的怜悯，却有一种高兴的迷信的情绪支配了她——就是上帝不愿她和尼考拉拆开。她知道娜塔莎只爱安德来公爵，并且一直在爱他。她知道，现在，他们在这样可怕的环境中遇在一起，彼此要重新相恋相爱的，而那时候，由于他们之间的亲戚关系，尼考拉便不能娶玛丽亚公爵小姐。虽然这最后几天和途中起初数日所发生的一切事件是很可怕的，但这个心情，就是觉得天意干预她个人的私事，使索尼亚高兴了。

罗斯托夫家在特罗依擦修道院作了旅途中第一次全天的歇息。

在修道院的客堂中，罗斯托夫家住了三个大房间，其中的一间是安德来公爵住着的。这天受伤者大大地好转了。娜塔莎陪他坐着。伯爵和伯爵夫人坐在隔壁房间里，和院长在虔敬地谈话，院长是来拜会他的旧交和施主的。索尼亚也坐在那里，她被好奇心所苦恼：安德来公爵和娜塔莎在说什么呢。她在门外边听到他们的谈话声。安德来公爵的房门打开了。娜塔莎带着兴奋的面孔走出来，没有注意站起迎接她的、拉住右手臂的宽袖的院长，便走到索尼亚面前，拉住她的手。

"娜塔莎，你有什么事？到这里来。"伯爵夫人说。

娜塔莎走到院长面前去受祝福，院长劝她向上帝和他的圣徒①祈求援助。

院长刚走出去，娜塔莎便拉住女友的手，同她走进空房间里去了。

"索尼亚，他会活吗？"她说，"索尼亚，我多么幸福，我多么不幸！索尼亚，亲爱的——一切如旧。但愿他活着。他不能……因为……因……为为……"娜塔莎流泪了。

"啊！我知道！谢谢上帝。"索尼亚说，"他会活的！"

索尼亚，由于她的恐惧与悲伤，和她个人的从未告人的想法，兴奋得并不亚于他的女友。她痛哭着吻了并且安慰娜塔莎。"但愿他活着"，她想。哭过之后，说了话，拭了眼泪，两个朋友一同走到安德来公爵的房门口去了。娜塔莎小心地打开了门，向房里张望了一下。索尼亚和她并排着站在半开的门前。

安德来公爵高高地靠在三个枕头上。他的苍白的脸是宁静的，他的眼睛闭着，她们看见了他均匀地呼吸着。

"啊，娜塔莎！"索尼亚忽然地几乎喊叫出来，拉住表妹的胳臂，从门口向后退。

---

① 毛注：是建立这个僧院的圣·赛尔基。

“什么事？什么事？”娜塔莎问。

“就是那个，那个……”索尼亚说，脸色发白，嘴唇发抖。

娜塔莎轻轻地关了门，和索尼亚走到窗口，还不明白她所听到的话。

“你记得吗？”索尼亚带着惊惶的庄严的面容说，“你记得吗，当我替你在镜子里看的时候……在奥特拉德诺，在圣诞节的时候……记得吗，我看见了什么？……”

“是的，是的，”娜塔莎睁大着眼睛说，模糊地回想着那时索尼亚说过的关于安德来公爵的话，她看见他躺着的。

“你记得吗？”索尼亚继续说，“我那时就看见了，并且告诉了大家，你和杜妮亚莎。我看见她躺在床上，”她说着，在每一个细节处，用伸出一只手指的手做手势，“她闭着眼睛，他正是盖着粉色的被，合着双手，”索尼亚说，由于她叙述了刚才她所看见的这些详细情节，她相信这正是她在那时候所看见的。

那时候她并没有看见什么，她却说，她看见了她心中所想到的东西；但是她那时候所臆造的东西，此刻在她看来，是和所有的其他的回忆同样地真实。那时候她说，他回头看了她一下，微笑了一下，他盖着一条红的东西。现在，她不但想起了这件事，而且她坚决相信，她在那时候便看见并且说过他盖着粉红色的，确是粉红色的被，并且他的眼睛是闭着的。

“是的，是的，确是粉红色的，”娜塔莎说，她此刻似乎也想起了她说过是粉红色的，并且把这个看作预兆的最异常最神秘的部分。

“但这是什么意思？”娜塔莎沉思地说。

“啊，我不知道，这一切是多么奇怪啊！”索尼亚抱着头说。

几分钟后，安德来公爵敲了敲铃子。娜塔莎到他那里去了；索尼亚体验到她所极少体验过的兴奋和感伤的心情，她留在窗前，思索着所发生的事情是多么怪异。

在这天，有了向军中寄信的机会，于是伯爵夫人写信给儿子。

“索尼亚，”当侄女从她身边走过时，伯爵夫人从信上抬起头说，“索尼亚，你不写信给尼考林卡吗？”伯爵夫人用轻轻的颤抖的声音说，于是从她那疲倦的、从眼镜上边注视着的目光里，索尼亚领悟到伯爵夫人这些话的全部意义。在这种目光里表现了哀求、对拒绝的恐怖、对要请求的事情的羞怯，以及对万一遭到拒绝会产生的不可和解的仇恨的准备。

索尼亚走到伯爵夫人面前，跪下来吻她的手。

“我要写的，妈妈。”她说。

这天所发生的一切，特别是她刚才看见的幻想的神秘实现打动、激动、感动了索尼亚。现在，当她知道由于娜塔莎和安德来公爵恢复了关系，尼考拉不能娶玛丽亚公爵小姐的时候，她高兴地感觉到自己又恢复了那种自我牺牲的精神，她欢喜并习惯于用这种牺牲精神过日子。于是她眼里含着泪，高兴地意识到她做了一件宽宏大量的事情，她几次都被那使她的天鹅绒般的黑眼睛模糊起来的泪水所打断，写了那封动人的、尼考拉收到后大为震惊的信。

9

在关押彼埃尔的拘留所里，逮捕他的军官和兵士对他怀有敌意，同时又怀有敬意。从他们对他的态度中还可以感觉到，他们在怀疑他是什么人（他是不是个很重要的人物），并且由于他们刚才和他个人发生过冲突而对他怀有敌意。

但是第二天早晨换班时，彼埃尔觉得，从新的看守人——军官和兵士——看来，他已经失去了逮捕他的人所臆想的那种意义。的确，第二天的看守人没有认出这个穿着农民衣服的、高大肥胖的人就是那个富有活力、那么拼命和抢劫者以及巡逻骑兵搏斗，并慷慨激昂地说些拯救小孩话的人，他们只把他看作由于某种缘故而奉命逮捕拘留的俄国人当中的第十七个人。要说彼埃尔有什么特别的地方，那只是他那并不胆怯的、集中思想的、沉思的神情，以及他的法语使法国人觉得他的法语说得非常好。虽然如此，这天他们却把彼埃尔和其他被捕的嫌疑犯关在一起，因为他所住的单间有一个军官要用。

所有的和彼埃尔一起被拘留的俄国人，都是最下层的人。他们知道他是贵族，便都对他疏远了，尤其是因为他会说法语。彼埃尔只是愁闷地听着他们对他的嘲笑。

第二天晚上，彼埃尔知道了所有这些被捕的人（也许他也在内）都要由于纵火罪受审。第三天，有人把彼埃尔和别人带到一座房子里，那里坐着一个白唇髭的法国将军，两个上校和另一个肩上挂着绶带的法国人。他们带着审讯犯人时所常有的那种假定能避免人类弱点的、准确而又明了的口气向彼埃尔和其他人提出这样的问题：他是谁？他住在哪里？他有什么目的？等等。

这样的询问把问题的要点抛在了一边，并且失掉了发现这种要点的可能性，这些问题和在法庭上所提出的所有问题一样，其目的只在于设置一条沟渠，法官希望被审判人的回答顺着这条沟渠流出来，使他达到所希望的目的，即定罪。只要被审判的人一开始说出不合他们定罪目的的话，那他们就把这条沟渠改道，水就流到别的地方去。除此而外，彼埃尔还体验到受审判的人在各种审讯中所体验到的那种疑惑不解的心情：他们为什么向他提出所有的这些问题。他觉得，他们仅仅出于宽容或者似乎出于礼节才运用了那种设置沟渠的手段。他知道，他现在正处在这些人的控制之下；只是由于权力他才被带到这里来了；只是权力给了他们那种要求回答他们的询问的权利；这种集中的唯一目的是要把他定罪。因为他们既有了权力，又有了定罪的愿望，所以询问与审判的手段都是不必要的。显然是，一切回答必须达到定罪的目的。在他被逮捕时，他在做什么，对于这个询问，彼埃尔带着很悲哀的神情回答说，他正要把一个小孩送还他的父母，qu'il avait sauvé des flammes.［这小孩是他从火中救出的。］他为什么和抢劫者殴打？彼埃尔回答说，他是保护一个女子，说保护受侮辱的女子是每个男子的责任，说……他们阻止他说话，他们说这是无关紧要的。为什么他在失火的房子的外边？有几个见证人看见他在那里。他回答说，他是到外面来看看莫斯科发生了什么事情。他们又打断了他的话：他们说，他们并没有问他到哪里去，而是问他为什么在火的旁边。他是谁？他们又向他重复了他说过他不愿回答的第一个问题。他又回答说，他不能够说这一点。

“记录下来。这样是不好的。很不好的。”那个有白唇髭的、面色通红的将军向他严厉地说。

第四天苏保夫斯基壁垒起火了。

彼埃尔和其他十三个人被押解到克利姆滩商人家的车房里去了。走过街道时，彼埃尔因为烟气而窒息，这烟气好像笼罩了全城。各方面都看得见大火。彼埃尔那时还不明白莫斯科失火的意义，恐怖地望着那些火焰。

在克利姆滩人家的车房里，彼埃尔又过了四天，在这几天之内，彼埃尔从法国兵的谈话中知道了，所有的被押在这里的人每天都在等候元帅的决定。他是什么样的元帅，彼埃尔却不能从兵士的口中探听出来。在兵士看来，这个元帅显然是代表最高而又很神秘的权力。

起初的这几天，在九月八日囚犯们受第二次审问之前，是彼埃尔最痛苦的日子。

10

九月八日，一个军官来看车房里的俘虏，从卫兵对他的恭敬态度上看来，他是个很重要的人。这个军官，大概是参谋，手里拿着一份名单，点了所有的俄国人的名字，并且称彼埃尔为 celui qui n'avoue pas sonnom［不说名字的人］。他漠然地懒懒地看了看俘虏们，命令看管的军官说，在带他们见元帅之前，要使他们穿得整齐干净。一小时后，来了一连兵，把彼埃尔和其他十三个人押到贞女场。那天是雨后明朗的晴天，空气异常澄洁。烟气不像彼埃尔从苏保夫斯基壁垒中被押出的那一天那样低低地弥漫着，却像柱子一样升腾在澄洁的空气中。没有地方看见火焰了，但是各方面冒起了烟柱，全莫斯科，在彼埃尔所能看见的地方，是一片火场。在各方面都看得见只剩下火炉和烟囱的废墟，有时看得见砖屋四周烧焦的墙。彼埃尔注视火场，却认不出他所熟悉的城厢的区域。有的地方看得见完整的教堂。克里姆林宫，未被破坏，留着望楼和依凡大帝钟塔，在远处发白。在近处，新贞女修道院的圆顶愉快地闪烁着，从那里发出来的祈祷钟声特别响亮。钟声使彼埃尔想起这天是星期日，是圣母诞生的节期。但是似乎没有人庆祝这个节日；处处是烧焦的火场，只偶尔碰见少数的衣衫褴褛的面色惊惶的俄国人，他们一看见法国人便藏躲起来。

显然，俄国的窝巢被破坏、被毁灭了；但是彼埃尔不由地感觉到，在这些破坏的窝巢之上，建起了一个全然不同的然而坚固的法国人的秩序，代替着被破坏的俄国生活秩序。他从那些步行着的，活跃、愉快、行列整齐、押送着他和其他犯人的兵士们的神情上感觉到这一点；他从迎面而来的，由一个兵士驾驭着的双马车中某某法国重要官员的神情上感觉到这一点；他从场地左边传来的愉快的军乐声中感觉到这一点；特别是，从今天早上法国军官来点名时所读的那个名单上感觉到，并且明白了这一点。彼埃尔和几十个别的人被一群法国兵先带到一处，又带到另一处；似乎，他们会许把他忘记了，会许把他和别人弄混了。但是不然：他在受审问时的回话：celui qui n'avoue pas son nom［那个不说名字的人］变成他的称呼了。他们现在就按照彼埃尔觉得可怕的这个称呼把他带到什么地方去，他们的脸上都显出他们无疑地相信，他和其余的犯人都正是他们所需要的人，并且是把他们带到应该去的地方去。彼埃尔觉得自己是一个无关重要的木屑，落在他所不知道的然而是正常地开动着的机器的轮盘之中。

彼埃尔和其他犯人被带到离修道院不远的贞女场的右边，一座有大花园的白屋子那里。这是歇尔巴托夫公爵的房子，彼埃尔从前常常来看这里的主人，而现在，他从兵士的谈话中，知道元帅爱克牟尔公爵住在这里。

他们被带到台阶前面，一个一个地被带进屋。彼埃尔是第六个人。彼埃尔穿过他所熟悉的玻璃走廊、门廊、前厅，他被带进一间又长又低的书房，有一个副官站在房门口。

大富坐在书房的尽头，脸对桌子，眼镜架在鼻子上。彼埃尔走到他面前很近的地方。大富没有抬起眼睛，显然是在查阅面前的公文。他没有抬起眼睛，低声地问："qui êtes vous?［你是谁?］"

彼埃尔沉默着，因为不能够说出话来。在彼埃尔看来，大富不但是一个法国将军，而且是一个以残忍出名的人。大富好像是一个严厉的教师，愿有片刻的忍耐，等待回答，彼埃尔望着他的冷酷的面孔，觉得每一秒钟的拖延都会使他丧失生命；但是他不知道要说什么。说出他在初审时所说的话，他既不敢；公开自己的官衔和地位，又是危险而可羞的。于是彼埃尔沉默着。但是在彼埃尔能够有所决定之前，大富已经抬起了头，把眼镜举到额头上，眯着眼，注意地看了看彼埃尔。

"我认识这个人。"他用不慌不忙的冷淡的声音说，显然是打算恐吓彼埃尔。

一股冷气先掠过了彼埃尔的脊背，然后好像钳子般地挟住了他的头。

"Mon général, vous ne pouvez pas me connaitre, je ne vous ai jamais vu…［将军，你不会认识我，我从来没有看见过你……］"

"C'est un espion russe.［他是俄国的间谍。］"大富打断他的话，向房中另一个将军说，彼埃尔没有注意到这个将军。大富转过身去。

彼埃尔用意外的震动的声音，忽然迅速地说：

"Non, monseigneur,［不是，大人，］"他说，忽然想起了大富是公爵，"Non, monseigner, vous n'avez pas pu me connaitre. Je suis unofficier miliclionaire et je n'ai pas quitté Moscou.［不是，大人，你不会认识我。我是一个民团的军官，我没有离开莫斯科。］"

"Votre nom.［你的名字呢？］"大富又说。

"Besouhof.［别素号夫。］"

"Qu'est ce qui me prouvera que vous ne mentez pas?［有谁能向我证明，你不是说谎？］"

"monseigneur!［大人！］"彼埃尔用那不是委屈的而是请求的声音大叫了一声。

大富抬起眼睛，注意地看了看彼埃尔。他们互相看了几秒钟，而这一看便拯救了彼埃尔。这个注视，越出了一切战争与法律的条件，使两人之间发生了人类的关系。他们两人同时模糊地感觉到无限数量的事物，并且明白了他们两人都是人类的子孙，他们俩是弟兄。

当大富刚从那份用数字标志人事与生命的表册上抬起头来，乍看彼埃尔的时候，觉得处置他是容易的；大富可以枪毙他，而不在良心上觉得做错了事；但是现在他已经把他看作一个人了。他沉思了片刻。

“Comment me prouverez vous la vérité de ce que vous me dites?［你怎样向我证明，你说的是真话呢?］”大富冷冷地说。

彼埃尔想起了拉姆巴，说出了他的团，他的姓名，以及房屋所在的街道。

“Vous n'êtes pas ce que vous dites.［你并不是你所说的人。］”大富又说。

彼埃尔发出打颤的不连贯的声音，开始提出他的供词的确实证据。

但是这时候走进来了一个副官，向大富说了什么。

大富听了副官带来的消息，忽然面有喜色了，并且开始扣着衣扣。他显然是完全忘记了彼埃尔。

当副官向他提起俘虏时，他皱了皱眉，向彼埃尔的方向点了点头，命令把他带走。但是他们要把他带到哪里去——彼埃尔不知道：是回到车房里去，还是到同伴们经过贞女场时向他指示的那个准备好的刑场去？

他回头看了一下，看见副官又向大富问了什么。

“Oui. sans doute!［是的，当然的!］”大富说。但“是的”是什么意思，彼埃尔却不知道。

彼埃尔记不得他怎么走的，走了多久，走到哪里去。他在完全失去知觉和昏头昏脑的状态中，没有看见四周的任何东西，他随着别人一同移动着腿子，一直到大家都停下的时候，他也停下来了。

在那个时候，彼埃尔心中只有一个想法。这个想法是：究竟是谁，谁判了他的死罪？那不是审问他的那个委员会里的人：他们当中没有一个人想要做这件事，并且显然不能做这件事。那也不是大富，他是那么有人情味地看了他一下。再有片刻的时光，大富就会明白他们做错了，但是这一瞬间被进来的副官阻挠了。这个副官显然也不想要做坏事，但是他可以不进来的。究竟是谁处罚他，杀死他，夺去他的——彼埃尔的——生命，和他所有的记忆、意图、希望和思想的？是谁在做这件事？彼埃尔觉得，谁也不是。

它是一种制度，是各种情况的结合。

是某种制度在杀死他——彼埃尔，在夺去他的生命，他的一切，在消灭他。

11

从歇尔巴托夫公爵的屋子，俘虏们一直被带到贞女修道院左边的贞女场，带到一个菜园里，园中立着一根柱子。柱子的旁边有一个大坑和新掘的土，在坑与柱子的旁边，有一大群人站成一个半圆形。人群中一小半是俄国人，一大半是闲散的拿破仑的兵士：穿着各种军服的德国人、意大利人和法国人。在柱子的左右两边，站着几行穿蓝军服，佩红肩章，穿软统靴，戴高顶帽的法国兵。

犯人按名单上写定的顺序排列着（彼埃尔是第六名），被领到柱子那里。几个鼓忽然在两边打起来，彼埃尔觉得，一听到这种声音，他的心灵的一部分就似乎裂开了。他失去了思维与了解的能力。他只能看，只能听。他心中只有一个希望，就是，希望那件一定要做的可怕的事情赶快做完。彼埃尔环顾着他的同伴们，并且注视着他们。

边上的两个人是剃过头的犯人。一个又高又瘦；另一个是黑皮肤的、脸上毛茸茸的、肌肉发达的、塌鼻子的人；第三个是家奴，四十五岁上下，他的头发白了，他的肥胖的身体是营养良好的；第四个是很漂亮的农民，他有一把金黄色的大胡须和一双黑眼睛；第五个是又黄又瘦的、十八岁上下的、穿外套的工人。

彼埃尔听着法国人在商量怎样射击，是一次一个人还是一次两个人？“一次两个人。”一个上级军官冷淡地沉着地回答。在兵士的行列中有了一阵骚动，并且可以看出大家都在忙着，而他们那样忙忙碌碌，不是像人们急忙要去做大家了解的事情，而是像人们急忙要去结束一件不可少的、然而是不愉快的、不可解的事情。

一个围着围巾的法国官员走到犯人行列的右边，用俄语和法语宣读判决。

后来两对法国兵走到犯人面前，奉长官的命令，抓住站在边上的两个犯人。犯人走到柱子前面站住了，在他们取袋子的时候，犯人们沉默地向四周环顾着，好像受伤的野兽望着临近的猎人一样。有一个老是画十字，另一个在搔脊背，并且嘴唇做出笑容的样子。兵士们双手急急忙忙地蒙住了他们的眼睛，把袋子套在他们头上，然后把他们绑在柱子上。

十二个射击手，带着步枪，踏着整齐的、坚定的步子从行列中走出来，和柱子相隔八步停下来。彼埃尔掉转了头，以免看见那就要发生的事。忽然间有了爆裂声和轰鸣声，彼埃尔觉得比最可怕的雷鸣还要响亮，于是他回顾了一下。有一阵烟。法国兵带着发白的脸和颤抖的手在土坑旁边做着什么。他们又带去了两个犯人。同样地，这两个人把同样的眼睛望着大家，只用他们的眼睛默默地、白白地请求保护，他们显然不了解也不相信所要发生的事。他们不能相信，因为只有他们知道，他们的生命对于他们有什么意义，因此他们既不了解也不相信他们的生命会被夺去。

彼埃尔不想看，于是又掉转了头；但是又好像有一种可怕的爆炸声震动了他的耳朵，和这些声音同时，他看见了烟、人血、法国兵的苍白的惊惶的脸，他们又在柱子旁边做着什么，用颤抖的手互相推着。彼埃尔困难地呼吸着，环顾着他的四周，似乎在问：这是怎么回事？在所有的和彼埃尔的目光交遇的目光里，有这个同样的问题。

在所有的俄国人的脸上，在法国兵和军官的脸上，没有例外地，他看到了和他自己内心里同样的惊骇、恐怖和冲突。“但究竟是谁在做这件事？他们都和我一样地感到痛苦。究竟是谁？是谁？”在彼埃尔心中忽然闪过这种想法。

“Tirailleurs du 86-me，en avant！[八十六队的射击手，向前

走!］”有谁在喊。他们单独带走了第五个人——站在彼埃尔身边的那个人。彼埃尔不知道他自己是得救了，不知道他自己和其余的人被带到这里来，只是为了要他们看到用刑。他怀着有增无减的恐怖，望着目前所发生的事件，并不感觉到高兴与安慰。第五个是穿外套的工人。他们刚触到他的时候，他便恐怖地跳开，抓住彼埃尔，彼埃尔颤抖了一下，离开了他。工人不能走路了。他们挟着他的胳肢窝走着，他喊叫着什么。当他们把他带到柱子那里时，他忽然不作声了。他似乎忽然明白了什么。或者是他明白了呼喊无用，或者是觉得他们不会杀死他，总之，他站到柱子前面去了，等着和别人一道被扎起眼睛，他好像一个中弹的野兽一样，用闪烁的眼睛向他的四周环顾着。

彼埃尔再也不能够把头掉过去了，他闭了眼。在这第五次枪杀时，他和全体的人的好奇与兴奋，达到了最大的限度。和所有的别人一样，这第五个人显得镇静：他裹紧了外套，用一只光脚蹭着另一只脚。

当他们开始扎他的眼睛时，他自己理好了脑后的使他发痛的结子；后来，别人使他靠着沾血的柱子的时候，他向后仰着；又因为这个姿势使他不舒服，他伸直了身体，伸平了双脚，安静地靠着。彼埃尔的眼睛一直盯着他，没有忽视了他的最细微的动作。

一定是命令发出了，一定是在命令之后发出了八支步枪的射击声。但是彼埃尔，无论他后来怎样努力回想，也想不出他听到了一点儿放枪的响声。他只看见，那个工人忽然因为什么缘故倒在绳索上，有两个地方出血，绳索因为悬挂的身体重量松开了，工人不自然地垂了头，屈起一只腿，坐下来了。彼埃尔跑到柱子前面去了。没有人阻挡他。一些面色惊惶而苍白的人在工人的四周做着什么。一个年老的有胡子的法国人的下颚，在解索的时候打颤了。尸体倒了下来。兵士们笨拙地急忙地拖他离开了柱子，开始把他向土坑里推。

大家明白无疑地知道他们是罪犯，他们一定要赶快地掩盖他们的犯罪的痕迹。

彼埃尔向坑里看了一下，看见工人躺在那里，膝盖向上，靠近他的头，肩头一边低一边高。这个肩膀痉挛地、有节奏地、一下一上地动着。但整锹的泥土已经撒在他的全身上面。有一个兵愤怒地、凶狠地、痛苦地向彼埃尔喊叫了一声，要他回去。但是彼埃尔不明白他的话，仍旧站在柱子旁边，也没有人把他赶走。

土坑填平时，下了命令。他们把彼埃尔带到原先的地方，然后排列在柱子两边的法国兵，作了一个半面转弯，踏着整齐的步伐从柱子旁边走了过去。站在圈子当中带了空枪的二十四名射手，在各连兵士走过他们身边的时候，跑步回到了行列中他们自己的地方。

彼埃尔现在用呆滞的眼睛望着这些从圈子当中一对一对地跑出来的射击兵。除了一个人，大家都回到了各自的连。这个面孔死白的年轻的兵士，把高顶帽歪在脑后，放下了枪，还站在土坑对面他刚才打枪的地方。他像醉人一样地摇晃着，前走几步，后退几步，维持着他的快要跌倒的身躯。一个老兵，军曹，从行列中跑出来，抓住年轻兵士的肩膀，拖他回到连里去了。俄国人和法国人的群众开始分散了。大家都垂头沉默地走着。

“Ça leur apprendra à incendier.［这是教训他们不许再放火了。］”法国人当中的一个人说。

彼埃尔同头看了看说话的人，看到这人是一个兵，他想要为了刚才所做的事情设法安慰他自己，却不能够。他还没有把话说完，便摇了摇手，走开了。

12

在行刑之后，他们把彼埃尔和别的犯人分开，把他单独放在一个小小的、破烂的、脏污的教堂里。

傍晚的时候，一个守卫的军曹和两个兵士到教堂里来通知彼埃尔，说他已经被免刑了，现在要被解到战俘的棚子里去了。彼埃尔没有了解他们向他所说的话，站起来和兵士一同走。他们把他带到草场上由烧焦的木板、柱子和条板所搭成的棚子那里，把他带进了其中的一间。在黑暗中约莫二十个各种不同的人围绕着彼埃尔。彼埃尔望着他们，却不知道这些人是谁，他们为什么在这里，他们要他做什么。他听着他们向他所说的话，但是他不明白这些话的意义，他没有从这些话里得出任何结论，也没有加以解释。他回答了他们的问题，但是他没有考虑到谁在听他说，他们将要怎样了解他的回答。他望着他们的面孔和身体，但是他觉得，都是同样的毫无意义的。

自从彼埃尔看见了那些不愿意做那件事的人所做的那种可怕的屠杀之后，他心里的那个维系一切的，并且使一切显得有生气的弹簧，似乎忽然松脱，一切化为一堆无意义的废物了。他虽然自己还没有了解，但他对于宇宙的完整性、对于人类、对于自己心灵以及对于上帝的信心，却被毁灭了。这种心情彼埃尔从前也曾体验过，但是从来不曾像现在这样强烈。从前在他发生这种怀疑的时候，那些怀疑的起源是他自己的过错。彼埃尔那时候在他自己的心坎里觉得，要避免那种失望与那些怀疑，还在他自己。但是现在，他觉得，世界在他眼前崩溃，只剩下一些无意义的废物，这不是由于他的过错。他觉得，他没有力量去恢复对生活的信念。

人们在黑暗中环绕他站立着：大概他有什么地方令他们很注意。他们向他说了些什么，问了些什么，然后把他带到某个地方去，最后他发觉他自己是在棚角落里，和各方面有谈有笑的人在一起。

“瞧吧，弟兄们……那个亲王本人，他……”在对面的棚子角落里有谁的声音在说，特别强调着“他”字。

彼埃尔沉默地不动地坐在墙边的草秸上，时而睁眼，时而闭眼。但他一闭眼，便看到那个工人的可怕的面孔，特别是因为它的质朴而显得可怕的面孔，看到那些被强制的凶手们的因为神色不安而显得更加可怕的面孔。他又睁开眼睛，呆呆地望着他四周的黑暗。

一个矮小的人弯着腰和彼埃尔坐在一起，彼埃尔一开始就从他在一举一动中所发出的强烈的汗味上注意到他的在场。这个人在黑暗中在他的两只腿上做着什么，虽然彼埃尔在黑暗中没有看见他的脸，却觉得这个人不停地注视着他。彼埃尔的眼睛在黑暗中看惯了之后，他明白了他是在解裹腿布。他做这件事的动作引起了彼埃尔的兴趣。

他解了一只腿上扎裹腿布的绳子，细心地绕了起来，立刻一面注视着彼埃尔，一面解着另一只腿上的。在一只手把绳子挂上木钉的时候，另一只手已经在解另一只腿上的裹腿布了。他便是这样地、认真地，用手臂的敏捷的前后衔接的绕圈的动作，解开了裹腿布，把鞋子挂在头上的木钉上，取出小刀，割开了什么，折合了小刀，放在枕头下边，于是更舒服地坐定，把双手抱着高耸的膝盖，对直地注视着彼埃尔。彼埃尔在这些敏捷的动作中，在他把自己的东西放在角落里的妥善安排中，甚至在这个人的汗气中，感觉到一种愉快的、予人安慰的、圆形的东西，他聚精会神地望着他。

“您遇到过许多困难吗？先生？啊？”那个矮小的人忽然说。

在他的唱歌般的声音中有那么多的友爱与朴实的表情，以致彼埃尔想要回答，但是他的下颚打颤，他觉得要流泪了。那个矮小的人在同一秒钟之内，不让彼埃尔有时间显出他的不安，又用愉快的声音说话了。

“哎，好朋友，不要伤心，”他带着俄国老农妇们说话时所有的那种温柔的唱歌般的亲切的声音说着，“不要伤心，好朋友，受苦只有一小时，但是要活一辈子的！就是这样的，我的好朋友。我们活在这里，谢谢上帝，没有委屈。这些人里面，有坏人，也有好人。”他说。他一面说着，一面在灵活的动作中跪着转过身，站立起来，咳嗽着，走到别处去了。

“瞧瞧，贱货，来了！”彼埃尔听到这个同样的亲善的声音在棚子的尽头说，“来了，贱货，它记得！哦，哦，好了。”

于是这个兵士推开向他跳来的小狗，回到自己的地方坐下来。他手里有什么东西裹在一块破布里。

“您尝一尝，先生，”他说，又恢复着先前恭敬的态度，放开布卷，递给彼埃尔几个烤山芋，“吃饭的时候有汤，但山芋好极了！”

彼埃尔整天没有吃东西，他觉得山芋的香味是异常可爱。他感谢了这个兵，动手吃着。

“喂，怎么样？”兵士微笑着说，又拿出一块山芋，“你要这样办。”他又拿出折刀，在自己手掌上把山芋切成均等的两半，从破布里抓了点盐撒上，递给彼埃尔。

“山芋好极了，”他又说，“你这样尝尝看。”

彼埃尔觉得，他从来没有吃过比这更好吃的食品。

“哦，我是很好了，”彼埃尔说，“但是他们为什么枪毙了那些可怜的人呢？……最后一个不过二十岁。”

“啧，啧……”矮小的人说，“罪过哦……罪过哦……”他迅速地说，好像他的话总是在口头上现成的，不觉地流出来的；他继续说：“这是怎么回事，先生，您这样地留在莫斯科？”

“我没有想到，他们来得这样快。我偶然地留下来的。”彼埃尔说。

“他们怎样抓住你的，好朋友？是在你家里吗？”

“不是，我去看火灾，他们在那里抓住我，把我当作放火的人审判我。”

“有审判的地方，就有不公平。”矮小的人说。

“你在这里很久了吗？”彼埃尔问，嚼着最后的山芋。

“我吗？上个星期日，他们把我从莫斯科的一个医院里抓出来的。”

“你是什么人，是兵吗？”

“我们是阿卜涉让团里的兵。我发烧快要死了。他们什么也没有告诉我们。我们大约有二十个人躺在那里。我们没有想到，也没有料到。”

“那么，你在这里，觉得难过吗？”彼埃尔问。

“怎么不难过呢，好朋友。我叫卜拉东，我姓卡拉他耶夫，”他说，显然是要使彼埃尔容易称呼他，“在团里他们叫我小鹰。怎么能不难过呢，好朋友！莫斯科，它是各城市的母亲。看到这个怎能不难过呢。”他迅速地加上一句，“是的，蛆啃包心菜，自己却先死，老年人常常这么说的。”

“什么？你说什么？”彼埃尔问。

“我吗？”卡拉他耶夫问，“我说，事情不凭我们的计划，却凭上帝的判断。①”他说，以为是在重复他所说的话，立刻又继续说，“啊，先生，您有领地吗？有房子吗？你有很多东西了！有妻子吗？老人家在世吗？”他问，虽然彼埃尔在黑暗中不能看见，却觉得，兵士问这个问题时，他稍稍地抿住嘴唇，强忍住亲切的笑容。他显然是因为彼埃尔没有父母，尤其是没有母亲而感到难受了。

“女人为了商量，丈母娘为了接待，但是都没有自己的母亲那么亲爱！”他说，“你有小孩吗？”他继续地问。彼埃尔相反的回答又显然令他失望，于是他又连忙说，“哦，你们还是年轻人，上帝要给的，终归会有的。只要和睦相处……”

“但是现在反正都是一样了。”彼埃尔不禁地说。

“哎，你这个可爱的人，”卜拉东回答说，“讨饭袋和监狱，你永远不要拒绝。”他坐得更舒服一点，咳了一下，显然是准备作长谈。

“我的好朋友，我还住在家里的时候，”他开始说，“我们的领地是富足的，土地很多，我们农民过得很好，我们有屋子，谢谢上帝。父亲和我们，七个人出去收割。我们过得很好。我们是真正的农家。事情是这样的……”

于是卜拉东·卡拉他耶夫说了一个长故事，说他到别人家的树林里去找木材，被看守人抓住，他们鞭打他，审问他，送他去当兵。“哦，好朋友，”他说，他的声音因为微笑而改变着，“我们认为那是不幸，结果却是幸事！假如不是因为我的罪过，我的兄弟便要去当兵。但我的兄弟有五个小孩，我呢，你知道，只是留下一个女人。我有过一个女孩，但在我当兵之前，上帝把她拿去了。我告了假回家。我要把情况告诉你。我看到他们过得比从前好。牲畜满院，妇女在家，两个兄弟在外面挣钱。只有顶小的弟弟米哈益洛在家。父亲说，孩子们都是一样的：无论咬了哪一只手指，都要痛的。但是假如不是那时候把卜拉东剃了头去当兵，米哈益洛便要去。他把我们叫到他面前去——你相信——要我们站在圣像前面。他说，米哈益洛，到这里来，跪下来，你，妇女，也跪下来，孙儿们，跪下来。

① 类似“谋事在人，成事在天”的意思。——译者

他说，你们明白吗？就是这样的，我亲爱的朋友。命运是注定的。我们总是批评哪个不好，哪个不适宜。我们的幸福，好朋友，好像拖网里的水；你拖，它涨起来，但是你把它拖了出来，什么也没有了。就是这样的。”

卜拉东在草秸上换了个地方。

卜拉东沉默了一会，站起来了。

“啊，我看，你想睡了吧？”他说，开始迅速地画十字，低语着，“主耶稣基督，尼考拉圣徒，弗罗拉和拉夫拉，① 主耶稣基督，尼考拉圣徒，弗罗拉和拉夫拉，主耶稣基督！可怜我们，救我们！”他说完，跪到地上，立起来，叹口气，又坐到草秸上。“就是这样的。上帝，让我睡下来像石头，站起来像面包。”他低语着，然后躺下来，把军大衣拉到身上。

“你念的是什么祷告文？”彼埃尔说。

“啊？”卜拉东低语着，他已经快睡着了。“我念什么吗？我向上帝祷告。你不祷告吗？”

“不，我也祷告的，”彼埃尔说，“你说的弗罗拉和拉夫拉是什么？”

“啊，当然，”卜拉东迅速地回答，“他们是马神了。我们也该可怜畜牲，”卜拉东·卡拉他耶夫说，“啊，贱货，你蜷缩起来。你暖和了，狗崽子。”他说，摸了摸脚旁的狗，然后转过身，立刻就睡着了。

外边遥远的地方传来了哭声和叫声，从棚板隙缝里看得见火光；但是棚里是黑暗而寂静的。彼埃尔好久没有睡着，在黑暗中睁着眼躺着，听着躺在身边的卜拉东的均匀的鼾声，并且觉得，先前破碎的世界，现在带着新的美丽，在新的不可动摇的基础上，在他的心灵中活动起来了。

---

① 毛注：弗罗拉和拉夫拉在农民心中是保护马匹的神。

13

在彼埃尔住了四个星期的棚子里，有二十三个被俘虏的兵，三个军官，两个文官。

他们后来在彼埃尔的记忆中都印象模糊了，但是卜拉东·卡拉他耶夫在彼埃尔的心中永远保留着最生动最亲切的印象，并且是一切善良的、圆形的、俄国的东西的化身。第二天黎明彼埃尔看见他的邻人时，某种圆形的东西的最初的印象，充分地证实了：卜拉东穿了法国军大衣，腰间系着绳子，戴着军便帽，穿着草鞋，他的整个身躯是圆形的。他的头是完全圆形的，他的背、胸、肩，甚至他的总是好像准备要抱什么东西的胳膊，都是圆形的；他的可喜的笑容，他的亲切的棕色的大眼睛，都是圆的。

卜拉东·卡拉他耶夫，从他这个老兵所参加过的各战役的叙述上看来，一定有五十岁了。他自己不知道，也不能确定他有多大年纪；但是他的明亮的、洁白的、结实的牙齿，都是良好的完整的，在他发笑时（他常常发笑），便显得是两个半圆圈儿；他的胡子和头发里没有一根是白的，他整个的体态显出灵活的样子，特别是坚强和耐劳的样子。

他的脸上虽然有细微的圆皱纹，却有天真和青春的表情；他的声音是好听的、唱歌般的。但是他的言语中的主要特点是直截了当和恰到好处。他显然从来没有思索过他所说的以及他要说的话；因此，在他的音调的迅速与真实中含有特别的不可抵抗的说服力。

在囚禁的初期，他的体力是那么充沛，行动是那么灵活，似乎他不知道什么是疲倦和疾病。每天晚上他睡倒的时候，他说："主啊！让我睡下来像石头，站起来像面包。"早上起来的时候，总是同样地耸动肩膀，说："睡下来，把腰一弯；站起来，身子一抖。"确实，只要他一躺下来，便立刻睡着了像石头一样，只要他身子一抖，便立刻，没有片刻的迟疑，着手做事，好像小孩一起身就要去玩耍一样。他能做一切的事情，做的不很好，但也不坏。他烘面包、做菜、缝纫、削铇、补靴。他总是忙着，只是在夜晚，他才让自己说说话，唱唱歌。他是爱说话的。他唱歌，不像那些知道有人在听的歌者们唱的那样；他唱歌却像雀鸟唱歌一样，显然因为他觉得，这些声音是必须发出来的，正如同人必须伸腰或者散步一样；而这些声音总是尖细的、温柔的，几乎像女性的、忧郁的。在唱的时候他的面孔是很严肃的。

被俘之后，他留了胡子，显然是抛去了一切强加于他的、格格不入的兵士的习惯，不觉地恢复了从前农民的那种习惯。

“退伍的兵士——衬衣又放在裤腰外边了。①”他说。他不愿说到自己的当兵生活，然而也不抱怨，他常常说，在他整个的兵役期间，他没有被打过一次。在他说话时，他大都是说他从前的、显然为他所珍惜的回忆，如他所说的，“基督徒”生活的即是农民生活的回忆。② 他的言谈中充满了俗语，这些俗语不是兵士们所说的那种大都是下流粗野的俗语，而是民间的俗语，这些话，单看时，似乎毫无意义，但是适当地说出来时，便顿时显出高深的知识。

他说的话往往和他先前所说的话完全相反，但两方面的话都是正确的。他爱说话，并且说得很好，运用着彼埃尔以为是他自己发明的亲切字眼和俗语来润色他的话；但他的言语的主要魅力，就是那些最简单的事件，有时正是彼埃尔看见而没有注意的那些事件，在他的话里都显得是严肃而恰当的。他爱听一个兵士在晚间所说的故事（总是同样的故事），但他最爱听现实生活的故事。他快乐地微笑着，听着这些故事，时而插言几句，提出问题，要弄明白他所听的那些故事中的道德教训。彼埃尔所了解的恩情、友谊、爱情，是卡拉他耶夫全都没有的；他也曾爱过，也曾和他生活遭遇中的一切，特别是和人——不是和某一个人，而是和他所遇到的那些人——亲爱地生活过。他爱他的狗、爱他的同伴、爱法国人、爱本国的同胞

---

① 毛注：农人穿衬衣，在腰间系带，下摆躲在裤腰外边，兵士衬衣的下摆却是在裤腰里边的。

② 原文基督徒的音“黑利斯蒂阿宁”与农民的音“克来斯蒂雅宁”很相近，他说得没有分别。——译者

彼埃尔。但是彼埃尔觉得，卡拉他耶夫虽然对他有亲切的深情（他不觉地用这个来表示他对于彼埃尔的精神生活的敬意），却不会因为和他分别而有片刻的悲伤。而彼埃尔也开始对于卡拉他耶夫怀着同样的感情。

卜拉东·卡拉他耶夫在其他的俘虏们看来是一个普通的兵，他们称呼他“小鹰”或卜拉托莎，好意地取笑他，派他送东西。但是在彼埃尔看来，他永远是他在第一天夜里那样的，是一个难以理解的、圆形的、永久的简单与真实精神的化身。

卜拉东·卡拉他耶夫的心中，除了祷告文，什么都背诵不出的。说话时，似乎他开了口，便不知道怎样结束。

彼埃尔有时被他的言语中的思想所感动，当彼埃尔请他重述他所说的话时，卜拉东已经记不得他刚才所说的话了，正如同他不能用文字向彼埃尔说出他心爱的歌词。词中有“本乡的，桦树，我心痛”，但这些字眼，若是说出来而不唱出来，便没有任何意义。他不了解，并且不能了解从言语中单独取出的字眼的意义。他的每一个字和每一个动作就是他所不了解的一种活动的表现，这活动就是他的生命。但是他的生命，照他自己的看法，作为单独的生命，是没有意义的。生命只作为整体中的部分，才有意义，这个整体是他不断地感觉到的。他的言语和行动那样均匀地、必然地、直接地从他的身上露出来，正如同香气从花里发出来一样。他不能了解一个单独分开的行为或字眼的价值或意义。

14

玛丽亚公爵小姐从尼考拉·罗斯托夫那里得到了她的哥哥和罗斯托夫家一同住在雅罗斯拉夫的消息，便不顾姨妈的劝阻，立刻准备前去，不仅她一个人去，而且还同侄儿一道。这件事困难不困难，可能不可能，她没有问，也不想要知道：她的责任不仅是她自己要到也许将死的哥哥那里去，并且要作一切可能的努力把他的儿子带到他面前去，于是她准备动身了。玛丽亚公爵小姐认为，安德来公爵自己没有通知她，是因为他身体太弱，不能写字，或者是因为他认为这个长途的旅程对于她和自己的儿子是困难而危险的。

玛丽亚公爵小姐准备几天之内就上路。她的车辆是一辆家庭大轿车（她坐这辆车到福罗涅示来的），一辆半篷车和一辆行李车。和她同行的有部锐昂小姐、尼考卢施卡、他的教师、老保姆、三个女仆、齐杭、一个年轻的听差和姨母派遣的随从。

循通常的路线取道莫斯科，是不能够想的，因此，只得绕道——即是玛丽亚公爵小姐必须取道利撇兹克、锐阿桑、夫拉济米尔、舒雅，而绕道是很远的，因为不是到处有驿马，那是很困难的，并且锐阿桑附近（据说）出现了法国兵，甚至是危险的。

在这个困难的旅途中，部锐昂小姐、代撒勒，和玛丽亚公爵小姐的仆人都诧异她的坚强意志和充沛精力。她睡得比大家晚，起得比大家早，没有任何困难可以阻挡她。由于她的勤快和精力鼓动了她的同伴们，他们在第二个星期末便到了雅罗斯拉夫。

在她住在福罗涅示的最后几天，玛丽亚公爵小姐感到平生最大的幸福。她对罗斯托夫的爱情已经不再苦恼她，不再激动她了。这种爱情充满了她的心灵，成了她自身的不可分割的一部分，她不再反抗这个爱情了。玛丽亚公爵小姐虽然从来没有用明确的言语在内心里向自己说过，但是近来她相信她被人爱并且在爱。当她上一次和尼考拉会面，尼考拉向她说到她的哥哥和罗斯托夫家在一起的时候，她便相信了这个。虽然尼考拉没有一个字提到：假若安德来公爵康复了，则安德来公爵和娜塔莎之间的旧关系便可以恢复，但是玛丽亚公爵小姐从他的脸上看出，他知道并且想到了这个。虽然如此，他对她小心、体贴、钟情的态度，不但没有改变，而且玛丽亚公爵小姐有时似乎觉得，他高兴的是，现在他和玛丽亚公爵小姐之间的亲戚关系，使他可以更自由地向她表示他的友爱。玛丽亚公爵小姐知道，她是平生第一次也是末一次恋爱，觉得她被爱着，并且在这种关系中她是幸福的、心安的。

但是心灵的一方面的这种幸福，不但没有阻止她充分地感觉到她对于哥哥的悲伤的心情，而且反之，心灵的一方面的这种安宁，使她更能够让自己充分体会她对哥哥的情感。这种情感在刚离开福罗涅示时是那么强烈，以致送行的人，望着她的憔悴的失望的面孔时，相信她在中途时一定会生病；但正是旅途的困难以及玛丽亚公爵小姐对旅途的积极的安排把她暂时从悲伤中解脱出来，并且给了她力量。

正如同在旅途中总是这样的，玛丽亚公爵小姐只想到旅途的本身，忘记了旅途的目的，但是到达雅罗斯拉夫时，当她又想到不是在几天之后，而是在当天晚上她可能要遇到的事情的时候，玛丽亚公爵小姐的兴奋达到了最大的限度。

有一个随从是被派遣了先到雅罗斯拉夫去探听罗斯托夫家的地址，以及安德来公爵的情况的，这个随从在城门口迎到了进城的大马车，公爵小姐从车子的窗口伸出头来向他望着，当他看见公爵小姐的异常苍白的面孔的时候，他恐怖起来了。

“一切都打听到了，公爵小姐：罗斯托夫家在广场上，在商人不郎尼考夫的房子里。不远，就在伏尔加河的边上。”随从说。

玛丽亚公爵小姐惊惶地疑惑地望着他的脸，不明白他为什么不回答主要的问题：哥哥怎样？部锐昂小姐替公爵小姐问了这个问题。

“公爵怎样？”她说。

“公爵大人和他们住在一个屋子里。”

“那么他是活着的，”公爵小姐想，她低声问：“他怎样？”

“用人们说：他还是那样。”

“还是那样”是什么意思，公爵小姐没有问，只是很快地不被注意地瞥了瞥坐在她前面高兴地看着城市的七岁的尼考卢施卡，她垂下了头，直到沉重的、震动的、颠簸的、晃动的车子停下时，才抬起来。被放下的脚踏板响了一声。

车门开了。左边是水——一条大河；右边是大门台阶；台阶上有男仆、女仆，和一个面色红润的、有大黑辫子的姑娘，玛丽亚公爵小姐似乎觉得她令人不快地、虚伪地微笑着。她是索尼亚。公爵小姐跑上楼梯，那个虚伪地微笑的姑娘说：“这里，这里。”于是公爵小姐到了前厅里，面对着一个有东方人脸型的老妇人，她带着深受感动的表情，迅速地走来迎接她。这人是老伯爵夫人。她搂抱着玛丽亚公爵小姐，并且开始吻她。

“Mon enfant, [我的孩子,]”她说，“je vous aime et vous connais depuis longtemps. [我爱你，早就知道你。]”

玛丽亚公爵小姐尽管很兴奋，却知道这是伯爵夫人，应该同她说几句话。她自己不知道如何地说了一点恭敬的法语，她的语气正和别人向她说话的语气一样；然后她问：“他怎么样?”

“医生说，没有危险。”伯爵夫人说，但在她说这话时，她叹着气抬起眼睛，在这个姿势中，有和言语相反的表情。

“他在哪里?能看他吗，行吗?”公爵小姐问。

“等一下，公爵小姐，等一下，亲爱的。这是他的儿子吗?”她说，面向着和代撒勒一同进来的尼考卢施卡，“我们可以替所有的人安置住处，房子很大。啊！多么可爱的孩子!”

伯爵夫人领公爵小姐进了客厅。索尼亚和部锐昂小姐在谈话。伯爵夫人抚爱着孩子。老伯爵进客厅来欢迎公爵小姐。老伯爵自从上次公爵小姐和他见面以后，有很大变化。那时他是一个活泼的、愉快的、自信的老人，而现在似乎是一个可怜的、茫无所措的人了。他和公爵小姐说话时，不停地四顾着，好像是问大家，他做得对不对。在莫斯科和他的家产一同毁坏之后，他脱离了生活的常轨，显然不再知道自己的重要性，并且觉得他在生活中已经没有了地位。

公爵小姐虽然一心想要赶快看到哥哥，虽然不高兴在她一心想要看到哥哥的时候，他们招待着她并且虚伪地称赞她的侄儿，她注意到她身边所发生的一切，觉得暂时服从她所加入的新秩序是必要的。她知道，这一切是必要的，虽然这使她觉得不舒服，她却并不对他们恼怒。

“这是我的外甥女，”伯爵说，介绍着索尼亚，“你不知道她吗，公爵小姐?”

公爵小姐向她转过身，极力压制她心中对于这个姑娘所起的敌意的情绪，吻了她一下。但是她觉得难受，因为身边各人的心情和她的心情相差得那么远。

“他在哪里?”她又向所有的人问了一声。

“他在楼下，娜塔莎和他在一起，”索尼亚红着脸回答，“派了人去探问了。我想，您疲倦了吧，公爵小姐?”

公爵小姐的眼里涌出了恼怒的泪。她转过身，想要再问伯爵夫人，从哪里去看他，这时候从门口传来了轻微的、急速的、似乎是愉快的脚步声。公爵小姐回顾了一下，看见了几乎是跑着走进来的娜塔莎，从前在莫斯科会面时，她所那么不欢喜的那个娜塔莎。

但公爵小姐还没有来得及细看娜塔莎的脸，便明白了娜塔莎是她在悲哀中的忠实伴侣，因此，是她的朋友。她跑去迎她，抱了她，伏在她肩上哭起来了。

娜塔莎坐在安德来公爵枕边，一听到玛丽亚公爵小姐来了，就悄悄走出他的房间，迈着迅速的、在玛丽亚公爵小姐看来似乎是欢快的步子向她跑去。

当她跑进房间时，她那兴奋的面孔上只有一种表情——爱的表情，一种对他、对她和对与她所爱的人有亲密关系的所有人的无限爱的表情；一种怜悯、为别人而受苦，以及热切希望牺牲她自己的一切而去帮助他人的表情。显然，这时候她完全没有想到自己，也没有想到她和他的关系。

敏感的玛丽亚公爵小姐一见娜塔莎的脸，便明白了这一切，于是她悲喜交加地伏在她肩上哭了。

“去吧，我们去看他，玛丽。”娜塔莎边说边领她走进另一个房间。

玛丽亚公爵小姐抬起头，擦干眼泪，对着娜塔莎转过身去。她觉得，她会从她那里了解一切、知道一切的。

“怎么……”她开始问，但忽然停住了。

她觉得那是无法用言语来问，也无法用言语来回答的。娜塔莎的脸色和眼睛会把一切说得更明白、更深透。

娜塔莎望着她，但似乎怀着恐惧和犹豫不决——要不要说出自己所知道的一切；她似乎觉得，对着这双看到她心灵深处的明亮的眼睛，她不能不说出自己所知道的全部真情。娜塔莎的嘴唇忽然打颤了，难看的皱纹出现在她的嘴唇旁边，她呜咽了一声，用手捂住脸。

玛丽亚公爵小姐明白了一切。

但是她仍然抱着希望，用她自己也不相信的话问道：“他的伤怎么样？他的情况大概怎么样？”

“您，您……会看到。”娜塔莎只能说出这么一句话。

为了止住哭泣，然后带着镇静的面容走进房间去看他，她们在楼下他的房间外面坐了一会儿。

“整个病情怎么样了？他的病情早就恶化了吗？这种情况是什么时候发生的？”玛丽亚公爵小姐问。

娜塔莎说，最初因为烧热和疼痛曾出现过危险，但是在特罗伊擦这种情况就过去了，医生只怕出现坏疽。但是这种危险也减少了。在他们到雅罗斯拉夫时，伤口开始化脓（娜塔莎知道一切关于化脓之类的事情），医生说，化脓可能是正常的。烧热出现了。医生说，这种烧热不那么危险。

“但是两天前，”娜塔莎说，“这种情况突然出现了……”她含着泪，“我不知道是怎么的，但您可以看到，他成了什么样子了。”

“他虚弱了吗？消瘦了吗？”公爵小姐问。

“不，不是虚弱，而是更糟。您会看到的。唉，玛丽，他这个人太好了，他好不了了，他好不了了，因为……”

15

当娜塔莎以习惯的动作打开门，让公爵小姐走在她前面的时候，玛丽亚公爵小姐觉得，她喉咙里怪难受，几乎要号啕大哭起来。虽然她已经作了准备，努力使自己镇静，但她知道，看见他不可能不淌眼泪。

玛丽亚公爵小姐明白了娜塔莎说的他在两天前出现了这种情况的话是什么意思。她知道，这话的意思是说他忽然虚脱了，而他的虚脱与她的感伤便是死亡的征兆。当她走到门口时，她已经想象到了她在童年时代所熟知的安德柔沙的那张面孔，他那张亲切、温和、富于同情的面孔，这是她后来很少看到的，因此总是那么强有力地感动她的。她知道，他要向她说出低声的亲切的话，像她父亲临死之前向她所说的一样，她知道这是她忍受不住的，她要在他面前哭泣的。但迟早这是一定要发生的，于是她走进房去了。在她用近视的眼睛越来越清楚地辨别着他的形体，寻找着他的容貌时，她的呜咽在喉咙里快要爆发了，然后她看见了他的脸，并且和他的目光交遇了。

他躺在长沙发上，四周放着枕头，穿着松鼠皮的长衣。他消瘦、苍白。他的一只瘦瘦的、白得透明的手握着一块手帕，另一只手的指头轻轻地摩着留着的细胡须。他的眼睛望着进来的人。

玛丽亚公爵小姐看见了他的脸，碰到了他的目光，便立刻放慢了她的快步，并且觉得，她的眼泪忽然干了，哭泣也停止了。她看见了他的面部和目光的表情，便忽然畏怯起来，并且觉得自己是不对的。

“但是我有什么地方不对呢？”她内心里自问着。

“那就是，你活着，并且想到生活，而我……”他的冷静而严厉的目光回答。

当他慢慢地看了看妹妹和娜塔莎的时候，在他不是向外看而是向内看的深邃的目光里，几乎含着敌意。

他和妹妹接吻，照他们的习惯，手握着手。

“好吗？玛丽，你怎么到这里的？”他用那种像他的目光一样平静的冷淡的声音说。即使他喊出失望的叫声，那叫声也没有他的话音这样地使玛丽亚公爵小姐觉得可怕。

“你把尼考卢施卡带来了吗？”他用同样平静的慢慢的声音说，并且显然努力地在作回忆。

“你身体现在怎样了？”玛丽亚公爵小姐说，她自己也诧异着她所说的话。

“这个，亲爱的，应该问医生。”他说，显然又在努力，要显得亲切，他只用嘴唇说。（显然是，他全然没有想到他所说的。）

“Merci，chère amie，d'être venue.［谢谢你来了，我亲爱的。］”

玛丽亚公爵小姐紧握着他的手。由于她的紧握，他几乎察觉不出地皱了一下眉。他沉默着，她也不知道要说什么是好。她明白了他在两天前所发生的情形。在他的言语中，在他的语调中，特别是在这个目光中——在冷淡的几乎是敌意的目光中——可以感觉到一种对于活人是很可怕的心情——和世间一切的疏远。他显然是在费力地了解一切活的东西；但同时，又令人觉得，他不了解活的东西，这不是因为他失去了了解力，而是因为他了解了别的东西，那东西是活人不了解并且不能了解的，那东西吸引了他整个的注意。

“啊。运命把我们合在一起，多么奇怪呵！”他打破沉默，指着娜塔莎说，“她一直在看护我。”

玛丽亚公爵小姐听着，却不明白他所说的话。他，敏感的、温柔的安德来公爵，他怎么能够在他所爱的，并且爱他的女子面前说这样的话！假使他想活着，他就不能用那样冷淡的痛心的语气说这话。假使他不知道他要死，那么，他怎么能够不可怜她，他怎么能够在她面前说这话！这只能有一个解释，就是他觉得一切都无关重要，而一切都无关重要，是因为别的更重要的东西向他展现了。

谈话是冷淡的，不连贯的，时时中断的。

“玛丽是经过锐阿桑来的。”娜塔莎说。

安德来公爵没有注意到她叫他的妹妹玛丽。而娜塔莎自己，是在他面前这样叫了她以后才注意到的。

“是吗？”他说。

“她听说，莫斯科全烧了，全烧了，好像……”

娜塔莎停住了：不能再说了。他显然是努力想听，却不能够。

“是的，据说烧了，”他说，“这很可惜。”他向前面直视着，用手指漫不经心地理着胡子。

“你遇到尼考拉伯爵了吗，玛丽？”安德来公爵忽然说，显然希望向她们说点高兴的话，“他写信来说，他很欢喜你，”他简单地镇静地继续说，显然不能了解他话里的对于活人的复杂的意义，“假使你也喜欢他，那是很好的……你们结婚。”他稍微更快地加上这一句，似乎因为寻觅了很久终于找出的话而高兴。

玛丽亚公爵小姐听了他的话，但这些话，除了证明他现在距离一切活的东西是多么遥远而外，对于她没有任何别的意义。

“为什么说到我呢！”她镇静地说，然后看了看娜塔莎。

娜塔莎感觉到她的目光，却没有望她。大家又沉默着。

“安德来，你想……”玛丽亚公爵小姐忽然用颤抖的声音说，“你想要看见尼考卢施卡吗？他总是提到你。”

安德来公爵第一次几乎察觉不出地微笑了一下，但是玛丽亚公爵小姐是那么熟悉他的面部表情，她恐怖地明白了这个笑容所表示的不是高兴，不是对于儿子的深情，而是暗自的温顺的嘲笑——嘲笑玛丽亚公爵小姐用她认为是最后的方法来鼓起他的精神。

“是的。我很高兴看见尼考卢施卡。他好吗？”

尼考卢施卡被人带到安德来公爵面前来了，他惊惶地望着父亲，却没有哭，因为没有别人哭；安德来公爵吻吻他，显然不知道要向他说什么。

尼考卢施卡被带走之后，玛丽亚公爵小姐，又走到哥哥面前，吻了他，她再也忍不住了，哭起来了。

他注意地望着她。

“你为了尼考卢施卡吗？”他问。

玛丽亚公爵小姐哭着，同意地点了点头。

“玛丽，你知道福音……”但他忽然不作声了。

“你说什么？”

“没有什么。不该在这里哭的。”他用同样冷淡的目光望着她说。

玛丽亚公爵小姐开始哭的时候，他知道，她哭的是尼考卢施卡要成为无父的孤儿。他作了很大的努力，力求返回到生命中来，并且采取他们的看法。

“是的，他们一定觉得这是可怜的！”他想，‘但这是多么简单啊！”

“天鸟不耕耘、不收获，但你的父养活他们，”他自语着，并且想要向公爵小姐说出同样的话，“但是不行，他们要按照各自的意思去了解的，他们不会了解的！他们所重视的这些感情，在我们看来是那么重要的这些想法——都是不必要的。而这是他们不能够了解的。我们是不能够彼此了解的！”于是他沉默着。

安德来公爵的年幼的儿子七岁了。他几乎还不能读书，什么事都不懂。从那天以后，他经历了很多的事情，他获得了知识，有了观察力，有了经验；但是即使他当时有了他后来获得的这一切的能力，他对于他所看见的他父亲和玛丽亚公爵小姐和娜塔莎之间的那个场面的意义，也不能比当时了解得更真切、更深刻。他全都了解，他没有哭，他走出房间，无言地走到跟他出来的娜塔莎的身边，他的若有所思的、美丽的眼睛羞怯地看了看她；他的噘起的鲜红的上唇颤抖了一下，他的头靠在她身上，他哭起来了。

自从那天以后，他逃避代撒勒，逃避抚爱他的伯爵夫人，或者独自坐着，或者羞涩地走到玛丽亚公爵小姐和娜塔莎面前（他似乎爱娜塔莎超过爱自己的姑母），悄悄地羞怯地对她们表示亲切。

玛丽亚公爵小姐从安德来公爵的房中走出来，完全明白了娜塔莎脸上所表现的一切。她不再和娜塔莎提到挽救他的生命的希望。她和她轮流地坐在他的沙发的旁边，她不再流泪，却不断地祷告，在心灵上转向那永恒的和不可思议的上帝——此刻在濒死的人的身上是那么显明地感觉到上帝的存在。

16

安德来公爵不但知道他要死，而且觉得他正在死，觉得他已经死了一半。他所感到的意识，是对一切人世的事物的疏远，和身体的快乐的、奇怪的轻飘之感。他不着急，不焦虑，等待着他就要遇到的东西。那个严厉的、永恒的、不可知的、遥远的东西——他在自己的一生之中不断地感觉到它的存在——现在和他靠近了，并且，由于他所感觉的身体的那种奇怪的轻飘，几乎是可解的，实在的了……

从前他怕完结。他两度体验过对于死亡——完结——的痛苦的可怕的恐怖，现在他不知道这种恐怖了。

他第一次感觉到这种恐怖的时候，是霰弹好像陀螺一样在他面前打旋，他望着休耕田、灌木和天，并且知道死亡就在他面前的时候。当他在受伤之后恢复了知觉，而那永久的、自由的、与这个生活无关的爱之花朵，好像是从那使它受到限制的、生活的束缚中解放了出来，在他心中忽然开放的时候，他已经不怕死亡，不再想到死亡了。

在受伤之后痛苦的寂寞的与半昏迷的时辰里，他愈思考那向他展示的、永恒之爱的新原则，他愈不自觉地脱离尘世的生活。爱一切的东西，一切的人，永远地为爱而牺牲自己，意思就是不爱任何人，不过这尘世的生活。他愈体会这种爱的原则，他愈脱离生活，愈彻底消灭了那个在没有爱的时候、在生死之间所存在的可怕的障碍。在最初的时候，当他想到他一定要死时，他向自己说，“哦，这有什么关系，这样更好！”

但是，那天夜里，在梅济锡，他在半昏迷状态中，他所希望的女子出现在他的眼前，他把她的手放在自己的嘴唇上，流出了悄悄的高兴的眼泪，那天夜里以后，对于一个女子的爱情又不觉地潜入了他的心，又把他带回到生命中来了。一些快乐的、兴奋的想法开始来到他的心中。回想着在裹伤站里看见库拉根的那个时候，他现在不能再有那时的情绪了；现在苦恼他的是这个问题：库拉根是不是还活着？他却不敢问这个问题。

他的病情自然而然地发生着变化；但是娜塔莎说“他发生了这个”这句话里所指的事情，是他在玛丽亚公爵小姐来到这里两天之前发生的。那是生死之间的最后的精神斗争，在这场斗争中，死亡得到了胜利。那是意外地发觉了，他还珍惜生活，以他对娜塔莎的爱情表现出来的生活，那是对未知事物的最后一次的、终于被克服的恐怖。

是在晚间。和寻常饭后一样，他在轻微的烧热状态中，他的思想异常的清晰。索尼亚坐在桌边。他开始打盹。忽然他有了幸福的感觉。

“啊，她进来了！”他想。

确实，刚才不声不响地走进房间的娜塔莎坐在索尼亚的位置上。

自从她开始看护他以来，他总是体验到一种肉体上的近感，她坐在扶手椅上织袜子，侧身对着他，用身子挡住烛光。（安德来公爵有一回向她说，没有人比织袜子的老保姆照看病人更好了，织袜子的工作能使人感到安慰；从那时候起，她便学会了织袜子。）她那纤细的手指迅速地移动着时而相碰的织针，他可以清楚地看见她那垂头的沉思的侧面。她身子动了一下——线团从她的膝头上滚了下来。她颤抖了一下，看了看他，用一只手遮着烛光，小心、敏捷、准确地俯下身子拾起线团，然后又照先前的姿势坐下来。

他动也不动地望着她，料想她在捡起线团之后，一定会深深地吸一口气，但她没有这样，只是小心地缓缓气。

在特罗伊擦修道院里，他们说到过去，他向她说，假使他还活着，他要永远为自己的伤而感谢上帝，因为受伤使他又能和她在一起；但是从那时起，他们从来没有说到将来。

“这可能不可能呢？”现在他望着她，边想边听着织针发出的轻微声，“难道只是为了我会死，命运才那么奇怪地让我和她遇在一起吗？……难道仅仅是因为我过着虚伪的生活，才向我展现生活的真理吗？在世界上我最爱她。但是，假如我爱上了她，我该怎么办呢？”他想，由于在痛苦中养成了习惯，他忽然不由自主地叹了一口气。

听到这个声音，娜塔莎便放下袜子，朝他侧过身去，看到他那明亮的眼睛，便忽然轻轻地走到他面前，俯下了身子。

“您没有睡着？”

“没有，我对您望了很久；我觉察到您是什么时候进来的。没有人像您这样给我这种柔和的寂静……给我光明。我高兴得简直要流泪了。”

娜塔莎向他靠近了一点。他的脸上显露出狂喜的神色。

“娜塔莎，我太爱您了。世界上我最爱您。”

“我吗？为什么最爱呢？”她说。

“为什么最爱？……啊，您心里，您整个心里是怎么想的、怎么感觉的呢？我还会活吗？您看会怎么样呢？”

“我坚信，我坚信！”娜塔莎几乎叫起来，热情地抓住他的双手。

他沉默了一会儿。

“多么好啊!”他抓住她的手，吻了一下。

娜塔莎觉得又幸福又兴奋；但她立刻想起来不能这样，他需要安静。

“可是您没睡着，”她说，抑制着自己的高兴劲儿，“您睡吧……您睡吧。”

他握过她的手又放开了，她回到蜡烛旁边，又在原先的地方坐了下来。她向他回头看了两次，他那双明亮的眼睛向她望着。她给了自己织袜子的任务，并对自己说，不织完袜子不回头去看他。

果然，他很快就合上了眼，睡着了。他没有睡多久，忽然出了一身冷汗，惊醒了。

睡着的时候，他还在想他近来不断想到的问题——生与死。想得最多的是死。他觉得自己离死更近了。

“爱情？什么是爱情？”他想。

“爱情妨碍死。爱情是生。一切，我所了解的一切，我了解，只是因为我爱。一切现有的，一切存在的，都只是因为我爱。一切都只是由爱结合起来的。爱是上帝，而死对我来说，是爱的一部分，是回到普遍的永恒的本源里去。”这些想法使他感到安慰。但这只是些想法而已。这些想法中缺少点什么，有种片面的、个人的、理性的——但不明显的东西。但还有原来不安与不清楚的地方。他睡着了。

他在睡梦中看见：他仍躺在现实中他所躺着的房间里，但他并没有受伤，而是健康的。许多各种各样的、无足轻重的、漠不关心的人出现在安德来公爵的面前。他和他们谈话，讨论一些无关紧要的事。他们打算到什么地方去。安德来公爵模糊地想起这一切都是无关紧要的，他还有别的更重要的事，但是他继续说了一些空洞的俏皮话，使他们觉得惊异。所有这些面孔渐渐地、不知不觉地开始消失，所有问题都被一个关闭着的门的问题所代替了。他站起来，要走到门前去闩门、锁门。一切都取决于他是否来得及锁门。他走去，心里很着急，但他的腿走不动，他知道他来不及锁门了，但仍然痛苦地鼓起他所有的力量。一种痛苦的恐怖袭击着他。而这种恐怖是种死亡的恐怖；它站在门外。但正在他无力地、畏难地向门走去时，这个可怕的东西已经在那一边推门，要闯进来了。一种非人类的东西——死神——要闯进门来了，必须挡住它。他紧紧抓住门，鼓起了最后的力量去顶门，上锁已经不行了；但他的力量又弱，动作又笨；恐怖所推着的门打开了，又关上了。

它又在外边推门。他最后超自然的努力白费了，两扇门无声地打开了。它进来了，它是死神。于是安德来公爵死了。

但是就在他死去的一刹那，安德来公爵想起他是在睡觉；在他死去的一刹那，他作了一次努力，醒过来了。

“是的，这是死神。我死去——又醒了。是的，死是觉醒。”这想法忽然在他心灵中明朗起来了，先前遮蔽着未知物的幕，现在，在他心灵的幻境中揭开了。他似乎觉得，先前他身上受束缚的力量得到了解放，觉得身上一直有一种奇怪的轻飘之感。

当他出冷汗醒来，在沙发上动了动身子时，娜塔莎走到他面前问他发生了什么事。他没有回答她，不明白她的话，用奇怪的目光望着她。

这是玛丽亚公爵小姐来到的两天前他所发生的事。医生说，从那天起，病人那消耗体力的烧热转为恶性的了，但娜塔莎并不关心医生所说的活；她已经看出了那些可怕的、她觉得更加无疑的精神上的迹象。

从那天开始，安德来公爵随着从睡梦中觉醒，也开始从生活中觉醒了。他觉得，从生活中觉醒（比起生命的长度）并不比睡梦中觉醒（比起睡梦的长度）来得缓慢。

在这个相对缓慢的觉醒中，没有什么可怕的和剧烈的东西。

他最后的日子和时辰过得又平常又简单。玛丽亚公爵小姐和娜塔莎没有离开过他，都感觉到了这一点。她们不流泪、不战栗，而在最后时刻，她们觉得自己不是在看护他（他人已经不在了，已经离开她们了），而是在看护那个使她们最亲切地想起他的东西——他的身体。她们俩的这种感觉是那么强烈，以致死亡的外在的可怕方面没有影响她们，并且她们觉得无须引起自己的悲哀。她们不当他面哭，也不避开他哭，彼此也绝不提到他。她们觉得无法用言语来表达她们所明了的事情。

她们两人都知道，他慢慢地、安静地离开她们，越来越深地向什么地方下沉着，她们俩都知道，这是应该这样的，这是对的。

他受了免罪礼和圣餐礼；大家都来和他诀别。当他的儿子被领到他面前时，他用嘴唇吻了他，又把头转过去了，这不是因为他觉得痛苦和可怜（这玛丽亚公爵小姐和娜塔莎都明白），只是因为他觉得，这就是别人对他所要求的一切；但在别人要他祝福儿子的时候，他执行了他们的要求，并且回头看了一下，似乎是问还需要做点什么。

当他那正被精神遗弃的身体在作最后抽搐的时候，玛丽亚公爵小姐和娜塔莎都在那里。

“完结了吗?!”在他的身体已经一动也不动，渐渐变冷，在她们面前躺了好几分钟之后，玛丽亚公爵小姐说。娜塔莎走上前，看了看死去的眼睛，连忙把他的眼睛合上。合上他的眼睛，没有吻它们，却依恋着那个使她最亲切地想起他的东西。

“他到哪里去了？他现在在哪里？……”

当洗过的、穿上了衣服的尸体躺在桌上棺材里的时候，大家都来和他告别，都哭了。

尼考卢施卡哭，是因为那痛苦的困惑使他的心都要碎了。伯爵夫人和索尼亚哭，是因为可怜娜塔莎，因为他不复存在了。老伯爵哭，是因为他觉得，他不久也要走这同样可怕的一步。

娜塔莎和玛丽亚公爵小姐现在也哭了。不过她们哭不是由于她们个人的悲伤；她们哭是由于那种虔敬的感伤的情绪，在她们意识到她们面前所出现的简单而严肃的死亡的神秘性的时候，她们身上充满着这种情绪。

第二部

1

现象的全部原因是人的头脑不能了解的。但是人的心里却有寻找原因的要求。人的头脑往往不考虑现象的无数复杂的条件（每个条件可以单独作为现象的原因），却抓住了最初看到的、最明了的近似原因就说：这就是原因。在历史事件中（这里观察的对象是人们行动的实质），最初的、最原始的近似物是神的意志，后来是那些处于最显著历史地位上的人们，即历史英雄们的意志。但是我们只要探究每一历史事件的实质，即探究参与事件的整个人群的活动，便会相信历史英雄的意志不但不曾领导人群的行动，而且他们自己是经常被领导着的。我们这样了解或者那样了解历史事件的意义，似乎都是一样的。但是，有的人说，西方民族到东方去是因为拿破仑想要这样，有的人说，这事发生了是因为它一定要发生，这两种人之间的差别，正如同下面这两种人之间的差别：有的人肯定地球是停止不动的，群星环绕着地球转动，有的人说，他们不知道地球是靠什么支撑的，但是知道有某种规律支配着地球和其他行星的运动。历史事件的原因是一切原因的总和，除了这唯一的原因之外，没有而且不可能有别的原因。但是有些规律支配着事件，一部分规律是人们不知道的，一部分是可以了解的。只有在我们完全放弃了在个人意志中探求原因的时候，才可以发现这些规律，正如同只有在人们放弃了地球不动的概念的时候，才可以发现行星运动的规律。

历史家们认为在保罗既诺会战、莫斯科被敌人占领和它的火灾之后，一八一二年战争中最重要的插曲是俄军从锐阿桑到卡卢加大道向塔路齐诺野营的运动——是所谓渡过克拉斯那亚·巴黑拉河的侧面行军。历史家们各人把这个天才功绩的荣誉归诸不同的人物，并且争论这个荣誉究竟属于什么人。甚至外国的，甚至法国的历史家们，说到这个侧面行军时，也承认俄国将领们的天才。但是，为什么军事著作家们，以及所有的信从他们的人，都以为这个侧面行军，是某一个拯救俄国、毁灭拿破仑的人的最为深思熟虑的计划，这是极难了解的。第一点难以了解的便是：这个行军的深思熟虑与天才在什么地方；因为要了解军队的最好的地位（在它不受攻击时），是在粮秣最充足的地方，这并不需要很大的心机。每个人，甚至十三岁的笨孩子，也能够毫无困难地想得到，在一八一二年，在撤出莫斯科以后，军队最有利的地位是在卡卢加大道上。因此，我们不能够了解这第一点，历史家们凭什么论断认为这个运动中有深思熟虑的地方。第二点，更难以了解的，是历史家们为什么认为这个运动是促成俄军的得救和法军的覆灭的；因为，假若有了以前的、同时的和以后的其他情况，则这个侧面行军可以促成俄军的覆灭和法军的得救。假使从进行这个运动的时候起，俄军的地位即开始改善，则我们无论怎样也不能认为这个运动是它的原因。

这个侧面行军不但不能带来任何好处，并且，假使没有其他条件的同时发生，还可以使俄军消灭。假使莫斯科没有被焚烧，会发生什么事情呢？假若不是牟拉没有找到俄军，会怎样呢？假使不是拿破仑按兵不动，会怎样呢？假若俄军在克拉斯那亚·巴黑拉①附近，听了别尼格生和巴克拉的建议，和法军交战，会怎样呢？假使法军当俄军在巴黑拉河那边开拔的时候攻击俄军，会发生什么呢？

---

① 毛注：是流入莫斯科的一条小河。

假使后来拿破仑在他快到塔路齐诺时攻击俄军，即使只用他攻击斯摩棱斯克的十分之一的兵力，会发生什么呢？假使法军到彼得堡去，会发生什么呢？……所有的这些假定，若是有了一种，侧面行军的得救就可以变为覆灭。

第三点，最难以了解的，便是研究历史的人，故意地不愿看到：这个侧面行军不能归功于任何一个人；没有任何人曾经预见到这一点；这个运动，正如同从菲利①的退却一样，在当时，没有让任何人看出它的全部意义，而是一步一步地，一个事件一个事件地，一瞬间一瞬间地，从无数量的、极其多种多样的情形中产生出来的，直到在它已经完成，而且成为过去时，才表现出它的整个的意义。

在菲利会议上，俄国将领中最占优势的意见便是不待言的一直向后退，即是顺着尼示尼道路向后退。它的论据是：会议中大部分的意见，赞成这个主张，尤其是在会议之后总司令和军需监督兰斯考的著名的谈话。兰斯考向总司令报告说，军队的给养大部分储集在奥卡河一带，在屠拉省、卡卢加省，假若向尼示尼退却，则军队与给养储藏处要被宽大的奥卡河隔开，而在初冬渡河是不可能。② 这是必须避开先前显得极自然的向尼示尼一直退却的第一个证明。军队顺着锐阿桑道路越向南走，越靠近给养储藏处。后来，法军的不动，甚至找不到俄军的所在，关于保卫屠拉省兵工厂的忧虑，主要的是接近自己那些给养地的好处迫使军队更加向南转进，转上屠拉大道了。俄国的将领们强行渡过巴黑拉河转上屠拉大道时，打算驻扎在波道尔斯克，没有想到塔路齐诺阵地去；但无数的情况，先前找不到俄军的法军再度出现，会战的计划，尤其是卡卢加省的粮食充足，使得俄军更加向南转进，从屠拉大道转上卡卢加大道到达地处两条给养线当中的塔路齐诺。正如我们无法回答莫斯科是什么时候放弃的这个问题一样，我们也无法回答是什么时候、是谁决定向塔路齐诺转进的这个问题。直到军队由于无数不同力量作用的结果

① 毛注：菲利是俄军退往莫斯科时所到的最后的乡村。

② 毛注：因为有薄冰。

到达塔路齐诺的时候，人们才开始相信：这正是他们所希望的，并且早就预见到要这样做的。

2

有名的侧翼行军只是这样的：在法军的进攻停止以后，俄军一边顺着和法军进攻相反的方向向后退却，一边改变了起初采取的笔直方向，在摆脱了法军的追击之后，自然地转向有充足给养吸引着它的方向去了。

假使我们设想，没有天才的将领来统率俄军，俄军只是一个没有将领的军队，而这个军队除了在给养最多、物产最丰富的地区兜一个圈子，向莫斯科回转之外，便不能做出别的什么事情。

从尼示尼途经锐阿桑、屠拉到达卡卢加大道的推进，是那样的自然，以致俄军的抢劫分子也顺着这个方向奔跑着，彼得堡方面也要库图索夫率领俄军顺着这个方向走。在塔路齐诺，由于库图索夫率领军队走了锐阿桑大道，接到了皇帝几乎是申斥的信件。皇帝还向他指出了卡卢加对面的阵地，而接到皇帝的信时，他已经到达那个阵地上了。

俄军之球沿着它在整个战争和在保罗既诺会战中所受到的推动力的方向往回滚动着，在滚动力耗尽而没获得新的推动力的时候，接受了对于它是理所当然的位置。

库图索夫的功绩，不在于所谓天才的战略运动，而在于只有他一个人明白所发生的事件的意义。只有他一个人在那时已经明白法军停止行动的意义，他一个人继续肯定保罗既诺会战是胜利的。由于自己总司令的地位，他似乎是一定要攻击，可是只有他一个人尽了全力，为的是阻止俄军进行无益的交战。

在保罗既诺附近受伤的野兽，在离去的猎人扔下它的那个地方躺着；但它是否还活着，它是否还有力量，或者它只是假装躺在那里，猎人并不知道。忽然这只野兽发出了呻吟。

这只受伤的野兽——法军——的呻吟和它灭亡的标志就是派遣劳理斯顿往库图索夫营中去求和。

拿破仑怀着那种并不是好的东西就是好的，而是他头脑中想到的东西才是好的自信态度，把他最初想到的、没有任何意义的话写给了库图索夫。

他写了：

“Monsieur le prince Koutouzov, j'envoie près de vous un de mes aides de camps généraux pour vous entretenir de plusieurs objects intéressants. Je désire que votre altesse ajoute foi à ce qu'il lui dira, surtout lorsqu'il exprimera les sentiments d'estime et de particulière considération que j'ai depuis longtemps pour sa personne. Cette lettre n'étant à autre fin, je prie Dieu. monsieur le prince Koutozov, qu'il vous ait en sa sainte et digne garde.

Moscou, le 30 Octobre, 1812 Signé: Napoléon.

[库图索夫公爵先生：我派侍从副官长一人和你商谈各项重要的问题。请阁下相信他所说的一切，尤其是在他向你表达我一向对你的尊重和特别敬意的时候。此信别无目的，我祈祷上帝，库图索夫公爵先生，把你置于他的神圣而恩惠的保护之下吧。

莫斯科一八一二年十月三十日拿破仑（签字）］”

“Je serais maudit par la postèritè Si l'on me regardait comme le premier moteur d'un accommodement quelconque. Tel est l'esprit actuel de ma nation. ［若我被人当作建议举行谈判的人，我便要受后辈的责骂。这就是现在我国的人民的意志。］”库图索夫回答，并且继续尽他的全力阻止军队进攻。

法军在莫斯科抢劫，俄军在塔路齐诺安然扎营的这一个月之间，两军力量的对比（士气和人数）有了改变，而改变后的优势属于俄军。虽然法军的情况和人数是俄军不知道的，但是对比一有变化，攻击的必要便立刻表现在无数的迹象上。这些迹象是：劳理斯顿的派遣，在塔路齐诺的充足的给养，各方面关于法军停止不动与纪律败坏的报告，俄军后备兵的补充，好天气，俄军的长时休息，军队中通常因为休息而有的急着去做他们聚在一起所要做的事，关于这么久没有看见的法军在做什么的好奇心，俄军前哨现在侦察法军时的勇敢，农民和游击队对于法军所获得的轻易胜利的消息以及因此所引起的艳羡，当法军在莫斯科时人人心中所怀的复仇情绪，尤其是——那不明确的，然而在每个兵士心中所产生的意识：力量的对比现在有了变化，而优势属于我方。力量的实际对比改变了，攻击是不可避免的了。正如同分针转了一圈，自鸣钟就会敲打报时那样地可靠，在上层组织里，由于力量的实际改变，立刻反映出加紧的活动，钟机的嗞嗞声和敲打声。

3

指挥俄军的是库图索夫和他的参谋部和彼得堡的皇帝。彼得堡方面在接到放弃莫斯科的消息之前，已经拟定了一个整个战争的详细计划，送给了库图索夫去执行。虽然这个计划是根据莫斯科还在我们手里那个假设拟定的，但是参谋部赞同了、采用了这个计划。库图索夫只回文说，远处拟定的诱击计划总是难以执行的。于是彼得堡方面为了解决所遇到的困难，又发出了新的命令，派出了新的人，他们的任务是监视他的行动并报告他的行动。

此外，俄军的参谋部现在全部改组了。被打死的巴格拉齐翁和愤而辞职的巴克拉两人的空缺补上了。他们极其认真地考虑A代替B，B代替Д，或反之Д代替A等等调动，哪样是更好，似乎在B与A的满意之外，还有什么事情是以这个为转移的。

在军队的司令部里，由于库图索夫和参谋总长别尼格生之间的恶感，皇帝的亲信人物的在场，以及这些调动，发生了比平常更加复杂的党派斗争：在所有的可能的调动与裁并中，A暗害B，Д暗害C，等等。在所有的这些倾轧中，阴谋的主题大都是战争，所有这些人都是以为是他们在领导战争；但是这个战争不以他们为转移地、照它自己所应走的路线进行着，即是，它从来不合乎人们所预想的那样，而是从群众的态度的实质中得出的。这一切互相冲突互相阻挠的计划，在上层组织中，显得只是应该发生的事件的真实反映。

“米哈伊·依拉锐诺维支公爵！”这是皇帝在十月二日写的信，库图索夫在塔路齐诺会战后收到的。“自九月二日起，莫斯科就在敌人手里了。您的最后报告是二十日发的；在整个这段时间内，不但没有采取任何行动来打击敌人、解放古都，而且根据您最后的报告，您甚至更加向后退了。塞尔普好夫已被敌人的一个支队占领，有着军队如此必需的著名兵工厂的屠拉，也处在危险之中。据文村盖罗德将军的报告，我知道敌人一个有一万人的军团正在向彼得堡大道推进。另一个军团约数千人，正向德米特罗夫推进。第三个军团顺着夫拉济米尔大道前进。第四个军团是相当强大的，驻扎在路撒与莫沙益司克之间。拿破仑本人二十五日还在莫斯科。根据这些报告，当敌人把自己的兵力分为强大的支队，在拿破仑带着自己的卫队还留在莫斯科时，您面前敌人的兵力还可能相当强大，不允许您攻击吗？相反，我们可以假定，他大概是用几个支队或至多一个军团在追赶您，兵力比您所统率的军队弱得多。看来您能够利用这些情况，有利地攻击比您兵力弱的敌人，把他们歼灭，或者至少使他们后退，使我们的手中保持着一大部分现在被敌人占领的省份，从而解除屠拉和内地一些城市的危险。假使敌人能够派遣相当强大的军团来威胁无法留下许多军队的首都彼得堡，您是要负责的，因为您有交托给您的军队，您坚决努力地作出行动来，就有很多办法避免这个新的不幸。记住，您要对于受屈辱的祖国负丢失莫斯科的责任。我决心给您奖赏，关于我的决心，您是了解的。我的这种决心是不会减少的，但我和俄罗斯也有权利期待您的全部热情、坚决，以及您的智慧、您的军事天才、您所指挥的军队的勇敢向我们所预告的胜利。”

可是这封表明彼得堡对双方实际力量的对比已有所觉察的信还在途中的时候……库图索夫已无法阻止他所指挥的军队的进攻了，而且已经打了一仗。

十月二日，哥萨克兵沙波发洛夫在巡逻的时候，用枪打死了一只兔子，打伤了另一只。沙波发洛夫在追赶打伤的兔子时，跑进了森林的深处，碰见了牟拉军队没有任何警戒的左翼。这个哥萨克兵笑着对同伴们说，他几乎落入法国兵的手中。一个少尉军官听到这件事，报告了他的长官。

这个哥萨克兵被传去询问；哥萨克兵的军官们希望利用这个机会夺取马匹，但是有一个认识高级长官的军官，把这事报告了参谋部的一个将军。近来参谋部里的情况是极其紧张的。叶尔莫洛夫在几天前去见别尼格生时，请他对总司令施加自己的影响，以便发起进攻。

"假如我不认识您，我便要以为，您并不希望您所请求的事了。只要我劝做这一桩事，殿下就一定会去做相反的那一桩事。"别尼格生回答。

哥萨克兵的消息，被派出的骑兵巡逻所证实，它证明了事件最后成熟了。拧紧的发条松动了，钟敲响了，发出了丁当的响声。库图索夫虽然有他名义上的权力、智慧、经验、人事知识，但他考虑到派去向皇帝亲自报告的别尼格生的备忘录，考虑到全体将军所表现的一致愿望和他意料中的皇帝的愿望以及哥萨克兵的情报，他已无法制止那不可避免的推进了，于是对他认为无益有害的事下了命令——他承认了既成事实。

4

别尼格生所提出的关于必须进攻的备忘录，哥萨克兵关于无掩护的法军左翼情报，只是些最新迹象，表明必须下令攻击，而攻击的日期指定在十月五日。

十月四日早晨，库图索夫签署了作战部署。托尔向叶尔莫洛夫宣读了部署，要他作进一步的布置。

"好的，好的，我现在没有工夫。"叶尔莫洛夫说，然后走出了农舍。

托尔所起草的作战部署是很好的。它起草得和奥斯特理兹的作战部署一样，尽管也不是用德文起草的。

"Die erste Colonne marschiert［第一纵队推进］到哪里，die zweite Colonne marschiert［第二纵队推进］到哪里"，等等。部署中规定，所有这些纵队都要在指定的时间到达各自的地点，并要歼灭敌人。和所有的作战部署一样，这一切都考虑得非常周密，也和所有的作战部署的结果一样，没有一个纵队在指定的时间内到达自己的地点。

当这个作战部署所用的份数准备好时，便叫来一个军官，派他到叶尔莫洛夫那里去，把文件交给他去执行。年轻的禁卫骑兵军官，库图索夫的传令官，对交给他这个任务的重要性感到满意，于是就到叶尔莫洛夫的司令部去了。

“出去了。”叶尔莫洛夫的侍役兵回答。禁卫骑兵军官又到叶尔莫洛夫常去的一个将军那里去了。

“不在，将军也不在家。”

禁卫骑兵军官上了马，到了另一个将军的地方。

“不在，出去了。”

“不要我负拖延的责任就好了！真叫人恼火！”军官想着。他走遍了所有的野营。有的人说，看见叶尔莫洛夫和别的将军们骑马走过去了，有的人说，他一定回去了。这个军官没有吃午饭，一直找到傍晚六点钟。哪里也没有叶尔莫洛夫，没有一个人知道他在哪里。这个军官在同事那里匆忙吃了点东西，又到前卫找米洛拉道维支去了。米洛拉道维支也不在家，但在那里他听说，米洛拉道维支去参加基肯将军的舞会了，叶尔莫洛夫大概也在那里。

“但这究竟在什么地方？”

“就在挨起吉诺。”一个哥萨克军官一边说，一边用手指着远处的一座庄园。

“怎么会在那里，在前哨那边？”

“把我们两个团派到了前哨。现在那里正在举行盛大的宴会，热闹极了！有两个乐队，三个歌唱队。”

军官骑马到前哨那边的挨起吉诺那里去了。离房子还很远，他已经在马上听到了军人舞曲的和谐愉快的声音。

“在草场上……在草场上……”他听到打呼哨和四弦琴的声音，歌声有时被震耳欲聋的叫声压倒了。军官听到这些声音觉得又愉快、又恐惧：他这么长时间还没有送到那个交给他转达的重要命令，将要受到指责。已经快九点钟了。他下了马，走上在俄法两军之间还保持完整的大庄园的台阶。在餐室和前厅里，听差们忙着送酒送菜。许多歌手都站在窗子下边。军官被领进了门，他一下子看见了军中所有的重要的将军，其中有高大的、显眼的叶尔莫洛夫。所有的将军站成一个半圆形，解开了军服，脸色发红，显得非常快活，并在大声说笑着。在大厅当中，一个红脸的、矮小的、英俊的将军活泼而轻快地跳着特来巴克舞。

“哈，哈，哈！跳得真好哇，尼考拉·依发诺维支！哈，哈，哈！……”

军官觉得，他在这个时候带着重要命令走进去，会备受指责的，他想等一会儿；可是有一个将军看见了军官，知道他为什么而来的，于是他便告诉了叶尔莫洛夫。叶尔莫洛夫带着阴郁的面孔走到军官面前，听了报告，接了他的公文，没有向他说什么。

“你以为他是偶尔走开的吗？”这天晚上，一个参谋部的同事向禁卫骑兵军官说到叶尔莫洛夫，“这是一个诡计。这都是有意的。要和考诺夫尼村为难。看吧，明天会出现多么大的混乱！”

5

第二天大清早，衰老的库图索夫起身后，祷告了上帝，穿好了衣服，不愉快地感觉到他不得不指挥他所不赞同的这个会战，他坐上篷车，走出了离塔路齐诺五里的列他涉夫卡，到担任进攻的各纵队所要聚集的地方去。库图索夫坐在车里，时而打盹，时而清醒，倾听着是否右边有了枪声，是否已经开战。但一切还是静静的。这是一个潮湿的阴暗的秋日，天上刚刚发白。快到塔路齐诺时，库图索夫看见骑兵们牵马过路去饮水，他的马车正在这条路上走着。库图索夫注视了他们，停了马车，问他们属于哪一团。这些骑兵属于一个应该在前面很远的地方已经埋伏着的纵队。“也许是弄错了。”老迈的总司令想。但是又坐车向前驶了一会，库图索夫看见了各步兵团都架着枪，兵士们穿着衬裤在煮粥，在取柴。他叫来了一个军官。这个军官报告说，并没有接到任何进攻的命令。

“怎么会没有……”库图索夫开始说话了，但立刻又沉默着，命人去把上级的军官找来。他下了车子，垂着头，费力地呼吸着，来回地走着，沉默地等待着。在被找来的参谋本部的军官艾益亨出现时，库图索夫的脸色发紫了，这不是因为这个军官是这个错误的原因，而是因为他够资格做泄怒的对象。老人颤抖着、喘息着，发出他气得在地上打滚时的那种大怒，他向艾益亨面前冲去，用双手向他指划着，叫喊着，用粗话骂他。另一个偶然出现的上尉不罗生，毫无过失，也触了同样的霉头。

“这又是一个什么样的浑蛋？枪毙！浑蛋们！”他沙哑地喊叫着，挥着手臂，蹒跚地走着。

他感觉到身体的痛苦。他，总司令，殿下，大家都相信在俄国从来没有人有过像他这样大的权力，他被弄到这样的地步——成了全军的笑柄。他想到自己：“徒然地那样忙着为今天做祈祷，徒然地夜间未睡，考虑一切！当我还是年轻的军官时，没有人敢这样嘲笑我……但现在！”他感觉到身体的痛苦，好像是受了刑罚，他不能不用愤怒的痛苦的叫声表示出来；但他的体力立刻就不支了，于是他环顾着，觉得已经说了许多很不好的话，便坐上马车，沉默地回去了。

发泄过的怒火不再来了，库图索夫无力地眏着眼，听着辩白与解说（叶尔莫洛夫第二天才敢见他）以及别尼格生、考诺夫尼村和托尔的主张，要在第二天执行这个未执行的运动。库图索夫又不得不同意。

6

第二天傍晚，军队集合在指定的地点，夜间出发前进。那是一个有深紫的云而无雨的秋夜。地面潮湿，却不泥泞；军队无声地前进着，只偶尔听到微弱的炮的铿锵声。人禁止大声说话，吸烟斗，打火；马禁止嘶鸣。事件的神秘性增加了它的魅力。人们愉快地走着。有几个纵队停了下来，把枪架起，躺在寒冷的地上，以为他们到达了应到的地方；有些（大部分）纵队走了一整夜，显然是走到了他们不应走到的地方。

只有奥尔洛夫——皆尼索夫伯爵一个人带了他的哥萨克兵（军队中最不重要的一个支队）在指定时间到达了指定地点。这个支队停在树林边上，在斯特罗米洛发村和笃米特罗夫斯考之间的小道上。

天亮之前，睡着的奥尔洛夫伯爵被唤醒了。有人带来了一个法军阵营中的逃兵。这个人是波尼亚托夫斯基军团的波兰军曹。这个军曹用波兰话说他逃走是因为他在军役中受委屈，说他早就该做军官了，说他比所有的军官都勇敢，因此他抛弃了他们，并且想要处罚他们。他说牟拉宿夜处只和他们相隔一里；假使他们给他一百名骑兵，他便可以活捉他。奥尔洛夫——皆尼索夫伯爵和同事们商量。这个建议太动听了，不便拒绝。大家自愿前去，大家主张试一试。经过了许多争辩和讨论，格来考夫少将决定了带两团哥萨克兵和这个波兰军曹一同去。

“但是，你记着，”奥尔洛夫——皆尼索夫让军曹走的时候，向他说“假若你说谎，我便下令绞死你，像绞狗一样，若是真的——赏你一百个金币。”

这个军曹没有回答这些话，带着坚决的神色上了马，和迅速集合起来的格来考夫的部队前进。他们在森林中不见了。奥尔洛夫伯爵因为早晨天刚发白时的寒气打着颤，由于他所负责的事兴奋着，送走了格来考夫之后，走出森林，开始察看敌人的阵营，此刻它在黎明的和将熄的营火的亮光中可以隐约地看得见了。在奥尔洛夫——皆尼索夫伯爵的右方，在开阔的斜坡上，应该可以看见我们的各纵队了。奥尔洛夫伯爵向那里望着；虽然在远处也可以看见这些纵队，但是他没有去看它们。奥尔洛夫——皆尼索夫伯爵觉得，特别是根据他的目力很好的副官所说的话，法军阵营里已经开始行动了。

“啊，真是太晚了。”奥尔洛夫看了看阵营之后说。

就像在我们所信任的人不复在我们眼前的时候所常有的情形那样，他忽然完全明白了，并且清楚地看出了，这个军曹是个骗子，他是说谎，并且只是借两个团的调开而破坏全部的攻击计划，这两个团天晓得要被他领到什么地方去了。怎么能够在那么多的军队里擒获总司令！

“他一定是说谎，这个浑蛋。”伯爵说。

“可以叫回来的。”一个侍从说，他和奥尔洛夫——皆尼索夫一样，看见敌军阵营时，觉得这件事是不可靠的。

“啊？真的吗？……您看怎样？让他们去呢？还是不呢？”

“下令叫回来吗？”

“叫回来，叫回来！”奥尔洛夫伯爵看着表，忽然坚决地说，“那太晚了，天已经亮了。”

于是副官跑入树林里去追赶格来考夫。当格来考夫回来时，奥尔洛夫——皆尼索夫伯爵，因为放弃这个打算，因为白白地等了还没有出现的步兵纵队，因为接近敌人而兴奋（这个支队中所有的人都有同样的感觉），他决定了进攻。

他低声下令：“上马！”大家站到自己的地方，画了十字……

“上帝保佑！”

“乌拉”之声在森林中震荡着，哥萨克兵一队一队地，好像是从袋里倒出来一样，横拿着矛枪，愉快地越过小河，向敌营冲去。

第一个看见哥萨克兵的法国兵发出了一个失望的恐惧的呼喊声，于是阵营中所有的人，连衣服也没有穿，便睡意蒙眬地丢弃了大炮、步枪、马匹，向四处乱跑。

假若哥萨克兵追赶法军，不注意他们背后和四周的一切，他们便擒获了牟拉，掳得了那里的一切了。长官们正是想要这样。但是当他们获得胜利品和俘虏时，便不能够调动哥萨克兵了。没有人服从命令了。在那里捉住了一千五百名俘虏，三十八门大炮，许多军旗，而哥萨克兵们觉得最重要的，是马匹、坐鞍、马被和各样物品。他们要处理这一切，占有俘虏、大炮，瓜分战利品，他们喊叫，甚至彼此打架：哥萨克兵们忙于这一切。

法军不再被追赶，开始恢复镇定，编了队，开始射击了。奥尔洛夫——皆尼索夫等候各纵队，没有再向前进攻。

这时，迟误的纵队中的步兵，在别尼格生指挥与托尔指导下，按照作战部署中“die erste Colonne marschiert［第一纵队推进］”等等，按照应有的顺序前进，并且像一向所有的情形那样，到达了某处，但不是到达了指定的地方。也像一向所有的情形那样，愉快地出发的兵士们，开始停顿了；有了不满意的声音，有了混乱的感觉，他们又后退到了某处。骑马来回跑着的副官们和将军们，呼喊，发火，争吵，说他们完全走错了方向，而且迟误了，他们责骂着什么人，最后他们感到失望了，只是为了要走到什么地方去而行进着。“我们总会走到什么地方去的！”果然他们到了什么地方，但不是应该到达的地方，有的到了应到的地点，但是到得那么迟，一点用也没有了，只是让别人射击他们而已。托尔在这个会战中担任了威以罗特在奥斯特理兹会战中的任务，他热心地从这里跑到那里，处处看到一切都很混乱。例如，在天色已经大亮时，他才在森林中遇到巴高乎特军团，而这个军团是早该到达这里和奥尔洛夫——皆尼索夫会合的。托尔冈为失败而焦急、纳闷，并且认为应该有人要负责，便骑马跑到军团长那里，严厉地责备他，并且说他因此要被枪毙。巴高乎特，这个年老、善战而沉静的将军，也因为这一切的耽误、混乱、矛盾而感到苦恼，令大家惊异地，并且完全违反他的性格，大发雷霆，向托尔说了些不好听的话。

“我不愿接受任何人的教训，但我能像任何人一样地率领我的军队去死。”他说，并且带了一师人前进。

激动而勇敢的巴高乎特，在法军的炮火下走上战场，没有考虑到他现在带了一师人进入战斗是否有用，领着他的军队在敌方炮火下，向前直冲，危险、炮弹、枪弹，正是他在怒火中所需要的东西。开头的一颗枪弹打死了他，后面的子弹打死了许多兵。他的一师兵毫无作用地在炮火下停留了相当时间。

7

这时，应该有另一纵队从前线上进攻法军，但是库图索夫在这个纵队里。他明明知道，在这个违反他的意志而开始的会战中，除了混乱，不会有任何结果，他尽他的力量制止着他的军队。他没有前进。

库图索夫沉默地骑在小灰马上，懒懒地回答着进攻的建议。

“你们都在嘴上说进攻，却不知道，我们不能做复杂的调动。”他向请求前进的米洛拉道维支说。

“我们不能在早晨活捉牟拉，不能按时到达指定地点：现在没有办法了！”他回答另一个人。

有人来向库图索夫报告，说在法军的后边，据哥萨克兵的情报，先前并没有人，现在有了两营波兰兵，这时候，他向后边的叶尔莫洛夫斜视了一下，他从昨天起就没有向他说话。

“他们都请求进攻，提出各种的计划，但是一到作战的时候，就什么准备都没有了，可是有了防备的敌人却采取了措施。”

叶尔莫洛夫听了这些话，眯着眼，微笑了一下。他知道，对他而发的脾气已经过去了，知道库图索夫只限于做这样的暗示。

“这是他拿我开玩笑。”叶尔莫洛夫低声说，用膝盖搗了搗身旁的拉叶夫斯基。

刚说过这话，叶尔莫洛夫就走到库图索夫面前，恭敬地报告。

“时候还不太晚，殿下，敌人还没有走。您要下令进攻吗？不然，禁卫军就看不到一点儿烟了。”

库图索夫没有说话，但是当他接到报告说牟拉的军队在退却时，他下令进攻了；但是他每走一百步就要停留三刻钟。

整个的会战仅限于奥尔洛夫——皆尼索夫的哥萨克兵所做的事情；其余的军队只是徒然损失了几百人。

因为这个会战，库图索夫得到了一个钻石勋章。别尼格生也得到了若干钻石和十万卢布，其余的人也各按阶级获得了各种满意的奖赏；在这个会战之后，指挥部里又有了新的调动。

“我们一向就是这样办事，一切乱七八糟！”俄国的军官们和将军们在塔路齐诺会战后这么说，正如同现在人们所说的一样，令人觉得是某些蠢人做了那些乱七八糟的事，我们不会那么做的。但说这话的人，或者不知道他们说的是什么，或者有意欺骗他们自己。每个会战——塔路齐诺会战，保罗既诺会战，奥斯特理兹会战——每个会战都不是像计划者所预定地那样发生的。这是不可避免的。

无数的自由的力量（因为人在任何地方，都不比在生死攸关的会战中，更为自由），影响会战的方向，这个方向决不能够预先知道，并且从来是不和任何一个力量的方向一致的。

假使有许多同时发生而又是方向各异的力量影响某一物体，则这个物体的运动方向不能和这些力量中的任何一个相合，却总是一个中间的方向，就是在机械中表现为力量的平行四边形的对角线。

假如在历史家的，尤其是法国历史家的著作中，我们发现他们的战争和会战是按照预定的计划而执行的，则我们可以获得唯一的结论，便是，这些著作是不可信的。

塔路齐诺会战显然没有达到托尔心目中的目标，这个目标是按照作战部署依次地统率军队加入战斗；没有达到奥尔洛夫伯爵可能有的目标，这个目标是俘获牟拉；没有达到别尼格生和别人可能有的一举而消灭整个军团的目标；没有达到希望参战立功的军官的目标；没有达到想要获得比已得的还要多的胜利品的哥萨克兵的目标，等等。但是假使会战目的就是实际上所发生的事情，就是当时全体俄军的共同愿望（把法军赶出俄境，并且歼灭法军），那么，十分明显的是：塔路齐诺会战，正由于它的不适当，恰是在战争的这个时期所必需的。要设想这个会战的任何结果，比它实际上所有的结果，更合时宜，是很难的，而且不可能的。在最微小的努力和最不足道的损失之下，虽然有极大的混乱，却获得了整个战争中最大的成果，军队由退却转为进攻，法军弱点暴露，并且发动了那个突击，拿破仑的军队只是等待着这个便好开始逃跑。

8

拿破仑在 de la Moskowa ［莫斯科河的］① 光荣胜利之后，进了莫斯科城；胜利是无可怀疑的，因为战场落到了法军的手中。俄军退却了，丢弃了古都。莫斯科满是给养、军械、炮弹和数不尽的财物，一切都落到拿破仑的手里了。只有法军兵力的一半的俄军，在一个月里没有作过任何一次进攻的尝试。拿破仑的地位是最光荣的。

① 毛注：法军称保罗既诺会战为莫斯科河之战。

要用加倍的兵力攻击俄军的残余，并且把他们消灭；要谈判有利的和约；或者假如议和被拒绝，则向彼得堡作威胁的推进，甚至假如失败，则回斯摩棱斯克或维尔那，或留在莫斯科；总之，要保持这时法军已有的光荣地位，似乎并不需要特别的天才。为了这个，只需要做最简单最容易的事情：禁止兵士抢劫，准备冬衣（在莫斯科有够全军之用的冬衣），适当地搜集莫斯科城内可够全军半年以上之用的给养（根据法国历史家的著作）。拿破仑，如同史家们所断言的，这个有权指挥军队的、天才中最大的天才，却并没有做这类的事。

他不但没有做这类的事，而且相反，利用他的权力，在他面前所有的行动路线之中，选择了最愚蠢的最危险的路线。在拿破仑所能做的这一切之中——在莫斯科过冬，到彼得堡去，到尼示尼——诺夫高罗德去，顺着更加向北的，或者更加向南的，像库图索夫后来所走的路线往回走——想象不出任何一件事是比拿破仑实际上所做的更愚笨，更有害的，即是：在莫斯科留到十月，任兵士抢劫城市，后来不能决定留不留下守备队，退出了莫斯科，走到库图索夫附近，没有交战，却向右转，走到马洛——雅罗斯拉维次，又没有企图突破，没有走库图索夫所走的道路，却顺着荒凉的斯摩棱斯克道路退却到莫沙益司克，像它的后果所表示的，比这更愚蠢的，对于军队更有害的事情，是想象不出的了。假若拿破仑的目的是要消灭他自己的军队，则最熟练的战略家也想不出任何一系列的行动，能够像拿破仑自己所做的行动那样无疑地、与俄军所能做的任何行动无关地、那样完全地消灭了全部的法军。

天才的拿破仑做了这件事。但是要说拿破仑毁灭了他的军队，因为他想要这样，或者因为他很愚笨，正如同说拿破仑率领他的军队到了莫斯科，因为他想要这样，因为他很聪明，他是天才，是同样的不正确。

在这两种情形之下，他个人的活动，并不比每个兵士的个人活动更有力量，仅仅是合乎现象发生时所遵守的那些法则而已。

历史家们（只是因为，后果没有证明拿破仑的行为是对的），向我们完全虚伪地指出，拿破仑的能力在莫斯科减弱了。他却正和从前一样，和后来一八一三年一样，利用了他全部的智慧和能力，替他自己和他的军队作了最大的努力。拿破仑这时候的活动和他在埃及，在意大利，在奥地利，在普鲁士的活动同样地惊人。我们不能正确地知道，拿破仑在埃及——在那个有四十个世纪注视着他的伟大的埃及①——时的天才有多少真实性，因为所有这些伟大功绩只是法国人告诉我们的。我们不能正确地估计他在莫斯科和普鲁士时的天才，因为关于他在那里活动的消息，只可以从法文的和德文的资料中去搜集；整个的军团不战而降，要塞不攻而下，这种不可解的情况，一定会使德国人承认，拿破仑的天才是在德国所发生的战争的唯一的解释。但是我们，谢谢上帝，没有理由要承认他的天才，掩饰我们的耻辱。我们付了代价，为了我们有权利简单地明白地观察事件，我们决不放弃这个权利。

他在莫斯科的活动就像他在别处的活动一样，显得惊人而有天才。从他进莫斯科到出莫斯科这段时间，他发出了一道道命令，制订了一个个计划。没有居民和代表团，甚至莫斯科发生的火灾，都不曾使他忐忑不安。他既没有忽视自己军队的福利、敌人的行动、俄国人民的福利、管理巴黎的政事，也没有忽视当前外交上关于和平条件的考虑。

9

在军事方面，拿破仑一进莫斯科就严格地命令塞巴斯第安尼将军注视俄军的运动，派出军团到各条大道上去，并命令牟拉去寻找库图索夫的踪迹。然后他努力安排克里姆林宫的防务，然后在俄罗斯整个地图上作出未来战争的天才计划。

在外交方面，他叫来了财物被抢去的、衣衫褴褛的、不知怎么会逃出莫斯科的雅考夫列夫②上尉，向他详细地说明他的整个政策

① 毛注：这是拿破仑在埃及向军队所说的话。

② 毛注：他是亚力山大·赫尔岑的父亲，拿破仑进莫斯科时，赫尔岑出世才几个月。在亚力山大·赫尔岑的回忆录中有此记载。

和他的宽大，并写了一封信给亚力山大皇帝，在这封信里，他认为自己有责任向他的朋友和兄弟说拉斯托卜卿在莫斯科把事情办得很糟，他派了雅考夫列夫到彼得堡去。他同样详细地把自己的计划和宽大告诉了屠托明，又派他到彼得堡去进行谈判。

在司法方面，火灾之后，他立刻下令寻找罪犯并处罚他们。对恶棍拉斯托卜卿的处罚，则是下令烧掉他的房子。

在行政方面，赐予莫斯科一个宪法，建立了一个市政府，颁布了如下的公告：

莫斯科的市民们！

你们的不幸是深重的，但皇帝兼国王陛下希望不再发生这类不幸的事情。可怕的例子已经教训了你们：他是怎样处罚违抗与犯罪的。已经采取了严厉的办法来防止混乱，并恢复公共秩序。从你们自己当中选出人来组成的父老行政局将组成你们的市政厅或市政府。市政府将要为你们、为你们的需要、为你们的利益而操劳。市政府的官员用红色缎带挂在肩头作为标志，市长加系一条白腰带。但是，除办公时间以外，他们只在左臂上缠一条红色缎带。

城市警察局照原先编制建立了，由于他们的工作，已经有了良好的秩序。政府任命了两个总监或称警察总监，二十个监督或称警察局长驻守城厢各区。你们可以从他们左臂上所缠的白色缎带识别他们。一些教派不同的教堂已经开门了，教堂里神圣礼拜不受阻碍地举行着。你们本城的人每日有人返回自己的住处，因此下了命令，使他们在家里能获得由于不幸而必需的帮助与保护。这是政府为了恢复秩序和改善你们的状况所采用的办法；但是要达到这个目的，你们必须和他们共同努力；假如可能的话，就必须忘记你们所遭到的不幸；你们要寄希望于并不那么残酷无情的命运；必须相信，不可避免的可耻的死刑正等着那些妄敢抢劫你们和你们剩余财产的人；最后，你们不要怀疑，你们的生命财产都会得到保护，因为这是所有君王中最伟大、最公正的君王意志。不限国籍的兵士和公民们！恢复公众的信任，这是国家幸福的泉源；居民们像弟兄般地生活，互相帮助，互相保护，团结起来，揭穿坏人的企图，服从军政当局，你们很快就不会再流泪了。

在军队的给养方面，拿破仑命令所有的军队 a la maraude［像强盗一样］轮流地到莫斯科去为自己筹集粮食，这样法军今后的生活便可以得到保障了。

在宗教方面，拿破仑命令 ramener les popes［带回神甫们］，恢复教堂里的弥撒。

在商业方面，为了军队的给养，处处张贴了如下的布告：

布　告

你们，镇静的莫斯科居民、技工、工人，不幸的事件把你们逼出城外；还有你们，分散的农民，你们被无故的恐怖留滞在乡间；你们听着！首都的安宁正在恢复，秩序也正在恢复。你们的同胞，看见自己受到尊敬，从他们的躲避处勇敢地出来了。对于他们身体的、对于他们财产的任何暴力，立即受到处罚。皇帝兼国王陛下保护他们，对于你们，除了违抗陛下命令者，概不作敌人看待。他想要结束你们的不幸，使你们返回你们的庭院和家庭。顺从皇帝的恩惠的意旨，毫无恐惧地到我们这里来吧。居民们！带着信心回到你们的家里来吧：你们马上就可以看到满足你们需要的各种方法！工匠们和勤劳的技工们！回到你们的工作、你们的房子、你们的商店来吧，维持治安的卫兵正等候着你们，你们会得到你们的工作所应得的工资！最后，你们，农人们，从你们因为恐怖而躲藏的森林里走出来，无恐地返回你们的家，确信你们会得到保护。城中设立了市场，农人们可以把他们多余的储藏和土产运来。为了保证他们的自由买卖，政府采用了以下的办法：（一）自即日起，农民、佃户和莫斯科四乡的居民，可以平安地把各种的物品运到城内两个指定的市场，即是，莫号伐亚街和禽畜市场。（二）这些物品要按照买卖双方同意决定的价格进行买卖；如卖方不能获得他所要求的公正价格，他可以自由地把物品运回乡村，没有人可以在任何的借口下加以阻止。（三）每星期日及星期三指定为每周大赶集日；因此，在每星期二及星期六派有足够的军队驻扎在各条路上，在城外驻扎的距离足以保护车辆的交通。（四）为了让农民带车马回乡不遇阻碍起见，也采取同样办法。（五）为了恢复寻常商业，要立刻采取各项方法。城乡的居民们，以及不限国籍的工匠们和技工们！号召你们执行皇帝国王陛下的君父的意旨，协助他建立公共福利吧。在他的脚下表示你们的恭敬和信仰，立刻和我们联合起来吧！

在提高士气与民气方面，不断地举行检阅，发给奖品。皇帝骑马游街安慰居民；虽然是有政事的繁忙，他却亲自到他下令开设的戏院里去。

在慈善——君王们的最大的德行——方面，拿破仑也做了他所能做的一切。在慈善院的房子上他命令题写 maison de ma mére［我母亲的房子］，借此而把深切的孝思和君王的大德联系起来了。他视察孤儿院，把自己的白手伸给他所救的孤儿们接吻，和蔼地同屠托明谈话。然后，如提埃尔所流畅地叙述的，他下令用他所伪造的俄国钞票发饷给兵士们。“Relevant l’emploi de ces moyens par un acte digne de hui et de l’armée française, il fit dirtribuer des secours aux incendiés. Mais les vivres éant trop précieux pour être donnés à des étrangers la phupart ennemis, Napoléon aima mieux leur fournir de l’argent à fin qu’ils se, fournissent aux dehors, et il leur fit distribuer des roublespapiers.［用一个和他自己和法军相称的行动，来提倡采用这些办法，他命令把救济品分发给遭受火灾的人。但食物太宝贵了，不能长期分发给异国人民，而且他们大部分是敌人，拿破仑认为最好是发钱给他们，他们可以用钱在城外购买食物；于是他下令把纸卢布发给他们。］”

在军纪方面，不断地发出命令：对于不尽军职者加以严厉的处罚，并且禁止抢劫。

10

但是说来奇怪，所有这些指示、关怀、计划，是和在类似情况下所有过的指示、关怀、计划同样地好，却都没有触到问题的要点，好像时钟的指针，脱离了机械，没有套上轮子，任意地无目的地转动着。

在军事方面，关于那个天才的军事计划，提埃尔说："que son génie n'avait jamais rien imaginé de plus profond，de plus habile et de plus admirable. [他的天才却从来没有想到过更深远更巧妙更惊人的计划。]"并且提埃尔和发恩先生辩论时，证明这个天才计划的拟定不是关于十月四日，而是关于十五日的——这个计划从来没有执行过，并且不能够执行，因为它和事实相差太远了。克里姆林宫的设防，证明了是完全无用的，为了这个设防，必须拆毁 la Mosquée [那个伊斯兰教堂]，拿破仑这么称圣·发西利教堂。克里姆林宫下面地雷的埋置。只是为了帮助实现皇帝离莫斯科时的愿望，就是炸毁克里姆林宫，这好像小孩子在地板上跌痛了，要殴打地板一样。拿破仑那么关注的追击俄军的事，简直是听也没有听说过的。法军的将领找不到六万俄军的踪迹，据提埃尔说，只是南于牟拉的本领，并且似乎还是由于他的天才。才终于好像找针一样找到了这六万俄军。

在外交方面，拿破仑对屠托明、对那一心只想获得军大衣和马车的雅考夫列夫所说的一切关于他的宽大与公正的议论，都证明了是无用的：亚力山大没有接见这些使者，对两次的来使都没有回话。

在司法方面，在假定的放火者受刑之后，又烧了莫斯科城的另一半。

在行政方面，市政厅的设立，没有阻止抢劫，只让少数参与行政的人得到好处，他们在维持秩序的借口之下抢劫莫斯科，或者保护自己的财产不被抢劫。

在宗教方面，在埃及时，因为赴伊斯兰教堂而那么容易解决的问题，在这里没有获得任何结果。在莫斯科找出的两三个神甫试图实现拿破仑的意志，但其中一个在祈祷时被法国兵打嘴巴，而关于另一个，法国官员有如下的报告："Le prêtre, que j'avais découvert et invité à recommencer à dire la messe, a nettoyé et fermé l'église. Cette nuit on est venu de nouveau enfoncer les portes, casser les cadenas, déchirer les livres et commettre d'autres désordres. [我所找得到并请来做祈祷的神甫打扫教堂，上了锁。当天晚上又有人来冲破了门，捣毁了锁，撕碎了书，并且发生了别的违反纪律的事。]"

在商业方面，对于勤劳的工人和农民的布告没有引起任何反应。并没有勤劳的工人，而农民抓住了携带布告走得太远的警官们，把他们杀死。

在设立戏院供人民与兵士娱乐方面，同样地没有获得成功。在克里姆林宫和波斯尼亚考夫家里设立的戏院立刻关闭了，因为男女优伶都遭到抢劫。

连慈善工作也没有得到所希望的结果。真假钞票充斥莫斯科，币值下降。法国人收集赃物，只要金币。不但拿破仑所惠然发给不幸的人民的伪钞没有价值，而且银对金的比价也降低了。

但是这时候，最惊人的事情，就是拿破仑努力恢复纪律和禁止抢劫，而这正说明最高当局的命令是不发生效力的。

这就是军事官员的报告：

"虽有命令禁止，而城中抢劫仍然继续不断。秩序还没有恢复，没有一个商人敢以合法的方式做买卖。只有随军商人敢卖东西，但卖的也是抢劫来的物品。"

"La partie de mot arrondissement continue à être en proie an pillage des soldats du 3 corps, qui, non contents d'arracher aux malheureux réfugiés dans des souterrains le peu qui leur reste, ont même la férocité de les blesser à coups de sabre. comme j'en ai vu plusieurs exemples. [我的驻区有一部分仍然受第三军团兵士的抢劫，他们夺去躲在地窖中可怜的人民所剩余的极少物品，还不满足，并且残忍地用刀斩他们，我目击了好多次。]"

"Rien de nouveau outre que les soldats se permettent de voler et de piller. Le 9 octobre. ［除兵士们大胆抢劫偷盗外，没有新的事情。十月九日。］”

“Le vol et le pillage continuent. Il y a une bande de voleurs dans notre district qu'il faudra faire arrêter par de fortes gardes. Le 11 octobre. ［偷盗与抢劫如旧。我们驻区内有一大群盗贼，必须用强大的力量来逮捕。十月十一日。］”

“皇帝极为不满，因为虽有严令禁止抢劫，但是只看见成队的进行抢劫的禁卫军返回克里姆林宫。在老禁卫军中，不法行为与抢劫，在昨夜和今天重新发现，比以前更加严重。皇帝痛心地看到那些选出来的兵士，是指定了保护他自己并且应做遵守纪律的模范的，却违反命令到那样的地步：他们冲进了为军队所预备的地室与储库。别的兵士更糟，不听从卫兵与守卫的军官，反而骂他们，打他们。”

“Le grand maréchal du palais se plaint vivement，［皇宫司仪大臣极力埋怨说，］”总督这么写，“que malgré les défen sesréitérées，les soldats continuent à faire leurs besoins dans toutes les cours etmême jusque sous les fenêtres de l'empereur. ［虽有一切重申的禁令，兵士们仍然在屋子外边，甚至在皇帝的窗下，任意大小便。］”

好像一群无人看管的牛在脚下践踏着可以使他们不至于饿死的食料，这个军队，在留驻莫斯科的其余时间里，一天一天溃散着，死亡着。

但是他们没有走开。

直到斯摩棱斯克大道上的运输队遭到截夺以及塔路齐诺会战所引起的惊惶恐怖，忽然袭击他们的时候，他们才逃跑。这个塔路齐诺会战的消息，是拿破仑在检阅时意外地接到的，它唤起了他处罚俄军的愿望，像提埃尔所说的，于是他下令出发，而这正是全军所要求的。

逃出莫斯科时，兵士们携带了他们所抢劫的一切。拿破仑也带走了他私人的 trésor［宝物］。看见了运输车辆阻碍军队，拿破仑害怕了（如提埃尔所说的）。但是他，有战争的经验，没有下令焚烧所有多余的车辆，如同他到莫斯科时对于一个元帅的行李车所做的那样；他看了看兵士们所坐的那些篷车和轿车，他说这是很好的，这些车辆可以用来运送给养、病号、伤兵。

全军的情形就像一只受伤的野兽的情形，它感觉到它自己的灭亡，却不知道它在做什么。研究拿破仑和他的军队从入莫斯科时到全军覆没时的巧妙的策略与目的，就像是研究受致命伤的野兽濒死时的挣扎与痉挛的意义。受伤的野兽往往是听到一点响声，便对着猎人的射击冲去，跑上前又跑回来，促成自己的死。拿破仑在自己的全军的压迫下，做了同样的事情。塔路齐诺会战的响声惊骇了野兽，他向着射击处冲去，跑到猎人面前，又往回跑，最后，和任何野兽一样，顺着最不利的危险的路径、然而是熟识的旧的足迹向回跑。

拿破仑在我们看来好像是这整个运动的领导者，正如刻在船头上的神像，在野蛮人看来，好像是领导船只的力量一样，拿破仑在他的全部的活动时间里，好像一个握着系在车内的带子，以为自己是在驾车的小孩。

11

十月六日清晨，彼埃尔走出了木棚，回来时，停在门口，戏耍着在他身边跳跃的短弯腿、紫灰毛、长身腰的小狗。这只小狗住在他们的木棚里，跟卡拉他耶夫过夜，有时它到城里各处走走，又走回来。这条狗大概从来没有主人，现在还没有主人，也没有任何名字。法国人叫它阿索尔，说故事的兵叫他费姆加卡，卡拉他耶夫和别人叫它灰毛，有时叫他躲尾巴。它没有主人、没有名字、没有种属，甚至没有明确的颜色——这似乎都是这条紫灰色的狗毫不介意的。茸茸的尾巴，坚强地、圆圆地，像一根羽毛向上翘着，他的弯腿伺候它那样地好，以致它常常好像不屑于用四只腿跑，优美地举起一只后腿，很灵活而迅速地用三只腿跑着。一切的东西都使它觉得高兴。它时而高兴地叫着，脊背贴着地打滚，时而带着思索的自负的样子在太阳下晒着，时而欢跳着，玩着一个木片或草秸。

彼埃尔现在的衣服是一件又脏又破的衬衣（这是他剩下来的唯

一的从前的衣服），一条兵士的裤子（为了暖和，他听卡拉他耶夫的话，在脚踝上用绳扎紧），一件农民衣服和农民帽子。在这个时期彼埃尔在身体上改变了很多。他已经不显得肥胖，但是仍然有他家所遗传的结实有力的样子。下半个面孔上长满了唇髭和胡须；头上长起的凌乱的头发，满是虱子，现在卷在头上像一顶帽子。眼睛的表情是坚决的、宁静的、生动的、有所准备的，这是彼埃尔的目光里一向没有过的。从前连他的眼光中也表现过的弛缓，现在变为毅然对于行动和抵抗有所准备的神情。他的脚是光着的。

彼埃尔时而望着草坪，这天早晨有车辆和骑马的人在草坪上走过；时而望着河那边遥远的地方；时而望着狗，狗装着当真地要咬他的样子；时而望着自己的光脚，他快乐地变换着双脚的姿势，动着他的又脏又肥又大的脚趾。每次他望着自己光脚的时候，他脸上总流露着活泼和自满的笑容。这双光脚的样子使他想起他在这个时期所经历、所了解的一切，而这种回忆是他觉得愉快的。

几日来，天气是无风而明朗的，早晨有薄霜——所谓老妇的夏天①。

阳光里的空气是温暖的，这种温暖，混杂着空气中还可感觉到的早霜的令人兴奋的凉意，是特别爽快的。

在远处的和近处的一切物体上，有一种只是在秋天这个时候才有的奇异的、透明的光辉。看得见远处的麻雀山和村庄、教堂、大白屋。光光的树、沙、砖、屋顶、教堂的绿色尖顶、远处白屋的角，这一切，是异乎寻常地、清晰地、在透明的空气中显出了最细致的线条。在附近看得见法国人所住的、熟悉的、烧去一半的贵族宅第的遗迹，和在围墙边上生长的暗绿色的丁香丛。这个破碎的烧焦的屋子，在恶劣天气下，会因为难看而显得讨厌，现在，在明亮的不动的光线下，却甚至显得是令人舒服的、美丽的。

一个法国伍长，居家般地敞着衣服，戴着小帽，在牙齿之间含着短烟斗，从棚子角落后边走出来，友好地映了映眼，走到彼埃尔

① 初秋晴和的日子。——译者

彼埃尔时而望着草坪，这天早晨有车辆和骑马的人在草坪上走动的。

面前。

“Quel soleil hein. monsieur Kiril? [多么好的太阳呵，是吗，基锐尔先生?] ”法国人都这么称呼他，“On dirait le prin-temps. [简直像是春天。] ”这个伍长靠着门，把烟斗递给彼埃尔，虽然他每次递，彼埃尔却每次拒绝。

“Si l’on marchait par un temps comme celui-là…… [假若在这样的天气里行军……] ”他说起来了。

彼埃尔问他，关于开拔的事听到了些什么，伍长说，几乎所有的军队都要开走了，说今天应该有关于俘虏的命令了。在彼埃尔所住的棚子里，有个兵，索考洛夫，病得要死，彼埃尔告诉伍长说，应该照料一下这个兵。伍长说彼埃尔可以放心，说既然有移动的和固定的病院，那么病人是会得到处理的，说大体上，可能发生的一切，都被当局预料到了。

“Et puis, m-r Kiril, vous n’avez qu’à dire un mot au ca-pitaine, vous savez. Oh c’est un …… qui n’oublie jamais rien. Dites au capitaine quand il fera sa tournée, il fera tout pour vous [并且，基锐尔先生，你知道，你只要向上尉说一句就行了。啊，他是一个……从不忘事的人。在上尉巡查的时候，你向上尉说；他会替你做任何事情的] ……”

伍长所说的上尉，常和彼埃尔作长时间的谈话，并且时常对他表示各种厚意。

“Vois-tu, St, Thomas, qu’il me disait l’autre jour: Kiril c’est un homme qui a de l’instruction, qui parle français; c’est un seigneur russe, qui a eu des malheurs, mais c’est un homme. Et il s’yentend le……S’il demande quelque chose, qu’il me dise, il n’y a pas de refus. Quand on a fait ses études, voyez vous, on aime l’instruction et les gens comme il faut. C’est pour vous que je dis celà, M. Kiril. Dans l’affaire de l’autre jour si ce n’était grâceà vous, ça aurait fini real. [有一天他向我说：‘圣·托马斯，你知道，基锐尔，他是一个有教养的人，他说法语；他是一个俄国贵族，他发生了不幸的事，但他是一个好人，他明白事理……假使他需要什么，他向我请求，不会受到拒绝的。当我们有了学问的时候，你知

道，我们便欢喜教育，欢喜有教养的人。’这话是我因为你才说的，基锐尔先生。那天的事情，假若不是你，结果是要很坏的。] ”

伍长又说了一会儿，便走了。（伍长所提到的那天发生的事情，是俘虏和法国兵打架，彼埃尔劝息了他的同伴们。）有几个俘虏听到彼埃尔和伍长的谈话，立刻来问，伍长说了什么。在彼埃尔向同伴们说到伍长所说的开拔的话的时候，有一个又瘦又黄的、衣衫褴褛的法国兵走到棚子门口。他迅速地羞怯地把手指举到额头做了敬礼，向彼埃尔说话，问他，有一个替他缝衬衫的兵士卜拉托示在不在这个棚子里。

在一星期之前，法国兵得到了靴皮和麻布，发给了俄国俘虏们替他们做靴子和衬衫。

“做好了，做好了，亲爱的!”卡拉他耶夫，带着折叠整齐的衬衫走了出来。

卡拉他耶夫因为天气暖，为了工作的方便，只穿了一条裤子和一件黑得像土的破衬衫。他的头发上，像工人们所做的那样，扎了一条菩提树皮纤维的带子，他的圆脸显得更圆更好看了。

“约期不误和干活——是亲兄弟。我说星期五，果然做好了。”卜拉东说，微笑着打开他所做的衬衫。

法国兵不安地回顾了一下，似乎克制了他的怀疑，迅速地脱下军衣，穿上衬衫。在法国兵的军衣里边没有衬衣，在光光的又黄又瘦的身躯上，穿了一件长长的、有油迹的、印花的绸背心。法国兵显然是怕看他的俘虏们笑他，匆忙地把头套进衬衫里。俘虏中没有一个人说话。

“你看，正合身。”卜拉东一面说，一面扯正着衬衫。

法国兵把他的头和手从衬衫里穿过来以后，没有抬起头来，望着他的衬衫，注视着衬衫的缝。

“啊，亲爱的，这不是裁缝铺，我没有合适的家伙，古话说：没有家伙，一个虱子也弄不死。”卜拉东说，脸上堆满笑容，显然是为他的手艺而高兴着。

“C’est bien, c’est bien, merci, mais vous devez avoir de la toile de reste. ［好，好，谢谢，但麻布应该还有剩。］”法国兵说。

“你要贴身穿，就更合身了。”卡拉他耶夫说，依旧高兴着自己的制品，“这样就好看，就舒服了……”

“Merci. merci, mon vieux, le reste…… ［谢谢，谢谢，好朋友，剩的料……］”法国兵又微笑着说，摸出一张钞票给卡拉他耶夫，“Mais le reste ［但是剩料呢］……”

彼埃尔看到卜拉东并不想要明白法国兵所说的话，便望着他们，没有参与。卡拉他耶夫谢了他，仍旧赞赏着自己的工作。法国兵坚持索要剩料，请求彼埃尔翻译他的话。

“他要剩料做什么?”卡拉他耶夫说，“它正好做我们的裹腿布。好，上帝保佑他。”

于是卡拉他耶夫带着顿然改变的、忧愁的面色，从胸口取出一束碎布，递给法国兵，没有望他。“哎呀呀!”卡拉他耶夫低声说，便走回去了。

法国兵看了看麻布，想了一下，疑问地瞥了瞥彼埃尔，似乎彼埃尔的目光向他说了什么。

“Platoche, dites donc, Platoche, ［卜拉托示，那么，卜拉托示，］”法国兵忽然红了脸，用尖锐的声音叫着，“Gardez pour vous. ［你收下吧。］”他说，把布片给了他，便转身走了。

“你看吧，”卡拉他耶夫摇着头说，“有人说，他们不是基督徒，但是他们也有良心。所以老年人们说：淌汗的手是慷慨的，干手是吝啬的！他自己光身子，却把这个给了我。”卡拉他耶夫沉思地微笑着，然后望着布片，沉默了一会，“亲爱的，这可以做顶好的裹腿布。”他说了之后，便回到棚子里去了。

12

彼埃尔被俘以来，已经四个星期了。虽然法国人提议把他从兵士木棚里调到官长木棚里去，他却仍然留在他第一天所住的那个棚子里。

在被烧毁被破坏的莫斯科，彼埃尔几乎经历了人类所能忍受的极度的艰苦；但是由于他的直到那时他自己还没有感觉到的强壮体质和健康，特别是由于这些艰苦是不知不觉地到来，因而不能说是什么时候开始的，他不但轻易地而且快乐地忍受了他的境遇。正在这个时候，他获得了他从前求之不得的宁静与自足。他早就在自己的生活中从各方面寻找这种宁静，这种内心的和谐。在保罗既诺会战中的兵士们的这种和谐曾经那样地使他惊异。他在慈善事业中，在共济会中，在社交生活的消遣中，在饮酒中，在自我牺牲的英雄事业中，在对娜塔莎的热烈的爱情中，寻找过这种宁静与和谐；他曾用他的理性去寻找过这种宁静与和谐，但这一切的寻找与尝试都失败了。他没有想到，他只从对死亡的恐怖中，从艰苦中，从他在卡拉他耶夫身上所理解的事物中，获得了这种宁静与内心的和谐。

他在行刑时所经历的那段可怕的时间，似乎从他的想象与回忆中，永久洗去了那些从前他觉得是重要的、使人不安的想法与情绪。他既没有想到俄国、战争、政治，也没有想到拿破仑。他显然觉得，这一切与他无关，他没有判断这一切的使命，因此不能判断这一切。“俄罗斯和夏天并没有必然的联系。”他重复卡拉他耶夫的话，这些话使他得到异常的安慰。他现在觉得，他行刺拿破仑的意图，关于神秘数目和启示录中野兽的计算，都是莫明其妙的，甚至是可笑的。他对妻子的气愤，关于名誉遭受玷污的担心，现在他觉得，不但无关紧要，而且是有趣的。这个女人在别的什么地方过着她所满意的生活，这与他有什么关系呢？他们知道不知道他们俘虏的是别素号夫伯爵，这对别人，尤其是对于他自己有什么关系呢？

现在他常常想起自己和安德来公爵的谈话，完全同意他的意见，但是对于安德来公爵的想法的理解稍有不同了。安德来公爵常想，并且常说，幸福只是消极的，但他是带着怨恨与讽刺的口气说的。他说这话的时候，似乎表示了另一种意思——就是把对积极幸福的追求植入我们的心中，只是为了不使我们得到满足，而使我们痛苦。但是彼埃尔思想上没有任何保留地承认了这话的正确。不再有痛苦，能满足要求，以及因此而产生的选择职业——即生活方式——的自由，此刻在彼埃尔看来毫无疑问是人的最大幸福。在这里，直到此刻，彼埃尔才第一次充分重视想吃时有吃、想喝时有喝、想睡时有睡、冷时有温暖、想谈话和想听人说话时有人说的乐趣。好食物、清洁、自由，这些需要的满足，此刻，当他被剥夺了这一切的时候，在他看来是种完全的幸福；而职业的选择，即生活方式，此刻，当这种选择受到这么大限制的时候，在他看来是那么容易解决的问题，以致他忘记了生活的过于安逸，破坏了人类的要求得到满足时的幸福，而且正是职业选择的巨大自由，即他的教育、财富、社会地位在他生活中给予他这种自由，使职业选择的问题困难到无法解决的地步，并且破坏了取得职业的需要和可能。

彼埃尔现在的全部幻想，都集中在他将来获得自由的时候。然而，后来在他的一生当中，彼埃尔常常不胜欢喜地想起和谈到这一个月的囚徒生活和那些不复返的、强烈的、快乐的感觉，尤其是他在这个时候才体验到的那种完全的心神安宁和完全的内心自由。

当他第二天清早起来，从木棚里走到曙光里，起初看见了新贞女修道院的阴暗的圆顶和十字架，看见有尘土的草上的凝霜，看见麻雀山坡，看见沿着河岸蜿蜒伸展的、隐没在淡紫色远方的树林的时候，当他感觉呼吸到了新鲜空气，听到从莫斯科上空飞过原野的乌鸦的声音的时候，以及后来忽然东方发亮，当太阳从云里庄严地升起来，而圆顶、十字架、霜、远方、河流，一切都在欢乐的阳光下闪烁的时候，他感觉到一种新的、没有体验到的兴奋心情和生命力量。

这感觉在他整个囚禁期间，不但没有消失，而且相反，随着他处境的越益困难而增强。

这种对一切有所准备和精神戒备的心情，由于他进棚不久之后他的同伴们对他所表示的敬佩，在他心中更加强烈了。彼埃尔的语言知识，法国人对他的敬重，他的纯朴，他的有求必应（他一周有三卢布的军官津贴），他把钉子按入棚壁时对兵士们所显示的力气，以及他对同伴们所表现的文雅，他静坐沉思、无所事事而为他的同伴们所不理解的那种本领——这一切使兵士们把他看作一个相当神秘的上等人。在他从前生活过的社会里，他自己那些即使于他无害，也是于他有碍的特点——他的力气，他对安逸生活所显示的轻视态度，他的心不在焉和纯朴，就是这一切，在这里，在这些人当中，给了他一个几乎是英雄的地位。于是彼埃尔觉得，他们的这个看法使他负起了义务。

13

在十月六日和七日之间的夜里，法军开始撤退：炉灶和木棚拆毁了，车辆上都装了东西，军队和行李车全都开拔了。

早晨七点钟，作行军装束的法国护送队，戴着高顶帽，背着枪和背囊和大袋子，站在木棚的前面；法语的生动谈话，夹杂着咒骂，在各个队列里发出来。

木棚里大家都准备好了，穿了衣服，系了带子，穿了鞋子，只等候出发的命令。病号索考洛夫，苍白、消瘦，眼圈有大蓝晕，只有他一个人没有穿衣服和鞋子，坐在自己的位子上，因为脸瘦而显得突出的眼睛疑惑地望着那些没有注意他的同伴们，大声地、有节奏地呻吟着。显然使他呻吟的，与其说是痛苦——他患赤痢——毋宁说是他对于单独留下的恐惧与悲哀。

彼埃尔穿着卡拉他耶夫替他用兽皮茶箱上的皮（这是法国兵拿来补鞋跟的）做成的鞋，在腰上系着绳子，走到病人面前，在他身边蹲下来。

"啊，索考洛夫，他们并不全走！他们有一个医院在这里。也许你比我们都要好一些。"彼埃尔说。

"主啊！我要死了！主啊！"兵士的呻吟声更高了。

"好，我马上再去问他们一声。"彼埃尔说，站起来，走到棚子门口。

彼埃尔走到门口时，昨天给他烟斗的那个伍长和两个兵正从外边走来。伍长和兵都作行军装束，背着背囊，戴着高顶帽，扣着颚带，这改变了他们的熟识的面孔。

伍长是奉长官的命令到这里来关门的。在释放之前，必须数一数俘虏们。

“Gaporal, que fera-t-on du malade? …… [伍长，这个病人怎样处理呢？……] ”彼埃尔开口了。

但是在他说这话的时候，他怀疑起来了，这人是他所熟识的伍长呢，还是别的不相识的人呢。伍长在这时候是那样地不像他寻常的样子了。此外，在彼埃尔说这话的时候，忽然传来了两边的鼓声。伍长听了彼埃尔的话，皱了皱眉，然后说了无意义的咒骂，便砰地一声关上了门。木棚子里面变昏暗了；鼓在两边尖锐地响着，压倒了病人的呻吟。

“它来了！……又是它！”彼埃尔自语着，一阵不自觉的冷气掠过了他的背脊。在伍长的改变的面孔上，在他的声音里，在激动的震耳的鼓声中，彼埃尔认识了那个神秘的、无情的力量，那使人们违背自己意志而去杀死自己同类的力量，那个力量的作用，他在行刑的时候看见过。恐惧，力求逃避这种力量，向那些为这种力量服务的人们作请求，或劝告——这都是无用的。彼埃尔现在知道这一点。必须等待，必须忍耐。彼埃尔没有再走到病人的面前去，也没有回头看他。他皱了皱眉，沉默地站在棚子门口。

棚子的门打开时，俘虏们好像一群羊，互相拥挤着，挤在门口，彼埃尔挤到他们的前面，走到那个据伍长保证说准备为彼埃尔做任何事情的上尉跟前。上尉也作行军装束，在他的冷淡的面孔上，也表现了彼埃尔在伍长的话里与鼓声里所认识的那个“它”。

“Filez, filez. [走过去，走过去。] ”上尉说，严厉地皱着眉，望着从他身边拥挤过去的俘虏们。

彼埃尔知道，他的试图要落空的，但是仍然走到他面前去了。

“Eh bien, qu’est ce qu’il y a? [哦，有什么事？] ”军官说，冷淡地回头看了一下，好像不认识他。

彼埃尔说到病人。

“Il pourra marcher, que diable! [他能走，该死的！] ”上尉说，“Filez, filez. [走过去，走过去。] ”他继续说着没有望彼埃尔。

“Mais non, il est à l’agonie. [但是，他要死了。] ”彼埃尔开始说。

“Voulez vous bien［请你］……”上尉愤怒地皱了皱眉，叫了一声。

咚咚，咚咚，咚咚，鼓响着。于是，彼埃尔明白了，那个神秘的力量已经完全控制了这些人，现在再说什么也是无用的了。

被俘军官和兵士分开了，并且奉命走在前面。军官，连彼埃尔在内，大约三十人，兵士大约三百人。

从别的棚子里走出来的被俘军官都是陌生的人，都穿得比彼埃尔好得多，他们都怀疑地、疏远地看着他和他的鞋。离彼埃尔不远，走着一个穿卡桑式衣服的，用布巾系腰的，面部肥胖、苍黄、愠怒的，显然是被同伴们所尊敬的胖少校。他一只手拿着烟草袋子放在衣襟里，另一只手拿着长烟管。少校喘息着，叹着气，对大家埋怨生气，因为他觉得他们在挤他，他们在不需急忙的时候急忙，在没有可惊异的事情的时候表示惊异。另外一个矮小的瘦军官和大家在谈话，推测着他们现在要被带到什么地方去，他们今天能走多么远。一个穿毡靴和军需制服的官员，向各方面跑着，观看燃烧后的莫斯科，大声地报告他的观察，说烧了什么，说他们所看见的莫斯科这一部分那一部分是什么地方。第三个军官，在发音上听起来是波兰人，他和军需官在争执，向他说，他错认了莫斯科城厢的地方。

“你们在争论什么？”少校忿怒地说，“是尼科拉街，还是夫拉斯街，有什么关系；您知道，都烧光了，都完结了……你为什么要挤，难道路不够走吗？”他忿怒地向背后那个并未挤他的人说。

“哎，哎，哎，他们干的事哦！”看着火场的俘虏们，在两边同时发出这样的声音，“还有莫斯科河那边，苏保佛街，克里姆林宫里……看吧，剩下的没有一半了。我向您说过，整个的莫斯科河那边，果然不错。”

“好，您知道烧了，还说什么！”少校说。

走过哈摩夫尼基街（莫斯科少数未烧的地区之一）经过教堂时，所有的俘虏们忽然挤到一边，并且发出恐怖与厌恶的叫声。

“这些浑蛋！这些邪教徒！一个死人，是的……把他涂了什么。”

彼埃尔也向教堂走近了一点，引起叫声的东西便在这里，他模糊地看见有什么东西依靠在教堂的栅栏上。听了比他看得清楚的人们的话，他知道那是一个死尸，靠在栅栏上站着，脸上涂了煤炱。

“Marchez，sacré nom……Filez…….trente mille diables……［走呀，该死……走呀……三千魔鬼……］”这是护送队的咒骂声，于是法国兵带着新的怒火，用刀背驱赶那群看死尸的俘虏们。

14

在哈摩夫尼基区的小街里，只有俘虏们和护送队向前走着，属于护送队的篷车和行李车跟在后边；但是走到粮食仓库时，他们落到混杂着私人马车的庞大而又拥挤的炮兵车辆的行列里面了。

大家都停在桥边，等候前面的人走过去。俘虏们在桥上看见他们前前后后都是无数的、前进着的行李车队。在右边，在卡卢加大道经过聂斯库期内转弯的地方，无数的兵士与车队一直延伸到遥远的地方。这是最先开拔的保哈奈军团的兵士；在后边，沿着河岸和石桥上，延伸着奈伊的军队与行李车队。

大富的军队（俘虏归他们管）过了克利姆滩，有一部分已经上了卡卢加大道。但是行李车延伸得那么长，保哈奈的最后一批车辆还没有从莫斯科走上卡卢加大道，奈伊的先头部队已经出了大奥登卡街。

过了克利姆滩，俘虏们向前移动了几步，又停了下来，随后又向前移动，各方面的车辆和人群越来越拥挤了。走了一个多钟头，才走了从桥上到卡卢加大道之间的数百步路，走到莫斯科河区的各条大街和卡卢加大道会合的广场，俘虏们挤成一团，停了下来，在这十字路口等了几个钟头。四面八方都传来不息的好像海涛般的车轮声、脚步声以及不断的愤怒的呼喊声和咒骂声。彼埃尔被挤得紧贴着烧毁的房屋的墙壁站立着，听着这些在他的想象中和鼓声混合在一起的声音。

几个被俘军官，为了看得更清楚，爬上了彼埃尔身边一座烧毁的房屋的墙。

“这么多人！咳，这么多人……连炮上也堆满了东西！看哪：皮货……”他们说，“坏蛋们，他们抢劫……看那个人后边的东西，车子上……那是从圣像上拿下来的东西，我的天哪！……这大概是德国人。一个俄国的农民，我的天哪！……啊，坏蛋们！……瞧，他背了那么多东西走不动了！他们连那些邮车也抢了！……他坐在箱子上。天哪！……他们打架了！……”

“就要这样打他的耳光，打他的耳光！这样等到天黑也走不了。你看，看……这一定是拿破仑本人。看，多么好的马匹！有缩写字母和王冠。那是一座活动房子。那个人掉下了一只袋子，没有看见。他们又打架了。……一个女人带着一个小孩，她长得还不丑。是的，只有这样他们才放你过去……看，没个完。俄国的贱女人，她们真是些贱女人！你看，她们在车子上坐得多么舒坦！”

又像在哈摩夫尼基区教堂旁边一样，共同的好奇心又把俘虏们引到大路上了。彼埃尔由于身体高大，从别人头上看见了那引起俘虏们好奇心的事情。许多穿着鲜艳服装、涂脂抹粉、尖声地叫喊的女人，互相紧靠着，坐在三辆夹杂在军火车辆之间的马车上。

自从彼埃尔认识了那种神秘力量以后，他便觉得没有什么东西是稀奇可怕的了：无论是那个为了开玩笑而在脸上涂了煤炱的死尸，还是这些急着要走的女人和莫斯科的火灾。彼埃尔现在所看见的一切，几乎没有给他留下任何印象——似乎他的心在准备作艰难的斗争，拒绝接受那些可以使他感动的印象。

妇女们的车子过去了。在她们后边又延伸着大车、兵士、辎重车、兵士、炮车、马车、兵士、弹药车、兵士，有时是妇女。

彼埃尔没有看见这些单独的人，只看见了他们的运动。

所有这些人和马似乎被某种无形的力量向前驱使着。在彼埃尔所观察他们的这一小时之内，他们纷纷从各条街道涌出来，都同样希望赶快走过去；他们都同样和别人挤在一起，发火打架；露出白牙，皱起眉头，互相发出同样的咒骂，在所有人的面孔上都同样显出一种大胆坚决和生硬冷淡的表情，早晨在敲鼓的时候，伍长面孔上的这种表情曾使彼埃尔惊讶。

直到傍晚，护送队的长官才集合起自己的部队，叫喊着、争吵着挤进了行李车队中间，于是四面被围住的俘虏们走上了卡卢加大道。

他们走得很快，没有休息，直到太阳快要下山的时候才停下。行李车一辆一辆靠拢着，人们开始准备歇夜了。大家似乎都很生气，都不满意。大家都早已发出咒骂声、忿怒的叫喊声和打架声了。护送队后边的一辆马车，碰到了一辆押送队的车子，车杠把车子戳了一个洞。几个兵从各方面跑到车子那里去了；他们有的打拉车的马的头，把马拉开，有的互相殴打，彼埃尔看见一个德国人的头上受了很重的刀伤。

所有这些人现在都停在田野上，待在寒冷的秋天的薄暮里，似乎都同样感到不愉快，认识到开拔时大家那种急于赶路的心情是不必要的。大家停下来了，似乎明白了，他们不知道还要往哪里去，不知道在这个行程中还会有许多艰难与困苦。

休息时，押送队对待俘虏们比在开拔时更坏了。在这里，第一次用马肉来分发俘虏的肉食。

从军官到列兵，看得出每个人似乎对每个俘虏都怀着个人的怨恨，这怨恨那么意外地代替了先前的友好态度。

在俘虏点名时，发觉有一个俄国兵在莫斯科时趁乱假装腹痛逃跑了，在这时这种怨恨更加强烈了。彼埃尔看见一个法国人，因为一个俄国兵离开大道太远而把他毒打一顿；他听到他的上尉朋友由于俄兵的逃跑而责骂一个军曹，并威胁他说，要把他提交法庭审判。军曹回答说，这个兵有病，不能走路，军官说有过命令：凡是掉队的兵都要枪毙。彼埃尔觉得那个在行刑时压倒了他，但在囚禁期间他并没有注意到的宿命的力量，现在又控制了他。他觉得恐惧；但他又觉得，在宿命的力量力求征服他的同时，有一种不以宿命的力量为转移的生命力在他心中产生了，并且得到了巩固。

彼埃尔吃了马肉黑麦面糊的晚饭，和同伴们交谈起来。

无论是彼埃尔，还是他的同伴都没有谈到他们在莫斯科所看见的事情，没有谈到法国人对待他们的暴行，没有谈到向他们宣布的枪毙的命令。大家似乎是在反抗越来越糟的状况，他们显得特别活泼和愉快。他们谈起个人的回忆，谈起他们在行军中所见到的趣事，但避免谈到他们的现状。

太阳早已落下了。明亮的星星在天上闪烁。升起的圆月那赤红如火的光彩在天边照射，这个巨大的红球在灰蒙蒙的雾气中奇怪地摇晃着。天空变亮了。黄昏快要过去，黑夜还未来到。彼埃尔离开他的新同伴，从营火中间走到大路的另一边，他听说俘虏兵都在那里。他想和他们说话。法国哨兵在路上阻止了他，叫他回去。

彼埃尔回去了，但是没有回到营火那里，没有回到他的同伴们那里，却到了一辆无人的、卸了马的车子旁边。他盘起腿，垂下头，坐在车轮旁边冰冷的地上沉思着，一动不动地坐了很久。过了一个多钟头。没有人打搅他。忽然他发出了胖子特有的善意的笑声，笑得那么响亮，以致使他周围的人都惊奇地回顾这种奇怪的、显然是孤独的笑声。

“哈哈哈!”彼埃尔笑着。他大声地、自言自语地说，“哨兵不让我过去。他们抓住我，把我关起来。他们俘虏了我。我是谁？我吗？我的灵魂是不朽的！哈哈哈！哈哈哈……”他含泪笑着说。

有一个人站起来，走过来看看这个奇怪的、高大的人独自在笑什么。彼埃尔止住了笑，站起身来，他离开那个好奇的人远些，向四周环顾了一下。

在大片的、望不尽的露营里，先前还有很响的营火的噼啪声和人的说话声，现在全寂静了；火红的营火渐熄了，火光暗下来了。一轮圆月高悬在明亮的天空上。先前在营地外边看不见的森林和田野，现在远远地展现出来了。在比森林和田野更远的地方，可以看见明亮的、摇摆的、诱人的、望不到边的远景。彼埃尔看了看天和在远处闪烁的星斗。“这一切都是我的，这一切都在我的心中，这一切就是我!”彼埃尔心里想，“他们把这一切都抓起来，关进木板钉成的棚子里!”他微笑了一下，走到自己的同伴旁边，躺下来睡觉了。

15

在十月初，又有一个军使带着拿破仑的信和媾和的建议来见库图索夫，这是佯称从莫斯科带来的，而这时拿破仑已经在卡卢加旧道上离库图索夫不远了。库图索夫回了这封信，像他回劳理斯顿带来的第一封信一样：他说，媾和是谈不上的。

在这件事之后不久，接到了在塔路齐诺左边活动的道洛号夫游击支队的一个报告，说在福明斯克发现了法军，他们是不鲁歇师，这个师与其他的军队隔开了，可以轻而易举地加以歼灭。兵士与军官又要求打仗。参谋部的将军们回忆起塔路齐诺附近取得的轻易胜利，感到很兴奋，坚决要求库图索夫执行道洛号夫的建议。库图索夫认为不必发起任何攻击。结果是采取了势在必行的折中办法：派了一个小支队到福明斯克去攻打不鲁歇。

由于奇怪的偶然机会，这个任务——后来证明了是最困难、最重要的任务——落在道黑图罗夫身上；他就是那个谦逊、矮小的道黑图罗夫。没有人向我们描述他作的军事计划、他在军队前面飞奔和他把十字勋章丢在阵地上等等情形。他们认为，他是一个优柔寡断、感觉迟钝的人，并且这样称呼他。然而就是这个道黑图罗夫，我们发现，在俄国和法国的所有战争中，从奥斯特理兹战役到一八一三年的战役，他只在最困难的地方指挥作战。在奥斯特理兹，当大家都在逃跑、死亡而后卫里没有一个长官的时候，他最后留在奥盖斯特堤上集合起军队，尽他的可能力挽败局。他害着热病，却率领二万人到斯摩棱斯克去守城，抵抗拿破仑的全军。在斯摩棱斯克的马拉号夫门口，他热病发作刚刚睡着，就被炮击斯摩棱斯克的轰隆声所惊醒了，而斯摩棱斯克坚守了一整天。在保罗既诺会战中，当巴格拉齐翁已被打死，我们左翼的军队损失了十分之九，法军的全部炮火向这个地方轰击的时候，被派去的不是别人，正是这个优柔寡断、感觉迟钝的道黑图罗夫；库图索夫本来是派别人到那里去的，后来连忙纠正了自己的错误。于是矮小、沉静的道黑图罗夫骑马到那里去了，保罗既诺会战成了俄军最大的光荣。诗歌和散文给我们描绘了许多英雄，但是几乎只字未提道黑图罗夫。

道黑图罗夫被派往福明斯克，又从那里被派往马洛——雅罗斯拉维次。在那里和法军进行了最后的会战，而法军的覆灭显然就是从这里开始的；他们又给我们描绘了在这个战争时期的许多天才和英雄，但是关于道黑图罗夫却只字未提，或者说得很少，或者说得很怀疑。道黑图罗夫的这种默不作声倒是他美德的最明显的见证。

这是很自然的，一个不懂得机器运转的人，在他看见机器运转时，会以为这部机器最重要的部分，就是那个偶然落在机器里，并在机器里转动、阻碍机器运转的碎片。不懂得机器构造的人，不能懂得机器的主要的一部分，不是这个破坏并阻碍工作的碎片，而是那个无声地转动的连接的小齿轮。

十月十日，道黑图罗夫已经走了到福明斯克的一半路程，停在阿锐斯托福村，准备严格地执行他所奉到的命令，就在这一天，全部的法军，在慌乱的运动中到达了牟拉的阵地，他们似乎是要打仗，却忽然无故地向左转，上了卡卢加的新路，开始进入只有不鲁歇所驻扎的福明斯克。这时，道黑图罗夫所指挥的军队，除了道罗浩夫的部队，还有非格聂尔与塞斯拉文的两个小支队。

十月十一日晚上，塞斯拉文带了一个被俘的法国禁卫军的兵来到阿锐斯托福见指挥官。俘虏说今天到福明斯克的军队是全部大军的先锋队，拿破仑也在里面，全军离莫斯科已经五天了。这天晚上，一个从保罗夫司克来的家奴，说他看见了大军入城。道罗浩夫支队的哥萨克兵来报告说，他们看见法国的禁卫军顺大路向保罗夫司克推进。根据这些情报，显然判明了：在以为是只有一个师的地方，现在却有了全部的法军，他们是出了莫斯科顺着意外的方向，顺着卡卢加老路走的。道黑图罗夫不愿采取任何行动，因为他现在不明白他的任务是什么。他奉命攻击福明斯克。但是在福明斯克，先前只有不鲁歇一个师，现在却有了全部法军。叶尔莫洛夫想凭自己的判断采取行动，但是道黑图罗夫坚持一定要奉到殿下的命令。于是决定了送一个情报到总司令部去。

为这件事精选了一个能干的军官，保号维齐诺夫，他须在书面报告之外口述一切。夜间快到十二点钟时，保号维齐诺夫，接受了文书和口头命令，带了一个哥萨克兵和备换的马，到总司令部去了。

16

是一个黑暗的、暖和的秋夜。已经下了四天雨。换了两次马，在一个半小时之内，走了三十里泥泞的肮脏的道路，保号维齐诺夫，夜间一点多钟，便到达了列他涉夫卡。他在篱笆上挂着“总司令部”的牌子的农舍前下了马，放了马，走进了黑暗的门廊。

“立刻要见值日将军！很重要的事！”他向一个站立起来在黑暗的门廊中嗅鼻子的人说。

“他晚上身体不舒服，三夜没有睡了，”侍从兵的声音恳切地低语着，“您还是先叫醒上尉吧。”

“道黑图罗夫将军派来的，有很重要的事情。”保号维齐诺夫说着，走进他所摸索的打开的门。

侍从兵走在他前面，开始唤醒着一个人。“大人，大人，信使。”

“什么，什么！谁派来的?”尚有睡意的声音说。

“道黑图罗夫和阿列克塞·彼得罗维支派来的。拿破仑在福明斯克。”保号维齐诺夫说，在黑暗中看不见谁在问他，但从声音上推断他不是考诺夫尼村。

被唤醒的人打了呵欠，伸了腰。

“我不想叫醒他，”他说，摸索着什么，“他害了病了！也许这是谣言。”

“这是情报，”保号维齐诺夫说，“我奉命立刻交给值日将军。”

“等一下，我来点火。该死的，你总是放到哪里去了?”伸腰的人向侍从兵说。这是柴尔必宁，是考诺夫尼村的副官，“找到了，找到了。”他补充说。

侍从兵打着火①，柴尔必宁摸索着蜡烛台。

---

① 毛注：在使用磷头火柴以前是用钢打火石来取火的。火花打在火绒上使它点着，然后再用浸过硫磺的木片到着火的火绒上去引火。

“啊，浑蛋!”他厌恶地说。

在火花的光亮中，保号维齐诺夫看见了去拿蜡烛的柴尔必宁那张年轻的面孔和另一个在前面角落里睡觉的人。这人便是考诺夫尼村。

当硫磺木片那先蓝后红的火焰在火绒上点燃时，柴尔必宁一边点起了一支蜡烛（几只啃蜡烛的蟑螂从烛台上逃走了），一边看了看信使。保号维齐诺夫全身是泥，用袖子拭脸时，把脸上也沾上了泥。

“是谁报告的?”柴尔必宁接过封袋问。

“消息是确实的，”保号维齐诺夫说，“俘虏、哥萨克兵、侦探都一致报告同样的消息。”

“没有办法，一定要叫醒他了。”柴尔必宁说，站起来朝那个戴着睡帽、盖着大衣的人那里走去。

“彼得·彼德罗维支!”他说，考诺夫尼村没有动，“总司令部传!”他微笑了一下说，知道这句话一定可以叫醒他。

果然，戴睡帽的头立刻抬起来了。在考诺夫尼村那发红的、俊秀而又坚决的面孔上暂时还留着那种脱离现状的睡意蒙眬的表情，但他突然抖擞了一下精神，脸上显出素常那种镇静、坚决的表情。

“哎，什么事?谁派来的?”他立刻问道，但并不着急，对着烛光眨了眨眼睛。

考诺夫尼村一面听着军官的报告，一面拆开封袋看起文书来。他一看完便把穿毛袜的脚垂在泥地上，开始穿鞋。然后他摘下睡帽，梳了梳鬓发，戴上了军便帽。

“你到这里时间不长吧?我们见殿下去吧。”

考诺夫尼村立刻明白，他带来的这个消息很重要，是不能耽搁的。这消息是好是坏，他没有去想，也没有问自己。他对这一点不感兴趣。他不是用智慧，不是用推论，而是用别的什么来看待整个战争的。在他的内心深处有一个不曾表露过的信念，他相信一切都会很好的；但是不应该仅仅相信这一点，尤其不该说出这一点，而是只要做自己的工作。他做了自己的工作，并且尽了他的全力。

彼得·彼德罗维支·考诺夫尼村和道黑图罗夫一样，只是由于礼仪的关系才被载入所谓一八一二年的英雄们——巴克拉之流、拉叶夫斯基之流、叶尔莫洛夫之流、卜拉托夫之流和米洛拉道维支之流——的名册中；他和道黑图罗夫一样，享有能力知识极其有限的名声；他和道黑图罗夫一样，从来不作会战计划，但总是在最困难的地方；从他担任值班将军那时起，总是开着门睡觉，并吩咐允许任何信使唤醒他；在作战时他总是在炮火下，所以库图索夫责备他，不敢派遣他到前线去；他和道黑图罗夫一样，是一个不受人注意的齿轮，虽然这些齿轮没有发出任何响声，却是机器的最主要的部分。

考诺夫尼村在潮湿、黑暗的夜晚走出农舍，皱了皱眉头，这一方面是由于他头痛得厉害，另一方面是由于他心中有个令人不快的想法：他想到参谋部里这整个一群有势力的人，尤其是在塔路齐诺战役之后与库图索夫格格不入的别尼格生，听到这个消息时会发生骚动，他们会提议、争论、发出和撤销命令。他觉得这个预感是不愉快的，然而他知道这是不能没有的。

果然，托尔——他是去向托尔报告这个新消息的——立刻向同住的将军发表自己的意见，考诺夫尼村沉默地疲倦地听了之后，提醒他说，他们一定要去见殿下。

17

库图索夫和所有的老年人一样，夜间睡得很少。他在白天常常忽然打盹，但在夜间，他穿着衣服躺在床上，多半没有睡着并且思索着。

他现在也躺在床上，用肥胖的手托着沉重的受伤的大头，沉思着，一只睁开的眼睛向黑暗中注视着。

自从和皇帝通信的而在参谋部中最有力量的别尼格生，开始躲避他之后，库图索夫觉得放心了——不再有人强迫他和他的军队去参与无益的攻击行动了。库图索夫沉痛地记在心头的塔路齐诺会战的和前一天的教训，一定会影响他们，他这么想。

“他们应当明白，我们攻击，只有失败。忍耐和时间，是我的战士和武士!”库图索夫想。他知道，苹果青的时候，是不该摘取的。

它熟的时候，自己会掉落，但你在青的时候摘取，便是损害了苹果和树，而且要使牙齿发酸的。他像一个有经验的猎人，知道这只野兽已经受伤，并且只有俄军的全力才能够使它受到这样的伤，但是否致命，这还是一个尚待解决的问题。现在，由于劳理斯顿和柏代来米的来使，游击队的情报，库图索夫几乎确知这只野兽受了致命伤。但还需要证明，应该等待。

“他们想要跑去看看他们怎样打伤了这只野兽。等一等，我们就明白了。总是调动，总是攻击!”他想，“为什么？只是要自己立功。好像打仗是什么有趣的事。他们好像是小孩，关于事情发生的经过不能从他们那里获得有条理的说明，因为他们都想要证明他们是多么会打仗。但现在问题不在这里了。这些人向我提出了多么巧妙的调动！他们似乎觉得，当他们想到了两三个偶然事件的时候（他想起了彼得堡发出的总的计划)，便是想到了一切。但偶然事件是无数的!”

这个未解决的问题——在保罗既诺所受的伤是否致命——在库图索夫的头脑里已经想了整整一个月了。一方面，法军占领了莫斯科。另一方面，库图索夫绝对无疑地觉得，他和全体的俄军竭尽全力所做的可怕的打击，一定是致命的。但是无论怎样，这是需要证明的，他已经等待了整整一个月，时间过得愈久，他愈不耐烦了。他夜里睡不着，躺在床上，他做的正是年轻将领们所做的、他因而责备他们的那种事。他和年轻的人一样，预料一切可能发生的事，但是有这样的一个区别：他不把这些假定作为根据，而且他不是只看见两三件，却是成千上万的可能发生的事。他思索愈久，可能发生的事出现愈多。他预料拿破仑军队的全军的或部分的任何运动——进攻彼得堡，进攻他，或者包围他；他也预料到（他所最怕的）这种可能发生的事，就是拿破仑也许会运用和他同样的武器反对他，留在莫斯科等待他。库图索夫甚至预料到拿破仑军队返回灭对恩与尤黑诺夫的运动；但是有一点他不能预料的，就是所发生的这件事：拿破仑军队在离莫斯科后最初十一天之内的疯狂慌乱的惊逃——这惊逃使库图索夫那时候还不敢想到的事情变为可能：就是法军的全部覆没。道罗浩夫关于不鲁歇师的情报，游击队关于拿破仑军队的艰苦情况的消息，关于法军准备退出莫斯科的传闻——这一切都证实了这个假定，就是法军受了打击，准备逃跑了；但这些只是假定，对于年轻人看来是重要的，对于库图索夫却不以为然了。他凭着自己六十年的经验，知道对于传闻应该怎么看待，知道有所想望的人们会收集各种消息，好像要用这些消息来证实他们所想望的事情，他也知道，在这种情形下他们很乐于忽视各种相反的情形。库图索夫愈这么想望，愈是不敢这么相信。这个问题使他耗费了全部精力。他觉得其余的一切只是日常生活中的惯事。日常生活中的惯事，就是他和参谋人员的谈话，他从塔路齐诺给斯塔叶夫人①写信、读小说、发奖赏，以及和彼得堡通信，等等。但只有他一个人预见到法军的覆灭，这是他心中唯一的希望。

十月十一日夜间，他支着臂肘躺在床上，思索着这件事。

隔壁房间里发出了响声，而且传来了托尔、考诺夫尼村和保号维齐诺夫的脚步声。

“哎，谁在那里？进来，进来！有什么消息？”总司令对他们大声说。

在听差点蜡烛时，托尔报告了消息的内容。

“是谁带来的？”库图索夫问，在蜡烛点亮后，他脸上那种冷淡严厉的表情使托尔感到诧异。

“无可怀疑的，殿下。”

“叫他进来，叫他进来！”

库图索夫坐在床上，垂下一只脚，他的大肚子斜靠在另一只盘起的腿上。他眯起那只完好的眼睛，以便看清楚来使，似乎他想从他的面容上看出自己所关心的事情。

“说吧，说吧，好朋友，”他一边用轻微的老年人的声音向保号维齐诺夫说着，一边掩起胸前敞开的衬衣，“来，走近一点。你带给

① 毛注：她是拿破仑的死敌。一八一二年她在彼得堡，库图索夫做总司令时，她最先对他表示热烈的祝贺并预祝他胜利。

我什么消息？拿破仑离开莫斯科了吗？是真的吗？啊？”

保号维齐诺夫详细地从头报告了他奉命要说的一切。

“说吧，快说吧，别叫我着急。”库图索夫打断了他的话。

保号维齐诺夫把一切都说了，沉默着等候命令。托尔正要说什么，可是库图索夫打断了他的话。他想要说什么，但是他忽然皱起眉头，脸上出现了皱纹；他向托尔挥了挥手，转过脸来望着对面，望着农舍里由于挂着圣像而显得黑暗的角落。

“主啊，我的创造者！你听到了我们的祈祷……”他合起手掌，用打颤的声音说，“俄国得救了。谢谢你，主啊！”于是他流下了眼泪。

18

从接到法军退出莫斯科的消息时候起，直到战争结束，库图索夫所有的活动，只是用权力、用计策、用请求来阻止他的军队，不让他们进行无益的攻击和调动，不让他们和垂死的敌人发生冲突。道黑图罗夫到马洛——雅罗斯拉维次去了，但是库图索夫却按兵不动，并下令撤出卡卢加，他觉得退到这个城市的后面去是完全可能的。

库图索夫处处退却，但是敌人不等到他退却，便往回朝着相反的方向逃跑了。

拿破仑的历史家们给我们描写他在塔路齐诺和马洛——雅罗斯拉维次的巧妙的调动，他们推测，若是拿破仑深入到南方富庶的各省，那会发生什么事情。

但是，这些历史家们没有说到，无论什么都阻挡不了拿破仑进入南方各省（因为俄军给他让路），他们忘了，无论什么办法也无法挽救拿破仑的军队，因为军队本身在那时候已经具备了无法避免的灭亡条件。为什么这个军队在莫斯科找到了丰富的给养却不能保存它，而把它糟蹋在脚下？为什么这个军队到了斯摩棱斯克，没有储存给养，却去抢劫给养？为什么这个军队能够在卡卢加省得到好转？那里住着的俄国人和莫斯科的人一样，并且大火也会同样烧掉那些人们点燃的东西。

这个军队在任何地方都不可能好转。它在斯摩棱斯克会战和莫斯科抢劫之后，自身便好像已经包含了化学的分解因素。

这些原先是军队里的人（拿破仑和每个士兵）随他们的长官们一起逃跑，自己也不知道要往哪里逃，大家都只希望一件事：本人尽可能快地逃出那个尽管大家不清楚，但还是意识到的绝境。

正因如此，在马洛——雅罗斯拉维次的会议上，在法国将军们假装是在讨论而发表各种意见时，直率的军人牟东说出了大家心里所想的事情，即尽可能快地逃走，这个最后的意见使大家无话可说，没有人甚至拿破仑也不能够反对这个大家公认的事实。

虽然大家都知道应该离开，但是，对于要逃走这一点仍有羞耻之感。因此需要一种外来的推动力来克服这种羞耻。这个推动力在必要时出现了。这便是法国人所说的 le Hourra de l'empereur。［皇帝乌拉］①。

会议的第二天，拿破仑一清早便佯作想去视察军队、视察过去和未来的战场，带了一群元帅和护兵，骑马走在军队的行列当中。寻找战利品的哥萨克兵碰到了皇帝本人，差一点儿把他抓住。哥萨克兵这一次没有抓住拿破仑，因为救了拿破仑命的又是那些使法军灭亡的战利品：哥萨克兵在塔路齐诺，在这里，撇下了人而去争夺的那些战利品。他们没有去注意拿破仑，却去抢战利品，因而拿破仑才得以逃走。

当 les enfants du Don ［顿河区的子弟们］能够在皇帝的军队中抓住皇帝本人的时候，皇帝显然没有别的办法可想，只有尽可能地朝最近的、熟悉的大道上逃跑。拿破仑已经四十岁，挺着大肚子，再没有从前那种灵敏和勇气了，他明白了这种情况的含意。在哥萨克兵给予他恐怖的影响下，他立刻同意了牟东的话，正如历史家们所说的，下令向斯摩棱斯克大道退却了。

拿破仑同意了牟东的话，军队后退了，这不是证明他下了令这

---

① 毛注：乌拉是俄军攻击敌人时的一种呼喊声。

么做，而是证明那种支配全军走上莫沙益司克大道的力量，同时也支配了拿破仑。

19

人在运动中的时候，总是想替自己设想这个运动的目标。为了要走一千里路，人必定要想走了这一千里便有好东西。为了要有运动的力量，就必须有一个渴望到达的目的地。

法军前进时渴望到达的目的地是莫斯科，后退时的乐土则是祖国。但是祖国太遥远了，行走千里的人一定要忘掉最后的目的地而对自己说："今天我要走四十里路到休息的地方去宿夜。"在第一日的行程中，这个休息处遮没了最后的目的地，并且集中了所有的愿望和希望。在个别人身上所表现出的那些愿望，在人群中总是要扩散的。

对于顺着斯摩棱斯克旧道后退的法军来说，最后目的地是祖国太遥远了，最近的目的地是斯摩棱斯克，在人群中大幅度增长的所有愿望和希望都竭力要到达这个目的地。这并不是因为兵士知道在斯摩棱斯克有许多给养和新部队，也不是因为向他们说了这一点(恰恰相反，军中高级军官和拿破仑都知道那里的给养是很少的)，而是因为这样做就可以给他们向前推进和忍受目前困苦的力量。他们以及那些知道和不知道这件事的人，都在同样自欺欺人，他们竭力向斯摩棱斯克推进，就像到乐土去一样。

法军上了大道，用惊人的力量和闻所未闻的速度向他们设想的目的地奔跑。除了把法国兵结成一个整体并且给他们以某种力量的共同的愿望之外，还另有一个原因。那就是他们的数量。如同物理学上那个引力定律一样，这个庞大的数量吸引着人们的个别分子。他们数十万人一起运动，好像整整一个国家。

他们当中每个人只希望一件事——投降做俘虏，避免一切恐怖和不幸。但一方面，奔向目的地斯摩棱斯克这个共同愿望的力量，把每个人吸引到同一个方向；另一方面，一个军团向一个连投降是不可能的，虽然法国兵利用每个方便的机会，互相分开，在理由不充足的、适当的借口下去投降，而这些借口却是不常有的。他们的数量和密集的迅速的运动，使他们失去了这种可能性，使俄军不但难以阻止、而且无法阻止法军用全体的力量所进行的这个运动。物体的机械分裂不能使加速分裂的过程超过一定的限度。

一团雪不能立刻融化。有一定的时间限度，早于这个时间限度，任何热能都不能使它融化。反之，热能愈大，剩余的雪就凝固得愈结实。

在俄军的将领中，除了库图索夫，没有人了解这一点。当法军确定顺着斯摩棱斯克大道方向逃跑时，考诺夫尼村在十月十一日夜晚所预料的事情才开始出现。所有的高级军官都想要立功，想要切断、阻截、俘虏、击溃法军，大家都要求发起攻击。

只有库图索夫一个人运用了他的全部力量（每个总司令的这些力量都不会很大）反对攻击。

他不能对他们说出我们现在所说的话：为什么要进行交战、拦截道路、损失自己的人和不人道地屠杀不幸的人呢？从莫斯科到维亚倚马，没有交战，军队便损失了三分之一，为什么还要这样做呢？但是他凭着自己老年人的智慧，对他们说了些容易明白的道理——他向他们谈到“金桥”的故事，他们嘲笑他、诽谤他，他们袭击、攻打，并且威吓那只将要被击毙的野兽。

在维亚倚马附近，叶尔莫洛夫、米洛拉道维支、卜拉托夫以及别人都和法军相隔很近，他们无法压制俄军切断和击溃两个法国军团的愿望。他们向库图索夫报告他们的意图时，没有用信封送去报告，却送去一张白纸。

无论库图索夫怎样努力制止军队，我军还是发起了攻击，而且极力拦截道路。据说，我们的步兵吹号击鼓发起攻击，杀死了几千人，自己也损失了几千人。

但是关于切断后路——他们并没有切断任何人的后路，也没有击溃任何法军。法军面临着危险，更加抱成一团，一面继续崩溃，一面仍朝着斯摩棱斯克那条死路走去。

第三部

1

保罗既诺会战和后来莫斯科被占领，以及法军不作新的会战而逃遁，这是历史上最有教益的现象之一。

所有的历史家都同意，若干国家和民族在他们互相发生冲突时的外在活动，是用战争来表现的：由于战争取得的胜利或大或小，使得国家与民族的政治力量直接增强或减弱。

虽然这种历史的描绘极其奇怪，说什么某某皇帝或国王和别的皇帝或国王发生了争执，征集军队和敌人的军队打仗，获得了胜利，杀了三千、五千、一万人，因此征服了一个国家和几百万人的整个民族，虽然不可理解为什么一个军队的失败，一个民族百分之一力量的失败，便使得一个民族屈服——但是所有的历史事实（就我们所知道的来说）都证实这种说法是正确的，即一个民族的军队对另一个民族的军队的或大或小的胜利，是民族力量增强或减弱的原因，至少是一种主要的标志。一个军队获得了胜利，那胜利的民族的权利立刻便增加了，而失败的民族便要遭受损害。一个军队失败了，那这个民族便立刻按失败的程度而丧失权利，在军队完全失败时，这个民族那就完全被征服了。

据历史记载，从远古起直到现在，都是这样。拿破仑的所有战争都证实了这个规律。按奥军失败的程度，奥国丧失它的权利，法国的权利和力量便得到增加。法军在耶拿和奥扼尔斯泰特的胜利破坏了普鲁士的独立生存。

但是忽然在一八一二年，法军在莫斯科城下获得了胜利，莫斯科被占领了，后来没有新的会战，并不是俄罗斯不复存在，而是六十万法军和后来拿破仑的法国不复存在了。硬要拿事实来适应历史规律，说保罗既诺战场是在俄军的手中，说在莫斯科会战之后，有许多会战消灭了拿破仑的军队——是不可能的。

在法军的保罗既诺胜利之后，不但没有大规模的会战，而且也没有重要的会战，然而法军不复存在了。这是怎么回事？假使这是中国历史上的例子，我们可以说，这不是历史现象（在任何事件不合他们的标准时，这便是历史家们的遁辞）；假使这是短暂的冲突，参与其事的只有少数军队，我们可以把这个现象当作例外；但是这个事件发生在我们父辈的眼前，他们觉得这是决定祖国存亡的问题，而这个战争是一切所知的战争中规模最大的一次战争……

一八一二年从保罗既诺会战到法军被逐出境的这段战争时期，证明了胜利的会战不但不是征服的原因，而且甚至不是征服的永久标志；证明了决定各民族命运的力量不在征服者，甚至不在军队与会战，而在别的什么方面。

法国的历史家们，在描写法军退出莫斯科之前的状况时，肯定地说，大军中的情形都很好，除了炮兵、骑兵和辎重兵，这是因为没有草秣作牛马的食料；而这个不幸是无法补救的，因为当地的农民烧掉了他们的干草，不留给法国人用。

胜利的会战并没有带来通常的结果，因为农民们卡尔卜与夫拉斯在法军退出后带了车辆去莫斯科抢劫，并且一点也没有表现个人的英雄气概，无数的这样的农民不把草秣运到莫斯科去卖好价钱，却把它焚去。

让我们设想，两个人带了剑，按照所有的剑术规则去作决斗。斗剑经过了很长的时间，忽然，对手之一，觉得自己受了伤——明白了这件事不是开玩笑，却有关他的生命，他便抛了剑，顺手拾起一根棍棒，挥动起来。让我们再设想另一个对手，他很聪明地运用了最好的最简单的方法去达到他的目的，同时由于骑士精神的影响，他想要掩盖事件的真相，坚持说他是按照一切斗剑的规则获得胜利的。我们可以设想一下，这种决斗的叙述会多么混乱和糊涂。

要求按照剑术原则而决斗的剑手是法国人；他的对手，抛剑拿棍的，是俄国人；力求按照斗剑规则说明事件的人——是描写这个事件的历史家们。

从斯摩棱斯克焚烧的时候起，就开始了这个不遵守任何旧日战争传统的战争。城市与乡村的焚烧，交战后的退却，在保罗既诺给敌人的打击和再次退却，莫斯科的焚烧，捉拿抢劫者，拦截运输车，游击战，这都是违反规则的。

拿破仑感觉到这一点，从他采取斗剑的正规姿势留在莫斯科，没有看见对手的剑，只看见在他头上举起的棍棒的时候起，他不断地向库图索夫和亚力山大控诉，说战争打得违反一切规则（似乎屠杀人类，也有什么规则）。尽管法国人控诉不守规则，尽管俄国上层社会的人觉得用棍棒打架是羞耻，并且想要按照规则采取 en quarte［合乎第四条］或者 en tierce［合乎第三条］的姿势，作一个合乎 prime［第一条］的巧妙的刺击，等等，然而民族战争的棍棒，却带着全部威胁而伟大的力量举了起来，并且不管任何人的趣味与规则，不考虑任何的东西，愚笨而单纯地，但合乎时宜地，举起来，落下去，打击法军，直到侵略的军队全部消灭。

这个民族是幸福的，他们不像一八一三年的法国人，他们不按照一切剑术的规则行礼，不掉转剑柄把它庄严地恭敬地交给宽大的胜利者；这个民族是幸福的，他们在紧要关头，不问别人在类似情形中遵守什么规则，却简单轻易地举起顺手拿到的棍棒，用它打击敌手，直到他们心中的愤怒与复仇的情绪变为轻蔑与怜悯。

2

有一个最明显而最有利的违反所谓战争规则的情况，就是分散的人群攻打那挤成一团的人群。这种战斗总是发生在全民性的战争中。这种战斗就是，不以人群对抗人群，而是人员散开，单独地攻击，并且被强大的力量攻击时，便立刻逃走，然后有了机会，便再攻击。西班牙的游击队是这么做的；高加索的山民是这么做的；一八一二年俄国人是这么做的。

他们称这种战争为游击战，以为这么称它是说明了它的意义。同时，这种战争不但不合任何规则，而且正违反尽人皆知的、被认为是绝对不错的、战术的规则。这种规则说，攻击者应该集中自己的兵力，要在交战时比敌方强。

游击战（如历史所表明，总是成功的）正违反这个规则。

这种矛盾产生于如下情况，即是，军事科学以为军队的力量与数量是相等的。军事科学说军队愈大，力量愈大。Les gros bataillons ont toujours raison. ［强大的兵力总是对的。］

说这话的军事科学，好像那种只从质量上研究运动物体的机械学，根据这种研究而说，物体动量相等或不相等，因为它们的质量相等或不相等。

动量（运动的量）是质量与速度相乘之积。

在军事上，军队的力量也正是质量乘某种别的东西，乘某种未知的X之积。

军事科学，鉴于历史上的无数的这样的例子：就是，军队的质量并不和力量符合，小的支队往往战胜大的军队，便含糊地承认这种未知乘数的存在，并且时而在几何学的队形中，时而在武器中，时而，最通常的，在将领的天才中，极力寻找这种乘数。然而对于这个乘数加了这些不同的意义，却并不产生和历史事件相符合的结果。

然而只要放弃那种为了阿谀英雄而采取的、关于战时上峰指挥的效果的、虚伪的见解，我们就会找出这个未知的X。

这个X是士气，即是组成军队的全体人员的或大或小的战斗愿望与冒险愿望，完全不管他们是不是在天才的指挥下作战，是三横队还是两横队，是用棍棒还是用每分钟射击三十发的步枪。有最大战斗愿望的人们，总是使他们自己处在最有利的战斗条件中。

士气是一个乘数，它乘了质量，便得出力的积数。确定并表现这个未知乘数——士气——的意义，是科学问题。

这个问题要到那样的时候才可以解答，就是，我们不再武断地提出那个力量表现时的那些条件，例如，将领的命令，武器，等等。来代替未知的值X，不把它们当作乘数的值，却完全无遗地承认这个未知数是或大或小的战斗愿望与冒险愿望。要用方程式表现已知的历史事件，要比较这个未知数的相对的值，那时候我们才能希望确定这个未知数的意义。

十个人，十个营，或十个师，打十五个人，十五个营，或十五个师，打败了十五个的，即是杀死，或掳获了他们全体，而自己损失四个；因此一方面的损失是四，另一方面的损失是十五。因此，四等于十五，因此4X=15Y。因此，X：Y=15：4。这个方程式并没有说出这个未知数的值，但它说出了两个未知数之间的比率。把选择出来的多种多样的历史单位（会战、战争、战争期限）列成这种方程式，可以获得一系数字，在这些数字当中一定有并且可以发现若干法则。

军队在进攻时应当采取群体的行动，在退却时应当分散，这个战术原则不觉地证实了这个真理，即是军队的力量是以士气为转移的。把士兵领到火线里去，比起抵抗敌人的攻击，需要更多的纪律，而纪律是只有借群体的运动才可以得到的。但这个忽视了士气的原则，不断地被证明了是不正确的，特别是在一切的民族战争中，当士气有剧烈的高涨或低落时，它是显然地违反事实的。

法军在一八一二年退却时，虽然按照战术，应该分散地防卫他们自己，却挤成了一团，因为士气是那样地低落，以致只有群体才可以把他们维持在一起。反之，按照战术，俄军应该群体地攻击，事实上却散开了，因为士气是那样高涨，以致个别的兵士没有命令便攻击法军，并且无须被强迫去遭受困难和危险。

3

所谓游击战是从敌人进入斯摩棱斯克的时候开始的。

在游击战被我们政府正式承认之前，已经有成千的敌军——掉队、抢劫和抢粮的——都被哥萨克兵和农民们消灭了，他们不自觉地杀死法军，正像狗不自觉地咬死迷路的疯狗一样。皆尼斯·大卫道夫凭着俄国人的敏感性，最先认识了这种可怕的武器的作用，他不顾军事技术的原则，消灭了法军；采取了最初步骤使这种战争方法合法化的荣誉归属于他。

八月二十四日，建立了大卫道夫的第一个游击支队，继他的支队之后，又建立了别的游击支队。战役愈向前发展，这种支队建立的数目愈多。

游击队把大军一部分一部分地消灭。他们拾起了法军这棵枯树上自己掉下来的落叶，有时则摇动这棵树的树干。在十月法军向斯摩棱斯克逃跑的时候，这种规模与性质都不同的游击队已经有几百个了。有的仿效军队的一切方式，有步兵、炮兵、参谋部和生活的安排；有的是哥萨克队和骑兵；有的集中了少数的步骑兵；有的是不为人知道的农民和地主。有一个教堂执事当了游击队长，他在一个月之前，俘获了几百个俘虏。有一个村长的妻子发茜莉萨，杀死了几百个法国兵。

十月末是游击战最紧张的时期。这种战争的最初时期已经过去，在这时期，游击队员们对自己的胆量感到诧异，时时刻刻都怕被法军捉住或包围，他们不解马鞍，几乎也不下马，藏在树林中，时时刻刻预防被人追击。现在这种战争已经有了一定的形式，大家都明白对法军可以做什么，不可以做什么了。现在只有那些有参谋部的支队长官们，按照规则远远地离开法军，并认为许多事是不可能的。小游击队早已开始战斗，并且很接近地侦察法军，他们认为大游击队的长官们所不敢想的事是可能的。潜入法军中间的哥萨克兵和农民，现在认为一切都是可能的。

十月二十二日，打游击战的皆尼索夫和他的部队正处在游击战的热情最旺盛的时期。他和他的部队从早晨起便出动了。他整天在靠近大道的树林中，窥视着大批的法军骑兵的行李运输队和俄国俘虏，他们是和别的部队拉开的，并且据侦察兵和俘虏们报告，是在强有力的掩护下向斯摩棱斯克进发的。知道这个运输队的，不但有皆尼索夫以及在他附近带领一个小游击支队的道洛号夫，而且还有一些有参谋部的大支队的长官们：大家都知道这个运输队，并且正如皆尼索夫所说的，他们都对它恨得咬牙切齿。有两个大支队的长官——一个是波兰人，一个是德国人，——几乎同时邀请皆尼索夫加入他们各自的支队去攻击运输队。

"不行，老兄，我自己也长胡子了。"皆尼索夫看了这些公文并回文给德国人说，虽然他衷心愿意在这样英勇有名的将军手下服务，但他不得不放弃这种荣幸，因为他已经接受了波兰将军的指挥①。他对波兰将军作了同样的答复，通知他说，他已经在德国人的指挥下了。

这样处理了之后，皆尼索夫打算不向上级长官报告这件事，就和道洛号夫一起用他们不大的兵力发起攻击，截夺运输队。十月二十二日，这个运输队从米库利诺村开拔到沙姆涉佛村去。从米库利诺到沙姆涉佛的左边有一大片森林，有的地方接近大道，有的地方和大道相隔一里或更远。在这片森林里，皆尼索夫率领他的队伍走了一整天，有时进人树林的深处，有时走到树林的边缘，但一直盯着运动着的法军。那天早晨在米库利诺附近，在树林接近大道的地方，皆尼索夫部下的哥萨克兵截获了两辆陷在泥淖中的运送骑兵马鞍的车子，带入了树林。从那时起直到傍晚他们没有攻击，只是窥视着法军的运动。不应该惊动他们，让他们平静地到达沙姆涉佛，到那时再和应该在傍晚前到达沙姆涉佛一里外森林中的哨房里来商谈的道洛号夫会合。黎明时他们就从两边夹攻，好像雪山就在他们头上崩塌，一下就把他们全部击溃并俘虏他们。

① 毛注：托氏从大卫道夫的《游击日记》中借用了这个策略，皆尼索夫借此保持自己独立的指挥权。

在后边，离米库利诺两里，在树林接近大道的地方，他们留下了六个哥萨克兵，在法军新来的纵队一出现的时候，他们就要立刻报告。

在沙姆涉佛前面，道洛号夫同样察看道路，想知道其他法军离这里还有多远。据估计，运输队有一千五百人。皆尼索夫只有二百人，道洛号夫也只有这么多人。但人数的优势并没有妨碍皆尼索夫的行动。他还必须知道的一件事，便是这些军队是什么样的。为了这个目的，皆尼索夫必须去抓一个舌头（即敌方纵队中的人）。在早晨攻击运输车队的时候，战事进行得那么急促，以致赶车的法国人全被消灭了，只活捉了一个小鼓手，他是掉队的，不能确切说出纵队中的军队是什么样的。

皆尼索夫认为再次发起攻击是危险的，为了不惊动全纵队，他派了从前是个农民的部下齐杭·协尔巴退到沙姆涉佛去，假如可能，哪怕抓到一个法军前队的军需官也好。

4

是秋天里的一个暖和下雨的日子。天空和地面都呈现出浑水般的颜色。有时好像下起雾，有时忽然下起倾斜的大雨。

皆尼索夫骑了一匹纯种的勒紧马肚带的瘦马，穿着淌水的毡外套，戴着皮帽走着。他和他的歪着头、贴紧耳朵的马一样，因为斜雨而皱着眉头，忧虑地看着前方。他那消瘦的、留着密密的、又黑又短的胡须的面孔似乎是怒气冲冲的。

和皆尼索夫并排走着的是一个同样穿着毡外套、头戴皮帽、骑着喂得饱饱的顿河区大马的哥萨克兵上尉，他是皆尼索夫的同事。

第三个人是哥萨克兵上尉洛发依斯基①，他是个身材高大、腰杆笔直、面色苍白、头发金黄的人，有一双细小明亮的眼睛，在他的面部和姿态上露出镇静自足的表情，他同样穿着毡外套，戴着皮帽

---

① 毛注：这里所写的是实在的事。在大卫道夫（在小说中是皆尼索夫）得到最初的胜利之后，库图索夫给他的两个哥萨克团增强兵力。

子。虽然说不出马和骑马人的特点，但一看上尉和皆尼索夫就可以看出，皆尼索夫显得又潮湿又不舒服，他是个骑马的人；但一看上尉就可以看出，他似乎像平常一样地舒服而又镇静，他不是个骑马的人，而是个和马合为一体而能力量倍增的人。

走在他们前面一点的，是一个身穿灰色衣服、头戴白帽子、全身被雨淋得透湿的领路的农民。

在他们后面一点是一个身穿蓝色法军大衣的年轻军官，他骑着一匹瘦小的、大尾长鬃的、嘴边磨出血的基尔给斯马。

和这个年轻军官并排骑着马走的是一个骠骑兵，在他背后的马臀上带着一个穿着破烂的法军制服、头戴蓝帽子的小孩。小孩用冻红了的手抓住骠骑兵，晃动着光脚，极力使脚暖和起来，他扬起眉毛，惊异地向四周环顾着。这是早晨捉住的法国小鼓手。

后边，在狭窄、松软、踏出来的林间小道上，骠骑兵们三三两两地拉开着，再后是哥萨克兵，有的穿着毡外套，有的穿着法军大衣，有的头上顶着马衣。棕色和栗色的马都因为身上流着雨水变成铁青色了。马颈因为鬃毛湿透而显得异常细小。马身上散发出热气。马衣、马鞍和缰绳都是潮湿、溜滑、松软的，就像泥土和覆盖路面的落叶一样。人们蜷着身子坐着，动也不动，为了把流到身上的水焐暖，不让鞍子和膝盖下边和颈子后边刚滴下的冷水流进去。在拉开的哥萨克兵当中，有两辆用法国马和哥萨克兵配有鞍子的马拖着的辎重车，辗过枯叶和断枝，驶过路面上积水的辙沟。

皆尼索夫的马绕过路上的水洼时，走到路边，把他的膝盖碰上了树干。

“哎，鬼东西！”皆尼索夫愤怒地大叫，露出牙齿，用鞭子抽了马三鞭，把泥浆溅到自己和同伴的身上。皆尼索夫无精打采，由于下雨和挨饿（从早上到现在谁也没有吃过东西），尤其是因为道洛号夫到此刻还没有消息，派去抓舌头的人也没有回来。

“不会再有今天这样攻击运输队的机会了。单独攻击太冒险，但是延迟到明天——那别的大游击队便要把战利品从我们眼前夺去了。”皆尼索夫想，不断地注视着前面，想看到他所期待的道洛号夫的使者。

走上树林中的一条小道，皆尼索夫便停下来，从这里他可以看见右边遥远的地方。

“有人来了。”他说道。

哥萨克兵上尉朝着皆尼索夫所指的方向看去。

“来了两个人，一个军官，一个哥萨克兵。但是不能预料是不是中校本人。”上尉说，他爱用哥萨克所不知道的字眼。

骑马来的人下了山坡，消失不见了，过了几分钟又出现了。前面的军官用鞭子抽打着马，疲倦地奔驰着，他的衣服褴褛透湿，裤腿卷到了膝上。哥萨克兵立在脚镫上，在后边缓驰着。这个军官是个很年轻的孩子，面孔宽大、红润，目光敏锐、愉快，他骑马跑到皆尼索夫面前，递给他一封淋湿的信件。

“将军的信，”军官说，“请原谅！有点湿……”

皆尼索夫皱起眉头，接过信，拆开信来。

“他们都说危险危险，”军官在皆尼索夫看信时对上尉说，“不过，我和考马罗夫，”他指着哥萨克兵，“已经作了准备。我们每人有两把手枪……而这是怎么回事？”他看见了法军小鼓手问，“是俘虏吗？你们已经打过仗了吗？我可以同他说话吗？”

“罗斯托夫！彼恰！”这时皆尼索夫看完信叫了起来，“为什么你不说你是谁？”

于是皆尼索夫带着微笑转过身去，向军官伸出手去。

这个军官是彼恰·罗斯托夫。

一路上彼恰思忖着他应当怎样像一个成人、像一个军官所应有的那样对待皆尼索夫，不提起他从前和他是熟人。但皆尼索夫刚对他微笑了一下，彼恰便现出了笑容，高兴得脸发红，竟忘了准备好的礼节，说起他是怎样从法军那里经过的，他多么高兴接受了这个任务，说他已经在维亚倚马打了一仗，有一个骠骑兵在那里立了功。

“真的，我很高兴看见你。”皆尼索夫打断了他的话说，脸上又显出了关切的表情。

“米哈益·费阿克利退支，”他向上尉说，“要知道，他又是德国人派来的。他是他的部下。”

于是他又向上尉说，刚才来信的内容是德国将军又要求会师攻击运输队。“假使我们明天不截获运输队，他就要把它从我们面前夺去了。”他把话说完了。

在皆尼索夫和上尉说话的时候，彼恰因为皆尼索夫语气的冷淡而觉得发窘，他以为这样的语气是由于他的裤子的原因，于是他在大衣的下面偷偷地放下了卷起的裤腿，免得被人看见，并且力求尽量显出军人的气派。

“大人有什么命令吗？”他向皆尼索夫说，把手举到帽檐，又恢复着表演他所准备的副官对将军的态度，“我还要留在大人这里吗？”

“命令？……”皆尼索夫思索地说，“你可以留到明天吗？”

“呵，请……我可以留在您这里吗？”彼恰叫着。

“但是将军究竟怎么命令你的？马上回去吗？”皆尼索夫问。

彼恰脸红了。

“他没有什么命令。我想可以吗？”他探问地说。

“那么，很好。”皆尼索夫说。

他转向自己的部属，下了命令：一部分的人到树林中哨房旁边指定的休息处去，骑基尔给斯马的军官（这个军官担任副官的职务）去找道洛号夫，探明他在哪里，他晚上来不来。皆尼索夫自己打算和上尉和彼恰到树林边上靠近沙姆涉佛的地方去，以便察看他们明天所要攻击的法军的驻扎地。

“哦，胡子，”他向做向导的农民说，“领我们到沙姆涉佛去。”

皆尼索夫、彼恰和上尉由几个哥萨克兵和带领俘虏的骠骑兵陪伴着，向左边走，穿过一个山谷，到树林的边上去了。

5

雨止了，升起了雾，树枝上滴着水点。皆尼索夫、上尉和彼恰都无言地骑马跟在头戴小帽的农民的背后，农民轻轻地无声地在草根和潮湿的树叶上迈着他的穿草鞋的、向外撇的双脚领他们到林边去。

上了山坡，农民站住了，环顾了一下，向树木稀疏的地方走去。他站在一株还没有落叶子的大橡树下边，并且向他们神秘地招手。

皆尼索夫和彼恰到了他那里。从农民所站立的地方，可以看见法军。正在树林的那边，在斜坡上，有一片麦田。右边，在深谷的那边，可以看见一个小村庄和一座破顶的地主房屋。在这个村庄里，在地主房屋里，在全部的高坡上，在花园里，在井边和池边，在桥和村庄之间的整个的山道上，大约不出二百沙绳的距离，可以看见在浮动的雾里的人群。可以清晰地听到他们的非俄国人的声音在喊叫拖行李车上山的马匹和互相的呼叫。

“把俘虏带到这里来。”皆尼索夫低声说，眼睛一直盯着那法军。

哥萨克兵下了马，扶下了小孩，和他一同走到皆尼索夫的面前。皆尼索夫指着法军，问小孩，那些法军是什么部队。小孩把冻僵的手插进衣袋，竖起眉毛，惊恐地望着皆尼索夫，虽然他显然地愿意说出他所知道的一切，却在回答的时候慌乱起来了，一味地重复着皆尼索夫所问的话。皆尼索夫皱了皱眉，转过身来，向哥萨克兵上尉说着他自己的意见。

彼恰迅速地转动着他的头，时而看看小鼓手，时而看看皆尼索夫，时而看看哥萨克兵上尉，时而看看村庄里和道路上的法军，力求不要漏掉任何重要的见闻。

“不管道洛号夫来不来，我们要抓住他们！啊？”皆尼索夫愉快地闪亮着眼睛说。

“那是适宜的地点。”哥萨克兵上尉说。

“我们派步兵下去，顺着沼地，”皆尼索夫继续说，“他们要向花园里爬的；你领哥萨克兵从那边冲过去，”皆尼索夫指示着村庄那边的树林，“我从这里，和我的骠骑兵。凭信号枪声……”

“凹地走不过去——是一个泥沼，”哥萨克兵上尉说，“马要陷下去的，一定要从左边绕……”

当他们这么低声说话时，下边，在池边的凹地那里，响起一声枪声，又有一声枪声，冒了白烟，听到了半山腰里几百个法国兵同时的似乎是愉快的叫声。起初，皆尼索夫和哥萨克兵上尉都向后退。

他们距离法军是那么近，以致他们觉得这些枪声和呼叫都是对他们而发的。但枪声和呼叫是与他们无关的。下边，在沼地上，有一个穿红衣服的人在跑。显然法国兵是向他开枪，向他喊叫的。

“哦，他是我们的齐杭。”哥萨克兵上尉说。

“他！是他！”

“这个无赖！”皆尼索夫说。

“他逃开了！”哥萨克兵上尉眯着眼说。他们称为齐杭的这个人，跑到小河边，窜进河里，把河水飞溅起来了，他不见了一会儿，爬出水面，全身因为水而变黑了。他再向前跑。追赶他的法军停止了。

“好伶俐。”哥萨克兵上尉说。

“这个无赖！”皆尼索夫带着同样的恼怒的神情说，“一直到现在，他做了些什么？”

“这人是谁？”彼恰问。

“他是我们的哨兵，我派他去捉舌头的。”

“啊，就是。”彼恰说，对于皆尼索夫的头一句话点着头，似乎他明白了一切，其实他一点也不明白。

齐杭·协尔巴退是部队中一个最有用的人。他是格沙其河附近波克罗夫斯克村的农民。在作战的开始，皆尼索夫到了波克罗夫斯克村，像素常一样，他找来了村长，向他探问他所知道的法军的情形，村长回答的和所有村长们回答的一样，好像是为自己辩护，他说他什么也没有听见，什么也没有看见。但是皆尼索夫向他说明，他的目的是打法国人，并且问，是否有迷了路来到他们这里的法国兵。这时，村长说，确实有过几个“抢盗”，但是村上只有齐杭·协尔巴退一个人管这种事情。皆尼索夫命令找来了齐杭，称赞了他的活动，当村长的面说了几句话，说到祖国的子孙们应该忠于沙皇和祖国，应该仇恨法国人。

“我们不会对法国人做什么坏事的，”齐杭说，显然是听到皆尼索夫的话，觉得恐惧了，“我们只是和这些孩子们开开玩笑，你知道。我们只打死了二十来个‘抢盗’，但我们没有做什么坏事……”

第二天，当皆尼索夫完全忘记了这个农民而离开波克罗夫斯克村庄时，有人向他说，齐杭爱上了他们的队伍并且要求他们收留他。皆尼索夫下令收留了他。

齐杭起初做些生火、打水、剥马皮等等粗事，不久就显出对于游击战的热心与能力。他常在夜间去夺胜利品，每次都带回法军的衣服和武器，在他奉到命令时，他也带回法国俘虏。皆尼索夫让齐杭停止了粗活，开始带他出动，把他编在哥萨克兵里。

齐杭不欢喜骑马，总是步行，从来不曾落在骑兵的后边。他的武器是一支步枪（他带着步枪多半是为了开玩笑），一根矛枪和一把斧头，他运用斧头，好像狼运用牙齿一样——像狼用牙齿轻易地从毛里捉蚤子、嚼大骨头一样。齐杭准确地挥动斧头劈木柴，同样准确地拿着斧头的背削细木钉、雕勺子。在皆尼索夫的部队里，齐杭处于例外的特殊地位。在需要做什么特别困难的脏活——例如，用肩膀把车子从泥泞中扛出来，抓住马尾巴把马从沼泽里拖出来，剥马皮，潜入到法军中去，一天走五十里路——的时候，大家便指着齐杭发笑。

“他这个鬼东西什么都能办，身体结实得匹马。”大家都这么说他。

有一次，齐杭所要捕抓的一个法国兵向他开了枪，打伤了他背上的肌肉。齐杭用伏特加酒给予里外医治的这个伤，成了全队最愉快的笑料，齐杭是很乐意和他们说笑话的。

“怎么，老兄，你不干了吗？你的背压弯了吗？”哥萨克兵们取笑他，而齐杭故意把眉头蹙着，做个怪相，假装发怒，用最令人发笑的诅咒责骂法国人。这件事对于齐杭只产生了这种影响，即他在受伤之后很少捉回俘虏了。

齐杭是部队中最有用、最勇敢的人。没有人比他发现过更多的攻击机会，没有人比他擒获或者杀死过更多的法国人；因此，他成了所有哥萨克兵和骠骑兵开玩笑的对象，他自己也乐意做这样的角色。

现在，还在夜晚齐杭就被皆尼索夫派往沙姆涉佛去捕捉舌头。但是，或者因为他不满足只捕捉一个法国人，或者因为睡了一夜，他在白天爬进法军中间的灌木丛时，正像皆尼索夫在山上所看到的那样，他被法军发现了。

6

皆尼索夫就明天的攻击又同哥萨克兵上尉谈了一会，便掉转马头回去了，这个攻击似乎是皆尼索夫现在看到法军的接近而断然决定的。

“好吧，老弟，我们现在去把身上烘烘干吧。”他向彼恰说。

皆尼索夫到了树林当中的哨房那里停了下来，向树林里注视着。在树林里的树丛当中，有一个腿很长、摆动着一双长手、大步轻快地走动的人，他身穿短外衣，脚穿草鞋，头戴卡桑帽子，肩上背着一支步枪，腰带上插着一把斧头。这人看见了皆尼索夫，赶快把什么东西抛到灌木丛里，摘下帽檐下垂的湿帽子，走到长官面前。这人是齐杭。他那眼睛细小、打皱的麻脸上显露出自满愉快的神色。他边把头仰得很高，好像要忍着笑声，边注视着皆尼索夫。

“啊，你哪里去了？”皆尼索夫说。

“哪里去了？去捉法国人了。”齐杭用沙哑、响亮的低音大胆而又匆忙地回答。

“你为什么在白天去？畜牲！怎么，没抓着？……”

“抓倒是抓了一个。”齐杭说。

“他在哪里？”

“他还是我在天亮时最先抓着的，”齐杭继续说，叉开着穿草鞋的向外撇的平底脚，“我把他带进了树林。我看他没用。我想再去抓一个更有用的。”

“嘿，调皮的家伙，果然是这样，”皆尼索夫向哥萨克兵上尉说，“你为什么不把那个人带来？”

“把他带来有什么用呢？”齐杭生气地、急促地说，“他是个没用的人。难道我不知道您需要的是什么样的人吗？”

“你这个调皮鬼！……哦？……”

“我去抓另一个，”齐杭继续说，“我就这样巧妙地钻进了树林里，身子趴在地上。”齐杭边说边忽然敏捷地趴下，表示他是怎样行动的，“来了一个，”他继续说，“我这样地抓住了他。”齐杭迅速地灵巧地跳起来，“我说，‘我们去见上校。’他闹起来了。他们来了四个人。他们带着刀向我冲。我这样地用斧头迎他们；我说，‘你们是干什么的，基督保佑你们。’”齐杭喊了一声，挥了挥手臂，威胁地皱着眉，挺着胸脯。

“我们在山上看见了，你是怎样穿过那些水池子逃命的。”哥萨克兵上尉眯着明亮的眼睛说。

彼恰很想笑出来，但是他看见别人都忍住了笑声。他迅速地把眼睛从齐杭的脸上移到了哥萨克兵上尉和皆尼索夫的脸上，不明白这一切是什么意思。

“你不要装傻！”皆尼索夫说，愤怒地咳着，“你为什么不把头一个带来？”

齐杭开始一手搔背，一手搔头，忽然他的脸现出喜气洋洋的笨拙的笑容，露出一个牙豁（他因此被称为协尔巴退，即是豁牙齿），皆尼索夫微笑了一下，彼恰发出愉快的大笑，齐杭自己也大笑了。

“但他一点也不中用，”齐杭说，“他穿的衣裳很坏，我怎能把他带来呢？大人，他是那么粗野。他说，‘呵，我是将军的儿子，我不去。’”

“你这个畜牲！”皆尼索夫说，“我要问他……”

“但是我已经问过他，”齐杭说，“他说：他不知道；他说，我们的兵很多，但都是很坏的家伙；他说，只能名义上算得是兵罢了；他说，只要您大声地叫一下，就可以把他们全体抓住了。”齐杭说完，愉快地坚决地看了看皆尼索夫的眼睛。

“我要抽你一百鞭子，教训你，不许装傻。”皆尼索夫严厉地说。

“为什么发脾气呢，”齐杭说，“因为我没有发现您的法国人吗？那么天一黑，我就照您所要的，带三个来。”

“好，我们走吧。”皆尼索夫说。于是他愤怒地皱着眉，沉默地骑马到哨房去了。

齐杭跟在后边，彼恰听到哥萨克兵和他一同在笑，并且笑他把一双鞋子抛到灌木里去了。

在他们对齐杭说话和微笑所发的一阵笑声之后，彼恰立刻明白了这个齐杭杀死过一个人，觉得不舒服。他回头看了看被俘虏的小鼓手，心中觉得悲痛。但这种不舒服只经过了片刻的时间。他觉得他必须把头抬得更高，提起精神，并且带着自尊的神气向哥萨克兵上尉问到明天的任务，这样他便不至于不配在这个团体里了。

道洛号夫所派遣的军官在路上遇见了皆尼索夫，他带来消息，说道洛号夫马上就来，并且他那边一切都好。

皆尼索夫忽然愉快起来，把彼恰叫到他的身边。

“你向我讲讲你自己的事情吧。”他说。

7

彼恰离开莫斯科之后，便和家里的人分手，回到他自己的团里去了。没有多久，他便做了那个指挥大游击支队的将军的传令官。自从他升为军官以来，尤其是在他加入了作战的部队参加了维亚倚马会战之后，他就因为他已是成人而不断地感觉到一种幸福的、兴奋的高兴情绪，并且不断地感觉到一种狂喜的着急的心情，不肯放过任何表现英勇行为的机会。他为了军中所见所闻的事情而觉得很幸福，但同时，他总是似乎觉得，在他所不在的地方，此刻正在创建真正的最英勇的功勋。于是他总是急着要赶到他不在的地方去。

十月二十一日，他的将军表示希望派一个人到皆尼索夫的支队里去的时候，彼恰那么可怜地请求派他去，以致将军不能拒绝。但是将军派遣他去时，想起了彼恰在维亚倚马会战中的疯狂行为，在那地方彼恰没有到派他去的地方，却在前线法军的炮火下骑马奔驰，并且开了两次手枪，所以这次派遣他去的时候，特地禁止彼恰参加皆尼索夫的任何战斗。因此皆尼索夫问他是否可以留下的时候，彼恰脸红并且发窘了。在到达林边之前，彼恰认为他一定要严格履行他的职责，马上回去。但是当他看到法军、看见齐杭时，当他知道今夜一定要攻击时，他像年轻人那样迅速地改变了他的看法，认为他直到现在所尊敬的将军是个无用的德国人，认为皆尼索夫是芙雄，哥萨克兵上尉是英雄，齐杭是英雄，他觉得在困难的时候离开他们是可耻的。

当皆尼索夫、彼恰和上尉到达哨房时，天已经快要黑了。在苍茫中可以看见有鞍子的马匹，在林中空地上搭小棚的哥萨克兵和骠骑兵，以及为了避免法国兵看见烟而在树林里的凹处点起的发红的篝火。在小棚子的门廊上有一个卷起袖子的哥萨克兵在切羊肉。在这间小棚子里有皆尼索夫部下的三个军官，他们用门当桌子。彼恰脱下了湿衣服给人去烘干，自己立刻帮助军官们安置饭桌。

十分钟后桌子安置好了，铺上了台布。桌上有伏特加酒、一壶甜酒、白面包、烤羊肉和盐。

彼恰和军官们一起坐在桌边，用淌油的手撕着又肥又香的羊肉，对所有的人怀着欣喜的小孩似的温柔的爱，因此相信别人也对他怀着同样的爱。

"那么您是怎么想的呢，发西利·德米特锐支？"他对皆尼索夫说，"我在您这里住一天，没有关系吗？"不等回答，他便自己回答，"要知道，我在奉命打听，我现在就在这里打听……只要您让我住在这个……在这重要的……我不需要奖赏……但我想要……"彼恰咬紧牙回头望了一下，微微向上抬了抬仰起的头，挥动着手臂。

"在这最重要的……但我想要……"皆尼索夫微笑着重复他的话说。

"请您完全让我指挥一下，"彼恰继续说，"这费您什么事呢？啊，您要小刀吗？"他对一个想割羊肉的军官说。

于是他把自己的小刀递给军官。

军官称赞了这把小刀。

"请您留下吧。我有很多这样的……"彼恰红着脸说，"喔唷！我完全忘了，"他忽然叫起来，"我有很好的葡萄干，您知道，是没有核的。我们有一个新来的随军商人，他卖的东西都是那么好，我买了十磅。我习惯吃甜食。您要吃吗？……"于是彼恰跑到门廊上他的哥萨克兵那里，拿来几只袋子，袋子里装着大约五磅葡萄干，"尝一点，诸位，尝一点。"

“您要不要咖啡壶呢？”他对上尉说，“我在随军商人那里买了一把顶好的！他的东西都是顶好的。他很正派。这是很重要的。我一定要送给您。也许您的火石用完了，打完了，这是常有的事。我带在身边，我身边就有……”他拿出了一只袋子，“一百粒火石。我买的很便宜。请您尽量拿，都拿去吧……”彼恰怕自己说得过头，忽然停住了话头，脸红了。

他开始回想起他是否还做了什么蠢事。他思索着当天的事情，想起了法国小鼓手。“我们嘛，过得很好，他怎样呢？他们把他放到哪里去了？他们给他饭吃吗？他们没有欺负他吗？”他想。但是他发觉自己关于燧石说得过头，现在便不敢再说了。

“我可以问的……”他想，“他们要说：他自己是小孩，所以他可怜小孩子。明天我让他们看，我是不是小孩子。假使我问，不是可羞吗？”彼恰想，“啊，没有关系！”立刻他红了脸，恐惧地望着军官，看他们脸上是否有嘲笑的神色，说道：“我可以把那个俘虏的孩子叫进来，给他一点东西吃吗？……也许……”

“可以，那个可怜的孩子，”皆尼索夫说，显然并不觉得这个提议可羞，“叫他到这里来，他叫 Vincent Bosse［文生·保斯］。叫他来。”

“我去叫。”彼恰说。

“叫吧，叫吧。可怜的小孩子。”皆尼索夫又说。

皆尼索夫说这话时，彼恰站在门口。他从军官们当中走了进来，走到皆尼索夫的身边。

“让我吻您，亲爱的，”他说，“啊，多么好！多么好！”

于是他吻了皆尼索夫，跑到门外去了。

“Bosse！vincent！［保斯！文生！］”彼恰站在门外喊叫。

“先生，您叫谁？”黑暗中的声音说。

彼恰回答说，是叫今天俘虏的那个小法国人。

“啊！维生尼吗？”哥萨克兵说。

他的名字文生已经被哥萨克兵变成维生尼（春天的），又被农民和兵士变成维生尼亚。在这两种称呼中都含有春天的意思，这正符合这个小孩给人的印象。

“他在营火旁边烤火。哎，维生尼亚！维生尼亚！维生尼！”在黑暗中发出互相传呼声和笑声。

“他是一个伶俐的孩子，”站在彼恰旁边的骠骑兵说，“我们刚才给他吃了东西。他饿极了！”

黑暗中有了脚步声，小鼓手在泥泞中踩着双光脚，走到了门前。

“Ah，c'est vous！［啊，就是你！］”彼恰说，“Voulez vous manger？N'ayez pas peur，on ne vous fera pas de mal，［你想吃东西吗？不要怕，他们不会伤害你的，］”他羞怯地说，亲切地摸他的手，“Entrez，entrez.［进来，进来。］”

“Merci，monsieur.［谢谢，先生。］”小鼓手用打颤的几乎是小孩的声音说，于是他开始在门槛上蹭着泥脚。

彼恰想要向小鼓手说许许多多话，但他不敢说。他踌躇不前地在门廊上站在他身边，然后在黑暗中抓住他的手紧握着。

“Entrez，entrez.［进来，进来。］”他用亲切的低语重复说。

“啊，我能替他做点什么呢？”彼恰向自己说，然后打开了门，让那小孩先走进去。

小鼓手进了小农舍时，彼恰坐得离他很远，认为向他注意，对于自己是有失尊严的。他只在衣袋中摸着钱，不能决定，把钱给小鼓手是不是可羞的。

8

皆尼索夫吩咐了给小鼓手伏特加和羊肉，吩咐给他穿了农民衣服，这样就可以把他留在部队里，不和俘虏们一同送走了。彼恰对小鼓手的注意，被道洛号夫的到来吸引去了。彼恰在军中听过许多关于道洛号夫异常勇敢，和他对法军残忍的故事，因此，从道洛号夫进农舍时，彼恰的眼睛就一直盯着他，而且越来越有精神，他仰起了头，这样他便不至于不配和道洛号夫这样一伙人在一起了。

道洛号夫平常的外表使彼恰大为惊异。

皆尼索夫穿着哥萨克兵的衣服，留着胡须，胸前挂着奇迹创造者尼考拉的圣像，在说话的方式和待人接物上都显出他的地位特殊。道洛号夫从前在莫斯科穿波斯衣服，现在却相反，显出了最拘泥的禁卫军军官的神情。他的脸刮得很干净，身穿禁卫军的棉军服，在纽孔上系着圣·乔治勋章，头上端正地戴着普通的便帽。他在屋角脱下潮湿的毡外套，没有向任何人问好，走到皆尼索夫面前，立刻开始向他问起正事。皆尼索夫向他说到大的支队关于截夺法军运输队的计策，谈到彼恰到这里来的事，谈到他怎样答复了两位将军。然后皆尼索夫说到他所知道的关于法军支队的各种情形。

“是这样的。但一定要知道，是什么样的军队，有多少人，”道洛号夫说，“应该去看一下。他们的人数了解得不准确是不能作战的。我喜欢事情做得认真。那么，诸位当中有没有人愿意跟我一起去看法军阵营呢？我身边还有一套制服。”

“我，我……我跟您去！”彼恰叫喊着。

“根本不需要你去，”皆尼索夫说，又转身对道洛号夫说，“我绝不让他去。”

“那好极了！”彼恰大叫一声，“为什么不让我去？……”

“因为用不着。”

“请您原谅，因为……因为……我要去，话说完了。您带我去吗？”他转向道洛号夫说。

“究竟为什么……”道洛号夫一边心不在焉地回答，一边注视着法国小鼓手的脸。

“这个小孩在你这里很久了吗？”他问皆尼索夫。

“今天抓到的，他什么都不知道。我把他留在了我身边。”

“嗯，你把其余的人弄到哪里去了？:”道洛号夫说。

“怎么弄到哪里去了？我把他们送走了，打了收据，”皆尼索夫忽然脸红起来，叫了一声，“我敢说，我的良心不会残害一条人命。我照直说，难道你把三十人或者三百人押送到城里去，比保持军人的荣誉还困难吗？”

“这种亲切的话是适于十六岁的年轻伯爵说说的，”道洛号夫冷笑地说，“你不该说这种话了。”

“怎么，我没有说什么。我只是说我一定要跟你去。”彼恰胆怯地说。

“老兄，我同你该抛弃这种好听的话了，”道洛号夫继续说，似乎他特别高兴要说这个使皆尼索夫发怒的话题，“你为什么把他留在身边？”他摇着头说，“因为你可怜他吗？我们知道你的收据。你送走了一百人，只到了三十。其余的都饿死、被杀死了。不送走他们，反正不是一样吗？”

哥萨克兵上尉眯起明亮的眼睛，赞同地点点头。

“这反正一样，此刻用不着讨论。我不想把这件事放在我的心上。你说他们会死的。这就好。只要不是因为我的缘故。”

道洛号夫笑了起来。

“谁不叫他们抓我二十次呢？要知道，他们若是抓住我，就要把我吊在白杨树上，对你和你的骑士精神，也是一样的。”他沉默了一会儿，“但是我们应该作准备了。叫我的哥萨克兵把我的箱子拿来！我有两套法军制服。怎么，你和我一起去吗？”他问彼恰。

“我吗？是的，是的，一定的。”彼恰注视着皆尼索夫，大叫着，脸红得几乎要流泪了。

在道洛号夫和皆尼索夫争执应该如何处置俘虏时，彼恰又感觉到不舒服和着急了；但是他又没有工夫好好了解他们所说的话。“既然成年的有名的人这么想，所以应该是这样的，所以是很好的，”他想，“但最重要的是，不要让皆尼索夫以为我要听从他，他可以命令我。我一定要同道洛号夫到法军营地去。他能够，我也能够！”

皆尼索夫再三地劝他不要去，彼恰总是回答说，他也惯于把一切事情做得认真，他不是随便说的，他从来没有想到个人的危险。

“因为——您会同意的——假使我们不确实知道那里有多少人……这有关几百人的生命，但是这里只有我们两个人。并且我很想做这件事，我一定，一定要去，您不要阻止我，”他说，“那样只会更不好……”

9

彼恰和道洛号夫穿戴了法国兵的大衣和高顶帽，骑马走到皆尼索夫观看法军野营的林中空地，走出树林，在完全黑暗中下了山坡。道洛号夫命令了陪送的哥萨克兵们等在山下，然后骑马顺大路快驰地向桥上走去。彼恰兴奋得心慌，和他并排走着。

“假使我们被捉住了，我决不活着投降，我有手枪。”彼恰低语。

“不要说俄语。”道洛号夫迅速低声说，正在这时候，黑暗中发出了喊声“qui vive［谁来了］”和枪声。

血涌上了彼恰的脸。他抓住了手枪。

“Lanciers du 6-me.［第六团的矛枪骑兵。］”道洛号夫说，没有加快也没有放缓马的步子。

哨兵的黑影子站在桥上。

“Mot d’ordre?［口令?］”

道洛号夫勒住了马，缓行着。

“Dites donc，le colonel Gérard est ici?［告诉我，热拉尔上校在这里吗?］”他说。

“Mot d’ordre.［口令。］”哨兵说，没有回答他，却挡住去路。

“Quand un offcicer fair sa ronde，les sentinelles ne demandent pas le mot d’ordre［官长巡逻的时候，哨兵不问口令］……”道洛号夫叫起来，忽然发火了，骑马向哨兵面前走着，“Je vous demande si le colonel est ici.［我问你，上校在不在这里。］”

不等待让路的哨兵回答，道洛号夫就骑马慢步地上山去了。

看见了一个黑影子从路上穿过，道洛号夫叫这个人站住，问他司令官和军官们在哪里。这个人是一个兵，肩上有一个袋子，他站住了，走到道洛号夫马前，用一只手摸着马，简单而友好地说，司令官和军官们都在山上，在右边农场（他这样地称地主的房子）的院子里。

走完了两边有法国兵在营火旁说话的道路，道洛号夫转入地主家的院子。进了门，下了马，他走到一个熊熊的大营火前，火旁坐着几个人在大声说话。火旁的小锅里在煮东西，一个头戴小帽身穿蓝色军大衣的兵，被火光照亮，跪在旁边用通条在锅里搅着。

"Oh, c'est un dur à cuire. [哦，他是个不好对付的家伙。]"坐在火对面阴影中的一个军官说。

"Il les fera marcher les lapins. [他要使那些傻瓜上当的。]①"另一个带着笑声说。

两人都沉默了，在黑暗中注视着牵马来到火边的道洛号夫和彼恰的脚步声。

"Bonjour, messieurs! [诸位，好!]"道洛号夫大声地清晰地说。

军官们在火光的阴影中骚动了一下，一处长脖子的高高的军官绕过营火，走到道洛号夫面前。

"C'est vous, Clément? [是你，克来茫?]"他说，"D'où diable [到底]……"但是他发觉了自己的错误，没有说完，轻轻地皱了皱眉，像对待不相识的人那样地向道洛号夫问好，问道洛号夫，有什么地方他可以替他效劳。

道洛号夫说，他是和同伴在追赶他们的团，并且问大家可知道第六团的情形。没有人知道任何情形；彼恰觉得军官们开始敌意地怀疑地在看他和道洛号夫。大家沉默了一会儿。

"Si vous comptez sur la soupedu soir, vous venez trop tard. [你若是打算吃晚上的汤，你来得太迟了。]"火那边的声音忍着笑声说。

道洛号夫回答说，他们吃饱了，他们还须赶夜路。

他把马交给了搅汤锅的兵，在营火旁边长脖子军官的身边蹲下来。这个军官，目不转睛地望着道洛号夫，又问他，他是哪一团的。道洛号夫没有回答，好像没有听到这个问题，却吸着了从荷包里拿出的法国烟斗，向军官们问到前面的路上是否有碰见哥萨克兵的危险。

"Les brigands sont partout. [处处是盗匪。]"有一个军官在火那

---

① 原本注：法国成语。

边回答。

道洛号夫说，哥萨克兵只对于像他和他的同伴这样的落伍的人才是可怕的，“但是对于大的部队，哥萨克兵也许不敢出击吧？”他这么疑问地说。没有人回答他。

“好，现在他该走了。”彼恰时时刻刻这么想着，站在营火旁边听他说话。

但是道洛号夫又继续讲着中断了的话，开始直接地探问他们一营有多少人，一共有多少营，有多少俘虏。道洛号夫问到他们的支队中的俄国俘虏的时候，说：“La vilaine affaire de trainer ces cadavres après sol. Vaudrait mieux fusiller cette canaille.［把这些尸首拖在身边，是讨厌的事情。顶好是把这些废物枪毙了。］”他大声地发出那么奇怪的笑声，以致彼恰觉得法国人会立刻识破他的欺骗，不觉地离开营火后退了一步。

没有人回答道洛号夫的话声和笑声，一个木被看见的法国军官（他裹着大衣躺着），坐起来向同伴说了什么。道洛号夫站起来，叫了牵马的兵。

“他们牵不牵马来呢？”彼恰想，不觉地向道洛号夫靠近着。

马牵来了。

“Bonjour，messieurs.［再会，诸位。］”道洛号夫说。

彼恰想说bonsoir［再会］，却一个字也不能够说出来。军官们互相低声在说什么。道洛号夫好久才骑上站立不定的马；然后他缓步地骑马走出门。彼恰在他旁边骑马走着，想要而又不敢回头看一下，法国人是否跑着在追赶他们。

道洛号夫上了路，没有从田野上、却顺着乡村往回走。他在一个地方停下来倾听着。

“听见吗？”他说。

彼恰听得出俄国人的话声，看得见营火旁边俄国俘虏们的黑影子。下到桥边，彼恰和道洛号夫走过哨兵的身边，哨兵一言未发，忧郁地在桥上来回走着，他们回到哥萨克兵在等候的山坳里去了。

“好，再会了。告诉皆尼索夫，天刚亮，凭第一声枪响。”道洛号夫说过，想要走开，但是彼恰抓住他的胳膊。

“不要走！”他喊叫着，“你是一个大英雄！啊，多么好！多么出色！我多么爱您哦！”

“好了，好了。”道洛号夫说，但是彼恰没有放他，道洛号夫在黑暗中看见彼恰向他弯着腰。他想要接吻。道洛号夫吻了他，发出笑声，然后掉转了马，在黑暗中消失了。

10

彼恰回到哨房，在门廊上看见了皆尼索夫。皆尼索夫感到兴奋，不安，以及因为放走了彼恰而对自己的恼怒。他在等候他。

“谢谢上帝！”他大叫了一声，“谢谢上帝！”他又说，听着彼恰的得意扬扬的叙述，“该死，哦，我为了你没有睡觉！”皆尼索夫说，“好，感谢上帝，现在去睡吧。还可以睡到天亮。”

“但是……不，”彼恰说，“我还不想睡。并且我知道我自己，假使睡着了，那就完了。因为我习惯了在会战之前不睡觉。”

彼恰在哨房里坐了一会，高兴地回想着他出行的详情，并且真切地想象着明天将要发生的事情。后来，看到皆尼索夫睡着了，他站起来走出去了。

外面还是完全黑暗的。雨已经止了，但水点还从树上向下滴着。在哨房的附近可以看见哥萨克兵小棚子的，和系在一处的马的黑影子。在哨房的后边可以看见两辆辎重车的黑影子，马系在车边；在山坳里将熄的营火发着红光。哥萨克兵和骠骑兵没有全睡：有些地方，在滴水声和附近的马嚼声之中，可以听到低微的好像低语的声音。

彼恰从门廊里走出来，向黑暗中看了一下，然后走到辎重车那里。有谁在车下面打鼾，车子旁边站立着未解鞍子的在嚼燕麦的马。在黑暗中彼恰认出了自己的马，走到马那里，他称它卡拉巴黑①，其实它是小俄罗斯的马。

---

① 毛注：这是高加索南部产马的地区。

“哦，卡拉巴黑，明天我们要出力了。”他说，嗅它的鼻孔，并且吻它。

“为什么大人还不睡？”有一个坐在辎重车下的哥萨克兵说。

“不，哦……利哈巧夫，好像你是叫这名字吧？你晓得我是刚刚回来的。我们到了法国人那里。”

于是彼恰不但详细地向哥萨克兵说了他的侦察，而且说了他为什么要去，为什么他认为冒自己生命的危险，要比随便做什么事好些。

“那么，您要睡一下了。”哥萨克兵说。

“不要，我弄惯了，”彼恰回答，“您们的手枪里的燧石没有用完吗？我带了一点。你要吗？你拿吧。”

哥萨克兵从车子下边伸出头来，以便更接近地看清彼恰。

“因为我习惯把一切事情做得很认真，”彼恰说，“有的人做事随便，事前不准备，事后又懊悔。我不喜欢这样。”

“正是这样。”哥萨克兵说。

“还有一件事，好朋友，请你把我的刀磨磨快，它钝了……（但是彼恰怕说谎）刀从来没有开过口。行不行呢？”

“当然行。”

利哈巧夫站起来，在背包里翻了一阵，于是彼恰便立刻听到钢刀和磨刀石的摩擦声。他在车子旁边坐了下来。哥萨克兵在车旁磨起刀来。

“怎么，弟兄们都睡了吗？”彼恰说。

“有的睡了，有的还没有。”

“那个小孩怎么样？”

“维生尼吗？他躺在门廊那里。他受惊之后睡着了。他多么高兴啊！”

后来彼恰沉默了很久，听着磨刀声。在黑暗中传来了脚步声，出现了一个黑影子。

“你在磨什么？”那人朝大车跟前走来，问道。

“在替这位大人磨刀。”

“是件好事，”这个人说，彼恰觉得他是骠骑兵，“您这里有茶杯吗?”

“就在车轮旁边。”

骠骑兵拿走了茶杯。

“大概天快亮了。”他打着呵欠说，然后走开了。

彼恰应该知道他是在树林里，在皆尼索夫的支队里，离大路只有一里；他坐在夺来的法军的辎重车上，车旁系着马；哥萨克兵利哈巧夫坐在车旁在替他磨刀；右边的大黑点子是哨房，左边下面鲜红的光点是即将熄灭的篝火；来取茶杯的人是个想喝水的骠骑兵；但是他什么也不知道，也不想知道这一切。他身在幻境中，那里的一切都和现实不相同。大黑点子也许确是哨房，但也许是个通向大地深处的地洞。红光点也许是火，也许是个庞然怪物的眼睛。也许他现在确实是坐在辎重车上，但很可能不是坐在车上，而是坐在极高的塔上，假若从那上面跌下来，他便会整天、整月地朝地面飞来——一直飞却永远飞不到地面上。也许车子旁边只不过是坐着哥萨克兵利哈巧夫，但很可能，他是个世上没人知道的最善良、最勇敢、最奇怪、最出色的人。也许真是一个骠骑兵来取水，回山坳里去了，但也许他只是不见了，完全消失了，不存在了。

现在无论看见什么，没有什么东西会使他感到惊奇。他身在幻境中，在这里一切都是可能的。

他瞧了瞧天。天和地一样，也是幻境般的。天色明朗了，云在树顶上迅速地飘浮着，似乎是要露出星星。有时似乎是天上的云散了，显出黑色无云的天空。有时这些黑块似乎是乌云。有时似乎天在头上向上越升越高；有时似乎天完全垂了下来，连手也可以碰到它。

彼恰开始闭上眼睛，摇晃身子了。

水珠在滴着。出现了低语声。马嘶鸣起来，互相撞挤着。有人在打鼾。

“霍……霍，霍，霍……”磨着的刀发出响声。忽然彼恰听到和谐的音乐声，像是一种陌生的、庄严的、甜蜜的圣歌。彼恰和娜塔莎一样有音乐天才，但超过尼考拉，他从来没有学过音乐，没有想到过音乐，因此他忽然听到了乐曲声，使他觉得特别新鲜而动听。音乐声越来越清晰可闻了。旋律提高了，各种乐器交替演奏着。奏出了赋格曲，尽管彼恰一点也不明白赋格曲是什么。每种乐器——时而像提琴，时而像喇叭，但比提琴和喇叭觉得更好听——每种乐器奏着各自的曲调，还没奏完一个乐曲，就和另一种开始奏起几乎是同一音调的乐器合在一起，然后又和第三种、第四种乐器合在一起；然后所有的乐器都合在一起演奏，又有独奏，又有合奏，有时是庄严的教会音乐，有时是喜气洋洋的胜利曲调。

“啊，是的，我是在做梦，”彼恰向前倾了一下，对自己说，“我听到了这乐曲。也许这是我自己的音乐。好吧，再奏吧。奏吧，我的音乐！哦！……”

他闭上了眼睛。乐声从各方面，好像是从远处飘来，出现了既有协奏、又有独奏、又有合奏的乐曲声，然后又合奏起同样庄严悦耳的圣歌。“啊，这多么美妙！正像我所希望的那样。”彼恰对自己说。他试图指挥这个大乐队。

“啊，轻一点，轻一点，现在停下吧。”于是音乐声听了他的话，“好吧，现在高一点，活泼一点，还要活泼一点。”于是从不可知的远处传来了加强的庄严的乐声，“哦，歌声，合起来吧！”彼恰下了命令。

起初，从远处传来了男子的嗓音，然后是女子的嗓音。嗓音提高了，有节奏的非常庄严的调子提高了。彼恰又惊又喜地注意听着非常悦耳的调子。

歌声和庄严胜利的进行曲合在一起了，水珠在滴，磨刀声响着，霍，霍，霍……马又在互相撞挤、在嘶鸣了，但是没有扰乱合唱的歌声，却合在一起了。

彼恰不知道这种感觉有多长时间：他一直感到快乐，一直对自己的快乐觉得惊奇，可惜没有人和他共享其乐。他被利哈巧夫温和的声音唤醒了。

“磨好了，大人，你可以一刀把法国兵劈成两半。”

彼恰醒了。

“天要亮了，好啊，天真要亮了!”他叫喊着。

先前看不见的马，现在可以从头到尾看得见了，透过光秃秃的树枝可以看见晨曦了。彼恰振作了精神，跳了起来，从荷包中取出一个银卢布给了利哈巧夫，然后挥了一下刀，试了试，便插入了刀鞘。哥萨克兵在解马，在紧马肚带。

“司令来了。”利哈巧夫说。

皆尼索夫从哨房里走出来，叫了一声彼恰，要他去作准备。

11

他们在天色朦胧中迅速找到了他们的马，紧了马肚带，便分成了几个小队。皆尼索夫站在哨房旁边下了最后的命令。步兵的几百只脚在泥泞的道上走着，顺着大道向前走，不久就消失在弥漫着晨雾的树林里了。哥萨克兵上尉向哥萨克兵下了一个命令。彼恰牵着缰绳，着急地等待着上马的命令。他那用冷水洗过的脸，尤其是眼睛，像火在燃烧，一阵凉气掠过了他的背，使全身发出了一阵迅速的、有节奏的颤抖。

“哎，你们一切都准备好了吗?”皆尼索夫说，“把马牵来。”

马牵来了。皆尼索夫因为马肚带太松而向哥萨克兵发火，责骂后便上了马。彼恰蹬上了脚镫，马习惯地好像要咬他的腿，但彼恰没有感觉到自己的重量，迅速地跨上了马鞍，一面回顾着后边在黑暗中走动的骠骑兵，一面向皆尼索夫那里走去。

“发西利·德米特锐支，您给我一点任务吧！请……看在上帝面上……”他说。

皆尼索夫似乎忘记了彼恰。他回头看了看他。

“我要求你一点，”他严厉地说，“听我的话，不要乱跑。”

一路上皆尼索夫没有同彼恰再说话，沉默地走着。到林边的时候，田野上已经看得出天亮了。皆尼索夫和哥萨克兵上尉低声说了句什么话，于是哥萨克兵从彼恰和皆尼索夫身边走了过去。当他们都走过去了，皆尼索夫便刺动他的马，向山下走去。马的臀部蹲着，滑溜着，驮着骑马的人朝山坳里走去。彼恰和皆尼索夫并排走着。他全身颤抖得越来越厉害了。天渐渐亮了，但雾气还遮蔽着远处的景物。下了山，回头看了一下，皆尼索夫向身边的哥萨克兵点了点头。

“发信号!”他说。

哥萨克兵举手开了一枪。于是顷刻之间，便听到了向前奔腾的马蹄声、四面八方的叫喊声和更多的枪声。

在马蹄声和叫喊声出现的顷刻之间，彼恰对他的马抽了一鞭，松开了缰绳，不听向他叫喊的皆尼索夫的话向前直冲。彼恰似乎觉得，在发出枪声的时候，天色忽然像正午一样完全明亮了。他朝桥上跑去。哥萨克兵在前面的路上奔跑着。他在桥上撞上了一个掉队的哥萨克兵，然而他继续向前奔跑。前面有些人——大概是法兵——从大道的右边向大道的左边跑去。有一个跌倒在彼恰马蹄旁的污泥里。

哥萨克兵聚集在一座小屋子的旁边不知在做什么。人群中发出可怕的叫声。彼恰骑马跑到人群那里，他首先看见的是一个面色苍白、下颌打颤的法国人抓住向他刺去的矛枪杆。

“乌拉……弟兄们……我们的……”彼恰叫喊着，放纵了兴奋的马，让它顺着乡村的街道向前奔驰。

前面传来了枪声。哥萨克兵、骠骑兵和从大道两边跑来的衣衫褴褛的俄国俘虏，都大声地、纷乱地叫喊着什么。一个勇敢的、没戴帽子、红着脸皱起眉、穿蓝色军大衣的法国人用刺刀在抵抗骠骑兵。彼恰跑到时，法国人已经倒下了。“又晚了!”这想法在彼恰的头脑中闪现了一下，于是他向枪声密集的地方跑去。枪声是从他和道洛号夫昨夜所待过的那个地主家的院子里发出来的。法国兵埋伏在灌木丛生的花园篱笆后边，向挤在门边的哥萨克兵开枪。彼恰到了门边，在硝烟中看见了道洛号夫脸色苍白发青地向兵士叫喊着，“包围！等候步兵!”在彼恰走到他那里时，他这么叫着。

“等候吗……乌拉……”彼恰叫喊着，片刻也不迟疑，便向发出枪声、硝烟最浓的地方跑去。

响起一排枪声，密集的子弹嗞嗞地飞过去，打中了什么。哥萨克兵和道洛号夫跟在彼佳的后面跑进了门。在弥漫的浓烟中，法国兵有的扔掉武器，迎着哥萨克兵跑出灌木丛，有的向山下的池塘跑去。彼佳在马上顺着院子奔跑，他没有抓住缰绳，却奇怪地迅速地挥动着两只手，从马鞍上渐渐向一边倾倒过去。马跑到在晨光中将要燃尽的营火那里站住了，彼佳沉重地跌倒在湿地上。哥萨克兵看见他的手和脚迅速地颤抖着，然而他的头动也不动。一颗子弹打中了他的头部。

一个法国上级军官从屋里走出来，在刀上扎了一块白手帕，宣布他们投降；道洛号夫下了马，朝着摊开双手、一动也不动地躺着的彼佳跟前走去。

“完了。”他皱了皱眉头说，然后走到大门口去迎接骑马向他走来的皆尼索夫。

“打死了吗?”皆尼索夫叫喊着，远远地看见了彼佳的为他所熟悉的、无疑已经失去生命的躯体。

“完了。”道洛号夫重复了一遍，似乎说了这话，便可以使他得到满足，然后他迅速地向急速赶到的哥萨克兵所包围的俘虏那里走去，他向皆尼索夫叫喊，“不要抓他们!”

皆尼索夫没有回答；他走到彼佳跟前下了马，用颤抖的手把彼佳沾上血和泥的、已经发白的脸转过来对着他自己。

“我喜欢吃甜食。顶好的葡萄干，您全拿去吧。”他想起了彼佳的话。哥萨克兵惊异地回头看着那发出狗吠般声音的地方，皆尼索夫带着这种声音迅速地转过身，走到篱笆那里，抓住了篱笆。

在皆尼索夫和道洛号夫所救下的俄国俘虏之中有彼埃尔·别素号夫。

12

关于有彼埃尔在内的那群俘虏，自从离开莫斯科以后，法国长官就一直没有发出过任何新的命令。十月二十二日，这群俘虏不再和一同离开莫斯科的那些军队和辎重车在一起了。一半的车子装饼干，在行军的初期跟在他们后边，现在已经被哥萨克兵夺去了，另一半车子走在前面；走在前面的步骑兵已经连一个都没有了；他们全部不见了。起初走在前面的炮兵，现在变成了尤诺元帅的、由韦斯特腓利亚兵护送的庞大的辎重车队。在俘虏后边的是骑兵的辎重车队。

先前排成三个纵队的法军在离开维亚倚马之后，现在只剩下一团人仍向前走着。彼埃尔离开莫斯科后在第一个休息处看到的毫无秩序的情形，现在达到了顶点。

在他们所经过的大道两旁尽是死马；各部队掉队的、衣衫褴褛的兵士们不断地变换着队形，时而加入行进着的纵队，时而又掉队落下了。

在行军途中，发生过几次虚惊，押送兵举枪射击，拼命地逃跑，互相倾轧，但后来又集合起来，为了无故的惊恐而互相责骂。

骑兵军需车队，俘虏押送队，尤诺的行李车队——这三个一起行走的队列仍然组成一支单独的、完整的队伍，虽然三支队伍都在迅速地消失。

骑兵军需车队起初是一百二十辆，现在剩下不到六十辆了；其余的或者被夺去。或者被丢弃。尤诺的行李车队也有若干辆被丢弃或被夺去。有三辆行李车被大富军团的掉队的兵突袭抢去了。彼埃尔从德国人的谈话中听到，派给这个行李车队的卫兵比押送俘虏的还多，又听到他们有一个伙伴，一个德国兵被元帅亲自下令枪毙了，因为在这个兵士身上发现了一把元帅的银勺子。

三支队伍中瓦解最快的是俘虏的押送队。出莫斯科时有三百三十人，现在剩下不足一百人了。俘虏们比骑兵军需车队的马鞍和尤诺的行李更使押送兵感到累赘。马鞍和尤诺的勺子，他们知道也许有点用处，但是为什么要用忍饥挨饿的押送兵看守同样忍饥挨冻的俄国人，这些俄国人一路上大批死去，而掉队的便要被枪毙——这不但是不可理解的，而且是可恨的。押送兵好像怕他们在那种悲惨的情况下会屈服于对俘虏的同情，因而会使自己的情况更糟，于是他们特别愁眉苦脸、特别严厉地对待这些俘虏。

在道罗高部什，当押送兵把俘虏关在马厩里而去抢劫法军自己的仓库时，有几个被俘的兵士在墙角掘了个洞逃走了，但是被法国兵抓回来就枪毙了。

先前离开莫斯科时所采用的俘虏军官和俘虏兵士分开走的办法，早已不用了；所有能走的都在一起走，而彼埃尔从第三站起又同卡拉他耶夫和那条紫灰色的、弯腿的、选择卡拉他耶夫为主人的狗合在一起走了。

离开莫斯科后的第三天，卡拉他耶夫在莫斯科医院治疗过的那种热病又复发了。因为卡拉他耶夫身体渐渐虚弱，彼埃尔和他疏远了。可是自从卡拉他耶夫的身体开始虚弱那时起，彼埃尔不知道为什么每次想要到他那里去都觉得很费劲。当彼埃尔走到他那里，听到他通常在休息处躺下时发出的微弱的呻吟，闻到他身上发出的比以前更加强烈的气味时，便离开他更远，不想到他了。

在棚子里，在囚禁期间，彼埃尔不是用他的智慧，而是用他的整个身心和自己的生命知道了人是为幸福而创造的，幸福在于人的自身之内，在于满足人类的自然需要，他也知道所有的不幸不是由于衣食不足，而是由于享受过多；但是现在，在最近三周的行军中，他又知道了一个新的、与人安慰的真理——他知道世上没有什么可怕的东西。他知道了世上没有一种环境人身在其中是幸福的、完全自由的；同样也没有一种环境人身在其中是完全不幸的、不自由的。他知道了痛苦是有限度的，自由也是有限度的，而这种限度是很接近的；他知道了有人为蔷薇花床里凋谢一片花瓣而痛苦，这人所受的痛苦，正和他现在睡在潮湿的光地上，觉得身上一边冰凉、一边暖和的痛苦一样。他知道了当他穿着很紧的舞鞋时所受的痛苦，正如他现在用光着的、有很多疮疤的脚走路（他的鞋子早已破烂了）的时候所受的痛苦一样。他知道，当他似乎觉得是凭自己个人的意志娶了妻子的时候，并不比现在被人关在马厩里过夜的时候更自由。在他后来称为痛苦的而当时几乎感觉不到的所有事情中，最痛苦的是他那光着的、擦伤的、结疤的脚。（马肉鲜美而富有营养，用来代替盐的火药的硝味甚至是令人舒服的，没有遇上大冷，白天在途中总是暖和的，夜晚有营火；咬他的虱子使他身子发热。）起初唯一痛苦的事——就是他的脚。

在第二天的行程之后，彼埃尔在营火边看了脚上的伤，觉得他的脚不能再走路了；但是当大家都站起时，他又跛着脚向前走去，后来，当他身上发热时，他走路便不觉得痛苦了，虽然在晚上他的脚看起来更加可怕了。但他不看自己的脚，却想到一些别的事情。

彼埃尔直到此刻才认识了人类全部的生命力和人类所具有的分散注意的挽救力，它好像汽锅上的安全阀，在气压超过某一限度时，它就放掉多余的蒸气。

他没有看见也没有听到枪毙掉队的俘虏的事，虽然他们当中有一百多人是这样死去的。他没有想到身体日益衰弱的卡拉他耶夫，显然他不久也要遭到同样的命运。彼埃尔对自己想得更少。他的境况愈困难，他的未来愈可怕，他所产生的那些愉快的、与人安慰的想法、回忆与想象和他所处的这种境况愈没有关系。

13

二十二日中午，彼埃尔沿着泥泞滑溜的山路向山下走着，不时地瞧瞧自己的脚和不平的山路。他有时看看四周熟识的人群，又看看自己的脚。人们的和自己的脚同样都是他所熟悉的。紫色的弯腿的灰毛愉快地在路边跑着，有时为了证明自己的灵活与满意，翘起一只后腿，用三只脚跳着走，然后又四脚着地，一面吠着一面向腐尸上的乌鸦冲去。灰毛比在莫斯科时更活泼、更有光泽了。四处都有各种动物的尸体——从人到马的、腐烂程度各不相同的尸体；走路的人使狼不敢接近尸体，因此灰毛可以尽量吃它所要吃的东西。

小雨从早晨下起，似乎随时都会停止，天空随时都会晴朗，但稍停之后，雨下得更大了。浸透了雨水的道路不能再吸收雨水了，雨水顺着车辙流着。

彼埃尔一面向两边注视着，一面向前走着，同时一二三地数着脚步，在屈指计数。他在心里面向雨说：下吧，下吧，再下大一点吧。

他觉得他什么也没想；但是在他的内心又深又远的地方却在想一件重要的与人安慰的事情。这件事是从他昨天和卡拉他耶夫的谈话中所得到的最微妙的精神上的结论。

昨天在歇夜处，在将熄的营火边，彼埃尔感到寒冷，便站起来走到旁边的一堆较旺的营火那里。卜拉东坐在这堆营火旁边，用大衣裹住头，好像裹上袈裟一样。他用他感人的愉快然而虚弱的带病的声音向兵士们讲彼埃尔所知道的故事。已经过了半夜。这是卡拉他耶夫通常在发烧之后特别有精神的时候。彼埃尔走到营火那里，听到卜拉东虚弱有病的声音，看见他那被火光照得很清楚的、可怜的面孔，便感觉到自己心里非常痛苦。他为自己怜悯这个人而觉得害怕，想要走开，但是没有别的营火，于是他只得在火边坐下，极力不看卜拉东。

“你的身体怎么样？”他问。

“身体怎么样吗？你要埋怨疾病，上帝就不让你死。”卡拉他耶夫说，立刻又回到刚开头的故事上去了。

“……就是这样，我的老兄，”卜拉东清瘦苍白的脸上带着微笑、眼里闪现着特别高兴的光芒说，“就是这样，我的老兄……”

彼埃尔早已知道这个故事了①。卡拉他耶夫光是对他就讲过六次，并且每次都带着特别高兴的心情。虽然彼埃尔熟悉这个故事，他现在却在倾听着，好像听什么新的故事一样；而卡拉他耶夫在说话时所显然感觉到的那种暗自的喜悦也传给了彼埃尔。这个故事是说一个老商人，他和他全家过着舒服的敬神的生活，有一天他和自己的富商同伴到马卡利去。

两个商人住进旅店，睡了一觉，第二天发现他那个商人同伴被杀，并且被盗。在老商人的枕头下找到一把带血的刀。老商人受到

---

① 毛注：卡拉他耶夫的故事是托氏特别爱好的。他在《上帝知道真相但是马上不说》中把这个故事描写得更完美。在《什么是艺术中》他认为这是他两个最好的作品之一。

审讯，挨了鞭笞，并且被扯掉了鼻孔。卡拉他耶夫说，这理应如此，然后老商人被流放做苦役去了。

“老兄，”彼埃尔是从这里听起的，“这件事过了十年或者更多的年月。老人过着囚犯的生活。他心甘情愿地忍受着，不做坏事。他只是请求上帝让他死。很好。有一天夜里，囚犯们聚集在一起，就像我们在这里一样，那个老人也和他们在一起。他们谈到谁因为什么在受苦，有什么事得罪了上帝。他们都说了，有的说他杀死了一个人，有的说他杀死了两个人，有的说他放火，有的说他只是一个流氓，并没有犯什么罪。他们问老人说：‘老爹爹，你是因为什么受苦的？’他说：‘亲爱的弟兄们，我为我自己的和别人的罪在受苦。我没有杀过任何人，也没有拿过别人的任何东西，我只是帮助过贫穷的弟兄们。亲爱的弟兄们，我是一个商人；我有很大的财产。’他一件一件地说了。他按次序向他们说了全部的经过。他说：‘我不为自己悲伤。这是上帝惩罚我。我只是可怜我的老妻和小孩们。’于是老人开始流泪了。碰巧，那个杀死富商的人正在他们当中。他说：‘老爹爹，这事是在哪里发生的？什么时候？在哪一个月？’他问了一切，他的心开始痛苦了。他这样地走到老人面前——趴在他的脚下。他说：‘老爹爹，你为我在受苦受难哦。’他说：‘这是千真万确的事实，诸位，这个人是无辜地白白地在受苦啊。’他说：‘是我做了这件事，你睡觉的时候，我把刀放在你的枕头下边。’他说：‘老爹爹，请你饶恕我吧，为了基督的缘故。’”

卡拉他耶夫沉默了，看着火，愉快地微笑着，并且架好了木柴。

“老人说：‘上帝要饶恕你的，我们都是上帝面前的罪人，我为了自己的罪过在受痛苦。’他流着痛苦的眼泪。你什么想法呢，亲爱的？”卡拉他耶夫说，他的脸因为得意的笑容越来越明朗了，好像这故事的主要的妙处和全部的意义就是包括在他在下面所要说的话里，“你怎么想法呢，亲爱的？这个凶手向长官自首了。他说：‘我杀过六个人。’他是一个大罪人，他说：‘但是我最可怜这个老人。不要让他为我受苦了。’他自首了。他们好好地写了下来，发出了一个公文。那地方很远，后来要审理案件，他们好好地办理了种种的公文手续，我是说衙门里。公文送到沙皇的面前去了。过了好久，有了沙皇的御旨：释放商人，照原判给予赔偿。文书到了，他们开始寻找那个老人。‘那个无辜地白白地受痛苦的老人哪里去了？沙皇的御旨到了。’他们开始寻找他，”卡拉他耶夫的下巴打颤了，“但上帝已经饶恕了他，他死了。事情就是这样的，亲爱的。”卡拉他耶夫结束了，沉默地微笑着，向着前面看了很久。

现在彼埃尔心中隐隐地快乐地感觉到的，不是这个故事本身，而是它的神秘的意义，卡拉他耶夫说这个故事时脸上所显现的那种得意扬扬的欢喜，和这种欢喜的神秘的意义。

14

“A vos places！［各就各位！］”有一个声音忽然喊叫。

在俘虏和护送兵之间发生了一种愉快的骚动，他们期待着幸福的庄严的事情。各方面发出了命令声，从左边出现了一队穿好衣服、骑好马的骑兵，他们缓驰着绕过俘虏。在所有的面孔上都显出了在高级长官临近的时候人们所常有的那种紧张的表情。俘虏们挤成一团，被推到路边去了；护送兵排成了行列。

“L'empereur！L'e empereur！Le maréchal！Le duc！［皇帝！皇帝！将军！公爵！］”肥胖的骑兵刚刚走过，便有一辆灰色的六套马车轰轰地驰过去。彼埃尔瞥见了一个戴三角帽的人的安详、好看、肥胖的白脸。这人是一个元帅。元帅的目光注视在彼埃尔的高大、显眼的身体上。在元帅的皱眉的转过来的面孔的表情上，彼埃尔似乎看到了同情，和掩饰同情的愿望。

指挥军需车队的将军，带着发红的惊惶的面孔，鞭打着瘦马，在马车后边奔跑着。有几个军官聚在一起，兵士们围绕着他们。他们的面孔都显得兴奋紧张。

“Qu'est ce qu'il a dit？Qu'est ce qu'il a dit？［他说了什么？他说了什么？］……”彼埃尔听到他们在问。

在元帅走过的时候，俘虏们挤成一团，彼埃尔看见了他在那天早晨还没有见面的卡拉他耶夫。卡拉他耶夫披着小大衣，依靠着桦树坐着。他的脸上，除了他昨夜说商人无辜受苦的故事时那种快乐、受感动的表情之外，还显出了平静、庄严的神色。

卡拉他耶夫用他善良的、此刻含着泪的、圆圆的眼睛望着彼埃尔，显然是要他到他的面前去，想要对他说点什么话。但是彼埃尔觉得自己太没勇气了。他装得好像没有看见他的目光一样，赶快走开了。

在俘虏们又向前走的时候，彼埃尔回头看了一下。卡拉他耶夫还坐在路边的桦树下，有两个法国人在对他说话。彼埃尔没有再回头看。他瘸着腿向山上走去。

从后边卡拉他耶夫坐着的地方传来了一声枪声。彼埃尔清晰地听到这声枪声，但正在他听到这声音的一刹那，彼埃尔想起了，他还没有算完到斯摩棱斯克还有多少路程，这种计算是他看到元帅经过之前开始的。于是他又开始计算。两个法国兵从彼埃尔身边跑过去，其中一个手里拿着一把冒烟的枪。两人都面色苍白，他们的面部表情显出了类似行刑时他在那个年轻兵士的脸上看见的那种神色；有一个兵羞怯地瞥了瞥彼埃尔。彼埃尔看了看这个兵，想起了这个兵前天在火边烘衬衣的时候，把自己的衬衣都烧了，大家都取笑过他。

狗在后边卡拉他耶夫坐过的地方狂吠着。“多蠢的东西！它狂吠什么？”彼埃尔想。

和彼埃尔并排走着的兵士：像他一样没有回头看那发出枪声的和后来狗叫起来的地方；但是大家的脸上都显露出严肃的神情。

15

骑兵军需车队、俘虏和元帅的辎重车队都停在沙姆涉佛村。大家在营火边挤成一团。彼埃尔走到营火跟前，吃了烤马肉，背向着营火躺下来，立刻就睡着了。他又睡得像他在保罗既诺会战之后在莫沙益司克那样。

现实中的事件又和梦境混合在一起了，又有一个人，是他自己或者别人向他说出了一些想法，甚至说出了他在莫沙益司克做梦时向他说过的那些想法。

“生命就是一切。生命就是上帝。一切都在变化、都在运动，这种运动就是上帝。在有生命的时候，就有那种感知神灵的快乐。爱生命就是爱上帝。最困难而又最幸福的事，就是在自己遭受痛苦时，在遭受无辜的痛苦时，爱这个生命。”

“卡拉他耶夫！”彼埃尔想起来了。

彼埃尔忽然历历如见地想起了那个早已忘记的、和善的和在瑞士教过彼埃尔地理课的老教师。“等一下。”老人说。他给彼埃尔看一个地球仪。这个地球仪是一个活动的、可以转动的、全能看得见的圆球。地球仪的整个表面是由许多密集地挤在一起的点子组成的。这些点子都在运动和变换地方，有时几个合成一个，有时一个分成几个。每个点子极力扩大，要占据最大的空间，但别的点子也在极力做同样的事，挤压这个点子，有时将它消灭，有时和它合并。

“这就是生命。”老教师说。

“这多么简单明了，”彼埃尔想，“从前我怎么不知道呢?”

“上帝在当中，每个点子极力扩大，为了在最大的范围内反映上帝。它生长，合并，被挤出，在表面上消灭，沉到深处，又浮起来。瞧吧，这就是卡拉他耶夫。他扩张，他不见了。”

“Vous avez compris，mon enfant. [你懂了，我的孩子。]① ”教师说。

“Vous avez compris，sacré nom. [你懂了，糟了。] ”有一个声音叫着，于是彼埃尔醒了。

他爬起来坐着。一个法国兵，刚刚推开了一个俄国兵，蹲在火边，用枪杆在火上烤肉。他的青筋暴起的、卷了袖子的、长满汗毛的、短指的红手，灵活地转动着枪杆。他的棕色的、忧郁的、皱着眉的脸在火光里可以清楚地看见。

---

① 毛注：托氏青年时，便对梦的现象感觉兴趣，他相信一种学说，认为梦无论多么复杂，多么长，都是在将醒的那一片刻发生的，是外界的声音、味觉或感觉引起的。

“Ça lui est bien égal.［他觉得反正一样。］”他迅速地向他身边的兵低声说……“Brigand, Va!［强盗，走开!］”

那个兵转动着枪杆，忧郁地看了看彼埃尔。彼埃尔转过身向黑暗中注视着。一个俘虏，就是被法国兵推走的俄国兵，坐在火边，用一只手在拍什么。彼埃尔凑近了看，认出了紫灰狗摇着尾巴坐在兵士的旁边。

“啊，它来了吗?”彼埃尔说，“啊，卜拉……”他开始说，却没有说完。

在他的想象中，忽然同时出现了许多连在一起的回忆——卡拉他耶夫坐在树下向他望着的目光，在那个地方所发出的枪声，狗的吠叫，两个从他身边跑过去的法国兵的自知有罪的面孔，手拿着的冒烟的枪，卡拉他耶夫在这个休息处的缺席；并且他已经准备认为卡拉他耶夫是死了。但是正在这个时候，在他心中，天晓得是怎样地出现了这个回忆：有一个夏天的晚上，他和一个美丽的波兰妇人在他的基辅屋子的露台上。彼埃尔没有把当天的这些印象联系在一起，没有对这些印象下结论，却闭着眼，于是乡间夏天的情景和关于洗澡，关于液体般的、颤动的地球的回忆混合在一起，于是他沉到水里去了，水淹没了他的头。

在日出之前，响亮的密集的枪声和喊叫声把彼埃尔惊醒了。法国兵从他身边跑过。

“Les cosaques!［哥萨克兵!］”他们当中有一个人喊叫着，片刻之后，有一群俄国人围绕了彼埃尔。

彼埃尔好久还不能够明白，他发生了什么事情。他听到了四周的同伴们的快乐的哭声。

“弟兄们，我的同胞们，亲爱的!”老兵们搂抱着哥萨克兵和骠骑兵，一面流泪，一面喊叫着。

骠骑兵和哥萨克兵围绕了俘虏们，连忙有的给他们衣服，有的给鞋子，有的给面包。彼埃尔坐在他们当中哭泣着，他不能够说出一句话来；他抱着第一个走到他面前的兵，一面流泪，一面吻他。

道洛号夫站在破房子的大门口，让一群解除武装的法国人从他身边走过。法国人由于刚才发生的事情而激动着，大声地互相交谈着；但是当他们经过道洛号夫的身边时——他用鞭子轻轻地敲靴子，用冷淡的、死板的、显出凶兆的目光望着他们——他们的话声沉默了。道洛号夫的哥萨克兵站在对面计算俘虏数目，用粉笔在大门上画着记号，一条线代表一百。

“多少?”道洛号夫问那个在数俘虏的哥萨克兵。

“二百。”哥萨克兵回答。

“Filez，filez.［走开，走开。］”道洛号夫说，他学会了法国人的这个字眼，当他和经过的俘虏的目光交遇时，他的眼睛射出残忍的光芒。

皆尼索夫带着忧郁的面孔，脱了帽子，在哥萨克兵后边走着，他们把彼恰·罗斯托夫的尸体向花园中掘好的土坑抬去。

16

在十月二十八日严寒开始以后，法军的逃亡显得更加悲惨了，许多人冻死或者在火旁烤死，而穿皮衣的坐马车的人，带了皇帝和国王们和公爵们所抢的财宝，继续前进；但是法军逃亡和崩溃的程序，自从离开莫斯科之后，根本上一点也没有改变。

从莫斯科到维亚倚马，七万三千法军（禁卫军除外，他们在整个战争中，除了抢劫，没有做任何事情），只剩下了三万六千（其中死在会战中的不到五千）。这是级数的第一项，以下各项可以根据这个级数，像算术那么精确地推算。法军从莫斯科到维亚倚马，从维亚倚马到斯摩棱斯克，从斯摩棱斯克到柏来西那，从柏来西那到维尔那，都按照这个比例瓦解着，消灭着，这和严寒程度的大小，追赶，道路阻塞，以及所有其他特殊的情形是没有关系的。过了维亚倚马之后，法军不是三个纵队了，却挤成一团向前走着，这样地一直到最后。柏提挨写了信给他的皇帝（我们知道，司令官们在描写军队情况时是敢如何地远离事实），他在信上说：

“我认为我应该向陛下报告我在最近两三日内在各站所见的各军团的情形。他们几乎是溃散了。留在各团军旗之下的兵士不足四分之一；其余的人任意地向各方面走着，希望寻得食物，逃避纪律。他们大都认为斯摩棱斯克是他们休息的地方。近日来还发现许多兵士抛去弹药和武器。在这种情形之下，无论陛下的最后计划如何，为了陛下军务上的利益，必须在斯摩棱斯克集合大军，去除无用的人，例如步行的骑兵，无用的行李，以及和实际的兵力不相称的炮兵器材。此外，兵士们因为饥寒与疲倦，很是憔悴，必须有几天的休息和给养。近来有许多兵死在路上，死在露营里。这种情形日益恶化，使我们耽心，假使不采取迅速的措施加以补救，我们就不能在交战时控制军队。十一月九日，距斯摩棱斯克三十里。”

法军涌进了他们心目中的福地斯摩棱斯克，为了食物互相屠杀，抢劫他们自己的仓库，在一切都被抢光时，又向前跑。

他们都走着，却不知道是向哪里走，为什么要走。这个天才拿破仑比别人知道的更少，因为没有人命令他。但是他和他周围的人仍然遵守他们的旧习惯：下命令，写信，写报告，发 Ordre du jour［日日命令］；彼此称呼 sire，mon cousin，prince d’Ekmuhl，roi de Nâples［陛下，我兄，爱克牟亲王，那不勒王］，等等。但这些命令和报告都只是纸上的空谈，没有一件事是实际执行了的，因为都是不能执行的。虽然彼此称呼陛下、大人、仁兄，但是他们都觉得，他们是可怜而又可憎的人，他们做了许多坏事，现在就是为这些坏事而付出代价。虽然他们装作好像关心军队，他们却各人只想到各人自己，想到怎样赶快逃走，救他自己。

17

在从莫斯科退回聂门的行军中，俄军和法军的行动好像是作盲人游戏一样，两个游戏的人都蒙了眼，一个时时摇铃子，向另一个捉捕的人报告他自己的地方。起初被捕的人摇铃子，不怕敌人，但是当他感到困难的时候，便力求悄然无声地走着，跑着离开敌手，并且常常以为是跑开了，却是一直向敌手的怀抱里走去。起初拿破仑军队还让人知道他的地方——这是在卡卢加道路上初期运动中的情形——但是后来，上了斯摩棱斯克大道，他便用手握着铃舌奔跑着，并且常常以为他们是跑开了，却是一直奔向俄军。

由于法军奔跑和俄军追赶的速度，以及因此而有的马匹消耗，就近侦察敌军情况的主要工具——骑兵斥候——没有了。此外由于两军地位时常迅速的改变，连所得到的任何情报也不能适时递送。假使在二号接到了消息说敌军一号在某处，在三号，在可以做出什么的时候，这个军队已经走了两天的路程，情况完全不同了。

一方的军队逃跑，另一方的军队追赶。在斯摩棱斯克西边，法军有许多条不同的道路；似乎是，法军在那里留了四天，可以知道敌人在哪里，可以做出有利的计划，作出新的举动。但是在四天的休息之后，这个人群，没有任何策略和计划，又向前跑，不向左，不向右，却顺着旧的最坏的道路，顺着克拉斯诺和奥尔沙——顺着走惯的道路。

法军以为敌人是在后面不在前面，于是奔跑着，拉开着，首尾相隔二十四小时的路程。跑在最前面的是皇帝，然后是国王们，然后是公爵们。俄军以为拿破仑要走德聂伯河右边的道路，这是唯一合理的道路，于是俄军也向右转，上了克拉斯诺大道。在这里，好像在盲人游戏中一样，法军撞上了我军的前卫。法军意外地发现了敌人，便混乱了，因为意外的惊惶而停住了，但是后来抛弃了后边的同伴们，又逃跑了。在这里，好像是穿过俄军的夹击一样，法军的分散的各个部队，起初是副王牟拉的，其次是大富的，其次是奈伊的军队，在两面的俄军当中先后地走了三天。他们互相抛弃，抛弃了各自所有的笨重行李、大炮、一半的兵士，并且在夜间，从右边兜着半圆形的圈子绕过俄军向前奔跑。

奈伊走在最后，他忙着炸毁并不妨碍任何人的斯摩棱斯克城墙，因为他们忘记了他们的不幸的处境，或者正因为不幸的处境，他们才像孩子一样地想要殴打那个碰伤他们的地板。奈伊带了一万人的军团，走在最后，夜间偷偷地在树林中渡过德聂伯河，跑到奥尔沙见拿破仑时，只剩下一千人了，他丢下了所有其余的人，所有的炮。

从奥尔沙顺大路跑到维尔那时，他们仍然在向追军作盲人游戏。在柏来西那他们又混乱了，许多人淹死了，许多人投降了，渡过河的继续向前跑。他们的最高首领穿了皮大衣，坐着雪橇，丢下了同伴，独自向前奔跑。能跑走的，都坐车跑走了，不能跑走的，便投降了或者死了。

18

这个战役就是法军在奔跑时，为了毁灭他们自己，尽可能地做了一切。从他们转上卡卢加道路起，到他们的首领从军队里跑开的时候为止，这个团体的运动没有一次是有丝毫的意义——关于战争的这一段时期，历史家们（他们以为群众的行动是由于个人的意志）似乎不能根据他们的学说来叙述这个退却了。

但是不然。关于这个战争，历史家们写了如山的书籍，他们处处描写拿破仑的部署和他的周密的计划——指挥军队的策略，他的元帅们的天才的部署。

在拿破仑面前有一条畅通的道路通达富庶的地区，在他面前展开着一条和他所走的道路相平行的道路（后来库图索夫就是顺着这条路追他的），这时候，他却从马洛——雅罗斯拉维次退却。这个不必要的、顺着荒凉道路的退却——有人向我们说明，是经过周密的考虑的。他从斯摩棱斯克到奥尔沙的退却，也被人说明了是经过同样周密的考虑的。后来又有人叙述他在克拉斯诺的英勇行为，说他准备在那里作战，并且要亲自指挥，说他拄着一个桦树杖走着，并且说道：‘J'ai assez fait l'empereur，il est tem ps de faire le général. ［我做皇帝做得够久了，现在是做将军的时候了。］”虽然如此，但是不久之后，他又向前跑了，丢下后边的分散的军队听天由命了。

后来，他们又向我们叙述元帅们的精神伟大，特别是奈伊，他的精神的伟大是：他夜晚在树林里绕道渡过德聂伯河，丢了旗帜和炮兵，丢了十分之九的军队，跑到奥尔沙。

最后，历史家们把伟大的皇帝最后离开英勇的军队的事向我们描写成为伟大的天才的事件。甚至历史家还替这最后的奔跑行为作辩护，这行为是人们的言谈中所谓最低级的无耻行为，是每个小孩都会觉得羞耻的行为。

在历史论断的很有弹性的线条不能够拉得再长的时候，在行为明明是违反全体人类所称的善或者甚至正义的时候，历史家们创造了一个挽救性的概念——伟大。伟大似乎不包括善恶标准。对于伟大的人，恶是没有的。可以归罪于伟人的灾祸也是没有的。

“C'est grand！［这是伟大的！］”历史家们说，于是善恶都没有了，只有“grand”与“不grand”了。grand［伟大的］是善。不grand［伟大的］是恶。在他们看来，grand是所谓英雄的、某种特殊人物的特质。拿破仑丢开了他的部下，他们不但是他的同伴，而且（在他看来）是他带到国外的人，拿破仑不管他们的死活，他自己穿着暖和的皮大衣向回奔跑，他觉得que c'est grand［这是伟大的］，他觉得心安。

“Du sublime［在崇高］（他认为自己有sublime的地方）au ridicule il n'y a qu'un pas.［和荒谬之间，不过一步之差。］”他说。全世界在五十年间重述着：“Sublime！Grand！Napoléon le grand！Du sublime au ridicule il n'y a qu'un pas.［崇高！伟大！拿破仑大帝！在崇高与荒谬之间，不过一步之差。］”

谁也没有想到，承认那不能用善恶的标准去衡量的伟大，便是承认他自己的无足轻重和不可衡量的卑鄙。

我们有基督给我们的善恶标准，我们觉得没有不可衡量的东西。没有质朴、没有善、没有真的地方，也没有伟大。

19

俄国人看到一八一二年战争最后一段时期的记载，谁不感觉到一种难受的遗憾、不满，与迷惑的心情？谁没有向自己提出这些问题：在全部的三个大军以优势的人数包围了法军的时候，当饥饿、寒冷、溃乱的法军成群地投降的时候，当（正如历史告诉我们的）俄军的目的正是阻止、切断、俘虏全部法军的时候，为什么不俘虏、不消灭全部法军？俄军在人数少于法军的时候打了保罗既诺会战，俄军从三面包围了法军并且目的就是在于俘虏法军的时候，怎么会没有达到这个目的呢？难道法军比起我们有那么大的优越性，以致我们以优势的兵力包围了他们还不能击溃他们吗？怎么会发生这样的事？

历史（这个词本义上所说的历史）在回答这些问题时说，之所以发生这种情况，是因为库图索夫也好、托尔马索夫也好、齐恰高夫也好都没有采取某种措施。

可是他们为什么没有采取那些措施呢？假使没有达到预定的目的是他们的罪过，那为什么不审判、不处罚他们呢？但是，即使假定俄军失败的责任是在库图索夫、齐恰高夫等人身上，我们仍然不能了解，俄军在克拉斯诺和柏来西那处在那样的情况下（在这两种情况下，俄军都拥有优势的兵力），在俄军的目的是要俘虏法军、元帅们、国王们和皇帝的时候，为什么没有擒获他们呢？

俄国军史家们解释这个奇怪的现象时说，这是因为库图索夫阻止攻击，这话是没有根据的，因为我们知道，库图索夫的意志无法阻止军队在维亚倚马和塔路齐诺附近的攻击。

为什么俄军以劣势的兵力在保罗既诺附近战胜了敌人的整个军队，而在克拉斯诺和柏来西那附近拥有优势兵力时，却被慌乱不堪的法军打败了呢？

假使俄军的目的是要截住、俘获拿破仑和元帅们——这个目的不但没有达到，而且所有要达到这个目的的尝试每次都极其可耻地遭到破灭——则战争后期法国人认为取得了一系列的胜利，是很正确的，而俄国历史家们把它看作一系列的胜利，是完全不正确的。

俄国军史家们，在遵守逻辑推理的时候不由自主地得出了这个结论，虽然对于英勇、忠诚等作过一些抒情诗式的赞颂，但他们却不得不承认，法军退出莫斯科是拿破仑的一系列胜利，是库图索夫的一系列失败。

但是我们完全撇开民族自尊心，便觉得这个结论的本身包含着一种矛盾，因为法军的节节胜利使他们遭到完全的覆灭，而俄军的连连失败却使敌人全军覆灭，使祖国获得解放。

这种矛盾的根源就在于：那些根据帝王和将军们的书信，根据回忆录、报告等研究事件的历史家们，对一八一二年战争的后期附加了一个虚假的从来没有过的目的，即要切断并俘虏拿破仑、他的元帅及其军队。

这个目的从来没有提出过，并且是不可能提出的，因为它没有意义，要达到这个目的也是完全不可能的。

这个目的之所以没有任何意义，第一，因为拿破仑溃散的军队以极快的速度逃出俄国，就是说，这正是每个俄国人所希望的。法军逃跑得尽可能地快了，为什么还要对他们发起各种攻击呢？

第二，在路上阻止全力逃跑的人们是没有意义的。

第三，为了消灭法军而损失自己的军队是没有意义的，法军没有外在原因已经按照那样的比例在消亡，他们不受任何途中的阻截，也无法使逃过边境的人数超过他们在十二月实际上越过边境的人数，即全军的百分之一。

第四，希望俘获皇帝、国王们和公爵们是没有意义的，俘获这些人，将会使俄军的行动极感困难，当时最老练的外交家们（J. Maistre［麦斯特］① 和其他人）都承认这一点。当俄国的军队在到达克拉斯诺之前已经损失了一半，一个军团的俘虏需要一个师的押送队的时候，当我们自己的军队并不总是获得充足的粮食而虏获的俘虏已经饿死了许多的时候，希望俘虏法国军团是更加没有意义的。

关于截断并俘虏拿破仑和他的军队的整个周密计划，正像种菜人的这种计划一样：他把践踏他菜畦的牛赶出了菜园，但还想跑到门口去打这头牛。可以替种菜人辩护的一点，是他很愤怒。但是对这个计划的起草人，连这一点也不能替他辩护，因为他们并没有尝到菜畦被踏坏的痛苦。

切断拿破仑和他的军队不但是没有意义的，而且是不可能的。

---

① 毛注：麦斯特（Joseph de Maistre，1754—1821），是萨堤尼阿一八〇三至一八一七年驻俄大使。他是新天主教徒和反革命作家。

这之所以不可能，第一，因为根据经验可以看出，在一次会战中各纵队进行五里路长的运动，是从来不能符合计划的，齐恰高夫、库图索夫和维特根示泰恩准时在指定地点会合的可能性是那么小，几乎不可能；因为库图索夫也这么想过，他在接到计划时就曾经说过，进行长距离佯攻的计划是不会带来所希望的结果的。

第二，这之所以不可能是因为要使拿破仑军队往回逃跑时的那股冲力完全消失，就要有比俄国的军队多得多的军队。

第三，这之所以不可能是因为这个军事名词“切断”没有任何意义。我们可以切下一块面包，但不能切断一个军队。切断一个军队——阻拦它的道路——是怎么也不可能的，因为总有许多地方可以绕过去，况且还在夜间，在夜里什么也看不见，军事学家哪怕从克拉斯诺和柏来西那的例子中就可以相信这一点。假使被俘的人不同意被俘，那是怎么也不能俘获他的，正如我们无论如何不能抓住一只燕子一样，可是当它落在我们手上的时候，是可以抓住它的。像德国人那样按照战略和战术的原则俘获投降的人是可能的。但是法军认为这样做不合适，这完全对，因为在逃跑和被俘时，等候着他们的是同样的饥饿和冻死。

第四，也是最主要的，这之所以不可能是因为自从有世界以来，没有一次战争像在一八一二年那样可怕的情况下发生的，俄军在追赶法军时也已经竭尽了全力，要再鼓起劲，不使本身遭到毁灭是不可能的。

俄军从塔路齐诺到克拉斯诺的运动中，损失了五万个病号和掉队的兵士，这个数目相当于一个大省城的人口。军队没有作战便损失了一半人。

在战役的这个时期中，军队没有靴子和皮袄，没有足够的粮食，没有伏特加酒，好几个月在十五度①的严寒的雪地上过夜；白天只有七八小时，其余时间是夜晚，在夜里不可能维持纪律；不像在会战中那样，人们只有几小时被带到没有纪律的死的领域中，在这几个

① 毛注：Reaurnur 十五度等于华氏零下二度。

月里人们时时刻刻在同饥饿和冻死作斗争；在一个月之内，军队便损失了一半——就是关于战役的这个时期，历史家们向我们说，米洛拉道维支应该到某处去作侧翼行军，托尔马索夫应该到某处去，齐恰高夫应该向某处调动（在没膝的雪地里调动），某人应该击溃、切断法军云云，云云。

死亡了一半的俄军，为了达到那个无愧于民族的目标，做了他们所能做的和应该做的一切；别的俄国人坐在暖和的房间里，建议他们去做不可能的事，这是他们不能负责的。

事实与历史记载之间的这一切奇怪的，现在不可了解的矛盾，只是由于描写这个事件的历史家们，写的是各位将军的愉快的情绪与言论的历史，而不是事件的历史。

在他们看来，米洛拉道维支的话，这个那个将军所受的奖赏，以及他们自己的假定，似乎是很有趣的；而五万个留在医院和坟墓中的人的问题，甚至引不起他们的兴趣，因为这不在他们的研究范围之内。

然而，只要不去研究报告和一般计划，却探究几十万直接亲身参与事件的人的运动，则那些先前似乎不可解的问题，都可以忽然异常容易地、简单地获得无疑的解决。

切断拿破仑和他的军队的目的，除了在十来个人的想象中，是从来没有过的。这个目的是不能存在的，因为它是没有意义的，而达到这个目的是不可能的。

人民只有一个目的：光复自己的国土。这个目的，第一，自然而然地达到了，因为法军逃走了，因此只要不去阻止这个运动。第二，这个目的因为消灭法军的民族战争而达到了。第三，这个目的因为俄国的大军追击法军，准备在法军的运动停止时施用武力而达到了。

俄军的作用应该像鞭子驱逐逃兽一样。有经验的赶兽的人知道最好的办法是举着鞭子威吓它们，而不是当头鞭打逃兽。

第四部

1

一个人在看见将死的畜牲时，便感觉到恐怖：那个和他自己身体一样的实体，在他的眼前显然地消灭了，不复存在了。但是当那个要死的东西是人，并且是所爱的人时，则在生命消失时所感到的恐怖之外，还感到一种心灵撕裂和精神创伤，这创伤就像身体的伤痛一样，有时致命，有时复原，但它总是疼痛，害怕外界的刺激性的碰触。

在安德来公爵死后，娜塔莎和玛丽亚公爵小姐同样地感觉到这一点。她们精神消沉，她们闭着眼不看那临到头上的有威胁性的死亡的云，不敢面对生活。她们小心地防护她们的明显的创伤，避免粗暴的致痛的碰触。街道上迅速地走过的马车，提起吃饭，女仆的关于应该预备什么衣服的问题，更糟的，不真心的敷衍的同情的话，这一切，都疼痛地刺激伤处，好像是一种侮辱，并且破坏了那必要的静穆；而她们俩就是在这种静穆中极力倾听那在她们的想象中尚未停止的、可怕的、严肃的合唱的。这一切妨碍了她们注视那向她们显现了片刻的、神秘的、无限的远景。

只有她们俩单独在一起的时候，才不感觉到伤心和痛苦。她们彼此很少说话。即使她们说话，也只说到最无关重要的事情。

她们俩都避免提到和将来有关的事情。承认将来的可能性，在她们看来，是对他的纪念的一种侮辱。她们在谈话中更加小心地避免任何可能与死人有关的东西。她们似乎觉得，她们所体验的所感觉过的东西，是不能用言语表达的。她们似乎觉得，关于他的生活详情的任何字句上的暗示，都会破坏在她们眼前所完成的那个神秘事件的伟大与神圣性。

老是克制说话，经常地极力避免一切可能提到他的话：在各方面都不涉及她们不能说到的东西——这使她们所感觉的东西，在她们的想象中，更纯粹更明白地展示出来。

但纯粹完全的悲哀，正和纯粹完全的快乐一样，是不可能的。玛丽亚公爵小姐，由于她的地位——作为她自己的命运的唯一的独立的主人，作为侄儿的保护人与教师——最先被生活从她过了开头两周的悲哀世界中唤了出来。她接到亲戚们的信，这些信必须答复。尼考卢施卡所住的房间潮湿，他开始咳嗽了。阿尔巴退支带了财务的账目来到雅罗斯拉夫，他提议，并劝告她回到莫斯科去住在夫司德维任卡街的房子里，这个房子还是完好的，只需小小的修葺。生活并没有停止，人必须生活的。虽然玛丽亚公爵小姐觉得走出她一直过到现在的孤独的沉思的世界是痛苦的，虽然丢下娜塔莎一个人是她觉得惋惜而且似乎觉得惭愧的——但是生活上的事情要她过问，她不得不屈服了。她和阿尔巴退支核算了账目，和代撒勒商谈侄儿的事，发出命令并且准备赴莫斯科的旅行。

只剩下娜塔莎一个人了，从玛丽亚公爵小姐开始准备起程时，她便逃避着她。

玛丽亚公爵小姐提请伯爵夫人让娜塔莎和她一同到莫斯科去，父母都高兴地同意了这个提议，他们每天看到女儿的体力的衰退，以为调换地方和莫斯科医生的帮助都是于她有益的。

“我什么地方都不去，”娜塔莎听到这个提议时回答，“我只请你们不要打搅我。”她说过之后，便跑出房，费力地克制着与其说是悲哀毋宁说是烦恼与愤怒的眼泪。

娜塔莎自从她觉得自己被玛丽亚公爵小姐所丢弃，而独自悲哀以来，便大部分时间留在自己的房中，独自盘着腿，坐在沙发的角上，用她的纤细紧张的手指撕着或者扭着什么，把固执不动的目光望着眼睛所落到的东西上。这种孤独使她疲乏，使她痛苦；但这是她所不可缺少的。只要有人走进房来看她的时候，她就迅速地站起来，改变她的姿势和眼睛的神色，拿起书本或针黹，显然是不耐烦地等候打搅她的人走开。

她总是觉得，她马上便要了解、便要看透她的精神的视力带着可怕的、使她不能忍受的问题所注视的那个东西。

在十二月末，消瘦苍白的娜塔莎，身穿黑色毛呢衣服，发辫随便地打成结子，缩作一团地坐在沙发的角上，一面紧张地揉皱又理直她的腰带头子，一面望着门的角落。

她望着他走出去的，走到生活彼岸去的那个方向。生活彼岸，她从来没有想到过，她从前觉得是那么遥远而未必有，现在却觉得比生活此岸更接近、更亲密、更可理解了，在生活此岸，一切是空虚与破坏，或是痛苦与侮辱。

她望着那个地方，她知道他就在那里；但是她不能够认为他和他在这里的时候有什么不一样。她又看见了他，就像他在梅济锡，在特罗伊擦，在雅罗斯拉夫的时候所看见的一样。

她看见了他的脸，听到了他的声音，复述了他的话和她自己向他所说的话，并且有时替她自己并且替他设想出他们在那时候可能说过的话。

他穿着天鹅绒的皮袄躺在扶手椅上，用枯瘦、苍白的手支着头。他的胸口凹陷，肩膀高耸。他的嘴唇紧闭，眼睛发亮，在他苍白的额头上出现了一道皱纹，接着又消失了。他的一条腿几乎察觉不出地迅速颤抖着。娜塔莎知道，他在和难忍的痛苦作斗争。“这个痛苦是什么样的？为什么他会有痛苦？他感觉到什么？他痛得怎样？”娜塔莎心里想。他发现她在注意他，于是抬起眼睛，并没有微笑就开始说话了。

“有一件事是可怕的，”他说，“这就是把自己和一个受苦的人永远结合在一起。这是永久的痛苦。”他又用审视的目光看了看她。娜塔莎像平常一样，还没有来得及想到她要回答的话，便作了回答。她说：“不会这样继续下去的，不会这样的，你的身体会好的，完全会好的。”

她现在又看见他，又体验到她那时所感觉到的一切。她回想起她说这些话时他那长时间看着的、忧郁的、严厉的目光，明白了这个长时间看着的目光中的责备与失望的意义。

“我同意，”娜塔莎现在自言自语着，“假使他永远成了受苦人，那就可怕了。我那时说这话，只是因为他会觉得这是可怕的，会有另一种理解。他以为我会觉得这是可怕的。他那时还想活——怕死。我那么粗鲁、愚蠢地向他说了。我想的并不是这样。我想的完全不同。假使我要把我所想的说出来，我就要说：让他死去吧，在我面前慢慢地死去，和我现在碰到的情况比较起来，我还是幸福的。现在……什么也没有了，什么也没有了。他知道这一点吗？不。他不知道，永远也不会知道的。现在，永远永远无法补救了。”

他又向她说了同样的话，但现在娜塔莎在自己的想象中给他的回答不同了。她阻止了他，对他说：“您觉得可怕，我却不然。您知道，失去了您，我的生活中便失去了一切，和您一起受苦是我最大的幸福。”于是他抓住她的手紧握着，就像他在临死的前四天那个可怕的晚上那样。在自己的想象中她还向他说了别的亲切恩爱的话，这些话是她在那时候就可以说，但是直到现在才说。“我爱你……你……我爱，爱……”她说，痉挛地握紧着自己的手，使劲咬紧自己的牙齿。

一种甜蜜的悲伤攫住了她的心，泪已经涌到她的眼眶里了，可是忽然她问自己：她在对谁说这些话？他在哪里？他现在是谁？于是一切又变得莫名其妙，使人觉得冷酷无情了，她又紧张地皱起眉头，注视着他所在的那个地方。于是，她觉得她就要看透秘密……但是在那不可理解的东西似乎已经向她展现的这一时刻，声音很大的开门声使她痛苦地大吃了一惊。女仆杜妮亚莎迅速地、鲁莽地、带着惊恐的和对她毫不关心的面容走进了房间。

“请到您爸爸那里去吧，赶快，”杜妮亚莎带着奇怪的兴奋的表情说，“祸事，关于彼得·依利支……一封信。”她哽咽着低声说。

2

娜塔莎除了对所有人都感到疏远外，这时对自己家里人感到特别疏远。家里所有的人：父亲、母亲、索尼亚和她是那么亲密，那么熟悉，那么日常相处，以致她似乎觉得，他们所有的话语和感情是对她最近生活着的那个世界的一种侮辱，于是她不但对他们表示冷淡，而且对他们怀有敌意。她听到杜妮亚莎关于彼得·依利支和祸事的话，但是不明白这些话。

“他们有什么祸事？会发生什么祸事？他们的一切都是老样子，正常而又平静。”娜塔莎心里说。

当她走进大厅时，她父亲迅速地走出了伯爵夫人的房间。他愁眉苦脸，带着泪痕。显然他是从房间里跑出来放声痛哭的。他看见了娜塔莎，绝望地摇了摇双手，痛苦地发出了痉挛的、使他的温柔的圆脸变形的呜咽声。

“彼……彼恰……去吧，去吧，她……她……在叫……”他哭得像小孩一样，迅速地拖着软弱无力的腿走到椅子那里，用手捂住脸，几乎是跌坐在椅子上。

忽然好像触了电一样，娜塔莎全身颤抖了一下。一种可怕的东西疼痛地敲着她的心。她感觉到非常的疼痛；她似乎觉得，她身体内部有什么东西爆裂了，她要死了。但在痛苦之后，她立刻感到她从压在她身上的生活禁令中解放出来了。看见了父亲，听到了门那边母亲那可怕的、刺耳的叫声，她立刻忘记了自己和自己的悲哀。

她跑到父亲面前，但他无力地摇动着一只手，指了指母亲的门。玛丽亚公爵小姐面色发白，下颏打颤，走出了门，她抓住娜塔莎的胳膊，向她说着什么事。娜塔莎没有看她，也没有听她的话。她快步走进门里，站了片刻，似乎在同她自己作斗争，然后跑到她母亲那里去了。

伯爵夫人躺在扶手椅上，异常难看地探着身子，用头撞着墙壁。

索尼亚和女仆们拉住她的胳膊。

“娜塔莎，娜塔莎！……”伯爵夫人叫喊着，“不是真的，不是真的，他说谎……娜塔莎！”她叫着，推开周围的人，“都走开吧，不是真的！被打死了！……哈哈哈！……不是真的！……哈哈哈！”

娜塔莎把一只膝盖抵在椅子上，向母亲弯下腰抱住她，用意想不到的力量把她抱起来，把她的脸转过来对着自己，并且紧偎着她的身子。

“妈妈！……亲爱的！……我在这里，我亲爱的妈妈。妈妈。”她向她低声说着，一秒钟也不停。

她没有放开母亲，亲切地和她争执着，要来枕头、水，解开并撕破了母亲的衣服。

“我亲爱的……亲爱的……妈妈……心爱的。”她不停地向她低语着，吻着她的头、手和脸，并且觉得自己的眼泪好像下雨似的、无法克制地流了下来，使她的鼻子和腮帮直痒痒。

伯爵夫人紧握着女儿的手，合上眼睛，安静了一会。忽然她异常迅速地坐起来，茫然地向四周环顾了一下，看见了娜塔莎，开始用力地紧抱住她的头。然后她把女儿因为痛苦而皱起的脸扭过来对着她自己，在她的脸上看了很久。

“娜塔莎，你爱我，”她用轻轻的、信任的低语说，“娜塔莎，你不会骗我的吧？你能把全部真情告诉我吗？”

娜塔莎用含泪的眼睛望着她的母亲，她的眼睛里和脸上只表现出爱和请求宽恕的神情。

“我亲爱的，妈妈。”她又说了一遍，鼓起自己全部爱的力量，以便尽量把那折磨她母亲的悲哀的多余部分担在她自己的身上。

母亲在对现实的软弱无力的斗争中，不相信她的爱儿在青春的盛年被打死了的时候她还能活着，于是她又避开现实，躲到癫狂的世界中去了。

娜塔莎记不清那一天那一夜和第二天第二夜是怎么过去的。她没有睡觉，也没有离开她的母亲。娜塔莎固执的、有耐心的爱，似乎每一秒钟都在各方面搂抱着伯爵夫人，这爱不像解释，不像慰藉，却像回生的呼唤。第三天夜里，伯爵夫人安静了一会，娜塔莎把头靠在椅背上，闭着眼。床响了一下，娜塔莎睁开眼睛。伯爵夫人坐在床上低声说话。

“我多么高兴呵，你来了。你疲倦了，要喝茶吗?”娜塔莎走到了她的面前，“你长好看了，长成大人了。”伯爵夫人握了女儿的手，继续说。

“妈妈，您说什么！……”

“娜塔莎，他没有了，不在了!”于是伯爵夫人抱了女儿，第一次开始流泪了。

3

玛丽亚公爵小姐暂缓了行期。索尼亚和伯爵极力要代替娜塔莎，却不能够。他们看到，只有她可以使她的母亲免于疯狂般的绝望。娜塔莎，形影不离地在母亲身边守了三个星期，睡在她房里的躺椅上，给她喝水，给她吃饭，并且不停地向她说话，因为只有她的温柔的亲爱的声音可以安慰伯爵夫人。

母亲的精神创伤是不能治愈的。彼恰的死夺去了她的一半的生命。彼恰死讯传来时，她是一个有精神有气力的五十岁的妇女，一个月后出房时，她已成为一个半死的、对生活没有兴趣的老妇人了。但正是这个伤痛，使伯爵夫人送了半条命，这个新的伤痛，使娜塔莎回生了。

由于精神的割裂而有的精神创伤，虽然似乎很奇怪，却是和身体伤痛一样，会渐渐地复原的。正如同深重的伤痛会痊愈，伤口会长好，精神伤痛，也和身体伤痛一样，只有凭内部的显著的生命力才可以完全复原。

娜塔莎的伤就是这么复原的。她原以为她的生命完结了。但她对母亲的爱忽然向她指示，她的生命的本质——爱——还活在她心中。爱醒了。生命也醒了。

安德来公爵的最后的一些日子，把娜塔莎和玛丽亚公爵小姐结合在一起了。新的不幸更使她们接近。玛丽亚公爵小姐暂缓了行期，在最近三个星期看护娜塔莎，好像是看护生病的小孩一样。娜塔莎在母亲房中所过的最近这几个星期，耗尽了她的体力。

有一天下午，玛丽亚公爵小姐注意到娜塔莎因发疟疾在发抖，便把她带到自己的房里，放在自己的床上。娜塔莎躺着，但当玛丽亚公爵小姐放下百叶窗预备出去时，娜塔莎把她叫到自己面前来了。

“我不想睡。玛丽，和我坐一会吧。”

“你疲倦了，睡睡看吧。”

“不，不。你为什么要把我带走？她要问到我的。”

“她好得多了。她今天说话很好。”玛丽亚公爵小姐说。

娜塔莎躺在床上，在房间的幽暗的光线里注视着玛丽亚公爵小姐的脸。

“她像他吗？”娜塔莎想，“是的，又像又不像。但她是独特的，奇怪的，全新的，不可知的。她爱我。她心中有什么？一切是良善的。但那是怎么样的？她是怎么想法？她对我是什么看法？是的，她是极好的。”

“玛莎，”她说，羞怯地把玛丽亚公爵小姐的手拉到自己的面前，“玛莎，你不要以为我不好。是吗？玛莎，亲爱的。我多么爱你哟！让我们做真正的、真正的朋友吧。”

于是娜塔莎抱着玛丽亚公爵小姐，开始吻她的手和脸。玛丽亚公爵小姐为娜塔莎的这种感情外露觉得既害羞又高兴。

从那天起，玛丽亚公爵小姐和娜塔莎之间建立了只有女人之间才有的那种热情的、亲密的友谊。她们不断地接吻，互相说些亲密的话，并且大部分时间都待在一起。假使这个人出去了，那个人便觉得寂寞，就会赶快去找她。她们俩在一起的时候，彼此是那么要好，比她们分开的时候各人自己对自己还要好些。她们之间有了一种比友谊还重的感情：这就是，只有两人在一起才能生活的那种特殊的感情。

有时她们几小时不说话；有时躺在床上她们还说起话来，一直说到早晨。她们说的大都是很久以前的事。玛丽亚公爵小姐说到她的童年、她的母亲、她的父亲和她的幻想；而娜塔莎从前毫不了解地拒绝这种对人忠诚与顺从的生活以及基督徒自我牺牲的诗情，现在觉得她自己和玛丽亚公爵小姐由爱结合在一起，她爱玛丽亚公爵小姐的过去，并且了解她从前所不了解的生活的另一面。她不愿使自己的生活变得顺从别人和作出自我牺牲，因为她惯于寻找别的快乐，但是她了解并且爱上了别人那种她从前所不了解的美德。玛丽亚公爵小姐听娜塔莎说到她的童年和少女时代，也发现了她从前所不了解的生活的另一面：对生活和生活乐趣的向往。

她们仍然不提起他，在她们看来，是为了免得用言语破坏她俩心中的崇高感情；但是没有提起他，使她们俩渐渐地、却不知不觉地忘记他了。

娜塔莎消瘦了，脸色苍白了，而且身体是那么孱弱，以致大家都经常说到她的健康，她对此很感到愉快。但是有的时候，她不但突然感到死亡的恐怖，而且感到疾病、虚弱，以及失去美丽的恐怖，有时她不由自主地凝视着自己的光胳膊，诧异它的消瘦，或者每天早晨在镜子里注视着自己愁闷的、在她看来是可怜的面孔。她觉得，这是应当如此的，同时又是可怕而可悲的。

有一次她快步走上楼，费力地喘着气。她不由自主地立刻想到要下楼，于是又从下面跑上楼，试试自己的体力，观察一下自己的身体。

又有一次，她叫杜妮亚莎的时候声音颤抖。虽然听到了杜妮亚莎的脚步声，她却又叫了一声——她用她平时唱歌的胸音叫喊着，并注意听着这个声音。

她不知道，也不相信，可是从那层在她看来是不可钻破的、遮盖着她心灵的泥土下边，已经长出了纤细的娇嫩的小草芽。小草芽一定会生根的，并用它生机勃发的嫩叶遮蔽那折磨她的悲哀，而使她的悲痛很快克制下去。伤势已从体内渐渐得到了复原。

一月底，玛丽亚公爵小姐到莫斯科去了，伯爵坚持要娜塔莎和她一同到莫斯科去就医。

4

库图索夫在维亚倚马无法制止他军队击溃、切断敌人等等的愿望。在维亚倚马的冲突之后，继续逃跑的法军和追赶的俄军一直到达克拉斯诺都没有进行过交战。法军的逃跑是那么迅速，追赶的俄军赶不上他们，骑兵和炮兵的马都累坏了，而关于法军运动的情报总是靠不住的。

俄军的兵士也由于一昼夜四十里的连续行军而显得那么疲惫，他们不能走得再快了。

俄军离开塔路齐诺时是十万人，到克拉斯诺时只有五万人。而在离开塔路齐诺之后的全部时间里，伤亡的兵不过五千人，被俘的兵不足一百人。只要明白地了解这个事实的意义，就能了解俄军消耗的程度了。

俄军追赶法军的迅速运动，使得俄军的损失，正如同逃跑使得法军的损失一样。而不同之处，只在俄军的运动是自动的，没有法军所面临的那种灭亡的威胁，而法军中掉队的害病的兵是落在敌人的手中，掉队的俄军却是留在自己的国家。拿破仑的军队减少的主要原因是迅速运动，它的无疑的证明便是俄军相应的减少。

库图索夫的全部的活动，例如他在塔路齐诺和维亚倚马的活动，只注意在这一点上，就是要在他的权力之内，力求不要阻止这个对于法军是致命的运动（正如彼得堡和军中的俄国将领们所希望的），却促进这个运动，并缓和自己军队的运动。

但是在这一点之外，自从军队里表现了迅速运动所引起的军队的疲乏和大量减少以后，还有另外一个原因使库图索夫缓和军队的运动并且等待时机。俄军的目的是追赶法军。法军的路线是不知道的，因此，俄军在法军的后边相隔愈近，要走的路便愈多。只有隔开相当距离，才能够顺最短的路线横截法军的曲折路线。将军们所提出的一切的巧妙的策略，是军队的运动，行程的延长，而唯一合理的目的却在缩短这种行程。从莫斯科到维尔那的全部战争中，库图索夫的活动总是注意在这个目标上，不是偶然地，不是一时地，而是继续不断地注意在这个目标上，他没有一次改变过这个目标。

库图索夫不是凭理智或科学，而是凭他的全部的俄国人的身心，知道并且感觉到每个俄国兵所感觉的东西：法军被打败了，敌人在逃跑了，并且一定要把他们赶出去；但是同时，他和兵士们同样地感觉到这种在速度和季节上是空前的行军的一切困难。

但是将军们，特别是外籍将军们，希望立功，使人惊服，并且为了某种缘故去虏获某一公爵或国王——这些将军们似乎觉得，现在，在任何会战都是可怕的没有意义的时候，正是作战并征服某某的时候。当他们先后地向库图索夫提出了调动那些鞋袜破烂的、没有皮袄的、忍受饥饿的兵士的计划时，他只耸耸他的肩膀。兵士们在一个月之内没有作战就减少了一半，他们在继续奔跑的最好的条件下，在到达边境之前，还要走完比他们已经走过的更远的路程。

这种渴望立功、调动、击破、切断的想法，在俄军碰到法军时，特别明显。

在克拉斯诺的情形是这样的：在那里他们希望找到法军的三个纵队之一，却碰上了率领一万六千人的拿破仑本人。虽然库图索夫用了许多办法来避免这个毁灭性的冲突，保护自己的军队，但俄军的疲惫的兵士对于法国的溃散人群的屠杀，在克拉斯诺继续了三天。

托尔写了作战命令：die erste Colonne marschiert［第一纵队前进］等等。并且和往常一样，所进行的一切都不合乎作战命令。孚泰姆堡的欧根亲王在山上射击逃跑经过的法国兵，并且要求增援，增援却没有到。法军绕路逃避着俄军，夜间散开，藏在树林中，能向前跑的，都向前偷跑了。

米洛拉道维支说过，他并不想要知道任何关于支队中的军需的事情；在需要他的时候，总是找不到他；他自命为chevaliersans peur et sans reproche［无所畏惧无可责备的骑士］，他喜爱和法国人谈判——他派了军使去要求法国人投降，他浪费了时间，他没有做他奉命要做的事。

“弟兄们，我把那个纵队送给你们。”他骑马走到军队前面，指着法军向骑兵说。

于是骑兵们，在几乎不能走动的马匹上，用马刺和佩刀催打马匹，在紧张努力之后，缓驰地跑到那个赠送给他们的纵队那里，即是，跑到冻伤的、冻僵了的、饥饿的法国人的群众那里，那个送给他们的纵队抛下武器投降了，这正是他们早已想要做的事。

在克拉斯诺，他们虏获了二万六千俘虏，几百门大炮，和一根叫作元帅杖的棍子，他们争论谁在那里立了功，并且对于这个觉得满意，但是他们很惋惜没有抓住拿破仑，或者至少是一个什么英雄或元帅，他们为了这件事互相责备，特别是责备库图索夫。

这些人，被自己的热情所驱使，只是那最可悲的必然规则的盲目工具；但是他们认为自己是英雄，以为他们所做的事，是最受尊敬最荣誉的事。他们责备库图索夫，说他从战争的开始就阻止他们征服拿破仑；说他只想到满足自己的情感，不想要从麻布工厂前进，因为他在那里很舒服；说他在克拉斯诺阻止运动；他因为听说拿破仑在那里，便完全张皇失措了；说我们可以假定，他和拿破仑之间有勾结，说他被拿破仑收买了①，云云，云云。

不仅是情感用事的当时人士都这么说——后代和历史也认为拿破仑 grand［伟大］，外国人认为库图索夫是狡猾、荒淫、衰弱、奸佞的老人；俄国人认为他是不伦不类的人，是一种傀儡，只是因为他的俄国名字而有用……

5

人们在一八一二年和一八一三年公然指责库图索夫的过错。皇帝不满意他。在一本新近由最高当局授意而著作的历史里②说到库图索夫是一个狡猾的奸佞的说谎者，说他害怕拿破仑的名字，并且由于他在克拉斯诺和柏来西那的错误，他使俄军失去了对法军取得

① 原注：威尔逊日记。毛德附注：R. T. Wilso（1774—1849）是英国在俄军司令部中的军事委员（1812—1814），其日记出版于一八六一年。

② 原注：保格大诺维支的《一八一二年的历史：库图索夫性格和克拉斯诺会战恶劣结果的批评》。

完全胜利的光荣。

这种命运不是俄国的学者所不承认的那些伟人们（grands hommes）的命运，而是那些罕有的、总是孤独的、能够体会天意，并且使个人的意志顺从天意的人们的命运。这些人由于他们洞察最高的法则而受到群众的憎恨和轻视。

说来奇怪而可怕，俄国历史家们以为拿破仑——这个无关紧要的历史工具，他从来没有在任何地方，甚至在放逐中，表现过人类的美德——以为这个拿破仑是赞扬和喜悦的对象，以为他 grand［伟大］。库图索夫，这个人，从他在一八一二年的活动的开始直到结束，从保罗既诺到维尔那，没有一次在行为上和言语上改变宗旨，他是历史上少有的、自我牺牲的榜样，他在当时就认识事件的未来意义——但库图索夫被他们当作一个不伦不类的可怜的人，他们说到库图索夫和一八一二年，总觉得有点可耻。

然而我们难以想象一个历史人物，他的活动是那么经常不变地向着一个唯一的目标。我们难以想象一个更有价值、更符合全民意志的目标。我们更难在历史上找到别的例子来说明任何一个历史人物为自己所定的目标、是像库图索夫在一八一二年全力以赴的目标那样地完全达到了。

库图索夫从来没有说到“从金字塔上向下看的四十世纪”，说到他给祖国带来的牺牲，说到他所要完成的和已经完成的事情：总之他不说到自己的任何事情，不装模作样，总是显得他是最普通、最寻常的人，说最普通、最寻常的话。他写信给他的女儿们，给斯塔叶夫人，读小说，欢喜和美丽的妇女在一起，和将军们、军官们、士兵们说笑话，从来不反对那些想要向他证明什么的人。当拉斯托卜卿伯爵在雅乌萨桥骑马跑到库图索夫面前，个人对他责备，说他要负莫斯科毁灭的责任，并且说“您不是保证说不打仗就不放弃莫斯科吗”的时候，库图索夫回答说：“我不打仗是不放弃莫斯科的。”虽然，莫斯科已经放弃了。当皇帝派阿拉克捷夫来说应该任命叶尔莫洛夫为炮兵指挥时，库图索夫回答说：“是的，我自己也刚刚说了这话。”虽然他刚才所说的话是完全不同的。这和他有什么关系，他在他周围的愚昧的人群之中，他是当时唯一了解事件全部重大意义的人，拉斯托卜卿伯爵把莫斯科的责任揽在自己身上，或者推在他身上，这和他有什么关系？任命谁做炮兵指挥，这更加不会使他关心了。

这个老人，不但在这些时候说，而且是不断地说些完全没有意义的话，说出他偶然想到的话。他由于生活的经验，相信思想和表现思想的语言不是人类的推动力。

然而就是这个如此忽视自己的言语的人，在他的全部活动中，没有一次说过一句话违反他的唯一的目标，他在全部战争时间里都是向着这个目标前进的。他显然地、不觉地在极其多种多样的环境中，屡次表现他自己的想法，却痛苦地确信别人不了解他。从保罗既诺会战时开始，他的意见就和周围的人不同，只有他一个人说保罗既诺会战是胜利，他在口头上、公文上、报告上重复这话，一直到死。只有他一个人说莫斯科的丧失不是俄罗斯的丧失。他对于劳理斯顿的和谈提议，回答说，和谈是不可能的，因为这是人民的意志；只有他在法军退却时说，我们所有的调动是不需要的，说一切都会自动地完成得比我们所希望的更好，说应该给敌人一座金桥，说塔路齐诺、维亚倚马和克拉斯诺会战都是不需要的，说应该有点兵力到达边境，说他不愿牺牲一个俄国人换十个法国人。

只有他，像别人对我们所描写的，这个佞臣，他为了讨好皇上而向阿拉克捷夫说谎——只有他这个佞臣在维尔那讨皇上的不欢，说远在国境之外的战争是有害而无益的。

但并不仅仅用语言证明了他那时了解事件的意义。他的行为没有丝毫差错地始终向着同一的目标，这个目标有三方面：（一）鼓起他的全部力量和法军战斗；（二）打败法军；（三）把他们赶出俄罗斯，尽可能地减轻人民和军队的痛苦。

他，这个因循拖延者库图索夫，他的格言是“忍耐与时间”，他这个反对决定性行动的人，他进行了保罗既诺会战，他以无比的严肃为这个会战进行准备。他，这个库图索夫，在奥斯特理兹会战之前，他说那个会战将要失败；在保罗既诺，虽然将军们相信这个会战是失败的，虽然，在胜利的会战之后，军队必须退却，这是史无前例的，他却一个人和大家相反，直到临死还相信保罗既诺会战是胜利的。只有他一个人在法军退却的全部时间里，坚持不打在当时是无益的会战，不开始新的战争，不越过俄国的边境。

现在，只要不把十多个人心中的目的当作群众活动的目的，就可以容易理解事件的意义，因为所有的事件及其后果都摆在我们的面前了。

但是这个独自违反众意的老人，那时候怎么能够如此准确地想到人民对于事件的看法的意义，以致他在全部活动中没有一次违反它呢？

看透正在发生的现象的意义是一种异常的能力，它的根源在于他十分纯洁而强烈地怀着民族感情。

只是承认这个老人怀有这种感情，才使人民用那样奇怪的方式，违反沙皇的意志，选出他这个失宠的老人做民族战争的代表。而且只有这种感情，才使他享有人类最崇高的威望，因此他作为总司令，没有把他的全部力量用来杀死人、毁灭人，而是用来拯救人、怜悯人。

这个纯朴、谦逊，因而真正伟大的人物是不能用历史虚构出来的想象中统治着人们的欧洲英雄模式来硬套的。

在奴仆看来，伟大的人是不可能有的，因为奴仆有他自己关于伟大的概念。

6

十一月五日是所谓克拉斯诺会战的第一天。在黄昏前，在那些没有到达应到之处的将军们已经发生了许多争执和错误之后，在副官们带着许多矛盾的命令被派出之后，在已经判明了敌人到处都在逃跑，会战已经不可能发生，并且不会发生了的时候，库图索夫离开克拉斯诺到道不罗叶去了，他的司令部就是在那天迁到那里去的。

那一天是晴朗而寒冷的。库图索夫骑了一匹又壮又白的小马，带着一大群对他不满、在他背后窃窃私语的随从将军来到道不罗叶。

当天抓到的成群的法国俘虏（这天法军被俘的共有七千人）一路上都挤在营火边烤火。离道不罗叶不远，一大群衣衫褴褛、随便裹着伤、包着头的俘虏，站在路上一长列卸了马的法国大炮的旁边，在嗡嗡地说话。在总司令走近时，话声便停止了，所有的眼睛都注视着库图索夫，他戴着一顶有红帽圈的白帽，棉军大衣在他那耸起的肩膀上隆起着，他在路上缓缓地前进着。在库图索夫的随员中有一个将军向他报告大炮和俘虏是在什么地方虏获的。

库图索夫似乎有心事，没有听到将军的话。他不满意地眯起眼睛，聚精会神地盯着那些样子显得特别可怜的俘虏们。大部分法国兵冻坏了鼻子和脸颊，变了面相，几乎所有人的眼睛都红了、肿了，并生了眼屎。

一群法国兵正站在路旁，有两个兵在撕一块生肉，其中一个脸上满是伤痕。在他们向骑马走过的人所投去的急速的目光中，在那个有伤痕的兵的恶意的表情中，显出有点可怕的兽性的神态，那个兵看了看库图索夫，立刻转过身去继续做他的事情。

库图索夫长时间地注视着这两个兵；他把眉头皱得更紧，眯着眼，沉思地摇了摇头。在另一个地方他注意到一个俄国兵，这个俄国兵笑着拍拍法国兵的肩膀，向他亲热地说着什么。库图索夫又带着同样的表情摇了摇头。

“你说什么？”他问将军，这个将军继续向他报告，并要总司令注意卜来阿不拉任斯克团前面那面夺得的法国军旗。

“啊，军旗！”库图索夫说，显然是费力地甩开他心中所注意的事情。

他心不在焉地环顾了一下。成千的眼睛在各方面望着他，等着他说话。

他停在卜来阿不拉任斯克团前，深深叹了口气，闭了眼睛。侍从中有人招了招手，要拿军旗的兵士们走来，把旗杆插在总司令的四周。库图索夫沉默了一会，显然是勉强地顺从着因为他的地位而有的义务，抬起头，开始说话。成群的军官们环绕着他。他注意地环顾了四周的军官们，认识他们当中的几个人。

"谢谢大家!"他先对着兵士，后对着军官说。在他四周的寂静中，可以清晰地听到他的缓缓地说出的话声："谢谢大家的坚苦而忠实的服务。这是完全的胜利，俄罗斯不会忘记你们的。光荣永远是你们的!"

他环顾着沉默了一会。

"放低点，把它的头放低点，"他向一个兵士说。这个兵拿着一面法国鹰旗，无意地把它在卜来阿不拉任斯克军旗的前面放低了，"再低一点，再低一点，就是这样，乌拉!弟兄们!"他说，他的下巴向士兵们迅速地动着。

"乌拉——拉——拉!"几千个声音吼着。

兵士们呼喊的时候，库图索夫在鞍子上弓着身体，垂着头，他的一只眼睛里发出温顺的好像是嘲讽的光芒。

"你们知道，弟兄们。"在声音平静时，他说。

忽然他的声音和面部表情都改变了：那不再是总司令在说话，而是一个寻常的年老的人在说话，他显然是希望现在向他的同伴们说一点最重要的事。

在军官之间和士兵行列中有人移动着，以便更清楚地听到他此刻所要说的话。

"你们知道，弟兄们。我知道，你们困难，但是没有办法!忍耐一会儿，不会很久的了。我们要送走了客人，那时候就休息。沙皇不会忘记你们的服务。你们困难，但你们仍然是在本国；他们呢——你们看见了他们弄到什么样子，"他指着俘虏说，"他们比最可怜的乞丐还不如。在他们强大的时候，我们没有可怜他们，但是现在我们可以可怜他们了。他们也是人。是吗，弟兄们?"

他望着四周，在固执的、恭敬的、迷惑的、向他注视的目光中，他看出了他们同情他的话；他的脸因为老年的和善的笑容而越来越明朗了，而且在他的嘴角和眼睛上出现鱼尾巴般的皱纹。他沉默着，好像是迷惑地垂了头。

"但是究竟谁叫他们到我们这里来的?这是他们应得的，这……这……"他忽然抬起了头说。

他挥动了鞭子，在整个战争期间，他第一次骑马奔驰着离开高兴地大笑的、呼喊“乌拉”的、混乱的兵士行列。

库图索夫所说的话是兵士们未必了解的。没有人能够重述总司令的开头是严肃的、而结尾是老年人的真诚的演说的内容；但是这个演说的由衷的诚意不但是被了解了，而且正是老人的好心的咒骂所表现出来的那个伟大胜利的情绪，连同对于敌人的怜悯，以及对于我们的正义行为的认识，也存在于每个兵士的心中，并且是用高兴的好久不停的叫声表现出来了。后来有一个将军问总司令是否要把马车叫来，库图索夫回答时，突然啜泣了一声，显然他是深为激动了。

7

十一月八日，克拉斯诺会战的最后一天，军队到达宿夜地点的时候，已是入暮时分了。整日无风，天气寒冷，飘着小雪；傍晚时，天色明朗了。透过雪花可以看见暗紫色的星空，天冷得更厉害了。

有一个步枪团——离塔路齐诺时是三千人，现在是九百人——是最先到达指定宿夜地点（大道上的一个村庄）的部队之一。军需们遇到了这个团，报告说所有的农舍都被生病和死去的法国兵、骑兵和参谋人员占用了。只有一个农舍可以给团长住。

团长骑马朝农舍走去。这个团走过了村庄，在最后几家农舍旁边的路上架起了步枪。

这个团像一只有许多肢体的庞然大物正在着手准备住处和食物。一部分兵士在没膝的雪中分散到村庄右边的桦树林里去了，树林里立刻传出了砍伐声、刀劈声、断枝的响声和愉快的说话声；另一部分兵士在团里集中在一起的车辆和马匹的四周忙碌着，有的拿出铁锅和干粮，有的给马喂料；第三部分兵士分头在村庄里为参谋人员们安置住处，抬出农舍里的法国兵死尸，拖些木板、干柴和屋顶上的干草去生火，拖些篱笆去作防卫的栅栏。

在村边农舍的后面，有十五个兵士发出愉快的叫喊声，在推着早已掀掉屋顶的仓屋的高篱笆。

“来，大家一齐推！”许多声音叫喊着，于是在黑暗中，落上一层雪的大篱笆发出尖锐的冰裂声，开始动摇了。底下的篱笆柱子发出越来越响的声音，最后篱笆和推着篱笆的兵士一同倒下了。发出了响亮、粗鲁、快乐的叫声和笑声。

“两个人一起抓！拿一根杠子到这里来！这就对了。你到哪里去？”

“好吧，大家一起……等一下，弟兄们！……唱个号子吧！”

大家沉默下来，一个声音不响的悦耳的嗓子唱起了号子。

在第三段的末尾，当最后号子唱完时，二十个人的声音同时喊出：“嗨哟，嗨哟！行了！大家一起来哟！要倒了，弟兄们！……”虽然大家一起使劲，篱笆却只是微微动了一下，在出现的沉默中可以听到沉重的喘气声。

“哎，你们第六连的！恶鬼们！助一把力吧……我们也会帮你们忙的。”

走进村庄的第六连的大约二十个人，和拖篱笆的人合在一起了；于是大约五沙绳长一沙绳宽的篱笆，在村庄的街道上向前移动着、压着，擦破了弯下腰、气喘吁吁的兵士的肩膀。

“走呀……怎么……你为什么歇着？哎哎……”

他们不停地说些愉快而又粗鲁的咒骂话。

“你们在干什么？”忽然一个曹长跑到拖篱笆的兵士们面前，气势汹汹地吆喝着。

“老爷们在这里，将军本人也在屋里。你们这些鬼东西，恶棍，在胡闹！我要教训你们！”曹长叫喊着，挥手在第一个走到他面前的兵士的背上打了一下，“声音不能小一点吗？”

兵士们不做声了，被曹长打了一下的兵士一面低声嚷着，一面擦着脸，因为他撞在篱笆上的时候把脸碰出了血。

“看，那个鬼东西，打得多凶！把我的脸打出血了。”曹长走开时，他胆怯地低声说。

“你不喜欢吗？”一个带笑的声音说；于是兵士们压低着声音继续向前走去。

出了村庄，他们又照样大声说话了，在他们的话语中仍然带着无目的的咒骂声。

在兵士们所经过的农舍里，聚集着高级指挥官，他们喝着茶，热烈地谈到昨天的事情和提出的明天的调动。提出的调动是向左方的侧翼进军，切断“副王”的路并俘获他。

当兵士拖来篱笆时，各处都已经燃起了野炊的营火，木柴发出噼噼啪啪的响声，雪融化着，兵士们的黑影子在占用着的踏平了的雪地上来回走动着。

兵士们用斧头和砍刀在四面八方干着活。没有任何命令，一切事情就都做好了。夜间备用的柴都拖来了，长官们的棚子都搭起来了，锅里煮着食物，枪和弹药都放好了。

第八连拖来的篱笆成半圆形地放在北边，由枪架支撑着，在这前面生起了一堆营火。敲过了归营鼓，点了名，吃了晚饭，于是他们分散在火边宿夜了——有的在补鞋，有的在吸烟斗，有的脱光了衣服在烤虱子。

8

我们以为，在当时俄军所处的那些几乎不可想象的、困难的生活条件下——没有暖靴，没有羊皮袄，没有住处，在十八度①的雪地上，甚至没有足够的粮食（因为粮食常常赶不上军队）——兵士们一定会表现出最痛苦、最沮丧的情绪。

恰好相反，就是在最好的物质条件下，军队从来也没有出现过比那时更愉快、更活跃的景象了。这是由于每天都从军队里剔除所有显得颓丧或衰弱的人员。身体上和精神上衰弱的人早已甩在后边了：留下了一支精锐的部队——官兵在精力和体力上都是很强壮的。

在围着篱笆的第八连里聚集的兵士最多。两个曹长和他们坐在一起，他们的营火比别的营火烧得更旺。他们把搬来木柴作为坐在篱笆旁边的交换条件。

---

① 毛注：相当于华氏零下八度。这是 Reaumur 温度表。

“哎，马凯夫，你怎么……你是迷路了，还是狼把你吃了？搬点木柴来呀。”一个红脸红头发的兵士叫喊着，由于烟气弥漫他眯起眼，眨着眼，但没有离开营火。

“乌鸦，你去搬点木柴来。”这个兵士对另一个人说。

这个红头发的人既不是军曹，也不是上等兵，而是一个身体健康的兵士，因此他命令身体比他弱的人。那个又瘦又小、尖鼻子、被称为乌鸦的兵顺从地站起来正要去执行命令，但在这时候，一个瘦瘦的俊秀的年轻的兵士已经抱着一捆柴朝着营火走来了。

“放到这里来。好极了！”

他们折断了木柴，压在火上，用嘴吹着，用衣襟搧着，于是营火发出呼呼的响声、爆裂声。兵士们凑上前去，点着了烟斗。搬柴的年轻俊秀的兵士把双手叉在腰里，开始迅速地、灵活地在地上踏起冻僵的双脚。

“啊，妈呀，露水很冷，但是很清澄，做个步兵也好呀……”他唱着，似乎每唱一个音节都打嗝儿。

“哎，鞋跟要飞掉了！”红头发的兵士叫喊着，他看到跳舞的人鞋跟松脱了，“他多么欢喜跳舞呀！”

跳舞的人停下了，撕掉脱落的鞋跟，抛到火里去。

“好，老兄，”他边说边坐下来，从背囊里取出一块蓝色的法国呢，开始裹脚，“水气把脚都冻坏了。”他说着把脚向火边伸去。

“很快就要发新鞋了。据说，等我们把敌人消灭光，那时候大家都能得到双份的东西。”

“瞧，彼得罗夫那个狗崽子总是掉队。”曹长说。

“我早就注意到了。”另一个说。

“什么，一个小兵……”

“据说，第三连昨天少了九个人。”

“是啊，你看看，脚冻坏了怎么走呢？”

“唉，废话！”曹长说。

“你也想要那样吗？”一个老兵责备地对那个说脚冻坏了的人说。

“你有什么想法呢？”那个被人叫作乌鸦的尖鼻子的兵士忽然从

第八连拖来的篱笆成半圆形地放在北边，由枪架支撑着，在这前面生起了一堆营火。

营火旁边坐起来，用尖锐颤抖的声音说。

“胖的人正在消瘦下去，瘦的人只有死路一条。看看我吧！我没有劲了，”他忽然坚决地对着曹长说，“吩咐他们把我送进医院吧；我全身酸痛，要不然我总会掉队的……”

“够了，够了。”曹长平静地说。

这个兵沉默下来，别人还继续交谈着。

“今天抓住的法国人还少吗？老实说，他们没有一个人的鞋子是像样的，不过是叫作鞋子罢了。”一个兵士开始说到新的话题。

“哥萨克兵把死尸上的靴子都脱下来了。他们在替上校打扫屋子，把死尸抬出去了。看起来多可怜呵，弟兄们，”跳舞的兵说，“他们把死尸都翻过身来，有一个竟还活着，你相信吗？他还用本国话叽里咕噜说着什么。”

“他们都是很干净的人，弟兄们，”第一个兵说，“他们的皮肤是白的，就像桦树皮那样白，有些人很威武，可以说，也都是些高贵的人。”

“你是怎么想的呢？他们是从各种行业中征集来的。”

“他们一点也不懂我们的话，”跳舞的兵带着迷惑不解的微笑说，“我向他说：‘你是哪一国皇帝的臣民？’而他只是叽里咕噜地说些他们的话。真是个奇怪的人！”

“这是件奇怪的事，弟兄们，”那个对他们的白肤色表示惊异的兵继续说，“莫沙益司克附近的农人说，他们在那个打过仗的地方掩埋死尸都埋倦了，要知道，他们的死尸在那里躺了快有一个月了。农人说，他们躺在那里同白纸一样干净，连一点硝烟味都没有。”

“怎么，是冻死的吗？”有一个兵士问。

“你这么聪明！冻死的！天气倒是暖和的。要是天冷，我们的人也不会腐烂了。农人说，可是你到我们的人那里去看看，他们都腐烂生蛆了。他说，所以我们用手巾捂住鼻子，扭着头，把他们拖走，我们受不了啦。他说，但是他们的死尸同纸一样白；连一点硝烟味都没有。”

大家都沉默了一会儿。

“一定是饮食的缘故，”曹长说，“他们吃的是绅士的伙食。”

没有人反驳他。

“那个莫沙益司克郊区（那里打过仗）的农民说，从十个村庄拉来的人把尸体运了二十天还不能全部运完。至于那些狼，他说……”

“那才是真正的会战，”一个老兵说，“只有这一次是值得记住的；后来的一切……只是使人民受痛苦罢了。”

“呵，老伯。前天我们碰上了他们，可不是，我们还没有走到他们跟前，他们就纷纷扔下枪，跪下了。他们说饶命吧。这仅仅是一个例子。他们说卜拉托夫抓住了波利昂①两次。但是他不会念咒语。他抓是抓住了，可是一瞧，他在他的手里变成了一只小鸟飞走了，飞走了。要杀他也没有办法。”

“基塞列夫，你最会说谎，我看得出。”

“怎么是说谎，这事是真的。”

“要是照我的习惯，我抓住他，把他埋进地里去。在他的坟上钉一根白杨橛子，镇住他。他杀了那么多的人。”

“反正我们就要结束了，他不会再来了。”老兵打着呵欠说。

话声停止了，兵士们开始睡下。

“瞧瞧星星吧，多极了，多么明亮！可以说，就像婆娘们铺开的亚麻布一样。”一个兵赞叹着天河说。

“弟兄们，这是明年丰收的预兆。”

“还要加一点木柴。”

“你烤脊背，肚子却冻坏了。奇怪呵。”

“啊，主啊！”

“你推什么——火就你一个人用吗？看……他躺下了。”

在开始出现的寂静中可以听到几个睡着的人的鼾声；其余的人翻转着身子在烤火，偶尔交谈几句。远处百步之外的营火旁传来了和睦而又快活的笑声。

“第五连的人在笑！”一个兵说，“好多人呵！”

---

① 兵士口中拿破仑之讹。

有一个兵站起来，朝第五连那里走去。

“笑得多么开心呵，”他回来时说，“来了两个法国人。一个冻坏了，另一个胆子那么大！他在唱歌。”

“啊……啊！我去看看……”

于是有几个兵到第五连去了。

9

第五连露宿在树林旁边。一个巨大的营火在雪堆之间明亮地燃烧着，把挂着冰凌的树枝都照亮了。

半夜第五连的兵士听到了树林里的脚步声和树枝的响声。

“弟兄们，熊。”一个兵说。

大家抬起头来，仔细听了一下，有两个衣着奇怪的人，互相搀扶着，从树林里朝明亮的火光走来。

这是两个藏在树林中的法国人。他们嘶哑地用兵士们听不懂的话不知说些什么，走到营火那里。有一个人身材较高，戴着军官帽子，身子衰弱极了。到了火边，他想坐下来，却跌倒在地上。另一个矮小结实、头上扎着头巾的兵士，力气大一点。他扶起他的同伴，指着自己的嘴，不知说了些什么。兵士们围住法国人，替那生病的兵士在地上垫了一件大衣，给他们拿来了麦粥和伏特加酒。

孱弱的法国军官是拉姆巴，扎头巾的是他的侍从兵莫来。

当莫来喝完了伏特加酒，吃完一碗粥时，忽然反常地快活起来，不断向不懂他的话的兵士们说着什么。拉姆巴不要吃东西，沉默地用胳膊支撑着头，躺在火边，用茫然的红眼睛看着俄国兵。有时他发出拖长的呻吟，然后又沉默下来。莫来指着自己的肩膀要兵士们明白，他是一个军官，应该烤火。一个走到营火前的俄国军官，派人去问上校，是否要把法国军官带到他们屋里去烤火；当去的人回来说上校命令把军官带去时，他们告诉了拉姆巴要他去。他站起来想走，但是他身子摇摇晃晃，若不是一个站在他旁边的兵士扶住他，他便倒下来了。

“怎么，你不再跌一次吗？”一个兵士嘲笑地眨着眼对拉姆巴说。

"哎，傻瓜！不要说这些无聊话！他是个农民，真正的农民！"大家都指责这个说笑话的兵士。

他们围住了拉姆巴，把他放在两个兵士互相拉起的手臂上，抬进了农舍。拉姆巴用双手搂住两个兵士的颈子。当他们抬他走的时候，他可怜地说："Oh，mes braves，Oh，mes bons，mes bons amis！Voila des hommes！Oh，mes braves，mes bons amis！［啊，我的好汉们，噢，我的好朋友，我的好朋友！这真是些好人！我的好汉们，我的好朋友！］"他像小孩一样，又把头靠在一个兵士的肩膀上。

这时，莫来坐在一个舒适的地方，被兵士们围住了。

莫来这个眼睛发炎、流着泪、矮小结实的法国人，像农妇那样用头巾连帽子一起扎着头，穿着一件女式大衣。他显然是喝醉了酒，用一只手抱住一个坐在他身边的兵士，用沙哑的断断续续的声音唱着法国歌。兵士们叉起双臂望着他。

"喂，喂，教教我，怎么样？我马上就能学会的。怎么唱？……"那个爱说笑话、被莫来抱住的歌手说。

Vive Henri quatre！［亨利四世万岁！］

Vive ce roi vaillant！［勇敢的国王万岁！］

莫来眨着眼睛唱着。

Ce diable à quatre［这个魔鬼在乱舞］……

"维瓦里卡！谢鲁瓦鲁！西佳勃利亚卡……"这个兵士挥起一只手臂重复着，果然学会了这支歌。

"好哇！哈——哈——哈——哈！……"大家发出了震耳欲聋的高兴的笑声。

莫来皱了皱眉头，也笑了。

"好，再唱，再唱！"

Qui eut le triple talent：［谁有这三能：］

De boire，de battre，［喝酒，打仗，］

Et d'être un vert galant［做情人］……

"唱得好。唱吧，唱吧，萨列他耶夫！……"

"丘……"萨列他耶夫费力地唱着，"丘丘……"他费力地张开嘴，拉长声，“德布德巴，德特拉瓦加拉。”他唱着。

“啊，好极了！唱得就像法国人一样！噢……哈哈哈！怎么，还想吃一点吗？”

“给他一点粥吧，饿了是不能马上吃饱的。”

他们又给了他一点粥，莫来笑着吃了第三碗。所有望着莫来的年轻兵士的脸上都显出了快乐的笑容。老兵们认为做这种无意义的事是不体面的，他们躺在营火的另一边，但有时用臂肘支起身体，微笑着看了看莫来。

“他们也是人，”他们当中一个用军大衣裹着身体的人说，“就是苦艾也是靠根生长的呀。”

“啊！主啊，主啊！满天的星斗，多极了！要大冷了……”

一切又平静下来了。

星辰似乎知道现在没有人看它们，于是在黑暗的天空中眨着眼睛，时而发光，时而暗淡，时而闪烁，彼此之间低声交谈着什么快乐的神秘的话。

10

法军始终按一定的数量消亡着。渡过柏来西那河（关于这件事有很多记载），只是法军崩溃的一个过渡阶段，绝非是这个战争中决定性的事件。假若关于横渡柏来西那写过并且还在写很多的著作，在法国方面，这只是因为，法军先前经常地所遭受的灾难，在这里，在柏来西那破桥上，忽然集中在片刻之间，成为一个悲剧的景象，一直留在每个人的记忆中。在俄国方面，只是因为，在远离战场的地方，在彼得堡，作了一个在柏来西那河的战略圈套中擒获拿破仑的计划（又是卜富尔作的）。大家都相信，实际上所要发生的一切都会完全符合计划，因此坚持说，正是横渡柏来西那河使法军毁灭了。而事实上，横渡柏来西那河的结果，照数字看来，在武器和俘虏的损失方面，对法军的致命作用，远不如克拉斯诺的会战。

渡柏来西那河的唯一的意义是在这里，就是，这个横渡显然地无疑地证明了一切切断敌人退路的计划是错误的，库图索夫所要求的唯一可能的行动——只是追赶敌人——是正确的。法军的人群以继续增加的速度逃跑着，用了一切的力量，去达到这个目标。法军像一只受伤的野兽那样地逃跑着，不能在路上停留。证明这个的，与其说是渡河的布置，毋宁说是在各桥上的运动。在桥都已经破坏时，没有武器的兵，莫斯科的居民，法军运输车辆上的妇女和小孩，都在惯性的支配下，没有投降，却向前跑上船，跑到结冰的水里去了。

这种突进是理所当然的。跑的人和追的人的境况是同样的恶劣的。逃跑中的每个人，和自己的同伴在一起的时候，可以希望得到同伴的帮助，和他在同伴当中的确定地位。他若投降了俄军，他的境况还是同样的不幸，但他在生活必需品的分配上享受的待遇就很低了。法国人不需要知道关于半数俘虏死于饥寒的真实消息，俄国人虽然希望拯救这些俘虏，却不知道要怎么办。他们觉得，这是没有别的办法的。最有怜悯心的俄国指挥官，对法国人有好感的人，和在俄军中服役的法国人，对于俘虏们都没有一点儿办法。法国人死于灾难。俄军也遭到这种灾难。要夺去饥饿的、有用的兵士们的粮食和衣服，去给虽然是无害的，未被仇恨的，没有罪过的，然而是完全无用的法国兵，那是不可能的。有些俄国人这么做了，但他们是例外。

后面是必然的灭亡，前面是希望。已经是破釜沉舟了，除了逃跑，没有别的保全办法了，因而法军的全部力量都集中在这逃跑上。

法军跑得愈远，残余的部队愈可怜，特别是在横渡柏来西那以后（由于彼得堡的计划，俄国人对柏来西那寄以特别的希望），而互相责备的、特别是责备库图索夫的俄国将领们的情绪是愈热烈。他们认为彼得堡方面的柏来西那计划的失败是由于库图索夫，因此，对他的不满、轻视和嘲笑，表现得越来越强烈了。嘲笑与轻视，不用说，是以恭敬的形式表现出来的，使库图索夫也不能问，为什么他们要责备他。他们没有向他认真地说；他们在向他报告，请他做决断时，装出了是在完成不幸的仪式的样子，但在他背后眨眼，极力要在每一个步骤上欺骗他。

所有的这些人，正是因为不能了解他，才认为和这个老人说话是没有用的；认为他永远不会了解他们的计划的周密；认为他回答他们的时候，要说到关于金桥的空话（他们觉得这只是空话），要说到率领溃散了的军队越过国界是不可能的，云云。这些话都是他们听他说过的。他所说的一切，例如，必须等候给养，兵士没有靴子，这一切都是那么简单，而他们所提出的一切是那么复杂而聪明，以致他们显然觉得，他是又老又愚蠢，而他们是无权的天才的将领。

尤其是在显赫的海军上将彼得堡英雄维特根示泰恩加入了军队之后，这种心情和参谋部的谣言达到了极点。库图索夫看到这种情形，只能叹气、耸耸肩膀而已。只有一次，在横渡柏来西那河之后，他发了脾气，给单独能向皇上启奏的别尼格生写了一封如下的信：

“由于您阁下的疾病发作，请接到此信即去卡卢加，在那里听候皇帝陛下进一步的命令和任命。”

但在派出别尼格生之后，康斯丹清·巴夫洛维支大公到军中来了。他在战争的初期曾经参加过战役，但后来被库图索夫从军中调到远处去了。现在大公来到军中，告诉库图索夫皇帝不满意俄军的微小的胜利和迟缓的运动。皇帝打算日内亲自到军中来。

这个老人对于朝政和军事同样都很有经验，这个库图索夫，在本年八月违反皇帝的意志被选为总司令，并把皇储和大公从军中调走，他凭着自己的权力违反皇帝意志，下令放弃莫斯科，这个库图索夫现在立刻明白了，他的时代已经过去了，他的角色已经扮演完了，他那虚假的权力再也没有了。他不是单凭朝廷的态度明白了这一点。一方面他知道，他在其中担任过角色的军务已经结束了，他觉得，他的任务已经完成了。另一方面他同时开始感到由于年老，身体疲乏，感到有休养的必要。

十一月二十九日，库图索夫进了维尔那——像他所说的那样，是他亲爱的维尔那。在他供职期间，他做过两次维尔那省长。在富庶、完整无损的维尔那，除了他那早就失去的舒适的生活外，他还找到了旧友与回忆。他忽然摆脱了一切军务和政务的操劳，在他四周沸腾的热情所允许的程度内，沉陷于平静的、习惯的生活之中，似乎历史领域中所发生的和将要发生的一切都与他无关。

齐恰高夫是个最热衷于主张切断和击溃敌人的人，起初他想对希腊，后来对华沙进行佯攻，但是他怎么也不肯到派他去的地方去。齐恰高夫以敢于向皇帝进谏而出名，他认为库图索夫受过他的恩惠，因为一八一一年皇上没有关照库图索夫就派遣他去和土耳其签订和约，他发现和约已经签订了，于是在皇帝面前承认签订和约的功劳属于库图索夫。这个齐恰高夫在库图索夫所要住的维尔那的城堡里最先遇见了库图索夫。齐恰高夫身穿海军制服，佩着短剑，把帽子夹在腋下，把驻军报告和城门钥匙递给了库图索夫。那种年轻人对于昏庸老人的轻视而又恭敬的态度，充分表现在他的一切举止上，他已经知道了库图索夫受到的谴责。

和齐恰高夫谈话时，库图索夫顺便提到，他在保锐索夫夺回的装运瓷器的一些车辆还是完好的，并要交还给他。

“C'est pour me dire que je n'ai pas sur quoi manger……Je puis au contraire vous fournir de tout dans le cas même oǔ, vous voudrez donner des diners，[你的意思是说我没有吃饭的用具……可是相反，我能为你预备各种餐具，甚至可以让你举办宴会。]”齐恰高夫生气地说，希望句句话证明自己的正确，因此以为库图索夫也关心这一件事情。库图索夫现出微妙明达的笑容，耸了耸肩膀回答说：“Ce n'est que pour vous dire ceque je vous dis. [我只是说了我要对你说的话而已。]”

库图索夫违反皇帝的意志，把大部分军队驻扎在维尔那。据他身边的人说，库图索夫住在维尔那时，精神异常颓丧，而且身体也衰弱了。他勉强主持军务，把一切都交给他的将军们，自己过着散漫的生活，等待着皇帝的命令。

皇帝在十二月七日带了随从托尔斯泰伯爵、福尔康斯基公爵、阿拉克捷夫和其他人离开了彼得堡，于十二月十一日到达维尔那，坐着旅行雪橇直抵城堡门口。虽然天气严寒，但在城堡外边却站着上百名穿着全套礼服的将军们和参谋人员，以及塞妙诺夫团的荣誉卫队。

专使驾着一辆三马雪橇在皇帝之前先来到城堡门口，叫喊：“驾到!”于是考诺夫尼村跑进门廊去报告在守门人的小房间里候驾的库图索夫。

一分钟后，穿着全套礼服、胸前佩戴着各种勋章、身上挂着绶带的胖大的老人，蹒跚地走上台阶。他把那顶帽檐向着两边卷起的帽子①戴在头上，拿起手套，困难地、斜步顺着阶梯往下走，他走下了阶梯，手中拿着预备呈给皇帝的报告。

于是有人跑来跑去，有人低语，又有一辆三马雪橇飞驰而来，于是大家的眼睛都注视着这辆快要来到的雪橇，雪橇上已经可以看见皇帝和福尔康斯基的身影了。

由于五十年的习惯，所有这一切使老将军的心里产生了惶惶不安的感觉。他焦急、匆忙地拍拍自己的身子，戴正帽子，在皇帝下了雪橇抬眼看他的时候，他振作了精神，挺直身子，呈递了报告，并用平稳、讨好的声音开始说话。

皇帝迅速把库图索夫从头到脚打量了一番，眉头皱了片刻，但立刻又克制了自己，走上前，伸开双臂，抱住老将军。由于旧习惯的作用，由于他内心的想法，这拥抱又感动了库图索夫，使他啜泣起来。

皇帝问候了军官们和塞妙诺夫团的卫队，又和老人握了一次手，便和他一起走进了城堡。

皇帝和元帅单独在一起时，表示了他对迟缓的追赶、在克拉斯诺和在柏来西那的错误的不满，并说出了他对于未来国外远征的考虑。库图索夫没有表示反对，也没有发表意见。七年前在奥斯特理兹战场上听皇帝的命令时的那种顺从、茫然的表情，现在又在他的脸上显现出来了。

当库图索夫走出办公室，垂着头，迈着沉重、摇摆的步子走过

① 毛注：卷边帽叫作三角帽，但在亚力山大时期，实际上它只有两个卷边，戴在头上时随时可以向前后或左右两边卷起。

客厅时，有一个人的声音叫住了他。

“殿下。”有人喊他。

库图索夫抬起头，久久地望着托尔斯泰伯爵的眼睛，伯爵端着一个放着一样小玩意的银碟子站在他面前。库图索夫似乎不明白要他做什么。

他似乎忽然想起来了；一丝几乎觉察不出的笑容在他的胖脸上闪过，他深深地、恭敬地鞠躬之后，拿起了碟子上的小玩意儿。这是枚一级圣·乔治勋章①。

11

第二天元帅举行宴会和舞会，皇帝惠然光临了。库图索夫获得了一级圣·乔治勋章，皇帝向他表示了最高的敬意；但是皇帝对元帅的不满是尽人皆知的。礼节是顾全了，皇帝对这作出了榜样，但是大家都知道这个老人有过错，没有一点用处。在舞会上，当库图索夫按照叶卡切锐娜女皇朝代的旧习，在皇帝进舞厅时，命令把夺得的军旗放在皇帝脚下的时候，皇帝不高兴地皱了眉，并且低声说了一句话，有人听到了几个字是：“老喜剧家。”

皇帝对于库图索夫的不满，在维尔那特别加强了，因为库图索夫显然不想要或者不能够了解当前战争的意义。

第二天早晨，皇帝向聚集在他身边的军官们说，“你们不但救了俄国，而且救了欧洲。”这时候大家便已经知道战争还没有完结。

只有库图索夫不想要了解这一点，并且公然表示自己的意见，说新的战争不能提高俄国的地位，增加俄国的光荣，却只会降低它的地位，减少它现在已经获得、而在库图索夫看来是最高的光荣。他极力向皇帝证明征集新军队的不可能，说到人民的痛苦的情况，失败的可能，等等。

元帅持着这种态度，自然被看作是当前战争的阻力和障碍了。

---

① 毛注：这种勋章是一七六九年制作颁给有特殊战功的人的，是种很高的荣誉，很少颁发。它的样子是绶带上缀一颗星和一个十字架。

为了避免和老人冲突，自动地出现了一个办法，就是像在奥斯特理兹对他那样，和在战争开始时对巴克拉那样，不惊动他，不向他说明，却撤去总司令的实权，由皇帝自己收回。

司令部按照这个目标逐步改组了，库图索夫司令部的实权全部没有了，移转给皇帝了。托尔、考诺夫尼村、叶尔莫洛夫受了新的任命。大家都公然地说，元帅很衰老并且健康损坏了。

由于把他的地位让给代替他的人，他的健康必定不好。确实他的身体是衰弱了。

正如同库图索夫那样自然地、简单地、渐渐地离开土耳其，出现在彼得堡的财政部里征集民团，后来正在需要他的时候出现在军队里一样，现在，当库图索夫的角色已经扮演完毕时，在他的地位上同样地、自然地、简单地、渐渐地出现了一个新的必要的演员。

一八一二年的战争，在它的为俄国人心所重视的国家意义之外，还应有另一个——欧洲的——意义。

在各国人民的从西到东的运动之后，还要有各国人民的从东到西的运动，为了这个新的战争，必须有一个新的领导人，他要有和库图索夫不相同的特性、见解，并且为别的动机所驱使。

为了各国人民的从东向西的运动，为了恢复各国疆界，亚力山大一世是不可少的，正如同为了俄国的拯救与光荣，库图索夫是不可少的。

库图索夫不了解：欧洲、均势、拿破仑是什么意义。他不能够了解这个。在敌人被消灭，俄国获得解放并且取得无上光荣的时候，对于俄国人民的代表，作为俄国人民之一，是无事可做了。除了死，没有事情再要民族战争的代表去做了。于是他死了。

12

这种事是通常会有的，彼埃尔直到事过境迁的时候，才感觉到他在囚禁期中所受的身体折磨和过分紧张的影响。他获得解放之后，去到奥来尔，在到达的第三天，准备到基辅去的时候，他生了病，在奥来尔躺了三个月；据医生们说，是患的胆热病。医生们替他治疗，放了他的血，给他吃了药水，他便复原了。

彼埃尔从解放时到生病时所发生的一切，在他的心中几乎没有留下任何印象。他只记得灰色的、阴暗的、忽雨忽雪的天气，自己内心的苦恼和脚上、腰上的疼痛。他记得人们的不幸和痛苦的一般印象；记得审问他的将军们和军官们的使他不安的好奇心；他自己寻觅车马的麻烦；尤其是，记得他自己在那时候不能够有思想和感觉。在他获得解放的那一天，他看见了彼恰·罗斯托夫的尸体。他在同一天知道安德来公爵在保罗既诺会战之后还活了一个多月，直到不久之前才在雅罗斯拉夫死在罗斯托夫家的屋子里。皆尼索夫在向彼埃尔说了这个消息的同一天，还提到爱仑的死，以为彼埃尔早已知道了这个消息。当时彼埃尔只觉得这一切都很奇怪。他觉得他不能了解这些消息的意义。他那时只急忙着赶快离开这些人类互相屠杀的地方，到一个安静的躲避处，在那里恢复精神，休息一下，并且思索他在这时所知道的这一切奇怪的新闻。但他刚到奥来尔，便生病了。在他病后恢复神志时，彼埃尔看到身边有两个从莫斯科来的仆人——切任齐和法西卡——和最大的公爵小姐，她住在他的叶尔次田庄上，听到他的释放和生病，前来照顾他。

在恢复健康的时候，彼埃尔只是渐渐地失去他在过去几个月中他所习惯的旧印象，并且渐渐地习惯着这个新印象，就是，明天没有人再赶他到什么地方去了，没有人会夺去他的温暖的床，他一定会吃到午饭、茶和晚饭。但仍然有好久的时候，他在梦里，看见他自己是在囚禁的状态中。彼埃尔也是同样渐渐地了解他在获释之后所听到的消息：安德来公爵的死、妻子的死、法军的毁灭。

在彼埃尔的复原期间，有一种高兴的自由之感充满了他的心——那是一种完全的、不可缺少的、人类原有的自由，他在出莫斯科后的第一个休息站上，第一次感觉到它的意义。他诧异的是，这种不以外在环境为转移的内心自由，现在似乎有了外在自由作为它的多余的华丽的装饰了。他孤独地住在一个陌生的城里，没有相识的人。没有人要求他什么，没有人送他到什么地方去。他所想要的东西都有了，从前不断地苦恼他的关于妻子的想法，不再有了，因为她也没有了。

“啊，多么舒服！多么好哦！”当别人把一个铺了清洁台布的桌子和喷香的肉汤送到他面前时，或者当他夜间躺在柔软清洁的床上时，或者当他想起妻子和法军都不在时，他便向自己这么说，“啊，多么舒服，多么好哦！”他由于旧习惯，向自己发问：“那么，还有呢？我要做什么呢？”他立刻回答自己说：“没有什么。我要生活。啊，多么好哦！”

从前使他苦恼的、他所继续寻找的生活目标，现在，他觉得，已经不存在了。那个被寻找的生活目标现在不是偶然地不存在，不是现在一时不存在，他觉得这个目标是没有的，并且是不可能有的。这目标的不存在，给了他那种完全的高兴的自由之感，这感觉现在构成了他的幸福。

他不能够有目标，因为他现在有了信仰——不是信仰任何法则，或文字，或思想，而是信仰永生的永远可以感觉到的上帝。以前他在自己所定的目标中寻求上帝。寻求这个目标只是寻求上帝；在他被囚禁期间，他不是凭文字，不是凭理论，而是凭他的直接的感觉，忽然明白了他的老保姆从前向他说过的话：上帝是在这里，在那里，在一切的地方。在囚禁期间，他明白了卡拉他耶夫心中的上帝，比共济会会员们所承认的“宇宙建筑者”，是更伟大，更无限，更难理解。他感觉到那样的心情，好像一个人在他全神贯注，望着远处的时候，却在他的脚下找到了他所寻求的东西。他在全部的生活中，总是从四周的人们的头上望着别的地方，然而他并不需大睁着眼睛，只要望着他自己的面前就行了。

从前他不能在任何东西里面看到那伟大的、难理解的、无限的东西。他只觉得那东西一定在什么地方，并且寻找着这东西。在一切的眼前的可解的现象中，他只看到有限的、渺小的、平凡的、无意义的东西。他装备了智慧的望远镜，观察远方，在那里，那渺小的、平凡的、藏在茫茫远处的东西，只是因为它不能清楚地看见，所以在他看来是伟大的、无限的。欧洲生活、政治、共济主义、哲学、慈善，在他看来便是这样的。然而就在那时，在他认为是自己软弱的时候，他的智慧也看清了这个远处，在那里他看到了那同样渺小的、平凡的、无意义的东西。然而，现在他学会了在一切之中看见伟大的、永久的、无限的东西，因此，自然而然地，为了看到这个，为了享受这种观察，他抛弃了一直到现在他从人们的头上观察远方所用的望远镜，高兴地观察他身边的永远变化着的、永远伟大的、难理解的、无限的生活。他看得愈近，他愈是心安而幸福。从前那个破坏他的一切思想体系的、可怕的问题“为什么”现在对于他是不复存在了。现在，对于这个问题——为什么——在他心中总是预备了这个简单的回答：因为有上帝，这个上帝，没有他的意志，人的头上不会落下一根发丝。

13

彼埃尔在外表的举止上几乎没有改变。在外貌上他还是和从前一样。和以前一样，他精神涣散，似乎他所关心的不是眼前的事情，而是自己的特别的事情。他从前的和现在的情形的差别是这样的：从前当他忘记了他面前的事情或者他所听到的话时，他便痛苦地皱着眉头，好像是试图而又不能看清离他很远的东西。现在他同样地忘记他所听到的话，和他面前的东西，但是现在他带着几乎察觉不出的、好像是嘲讽的笑容注视着他面前的东西，倾听他所听到的话，虽然，他显然所看见所听到的是全然不同的东西。从前他似乎是好心肠的然而是不幸的人：因此人们都不觉地对他疏远。现在，生活喜悦的笑容经常地挂在他的嘴边，他的眼睛里射出了他对人们的同情，和这个问题：他们是和他一样地感到满足吗？并且人们在他面前觉得舒服。

从前他说话很多，当他说话时，他便激动，并且很少听人说话。现在他很少说话不停，并且善于听人说话，所以人们乐意向他说出内心的秘密。

公爵小姐从来不喜欢彼埃尔，并且自从老伯爵死后，她觉得自己受到彼埃尔恩惠的时候，她便对他怀着特别的敌意，她来到这里的意图，是要向彼埃尔证明虽然他忘恩负义，她却觉得自己有看护他的义务；但她在奥来尔小住之后，令她烦恼而吃惊的是，她很快地发觉自己喜欢他了。彼埃尔没有用任何方法去巴结公爵小姐。他只是好奇地研究她。以前公爵小姐觉得，在他对她的态度中是冷淡和嘲笑，并且她在他面前，如同在别人面前一样，觉得畏缩，并且只表现出她的生活的战斗方面；相反的，现在她觉得，他似乎在挖掘她的生活的最深奥的方面；于是她起先怀疑地、后来感激地向他表示她的性格中的深藏的良善的方面。

最机巧的人也不能更巧妙地取得公爵小姐的信任，唤起她对于最好的少年时代的回忆，并且对这些回忆表示兴趣。然而，彼埃尔所有的机巧只是在寻找一种乐趣，从满怀怨恨的、冷淡无情的、骄傲自大的公爵小姐的身上唤起人性的优点。

“是的，当他不受坏人的影响，而是受我这样的人的影响的时候，他是很善良、很善良的人。”公爵小姐向自己说。

彼埃尔所发生的改变也被他的仆人们——切任齐和法西卡——凭他们自己的方法注意到了。他们发觉他变得更纯朴了。① 切任齐常常脱下了主人衣服，道过了晚安，还拿着靴子和衣服在手里，迟迟不去，等着看主人是否要谈话。彼埃尔在注意到切任齐想要说话的时候，多半留住他。

“哦，告诉我……你怎么弄到了食物的？”他问。

于是切任齐开始说到莫斯科的破坏，说到逝世的伯爵，并且他拿着衣服站立很久，说着话，有时也听彼埃尔说话，然后，愉快地感觉到主人对他亲密、和他对主人友好，走到前厅去了。

替彼埃尔治病并且每天来看他的那个医生，虽然按照医生的习惯，觉得他有责任显出那种好像他的每一分钟对于痛苦的人类都很宝贵的样子，却常常在彼埃尔这里一坐几小时，说他自己心爱的故事，以及他对于一般病人的，特别是对于妇女性格的观察。

“是的，和这种人说话，才觉得愉快，他不像我们外省的人那样。”他常说。

---

① 毛注：纯朴在俄文中通常意义是不作假，自然。

在奥来尔住着几个被俘虏的法军军官，医生带了他们当中一个年轻的意大利军官来看彼埃尔。

这个军官开始常常来看彼埃尔了，公爵小姐常常嘲笑这个意大利人对彼埃尔所表示的那种殷勤。

意大利人，显然只在他能够来看彼埃尔，和他说话，向他说到他的过去、他的家庭生活、他的恋爱，并且向他倾吐他对法国人、特别是对拿破仑的愤慨的时候，才觉得幸福。

“假使所有的俄国人都有点儿像您，”他向彼埃尔说，“C'est un sacrilège què de faire la guerre à un peuple comme le votre，[和像您这样的人民打仗便是渎神的事了，] 您受了法国人很多痛苦，您对他们连仇恨也没有。”

彼埃尔现在获得意大利人的热烈的情谊，只是因为彼埃尔唤起了他心灵中最好的方面，并且赞赏它们。

彼埃尔住在奥来尔的最后期间，他的旧友共济会会员维拉尔斯基伯爵来看他，这人就是一八〇七年介绍他入会的人。维拉尔斯基娶了一个有钱的在奥来尔省有大田庄的俄国女子，他在城中军需处担任一项临时职务。

维拉尔斯基听说彼埃尔在奥来尔，虽然向来不和他亲近，却带了那样的友谊和亲密的表示来看他，就像是人们在沙漠中相遇时通常所表现的那样。维拉尔斯基在奥来尔觉得无聊，遇到了一个自己圈子中的，并且他以为和他有同样兴趣的人，他很高兴。

但是令维拉尔斯基惊异的是他立刻注意到彼埃尔已远远落后于现实生活，并且，像他向自己所断定的，彼埃尔是陷于无情和自私了。

“Vous vous encroûtez，mon cher.［您放任您自己了，我的亲爱的。］”他向他这么说。

虽然如此，维拉尔斯基却觉得现在和彼埃尔在一起比从前更加愉快了，并且每天来看他。彼埃尔现在望着维拉尔斯基，听着他说话，想到自己不久之前还像他那样，便觉得奇怪而难以置信了。

维拉尔斯基是结过婚的、有家室的人，忙于妻子的产业、职务和家事。但他认为这一切的事务是生活的阻碍，这一切是可鄙的，因为这一切的目标是他个人和家庭的福利。军事的、行政的、政治的和共济会的问题，不断地吸引他的注意力。彼埃尔并不力求改变他的观点，也不批评他，却带着自己现在经常所有的暗暗的快乐的嘲笑，欣赏着这个奇怪的、然而是很熟悉的现象。

在彼埃尔和维拉尔斯基、和公爵小姐、和医生以及和他现在所遇到的一切人的关系之中，有了一个使他获得了一切人的好感的新的特点。这就是承认每个人都能够按照他自己的方法去思索、感觉、观看事物；承认语言不能够改变人的信心。每一个人的这种正当的个性，从前常常激动并且激怒彼埃尔，现在却成为他对于人们所发生的同情和兴趣的基础。在人们的见解和生活之间的，以及在人们彼此之间的差异和有时完全的矛盾——使彼埃尔觉得高兴，并引起他的开心的温和的笑容。

在处理实际问题的时候，彼埃尔现在意外地觉得，他有了从前所没有的重心。从前，每个有关金钱的问题，特别是别人请求金钱的帮助——这是他这样很有钱的人所常遇到的事——使他感到无法摆脱的激动和迷惑。“钱给不给呢?”他自问着，“我有钱，他需要钱。但别人更需要钱。谁最需要钱?也许两个人都是骗子吧?”从前在所有的这些推测中，他找不到任何的结论，在他有东西给人的时候，他给一切的人。从前对于有关他的财产的每个问题，在有人劝他这么做，又有人劝他那么做的时候，他感到同样的迷惑。

现在使他吃惊的是，他发现他对于所有这些问题不再感觉到怀疑和迷惑了。现在他心中有了一个裁判者，这个裁判者按照他所不知道的那些规则，决定应该去做什么，不应该去做什么。

他和从前一样，对于金钱问题，是漠不关心的；但是现在，他无疑地知道了应该做什么，不应该做什么。他第一次应用这个新裁判的例子，是一个被俘的法国上校来看他，说了许多自己的功绩，最后说出近似要求的话，要求彼埃尔给他四千法郎寄给他的妻子和孩子。彼埃尔没有丝毫困难或费力，便拒绝了他，后来他诧异，从前似乎不可解决的困难的事情是多么简单而容易。拒绝了法国上校，同时他决定他必须要一点手腕，在他离开奥来尔时，使意大利军官接受他所显然需要的金钱。关于彼埃尔对实际问题有了一定见解的新证明，是他的关于妻子债务问题以及莫斯科房屋和别墅是否重建问题的决定。

他的总管家到奥来尔来看他，彼埃尔和他计算了一下自己的收入。据总管家的计算，莫斯科火灾使彼埃尔损失了大约二百万卢布。

总管家，为了这些损失，安慰彼埃尔，向他提出了一个估计，就是，虽然有这些损失，但是假使他拒绝偿还伯爵夫人所遗下的、而他不应偿还的那笔债务，假使他不重建莫斯科和莫斯科郊外的那些每年要耗费八万卢布却毫无收入的房子，那么，他的收入不但不会减少，而且还会增加。

“是的，是的，这是真的，”彼埃尔愉快地微笑着说，“是的，是的，我一点也不需要这个。我因为破产倒更加有钱了。”

但是在一月里，萨维也利支从莫斯科来，谈到莫斯科的情形，谈到建筑师关于重建莫斯科和莫斯科郊外房屋的预算，他说到这件事好像是说到已经决定的事情一样。同时彼埃尔接到发西利公爵和其他相识的人从彼得堡发来的信。他们在信中说到他的妻子的债务。彼埃尔认定了管家使他那么满意的计划是不对的，他应该到彼得堡去了结他的妻子的债务，在莫斯科盖房子。为什么需要这样，他不知道，但是他无疑地知道这是必要的。他的收入因为这个决定减少了四分之三。但这是必要的，他觉得如此。

维拉尔斯基要到莫斯科去，他们说好了一起去。

他住在奥来尔的整个恢复健康时期，彼埃尔体验到快乐、自由和生命的感觉；而当他在旅途中，发觉他自己是在自由世界中，并且看到成百的新面孔的时候，这种感觉更加强烈了。他在全部的旅行中，感觉到小学生在假期中所感觉到的那种高兴。所有的人——驿车夫、站长、路上和村中的农民——在他看来都有了新的意义。维拉尔斯基不断地抱怨俄国的贫穷、愚昧，以及它在欧洲的落后，他的在场和意见只增加了彼埃尔的高兴。在维拉尔斯基认为是死气沉沉的地方，彼埃尔却看到非常强大的生气勃勃的力量，这力量，在雪上，在这个广阔的空间里，维持着这个完好的、特殊的、独特的人民的生活。他不反对维拉尔斯基，并且似乎同意他（因为表面的同意是避免毫无结果的争论的捷径），快乐地微笑着，听着他说。

14

我们难以说明：为什么蚂蚁要从破坏的蚁穴中向外急奔，向什么地方急奔，有的从蚁穴中把废物、卵子和死尸拖到别处去，有的回到蚁穴里去；为什么它们拥挤，互相追赶，殴斗——同样地我们难以解释那些使俄国人在法军离开之后，拥挤到那个从前叫作莫斯科的地方去的原因。但是正如同在观看散在破穴四周的蚂蚁的时候，虽然蚁穴完全破坏了，一切都毁坏了，却可以凭着掘土的蚂蚁的顽强、精力和巨大数量，看到一种未破坏的、非物质的、组成蚁群全部力量的东西——同样地，在十月里，莫斯科虽然没有政府、没有教堂、没有神龛、没有财富、没有房屋，却仍是八月里那样的莫斯科。一切都破坏了，却还有那非物质的，然而有力量的、不可破坏的东西。

在敌人撤退之后，从四面八方涌到莫斯科去的人们的动机，是各种各样的、个人的，并且在最初，大部分是野蛮的、兽性的。只有一个动机是共同的——想要到从前叫作莫斯科的那个地方去，把他们的活动放在那里。

在一星期后，莫斯科已经有了一万五千居民，在两星期后，莫斯科有了二万五千人，就这样下去。人数逐渐逐渐地增加着，到一八一三年秋天，所达到的数目，超过了一八一二年的人口。

最先进入莫斯科的俄国人，是文村盖罗德支队的哥萨克兵，附近乡村的农民，和跑出莫斯科藏在近郊的居民。进了荒凉的莫斯科的俄国人，看到莫斯科被抢，他们也开始抢。他们继续做了法国人所做的事情。农民的车队来到莫斯科，把一切的丢在破碎的莫斯科房屋里和街道上的东西运回乡村去了；哥萨克兵把能带走的都带到他们的营里去了；屋主们搜集了他们在别家所能找到的一切，借口这是他们的财产，把这些东西运到他们自己的家里去了。

但是在第一批的抢劫的人之后，又来了第二批的、第三批的人，因为抢劫的人加多了，抢劫一天比一天困难了，并且有了更明确的形式。

法国人发现莫斯科虽然是空城，但它还有各种有机的正常的生活的形式，有各行商业、手工业、奢侈品、政府机关和教会。这些形式是没有生命的，但是它们仍然存在。有摊市、商店、货栈、粮食店、商场——大都还有商品；有工厂，有作坊；有宫殿，有充满奢侈品的富家房屋；有病院、监狱、官厅、礼拜堂、大教堂。但法国人留得愈久，这些城市生活的形式消灭得愈多，最后，一切的活动都化为一场混乱的没有生气的抢劫了。

法军的抢劫时间愈长久，莫斯科的财富和抢劫者的力量便损失愈大。随同俄军收复莫斯科所开始的抢劫，却有相反的效果，抢劫的时间越长，参加的人就越多，莫斯科的财富和正常的城市生活就恢复得越快。

除了抢劫的人之外，还有各种各样的人——屋主、教士、大大小小的官吏、商人、技工、农人，有的被好奇心、有的被职务上的责任或被本身利益所驱使，像血脉归心一样从四面八方流入莫斯科。

一星期之后，赶着空车进城去装运物品的农民们，遭到长官的阻止，并被迫把尸体运出城去。别的农民们听到同伴们的失败，便把麦子、燕麦、草秸运进城，互相把售价压得比从前还低。成群的木匠希望得到高工资，每天进入莫斯科，到处都在伐木造新房，修理烧坏的旧屋。商人在棚子里做起生意。在烧坏的房子里开办了食品店和旅店。神甫在许多没有烧到的教堂里恢复了祈祷。捐赠者送来了教堂里被抢的财物。官吏们把铺有呢绒的桌子和有公文的书橱放进了小房间。高级官员和警察处理了法军遗留物品的事情。那些屋子里留着别人家许多东西的房主，则抱怨说把一切物品都送到多面宫去是不公平的。别的房主们坚持说，因为法国人把各家的东西都堆在一起，因此把一个房主那里发现的物品都送给这个房主是不公平的。他们骂警察；他们贿赂警察；他们对烧毁的公家财物作了十倍的估计；他们要求救济。拉斯托卜卿伯爵又出了一些公告。

15

一月底，彼埃尔来到了莫斯科，住在完好如旧的厢房里。他拜访了拉斯托卜卿伯爵和几个回到莫斯科的相识，打算第三天到彼得堡去。大家都在庆祝胜利；在遭受破坏然而正在复原的城市里一切都显得生气勃勃。大家都为彼埃尔高兴；大家都希望看到他，大家也都问他所看到的事情。彼埃尔常常觉得他对所有的人都怀有特别的好感；可是现在，他不由得对所有的人都怀着戒心，以免受到牵连。对于别人向他提出的一切问题，无论是重要的或是最微不足道的问题：他要住在什么地方？他要盖房子吗？他什么时候到彼得堡去？以及是否可以捎带一个小箱子？他都回答说：是的，也许会，我想是，云云。

关于罗斯托夫家的事，他听说他们在考斯特罗马，但是他心里却很少想到娜塔莎的事情；即使想到，那也只是像愉快地回忆起很久的往事一样。他觉得自己不但摆脱了生活的束缚，而且也摆脱了他觉得是他故意在自己心中唤起的那种感情。

到莫斯科的第三天，他从德路别兹考家里人那里打听到玛丽亚公爵小姐在莫斯科。安德来公爵的死亡、痛苦和最后的日子，常常攫住了彼埃尔的心，现在又历历在目地出现在他的脑海里。在吃饭的时候，他听说玛丽亚公爵小姐住在夫司德维任卡街自己没有被烧着的房子里，当晚就去看她了。

在去看玛丽亚公爵小姐的途中，彼埃尔不断想到安德来公爵，想到自己和他的友谊，想到自己和他的每一次相会，特别是在保罗既诺的最后的会见。

“难道他是在当时所处的那种愤恨的心情中死去的吗？难道生命的意义在他死前没有向他展现吗？”彼埃尔想。他想起了卡拉他耶夫，想起了他的死，不由自主地比较起这两个人来，他们是那样不同，然而，由于他对他俩的爱又是那样相同，这是因为两人过去都活着，现在都死了。

彼埃尔怀着最严肃的心情朝着老公爵的屋子走去。这间屋子是完好的。在屋子里可以看到破坏的痕迹，但屋子的结构和以前一样。老用人带着严肃的面孔迎接彼埃尔，似乎要让客人觉得，失去老公爵并没有破坏屋里的秩序，他说公爵小姐到她自己的房间里去了，她每逢星期日会客。

“你去通报，也许会接见。”彼埃尔说。

“就去，”用人回答，“请您到画像室去吧。”

几分钟后，用人和代撒勒来到彼埃尔跟前。代撒勒把公爵小姐的意思转达给彼埃尔，说她很高兴看见他，假使能恕她无礼，就请他上楼到她房间里去。

在一间不高的、点着一支蜡烛的房间里，公爵小姐和一个穿黑衣服的人坐在一起。彼埃尔想起公爵小姐身边总是有女伴的，但这些女伴是谁，是什么样的，彼埃尔既不知道，也不记得。“这是她的一个女伴。”他看了看穿黑衣服的人心里想。

公爵小姐迅速地站起来迎接他，并伸出一只手。

“是的，”在他吻过她的手之后，她注视着他那起了变化的面孔说，“我们就这样又见面了。他在最近也常常说到您。”她说，害羞地把目光从彼埃尔身上移到女伴身上，这神情有一会儿使彼埃尔感到吃惊。

“听说您无事，我多么高兴啊。这是我们好久以来所听到的唯一的好消息。”

公爵小姐更加不安地看了看女伴，想要说什么；但是彼埃尔打断了她的话。

“你可以想象得到，我一点也不知道他的情况，”他说，“我以为他被打死了。我所知道的一切，都是从别人那里间接听来的。我只知道他遇上了罗斯托夫家里的人……命运的安排是多巧妙啊！”

彼埃尔迅速地、兴奋地说。他看了一下那个女伴的脸，看见了她用她那聚精会神的、亲切的、好奇的目光注视着他。就像在谈话的时候所常有的那样：不知为什么他觉得那个穿黑衣服的女伴是一个可爱、善良、很出色的人，她不会妨碍他和玛丽亚公爵小姐的知心的谈话。

但是当他说到关于罗斯托夫家的最后几句话时，玛丽亚公爵小姐脸上的窘促显得更厉害了。她又把目光从彼埃尔的脸上移到穿黑衣服的女子的脸上，对她瞥了一下说：

“难道您不认识她吗？”

彼埃尔又一次瞧了一下那个女伴苍白而又消瘦的面孔，以及那双黑眼睛和奇怪的嘴巴。从那双注意着他的眼睛里流露出一种亲密的、早已遗忘的、异常可爱的神情。

“不，这是不可能的，”他想，“这是张严厉、消瘦、苍白而又变老的面孔！这不会是她。这只会使我想到她。”但在这时玛丽亚公爵小姐喊了一声：“娜塔莎。”那张有一双专注的眼睛的面孔，困难地、费力地、好像打开铰链生锈的门似的微笑了一下，他突然从这扇敞开的门里感受到那早已遗忘的幸福，这幸福攫住了彼埃尔，这幸福是他，尤其是在那时候没有想到的。他感受到这幸福，它迎面向他扑来，并且全部吞没了他。当她微笑了一下后，不能再怀疑了：这是娜塔莎，而且他爱她。

在最初的一刹那，彼埃尔不由自主地对她、对玛丽亚公爵小姐，尤其是对他自己泄漏了他自己也不知道的秘密。他又高兴又痛苦地、难受地脸红了。他想要掩饰自己的激动。但他愈想要掩饰，它反而愈明显——比说些明确的话还明显——他对自己、对她、对玛丽亚公爵小姐表示了他爱她。

“不，这是不可意料的。”彼埃尔想。但是他刚刚想要继续和玛丽亚公爵小姐进行已经开始的谈话时，他又看了看娜塔莎，他的脸色更红了——快乐和恐怖的更强烈的激动支配了他的心。他语无伦次了，在谈话当中停住了。

彼埃尔起初没有注意到娜塔莎，因为他绝没有料到会在这里看见她；但他没有认出她，是因为自从他们分别以来，她所发生的变化太大了。她消瘦了、苍白了。但并不是这个使她不能认识。在他进门的时候，她不能够被人认识，是因为这个面孔上的眼睛从前总是显露出充满欢乐的抑制的笑容，现在，当他进来初看她的时候，这个面孔上没有了笑容的影子；只有一双注视的、善良的、忧郁的、疑问的眼睛。

彼埃尔的局促并没有在娜塔莎的脸上引起窘迫，而只是引起了她的几乎察觉不出地使她整个的面孔焕然一新的满意神色。

16

“她是到我这里来做客的，”玛丽亚公爵小姐说，“伯爵和伯爵夫人几天之内就要来了。伯爵夫人的情况是可怕的。但是娜塔莎自己必须看医生。他们硬要她同我来的。”

“是呀，现在会有一家没有苦恼的吗？”彼埃尔向着娜塔莎说，“您知道，这件事正是在我们被解放的那天发生的。我看见了他。他是多么出色的孩子哦！”

娜塔莎望着他，只把她的眼睛睁得更大更亮，作为回答他的话。

“在给人安慰的时候，能够说些什么，想些什么呢？”彼埃尔说，“什么也没有。为什么那样出色的、生气勃勃的孩子要死呢？”

“是的，在我们这个时代，没有信仰是难以生活的……”玛丽亚公爵小姐说。

“是的，是的。这是千真万确的。”彼埃尔赶快地插言。

“为什么？”娜塔莎问，注意地望着彼埃尔的眼睛。

“怎么要问为什么？”玛丽亚公爵小姐说，“只要想到有什么东西在那里等待着……”

娜塔莎没有听完玛丽亚公爵小姐的话，又疑惑地看了看彼埃尔。

“因为，”彼埃尔继续说，“只有这样的人，他相信，有一位上帝在管理我们，才能够忍受像她的……像您的这种损失。”彼埃尔说。

娜塔莎已经张口要说话了，但她忽然中止了。彼埃尔赶快地转身背着她，又向玛丽亚公爵小姐探问他的朋友的临死前的生活情况。

彼埃尔的窘态现在几乎消失了；但同时，他觉得他先前的自由也完全消失了。他觉得现在对于他的每一句话、每一个行为都有一个裁判者，他的裁判对于他比全世界人们的裁判还重要。他现在说话，同时考虑着他的话对于娜塔莎所产生的影响。他并不故意地说那些会使她高兴的话；但无论他说了什么，他都用她的观点批评他自己。

玛丽亚公爵小姐勉强地（在这种时候总是这样的）开始说到她所看见的安德来公爵的情形。但是彼埃尔的问题，他的急切不安的目光，他的兴奋得打颤的面孔，渐渐使她不得不说出详细的情况，而这正是她为了自己的缘故不敢回想的。

“是的，是的，这样，这样……”彼埃尔说，把整个的身体向玛丽亚公爵小姐弯着，热切地听她的叙述，“是的，是的，那么他心情宁静了吗？心情缓和了吗？他总是那样地全心全意地去寻找一件东西——要成为十足的好人，所以他不能怕死。他身上的缺点——假使他有的话——也不是由于他本身的缘故造成的。那么他心情缓和了吗？”彼埃尔说。他忽然转向娜塔莎，用饱含泪水的眼睛望着她说，“他和您见了面，这是多么幸福的事啊。”

娜塔莎的脸颤动着。她皱起眉头，眼睛垂下了一会儿。她迟疑了一下：究竟说不说呢？

“是的，这是件幸福的事，”她用由胸腔发出的低沉声音说，“对我来说大概是件幸福的事，”她停了一会儿，“他……他……在我进去看他的时候，他说他希望这样……”

娜塔莎的声音中断了。她脸红了，把双手撑在膝盖上，显然在努力克制自己，她忽然抬起头来迅速地说：“我们出莫斯科的时候，一点也不知道。我不敢问起他的情况。忽然索尼亚告诉我，说他和我们在一起。我一点也没有想到，而且也不可能想象他处在怎样的状况中；我只需要见见他，和他待在一起。”她气喘吁吁地用发颤的声音说。

她没有让他们打断她，便说出了她从来没有对人说过的话：她在三星期的旅途中和在雅罗斯拉夫的生活中所经历的一切。

彼埃尔张着嘴听她说，他那双含着泪水的眼睛一直望着她。听她说的时候，他既没有想到安德来公爵，没有想到死，也没有想到她说的话。他听她说，只是由于她在此刻叙述时所经受的痛苦而同情她。

公爵小姐坐在娜塔莎旁边，由于想要克制住眼泪而皱起了眉头，她第一次听到她哥哥和娜塔莎相爱的最后几天的情况。

这个痛苦而又快乐的叙述，显然对娜塔莎是必不可少的。

她把心底里的秘密和无关紧要的细节混合在一起说，似乎她的话永远也说不完。她有好几次重复说同一件事情。

门外响起了代撒勒的声音，问尼考卢施卡可不可以让他进房间来道晚安。

“就是这些，就是这些……”娜塔莎说。

当尼考卢施卡进来时，她迅速地站起来，几乎是朝着门跑去，她的头撞到了门帘遮住的门上，发出不知是疼痛还是悲哀的呻吟，冲出房间去了。

彼埃尔望着她出去的那扇门，不明白为什么整个世界上只剩下他孤单单的一个人了。

玛丽亚公爵小姐把他从茫然若失中唤醒，要他看看她那走进房间的侄儿。

尼考卢施卡的脸很像他父亲，在此刻彼埃尔动了感情的时候，对他产生了那么大的作用，以致他吻了尼考卢施卡之后，便赶快地站起来，掏出手帕，走到窗子那里去了。他想和玛丽亚公爵小姐道别，但是她留住了他。

“不要走，我和娜塔莎有时要到两点多钟才睡，请坐一会吧。我吩咐开夜饭。下楼去吧！我们马上就去。”

在彼埃尔走出房间之前，公爵小姐对他说：“这是她第一次这样说到他。”

17

彼埃尔被带到灯火通明的大餐室里；几分钟后，传来了脚步声，公爵小姐和娜塔莎走进了房间。娜塔莎平静下来了，虽然现在她的脸上又露出严厉的、没有笑容的表情。玛丽亚公爵小姐、娜塔莎和彼埃尔都同样感到不自然，这种感觉在认真的推心置腹的谈话以后是常有的。继续先前的谈话是不可能的；谈些琐事是说不过去的；而沉默是不愉快的，因为有了想要说话的意思，而这种沉默好像是虚伪的。他们沉默地走到桌前。用人拉开了又端近了椅子。彼埃尔打开冷的餐布，决心要打破沉默，看了看娜塔莎和玛丽亚公爵小姐。她们俩显然这时也下了同样的决心，两人的眼睛里闪出了对生活的满足，并且承认在悲哀之外，还有快乐。

“您喝伏特加酒吗，伯爵？”玛丽亚公爵小姐说，这些话忽然赶走了过去的阴影。

“您说说自己的事吧，”玛丽亚公爵小姐说，“关于您，他们说了些那样难以置信的奇闻。”

“是的，”彼埃尔带着他现在所惯有的温和嘲讽的笑容回答，“我自己也听到过那些我梦想不到的奇闻。玛丽亚·阿不拉摩夫娜请我到她家去，向我说了一切我所发生的或者应该发生的事。斯切班·斯切班诺维支也教我怎样说我自己的事情。总之我注意到，做一个有趣的人是很容易的（我现在是一个有趣的人了）；他们叫我去，向我说到我的一切。”

娜塔莎微笑了一下，想要说什么。

“我们听说，”玛丽亚公爵小姐抢先说，“您在莫斯科损失了二百万。这是真的吗？”

“但我现在有从前三倍的钱了。”彼埃尔说。虽然他的妻子的债务和盖屋子的费用使他的经济情况有了改变，他却仍然说他有三倍的钱。

“我所确实得到的，”他说，“是自由……”他开始严肃地说；但是他注意到这个太自私的话题，他不想继续了。

“您在盖房子吗？”

“是的，萨维也利支说一定要的。”

“您说吧，您留在莫斯科的时候，还不知道伯爵夫人的去世吗？”玛丽亚公爵小姐说，注意到在他说过他自由了这话以后，她提这个问题，是给他的话添上了他话中原来也许没有的意义，她立刻脸红了。

“没有，”彼埃尔回答，显然并不觉得玛丽亚公爵小姐对他提到自由的话所加的意义是不舒服的，“我在奥来尔听说到这件事，您想象不到，这使我多么吃惊。我们不是模范的夫妇。”他迅速地说，看了看娜塔莎，在她的脸上看到她的好奇心：她想知道他要怎样地说到他的妻子。“但是她的死非常使我吃惊。在两个人争吵的时候，总是两个人都有错。当一个人不在了的时候，另一个人的罪过要忽然变得非常严重了。后来是这样的死了……没有朋友，没有安慰。我很替她难过，很难过。”他结束了，满意地看到娜塔莎脸上的快乐的赞许。

“是的，所以您又是单身汉，可以结婚了。”玛丽亚公爵小姐说。

彼埃尔忽然脸色绯红，好久地极力不望娜塔莎。当他敢看她时，她的脸是冷淡严肃的，他甚至觉得是轻蔑的。

“我们听说您看见了拿破仑，同他说话，是真的吗？”玛丽亚公爵小姐问。

彼埃尔笑起来了。

“没有过，从来没有过。大家总是以为做俘虏，便是在拿破仑那里做客。我不但没有看见他，也没有听说到他的事。我是在地位很低的一伙人里。”

晚饭结束了，彼埃尔起初不愿说到自己的被俘，却渐渐地被引到这个话题上去了。

“但是您留下来，要杀拿破仑，是真的吗？”娜塔莎微笑着问他，“我们在苏哈来夫塔下碰见您的时候，我猜的。您记得吗？”

彼埃尔承认了这件事是真的，从这个问题开始，他渐渐地被玛丽亚公爵小姐的，特别是娜塔莎的问题引过去，对他的历险作详细的叙述。

开始他说的时候，他带着他现在对一切的人、特别是对他自己、所有的那种嘲笑的温和的态度；但是后来，当他说到他所看见的恐怖与痛苦时，他不自觉地悠然神往了，并且说的时候，显出人在回想体验过的强烈印象时所有的那种被压制的激动心情了。

玛丽亚公爵小姐，带着温和的微笑，时而望彼埃尔，时而望娜塔莎。在这全部的叙述中，她只看见彼埃尔和他的善良。娜塔莎用手托着头，带着随故事一同不断变化的面部表情，片刻也不停止地注视着彼埃尔，显然是和他一同在体验他所说的一切。不但是她的目光，而且她的感叹，以及她所提的简短问题，也向彼埃尔表示，在他所说的话中，她正了解着他所想要表达的东西。显然她不但了解了他所说的话，并且了解了他想要而不能用言语表达的意思。关于他和小孩和妇人——他是为了保护他们而被捕的——这个偶然事件，彼埃尔这么说："那是一个可怕的景象，小孩们被抛弃了，有的是在火里……有一个孩子是在我面前被拖出来的……妇女，她们的东西被抢走了，她们的耳饰被扯下了……"

彼埃尔脸红了，口吃了。

"来了一个巡逻队，那些没有抢劫的人，都被抓了。我也在内。"

"您一定没有全说出来，您一定做了什么事……"娜塔莎说，停了一下，补充说，"更好的事。"

彼埃尔继续往下说。当他说到行刑时，他想要省略掉可怕的详情，但是娜塔莎要求他不要省略掉任何东西。

彼埃尔正开始说到卡拉他耶夫（他已经从桌边站起来，在房中来回走动着，娜塔莎的眼睛注视着他），又停止了。

"不，您不能够了解，我从这个不识字的人，这个顶忠厚的人，学得了什么东西。"

"不能，不能，您说吧，"娜塔莎说，"他在哪里？"

"他们几乎就在我的面前把他杀死了。"

于是彼埃尔开始说到他们撤退的最后时日，卡拉他耶夫的疾病和他的死。他的声音不断地打颤。

彼埃尔那样地说到他的历险，好像他从来没有回想过它们。现在他似乎在他所经历的一切之中看到了新的意义。现在，当他向娜塔莎说这一切的时候，他感觉到妇女们听男子说话时所表现的那种少有的喜悦——不是聪明的妇女们所表现的喜悦，她们听话时，或者极力要记住她们所听的话，以便增加她们的智慧，并且在有机会的时候，重述出来；或者极力使所听到的话符合她们自己的想法，并且赶快说出她们小小智慧作坊中所制出的聪明言语——而是真正的妇女们所表现的那种喜悦，她们禀赋了一种本领，就是善于从男子的谈吐中选择并吸取那最好的部分。娜塔莎自己不知道她是十分注意：她没有忽略彼埃尔的一个字、一次声音的颤动、一次的目光、一次的面部的肌肉的抽搐、一个姿势。她在说话的当中便明白了没有说出的字，把它直接带到自己的坦白的心中，猜测着彼埃尔的全部精神活动的秘密意义。

玛丽亚公爵小姐了解他的故事，同情他，但她现在看见了别的吸引她全部注意的东西；她看到娜塔莎和彼埃尔之间爱情和幸福的可能。这个第一次出现的想法使她的心中充满了快乐。

已是夜里三点钟了。用人们带着忧郁的、严肃的面孔来换蜡烛，可是谁也没有发现他们。

彼埃尔说完了他的故事。娜塔莎用明亮、灵活的眼睛继续固执地注视着彼埃尔，好像希望了解其他的、他也许没有说出来的东西。彼埃尔在害羞而幸福的窘困中很少去看她，只是思索着现在要说些什么话，以便把谈话引到别的话题上去。玛丽亚公爵小姐沉默着。谁也没有想到现在已经是夜里三点钟，是该睡觉的时候了。

“大家都说：不幸，痛苦，”彼埃尔说，“假使现在，此刻有人问我：您愿意仍然维持被俘前那个样子，还是愿意把这一切从头再体验一下呢？看在上帝面上，让我再被俘一次，再吃马肉吧。我们以为，我们一旦脱离了习惯的轨道，便一切都完了，但新的、好的东西到这时才出现。只要有生命，就会有幸福。在我们的前面还有很多很多的东西。这就是我要向您说的话。”他对娜塔莎说。

“是的，是的，”她答非所问地说，“我什么也不希望，只希望把这一切从头再体验一下。”

彼埃尔注视着她。

“是的，再也不希望别的了。”娜塔莎肯定地说。

“不对，不对，”彼埃尔叫喊起来，“我活着就想活下去，我没有过错；您也是这样的。”

娜塔莎忽然把头垂下，用手蒙着脸哭起来。

“您怎么啦，娜塔莎？”玛丽亚公爵小姐说。

“没有什么。没有什么。”她含着眼泪向彼埃尔微笑了一下，“再会，该睡觉了。”

彼埃尔站起来告辞了。

玛丽亚公爵小姐和娜塔莎又像平常一样，在卧室里会面了。她们谈到彼埃尔所说的事。玛丽亚公爵小姐没有说起她对于彼埃尔的看法。娜塔莎也没有谈到他。

“好吧，再见，玛丽，”娜塔莎说，“你知道，我们没谈到他(她的意思是指安德来公爵)，好像是怕使我们心里难受，我常常担心这样下去，我们便要把他忘记了。”

玛丽亚公爵小姐沉重地叹了口气，她用这种叹气表示承认娜塔莎的话是正确的；但口头上并没有同意她的话。

“难道能够忘记吗？”她问。

“我今天把一切都说了觉得很舒服；觉得既难受，又痛苦，又舒服，很舒服，”娜塔莎说，“我相信，他确实是爱他的。因此我才向他说的……我对他说了，没有关系吗？”她忽然红着脸问。

“对彼埃尔说了吗？啊，不！他是多么出色的人啊。”玛丽亚公爵小姐说。

“你知道，玛丽，”娜塔莎忽然带着玛丽亚公爵小姐在她脸上好久没有看见过的顽皮的笑容说，“他变得这样干净、整洁、有生气，像是刚洗过澡一样；你明白吗——精神上洗了澡。对吗？”

“是的，”玛丽亚公爵小姐说，“他有很多收获。”

“他穿着短外衣，剪了头发；正像一个刚洗过澡……爸爸常常……”

“我明白了，为什么他（安德来公爵）没有像爱他那样爱过任何人。”玛丽亚公爵小姐说。

“是的，他的性格和他不同。据说，男人们的性格完全不同，便会成为好朋友。这大概是真的。真的，他一点儿也不像他吗？”

“是的，他是极好的人。”

“好吧，再见。”娜塔莎回答。

那种顽皮的笑容，好像是被遗忘了似的在她脸上留了很久。

18

这天夜里，彼埃尔好久还无法入睡；他在房间里来回走着，有时皱着眉，思索着什么困难的问题，有时忽然耸耸肩膀，颤抖着身子，有时幸福地微笑着。

他想到安德来公爵，想到娜塔莎，想到他们俩的爱情，有时也嫉妒娜塔莎的过去，有时因此责备自己，有时宽恕自己。已是早晨六点钟了，他还在房间里踱来踱去。

“假使这是不可避免的，那怎么办呢？怎么办呢？看来是必然会这样的。”他对自己说，急忙脱了衣服，躺到床上，他觉得兴奋、幸福，但没有一点怀疑和犹豫。

“这种幸福虽然是奇怪的、不可能的，但是我一定、一定要尽一切努力使我们俩成为夫妇。”他自言自语着。

彼埃尔在几天前就决定星期五到彼得堡去。星期四当他醒来时，萨维也利支来请他吩咐收拾行装上路的事。

“什么，要到彼得堡去吗？彼得堡怎么啦？谁在彼得堡？”他不由自主地问，虽然只是自言自语，“是的，这件事在很早以前，在决定去之前就想做了，不知道为什么要到彼得堡去，”他回想着，“为了什么呢？也许我要去。他是一个多么善良、多么细心的人，什么都记得啊！”他想，望着萨维也利支那张苍老的脸，“多么愉快的笑容啊！”他想。

“怎么，你不想得到自由吗，萨维也利支？”彼埃尔问。

“大人，我干吗要自由呢？我们在过世的伯爵手下生活过，愿他升入天国，也在您手下生活过，没有受过委屈。”

“嗯，但是你的孩子们呢？”

“大人，孩子们也要活下去的：跟着这样的主人，是能够过好日子的。”

“那我的继承人呢？”彼埃尔说，“我要是结了婚……要知道这事可能会发生的。”他又带着情不自禁地现出的笑容补充说。

“我敢说：大人，这是一件好事。”

"他以为这事是轻而易举的，"彼埃尔想，"他不知道，这是多么可怕，多么危险。太早或者太迟……都是可怕的！"

"那么，究竟怎么吩咐呢？明天要动身吗？"萨维也利支问。

"不走了，我要稍为推迟些。到那时我再告诉你，请原谅。"彼埃尔说，然后望着萨维也利支的笑脸想："但是，他不知道现在我不到彼得堡去了，首先要决定的是这件事，这有多么奇怪。不过他大概知道，只是装作不知道。和他说吗？他会怎么想呢？"彼埃尔想，"不，晚一点吧。"

在早餐时，彼埃尔告诉公爵小姐，说他昨天去看玛丽亚公爵小姐，在那里遇见了——"您想得出是谁吗？——娜塔莎·罗斯托娃。"

公爵小姐作出那种样子，好像她听到这个消息，一点也不比彼埃尔看见安娜·塞妙诺芙娜那件事有使人感到更有异乎寻常的地方。

"您认识她吗？"彼埃尔问。

"我看见过公爵小姐，"她回答，"我听说有人替她和小罗斯托夫做媒。这是罗斯托夫家的一件好事；据说，他们完全倾家荡产了。"

"不，您认识罗斯托娃吗？"

"我那时候只听到这件事情。很可怜。"

"不，她或者是不了解，或者是装假，"彼埃尔想，"最好也不向她说。"

公爵小姐也替彼埃尔预备了旅途中的食物。

"他们都是多么善良哦，"彼埃尔想，"他们现在，在他们对于这个确实不再感到兴趣的时候，还忙着这一切的事情，并且一切是为我；这才是奇怪的事情。"

就在这天，一个警官来看彼埃尔，要他派一个代表到多面宫去接收在那天发还原主的财物。

"还有这个人，"彼埃尔望着警官的面孔想着，"多么出色的好看的警官，多么善良哦！现在他忙着这种无关重要的事情。他们还说他不正直、受贿。多么无聊的话！况且，他为什么不受贿呢？他是受过那种训练的。大家都那样做。但他的面孔是多么好看、善良哦，并且他望着我微笑。”

彼埃尔到玛丽亚公爵小姐那里吃饭去了。

在街上被焚毁的房屋之间乘车走过时，他对这种废墟的美观感到吃惊了。房子的烟囱，倾倒的墙，在灾区上展开着，互相遮盖着，生动如画地令人想起来因河和大罗马剧场。他所遇的车夫、乘客、砍柱子盖房子的木匠、女贩、店员，都带着愉快的喜气洋洋的面孔——望着彼埃尔，似乎在说：“啊，他来了！我们要看看，会发生什么事情。”

彼埃尔进玛丽亚公爵小姐的房子时，怀疑他是不是果真昨晚在这里看见了娜塔莎和她说了话。“也许这是我虚构的。也许，我进去了，一个人也看不见。”但是他一进房，便以他的全部身心感觉到她的在场，立刻感到自己的不自由了。她仍旧穿了那件有软褶的黑衣服，梳着和昨天一样的发式，但她是完全不同了。假使在他昨天进房时她是那样的，他便不至于不能立刻认出她了。

她还是像她几乎是小孩的时候他所认识的那样，像她和安德来公爵订婚之后他所知道的那样。愉快的疑问的目光闪烁在她的眼睛里；她的脸上是亲切的异常顽皮的表情。

彼埃尔吃了饭，打算坐一晚上；但是玛丽亚公爵小姐要去作晚祷，于是彼埃尔和她们一同出门了。

第二天彼埃尔来得很早，吃了饭，坐了一晚上。虽然玛丽亚公爵小姐和娜塔莎显然很高兴客人；虽然彼埃尔的全部生活兴趣现在集中在这个房子里，但是傍晚的时候，他们便说完了一切，而谈话不断地从这个琐屑的题目上转到另一个琐屑的题目上，并且常常中断。彼埃尔这天晚上留得那么晚，以致玛丽亚公爵小姐和娜塔莎彼此交换眼色，显然是想要知道，他是不是就要离开。彼埃尔知道这一点，却不能离开。他觉得难受，不舒服，但是他仍然坐着，因为他不能够起身离开。

玛丽亚公爵小姐看不出就要结束，最先立起来，说是头痛，开始告辞了。

“那么你明天到彼得堡去吗？”她说。

“不，我不去了，”彼埃尔赶快地惊讶地说，似乎是不高兴，“是的……不是……到彼得堡去吗？明天，但我不说再会。我要来看看有什么托付我的事情。”他站在玛丽亚公爵小姐面前说，脸发红，却没有走开。

娜塔莎把手伸给他之后，就走出去了。反之，玛丽亚公爵小姐却没有走开，坐到椅子里，把她的明亮深沉的目光严肃而注意地看着彼埃尔。她刚才显然表现的疲倦，现在全然消失了。她深深地长长地叹了口气，好像是准备作长谈。

彼埃尔的所有的困窘和不舒服，在娜塔莎走开之后，立刻消失了，并且变成了兴奋的激动。他迅速地把椅子移到玛丽亚公爵小姐的附近。

“是的，我想要告诉您，”他说，回答着她的目光，好像是回答她的话一样，“公爵小姐，帮助我吧。我要怎么办呢？我有希望吗？公爵小姐，我的好朋友，您听我说。我全知道。我知道我配不上她；我知道现在不能够说到这件事。但是我想做她的哥哥。不是，这个我不……不想要，也不能够……”

他停住了，用双手拭脸和眼睛。

“那么，呵，”他继续说，显然是在努力要自己说得有条理，“我不知道，我从什么时候爱她的。但我只爱她一个人，在我全部生活中只爱她一个人，我是这样地爱她，没有她，我就不能设想什么是生活了。我不敢现在向她求婚，但是想到，也许有一天她可以做我的妻子，我也许会失掉这机会……机会……这是可怕的。告诉我，我有希望吗？”停了一会，他说，“您说，我要怎么办呢？亲爱的公爵小姐。”并且因为她没有回答，他碰了碰她的手。

“我在考虑您向我所说的话，”玛丽亚公爵小姐回答，“这就是我要向您说的话。您是对的，您现在向她说到爱情……”公爵小姐停住了。她想说：现在还不能向她说到爱情；但是她停住了，因为她在前天，由于娜塔莎的忽然改变，她知道，假使彼埃尔向她说到他的爱情，娜塔莎不但不会生气，而且她也正希望这一件事情。

“现在向她说……是不行的。”玛丽亚公爵小姐仍然说。

“但我怎么办呢?”

“把这件事交给我吧,”玛丽亚公爵小姐说,“我知道……”

彼埃尔看着玛丽亚公爵小姐的眼睛。

“那么,那么……”他说。

“我知道她爱……”玛丽亚公爵小姐纠正了她的话,“会爱您的。”

她刚说完这话,彼埃尔已经跳起来了,面色惊惶地抓住玛丽亚公爵小姐的一只手。

“您为什么这样想?您以为我有希望吗?您以为?!……”

“是的,我这么想,”玛丽亚公爵小姐微笑着说,“您写信给她父母。这事交给我办。我在能说的时候和她说。我希望这样。我心里觉得,这件事会成功。”

“不,这是不可能的!我多么幸福哦!但这是不可能的!……我多么幸福呵!不,不可能的!”彼埃尔说,吻着玛丽亚公爵小姐的手。

“您到彼得堡去,这样最好。我会写信给您。”她说。

“到彼得堡去吗?去吗?是,很好,我去。但是我明天可以来看您吗?”

第二天,彼埃尔来告别。娜塔莎没有前几天那么活泼了;但这天,彼埃尔有时看看她的眼睛,便觉得他自己消失了,他和她都不存在了,除了幸福的感觉,什么都没有了。“果真的吗?不,不可能。”他对于她的使他心中充满快乐的每个目光、每个姿势、每句话都这么自语着。

当他向她告别,握住她的纤细瘦弱的手时,他不觉地把她的手握得稍微久了一点。

“难道这只手,这张脸,这双眼睛,这一切我觉得生疏的、妇女魅力的宝贝,难道这一切会有一天永远是我的,就像我对我自己一样觉得是熟悉的吗?不,这是不可能的!……”

“再见,伯爵,”她大声对他说,“我很盼望您早点回来。”她又低声说了一句。

这些简单的话、她的目光和在说话时的面部表情，成了彼埃尔两个月当中无穷的回想、解释和幻想幸福的内容。“我很盼望您……是的，是的，她怎么说的？是的，我很盼望您早点回来。啊，我多么幸福！这是怎么回事啊！”彼埃尔自言自语说。

19

彼埃尔的心里，现在一点儿也没有类似他向爱仑求爱时的那种心情。

他没有重复那时候他带着痛苦的羞怯心情所说的话，也没有对自己说：“啊，为什么我没有说这话？为什么？为什么我那时说：je vous aime？［我爱你？］”现在却恰恰相反，他在想象中，重新回忆起她的每句话和自己的话，以及各人脸孔上的细部和微笑，他既不想减少，也不想增加任何东西：只是想重新回忆一下。他怀疑的是他自己所做的事是好还是坏——现在连怀疑的影子都没了。只有一个可怕的疑问偶尔出现在他心中。“这一切不是做梦吗？玛丽亚公爵小姐没有搞错吗？我不太骄傲、太自信了吗？我相信这一切；但是一定会出现这样的事：玛丽亚公爵小姐告诉她，她微笑着回答说：‘多么奇怪！他一定搞错了。他难道不知道他是一个普通的人，而我……吗？我完全是另一种人，是更高贵的人。’”

只有这个疑问常常出现在彼埃尔心中。他现在也不作任何计划。他觉得眼前的幸福是那么难以置信，只要得到这种幸福，接下去什么都不可能有了。一切都到此为止了。

那种高兴的、意外的，彼埃尔觉得他自己不会产生的疯狂劲支配着他。生活的全部意义（不但对于他一个人，而且对全世界来说）在他看来，只在于他的爱情和她爱他的可能性。有时他觉得，所有的人只忙于一件事情——他的未来的幸福。有时他觉得，所有的人都和他一样高兴，只是极力掩饰这种高兴，装作只关心别的事。他从别人的每句话和每个动作上都看出对他的幸福的暗示。他常常以自己的意味深长的、表现出内心和谐的、幸福的目光和笑容，使遇到他的人都觉得惊奇。但是，当他明白了人们不能了解他的幸福的时候，他便由衷地可怜他们，并想方设法向他们说明，他们所关心的一切是完全白费的、无关紧要的、不值得注意的事。

当别人建议他去服役，或者当人们评论什么一般的国家大事和战争，并认为每个人的幸福取决于这个或者那个事件的结果的时候，他便带着温和、同情的笑容听着，并以他的奇特的意见使得和他说话的人感觉惊讶。在这个时期，彼埃尔是怀着一种内心十分喜悦的心情去想象所有的人——那些在彼埃尔看来是理解人生真正意义的，即理解了他心中感情的人们，和那些显然不理解这一点的不幸的人们都一样——因而他无论遇到什么人，不费丝毫的气力，便立刻看出他所有好的和值得去爱的地方。

处理他亡妻的事务和文书时，他对她没有任何的怀念，只可惜她不知道他现在所知道的这种幸福。发西利公爵现在因为得到新的地位和勋章而感到特别骄傲，在他看来他是一个使人感动的、善良的、可怜的老人。

彼埃尔后来常常想起这个异常幸福的时期。他在这时候对于人们和环境所持的一切的见解，在他看来，永远是正确的。他后来不但不否认他对于人们与事物的这些见解，而且相反，在他有内心的怀疑和矛盾时，他便采用他在这个疯狂时期中所有的见解，这个见解永远是正确的。

“也许，”他想，“我那时显得奇怪，可笑；但我那时实际上并不像我所表现的那么疯狂。相反，我那时比任何时候是更聪明，更敏锐，并且了解生活中值得了解的一切，因为……我那时是幸福的。”

彼埃尔的疯狂是这样的，他不像从前那样，为了要爱人们而等待着发现人们的个人的属性，即是他所谓美德，而是爱充满了他的内心，他毫无理由地爱人们，因而发现了许多无可辩驳的理由，就是因为这些理由便应该去爱他们。

20

娜塔莎在彼埃尔走了之后的第一个晚上，带着快乐而又嘲讽的笑容，向玛丽亚公爵小姐说了，“他正像，正像出浴一样，穿了短外衣，剪了头发。”——从那个时候起，便有了一种潜在的、她自己还不知道的，然而是不可抵抗的东西，在娜塔莎的心中觉醒了。

一切：面孔、步态、目光、声音——她的一切都忽然改变了。她自己也觉得意外的、生命的力量，对幸福的希望，浮上心头，要求满足。从第一天晚上起，娜塔莎似乎忘记了她所发生的一切。从那个时候起，她没有一次再抱怨自己的境况，没有一句话说到她的过去，她也不怕对于将来作愉快的计划了。她很少说到彼埃尔，但是当玛丽亚公爵小姐提到他时，那久已熄灭的火光便又在她的眼睛中燃起，她的嘴唇噘成奇怪的笑容。

娜塔莎所发生的改变起初使玛丽亚公爵小姐吃惊，但是当她明白了它的意义时，这个改变使她悲伤了。“难道她是那么薄情地爱我的哥哥，因而她这样迅速地把他忘记了吗？”玛丽亚公爵小姐独自思考这个改变时，这么想着。但是她和娜塔莎在一起时，她不气她，也不责备她。那支配娜塔莎的觉醒的生命力，是显然那么不可压制，那么出她自己意外，因而玛丽亚公爵小姐在娜塔莎面前觉得，她就连自己的内心里也没有权利责备她。

娜塔莎那么充分地真诚地顺从了这个新的情绪，她没有试图掩饰：她现在不悲伤，却高兴而快乐。

在她和彼埃尔的夜谈之后，玛丽亚公爵小姐回到了她自己的房里，娜塔莎在房门口迎她。

“他说了吗？是吗？他说了吗？”她重复说。

于是娜塔莎脸上显出了高兴而又可怜的，和因为高兴而求恕的表情。

“我本想在门口听，但是我知道你要告诉我的。”

虽然，娜塔莎对她望着的目光，在玛丽亚公爵小姐看来，是可以理解而动人的，虽然她看到娜塔莎的兴奋，觉得娜塔莎可怜，但是娜塔莎的话在最初的片刻却使玛丽亚公爵小姐伤心了。她想起她的哥哥，和他的爱。

“但是怎么办呢？她不能不这样。”玛丽亚公爵小姐想。

于是她带着忧郁的、有些严厉的面色向娜塔莎说了彼埃尔所说的一切。娜塔莎一听到他要到彼得堡去，就发呆了。

“到彼得堡去!”她重复地说，似乎不明白这句话。

但是看到玛丽亚公爵小姐脸上悲伤的表情，她猜中了她的悲伤的原因，便忽然哭起来了。

“玛丽，”她说，“你告诉我，我要怎么办。我怕变成一个品行不端的人。你怎么说，我就怎么做；你告诉我……”

“你爱他么?”

“是的。”娜塔莎低声说。

“那么，你为什么哭呢？我为了你觉得高兴。”玛丽亚公爵小姐说，她由于这些眼泪已经完全饶恕了娜塔莎的高兴了。

“这不会很快的，总有一天。你想吧，我做了他的妻子，你嫁了尼考拉，那时候多么幸福呵。”

“娜塔莎，我请求过你不要说这话。让我们说你的事吧。”

两人都沉默了一下。

“但是为什么要到彼得堡去呢!”娜塔莎忽然说，又赶快回答她自己，“不，不，应该这样……是吗，玛丽？应该这样……”

尾声

第一部

1

一八一二年之后七年过去了。欧洲的波涛汹涌的历史海洋，在它自己的海岸之内平静了。它似乎是安静了；但那些推动人类的神秘力量（它神秘，因为人类运动的法则是我们不知道的），仍然继续在活动。

虽然历史海洋的表面似乎不在运动，人类却像时间的运动一样不断地在运动。各种各样的人群集合起来又分散了；国家形成和瓦解的原因，各国人民迁移的原因，逐渐地形成了。

历史的海洋，现在不像先前那样从这个岸边向那个岸边急剧地涌来涌去；它在深处沸腾着。历史人物们不像以前那样地被波涛从这个岸边卷到那个岸边；现在，他们似乎在一个地方打漩。历史人物们，以前在军队的上层，以指挥战争、出征和会战反映群众的运动，现在却以政治外交的问题、法律和条约反映激荡的运动。

历史家们把历史人物们的这种活动，称为反动。

描写这些历史人物们的活动时，历史家们严厉地指责他们，在历史家们看来，历史人物就是他们所称的反动的原因。那时所有有名的人，从亚力山大和拿破仑到斯塔叶夫人、福提、涉林、斐希特、沙托不利昂①和其余的人，都受到他们的严厉的批评，看他们是促进进步或是增加反动而被免罪或被定罪。

按照他们的论著，俄国在这个时候也发生了反动，这个反动的罪魁是亚力山大一世——也正是这个亚力山大一世，依据他们的论著，是他统治初期的自由运动和拯救俄国的主要原因。

在现代的俄国文献中，从中学生到博学的史家，没有一个人不因为亚力山大在这一段统治时期的错误行为而攻击他。

“他应该这么做那么做。这件事他做得好，那件事做得不好。在他统治的初期，在一八一二年，他做得很好；但他把宪法给波兰②，成立神圣同盟，把权力给阿拉克捷夫，奖励高里村和神秘主义，后来又奖励锡施考夫③和福提，他做错了。他过问前线的军队，是做错了；他解散塞妙诺夫团④等事，是做错了。”

历史家们根据他们所有的关于人类福利的知识，对于他所做的一切责备，如要列举的话，会写满十多页纸的。

这些责备是什么意义？

历史家所称赞的亚力山大一世的那些行为——统治初期的自由措施，对拿破仑的斗争，他在一八一二年所表现的坚决，一八一三

---

① 毛注：福提（1792—1838）为道院之主持，在朝廷有势力，为共济会的有名的迫害者。

涉林（F. W · J. Schelling，1775—1854）德国哲学家，与斐希特相反对。

斐希特（J. B. Fichte，1762—1814）德国哲学家。曾主张教育救国。

沙托不利昂（François Renè Vicomte de Chateaubriand，1764—1848）法国之著作家，政治家。政治主张常变动。

② 毛注：一八一五年的维也纳会议决定成立波兰王国，有单独宪法，国王由俄皇兼任。一八三〇年波兰叛乱时终止。

③ 毛注：高里村（1773—1844）宗教会议的代表，教育部长。他不承认教育上的新东西，相信经文可以代替一切科学。

锡施考夫（1754—1841）著作家，政治家，曾任各项要职，一八一二年，任亚力山大之秘书，认为农民受教育是害多利少。

④ 毛注：禁卫军塞妙诺夫团在一八二〇年因为不服从司令官施发尔兹而被解散，官兵被分发到前线各部队，该团直到一八二三年始恢复组织。

年的远征，和史家们所责备的他的那些行为——神圣同盟，波兰光复，一八二〇年以后的反动，这不都是从同样来源里，即造成亚力山大的那种个性的血统、教育、生活等等条件下，产生出来的吗？

这些责备的意义在哪里？

在这里，就是，亚力山大一世这样的历史人物，他处在人类权力最高的可能的顶点上，好像是在一切集中于他的历史光芒的炫目光线的焦点上；他也曾受到世界上最强有力的各种影响，就是和权力不可分离的阴谋、欺诈、阿谀、自骗的影响；他在他的生活的每一分钟都感觉到他对于欧洲的所发生的一切事件要负责任；他不是一个想象的人物，而是有生命的，像每个人一样的，有他的个人习惯、情感，对于善、美、真的渴慕——他这个人，在五十年前，① 不是没有美德（史家并不责备他这一点），而是没有现在的教授——他从小就研究学问，即是读书、听讲演，并且在笔记本里作这些书本和讲演的笔记——所有的那种对于人类福利的见解。

但是即使我们假定，亚力山大一世在五十年前对于人类福利的见解是错误的，我们一定会不觉地假定，批评亚力山大的历史家们，过了若干时期以后，也要同样地显出他们对于人类福利的见解是错误的。我们研究历史的发展时，看到关于什么是人类福利的见解，是每年地随着每一个新著作家而不同的，因此，这个假定更是合理的、不可少的；因此，那似乎是福利的东西，过了十年，便显得是祸害；反之亦然。况且，我们还同时在历史中找到关于什么是祸害、什么是福利的完全矛盾的见解：有的人以为给予波兰的宪法和神圣同盟是他的功绩，别的人又以为这是亚力山大的过失。

关于亚力山大和拿破仑的活动，我们不能说它是有利或有害，因为我们不能说它为什么是有利，为什么是有害。假使有人不欢喜这种活动，那只是因为它不符合他对于什么是福利的有限的了解。无论我认为一八一二年我父亲的在莫斯科的房屋的保全，或俄军的光荣，或彼得堡大学或其他大学校的发达，或波兰的解放，或俄国

① 毛注：《战争与和平》于一八六九年完成。

的强大，或欧洲的均势，或某种的欧洲文化——进步，是福利，还是祸害，我一定要承认，每个历史人物的活动，在这些目的之外，还有其他的、更普通的、为我所不了解的目的。

但是我们假定，所谓科学有调和一切矛盾的可能性，有衡量历史人物和事件的经久不变的善恶标准。

我们假定，亚力山大可以把一切做得全然不同。我们假定，他可以依照那些责备他的、自命为知道人类运动最后目标的人们的指示，他可以按照现在责备他的人们给予他的民族性、自由、平等和进步的纲领（似乎没有其他更新的东西了）处理国事。我们假定，这个纲领是可能的，且是已经拟定的，亚力山大已经按照它实行。那么，那些反对当时政府政策的一切人们的活动，历史家认为良好而有益的活动，要变成什么样子呢？他们的活动便不会有的；生命不会有的；一切都不会有的了。

假使我们承认人类生活可以受理性控制——则生命的可能性就要被消灭了。

2

假使我们像历史家们所做的一样，认为是伟人们领导人类去达到某种目的：或是俄国或法国的强大，或是欧洲均势，或是革命思想的传播，或是一般的进步，或是任何东西，那么，我们没有“机会”与“天才”的概念，就不能说明历史现象。

假使十九世纪初叶欧洲这些战争的目的，是为了俄国的强大，那么，这个目的没有一切以前的战争、没有侵略就可以达到了。假使目的是为了法国的强大，那么，这个目的没有革命、没有帝国就可以达到了。假使目的是思想的传播，那么，印刷术在完成这项任务上要比军队好得多。假使目的是文化的进步，那么我们很容易知道，在人民生命和财产的损失之外，还有别的更完善的传播文化的方法。

为什么这件事是这样发生的，而不是那样发生的？

因为它是这样发生的。历史说：“机会造成局面，天才利用局面。”

但什么是机会？什么是天才？

机会和天才这两个名词，指的并不是实际上存在的东西，因此是不能够下定义的。这两个名词只是表示对于现象的某种程度的了解。我不知道为什么发生了某一个现象；我以为我不能知道；因此我不想要知道，便说那是由于机会。我看见一种力量产生了一些和一般人类的能力不相称的效果；我不了解为什么发生了这件事，便说那是由于天才。

有一只羊，每天晚上被牧羊人赶到特别的栏里去喂食，长得比别的羊肥一倍，这只羊在羊群看来一定是天才了。这只羊每天晚上不到公共的羊圈里去，却在特别的栏里喂燕麦，并且这只羊长肥了，要被杀取肉，这个现象一定显得是天才和一系列非常的机会的惊人的结合。

但是只要那些羊不再以为，它们所发生的一切，仅仅是为了达到它们的羊的目的而发生的；只要那些羊承认，它们所发生的事情，也可以有它们所不了解的目的，他们便会立刻了解那只肥羊所发生的事情的统一性和连贯性了。即使它们不知道，由于什么目的它长肥了，但至少它们会知道，那只羊所发生的一切不是偶然发生的，它们不再需要机会和天才这些概念。

只要否认我们知道那个眼前的可以了解的目的，承认那最终的目的是我们不了解的，我们就可以明白历史人物生活的连贯性与合理性；我们明白他们所产生的、和一般人类能力不相称的行为的原因，我们不需要机会与天才这些字眼。

只要承认，欧洲各国人民变乱的目的是我们不知道的，而所知道的，只是起初在法国后来在意大利、非洲、普鲁士、奥地利、西班牙、俄罗斯的各次屠杀的事实，而自西向东和自东向西的运动是这些事件的共同实质，我们便不但不需要在拿破仑和亚力山大身上去找异常的能力和天才，而且不能把这些人看得和其余的人不同；不但不需要用机会去解释那些使得这些人成为他们那种样子的小事件，而且还会明白这一切的小事件是不可少的。

要承认我们不知道最终目的，我们便会明白地了解，正如同我们对于任何一种植物，不能想出比它自己所产生的更适合于它的花和种籽，我们也不能想出两个别的人，在他们的一切经历上，比拿破仑和亚力山大更充分更完美地适合他们必须完成的目的。

3

十九世纪初叶欧洲事件的基本重要的现象，是欧洲各国人民的群体自西向东以及后来自东向西的军事性的运动。这个运动的开始是自西向东的运动。要西方各国人民能够完成他们向莫斯科的军事性的运动，必须：（一）他们形成一个那么庞大的军事组织，它要能够承受东方军事组织的抵抗；（二）他们否认一切已有的传统和习惯，（三）在完成这个军事性的运动时，他们有一个立于领导地位的人，这个人要能为他自己和他们辩护这个运动中所发生的欺骗、抢劫和屠杀。

从法国革命开始，旧的不够伟大的组织崩溃了，旧习惯和传统破坏了；新规模的组织、新习惯和新传统，一步一步地形成了，并且有了这样一个人，他要立于未来运动的领导地位，并且要对于行将发生的事件负全部的责任。

一个没有信仰、没有习惯、没有传统、没有名望的人，甚至不是一个法国人，似乎是由于最奇怪的机会，在激荡的法国各党派之间出现了，并且不依附其中任何一个党派，升到了显著的地位。

同僚的无知无识，反对者的软弱无能和无足轻重，直率的说谎，以及这个人的昭著的自以为是的狭窄性，使他升到军队的领导地位。在意大利的军队中的兵士们的好品质，敌方的士无斗志，他的孩子般的大胆和自信，使他获得了军事的荣誉。无数的所谓机会处处陪伴着他。法国执政者们对他的不满，变得于他有利。他要改变他的既定的路线的历次试图，都没有成功：他们没有欢迎他到俄国去服务，他要到土耳其去服务也没有成功①。在意大利的战争期间，他几

① 毛注：一七九五年八月拿破仑曾请求政府派赴土耳其改组炮兵。

次面临毁灭，每次都意外地得救了。俄军，就是可以毁坏他的荣誉的俄军①，由于各种外交上的原因，直到他在欧洲出现时才进入欧洲。

他从意大利回来时，看到巴黎的政府正在解体过程中，在这个政府中的人们不可避免地被排除、被消灭了。使他脱离这个危险境地的机会自动地出现了，那就是无意义的、无目的的非洲远征。这样的所谓机会又是于他有利的。不可攻破的马尔太岛不放一枪便投降了；最莽撞大胆的计划获得了胜利。敌方的舰队，后来不让一只船通过，当时却让他的全军通过了。在非洲，对于几乎没有武装的人民，犯下无数的暴行。干这些暴行的人们，尤其是他们的首领，使他们自己相信这是极好的，这是光荣，这好像是凯撒和马其顿王亚力山大。

那个光荣与伟大的理想，就是不但不认为自己所做的任何事件是错的，并且夸耀自己所犯的每个罪恶，赋予它不可理解的超自然的意义——这个理想，是注定了领导这个人以及与他有关的人们的，在非洲有了充分的发展。他所做的一切都成功了，瘟疫没有纠缠他。屠杀俘虏的残忍，没有算作他的罪恶。小孩般粗心大意地、毫无理由地、不光荣地离开非洲，丢下在苦难中的同伴，这却算作他的功劳；敌人的舰队又放他通过了两次。当他已经完全醉心于他所犯的侥幸成功的罪恶行为，对自己的任务有了准备，没有任何目的来到巴黎的时候，在一年之前可以使他灭亡的共和政府现在快要完全解体了。他这个和政党无关的人，现在来到巴黎，这只能够提高他的地位了。

他没有任何计划，他怕一切；但各政党拉拢他，要求他加入。

只有他一个人，带着他在意大利和埃及养成的光荣与伟大的理想、自我崇拜的狂想、犯罪的胆量、说谎的勇气——只有他一个人

---

① 毛注：拿破仑于一七九八年乘船赴埃及。苏佛罗夫于一七九九年率军入意大利，在卡萨诺［Calsano］击败摩罗［Moreau］，在特拉比阿［Trebbia］击败麦克唐纳尔［Macdonald］，在诺维［Novi］击败朱伯尔［Joubert］。

能够证明要做的事是正当的。

那个未来的地位需要他，因此，虽然几乎不是出于他的志愿，虽然他犹豫不决，缺乏计划，虽然他有一切错误，他也卷入了以攫取权力为目的的共谋，这个共谋获得了成功。

他被拉进了执政委员会的会议。他感到恐惧，想要逃走，认为他自己毁灭了；他假装昏厥；说出一些足以致他死命的无意义的话。但先前聪明而骄傲的法国执政委员们，现在觉得他们的任务已经完毕，比他更狼狈了，他们没有说出那些应该说的话，以便保持他们的权力并且消灭他。

机会，无数的机会给了他权力；所有的人们，好像是出于共谋，一同巩固了这种权力。机会造成了当时法国执政委员们那样的人物，他们服从他；机会造成了巴弗尔一世那样的人物，他承认他的权力；机会造成一个反对他的共谋，这个共谋不但没有损害他，且反而加强了他的权力。机会使翁歧安公爵落到了他的手中，并且意外地使他杀死他，因此这比一切的方法都更有力量地使群众相信他有理，因为他有权力。机会造成了这个情况，就是他虽然集中全力准备远征英吉利（这显然要使他毁灭的），他却从来不曾实现这个意向，而偶然地攻击马克和不战而降的奥地利人。机会和天才给了他在奥斯特理兹的胜利，并且由于机会，所有的人，不但法国人，而且整个欧洲——除了没有参加那些要发生的事件的英国——所有的人，都不管他们先前对于他的罪恶所怀的恐怖和憎恶，现在都承认他的权力，他给他自己的头衔，他的伟大与光荣的理想，这个理想在所有的人看来是极好的、合理的东西。

好像是为了估量他们自己，对当前的运动作好准备，西欧的军队，加强着，壮大着，在一八〇五年、一八〇六年、一八〇七年、一八〇九年，向东方推进了好几次。一八一一年，在法国组成的一个人群，和中欧的各国人民汇合成为一个庞大的人群。随同人群的扩大。替这个运动的领导人作辩护的力量也加大了。在这个大运动之前的十年预备期间，这个人结交了所有的欧洲的君王。世界上的被褫夺权力的君王们，不能使用任何合理的理想，反对拿破仑的毫无意义的光荣与伟大的理想。他们一个一个地连忙向他表示他们的无足轻重。普鲁士王派他的妻子去求这个伟人的恩典；奥地利皇帝认为这个人把皇帝的女儿带上他的床乃是一种恩惠；教皇，各国的神圣物的监护人，用他的宗教帮助这个伟人提高地位。与其说是拿破仑使他自己准备去执行他的任务，毋宁说是他四周的人使他准备去担负所发生的和应发生的事情的责任。他所做的行为、罪恶和不足道的欺骗，没有一件不立刻在他四周人们的口头上当作了伟大的事业。德国人能够替他想出的最好的庆祝是耶拿和奥拿斯泰特的庆祝。不但他伟大，而且他的先人、他的兄弟、他的义子、他的妹丈都伟大。一切事情的发生，是为了使他丧失最后的理性，并且为他准备可怕的任务。他准备好了的时候，军队也准备好了。

侵略军向东急进，达到了最后的目标——莫斯科。都城被占领了；俄军所受的损失，超过敌军以前的从奥斯特理兹到发格拉姆各次战争中所受的损失。机会和天才始终不渝地用一连串的成功把他引向注定的目标，现在那些机会和那种天才都没有了，却忽然出现了无数的相反的机会，从他在保罗既诺的受凉，以至严寒和焚烧莫斯科的火星；他的天才，却也消失了，代之而出现的是空前的愚蠢和卑鄙。

侵略军逃跑着，向回转，又逃跑着，而所有的机会现在已经不赞助拿破仑，却老是反对他了。

自东向西的相反运动发生了，它和先前自西向东的运动是异常相似。在这个大运动之前，在一八〇五、一八〇七、一八〇九年，有过同样的自东向西的运动的试图；有过同样的广大人群的结合；中欧各国人民同样的加入这个运动；中途同样的动摇；和同样的越接近目标时速度越大。

巴黎——最后的目标——到达了。拿破仑的政府和军队被毁灭了。拿破仑本人不再有任何意义了；他所有的行为显然是又可怜又可憎的；但是又有了不可解的机会：联盟国仇恨拿破仑，认为他是一切灾祸的原因；他的实力和权柄被剥夺了，他的罪恶和欺诈被暴露了，在他们看来，他应该是一个像他十年之前和一年以后那样的人，不守法的强盗。但是由于某种奇怪的机会，没有人了解这个。他的任务还没有完毕。这个在十年之前、一年以后被人看作不受法律保护的强盗的人，被送到离法国两日航程的岛上去了，这岛是因为什么缘故给他作为他的领土的，还拨给他卫队和几百万金钱。

4

各国人民的运动在它的岸边平息了。大运动的波涛低落了，在平静的海面上发生了漩涡，外交家们在漩涡里旋转着，以为是他们造成了运动的平静。

但平静的海忽然动荡了。外交家们以为，他们的不和，是新的风浪的原因；他们期待他们的君主之间的战争；他们觉得这个局面是无法解决的。但是他们觉得正在翻腾的这个波涛，并不是从他们所期待的那个方面发生出来的。那个波浪又是从运动起点——巴黎——发出来的。从西方发生了这个运动的最后的逆流；这个逆流就是要解决那似乎无法解决的外交困难，结束这个时代的军事运动。

那个毁灭法国的人，没有阴谋，没有兵，独自回到法国来了。任何卫兵可以逮捕他；但是由于奇怪的机会，不但没有人抓他，而且大家都热烈地欢迎这个他们在一天之前所咒骂的、一个月之后又要咒骂的人。

为了替这最后的共同的一幕作辩护，这个人还是有用的。

这一幕是表演了。

最后的角色是扮演了。演员奉命卸去衣装，洗去铅粉和胭脂：不再需要他了。

经过了好几年。在这个期间，这个人孤独地在他的岛上，向他自己表演一幕可怜的喜剧，他欺诈、说谎，在不需要辩护的时候，为他的行为作辩护，并且向世界说明，在那一只无形的手指导着他的时候，人们当作权力的东西是什么。

舞台监督，结束了这个戏剧，卸下了演员的服装，把他指给我们看。

“看吧，你们所相信的是什么！这就是他！推动你们的不是他，却是我，你们明白了吗？”

但人们被运动的力量弄迷惑了，很久没有了解这一点。

亚力山大一世的生活显出了更大的连贯性与必然性，他就是领导自东向西的相反运动的人。

那个保护了别人、率领这场自东向西的运动的人，需要的是什么呢？

需要的是正义感和对欧洲事务的关心，然而又是目光远大、不被小利所蒙蔽的关心；需要的是对同伴们——即当时的帝王们——道德上的优越；需要的是温柔的、美好的个性；需要的是对拿破仑的个人怨恨。亚力山大一世身上具备了这一切；这一切是由他过去全部生活中无数的所谓偶然性预先形成的，亦即教育、自由主义的措施、周围拥有许多顾问、奥斯特理兹战役、提尔西特会谈和厄尔孚特会议。

在民族战争时期，这个人没有活动，因为不需要他。但是一旦爆发全面的欧洲战争显出了它的必要时，这个人便在这个时候，在应有的地方出现，并且联合欧洲各个民族，领导他们去达到目的。

目的达到了。在一八一五年最后一场战争之后，亚力山大便处在人类可能达到的权力的顶峰。他怎样运用这个权力呢？

亚力山大一世，欧洲的仲裁人，这个从早年就只努力为他的民族谋幸福的人，是自己祖国的自由改革的首倡者，现在，当他似乎拥有最大的权力，因而能够为他的民族谋幸福的时候，当拿破仑在流放中作出儿戏似的虚假的计划，说假使有权力他便要为人类谋幸福的时候，亚力山大一世完成了自己的使命，感觉到上帝的手在帮助他，他忽然认为这个虚假的权力是无足轻重的，他离弃了这种权力，把它交给他所轻视的可鄙的那些人，他只说：“不属于我们，不属于我们，而属于你的大名！① 我也是一个人，和你们一样的人；让

① 毛注：亚力山大命令制造一种徽章，作为一八一二年打败法军的纪念，它上面铸有这句话。

我作为一个人那样活着，想想我的灵魂和上帝。①”

好像太阳和太空的每一个原子都是球形的，它本身是一个整体，同时又是大得为人类所无法了解的那个整体的组成部分一样——每一个人本身都有自己的各种目的，然而，他具有这些目的，是为那个人类所不了解的总目的服务的。

落在花上的蜜蜂把一个小孩螫了一下。于是这个小孩怕蜜蜂，说蜜蜂的目的是螫人。一个诗人欣赏蜜蜂在花蕊里采蜜，说蜜蜂的目的是采集花蜜。一个养蜂人看到蜜蜂采集花粉与蜜汁，带到蜂巢里去，说蜜蜂的目的是采蜜。另一个养蜂人更仔细地研究了蜂群生活，就说蜜蜂采集花粉与酿蜜是为了喂养小蜂，供养蜂王，就说蜜蜂的目的是种族的延续。植物学家看到蜜蜂把雄蕊的花粉带到雌蕊上，使雌蕊受粉，便认为这就是蜜蜂的目的。另一个人研究植物的传播，看到蜜蜂有助于这种传播，于是这个新的观察者就可以说，这就是蜜蜂的目的。但是蜜蜂的最后目的并不是用人类智慧所能发现的这个、那个，或任何一个目的可以说得清楚的。在发现这些目的的时候，人类的智慧越发达，那就越无法了解最终目的。

而人类所能做到的只是观察蜜蜂的生活和他种生命现象的相互关系。对于历史人物和各国人民的目的，也可以这么说。

5

一八一三年娜塔莎嫁给别素号夫，这个婚事是老罗斯托夫家中最后一件喜事。同年，伊利亚·安德来伊支伯爵死了；事情总是这样的，他死后老家庭也就分崩离析了。

上年的事件：莫斯科的火灾、逃离莫斯科、安德来公爵的死、娜塔莎的失望、彼恰的死、伯爵夫人的悲痛，这一切好像一个接一

---

① 毛注：托氏在此或许是采用了在俄国流传多年的一种信念，即是亚力山大一世不是死于一八二五年，而是秘密隐居在西伯利亚，直到一八六六年。他的石棺在一九二七年打开时是空的。

个的打击，都落在老伯爵的头上。他似乎不了解，并感到自己不能了解这一切事件的意义。因此，在精神上他这个老人觉得非常沮丧，仿佛在等待和祈求新的打击以结束自己的生命。他有时显得恐怖而心神恍惚，有时看来活跃而有进取心，但显得不自然。

娜塔莎的婚事在表面上使他忙碌了一阵子。他筹备午饭和晚餐，显然想要显得自己心情愉快；但是，他的愉快不像从前那样有感染力，却恰好相反，引起了那些认识他的和爱他的人们的怜悯。

在彼埃尔夫妇离开之后，他安静下来，并且抱怨生活过得太无聊。过了几天，他得病了，躺在床上。在得病的头几天，虽然医生安慰他，但他知道，他起不来了。伯爵夫人在他床头的椅子上过了两星期，没有脱过衣服。每次她递给他药品时，他都啜泣着默默地吻她的手。在最后一天，他一面号啕大哭，一面请求妻子和不在跟前的儿子饶恕他断送了家产——这是他所感到的自身最大的罪过。他受了圣餐礼和终油礼，平静地死去了。第二天，成群的熟人来哀悼死者，挤满了罗斯托夫家租下的屋子。所有这些熟人，过去常常在他家里吃饭跳舞，也常常嘲笑他，现在都带着同样的内心责备和深受感动的心情，好像是在对谁为自己辩护说："是的，无论怎样，他是一个极好的人。这样的人现在已经遇不上了……谁没有弱点呢？……"

正当伯爵家的境况那么混乱，以致不能想象，假使他再活一年，这一切将如何了结的时候，他突然死去了。

尼考拉接到父亲去世的消息时，正随着俄军驻扎在巴黎。他立即呈请辞职，没有等到批准，就请假来到莫斯科。在伯爵死后一个月，他对家中挥霍金钱的情况才完全明了了，这些无可怀疑的小债加起来的巨额令人吃惊。债务要比家里的财产多一倍。

亲属和朋友们劝尼考拉拒绝接受遗产。但尼考拉认为拒绝接受遗产是对父亲的神圣的孝心的一种玷辱，因此他不愿听到拒绝的话，接受了遗产和还债的义务。

在老伯爵生前，由于他待人接物的宽厚善良，对于债主们产生了不太明显然而有力的影响，使他们缄默了很久，现在他们都突然来讨债了。事情总是这样的，他们发生了争执——谁先得到钱，就像米清卡和其他一些持有作为馈赠的空头期票的人，现在成了逼债最凶的债主。他们既不让尼考拉缓期，也不让他安宁，那些似乎可怜老伯爵的人——老伯爵是使他们遭受损失的人（假使有损失的话）——现在都无情地逼迫那个显然对他们并无责任、而是他自愿承担债务的年轻的继承人。

尼考拉所提出的计划没有一件办得到；地产按对折的价钱拍卖了，但仍有一半的债务没有偿还。尼考拉接受了妹夫别素号夫提供给他的三万卢布，以偿还那部分他认为是到期的要付现款的债务。为了避免因为还欠债而坐牢，像债主们向他所恐吓的那样，他又去服役了。

在军中他可以最先补升为团长，但是由于母亲现在抓住儿子不放，好像抓住生命的最后寄托物一样，因此要到军队里去是不可能的，虽然他不愿在莫斯科和从前的熟人待在一起，虽然他厌恶文职，但仍在莫斯科接受了文职，于是他脱下了心爱的军装，和母亲和索尼亚住在谢夫采夫·夫拉饶克街①的小屋里。

娜塔莎和彼埃尔这时候住在彼得堡，对尼考拉的情形了解得不清楚。尼考拉借了妹丈的钱，极力对他隐瞒自己的贫困的情形。尼考拉的境况是特别困难，因为他不但要用一千二百卢布的薪水维持自己和索尼亚及母亲的生活，而且还要那样地供养母亲，就是不让她注意到他们没有钱。伯爵夫人不能够了解，没有她从小所习惯的奢华的条件也可以生活，她不了解她使儿子感到多么为难，她不断地时而要用车子（他们没有马车了）去接朋友，时而要为她自己办贵重的食品，为儿子买酒，时而要钱替娜塔莎、索尼亚和尼考拉自己买意外的礼品。

索尼亚主持家务，服侍舅母，大声地读书给她听，忍受她的脾气和内心的憎恶，并且帮助尼考拉对老伯爵夫人隐瞒他们的贫穷的家境。尼考拉为了她对于他的母亲所做的一切，觉得自己受了索尼

① 毛注：莫斯科的贫民区。

亚的无法报答的恩惠，他钦佩她的忍耐和忠顺，但是极力对她疏远。

他似乎在心里责备她：为了她太完善，为了她没有可以责备的地方。她有人们所重视的一切的优点，却几乎没有可以使他爱她的地方。他觉得，他愈重视她，愈不爱她。他相信她在信中所说的、她让他自由的话；他现在那样地对待她，似乎他们之间所有过的一切，是早已忘记了，并且无论如何不能够恢复了。

尼考拉的境况越来越坏了①。从薪俸里抽钱储存的念头成了梦想。他不但抽不出钱储存，并且为了满足母亲的要求，他甚至借了小债务。他想不出摆脱这种境况的办法。他的女亲戚们向他提议过的娶富家女子的意思，是他所反对的。另一个摆脱这种境况的办法——母亲的死——是他从来没有想到的。他不需要任何东西，不希望任何东西；他在内心深处，为了自己毫无怨言地忍受自己的境况而感觉到一种忧郁的严正的快慰。他极力躲避从前的熟人，以及他们的同情和令人愤慨的帮助的提议；他避免了一切的消遣和娱乐，甚至在家里，除了和母亲玩牌，在房中沉默地走来走去，一袋一袋地吸烟以外，他什么也不做，他似乎是努力地维持着他心中的那种忧郁的心情，只有在这种心情中，他才觉得他能够忍受自己的境况。

6

冬初，玛丽亚公爵小姐到莫斯科来了。从城市的传闻中，她知道了罗斯托夫家的境况，知道了如何地“儿子为了母亲牺牲他自己”——城里的人这么说。

“我对他并不希望任何别的东西。”玛丽亚公爵小姐向自己说，快乐地感觉到她对他确实有了爱情。想起她对他们全家的友谊和近于亲戚般的关系，她觉得她应该去拜访他们。但是想起她和尼考拉在福罗涅示的关系，她又怕这么办了。然而在她来到莫斯科几个星

---

① 毛注：尼考拉·罗斯托夫在父亲死后的生活，是仿照作者的父亲尼考拉·托尔斯泰的。作者写《战争与和平》时，姨母塔蒂安娜（即书中的索尼亚）还住在他家。作者是在复述他所密切认识的人们的实际心情和行为。

期之后，她迫使她自己去看罗斯托夫家的人了。

尼考拉最先遇见她，因为到伯爵夫人的房里去，一定要经过他的房。在初见她的时候，尼考拉的脸上没有玛丽亚公爵小姐所指望看见的高兴的表情，却是公爵小姐从前没有看见过的冷淡、生硬和骄傲的表情。尼考拉向她问了安，陪她去见母亲，坐了五分钟光景，就从房里走出去了。

当玛丽亚公爵小姐走出伯爵夫人的房间时，尼考拉又遇见了她，特别庄重地、生硬地把她送到前室。她问到伯爵夫人的健康，他一句话也没有回答。“与您何干！让我安静吧。”他的目光这么说。

“为什么她要到这里来？她需要什么？我看不惯这些小姐们和这些礼节！”在公爵小姐的马车离开之后，他大声地当索尼亚的面说，显然不能克制他的恼怒。

“啊，怎么能说这样的话，尼考拉！”索尼亚说，却难以掩饰她的高兴，“她是那么善良，妈妈那么喜欢她。”

尼考拉没有回答，只想要提也不再提到公爵小姐。但是自她来拜访以后，老伯爵夫人每天要提到她几次。

伯爵夫人称赞她，要求儿子去回拜她，表示她希望常常看见她，然而同时，当她说到她的时候，总是有脾气。

在母亲说到公爵小姐时，尼考拉极力沉默着，但是他的沉默使伯爵夫人生气了。

“她是很高贵的，很好的女孩子，”她说，“你应该去看她。你总得去看看人的；不然，我想，你和我们在一起要觉得无聊的。”

“但我一点也不希望这样，妈妈。”

“有时你想要看人，现在又不想了。我亲爱的，我真不了解你。有时你觉得无聊，有时你忽然什么人也不想看。”

“但是我没有说过，我觉得无聊。”

“哦，你自己说的，你不想看见她。她是很高贵的女孩子，你一直欢喜她；现在你忽然有了什么道理。一切都瞒我。”

“但是，什么也没有，妈妈。”

“即使我要你去做什么不愉快的事，也不过是要你去回拜她。似乎礼节上也应该……我求过你，现在我不再麻烦你了，你对母亲有秘密。”

“假使您想要我去，我就去。”

“我是反正一样的，我是为你才希望这样的。”

尼考拉咬着唇髭叹了口气，于是摆着纸牌，极力要把他母亲的注意力引到别的问题上去。

第二天，第三天，第四天，老是重复着同样的谈话。

玛丽亚公爵小姐，在她拜访了罗斯托夫家和尼考拉对她意外冷淡的接待之后，认为她不愿先去拜访罗斯托夫家倒是对的。

“我并不希望任何别的东西，”她自语着，乞求于她自己的自尊心，“我和他毫不相干，我只想去看老太太，她一向对我很好，我非常感激她。”

但是她不能够用这些想法使她自己安静下来。当她想起她的拜访时，一种类似懊悔的情绪苦恼着她。虽然她毅然地决定了不再到罗斯托夫家去，并且要忘掉一切，却总是觉得自己处于为难的境地。当她问她自己，是什么东西使她苦恼的时候，她不得不承认那是她和罗斯托夫的关系。他的冷淡的恭敬的态度，不是出于他对她的情感（她知道这一点），但是这个态度掩盖着某种东西。她需要明白的就是这个某种东西：她觉得要明白了这个，才能够安静下来。

仲冬的某一天，她坐在课室里考核侄儿的功课，这时，仆人通报罗斯托夫来拜访。她毅然地决定了不泄漏她的秘密，不表示她的不安，她邀了部锐昂小姐一同走进客厅里。

一看见尼考拉的面孔，她就明白了，他来只是为了尽礼节的，她毅然地决定了要用他对她说话的那种语气和他说话。

他们谈到伯爵夫人的健康，谈到共同相识的朋友，谈到最近的战争新闻，在礼节所需要的十分钟过去了的时候（过了这个时候客人就可以起身了），尼考拉起身告辞了。

公爵小姐借部锐昂小姐的帮助，使谈话进行得很好；但是正在最后的那一片刻，在他立起的时候，她是那样讨厌说到与她无关的事情，她是那样地只想到，为什么只有她一个人的生活幸福是那么少，以致她心不在焉，用她的明亮的眼睛向前面注视着，坐着不动，没有注意到他已经立起来了。

尼考拉看了看她，并且希望做出他没有看到她的心不在焉的样子，和部锐昂小姐说了几句话，又看了看公爵小姐。她还是坐着不动，她的温柔的脸上显出了痛苦。他忽然对她感到遗憾，茫然地觉得，也许他就是她脸上所表现的悲哀的原因。他想要帮助她，向她说点愉快的话；但是他不能够想出要向她说的话。

“再见，公爵小姐。”他说。

她清醒过来，红了脸，深深地叹了口气。

“啊，对不起，”她说，好像是睡觉醒来一样，“您已经要走了吗，伯爵？哦，再见！但是伯爵夫人的垫子呢？”

“等一下，我就去拿来。”部锐昂小姐说过，便走出了房。

两个人沉默着，偶尔地互相地望望。

“是的，公爵小姐，”尼考拉终于忧郁地微笑着说，“自从我们在保古恰罗佛初次会面以后，好像没有多久，但是已经过了许多日月了。那时候我们好像都很不幸，我宁愿付出巨大的代价，只要那个时间能够再来……但是不会再来了。”

当他说这话时，公爵小姐用她的明亮的目光凝视着他的眼睛。她似乎极力在了解他的话里的隐藏的含义，它会向她说明他对她的情感。

“是的，是的，”她说，“但是您用不着惋惜过去，伯爵。因为我现在了解您的生活，您会永远快乐地想起它的，因为您现在的生活里的自我牺牲……”

“我不能接受您的恭维，”他连忙地插言，“恰好相反，我不断地责备我自己；但这是完全没有兴趣的、不愉快的话题。”

他的目光又有了先前的生硬冷淡的表情。但是公爵小姐已经又看出了他就是她所知道、她所爱的那个人，她现在只是和这个人在说话。

“我想，您会让我说这话的，”她说，“我和您……和您的家庭是那么接近，我觉得，您不至于以为我的同情是不合适的；但是我弄错了，”她说，她的声音忽然发抖了，“我不知道为什么，”她恢复了镇静，继续说，“您以前不是这样的，并且……”

“有成千成万的理由为什么。”（他特别强调着这个字眼为什么。）“谢谢您，公爵小姐，”他低声地说。“有时候觉得难受。”

“就是这个缘故！就是这个缘故！”内在的声音在玛丽亚公爵小姐的心里说，“不！我不只爱他的那个愉快的、善良的、坦白的神情，我不只爱他的堂堂的仪表；我还看出了他的高贵的、坚毅的、自我牺牲的精神”，她向自己说，“是的，现在他穷，我有钱……是的，只是因为这个……是的，假使不是这个……”于是回想着他从前的温柔，她现在望着他的善良而忧郁的面孔，忽然明白了他冷淡的原因。

“为什么，伯爵，为什么？”她忽然地几乎叫起来，不觉地向他靠近着，“为什么，告诉我。您一定要告诉我。”

他沉默着。

“伯爵，我不知道您的为什么，”她继续说，“但是我觉得难受，我……我向您承认这个。您因为什么缘故，想要使我失去我们的从前的友谊。这件事使我痛苦。”她的眼睛里和声音里都含着泪，“我生活中的幸福是那么少，以致任何一种损失都使我感到痛苦……原谅我，再见。”她忽然哭了起来，走出房间。

“公爵小姐！等一下，看在上帝面上，”他叫喊着，极力要止住她，“公爵小姐！”

她回头看了一下。他们默不作声地彼此对视了一会儿，于是那遥远的、不可能的事情，忽然变为接近的、可能的和不可避免的事情了。

7

一八一四年秋，尼考拉娶了玛丽亚公爵小姐，然后带着妻子、母亲和索尼亚搬到童山居住。

在三年中，他没有出卖妻子的财产就偿还了其余的债务，并在表兄死后接受了一笔数目不大的遗产，又偿还了彼埃尔的债务。

又过了三年，到一八二〇年，尼考拉料理好了他的金钱事务，买下了童山附近的一个小田庄，并且洽谈了赎回奥特拉德诺的祖产的事，这是他最喜爱的地方。

因为不得已而开始管理产业，他很快就那么致力于农业，以至这事成了他心爱的几乎是唯一的工作。

尼考拉是一个普通的地主，不喜欢革新，特别不喜欢当时流行的英国式的新办法，他嘲笑有关农业的理论文章，不欢喜工厂，不欢喜昂贵的物产，不欢喜播种昂贵的粮食作物，总之，他不是单独从事任何一部分的农业。在他眼里常常只有一个完整的田庄，而不是它的任何一个单独部分。田庄上主要的东西，不是土壤中的氮和空气中的氧，不是特殊的犁和肥料，而是使氮、氧、肥料、犁产生作用的主要工具——即做工的农民。当尼考拉经管农业并且开始深入农业各个部门时，农民特别引起了他的注意；他觉得农民不仅仅是工具，而且本身就是目的，是判断者。起初他仔细观察农民，力求了解农民所需要的是什么，了解他们认为好的是什么、坏的是什么，他只是装作在安排和吩咐他们，实际上只是在向农民们学习，学习他们的耕作方法、言语，以及对于什么是好、什么是坏的判断。只是当他了解了农民的兴趣和意愿，学会了用农民的言语交谈，了解了农民说话中隐藏的含义，觉得自己接近了农民的时候，他才开始大胆地管理他们，即履行他对农民们所应尽的义务。尼考拉的经营管理产生了最辉煌的效果。

尼考拉在管理田庄时，由于他的眼力好，立刻非常恰当地指定了一些人做管事、村长、代表，假使农民自己能够推选的话，也一定会推选他们的，再说这些管事是从来不换的。在分析肥料的化学成分之前，在深入研究借方与贷方（他爱这么嘲笑说）之前，他了解了农民家牛的头数，用一切可能的方法增加牛的头数。他使农民的家庭维持最多的人数，不让他们分家。他同样严厉地对待懒惰的、放荡的和软弱无力的人，并且极力把他们赶出村去。

在播种和收割干草、粮食的时候，他对自己的田地和农民的田地是完全同样注意的。地主的田地能够像尼考拉的田地播种和收割得那么早、那么好，并且有那么多的收入，是少有的。

他不欢喜和家奴们打任何交道，让他们吃白食，大家都说，他放纵并且姑息了他们。在必须处理，特别是在必须处罚一个家奴的时候，他总是犹豫不决，而且还征求家里所有人的意见；在能够派家奴代替农民去当兵的时候，他就毫不犹豫地这么做。在处理有关农民的各种事件中，他从来没有产生过丝毫的犹豫。他知道，他的每项决定，会得到全体农民的赞成，只有一个或几个人反对。

他同样地既不许他自己只因为他想要那么做，就苛求或处罚一个人；也不许他自己只因为他希望那么办，就放松或奖赏一个人。他不能够说出来，他凭什么标准决定什么是应该做的，什么是不应该做的；但是在他的心里这个标准是坚定而不移的。

他常常苦恼地说到某种失败和混乱："对于我们俄国农民有什么办法呢？"并且自以为讨厌农民。

但是他全心全意地爱这种我们俄国的农民和农民的生活方式，就是因此他了解了，并且采用了，那个产生好结果的唯一的农业方法①。

玛丽亚伯爵夫人妒忌丈夫的这种爱好，并且惋惜她不能分享；但她不能了解那个遥远的、对她是生疏的世界给予她丈夫的那种快乐和苦恼。她不能了解，他天一亮就起身，在田地上或打谷场上度过整个的上午，在播种、刈割或收获之后回来和她一道吃茶的时候，他为什么是那么特别地兴奋而快乐。她不明白，为什么他是那么羡慕地高兴地说到那个富足的、勤劳的农民马特未·叶尔米升和他家的人用车子整夜地装运禾捆；或者说到，在别人还没有收割的时候，他自己的禾捆已经成堆了。她不明白，当暖和的细雨落在枯萎的燕麦嫩芽上的时候，他为什么那么高兴地从窗口跨上露台，嘴里不断发出笑声，并且眨眼；或者在刈草或收割的期间，风把阴雨的乌云

---

① 毛注：此处所写尼考拉的农业方法和他对农民的态度很像《安娜·卡列尼娜》中的列文。两者都是根据托氏自己在一八六二至一八八〇年的处理方法。

吹散的时候，他为什么脸上发红，晒得淌汗，头发上发出艾与龙胆的气味，从打谷场上走来，高兴地用手拭着脸，说："那么再有一天，我的和农民的收成都要进仓了。"

她更不明白，为什么，他这个心地善良的、永远准备逢迎她的意志的人，在她替那些向她求情的农妇或农夫请求免除工作的时候，便几乎感到绝望；为什么，他，善良的尼考拉，固执地拒绝她，愤怒地要求她不要干涉别人的事。她觉得，他有一个特殊的、他所热烈喜爱的世界，它具有一些是她不了解的法则。

她有时极力要了解他，向他说到他的好处，说到他为他的家奴们所做的福利，这时他便生气，回答说："一点也不是的，我心里从来没有想到过；我并不要为他们的福利去做那件事。那一切邻人的福利，那一切是诗话和奇谈。我所需要的是我们的小孩不要讨饭，我一定要在我活着的时候改善我们的境遇，没有别的了。因此需要秩序，需要严格……没有别的了！"他说，急躁地握着拳头，"还有公正，当然的，"他又说，"假使农民受饥受寒，只有一匹可怜的马，他便不能替他自己、也不能替我做出工作了。"

大概正是因为尼考拉不让他自己想到，他是为了别人，为了德行在做什么事情，所以他所做的一切，都有好结果：他的财产迅速地增加；邻近的农奴来请求他收买他们，并且在他死后很久，农奴们还对于他的管理，保持着尊敬的怀念。"他是一个地主……农民的事情在先。他自己的事情在后。他不宽纵人的。总而言之——他是一个好地主。"

8

然而尼考拉在农业管理方面，只有一件事情有时候使他感到苦恼，这就是他的暴躁脾气，和他的骠骑兵的好用拳头的旧习惯。在起初的时候，他并不觉得这有任何应受指摘的地方，但在他结婚的第二年，他对于这种打人方式的看法忽然改变了。

夏季的一天，接替逝世的德隆的村长，被告发了欺骗和各种毛病，他从保古恰罗佛被找来了。尼考拉到台阶上去问他，村长刚刚回答了几句，便从门廊里传来了喊叫声和打人声。尼考拉回到屋内吃饭时，走到妻子的面前，她低头坐着在绣花，他照例地开始向她说到他早上所做的一切，顺便说到保古恰罗佛的村长。玛丽亚伯爵夫人的脸发红又发白，抿着嘴唇，仍旧低头坐着，对于丈夫的话没有回答。

“这个胆大的浑蛋，”他说，一想到他，便发火了，“哦，假若他向我说他吃醉了酒，他不知道……但是你怎么啦，玛丽？”他忽然问。

玛丽亚伯爵夫人抬起头，想说什么，但是又赶快地低下了头，噘起了嘴唇。

“你怎么啦？你有什么事？亲爱的……”

不好看的玛丽亚伯爵夫人，在哭的时候总是好看。她从来没有因为疼痛和恼怒而哭；总是因为悲哀与怜悯而哭。而当她哭的时候，他的明亮的眼睛便有了不可抵抗的魅力。

尼考拉刚抓住她的手，她便不能够克制她自己，哭起来了。

“尼考拉，我知道了……他有错，但你，为什么你？尼考拉……”她用双手掩了她的脸。

尼考拉沉默着，脸上发红，离开了她，开始在房中沉默地来回走动。他明白了她为什么哭，但是他的心里不能够一下子就和她意见一致，认为他从小所习惯的事，他认为最寻常的事，是错误的。

“这是心肠软，是啰嗦，还是她有理？”他自问着。他还没有解决这个问题，便又看了看她的痛苦而可爱的脸，于是忽然明白了是她有理，是他自己又犯错误了。

“玛丽，”他走到她面前低声地说，“这事决不会再有了，我向你保证决不会有了。”他用颤抖的声音说，好像小孩子请求饶恕一样。

伯爵夫人的眼泪流得更厉害了。她抓住丈夫的手，吻了一下。

“尼考拉，你什么时候把浮雕戒指弄破了？”为了改换话题，她看着他的手说，他手上有一个拉俄孔人头像的戒指。

“今天，还是同样的事情。啊，玛丽，不要向我提到这个了！”他又脸红了，“我向你保证，我决不再做这样的事了。让这个永远地做我的纪念物。”他指着破戒指说。

从那时起，当他和村长们和管家们谈话时，他的血一涌上了他的脸，他的手一握成了拳头，尼考拉便转动手指上的破戒指，在使他发怒的人面前垂下了眼睛。但是在一年之中，他仍然忘记了两次，这时候，他又走到妻子的面前认错，又保证说，这确实是最后一次了。

“玛丽，你当真轻视我吗？”他问她说，“这是我活该。”

“假使你觉得，你不能够克制自己了，你就走开，赶快走开。”玛丽亚伯爵夫人忧郁地说，极力安慰丈夫。

在本省的贵族当中，尼考拉受人尊敬，但不得人喜欢。他不关心贵族的利益。因此有些人认为他骄傲。还有些人认为他愚蠢。整个的夏天，从春播到收获，他都忙于农业的活动。秋间，他像他在经营农业时那样以认真踏实的态度从事打猎，带他的猎队出门一两个月。冬天他访问别的村庄，或者读书。他所阅读的书主要的是历史书籍，他每年要花相当的钱定购。照他说，他替自己收集了一些重要的图书，并规定了他要读完他所购买的全部书籍。他神态庄重地坐在书房里读书；最初他把这件事看作是自己承担的一种责任，后来却变成了习惯的工作，使他得到一种特别的乐趣，并使他认识到他是在做一件严肃的事情。除了因事出门外，冬天大部分时间他都在家里，和家里人待在一起，做些母亲和小孩们之间的琐事。他对妻子越来越亲密了，每天都发现她身上新的精神财富。

索尼亚自从尼考拉结婚以后便住在他的家里。在结婚之前，尼考拉已经向妻子说过他和索尼亚之间所发生的一切，他指责自己，称赞她。他要求玛丽亚公爵小姐亲切友好地对待他的表妹。玛丽亚伯爵夫人感到她的丈夫很对不起索尼亚；也觉得她自己对不起索尼亚；她认为自己的财产影响了尼考拉的择配，她一点儿也不能责备索尼亚，她希望爱索尼亚；但是她不但不爱她，而且常常发现自己心中对她怀着恶感，而且不能自制。

有一天，她和自己的朋友娜塔莎说到索尼亚，以及自己对她的不公正的态度。

“你知道，”娜塔莎说，“你常常读福音书；那里有一个地方正是说到索尼亚的。”

“什么？”玛丽亚伯爵夫人惊异地问。

“‘凡有的，还要加给他。凡没有的，连他自以为有的，也要夺去。’你记得吗？她是没有的，为什么？我不知道，也许她没有自私，我不知道，但她被夺，被夺去了一切。有时我非常可怜她；从前我非常希望尼考拉娶她；但是我总是似乎预感到，这事做不到。你知道，她像草莓上的一朵不结果的花。有时我替她可惜，但有时我想，她并不像我们一样有这种感觉。”

虽然玛丽亚伯爵夫人对娜塔莎说，福音书上这些话不能这样去理解，但是看到索尼亚，她又同意娜塔莎的说法了。确实，索尼亚似乎并不因为她的境况而痛苦，完全安于这种不结果的花的命运。看来与其说她欢喜每个人，毋宁说她欢喜整个家庭。她好像一只猫，不依恋人，却留恋房屋。她侍候老伯爵夫人，并对孩子们既亲热又抚爱，并且常常为他们做些自己能够做的小事情；这一切事情她都不由自主地做了，但很少得到感谢……

童山的庄园是重新建造的，但已经没有公爵在世时那样的规模。在经济拮据的时候建造起来的屋子是较为简单的。在旧石基上盖起的大屋子是木头的，只是内部抹了灰泥。地板没有上油漆，大屋子里只安置了最简单的硬沙发、扶手椅、桌子和椅子，这些都是自家的木匠用自家的桦树做成的。屋子很宽大，有家奴的下房和客房。罗斯托夫家和保尔康斯基家的亲戚有时全家到童山来作客，带十六匹马、几十个仆人，住几个月。此外，一年中有四次，在主人夫妇的命名日和生日，有上百个客人来住上一两天。一年中其余的时间都过着不能违背的有规律的生活，做些日常的工作、喝茶和用自产的粮食做的早餐、午饭和晚饭。

9

一八二〇年十二月五日是冬季尼古拉节的前夜。这一年，娜塔莎带着小孩和丈夫，从初秋就在哥哥家作客。彼埃尔到彼得堡去了，照他说，他要为自己的私事到那里去三个星期，但是他在那里已经待了快有七个星期了。他们每时每刻都在等待着他回来。

十二月五日，除了别素号夫一家外，到罗斯托夫家作客的还有尼考拉的老朋友和退职的发西利·德米特锐支·皆尼索夫将军。

六日是庆祝日，有许多客人要来，尼考拉知道他得脱下棉袄，穿上礼服和尖头的紧靴，到他新建的教堂里去，然后受贺、宴客，说些贵族的选举①和收成的话；但是他认为在正期的前夕仍然应该过日常的生活。在午饭前，尼考拉审核了管事的关于内侄的财产锐阿桑村庄的账目；他写了两封公函，看过了谷仓、牛圈和马厩。他采取了预防大家意外地在明天守护神节都喝醉的办法。然后他回家吃午饭。他没有来得及和妻子单独交谈，便坐在全家都来聚餐的、摆有二十套餐具的长桌旁。桌旁有他的母亲、和她生活在一起的老女伴别洛娃、他的妻子、他的三个小孩、保姆、教师、内侄和他的教师、索尼亚、皆尼索夫、娜塔莎、她的三个小孩、他们的保姆和安居在童山的公爵的建筑师米哈伊·依发内支老人。

玛丽亚伯爵夫人坐在桌子的另一头。当她的丈夫在自己的位子上坐下来的时候，从他拿下餐巾以及迅速地推开他面前的茶杯和酒杯的姿势来看，玛丽亚伯爵夫人便断定他的心绪不佳，在他从农庄直接回来吃饭的时候，特别是在吃汤之前偶然会发生这种情况。玛丽亚伯爵夫人对丈夫的这种情绪了解得很清楚，在自己心情好的时候，她便安静地等待着他吃完汤，然后和他说话，要他承认他是无故地发脾气；但是，现在她完全忘记了自己的这种做法；因为他无故地向她发火，她觉得伤心，并且感到自己是不幸的。她问他，他到哪里去了。他回答了。她又问，农庄上的一切是否都很好。由于她那种不自然的口气，他不愉快地皱了皱眉头，急忙作了回答。

"我没有什么错，"玛丽亚伯爵夫人想，"他为什么对我发火？"从他回答的口气上，玛丽亚伯爵夫人听出了他对她不高兴，并有希

---

① 毛注：各省贵族有一个组织，按期集会选举，在地方行政上有相当势力。

望停止谈话的想法。她觉得自己的话说得很不自然；但是她无法克制自己不再问几句。

由于皆尼索夫在场，吃饭时的谈话立刻变得生动活泼，玛丽亚伯爵夫人也不再同丈夫说话了。当他们离开座位来感谢老伯爵夫人①的时候，玛丽亚伯爵夫人向丈夫伸出她的手，吻了丈夫，并问他为什么对她发火。

“你的想法总是很古怪，我没有想发火。”他说。

回答玛丽亚伯爵夫人的总是这句话：是的，我发火，但是我不想说。

尼考拉夫妇是那么要好，甚至由于嫉妒而希望他们之间有分歧的索尼亚和老伯爵夫人，也找不到指责的借口；但他们之间也有不和的时候。有时，正是在最幸福的时刻之后，他们会忽然产生疏远和不和的感觉；这种感觉，在玛丽亚伯爵夫人怀孕期间出现的次数最多。眼下她就处在这样的时刻。

“好吧，messieurs et mesdames，［诸位先生、诸位女士，］”尼考拉大声地、好像是愉快地说（玛丽亚伯爵夫人觉得这是有意要使她难受），“我早上六点钟就起来了。明天我得受苦去，今天我要去休息了。”

他没有向玛丽亚伯爵夫人再说别的，便走进小起居室，躺在沙发上。

“总是这样，”玛丽亚伯爵夫人心里想，“和大家说话，只是不同我说话。我知道了，知道了，他讨厌我。特别是在我有孕的时候。”她看看自己的大肚子，在镜中看看自己枯黄憔悴的脸，和比任何时候更大的眼睛。

这一切都使她觉得不愉快：皆尼索夫的叫声和笑声，娜塔莎的话声，特别是索尼亚迅速地投给她的目光。

索尼亚总是玛丽亚伯爵夫人首先选为发火的对象。

---

① 毛注：饭后，向主妇道谢是俄国的风俗。此处出于礼节道谢老伯爵夫人，虽然她不是主妇。

和客人们坐了一会，一点也没有了解他们所说的话，她便悄悄地走出房，进了育儿室。

小孩们坐在椅子上玩着“到莫斯科去”，邀她加入。她坐下来，和他们玩了一会，但是想到丈夫和他的无故恼怒，她不断地感到痛苦。她立起来，费力地踮脚走进了小起居室。

“也许他没有睡着；我要和他说明。”她向自己说。她的大孩子安德柔沙，仿效她，踮脚跟随着她。玛丽亚伯爵夫人没有注意到他。

“Chère Marie，il dort，je crois；il est si fatigué，［亲爱的玛丽，我相信，他睡着了；他是那么疲倦，］”索尼亚在大起居室中说（玛丽亚伯爵夫人觉得到处碰见她），“安德柔沙会吵醒他的。”

玛丽亚伯爵夫人回头看了一下，看见了后边的安德柔沙，觉得索尼亚是对的。正因为这个，她脸红了，并且显然费力地约束了自己不说出令人难受的话。她没有说话，但是为了不听索尼亚的话，她作了一个手势，要安德柔沙跟着她，要他莫吵，然后她走到门口去了。索尼亚从另外一道门出去了。尼考拉睡觉的房间里传出了均匀的呼吸声，这是他的妻子极其熟悉的。她听着这个呼吸声，在她面前看见了他的光滑漂亮的额头、胡须，和她在静夜中当他睡着的时候常常看得很久的、他的整个的脸。尼考拉忽然动了一下，咳了一声。就在这时候安德柔沙在门外叫了：“爸爸，妈妈站在这里。”

玛丽亚伯爵夫人恐惧得脸色发白，开始向儿子作手势。他不作声了，玛丽亚伯爵夫人觉得出现一刹那可怕的沉默。她知道，尼考拉不喜欢有人叫醒他。忽然门里又传出了清嗓子声和动作声，然后尼考拉的不高兴的声音说：“我没有片刻的安静。玛丽，是你吗？为什么你把他带到这里来了？”

“我只是来看看的，我没有看见……对不起……”

尼考拉咳了一下，又沉默了。玛丽亚伯爵夫人从门口走开，把儿子带到育儿室去了。五分钟后，小小的、黑眼的、三岁的娜塔莎，父亲的小心肝，听哥哥说父亲在睡觉，妈妈在起居室里，她没有让妈妈看见，跑到父亲那里去了。黑眼的小女儿大胆地打开了吱吱呀呀的门，肥胖的小脚踏着有劲的小步子，走到沙发那里，看了看父亲的睡态，他是背对着她睡的，她踮起脚跟，吻了父亲的放在头底下的手。尼考拉脸上带着亲昵的笑容转过身来。

“娜塔莎，娜塔莎！”玛丽亚伯爵夫人在门口发出恐惧的低唤声，“爸爸要睡觉。”

“不，妈妈，他不要睡，”小小的娜塔莎肯定地回答，“他在笑。”

尼考拉垂下了腿，坐起来，把女儿抱在怀里。

“进来，玛莎。”他向妻子说。

玛丽亚伯爵夫人进了房，坐在丈夫的旁边。

“我刚才没有看见她跟我跑来，”她羞怯地说，“我只是来看看的。”

尼考拉用一只手抱着女儿，看了看妻子，看见她脸上的内疚的表情，用另一只手臂搂抱她，吻了她的头发。

“可以吻吻妈妈吗？”他问娜塔莎。

娜塔莎害羞地微笑了一下。

“再亲亲。”她用命令的手势指指尼考拉吻过自己妻子的地方说。

“我不知道，为什么你以为我在发火。”尼考拉说，他知道妻子心里存在着这个问题，有意回答。

“你无法想象，在你那样的时候，我是多么难过、多么孤独。我总觉得……”

“玛丽，够了，别说蠢话了。你怎么不难为情。”他愉快地说。

“我似乎觉得，你不会爱我的，我那么丑……一向……而现在……在这样的情……”

“啊，你多么可笑！人不是由于美才可爱，而是由于可爱才美。只有玛尔维娜和别的女人才由于她们的美而被人爱。难道我爱自己的妻子吗？我不爱，但是，我不知道对你怎么说。没有你，在我们之间出现不和的时候，我便好像什么都完了。什么事也不能做了。那么我爱我的手指吗？我不爱，那么试一试把它割下来……”

“不，我不是那样的，但是我明白。你不是对我发火吗？”

“发得很厉害。”他微笑着说，站起来，理了理头发，开始在房间里来回走动。

“玛丽，你知道我想的是什么吗？”他开始说，现在，当他们已经和解的时候，他立刻想当妻子的面大声地说出自己的想法。

他没有问，她是否准备听他说；他觉得这反正一样。他有想法，因此她也会有想法。他对她说，他打算挽留彼埃尔和他们一起待到春天。

玛丽亚伯爵夫人听完了他的话，表示了一些意见，开始轮到她大声说出自己的想法。她想的是和小孩们有关的事。

“现在已经看得出她成人样子了。”她指着小小的娜塔莎用法语说，“你责备我们妇女说话没有逻辑。瞧，她说的话就表现了我们的逻辑。我说：爸爸要睡觉，而她说：不，他在笑。她说的是对的。”玛丽亚伯爵夫人幸福地微笑着说。

“是的，是的。”尼考拉用他有力的手抱住女儿，把她高高地举起来，放在他的肩上，抓住她的小腿儿，掮着她开始在房间里走来走去。父女俩的脸上都显露着无忧无虑的幸福神情。

“你知道，你也许是不公平的。你太爱这个了。”玛丽亚伯爵夫人用法语低声说。

“是的，但又怎么办呢？……我要尽量避免……”

这时从门廊和前厅里传来了开门的滑轮声和脚步声，好像是有人来了。

“有人来了。”

“我相信是彼埃尔，我去看看。”玛丽亚伯爵夫人说，从房间里走出去了。

她走了之后，尼考拉掮着女儿在房间里兜圈子跑。他喘着气迅速地把欢笑的女儿放下来，把她搂在怀里。他的跳动使他想起了跳舞，他一面望着女儿天真活泼的小圆脸，一面在想当他成了老人，带她出门，像他的已故的父亲和女儿跳丹尼·古柏舞那样和她跳美最佳舞的时候，她将是什么样子。

“是他，是他，尼考拉，”几分钟后，玛丽亚伯爵夫人回到房间里来说，“现在我们的娜塔莎活跃起来了。应该看看她的高兴劲儿，看看他因为过了日期马上就要挨骂的情景。走吧，我们快点去，我们去吧！你该放下她了。”她瞧了瞧缠住父亲的女儿，微笑着说。

尼考拉抓着女儿的手走出去了。

玛丽亚伯爵夫人留在起居室里。

“我决不，决不相信，”她低声对自己说，“我会这么幸福。”她脸上露出了笑容；但是正在这个时候，她叹了口气，一种淡淡的忧愁在她的深邃的目光里流露了出来。仿佛除了她所体验到的幸福之外，还有这一生得不到、此刻不由自主地回想起来的另一种幸福。

10

娜塔莎在一八一三年初春出嫁，一八二〇年她已经有了三个女儿和一个儿子，儿子是她所巴望的，现在由她亲自喂养。她长胖了，身子也粗了，因此很难认得出这个强壮的母亲就是从前那个身材瘦削、举止灵活的娜塔莎。她的脸型确定了，具有安静、温和、明朗的表情。她脸上从前那种不断燃烧着、成为她的魅力的青春焕发的火焰不见了。现在所能看见的只有她的脸和身体，她的心灵完全不见了。呈现在大家面前的是一个强壮、美丽、多子女的母亲。她身上从前的火焰现在很少燃烧了。只有像现在，当她的丈夫回来的时候，当小孩恢复健康的时候，或者当她和玛丽亚伯爵夫人回想起安德来公爵的时候（她从来没有对丈夫提到他，她认为丈夫会妒忌她对安德来公爵的怀念），以及很难得地当什么东西偶然引起她唱起婚后完全丢弃了的歌曲的时候，她才会燃起从前的热情。从前的火焰在她丰满、美丽的身上燃烧起来的那些时刻，她显得比从前更加动人了。

在婚后，娜塔莎和丈夫在莫斯科、在彼得堡、在莫斯科乡下、在母亲那里，即在尼考拉家里都住过。年轻的别素号夫伯爵夫人很少在交际场中露面，那些看见她的人都对她不满意了。她既不动人，也不可爱了。娜塔莎并不是欢喜孤独（她不知道，她是否欢喜孤独，她甚至觉得她并不欢喜），但是她怀孕、分娩、喂小孩，还要时时刻刻照料丈夫生活的事情，使她只有放弃社交生活，才能够满足这些要求。所有在娜塔莎婚前认识她的人，对她发生的这种变化，好像对一件异乎寻常的事情一样感到惊奇。只有老伯爵夫人凭着母亲的敏感知道娜塔莎的一切热情冲动只是出于要有家庭、要有丈夫的愿望（像她在奥特拉德诺与其说是开玩笑，毋宁说是真心地大声说出的那样）——只有娜塔莎的母亲对于那些不了解娜塔莎的人们的惊讶感到诧异，她一再说，她一向知道娜塔莎将会成为一个贤妻良母。

“她只会把丈夫和孩子爱得过头，”伯爵夫人说，“这种爱甚至显得很愚蠢。”

娜塔莎没有奉行许多聪明人，特别是法国人所鼓吹的那种金科玉律，即主张女子在结了婚，不应当放松自己，不应当抛弃自己的才能，应该比少女时代更加注意自己的仪表，应该使她的丈夫像还没有做她的丈夫时那样对她神魂颠倒。正相反，娜塔莎立刻抛弃了她的所有嗜好，其中对她有最大引诱力的是唱歌。她抛弃了唱歌，正因为这对她的引诱力最大。娜塔莎既不注意自己的举止、或者语言的文雅、或者要向她丈夫表现她最好的仪态，也不注意自己的装束，或者不要用自己的苛求使丈夫为难。她所做的一切都违反那些规条。她觉得，从前她的本能教会她运用的那些令人迷恋的本领，现在在她丈夫的眼睛里只显得很可笑了，她在头一分钟便完全献身于她的丈夫——即把她整个心毫无保留地献给了自己的丈夫彼埃尔。她觉得她和自己丈夫的结合，不是靠着那种吸引她的诗意的情感来维持的，而是靠着别的一种不明确的、然而是坚固的东西来维持的，就像她自己的心灵与身体间的接合一样。

为了吸引她的丈夫而留鬈发、穿宽敞长衣、唱情歌，在她看来，是和她为了讨她自己的欢心而装饰她自己同样的奇怪。为了取悦别人而装饰自己，这也许是她所乐意的——她不知道——但是她完全没有工夫去做。她不注意到唱歌、服装，不考虑她所说的话，主要的原因是她简直没有时间注意这些事情。

我们知道，人有专心注意一件事情的本领，无论这件事是多么无关重要。我们知道，没有一件无关重要的事情，在对它集中注意的时候，不会变为无限的重要的。

娜塔莎所专心注意的事情，是她的家庭，就是她的丈夫（她应该那样守着他，要他完全属于她、属于家）和小孩们。（她应该怀孕、生育、喂养、教育他们。）

她，不但用她的智慧，而且用她整个的情感，用她整个的身心，愈深入她所注意的事物，这件事物在她的面前越扩大，她自己的力量便显得愈薄弱，愈不重要，所以她把一切的力量集中在一件事情上，而她还是没有工夫去完成一切她认为是必要的事情。

那时候，完全像现在一样，也有关于女权、关于夫妇关系、关于夫妇的自由与权利的谈话和讨论，虽然还不像现在这样叫作问题；但这些问题，不但不引起娜塔莎的兴趣，而且她简直不了解它们。

这些问题，在那时，像现在一样，只是对于那些只把婚姻看作夫妇双方互相获得的一种快乐，即是只看到结婚的初期，却没有看到结婚在家庭中的全部意义的人才有的。

这种讨论和问题，例如这个问题，如何获得吃饭的最大乐趣，在那时，像现在一样，对于那些觉得吃饭的目的是营养，婚姻的目的是家庭的人，是不存在的。

假使吃饭的目的是身体的营养，那么一次吃两顿饭的人，也许可以达到较大的乐趣，但是他不能达到目的，因为两顿饭是胃里不能够消化的。

假使婚姻的目的是家庭，那么，想要有许多妻子和丈夫的人，也许可以获得很多的乐趣，但是这样就没有家庭了。

假使吃饭的目的是营养，而结婚的目的是家庭，则整个的问题只能这样地解决，就是，不要吃得超过肠胃所能消化的分量，不要让丈夫或妻子超过一个家庭所需要的数量，即是一夫一妻。娜塔莎需要一个丈夫，她得到了一个丈夫。这个丈夫给了她一个家庭。她不但不需要另外一个更好的丈夫，而且，因为她的全部的精力都集中在为这个丈夫和家庭服务上，她不能设想，并且也没有兴趣去设想，假使有了另外一个丈夫，会发生什么样的情形。

娜塔莎不欢喜一般的社交团体，但她却更加看重亲戚们——玛丽亚伯爵夫人，她的哥哥、母亲和索尼亚。她看重这些人，她可以头发散乱地、穿着宽服、大步地从育儿室走到他们面前，带着快乐的面孔向他们指出襁褓上不是绿色而是黄色的斑点，听他们说安慰的话，说现在小孩好得很多了。

娜塔莎对自己疏忽到那样的程度，以致她的衣服、她的发饰、她的说错的话、她的妒忌——她妒忌索尼亚、女教师、所有的好看的不好看的妇女——成了她身边的人们的通常嘲笑的话题。一般的意见以为彼埃尔是惧内的，确实是这样的。在结婚的最初的几天，娜塔莎便说出了她的要求。彼埃尔非常惊异他妻子的、在他看来是完全新奇的见解，就是他的生活的每时每刻是属于她和他们家庭的；妻子的要求使彼埃尔惊异，但是也使他觉得满意，于是他听从了这些要求。

彼埃尔的服从是这样的，他不但不敢向任何妇女去献殷勤；而且不敢带着笑容和别的妇女谈话；他不敢仅仅为了消遣而到俱乐部去吃饭，他不敢任意花钱；他不敢长期出门，除非是为了要事，他的妻子把他的科学研究也包括在正事之内，她一点也不了解科学研究，但她却很重视。为了弥补这个，彼埃尔不但在家里有充分的权利按照他自己的意思处理他自己的生活，而且可以照他自己的意思处理全家的事情。娜塔莎在家里把自己当作丈夫的奴隶；当丈夫在研究的时候，在书房中读书或写作的时候，全家的人都要踮脚走路。只要彼埃尔表示他嗜好什么，则他所欢喜的事情总是会办到的。只要他表示他的愿望，娜塔莎便跳起来，跑去执行。

管理全家的，只是丈夫的假定的吩咐，即是娜塔莎所极力猜测的彼埃尔的愿望。生活方式、居住地址、朋友、亲戚、娜塔莎的事务、小孩们的养育——这一切不但是遵照彼埃尔所表现的意志去做的，而且娜塔莎极力猜测彼埃尔在谈话中所说出的想法里可能流露的意思。并且她能确实地猜中彼埃尔的愿望的实质是什么，一旦猜中了，她便坚决地记住她所猜中的意思。在彼埃尔自己想要改变他的愿望时，她便用他自己的武器反对他。

例如，彼埃尔所永远记得的那个困难的时候，在娜塔莎养了第一个体质柔弱的小孩之后，当他们不得不换了三个奶妈而娜塔莎失望得生病的时候，彼埃尔有一天向她说到他所完全同意的卢骚的思想，认为用奶妈是不自然的有害的。到了第二个孩子出世的时候，她便不管母亲、医生和丈夫自己的反对——他们都反对她自己喂奶，好像是反对当时闻所未闻的有害的东西一样——坚持她自己的主张，并且从那时候起，所有的小孩都由她自己喂奶。

在发怒的时候，夫妇吵架是极其常见的事，但在吵架很久之后，使彼埃尔高兴而惊异的是，不但在妻子的言谈中，而且在她的行动中，发现了他的被她反对过的主张。他不但发现这个主张，而且发现他的主张没有了他在提出的时候由于激动和争吵而加上去的一切多余的东西。

在结婚七年之后，彼埃尔快乐地、坚决地感觉到他不是一个坏人，他感觉到这一点，因为他在妻子的身上看到自己的反映。他觉得在他自己身上，好和坏互相混杂，互相掩映。但在妻子身上，只反映了他的真正好的地方；一切不是十分好的东西都被抛弃了。这种反映不是由于逻辑的思想，而是由于别的神秘的直接的途径。

11

两个月前，彼埃尔已经在罗斯托夫家作客时，接到了费道尔公爵的信，邀他到彼得堡去讨论那里的某一个团体的会员们所研究的一些重要的问题，彼埃尔是那个团体的主要创办人之一。

娜塔莎阅读丈夫的一切信件，她看了这封信，虽然感到离别丈夫的痛苦，却自动地提议要他到彼得堡去。对于丈夫的一切用脑子的抽象的事务，她虽然不了解，却很重视，她总是恐怕妨碍了丈夫的这种活动。对于彼埃尔看信之后的畏怯疑问的目光，她的回答是，要求他去，但是要他限定了他回来的确实的日期。他的假期是四个星期。

自从两个星期之前，彼埃尔假期届满的时候，娜塔莎便陷于不断的恐怖、悲伤和愤怒的心情中。

皆尼索夫现在是一位退休的、不满现状的将军了，他是在这最后的两星期中来到的。他惊异地、悲伤地好像看一个从前所爱过的人的不相似的画像一样地看着娜塔莎。她的目光既沮丧又寂寞，回答问题很混乱，只说些小孩的事，这就是他在从前的美女身上所看到、所听到的一切。

在这一期间，娜塔莎是悲伤的、恼怒的，特别是在她的母亲、哥哥、索尼亚或玛丽亚伯爵夫人安慰她，极力宽恕彼埃尔，并且设想他延迟的原因的时候。

"这都是蠢话，都是胡说八道，"娜塔莎说，"他的一切打算都不会有任何结果的，这全是愚蠢的团体。"她这样说到那些她过去坚决相信有其巨大重要性的事情。于是她到育儿室去喂她唯一的小孩彼恰。

当三个月的小人物躺在她怀里吃奶，她感觉到他嘴唇的吮吸和鼻孔的呼吸时，无论谁也不能够像这个小人物对她所说的话那么令人安慰，那么显得有理智。这个小人物对她说："你在发火，你在嫉妒，你想报复他，你害怕，而我就是他，我就是他……"这是没有办法回答的。这是最真实不过的。

娜塔莎在这心绪不宁的两星期中，常常跑到小孩那里去寻找安慰，为他忙忙碌碌，以致把他喂得过分了，因此得了病。她担心他的病，同时她也正需要这样做。照顾小孩的时候，她对于丈夫的挂念就较容易忍受了。

当彼埃尔的车子在门口发出响声的时候，她正在喂奶，保姆知道该怎样使女主人高兴，她悄然无声地，然而迅速地、脸带喜色地走进门来。

"他来了吗？"娜塔莎迅速地低声问，她不敢动弹，以免惊醒睡着的小孩。

"他来了，太太。"保姆低声说。

血涌上了娜塔莎的脸，她的腿不由自主地挪动了；但是跳起来跑出去是不可能的。小孩又睁开眼对她看了一下。"你在这里。"他好像在这么说，接着又懒洋洋地咂响着嘴唇。

娜塔莎轻轻拔出奶头，把他哄了一会，递给了保姆，然后快步向门口走去。但她在门口停下了脚步，似乎觉得良心正在责备她，这是由于高兴才把小孩丢下得太快了，于是她回头看了一下。保姆正举起胳膊，要把小孩从栏杆上边放到小床上去。

“太太，去吧，去吧，放心吧，去吧。”保姆微笑着用保姆和主妇之间那种很随便的口气低声说。

娜塔莎轻轻跑到前厅去了。

皆尼索夫衔着烟斗从书房走进客厅，这时他初次认出了娜塔莎。她那焕然一新的脸上露出了鲜明的、喜气洋洋的神色。

“他来了。”她一面跑，一面对着他说，于是皆尼索夫也由于自己所不很喜欢的彼埃尔回来了而感到高兴。娜塔莎跑进前厅，看见一个穿皮大衣的身材高高的人正在解围巾。

“是他！是他！真的！就是他！”她自言自语着，于是向他飞跑过去抱住他，把他的头靠在自己的胸前，然后放开他，看了看彼埃尔那张幸福、发红和饱经风霜的脸。

“是的，这是他；他是幸福的，满意的……”

忽然她想起了她在最近两星期内所经受的思念不安的痛苦；她脸上所流露出的满心欢喜的神色消失了；她皱了皱眉头，于是一连串指责和怨言都倾注在彼埃尔的身上了。

“你倒舒服，还很高兴、很快活……我可怎样呢？你至少也要想想小孩。我要喂奶，我的奶又不好……彼恰要死了。可你却很快活。是的，你快活……”

彼埃尔认为这不能怪他，因为他无法早点回来；他知道，她的冲动是没有道理的，他也知道，两分钟后这种冲动就会过去；他尤其知道，他自己是快活的高兴的。他想要微笑，但他却不敢想到这么做。他做出可怜的惊恐的脸色，并且低垂了头。

“我不能够，实实在在！但是彼恰怎么样？”

“他现在不要紧了，我们去吧。你怎么不觉得惭愧！你要能够知道，我没有你的时候是什么样子，我多么痛苦……”

“你很好吗？”

“我们去吧，我们去吧！”她说，没有放开他的手臂。于是他们到自己的房里去了。

当尼考拉夫妇来找彼埃尔时，他在育儿室里，把醒了的婴儿托在他的宽大的右掌上，摇弄着他。在他的张着无牙的小嘴的宽脸上，现出了愉快的笑容。风暴早已过去了，娜塔莎的脸上出现了快乐明亮的太阳，她亲热地望着丈夫和小孩。

“和费道尔公爵把一切都谈好了吗?”娜塔莎说。

“是的，好极了。”

“你看，抬起来了（娜塔莎意思是说小孩的头)，啊，他使我多么担心啊……看见了公爵小姐吗?真的她爱那个……”

“是的，你想象得到的……”

这时尼考拉和玛丽亚伯爵夫人走进来了。彼埃尔没有把儿子从手上放下来，低头和他们接了吻，并且回答了他们的问题。虽然许多有趣的问题必须谈到，但是显然，戴帽子的晃着头的小孩吸引了彼埃尔的全部注意。

“多么可爱啊!”玛丽亚伯爵夫人说，望着小孩，和他玩着，“就是这一点我不明白，尼考拉，”她向丈夫说，“怎么你不明白这些小宝贝的好玩。”

“我不明白，我不能够，”尼考拉说，用冷淡的目光望着小孩，“不过是一块肉。我们去吧，彼埃尔。”

“主要的是，他是一个那么多情的父亲，”玛丽亚伯爵夫人说，为丈夫辩白着，“但是只要有了一岁光景……”

“不，彼埃尔很会看护他们，”娜塔莎说，“他说，他的手正是给小孩做椅子的。看呵。”

“啊，但并不是为了这个。”彼埃尔忽然笑起来说，转动着小孩，把他交给了保姆。

12

像每个大家庭那样，在童山的房屋里，有几个完全不同的集团住在一起，他们各自保持着自己的特点，并且互相让步，合成了一个和谐的整体。这个屋里所发生的每一事件，对于所有的这些集团，是同样的重要，同样的可喜的或悲伤的；但是每一个集团有它自己

这时尼考拉和玛丽伯爵夫人来了。

的特殊的、和别的集团无关的理由去为某一事件高兴或悲伤。

例如彼埃尔回来了，是快乐的重要事件，大家都觉得是如此的。

仆人们是主人的最可靠的裁判者，因为他们不是凭谈话和感情的表现来裁判的，而是凭他们的行动与生活方式来裁判的，仆人们都高兴彼埃尔回来，因为他们知道，他在家里的时候，尼考拉伯爵便不每天到农场上去，便更愉快更和蔼，还因为在节日他们都可以得到重赏。

小孩们和女教师们高兴别素号夫回来，因为没有一个人能像彼埃尔那样地领导他们过共同生活。只有他一个人能够在大钢琴上弹苏格兰舞曲（他的唯一的曲子），照他说，他们可以随着这个曲子跳一切可能的舞。并且他确实带礼物给大家。

尼考林卡·保尔康斯基现在是十五岁的、清瘦的、有鬈曲的金发和美丽眼睛的、多病的、聪明的男孩子了，他高兴，因为彼埃尔叔叔（他这么称呼他）是他羡慕与热爱的对象。没有人唤起尼考林卡对彼埃尔的特别的爱，他只偶尔看见彼埃尔。他的抚养者玛丽亚伯爵夫人用尽了一切办法使尼考林卡像她一样地爱她的丈夫，于是尼考林卡爱姑父了；但是他爱他，却带着几乎察觉不出的轻视的意味。彼埃尔却是他所崇拜的。他不想当骠骑兵，不想做一个有圣·乔治勋章的骑士，像姑父尼考拉那样。他想要做一个有学问的、聪明的、善良的人，像彼埃尔那样。在彼埃尔面前，他的脸上总是有高兴的光彩，当彼埃尔和他说话时，他便脸红喘气。他没有疏忽过彼埃尔所说的一句话。然后他同代撒勒一起或一个人的时候，便回想并考虑彼埃尔的每句话的意义。彼埃尔的过去生活，他在一八一二年之前的不幸（关于这个，尼考林卡根据他所听到的话作出模糊的诗意的想象），他在莫斯科的冒险、他的被俘、卜拉东·卡拉他耶夫（他听彼埃尔说到他）、他对娜塔莎的爱情（这个孩子也特别地欢喜她），尤其是彼埃尔和他所记不得的亡父的友谊，这一切使彼埃尔在他眼中成了英雄与圣人。

根据别人说到他的父亲和娜塔莎时的片言只语，根据彼埃尔说到他的亡父时的兴奋，娜塔莎说到他的亡父时的谨慎而尊敬的温情，这个刚开始想到爱情问题的男孩子，明白了他的亡父爱过娜塔莎，并且在临死时，把她让给了朋友。这样的父亲，这个孩子所记不得的父亲，在他看来，是一个不能想象的神，他总是带着激动的心情和又悲又喜的眼泪回想他。所以这个男孩因为彼埃尔来了而觉得幸福。

客人们欢迎彼埃尔，因为他这个人总是能够使任何团体富有生气并且能够团结大家。

家中成年的人（且不说他的妻子），欢迎这个朋友，因为有了他就可以把生活过得更舒服更安宁。

老妇人们高兴他所带来的礼物，尤其是高兴娜塔莎又有生气了。

彼埃尔感觉到这些不同的集团对于他的不同的看法，忙着满足每个人的希望。

彼埃尔是最心不在焉的、最健忘的人，现在按照他的妻子为他拟就的单子，买来了一切，没有忘记岳母与内兄的任何委托，赠送别洛娃的衣料，以及内侄们的玩具。在结婚的初期，妻子的这种要求——要他去办理并且不要忘记他所要购买的一切——使他觉得奇怪；当他在第一次的旅行中，忘记了一切的时候，她的认真的悲伤使他吃惊。但后来他便习惯了这件事了。他知道，娜塔莎不为她自己请求任何东西，而只是在他自愿办理的时候为别人请求，现在，他由于替全家买了礼品而感到一种意外的小孩般的乐趣，并且他没有忘记任何东西。假使他引起娜塔莎的责备，那只是因为他买的太多、太贵了。在大部分人看来她的两个短处，在彼埃尔看来却是她的两个长处——在衣着零乱和疏忽自己这两点之外，娜塔莎又加上了吝啬。

自从彼埃尔开始过着开支浩大的、住大房屋的家庭生活以来，令他诧异的是，他发觉他的花费比以前少了一半，而他最近的困难情况（主要的是由于前妻的债务）已经开始好转了。

生活节俭了，因为他的生活有了约束：那种最会浪费的奢华，那种随时可以改变的生活，彼埃尔现在已经没有了，并且也不希望再有了。他觉得，他的生活方式是永远地规定了，要这样一直到死，他没有权力加以改变，因此这种生活是较为节俭的。

彼埃尔带着愉快的笑脸整理着他所购买的物品。

“怎么样!”他说，好像店员一样拉开了一块衣料。

娜塔莎坐在他的对面，抱住坐在膝上的大女儿，把明亮的眼睛迅速从丈夫身上移到他所拿出的物品上。

“这是给别洛娃买的吗？好极了。”她摸了摸质料，“这要一卢布一尺吧？”

彼埃尔说了价钱。

“太贵了，”娜塔莎说，“哎，小孩同妈妈会多么高兴啊。只是你用不着替我买这个。”她无法忍住自己的微笑，赞赏着当时刚刚流行的镶珍珠的金梳子，补充说。

“阿代勒撺掇了我：她说，买吧，买吧。”彼埃尔说。

“我什么时候戴呢？”娜塔莎把它插在头发上，“这要在带玛盛卡出去的时候戴；也许到那时候又时髦了。好吧，我们走吧。”

于是他们收起了礼品，先到了育儿室，然后去看伯爵夫人。

当彼埃尔和娜塔莎腋下挟着包裹走进客厅时，伯爵夫人照常和别洛娃在玩她的牌戏。

伯爵夫人已经六十开外，头发全白了。她戴着一顶帽檐的皱边围住她整个脸的帽子。她的脸上已经起了皱纹，上唇瘪进去，眼睛已经花了。

在小儿子和丈夫相继死去之后，老伯爵夫人觉得自己是个偶然被遗忘在这个世界上的人，没有任何生活目的和意义。她吃、喝、睡觉、醒着，但她不是在生活。生活没给她任何新的印象。除了安宁，她不需要生活中的任何东西，但这个安宁她只能到死亡时才能得到。但是在死神还没有来到的时候，她必须生活，也就是要使用她的生命力。在她身上可以特别明显地看到很小的孩子和很老的老人身上所有的特点。她的生活里没有任何外在的目的，只看出她需要显示她的各种爱好与能力。她必须吃饭、睡觉、思想、说话、哭泣、工作、发脾气，等等，只是因为她有肠胃、头脑、肌肉、神经和肝脾。这一切她都做了，并且像人们在年富力强时那样是受外界的刺激而这么做的，人们在年富力强的时候，由于所向往的目的，却发现不了另一个运用自己力量的目的。她说话只因为她在生理上必须运用她的肺与舌头。她哭得像小孩一样，因为她必须擤鼻子等。在精力旺盛的人看来是目的的东西，在她显然是一个借口而已。

例如，在早晨，特别是假使她在头一天吃了油腻的东西，她便显得必须发怒，那时她便选择别洛娃的耳聋作最方便的借口。

她从房间的另一头开始向她低声说着什么。

“今天好像暖和了一点，我亲爱的。”她低声说。

当别洛娃回答说：“怎么，他们来了？”她便愤怒地嘀咕，“我的天哪，她真是个聋子，多蠢呀！”

另一个借口便是她的鼻烟，她觉得它有时太干，有时太湿，有时研得不好。在发了这些怒气之后，她的脸上便显得发黄。她的女仆们凭着准确的迹象，知道什么时候别洛娃又会耳聋，什么时候鼻烟又会太湿，什么时候她的脸又会变黄。因为她需要发发她的火气，有时她需要运用她剩余的思考能力，这时借口便是玩牌戏。当她需要哭的时候，那时借口便是逝世的伯爵；当她需要忧虑的时候，借口便是尼考拉和他的健康；当她需要恶意诅咒的时候，借口便是玛丽亚伯爵夫人；当她需要运用发音器官的时候——这多半是在六点钟以后，在幽暗的房间里吃过饭休息之后——那时的借口便是向同样的听众重复讲同一件事情。

老太太的这种情况是全家都知道的，尽管从来也没有人这么说，大家都尽一切可能的努力去满足她的这些要求。只在尼考拉、彼埃尔、娜塔莎和玛丽亚伯爵夫人偶然间互相交换的目光和忧郁的微笑中，表现出他们对她的要求相互理解的心情。

此外，这些目光还表现出别的意思；这些目光说，她已经尽了她人生的义务；说她整个人并不是大家现在所看见的这样，说到了这个从前是尊贵的、是和我们一样充满生命的、但现在是可怜的人，我们大家又要高兴地顺从她，克制自己。这些目光说，这是memento mori［死的征兆］。

全家的人中间，只有真正怀着恶意的、愚蠢的人和小孩不明白这一点而疏远她。

13

当彼埃尔夫妇来到客厅时，伯爵夫人正在习惯地运用她的智力玩牌戏，虽然她习惯地说着自己在彼埃尔或儿子回家时一向所说的话："是时候了，是时候了，我亲爱的；我们等得不耐烦了。好，谢谢上帝。"在给她礼物时，她说着别的说惯了的话："不是礼物珍贵，谢谢，亲爱的。而是你给我这样的老太婆……"显然，彼埃尔在这时候来到，她感到不高兴，因为他使她不能再把注意力用在未摆完的牌戏上面。

她摆完牌戏，这时候她才注意到礼物。礼物是一个精工制作的盒子，装有一个带盖子的画着牧羊女的淡蓝色法国赛佛尔茶杯，一个画有伯爵肖像的金鼻烟壶，这是彼埃尔在彼得堡向细工画家定做的（伯爵夫人早就想要这件东西）。她现在不想哭，因此她冷淡地看了看肖像，更加注意盒子了。

"谢谢你，我亲爱的，你使我安心了，"她说，她总是这么说，"你亲自带回来，这点是最好的。这太不像话了，你要把你的妻子责骂一顿才是。这是怎么啦？你不在家，她好像疯了。她什么也没看见，什么也不记得，"她说着说惯了的话，"你看，安娜·济摩非芙娜，"她说，"我的孩子带给我们一个多么好的盒子。"

别洛娃称赞了礼物，并赞美了自己的衣料。

虽然彼埃尔、娜塔莎、尼考拉、玛丽亚伯爵夫人和皆尼索夫要说许多在伯爵夫人面前不能说的话——不是因为要对她隐瞒什么，而是因为她对于许多事情都一无所知，假如他们在她面前说起什么，就不得不回答她许多提得不合时宜的问题，而且又要重复他们已经重复过许多次而她还是不能记住的话：说这个人死了，那个人结婚了——但他们仍照平常那样坐在客厅里的茶炊旁边喝茶，彼埃尔向伯爵夫人回答着她自己既不要听、别人也不感兴趣的问题，说是发西利公爵变老了，说玛丽亚·阿列克塞芙娜问候她并惦念他们云云……

在整个喝茶的时间里，人们就进行着这种谁也不感兴趣然而不得不进行的谈话。喝茶的时候，索尼亚坐在茶炊旁边，家里所有的成年人都围着圆桌坐着。小孩们、教师们、女教师们已经喝过茶，从隔壁房间里传来他们的声音。喝茶时，大家都坐在平时坐惯了的地方。尼考拉坐在火炉旁的小桌子边上，有人把茶递给他。老猎狗米尔卡（第一条米尔卡的女儿）嘴脸显得非常灰暗，一双大黑眼睛更加突出，躺在他身边的椅子上。皆尼索夫留着半白鬈曲的头发和胡子，身上的将军制服敞开着，坐在玛丽亚伯爵夫人的旁边。彼埃尔坐在妻子与老伯爵夫人之间。他知道，他说的话可以使老人发生兴趣，也是她能明白的。他说些外界社会上的事件，说到老伯爵夫人从前同辈团体中的那些人，这些人以前是一个真正的、生气勃勃的、独立的团体，但是现在大都分散在世界各地，像她一样，他们的年纪都很大了，收集着他们在早年生活中所种植的谷物的余穗。但他们，这些同辈的人，在老伯爵夫人看来，是唯一的、严肃的、真正的团体。娜塔莎从彼埃尔的兴奋上看出了他的旅行是有趣的，他想要向他们说许多话，但他不敢在伯爵夫人面前说。皆尼索夫不是家庭的一员，因此不明白彼埃尔的细心。他是一个不得意的人，极其关心在彼得堡所发生的事，并且不断地要求彼埃尔说到塞妙诺夫团①新近发生的事，说到阿拉克捷夫②，说到圣经会③。彼埃尔有时说得津津有味，便说到这些事，但是尼考拉和娜塔莎每次都使他回头说到依凡公爵和玛丽亚·安桃诺芙娜伯爵夫人的健康。

“哦，这一切的傻事，高司奈尔④和塔塔蕊诺娃⑤，怎么样？”皆

---

① 毛注：见尾声一章所注。

② 毛注：阿拉克捷夫因为残暴跋扈与极端反动而为人所不满。

③ 毛注：圣经会成立于一八一二年十二月，为高里村所创办，有政治作用，于一八二六年被封禁。

④ 毛注：高司奈尔（1773—1858）曾于慕尼里创办宗教团体，一八二〇至一八二四年任彼得堡圣经会理事，后被放逐。

⑤ 毛注：塔塔蕊诺娃（1783—1856）为一八一七年彼得堡“精神联合会”之女创办人。

尼索夫问，“难道一切还是那样的吗?”

“谁说还是那样的?”彼埃尔叫着，“比以前更加有势力了。圣经会，它现在就是整个的政府了。”

“是什么，mon cherami?［我的亲爱的?］”伯爵夫人问，她现在喝完了茶，显然是希望找到饭后发脾气的借口，“你说到政府什么?我不明白。”

“是的，你知道，妈妈，”尼考拉插言，他知道怎样把别的话转换为母亲的言语，“亚力山大·尼考拉耶维支·高里村公爵组织了一个团体，据说，因此他有了很大的势力。”

“阿拉克捷夫和高里村，”彼埃尔无心地说，“他们现在就是整个的政府。这样的政府！他们处处看到阴谋，并且惧怕一切。”

“哦，亚力山大·尼考拉耶维支公爵有什么过错吗?他是一个最可尊敬的人。我那时常在玛丽亚·安桃诺芙娜家遇见他，”伯爵夫人生气地说，因为大家沉默着更加生气了。她继续说，“现在所有的人都受指责了，福音会有什么坏处?”她站起来（大家也站起来了），带着严厉的样子，摇摆着走到起居室里她的桌前去了。

在接连的沉闷的缄默之后，从隔壁的房里传来了小孩的笑声和话声。显然小孩们当中发生了什么开心的兴奋的事情。

“完了，完了！”传来了小女孩娜塔莎的高兴的叫声，它比全体的声音都高。

彼埃尔和玛丽亚伯爵夫人和尼考拉互相看了一眼（彼埃尔总是看着娜塔莎)，并且幸福地微笑了一下。

“这是绝妙的音乐！”彼埃尔说。

“这是安娜·马卡罗芙娜打完了袜子。”玛丽亚伯爵夫人说。

“啊，我去看看，”彼埃尔跳起来说，“你知道，”他停在门口说，“我为什么特别欢喜这种音乐。他们最先使我知道，一切都好。今天我回来的时候，我离家越近，我越担心。进了前厅，听到安德柔沙在唱什么，哦，这就是，一切都好……”

“我知道，知道这种情绪，”尼考拉附和地说，“我不能去，那双袜子对于我是一件意外的事。”

彼埃尔走到小孩们那里，于是笑声和叫声更大了。

“好，安娜·马卡罗芙娜，”传来了彼埃尔的声音，“到房当中来，听命令——一，二，我喊三的时候……你站在这里。我来抱着你。来，一，二……”彼埃尔说，他停了停……“三!”房间里充满了小孩声音的狂喜的喊叫。

“两只，两只!”小孩们叫着。

这是两只袜子。这是安娜·马卡罗芙娜凭了只有她知道的一种秘诀用针同时打成的，在袜子打成时，她总是在小孩们面前得意地从一只里面抽出另一只。

14

不久之后，小孩们都来道夜安。小孩们和所有的人接了吻，男女教师们敬过礼，便走出去了。只有代撒勒和他的学生留了下来。这位教师低声地要他的学生下楼。

“Non，m-r Dessales，je demanderai à ma tante de rester. [不，代撒勒先生，我要请求姑母让我留在这里。]”尼考林卡·保尔康斯基同样低声地回答。

“Ma tante，[姑母，]让我留在这里吧。”尼考林卡走到姑母面前说。

他的脸上显出了恳求、兴奋、狂喜。玛丽亚伯爵夫人看了看他，又转向彼埃尔。

“你在这里的时候，他是不能走开的……”她向他说。

“Je vous le ramènerai tout-à-l'heure，m-r Dessales，bonsoir，[我马上就把他带来给你，代撒勒先生，再见，]”彼埃尔向这个瑞士人伸着手说，于是微笑着转向尼考林卡，“我还没有看见你。玛丽，他现在长得多么像他了。”他向着玛丽亚伯爵夫人说。

“像我的父亲吗?”男孩子说，脸色发红，抬起欢喜的明亮的眼睛，仰视着彼埃尔。

彼埃尔向他点了点头，并且继续说着被小孩们打断的谈话。玛丽亚伯爵夫人在做十字布刺绣；娜塔莎目不转睛地望着她的丈夫，尼考拉和皆尼索夫站起来，要了烟斗，吸着烟，向疲倦而坚持地坐在茶炊旁边的索尼亚要了茶，并且询问彼埃尔。那个鬈发的、多病的、有一双明亮眼睛的男孩子，不为人注意地坐在角落里，只把翻领中伸出的细颈子上的鬈发的头，向彼埃尔坐着的方向转动着，他偶尔颤抖着，向自己低语着什么，显然是体验着某一种新的强烈的情绪。

谈话转到了当时的关于上层政府的传闻，大多数的人通常把这当作内政上最重要的兴趣。皆尼索夫因为自己在官职上的失意而不满意政府，高兴地听着那时在彼得堡所发生的、在他看来是愚蠢的事，他对彼埃尔的话提出强有力的尖锐的批评。

“从前我们应该做德国人，现在我们和塔塔蕊诺娃、克裕得纳夫人①跳舞了，读……爱卡次号村和教友们的著作了。啊！再把我们的好汉拿破仑放出来吧，他会除去这些人的所有的愚蠢。把塞妙诺夫团交给施发尔兹这样的人指挥，像什么样子？”他喊叫着说。

尼考拉虽然不像皆尼索夫那样想要寻找一切的错误，也认为批评政府是一件非常值得而重要的事，认为任命A为某部大臣，派B为某省总督，皇帝说了什么，大臣说了什么——认为这一切是很重要的。他认为关心这些事情和询问彼埃尔，是必要的事。由于这两个人的问题，谈话没有越出关于上级政府的传闻的通常范围。

但是娜塔莎，知道丈夫的各种态度和想法，看到彼埃尔早就想要，却不能够把谈话引到别的方向上去，并且表现他的内心的想法，而他就是为了这个想法才到彼得堡去咨商他的新朋友费道尔公爵的，

① 毛注：克裕得纳夫人（1766—1824）于一八〇七年献身于神秘主义。一八一五年在巴登对亚力山大一世有点影响。一八一七年到俄国，但对他已无影响了。

于是她用这个问题帮助了他：他和费道尔公爵的事办的怎样?①

“是什么事?”尼考拉问。

“总是同样的事情，”彼埃尔环顾着四周说，“大家看到，事情弄得那样糟糕，让它这样下去是不行的了。尽力反对它，是一切正直的人的责任”

“正直的人能做出什么呢?”尼考拉微微地皱了皱眉说，“能做什么呢?”

“这就是……”

“到我的书房里去吧。”尼考拉说。

娜塔莎早已料到他们要来叫她去喂奶了，听到保姆的叫声，便到育儿室去了。玛丽亚伯爵夫人和她一道去了。男子们进了书房，尼考林卡·保尔康斯基，没有被姑父注意到，也走到书房里去了，坐在窗边黑暗处的写字桌前。

“那么你要怎么办呢?”皆尼索夫问。

“永远是些幻想。”尼考拉说。

“是这回事，”彼埃尔开言了，他没有坐下来，却时而在房中来回走动着，时而停止着，说话时声音含糊，并且用手做着迅速的姿势，“是这回事。彼得堡的情形是这样的：皇帝不问政事，他完全沉浸在这种神秘主义里。”（彼埃尔现在不能饶恕任何人的神秘主义了。）“他只寻求安宁，只有那些 sans foi ni loi［无信仰无法律的］人能够给他安宁，他们胡乱地破坏一切，压制一切；马格尼兹基、阿拉克捷夫和 tuttiquanti［这一类的人］……你会同意的，假使你自己不管理农场，只想要过安静的生活，那么你的管事越残忍，你越容易达到你的目的。”他向着尼考拉说。

---

① 毛注：费道尔的团体的目的就是十二月革命党的目的。托氏写此书之前，曾计划写一部关于十二月革命党的小说。但研究了起因，他认为最好是从一八〇五年写起。《战争与和平》连接了十二月革命党共谋形成的时期，即托氏在本章所暗示的。本书前部关于俄国共济会运动的细心描写是他研究共济会的结果，共济会是和十二月革命党密切有关的组织。在本书及《安娜·卡列尼娜》完成后，托氏再写那个主题，他写了几年，终于放弃了。

“那么，你说这话是什么意思?”尼考拉说。

“啊，一切都在毁灭。法庭里只有抢劫；军队里只有鞭打、操练、军屯①，人民受折磨，文化被压制。年轻的正直的人，都被毁灭了。大家知道，这样下去是不行的。一切都太紧张，一定要断了，”彼埃尔说（自有政府以来，人们看到任何政府的措施，总是这么说的），②“我在彼得堡只向他们说了一件事情。”

“向谁?”皆尼索夫问。

“啊，你知道向谁，”彼埃尔皱着眉，意味深长地望着人说，“向费道尔公爵和他们全体。提倡文化和慈善事业，当然是好事。目的是良好的；但是在目前情况中，还需要别的东西。”

这时尼考拉注意到内侄的在场。他的脸色显得不高兴；他走到他面前去了。

“为什么你在这里?”

“为什么?让他在这里吧，”彼埃尔说，抓住尼考拉的手臂，又继续说，“这是不够的，我向他们说：现在需要别的东西。当你站立着等待紧张的弦就要崩断的时候，当大家等待着不可避免的事变的时候，我们一定要人数越多越好地、越紧越好地联合起来，反对共同的灾难。所有年轻的、强壮的人，都被诱惑、被腐化了。有的人受女色的诱惑，有的人受荣誉的诱惑，又有的人受虚荣和金钱的诱惑，他们都转到那个阵营里去了。独立的、自由的人，像您和我，完全没有了。我说，扩大团体的范围。不要单用美德做 mot d'ordre［口号］，还要有独立和行动。”

尼考拉离开了内侄，愤怒地移动了一把椅子，坐下来听彼埃尔说话，不满意地咳嗽着，眉毛越皱越紧了。

---

① 毛注：阿拉克捷夫的办法是使军队部分地自给自足。兵士受军事训练，垦殖屯区。此种远离家庭遭受苛罚的服役是最被痛恨的设施。

② 毛注：本段中反政府的倾向，是值得注意的，因为它表示托氏早年与晚年见解之间的关系。他在一八八〇年以后的反政府的结论，是他在解释基督教训时不可免的推论。那些结论是和他在有了解释之前早已表现的情绪一致的。

“但行动有什么目的呢?”他大叫着,“您对政府持什么态度呢?”

“就是持这样的态度!持协助者的态度。假使政府容许,这个团体便可以不是秘密的了。它对于政府不但不是敌意的,而且这个团体是真正保守的。是道地的绅士的团体。我们只是为了防止普加巧夫①来屠杀你我的子女,不让阿拉克捷夫送我到军屯区去——我们只是为了这个才互相联合的,唯一的目的是公共的福利和大家的安全。”

“是的,但那是秘密团体,因此是一个有敌意的有害的团体,它只能做出坏事。”

“为什么?难道拯救欧洲的‘托根本德’②?”(他们那时还不敢想到俄国拯救了欧洲)“产生了什么害处吗?‘托根本德,——这是美德的联盟。这是爱,是互助;这是基督在十字架上所宣传的……”

娜塔莎在谈话的当中来到房里,高兴地望着丈夫。她高兴的不是他所说的话。她甚至对他的话并不感觉兴趣,因为她觉得这一切是极其简单的,她早已知道了这一切(她觉得如此,因为她知道,这一切是从彼埃尔的整个心灵中发出来的),她所高兴的,是他的生气勃勃的喜气洋洋的神态。

那个被大家遗忘的、在翻领中伸着瘦颈子的孩子,更加高兴地狂喜地望着彼埃尔。彼埃尔的每个字都燃烧他的心,他的手指神经质地动着,他不自觉地折断了姑父桌上的落到他手里的火漆和羽毛笔。

“那完全不像你所设想的那样,德国的‘托根本德’就是那样的,那就是我所提议的。”

“啊,老兄,这个‘托根本德’对于吃香肠的人是很好的,但是我不了解这个,我甚至说不准这个字音,”皆尼索夫发出高大的坚决

① 毛注:农民起义的首领,于一七七五年被害。

② 毛注:Tugendbund,道德同盟之意,这是一八〇八年成立的一个德国团体,是一个有革命性的团体。

的声音，“我承认，一切都是腐化的、恶劣的，但是这个‘托根本德’我却不了解。若是不满意，那么就‘本特’① 一下。那就对了！Je suis votrehomme！［我便是你的部下！］”

彼埃尔微笑了一下，娜塔莎笑起来了，但是尼考拉把眉毛皱得更紧了，并且开始向彼埃尔证明，不会有什么重大变革的，而他所说的一切危险只是他的想象中的。彼埃尔提出相反的意见，因为他的智力是更充沛更熟练，尼考拉觉得自己陷于困难的境地了。这使他更加发火了，因为他在他的心里面，不是由于理论，而是比理论更有力的东西，相信他的意见是无疑地正确的。

“听我向你说吧，”他说，站起来，手指发抖地把烟管靠在房间角落上，最后却没有靠在那里，“我不能向你证明。你说，我们的一切都腐化，要有变革；我不明白这一点；但是你说，誓言是有条件的东西，关于这一点，我要向你说，你是我的最好的朋友，你知道这个，但是你们组织秘密团体，你们开始反对政府——无论它是什么政府——我知道我的责任是服从政府。假使阿拉克捷夫马上命我带一连人去攻击你们，杀你们，我没有片刻的犹豫，我会去的。随便你怎样去批评吧。”

在这一番话之后，有了一阵令人感到不舒服的沉默。娜塔莎最先发言，卫护丈夫，攻击哥哥。她的辩护是软弱的、不合适的。但她的目的达到了。谈话又重新开始了，但是已经没有了尼考拉的最后的言语中的那种不愉快的敌对的态度了。

当大家站起来去吃夜饭时，尼考林卡·保尔康斯基面色发白，带着炯炯的发亮的眼睛走到彼埃尔面前。

“彼埃尔叔叔……您……不……假使爸爸活着……他会同意您吗？”他问。

彼埃尔忽然明白了，当他说话时，这个男孩子一定发生了多么特殊的、独立的、复杂的、强有力的情感和思想的活动，他想起了

---

① Вунг“本特”暴动之意，与上文“本德”有关，是文字的游戏。——译者

他所说的一切，他懊悔这个男孩听到他的话了。但是他不得不回答他。

“我想，是的。”他勉强地说，然后走出了书房。

男孩子低下头，这时候，才第一次注意到他在桌上所做的事情。他红了脸走到尼考拉的面前。

“姑父，饶恕我，我做的——无心。”他说，指着桌上的折断的火漆同羽毛笔。

尼考拉愤怒地颤抖了一下。

“好，好。”他说，把火漆和羽毛笔的碎片抛到桌下去了。显然是费力地压制了他的要爆发的怒火，他转身背着他。

“你根本不应该在这里。”他说。

15

吃夜饭的时候，谈话不再是关于政治和社交界了，恰好相反，转到尼考拉最乐意的一八一二年的回忆上来了，这是皆尼索夫开头的，彼埃尔在谈话时是特别可爱而有趣的。最后亲戚们抱着最友好的态度分散了。

饭后当尼考拉在书房里脱了衣服，向等候他的管家发出吩咐，穿上了睡衣，走进卧室的时候，他看到他的妻子还在写字桌上写着什么。

“你在写什么，玛丽？”尼考拉问。

玛丽亚伯爵夫人脸红了。她怕她所写的东西是丈夫不了解、不赞同的。

她想要掩藏她所写的东西，但同时她又高兴已经被他发现，她不得不向他说了。

“这是日记，尼考拉。”她说，把她的遒劲有力的书法所写的蓝本子递给他。

“日记？”尼考拉带着嘲讽的意味说，接过本子。是用法文写的①：

“十二月四日。今天安德柔沙（长子）醒来，不想穿衣服，路易丝小姐派人找我。他又顽皮又固执。我试了试吓唬他，但是他的火气更大了。于是我亲自处理这件事了。我丢开了他，开始和保姆们叫别的孩子们起来，我向他说，我不爱他。他沉默了好久，似乎是惊异；然后，他只穿着一件衬衣跑到我面前来，并且哭泣着，我好久不能安慰他。显然，最使他痛苦的，是他使我生了气；后来，晚上我把字条给他的时候，他又可怜地哭着，吻着我。用感情对待他，可以办到一切。”

“这条子是什么？”尼考拉问。

“我开始了每天晚上给大孩子们写评语，说明他们的行为怎样。”

尼考拉看了看她那双向他注视着的明亮的眼睛，继续翻着、读着。在日记中写下了在母亲看来是值得注意的、儿童生活的一切，写下了儿童的性格，或者提出了关于教育方法的一般的见解。它多半是最无关紧要的小事；但是母亲和此刻第一次读儿童生活日记的父亲并不觉得是这样的。

十二月五日是这样写的：

“米恰在桌上胡闹。爸爸吩咐不给他布丁吃。没有给他；但是别人吃时，他那么可怜地贪馋地望着他们。我觉得不给甜食这种处罚，只会助长好吃的心理。我要告诉尼考拉。”

尼考拉放下了本子，看了看妻子。妻子用明亮的眼睛疑惑地望着他：他赞成或者不赞成她的日记？毫无怀疑的，不但是赞成，而且还有尼考拉对妻子的称赞。

“也许不需要做得这样的学究气，也许根本不需要这么做。”尼考拉想，但是这种以儿童道德修养为唯一目标的永远不懈的精神努力——使他高兴了。假使尼考拉能够了解他自己的心情，他便会发觉，他对妻子的坚贞的、亲切的、自豪的爱情的基础就是一种惊异的心情——他对于妻子的精神生活，对于妻子赖以生存的、而且他

① 毛注：这里的日记很像托氏的母亲所写的，现尚保存的日记。

几乎不了解的、一种崇高的道德世界都感到惊异。

他所自豪的是，她那么聪明，他也很了解在精神世界中，他在妻子面前是无足轻重的，而他尤其高兴的是，她和她的心灵不但是属于他，而且是他自身的一部分。

“我很赞成，很赞成，我的亲爱的。”他带着意味深长的神色说，沉默了一会，他又说，“今天我的行为很不对。你不在书房里。我和彼埃尔在争论，我发了脾气。那是不行的。他是这样的一个孩子。假若娜塔莎不管他，我不知道他会变成什么样子。你可知道，他为什么到彼得堡去的吗？……他们在那里组织了……”

“是的，我知道，”玛丽亚伯爵夫人说，“娜塔莎告诉了我。”

“那么你知道，”他继续说，一想到他们的争论便生气了，“他要我相信，反对政府是一切正直的人的责任、誓言和义务……我可惜你不在那里。他们都攻击我，皆尼索夫和娜塔莎也……娜塔莎是非常可笑的。她是那样地管束他，可是一到了争论的时候，她便没有了自己的话，她只是说他的话了。”尼考拉说，屈服于那不可抵抗的、引起评论最亲爱最亲密的人的愿望，尼考拉忘记了他批评娜塔莎的话，也可以一字不变地用来说明他和他的妻子的关系。

“是的，我注意到了这一点。”玛丽亚伯爵夫人说。

“当我向他说，义务与誓言高于一切的时候，他开始证明那个天晓得的东西。可惜你不在那里，你会说什么？”

“在我看来，你是完全对的。我也这样地告诉了娜塔莎。彼埃尔说，大家受灾难，大家受痛苦，大家腐化，我们的义务就是帮助我们的同胞。当然，他说得对，”玛丽亚伯爵夫人说，“但是他忘记了，我们有别的更切近的责任，上帝指示给我们的责任，我们可以自己去冒险，但不能拿子女去冒险。”

“对了，对了，这正是我向他说的，”尼考拉附和着说，以为他果真说了这话，“他们坚持自己的意见，说到对同胞、对基督的爱，在尼考林卡面前说这一切，他溜到我的房里去了，把我的东西全弄坏了。”

“哦，尼考拉，你可知道，尼考林卡常常使我感到苦恼，”玛丽亚伯爵夫人说，“他是那样一个非常之好的孩子。我怕我为了自己的孩子们就把他忽略了。我们都有孩子，有亲人；但是他却没有。他总是一个人独自思索着。”

“可是我觉得，你用不着为了他责备你自己。最慈爱的母亲为亲生的儿子所能做到的一切，你都为他做了，并且还在做。当然，我高兴这一点。他是一个出色的、出色的孩子。今天晚上他出神地听彼埃尔说话。你可以想想看：我们去吃夜饭；我看了看，他把我桌上的东西都弄碎了，他立刻就向我说了。我从来没有发现过他说假话。出色的、出色的孩子！”尼考拉说，他心里不欢喜尼考林卡，但他总是想要承认他是出色的孩子。

“我还是和他的母亲不一样，”玛丽亚伯爵夫人说，“我觉得不是一样，这使我苦恼。很好的孩子，但是我非常替他担心。社交对于他是有益的。”

“那么，这是不会很久的了，这个夏天我要带他到彼得堡去，”尼考拉说，“是的，彼埃尔向来是并且永久是一个幻想家。”他继续说，又回到那显然使他激动的、在书房中的谈话上去了。

“那里的一切——阿拉克捷夫好不好，那一切与我何关？当我结了婚，我的债务多得使我快要坐牢，我的母亲不能知道、不能了解这个的时候，那与我何关？后来有了你，有了小孩们，有了事业。我从早到晚在农场里，在账房里，难道是为了我自己的快乐吗？不是的，我知道，我应该工作，来安慰母亲，报答你，不让我的小孩像我那样地做乞丐。”

玛丽亚伯爵夫人想要向他说，人不是单有面包就可以满足的，他太看重这些事业了；但是她知道说这样的话是不必要的，是无用的。她只拿起他的手吻了一下。他把妻子的这种动作当作对他想法的赞成和确认，于是沉默地思索了一会儿，他又出声地继续表达他的想法。

“你知道，玛丽，”他说，“今天伊利亚·米特罗发尼克（他的管事）从塔姆保夫的村庄上来了，说他们已经要付树林的八万卢布了。”

于是尼考拉带着兴奋的面色，开始说到不久就可赎回奥特拉德诺田庄的可能。“再过十年，我就让小孩们……有顶好的境况。”

玛丽亚伯爵夫人听着丈夫说，并且明白了他向她所说的一切。她知道，当他这样地用言语表达想法时，他有时会问她，他说了什么，当他发觉她在思索别的东西时，他便生气了。但是她因此作了很大的努力，因为她对于他所说的话，不感到一点儿兴趣。她望着他，并没有想到别的，却感觉到别的东西。她感觉到她对于这个人的顺从而亲切的爱恋，这个人永远不会了解她所了解的一切，她似乎因此更加爱他，热烈地深深地爱他。这种心情吸引了她的全部注意，使她不能考查丈夫的计划的细节；在这种心情之外，还有一些和他所说的话毫无关系的别种想法在她的心中一闪而过。她想到她的内侄。丈夫说到侄儿在彼埃尔说话时的兴奋，使她大大地吃惊，她想起了侄儿的温良敏感的性格的各种特点；她想到侄儿，也同时想到她自己的小孩们。她没有比较她的侄儿和自己的孩子们，但她比较了她对于他们双方面的情感，并且悲伤地发觉到，在她对于尼考林卡的情感中缺少了什么。

有时她想到，这种差别是由于他们的年龄；但是她觉得，她自己对不起他，她在自己的心中向自己保证了要加以改正，并且要去做那不可能的事——即是，在这一生之中，爱她的丈夫、小孩们和尼考林卡，和全体的同胞，就像基督爱人类一样。玛丽亚伯爵夫人的心灵永远地渴望着那无限的、永恒的、完善的东西，因此她永远不能安宁①。在她的脸上，显出了一种严肃的表情，表现着她的被身体所拖累的心灵的高尚秘密的痛苦。尼考拉看了她一下。

“我的上帝！当她的面色是这样的时候，我便觉得她要死了，假如她死了，我们要变成什么样子呢?”他想，于是站在圣像前，开始作晚祷。

---

① 毛注：托氏说到玛丽亚伯爵夫人的话正是说他自己，说明了他的一部分的目的和努力，这正是使他的妻子沮丧并且使后来作品的许多读者感到困惑的。

16

娜塔莎单独和丈夫在一起，也只像妻子和丈夫说话时那样地说话，即是异常明确地迅速地了解并交换彼此的想法，违反一切的逻辑规律，没有判断、推论和结论，而是用完全特别的方法。娜塔莎是那么惯于用这种方法和丈夫说话，因此，她觉得，在彼埃尔按照思想的逻辑性和她说话的时候，她和丈夫之间便一定要发生冲突。当他开始审慎地、镇静地证明或说话时，当她也照他那样地开始说话的时候，她便知道这一定会引起争吵。

在只剩下他们俩在一起的时候，娜塔莎便大睁着幸福的眼睛，轻轻地走到他面前，忽然迅速地抓住他的头，紧抱在她的怀里，说："现在你完全，完全是我的了，我的了！不许你走开！"从这时候起，便开始了那个违反一切逻辑规律的谈话，谈话违反逻辑规律，是因为在同一时间谈到一些完全不同的题目。同时谈论许多问题，这不但不妨碍明白的了解，而且反之，是他们彼此充分了解的最可靠的标志。

好像在梦里一样，除了那指挥梦境的情绪，一切是不可靠的，无意义的，矛盾的；同样的，在这违反一切理性法则的谈话中，连贯的明确的东西，不是言语本身，而是那指导言语的情绪。

娜塔莎向彼埃尔说到哥哥的日常生活；说到丈夫不在家时她是多么痛苦，没有生气；说到她是多么的比过去更爱玛丽；说到玛丽是怎样的在各方面都比她好。娜塔莎说这话，是坦白地承认，她知道玛丽的优点，同时，她说这话，是要求彼埃尔仍然爱她而不爱玛丽，不爱所有其他的妇女，特别是现在，当他在彼得堡看到许多妇女之后，她要他把这话再说一遍。

彼埃尔回答着娜塔莎的话，向她说到，他在彼得堡的晚会和宴会上，和妇女们在一起，觉得多么难受。

"我完全不会和妇女们说话了，"他说，"简直是无聊。况且，我是那么忙。"

娜塔莎注意地看了看他，继续说："玛丽，她多么可爱啊！"她说，“她多么善于了解小孩们哦。她似乎是看透了他们的心，例如昨天米清卡胡闹……”

“他多么像他的父亲呵。”彼埃尔插言。

娜塔莎明白，为什么他提到米清卡像尼考拉：他想起他和内兄的争吵，觉得不愉快，他想要知道娜塔莎对于这事的意见。

“尼考拉有个弱点，假使一件事不是大家都承认的，他无论如何不会同意的。我明白，你正是看重那 ouvrir une carrière ［开辟新途径］的事情。”她说，重复着彼埃尔曾经说过的话。

“不是，要点是，”彼埃尔说，“在尼考拉看来，思考和讨论是一种娱乐，几乎是时间的消遣。他正在购置图书，并且定了一个规则，不读完已经买的书——西斯蒙地，卢骚，孟德斯鸠——不买新书，”彼埃尔微笑着说，“你知道，我多么对他……”他正要缓和他的话，但娜塔莎打断了他的话，使他觉得这是不必要的。

“所以你说，在他看来，思考是一种娱乐……”

“是的，在我看来，别的一切是娱乐。我在彼得堡的全部时间里，看见大家，都好像在梦里一样。当我进行思考的时候，别的一切是娱乐。”

“啊，多么可惜，我没有看见你是怎样和小孩们见面，”娜塔莎说，“你最喜欢哪一个？当然是莉萨了。”

“是的，”彼埃尔说，并且继续着他心中的思考，“尼考拉说，我们不应该去想。但是我不能够。不用说的，我在彼得堡，我觉得（我能向你说这话），没有我，一切都要解体。人人坚持他自己的主张。但我能把大家联合在一起，后来我的想法是那么简单明白。我并不说，我们应该反对这个那个。我们也许是错误的。我说：爱好正义的人们，联合起来吧，让我们只有一个旗帜——积极的美德。塞尔基公爵是出色的人，并且聪明。”

娜塔莎不会怀疑彼埃尔的想法是伟大的想法，但是有一件事使她感到苦恼。这件事就是——他是她的丈夫。“难道这么一个重要的并且是社会所需要的人——同时又是我的丈夫吗？怎么会是这样的呢？”她想向他表示这个怀疑，“谁能够决定，他是真比一切的人都聪明呢?”她问自己,并且在心中想到那些被彼埃尔所很尊敬的人们。从他的谈话上看来,这些人当中没有一个人是像卜拉东·卡拉他耶夫那样地受他尊敬。

“你知道我在想什么?”她说,“想到卜拉东·卡拉他耶夫。他怎样?他现在会赞成你吗?”

彼埃尔一点也不诧异这个问题。他知道妻子的思想的线索。

“卜拉东·拉他耶夫吗?”他说,想了一下,显然是诚恳地极力设想卡拉他耶夫对于这个题目的意见,“他不会了解的,然而也许会了解的。”

“我非常爱你!”娜塔莎忽然说,“非常非常!”

“不,他不会赞成的,”彼埃尔想了一下说,“他要赞成的,是我们的家庭生活。他很希望在一切之中看到适宜、幸福、安宁,我要骄傲地把我们给他看看。你说到离别。你不会相信的,我在离别后,对你有一种多么特别的情感……”

“但是还有……”娜塔莎正要开口。

“不,不是那样。我永远不会停止爱你的。不能够爱得再多了;但这是特别的……啊,是……”他没有说完,因为他们的相遇的目光把其余的话说完了。

娜塔莎忽然说:“说到蜜月,说最大的幸福是在开头,这是多么愚蠢啊。正好相反,现在是最好的。但愿你不要走开。你记得,我们怎样争吵的吗?总是我不对,总是我。我们为什么吵——我记也记不得了。”

“总是为了同样的事,”彼埃尔微笑着说,“嫉……”

“不要说了,我不能忍受了!”娜塔莎喊叫着。她的眼睛里发出冷淡的、愤怒的光。沉默了一会,她又说,“你看见她了吗?①”

“没有,就是看见了——也不认识了。”

他们沉默了一会。

① 毛注:这种无理的嫉妒,总是托尔斯泰夫妇之间不幸的原因,他的小说《魔鬼》提出了“你看见她了吗”这个问题的说明。

“啊，你知道吗？你在书房里说话的时候，我望着你的，”娜塔莎说，显然极力驱逐着飘来的阴云，“你像男孩子，”（她这么叫她的儿子）“像得不能再像了。啊，现在是去看他的时候了……喂奶了……可惜我要走开。”

他们沉默了几秒钟。然后，忽然在同一时间，两人互相地转过脸来，开始说了什么。彼埃尔自满地神往地开始说话，娜塔莎带着宁静的幸福的笑容。他们俩互相地打了岔，两人都停止了，让对方先说。

“不，你说什么？说，说。”

“不，你说，没有什么，是废话。”娜塔莎说。

彼埃尔说完了他开始说的话。还是继续地自满地谈论他在彼得堡的成就。这时候他觉得，他是注定了要给全俄罗斯的社会、给全世界一个新的方向。

“我只想说，一切的有伟大后果的想法，总是简单的。我的全部的意思是说，假使恶人联合起来，形成了一种力量，那么正直的人也一定要联合起来。你看这是多么简单。”

“是的。”

“但是你想说的是什么？”

“没有什么，废话。”

“哦，还是说吧。”

“没有什么，琐碎的事，”娜塔莎说，她的笑容更加明朗了，“我只想说到彼恰：今天保姆来把他从我手里抱去的时候，他笑了，皱眉了，紧贴着我——他一定是以为他在捉迷藏。他非常可爱。哦，他在哭了。好，再见！”于是她从房里走出去了。

这时，在楼下尼考林卡·保尔康斯基的卧房中，照常地点着一盏小灯（这个男孩怕黑暗，他们不能改正他的这个缺点）。代撒勒高枕在四个枕头上，他的罗马式的鼻子发出有节奏的鼾声。尼考林卡刚刚在冷汗中醒来，大睁着眼睛，坐在床上，向前面望着。可怕的梦惊醒了他。他梦见了他自己和彼埃尔穿了盔甲，好像卜卢塔克画本中所画的一样。他和彼埃尔叔叔走在大军的前面。这个军队是那布满空中的、好像秋天飘动的蛛网那样的、被代撒勒叫作 le fil de la vierge［游丝］的白色斜丝组成的。前面是光荣，光荣和这些丝全然一样，但是更加稠密。他们——他和彼埃尔——轻飘地快乐地被推动前进着，渐渐地接近目标。忽然，那些推动他们的丝开始松弛了，紊乱了，觉得难受了。尼考拉·依利支姑父带着威胁的严厉的样子站在他的面前。

“这是您做的？”他指着折断的火漆和羽笔说，“我爱您，但是阿拉克捷夫命令了我，我要杀死那向前进的第一个人。”尼考林卡回头看了看彼埃尔，但是彼埃尔已经不在了。彼埃尔变成了他的父亲——安德来公爵，他的父亲没有形状和容貌，但是他在那里，于是尼考林卡望着他，感觉到爱的软弱无力：他觉得自己无力、无骨、无形。他的父亲抚爱他，可怜他。但尼考拉·依利支姑父向他们面前越走越近了。一阵恐怖袭击了尼考林卡，他醒了。

“我的父亲”，他想（虽然家里有两幅酷似的画像，尼考林卡却从来没有用人的形象去想象他的父亲），“父亲在我身边，抚爱了我。他赞成我，赞成彼埃尔叔叔。无论他向我说的是什么——我都要去做。牟修士·斯开佛拉烧了他的手。为什么在我的生活里不会发生同样的事？我知道，他们希望我读书。我要读书。但是有一天我要停止读书的；那时我要做点事情。我只求上帝一件事：让我去做卜卢塔克著作中的人们所做过的同样的事情，我也要做的像他们做的一样。我要做得更好。大家都要知道我，爱我，佩服我。”忽然尼考林卡觉得他的胸部有了呜咽的感觉，于是他哭起来了。

“Êtes-vous indisposé?［你不好过吗？］”代撒勒的声音在说。

“Non，［不，］”尼考林卡回答，躺到枕头上去了，“他和蔼、善良，我爱他，”他想到代撒勒，“但是彼埃尔叔叔呵！他是一个多么了不起的人啊！父亲呢？父亲！父亲！是的，我要做那连他也会满意的事情……”

第二部

1

历史的主题是各国人民和人类的生活。而要直接了解和记录——是直接描写人类的生活，甚至描写一国人民的生活，都是不可能的。

古代的历史家们常常只采用一种简单的方法去描写、去了解那似乎难以捉摸的东西——人民的生活。他们描写那些统治人民的个别人们的活动；他们认为这种活动就是全国人民的活动。

个别人们怎样地使各国人民按照他们的意志去活动，而他们自己的意志又是被什么领导的？历史家们回答的时候，对于第一个问题，认为上帝的意志使各国人民顺从某一被选定人的意志，对于第二个问题，认为上帝领导这个被选定人的意志去达到注定的目标。

古人解决这些问题的方法，是相信上帝直接参与人事。

新的历史科学在理论上否认这两种理论。

新的历史科学，既然否认了古人所相信的人服从上帝、各国人民被领导着去达到注定目标的说法，则它所应该研究的，似乎不是权力的表现，而是形成权力的原因。但它并没有这么做。它在理论上否认了古代的史家们的见解，在实际上却效法他们。

新的历史，不说到被赋予神权的、并被上帝意志直接领导的人们，却提出了被赋予非常超人能力的英雄，或者只是从君王到新闻记者各种各样领导人群的人们。新的历史不说到从前的，合乎神意的，犹太人、希腊人、罗马人的目标，古代的历史家认为这是人类运动的目标；新的历史提出了它自己的目标——法国人、德国人、英国人的福利，或者最抽象地说，全人类文化的福利，而全人类的意思，通常是指住在大陆西北一小角上的各国人民。

新的历史否认了古人的信念，却没有用新的见解来代替旧的，而理论的逻辑使历史家们在否认了君主的神权和古人的命运之后，由别的途径达到同一的结论：认为（一）各国人民是由个别人们领导的，并且（二）有一个一定的目标，各国人民和人类向着它前进。

在所有的近代历史家们的、从吉朋到博克尔的著作中，虽然有表面上的意见分歧和各自表面上的立论新颖，可是它们的基础却都是建立在这两个古旧的不可避免的论点上的。

第一，史家描写个别人们的活动，认为这些人是领导人类的；有的只认为君王们、统帅们、大臣们是这种人；有的在君王之外，还认为演说家们、学者们、改革家们、哲学家们、诗人们是这种人。第二，人类所向往的目标是史家知道的：有的认为这种目标是罗马、西班牙和法国的伟大；有的认为它是自由、平等，以及世界上叫作欧洲的那个小角落的某种文化。

一七八九年，在巴黎发生了骚动；它滋长、蔓延，并且由各国人民自西向东的运动表现出来。这个运动向东推进了几次，和自东向西的相反运动发生冲突；一八一二年，它达到了最远的界限——莫斯科，并且明显对称地发生了自东向西的相反运动，并且正像第一个运动一样，带走了中欧的各国人民。这个相反的运动达到了西方的第一个运动的起点——巴黎，然后平静下来了。

在这二十年之间，广大的田地没有耕种，房屋被焚，商业改变了方向，无数的人贫穷了或发财了，迁移了，无数的宣扬爱人类的道理的基督教徒互相屠杀。

这一切是什么意义？这是为什么要发生的？是什么东西使那些

人焚烧房屋、屠杀同类？什么是这些事件的原因？是什么力量使人们干了这样的事？人类碰到过去那个时代的纪念碑和传说的时候，便会向自己提出这些不自觉的、天真的、最合法的问题。

为了解答这些问题，我们求教于历史科学，它的目的是使各国人民和人类认识他们自己。

假若历史维持着旧观点，它便要说：上帝为了奖赏或处罚他的人民，给了拿破仑权力，并且领导他的意志去达到神圣的目标。这个回答是完全的、明了的。我们可以相信或者不相信拿破仑的神圣的作用；但是任何相信它的人，便要觉得，在这个时候的全部历史里面，一切都是可以理解的，并且不会有任何矛盾。

但是新的历史科学不能这样地回答。科学不承认古人的这种上帝直接参与人事的概念，因此它应该作别种回答。

新的历史科学，回答这些问题时说：您想要知道这个运动是什么意思，它是为什么发生的，是什么力量产生了这些事件的吗？您听吧。

“路易十四是一个很傲慢、很自恃的人；他有如此这般的情妇们和如此这般的大臣们，他把法国治得很糟。路易的继承人也是软弱无能的人，也把法国治得很糟。他们也有如此这般的宠臣和如此这般的情妇。此外，有几个人在那时著了几本书。在十八世纪末，在巴黎聚集了二十来个人，他们开始说到一切的人是平等的、自由的。因此在整个的法国，人们开始彼此砍杀，互相淹死。这些人杀死了国王和许多别的人。那时候在法国有一个天才人物，就是拿破仑。他在所有的地方征服了所有的人，就是他杀死了许多人，因为他很有天才。因为某种缘故，他去杀非洲人，他杀得那么好，并且是那么狡猾聪明，以至于他到了巴黎，便命令了所有的人都服从他。大家都服从他了。他做了皇帝之后，又到意大利、奥地利和普鲁士去杀人。在那里杀死很多人。在俄国有一个亚力山大皇帝，他决心恢复欧洲的秩序，因此他和拿破仑打仗。但在一八〇七年他忽然和他友好，在一八一一年又和他争吵，于是他们又杀死许多人。拿破仑率领六十万人到俄国去，占领了莫斯科，后来他忽然跑出莫斯科，那时亚力山大皇帝，由于施泰恩和别人的意见的帮忙，联合了欧洲，武装起来，反对欧洲和平的破坏者。拿破仑的同盟者，都忽然变成了他的敌人，他们的兵力进攻了拿破仑新召集的军队。联盟国战胜了拿破仑，攻入巴黎，逼迫拿破仑退位，把他送到厄尔巴岛上，没有夺去他的皇帝的头衔，并且向他表示各种的敬意，虽然五年之前、一年之后，大家都认为他是一个不法的大盗。于是被法国人和同盟国一直嘲笑到这时候的路易十八开始执政。拿破仑对着老禁卫军流泪，退了位，被逐出国境。后来，老练的政治家们和外交家们（特别是塔来隆，他能在别人之先坐在某一个椅子上，因而扩大了法国的疆界），在维也纳举行谈判，借这些谈判使得各国人民幸福或不幸。忽然外交家们和君王们几乎争吵起来了。他们几乎又要准备率领他们的军队互相屠杀了。但是正在这时候，拿破仑带了一个营来到巴黎，恨他的法国人，立刻都服从他了。但同盟国的君王们因此发怒了，又和法国人打仗了。他们把天才的拿破仑打败了，并且忽然认为他是大盗，把他送到圣·爱仑那岛上去了。在这里，这个逐客，离开了他所心爱的朋友们和他所爱的法国，慢慢地死在小岛上，把他的伟大事迹遗留给后人。但欧洲发生了反动，所有的帝王又开始压迫他们的人民。”

不应该认为这是嘲笑，是历史著述的讽刺。恰好相反，这是各种的史家——从回忆录和各国专史的著作人到通史和那时的一种新的文化史的著作人所作的那些矛盾的、不切题的、各种回答的最温和的表现。

这些回答的奇怪与可笑，是由于新的历史，好像是一个聋子一样，在回答无人问他的问题。

假若历史的目的是描写人类和各国人民的运动，则第一个问题便是：什么力量在推动各国人民？不回答这个问题，则所有其余的问题都是不可解的。对于这个问题，新的历史费尽苦心地回答说，拿破仑很有天才，或者说路易十四很傲慢，或者说某些著作家写了某些书。

这一切很可能是这样的，并且人类准备同意这种说法。但所问的并不是这个。这一切可能是有趣的，假使我们承认神权；这种神权的基础就是它本身，这种神权总是同样的，通过拿破仑之流、路易之流和历史家们来领导各国人民的。但是我们并不承认这种权力，因此，在说到拿破仑之流、路易之流和著作家们之前，必须指出这些人和各国人民的运动之间的实际联系。

假使有别的力量代替神权，则必须说明这个新的力量是什么，因为历史的全部兴趣正是在这种力量里面。

历史似乎假定，这种力量是当然存在的，并且是众所周知的。虽然大家希望承认这种新的力量是众所周知的，但是读了很多历史著作的人，不觉地要怀疑，这种新的力量是否真是众所周知的，历史家们自己对它的了解是那么各不相同。

2

是什么力量在推动各国人民呢？

个人传记的历史家和各国人民专史的历史家，认为这种力量是英雄和君王的固有的权力。据他们的叙述，历史事件仅仅是拿破仑之流的、亚力山大之流的，或者总之，是个人传记的历史家所描写的那些人们的意志所产生的。这种历史家们关于推动历史事件的力量这问题所作的回答，在每个事件只有一个史家的时候，才是令人满意的。但是一旦各国的、各种见解的史家们开始描写同一事件时，他们所给的回答便立刻失去全部的意义了，因为他们对这种力量的了解不但是各不相同，而且常常是十分矛盾的。这个史家断言某一事件是拿破仑的权力产生的；那个史家认定它是亚力山大的权力产生的；第三个史家认为它是某某第三个人的权力产生的。此外，这种史家们，甚至在说明同一个人的权力所依据的那种力量的时候，也是互相矛盾的。保拿巴特派的提埃尔说，拿破仑的权力的依据是他的德行和天才，共和党兰夫来①说，他的权力的依据是他的奸诈与

① 毛注：Pierre Lanfrey（1828—1877）所著《拿破仑一世史》在托氏将完成《战争与和平》时开始问世。

欺骗人民。所以这种史家们互相破坏各人的立论，因而使人不能了解产生事件的力量，并且对于历史的主要问题没有作出任何回答。

通史的史家，研究所有的各国人民，似乎认为研究个人的史家们关于产生事件的力量的见解是不正确的。他们不承认这种力量是英雄们和统治者们的固有的权力，认为它是各种不同方向的许多力量的结果。描写战争或一国人民的屈服时，通史的史家不在一个人的权力中寻找事件的原因，却在与事件有关的许多人的相互作用中去寻找。

按照这种见解，历史人物们的权力，作为许多力量的产物，似乎不能被看作产生事件的力量。然而，通史家，在大多数的情形中，仍然认定权力是产生事件的力量，是事件的原因。按照他们的说明，有时历史人物是他的时代的产物，而他的权力只是各种力量的产物；有时他的权力是产生事件的力量。例如，该尔维努斯、施洛瑟①和其他许多人，有时证明拿破仑是革命和一七八九年的思想和其他原因的产物，有时又坦白地说，一八一二年的远征和别的他们所不欢喜的事件，只是拿破仑的错误的意志的产物，而一七八九年的思想的发展被拿破仑的横暴跋扈所阻碍了。革命思想，时代精神，产生了拿破仑的权力。拿破仑的权力又压迫革命思想和时代精神。

这种奇怪的矛盾不是偶然的。它不但在每一个步骤上出现，而且通史家们的一切著作都是由一连串的这种矛盾所组成的。这种矛盾之所以发生，是因为通史家们走上了分析的道路，却又半途而止了。

要使各项分力产生一定的合力或合成力，必须各项分力的总和等于合成力。这个条件从来没有被通史家们注意过，因此，为了解释合成力，他们不得不承认，在不充分的分力之外，还有一个未说明的力量，它影响着合成力。

专史的史家们描写一八一三年的远征或部蓬朝的复辟时，直率

---

① 毛注：Glrvinus 该尔维努斯（1805—1871）德国史家；Schlosser 施洛瑟（1776—1861）海岱堡的历史教授，著有世界史十九卷。

地说，这些事件是亚力山大的意志造成的。但通史家该尔维努斯，驳斥专史家的这种意见，极力证明一八一三年的远征和部蓬复辟，在亚力山大的意志之外，还有许多原因——施泰恩、梅特涅、斯塔叶夫人、塔来隆、斐希特、沙托不利昂和其他许多人的活动。历史家显然把亚力山大的权力分成各项分力：塔来隆、沙托不利昂等人；这些分力的总和，即沙托不利昂、塔来隆、斯塔叶夫人和其他许多人的作用，显然并不等于整个的合成力，即是并不等于这个现象——数百万法国人服从部蓬皇朝。沙托不利昂、斯塔叶夫人和其他许多人，彼此说点什么话，这只影响他们的互相关系，并不能说明数百万人的服从。因此，为了说明从这些分力中怎样地产生了数百万人的服从，即是，从等于一A的各项分力中，怎样地产生了等于千A的合成力，史家又不得不承认一种力量，即是他曾经否认的权力，认为权力是许多力量的合成力，即是，他不得不承认一种未说明的、对合成力发生影响的力量。这就是通史家们所做的事情。因此，他们不但和专史家们互相矛盾，而且他们自己也互相矛盾。

乡下人对雨的原因没有明白的概念，凭着他们希望落雨或者晴天而说：风吹散了乌云，或者风吹来了乌云。有时候，通史家们，当他希望这样，当这样便符合他的学说的时候，也同样地说，权力是事件的结果；有时候，当他们需要证明别的东西的时候，他们说权力产生事件。

第三种史家，所谓文化史家，走着通史家所开辟的路线（通史家认为有时著作家和妇女是产生事件的力量），却认为这种力量是全然不同的东西。他们认为文化、认为精神活动就是这种力量。

文化史家们是完全追随他们的原型——通史家们的，因为，假使历史事件可以用某些人怎样地对待某些人来说明，为什么不用某些人写了某些书来说明呢？这些历史家，从大量的和每个重要现象同时存在的迹象中选择了精神活动的迹象，说这个迹象就是事件的原因。虽然他们极力证明，事件的原因是精神活动，但是要非常勉强，我们才能承认在精神活动与各国人民的运动之间有任何的关系；然而无论如何，我们不能够承认精神活动领导人们的行动，因为这一类的现象——例如人类平等的宣传所引起的法国革命时期的最残忍的屠杀，仁爱的宣传所引起的残忍的战争和死刑——是和这种见解矛盾的。

但是即使承认充满这种历史的一切狡猾捏造的理论都是正确的，承认某种所谓主义的难以确定的力量统治着各国人民——历史的主要问题仍然没有得到解决，而是在从前的君主的权力，在通史家所提出的顾问们和别的人们的势力之外，又加上了一个新的力量——主义，而主义和群众之间的关系是尚待说明的。这是可以了解的：因为拿破仑有权力，所以发生了事件；相当勉强地，还可以了解：拿破仑和别的势力在一起是事件的原因；但是《Le Contract Social》［《社会契约》］这本书怎么会使法国人互相淹死——若是没有这个新力量和事件之间因果关系的说明，是不能够了解的。

无疑，在所有同时代的人们之间是有关系的，因此可以找出人们的精神活动和他们的历史运动之间的某种关系，正如同在人类运动和商业、工艺、园艺，以及随便您举出的任何东西之间，可以找出某种关系。但是为什么人们的精神活动，在文化史家看来，是一切历史运动的原因或表现——这是难以了解的。史家们的这种结论只可以用下面的理由来解释：(一) 历史是有学问的人写的，因此他们理所当然地认为他们这个阶层的活动是全人类运动的基础，正如同商人们、农人们、军人们，也理所当然地持有同样的想法。(这个意思没有被商人们、军人们表示出来，只是因为他们不写作历史。) (二) 精神活动，教育，文明，文化，主义——这一切都是不明显、不确定的概念，在它们的旗帜之下，极其便于运用意义更不清楚的、因此很容易被应用在任何学说之中的字眼。

但是，且不说这种历史的内在价值 (也许，这种历史对于某种人、对于某种事是有用处的)，各种文化史 (一切的通史都开始越来越和它们相近) 是重要的，因为它们把各种宗教的、哲学的、政治的学说当作事件的原因，详细地、认真地加以分析，每当它们要描写实际历史事件时，例如一八一二年的出征，他们便不觉地把它写成权力的产物，直率地说，这个出征是拿破仑的意志的产物。文化史家们这么说，不觉地和他们自己矛盾，他们证明，他们所发明的这种新的力量并不说明历史事件，而解释历史的唯一方法就是用他们似乎并不承认的权力。

3

火车头走动。有人问，它怎么会走动？农人回答：鬼使它走动。另一个人说：火车头走动，因为它的轮子在转动。第三个人认为运动的原因是那被风吹走的烟。

这个农人是难以驳倒的。他想到了一个圆满的解释。要驳倒他，就必须有人向他证明，鬼是没有的，或者另一个农民向他说明，并不是鬼，却是一个德国人在开动火车头。要到那时候，由于这些说法的矛盾，他们才会知道他们两人都不对。但是那个说轮子转动是原因的人是不攻自破了，因为他既然走上分析之途，他便应该继续前进：他应该说明轮子转动的原因。在他没有找出火车头运动的最后原因是汽锅中蒸汽压力的时候，他没有停止寻找原因的权利。那个人，用被风吹回去的烟来解释火车头运动，显然注意到轮子的转动不是原因，便抓住了他所看见的第一个迹象，并且把它作为原因。

可以说明火车头运动的唯一的概念，是那个和所见的运动相等的力量。

可以说明各国人民的运动的唯一的概念，是那个和各国人民的全部运动相等的力量。

然而，在这个概念之下，有各种各样的史家所提出的，和所见的运动完全不相等的、各种各样的力量。有些人认为它是英雄们直接的固有的力量，好像农人在火车头里看到鬼一样；又有些人把它当作几种别的力量所产生的力量，例如轮子的转动；还有人把它当作智慧的影响，例如被风吹走的烟。

在史家写的是个别人们的历史，无论他们是凯撒之流、亚力山大之流、路得之流，或是福尔泰之流，而不是全体人们的历史，不是全体参与事件的人们的历史的时候，便不能不把人类运动的力量归于个别的人们，这种力量强使别人把他们的活动推向某一个目标。

史家所知道的这种唯一的概念，就是权力。

这个概念是唯一的工具，可以运用它去处理现在所说到的历史材料；谁损坏了这个工具，像博克尔那样，而不知道别的处理历史材料的方法，便是使他自己失去处理历史材料的唯一的可能的方法。为了解释历史现象，权力概念是不可少的，这一点已由通史家和文化史家们自己最充分地证明了，他们表面上否认权力的概念，却又不可避免地在每一步骤上利用它。

历史科学，在处理人类的问题的时候，直到现在，好像流通的货币——纸币与硬币——一样。传记的和各别的民族的历史好像纸币。在没有人问到它们保证金的时候，它们可以行使流通，完成它们的任务，对任何人无害，甚至有益。只要忘记了英雄的意志怎样产生事件这个问题，则彼埃尔的历史便会是有趣的，有教益的，并且还会有点儿诗意。但是，正如对于纸币的实际价值会发生疑问，或者是因为它们容易制造，制造太多了，或者因为人们要用它兑换现金——同样的，对于这种历史的真正价值也会发生疑问，或者是因为这种历史出现得太多，或者因为有人在直率地问道：拿破仑用什么力量做了这个？就是，要通用的纸币兑换真正了解的纯金。

通史家们和文化史家们好像是这么一种人，他们承认纸币的缺点，决定了用一种没有金的比重的金属来铸造硬币代替纸币。货币确实是硬币了，但只是硬币而已。纸币还可以欺骗无知的人，但是没有价值的硬币不能够欺骗任何人。正如同金子要在能够交换、可供使用的时候才是真金。同样的，通史家要在能够回答历史的主要问题——什么是权力——的时候，通史家才是真金。通史家们矛盾地回答这个问题，文化史家却简直是规避它，回答全然一些不相干的话。好像仿金的赝币，只可以在同意把它当作金子的人们之间，在不知道金子性质的人们之间使用。同样的，通史家与文化史家，不回答人类的主要问题，只是为了他们自己的某种目的，充当大学校和读者大众——他们是所谓重要书籍的爱好者——之间的流通货币。

4

既然否定了古代的观念，不承认人民的意志对于某一被选定者的神圣服从，不承认被选定人的意志对于上帝的服从，那么历史若不选择两者之一：或者恢复上帝直接参与人事的旧信念，或者确定地说明产生历史事件的所谓“权力”的那种力量的意义——便会处处遇到矛盾。

恢复旧信念是不可能的：那个信念已经破坏了，因此必须说明权力的意义。

拿破仑下令征集军队去打仗。我们是那么习惯于这个概念，我们是那么习惯于这个见解，以致这个问题——为什么当拿破仑说某句话的时候，六十万的人便去打仗——在我们看来是没有意义的。他有权力，因此他的命令被执行了。

假使我们相信权力是上帝给他的，这个回答便是完全令人满意了。但是我们既不承认这个，便不得不明确一下，一个人统治许多别人这种权力是什么。

这种权力不能够是一个强者对于一个弱者体力优越的那种直接权力——那种优越是建立在体力的发挥或者体力的威胁上的——例如赫叩利斯的权力；它也不能建立在道德力量的优越上，如同一些历史家们单纯地所想的，他们说历史上的大人物是英雄们，即是禀赋了非凡的精神、智慧与所谓天才的人们。这种权力不能建立在道德力量的优越上，因为历史向我们说明，统治无数人民的路易十一之流和梅特涅之辈，都没有任何特殊的精神力量的优点，而且相反，他们大都在精神上比他们所统治的无数人民中任何一个人更加虚弱，拿破仑之流的英雄人物是不用说了，关于他们的精神特性的见解是极为分歧的。

假使权力的来源不在于掌握权力的人的身体特性和精神特性，那么显然这种权力的来源应该离开这个人去寻找——到那些掌握权力的人与群众的关系中去寻找。

法律科学正是这样理解权力的，这种法律科学的本身就是历史的兑换处，它要使历史上对权力的理解兑换成纯金。

权力是人民群众意志的集中表现，它以明许和默许的方式转移到群众选举出来的统治者身上。

法律科学是由这种讨论组成的，就是国家和权力，假使可以形成的话，是怎样形成的；在法律科学的范围里，这一切都很明白；但是应用于历史时，这种权力的定义是需要加以说明的。

法律科学对国家和权力的看法，好像古人对火的看法一样，把它们当作一种绝对存在的东西。但从历史上来看，国家和权力只是现象，正如同从现代物理学来看，火不是元素，而是种现象。

由于历史观点和法律科学观点之间的这种根本差异，便产生了这样的情形：法律科学可以详细地说出，按照它的意见，权力应该怎样形成的，以及那超越时间固定不变地存在着的权力是什么；但是对于历史问题——关于在一定时间内变动不定的权力的意义——它是不能回答的。

假使权力是转移到统治者身上的意志的集中体现，那么普加巧夫是群众意志的代表吗？假若他不是，那么为什么拿破仑一世却是代表呢？为什么拿破仑三世在部洛涅被捕时是一个罪犯，为什么后来那些被他逮捕的人们又都是罪犯呢？①

在有时只有两三个人参与其事的宫廷政变中，群众的意志也移交给新的统治者了吗？在国际关系中，人民群众的意志也移交给他们的征服者了吗？在一八〇八年，来因联盟的意志移交给拿破仑了吗？一八〇九年，当我们的军队和法军结成联盟去攻打奥地利时，俄国人民群众的意志也移交给拿破仑了吗？

对于这些问题可以从三方面回答：

或者（一）认为，群众的意志总是无条件地移交给他们选出的这个或那个统治者，因此，任何一种新的权力的产生，任何一种同

① 毛注：拿破仑三世于一八五二至一八七一年为皇帝。一八三六年在斯特拉斯堡篡夺皇位未成，流放美国，一八四〇年在部洛涅篡夺皇位，被判处无期徒刑。六年后逃亡英国。《战争与和平》写作时，他是皇帝。

已经移交的权力的斗争，都只能看作对真正权力的破坏。

或者（二）认为，群众的意志是在一定的、确知的条件下移交给统治者的，并表明，对权力的限制、有关权力的冲突甚至消灭权力，这是因为统治者没有遵守权力移交给他们时的那些条件。

或者（三）认为，群众的意志是有条件地移交给统治者的，但这些条件是不清楚的、不确定的，而许多权力的产生以及它们的争斗与衰落，只是由于统治者或多或少地执行了那些不清楚的条件，即群众的意志从这部分人移交给那部分人时的条件。

历史家们便照这三种方法说明群众和统治者们的关系。

有些历史家，就是前面提到的那些写个人传记的历史家们，由于心灵单纯，不理解权力意义的问题，他们好像承认，群众的集中意志是无条件地移交给历史人物的，因此，这些历史家在描写某一种权力时，认为这种权力本身就是一种绝对的和真正的权力，而任何反对这种权力的别的力量都不是权力，而是破坏权力，是暴力。

他们的学说适合历史的原始与和平时期，若应用于各国人民生活中的复杂的、骚乱的时期（在这种时期，各种权力同时兴起并互相斗争），便有这个缺点，即君主正统主义的历史家将证明，法国的国民议会、执政委员会和保拿巴特只是真正权力的破坏者；共和派和保拿巴特派将各自证明，国民议会和帝国是真正权力，而其余的都是权力的破坏者。显然这些史家们所提出的互相冲突的权力解释，只能满足最年幼无知的小孩子们。

另一种史家，认为这种对历史的看法是错误的，说权力的基础是大众的集中的意志有条件地转移给统治者，而历史人物只在这个条件之下——就是执行人民意志默许地指定给他的纲领——才有权力。但这些条件是什么，这些史家们没有告诉我们，或者即使说了，也老是互相矛盾的。

每个史家，按照各人对于什么是人民的运动目标的见解，在法国或别国人民的伟大、财富、自由、教育中找寻这些条件。姑且不说史家们关于这些条件的矛盾的见解；即使我们承认这些条件的共同纲领是存在的，我们也会发现，历史事实几乎总是和这个学说矛盾的。假使权力转移时的条件是人民的财富、自由、教育，那么，为什么路易十四世和约翰四世平安地度过他们的统治时期，而路易十六世和查理一世要被他们的人民处死呢？对于这个问题，史家们回答说，路易十四世的行为，违反这个纲领，影响了路易十六世。但为什么不影响路易十四世和路易十五世？为什么偏偏要影响路易十六呢？这种影响有什么期限吗？对于这些问题没有回答，而且不能有回答。这种看法同样地不能说明，为什么集中的意志在数世纪之内保留在统治者和他们继承者的手中，后来忽然在五十年间，相继转移给国民议会，给执政委员会，给拿破仑，给亚力山大，给路易十八世，又给拿破仑，给查理十世，给路易·非利普，给共和政府，给拿破仑三世。在解释这类的人民意志从一个人迅速转移给另一个人的时候，特别是在涉及国际关系、征服和联盟的时候，这些史家们不得不承认，一部分的这种移不是人民意志的正常的转移，而是一些偶然现象，这些现象取决于某一外交家或帝王、或政党领袖的狡猾、错误、奸计或弱点。所以大部分历史现象——内战、革命、征服——在这些史家们看来，不是人民意志自由转移的结果，而是一人或数人的错误的意志的结果，这又是权力的破坏。因此这种历史家们也把历史事件看作是违背他们的学说的。

这些史家们好像这样的一个植物学家——他看到，有几种植物从双子叶种子中生长出来，便坚持一切生长的植物，都只长成两片叶子；认为棕榄树、菌子，甚至橡树充分地长大了，并不像是一双叶子，便都是违背他的学说的。

第三种史家认为，大众的意志有条件地转移给历史人物，但这些条件是我们不知道的。他们说，历史人物有权力，只是因为他们执行那托付他们的人民大众的意志。

但是在这种时候，假使推动各国人民的力量不是历史人物，而是各国人民本身，那么这些历史人物的重要性在哪里？

这些史家们说，历史人物表现人民大众的意志，历史人物的活动便是表现人民的活动。

但是在这种时候便要发生这个问题，表现大众意志的，是历史人物们的全部活动呢，还是只有某一方面的活动呢？假使历史人物们全部活动，如某些历史家所想的，是大众意志的表现，则拿破仑和叶卡切锐娜之流的传记中的全部宫廷丑事的详情，都是各国人民的生活的表现了，这显然是没有意义的；假使只有历史人物们活动的某一方面是各国人民的生活的表现，如同别的所谓哲学的历史家所想的，那么为了确定历史人物活动的哪一方面表现人民的生活，我们先要知道民族的生活是什么东西组成的。

遇到这种困难的时候，这种史家们便发明了最不明确的、难以捉摸的、一般的抽象概念，这种概念可以包括极多的事件，他们说，这种抽象概念就是人类运动的目标。最通常的、几乎是所有的史家们所采用的一般的抽象概念是：自由、平等、教育、进步、文明、文化。史家们假定某种抽象概念作为人类运动的目标，去研究那些留下最大多数纪念碑的人们——帝王们、大臣们、将帅们、著作家们、改革家们、教皇们、新闻家们——因为所有的这些人，在他们看来，是助成或阻碍某一抽象概念的。但是因为无法证明人类的目的是自由、平等、教育或文明，又因为群众和人类统治者和教导者的关系，只是建立在这个武断的假定上的，即是，群众的集中的意志总是转移给那些为我们所注意的人们的——所以无数的流动迁移、焚烧房屋、抛弃农事、互相屠杀的人们的活动，绝不是十几个没有焚烧房屋、没有从事耕种、没有杀死同类的人们的活动可以说明的。

历史处处证明这一点。西方各国人民在十八世纪末叶的骚动，以及他们向东方的急进，是路易十四、十五、十六、他们的情妇和大臣的活动，是拿破仑、卢骚、狄德罗、保马晒和其他许多人的生活可以说明的吗？

俄国人民向东方、向卡桑、向西比利亚的运动，是伊凡四世病态性格的详细情况，是他和库尔不斯基的通信可以说明的吗？

十字军时代各国人民的运动是高德弗利之流、路易之流，和他们情妇们生活的研究可以说明的吗？我们还是不了解那次的各国人民自西向东的运动，它没有目的，没有领导，只有一群流氓和彼得隐士①。更不可解的，是在历史人物们明白地提出了那次远征合理的神圣的目的就是解放耶路撒冷的时候，这个运动却中断了。教皇们、国王们、武士们鼓动人民去解放圣地；但是人民不去，因为从前鼓动他们参加运动的那个未知的原因，不复存在了。高德弗利之流和行吟诗人们的历史②，显然不能包括各国人民的生活。高德弗利之流和行吟诗人们的历史只是高德弗利之流和行吟诗人们的历史，而各国人民的生活和感情冲动的历史，仍然是未知的。

著作家们和改革家们的历史，更没有向我们说明各国人民的生活。

文化史向我们说明著作家或改革家的感情冲动、生活条件、思想。我们知道，路得发过暴躁的脾气，说过一些什么话；我们知道，卢骚多疑，他写过了哪些书；但是我们不知道，为什么在宗教改革之后各国人民互相屠杀，在法国革命时期人们互相杀头。

假若我们像最新的史家们所做的那样，把这两种历史合并在一起。这便是君王们和著作家们的历史，而不是各国人民的生活的历史。

5

各国人民的生活是少数人的生活包括不了的，因为还没有找出来这些少数人和各国人民之间的关系。有一种学说认为这种关系的基础是建立在人民集中的意志转移给历史人物之上的，这种学说，只是一个假定，并没有得到历史经验的证实。

人民大众的集中的意志转移给历史人物的学说，也许在法律科学的领域内可以说明很多东西，也许这对于法律科学的目的是不可少的；但是应用在历史方面，一旦发生革命、征服、内战时，即是，

① 毛注：彼得隐士是法国善行僧，据传说，曾鼓动第一次十字军。

② 毛注：高德弗利为十一世纪末第一次十字军的领袖。行吟诗人为十二、十三世纪游行吟唱情诗及十字军歌曲的人。

一旦历史开始时——这个学说便不能说明任何东西。

这种学说，似乎是不可驳倒的，正因为人民意志转移的事实是不能证实的，因为它从来就没有过。

无论发生了什么事件，无论谁领导这个事件，这个学说总能说，某某人领导事件，因为集中的意志转移给他了。

这种学说对于历史问题所作的回答，就好像一个人看着移动的一群畜牲，没有注意田野各处牧草的不同的性质，没有注意牧人的鞭策，便认为，某一走在畜群之前的畜牲就是这群畜牲朝某一方向行走的原因。

"畜群朝那个方向走，是因为走在前面的那只畜牲领导它们，所有其他的牲畜的集中的意志转移给这个畜群的领袖了。"承认无条件的转移权力的第一种史家们这么回答。

"假使领导畜群的畜牲有变动，这是因为全体畜牲的集中意志从这个领袖转移给另一个领袖了，而这是以这个畜牲是否领导它们走向全体畜群所选定的方向而定的。"史家们这么回答，认为大众的集中的意志是在他们认为已知的条件下转移给统治者的。（用这种观察的方法，便常常发生如此的情形：观察者按照他所选择的方向来判断，认为在大众改变方向时，做领袖们的不是那些在前面的人们，却是站在旁边，甚至有时是在后边的人们。）

"假使领导的畜牲不断地改变，整个畜群的方向不断地改变，则这是因为，为了要顺着一定的方向前进，畜牲们把它们自己的意志转移给我们所注意的那个畜牲了，因此，为了研究畜群的运动，我们必须注意在畜群各方面走动的那些显著的畜牲。"第三种史家们这么回答，他们认为一切历史人物——自君王到新闻家——都是他们的时代的反映。

人民大众的意志转移给历史人物的学说，只是一种意译——只是把问题换了别的字眼表达出来。

什么是历史事件的原因？权力。

什么是权力？权力是转移给某一个人的集中的意志。

人民大众的意志是在什么条件之下转移给一个人的？那条件就

在一个事件发生时，总要出现一个人或者许多人，那个事件好像是按照他们的意志发生的。

是这个人必须表现全体人们的意志。这便是说，权力就是权力。就是说，权力是一个名词，它的意义是我们不了解的。

假使人类知识的领域只限于抽象的思考，则人类批评了科学对权力所作的解释之后，就可以获得结论，说权力只是一个字眼，事实上并不存在。但是为了认识现象，在抽象思考之外，人类还有一个工具——经验，人类用经验证实思考的结果。但是经验告诉我们，权力并不只是一个字眼，而是确实存在的现象。

没有权力的概念，便不能描写人们协同的活动，这是不待言的；历史，对当代事件的观察，都证明权力是存在的。

在一个事件发生时，总是要出现一个人或者许多人，那个事件好像是按照他们的意志发生的。拿破仑三世下了命令，法国人便到墨西哥去了①。普鲁士国王与俾斯麦下了命令，军队就开进了保希米亚②。拿破仑一世下了命令，法军便进了俄国。亚力山大一世下了命令，法国人便服从部蓬皇朝。经验告诉我们，无论发生了什么事件，这个事件总是和下命令的一个人或数个人的意志有关系。

史家们，由于承认神意参与人事的旧习惯，想要认为赋得权力的人的意志表现就是事件的原因；但是理论和经验都没有证实这个结论。

一方面，我们的深思熟虑表明：一个人的意志表现——他的言语——只是某一事件中，例如在战争中或者在革命中所表现的整个活动的一部分；因此，要不承认那不可解的、超自然的力量——神迹的作用，就不能承认言语能够是无数的人的运动的直接原因。另一方面，即使承认言语能够是事件的原因，历史却表明出来，历史人物意志的表现，在许多场合里，并不产生任何效果，就是说，他

① 毛注：一八六四年麦克米伦得法军协助，获得墨西哥王位，美国内战结束后，法军退出，一八六七年托氏写此书后部时，麦克米伦被墨西哥人枪毙了。

② 毛注：指一八六六年普奥战争。

们的命令不但是常常不能执行，而且有时甚至发生和他们的命令完全相反的效果。

不承认神意参与人事，我们便不能把权力当作事件的原因。

从经验的观点看来，权力只是个人意志表现和别人执行这个意志之间的一种关系。

为了说明这种关系的条件，我们不得不最先恢复意志表现的概念，这却是关于人的，而不是关于神的。

假使神发命令，表现自己的意志，像古代历史向我们所说的那样，则这种意志的表现是和时间无关的，不是任何原因所引起的，因为神不是和事件连在一起的。但是说到命令——在时间之内进行活动的、互相有关的人们的意志表现——为了说明命令和事件的联系，我们不得不恢复（一）一切所发生的事件的条件：各项事件以及下命令的人在时间之内的连续运动，和（二）下命令的人和那些执行他的命令的人们之间不可避免的关系。

6

只有那和时间无关的神的意志的表现，能够和若干年内或若干世纪中所发生的整串事件有关，并且只有不受任何限制的神，能够单凭他自己的意志，决定人类运动的方向。但是人在时间之内进行活动，并且他自己参与事件。

恢复第一个被忽略的条件，时间的条件，我们知道，若是没有前面的命令，使最后的命令可以执行，则没有一个命令是可以执行的。

从来没有一个命令是自发地出现的，或者是包括整串的事件的；但是每一个命令是从另一个命令产生的，并且决不和整串的事件有关，而总是只和事件的某一时期有关。

例如，当我们说拿破仑命令军队去打仗时，我们是一系列的互相有关的、有连贯性的命令，合并在一个单独的命令中。拿破仑不能下命令出征俄国，并且从来没有下过这个命令。他今天下命令写某些公文给维也纳，给柏林，给彼得堡；明天下某些敕令和命令给军队，舰队，军需处，等等，等等——这只是无数的命令，是一系列的命令，适应了把法军引入俄国的一系列事件。

拿破仑在他的整个统治期间，下了许多关于远征英吉利的命令，他没有对于任何别的计划耗费过那么多的精力和时间，然而在他的整个统治期间，他没有一次试图实现这个计划，却作了对俄的远征，在他屡次表示的信念中，他认为和俄国联盟是有利的——这是因为他的第一类的命令不适应、第二类命令却适应那一系列事件。

命令要能切实执行，就必须有人发出可以执行的命令。但是，要知道什么可以执行，什么不可以执行——这是不可能的，不但无数的人所参与的拿破仑征俄之役是如此，而且最简单的事件也是如此的，因为要执行任何一个命令，总要遇到无数的阻碍。在每个被执行的命令之外，总是有许多没有被执行的命令。一切不能执行的命令都是和事件没有关系的，并且是不会被执行的。只有那些可能执行的命令，是和那适应整串事件的整串的有连贯性的命令有关系的，并且是会被执行的。

我们有一个错误的概念，认为事件之前的命令就是事件的原因。这个错误的概念是这么发生的，就是，当一个事件发生的时候，当无数的命令之中的几个和事件有关系的命令被执行了的时候，我们便忘记了许多别的因为不能执行而没有被执行的命令。此外，我们在这方面的错误的主要的根源，就是在历史叙述中，把一系列的、无数的、各种各样的、最小的事件（例如：造成法军入俄的一切事件），按照这串事件所产生的结果，概括为一个事件，并且配合着这种概括，把整串的命令概括为一个单独的意志表现。

我们说：拿破仑想要进攻俄国并且做了这件事。事实上，在拿破仑的全部活动中，我们决不会找到和表现这种意志相类似的东西，我们只看到一串的命令，或者他的意志的表现，表现的倾向是极其多样、极不确定的。在拿破仑的无数的未被执行的命令中，有一些关于一八一二年出征的命令被执行了，这不是因为这些命令和别的未被执行的命令有什么区别，而是因为这些命令适应那使法军侵入俄国的事件。正如同在镂花作品上出现了某一种图形，不是因为在图形的某一边上色以及如何上色，而是因为在镂花图形的各方面都上了色。

所以在我们观察命令和事件在时间上的关系时，我们发现，命令决不能是事件的原因，而是在两者之间有某种确定的关系。

要明白这种关系是什么，必须恢复另一个被忽略的条件，即是，任何命令都不是神所下的而是人所下的，并且下命令的人自己也参与那个事件。

下命令的人和他所命令的人的关系，正是所谓权力。这种关系的内容如下：

人们为了共同的活动，总是结成某种团体，在这种团体中，虽然各人在共同行动中的目标不同，但参与行动的人们之间的关系却总是一样的。

人们结成这种团体，他们之间总是有这样的关系，就是，在他们结合起来所要做的联合行动中，最大多数的人最直接地参与行动，最少数的人最不直接地参与行动。

在人们为了完成共同行动而结成的一切团体中，最明显而确定的一种是军队。

组成任何军队的人员：是低级军事人员——士兵，他们在全军中总是占最大多数；和较高级的军事人员——伍长，军曹，他们的数目比兵少；和更高级的军官，他们的数目更少，这样下去，直到最高军事权力，它集中在一个人身上。

军事组织可以完全同样正确地用圆锥体来说明，它的直径最大的底是兵；上面的较小的横断面是军中较高的阶级，如是直到圆锥体的顶点，这个顶点是统帅。

人数最多的士兵是圆锥体的最下层和基础。士兵直接地刺戳、砍斩、放火、行劫，而且总是奉较高级的人的命令做这些事的，他自己决不下命令。数目较少的军曹们的直接行动比士兵少，但是他们已经下命令了。军官的直接行动更少，他们下的命令更多。将军只是命令军队行动，指示目标，他自己几乎决不使用武器。统帅决不会直接参与行动的本身，只发出关于大军运动的一般的命令。人们彼此之间这种同样的关系，也显示在任何从事共同活动的人群中——在农业中、商业中，在任何衙门里。

所以，用不着特别分析一个圆锥体的所有相连的横断面，一个军队的所有的阶级，或任何衙门或公共机关的从最低至最高的阶级与地位——我们便看到一种规律，按照这个规律，人们为了完成共同行动，总是结合成为这样的关系，即是，他们愈直接参与行动，他们愈不能命令，而他们的人数愈多；他们愈不直接参与行动，他们命令愈多，而他们人数愈少；这样的，直到最上层的一个人，他最不直接参与事件，而最会把他自己的活动用在发布命令上。

这便是下命令的人们和他们所命令的人们的关系，这是所谓权力这个概念的本质。

我们承认时间的条件——一切的事件都是在时间的条件下发生的，我们便发现，一个命令，要在它和相符的一串事件有关系的时候，才可以执行。我们承认下命令的人和执行命令的人之间的关系这个必要的条件，我们便发现，由于事件本身的性质，命令者参与事件的本身最少，而他们的活动完全是在颁布命令上。

7

当一个事件发生时，人们表示他们对于这个事件的各种意见和希望，而因为事件是许多人的共同行动的结果，所以在表现出来的许多意见和希望之中，必然有一个会实现的，即使是近乎实现的。当所表现的一种意见实现时，这个意见在我们看来是和事件发生了关系，好像是事件之前的命令一样。

许多人拖一根木头。人人都表示他自己的意见：怎样拖，向哪里拖。他们拖开了木头，结果是，这件事做得正和他们当中的一个人所说的一样。他下了命令。这是原始形态的命令和权力。

那个用他的双手工作愈多的人，便对他所做的事想的愈少，对共同活动所能产生的结果考虑愈少，下命令也愈少。那个下命令愈多的人，由于他的语言活动愈多，显然用他的双手工作愈少。

在一大群向着一个共同目标前进的人里面，有很显著的一部分人，他们愈不直接参与共同活动，他的在命令方面的活动愈多。

当一个人单独活动时，他总是有某一类的理由，他似乎觉得，这些理由曾经领导他的过去的活动，为他的现在的活动作辩护，指导他去计划他的将来的行为。

一群人所做的事也完全是这样的，他们让那些不直接参与事件的人们对于他们的集体活动找理由、作辩护、提建议。

由于我们知道的和不知道的理由，法国人开始互相淹死、互相斩杀。那配合和伴同这个事件的辩护理由就是人们所表现的意志，认为这是为了法国的福利、为了自由、为了平等所不可少的。人们停止互相厮杀，而伴同这个事件的辩护理由就是必须权力集中，对抗欧洲，等等。人们从西方到东方去，屠杀同类，而伴同这个事件的言论，是法国的光荣，英国的卑鄙，等等。历史向我们指出，关于事件的这些辩护理由，都没有任何常识，而且都是自相矛盾的，例如说杀人是由于承认他的权利，而在俄国杀死无数的人，是为了使英国屈服。但是这些辩护理由在当时具有不可缺少的作用。

这些辩护理由使造成事件的人们免除了道德责任。这些临时的目的，好像是为了扫除轨道上的积雪而安置在火车头前面的扫帚一样，扫除了人类道路上的道德责任。没有这些辩护理由，便不能回答人们研究每个历史事件时所自动出现的最简单的问题：即是，无数的人怎样地犯了共同罪孽，打仗，杀人，等等？

在现在的复杂的欧洲政治社会生活方式中，能够想出来，有任何事件不是君王、大臣、国会、报纸所规定、指令、命令的吗？有任何共同行动不能够拿政治统一、国家主义、欧洲均势和文化作为它的辩护理由吗？所以，每个发生的事件，不可避免地符合某一个表示过的希望，并且得到辩护，显得是一个人或几个人意志的产物。

一只航行的船，无论向哪个方向行驶，在它前面总是可以看见被它分开的波浪。在船上的人看来，这些波浪的运动是唯一的可以看见的运动。

只有时时刻刻密切地注意这个波浪的运动，并且比较这个运动和船的运动，我们才能相信，波浪的每一瞬间的运动是船的运动所引起的；要认为我们自己也是不知不觉地在运动，就会使我们发生错误。

我们若时时刻刻注意历史人物们的运动，（即是，承认一切事件的必要条件——运动在时间中的连续性，）而不忽视历史人物和大众的不可少的关系，我们便也看到同样的情形。

当那只船照着一个方向航行时，在它前面的是同样的波浪；当它常常改变方向时，在它前面的波浪也常常改变。但是无论它向哪一边转动，在它的运动之先总有波浪。

无论发生了什么事，总似乎是，那正是所预见的、所命令的事。无论船向哪里行驶，波浪既不领导也不加速它的运动，却在它前面激荡着，并且远远地使我们觉得，它不但是自动地在运动，并且领导船的运动。

历史家们只研究历史人物意志的各种表现，而它们对于事件的关系是命令，便认为事件是以命令为转移的。但是在我们研究事件本身以及历史人物和大众的关系的时候，我们发现历史人物和他们的命令是以事件为转移的。这个结论的无疑的证明就是，无论有多少命令，假使没有其他的原因，事件是不会发生的，但事件一旦发生时——无论是什么事件——则在各人的不断地表现出来的一切意志之中，总会发现一些意志，它们在意义上、在时间上对于事件的关系是命令。

我们获得了这个结论，可以直接地肯定地回答历史上的这两个主要的问题：

一、什么是权力？

二、什么力量产生各国人民的运动？

一、权力是某一个人和别的许多人的关系，在这种关系中，这个人愈是表现进行中的共同行动的意见、预料和辩护理由，便愈不直接参与行动。

二、产生各国人民的运动的，不是权力，不是精神活动，也不是两者的结合，如史家所想的；而是参与事件的一切人们的活动，并且他们总是这样地结合的，即是，最直接参与事件的人，负的责任最小；反之亦然。

事件的原因在精神方面是权力，在物质方面则是那些服从权力的人。但是因为精神活动，离开了物质活动，便是不可思议的，所以事件的原因，既不在此，亦不在彼，而在两者的结合。

或者，换言之，原因的概念是不能应用在我们所观察的现象上的。

在最后的分析中，我们达到了无穷尽的循环，达到了人类的智慧在一切思维领域中所要达到的最后界限，假使人类的智慧不是玩忽自己的主题。电产生热，热产生电。原子相吸，原子相斥。

说到热、电或原子的最简单作用时，我们不能说为什么会产生这些作用，于是我们说，这些现象的本性是如此的，我们说这是它们的规律。同样的情况也适用于历史现象。为什么发生战争或革命？我们不知道。我们只知道，为了作出这种或那种举动，人们结成某一种团体，而且大家都参加这个团体。我们说，人们的本性是如此的，这是一种规律。

8

假使历史是研究外表现象的，那么发现了这种简单明显的规律便够了，我们也可以结束我们的讨论了。但历史规律是和人类有关的。一粒物质的微粒不能对我们说它并不感到相吸和相斥，不能对我们说这个规律是错误的；但是，人是历史的主题，人坦率地说：我是自由的，因此我不服从规律。

人的意志自由的问题，虽然没有提出来，它的存在在历史的每一步中却是都感觉得到的。

所有严肃地进行思考的历史家都不自觉地遇到这个问题。历史的一切矛盾的含混不清，以及这种科学所走的错误道路，都仅仅是由于这个问题没有得到解决。

假使每个人的意志是自由的，即假使每个人能够随心所欲地去行动，则全部历史将是一系列没有关系的偶然事件。

假使在一千年之间，几百万人当中有一个人能够自由地行动，即随心所欲地行动，则显然，这个人的一种违反规律的自由行动，便会破坏全人类的任何规律存在的可能性。

假使有一个制约着人类行动的规律，便不可能有自由的意志，因为那时候人们的意志一定得服从这个规律。

在这个矛盾中存在着自由意志的问题，这问题从最古的时代起就引起了最聪明人的注意，从最古的时代起就被认为有非常重要的意义。

问题在于无论从什么观点——神学的、历史的、伦理的、哲学的观点出发——把人当作观察对象时，我们发现了一个必然性的普遍规律，人和万物一样都服从这个规律。但是我们自己把人看作我们所意识到的东西时，我们便觉得自己是自由的。

这种意识是自我认识的根源，它是完全独立的，和理智无关的。人类通过理智观察自己，但它只通过意识认识自己。

不意识到自己，任何一种观察、任何一种理智的应用都是不可想象的。

为了理解、观察、作出结论，人应该首先意识到自己是活的。人知道他自己是活的，只是由于人有欲望，即意识到自己的意志。人意识到组成自己生命实质的意识，也不能不意识到他的意志是自由的。

假使有人在观察他自己的时候，看到他的意志总是受同一规律的支配（无论他是观察饮食的需要，或脑力的活动，或任何别的事情），他便不能不把他的意志永远不变的方向看作是意志的限制。假如它是不自由的，也不可能是受限制的。一个人觉得他的意志是受限制的，正因为他意识到他的意志是自由的。

您说：我是不自由的。但是我举起了手又放下来了。每个人都懂得，这个不合逻辑的回答是自由的、辩驳不倒的证明。

这个回答是不服从理性的意识的表现。

假使自由的意识，不是自我认识的、单独的、和理性无关的来源，它便要服从理论和实验；但事实上，这种服从是不存在的，是不可思议的。

一系列的实验和理论，向每一个人证明：他，作为观察的对象，是服从一定的规律的，并且人服从这些法则，他一旦认识了引力或不渗透性的规律，他便决不会反对这些规律。但同样的一系列的实验和理论向他证明：他在内心里所感觉到的完全自由是不可能的，他的每一动作都取决于他的构造、他的性格和影响他的各种动机；但是人决不服从这些实验和理论的结论。

根据实验和理论，人知道了石头是向下坠的，人无疑地相信这个，并且总是期望他所知道的规律是有效的。

同样无疑地，他知道他的意志服从规律，但是他却不相信，并且不能相信这个。

无论实验和理论有多少次向人证明：他在同样的条件之下，他有同样的性格，他便要做出他以前做过的同样的事情；然而当他在同样的条件之下，有同样的性格，第一千次去做那永远结果相同的动作的时候，他仍然无疑地觉得自己还像实验之前那样地相信，他可以如他所愿地去行动。每个人，无论是野蛮人还是圣人，纵然实验和理论向他不可否认地证明了：想要在同样的条件之下有两种不同的动作是不可能的，他仍然觉得没有这个不合理的概念（而这就是自由的实质），他便不能想到生活了。他觉得，纵然这是不可能的，它却是有的；因为假若没有这种自由的概念，他便不但不能了解生活，而且不能过片刻的生活了。

他不能够生活，是因为人的一切渴望，对于生活的一切动机，都只是渴望增加自由而已。富裕——贫穷，光荣——无闻，权力——服从，强大——软弱，健康——疾病，教养——愚昧，劳动——闲逸，饱足——饥饿，美德——罪恶，这都是较高或较低程度的自由。

要设想一个没有自由的人，是不可能的，除非把他看作一个被剥夺了生命的人。

假使自由的概念，在理性看来，是无意义的矛盾，例如在同样条件之下做两种不同动作的可能性，或者是没有原因的行动，则这只证明意识不服从理性。

这是不可动摇的、不可辩驳的、不服从实验和理论的、被一切思想家所承认的、被一切人们无例外地所感觉到的自由的意识，没有了这个意识，则任何关于人的概念便是不可思议的。这个意识是问题的另一面。

人是全能、全善、全知的上帝的创造物。什么是罪恶？——罪恶的概念是从人的自由的意识中产生的。这是神学的问题。

人的行动服从普遍的、不变的、由统计学所表现的规律。什么是人对于社会的责任？——这个概念是从自由的概念中产生的。这是法律的问题。

人的行动是从人的先天性格，和对人有影响的各种动机里产生的。什么是良知，是从自由的意识中所产生的行为的善恶的概念？这是伦理问题。

和人类一般生活有关系的个人，似乎服从那决定一般生活的法则。但同一的人，脱离了这种关系，便似乎是自由的。应该怎样去看各国人民和人类的过去的生活呢？看作人们自由活动的产物或是不自由活动的产物呢？这是历史的问题。

直到我们的这个自以为是的、知识普及的时代，由于最有效的愚昧工具——刊物的传播，意志自由的问题才到了这个问题本身不能存在的地步。在我们的时代，大部分所谓前进的人们，即是那群无知的人，接受了那些只研究问题的一面就去解决整个问题的自然科学家们的研究结果。

精神和自由意志是没有的，因为人的生活是由肌肉运动表现的，而肌肉运动是受神经活动制约的；精神和自由意志是没有的，因为我们是在不可知的时代从人猿演变来的——他们这么说、写、印，一点也不怀疑，这个必然性的原则，就是他们现在那么热心地力求用生理学和比较生物学来证明的必然性的原则，在数千年前，不但被一切宗教被一切思想家承认过，而且从来没有被否认过。他们不知道，自然科学在这个问题中的任务，只是解释这问题的一方面的一种工具。因为，从观察的观点看来，理智和意志只是脑筋的分泌物（secrétion），并且，人，服从普遍的规律，可能是在不可知的时代从低级动物发展出来的——这只是从新的方面说明数千年前一切宗教与哲学理论所承认的真理，即是，在理智的观点上，人服从必然性的法则，但它没有使这个问题的解决获得丝毫的进展，这问题有相反的建立在自由的意识上的另一方面。

假使人是在不可知的时代从人猿演变出来的，则这和说人是在某一个时期从一块泥土变出来的，是同样可以了解的（在第一个情形中，X是时间，在第二个情形中，X是起源），而这个问题——怎样把人对自由的意识和人所服从的必然性的法则结合起来——是不能用比较生理学和动物学来解决的，因为在蛙、兔、人猿的身上，我们只能观察到肌肉的和神经的活动，而在人的身上，又有肌肉的神经的活动，又有意识。

自然科学家们和他的信徒们以为他们解决了这个问题，他们好像那些被指定去涂抹教堂的一面墙壁的泥水匠，他们乘总监工不在场的时候，由于热心过分，用泥灰涂抹了窗子、圣像、细木工和还未砌扶壁的墙，他们高兴着，从他们泥水匠的观点上看来，一切是平整而光滑的。

9

在解决自由意志和必然性问题方面，历史比其他研究这个问题的科学占了一个便宜，对于历史，这个问题不是关于人的自由意志的本质，而是关于意志在过去、在一定条件下的表现。

在解决这个问题方面，历史对于其他科学所处的地位，好像实验科学对于思辨科学所处的地位一样。

历史的主题不是人的意志本身，而是我们的关于人的意志的陈述。

因此对于历史，不像对于神学、伦理学和哲学那样，自由意志和必然性之结合这个不可解决的神秘，是不存在的。历史所研究的是陈述人的生活，在这种陈述中已经完成了这两个矛盾的统一。

在实际生活中，每一个历史事件，人的每一个行动，是很清楚地很明确地被了解的，而不感到丝毫矛盾，虽然每个事件显得一部分是自由的，一部分是必然的。

为了解决这个问题：如何结合自由意志和必然性以及什么是这两个概念的实质，历史哲学能够而且应该采取一种和其他科学的路线恰好相反的方法。历史不应该对自由意志和必然性这两个概念的本身先下了定义，再把生命现象放置在这两个定义之下，却应该从大量的、历史范围之内的、总是显得以自由意志和必然性为转移的现象之中，求出自由意志与必然性这两个概念的定义。

无论我们所研究的关于许多人的或一个人的活动的陈述是什么样的，我们都认为它一部分是人的自由意志的产物，一部分是必然性法则的产物。

无论我们说的是各国人民的迁移和野蛮人的侵入，还是拿破仑三世的命令，或还是一个人在一小时前所做的从几条散步的方向中选择一条的行为，我们都看不到丝毫的矛盾。指导这些人们的行为的自由意志与必然性的分量，在我们看来，是明白地确定了的。

关于自由意志是多是少的概念，常常是随着我们观察现象时的观点的差异而有差异的；但是人的每种行为，在我们看来，都不外是自由意志和必然性的一定程度的结合。在我们所研究的每个行为中，我们看到一定成分的自由意志和一定成分的必然性。在任何行为中，我们总是看到，自由意志愈多，则必然性愈少；必然性愈多，则自由意志愈少。

自由意志和必然性的比例，是随着我们研究行为时的观点的差异而增减的；但这种比例关系，永远是反比例的。

一个要淹死的人，抓住另外一个人，把他也淹死了；或者一个因为哺育小孩而疲惫、饥饿的母亲偷取食物；或者一个受过纪律训练的人，在队列中奉到命令杀死一个不能自卫的人——这些人，在知道他们所处的境况的人看来，似乎是罪过较轻的，即是，他们是较不自由的，较为服从必然性的法则，在不知道那个人自己要淹死、那个母亲饥饿、那个兵是在队列中的人看来，他们是较为自由的。同样的，一个人在二十年前杀了人，后来平平静静地于人无害地在社会上过活，在二十年之后研究他的行动的人看来，他似乎是罪过较轻的，他的行动是较为服从必然性的法则的，而在事后第二天研究同一行动的人看来，他的行动是较为自由的。同样的，疯人、醉汉，或受强烈刺激的人的每个行动，在了解有这种行动的人的精神状态的人看来，是自由意志较少而必然性较多的，在不了解的人看来，是自由意志较多而必然性较少的。在这一切的事件中，随着研究行动时的观点、自由意志的概念有所增减，必然性的概念也相应地有所增减。所以必然性显得愈多，自由便显得愈少，反之亦然。

宗教，人类的常识，法律科学和历史本身，同样地了解必然性和自由意志间的这种关系。

在一切事件中，我们的自由意志和必然性的概念是有所增减的，这一切事件，没有例外，都有这三个理由：

一、有行动的人和外在世界的关系；

二、他和时间的关系；

三、他和产生行动的原因的关系。

（一）第一个理由是我们或多或少了解到的人和外在世界的关系，是我们或多或少了解到的每一个人和一切与他同时存在的东西的关系。就是这个理由使我们明白将要淹死的人，比在干地上活着的人，是更不自由而更服从必然性；使那个在人口稠密的地方和别人有密切关系的人的行为，或者那个被家庭、官职、企业所约束的人的行为，比那独居孤处的人的行动，无疑是更不自由、更服从必然性的。

假使我们只研究一个单独的人，不知道他和他四周一切的关系，我们便觉得这个人的每个行动是自由的。但是假使我们知道他和四周的东西的任何关系，假使我们知道他和任何东西，和他所交谈的人，和他所读的书，和他所做的工作，甚至和他四周的空气，和那照在他四周物体上的光线的关系，我们便知道，这些条件中的每一件都对他有影响，并且至少控制他的活动的某一方面。我们愈知道这些影响，我们对于他的自由意志的概念便愈减少，而对于他所服从的必然性的概念愈增加。

（二）第二个理由是：我们或多或少了解到的人和外在世界的时间关系，或多或少了解到的人的行动在时间中所占的地位。就是因为这个理由，世界上的第一个人的堕落（它的后果是人类的起源），比现在人的结婚，显得是更不自由的。就是因为这个理由，百年前的与我有时间关系的人们的生活与活动，在我看来，不能够像现代人的、而后果是我所不知的生活同样自由。

在这方面，关于自由意志和必然性的概念的多少，取决于发生行为的时间和判断行动的时间相隔的长短。

假使我研究片刻之前我在大概和现在一样的环境中所作的行动，我便觉得，我的行动无疑是自由的。假使我判断一个月前所作的行动，那么，在不同的环境里，我不得不承认，假使没有这个行动，则这个行动所产生的许多有益的、如意的甚至是必要的东西也不会发生。假使我回想更早的时候的行动，十年前或者更早，则我的行动的后果，在我看来，是更明显；并且我难以想象，假使没有这个行动，便会发生什么样的情形。我向后回想愈远，或者同样的，我向前推论愈远，则我的关于行动自由的见解是愈可疑了。

我们在历史中发现了同样的关于自由意志参与人类一般事件的信念的级数。我们觉得，当代的事件无疑是一切已知的人们的行为；但在较为久远的事件中，我们看到了它的不可避免的后果，除了这些后果，我们不能设想到任何别的后果。我们回想的事件愈久远，我们愈觉得它们是不自由的。

普奥战争在我们看来是俾斯麦的狡猾行为等等的必然的结果。

拿破仑的各次战争，在我们看来，虽然已经可疑，却还是英雄们的意志的产物。但是我们已经把十字军远征看作一个在历史上占有确定地位的事件，并且没有它，则欧洲的近代史是难以想象的，虽然同样地在十字军远征的编年史家们看来，这个事件只是某些人们的意志的产物。在谈到各国人民的迁移的时候，现在没有一个人会认为，欧洲世界的复兴是以阿提拉①的任意行为为转移的。我们在历史上的研究对象愈遥远，产生事件的人们的自由意志愈是可疑，必然性的规律愈明显。

① 公元五世纪的匈奴王。——译者

（三）第三个理由是我们或多或少已了解到的无穷的因果关系，这种因果关系是理性的不可避免的要求，并且每个被了解的现象，从而人的每个行动，在这种因果关系中都一定有它的确定地位，它既是前面的行动的结果，又是后面的行动的原因。

就是因为这个理由，我们愈是知道人所服从的、从观察中得来的、那些生理的、心理的，和历史的规律，我们愈是正确地了解行动的生理的、心理的、历史的原因，我的所观察的行动愈是简单，那个人——他的行动被我们观察的人——的性格与智慧愈不复杂，我们的行动和别人的行动便愈不自由，而愈服从必然性法则。

当我们完全不了解一个行动的原因时——无论它是罪恶、善行或者是不分善恶的行动——我们认为这个行动有最大成分的自由意志。假如这是罪行，我们便极力要求处罚这种行动；假如这是善行，便尽量称赞这种行动。假如这是不分善恶的行动，我们便认为它有最大的个性、独特性和自由。但是即使我们知道了无数原因中的一个，我们便要承认一定成分的必然性，就不那么要求惩罚罪恶，不那么承认善行的功绩，而似乎是独特的行动也显得不那么自由了。罪犯是在坏人成群的环境中长大的，这种情况也可以减轻他的罪。父亲、母亲的自我牺牲，可以得到报酬的自我牺牲，比无故的自我牺牲更可以理解，因此显得是不大值得同情，较不自由。宗派或党派的创始人、发明家，当我们知道了他的活动是如何准备的，用什么准备的，就不那么使我们惊异了。假使我们有一系列的实验，假使我们经常观察寻找人们行动中原因和结果之间的联系，那么我们把结果和原因联系得愈正确，则人们的行动在我们看来愈是必然的，愈是不自由的。假使所观察的行动是简单的，并且我们有很多这样的行动作观察，则我们对于这些行动的必然性的概念会更强些。一个不正派的父亲的儿子的不正派行动，陷入某种环境中的一个女人的过失行为，一个酒徒的醉酒，等等，这些行动的原因我们愈了解，我们便愈觉得这些行动是不自由的。假使我们所观察的一个人的行动是智慧最低的，如小孩、疯子、傻瓜，则我们知道了他们行动的原因和他们性格与智力的单纯，便会看到那么多的必然性和那么少

的自由意志，以至我们一旦知道那些造成行动的原因，便能立刻预言到他们的行为。‘

一切法典中免罪与减罪的情况都是建立在这三个理由的基础上的。追究责任的大小，要看我们对于这个行动受到批判的人所处的环境的了解有多少，要看行动到判断行动之间相隔的时间的长短，以及对于行动原因的了解的深浅。

10

因此，我们对自由意志与必然性的概念，是随着人与外界的联系的多少、时间的远近、行为同原因的密切程度如何（我们是根据这些原因来观察一个人的生活现象的）而逐渐减少或增加的。

所以，假使我们研究一个人的情况，他与外在世界的关系是尽人皆知的，从行动到作出判断之间的时间是极长的，行动的原因是极其可以理解的，则我们便会获得最大的必然性与最小的自由意志的概念。假使我们研究一个对外部条件的依赖性是极小的人，假使他的行动产生的时间和现在相隔极近，而他的行动的原因我们不了解，那么我们便会获得最小的必然性与最大的自由意志的概念。

可是无论在这种或那种情形下，无论我们怎样改变自己的观点，无论我们怎样搞清楚人和外在世界的关系，无论这个关系在我们看来是多么可以理解，无论我们怎样延长或缩短时间，无论这些原因在我们看来是多么明白或者多么不可理解——我们决不能够想象完全的自由意志或完全的必然性。

（一）无论我们怎样设想一个人不受外在世界的影响，我们决不会获得在空间中的自由意志的概念。人的每个行动不可避免地要受他自己身体和他四周的事物的制约。我举起一只手，又把它放下来。我的行动在我看来是自由的；但是我问自己：我能不能把我的手向各个方向举起来，我看得出，我的手是向着举手动作受阻不大的方向举起的，这阻力就像存在于我身体四周一样存在于我自己的身体里。假使在一切可能的方向上我选择了一个方向，则我选了这个方向，是因为它的阻碍最少。要我的行动是自由的，则必须它不遇到任何阻碍。要设想一个人是自由的，我们必须设想他是在空间之外，而这显然是不可能的。

（二）无论我们怎样缩短评判的时间和行动的时间，我们决不会获得在时间中的自由的概念。因为假使我考察一秒钟前所做的行动，我仍然要认为它是不自由的，因为这个行动是和它发生的那一刹那联系在一起的。我能举起我的手吗？我举起了一只手；但是我问自己：我能在刚刚过去的顷刻之间不举我的手吗？为了要自己相信这个，我在下一秒钟不举我的手。但我不是在提出问题的前一俄顷没有举我的手。时间过去了，我没有权力留住时间，我那时所举的手，已经不是我现在不举的手，我举手时的空气，已经不是现在包围我的空气了。做第一个动作时的那一刹那是不回返的，在那一刹那之间，我只能做一个动作，无论我做的是什么动作，只能是一个动作。我在后一刹那没有举手，这不是证明我不能够举起它。因为，在一个刹那之间，我的动作只能够是一个，它不能够是另一个。要设想行为是自由的，就必须在现在、在过去和将来的界限上去设想它，即是在时间之外去设想它，而这是不可能的。

（三）无论增加了多少了解原因的困难，我们决不会获得完全自由的概念，即是，没有原因。无论我们的或别人的任何行动中的意志表现的原因，在我们看来，是多么不可解的，理性的第一个要求却是假定和寻找原因，因为没有原因，则任何现象都是难以想象的。为了要做出一个没有任何原因的动作，我举起我的手，但是，这个——我要做出一个没有原因的动作——便是我的动作的原因。

我们设想一个人完全脱离了一切影响，只考察他的现在这一俄顷间的行动，并且假定它不是任何原因所引起的，但是即使我们认为那无穷小的必然性近于零，我们也不能获得人的完全自由的概念；因为一个人，不受外界的影响，处在时间之外，和原因没有关系，便不是一个人了。

同样的，我们决不能设想一个人的行动只完全服从必然性的法则，而无自由意志的成分。

（一）无论我们怎样增加我们对于人的空间条件的知识，这种知识决不会是完全的，因为这些条件的数目是无穷的，正如空间的无穷一样。因此，在一切条件、对人的一切影响没有明白确定时，便没有完全的必然性，仍然有相当成分的自由。

（二）无论我们怎样延长我们所观察的现象和批判之间相隔的时间，这个间隔是有限的，而时间是无穷的，因此在这方面决不会有完全的必然性。

（三）无论我们是多么了解任何行动的因果链条，我们决不会知道整个的链条，因为它是无穷的，所以我们又绝得不会获得完全的必然性。

此外，假使我们认为那剩余的极小的自由意志近于零，认为在某种情形中——如将死的人、胎儿、白痴的情形——完全没有自由意志，但是这么一来，我们就会破坏我们所研究的关于人的概念；因为一旦没有自由意志，便没有人了。因此，人的行动完全服从必然性的法则，没有丝毫的自由的余地——这个概念，正和人的完全自由的行动的概念一样，是不可能的。

因此，要设想一个人的行动只服从必然性的法则，而没有自由意志，我们就必须承认这种知识；无穷数的空间的条件，无穷大的时间的期限和无穷多的原因。

要设想一个人是完全自由的，不服从必然性的法则，我们就必须设想他是单独一个人，在空间之外，在时间之外，在因果关系之外。

在第一种情形中，假使有必然性而无自由意志是可能的，我们便要由于必然性本身而获得必然性的法则的定义，即是，没有内容的形式而已。

在第二种情形中，假使有自由意志而无必然性是可能的，我们便要在空间、时间、原因之外获得无条件的自由，这自由，因为是无条件的，不受任何限制的，所以什么也不是，或者是没有形式的内容而已。

总之，我们应该达到了那两个构成人类的整个宇宙观的基础：不可解的生命实质，以及规定这种实质的法则。

理性说：（一）空间，和使它有可见性的一切物质形式，是无穷的，并且不能有别种想法的。（二）时间是片刻不停的无穷的运动，并且不能有别种想法的。（三）因果关系没有开始，也不能有终结。

意识说：（一）只有我，一切存在的东西只是我；因此，我包括空间。（二）我用现在不运动的瞬间测量运动的时间，我只在这个瞬间中，感觉到我自己是活的；因此，我是在时间之外。（三）我是在原因之外，因为我觉得我自己是我的生命的每一现象的原因。

理性表现必然性的规律。意识表现自由的实质。

不为任何东西所限制的自由，是人的意识中的生活实质。没有内容的必然性是人的具有三种形式的理性。

自由意志是被研究的。必然性是研究的。自由意志是内容。必然性是形式。

只有区分这两种以形式与内容为互相关系的认识的起源，我们才能获得这两个互相排斥的、而分开来又不可理解的自由意志与必然性的概念。

只有把两者结合起来，我们才能获得关于人类生活的明确概念。

在这两个合在一起互相规定为形式与内容的概念之外，任何其他的生活概念是不可能的。

我们关于人类生活所知道的一切，只是自由意志和必然性的一定关系，即是，意识和理性规律的一定关系。

我们对于外在自然世界所知道的一切，只是自然力和必然性的或生命实质和理性规律的一定关系。

自然界的生命力是在我们之外的，是我们所感觉不到的，我们称这些力量为引力、惯性、电力、兽力，等等；但人的生命力是我们可以意识到的，我们叫它自由。

但是正如同每个人所感觉到的、而它本身是不可理解的引力，我们对它所服从的必然性的规律认识到什么程度（从一切物体有重量的基本知识，直到牛顿定律），我们便对它了解到什么程度；同样的，每个人所意识到的而它本身是不可理解的自由意志力，我们对它所服从的必然性的规律认识到什么程度（从每个人都要死的事实，到最复杂的经济学的规律、历史学的规律的知识），我们便对它了解到什么程度。

一切的知识只是把生命实质放在理性法则之下。

人的自由意志和任何别种力量的区别，就在这种力量是人可以意识到的；但在理性看来，它是和任何别种力量没有区别的。引力、电力或化学亲和力，它们彼此的分别，只在这些力量被理性分别地下了定义。同样的，在理性看来，人的自由意志力和他种自然力的区别，只在理性所给它的定义。自由意志，脱离了必然性，即是，脱离了对自由意志予以定义的理性规律，便是和引力、热力、草木生长力没有差别的；从理性看来，它只是生命一刹那间的不确切的感觉。

好像那尚未明确的使天体移动的力的实质，那尚未明确的热力、电力、化学亲和力、生命力的实质组成了天文学、物理学、化学、植物学、动物学等内容，同样正是自由意志力的实质组成了历史的内容。但是正如每种科学的主题是这种未知的生命实质的表现，而这种实质的本身只能成为形而上学的主题——同样正是人的自由意志力在空间、在时间、在因果关系中的表现，组成了历史的主题，而自由意志的本身又是成为形而上学的主题。

在生物科学中，我们把自己所知道的东西称作必然性的规律；我们把自己不知道的东西叫作生命力。生命力只是一种我们所知道的生命实质的其余未知部分的说法。

同样正像在历史中，我们把自己所知道的东西叫作必然性的规律，把不知道的东西叫作自由意志。在历史看来，自由意志只是一种我们所知道的人的生活规律的其余未知部分的说法。

11

历史研究人的自由意志在时间中、在因果关系中与外在世界发生关系时的表现，即用理性的规律对这种自由意志下定义，因此，用这些规律对这种自由所下的定义准确到什么程度，历史的科学性便达到什么程度。

在历史看来，人的自由意志是影响历史事件的强大力量，即是一种不服从规律的力量，正如在天文学看来，认为有一种自由意志在推动天体。

这种假定会毁坏各种规律存在的可能性，即毁坏任何科学存在的可能性。假使存在着一个自由运动的天体，则凯卜勒与牛顿的定律都不复存在了，任何关于天体运动的概念也不复存在了。假使存在着一种人的自由行动，则任何一种历史规律都不复存在了，任何关于历史事件的概念也不复存在了。

在历史看来，有许多条人类意志运动的线索，线索的一端隐没在未知之中，而在线索的另一端，有现代人的自由意识在空间、在时间、在因果关系中运动着。

这个运动的范围在我们眼前展开得愈广，这个运动的规律便愈明显。发现这些规律并加以说明，就是历史的任务。

历史科学现在顺着它所走的路线在研究自己的主题，在人类自由意志中寻找现象的原因，从历史科学的这种观点来看，要表现历史科学的那些规律是不可能的，因为无论我们怎样限制人们的自由意志，一旦我们认为它是一种不从属于规律的力量，规律的存在便是不可能的了。

只有在我们把这种自由意志限制到极其微小，即把它看作无限小的时候，我们才能相信原因是根本不可了解的，到那时候历史才不去寻找原因，而把寻找规律作为它的任务。

寻找这些规律早就开始了，历史所必须采用的新的思考方法是和旧历史——总是一再分析，一直把现象的原因分析来分析去——所趋向的自身毁灭同时出现的。

一切人类科学走的都是这条路。最精确的数学科学，得出了无穷小数时，就扔掉了分析过程，进入了综合未知的无穷小数的新过程。数学抛弃了原因的概念去寻找规律，即寻找一切未知的无穷小的元素所共有的性质。

别的一些科学虽然形式不同，却也用了同样的思考方法。当牛顿发表引力定律时，他没有说太阳或地球有吸引的性质；他说，一切物体，从最大的到最小的，都有互相吸引的性质，即是，放弃了物体运动原因的问题，他发表了自无穷大的到无穷小的一切物体共有的性质。各种自然科学也在做同样的事情：它们丢开原因问题，寻找法则。历史也采取同样的方法。假使历史的主题是研究各国人民和人类的运动，而不是记述个别人们生活的插曲，则历史也应该放弃原因的概念，而寻找法则——自由意志的一切同等的、不可分开地互相关联的、无穷小的元素所共有的法则。

12

自从哥白尼的学说被发现、被证实之后，仅仅承认不是太阳运动而是地球运动，便足以破坏古人的全部宇宙学。否证了这个学说，就可以保存天体运动的旧概念，但是没有否证它，便似乎不能继续研究托来美的世界了。但是甚至在哥白尼的学说发现之后，托来美的世界还被人继续研究了好久。

自从有人说出了并且证明了出生率和犯罪率服从数学定律，一定的地理的和政治经济的条件决定这种或那种政府形式，人口和土地的一定关系产生人民的移动——从那个时候起，历史所寄托的那些基础便在实际上被毁坏了。

否证了这些新的规律，就可以保存历史的旧见解，但是没有否证它们，便似乎不能继续把历史事件当作人们自由意志的产物而加以研究了。因为，假使由于某种地理的、人种的或经济的条件，成立了某种政府，或发生了某种移民，则那些在我们看来是建立某种政府或引起人民移动的人们的自由意志，便不能再被我们当作原因了。

然而旧历史却继续地和统计学、地理学、政治经济学、比较语言学、地质学的法则在一起被人研究，而这些规律都是直接反对它的理论的。

在物理哲学中，新旧观点之间进行着长久而顽强的斗争。神学卫护旧观点并且谴责新的观点破坏天示。但是当真理取得胜利时，神学仍然屹立在新基础上。

现在，在历史方面新旧观点之间的斗争是同样长久而顽强的，神学同样地卫护旧观点，并且谴责新的观点破坏天示。

在前一情形中，正和在后一情形中一样，斗争引起了双方的热情，却掩盖了真理。在一方面，是害怕和舍不得失去历代以来所建起的全部理论体系；另一方面是破坏的热情。

那些反对物理哲学的新兴真理的人们似乎认为：假若他们承认了这个真理，便破坏了对于上帝、对于天穹创造、对于努恩的儿子约书亚神迹的信仰。哥白尼和牛顿的定律的保卫者，例如福尔泰，似乎认为：天文学法则破坏了宗教，并且他利用了引力定律作为反对宗教的武器。

现在我们同样地似乎认为：只须承认必然性的规律，破坏心灵、善、恶的概念，以及建立在这个概念上的政府、教会制度。

现在同样的像福尔泰在他那时一样，必然性法则的自动的保卫者、利用必然性规律作为反对宗教的武器；然而正和天文学上哥白尼学说一样，历史上的必然性的规律，不但没有破坏，且甚至加强了政府和教会制度所依据的基础。

正如同那时在天文学的问题上一样，现在在历史学的问题上，整个的观点差异，是在承认或者不承认以一种绝对单位作为可见现象的衡量器。在天文学方面，这是地球的不动；在历史方面，这是人格的独立，即自由意志。

正如同在天文学方面，承认地球运动的困难，在于放弃地球不动的直感和行星运动的直感，同样的，在历史方面，承认人格服从空间、时间和因果规律的困难，在于否认个人人格独立的直感。但是，如同在天文学方面，新的观点说："诚然，我们并不感觉到地球的运动，但是，承认地球的不动，我们便将获得荒谬的结论；而承认我们所感觉不到的运动，我们便得到各种规律。"同样的，在历史方面，新的观点说："诚然，我们并不感觉到我们的依从关系，但是承认我们的自由意志，我们将得到荒谬的结论；而承认我们依从外在世界、时间和原因，我们便得到各种规律。"

在天文学方面，必须否认地球在空间中不动的感觉，而承认我们所感觉不到的运动；在历史方面，同样的，必须否认被感觉到的自由意志，而承认我们所感觉不到的依从关系。

附录

内容概览

译者编

第一卷　第一部（1805）

1. 在彼得堡。女官安娜·芭芙洛芙娜·涉来尔的晚会。她和发西利·库拉根公爵谈到拿破仑。她的做媒的计划。

2. 涉来尔的客人们。发西利公爵的女儿爱仑、儿子依包理特。莉萨·保尔康斯卡雅公爵夫人。彼埃尔·别素号夫。

3. 关于拿破仑和翁歧安公爵的谈话。彼埃尔的言论。安德来·保尔康斯基到会。

4. 德路别兹卡雅公爵夫人要求发西利公爵的事。彼埃尔和客人的争论。依包理特用俄语说趣事。

5. 客人们辞散。彼埃尔和安德来公爵谈到选择职业的事。

6. 安德来夫妇的争吵。彼埃尔听安德来谈论自己、婚姻、妇女。彼埃尔在深夜酒会上看打赌。

7. 在莫斯科。罗斯托夫家母女同名的两个娜塔丽的命名日。卡拉基娜母女道贺，谈到别素号夫老伯爵的病。

8. 罗斯托夫家的幼辈：娜塔莎·尼考拉，彼恰，索尼亚，作客的保理斯·德路别兹考。对玩偶米米开玩笑。

9. 在客厅里。伯爵和客人谈话。伯爵夫人谈到教育。尼考拉和索尼亚。

10. 娜塔莎·罗斯托娃藏在花房里。尼考拉和索尼亚接吻。娜塔莎在花房里吻保理斯。他们谈到爱情。

11 在客厅里的双双情侣：索尼亚和尼考拉，娜塔莎和保理斯。他们和韦媲争吵。罗斯托娃伯爵夫人和德路别兹卡雅公爵夫人的谈话。

12. 德路别兹卡雅和儿子保理斯去探望别素号夫伯爵。他们遇见发西利·库拉根。

13. 彼埃尔在莫斯科他父亲的家里。保理斯和彼埃尔的谈话。

14. 罗斯托娃伯爵夫人向丈夫要钱，她和德路别兹卡雅两人的眼泪。

15. 罗斯托夫家命名日酒宴之前。沈升和别尔格在伯爵书房中谈话。彼埃尔·别素号夫在罗斯托夫家客厅中。阿郝罗谢摩娃来到。

16. 酒席间谈到檄文以及对拿破仑的战争。骠骑兵上校。尼考拉·罗斯托夫的答辩。娜塔莎的胡闹。

17. 幼辈唱歌。索尼亚流泪。她对娜塔莎的说明。娜塔莎等合唱泉水曲。跳舞。罗斯托夫伯爵和阿郝罗谢摩娃跳丹尼·古柏舞。

18. 在别素号夫伯爵家。准备举行涂油礼。发西利公爵和卡姬施关于伯爵遗嘱的密谋。

19. 彼埃尔和德路别兹卡雅一同回家。彼埃尔在临死的父亲的接待室里。

20. 彼埃尔在父亲的病房里。别素号夫伯爵的涂油礼。大公爵小姐拿走遗嘱。

21. 卡姬施和德路别兹卡雅争夺公文夹内的遗嘱。别素号夫老伯爵的死。

22. 在保尔康斯基家的田庄童山。老公爵和他的女儿玛丽亚。几何学课。尤丽·卡拉基娜的信。玛丽亚的回信。

23. 安德来·保尔康斯基公爵和妻子到达童山，会见玛丽亚和法国女子部锐昂。老公爵和儿子谈到战争与政治。

24. 童山的午饭。老公爵和儿子关于苏佛罗夫和保拿巴特的争论。

25. 安德来公爵整装参军，和父亲、妻子、妹妹告别。起程。

第一卷　第二部（1805）

1. 一八〇五年十月，俄军在奥国不劳诺。步兵团准备检阅。道洛号夫的蓝大衣事件。

2. 团受库图索夫检阅。总司令和齐摩亨说话，唤出道洛号夫。检阅后兵士们的谈话。士兵们唱歌。

3. 库图索夫和奥国参谋部的将军的谈话。安德来·保尔康斯基在库图索夫的司令部里。热尔考夫开玩笑。安德来的愤怒。

4. 尼考拉·罗斯托夫和德国人谈话。皆尼索夫回营。军官切李亚宁来到。罗斯托夫破获切李亚宁偷钱袋。

5. 皆尼索夫骑兵连的军官们的谈话。

6. 俄军向维也纳撤退。渡恩斯河。后卫指挥派聂斯维次基再度传令骠骑兵烧桥。

7. 恩斯河桥上的拥挤。过桥的兵士的谈话。聂斯维次基在桥上遇见皆尼索夫。

8. 法国炮兵轰击骠骑兵。皆尼索夫的骠骑兵连过桥。团长命令皆尼索夫骑兵连回去烧桥。尼考拉·罗斯托夫在烧桥时的体验。

9. 库图索夫的军队顺多瑙河撤退。俄军在克累姆斯的交战胜利。总司令派安德来送捷报给奥国宫廷。奥国军事大臣的冷遇。

10. 安德来在不儒恩住在友人外交官俾利平家，和俾利平谈到维也纳被法军占领，克累姆斯之战。

11. 安德来在俾利平家的俄国青年外交官团体中。俾利平用依包理特·库拉根招待安德来。

12. 奥皇法兰西斯接见安德来。安德来回到俾利平家。俾利平叙述法国元帅们巧计夺取维也纳桥。

13. 安德来在撤退的俄军之间。安德来为了医生妻子的车子的缘故和押运官发生冲突。总司令部的惊惶不安。

14. 库图索夫派巴格拉齐翁的四千前卫军去号拉不儒恩阻挡敌

军。牟拉向俄军建议休战。拿破仑要牟拉撕毁停战协定的信。

15. 安德来在巴格拉齐翁的支队中，和值日官视察阵地。随军商店帐篷里的屠升上尉。前线上，道洛号夫和法国掷弹兵的争论。

16. 安德来在屠升的炮兵连视察阵地，无意中听到军官们在棚子里的谈话。法军第一炮。屠升从棚里出来。

17. 射恩格拉本战役的开始。安德来驰往格儒安特会巴格拉齐翁。巴格拉齐翁在屠升的炮兵连。

18. 巴格拉齐翁在支队的右翼。战事的迫近。伤兵。进攻的法军纵队和两营俄军。巴格拉齐翁率领俄军攻击。

19. 俄军右翼的撤退。左翼两个团长：将军和上校比勇。皆尼索夫骑兵连的攻击。尼考拉·罗斯托夫在攻击中受伤。

20. 在森林中遭法军突然袭击的步兵团。齐摩亨连的攻击。道洛号夫的英勇。屠升的被忘记的炮兵连的作用。屠升的幻想。安德来·保尔康斯基传达撤退的命令。

21. 屠升炮兵连的撤退。屠升和罗斯托夫在营火旁。将军传见屠升。巴格拉齐翁问屠升丢炮的事。安德来出面为屠升说话。夜间受伤的罗斯托夫在营火边。

第一卷　第三部（1806）

1. 发西利·库拉根拉拢彼埃尔娶他的女儿。安娜·芭芙洛芙娜的晚会。爱仑和彼埃尔在姑母的角落里。

2. 发西利的晚会，爱仑的命名日。彼埃尔的犹豫。发西利的祝福。彼埃尔和爱仑结婚。

3. 老保尔康斯基公爵接到发西利要和儿子来童山的消息。老公爵吩咐用雪封路。午饭。小公爵夫人的生活和心情。库拉根父子的谈话。小公爵夫人和部锐昂小姐替玛丽亚打扮。

4. 玛丽亚会客。阿那托尔对部锐昂的兴趣。老公爵穿衣会客。责备女儿的服装。发西利说明来意。玛丽亚弹大钢琴。

5. 晚间三个女性（玛丽亚、部锐昂、小公爵夫人）的心情。阿那托尔和部锐昂在花房会面。父女的谈话。玛丽亚在花房碰见阿那托尔和部锐昂。

6. 罗斯托夫家接到尼考拉的信。娜塔莎和索尼亚谈到尼考拉。安娜·米哈洛芙娜传信，伯爵夫人读信。全家的回信。

7. 尼考拉找保理斯·德路别兹考讨家信和钱。尼考拉看信。安德来看保理斯。尼考拉和安德来冲突。

8. 俄皇、奥皇检阅军队。尼考拉对皇帝的爱和崇拜。

9. 保理斯托安德来为他谋得要人副官之职。安德来接待俄国老将军的情形。安德来替保理斯求道高儒考夫。保理斯的兴奋。

10. 俄军在维绍的胜利。罗斯托夫买法国俘虏的马。罗斯托夫在皇帝经过时的狂喜。皆尼索夫庆祝升官。罗斯托夫幻想。

11. 皇帝违和。战争的准备。道高儒考夫向安德来说他和拿破仑的会面。安德来和道高儒考夫谈到作战计划。库图索夫的悲观。

12. 军事会议。威以罗特的作战命令。安德来在交战前夜的感想和功名心的幻想。

13. 尼考拉·罗斯托夫在前线。他的幻想。巴格拉齐翁派尼考拉去探察法军的哨兵线。巴格拉齐翁留尼考拉做传令官。拿破仑的文告。

14. 俄军纵队的运动。混乱。对奥国人的不满。号德巴赫小河的战斗。拿破仑。

15. 库图索夫派安德来制止第三师。两个皇帝。俄皇责问何不开战。库图索夫下令攻击。米洛拉道维支领纵队参战。

16. 两军交战。俄军逃跑。库图索夫受伤。安德来拿军旗迎敌受伤。他想到高高的天穹。

17. 俄军右翼。巴格拉齐翁派尼考拉去找总司令或皇帝。禁卫骑兵的进攻。尼考拉碰见逃跑的俄军和奥军。

18. 尼考拉在卜拉村。战场死伤。法军射击尼考拉，尼考拉看见皇帝却不敢前去。俄军纵队的撤退，法军炮轰奥盖斯特堤。道洛号夫。

19. 安德来伤卧卜拉村山。拿破仑巡视战场，命令抬安德来到裹伤站去。拿破仑看受伤的俄国军官们。安德来想到伟大和生死的无足重轻。

第二卷　第一部（1806）

1. 在莫斯科。尼考拉·罗斯托夫告假回家。皆尼索夫。女孩们。尼考拉和索尼亚的爱情问题。

2. 尼考拉的心情。老罗斯托夫伯爵准备俱乐部的酒席。莫斯科的舆论。

3. 俱乐部的宾客。嘉宾巴格拉齐翁。酒宴。祝酒。

4. 彼埃尔的苦恼。彼埃尔向道洛号夫挑斗。劝解无效。

5. 决斗。道洛号夫受伤。

6. 彼埃尔的心情。彼埃尔和爱仑的决裂，要打死爱仑。彼埃尔去莫斯科。

7. 童山。老公爵和玛丽亚认为安德来已死。

8. 莉萨的分娩。接医生。此时安德来回家。

9. 莉萨分娩。莉萨之死。埋葬。婴儿命名。

10. 尼考拉·罗斯托夫和道洛号夫的接近。道洛号夫爱上索尼亚。关于战争的谈论。民团。

11. 圣诞节后。索尼亚拒绝道洛号夫的求婚。尼考拉的心情。

12. 约盖勒的跳舞会。皆尼索夫和娜塔莎跳美最佳舞。

13. 道洛号夫的告别宴。赌牌。尼考拉·罗斯托夫输钱给道洛号夫。

14. 尼考拉的赌债和懊丧。

15. 尼考拉回家。娜塔莎唱歌。

16. 尼考拉向父亲要钱还赌债。皆尼索夫向娜塔莎求婚。老伯爵夫人拒绝。皆尼索夫回营。尼考拉回团。

第二卷　第二部（1807）

1. 驿站。彼埃尔等马。他遇见共济会会员巴斯皆夫。

2. 巴斯皆夫和彼埃尔的谈话。彼埃尔的印象。

3. 在彼得堡。维拉尔斯基。会所。人会仪式。指导员的考问。

4. 维拉尔斯基拷问彼埃尔。手套。捐款。

5. 发西利要替彼埃尔同爱仑和解。彼埃尔怒斥发西利。彼埃尔的南行。

6. 安娜·芭芙洛芙娜的晚会。她用保理斯招待客人。谈到普奥两国。爱仑看中保理斯。

7. 依包理特的话。保理斯到爱仑家去。

8. 童山。老保尔康斯基做民团总司令。安德来照顾生病的婴儿。父亲的信。

9. 俾利平的信说到战役以及上层的磨擦。婴儿病转好。

10. 彼埃尔在基辅视察田庄。他的解放农奴的计划。一八〇七年春彼埃尔回彼得堡，他受到管家的愚弄。

11. 彼埃尔到保古恰罗佛看安德来·保尔康斯基。说各人的事情。说到善恶。安德来对解放农奴不感兴趣。安德来的消极。彼埃尔的积极。

12. 彼埃尔和安德来在渡船上谈人生的目的。安德来的悲观。彼埃尔相信来生。谈话对安德来的影响。

13. 到童山会见玛丽亚。“上帝的人”。

14. 老公爵和彼埃尔的谈话。他们对彼埃尔的好评。

15. 尼考拉回团。驻军国外。饥饿和疾病。野菜根。

16. 土窑。皆尼索夫夺取运粮车。皆尼索夫在司令部的争执。放血。皆尼索夫在侦察时受伤。

17. 弗利德兰战役后的休战。尼考拉去医院看皆尼索夫。医院情况。

18. 尼考拉愿替皆尼索夫去递请愿书给皇帝。

19. 俄皇与拿破仑会面。保理斯在提尔西特做侍从。尼考拉找到保理斯。两人对法国人的看法。尼考拉的纳闷。

20. 俄皇的住处。尼考拉要交请愿书给皇帝，遇见骑兵将军。把请愿书交给了他。

21. 授勋。尼考拉看见俄皇亚力山大和拿破仑。法军宴请俄军。尼考拉·罗斯托夫的迷惑。他在酒店和人争吵。

第二卷　第三部（1809—1810）

1. 现实生活。一八〇九年春天。安德来在保古恰罗佛的工作与生活。他替农民所做的事情。安德来去看儿子的田庄。树林中的橡树。

2. 安德来到罗斯托夫家。在奥特拉德诺的月夜。安德来听到窗外娜塔莎和索尼亚的谈话。

3. 安德来回家。老橡树长叶子。安德来心情转变。他决定到彼得堡去。

4. 内政改革。安德来在彼得堡。见阿拉克捷夫陆军大臣。

5. 彼得堡的社交界。在考丘别家，安德来遇见斯撇然斯基。斯撇然斯基看中安德来，要替他帮忙。

6. 斯撇然斯基和安德来的单独长谈。斯撇然斯基对他的影响。安德来做法规编纂委员会的分组主席。

7. 彼埃尔和彼得堡的共济会。他的生活。他出国。回彼得堡时，他在会上的演说。

8. 爱仑的信。彼埃尔到莫斯科看巴斯皆夫。彼埃尔与爱仑和好。

9. 爱仑的交际成功。她的客厅。她和保理斯的关系。

10. 彼埃尔的日记，记他在一八〇九年十一月、十二月的生活。

11. 罗斯托夫家在彼得堡。别尔格向韦媲求婚。嫁产问题。

12. 娜塔莎和保理斯。

13. 娜塔莎向母亲说到保理斯。她的母亲和保理斯谈话。

14. 一八一〇年元旦前夜要人家的跳舞会。罗斯托夫家的人的准备和打扮。撇隆斯卡雅同赴舞会。

15. 舞厅里。撇隆斯卡雅的说明。彼埃尔·别素号夫。安德来·保尔康斯基。

16. 皇帝进来。波兰舞。华姿舞。彼埃尔要安德来陪娜塔莎跳舞。娜塔莎的欢喜。安德来的快感。

17. 邀娜塔莎跳舞的人。四对舞。娜塔莎给安德来的印象。安德来要娶娜塔莎的意念。彼埃尔的愁闷。

18. 俾兹基访安德来。安德来到斯撇然斯基家吃饭。安德来对他自己和工作的幻灭。

19. 安德来拜访罗斯托夫家。娜塔莎的歌声对安德来的作用。夜间安德来的兴奋和他的将来的计划。

20. 别尔格请彼埃尔赴晚会。别尔格和韦妣。招待彼埃尔。客人们。

21. 彼埃尔注意安德来的神情。韦妣和安德来谈到娜塔莎。

22. 安德来公爵在罗斯托夫家一整天。娜塔莎和母亲谈到安德来。安德来向彼埃尔说到自己对娜塔莎的爱情。

23. 安德来征求父亲的同意。娜塔莎唱歌。安德来回来，向伯爵夫人提到婚事。安德来向娜塔莎求婚，说到婚期。

24. 安德来和娜塔莎的相处。安德来要娜塔莎有困难时找彼埃尔。安德来到国外去调养。

25. 老保尔康斯基的性格的改变。玛丽亚的苦恼。她写信给尤丽·卡拉基娜说到安德来的事。

26. 夏天安德来从瑞士寄信给玛丽亚说到他和娜塔莎的婚约。老公爵要娶部锐昂小姐。玛丽亚的幻想。

第二卷 第四部（1810—1811）

1. 尼考拉·罗斯托夫自军中告假回家。索尼亚。尼考拉对安德来和娜塔莎婚事的意见。

2. 尼考拉管家务。他和米清卡算账。他的怒火。

3. 天气。罗斯托夫家的打猎准备。管狗猎人大尼洛。尼考拉决定出猎。

4. 猎队出发。遇到“伯伯”的猎队。两队混合。彼恰和娜塔莎。老伯爵。树林里。开始猎狼。

5. 追狼。大尼洛捉狼。

6. 猎狐狸。猎队和依拉根家的猎人发生争执。依拉根邀罗斯托夫到他的高地上去猎兔子。伯伯的如加伊胜利。

7. 晚间在伯伯家里。招待的食品。伯伯弹六弦琴。娜塔莎跳俄国舞。回家时，尼考拉和娜塔莎在途中的快乐。

8. 罗斯托夫家的境况。伯爵夫人劝尼考拉娶尤丽·卡拉基娜，不满意索尼亚。

9. 圣诞节。娜塔莎的愁闷和差派唤使。娜塔莎弹六弦琴。

10. 尼考拉、娜塔莎、索尼亚在起居室回忆过去。娜塔莎唱歌。伯爵夫人的泪。化装的家奴。幼辈们化装。到灭留考娃家去。雪地月光下。尼考拉赶车。

11. 在灭留考娃家。俄国舞。合唱。游戏。索尼亚到仓房里去算命。尼考拉吻索尼亚。

12. 回家途中。娜塔莎和索尼亚在镜子里看未来的事。以为看见了预兆。

13. 伯爵夫人反对尼考拉娶索尼亚。一月初，尼考拉回团。伯爵夫人生病。伯爵带索尼亚和娜塔莎去莫斯科。

第二卷　第五部（1811—1812）

1. 彼埃尔在莫斯科的生活。他问自己，有何目的？为什么？

2. 冬初，老保尔康斯基到莫斯科。他虐待玛丽亚。玛丽亚教侄儿。老公爵和部锐昂小姐的接近。

3. 老公爵和美提弗耶医生的冲突。老公爵命名日的宴会。政治的谈话。拉斯托卜卿。反法的空气。

4. 饭后，彼埃尔和玛丽亚谈到安德来和娜塔莎。

5. 保理斯和尤丽。他们俩的忧郁。诗和画。阿那托尔。保理斯求婚成功。

6. 老罗斯托夫伯爵、娜塔莎、索尼亚来莫斯科，住在玛丽亚·德米特锐叶芙娜·阿郝罗谢摩娃家。

7. 娜塔莎跟父亲去看老公爵。玛丽亚接待他们。老公爵的古怪行为。娜塔莎和玛丽亚的互相反感。

8. 罗斯托夫家的人晚上看戏。邻近包厢里的爱仑。

9. 歌剧。娜塔莎和爱仑认识。迪波尔的跳舞。娜塔莎在爱仑的包厢里。

10. 爱仑介绍阿那托尔给娜塔莎。阿那托尔爱上娜塔莎。夜间娜塔莎的思绪。

11. 阿那托尔在莫斯科，住在彼埃尔家，和道洛号夫结伴。

12. 玛丽亚·德米特锐叶芙娜的星期日。爱仑来访和邀请娜塔莎。

13. 爱仑的晚会。绕枝小姐诵诗。阿那托尔和娜塔莎跳舞，吻娜塔莎。

14. 玛丽亚·德米特锐叶芙娜访老公爵。娜塔莎接到玛丽亚公爵小姐和阿那托尔的信。

15. 索尼亚发现阿那托尔的信。娜塔莎写信给玛丽亚解除自己和安德来的婚约。娜塔莎赴库拉根家的大宴会，又遇见阿那托尔。索尼亚注意娜塔莎的行动。

16. 道洛号夫替阿那托尔所定的计划。车夫巴拉加。

17. 道洛号夫陪阿那托尔去诱拐娜塔莎。玛丽亚·德米特锐叶芙娜的听差捉阿那托尔未成。

18. 玛丽亚·德米特锐叶芙娜责备娜塔莎。老伯爵不知情由。

19. 玛丽亚·德米特锐叶芙娜找彼埃尔谈话。彼埃尔告诉娜塔莎说阿那托尔已经结婚。

20. 彼埃尔寻找阿那托尔，要他离开莫斯科。

21. 娜塔莎服毒。安德来回到莫斯科。彼埃尔和他谈话。

22. 彼埃尔看娜塔莎。彼埃尔向她说自己的热诚。一八一二年的彗星。

第三卷　第一部（1812）

1. 一八一二年。论历史事件的原因。帝王是历史的奴隶。

2. 拿破仑从德来斯登到波兰。渡聂门河。波兰矛枪骑兵泅渡维利亚河。

3. 俄皇亚力山大在维尔那。别尼格生伯爵家的跳舞会。法军越境的消息。俄皇给拿破仑的信。

4. 巴拉涉夫往法军阵营送信。他遇见牟拉。牟拉的话。

5. 巴拉涉夫见大富，大富的恶意。拿破仑接见巴拉涉夫。

6. 拿破仑和巴拉涉夫的谈话。拿破仑的怒火。

7. 拿破仑邀巴拉涉夫吃饭。拿破仑的话。

8. 安德来追踪阿那托尔，过童山时，为部锐昂和父亲争执。和玛丽亚谈话。

9. 安德来在德锐萨，在军中。三军。八个互相冲突的派别。第九派。

10. 安德来认识卜富尔。

11. 非正式的军事会议。卜富尔的独断。安德来愿在军中，不在皇帝身边。

12. 尼考拉在军中，写信给索尼亚。军队撤退，他和依利因遇暴风雨。

13. 旅店里。玛丽亚·根利荷芙娜。军官们。茶。开心。医生。

14. 尼考拉的勇气。奥斯特罗夫那的战斗。

15. 尼考拉·罗斯托夫的骠骑兵攻击法国龙骑兵。虏获法军官，尼考拉的心情。

16. 莫斯科。娜塔莎生病。医生的用途。

17. 娜塔莎和彼埃尔。娜塔莎跟别洛娃做斋戒。教堂祈祷。康复。

18. 宣战书。娜塔莎做午祷。祈祷胜利。

19. 彼埃尔的心情转变。启示录。“六六六”。彼埃尔送消息给罗斯托夫家。

20. 彼埃尔在罗斯托夫家。娜塔莎又唱歌。索尼亚诵读诏书。彼恰要从军。娜塔莎知道了彼埃尔爱她。

21. 彼恰到克里姆林宫看皇帝。受挤。他抢到皇帝的饼干。

22. 贵族和商人在斯洛保大宫集会。彼埃尔参加讨论。

23. 拉斯托卜卿的话。莫斯科贵族的贡献。皇帝说话。彼埃尔供给并掌管一千名民团。

第三卷　第二部（1812）

1. 论拿破仑与俄皇在一八一二年战争中的地位。事件的进展是不能预料的。

2. 老保尔康斯基公爵对部锐昂小姐不亲密了。玛丽亚和尤丽通信。老公爵接到安德来的信。

3. 老公爵派阿尔巴退支到斯摩棱斯克去办事，他摆床的问题，重读儿子安德来的信，明白了局势。

4. 阿尔巴退支到斯摩棱斯克去看省长。费拉蓬托夫的厨娘受弹伤。败兵抢店。安德来遇见阿尔巴退支，别尔格。

5. 安德来率团经过童山。回家。小女孩们和李子。兵士们在塘里洗澡。“炮灰”。巴格拉齐翁给阿拉克捷夫的信。

6. 实质与形式。安娜·芭芙洛芙娜和爱仑在彼得堡的敌对的客厅。发西利·库拉根对于库图索夫的意见。

7. 法军向莫斯科推进。拿破仑和拉夫如施卡的谈话。

8. 老保尔康斯基公爵中风，被送往保古恰罗佛。玛丽亚和父亲的最后见面。老公爵的死。

9. 保古恰罗佛农民的性格和农民生活的暗流。阿尔巴退支和村长德隆谈话。农民决定了不供给车马。

10. 部锐昂小姐劝玛丽亚不要离开。玛丽亚和德隆谈话。

11. 玛丽亚对农民说话。农民不信，不放她离开保古恰罗佛。

12. 夜间，玛丽亚回想她和父亲的最后的相见。

13. 尼考拉·罗斯托夫和依利因骑马来到保古恰罗佛。尼考拉和玛丽亚相见。

14. 尼考拉责问农民并加以威胁。预备了车马送玛丽亚上路。尼考拉和玛丽亚的两心相爱。

15. 安德来到总司令部去，遇见皆尼索夫。皆尼索夫向库图索夫提出游击队的计划。

16. 神甫的妻子献面包和盐。库图索夫和安德来说话，安德来不愿留在司令部里。“忍耐与时间”。

17. 皇帝走后的莫斯科。拉斯托卜卿的传单。尤丽的告别晚会。说法语的罚金。

18. 拉斯托卜卿的传单。彼埃尔和顶大的公爵小姐。人群殴打法国人。彼埃尔离莫斯科到军队里去。

19. 保罗既诺会战在何处发生，如何发生的？保罗既诺会战的阵地。

20. 彼埃尔遇见前进的骑兵和撤退的伤兵车。他和军医的谈话。彼埃尔寻找阵地。民团挖壕沟。

21. 彼埃尔在高尔该山丘上。抬斯摩棱斯克圣母的行列。群众和库图索夫对圣母的礼拜。

22. 保理斯遇见彼埃尔。道洛号夫向库图索夫报告。库图索夫和彼埃尔说话。道洛号夫要同彼埃尔和好。

23. 彼埃尔跟别尼格生到前线左翼。别尼格生说明阵地，彼埃尔不了解。别尼格生改变库图索夫的一项作战命令。

24. 交战前夕，安德来想到生死。彼埃尔看他。

25. 齐摩亨对库图索夫的意见。“战争必须扩大范围。”彼埃尔回高尔该。安德来想到娜塔莎。

26. 拿破仑的早装。德·波赛先生从巴黎带来的“罗马王”的画像。拿破仑的命令。

27. 拿破仑的作战训令。命令没有执行。

28. 拿破仑伤风。为什么要有这个会战？历史事件的原因。

29. 拿破仑和德·波赛先生谈话，和拉卜谈话。药片。夜色。战斗开始。

30. 彼埃尔在高尔该山丘上看战场。晨雾。炮兵轰击。彼埃尔下山。

31. 彼埃尔在保罗既诺桥上。拉叶夫斯基多角堡上的青年军官。弹药缺乏。

32. 多角堡被法军占领。彼埃尔和法国军官搏斗。俄军收复多角堡。

33. 战事的发展。识别发生的事件的困难。事情并不遵照命令而进行。

34. 白利阿尔向拿破仑要求增援。派弗利安师增援。德·波赛请吃早饭。

35. 库图索夫。他斥责福尔操根。明日进攻的命令。军心。

36. 安德来和预备队在火线下。安德来受炮弹伤。裹伤站外。

37. 手术帐篷里。取出安德来的大腿碎骨。阿那托尔的腿断下。安德来可怜他。

38. 拿破仑的懊丧心情。他的智慧和良知是蒙昧的。他计算法军死亡很少。

39. 战后的战场情况。俄军获得精神的胜利。

第三卷　第三部（1812）

1. 运动的连续。阿基利斯和乌龟。历史法则。历史的微分。说明历史事件和说明车头运动的对比。

2. 总结保罗既诺会战，说明库图索夫的后来的运动。

3. 库图索夫在波克隆尼山。将军们的几个小团体。阴谋。向他提出的问题。

4. 菲利军事会议。小女孩玛娅莎。

5. 论莫斯科的放弃。拉斯托卜卿的行动。居民的行动。

6. 爱仑在彼得堡。改信天主教。良心指导者。

7. 爱仑重新结婚的计划。俾利平的办法。爱仑写信和彼埃尔离婚。

8. 彼埃尔和兵士们走到莫沙益司克。他在路边过夜。车上睡觉。

9. 彼埃尔做梦。马夫的声音。彼埃尔回莫斯科。

10. 彼埃尔在拉斯托卜卿的客室中。韦来夏根和克流恰罗夫事件。

11. 彼埃尔会见拉斯托卜卿，他劝彼埃尔离开莫斯科。彼埃尔从家里秘密出走。

12. 罗斯托夫家的彼恰从军。等车。准备的忙碌。娜塔莎和彼恰。

13. 收拾东西。娜塔莎邀受伤军官住她家。老伯爵夫人和彼恰。

14. 娜塔莎装箱工作成功。安德来·保尔康斯基的车子进了罗斯托夫家的院子。

15. 莫斯科的末日。罗斯托夫家的车子卸下行李让给受伤军官。

16. 别尔格来罗斯托夫家借车。娜塔莎最后的吩咐。

17. 安德来的车子。索尼亚和伯爵夫人保守秘密。娜塔莎看见彼埃尔。

18. 彼埃尔住在巴斯皆夫的空房子里。疯子马卡尔·阿列克塞维支。仆人盖拉西姆。

19. 拿破仑在波克隆尼山上看莫斯科城。他等待“保亚尔”的代表团。拿破仑下令进城。

20. 莫斯科和无蜂王的蜂巢相比。

21. 俄军退出莫斯科时的情形。兵士抢劫。莫斯科桥阻塞。

22. 罗斯托夫家守房子的人。本家来找伯爵借钱。

23. 工人在酒店的吵闹。酒保和铁匠打架。拉斯托卜卿的传单。警察局长的活剧。

24. 拉斯托卜卿最后的发号施令。

25. 拉斯托卜卿的愤怒。韦来夏根事件。拉斯托卜卿从后门逃走。

26. 法军进莫斯科城。牟拉。克里姆林宫门的射击。论法军变为盗贼。论莫斯科大火。

27. 彼埃尔要杀死拿破仑的计划。醉汉吃醉了酒，攫去手枪。

28. 醉汉用手枪打法国军官拉姆巴。彼埃尔夺下手枪。“法国人”。

29. 拉姆巴上尉和彼埃尔一同吃饭。两人谈话。彼埃尔翻译德语。各人说出自己的恋爱故事。

30. 罗斯托夫家在梅济锡。火光。

31. 娜塔莎知道了安德来同路。夜间，娜塔莎去看安德来。

32. 安德来的伤痛情况。他和娜塔莎说话。他的清醒。娜塔莎一直照料安德来。

33. 彼埃尔出门找拿破仑。难民。火灾。彼埃尔救出一小女孩。

34. 彼埃尔救护一个女子，和法国兵打架。彼埃尔被法国兵当作纵火犯捕去。

第四卷　第一部（1812）

1. 彼得堡的上层社会。安娜·芭芙洛芙娜的晚会。发西利读总主教的信。爱仑的病。

2. 保罗既诺胜利消息。爱仑的死。莫斯科失守的消息。

3. 专使米邵的报告。皇帝的谈话。

4. 尼考拉·罗斯托夫到福罗涅示办差。省长家的晚会。尼考拉的风头。省官妻子。

5. 尼考拉和省官妻子的调情。省长夫人做媒。

6. 玛丽亚在福罗涅示城姑母马尔文采娃家。尼考拉·罗斯托夫和玛丽亚的会面。两人的钟情。

7. 教堂里。尼考拉和玛丽亚的谈话。索尼亚和伯爵夫人的信。尼考拉和玛丽亚的接近。

8. 索尼亚在特罗伊擦写信之前的情形。索尼亚对娜塔莎的心情。

9. 彼埃尔的囚禁。第一次的审问。在马厩里。

10. 彼埃尔被押出狱。大富审问彼埃尔。短暂的人类关系。制度杀人。

11. 彼埃尔看枪毙囚犯。彼埃尔得救。

12. 彼埃尔在俘虏军人营房里。他的心理状况。卜拉东·卡拉他耶夫。他给彼埃尔的印象。

13. 卜拉东的农民习惯。他的言语。

14. 玛丽亚带侄上路到雅罗斯拉夫去。她到达罗斯托夫家的住处。玛丽亚和娜塔莎的见面。

15. 玛丽亚和安德来会面。安德来和儿子尼考卢施卡的会面。玛丽亚的哭泣。尼考卢施卡的性情。

16. 安德来弥留时的心情。他对娜塔莎的爱。礼仪和诀别。安德来的死。

第四卷　第二部（1812）

1. 历史事件的原因。俄军退出莫斯科后到塔路齐诺的运动。侧面行军的讨论。

2. 库图索夫的任务。拿破仑写给库图索夫的信。俄军在塔路齐诺时的力量变化。

3. 统帅部的派别斗争。皇帝给库图索夫的信。哥萨克兵打兔子，发觉法军没有戒备。

4. 库图索夫签署作战命令。叶尔莫洛夫和其他将军们跳舞的诡计。

5. 进攻延迟。库图索夫的怒火。

6. 战斗。奥尔洛夫支队。俘获法军及战利品，几乎抓住牟拉。

7. 库图索夫批评部下不贯彻执行命令。塔路齐诺战斗的意义。

8. 拿破仑在莫斯科的行动。

9. 拿破仑的各种公告。

10. 命令的无效。兵士抢劫对于军纪的影响。

11. 彼埃尔的四个星期的囚禁。卡拉他耶夫和灰毛狗。卡拉他耶夫和法国兵的衬衫。

12. 彼埃尔的内心改变。俘虏和法国兵对他的态度。

13. 法军撤退。俘虏撤退。鼓声。火场。

14. 街道上。过桥的拥挤。马肉汤。第一个夜间露宿。彼埃尔的独自的笑声。营火。

15. 俄军。道黑图罗夫奉命攻击法军不鲁歇师。福明斯克战斗。全部法军。

16. 保号维齐诺夫夜间送情报给库图索夫。唤醒值日将军。

17. 库图索夫夜间思索。库图索夫听报告。他的动情。

18. 法军退却。哥萨克兵在马洛—雅罗斯拉维次几乎抓住拿破仑。

19. 法军向斯摩棱斯克大道撤退。库图索夫一个人所了解的东西。将领们攻击法军的愿望。

第四卷　第三部（1812）

1. 战争的民族性。剑术原则。

2. 游击战。论士气。

3. 游击战的开始和最盛期。皆尼索夫的计划。

4. 皆尼索夫在树林中。彼恰·罗斯托夫送信给皆尼索夫。彼恰留在皆尼索夫身边。

5. 俘虏小孩，鼓手。齐杭·协尔巴退逃脱法国兵的追赶。

6. 彼恰见到齐杭和皆尼索夫说话。

7. 彼恰的心理。树林守舍的餐饭。彼恰和小鼓手。

8. 道洛号夫和皆尼索夫的会面。彼恰要跟道洛号夫到敌人阵营里去。

9. 道洛号夫和彼恰通过了哨岗。他们到法国军官当中。彼恰心理。

10. 守舍外边。彼恰和哥萨克兵谈话。磨刀。彼恰睡梦。黎明。

11. 出发。攻击。彼恰中弹而死。救下了俘虏。有彼埃尔在内。

12. 彼埃尔在俘虏团体中。卡拉他耶夫途中生病。彼埃尔对人生的新的了解。他的脚痛。

13. 灰毛狗。卜拉东·卡拉他耶夫叙述商人的故事。

14. 法国元帅的逃跑。卡拉他耶夫的死。

15. 彼埃尔的睡梦。游击队的袭击。彼埃尔遇救。道洛号夫数俘虏。皆尼索夫埋彼恰。

16. 法军的后退和损失。柏提挨给拿破仑的信。

17. 蒙眼捉人的游戏。逃跑与追赶的损失。

18. 分析拿破仑的伟大。

19. 切断法军为什么没有实现。

第四卷　第四部（1812）

1. 娜塔莎和玛丽亚的悲哀。娜塔莎对生活和家庭的疏远。

2. 彼恰的死讯。伯爵夫人的悲恸。娜塔莎照料母亲。

3. 娜塔莎的伤痛的复原。娜塔莎和玛丽亚的接近。两人同阵到莫斯科去。

4. 库图索夫的行动的分析。

5. 库图索夫在民族战争中的历史地位。他的卓见。

6. 库图索夫在克拉斯诺向兵士说话。

7. 团的宿夜。野营。兵士们的活动。

8. 兵士的心情和谈话。

9. 拉姆巴和侍从兵莫来。亨利四世歌。

10. 渡柏来西那河。库图索夫驻军维尔那。皇帝来到。授勋章。

11. 皇帝和库图索夫的冲突。库图索夫的衰老与死。

12. 彼埃尔在奥来尔的疾病和复原。他对生活的新态度。

13. 彼埃尔对人们的新态度。他到莫斯科去。

14. 莫斯科的恢复。两种抢劫。

15. 彼埃尔到莫斯科后，访问玛丽亚。娜塔莎在那里。

16. 娜塔莎说到安德来和她的最后相处。

17. 彼埃尔谈他自己的历险。玛丽亚看到两人之间的爱。她和娜塔莎谈到彼埃尔。

18. 彼埃尔的兴奋和结婚的念头。彼埃尔向玛丽亚说了心事。

19. 彼埃尔的心情和幸福的疯狂。

20. 娜塔莎的心情改变。她爱彼埃尔。

尾声　第一部（1813—1820）

1. 历史动力。亚力山大一世的历史地位。反动。生活和理性。

2. 论机会和天才，以羊群相比。关联性。

3. 十九世纪初叶欧洲各国人民的运动。论光荣和伟大。拿破仑的权力的成因。从莫斯科到巴黎。

4. 最后的一幕和最后的角色。岛上的拿破仑。亚力山大一世放弃权力。蜜蜂的目的。

5. 一八一三年，娜塔莎嫁彼埃尔，老罗斯托夫伯爵去世。尼考拉从巴黎退休回家。债务。尼考拉维持母亲和索尼亚的生活。

6. 冬初，玛丽亚到莫斯科，她和尼考拉的会面。尼考拉的冷淡。尼考拉回拜玛丽亚。伯爵夫人的垫子。情感由冷变热。泪。接近。

7. 一八一四年秋，尼考拉娶玛丽亚，和母亲及索尼亚住童山。六年之间的家务管理。尼考拉经营农事的方法。家境好转。

8. 尼考拉的暴躁脾气，打村长。玛丽亚的劝说。不结实的花朵索尼亚。家庭生活。

9. 一八二〇年冬。皆尼索夫在尼考拉家作客。别素号夫全家在尼考拉家作客。尼考拉的命名日。尼考拉和玛丽亚的爱。他们的孩子们。

10. 娜塔莎和彼埃尔的婚后生活。娜塔莎的性格改变。爱和争吵。

11. 彼埃尔从彼得堡回来。夫妻之间。

12. 彼埃尔的为人。他带回的礼品。老伯爵夫人的残年。

13. 吃茶时的谈话。彼埃尔和小孩们玩袜子。

14. 谈社会趋向。政府的反动。彼埃尔和尼考拉的对立。侄儿尼考林卡的兴奋。

15. 玛丽亚的日记。夫妇的谈话。

16. 娜塔莎和彼埃尔在一起时的谈话。娜塔莎的嫉妒。楼下的尼考林卡和教师代撒勒。

尾声　第二部

1. 历史科学。神的意志。

2. 推动各国人民的力量。三种史家。

3. 以火车头作比喻。历史的纸币与硬币。

4. 论人民意志的转移和权力。

5. 论权力。命令和事件的关系。

6. 论权力概念的要素。下命令的人和被命令的人的关系。

7. 论事件的原因。

8. 自由意志和必然性。

9. 自由意志和必然性和三个理由的关系。

10. 自由意志和必然性和三个理由的变化的关系。意识和理性法则的某种关系。

11. 历史科学。

12. 新观点和旧观点。

以上内容概览包括全书四卷及尾声，

共十七部，三百六十一章。